Das Buch

»Ich habe einen g...................................belwort
hatte sich Friedric.............................henpre-
digt ausgesucht – ....ens verstanden werden. ....ungsstil
seines Vaters bere......................bruptes
Ende. Unter seiner Regierung wird das tief verschuldete
Preußen zu einem der reichsten und mächtigsten Staaten seiner Zeit, der über ein starkes Heer, wohlgeordnete Finanzen
und eine Beamtenschaft verfügt, deren Grundsätze Pflicht-
treue, Sparsamkeit und Unbestechlichkeit sind. Bei diesem
Kampf um sein Land weiß sich der König jenem »gerechten
Richter« verantwortlich, in dessen Pflicht er sich beständig
fühlt, mit dem er im Gebet um Entscheidungen ringt und
dessen Gnade und Gerechtigkeit er als Auftrag auch an sich
begreift – den Landesvater und den Familienvater, der die
Bürde dieser Rolle auch im tiefen Konflikt mit seinem Sohn
tragen muß. Kleppers Roman ist vor allem ein mit großem
Ernst und Einfühlungsvermögen gezeichnetes Porträt eines
Menschen, dessen leidensvolles Amt es ist, König von Gottes
Gnaden zu sein.

Der Autor

Jochen Klepper, am 22. März 1903 als Sohn eines Pfarrers in
Beuthen a. d. Oder geboren, studierte Theologie, wurde aber
nicht Pfarrer, sondern Mitarbeiter beim Evangelischen Pres-
severband und beim Rundfunk. Wegen seiner Heirat mit der
Jüdin Johanna Stein wurde er 1933 vom Rundfunk entlassen,
1937 auch aus der Reichsschrifttumskammer ausgeschlossen.
Am 11. Dezember 1942 ging er mit seiner Frau und der jüngeren seiner beiden Stieftöchter, deren Deportation in ein KZ
bevorstand, freiwillig in den Tod. Wichtige Werke: ›Der
Kahn der fröhlichen Leute‹ (1933), ›In tormentis pinxit‹
(1938), ›Der Soldatenkönig und die Stillen im Lande‹ (1938),
›Kyrie‹ (1938), ›Unter dem Schatten deiner Flügel. Aus den
Tagebüchern 1932–1942‹ (1956).

Jochen Klepper:
Der Vater
Roman eines Königs

Deutscher
Taschenbuch
Verlag

Von Jochen Klepper
ist im Deutschen Taschenbuch Verlag erschienen:
Unter dem Schatten deiner Flügel (1207)

Ungekürzte Ausgabe
April 1977
7. Auflage März 1993
Deutscher Taschenbuch Verlag GmbH & Co. KG,
München
© 1937 Deutsche Verlags-Anstalt GmbH, Stuttgart
Umschlaggestaltung: Celestino Piatti
Umschlagbild: Friedrich Wilhelm I. (Gemälde von
Antoine Pesne – Bildarchiv Preußischer Kulturbesitz)
Gesamtherstellung: C. H. Beck'sche Buchdruckerei,
Nördlingen
Printed in Germany · ISBN 3-423-11478-9

Inhalt

Erster Teil

Zweiter Teil

Inhalt

*Könige müssen mehr leiden können
als andere Menschen.*
                    Friedrich Wilhelm I.

Erster Teil

König Midas

*Den Königen ist Unrecht tun ein Greuel;
denn durch Gerechtigkeit wird der Thron befestigt.*
Die Bibel

Es ging um den Taufspruch für den Knaben, der als erster im Brandenburgischen Hause unter der Würde des königlichen Purpurs geboren war. Keinem der Herren war es zweifelhaft. Bis in die letzte Einzelheit war die Zeremonie vom königlichen Großvater selbst vorbereitet. Nur das Bibelwort, das über das Leben des hohen Kindes gestellt werden sollte, war noch ungewiß. König Friedrich hatte dem Hofmarschall sehr feierlich, doch mit einem huldreichen Lächeln einen Brief übergeben. »Eine Überraschung für Seine Königliche Hoheit«, hatte er hinzugefügt. Der Hofmarschall sagte es seinen Kammerjunkern wie ein köstliches Geheimnis weiter, und schon eilten sie zu den Gemächern des jungen Herrn. Aber die Lakaien dort meldeten, Königliche Hoheit seien weder anwesend noch hätten sie hinterlassen, wo man sie finden könne. Wenn man sich nicht täusche, hätten Hoheit sich nach dem Quergebäude zwischen den Haupthöfen begeben.

Das war rätselhaft. Dort lag die Konditorei mit den Küchen. Doch der Auftrag war unverzüglich auszuführen. Der jüngste Kammerherr mußte mit dem Personal der Zuckerbäckerei verhandeln. Man wagte es ihm nur zuzuflüstern, der Kronprinz sei vorübergegangen, noch eine Treppe tiefer, zur alten Gesindeküche. Die war lange außer Gebrauch gesetzt und diente nur noch zum Gewölbe. Gerät, das zu nichts mehr taugen mochte, wurde hier abgestellt, bis die Verwandtschaft der Küchenmägde es abholen kam. Dann war es wieder zu mancherlei nützlich. Über den Fenstergittern hingen alte Lappen. Der mächtige Ziegelherd war an vielen Stellen schon zerfallen. Vom verrußten Rauchfang wehten dichte Spinnweben herab. Im Halbdämmer des Wintervormittags war der Kellerraum sehr düster. Die Kälte drunten war bitter.

Aber Kronprinz Friedrich Wilhelm hatte sogar den Rock ab-geworfen; im Wams kniete er vor dem Ofen, so heiß war ihm bei seiner Arbeit geworden. Er besserte den Herd aus und hatte keinen Gehilfen. Die Höflinge gerieten in Verlegenheit. Wie sollten sie sich vor der Hoheit verneigen, wenn diese dem Herd-winkel zugewandt war? Und welche Stellung hatte man einzu-nehmen, wenn der Königssohn am Boden hockte? Friedrich Wilhelm endete ihre Not sehr rasch. Er stand auf und schritt mit flüchtiger Entschuldigung zu einem Schemel mit einem Becken, goß sich aus der Zinnkanne eisiges Wasser ein, wusch sich, immer wieder zu den Herren blickend, die Hände und trocknete sie an seiner Schürze ab.

»Nachricht über die Pest in Litauen?«

Seine rauhe Stimme klang in dem Gewölbe noch tonloser als sonst. Der Hofmarschall hielt ihm mit Anmut und Achtung den Brief des Königs entgegen, und der Kronprinz trat auf die Kava-liere zu, das Schreiben des königlichen Vaters aufzubrechen. Zornig fühlte er beim Lesen, daß wieder eine Blutwelle sein verdammt weißes Gesicht überlief. Er haßte seine schöne Haut, das Erbe einer zarten Mutter. Was hatte er nicht schon alles getan, um braun zu werden wie des Dessauers Grenadiere. Seit seiner Knabenzeit hatte er das Gesicht immer wieder mit Speck-schwarte eingerieben und sich in die prallste Sonne gelegt; doch es wurde nicht besser.

Die Herren sahen die Röte des Unwillens; sie hörten die tiefe Verstimmung aus seinen Worten.

»Mein Vater überrascht mich damit, daß ich selbst den Tauf-spruch für meinen Sohn auswählen darf. Übermitteln Sie dem König meinen Dank und melden Sie, 1. Könige 10 Vers 21 schiene mir geeignet. Im übrigen sehen Sie mich im Augenblick nicht in der Lage, eine Abordnung zu empfangen. Sie finden mich be-schäftigt. Auch ist dies kein Ort für Sie.«

Der Hofmarschall versuchte sich in höflichen Einwänden.

»Wenn Königliche Hoheit die Stätte nicht für zu gering befin-den – «

Der Kronprinz schüttelte lachend den Kopf, legte seine Hand auf den Arm des Hofmarschalls und führte ihn nicht unfreund-schaftlich hinaus. Schließlich war der ja einer der ganz wenigen Männer hier, die er noch für ehrliche Leute ansehen konnte. An der Schwelle hielt er ihn noch einen Augenblick zurück und sagte, allerdings mehr zu den Kammerjunkern gewendet: »Wißt ihr, was in diesem Spruch steht? Aber die Bibel kennt ihr ja alle nicht, trotz eurer frömmlerischen Reden. So werde ich es euch sagen: ›Alle Trinkgefäße des Königs Salomo waren golden, und alle Gefäße im Hause vom Wald Libanon waren auch lauter Gold; denn das Silber achtete man zu den Zeiten Salomos für nichts‹.«

Von dem Schwarm der Höflinge war er nun befreit. Die Gegenäußerung mied jeder. Mit finsterer Miene warf Friedrich Wilhelm wieder Holzscheit um Holzscheit in die Feueröffnung des Herdes. Seltsames Tun für einen Königssohn! Und wunderliche Gedanken für ein der Krone bestimmtes Haupt!

Verstünde der Goldmacher den Spruch – er würde sich gar nicht erst hierhergetrauen. –

Besser noch, der König selbst begriffe dieses Wort der Schrift. Gab es denn wirklich in ganz Brandenburg einen einzigen Menschen, der mit dem König an ein Heil vom Goldmacher her glaubte?

Die Antwort erteilte der Kronprinz sich selbst: Zum mindesten sind drei, die das ganze Volk an solchen Zauber glauben machen wollen. Drei sind es, immer wieder die drei, bei denen alle seine Gedanken münden: das dreifache »W'eh«, die drei Minister Wittgenstein, Wartenberg und Wartensleben – des Königs Auge, des Königs Ohr, des Königs Mund!

Ach, wäre des Königs Sohn seine rechte Hand. – Das dachte der Kronprinz verbittert. Was galt des Königs einziger Sohn. – Verurteilt war er, das Haupt einer lächerlichen kleinen Garde im Kastell Wusterhausen zu sein, während in der ständigen und unmittelbaren Nähe des Herrschers diese drei Männer mit allen Vollmachten schalteten und walteten zum eigenen Nutzen, zum Leiden des Volkes und zur Verblendung des Königs, eines Königs in geliehenem Prunk und ohne Macht.

Nur Klagen und Wüten war dem Thronfolger vergönnt; Rechenschaft durfte er nicht fordern. Schuldlose Gegenstände mußten seinen Zorn ertragen. Aber der Arbeit seiner Hände kam es zugute. Er riß den alten Blasebalg herunter. Einen neuen wollte er anbringen für den Goldmacher seines Vaters, ihm einen guten Wind zu machen für seine Schaumschlägereien. Mit aller seiner Kraft hängte sich der junge Mann in die Lederfetzen und Balken; in einer einzigen gewaltigen Anstrengung zerrte er das Gebläse herab. Das Holz zersplitterte, das Leder ächzte, Staubwolken flogen auf, rostige Nägel klirrten auf den Steinboden.

Nun wird ja alles gut werden. Gold wird da sein in Hülle und Fülle, den Pestkranken Lazarette zu errichten, niedergebrannte Städte neu aufzubauen, die Kriegsschulden des Kaisers zu bezahlen dafür, daß man sich König nennen darf draußen vor den Grenzen des Reiches. Mein Sohn ist in herrliche Zeiten geboren! Mein Vater ist Midas, dem die Welt zu Golde wurde!

Das redete der Königssohn vor sich hin, und dabei geschah alles, eine Alchimistenküche herzurichten, der es an nichts mangelte. Noch vor der Taufe des kleinen Prinzen sollte der Versuch des Goldmachers stattfinden. Daß der Kronprinz selbst ihn vorbereiten und ihm vorstehen durfte, hing mit Geburt und Taufe des Stammhalters eng zusammen. Was war für König Friedrichs Freundlichkeit selbstverständlicher als die Gewährung einer, nein, jeder Bitte, die der junge Vater nach der Geburt des nächsten Thronfolgers an ihn richtete?

Friedrich I. hätte seinen Einzigen besser kennen müssen. Er glaubte, mit einer Verstärkung der kleinen Wusterhausener Kronprinzentruppe davonzukommen. Und vielleicht würde noch die Erhöhung seines militärischen Ranges von dem Sohn in Frage gezogen werden.

Aber nun hatte sich alles ganz anders entwickelt. Der Sohn hatte sich ausbedungen, den Grafen Gaëtano überwachen zu dürfen. Welch peinliche Angelegenheit für den Herrscher! Wie überlegen hatte doch der Graf gelächelt, als der König ihn auf die Absonderlichkeiten seines mißtrauischen Sohnes vorzubereiten suchte.

Gerade durch diesen Argwohn der Königlichen Hoheit, hatte der Graf ihm weltmännisch versichert, gerade durch die Überwachungsmaßregeln des Kronprinzen hoffe er seine Leistung in desto helleres Licht setzen zu können. Er selbst, fügte er mit allem Respekt hinzu, sei auch ein solcher Feuerkopf gewesen; nur jungen Feuerköpfen gelinge später Außergewöhnliches; kurzum, er hatte die Majestät die Peinlichkeit solcher Unterredung kaum spüren lassen. Das verpflichtete ihm den König sehr. Denn Friedrich I. haßte nichts derart wie unangenehme Situationen. Die Vorgänge seines Tages waren nach einem feierlichen Zeremoniell festgelegt. Wo sollten da die Widrigkeiten des Lebens einen Raum behalten?

Jenes Zeremoniell half dem König aber gerade auch die unabweisbaren Schicksalsschläge ertragen. Er hatte zwei Gattinnen und einen Sohn verloren. Er verklärte ihren Tod. Mit seinem Volke feierte er an den fürstlichen Bahren Feste des Todes mit Fahnen von schwarzem Samt und Fackeln auf Leuchtern von Alabaster und Porphyr. Auch war er zum Sieger über die Vergänglichkeit geworden, begründete er doch eine gelehrte Akademie, um den Unsterblichen im Reiche des Geistes eine Heimstatt im neuen Lande Preußen zu schaffen.

Graf Gaëtano interessierte sich lebhaft für diese Königliche Akademie der Wissenschaften. Ob auch Naturgelehrte sich unter ihren Forschern und Weisen befänden, die man teilnehmen lassen könne an der Entdeckung des Steines der Weisen?

Den König schauerte es, wenn er an dieses zurückliegende Gespräch und das Ereignis, das bevorstand, dachte; Majestät hatten viel Zartes und Empfindsames an sich. Das und nichts Geringeres lag vor dem ersten »König in Preußen«: in seinem jungen Königreich würde für alle Welt, für alle Zeit der Stein der Weisen, das Geheimnis Gold zu machen, gefunden werden! Der ärmste und jüngste König Europas sollte ein Herrscher größer denn Salomo sein, zu dessen Zeiten man das Silber für nichts achtete. Er würde sein Volk beglücken, wie noch nie ein Volk beglückt worden war. Die Armut sollte in seinem Lande nur noch eine Drohung sein, ungeratene Kinder zu erschrecken und zu mahnen. Alles Böse würde allmählich erlöschen, denn wo des Goldes kein Maß und Ende mehr war, hatten Verbrechen und Haß den Sinn verloren. Das Gold war die Tugend. Wie hätte man auch sonst die Kunst, es zu schaffen, den Stein der Weisen nennen können? Der König empfand edel. Graf Gaëtano bestätigte es ihm ergriffen, und der König war entschlossen, ihn nun endgültig als Weisen in den Mächten der Materie und des Geistes zugleich in seine Akademie zu berufen. Da aber die Einführungsfeierlichkeiten für dieses Jahr bereits stattgefunden hatten und zur Zeit kein freier Platz verfügbar war, den der Graf nach den Gesetzen dieser erlauchten Gesellschaft hätte einnehmen können, ernannte die Majestät den Conte vorerst zum Generalmajor der Artillerie ohne Dienst. Nur daß der König bei solcher Erinnerung im Gedanken an seinen Sohn von einem unbehaglichen Gefühl nicht freikam.

Seit Friedrich Wilhelm zum Staatsrat zugelassen war, zeigte er manchmal eine geradezu verhängnisvolle Art, Zwischenfragen zu tun, die einen beinahe aus der Fassung bringen konnten. Sechs Jahre ging es nun schon so. Den Fünfzehnjährigen hatte der König in schöner Geste und Floskel zu den Beratungen der Minister hinzugezogen, und der junge Mensch machte sich seitdem einen Zwang daraus und versäumte keine Sitzung. Ja, mitunter nahm er bei aller Achtung vor dem König dem Vater das Wort aus dem Mund und gab, ohne daß die Majestät noch widersprechen konnte, der ganzen Verhandlung eine völlig andere Richtung als geplant war. Manchmal wußte man nicht, wer hier der Vater, wer der Sohn war. Fest stand nur, daß der Herrscher mitunter den Thronfolger, niemals aber der Kronprinz den König fürchtete. Man bangte sich vor seiner mißtrauischen Art, die man von Kindheit an bei ihm wahrnahm; man bangte sich auch namentlich vor seinem kriegerischen Geiste, der sich nun auch im Staatsrat offenbarte. Der Unterricht in den Fächern der Kriegswissenschaft war darum immer weiter eingeschränkt worden; denn allein schon um dem Prinzen die lateinischen Konjugationen einprägen zu können, hatte sein Lehrer Rebeur sie ihm als Armeen aufmarschieren lassen müssen, weil er ja so sehr für den Krieg wäre. Jeder Modus war ein Regiment, jedes Tempus eine Kompanie; die Gerundive waren Marketender, die Infinitive und Futura waren Tamboure wegen des »rum« und »rus«. Seinen Ephorus Cramer aber hatte bereits der Siebenjährige als Lehrer abgelehnt, einmal weil er einäugig, dann aber, weil er ihm zu »effeminiert« war. Während Cramers Unterricht warf der Prinz sich auf ein Ruhebett, las oder schlief, da Cramer ihm zum Munde redete, im übrigen aber über seine militärischen Interessen hinweg unterrichtete.

In den fremden Residenzen war schon dies und das über den jungen Wilden durchgesickert, und die verstorbene Mutter hatte sich einst alle Mühe gegeben, seine Härten zu mildern und ihn durch verzweifelte Dispute über Bücher für die Große Welt zu retten. Denn er lauschte von der frühesten Knabenzeit an den Pferdeknechten und Domestiken ihr grobes Deutsch ab, obwohl er das artigste Französisch sprach, das einer sich nur denken konnte.

Sonst ahmte er die gemeinen Soldaten nach, rauchte Tabak, fluchte, band sich einen Riesensäbel um und redete mit Vorliebe die niedrigsten Soldaten an, und zwar in ihrem Umgangston. Alle Frauen, auch die eigene Stiefschwester, nannte er Huren. Wenn er nicht fluchte, sprach er schnarrend, leise, kurz und abgerissen, sprach überhaupt ungern; fand er eine Antwort nicht, so runzelte er die Stirn; beim Sprechen nahm er stets, wie ein kleines, verängstetes Kind, den Daumen in die linke Hand; aber es kränkte ihn aufs tiefste, als sein großer Degen einmal durch einen passenderen, kleinen ersetzt wurde. Er ging einwärts, lief mit unsauberen Handschuhen und ungeputzten Zähnen umher; und immer hatte er Hunde um sich, gleichgültig, ob sie dem König Möbel und Gärten verdarben oder nicht. Im Zimmer ging er lieber durchs Fenster als durch die Tür, und in den Räumen des Vaters durfte er sich überhaupt nur aufhalten, wenn er das ausdrückliche Versprechen gab, nichts darin zu verderben. Einen Entrüstungssturm rief es hervor, daß der Prinz im Schloß mit Reitstiefeln umherging, statt in leichten, eleganten Schuhen, wie die gesamte Hofgesellschaft es ausnahmslos tat. Auf die Schleppen der Damen hatte er es ebenso abgesehen wie auf die Schienbeine seiner markgräflichen Onkel. So hatte es seinen guten Grund, daß die Königin, weilte sie in Berlin, den Sohn täglich einmal sehen wollte; hielt sie sich aber auf ihrem geliebten Lietzenburger Schloß Charlottenburg auf, so mußte er doch wenigstens einmal in der Woche zu ihr hinauskommen. Dafür hatte er einen eigenen kleinen Wagen, mit dem er auch wirklich regelmäßig zu antikischem Dialoge nach Lietzenburg und den er endlich auch in Trümmer fuhr. Ritt er aber, so umgab man ihn angstvoll mit vier Wächtern; denn der Knabe nannte sich selbst zwar dick und verschlafen, war aber in seiner, ihm selbst immer viel zu geringen Tollkühnheit so zart, daß er unter der geringsten Hitze sehr litt, zu jäh sein Gewicht verlor, rasch in hohes Fieber fiel und dauernd quälende Kopfschmerzen zu verschweigen hatte.

Sorgfältig wählte Königin Sophie Charlotte alle Lektüre für ihn aus; immer wieder griff sie auf Fénelons »Telemach«, den schwärmerischen Fürstenspiegel, zurück. Friedrich Wilhelm wollte – abgesehen von der Selbstüberwindung, die er an ihm anerkannte – ganz und gar kein Telemach in Fénelons, der Königin und ihrer bewunderten Antike Sinne werden und wartete bei den wöchentlichen Dialogen mit seiner Mutter recht beharrlich mit demselben Satz aus Xenophons moralisch-politischen Schriften auf; was dort vom rastlos tätigen König Kyros ausgesprochen wurde, bedeutete ihm die höchste Weisheit aller Bücher: »Die sichersten Mittel, einem Volk, einem Land, einem Königreich eine dauerhafte Glückseligkeit zu verschaffen, sind ein Heer auserlesener Soldaten und eine gute Wirtschaft der Bürger.« Allenfalls wollte er Titus sein: der küßte die Guten und bedachte die Bösen mit Nasenstübern. Die Guten aber waren dem Knaben die Fleißigen und Geringen, die Bösen die Vornehmen und Müßiggänger. Darauf gab man bei Hofe acht; ein Schneider hatte bei dem Thronfolger den Vortritt vor einem Baron.

Der Prinz verstand nur wenig von der Meinung seiner Eltern, daß Gold einen Besitz erst bedeute als Fest oder Kunstwerk oder geistige Schöpfung. Der Zehnjährige schon führte zum Entsetzen der hohen Familie und ihrer Höflinge ein Kontobuch, dem er die Aufschrift gab: »Rechnung über meine Dukaten.« Er schien nur das Rechnen gelernt zu haben – und war doch immer ein ganz besonders schlechter Rechenschüler gewesen. Alles war in seinem Kassenbuche vermerkt: die Neujahrsgeschenke an die Dienerschaft genau so wie eine gelegentliche Anleihe von einem Taler bei dem Küchenmeister Jochen, der Preis für ein paar junge Füchse genau so wie Ausgaben für Blumen und Farben zum Malen. Damit trieb er es eigentlich recht arg. Lediglich die Großmama in Hannover lachte darüber, und man wußte nicht gewiß, ob über den kleinen Geizhals oder die dauernde Wiederkehr eines Postens junger Füchse, Hasen und Farbentöpfe. Sie, die schon den Neugeborenen, Starken, Gesunden gleich nach der Geburt nach Hannover zu entführen gedachte, schien ihn mit anderen Augen zu sehen als das hohe Haus und der Hof.

»Er weiß die Details von alles, er weiß wie ein Dreißigjähriger zu reden; idwedem sagt er etwas Obligants«, so schrieb sie von dem dreizehnjährigen Gast auf ihrem Lieblingsschlosse Herrenhausen, »er sieht aus wie man die Engeltien malt, hat ein Hauffen blundt her; wan die frisirt sein, sieht er aus wie man Cupido malt.«

Seltsamerweise hat auch Leibniz, der große philosophische Freund der Mutter, mit solcher Zartheit von ihm geurteilt – und mußte doch eigentlich bangen für den weisen Erziehungsplan, den er für den jungen Wilden aufgestellt hatte!

Schließlich mußte aber auch die Königin, die verschwenderischste, leichtsinnigste, schöngeistigste aller Mütter, den jungen Wilden über alles geliebt haben. Denn als der Siebzehnjährige seine Prinzenreise an die fremden Höfe antrat, die Fahrt nach Brüssel, Holland und Italien, stand in ihrem Tagebuche ein einziges trauriges »parti«. Doch schien ihr die Große Tour des jungen Herrn aus hohem Hause der letzte Versuch, seine Rauheit zu glätten.

Nach dieser Reise sollten Mutter und Sohn sich nicht wiedersehen. Die Königin starb nach ihrem großen Karneval, um dessen Freuden sie sich durch Krankheit nicht betrügen lassen wollte. Das Leben war ihr Traum und Feier und Gedanke gewesen. Lesend, musizierend, diskutierend, tanzend und für ungefährliche Liebschaften schwärmend, hatte sie es hingebracht. Nach dem Tode der Mutter wurde Friedrich Wilhelm sichtlich noch schroffer. Der König war seitdem um den Sohn sehr besorgt. Nur jetzt, in den Ereignissen um Gaëtano, hätte der König ihn mehr als nur »parti« gewünscht, um bloß den Unannehmlichkeiten bei der Begegnung zwischen dem Kronprinzen und dem Conte enthoben zu sein.

Friedrich I. zog, als bedeute es Abwehr und Schutz, seinen Zobelmantel fest um die Schultern und Hüften, daß man die Seide knistern hörte, mit der er gefüttert war. Der Hofmarschall war froh, daß der König sich nach so langem Sinnen wieder regte. Solange die Majestät in düstere Gedanken versunken schien, wagte der Marschall nicht zu sprechen; und ihn beschwerten so dringliche Fragen. Endlich wandte ihm der Monarch sein lockenschweres Haupt wieder zu, und über seinen Zügen lag die alte Freundlichkeit. Der Herrscher sah es ein. Die Sorgen des Oberhofmeisters waren nicht leicht zu nehmen. Wie hatte man die Stätte des alchimistischen Laboratoriums, für die der Kronprinz nun einmal eigensinnig die alte Gesindeküche bestimmte, für den königlichen Zuschauer und seine Gäste herzurichten? Welche Treppen durften Majestät benützen, wenn sie zum Keller hinabschritten? Welcher Anzug war für solchen Anlaß angebracht?

König Friedrich gab sich äußerst vertraulich. Er sei ebenfalls ratlos. Man möge sich mit der Prinzessin von Brandenburg-Ansbach, die als liebster Gast bei Hofe weilte, ins Benehmen setzen. Die wisse in solch schwierigen Lagen stets einen Ausweg. Die habe, von der verstorbenen Königin selbst für das Hofleben erzogen, das feinste Gefühl für derartige Besonderheiten.

Die Ansbacherin half. Mit ihren großen, grauen Augen sah sie einen Augenblick den König schweigend an. Dann war, wie immer bei ihr, die Lösung schon gefunden. Der Akt in der Gesindeküche sei eine Angelegenheit der Forschung und müsse in allem Ernste vor sich gehen.

Friedrich I. empfand beglückt, daß er sich immer und in allem auf das Geschick und die Klugheit jener jungen Kusine verlassen durfte. Er war entschlossen, sie mit einer kleinen Statue aus lauterem Golde zu überraschen. Das Kunstwerk sollte sie selbst als Pythia am Delphischen Orakel darstellen; es würde entzückend werden; er sah es vor sich. Immer war der Spruch der Ansbacherin unfehlbar, und vor noch schwereren Aufgaben hatte sich die Sicherheit ihrer Entschlüsse bewährt. Selbst Friedrich Wilhelm, ihn, der unbeeinflußbar schien, hatte sie allein zu lenken vermocht; und das in den schwersten Wirrnissen und Widerständen, denen des Herzens.

Es war schwierig gewesen mit dem Kronprinzen und den Frauen. Den Versuchen der Mutter, ihn nach der von ihr heraufbeschworenen, schmerzvollen Knabentorheit ein zweitesmal durch anmutige Liebesgeschichten gefügiger zu machen, trat er mit offener Ablehnung und unverhohlenem Spott entgegen. Die Verführung durch das Fräulein von Pöllnitz, von der Königin veranlaßt, reizte ihn zu maßlosem Zorn und stürzte ihn in tiefste Scham. Kam er von den Festen der Mutter aus ihrem neuen Schloß Charlottenburg, für die Königin und ihre Damen wie ein Kavalier gekleidet, warf er Brokatrock und Perücke zornig in einen Winkel und trat die weiße Lockenpracht mit Füßen. Die Diener berichteten es zuverlässig.

Verlangte es aber die höfische Sitte, daß jüngere Damen des Hofes der kronprinzlichen Hoheit die Hand küßten, so errötete der breitschultrige junge Mann über das ganze Gesicht.

Aber dann war des Vaters Ansbacher Kusine zum Berliner Karneval gekommen: liebenswürdig an allen Veranstaltungen des hohen Vetternpaares Anteil nehmend und doch ein wenig abwesend in ihren Gedanken; mit hellen, leuchtenden Augen und dennoch einem ernsten Schatten um die Lider; mit einem süßen und sehr weichen, jungen Mund, doch einer Stirn von männlicher Kühnheit. Und plötzlich errötete Kronprinz Friedrich Wilhelm nicht mehr vor den jungen Damen des Hofstaates, sondern nur, wenn die Ansbacher Brandenburgerin ihn ansah, flammte die jähe Röte über sein weißes Gesicht, dessen Zartheit er haßte.

»Sie sind mein Neffe, gewiß«, bemerkte lächelnd die Ansbacherin, »aber ich bin kaum fünf Jahre älter als Sie, und Sie tun mir fast ein wenig zu viel Ehre an.«

»Sie haben sehr groß gehandelt, Madame«, antwortete er, und seine Stimme war nicht rauh und schnarrend wie sonst; die Röte war wieder verflogen.

Aber nun trieb es der Ansbacherin das Blut in die Wangen. Denn war sie auch die Ältere, so war sie doch sehr jung. Er sprach von der spanischen Affäre!

Friedrich Wilhelm fuhr ruhig fort: »Um des evangelischen Glaubens willen auf die Krone Spaniens, ja, die Hoffnung auf den Thron der deutschen Kaiserin, zu verzichten, dazu waren unter den Fürstentöchtern nur Sie fähig.«

Der Ansbacherin entging es nicht, daß das gewählte Französisch, das der preußische Thronfolger sprach, einen besonderen Klang hatte. Aber es war mehr der Ausdruck, den er seiner Rede gab, was sie so anzog. Der Kronprinz war so voller Widersprüche und in all den Gegensätzen seines Auftretens und Wesens so bezwingend, wenn man nur nicht sein Leben an den Unsteten zu heften brauchte; wenn man nur nicht seinen eigenen Willen unter seinen Starrsinn beugen mußte; denn der Wille galt der jungen Fürstin viel.

Sie sah ihn lange an, und dabei gewann sie ihre Festigkeit und Kühle wieder. Er hatte die ernstesten und klügsten Augen, in die sie je blickte, und schmale, lange, feste, leicht gebräunte Hände, wie sie im Brandenburgischen Hause vor ihm noch keiner besaß.

Als ihr dann der Prinz von seiner Liebe zu sprechen begann, hatte die Ansbacherin von seinen Händen und Augen schon Abschied genommen. Es war nicht nötig, daß der Generalmajor und Obermundschenk von Grumbkow ihr die Gründe der Staatsräson auseinandersetzte. Niemals hatte er, der nur für die unentwirrbarsten Geschäfte bemüht wurde, es leichter gehabt. Die Ansbacherin nahm ihm die Worte von den Lippen, ehe er sie aussprechen konnte. Ihm blieb nur übrig, zu bewundern, anzuerkennen und im Namen Seiner Majestät zu danken.

Zwei Tage, nachdem ihre Entschlüsse gefaßt waren, redete Friedrich Wilhelm die Ansbacherin plötzlich deutsch an. Sie wüßten beide, daß ihr Weg nicht wie der anderer junger Leute sein könne; zwischen ihnen bedürfe es keiner diplomatischen Spiegelfechtereien. Wenn sie sich trennen wollten, so sei es immer noch allein zwischen ihnen selbst auszumachen. Er schloß: »Es geht um unsere Häuser, unsere Liebe.«

Einen Augenblick kam es über die Prinzeß, daß sie an seine Brust sinken wollte. Doch blieb sie ruhig stehen, lächelte und meinte nur: »Mein ältester Neffe ist der unverständigste. Er kennt noch nicht einmal die Spielregeln unserer Höfe. Dieser eine Satz durfte nicht mehr gesagt sein.«

Don Domenico Gaëtano Conte di Ruggiero aus dem Königreich Neapel fuhr zu seiner Probe vor. O nein, der König brauchte es nicht zu bereuen, daß er ihm das Fürstenhaus am Friedrichswerder, das sonst nur fremden Fürstlichkeiten aufgetan wurde, als Quartier eingeräumt hatte. Der Conte trat durchaus wie einer dieser großen Herren auf.

Hundert Dukaten verbrauchte er die Woche. Seine Kutsche war reich verziert mit Gold, und seine zwanzig Pagen, die ihn mit zwei oder drei Dutzend Pistolen bewachten, trugen eine Livree von Scharlach mit leuchtend gelben Samtaufschlägen.

Auf alles Beiwerk des berühmten Magiers hatte der Graf jedoch verzichtet; er wählte einen Brokatrock, verschmähte den Alchimistenmantel, und all sein Zaubergerät bestand in ein paar Fläschchen, Retorten und Mixturengläsern. Auf einem Silbertablett wurden sie ihm in verschlossenem Kasten vorangetragen.

Gaëtano ließ sich nicht das leiseste Erstaunen anmerken, daß man ihn nicht die breiten Treppen zu den Audienzsälen hinaufführte, sondern tiefer und tiefer nach unten geleitete. Zum Schluß waren es so schmale und gewundene Stiegen, daß man sie nicht mehr hatte mit Teppichen belegen können. Aber Majestät würden auch geruhen, sie zu benützen, versicherte ihm der Hofmarschall.

Der König traf auch kurz nach dem Italiener ein, begleitet nur von den Höchsten seines Hofes, den Grafen Wartenberg, Wittgenstein und Wartensleben, den markgräflichen Brüdern sowie den berühmtesten Professoren seiner Akademie. Als die Majestät sich niedergelassen hatte, winkte der Kronprinz, man möge auf ihn keine Rücksicht nehmen und seine Plätze wählen. Er selbst stand in Wams und Schürze am Ofen. Die Herren Markgrafen setzten sich sofort; sie waren sehr gespannt und wünschten, daß die Vorführung sofort beginne. Die Herren Markgrafen hatten eine außerordentliche Vorliebe für dergleichen. Es kam ihnen gar nicht einmal sehr zum Bewußtsein, daß es hier um die Auffindung des Steines der Weisen ging. Ein wenig entsetzt waren sie nur, daß man den Keller wirklich allein mit einem Prunksessel und ein paar Armstühlen hergerichtet hatte.

Doch Graf Gaëtano bot ihnen kein prunkvolles Schauspiel. Er ließ keine Tribüne aufstellen und mit figurenbestickten Tüchern überhängen. Er baute ihnen keine Hexenmeisterküche hin, ließ nicht von Dienern und Adepten rätselhafte Gegenstände und schlösserverwahrte Truhen herbeischleppen. Er versank nicht in schweigendes Grübeln und mied die klingenden Beschwörungsformeln. Lediglich sieben Pfund Quecksilber und mohnsamengroße Körner von Kupfer wurden in eine gläserne bauchige Flasche gegossen und in der Sandkapelle des Windofens vor aller Augen abgestellt; und auf einer Tafel waren alle Testimonia publica und Patente ausgebreitet, nach denen der Magier das Gold nicht nach Loten und Unzen, sondern zu zwanzig und dreißig Pfund zu produzieren imstande war.

Lebhaft plaudernd, dabei mit aufmerksamer Bescheidenheit die Fragen und Gegenreden König Friedrichs abwartend, saß der Graf neben der Majestät. Der Lakai stand mit dem silbernen Tablett an seiner Seite. Das Kästchen war jetzt geöffnet, der Goldmacher ließ sich diese und jene Phiole mit einem Arcanum oder Spiritus vini rectificatissimi und der Tinctura universalis, die nur er besaß, reichen und war bei alledem eigentlich eifrig damit befaßt, das Wunder, das er vollbringen würde, von vornherein zu entzaubern. Er pries mehr die chemische Wissenschaft, als daß er Schauer einflößte vor seinen Mixturen. Er leitete mehr zu den letzten Schlüssen der Logik, als daß er seine geheimen Kräfte ahnen ließ. Die erst ein wenig inquisitorischen Fragen der Herren Professoren verwandelten sich sehr bald in nahezu ehrfürchtige Erkundigungen. Der König in seinen weißen, wallenden Locken und im weichen Faltenwurf seines himmelblauen Mantels schien in einer Wolke des Glückes und der Erkenntnis zu ruhen. Er hatte seinem Sohne längst vergeben, ja, er nickte ihm bei den Erklärungen des Grafen freundlich zu und sagte einmal über das andere: »Da – Sie sehen es, mein Sohn – Sie hören selbst.« Dabei gestikulierte er lebhaft. Seine Ringe funkelten. Die weichen Spitzen um die Handgelenke flatterten.

Der Kronprinz stand unbeweglich vor dem Herd. Jede Bewegung und jedes Wort des Italieners verfolgte er mit nicht aussetzender Aufmerksamkeit. Graf Gaëtano besaß die Höflichkeit, sobald er dem König Rede und Antwort gestanden hatte, auch zu dem stummen Prinzen hinüberzusprechen. Ganz nebenbei, ganz zwischendurch fragte er dann einen Diener, wie lange das Feuer schon brenne.

Friedrich Wilhelm mischte sich ein. »Seit zwei Stunden. Ich selbst habe die Kohlen aufgeschüttet. Ich selbst werde den Blasebalg bedienen, um Ihnen nahe zu sein, Graf. Ich selbst habe die Tiegel, den Lehm und das Kupfer besorgt, das Sie verlangten.«

»Ich danke Euer Königlichen Hoheit für alle diese Anteilnahme« – der Graf verneigte sich im Sitzen –, »aber wenn Hoheit die Vorgänge nahe neben mir verfolgen wollen, müssen Sie geruhen, hier an meiner Seite Platz zu nehmen. – Tu Er Lehm in den ersten Tiegel«, befahl er dem nächsten Lakaien. Aber der Kronprinz breitete seine Hände vor das Werkzeug. Er tat selbst, was Gaëtano gebot. Bald ließ der Goldmacher, mit dem Friedrich Wilhelm sich überaus schnell zu verständigen schien, alle weitschweifigen Höflichkeitsbezeigungen. Knapp gab er seine Anweisungen; rasch und genau führte der Königssohn sie aus. In schneller Folge ließ Gaëtano dem Kronprinzen Mixturglas um Mixturglas reichen, sie prüfen, in den zweiten Tiegel gießen. Danach hatte Friedrich Wilhelm das eine Ende der Kupferstange in den Tiegel mit dem Lehm zu tauchen. Der Münzmeister sollte sich bereit halten; der war der Prüfer des Goldes.

Der Graf erhob sich – leicht, unbefangen, behende. Er nahm das letzte, das kleinste Fläschchen von dem Tablett. Als die Blicke des Kronprinzen ihn nahezu verschlangen, hielt er einen Augenblick lächelnd ein.

Die Züge König Friedrichs wurden schlaffer. Der König war sehr bleich. Die drei Minister Wittgenstein, Wartenberg und Wartensleben hatten sich erhoben und standen hochgereckt hinter der Majestät, stets das gleiche Bild ehrfurchtgebietender, aber recht gefährlicher Einmütigkeit. Die Herren Markgrafen wurden wieder aufgeregter. Sicher, jetzt gab es endlich etwas zu sehen! Wenn nur der Italiener den Neffen sichtlich demütigte!

Friedrich Wilhelm befolgte schweigend die Befehle des Magiers. Er senkte die Kupferstange mit dem vom Lehm nicht bedeckten Ende in den Tiegel, in dem die Mixturen schäumten. Er ließ keinen Blick von dem Werk. Das Kupfer blieb rot.

Der Graf trat dicht neben ihn. Er drehte den Glasverschluß seines Flakons auf und träufelte, als wäre es nur ein zartes Parfüm, einige Tropfen in den Schaum. Der Kronprinz hielt die Stange ganz ruhig. Das Kupfer blieb rot.

Alle umdrängten sie wortlos den Herd. Der König hatte tiefe Schatten um die Augen. Die redseligen Herren Markgrafen brachten keinen Laut über die Lippen. Das Kupfer blieb rot.

Graf Gaëtano reichte dem Kronprinzen ein kleines Messer und ließ ihn die Lehmkruste vom oberen Ende des Barrens lösen. Die weichen Schichten des abgeschälten Lehmes zischten auf dem Herde. Der König schlug die Hände vors Gesicht. Die Markgrafen hielten einander umklammert. Der Graf sagte etwas heiser: »Hoheit – ich danke.«

Friedrich Wilhelm schloß die Augen vor dem übermächtigen Glanz des Goldes, das er nun in Händen hielt. Er ließ den Barren auf die Herdplatte sinken. Halb war es Kupfer, halb war es Gold.

»Es kann nicht sein, Graf.«

Gaëtano kam zu keiner Antwort. König Friedrich zog ihn an seine Brust. Da schob der Kronprinz das Häuflein der Markgrafen beseite und stürmte die Kellertreppe empor. Wohin – er wußte es nicht. Er fand sich selbst erst wieder, als er an der Wiege seines Sohnes stand und die Kronprinzessin, aus dem Nebenzimmer tretend, ihn mit einem erstaunten »Sie hier?« wie aus Traum und Fieber weckte.

»Es ist Gold«, stammelte Friedrich Wilhelm, »und das kann nicht sein.«

»Danken Sie Gott, daß es Gold ist. Sie brauchen einmal Gold.«

Der Kronprinz starrte die Gattin fassungslos an. Aber er nahm nur wahr, daß sie ein ganz aus Goldstoff gewirktes Kleid trug, einen überaus weiten und reichen Rock ganz von lichtem Golddamast, mit Vögeln und Blumen von dunklerem Golde übersät.

»Sie bringen sich selbst um eine Überraschung: mein Kleid für die Taufe.« Die Schöne lächelte und fuhr sich verlegen, dabei aber doch ein wenig kokett über ihr Haar. Denn sie hatte die Perücke noch nicht aufgesteckt, und der Gatte sah ihre braunen Locken.

Friedrich Wilhelm wischte die Hände an seiner groben Schürze ab und streckte die Arme nach seiner jungen Frau aus. Er klagte tonlos und war, wie ein Unbeteiligter, fast verwundert, daß er nicht stöhnte: »Nun ist ein Unglück geschehen, das vielleicht nie mehr gutzumachen ist.«

Frau Sophie Dorothea wandte sich kühl ab. »Ich verstehe Sie nicht. Der Stein der Weisen ist gefunden. Kleiden Sie sich um. Begeben Sie sich mit mir zum König, ihn zu beglückwünschen. Lassen Sie mir Graf Gaëtano vorstellen.«

Die Feier des Goldes sollte nun zugleich zum Fest des königlichen Kindes werden. Die Stunde voller Gewalt und Tiefe war Ereignis geworden: dem ersten im Königspurpur geborenen Hohenzollern würde der Stein der Weisen als Gabe des Tauftages dargebracht werden.

Der Kronprinz hatte sich den väterlichen Wünschen gefügt. Die Kammerdiener stürzten mit Perücke, roten Schuhen, Scharlachmantel und Schmuckkasten herbei. Sie zogen ihm den Brokatüberwurf fast zu eilig über Kopf und Schultern. Der Kronprinz prüfte vor dem Spiegel kurz und aufmerksam, was man ihm anlegte. Der Schärpe gab er einige andere Falten. Die Perlenagraffe, die den Mantel an der Schulter hielt, steckte er um eine Kleinigkeit schräger. Die Locken der Perücke strich er weiter aus der Stirn zurück; die Hände erhielten einige Tropfen eines orientalischen Balsams. Er lächelte ein wenig über das Erstaunen der Diener. Und in all dem fremden Tun schlug sein Herz doch rascher und voller, weil all das Ungewohnte für seinen Sohn geschah.

Von der Mittagsstunde an wurden auf den Wällen die Kanonen gelöst. Der königliche Festzug begab sich auf dem im Winter blumenübersäten Wege zum Dom. Der Donner der Kanonen überklang die Glocken, der Wirbel der siebenhundert Trommeln übertönte die Orgel. Den langen Gang vom Tor zum Altar standen die Reihen der Schweizergarde in goldverbrämten Mänteln und straußenfederüberladenen Hüten. Die Trommelstöcke flogen, kaum mehr sichtbar, in ihren Händen. Es war ein unfaßbarer Glanz über dem Dom. Von allen Emporen der Kirchenhalle wehten Fahnen. Der Altar baute sich zu einer Kerzenpyramide auf; der Zug der Gäste, zu ihm schreitend, war ein goldener Strom.

Am goldenen Taufbecken auf der obersten Stufe hielt die

Ansbacher Brandenburgerin das hohe Knäblein über sie alle empor. Um seine schwachen Schultern lag der schwere Purpur, auf seinem kleinen Haupte strahlte die Krone, in seine Ärmchen hatte man Zepter und Reichsapfel gedrückt, und über seiner Brust spannte sich das Band des Schwarzen Adlerordens mit dem glänzenden Stern.

Der Wirbel der siebenhundert Trommeln steigerte sich zu immer eherenerem Dröhnen, um plötzlich in fast unheimliche Stille abzubrechen. Friedrich Wilhelm hörte einen Augenblick das leise Weinen seines Kindes. Aber da sangen die Chöre zu Flöte, Harfe und Orgel, und wenn er sich ein wenig vorneigte, um das blasse, welke Gesicht des Täuflings näher zu sehen, blendete ihn die Fülle der Kerzen.

Das Wasser, mit dem das Kreuz auf die Stirn des Kindes gezeichnet wurde, war aus dem Jordan geschöpft. Die Tropfen verrannen mit den Tränen des Täuflings. Die Ansbacherin mußte ihn fester an sich drücken, das zitternde Köpfchen unter der Last der Krone zu stützen. Die Feier sollte noch sehr lange dauern. Gerade war erst der Name gegeben: Fridericus Ludovicus.

Im Taufspruch ließ der sanfte König dem ungebärdigen Kronprinzen eine herbe Zurechtweisung erteilen:

»Denn alle Dinge sind möglich bei Gott – «, ein Bibelwort, vom Hofbischof mit vieler Weisheit auszulegen, mit Sinnbildern, Mahnungen und schönen Allegorien.

Der Kronprinz sah das Haupt seines Kindes, auf dem die Krone festgebunden war, immer wieder nach hinten sinken. Nun hielt eine der Prinzessinnen vom Geblüt den Täufling. Der Kronprinz suchte die Möglichkeit einer Verständigung mit seiner Frau. Die Kronprinzessin hatte ihre Augen fest auf den Prediger gerichtet, ihre Gedanken auf den anschließenden Kirchgang der Wöchnerin sammelnd.

Friedrich Wilhelm bemühte sich, die Aufmerksamkeit seines Vaters auf sich zu ziehen. Doch der König umfaßte immer wieder mit weitem und verzücktem Blick das Bild des Prunkes und der Weihe. Nun verhüllten ihn die Fahnen ganz.

In der ersten Reihe der Herren des Hofes stand Graf Gaëtano, hervorgehoben vor allen durch das ihm neu verliehene Band des Schwarzen Adlerordens mit dem strahlenden Stern. Der Kronprinz, von der Krönung des Vaters her der erste Ritter des Ordens, öffnete die Spange, die des eigenen Sternes Schärpe an der Seite zusammenhielt. Er wußte, wenn er sich zum Verlassen des Domes anschickte, würde sie sich lösen und der Orden unter seine Füße fallen.

Wie es dann in der Ordnung des Gratulationszeremoniells möglich war, begriff der Kronprinz nicht. Aber die Ansbacher Brandenburgerin stand plötzlich nahe neben ihm und sagte leise: »Ich sah, daß sich die Spange Ihres Ordensbandes löste.« Dann küßte sie schon der Kronprinzessin die Stirn und die Wangen.

Erst zwischen Tafel und Ball fand der junge Vater einen Augenblick Zeit, selbst nach dem Kinde zu sehen. Sehr blaß lag es in seiner Wiege und schreckte im Schlaf oft zusammen. Friedrich Wilhelm nahm besorgt die schwere Hermelindecke von der Wiege und sah, wie der ganze kleine Körper immer wieder zuckte. Dabei lag doch der Knabe in so tiefer Stille; fast war es zu still.

Die Kinderfrauen hielten sich in einem der Vorräume auf. Der Kronprinz wies sie an, nachts abwechselnd bei dem Prinzen zu wachen und sofort Nachricht zu geben, wenn sie etwas Auffallendes im Verhalten und Zustand des Kindes bemerkten. Auch befragte er sofort einen der erreichbaren Ärzte.

»Er kümmert sich um alles«, rügten die Kinderfrauen streng, als der Kronprinz, den Leuchter in der Hand, sich entfernt hatte.

Auf dem Ball war seine Anwesenheit nicht mehr lange erforderlich. Die königliche Familie zog sich früh zurück. Friedrich Wilhelm konnte sich zeitig zur Ruhe begeben. Es tat ihm not nach einer Nacht, die er nahezu schlaflos über alchimistischen Werken zugebracht hatte. Auch gedachte er am kommenden Tage schon in den ersten Morgenstunden aufzustehen, um sich genauer über die nächsten Pläne des Grafen Gaëtano zu unterrichten und engere Fühlung mit dem königlichen Münzmeister zu suchen, der das Elaborat des Italieners einwandslos als Gold anerkannt hatte.

Auf dem Ritt zum Münzamt nahm der Kronprinz einen Umweg. Jenseits des Schlosses und Domes schloß sich an den Lustgarten bald wieder ein häßliches und ärmliches Stadtviertel an, das der König und sein Hof allerdings bei ihren Ausfahrten niemals zu berühren pflegten. Die Winkel und Gassen dort im alten Kölln waren auch nur noch wert, zu verfallen und vergessen zu werden.

Aber noch lebten Menschen in ihnen, für die keine bessere Wohnstatt bereit war. Der Kronprinz faßte jede Einzelheit ins Auge; jeden umgebrochenen Zaun; jede windschief hängende Tür; die vom Sturm zerrauften, von der Feuchtigkeit und Kälte modernden Strohdächer; die schmutzigen Kinder, die sich an dem frostigen Morgen draußen herumtrieben, zaghaft zu dem vornehmen Reiter aufsahen und ihn ängstlich, darum nicht minder beharrlich anbettelten.

Ein hochgewachsener junger Mann hämmerte trotz des eisigen Nordwindes an einem Fensterladen herum, der, locker und gesprungen, in den Angeln knarrte; er suchte den breiten Riß im Holz mit einer Latte zu übernageln. Aber bei jedem Hammerschlag splitterte der Sprung nur weiter. Als der Mann den Reiter anhalten sah, legte er sein Handwerkszeug auf den Fenstersims, ging ins Haus und schlug die Tür hinter sich zu.

Friedrich Wilhelm sprang vom Pferde und schritt dem jungen Menschen rasch nach. Der öffnete nur zögernd die Tür.

»Warum hat Er seine Arbeit abgebrochen?« fragte der Kronprinz unvermittelt.

»Weil das Holz keinen Nagel mehr hält.« Die Antwort schien jede weitere Frage abzuschneiden.

Der Kronprinz blieb hartnäckig und fuhr fort: »Warum müht Er sich heute überhaupt mit derlei Dingen? Weiß Er nicht, daß dieser Tag noch für die Tauffeierlichkeiten auf dem Schloß bestimmt ist?«

Der junge Mann machte kein Hehl daraus, daß er die Hoheit erkannt hatte. Ohne jede Befangenheit, doch mit viel Bitterkeit sprach er weiter.

»Warum sind der Herr Kronprinz um diese Stunde hier?«

Er beschrieb am Fenster einen weiten Bogen um die armen Hütten und verkommenen Wege. »Hier ist kein Fest. Die Feiern sind drüben hinter dem Lustgarten.«

Der Kronprinz knöpfte an seinen Reithandschuhen. »Hör Er, die Feste werden auch hier bald beginnen. Eine neue und herrliche Stadt wird auch hier bald entstehen. Es gibt ja nun Gold.«

Der junge Mann zeigte sich vollkommen unterrichtet.

»Ja, Herr Kronprinz, Preußens letztes Gold in des Generalmajors Graf Gaëtano Tasche.«

Jetzt prägte Friedrich Wilhelm sich das Gesicht des Mannes genau ein. Seine Züge waren klar und klug. Aber die junge

Hoheit sagte: »Er ist sehr kühn. Warum traut Er elender Untertan nicht dem, was seines höchsten Herrn und Königs heißester Glaube ist?«

»Weil Graf Gaëtano sich gestern nach der Tafel von des Königs Majestät fünfzigtausend Taler zusichern ließ für die neue Goldbrauerei.« Der junge Mensch beschrieb wieder einen Halbkreis um die Elendshütten vor dem Fenster. »Fünfzigtausend Taler, Kronprinzliche Gnaden.«

»Was schließt Er daraus?« Friedrich Wilhelm ließ sich auf den Holzschemel nieder, den der andere ihm blank gewischt hatte. Er riß seinen Mantel auf.

»Daß es mit den Künsten des Goldmachers nicht stimmen kann, Euer Gnaden. Wie könnte er sonst in Geldverlegenheiten sein.«

Der Kronprinz bezwang seine Unruhe. Er gab sich sehr kühl. »Woher hat Er Botschaft, was an der königlichen Tafel gesprochen wird?«

Die Bitterkeit in der Antwort des Mannes war größer als der Stolz seines Ausdruckes. »Ich habe nur zum Freunde, wer mir und meinesgleichen helfen kann. Die königlichen Küchenjungen können unsereinem schon gute Freundschaftsdienste leisten, wenn sie nur den Herren Tafellakaien öfter ein wenig gefällig sind. Freilich, manchmal wollen sie mehr sagen, als sie wissen. Dann muß man sorgfältig sondern; denn die Küchenjungen tun nun auch noch ihr Teil dazu.«

Er lächelte flüchtig. Friedrich Wilhelm sah ihn von der Seite an, den Knopf der Reitpeitsche an den Mund gelegt. Der junge Mann wartete keinen Einwurf ab. Mit einer hastigen Wendung zu der Hoheit hin rief er hell, fast scharf: »Aber hier ist nichts übertrieben. Aber hier ist alles wahr, Euer Gnaden.«

»Trotz Küchenjungen- und Tafellakaiengeschwätz«, fiel der Kronprinz ein und hatte eine tiefe Falte zwischen den Brauen, »– das ist wahr.«

Er streifte die Handschuhe über. »Wie heißt Er?«

Es klang trotz der rauhen, abgerissenen Sprechweise der jungen Hoheit nicht unfreundlich.

»Creutz.« Der einfache Mann verneigte sich mit großer Höflichkeit.

»Creutz«, wiederholte der Prinz. Schon trat er aus der engen Kammer; und Name, Mensch und Schicksal waren ihm eingeprägt. Im Takte seines Rittes dachte er nichts mehr als die eigenen Worte: »Aber das *ist* wahr – das *ist* wahr –«

Woher nahm der Vater noch fünfzigtausend Taler für den Goldmacher? Er zahlte seinen Beamten die Gehälter nicht mehr und war seinen Großen tief verschuldet, die ihn ausgesogen hatten. Bei denen, die sich schamlos an ihm bereichert hatten, mußte er borgen.

Aber dem Sohne schlug er es mit hochmütigem, mitleidsvollem Lächeln ab, als er ihn bat, seinen kronprinzlichen Etat von fünfunddreißigtausend Talern herabzusetzen. Das sei ein kleiner Etat. Der Kronprinz von Preußen müsse doch Tafel halten. Der erste Kronprinz von Preußen dürfe doch nicht derart bürgerliche Wäsche, Manschetten und Krawatten tragen. Von seiner Tafel, heiße es, stehe man manchmal hungrig auf.

Ach, über Tafel und Krawatten! Er brauchte sein Geld zu Wichtigerem; und dies war nun sehr seltsam: genau die fünfzigtausend Taler hatte der Kronprinz gespart, die der Goldmacher vom König verlangte. Er hatte sie gespart, obwohl der eigene Vater ihm, noch als er Knabe war, schon über dreißigtausend Taler schuldete. Er hatte sie gespart, obwohl er gewaltige Mengen seines Knabentaschengeldes immer wieder in seine Miliz gesteckt hatte. Die war so angewachsen, daß er seine Leute in den Scheunen verstecken mußte, kam der Vater König einmal nach Wusterhausen hinaus.

Er war bereit, seine Ersparnisse dem König zu leihen – zu solch harter Kur. Er wollte auch nur eine einzige Garantie von ihm: den Sturz der drei Minister, den Sturz vor allem Graf Wartenbergs. Denn der war Oberkämmerer, Erster Staatsminister, Generalpostmeister, Generalökonomiedirektor, Oberhauptmann der Schatullämter, Oberster Stallmeister aller Gestüte, Protektor der Akademien und Erbstatthalter der oranischen Erbschaft; er war es ohne jede Kontrolle und mit unumschränkter Verfügungsgewalt. Die Gräfin – einst die Frau des Kammerdieners Bidekap und im Packwagen aus Emmerich mitgebracht – schickte Geld nach England, denn sie traute Preußens Zukunft nicht recht; der Graf kaufte Güter in der Pfalz. Ihre Tafel kostete mehr als die königliche.

Der König dankte. Der König lehnte ab. Der Kronprinz investierte über zwanzigtausend Taler in »Bau Wusterhausen, Garten und Landmiliz«. So hatte die Preußische Krone ein schuldenfreies Gut. Der König pochte vor den Gläubigern auf seine oranische Erbschaft, gab dem Goldmacher Versprechen und hoffte.

Friedrich Wilhelm ersuchte den König um seine Entfernung vom Hofe.

Friedrich I. fand seinem Sohn gegenüber nur noch müde Gesten. Dabei war es doch durchaus kein ungebräuchliches Mittel, sich eines etwas schwierigen jungen Herrn für eine Weile dadurch zu entledigen, daß man ihn auf Reisen schickte. Aber selbst an diese Erwägung knüpften sich unangenehme Erinnerungen. Denn war der Kronprinz vielleicht auf die Große Tour gegangen, wie sie für Fürstensöhne üblich war? Hatte er sich etwa durch das Leben an fremden Höfen verfeinern lassen? Über Holland war er überhaupt nicht hinausgekommen. Und in Amsterdam hatte er lediglich die Polizei, die Armenhäuser, die Gefängnisse, Schiffe und Magazine besichtigt, in Leiden nur die Anatomie aufgesucht!

Aber gut, gut; mochte er doch wieder reisen auf seine Art. Im Augenblick war seine Abwesenheit nur zu genehm. Was er nur wünschte an Urlaub, Ermächtigungen, Empfehlungen, sollte ihm zugebilligt sein.

Aber der Kronprinz wollte gar nicht reisen. Er wollte in den Krieg nach Flandern; und in der Verfechtung dieses Planes entwickelte er eine rhetorische Gewandtheit, die man bis dahin noch nicht an ihm wahrgenommen hatte. Daß er dem Vater seinen Willen klarzumachen suchte in dessen eigener Sprache und von der Fürstentragödie redete, die um die spanische Erbfolge aufgeführt werde: das entschied den Erfolg seiner Bitte.

Die überraschenden Redewendungen gefielen dem Herrscher. Sie waren nicht bäurisch, wie so vieles an dem Sohn. Die Majestät raffte ihren Mantel zusammen und erhob sich. »Reisen sie meinethalben auch nach Flandern – ich gewähre es Ihnen gern. Reisen Sie zu meinen Truppen – nur quälen Sie mich nicht mit Ihrer Engherzigkeit, Verzagtheit, Ihrer Kleingläubigkeit.« Er wollte den aussichtslosen Kampf gegen seinen Sohn nicht weiterführen.

Die Kronprinzessin fand es angebracht, daß der Kronprinz sich nach der Taufe des Stammhalters nun auch den Truppen zeigen wollte. Solche Besuche bei der Armee waren abwechslungsreich und ungefährlich. Das wußte die junge Fürstin von Vater und Bruder, dem Kurfürsten und Kurprinzen von Hannover.

König Friedrich aber wurde plötzlich wieder besorgt um den einzigen Sohn; nirgends und niemals war er des vollen Einsatzes fähig. Er ließ dem Kronprinzen schriftlich einen Befehl zugehen, nach welchem er ihn zum Besuch der verbündeten Heerführer ins flandrische Hauptquartier entsandte, keinesfalls aber in seiner Eigenschaft als Chef des Kronprinzenregimentes. Schreibend blieb der schwache Vater fest; der Begegnung mit dem Sohne wich er aus.

Der gesamte Hof glaubte, sobald der Aufbruch des Kronprinzen zur Armee bekannt geworden war, die junge Hoheit von dem Goldmacher in die Flucht geschlagen. Wer konnte ahnen, daß der neue Regimentsschreiber in der Wusterhausener Truppe des Kronprinzen ein Spürhund gegen Gaëtano war. Wer konnte wissen, wer der Schreiber Creutz war, wie sein junger Herr ihn fand und was er von ihm hielt.

Friedrich Wilhelm fügte sich den Wünschen des Vaters und Königs. Er hatte ja auch wirklich eine Fürstlichkeit im flandrischen Lager zu besuchen, freilich gerade einen großen Herrn, der am Berliner Hofe verfemt war: Herrn Leopold von Anhalt-Dessau.

Er hatte begonnen, all die Verbitterung zu verstehen, durch die sich der Fürst in den Kreisen des Hofes gar so unbeliebt gemacht hatte. Er fing an zu ahnen, warum der große General sich als Freiwilliger bei den brandenburgischen Truppen herumtrieb, obwohl ein Rangjüngerer das Kommando führte. Was noch groß war an Brandenburg, schien unlösbar an den Fürsten Anhalt-Dessau gebunden; er wollte nicht von seinem Werke lassen, die Truppen, die er vierzehn Jahre, in vierzehn Feldzügen für Brandenburgs Reichsdienst geführt hatte, ruhmreich zu machen. Er wollte nicht Berührung haben mit dem neuen Königshofe.

Der »Kronprinz in Preußen« und Kurprinz von Brandenburg brach nicht zur Armee auf, nur weil es ihm verdrießlich war, lediglich dem Titel nach Regimentschef zu sein. Der Kronprinz in Preußen ging, den Dessauer zu suchen. Vielleicht sah der mit seinen Augen, hörte der mit seinen Ohren, redete der mit seiner

Zunge. Einer mußte doch noch sein! Man hielt sie voneinander getrennt!

Der Fürst von Anhalt-Dessau fuhr Friedrich Wilhelm entgegen.

Je mehr sie sich dem Lager näherten, desto stärker spürten der ältere und der jüngere Mann ihre Übereinstimmung.

Den letzten Teil der Reise hatten sie gemeinsam zurückgelegt. Der Kronprinz hatte nur wenig Kasten und Truhen als Gepäck bei sich. Er hielt sich nicht an das Feldlagerzeremoniell.

Dem Dessauer war es recht, wie der Thronfolger kam: zerstreut, wortkarg, noch ganz gefangen im Berliner Ärger. So, genau so, pflegte auch er selbst jedesmal vom neuen Königshofe zu kommen!

Aber heute war des Prinzen schlechte Laune bald wie weggefegt.

Der Tag war da, an dem sie nun die ersten Truppen sahen. Sie waren noch nicht sechs Stunden gefahren. Es war gegen Mittag. Eine breite, blitzende Welle kam ihnen den Hang einer Erhebung entgegen, dichte Reihen von Soldaten. Fern hinter ihnen wehten schmale Wimpel von hohen Lanzen, Zeichen der Zelte, deren graue Spitzen vor dem Horizont der Ebene zum Gebirge wurden.

Man schien dem Frühling näher. Über den Stämmen der kahlen Bäume war ein feuchter, grüner Schimmer, Hauch des Frühlings über altem Holz. Der Schnee war getaut.

Die Mannschaften scharten sich zu schmalen Kolonnen, als sie am Reisewagen der Fürstlichkeiten vorbeimarschierten. Der Fürst und der Kronprinz lehnten sich aus dem Schlag. Den Dessauer erkannte jeder Soldat. Aber die Ordnung der Gruppen durfte durch die Begegnung nicht gestört werden. Darauf achtete der Fürst; das wußten sie und wollten keine schlimme Begrüßung.

Nur den Marsch des Dessauers stimmten sie an, den Marsch der Schlacht am Ritorto und des Sieges von Cassano:

»So leben wir, so leben wir – «

Der Zug war lang. Andere Lieder des Feldzugjahrzehntes folgten.

»Prinz Eugen, der edle Ritter – «

»Marlborough s'en va-t-en guerre, mironton, mirontaine – «

»Auf ein Lied, das Ihnen gilt, Hoheit.« Der Dessauer beugte sich in den Sitz zurück und kramte eine Reiseflasche mit Schnaps hervor. Sie tranken ohne Becher, der Kronprinz nach dem Fürsten; dann wechselten sie ab. Friedrich Wilhelm hob die Reiseflasche wie ein schönes Glas.

»Für ein solches Lied gäbe ich alle Titel, Fürst.«

Der Trinkspruch des Dessauers griff dem Prinzen ans Herz. Aber niemals ist ein Lied auf Friedrich Wilhelm gesungen worden.

An der Tafel begrüßte Prinz Eugen von Savoyen den jungen Prinzen und den großen General mit höflicher Rede. Er stellte den Dessauer dem jungen Brandenburger hier draußen im Lager gleichsam von neuem vor: »Der Fürst von Anhalt-Dessau hat mit den brandenburgischen Truppen Wunder gewirkt. Kein Preis ist zu hoch, wodurch ich ihr Ausharren erkaufen kann.«

Der Kronprinz wandte keinen Blick von dem herrlichen Manne, der so begeistert von des Dessauers Heerschar redete – dem Manne, den der Sieg wie ein Schatten begleitete. Nun sah er ihn, der nur in Feldlagern Hof hielt: Prinz Eugen, den edlen Ritter – den heldischen Zwerg! Oh, es war etwas anderes, als unter Höflingen zu weilen!

Aber wenn Prinz Friedrich Wilhelm glaubte, auch den Fürsten von Anhalt-Dessau im Lager aufleben zu sehen, wie er selbst es tat, so täuschte er sich. Der Fürst wirkte plötzlich sogar ungemein ernüchternd auf ihn. Sein braunes Gesicht war faltiger, als seine Lebensjahre glauben ließen. Seine grauen Augen beobachteten mehr, als daß sie feurig strahlten, wie man immer pries. Mit seinem anliegenden, knapp zusammengebundenen frühen Grauhaar und dem – an den Rang- und Standesgenossen gänzlich ungewohnten – kurzgeschnittenen Schnauzbart erschien Fürst Leopold fast streng und unfreundlich. Da begann der Kronprinz nachzuspüren und von Stunde zu Stunde mehr zu begreifen, wie die Heerführer auch im Felde noch an ihren Höfen litten, wie sie von Spionen ihrer Kabinette umgeben waren und, selbst wenn sie einig waren im Kriegsrat, der Verräter wegen einander zum Scheine widersprechen mußten wie Prinz Eugen und der Dessauer. Der Kronprinz sah den erschlichenen Sieg der héros subalternes über die Tapferen und Großen.

Gewiß, es klang überwältigend: England, Holland, Portugal, Dänemark, das Reich – von zwei Verrätern abgesehen – sind vom

Kaiser zu einem gewaltigen Bündnis zusammengeschlossen gegen den vermessensten König, der je auf Frankreichs Thron saß!

Aber als Truppenkörper war eine solche Fülle der Nationalitäten schwierig zu lenken. Nach erschöpfenden Feldzugsjahren waren die Söldner jedes Heeresteiles zudem nur noch Hergelaufene aus aller Herren Länder – auch die Offiziere; und Deutsche kämpften gegen Deutsche um Spaniens Thron: die Kurfürsten von Bayern und Köln hielten es mit dem König von Frankreich! Der junge Brandenburger stand verwirrt im Treiben des Lagers. Er fühlte, daß er keinem etwas galt: den großen Heerführern, den Fürsten alter Häuser nicht – den Offizieren seines Vaters am wenigsten.

Die bitterste Stunde aber kam für ihn, als sich in seiner Gegenwart zwei Offiziere der Verbündeten unendlich beleidigend darüber streiten durften, ob der »König in Preußen« wohl fünfzehntausend Mann auf den Beinen halten könne.

»Mein Vater«, rief der Kronprinz voller Zorn und Scham, »kann, wenn er nur will, dreißigtausend Mann halten!« Und er verschwieg: Wenn er nur dem Dessauer und mir seine Sache in die Hand gibt –. Ach, es genügt mir nicht, daß ich von fern ein wenig für die Verwundeten der letzten Schlachten sorge; daß ich Sonderentlohnungen vermittle; daß ich mir unentwegt berichten lasse; wahrhaftig, es ist nicht genug für einen Fürstensohn in dieser Zeit.

Er war verdammt, zu warten. Die Bäume wurden grün; und wo das Kriegsvolk nicht das Land zerstampfte, keimten Halme, ungleich und verstreut, aus Körnern, wie sie ohne Aussaat im Erdreiche lagen; aus Körnern, wie sie der Wind in den ängstlichen Ernten kriegerischer Vorjahre verwehte. Bauern hatten diese Felder nicht bestellt. Das Land gehörte den Söldnern.

Außer vom König empfing der Kronprinz auch sonst zahlreiche Post, wie jeder der großen Herren im Lager; nur daß die Schreiben, die ihm ausgehändigt wurden, nicht immer nur hochgestellte Absender hatten.

Gewiß, auch die Kronprinzessin teilte mit, sie habe sich seit Karnevalsbeginn an den Hof ihres Vaters nach Herrenhausen und Hannover begeben. Friedrich Wilhelm war von einer Last befreit, die ihn wochenlang bedrückt hatte. Der Kleine mußte also gedeihen! Wie wäre die junge Mutter sonst zum hannöverischen Karneval gereist!

Aber auch der einfache Mann Creutz schrieb, und der Kronprinz war erstaunt, wie der neue Sekretär seiner Wusterhausener Landmiliz diese Kunst beherrschte, die im Volke nur sehr selten anzutreffen war.

Der königliche Münzmeister, so stand in dem Brief, habe in letzter Zeit einen Aufwand getrieben, der ihm vor des Conte Gaëtano Zeiten nicht möglich gewesen sei.

Der Graf aber habe sich, bevor er nach Berlin kam, in München den Umstand zunutze gemacht, daß nach der Schlacht von Höchstädt ein Volksaufstand ausgebrochen war. Ohne Papiere hatte er die Stadt verlassen; eine Flucht war es, keine Abreise. Der Kurfürst von Bayern, um unermeßliche Summen von ihm betrogen, war gerade daran gewesen, ihn festsetzen zu lassen.

Creutz hatte auch sehr selbständig nachgeforscht, woher der Italiener nach München gekommen war: er hatte am pfälzischen Hofe und bei dem Herzog von Savoyen Goldmacherdienste getan, und der Herzog, als er sich in den Händen eines Gauners und Gauklers sah, war so tief beschämt, daß er ihn dem verdienten Gericht nicht übergab, sondern mit allen erforderlichen Ausweisen nur heimlich des Landes verwies. Er hatte keine Sühne verlangt; er hatte sich nur mit der Zusicherung begnügt, daß Gaëtano in fremden Landen an keinem anderen Fürsten ähnliche Verbrechen begehen würde.

Aus solcher Scham des Herzogs von Savoyen flossen das Unglück und die Schande des ersten Königs von Preußen. Und die Schande erschien dem Thronfolger um so größer, je tiefer er mit seinem neuen Schreiber in die Vorgeschichte des Italieners eindrang. Der Kronprinz ließ es sich viel Reisegeld kosten. Der arme Mann Creutz sah die Welt. Aber er kam immer weiter von den Städten fürstlicher Höfe ab, drang in immer abgeschiedenere Gefilde, bis er es endlich wußte, daß Domenico Manuel Gaëtano der Sohn eines armen Bauern aus Petrabianca, weit hinter Neapel, war; ein kluger Sohn, ohne Frage, denn er hatte das feine Goldschmiedehandwerk gelernt und zudem, um das Lehrgeld bezahlen zu können, von Taschenspielereien sein Leben gefristet. Da fiel er einem Alchimisten auf; der wollte von dem gar so geschickten Burschen kein Lehrgeld; der bot ihm Löhnung und Kost.

Nach einem Jahre mußte der Adept Gaëtano seine Heimat verlassen, und die Landreiter waren noch an der Grenze hinter ihm her. In Madrid war er schon kein Adept mehr. Dort begann er gleich mit eigener Alchimistenküche; dort wurde er auch gleich Betrüger genannt. Dafür trug die Frau, die mit ihm durch die Länder reiste, für eine halbe Million Taler Juwelen auf dem Leib und war doch nur eine Fleischerstochter aus einer so armen, dunklen Gasse wie sie des hungrigen Mannes Creutz Jugend überschattet hatte.

Der dritte Kurier für den Kronprinzen kam mit Eilpost aus Hannover. Der Sohn war tot, die Kronprinzessin nach Berlin zurückgekehrt. Endlich versicherte noch ein Handschreiben König Friedrichs I., die Trauerfeierlichkeiten würden bis zum Eintreffen des tiefbetrübten Vaters aufgeschoben werden, ihm eine Tröstung und Erhebung zu geben.

»Ich habe hier nichts zu suchen.« Mit solchen Worten nahm der Kronprinz Abschied vom Dessauer. »Es war keine Schlacht. Es ist auch keine Schlacht in Vorbereitung. Man hält Reden, die Unfrieden stiften sollen im Reich. Ich werde dem König sagen, daß hier sein und aller Fürsten Geld vertan wird nur für Habsburgs Träume.«

Er ging vom flandrischen Lager weg, sein totes Kind zu sehen. Er hatte im Krieg nicht einen Toten erblickt.

Die Kinderfrauen beteuerten, was sich beteuern ließ. Die Ärzte wußten viele lateinische Gründe für den Tod seines Sohnes. Die Kronprinzessin hatte keinerlei Ahnung gehabt. Nun war sie leidend, sprach kaum mit dem Gatten.

Als man Friedrich Wilhelm zu der einbalsamierten Leiche des Kindes führte, wußte er, warum sein Sohn gestorben war.

Der Knabe Fridericus Ludovicus war aufgebahrt im schweren Purpurmantel, die Krone auf dem schwachen Haupt, Zepter und Reichsapfel in seinen welken Händen, das Band des Schwarzen Adlerordens über der Brust, den Stern über dem schweigenden Herzen. Die Schweizergarde hielt die Totenwacht, mit siebenhundert silbernen Trommeln. Vor Schloß und Dom standen die Kanonen bereit, gelöst zu werden zum Trauersalut.

Der König hatte einen Sarg von Gold anfertigen lassen; am Fußende war ein mächtiger Adler ausgebreitet. Vom Morgen bis zur Dämmerung durfte das Volk vorüberziehen und die Aufbahrung bewundern. Dem Kinde kam Ehre zu. Es war als der nächste Thronfolger begrüßt und ein Glück des Geschlechtes genannt worden. Der Kronprinz sprach nicht. Nur bat er die Ansbacher Brandenburgerin, sich seiner Frau anzunehmen.

Der Dessauer hatte ihn dringend zurückgerufen. Als er ihn am Wagenschlag empfing, stürzte sich der Prinz in seine Arme.

Der Dessauer legte die Arme um ihn, ohne allen schuldigen Respekt. Er war ja selbst ein söhnereicher Vater.

»Mein Sohn lag in einem goldenen Sarge«, stöhnte Friedrich Wilhelm auf.

Da schauerte es den Dessauer. Und das geschah selten.

Niemand erschien seinem klaren Sinn geheimnisvoller als der junge Königssohn, von dem es an den Höfen immer nur hieß, daß er gewalttätig, eigenwillig und beschränkt sei und keine andere Bildung habe als die der Kaserne, keine andren Formen des Umgangs kenne als Kommandieren und Order parieren. Er müsse künftig einmal, so hatte es immer bei Hofe geheißen, die Minister für sich regieren lassen, denn er scheue ja die geringste geistige Anstrengung; er werde Verwicklungen herbeiführen und den Staat nicht schützen können. Wie sollte der Fürst von Anhalt-Dessau damit vereinen, was er nun im Lager sah!

Mit welchem Trübsinn grübelte der Prinz jetzt manchmal des Abends dem Fluch des eigenen Horoskopes nach; vielleicht daß Gott in seinen Sternen doch ein Zeichen gab! Das Zeichen der Unfruchtbarkeit war seinem Horoskope eingegraben.

Der Dessauer lachte den Prinzen aus, aber sein Lachen fand keinen Weg zum Herzen des trauernden jungen Vaters. Der Dessauer ließ nicht ab. Was hatte es denn mit Unfruchtbarkeit zu tun, wenn ihm sein erstes Kind starb! Er sollte doch einmal Umschau halten in den Häusern der Fürsten, der Bürger, der Bauern! Und war nicht seinem kurfürstlichen Großvater und selbst dem königlichen Vater das gleiche widerfahren, den ersten Sohn und ersehnten Thronfolger zu verlieren?

Der Kurprinz von Brandenburg beurlaubte sich vom Heer und reiste zu seiner Gattin, die sich im Kreise der Ihren in Hannover trösten ließ. Er fand sie in banger Sorge darüber, daß ihre Stellung am Berliner Hofe jetzt erschüttert sein könne. Er weilte einen Tag in stummer Anklage und Trauer bei ihr, und aus einer Nacht voller Fruchtbarkeit und Schwermut brach er wieder zu den Truppen auf.

Der unerfahrene Oberst Friedrich Wilhelm von Hohenzollern vertraute dem großen General Leopold von Anhalt-Dessau. Der hatte von der Schlacht gesprochen; nun würde sie sein.

Die Schlacht und der eigene Tod mochten kommen. Vielleicht wuchs schon der neue Sohn heran. Dachte der junge Fürst an die Schlacht, so war sein Gedanke nicht Sieg, sondern Tod.

Furchtbares mußte sich vorbereiten: Aufruhr und Ausgleich neun kranker Jahre verschleppten und verrotteten Krieges. Der Kronprinz sah bereits mit des Dessauers Augen; er erkannte, daß Bündnis Handel war und Traktat nur Geschäft und Heer nur Söldnerhaufe; und Kampfgenossen waren die Rivalen ihrer Höfe. Tod mußte wachsen, reif geworden in neun faulen Jahren. Er zwang sich, nicht an die neun Monate und das Reifen des neuen Kindes zu denken. Monat um Monat kämpften der Fürst und der Kronprinz vergeblich um den rechten Augenblick der Schlacht.

Dann, als es ein sehr zartes Mädchen war, ein Kind des Sommers, strafte Friedrich Wilhelm alles Gleichnis Lüge, verlachte die Horoskope und war den hohen Sommer hindurch guter Dinge und nur, wie mancher junge Vater es gewesen wäre, eine Kleinigkeit enttäuscht, daß es ein Mädchen war. Jedes der Eltern gab dem Kinde seinen Namen: Sophie die Mutter, Friederike Wilhelmine der Vater. Die Kronprinzessin blieb in den Sorgen, welche Politik sie nun, da kein Sohn geboren war, einzuschlagen habe, allein. Nur Briefe aus Hannover vermochten ihre Befürchtungen zu zerstreuen. Dann lenkten die Feiern sie ab. Mitten im großen Kriege Europas standen drei Könige Pate: Der »in« Preußen. Der von Polen. Der von Dänemark.

Man machte viel Redens davon, daß alle drei den Namen Friedrich trugen und daß jeder einen einzigen Sohn besaß. Sie losten um den Vorrang. Der Hofdichter der preußischen Majestät malte, gegen einen Ehrensold von tausend Dukaten, die Allegorie aus und schrieb von den Heiligen Drei Königen und ihrer Myrrhe, ihrem Weihrauch und Gold.

Der Kronprinz hörte aus den üblen Versen nur den Kehrreim: Gold.

Weil es ein Mädchen war, trug das Kind bei der Taufe keine Krone, kein Zepter, keinen Reichsapfel, weder Ordensstern noch Purpur. Sie brachten ihm nur Gold zur Gabe: Die drei Könige, die drei mächtigen Minister, der Goldmacher.

Der Goldmacher und das Dreifache Weh hielten Friedrich Wilhelms zweites Kind mit den Königen über die Taufe, im zehnten Monat nach der Nacht der Fruchtbarkeit und Schwermut.

Im elften Monat war die Schlacht, die blutigste des jahrelangen Krieges. Bei Malplaquet war alles Heer zusammengezogen, und jede der Armeen, die hier miteinander ringen sollten, war über hunderttausend Mann stark.

Am Morgen lag der Nebel der Ebene und des Herbstes um die Zelte. Die Männer, die das Nebelmeer durchschritten, schienen über irdische Maße groß. So kamen, wie die Helden eines höheren Reiches, in dem ersten Lichte des Septembertages die Generale von Tettau und von Derschau vor das Zelt des Kronprinzen und nahmen der Ordonnanz ihren Dienst ab, den Sohn ihres Königs zu wecken. Der von Tettau stand zu Füßen des Feldbettes, im offenen Eingang des Zeltes. Schon schimmerte die Sonne in dem Nebel, und ein fahler Glanz umgab ihn.

»Ich komme Abschied zu nehmen«, sagte der von Tettau.

Und Friedrich Wilhelm gab zurück: »General, wir reiten zusammen.«

Er war ganz wach, in einem Augenblick.

Der von Tettau schüttelte den Kopf. »Gebe Gott, daß wir nicht zusammen reiten. Mein Ritt geht in den Tod.«

Da stand die Sonne über dem Gebirge der Zelte, der Nebel wich, der Tag war da.

»Wer kann den Tod wissen?« fuhr der Kronprinz auf und dachte daran, wie arm die Ahnungen und Zeichen der Menschen sind. Hatte sein Söhnlein nicht eine Krone getragen?

»Ich habe keine Zeit mehr zu reden«, sprach der von Tettau sanft, »ich habe nur noch etwas zu ordnen. Ihres Vaters Majestät hat mich im geheimen beauftragt, stündlich auf Ihr Wohl zu achten. Aber nun habe ich nur noch eine Pflicht und kann auf Sie nicht mehr achten.«

Friedrich Wilhelm hatte sich im Feldbett aufgesetzt. Er lächelte, jedoch in Unruhe. »Ich werde auf Sie acht geben, General.«

»Keiner, Hoheit, kann uns bewahren«, griff nun der von Derschau ins Gespräch ein, »und niemand soll es. In uns ist keine Furcht.«

Der Kronprinz wandte sich um. Er suchte den von Derschau.

Der stand zu Häupten seines Lagers. Der Kronprinz redete mit einer Heftigkeit, die fast etwas gequält schien. »Ja, ja, ja – alles kann sein. Die Schlacht wird kommen und wie jede Schlacht Tote bringen. Dies kann man sehr wohl vorher wissen. Aber wer es sein wird, vermag der Mensch nicht zu ahnen.«

Der von Tettau sagte: »Wenn Gott es will – ja.«

Und der von Derschau sprach nach: »So fest, daß kein Zweifel ist.«

Friedrich Wilhelm sprang aus dem Bett. Er goß sich aus seinem Ledereimer das Wasser über das Gesicht, die entblößten Schultern und Arme, griff nach dem Rock und den Stiefeln. Er wollte hinaus, noch einmal zum Prinzen Eugen, zum Herzog von Marlborough, in letzter Stunde alles vor ihnen zu wiederholen, was er seit Tagen immer wieder vorgehalten hatte: daß es nun, nach so vielen versäumten Monaten zu spät war für die Schlacht. Man werde aller Voraussicht nach siegen, ja und abermals ja, aber die Opfer seien zu groß; niemand könne solche Verantwortung auf sich laden.

Er hat den Herzog von Marlborough, er hat den Prinzen Eugen nicht erreicht. Sie waren für die jungen Herren aus großem Hause nicht zu sprechen. Sie hielten ihn hin. Zwei breite Ströme, wälzte sich nun das Heer gegen Mons und Malplaquet. Zur Rechten sangen sie vom »Edlen Ritter«, zur Linken klang »s'en va-t-en guerre...« Vom jungen Prinzen, der allein die rechte und die schlechte Stunde dieser Schlacht erkannt hatte, sang kein Grenadier, kein Kanonier, kein Reiter. Niemand hat an diesem Tage Rat oder Tat von ihm gefordert, obwohl er sich in der Schlacht beständig bei den beiden hohen Feldherren hielt. Aber der Tod wollte Antwort von ihm auf mancherlei Frage.

Ein Sattelknecht des Prinzen von Savoyen ritt hinter Friedrich Wilhelms Pferd, ganz dicht.

Nur daß sich des Sattelknechts Pferd, ganz nahe an seiner Seite, bäumte: dann verlor es sich herrenlos im Gewühl, und Rappen und Schimmel sprengten über den Leichnam des Burschen. Die beiden Ordonnanzen des Kronprinzen sprengten heran, ihn von dem gefährdeten Platze wegzuholen. Mit aufgehobenen Händen wehrte Friedrich Wilhelm ab: »Nicht näher kommen – nicht näher!«

Da sanken sie unter die Hufe, beide im gleichen Augenblick.

»Wir müssen über tausend Mann verloren haben«, rief der

Adjutant des Herzogs von Marlborough dem Kurprinzen von Brandenburg zu, als es wie eine Pause war im Pfeifen der Kugeln.

So begann das Zählen, die grausige Rechnung des Sieges. Die Stunden des steigenden Tages nahmen die Tausende und aber Tausende hin; sechzigtausend mußten sterben, ehe das letzte große Heer des Sonnenkönigs geschlagen war. Der ungenannte Sieger neben dem Prinzen Eugen und dem Herzog von Marlborough war der Fürst von Anhalt-Dessau mit der Truppe, die er nicht befehligen durfte, weil die Höflinge den hellen Klang seines Namens nicht mehr ertrugen.

Als der von Derschau und der von Tettau tot am Sohne ihres Herrn vorübergetragen wurden, war der Sieg schon entschieden, nur daß die Völker und die Fürsten und die Söldner um seine Sinnlosigkeit noch nicht wußten. Der Kaiser wollte nicht den Frieden. Er wollte den greisen Sonnenkönig dazu zwingen, gegen den eigenen Enkel zu Felde zu ziehen.

Der Erbe Brandenburgs ritt aus der Schlacht, ein Grübler.

Sein anklagender Haß gegen die Bourbonen und den Habsburger wurde sehr groß. Das Amt eines Landesherrn wurde ihm noch größer. Die Fragen, die auf ihn einstürmten, setzten sich in ihm fest für immer, nicht nur für die Nacht von Malplaquet.

Der Königssohn trat seine Pilgerfahrt an durch die Nacht des Todes, die Söhne des Landes zu suchen, dessen Fürst er einmal werden sollte.

Aber hier blieb er schon bei einem Dänen stehen; dem bettete er den Kopf auf den Mantel, den er einem Toten ausgezogen hatte. Und dort befreite er einen ächzenden Portugiesen, der sich nicht vom Fleck bewegen konnte, von der Last des über ihn gestürzten Pferdeleichnams. Mehr vermochte er nicht zu helfen. Doch lernte er in dieser Stunde die Milde roher Männer kennen. Überall suchten sie mit flackernden Laternen das Feld ab, in Gebüschen, unter Kanonentrümmern, bei zersplitterten Bäumen. Überall stützten sie Sterbende, tränkten sie Verdurstende, verbanden sie Blutende; und als vermöchte es eine Linderung des Geschickes zu bedeuten, strichen sie den Toten über die Lider. Als er einsah, daß es kein Helfen gab in dieser Nacht des Leidens, hockte er sich auf einen Baumstumpf und sah den Lichtern nach. Was der Morgen ihm enthüllen würde, machte ihn zur Nacht schon frösteln. Er wollte hin zu den Laternen. Er ging den Trägern nach. Vier Männer schleppten einen, voran schritt einer mit dem Stallicht. Sie hatten ein Haus am Feldrand entdeckt. Die Dörfer waren fern, und ihre geringe Zahl vermochte das Heer der Verblutenden nicht zu fassen.

Das nahe Gehöft war eine Schenke. Es ging hoch her in ihr. Sie feierten den Sieg; nur Männer, nur Soldaten fand er vor. Sie hatten das längst von Wirt und Frau und Knecht und Magd und Kind verlassene Haus aufgespürt. Der Stall war niedergebrannt; das Haus stand beinahe unversehrt. Am Brunnenschwengel war ein Kalb angebunden gewesen, und in dem Keller hatten heil die Fässer flämischen Weines gelegen.

In der Schenkstube und im offenen Flur tanzten Soldaten miteinander. Der Dessauer weilte hier und sah seinen Leuten zu. Als der Kronprinz eintrat, das Gesicht beschattet von Mühsal, Schwermut und Erschöpfung, schritt der Fürst auf ihn zu, legte den Arm um seine Hüfte, faßte seine rechte Hand und führte den Prinzen zum Tanz.

»Es ist Sitte so im Lager nach dem Sieg.« Das war seine Aufforderung. Und sein Abschiedswort nach dem Tanze war: »Das Leben geht immer weiter.«

Die Grenadiere freuten sich. Gleich stimmten sie der Hoheit und der Durchlaucht zu Ehren das Lied ihrer Feldzüge an. »So leben wir, so leben wir –.« Manchmal gaben sie der Weise auch andere heitere, derbe Worte, weil sie den Harten liebten, der immer mit ihnen lebte und überall, ob bei Cassano oder Malplaquet, an ihrer Spitze kämpfte.

»So leben wir, so leben wir«, begannen sie von neuem, das drittemal in dieser Nacht.

Und plötzlich begehrte der junge Prinz in seinem Herzen, daß nie ein Lied auf ihn gesungen werde und daß man niemals eine Krone auf sein Haupt drücke. Er zog sich in einen Winkel zurück. Da saß einer, der nicht mittanzte, und putzte an einem blanken Ding herum. Was er da habe, fragte der Prinz, und er möge nur sitzen bleiben.

Der Soldat wies die Kugeleinschläge im Helm. Der war das Beutestück von einem Toten.

Einen Helm mit den Löchern der Kugel darin, dachte der Königssohn, den müßten die Könige am Tage ihrer Krönung tragen; einen blanken, eisernen Helm mit den Spuren des Todes, den Helm, in dem einer für sie starb – ein Landessohn oder ein Söldner.

Da sah er wieder das welke, schwache Köpflein seines Kindes unter der mörderischen Krone. Aufschreckend, sprach er mit dem Manne weiter; ob er ein Brandenburger sei und aus welcher Landschaft er komme. Er stamme aus der Havelberger Gegend. Schon saß der Kronprinz dicht neben ihm. Wie lange es schon her sei, daß er in den Krieg zog?

»O Herr«, rechnete der junge Mann ihm schwerfällig vor, »nun sind es schon vier Ernten. Und in den Krieg gezogen bin ich nicht. Sie haben mich geschickt.«

»Was heißt: geschickt? Geworben –?«

»Nein, Euer Gnaden: der Herr Baron aus unserer Herrschaft mußte Ablösung stellen für seine Söhne.«

»Was hat Er getan, ehe der Baron ihn schickte?«

»Den Eltern das Feld bestellt. Der Vater ist alt.«

»Was haben die jungen Barone getan, als Er sie ablösen ging?«

Oh, der Grenadier begriff ganz gut.

»Die jungen Herrn Barone, Euer Gnaden, mußten ins Ausland reisen, reiche Bräute in der Fremde zu suchen, weil wir Bauern allein es nicht schaffen konnten, Schloß und Gut aus den Schulden zu bringen.«

Der nächste Mann, zu dem der Kronprinz trat, verstand ihn nicht: Soldat zwar in brandenburgischer Uniform, jedoch von fremder Sprache und einer Mundart, die seine Herkunft kaum erraten ließ. Nur soviel war aus ihm herauszuholen: » . . . mehr Sold versprochen.«

Versprochen. Versprochen. Der Kronprinz kannte den Kehrreim.

Außer im Kürassierregiment »Kronprinz« und in dem Infanterieregiment des Fürsten Anhalt-Dessau stand es überall schlimm um Löhnung, Verpflegung und Montur.

Ah, schon die Monturkostüme, wie jeder Chef eines Regimentes in der ganzen verbündeten Armee sie sich erdachte, forderten Spott und Zorn des Prinzen heraus; Spott und Zorn, durch die er sich unter den Fürstlichkeiten und Offizieren von Tag zu Tag unbeliebter machte. Der junge Herr schien ins Lager gekommen, um unter all den Erfahrenen und geruhsam Lässigen feurige Reformen einzuführen; und weil der Fürst von Anhalt-Dessau allmählich Wind davon zu bekommen schien, daß man ihn, den gar so Unbequemen – wenn auch Unentbehrlichen – weder im neuen Preußen noch im alten Reich zum Generalis-

simus erheben wollte, hielt er sich nun wohl an den Neuerungs-
süchtigen. Man hatte dem Ehrgeiz des berühmten Feldherrn
mehr zugetraut, als daß er sich nur den Erben der Streusand-
büchse des Heiligen Römischen Reiches zum Protekor und Zögling zugleich ausersah. Schließlich gab ihm der Kaiser doch nun
schon den Titel Durchlauchtig und nannte ihn nicht mehr nur
Hochgeboren.

Seit der Bund mit dem Dessauer bestand, der Bund, durch den
er hoffen konnte, ihn bei Brandenburg zu halten, war die Taten-
lust des Kronprinzen ungeheuer belebt. Er bestellte Creutz an
die Grenze. In wenigen Tagen sollte man sie nun überschreiten.

Creutz trug die Uniform des Kronprinzlichen Regimentsschreibers. Alle Papiere hatte er ordentlich und sauber bei sich.

Die Zahl der an der Pest gestorbenen Litauer war in die Hunderttausende gestiegen.

»Ein Drittel der Bevölkerung«, erklärte Friedrich Wilhelm in
kurzer Unterbrechung dem Fürsten Anhalt-Dessau, der dem
Gespräch mit Creutz beiwohnte. Der Kronprinz hatte die wichtigsten Zahlen im Kopf, die Zahlen, die Leben benannten.

Graf Gaëtano, meldete der Regimentsschreiber ferner, habe
vom König endlich die fünfzigtausend Taler erhalten, sein großes
Experiment angekündigt und umfangreiche Aufträge für allerlei
Einzelvorbereitungen an vielerlei Handwerker vergeben. Creutz
hatte von den verschiedenen Bestellungen des Conte gute
Kenntnis.

Der Kronprinz horchte auf. »Daraus schmilzt man kein Gold.
Daraus baut man eine Kutsche.« Es ließ sich unschwer errechnen.

Der königliche Münzmeister war um seine Entlassung eingekommen. Der Ausbruch eines lange unterdrückten Lungenlei-
dens hätte ihn zu weiterem Dienste unfähig gemacht. Treue
Verwandte seiner Frau, in Lohn und Brot bei einem Schweizer
Landedelmann, wollten ihm den Aufenthalt in gesunder Land-
luft ermöglichen.

Nun stockte der Bericht. Denn die junge Hoheit ging sofort
daran, Maßnahmen vorzubereiten, die den Münzmeister am
Grenzübertritt verhinderten, ohne daß ein Eingriff in der Majestät alleinige Rechte geschah. Der Graf war noch sicherer zu
machen, das Mißtrauen der Bevölkerung noch zu steigern, damit
der König zu eigenem Einschreiten gedrängt werde. Die Wuster-

hausener Truppe sollte nach und nach zum Besuch der Residenz beurlaubt werden und Quartier nehmen um das Fürstenhaus am Friedrichswerder, wo der Conte als Gast des Königs lebte, und um das Münzamt und jegliche Werkstatt, die für Gaëtano arbeitete. Es ging um mehr als das Ertappen eines Gauners.

Creutz eilte den brandenburgischen Truppen voraus nach Berlin. Auch der Kronprinz drängte unter diesen Umständen auf Rückkehr in die Winterquartiere.

Manchmal beengte ihn der Reisewagen; dann ritt er eine weite Strecke. Pläne, für die er Genehmigung und Unterstützung des Königs erbitten und einholen wollte, beschäftigen ihn zu jeder Stunde. Jeder Aufenthalt war ihm eine Pein.

Endlich, in Küstrin, rastete er wieder in einem Schlosse seines Vaters; und, dreimal endlich, war es das letzte Quartier vor der Hauptstadt! Was machte es da aus, wie kalt der Abend im alten Markgrafenschloß war, wie der Wind der Oderebene durch alle Fugen und Ritzen der Fenster drang. Er hatte dieses erste Ziel gewählt um einer neuen Verabredung mit Creutz willen.

Nur ein Häuflein Fischer stand am Tor, als sie in den Schloßhof einritten. Der Kronprinz war müde und grüßte nur flüchtig. Gleich ließ er sich das Zimmer im Turme zur Nacht herrichten; kaum daß er etwas von dem Imbiß nahm, den der Kastellan ihm noch brachte. Der Alte wollte zu reden beginnen. Aber der Kronprinz winkte ab. Er brauchte einen langen Schlaf vor Berlin.

In der Dämmerung wurde er geweckt. Trommeln wirbelten, aber es waren nicht Trommeln des Heeres; dünne Trommeln waren es, blecherne Trommeln, klappernde Trommeln. Und Glocken setzten ein, ohne Klang und ohne Tiefe: schrill, erbärmlich und schneidend. Dann flammte der Widerschein von Fakkeln in dem Turmraum auf. Der Kronprinz warf sich den Mantel um, zündete eine Kerze an und trat in die Fensternische.

Die Fackeln leuchteten um einen Galgen.

Der Kastellan kam voller Angst. Schon seit einer Stunde habe er vor den Fenstern der Hoheit gewartet, hinaufzueilen, sobald Licht im Turmzimmer würde. Hoheit müßten benachrichtigt werden, daß eine Hinrichtung vor dem Schloß stattfinden sollte! Gestern abend zeigten sich Hoheit zu erschöpft und abweisend; man habe es ihr nicht mitteilen können!

Der Kronprinz war nicht mehr erschüttert. Er hatte zu viele Tote in der letzten Zeit gesehn: seinen Sohn; die jungen Bauern, die ihr Lehnsherr als Ersatz für seine Söhne stellte; Portugiesen und Dänen, für den Tod gedungene Sardinier und Moskowiter; den Sattelknecht des Prinzen Eugen; die eigenen beiden Ordonnanzen; den von Derschau; den von Tettau. Und er hatte nicht gewußt, wofür sie starben.

Hier aber war der Tod der Sünde Sold.

Er wandte sich vom Fenster ab, die Kammer für diese Stunde zu verlassen. Da wurde der Schein der Fackeln so hell, daß er zurückblicken mußte; fast war es erschreckend.

Der Galgen strahlte in der Dämmerung des Odermorgens von wehendem Golde. Sie hatten ihn mit Fahnen von Rauschgold behängt und, angetan mit einem wehenden Mantel von Flitter und Rauschgold, führten sie den Conte Gaëtano in Fesseln heran. Er sah so schön aus in der Dunkelheit der frühen Stunde, daß es den Prinzen schauderte vor solchem Tod im Golde.

An diesem Urteil hatte er mitgewirkt, obwohl er nie den Tod des Italieners wollte. Und doch war es gut, auch solches Sterben anzusehen. Er löschte das Licht, sich den Blicken zu verbergen. Er trat ganz nahe ans Fenster. Auch er würde einmal Urteile unterschreiben, Tod verhängen. Er stand regungslos. Er entzog sich nicht der grausigen Stunde von Küstrin.

Die Glocken und die Trommeln blieben leer und blechern. Der Italiener schrie. Alle Fassung war von Gaëtano abgefallen. Er wollte seinen Tod nicht glauben, raste mit der Stirn gegen den Pfahl seines Galgens und brüllte, er würde jetzt noch echtes, echtes Gold herstellen. Noch wich die Dunkelheit nicht, als wollte sie das erbärmliche Sterben verhüllen. Aber da waren die Fackeln; die machten das Gold so flackernd und grell. Am Galgen mit den schimmernden Fahnen und blitzenden Bändern wanden sie das zuckende Bündel von wehendem Rauschgold empor. Die Fischer waren herbeigeeilt. Sie drängten sich um das Tor in der Mauer. Der Conte war verschieden. Das Beten der Priester verriet es. Die Fackeln verlöschten im Sande. Das Gold wurde kalt, wurde fahl.

Aber nun war die Oder groß in dem werdenden Morgen. Breit, schwarz und schwer strömte sie unhemmbar hin, als lösche sie alles aus, was Glanz war und Leben. Selbst die Wälle von Küstrin, dem Ebenbilde der Sumpffestung Mantua, hatte die Oder zerfressen. Als er aus dem flandrischen Kriege kam, fand der Kronprinz von Preußen einen neuen Feind.

Später am Morgen klagten sie die Oder an. Es wurde ein Tag des Gerichtes. Die Ackerbürger aus der Altstadt und vom Kietz, die Bauern aus dem Oderbruch kamen. Sie hatten gehört, einer vom Königshause sei hier. Endlos war es her, daß sich einer von den Hohen zeigte. Vielleicht, daß man nun diesem klagen konnte: vom Hochwasser, vom Bruchland zwischen Oder und Warthe, vom Sumpf, der zum Acker ihres Lebens bestimmt war. Ertrunkene Rinder schleppten sie in den Schloßhof. Andere brachten ein Bündel verfaulten Getreides, von der Ernte her aufbewahrt. So sei das Ganze, murrten sie alle. Die Abgaben hätten sie jedoch zu entrichten, als wäre das Korn schwer, golden und trocken; als schwelle die Milch das Euter der Kühe. Der Kronprinz stand vor den Kadavern und den fauligen Garben wie ein Händler auf dem Landmarkt vor Ware und Vieh. Man bot ihm den Tod an, und er fand keinen Preis, ihn zu bezahlen.

»Ich bin nicht der König«, sagte der Kronprinz.

»Aber Sie werden es sein«, riefen die Bauern.

So krönte ihn die Not weit vor den Toren der Königsstadt unter dem Galgen von Küstrin.

Was war der Krieg. Was war die Schlacht von Malplaquet. Was war die Heimkehr des Prinzen. Berlin scholl wider von dem einen Rufe: »Gaëtano!« Der Kronprinz brauchte sich nicht viel um das Gerücht zu scheren. Er hatte Creutz. Der wußte die Wirklichkeit.

Der Graf hatte sich eine Grenadiersuniform zu verschaffen gewußt. Am bedrohlichsten Tage, als die Wusterhausener Kronprinzenleute schon am Friedrichswerder vor dem Fürstenhause patrouillierten, hatte er sich in der Dämmerung unter sie gemischt. Nicht weit von dem Fürstenhause wartete der Reisewagen. Der alles verhüllende Mantel lag bereit.

Von Küchenjungen und Tafellakaien hatte Creutz es gleich gehört, daß der Conte ohne jede Entschuldigung von der königlichen Abendtafel fern geblieben war. Noch vor dem Anbruch der Nacht stellte er fest, welche Kutschen einer sehr bestimmten Art die Tore Berlins in den letzten Stunden verlassen hätten.

In einem Gasthof, schon bei der ersten Rast, verriet sich Gaëtano. Man hatte es beim Aussteigen bemerkt, daß der Herr im eleganten Reisemantel die Uniform eines Grenadiers trug. Da sandte man einen Reiter nach Berlin; man witterte Desertion.

Als Gaëtano am Morgen das Gasthaus im Anzug des Kavaliers auf Reisen verließ, die Fahrt nach Frankfurt am Main fortzusetzen, waren Creutz und seine Leute schon zur Stelle. Ein Kommando König Friedrichs folgte nach.

Der König versank in Scham. Er ließ das Urteil und seine Vollstreckung beschleunigen; er bestimmte die Oderfeste weit vor den Toren Berlins zum Richtplatz – und machte so den Sohn zum Zeugen seiner Schande.

Was der Kronprinz durchaus nicht erfahren sollte, hatte er nun selbst mit angesehen.

Er war fest entschlossen, den Goldmacher vor dem Vater nicht mehr zu erwähnen. Von den Bauern im Oderbruch wollte er sprechen; von den Söldnern; vom Dessauer und seinem Regiment. Aber der König machte dem Sohn die bittersten Vorwürfe. Er hätte durch die törichte Spielerei mit der Wusterhausener Miliz von der heiklen Angelegenheit erst so großes Aufhebens gemacht. Ob er nun wenigstens zufrieden sei, daß er den verhaßten Italiener endlich am Galgen habe hängen sehen?

Der Kronprinz erlaubte sich gehorsamst zu bemerken, daß er einen Mann von derart überragender Klugheit, der chemische Geheimnisse so einzigartig beherrschte, niemals zum Tode verurteilt haben würde. Vielmehr hätte gerade eine Begnadigung zu Haft und Arbeit – unter strenger Aufsicht von Professoren der sonst untätigen Akademie – die Möglichkeit gegeben, in Zukunft allen Goldmachern das Handwerk zu legen.

Die Majestät war außer sich über den Sohn. Seit Friedrich Wilhelms Rückkehr löste eine erregte Auseinandersetzung zwischen König und Kronprinz die andere ab; kaum daß der Prinz zu Gattin und Töchterchen kam.

Aber in diesen Wochen begann er wieder an einen neuen Sohn zu glauben, der einst den Bauern und dem Heere helfen sollte; denn das mühevolle Werk würde länger währen als sein eigenes Leben; es begnügte sich nicht mit dem Manne; es verlangte das Geschlecht. Den Prinzen drängte es zu dem neuen Sohne; der sollte ihm völlig gehören und Friedrich Wilhelm heißen, ganz allein nach ihm.

Schwer und immer schwerer war es für ihn geworden, noch immer der Sohn zu sein. Die Einsicht in das Versagen des Vaters ging zu tief.

Der königliche Vater kehrte aber nun gerade jetzt unter der

Einwirkung der drei großen Minister sogar den militärischen Vorgesetzten gegen ihn heraus. Und da jede Wandlung seines Wesens auch nach außen im neuen Kostüm sich ausdrücken mußte, trug er die Uniform des Generalissimus und verzichtete auf den kostbaren Aufbau der Locken. Alles Milde, Schwärmerische, Behütete, Huldreiche und Schwelgerische an Friedrich I. war ausgelöscht. Ein vergilbtes Männlein, im ernsten, dunklen Brandenburger Rock sich unbehaglich fühlend, hing im Sessel; die dünnen Beine steckten fremd und hilflos in den hohen Stiefeln; spitz stachen die Knie hervor. Kein Purpur, kein Pelz, kein Brokat verhüllte die Welkheit. Der Blick der dunkel schimmernden Augen war müde und stechend zugleich. Die braunen Haarsträhnen hingen lang und unordentlich an Wangen und Schultern herab. Der sonst so Heitere, Helleuchtende war bleich; der schwarze Eckenhut, zu tief in die Stirn gedrückt, beschattete das vergrämte Gesicht. Zudem hatte König Friedrich zu der Tracht des Feldherrn sich ein Bärtlein stehen lassen, kahl, dunkel und struppig. Er sprach, was die Minister ihm befahlen.

Groß war das Dreifache Weh über Preußens jungen Königsthron geschrieben. König Friedrich mußte vor den drei Ministern heucheln, als wüßte er nicht, was um ihn geschah. Er hatte sich so auch zu verstellen, als es um den Plan einer dritten Heirat für ihn ging. Die Minister dachten sich des Sohnes zu entledigen. Und Erben des Sohnes waren nicht da. Der König brauchte einen neuen Sohn.

Dies war die neue Sprache, die sie vor dem König führten. Der Tod des ersten Söhnleins, die Schwächlichkeit des zweitgeborenen Töchterchens der Kronprinzessin ließen ernstlich befürchten, daß Ihre Königliche Hoheit nicht mehr in der Lage sein würden, trotz ihrer jungen Jahre Preußens nächsten Thronfolger zur Welt zu bringen. Widerführe nun dem Kronprinzen im weiteren Verlaufe des Spanischen Krieges ein Unheil, so wäre es um die Erbfolgefragen im Brandenburgischen Hause schlimm bestellt.

Luise Dorothee von Mecklenburg-Schwerin, so meinten die Minister, besäße alle Eigenschaften einer Königin von Preußen, außerdem auch eine erhebliche Mitgift an Gold und Juwelen. Und überdies sei dies der Weg, einen alten Erbschaftsstreit zu regeln. Erbschaften schienen dem König, der kein Vermächtnis hinterließ, die einzige Rettung.

Die Herren wußten um alles Bescheid. Die Sorge um ihre Gehaltsrückstände bestimmte ihren Eifer. Diese Fürsorge für den König aber ging so weit, daß man ihm überzeugend nachwies, der Kronprinz müsse sich Spione halten, anders erkläre sich nicht der Ausgang des Falles Gaëtano; ferner, daß die eigentümliche Beurlaubung der Wusterhausener Truppe nach Berlin sich zur Militärrevolte hätte auswachsen können; vor allem, daß man von Umtrieben des Kronprinzen und des Fürsten Anhalt-Dessau Kenntnis hätte, die an den Grundfesten der brandenburgischen Heeresordnung rüttelten; daß der Kronprinz durch seine Einmischung in die Staatsaffären und öffentlichen Angelegenheiten, etwa das Gesundheitswesen Litauens, die Ordnung der Geschäfte in unverantwortlicher Weise verwirre, und das zu einem Zeitpunkt, zu dem jeder der Minister aus seinem Dezernat die vortrefflichsten Berichte über den Zustand des Landes vorlegen könne.

Daraufhin freute sich der König an den schönen Berichten, ohne sie nachzuprüfen. Die Pest war im Lande.

Bei der dritten Vermählungsfeier König Friedrichs I. sang die Hamburger Opernsängerin Conradin für tausend Taler eine Arie; Minister- und Gesandtenfrauen rissen sich wegen des Vortritts bei den Festlichkeiten die Perücken vom Kopf; andere erhielten dafür, daß sie freiwillig den Vorrang abtraten, Entschädigungen von zehntausend Talern. Der Kronprinz überraschte den König am Morgen der dritten Vermählung mit der Nachricht, daß die Kronprinzessin zum drittenmal schwanger sei.

Die neue Königin wurde in der Brandenburgischen Familie nicht sonderlich erfreut aufgenommen, von ihrem Stiefsohn aber mit der gebotenen Höflichkeit behandelt. Sie und ihre Oberhofmeisterin benahmen sich unerträglich bigott. Von allen übersehen und von niemand gestützt, scharten sie die Geistlichkeit um sich, die bei Hofe nicht viel galt. Die Königin wirkte an ihrem Hochzeitstage etwas verrückt, und der König wurde sehr unruhig. Die Kronprinzessin war überaus unangenehm davon berührt, daß in Berlin nun eine regierende Königin residieren würde, die zudem noch ein Jahr jünger war als sie selbst. Die welfische Prinzessin hatte bisher die Gunst des Königs, Oheims, Schwiegervaters in einem ungewöhnlichen Maße besessen. Friedrich I. hatte der Frau Schwiegertochter wegen ihrer außerordentlichen Befähigung zur Repräsentation die in den Ehepakten ausgesetzten Gelder verdoppelt, ihr für zweihunderttausend Taler Juwelen geschenkt und Sophie Dorotheens Heirat voller solchen Überschwanges gefeiert, daß der Kronprinz all dieser Torheiten müde gewesen war.

Oder sprach er so bittere Worte doch im Gedanken an die Ansbacherin? Auf der dritten Hochzeit seines Vaters wich er ihr aus. Ihre Vermählung mit Sophie Dorotheens Bruder, dem Kurprinzen von Hannover und dereinstigen Anwärter auf Englands Thron, stand bevor, und Friedrich Wilhelms alter Knabenhaß gegen den Vetter lebte wieder auf. Der bedeutendste protestantische Thron, der britische, war der Ansbacherin für die ausgeschlagene spanische Krone, die ruhmreichste des Katholizismus, in langwierigem Schriftwechsel der Fürstenhäuser zugesprochen.

Sophie Dorothea und die Ansbacher Brandenburgerin, die künftigen Schwägerinnen, weilten in den Tagen um die Königshochzeit viel zusammen. Der Glaube der Kronprinzessin an die welfischen Hausverträge war unerschütterlich, jede Regung von Eifersucht lag ihr fern. Was neben den Verträgen an liebenden Gefühlen keimte oder starb, berührte den maßlosen Ehrgeiz der Welfentochter nicht mehr. Die Ansbacherin aber nahm wahr, daß die Ehe des geliebten Mannes, die immer wieder geforderte Verbindung der Welfen mit den Hohenzollern, kühl geblieben war. Was ihrem klaren Blick und ihrem sicheren Empfinden sich enthüllte, verschloß sie als geheimes Glücksgefühl in ihr beraubtes Herz. Zwischen der Königin und der Kronprinzessin, den beiden jungen Frauen, vermittelte sie unermüdlich, freundlich und behutsam, so daß keine sich vor der anderen etwas zu vergeben brauchte. Unter den Frauen ging es diesmal glimpflicher ab als unter den Männern.

Die Herrenabende der festlichen Wochen waren nicht ungefährlich, zumal man nicht umhin gekonnt hatte, den Fürsten Anhalt-Dessau unter den Gästen nach Berlin zu bitten. Und um des Kronprinzen willen war er, leider, gekommen.

Wo der Fürst und der Kronprinz sich von den Festen nur entfernen konnten, suchten sie allein zu sein, die täglich sich häufenden unangenehmen Ereignisse miteinander zu besprechen. Gerade die Herrengesellschaften, die neben den Hoffeierlichkeiten herliefen, schienen ihnen eine Möglichkeit dazu zu geben. So trafen sie sich auch beim Obermundschenk von

Grumbkow. Der, an der Pforte des Alters stehend, führte eine erlesene Küche und einen vorzüglichen Keller, und man traf mit Sicherheit nur die Herren bei ihm. Ängstlich hielt er seine Frau dem Hofe fern, solange eine Gräfin Wartenberg in Wahrheit dort vor Königin und Kronprinzessin residierte, wie ehedem in der väterlichen Schankstube; nur daß sie jetzt, auf der höchsten Stufe ihrer Laufbahn, Mätresse lediglich dem Ruf nach war. König Friedrich wollte den Potentaten Europas nicht nachstehen.

Alle waren sie in Grumbkows Hause im Gesellschaftsanzug; auch der Kronprinz; auch der Fürst von Anhalt-Dessau; man sah viel bunten Brokat, Samt und überaus kostbare Perücken, die man neu aus Paris hatte kommen lassen. Es reizte den Kronprinzen, wie sie da alle um den Kamin saßen, in goldenen Sesseln mit geblümter Seide, die Lockentürme im Gespräch dicht aneinander gedrängt. Der Kronprinz lenkte die Unterhaltung auf die Mode. Ob die Herren nicht auch all das Neue, Französische in Berlin etwas fremdartig fänden? Ja, das fanden sie. Ob man die beträchtlichen Gelder, die allein die Perücken in dieser Kaminnische hier ausmachten, nicht nützlicher anwenden könne? Ob der preußische Handel nicht jeglichen Betrag sehr dringend brauche? Die Herren waren sich einig.

Herr von Grumbkow fand im geheimen, die Hoheit benehme sich in seinem Hause nicht sonderlich gut. Aber darauf würde man sich in Zukunft nun einzustellen haben. Der Hoheit gehörte die Zukunft.

Endlich hatte es der Kronprinz soweit getrieben.

»Wer kein Hundsfott ist, der tut es mir nach!«

Er riß die Perücke vom Kopf und schleuderte sie in den Kamin. Herr von Grumbkow erfüllte seine Hausherrenpflicht. Die Lockenbündel der anderen folgten. Es roch widerlich nach versengtem Haar, die Flammen schlugen aus dem Kamin; die schwarzhaarigen, braunen, blonden, grauen und kahlköpfigen Kavaliere sahen recht bestürzt darein, nannten aber den Einfall des Kronprinzen außerordentlich lustig. Nur die Herren Markgrafen, die Brüder des Königs, suchten ihre Grämlichkeit gar nicht erst zu verbergen. Aber durften sie dem Neffen etwas sagen? Konnte er nicht schon morgen ihr Brotherr sein? Die Feigheit und Verlegenheit reizten den Prinzen. Sein Brokatrock fuhr als Zugwind über die Kerzen und in die Flammen. Der Kamin vermochte die Fülle der Röcke nicht zu fassen, die nun nachgeworfen werden mußten. Das Feuer sank zusammen, der Raum verdunkelte sich; alle Herren bemühten sich um einen Vorwand, diesen Schrekkenswinkel verlassen zu dürfen. Zum Glück hatte jeder in Sänfte oder Wagen seinen Umhang oder Mantel.

Grumbkow bot auch seine Weste zum Verfeuern an.

»Nur so sind Königliche Hoheit auf dem rechten Wege. Alle brauchen sie hier handgreifliche Beispiele.«

Die Antwort überraschte Friedrich Wilhelm. Er entschuldigte sich, in Grumbkows Hause ein gar so lebhaftes Exempel statuiert zu haben. Aber der Hausherr belachte es ohne Befangenheit und Verstellung. Auch der Kronprinz und der Fürst mußten lächeln über die verstörte Flucht aller Gäste und wie sie selbst hier voreinander standen ohne Perücken, ohne Spitzenjabots, ohne Röcke, nur in Hose, Hemd und Weste, zerrauft und verrußt. Sie waren so lustig und aufgeräumt, daß sie sich gar nicht erst in Ordnung brachten, sondern so, wie sie waren, am Kamin sitzen blieben, während die Lakaien in unbeirrbarer Gemessenheit Weine, Pasteten, eine ganze kalte Küche auftrugen.

In allen Äußerungen Grumbkows lag eine Billigung dessen, was der Kronprinz getan hatte; dabei hielt er sich von Schmeicheleien weit entfernt. Auch schien er deutlich die tieferen Gründe zu erkennen, aus denen alle Heftigkeit des jungen Herrn hervorgebrochen war. Jedenfalls nahm das Gespräch sehr rasch die Wendung zum Ernste, und zwar – von Grumbkow so geführt – gerade zu den Dingen, die den Sinn des Prinzen so ungestüm bewegten. Plötzlich war der Hausherr in alle geheimen Gedanken des Gastes eingeschaltet. Ein ausgezeichnetes Beobachtungsvermögen hatte ihn genau dieselben Wahrnehmungen machen lassen, die den Thronfolger derart erschütterten. Auch war nun die Zurückhaltung, die Grumbkow sich Gaëtano gegenüber aufgelegt hatte, mit einem Male bedeutsam.

Der große, dunkle Grumbkow, der verhaltene und ernste Mann mit dem genießerischen, satten Mund hätte noch zu schweigen gewußt, wenn er nicht vom nahen Zusammenbruch der Wittgenstein, Wartenberg und Wartensleben so felsenfest überzeugt gewesen wäre. Das Land war am Ende. Grumbkow hatte die Augen offengehalten und den Weg erkannt, auf dem das Unglück kommen mußte. Grumbkow hatte auch wirklich gearbeitet. Das gab ihm jetzt die Übermacht über die drei Minister, die nicht mehr in der Lage waren, das Feld ihrer Zerstörung zu überblicken und das Gewirr der Fäden in der Hand zu halten, das sie um den König gar zu kunstvoll spannen. Es war kein Gold mehr da. Da sackten Intrigen, Rankünen und alle Diplomatie einfach in sich zusammen.

Fraglos überschätzte der Kronprinz in dieser wunderlichen Nacht am Kamin Grumbkows innere Größe. Er fand einen, der alles wußte. Er begegnete einem, der im geheimen auf das Bündnis mit ihm hingearbeitet hatte. Unter Müßiggängern, Verschwendern und Verschwörern traf er auf einen Strebsamen, der sich in den Staatsaffären einen Überblick angeeignet hatte, weit über den eigenen Amtsbezirk hinaus.

Aber was bei dem Königssohn in der Stunde dieser Bundesschließung die Aufwallung eines großen Herzens war, blieb bei dem Obermundschenk der mühsam vorbereitete Schlußakt einer schwierigen diplomatischen Unternehmung.

Ein anspruchsvoller, ehrgeiziger, genußsüchtiger junger Herr aus gutem Hause, war er ziemlich mittellos in die Staatslaufbahn und die Hofämter gekommen, die seinen Vätern alles bedeuteten: Brot und Glanz. Die entscheidende Stunde des Aufstiegs und des Einflusses schien ihm genaht, als dem Großen Kurfürsten der schwache Sohn gefolgt war, im Banne nur der einen Sehnsucht, ein König zu sein, um welchen Preis und mit welchem Sinn oder Unsinn es auch sei. Sobald nun Grumbkow sah, was zwischen dem ersten »König von Preußen« und seinem Volk gespielt wurde, hielt er sich eng an die allmächtigen drei Minister. Aber ihr Bund war so fest und vorsichtig geschlossen, daß kein vierter Raum darin finden konnte. Kreatur zu sein – dazu war Grumbkow zu hochmütig und herrschsüchtig. Der König schien ihm zu schwach, als daß er allein gemeinsam mit ihm gegen die Minister hätte stehen können. So blieb dem Hofmann nichts, als auf das Heranwachsen des Thronfolgers zu warten. Fremder konnten ein älterer und ein jüngerer Mann einander nicht sein. Aber Grumbkow spürte die gewaltige Energie, die vielleicht schon in kurzem alle preußischen Staatsaffären durcheinanderschütteln, der keiner sich entziehen können würde und auf die im wankenden Preußen allein noch zu bauen war.

Der Dessauer stand sorgenvoll bei dem jungen Fürsten und dem Hofmann. Es war zu wenig Einsatz für den Bund, daß Grumbkow gar nichts in ihn einbrachte als die Verbitterung über die Allmacht des Dreifachen Wehs. Aber eben um jener gemeinsamen Gegnerschaft willen mußte der Fürst dem Höfling gegenüber jedes eigene Bedenken zurückstellen und den Thronfolger an das Bündnis zwischen ihnen dreien glauben lassen; denn Klugheit, wie die eines Grumbkow, war ein rares Ding im Lande und bei Hofe.

Als die drei Männer in Weste und Hemd am verflackernden Feuer im spärlichen Anbruch erster Helligkeit über dem Tisch mit den geleerten Bechern einander die Hände zum Abschied hinhielten, schien es eine jener seltenen Stunden neuer Freundschaft zu sein, aus denen gemeinsames Werk wird. Und allein die Erinnerung an diese Nacht ließ den Kronprinzen geduldig bei den weiteren Vermählungsfeierlichkeiten ausharren.

Der königliche Bräutigam selbst war von nun an viel bedrückter. Daß niemand etwas von der Schwangerschaft der Schwiegertochter gemerkt haben sollte; daß man ihn in die neue Ehe gehetzt hatte; daß so entgegengesetzte Männer wie der Fürst von Anhalt-Dessau und Herr von Grumbkow – die beiden fähigsten und unbequemsten – plötzlich zueinander fanden, dies alles machte ihn betroffen. Er fühlte sich verraten und verkauft, ohne zu wissen, an wen, von wem und für welchen Preis. Immer wieder wurde ihm der Kronprinz als der Stein des Anstoßes und Grund allen Ärgernisses genannt. Haß setzte sich in ihm fest. Weil er sich nicht mehr hindurchfand durch die Wirren, Lügen und Gefahren, hielt er sich an die einzige Erklärung, die man ihm gab: Der Sohn war schuld, der Sohn, der Sohn, der Sohn.

Der Kronprinz begann sich bei den neuen Gefährten bitter zu beklagen: »Ich habe es nicht verdient, wie um der Ungnade des Königs willen alle diese Canailles hier mit mir verfahren. Sie müssen wissen, daß ich wenig und bald gar nichts mehr zu sagen haben werde. Der König glaubt, ich wäre ein Verräter. Meine Freunde dürfen nicht von mir sprechen, wenn sie sich nicht beim König in Verdacht bringen wollen. Wenn ich nur nicht hier wäre und müßte alle die Schelmereien mit ansehen, wie sie unseren guten König betrügen, so wäre ich zufrieden. Hier kann nur Gott noch alles gutmachen!«

Aber der König und die Seinen taten übel.

Und dennoch ließ der König den Kronprinzen seinen Unwillen noch nicht in den letzten Folgerungen auskosten. Wenn nun sein drittes Kind, auch noch so unerwünscht, geboren werden würde und gar ein Knabe wäre, so sollte ihm alle gebührende

Ehre erwiesen werden. Denn Preußens erster König ehrte ja sich selbst und sein Werk, wenn er dem Thronfolger und des Thronfolgers Sohn huldigen ließ. Ach, Glanz und Unsterblichkeit über seinem jungen, noch von aller Welt verachteten Königshaus! Friedrich I. atmete tief. Er söhnte sich aus mit dem Gedanken, es möchte nun doch wieder ein Knabe sein.

Es war ein Knabe.

Am Abend seines eigenen Geburtstages war der Kronprinz allein zurückgeblieben. Eine lange Sommernacht hatte er auf den Schrei des neuen Menschen und das Licht des neuen Tages geharrt. Als es hell war, sank er in Schlaf – unentkleidet, ungewaschen sogar gegen seine selbstverständliche Gewohnheit.

Und nun beglückwünschten sie ihn, wie sie ihn gestern kaum mit Gratulationen bedacht hatten.

Ein Sohn sei es, ein schöner Sohn.

Natürlich, das mußten sie sagen. Friedrich Wilhelm lachte.

Aber beim Anblick des Kindes verlor sich das Lächeln; kaum daß er auf die junge Mutter achtete. Dort lag noch einmal sein erster Sohn. Es strömte ihm glühend über das Herz: Gott konnte alles wiedergeben, was er nahm. Der Sohn war wiedergekommen! Er blieb tief über ihn gebeugt. Nein, es war doch ein anderer, ein ganz anderer – die Augen waren noch dunkler zwischen Schwarz und Blau und waren klarer, der Mund schien kräftiger geschwungen, Stirn- und Backenknochen waren stärker ausgeprägt; und runder war er; und lauter im Schrei; und lebenskräftiger – oh, es war ein ganz anderes Kind! Sein Sohn! Sein Geburtstagsgeschenk! Sein Friedrich Wilhelm! Man konnte ihn schon recht fest anpacken. Er ließ sich schon streicheln und ein ganz klein wenig drücken. Er brummte dem Kleinen ins Ohr, ob er es sich merken würde – Friedrich Wilhelm! Friedrich Wilhelm! Und was für ein pünktlicher kleiner Soldat – genau am ersten Tage im neuen Lebensjahr des Vaters angetreten! Solche Dinge schwatzte der Kronprinz überglücklich und töricht.

Die Kronprinzessin, vierundzwanzigjährig, lächelte milde und weise. Sie kam sich so viel reifer vor als der dreiundzwanzigjährige Vater. Übersah er denn ganz die großen Aspekte dieser Stunde? Die regierende Königin war zum Eindringling im jungen preußischen Königshause gestempelt! Auch die Kronprinzessin, auf ihre Weise, war sehr glücklich.

Aber das Größte an dieser Stunde des frühen Augustmorgens ging ihr verloren. Sie nahm es nicht wahr, daß Friedrich Wilhelm sie von diesem Tage an unauslöschlich zu lieben begann, sie und den Sohn.

Im Vorzimmer nahm er die kleine Wilhelmine auf den Arm und küßte sie, bis sie zu weinen und von ihm wegzustreben anfing.

Nichts drang in das Glück seines Herzens, auch das nicht, daß heute aus Ansbach und Hannover Kavaliere eingetroffen waren, zur ansbachisch-hannöverischen Hochzeit einzuladen.

Gott kann wiedergeben, was er nahm. Der Kronprinz dachte es auch hier von den Frauen wie zuvor von seinen Söhnen.

»Der Herr hat's gegeben, der Herr hat's genommen; der Name des Herrn sei gelobt«, prägte sein Herz in heißen, raschen Schlägen den Taufspruch für den zweiten Sohn, und dem jungen Vater kam nicht der Gedanke, daß dieses Wort an den Gräbern und nicht am Taufbecken gesprochen wird. Aber endlich mußte eine Abordnung des Konsistoriums die Hoheit auf den peinlichen Irrtum aufmerksam machen. Da schlug der Kronprinz einen anderen Text, aus dem Evangelium des Johannes, vor: »Vater, ich danke dir, daß du mich erhört hast.«

Nun war das Entsetzen noch größer. Die Locken der Amtsperücken wehten, die schwarzen Roben der geistlichen Räte rauschten.

Das Wort stand bei des toten Lazarus Erweckung. Wer wagte es dem jungen Herrn zu sagen?!

Aber er war ganz still. Es war ihm selber eingefallen. Er kannte die Schrift.

Preußen schritt von Fest zu Fest. Die neue Taufe sollte ein Höhepunkt werden. Friedrich Wilhelm aber wollte über dem Taufbecken des Sohnes die Hand des Vaters gereicht bekommen. Er aß nicht mehr; er trank nicht mehr; er magerte zusehends ab. Die Feiern wurden ihm zur Qual und zum Gericht. Im Festgeläute hörte er das Wimmern der Armesünderglocke von Küstrin. Statt des goldenen Kirchenschmuckes sah er nur den Galgen im Rauschgold, und der Purpur um die Schultern des Täuflings wurde ihm zum Flittermantel des Goldmachers, in dem man ihn zur Richtstätte führte.

Wieder trug ein Sohn den Reichsapfel, das Ordensband, die Krone und das Zepter. Das kleine Antlitz war wächsern; das schwankende Köpfchen wurde gestützt. Aber Predigt und Einsegnung, Namensgebung und Gesang, heroische und sakrale Musik nahmen gerade erst den Anfang.

Friedrich Wilhelm suchte sich aus dem Kreise der Paten und Gäste zu lösen; Schritt für Schritt, daß keiner es bemerkte, wollte er seinem Kinde näher kommen bis an die Stufen des Taufsteins.

Als sie den Knaben über das silberne Becken mit dem geweihten Jordanwasser hielten und die Krone emporhoben, das Haupt des hohen Kindes mit den Tropfen der heiligen Flut zu netzen, sah er den blutenden Riß. Dort, wo der Rand der Krone sich in den bleichen Schläfen breit und dunkel abgezeichnet hatte, war das Wundmal eingegraben. Sie senkten die Krone auf das ungestillte Blut.

Noch schrie der Vater nicht, noch gebot er nicht Einhalt. Aber die um ihn wußten es sofort, daß etwas Furchtbares geschehen würde. Gewaltig, aufgereckt und totenblaß stieß der Kronprinz sie zur Seite, mit beiden Armen griff er nach den Pfeilern zur Rechten und Linken, wie Simson einst die Säulen packte.

Aber kein Dachgewölbe, keine Wände stürzten, und die Pfeiler sanken nicht. Die Hände des jungen Vaters waren in den Stein gepreßt, sein Mund war stumm geöffnet.

Dann klirrte die Krone auf die Stufen des Altars. Reichsapfel und Zepter rollten auf den Samt der Gänge, in Blumen und seidene Schleppen. Alle, die um den Taufstein standen, umringten entsetzt den Prinzen; die in den Kirchgestühlen neigten sich vor und steckten die Köpfe zueinander. Der Kronprinz schlug den Purpurmantel um sein Kind. Keiner mehr sollte es anrühren, keiner mehr es sehen. Er gab es nicht mehr her. Und aller Sohnesgehorsam war in ihm nun abgetan. Er blickte den Vater und König nicht an, er fragte nach niemand, der ihn halten oder ihm das Kind vom Arme nehmen wollte. Er durcheilte den Dom zum Portal. Am Tor war er allein, denn alle wandten sich voll Sorge nach dem König um. Dem bedeckte kalter Schweiß die Stirn und die Wangen. Zitternd lehnte er in seinem hohen Stuhl. Der Dombischof sprach milde auf ihn ein. Als er das Taufbecken umgestoßen und das Jordanwasser über die Stufen des Altars rinnen sah, erstarben ihm die Worte auf den Lippen.

Erst als die Ärzte kamen, überließ Friedrich Wilhelm seinen Sohn den Kinderfrauen. Er gab ihn den Ärzten angstvoll und schweigend. Die Ärzte hatten Furcht vor ihm. Was sie nicht verordneten! Was sie nicht erfanden! Welche Krankheiten sie nicht entdeckten!

Das Dreifache Weh hatte gute, gute Tage. Kein Kronprinz störte seine Machenschaften.

Der Kronprinz hielt zwischen seinen Räumen und den Zimmern der Gattin und des Kindes fürchterlichen Umgang, die halbe Nacht hindurch.

Ehe er frühzeitig wiederkam, hatten sie den toten Knaben schon entfernt, den Leichnam zu waschen, zu balsamieren, aufzubahren. Der Vater fand nur noch die leere Wiege. Den Kopf auf den noch nicht erkalteten Kissen seines Kindes, schlief er ein nach einer schlummerlosen Nacht.

Am Abend konnte man wie sonst mit ihm reden; nur der König hielt sich fern. Der Kronprinz stand Rede und Antwort, aber man spürte, wie ihm die Zeit zu langsam verrann, bis sie ihn endlich allein lassen würden. In der zwölften Stunde ging er mit dem Leuchter, ohne Diener, durch das Schloß. Er schritt so rasch, daß alle Kerzen flackerten und wirre Schatten warfen in dem langen, hohen Gang. Vor der Treppe zur Kapelle stellte er den Leuchter ab. Mit beiden Fäusten klopfte er an die Tür, die den Gang zu den Gesindekammern von der Galerie abschloß. Der Kronprinz wollte die Schlüssel zur Kapelle.

Kein Diener ist ihm gern gefolgt. Mitternacht, Leichnam und Kapelle – der Dreiklang ließ auch Männer schaudern. Aber dem Vater war, was die anderen entsetzte, der süße Körper seines Kindes. Er suchte ihn, er leuchtete das Gewölbe ab.

Am Särglein von rohem Holze lehnten zwei wächserne Engel, seinen toten Söhnen nachgebildet, die Arme lieblich gehoben, die Lippen lächelnd geöffnet, die dunklen Augen sinnend aufgeschlagen. Ganz nackt waren sie, umschlungen nur vom Band des Schwarzen Adlerordens. Hochgeschlagene Hüte mit gewaltigen, weißen Straußenfedern hatten sie wie im Spiel auf ihre kleinen Häupter gedrückt.

»Nehmt sie weg!« schrie der Kronprinz fassungslos die furchtsamen Diener an. Gleich danach gab er ruhige Erklärungen. Sie sollten sich nicht so töricht anstellen; dies seien die vom König dem Hofwachsbossierer für das Trauerlager in Auftrag gegebenen Figuren der verstorbenen Prinzen. Dort liege noch das Gerät des Wachsbildners, den der Abend überraschte, als er das Konterfei des kleinen Leichnams überprüfte.

Die Diener waren befreit und belebt. Neugierig leuchteten sie in den Winkel mit dem Zeichentisch, auf dem die Skizzen für das Trauerprunkbett aufgeheftet waren: auf hohem Katafalk der Sarg mit Totenkopf und Krone, Gebeinen und geflügelten Saturnsköpfen als Zier seiner Wandungen. Die wächsernen Knaben umschwebten ihn als Engel.

Der Kronprinz trat unter die Diener. Er riß die Skizzen vom Tische, warf sie in einen Winkel. Die Wachsfiguren rührte er nicht an; es war überflüssig, daß sich gleich die Diener schützend vor sie stellten. Doch den Sarg hob er auf und trug sein Kind hinweg ins Dunkel. Sie geleiteten ihn mit den Kerzen. Keiner wagte eine Frage. Keiner nahm ihm den Sarg ab. Er trug ihn in sein Schlafgemach; er stellte ihn auf den Tisch. Die Diener wies er an der Schwelle ab. Nur ein Licht ließ er sich noch reichen. Das nahm er auf den Tisch zu dem Sarge. Er rückte sich den Sessel heran. Er zog den Sarg ganz dicht an sich. Nun konnte er den Arm um ihn legen, ganz eng, ganz nahe um das harte, rohe Holz. Er trauerte um das Geschlecht, um seinen Vater, seine Söhne. Das Land brach zusammen. Seine Söhne starben.

Morgen sollte der Knabe in goldenem Sarge ruhen, auf hohem Katafalk, bei Fackeln und Engeln. Ach, daß solche Feier nicht mehr wäre! Er wollte kein Fest des Goldes und des Todes mehr. Ach, daß er sein Kind noch diese Nacht im Garten vergraben dürfte! Niemand sollte es finden.

Schon erhob er sich. Aber als er aufstehen wollte, standen die Frauen in der Tür. Viele Leuchter wurden über sie gehalten. Er sank zusammen. Er war wie ohne alle Kraft. Nur der Arm um das Särglein blieb stark. Seine Blicke, weil sie vor den Frauen flohen, blieben auf dem toten Kinde haften. Es war im Sarge vom Tragen und vom Niederstellen zur Seite gefallen; nun schien es lebend, schlafend. Nichts, nur dies sah der Vater.

Die Kronprinzessin schluchzte auf. Die Ansbacherin stand schweigend, beide Arme um die Schwägerin geschlossen, so daß die eigenen Hände wieder ineinandergriffen. Noch spät in der Nacht hatte sie bei der Trauernden geweilt. Da hatten die Frauen die Diener gehört und das grausige und seltsame Tun des Kronprinzen erfahren. »Wir müssen zu ihm«, hatte die Ansbacherin gesagt, und die Kronprinzessin war ihr gefolgt, von ihr gestützt, von ihr geführt und weinend.

Die künftigen Königinnen von Preußen und England hielten einander umschlungen. Der Kronprinzessin verschleierten Tränen den Blick. Die Augen der Ansbacherin waren tränenlos und klar. Sie sah den Mann, den Tisch, den Sarg, das Licht. Sie atmete zitternd, doch beherrschte sie ihr Stöhnen.

Friedrich Wilhelm wandte den Kopf auf sie zu. Regungslos blieb er sitzen, zusammengesunken, den Arm um den Sarg gelegt, den leeren, schweren Blick auf die Frauen gerichtet.

Die Ansbacherin preßte den Leib der Schwägerin an sich. Gib ihm Kinder, immer wieder Kinder, gib ihm den Sohn, riefen alle Sehnsüchte, schrie alles Mitleid in ihr. In einem einzigen Schlage ihres Herzens begriff sie, daß sie von dem Blicke dieses Mannes niemals loskommen würde, was auch verloren und beendet, was auch an Glanz des Welfenhauses über ihr verheißen war.

Sie bebten alle vor dem Morgen, am bangsten der König. Um Mitternacht war ihm schon gemeldet worden, was sich in der Kapelle begab.

»Gott gnade ihm vor dem Sohn«, flüsterte der Hof.

Der Hof tat alles, die Wirren und Leiden dieser Stunden in weite Zukunft hin zu mehren.

Gott gnade dem Hof vor dem Sohn, dachte Graf Dohna, der Hüter dieser Prinzenkindheit.

Ein Wort des Knaben Friedrich Wilhelm war wieder im Umlauf: »Der Teufel hole mich! Wann ich werde groß werden, will ich sie alle miteinander aufhängen lassen und ihnen den Kopf abhauen!«

Der Plusmacher

*Siehst du einen Mann behend in seinem Geschäft,
der wird vor den Königen stehen
und wird nicht stehen vor den Unedlen.
Ein König, der die Armen treulich richtet,
des Thron wird ewig bestehen.*

Die Bibel

In allen Erlassen aus den letzten Regierungsjahren König Friedrichs I. war Friedrich Wilhelms Ernst und Eifer zu spüren. Der Vater begann sich dem Sohne zu fügen; langsam schwand er hin.

Nach der Beisetzung des Enkels, die trotz aller Vorbereitungen nun plötzlich lückenhaft und übereilt schien, war Graf Dohna zu ihm gekommen, außerhalb jeder Audienz, und hatte zu ihm vom Kronprinzen geredet wie in der Knabenzeit des Thronfolgers – Dohna, der vor der Aufgabe, den ungeratenen Sohn König Friedrichs I. und Königin Sophie Charlottes zu erziehen, einst fliehen wollte und endlich seinen Kohl zu bauen und zu sparen begehrte. Er allein kannte die Leiden des Knaben; oft hatte er den Widerspenstigen, der für den Prunk empfänglich gemacht werden sollte, aufs tiefste bedauert; das Silberservice des kleinen Prinzen war so schlecht gewesen, daß Graf Dohna häufig mit dem eigenen hatte aushelfen müssen; der Kurprinz, als er Kronprinz wurde, verfügte nur über zwölf Hemden und sechs Nachthemden; das meiste davon war schlecht. Achtundzwanzigmal in einem Monat mußte der Thronfolger mit dem König zur Komödie gehen und die Stunden vor dem Theaterbesuch mit Tanzunterricht hinbringen. Da hatte der Knabe aufbegehrt: »Euer Tanz lehrt mich nicht regieren!« Denn bei allen Dingen, die er trieb, wollte er einsehen, wozu es geschah.

Er hatte sich dagegen aufgelehnt, daß sein Lehrer Rebeur, der ihm den Lebenslehrsatz einprägte und vorlebte »Tugend adelt den Menschen« von seinem Tische ausgeschlossen blieb. »Ihr seid ein wahrer Edelmann«, rief das königliche Kind, »wie kommt es dann, daß Ihr nicht an meiner Tafel speisen dürft?« Und er versprach dem Lehrer – den er im Überschwange seiner Leidenschaften schlug und küßte – Haus und Garten zum Trost, obwohl ihm der Ahner und Träumer Rebeur für einen Schulfuchser zu reinlich war.

Aber das schöne Wort von Adel und Tugend hatte den Prinzen noch nicht mit seinem ganzen Herzen begeistert. Da war noch ein anderes Wort, das ihm zum Lieblingsspruch wurde: Deum time – Fürchte Gott! Und fortan verlangte er nie mehr den Teufel zu sehen. Er hatte immer wieder den Anblick des Satans zu erzwingen getrachtet, bis man endlich einen alten, bösen Raben die zarten Wangen und Hände des Knaben zerhacken ließ. Jenes als lügnerisch verschriene, zornige, ja oft rasend scheinende Kind, das angesichts aller Schuld und allen Übels im Reiche des Vaters aufschrie: »Unser Herr Gott ist ein Teufel! Ich will Gott quälen; ich will katholisch werden!« hielt dennoch streng darauf, daß Gefolge und Dienerschaft allmorgendlich bei ihm zur Hausandacht erschienen. Und hatte der Knabe Friedrich Wilhelm Gäste bei sich, so pflegte er das Gespräch gern immer wieder auf religiöse Dinge zu bringen. In seinen sehr sorgfältigen Tuschereien aber malte der verwahrloste kleine Bursche mit den übergroßen, ernsten, blauen Augen und dem stets leicht träumerisch geschürzten Mund einen Altar, auf dem Bibel und Gesetzbuch aufgeschlagen lagen. –

Daran gemahnte Graf Dohna vor dem König. Es waren offene und kühne Worte gewesen, die den alten, nüchternen, gleichmäßigen, in jedem guten Dienste treuen Grafen wieder jünger scheinen ließen. König Friedrich reichte ihm lange die Hand. »Wollte Gott, daß alle, die sich mir nähern, so herzlich mit mir sprächen; allein das ist das Los der Fürsten, die Wahrheit nur durch die trüben Nebel der Verstellung und Kabale zu erblikken.«

Der Kronprinz dankte dem alten Erzieher sehr bewegt. Er habe ihm das Leben gerettet; denn Vater und Sohn zugleich zu verlieren, das vermöchte er nicht zu ertragen. Ohne die Versöhnung mit dem Vater wäre er in tödliche Schwermut verfallen; in all der Wirrnis und dem Elend brauche er aber Taten, Taten, die der König ihm aufgab.

König Friedrich beriet sich kaum mit seinem Sohn; er erteilte ihm einfach Vollmachten. Die Korrespondenten der auswärtigen Höfe hatten aus Berlin zu melden, daß die »Intrigen und herrschenden Fraktiones bei Hofe seit einiger Zeit gänzlich ruhten, indem des Kronprinzen Kredit und Autorität jeden zwischen Furcht und Hoffnung hielte und alle insgesamt obligiere, in ihren Demarchen große Vorsicht zu gebrauchen.«

Den Kronprinzen dagegen kam das Lachen an, wie die Blackschisser konfus wurden, als wenn das ganze Land schon verloren wäre.

Denn König Friedrich ging auf eine weite Reise und ließ dem Sohne das Land.

Es war nur eine armselige Macht, die König Friedrich seinem Sohn verleihen konnte; vor den großen Mächten blieb sie ein Spott. Er überließ ihm die armselige Zahl und das unnennbare Elend von zweieinhalb Millionen Menschen; er übergab ihm ein zerfetztes Länderbündel, benachbart dem unermeßlichen Rußland; gelegen neben dem französischen Reich, das von den Pyrenäen bis an den Oberrhein, von dem Mittelmeer bis an den Ozean reichte; gestellt neben das unerschöpflich scheinende Österreich: groß in Deutschland, dem Orient und Italien; und unvergleichbar mit dem reichen England, dem die See gehörte mit allen umfassenden Ansprüchen des großen Inselreiches.

Des Schwedenkönigs Karl XII. geschlagenes Heer zog, von der Pest gefolgt, durch brandenburgisches Land. Berlins Protest blieb ohnmächtig. Sachsen, Polen und Russen rückten gegen Oder und Uckermark vor – Brandenburgs Truppen lagen im Spanischen Kriege der Habsburgischen Hausmacht. Der Thronfolger hatte nur zwei Reiterregimenter und ein Bataillon Fußvolk zur Verfügung und mußte zuschauen, während sich fremde Heere zwölf Meilen von Berlin auf märkischem Boden bekriegten. Nichts blieb ihm als die Klage vor dem Fürsten Anhalt-Dessau: »Wir sitzen still; geht mir sehr nahe. Keine Regimenter im Lande, kein Pulver und kein Gold; und das Schlimmste, man muß sie wie rohe Eier traktieren. Die hiesigen Blackschisser, die sagen, mit der Feder wollten sie dem König Land und Leute schaffen!«

Er hatte genug, übergenug gelitten unter den Verträgen König Friedrichs und der drei Minister. Noch konnte ihm der König das so neu erst geschenkte Vertrauen mit jedem Tage wieder entziehen. Es galt, so grundlegende Veränderungen im Staatsgetriebe vorzunehmen, daß keine Sinnesänderung des Königs noch eine wesentliche Umwandlung zu bewirken vermochte.

So löschte Friedrich Wilhelm in der Zeit, da sein Vater ihn fürchtete und um Versöhnung warb, das Dreifache Weh aus. Mit dem Grafen Wartensleben durfte er noch am mildesten verfahren; dessen Hauptschuld war gewesen, dem Treiben der beiden anderen Minister nicht Einhalt geboten zu haben. Graf Wartenberg vermochte aus dem Anfang seiner Amtszeit tatsächlich Verdienste nachzuweisen; Friedrich Wilhelm billigte ihm eine Pension zu; er war bereit, sie ihm ins Ausland zu überweisen. Gräfin Wartenberg, die Gastwirtstochter, lächelte über solche Gerechtigkeit des Kronprinzen; sie nahm allein für fünfhunderttausend Taler Diamanten mit über die Grenze, Diamanten, aus Brandenburgs armem Sande gewonnen. Ihr übriger Besitz belief sich auf Millionen; doch erkannte der Kronprinz ihn als ihr unantastbares Eigentum an. Nur Schloß Monbijou fiel an den König zurück; der machte es der Frau Schwiegertochter, der trauernden, jungen Mutter, zum Geschenk. Reichsgraf Wittgenstein wurde verhaftet und in die Feste Spandau überführt. Sämtliche Reichsgrafen protestierten. Sie fühlten sich in dem Urteil, nicht in Wittgensteins vorangegangenem Tun beleidigt. Der Reichsgraf deckte seine Veruntreuungen; er mußte die Staaten des Königs verlassen.

In das Untersuchungskomitee, das der Kronprinz eingesetzt hatte, war der Obermundschenk von Grumbkow berufen: über die schwierigsten und undurchsichtigsten Vorgänge zeigte er sich vorzüglich unterrichtet. Zum Kabinettssekretär des Komitees hatte der Kronprinz seinen neuen Regimentsschreiber Creutz beordert.

Graf Dohna wurde zum Premierminister ernannt. Im Staatsrat fand der Redliche nur Kreaturen des Dreifachen Wehs vor. Der Kronprinz beschloß, den ganzen Staatsrat aufzulösen. Aber dieser Schritt, der das ganze Fundament der preußischen Staatsverfassung veränderte, mußte mit Umsicht vorbereitet werden.

Inzwischen erging an sämtliche Regierungen des Landes ein Reskript, über den wahren Zustand des Landes zu berichten, dabei nicht das geringste zu verhehlen und die Meldungen unmittelbar zu Händen des Königs einzusenden. Meist verständigten sich die Berichterstatter untereinander, denn noch fand der Kronprinz keine Zeit, ihre Meldungen nachzuprüfen.

Leopold von Anhalt-Dessau schlug er zum Generalfeldmarschall vor.

In heimlichen Zusammenkünften mit den Gestürzten und Bedrohten klagte König Friedrich, er werde seiner alten Diener beraubt und wisse nicht, wem er sich noch zu vertrauen habe. Es wurde still um ihn. Ilgen, der unsäglich geduldige, einsichtige, tätige Leiter der auswärtigen Politik, und der Oberhofmarschall standen schon längst bei dem Neuen; Ilgen vor allem, nicht weil er zurückgesetzt war, sondern wie er sich klar eingestand, aus Voraussicht.

In diesen Tagen des Wechsels und der Wandlung, des Sturzes und Aufstiegs unternahm der Schreiber Creutz einen Selbstmordversuch. Doch zog man ihn noch lebend aus der Spree.

Der Kronprinz ließ ihn zu sich kommen. Creutz weilte schon lange in dem Kabinett, aber die Hoheit wandte sich ihm immer noch nicht zu. Der Kronprinz stand, dem Zimmer den Rücken zukehrend, am Fenster. So redete er mit Creutz.

»Glaubt Er, daß es der Ehre meines Regiments gar so förderlich ist, wenn ein neuer Schreiber kopfüber ins Wasser geht? So, so. Er will nicht mehr Regimentsschreiber sein? Er hat sich auf dem geraten scheinenden Wege um einen Posten beworben, und das Schreiben ist abschlägig beschieden worden? Es kann demnach nicht in meine Hände gelangt sein? Nun, noch gehen alle Gesuche an Seine Majestät den König. Der allein erteilt Gnaden, der allein vergibt Ämter. Der Posten, um den Er eingekommen ist, Creutz, ist auch heute dem König noch nicht verfügbar. Fünfzehn Taler mehr pro Monat liegen nicht auf der Gasse.«

Creutz nahm all seine Klugheit zusammen, und die war größer als alle Leidenschaft seines Ehrgeizes. Er schwieg, doch in Bescheidenheit und ohne Trotz. Es genüge ihm, sagte er dann, als der Kronprinz ihn entließ, wenn er das Bewußtsein mitnehmen dürfe, Seiner Hoheit gnädige Gesinnung nicht verloren zu haben.

Er hatte zu lange gehungert. Das Elend ließ ihn nicht los. Die schmalen Bissen eines Regimentsschreibers konnten diesen Hunger nicht mehr stillen. Was half es, daß er glücklich gewesen war über seinen neuen, sauberen Rock? War er nicht ein Günstling des Kronprinzen? Spürte nicht jeder: jetzt kommt der Neue zur Macht? Aber wen trug er mit sich empor? Die großen Herren, wieder nur die großen: den Fürsten, den Grafen, den Junker; den Dessauer, den Dohna und Grumbkow.

Der Kronprinz brauchte zu all seiner Härte ein reines Gewissen. Er bat den König, das verwahrloste Amt verbrecherischer Minister auf die wenigen zu übertragen, die der jungen preußischen Krone aus kurfürstlichen Zeiten her mit Eifer dienten. Für einen Günstling bat er nicht.

Erst als er den Thronfolger als einen mächtigen Herrn am Hofe seines Vaters wiedersah, begriff es Creutz. Der Kronprinz mußte schon sehr mächtig sein, wenn man in preußischen Ämtern mit fünfzehn Talern zu rechnen begann.

Für eine Nacht kehrte Creutz, freien Willens, in das Elend zurück, das ihn nicht losgab. Er blieb eine Nacht unter den verworfenen Mädchen seiner Gasse, unter denen die Ramen einherging wie ein stilles und erstauntes Kind und bei ihm blieb mit wunderlichen Fragen. Da war sein Sinn schon voller Geduld, aber es lag etwas Gefährliches in ihr. Noch mußte er dienen. Er pries den Neuen vor der Gasse. Er pries den kommenden König, der um fünfzehn Taler feilschte. Und die verworfenen Mädchen nachts und ihre Väter und Brüder, denen sie es morgens erzählten, nickten und gaben ihm recht: »Ja, fünfzehn Taler sind viel Geld.«

In diesen Tagen verbreitete sich das Gerücht, der König habe unter dem Einfluß seines Sohnes eine ungeheure Summe für ein Pestlazarett gestiftet. Um der großen Barmherzigkeit willen sollte es den Namen tragen: La Charité.

Der Kronprinz speiste mit seiner Gattin. Über den Geschäften war es eine Seltenheit geworden. Die Kronprinzessin war ohne Vorwurf und nur erfüllt von Ehrgeiz und Stolz. Welcher Thronfolger hatte solchen Anteil an den Geschäften des regierenden Herrn wie ihr Gemahl? Zu welcher Geltung erhob er sie dadurch vor der Königin! Wie triumphierten bereits die Damen des kronprinzlichen Hofstaates über die hochmütigen, bäurischen Mecklenburgerinnen der bigotten Königin.

Der Kronprinz sah voll Besorgnis und Liebe, wie seine Frau, zu hohen Leibes, bei der gemeinsamen Tafel immer ein wenig vom Tisch abgerückt saß, rührend und unbeholfen, wenn sie sich stärkte und labte für ihr Kind. Er erschrak vor ihrer Blässe und war zugleich beseligt, weil sie die nahenden Wehen verriet.

Was war der Tod zweier Söhne vor der Fruchtbarkeit dieser Frau!

Er wollte die Pest bekämpfen und den Tod: das kleine Leben sollte wachsen, zu jeder Stunde dieser furchtbaren Monate freudig und behütet wachsen. Niemals war größere Sanftheit in dem Ungestümen, als wenn er auf den Leib der mütterlichen Frau sah. Daß sie immer wieder zwiefaches Leben war in all dem Jammer, all dem Sterben, all der Angst!

Er ließ sich die kleine Wilhelmine, die er lange vernachlässigt hatte, bringen und hob das zarte Kind mit bedauernder Geste empor.

»Sie ist anderen Kindern ihres Alters überlegen«, beharrte die Kronprinzessin, als er lachend den Kopf schüttelte, »sie ist der Abgott der Hofdamen. Sie schwatzt den ganzen Tag.«

Wilhelmine war ein Kind, wie geschaffen, präsentiert zu werden. Sie tat sofort, was Mama ihr abzulocken suchte. Sie merkte geradezu, daß man eine kleine Prüfung mit ihr veranstaltete. Alle Scherze rollten wie am Schnürchen ab. Dem Vater war alles neu. Er hielt den schwachen, kleinen, im Brokat verhüllten Körper in zärtlichen und starken Händen; er fühlte das weiche Gesicht ohne eine Scheu des Kindes an seiner Wange. Aber zugleich war es ihm nicht mehr die Tochter, das einzige Kind – das neue hielt er umklammert, den Sohn.

Die Damen unterbrachen ihn wieder mit ihrer Konversation.

Er hatte noch nicht von dem Wunder vernommen. Es fiel ein dichter Schnee in kleinen, festen Flocken, die größere Kälte verkündeten. Im Schloßgarten in Köpenick blühte die alte Agave zum erstenmal mit einer zauberhaften Blüte von mehr denn siebentausend Blütenblättern. Der Kronprinz sah nur in den Schnee hinaus. Die neuen Häuser der niedergebrannten Stadt Crossen waren noch nicht unter Dach und Fach, der Bau der Charité kaum begonnen. Das Jahr ging zu Ende.

Er verabschiedete sich rasch, neue Tagesbefehle auszugeben. »Die Untertanen sollen nit übern Haufen gehen, gegen Ruin der Untertanen sollen alle guten Anstalten machen.« So begann das erste Edikt, das er aufsetzen ließ im Namen des Vaters.

Die Wochenstube der Kronprinzessin war im stillsten Zimmer des ganzen Schlosses eingerichtet worden, über dem Turm der alten Kapelle, wo der alte und der neue Flügel zusammentrafen, hoch über dem abgelegenen zweiten Hof, in dem nur bei den großen Festen die Auffahrt der Gäste stattfand. Dort lag, durch eine Tapetentür von der reichen Büchersammlung der Königin Sophie Charlotte getrennt, das braungetäfelte kleine Bibliothekszimmer der Kronprinzessin Sophie Dorothea; dahin hatte man ihr Baldachinbett und die alte Kurfürstenwiege getragen. Die Brüstung der offenen Galerie des Hofdamenflügels verdunkelte den von Bücherwänden golden-bunten Raum selbst noch in der Mittagsstunde; und nun, da ein Schneetreiben eingesetzt hatte, mußten schon sehr zeitig die Kerzen in den Leuchtern der Wandfelder brennen. Das Feuer im Kamin schlug hohe Flammen um die neuen Scheite und warf seinen Schein auf die Bücherwände und die Wiege. Der Kronprinz hob, als letzter von der Freudenbotschaft erreicht, die ganze Wiege auf die Feueröffnung zu; die Wehmütter kreischten auf; er lachte.

»Ihr müßt ihn gut wärmen. Er hat kühle Hände. Ihr müßt ihm viel Biersuppe geben, das macht stark.«

Drohend und dabei so strahlend ließ er den Knaben den Frauen.

Am Bett der Mutter stand er still. Er knöpfte seinen Rock auf über dem brausenden Herzen und nahm aus den Taschen, was er seit dem Morgen bei sich trug für diese Stunde: die kostbaren Etuis mit dem Schmuck seiner Mutter. Er wagte kaum, die Wöchnerin zu berühren. Er schlang ihr die Ketten nicht um; er legte ihr die Perlenschnüre nur lose um ihr offenes Haar und auf die Brüste voller Milch. Er fügte behutsam die Diamantringe in ihre Hände. Nur ein Armband, strahlender als alles, streifte er fest um ihr Gelenk, den Schlag ihres Pulses zu fühlen, der immer wiederklang in neuen Menschenherzen.

»Sagen Sie selbst dem König den Namen«, bat die Wöchnerin lächelnd und begann, beseligt zu ihm aufblickend, die Ketten um den Hals zu knüpfen und die Ringe an die Finger zu stecken.

Die Hände sind noch krank, dachte der Kronprinz; daß es so schwer ist, Leben zu geben.

Wie niemals, küßte er auch heute nicht ihre Hand. Er küßte den Mund; der war wieder rot und voller Leben.

Die Wehmütter wußten nicht, wohin vor Verlegenheit.

Friedrich I. war zeitig zu Bett gegangen. Er fühlte sich unwohl und fror. Auch hatte er unangenehme Eindrücke gehabt, denn er hatte der Königin einen flüchtigen Besuch abgestattet und war sehr entsetzt, wie maßlos aufgeregt all ihre heiligen Reden waren. Sie bangte sich namenlos vor der Weißen Frau des Hauses Brandenburg.

Zum erstenmal sah Friedrich Wilhelm seinen Vater im Bett. Er saß aufrecht, und das Hemd gab ihn noch mehr preis, als es schon einmal die Generalsuniform getan hatte. Er hatte eine hohe, schiefe Schulter. Sonst war sie von Locken und schön gerafften Falten verdeckt. Mit den knochigen, wächsernen Händen spielte er aufgeregt in den noch immer nicht ergrauten Haarsträhnen. Seine Augen waren trübe. Er blickte vom Sohne hinweg in eine Ecke.

Friedrich Wilhelm verzieh dem Vater viel. Er sah, daß er gelitten hatte.

In Haltung und Blick des Königs war etwas Zweifelndes gekommen. So saß er jetzt oft da: die wächsernen, gekrümmten Finger in den Haarsträhnen; fragend, zweifelnd, tatenlos – doch hinderte er die Taten des anderen nicht mehr. Oft saß er auch an der Wiege des Enkels, der – wie der Großvater sagte – brav schrie und recht fett und frisch war. Hier war etwas wie Vergebung.

»Er soll Friedrich heißen«, hatte der Sohn ihm versprochen, weil die Furcht des Vaters ihn bedrückte. Nun griff Leben in Leben und Name in Name. König Friedrich hütete das neue Leben, wie er, der Tatenlose, es vermochte. Er ließ ihm ein Kleid aus Silberbrokat mit Diamanten besticken, dessen Schleppe sechs Gräfinnen tragen sollten; der König würde ihn unter einem Baldachin erwarten, dessen vier Stangen vier Kammerherren und dessen goldene Quasten vier Ritter des Schwarzen Adlerordens hielten. Dem Knaben war der Titel Prinz von Preußen und Oranien zugedacht, wobei es unklar blieb, was fragwürdiger war, der Besitz Preußens oder die Anwartschaft auf Oranien. Die siebenhundert Trommeln der bisherigen Prinzentaufen aber sollten schweigen.

Auch in den Wochen nach der Taufe blieb König Friedrich an der Wiege.

Nachts, wenn er wach lag, war der König voller Angst – Angst vor der Weißen Frau. Auch die Grimasse solcher Masken muß Gott dulden. Die Gatten, König und Königin, verband nichts als die Furcht. Die Gemahlin wollte bei ihm beten, und er wies sie ab. Da verlangte sie danach, über den Schlafenden ihre bannenden Sprüche zu sagen. Noch wußte außer ihren Mecklenburgerinnen niemand am Hof um ihren Wahnsinn; und die bewachten ihr Geheimnis ängstlich. Sie beobachteten auch das Tun und Treiben des Königs für die Herrin, die fieberkrank zu Bette lag.

Der König war soeben aus seinem Betkabinett gekommen, jenem Raum, der Friedrich Wilhelm unter allen Sälen und Zimmern des Schlosses am verhaßtesten war. In einem wunderlichen kleinen Tempel mit roten, damastenen Tapeten und buntem Fußboden, mit Spiegelschränken und blitzenden Kandelabern, der kleinen Kapelle oder dem Sommerzimmer, das durch eine hohe Laterne sein Licht von oben empfing, pflegte Preußens erster König vor Gott zu knien. Der Vorraum zum Gebetsgemach, ein chinesisches Kabinett mit verwirrendem Wandmosaik voller phantastischer Vögel, trug an der Tür die Tafel, daß der Eintritt in diese Appartements verboten sei, solange der König mit Gott Zwiesprache vor den Spiegelwänden halte. Nach dem Gebet zog sich der König zur Mittagsruhe in ein Stübchen seiner ersten Gattin am Ende eines langen Ganges zurück; dort hatte er durch eine Glastür einen freundlichen Ausblick auf den weinberankten Laubengang, der zu dem Alten Haus der Herzogin, dem Aufenthalt der jetzigen Königin, führte. Noch im Entschlummern gingen seine Blicke immer wieder zu der Tür hin.

Da geschah das Entsetzliche, daß er das Gespenst in ihr erblickte: wirren Haares, weiß, mit lodernden Augen und blutigen Händen, angekündigt von gläsernem Klirren. Sein Herzschlag war wie gelähmt.

Auch als sich das Furchtbare erklärte, blieb jene Mattigkeit und Dumpfheit in der Brust, und seine Knie trugen ihn nicht mehr. Die Ärzte waren um beide sehr bemüht, den König und die Königin. Diese schien gefährdeter. Das Blut war kaum zu stillen, und der Schrecken, der sie vor dem Schmerz ihrer Wunden und dem Aufschrei des Königs gepackt hatte, wollte nicht mehr von ihr weichen. Noch wagten die Ärzte es nicht zuzugeben, daß der Wahnsinn offenkundig ausgebrochen war, als sie von ihrem Krankenlager heimlich aufstand, im Hemd, mit nackten Füßen auf die kalte Galerie hinausschlich und in dem Wunsche, über ihm zu beten, der gläsernen Tür nicht mehr achtete, die sie von dem schlafenden König trennte. Manchmal brach aus ihren wirren Worten noch der echte Schmerz über ihr zerronnenes Leben hervor.

Der Kronprinz empörte sich über all die Heimlichkeit um die

Kranke. Er wollte ihr Leiden vor alle Öffentlichkeit gebracht wissen, um endlich die dumpfen Gerüchte um die Weiße Frau der Hohenzollern zu zerstreuen. Dem freilich gab er recht, daß der Vater seinen Tod vorausgesehen haben sollte.

Andere glaubten es mit ihm. Die Besorgnis um ihr eigenes Wohl und Wehe gab ihnen klareren Blick. Es war so weit. Der neue Herr würde kommen. Jeder Tag, den der alte König noch lebte, wurde kostbar. Man mußte versuchen, noch rasch Verträge mit der Majestät zu schließen für Renten und Pensionen. Ein letztes Mal mußte es gewagt sein, unter dem Schutze des todkranken Königs das Wirken des Thronfolgers abzuwenden oder aufzuhalten. Die Federn der Schreiber flogen. Die Kurierpferde jagten zum Kaiser und zu den Verbündeten. Alles war Kampf gegen Friedrich Wilhelm. Sie wollten ihm solche Lasten aufbürden, in solche Schwierigkeiten ihn verstricken, daß ihm die Möglichkeit zu freien Taten nicht mehr blieb.

Tagelang teilte die Majestät an die Familie und die hohen Staats- und Hofbeamten Gnaden aus, um ihrem Sterben Glanz zu verleihen. Der Sohn wurde erst am dritten Abend gerufen.

Er hörte die leeren Formeln ohne Rührung. Heute und morgen, glaubte er, würde der Vater noch nicht sterben. Er gab sich vorerst noch ein Schauspiel seines Todes. Als wirklich eine Besserung sich zeigte, ordnete König Friedrich Dankgottesdienste, Trinkereien und Tanzereien an. Friedrich Wilhelm ging zu seinem Grenadierbataillon, das gegenwärtig in Köpenick lag. Doch wurde er sofort zurückgerufen. Dem, der ihn weinen sah und ihn mit großer Rede trösten wollte, hörte er schluchzend zu; dann aber fuhr er ihn an: »Was hast du Hundsfott dich darum zu kümmern, daß ich doch um meinen Vater weine?!«

Nachts arbeitete er mit Creutz. Es war so spät geworden, daß der Kronprinz die Kerzen noch einmal erneuern lassen mußte. Das Schloß und die Höfe lagen schon im tiefen Dunkel der kalten Februarnacht. Mitten im Rechnen sprang Friedrich Wilhelm auf, eilte ans Fenster und starrte in die Finsternis.

»Warum sind alle Kerzen angezündet? Was ist im Schloß?« rief Friedrich Wilhelm, seinem Schreiber unverständlich, denn vor den Fenstern lag die Nacht. Er aber sah strahlende Säle. Der Regimentsschreiber sprach auf ihn ein. Der Kronprinz konnte ihm nicht glauben. Er ließ noch Diener rufen. Die standen nun frierend, übermüdet und töricht an den Fenstern. Nichts war, als tiefe, tiefe Nacht. Dem Prinzen flammte das Schloß vom Schimmer der Leuchter. Die Männer eilten mit ihm die Treppe hinab, durch die Gänge, über den ersten und zweiten Hof, sie stießen sich an Stufen und Pfeilern. Ihm war alles hell. Sie weckten noch manchen im Schloß. Keiner sah brennende Leuchter. Nur die armen Lichte, die sie mit ihren gewölbten Händen vor dem Zugwind schützten, warfen unruhigen Schein.

Im Flügel der königlichen Gemächer kamen ihnen Bediente entgegen. Sie sollten den Thronfolger holen. Die Ärzte waren beim König. Da erkannte auch der Kronprinz, daß es dunkel war ringsum und daß nur ein sehr schwacher Lichtschein aus dem Vorraum der Königszimmer zu ihm drang. Er dachte: Ich will nicht Dinge sehen, die nicht wirklich sind.

Er wollte nicht die Welt der Träume und Gesichte aufgerissen wissen. Die schwerste Wirklichkeit war über ihn hereingebrochen. Er sollte König sein, wenn er die Flucht dieser Gemächer wieder verließ. Und was bei dem Vater in seinem leidenschaftlichen Handel um die Königskrone im alten Herzogtum Preußen nur vermessener Anspruch war, wurde für den Sohn zum unentrinnbaren Auftrag: das Königtum bestand.

Der König regte sich nicht; doch sagten die Ärzte, daß er noch lebe. So ging die Dämmerung hin. Nun steckten sie überall im Schloß wirklich die Leuchter an, in den Bedientenkammern, bei den Kammerherren vom Dienst, beim Oberhofmarschall. Die Lakaien richteten die Vorsäle im Flügel des Königs her; heute noch würden sie sich mit Trauernden füllen.

Unbewegten Gesichtes stand der Kronprinz zu Füßen des Sterbebettes, noch diese Stunde und die nächste. Dann zogen als erste die Ärzte sich zurück. Sie ließen den neuen König allein.

Die vom Geblüte und vom Hofe blickten immer wieder auf die goldene Tür. Die Frist der Vorbereitung war nicht kurz bemessen.

Schweigend trat der neue König aus dem Sterbezimmer. Er neigte nur den Kopf zum Gruß und schritt schnell an allen vorüber, dem Arbeitskabinett des verstorbenen Monarchen zu.

Langsam fanden sie wieder empor aus ihren stummen Verneigungen. Der Oberhofmarschall nahm an einem Schreibtisch im Vorzimmer Platz. Seine Herren reichten ihm die angeforderten Listen. Er hatte die Inhaber aller Würden und Ämter des Hofes zu melden, die nun der neuen Bestätigung bedurften. Ein Page eilte lautlos durch die Schar der Wartenden und sprach leise mit dem Hofmarschall. Der folgte ihm sofort.

König Friedrich Wilhelm nahm ihm die Listen ab. Er las sie mit Sorgfalt. Er legte die Blätter einzeln auf den Schreibtisch. Im Stehen tauchte er die Feder ein und zog, Seite um Seite, einen Strich durch die Würden und Namen. Die durchstrichenen Listen reichte er dem Hofmarschall zurück. Der war schweigend entlassen.

Draußen wandten sich ihm alle zu. Er blieb dicht vor der Schwelle stehen. Die Blätter zitterten in seinen Händen. Der Nächststehende nahm sie ihm ab, warf einen Blick darauf und meinte halblaut zu dem Kreis, der ihn umscharte: »Meine Herren – unser gnädigster König ist tot, und unser neuer Herr schickt uns alle zum Teufel!« Das war das erste laute Wort am Hofe der Trauer.

Von den Ministern sprach der König nur den Grafen Dohna. Ihm gab er einige Erklärungen ab. Alle bestehenden Hofämter seines Vaters seien aufgehoben. Er brauche nicht so vielerlei Bedienung. Jedoch solle keiner sich vom Hofe entfernen, bis die Beisetzung vorüber sei. Das Amt des Oberhofmarschalls übrigens werde um der Redlichkeit des derzeitigen Inhabers willen erst mit dessen Tode erlöschen.

Während er so sprach, überflog der König die Papiere, die ihm von den Geheimsekretären seines Vaters vorgelegt wurden. Meist waren sie ihm wertlos. Er zerriß die Seiten, zerknüllte die Bogen; Fetzen und Knäuel häuften sich um ihn.

Etwas übereifrig stellte Dohna ihm die Frage, ob nicht der Fürst von Anhalt-Dessau nach Berlin zu berufen wäre.

König Friedrich Wilhelm sagte: »Nein. Aber schreibt dem Fürsten von Anhalt-Dessau, daß ich der Finanzminister und der Feldmarschall des Königs von Preußen bin. Das wird den König von Preußen aufrecht erhalten.«

Es sollte also keine neuen Günstlinge geben, und Dohna begriff nicht mehr, wie man je an seinem Zögling hatte verzweifeln wollen, ihn unfürstlich hatte nennen können.

Aus den letzten Worten seines jungen Herrn schien ihm aber noch hervorzugehen, daß er nicht mehr gewillt war, die demütigende Einschränkung auf sich zu nehmen, die in seinem Titel lag: »König in Preußen.«

Auch in den Gemächern der Königin wurde fast nur von den erfolgten Entlassungen gesprochen, abgesehen von einigen herkömmlichen Redensarten über den hohen Verstorbenen und mancher mehr oder minder versteckten Huldigung an Preußens neue Herrscherin. Königin Sophie Dorothea saß ein wenig abseits im engsten Kreise ihrer Damen. Sie trug bereits große Trauer, war sehr gnädig und ernst, sprach aber ziemlich lebhaft. Sie wartete darauf, jeden Augenblick zum König gebeten zu werden. Sie hatte einen ihrer Herren zu ihm geschickt, wann ihre Kondolation wohl genehm sei. Doch kam der König selbst. Er war dem Kammerherrn der Gattin sofort gefolgt und hatte alle Schriften liegen lassen.

Die Königin ging der Majestät bis zur Mitte des Zimmers entgegen. Friedrich Wilhelm zog seine Frau an sich und schien bewegt. »Vielleicht wird niemand ehrlicher um meinen Vater trauern als du. Ihr habt euch ausgezeichnet verstanden. Du hast einen Freund verloren, der ungleich mehr für dich tat, als ich vielleicht je zu tun imstande sein werde.«

Die Königin kam nur dazu, Bruchstücke ihrer Anrede zu stammeln. Die sollte feierlich mit »Sire« beginnen. Aber nun hatten die Worte des Gatten alles durchkreuzt. Zudem bereitete er sie darauf vor, daß auch ihr eigener Hofstaat auf das Notwendigste beschränkt werden müsse.

Bereits am Spätnachmittag standen die Personalien der königlichen Hofhaltung fest: ein Hofmarschall; vier Generale, in Uniform, als Kammerherren; einige Kammerjunker zum Dienste der Königin. Die Königin schämte sich im Gedanken an die anderen Höfe.

Als man bemerkte, welche Anstalten für die Beisetzung Friedrichs I. getroffen wurden, schöpften Königin und Hof wieder Hoffnung. Der gesalbte Leichnam, in Goldbrokat gekleidet, war im Weißen Saal auf einem Paradebett von rotem, mit Perlen besticktem Samt acht Tage lang zur Schau gestellt. Neben dem Katafalk lagen die Zeichen der königlichen Würde. Die Marmorstatuen von zwölf Kurfürsten, welche den Weg zum Königtum bezeichneten, umstanden das Totenlager. Der ganze Saal war mit violettem Samt ausgeschlagen und verschwenderisch mit Kerzen erleuchtet. Der Sohn gab dem Vater Feste des Todes, wie der sie längst zuvor bestimmte. Nichts fehlte am Prunk und der Schönheit, die Preußens erster König sich zugemessen wähnte. Der neue König selbst erschien in strahlendem Trauermantel zu der Überführung in den Dom. Acht Pagen trugen ihm die Schleppe. Die Schweizergarde leuchtete in ihrem goldenen Schmuck. Die siebenhundert silbernen Trommeln dröhnten, die Trompeter schritten in weißen Federhüten einher. Man begriff nicht, daß der König eine alte Zeit abschloß und daß es eine Wiederkehr solchen Glanzes nie mehr geben würde.

Als der Trauergottesdienst im Dom begann, riß sich der König plötzlich von den Pagen, schlug den langen Mantel um sich, kehrte sich nicht an die entsetzten Blicke, verschwand in dem Gedränge und hockte sich in eine Kirchenbank hinter einen hohen Pfeiler, der das düstere Gewölbe eines halben Jahrtausends über sich trug. Niemand, so groß die Fülle der Menschen auch war, hatte diesen Platz begehrt, weil er den Ausblick auf das Schauspiel nicht freigab. Dort saß nun König Friedrich Wilhelm I. und sah vor sich hin; er hatte nur noch den Wink gegeben, zu beginnen. Sein hoher Podest am Katafalk blieb leer. Die Königin thronte allein bei dem Sarge. Die weiten Falten ihres schwarzen Samtgewandes hüllten neues Leben ein. Der junge König aber dachte an den Sohn, der in der Wiege lag, in der Würde, die eben noch er selbst getragen hatte: Der Kronprinz.

Kaum daß der Sarg in der Gruft versenkt war, zog der König seine Trauerkleider aus und legte die Uniform an. Als Oberst seines Regimentes stieg er zu Pferde und stellte sich an die Spitze der Garden, die sich, solange noch die Glocken läuteten, von dem Schloßplatz am Dom zwischen der Breiten und der Brüderstraße zur Stechbahn bewegten. Er ließ eine dreifache Salve geben, und dreifach klang sie noch weiter bei der goldenen Wachtschar der Schweizer, bei den Grenadieren am Saume des Lustgartens und bei den Kanonen auf den Wällen. Des Königs schönes Pferd trug ihn mit Sicherheit und Anmut durch das Feuer und Gedröhn. Der König ritt in den Kampf seiner Herrschaft, ritt aus zur Eroberung des eigenen Landes, das ihm feind war, in der niedersten Würde, die sein König und Vater ihm ließ: ein Oberst. Er ließ den Hut des Kurfürsten und die Insignien des Reichserzkämmerers daheim und nahm nicht die Krone des Königs; sein Vater war schon vor der Krönung mit Krone und Zepter einhergeschritten.

Man fragte nach dem Beginn der Feierlichkeiten zur Thronbesteigung. Er erklärte, die für ein so großes Fest erforderlichen Summen für nützlichere Zwecke ersparen zu müssen, und sprach lediglich von der Regierungsübernahme, für die zweitausend Taler Unkosten vollauf genug seien. Die Königsberger Krönung seines Vaters hatte sechs Millionen Taler von dem Lande gefordert, und als Friedrich I. sich mit seinem Hofstaat auf die Reise zur Krönung begab, wurden nicht weniger als dreißigtausend Pferde für den Transport der Menschen, Koffer und Reiseeffekten benötigt.

Nur Generalität und Garnison zu Berlin, sechs Bataillone, mußten Friedrich Wilhelm I. am Tage der Beisetzung des Vaters den Treueid schwören. Die Kurmärkische Ritterschaft war zu kurzer Huldigung aufs Schloß befohlen; die Abordnungen der Städte sollten sich auf dem Domplatz versammeln. Die litauischen und clevischen Stände aber durften erst gelegentlich nachfolgen, je nach den Reisen des Königs in seine Provinzen. Denn solche Reisen hatte er vor.

Am nächsten Morgen waren zu der ungewöhnlich frühen Stunde von sieben Uhr die Minister zum König beordert. Man rechnete mit einem neuen Strich durch die Liste.

Der König sprach zum erstenmal in längerer Rede; man war auf Schimpfworte gefaßt gewesen und erwartete sein schnarrendes »Ordre parieren – nicht räsonieren«, das schon den alten König zur Verzweiflung brachte, wenn er es den Kronprinzen von den höchsten Räten sagen hörte.

»Nach den Umstellungen der letzten Jahre«, hob König Friedrich Wilhelm ruhig an und blickte jeden von ihnen, die im Halbkreis vor ihm standen, sinnend an, »haben Sie alle dem verstorbenen König, meinem Vater, wohl gedient; ich hoffe, daß Sie auch mir das gleiche tun werden. Ich bestätige jeden von Ihnen in seinem Amte und verspreche Ihnen, daß, wenn Sie mir treu sind, ich Ihnen gegenüber nicht nur als ein guter Herr, sondern als Bruder und Kamerad handeln werde. Es gibt aber einen Punkt, von dem ich Sie benachrichtigen muß: Sie sind an beständige Kabalen gegeneinander gewöhnt; ich will, daß sie unter meiner Regierung aufhören, und versichere Ihnen, daß ich jeden, der eine neue Intrige anfängt, auf eine Weise bestrafen werde, die Sie in Erstaunen setzen wird. Man muß dem Landesherrn mit Leib und Leben, mit Hab und Gut, mit Ehre und Gewissen dienen und alles daransetzen – außer der Seligkeit. Die ist für Gott. Aber alles andere muß mein sein.«

Er legte Dohna und Grumbkow Schwert und Krone, wie er sagte, in die Hände – doch keiner seiner Anhänger kam an die Leitung. Wenn einer hoch in Gunst zu stehen schien, war es Graf Dohna, der ständige Vermittler zwischen Vater und Sohn. Denn noch aus der letzten Zeit des alten Königs und seit dem Sturz der Dreifachen Wehs hieß er Der Tribun des Volkes.

Daß Dohna diesen Namen trug, war weithin Creutzens Werk, obwohl der noch niemals ein gutes Wort von einem großen Herrn gesprochen hatte. Aber seine Klugheit und Wachsamkeit waren jetzt reger denn je. Die Zurücksetzung, die er durch seinen hohen Protektor erfahren hatte, schien alle seine Sinne noch geschärft zu haben. Er machte Dohna groß. Er brachte dem Minister alle Unterlagen, die das Volk betrafen; er machte sich ihm unentbehrlich; und verhandelte der neue Minister mit dem jungen Fürsten, so geschah es nun ein um das andere Mal, daß der Schreiber Creutz hinzugerufen wurde.

So erlebte Creutz jetzt den Triumph, als einziger Geheimschreiber den neuen König auf sein Jagdschloß Wusterhausen, das Kastell der Knabenjahre, begleiten zu dürfen, als sich der Herr sofort nach jenem ersten Empfang des Ministeriums, nur in Begleitung eines Adjutanten, für vier Tage dorthin begab. In so knapper Frist gedachte er Etat und Regierungsplan zu vollenden, die er sechs Wochen hindurch heimlich vorbereitet hatte. Diesmal hätte Creutz keinen Geheimratstitel für sein niederes Amt eintauschen mögen, denn die Begleitung jedes anderen hatte der König mit der barschen Bemerkung abgelehnt, ob denn nicht bekannt sei, daß er von keinem draußen importuniert sein wolle. Und als man den König warnte, daß er sich aller Räte entblöße, hatte er nur geantwortet, seine neuen Rechenkünste halte er höher als alle seine Räte, weil er diese gar nicht nötig habe, wo ihm seine eigenen Schreibtafeln und Ziffern das Fazit in die Hand gäben; und unter menschlichen Handlungen sei dies die einzige, die nicht betrüge, noch betrügen lasse. Ein akkurater Rechenmeister tue ihm viel sicherere Dienste als alle Schreibmeister, wie er denn auch viel eher die letzteren als den ersteren missen wolle.

Auf dieses Wort vom Rechenmeister baute der arme Mann

Creutz seine Zukunft. Noch in den durchwachten Nächten in der Giebelkammer mühte er sich, das Warten zu lernen. Manchmal erschien der junge Mann sich schon zu alt dazu vor zu viel Wissen um die Hoffnungslosigkeit.

Aber ausgeruht wie einer, der in florentinischem Prunkbett schlummerte, schrieb er vier Tage hindurch Etat und Regierungsplan nieder, die König Friedrich Wilhelm entwarf. Der Regierungsplan schien ein einziges Rechenexempel. Die Schulden waren endlich samt und sonders aufgerechnet. Danach gab es keinen anderen Weg, als von nun an jedes Jahr zweieinhalb Millionen Taler einzusparen. Mit dem Verbrauch von Siegellack, Papier und Tinte fing es an; dies war die erste Weisung: »Zu den Expeditionen, die im Lande bleiben oder an den Hof gehen, müssen keine feinen, sondern nur gemeine und graue Papiere gebraucht und also das in dem Kammeretat dazu ausgesetzte Quantum bestmöglich menagieret werden. Der Quark ist nicht das schöne Papier wert.«

Nahezu in allem sollte man sich künftig mit der Hälfte des bisher Üblichen begnügen. Der Etat des Hofes aber wurde auf den fünften Teil herabgesetzt. Alle hohen Gehälter wurden rund auf ein Drittel gekürzt, sollten nun aber auch wirklich ausgezahlt werden – wenn nicht jeden Monat, so doch schlimmstenfalls zum Quartal – und nicht mehr nur in abgetretenen Forderungen und Außenständen bestehen. Heraufgesetzt wurden dagegen die Gehälter der untersten Beamten. Dem Staatsrat wurde mitgeteilt, daß er aus Ersparnisgründen aufgelöst sei. Der König mied die harten Worte, die ihm in die Feder kamen. Zwei oder drei Namen dieser durchgestrichenen Staatsratsliste erhielten den Vermerk: »Ist gut. Bleibt.«

Als König Friedrich Wilhelm sich von seinem Schreibtisch in der Fensternische des Hirschsaals erhob, hatte er für sein erstes Regierungsjahr eine halbe Million Taler eingespart. Allenthalben in den Reichen rings gehörte aller Staatsschatz dem Herrscher. Der neue Herr in Preußen nahm alle Schulden auf sich und bewilligte sich nur ein kleines Gehalt.

In Berlin zitterte man, wie die Rechnung des Königs wohl aufgehen werde. Zwischen Erlaß und Durchführung war keine Zwischenspanne mehr gegeben, sich von dem Entsetzen zu erholen. Wer mehr borgte, als er bezahlen konnte, wurde als Dieb und

Fälscher angesehen, seiner Ämter enthoben und für alle Zeiten unfähig erklärt, solche zu bekleiden. Wer sich boshaft benahm durch Üppigkeit, überflüssiges Bauen, übelgeführte Menage, Schädigung von Kaufleuten, ungedeckte Wechsel und dergleichen, sollte durch Pranger, Gefängnis, Festungsarbeit, Landesverweisung, Staupenschläge oder gar Tod durch Strang verurteilt werden.

Das Rangreglement all der Schuldenmacher, das am alten Hofe auf einhundertzweiundvierzig Stufen angewachsen war, verringerte der neue Herr um ein volles Hundert. Vor allem aber hatte er die höchsten Staatsbeamten und die Generale nun über die Hofmarschälle und Kammerherren gesetzt, als gedenke er eine neue Würde seines Hofes aufzurichten, soweit man dies übriggebliebene Gebilde noch Hof zu nennen bereit war.

Die Hoftrompeter und Hoboisten, die jeden Mittag das Schloß mit ihrer Festmusik erfüllten und den glänzenden Herren und Damen aufspielten zu dem schwelgerischen Mahl des alten Königs, waren zum letzten Male im Trauerzug des ersten Königs von Preußen und zum Leichenschmaus der Trauergäste erschienen. Von nun an sollten sie nur noch auf Kasernenhöfen zu dem Exerzitium der Soldaten blasen und die Becken schlagen. Der neue Herr behielt nur einen Hoftrompeter.

Die Schloßwache der hundert Schweizer, die bislang in Samt und Seide, reich mit Gold gestickt, einherstolzierte, war entlassen und wurde wie die prächtigsten Leibgardisten unter die Regimenter König Friedrich Wilhelms gesteckt. Die Schweizer warfen seinen Korporalen ihre weißen Federhüte vor die Füße. Aller Welt klang es wie Hohn in den Ohren, als der König erklärte, er jage niemand von sich; es stehe auch all den Kammerjunkern, Hofherren, Zeremonienmeistern, selbst den Hofpoeten frei, als Offiziere in die neue Armee einzutreten.

Eine königliche Tafel gab es nicht mehr für sie. Die Silbergedecke wanderten aus den Sälen in die Münze, damit Geld aus ihnen geprägt werde. Die kostbaren Weine des Schloßkellers gingen über die Grenze, über die sie kamen, und das für sie ausgeworfene Geld sollte wieder zurückkehren.

Über hundert edle Pferde aus dem Marstall, Karossen und Sänften in unermeßlicher Zahl wurden fremden Fürsten zum Verkaufe angeboten. Dabei trafen gerade jetzt dreizehn spanische Hengste, eine Bestellung noch des alten Königs, von siebenhundert Meilen her ein.

Aus den Gärten entfernte man die Statuen. Die ausgeräumten Gebäude, Ställe, Gärten und Parks wurden verpachtet. Die Pächter drängten sich in den Toren, und in den Vorkammern des Schlosses warteten die Juweliere. Denn die diamantenen Agraffen und Schnallen, die Perlenkrone und die Juwelen hatten als letztes das Paradebett des königlichen Leichnams geziert. Alle überflüssigen Schmuckstücke, neu getaxt und registriert, wurden verkauft und die daraus gelösten Summen vom König zur Errichtung neuer Regimenter und zur Bezahlung der väterlichen Schulden verwendet. Es sprach sich herum, daß der neue König viele Juwelen des alten Königs geschmacklos gefaßt fand.

Die wilden Tiere und seltenen Vögel der königlichen Menagerie wurden an König Augustus nach Dresden verkauft, die antiken Statuen am sächsischen und russischen Hofe zu Golde gemacht. Der Fundus des väterlichen Opernhauses in der Breiten Straße gelangte zur Auflösung.

Die Staatsminister bekamen keine Schildwachen mehr vor ihre Häuser.

Der König brach mit der Gepflogenheit, daß nur Fürsten von Geblüt an der königlichen Tafel sitzen durften. Die Tafel der Gräfinnen hörte auf; der Maître de la garderobe verschwand.

Die Tafelbedienung hatten nicht mehr Edelleute, sondern nur noch Pagen und Lakaien; und selbst der Leibmundschenk war nun nicht einmal mehr wie vordem als Lakai, sondern nur wie ein Stall- und Reitknecht gekleidet, ohne Tresse und mit rotem Kragen.

Die Königin übersah geflissentlich die Verwandlung, die mit der Tafel vor sich gegangen war. Zinn war statt Silber gedeckt. Sie übersah auch die Aufmerksamkeit, die der König ihr erweisen ließ: ihr eigener Platz war mit allen edlen Geräten, wie sie einer Fürstin nur irgend zukommen können, bestellt. Von den hausväterlichen Tischreden des Königs, der plötzlich nur noch deutsche Hausgerichte auftragen ließ, fühlte sie sich unangenehm berührt.

»Sie entbehren«, hob er schon beim Vorgericht an, »heute zum Nachtisch die Früchte südlicher Zonen – in wenigen Monaten werden die gleichen Früchte in unseren Gärten reif sein, uns genau so gut munden und nicht den zwanzigsten Teil kosten.«

Der König war mitten in der Durchführung des Wusterhausener Reformplans. Jedes Ereignis des Tages war zu diesem Projekt in Beziehung gesetzt, selbst die Rast und Labsal der Mahlzeiten.

Noch ehe es dunkel wurde, hielt der Hausherr einen Rundgang durch sein Schloß, Schlüters machtvolles Werk, die Schöpfung eines Römers in der Mark Brandenburg. Friedrich Wilhelm gedachte nicht, die oberen Räume des verstorbenen Königs mit all ihrem Gold und Elfenbein zu beziehen, sondern richtete sich im Erdgeschoß ein, das wesentlich einfacher, wenn auch für seine Begriffe noch sehr prächtig, eingerichtet war.

Er durchschritt das ganze Viereck und seine vier Höfe, die ihm siebenhundert Säle und Staatsgemächer umschlossen; er scheute nicht die langen Säulentreppen und die schmalen Wendelstiegen. Bewußt ergriff er von allem Besitz. Er stand im Turmgemach des Grünen Hutes, hielt Umschau in der Gobelingalerie und im Alten Haus der Herzogin und war entsetzt von der Unordnung in den niedrigen, dunklen Domestiken- und Offiziantenbehausungen im Halbstock. Er sprach mit der königlichen Waschfrau und dem Bettzeugmeister, die ihre Wohnung zwischen zwei Portalen hatten. Die Weißzeugkammern aufzusuchen, war ihm nicht minder lohnend als einen Blick in den Pfeilersaal mit seinen ionischen Säulen und in das Speisezimmer der Marschallstafel zu tun, wo goldene Adler Tische und Kamine aus buntem Marmor trugen. Er freute sich am Spiegelglanz der Kassettenfußböden im Cour- und Konzertsaal. Die weiten Hallen ermüdeten ihn nicht; er stand in den für fremde Fürstlichkeiten hergerichteten Appartements im Hause des Großen Kurfürsten, die von Ebenholz und Schildpatt strahlten, und sah aus den Bogenfenstern der Galerie auf den düsteren Hof und die Ufer der Spree. Tief und wie beschattet von den Wolken, stießen die Möwen über dem Fluß am Schlosse regellos stromauf, stromab. Bibliothek und Manuskriptenkammern wurden nicht übergangen; in den fast geleerten Silberkammern dachte er über die Möglichkeiten ihrer neuen Verwendung nach. Hinter dem Komödiensaal öffneten sich ihm wieder unversehens Türen in weite, in allen schweren Farben leuchtende Zimmerfluchten, mit denen nachtschwarze, schmale Alkoven wechselten: die Unzahl der Treppen führte in die Irre, die Fülle der Türen verwirrte – König Friedrich Wilhelm stand erschöpft. Doch hatte er sein Schloß durchwandert.

Es war nicht sein Haus, war eine Wirrnis, zerrissen von zu vielen Willen, war steingewordene Flüchtigkeit der Leidenschaften und Launen und Spielball im Kampfe seiner Erbauer. Eine Stadt war es mit vielen Häusern und Wohnungen. Verfall war es und Übermaß der Pracht in einem, Schutt alter Zeit und Unvollendetes, Friedlosigkeit in der Unruhe fürstlicher Wünsche – zuviel Glanz, zuviel Unrat, zuviel Fremdheit! Ein Geist der Antike hatte einem armen Herrschergeschlechte einen Cäsarenbau, im Norden den größten aller römischen Paläste zu schaffen getrachtet. Die Kraft des ersten »Königs in Preußen« versagte davor. Der zweite König mußte einen Abschluß schaffen, dort, wo von Spinnweben verhängte Gerüste noch auf den Fortgang des Baues harrten. Das Schloß sollte bewohnbar und verwertbar werden und namentlich menschenwürdige Dienerkammern neben dem Übermaß der Säle erhalten; ganze Zimmerfluchten standen noch unmöbliert.

So endete alle Umschau nur im Rechnen. Creutz zählte dem Herrn im Baubuch Spalte um Spalte auf. Die Berechnungen der letzten sieben Jahre lagen dem König und dem Schreiber vor; Monat für Monat hatte das Land sechstausend Taler zum Schloßbau gegeben. Dreihunderttausend Taler waren an Spiegelwände und Brokattapeten, an Marmorportale und Schnitzereien von kostbarstem Zierholz vergeudet. Die Scharlatane und Verschwender waren über das Werk eines Gewaltigen gekommen. Schlüter, der große Römer des Nordens, war an der Weite seiner Ahnungen gescheitert; er war gestürzt, weil er das Gewimmel der Winzigen um sich an König Friedrichs Hof zurückzudrängen suchte; am Hofe König Midas' siegten die Winzigen. Die Launen eines Eosander triumphierten, des Königinnenschützlings, des Mannes von Geschick, der sich in Spielereien und Spiegelfechtereien gefiel. Der Dekorateur der Königsberger Krönung hatte weiterbauen dürfen, was Schlüter begann. Und solch kostbare Kraft wie einen Eosander legte der junge Barbar, der nun in König Midas' Reich regierte, brach!

»Im allgemeinen«, erklärte der König, »handelt es sich bei diesen Herren, die uns nun verlassen wollen, um Ausländer, die den Erfordernissen meines armen Landes fremd bleiben müssen. Wenn Künstler und Tapetenmacher« – und dieser Zusatz klang verächtlich – »weggehen, sie mögen nur hinziehen. Es wird sie eher gereuen als mich.«

Ehe er dahinzog, mußte aber der Chevalier Eosander noch auf eigene Kosten das Trauerportal abbrechen lassen, das er eigenmächtig zu König Friedrichs Beisetzung aufgeführt hatte.

Jeder Morgen sah den König jetzt auf einem anderen seiner umliegenden Schlösser, auf dem vasengeschmückten Oranienburg und dem trophäenreichen Friedrichsfelde, auf Schönhausen, Ruhleben, Charlottenburg. Ach, daß der Sand der Mark nichts tragen sollte als Arkaden, Säulen und Kapitäle fremder Zonen und vergangener Zeiten, als die wunderlichen und steifen Figuren der Taxushecken ferner Gefilde! Ach, daß die weiten Buchen mit glatten, harten Kugeln sich schmücken mußten, statt ihrer schattenden Kronen! Ach, daß mit blauen Seidentapeten, durchwirkt von goldenen Drachen, die Armut der Schloßherrschaft verhüllt sein sollte! Siebentausend Zentner Silber wurden auch aus diesen Schlössern nach Berlin geschafft als kleiner Beitrag zu der Schuldendeckung. Der Herr sprach sein Nein über seine Schlösser und Gärten.

Nur in Charlottenburg verweilte er. Zögernd stand er an dem goldenen Tor zum Schloß seiner Mutter. Wie eine eigene, weite Landschaft und ein besonderes Reich breiteten sich die Königinnengärten jenseits der kleinen Hügelwellen zwischen dem Lietzensee und der Spree. An jener Böschung des Ufers hatte er die Mutter und ihre Damen bei dem Gartenfest mit seiner Knabenkompanie, verkleidet als Türken, überfallen und zu Schiffe auf der Spree in sein Lager entführt, in bunte und gastliche Zelte, in denen die Knaben die Damen bewirteten. In den Nischen der bilderbedeckten Säle und Konzertzimmer blätterte er in den Büchern der Mutter. Dann und wann fand er an dem Rande mancher Seite ein Datum und Wort, die ihn selbst betrafen, und von den Wänden lächelte er sich überall selber entgegen, bald im Harnisch, bald im Hirtenmantel auf Befehl der Mutter gemalt. Er blieb lange vor der Schatzkammer ihrer Notenschränke, schlug die Partituren auf, summte einige Takte; da war nichts Tänzelndes und nichts Gespreiztes, nur Festlichkeit und süßer Klang und manchmal auch ein frommes Rauschen, manchmal auch der Schlag eines Herzens. Der König nahm die Schlüssel zu den Notenschränken an sich. Es hatte wohl in seiner Knabenzeit nicht zu Unrecht von ihm geheißen, daß er im Flötenspiel so sehr weit fortgeschritten sei; und es traf ihn tief, wenn man ihm seine Flöte nahm. Freilich wollte er auf ihr blasen, was ihm einfiel.

Der König sprach sein Ja über das Schloß und den Garten der Mutter, in den er auch die raren Gewächse all der anderen Lustgärten bringen ließ, die der Auflösung bestimmt waren. Und hier vergaß er es zum erstenmal, darüber zu richten, daß das Schloß mit den drei mächtigen Flügeln und seiner weiten Cour de la reine zu reich angelegt war für den Landsitz der ärmsten deutschen Fürstin und daß es von Eosanders maßlosem Turmbau zu üppig gekrönt war für die Wandelhalle einer philosophierenden Königin, die sehr unphilosophisch Wünsche für Wirklichkeit nahm.

Alle sollten sie begreifen, was der neue Herr sich vorgenommen hatte. Die Menschen, die sich nicht Gedanken machen wollten, brauchten grelle Bilder. Sie mußten erfassen, daß das Alte vergangen und alles neu im Werden war und anders wurde; daß der Zauber verflog und nur ein Wunder das Unglücksland zu retten vermochte. Weil er das Wachsende liebte, sollten die starren Bosketts und Rondelle, all die müßigen Irrgärten vergehen, die Wasserkünste der Fontänen versiegen, die Mosaike und Arabesken der Alleen zertreten sein.

Blitzende Silberscheren und farbige Baste genügten nicht mehr, und die zierlichen, geputzten Herrlein aus Paris, die einen Park nur stutzten und frisierten, waren dieses Frühjahr überflüssig. Männer mit Seilen und Sägen hielten frühe Ernte in den Gärten, die noch niemals Frucht getragen hatten. Die mit Fabeltieren und Blumengöttern ausgemalten Gartenwagen fuhren nicht mehr von Brunnenspiel zu Grotte, von Terrasse zu Pavillon. Große, schwere Walzen preßten die Erde ein, der man alles entrissen hatte, was Farbe war, Zierat und Duft. Die Parketts, Zeugnisse hoher Gärtnerkunst, sah man der fremden Blumen beraubt und von breiten Aufschüttungen märkischen Sandes überdeckt. Die Vögel fanden in den Laubengängen keine Stätte mehr, entsetzt flatterten sie auf aus all der Leere und Kahlheit.

Was sollte nun noch das Ballhaus zwischen geköpften Lorbeerbäumen und vernieteten Fontänen? Der König forderte die Schlüssel ein. Die Brunnen sprangen nicht mehr. Immer schwächer, matter, welker war ihr Strahl und ihr Rauschen geworden. Düster stand der Herr dabei, als die letzten Tropfen ins geleerte

Becken fielen. Das kleine Haus, darin das Triebwerk stand, wurde zum Pulvermagazin bestimmt.

Plötzlich war der König voller Leben. Die Kraft, die alle Wasserkünste spielen ließ, durfte er nicht vergeuden. Unermeßliche Summen waren an all die spielerischen Erfindungen verschwendet. König Friedrich Wilhelm ließ die Gärtner stehen. Baumeister und Ingenieure wurden geholt. Der König selber nahm den Zollstock zur Hand – der König, der den Marschallstab nicht führen und durchaus ein Oberst bleiben wollte, weil keiner da war, ihn zu erhöhen, außer ihm selbst.

Wo die Wasserbehälter lägen, die das Röhrennetz der Wasserspiele speisten, fragte er eifrig. Sie zeigten sie dem Herrn am Wehr der Werderschen Mühle. Er ließ die Schritte zählen von der Mühle bis zum Lustgarten, vom Lustgarten zum Schloß, vom Portal zur Empore, vom Erdgeschoß bis zum Dach. Dann entwickelte er seinen Plan. Es sollte sauber werden im Schloß. Der König lachte. Was galten Wasserspiele! Wasser war da zur Reinlichkeit! Die aber fehlte.

Wasser ist Fruchtbarkeit, dachte er einen Augenblick, und es schnitt ihm ins Herz, daß er die Blumen ausrotten, die Bäume fällen, die Hecken zerreißen lassen mußte, statt sie wachsen und grünen zu lassen, von immer rinnendem Wasser beregnet.

Er hielt sofort Konsilium mit den Ingenieuren. Er selber wies die Möglichkeiten; das Wehr an der Werderschen Mühle habe jene Wasserstärke, der Springstrahl der Fontänen diese Höhe. Wenn man ihn nun in dünnen Röhren in den Mauern des Schlosses aufquellen ließ? Eine Wasserleitung tat not! Er beschrieb sofort die Zeichnung, nannte Maße, Zahlen, erwog die Kostenanschläge. Zwei oder drei der Herren Baumeister und Ingenieure verstanden, einige verbargen das Lachen. Der König wollte große, steinerne Becken mit gutem Abfluß für das tägliche Morgenbad. In jedem Stockwerk verlangte er Hähne für die Wasserleitung. Die Waschbecken schienen ihm am meisten zu eilen. Einer unter all den Zögernden sagte: »Ich würde es wagen.« Der Herr erbat den Namen, warf einen Blick auf den Mann. Nun war er fest im Gedächtnis des Königs.

Während der lärmenden und schmutzigen Bauarbeiten in dem Großen Residenzschloß entschloß sich die Königin, ihr Lustschloß Monbijou zu beziehen. Ihre beiden Kinder nahm sie mit sich. Die einstigen Gemächer der verbannten Gräfin Wartenberg wurden eiligst für die Bedürfnisse der Königin hergerichtet; wiederholt ließ König Friedrich Wilhelm anfragen, was etwa noch fehle. Doch war alles reichlich vorhanden. Die Königin hatte endlich ihren eigenen, wenn auch kleinen Hof und war deshalb in bester Laune. Das Schloß, ein Bau zu ebener Erde, ein Eosanderscher Lusthof nach italienischer Art mit französischem Garten, schien der Königin reich und schön und für die Repräsentation einer großen Dame wie geschaffen, weil auf die Gesellschaftsräume unendliche Sorgfalt verwendet worden war. Für Personal und Gäste waren reichlich Nebenflügel vorhanden. Die Galerie mit ihren Arkaden und den wie Bambusstäbe zarten Säulen und die kleinen Säle der Hauptfront lagen fast den ganzen Tag in der Sonne, und nahe an dem Gartensaal, vor der steinernen Terrasse, floß die Spree unter breiten Akazien vorüber. Der König freilich teilte nur wenig das Entzücken seiner Gattin darüber, daß der Chevalier Eosander die Schauseite so hatte anmalen lassen, daß sie den Marmor des Mittelmeeres mit dem Lack von China zu verbinden schien, und daß er über eine erdrückende Balustrade mit Vasen und Genien noch eine schelmische Pagode setzte.

Alle Deckengemälde des kleinen Palastes trugen den Namenszug der neuen Königin. Wenn möglich, wirkten sie plastisch, wie beinahe die ganze glatte Architektur von Monbijou perspektivisch bemalt war – eine dem König von Herzen verhaßte Wirkung, welche die Epoche aber grenzenlos bewunderte. In all und jedem zeigte sich eben der König im Widerspruch und Unrecht. Er trübte aber nicht die Freude der jungen Königin an ihrem Gartenschlößchen à la mode, zumal es ein Geschenk seines Vaters an sie gewesen war.

Dabei, und das war ihr willkommen, verhielt es sich gar nicht so, als habe sich die Königin auf einen stillen Sommersitz zurückgezogen. In ihren Empfangsräumen und Gesellschaftszimmern herrschte vielmehr ein ungleich regeres Leben als drüben in dem großen Schloß, von dem Monbijou nur durch den der Vernichtung preisgegebenen Lustgarten getrennt war. Bald fuhr eine Equipage an der Seitenauffahrt von Monbijou vor, bald trug man eine Sänfte bis an die hohe Glastür der Galerie; die Königin hatte zu begrüßen, Konversation zu machen und war glückselig. Sie wollte sich nicht eingestehen, welch armen Landes Königin sie geworden war. Sie spürte es deutlich, wie die Kreise des alten Hofes nur darauf gewartet hatten, daß sie eigenen Hof hielt. Wer Glanz und Weite suchte, würde sich hier um sie scharen! Man bemühte sich, Zutritt bei ihr zu erlangen; man warb um ihre Gunst, um ihr allerlei Anliegen vorzutragen, für die beim König kein Gehör zu finden war. Wenn es nur noch ein anderes Thema gegeben hätte als die engstirnigen, kleinlichen Maßnahmen des Gatten!

Bestieg ein junger König sonst den Thron seines Vaters, so geschah es, daß selbst weither vom Morgenland die Kaufherren kamen mit reich beladenen Karawanen, die bunte, kostbare, golddurchwirkte Tücher mit sich führten, seltene Gewebe, hauchzarte Spitzen und üppige Pelze und Federn, um königliche Ware auszubreiten vor dem neuen Herrn.

Zum neuen König von Preußen hatte ein einziger, schlecht unterrichteter Händler sich verirrt; der bot ihm zwei Löwen und einen Mohren an. Der König empfahl ihm als Käufer für die Löwen den Kurfürsten August von Sachsen, der ihm selbst bereits die väterliche Menagerie abgenommen hatte. Den Mohren behielt er, weil er fand, er gebe einen herrlichen Krieger.

So hatten denn bei dem zweiten König von Preußen statt der fremdländischen Händler nur einfache märkische Wirker und Tuchmacher täglichen Zutritt, und er hielt Rat mit ihnen, als wären sie Ministern oder Kammerherren ebenbürtig. Ein Verbot für die Einfuhr fremder Tuche und für die Ausfuhr einheimischer Wolle war schon ausgesprochen; und um die Mode der Hofkreise zu verhöhnen, trugen die Profosse, die Henker der Regimenter, die prunkende Pracht französisch gekleideter Kavaliere. Frauen, die sich in fremdländischen Kattunkleidern sehen ließen, hatte der König auf offener Straße die Kleider vom Leibe reißen lassen. Die Untertanen sollten nur noch preußische Wolle tragen. Den königlichen Beamten und Lehnsleuten war befohlen, kein anderes als rotes und blaues, im Lande angefertigtes Tuch und lediglich inländische Zeuge, Strümpfe und Hüte für sich und ihre Dienerschaft zu verbrauchen. Die alte Markgräfliche Hofburg in Berlin war bereits in ein Lagerhaus für inländische Stoffe verwandelt. Der König prüfte die Proben des elenden Machwerks, als böte man ihm Kaschmir und Scharlach dar. Der König fragte und trieb die zögernden Antworten ein. Wie läßt die Leinenweberei sich beleben? In welcher Frist kann man

Ersatz beschaffen für die auswärtigen Kattune und Baumwollstoffe? Auf welchen Gebieten der Stoffabrikation fehlt es an Facharbeitern? Soll man nicht Werkmeister aus Holland für die Tuch- und Gewebeindustrie als Lehrmeister holen? Muß man nicht Wollkämmer, Tuchscherer, Walker, Presser, Seidensortierer, Wicklerinnen, Blattmacher, Mouliniers, Musterleserinnen, Färber, Appreteure, Webstuhlschlosser, Stuhlaufsetzer aus Lyon, Turin, der Schweiz herrufen? Wie steht es um Berliner Ellen und Archinen, ums Zwirnen und Haspeln und Zupfen, die besten Binsen zum Wollrade, das feinste Baumöl für die Walkmühle?

Nun wieder fragten die anderen, und oft taten sie es töricht; namentlich schienen aber alle ihre Erkundigungen, die offenen und die versteckten, dahin zu zielen, wer denn nun eigentlich der große Kunde all der neuen Manufakturen sei. Der König überstürzte sich in Antworten, Bescheiden, Erklärungen; sein Gesicht war ganz hell.

»Der König von Preußen wird mein Abnehmer für die Tuche sein. Der König von Preußen vergrößert sein Heer. Alle Bedürfnisse der neuen Armee sollen durch inländische Arbeit aus inländischen Stoffen preußischer Tüchmachereien gedeckt werden. Bisher hat lediglich der Aufwand des Hofes, und zwar allein in der Residenz, dem Verkehr und Gewerbe Nahrung gegeben. Fortan soll die Armee dem ganzen Lande den gleichen Dienst in gesünderer Weise leisten. Damit aber nie mehr hergestellt wird, als verbraucht werden kann, ist die gesamte Tuch- und Wollindustrie von nun an unter strenge Kontrolle gestellt – auch darum, daß keiner sich zu Unrecht bereichere.

Noch kann man eure Waren im Ausland billiger und besser haben. Aber wir werden alles tun, das Ausland zu überflügeln. Nur dieser Weg führt euch aus der Armut. Der geldraubende Import aus Frankreich, England und Holland muß ein Ende finden. Wurde nicht bisher aus unserem Land Wolle für ein Schleudergeld exportiert und, modisch verarbeitet, zu Wucherpreisen an uns zurückverkauft? Welcher Wahnsinn! Wollt ihr nicht an der selbständigen Verarbeitung zu wohlhabenden Handwerkern werden? Traut ihr euch nicht mit mir zu, selber gutes Soldatentuch und Landtuch zu weben, der Schwierigkeiten mit der grünen und der roten Farbe Herr zu werden, Spanisches und Londoner Tuch zu fabrizieren, Kirsey, Perpetuel und frisierten Molton, radrillierten Brillanttaft, Drap des Dames und Quinette

– alles, was die Damen zur Seligkeit brauchen? Es gilt nur, noch einmal in die Lehre zu gehen! Es gilt nur vor allem für mich, das große Schafsterben für euch zu bekämpfen!«

Hätte nicht der Herr vor ihnen gestanden, manche hätten sich den Kopf gekratzt. Bis dahin hießen ihre Tücher Weinelaken, so viele Tränen der Not waren in ihr Gewebe gefallen. Der König raste noch mit der Feder: »Haben sie den Tuchhandel verdorben, so hole der Deuffel die kovmannschaft« und griff nun dieses eine Gewerbe heraus, um an ihm zu erlernen, wie er in allen anderen sachkundig und leistungsfähig werden könne. Auf diesem einen Gebiete machte er ein Experiment für alle übrigen. Es war an der Zeit. Die Industrie in ganz Deutschland war tief herabgekommen; in der Mark Brandenburg war der Verfall am traurigsten.

»Ein Land ohne Manufaktur ist ein menschlicher Körper ohne Leben, also ein totes Land, das beständig pauvre und elend ist und nicht zum Flor gelangen kann«, beharrte der von allen angezweifelte König auf seiner Meinung, »Manufakturen im Lande sind ein rechtes Bergwerk aller Schätze«. Und er gründete auf eigene Kosten die erste Feinspinnerei für spanische Wolle in Berlin. Auf diese Weise, hieß es, vertat er das Geld, das er den anderen wegnahm.

Allgemein prophezeite man, die preußischen Zustände würden sich nur noch dieses Jahr und allenfalls das nächste halten lassen. Es könnte nicht so weitergehen; der Sturm würde, je heftiger er rase, desto eher ausgetobt haben. Am wenigsten glaubte man und sprach es höchst leichtfertig aus, daß in so wüstem Hin- und Herfahren irgendein Plan und Zusammenhang wäre; der junge Herr würde bald genug festsitzen. Aber da niemand den nächsten Schlag vorher wisse, sei es unmöglich, ihn zu parieren.

Die europäische Fama nannte den König einen guten Doktor, der durch seine dauernden Kürzungen die Leute von der Üppigkeit kuriere. Der König, als eine Gräfin es ihm vorlas, bemerkte, es sei ihm lieb, daß er ein so trefflicher Doktor würde. Er wolle bemüht sein, noch bessere Kuren auszuüben.

Gerade die, denen er Wohlstand verhieß, die Handwerker, wurden zu sieben- oder gar achttausend vorstellig, sie könnten statt fünf bis acht Gesellen nur noch einen oder zwei beschäftigen, wenn das vornehme Berlin derart zu verarmen drohe. Der König ließ sofort Ermittlungen anstellen.

Das Gesinde aufgelöster Haushalte der alten Hofkreise saß herrenlos in Schenken umher. Der König mußte die Leute ins Spinnhaus, in seine neuen Fabriken oder die Kasernen bringen lassen. Die Gesindeordnung schreckte Dienstboten und Herrschaften; eine höchste und tiefste Lohnstufe war festgesetzt, Zeugnisse von Geistlichen und bestimmte Kündigungstermine wurden gefordert, Prämien für langjährige Dienste erwogen.

Die Kaufleute der Refugiés schlossen ihre Läden und verkauften ihre Waren stückweise und freihändig, ohne sie noch zu ergänzen. Vierzig französische Handwerkerfamilien machten sich heimlich davon.

Ein großer, vierzehn Tage währender Markt wurde kaum beschickt.

Die Einwohnerzahl Berlins verringerte sich zusehends. Nicht nur die Maler, Architekten und Bildhauer verließen die Residenz.

Einer der Hofnarren des alten Hofes erhängte sich auf dem Heuboden des Marstalls. Gerade die armen Narren und Zwerge aber, die bei seinem Vater in Gold- und Silberstoff gekleidet einherstolzierten, hatte König Friedrich Wilhelm nicht entlassen, bis auf den Zwerg aus Kurland, der jährlich für sechstausend Taler Wachslichte stahl. Auch schickte er des Königs Midas Mohren aus dem Morgenlande nicht hinaus in die Fremde nördlicher Länder.

Präsidenten und Geheimräte, deren sich das alte Regime durch Festungshaft entledigt hatte, wurden jetzt, wie es ausdrücklich hieß, wegen ihrer bekannten Fähigkeit, Treue und Redlichkeit aus dem Gefängnis auf hohe Posten gestellt. Kühnen Bewerbern gab der König kleine Chargen, vor allem aber zunächst einmal die Gelegenheit, das Metier zu lernen.

Der gerechten Verteilung der Geldmittel wegen wurde der Etat der Akademie der Künste auf zweihundert Taler herabgesetzt. Allerdings hatte der König nun auch für die herrschende Richtung kein sonderliches Wohlwollen. Er liebte nicht Maler, die zugleich Ballettänzer und Hoftanzmeister waren. Die Mitglieder der Akademie der Wissenschaften sahen sich eben um jener gerechten Verteilung der Geldmittel willen in der Verlegenheit, ihre Ämter niederzulegen, den Aufenthalt künftig in fremden Staaten zu suchen oder, was am häufigsten geschah, von nun an zurückgezogen und unbekannt zu leben. Die mit so großer wissenschaftlicher Spannung erwartete Begegnung des Jupiter mit dem Saturn sollte angeblich schuld daran sein. Der König hatte nur zu gut verstanden, warum die müßiggängerischen Sterngucker gar so viel Aufhebens machten von der erwarteten Opposition des Jupiter und Saturn. Er verstand es ohne astronomische und astrologische Kommentare, wer mit Jupiter, dem guten und gerechten, und Saturn, dem tückischen und unheilbringenden, gemeint war. Die Räume des Observatoriums wurden durch Anschlag zum Vermieten ausgeboten.

Die Brüder des verstorbenen Königs, die Herren Markgrafen, sah man nur noch als ein Häuflein ängstlicher, verschüchterter und verschuldeter alter Männlein. Des Lamentierens und des Klagens war kein Ende. Selbst jene, die den Abschied begehrten, jammerten; sie wollten Dienst in Nachbarländern suchen. Aber manchen gab der Herr nicht frei, weil jener vielleicht ein Archiv und dieser einen Landesbezirk mit einiger Gründlichkeit kannte. Andere wieder sollten ihr Geld im Lande verzehren, weil man es ja auch hier erworben habe. So ging, dies schrieben die Gazetten, ein jeder sehr piano. Der ist ärger als Karl XII. von Schweden und Zar Peter, stöhnten viele.

Am Osterfest predigte der Hofprediger Henrich, es würden sich wohl wenige unter seinen Zuhörern an diesem Feste zu erfreuen haben, weil den meisten das Brot genommen wäre. Selbst der Fortbestand der Gotteshäuser wäre ungewiß, und wer könnte wissen, ob nicht sogar der Dom noch zu einem anderen, gewinnbringenderen Gebäude würde verwendet werden. Predigtexte wurden versehentlich und zufällig verwechselt, so in einer Predigt, die mit der Klage über den Tod des guten, alten Königs begann, Daniel 2, Vers 20 und 21 – was als leicht möglich galt – mit den entsprechenden Versen in Daniel 11; und dort hieß es: »An seiner Statt wird ein Ungeachteter aufkommen, welchem die Ehre des Königreichs nicht zugedacht war; der wird einen Schergen sein herrliches Reich durchziehen lassen; aber nach wenig Tagen wird er zerbrochen werden.« Auch die Verse untereinander waren also noch ein wenig verwechselt, was ebenfalls leicht möglich sein sollte. Dennoch mußte der Pastor für sechs Monate nach der Feste Spandau gehen, in größerer Ruhe den Text für seine nächste Predigt auswählen zu können.

An dem dritten Feiertagsmorgen – den Beamten war verboten, den dritten Tag der hohen Feste und die sogenannten Bummelfeste noch zu begehen – hingen Schilder aus den Fenstern des Schlosses: »Dieses Schloß ist zu vermieten und diese Residenz Berlin zu verkaufen.«

Die Zeitungen berichteten es und fanden ungeheuren Absatz. Der König verbot die Journale; er liebe theoretische und kritische Auseinandersetzungen nicht.

Daß er in aller Munde Der Plusmacher hieß, vermochte er nicht zu verhindern. Da half ihm keines seiner neuen Gebote, von denen er gesagt hatte: »Edikte müssen Edikte bleiben, ohne alles und ferneres Räsonieren. Dieses ist die Meinung.«

Die Gesandten der fremden Staaten waren sich in einem ungewöhnlichen Maße einig. Sämtlich fanden sie, daß ihre schwierigen Missionen außerordentlich erleichtert würden, wenn dieser eigenartige und heftige junge Herr sich derart in Bagatellen verzettele und seinem Feuereifer mit Lappalien genüge. Der junge Herr schien die Bedeutung der diplomatischen Vertretung unter den Ländern nicht zu erkennen. Die auswärtigen Gesandtschaften wurden eingeschränkt, die Residentenposten in den kleinen Ländern völlig eingezogen. Für den Plusmacher schien es nur den einen Gesichtspunkt der Sparsamkeit zu geben. Die fremden Herren wollten erfahren, ob dem auch ganz gewiß so wäre; und so wurden sämtliche Minister und Geheimräte, die im Amt belassen worden waren, allabendlich in einen der Gesandtschaftspaläste eingeladen. Auch waren beruhigenderweise gerade in dem Departement der auswärtigen Affären die wenigsten Veränderungen vorgenommen worden, als begnüge sich der junge König, er, der Neuerer, damit, daß er hier bereits drei seiner Anhänger aus seiner Kronprinzenzeit walten wußte. Wahrscheinlich aber war, daß er keinerlei Erschütterungen in Preußens Beziehungen zu dem Auslande wünschte und also eine tiefe Einsicht in die Ohnmacht seines Landes zeigte.

Dem widersprach, daß er plötzlich den Befehl ausgab, die Minister dürften nur noch auf bestimmte Weisung mit den fremden Gesandten verhandeln; und den Geheimräten war mit einem Schlage nicht einmal mehr erlaubt, sich selbst auf Assemblees mit den Gesandten überhaupt auch nur in vertrauliche Gespräche einzulassen.

Überdies erhielt man Kenntnis davon, daß der neue Herr alle Militär- und Regierungsschreiben eigenhändig aufbrach. Er wollte es lernen, diplomatische Schriftsätze zu lesen und Diplomatenreden anzuhören. Er haßte beide; er wollte, er wäre dieser Teufelsgeschichten frei, weil sie ihn von den Dingen abzögen, die ihm nützlicher seien, gestand er. Aber er begann, die Teufelsgeschichten wohl zu verstehen. Niemand wußte es ganz, wie eingehend er sich mit den auswärtigen Affären befaßte, wie selbständig in seinen Entschlüssen er vorging, auch wenn er sich immer wieder sehr sorgsam mit seinen Ministern beriet und namentlich den alten Ilgen hörte, der nun schon dem dritten Brandenburger diente; Ilgen, der zu einer so vollkommenen Kenntnis aller Beziehungen und Interessen des Staates und der Dynastie gelangte, daß er in ihnen zu Hause war wie in seinem Eigentum.

Die eigenen und die fremden Minister aber lasen mit Befremden die Bedingungen, die der König für alle mit ihm zu führenden Verhandlungen stellte; er wollte deutsch von deutschen Dingen reden: »Ich bin ein Deutscher. Ergo will ich meine Sprache schreiben wie der Zar die seine.« Immerhin verhieß er, daß in seine deutschen Briefe, sein Entgegenkommen zu beweisen, noch ein lateinischer eingeschlossen sein werde, »von Deutsch in Lateins übersetzet«.

Die Herren Gesandten von Österreich, den Generalstaaten der Niederlande und von Großbritannien gedachten den Unerfahrenen, als den er sich selbst ausgab, mit ihren neu erhaltenen Instruktionen zu überschütten. Wie diese aber auch umschrieben waren: sie wollten nur den Krieg gegen Frankreich.

Der große Alte von Frankreich, der greise Sonnenkönig, schien müde geworden nach zweiundsiebzig Jahren seines Königtumes.

Der junge Kaiser wollte vor dem alten König Spaniens Thron für die eigene Hausmacht behaupten, zum mindesten für Habsburg spanische Provinzen retten. Der Krieg durfte noch immer nicht enden.

Der junge Kaiser trat den Kurfürsten des Reiches hochfahrend entgegen in dem Glanz des uralten Stammes und seines Anspruches. Der Kurfürst von Brandenburg ließ sich nicht durch große Versprechen und kleine Belohnungen verlocken. Mit Worten, aus denen der herrische Befehl der Jahrhunderte widerklang, verlangte der junge Kaiser vom jungen Kurfürsten von Brandenburg Entscheidung zum Gehorsam. Der junge Herr im armen Lande gab ihm eine harte Antwort. Er sah das Reich vergessen; er sah die Notwendigkeit nicht, daß der müde, junge Kaiser der

Herr sein müsse einer sehr weiten und sehr kranken Welt, die er nicht mehr zu behaupten vermochte. Er sah Notwendigkeiten, die ihn härter bedrängten. Der junge Habsburger hielt seinen müden Blick gebannt aufs Alte. Der junge Hohenzoller hob den schweren, hellen Blick zum Neuen. Er hatte in alten Registern die Namen verschollener Ortschaften gefunden, von denen ihm Vater, Räte und Minister niemals sprachen. Noch war der Dreißigjährige Krieg in seinem Lande nicht verwunden – der Spanische und der Nordische Krieg aber drohten sich bis zu einem Menschenalter hinzuziehen, ach, vielleicht noch alle seine Königszeit zu überschatten!

Das Cito! Cito!, das der König unter alle seine neuen Edikte noch vor den Namenszug setzte, brannte ihm im Herzen. Der Krieg mußte ein Ende finden, der Krieg, in dem er die Fürsten gegen ihre Völker streiten, sie vernichten sah. Er aber hatte noch sein eigenes Land zu erobern. Er nahm den Kampf mit Brandenburg-Preußen und Europa zur gleichen Zeit auf.

Der Kaiser bat, versprach, drohte, bereitete Schwierigkeiten, schuf Hindernisse, stellte den Kurfürsten von Brandenburg bloß und schmeichelte dem König in Preußen oder umgekehrt, verwirrte angestrebte Klärungen und suchte ihn mit allen Mitteln in den Krieg zu reißen.

Der neue Herr in Preußen, der Erbe der alten Mark Brandenburg, blieb fest, und sollte er darüber alles verlieren. Als König von Preußen sei er im Frieden mit Frankreich; als Stand des Reiches werde er sich seinen Pflichten nicht entziehen. Mit dem Zorn des Kaisers müsse er es darauf ankommen lassen. Es sei ihm dabei einerlei, ob er Käse und Brot oder Lerchen und teure Ortolanen äße. Doch kujonieren lasse er sich nicht. Wer das versuchen wolle, müsse haut à la main spielen. Aber wie jetzt der Kaiser wolle, ginge fürwahr nicht. Die Würfel lägen noch auf dem Tisch.

Aus dem Zerfall des Reiches und einer alten Welt begehrte er ein eigenes starkes Land zu retten.

Solche Sprache vor Diplomaten war neu. Sie schuf eine arge Ratlosigkeit; Offenheiten war man nicht gewachsen. Man beriet, was sich dahinter wohl verbergen könnte.

Noch standen die Kurierpferde in Berlin und Wien gesattelt, da waren die Würfel gefallen. Des greisen Sonnenkönigs Enkel war Herrscher über Spanien. Das Weltreich des Kaisers wurde zum Traumgebilde, fern aller Tat. Aber auch der Keim entsetzlicher Kriege – Kriege des Zerfalls, nicht des Entstehens – starb im Werden. Nach vielen verlorenen Schlachten ging Frankreich mit glänzenden diplomatischen Erfolgen aus dem zähen Kriege hervor. Aber war es, fragte der Neuling in der Weltdiplomatie, Herr Friedrich Wilhelm von Brandenburg, ein Gewinn für Frankreich, daß fortan ein bourbonischer Prinz Spanien und Indien beherrschte? Länder und Völker waren erschöpft.

Zu Utrecht erhielt das Reich seinen Frieden.

Es war der fünfzigste Tag der Regierung König Friedrich Wilhelms I., an dem der alte Ilgen den Vertrag für ihn ratifizierte. Ein Uhr mittags unterzeichneten England und Frankreich, um vier Savoyen, um sieben die Portugiesen, um acht die Holländer, um zehn die Preußen, »weil sie mit Fleiß nicht gern die ersten sein wollten, damit es nicht bei den Kaiserlichen das Ansehen gewinne, als ob sie dazu ein so großes Empressement gehabt«.

Aber, sein glühendes Cito! Cito! im Herzen, hatte der junge Preußenkönig ein großes Empressement, dem unglücklichen Erdteil den Frieden zu geben.

Europa lächelte über die Friedensbedingungen, die der junge Barbar in Brandenburg für seinen Anteil ausmachte. Er nahm Geldern und nannte sich seinen Herzog. Er gab Oranien, doch behielt er sich Titel und Erbanspruch. Auch ließen Frankreich und Spanien von nun an die preußische Königswürde des Kurfürsten von Brandenburg als anerkannt gelten. Ein Friede schien es, wie auch König Friedrich ihn geschlossen hätte – ein Handel um Würden, Titel und Ansprüche.

Prinz Eugen, beim Kaiser stehend und über die Karten gebeugt, lächelte nicht. Habsburgs alter Diener war in Sorge.

»Der Brandenburger gibt die Parks und Schlösser von Oranien, weil er sie, umklammert von französischem Land, im Kriegsfall niemals halten könnte. Er nimmt sich Geldern, weil es nahe vor seinen Grenzen liegt, ihm fruchtbare Ländereien und ein halbes Hunderttausend Menschen bringt. Er beginnt, Menschen zu sammeln; er ist wie besessen von seinen menschenleeren, zerrissenen Ländern. Der Kurfürst von Brandenburg wird uns nie mehr Truppen stellen als ein kleines Pflichtheer.«

»Es sei denn«, sprach gelassen der Kaiser zu seinem Wächter und Mahner, dem heldischen Zwerg, »das Reich und nicht Habsburg wäre jemals bedroht.«

Denn vom Reiche sollte der junge, wilde Herr der Mark Brandenburg altmodische, zuverlässige Ansichten haben, wie sie unter den Kurfürsten sonst nicht mehr im Schwang waren.

Auch Friedrich Wilhelm saß über die Karten gebeugt. Doch suchte er nicht Wien, Paris, Madrid, die nun in aller Munde waren. Sein Stift umzog den Osten und Norden. Die Stirn des jungen Königs war umwölkt. Fern war er Spaniens heißer Sonne. Seine Not kam ihm von Eis und Sumpf.

Die Farben, Umrisse, Linien, Namen, Zahlen der Atlanten lebten ihm auf als Gefahr. Er sah die Länder des Nordens leiden an den alten Kriegen und das Ostreich der Wälder, Ströme und Steppen, Zar Peters gewaltiges Land, nach der Zukunft drängen, die eine alte Welt verwandeln sollte. Auch der Nordische Krieg war beendet – nur befriedet war er nicht. Noch lebte Schwedens großer König, wenn auch ein Gefangener, fern den nördlichen Meeren, am Bosporus.

Was wollte es bedeuten, daß die Verbündeten die Krone Schwedens in Besitz genommen hatten. Der Mann, dem sie gehörte, lebte noch und blieb ein König, und immer wieder, wo man seinen Namen nannte, klirrte Waffenlärm. Brach der Krieg noch einmal aus – so mußte er dahinstürmen über Friedrich Wilhelms Land. Der Brandenburger tat dem Schwedenkönig hohe Ehre an. Er hielt auch den Gefangenen noch für groß und gefährlich, Brandenburg und das Reich von ihm bedroht. Der junge König sah sich eingekreist von verschleppten Kriegen und ähnlichen Verraten, wie sie den Großen seines Geschlechtes vom Sterbebette des herrlichen Sohnes in Straßburg in die Sümpfe von Fehrbellin, von den Sümpfen des Havellandes in das Eis und den alles begrabenden Schnee des Ostens jagten. Das Antlitz des Großen Kurfürsten, des Siegenden, Leidenden und Betrogenen sah den Enkel an aus den Atlanten, näher als ihm je das Angesicht seines Vaters war.

Heute war der Zar der Sieger über Schweden.

Aber noch lebte König Karl XII.

Auf den Schlachtfeldern des Brandenburgers konnten sie noch einmal einander begegnen.

Es mußte ein Ende sein, auch mit diesem Kriege. Niemand, außer dem Dessauer, der noch immer seines Rufes nach Berlin harrte und das bloße Wort eines jungen Mannes für Siegel, Stempel und Verträge nahm, wollte verstehen, warum der spar-

same König nach dem Spanischen Frieden sein Heer nicht verringerte. Er schien doch plötzlich schwach und friedfertig! Was
sollten ihm die freigewordenen Regimenter!

»Es muß«, erklärte der König, »vielmehr bis Jahresende auf
fünfzig Bataillone und sechzig Schwadronen gebracht werden.«

Sechstausend Mann wurden auch wirklich noch aufgestellt.

Des greisen Sonnenkönigs gedachte ihr Kriegsherr kaum noch.

Und Spanien war ihm nur ein ferner Klang.

Über all der Sorge und dem Eifer war es geschehen, daß die
Geburt eines Kindes ihn nicht tief bewegte. Die zweite Tochter
war geboren, die junge Mutter war gesund, der Taufgäste wurden
nicht wenig, der Name Charlotte Albertine ward ohne Zaudern
gewählt – all dies erschien ihm mit einem Male durchaus nur als
Frauensache. Er sah die Seinen nur selten, und ein längerer
Besuch bei der Königin war etwas Besonderes geworden.

Noch immer bewohnte sie Monbijou; gelegentlich lud er sich
bei ihr zur Tafel. Seine Bitte, in kleinem Kreise mit ihr speisen zu
dürfen, schien dann allerdings meist unerfüllbar. Immer empfing
ihn die Gattin in größerer Umgebung, und das Gespräch bewegte sich daher bei Tische nur um recht allgemeine Dinge.
Kaum daß der Nachtisch abgetragen war, bat der König, die
Kinder sehen zu können.

Die Königin entschuldigte sich, sie seien zu so später Stunde
nicht mehr angekleidet, da der König ihr in dieser Hinsicht
keinen Befehl habe zukommen lassen.

Der König versicherte, das mache nichts. Er sehe die Kleinen
gern in ihren Bettchen.

An Friedrichs Wiege lachte er. »Oho, das kleine Tier bekommt ein zu starkes Gebiß. Wir werden das kleine Tier ab-
schaffen müssen. Sonst erbeißt es die anderen.«

Wilhelmine stammelte schlaftrunken auf Geheiß der Mutter
ein paar Begrüßungsworte, die dem König im Munde einer
Fünfjährigen possierlich vorkamen; doch fand er seine Älteste
sehr blaß.

An Charlotte Albertines Wiege wurde er nachdenklich, wie
ihm dieses sein fünftes Kind so fremd blieb, weil ihn die Angelegenheiten des Landes so sehr beschäftigten. Das Kleine wuchs,
und er sah es nicht. Es schrie, und er hörte es nicht. Es trank und
aß, und nie war er zugegen. Er fragte nach der kleinen Tochter,

wie man sich nach eines fremden Mannes Kind erkundigt. Die Königin wußte dem Vater von seiner Tochter nichts zu erzählen, als daß die Prinzessin manchmal etwas Hoheitsvolles an sich hätte. Darüber mußte der junge Vater laut lachen. Doch schritten sie jetzt schon durch die Galerie zum Mittelflügel zurück, und er störte die drei Kleinen nicht. Er öffnete die Tür zum Garten. Ein abendlicher Gang mit der Gattin durch den schmalen Park zwischen Fluß und Schlößchen schien ihm verlockend. Vor der Säulenfassade des Ufers am offenen Lusthaus blieb der König stehen. Zwischen glatten, schön geschwungenen Mauern floß die Spree leise, eilig und dunkel. Der König wies auf das Wasser. »So ist sie zu bändigen. So kann die Spree nützen. Ich werde sie im ganzen Stadtbereich mit Mauern einfassen.«

»Ich habe bemerkt, daß Sie die Spree für Ihre Hauptstadt benötigen« – Königin Sophie Dorothea lächelte, doch ohne Güte –, »es kommen jetzt viele Lastkähne den Fluß herauf. Die Schiffer sind sehr laut.«

Der König nahm es dankbar auf, daß die Gattin verfolgte, was er tat. Jede ihrer Äußerungen bot ihm die Möglichkeit eines freundlichen Irrtums.

Die Königin sprach die Hoffnung auf baldige Beendigung der lästigen Bauten aus. Über diesen ihren Wunsch war Friedrich Wilhelm glücklich. Er wollte seine Frau bald wieder bei sich haben.

Diesen Abend fand er keine Trennung: einmal kein Rechnen, einmal kein lärmendes Handwerk, einmal kein schwieriger Vertrag! Gar nichts war auf der Welt als nur das kleine, lichte Schloß und sein Spätsommergarten, von schlanken Kandelabern durchleuchtet. Er hatte die Kinder wiedergesehen und wünschte den Park der Gattin heiteren Lärmens voll von der Fülle fröhlicher Söhne und zärtlicher Töchter. Einen Blick nur in den Garten der Frau zu tun – es würde ihm die schönste Rast und tiefste Ruhe bedeuten! Es sollte ihm kein Kind mehr so verloren gehen, wie ihm das zweite Töchterchen fremd blieb bis in diese Stunde. Er wußte nicht, daß er zu dieser Stunde schon das ganze Leben dieses Menschenkindes betrauerte. Er dachte neues Leben, indes der Tod zum dritten Male eines seiner Kinder verlangte, als sei dieses harte Land kein Hüter jungen Lebens.

Jedes seiner Worte, das er auf dem abendlichen Weg durch ihre Gärten mit seiner Frau sprach, war Hoffnung und Dankbarkeit.

Eine Freude kam über ihn, die er noch gar nicht kannte. Seine Frau war ganz allein bei ihm; seine Frau zeigte Anteilnahme an all seinen Geschäften; auch trug sie den Schmuck seiner Mutter. Er sah es schon den ganzen Abend. Er ahnte nicht, daß sie es tat, ihn davon abzulenken, daß sie seine Gabe, die ersten Tüchlein seiner neuen Gespinste, verschmähte und seiner Bitte nicht entsprechen konnte, seine preußischen Tuche zu tragen – sie, deren gesamter Toilettenfundus zur Heirat mitten im Kriege mit Frankreich zur großen Genugtuung des Sonnenkönigs in Paris bestellt worden war. Sie sprach vom kostbaren Schmuck seiner Mutter, und wie alles andere erst zu Glanz und Schönheit kommen müsse. Er hörte sie von seinen Angelegenheiten reden, und zum ersten Male begann er die Nähe eines sehr vertrauten Menschen zu spüren; und es schien ihm mild, aus so unendlich wohltuender Nähe und Wärme leise Worte, nur für ihn und sie bestimmt, in die Weite des Abends und der versunkenen Welt zu sprechen. Die Hoffnung erwachte in ihm, in Monbijou vermöchte ihm ein freundliches Eiland im aufgewühlten Ozeane seines jungen Königsdaseins erstehen.

Die Königin blieb bis tief in den Herbst in ihrem Monbijou. Der Bau riß noch immer die Treppenhäuser des Großen Residenzschlosses auf. Es war kalt auf ihrem Sommersitz geworden. Dunkel und langgestreckt duckte sich das Schloß unter kahle Bäume. Der Fluß stand im Eis. Und dennoch überkam sie ein Grauen vor der Rückkehr in das Hauptpalais, auch wenn sie dort kein Hämmern mehr stören sollte. Aber im Alten Haus der Herzogin, dem Flügel an der Spree, irrte die wahnsinnige Königinwitwe umher, lachte, sang mit geschlossenen Augen stundenlang oder weinte in tiefem Jammer, putzte sich dauernd mit anderen Kleidern und redete wirr; auch klagte sie laut, sie würde mißhandelt.

Der König, sehr von ihrem Jammer angerührt und auf alles Elend gelenkt, das dem der jungen Königinwitwe glich, ging an die Begründung eines »Hauses für melancholische und rasende Leute«, das er unter ärztliche Aufsicht zu stellen plante.

Der Mecklenburger Hof war außer sich, als er von dem Vorhaben des Königs im Zusammenhang mit dem Leiden der jungen Königinwitwe hörte, verlangte ihre Rückkehr nach Schwerin, focht aber zuvor noch einen heftigen Kampf um die der Gattin Friedrichs I. überlassenen Juwelen des Hauses Brandenburg aus.

Als die Mecklenburger die Unglückliche holen kamen, wehrte sie sich verzweifelt. Sie müßte bleiben, die Weiße Frau zu erwarten. Das jagte Königin Sophie Dorothea den schrecklichsten Schauder ein; denn sie wußte allmählich, daß an ihrem jüngsten Kinde Furchtbares versehen worden war und wollte dennoch den entsetzlichen Ausgang noch leugnen, alle Schuld weit von sich weisen und das Unabwendbare beschwören. Sie konnte nicht ertragen, von der Weißen Frau des Hauses Brandenburg zu hören.

Bis der König, der unablässig rechnete, reiste, ritt und exerzierte, wieder nach den Kindern fragte, haben sie es ihm verheimlicht, daß das Mädchen Charlotte Albertine im Hinschwinden war, verzehrt von skurrilen und geheimen Kuren, die ohne Wissen des Königs angewendet wurden, das kurze rechte Bein des Kindes zu strecken. Der König hatte von solchem Gebrechen gar nichts gewußt.

Niemand durfte dann Charlotte Albertines Leiche sehen. Sie wurde beigesetzt in der tiefsten Stille der Nacht, nur von weißen Fackeln geleitet, ohne ein Geläut der Glocken. Der König, der sich schwerer Versäumnis anklagte, willigte in alles. Da er nicht prüfte und nicht Anklage erhob, waren die Königin und ihre Vertrauten schon völlig befreit.

Am Sarge wurde dem König als ein Trost gesagt, daß in den späten Herbsttagen von Monbijou das neue Kind dem künftigen Sommer schon entgegenwachse.

Die Königin war nicht gebrochen. Es lebte ja der Sohn. Ein neues Kind war nahe. »Sie werden einen Sohn haben«, tröstete die Königin. »Eine Tochter«, beharrte schwermütig der junge König. Denn gebeugt von der Versäumnis an dem Kinde Charlotte Albertine erbat er sich, wie ein Zeichen der Vergebung, eine Tochter von der geliebten Frau, die den Tod nicht anders verkündete, als daß sie Leben verhieß; die gelassen vom Sarge des einen Kindes hinwegschritt und die Wiege des anderen bereitete.

Friedrich Wilhelm liebte sie stärker und stärker von Geburt zu Geburt, und jedes Kind war eine tiefe Spur in seinem Herzen und eine heiße Aufwallung in der Liebe zu seiner Frau. Denn er war ein König ohne Volk. Die Königin aber sah nur die abstoßende Härte und Nüchternheit seines Lebens.

Am Morgen goß der Fünfundzwanzigjährige, dessen Haut noch immer knabenhaft zart war und dem das kurze, braune

Gelock weich und gelöst um die Stirn lag, an dem mächtigen neuen Steinzuber das kalte Brunnenwasser über Leib, Gesicht und Hände, ganz in die Kühle des Tages sich tauchend. Er nahm das reine Hemd – wie es geschneidert zu werden pflegte nach seinem eigenen Entwurf, ganz ohne die üblichen Spitzen und Rüschen – und ließ sich die blanke Uniform reichen, von der er für jeden Tag eine besondere besaß, damit die des Vortages gereinigt werden könne, obwohl es kaum jemals etwas an ihr zu putzen gab.

Ehe um vier Uhr die Kammerdiener eintraten, ihn anzukleiden und ihm die braunen Locken zum adretten Zopf zu drehen, las der König schon in seinem Andachtsbuch; und eigentümlich scheu wachte er darüber, daß niemand seine Zeichen in den frommen Schriften nachsah. Sein Erster Diener, der nachgelesen und darüber gesprochen hatte, wurde nach Spandau gesteckt. Noch während der Toilette empfing nun der Herr, hastig seinen Morgenkaffee dabei trinkend, die Kabinettsräte, überprüfte und unterschrieb die ausgefertigten Resolutionen des Vortages vom Küchenzettel bis zur Reinschrift des neuesten Gesetzentwurfes und tat den letzten Federzug, wenn der letzte Knopf seiner Stiefeletten geschlossen wurde. Das Jahr, den Tag, die Stunde hielt er fest in Händen. Um zehn Uhr trat er hinaus auf den Exerzierplatz, der noch vor gar kurzer Zeit Lustgarten, Königsspiel, Wasserkunst und Zauberlabyrinth gewesen war. Der Herr hielt Besprechung mit den Generalen und Stabsoffizieren, gab die Parole aus – wobei Gouverneur und Kommandant von Berlin nebst den Stabsoffizieren, die vom Tage waren, gegenwärtig sein mußten – und erteilte sämtliche Befehle für die Garnison. Aber auch den Gesandten und etwaigen Reisenden, die ihn zu sprechen wünschten, wurde hier Audienz gewährt.

Die Reihen seiner Grenadiere standen vor ihm in der neuen blauen Montur aus den Tuchmanufakturen des Königs von Preußen und warteten auf des Obersten Friedrich Wilhelm von Hohenzollern Kommando. Noch trat er nicht vor die Front. Am Portal hatte Creutz ihn erwartet, sauber und schlank wie der König, rege wie er und voller Drang und Eifer, zu handeln. Umschweife und Verschweigen waren ihm vom Herrn verboten. Ohne Verbrämung und Vorbehalt mußte er sagen, was er sah. Das war der Wille des Königs. Dem war, was er heute erfuhr, nur noch die Bestätigung. Graf Dohna, der redliche und treue, war fehl im neuen Amt. Er wurde zum unermüdlichen Anwalt des armen, leidenden Volkes, niemals aber vermochte er der Richter zu werden der faulen, der bösen, der törichten Menge. Er kam vom Schloß, nicht aus der Gasse. Die Schlechten nutzten ihn aus. Creutzens Zahlen sprachen ein hartes Urteil über den Volkstribun, den Pöbel und den knappen Vorrat an neugeprägtem Silber. Auch fügte Creutz noch ungefragt den Rat hinzu, der König möge die verlassenen Güter der räuberischen Quitzows an sich nehmen. Der König fuhr ihn hart an. Noch lebten rechtmäßige Erben der Quitzows. Überdies aber habe er Creutz nur beauftragt, alle seine Beobachtungen mitzuteilen, die die Sache des Volkes beträfen; niemals jedoch habe er ihn nach den Angelegenheiten des Adels gefragt. Den kenne wohl er selbst doch besser.

Creutz ging, in Blick und Geste noch der immer Wartende. Noch gab der König ihm nicht Amt und Rang und Namen, sondern nur den Dienst. Aber die Gewißheit nahm der Schreiber mit sich, daß Graf Dohna fallen würde, sanft fallen zwar, jedoch ihm selbst nicht mehr im Wege sein. Einer der großen Herren war dann abgetan, und er begann, auch wenn ihn der König selbst noch nicht zu sich hob, dem Gebieter um eine Stufe näher zu rücken. Vor allem aber mußte sich nun zeigen, daß Dohnas Geschäfte unverändert weiterliefen, auch wenn er selber schied: Creutz hatte sich die Kenntnis jeder Akte, jeder Ziffer angeeignet.

Der König schritt, längst schon dem neuen Dienste zugewandt, den Block der Grenadiere ab. Kümmerlich klein fand er das Karree angesichts der Weite des Planes. Als Kriegsherr war er noch ein schwacher Mann, und das Ziel lag noch sehr weit. Wie sollte er je in all der Wirrnis Europas das Zünglein an der Waage werden und der Hüter des Friedens sein nicht aus Schwäche, sondern Stärke? Fast ohne Anteilnahme gab er die Kommandos, hielt er die Übungen. Er sah in die Augen seiner Soldaten. Vieler Blicke waren dunkel glühend, denn sie hatten südlichere Sonne getrunken als das bleiche Licht der Mark Brandenburg. Fremde Blicke waren es, oft voll der Feindseligkeit des Söldners gegen den Käufer und Herrn. Noch im Exerzitium selbst lag Widerstreben, und den preußischen Rock trugen die meisten als ein lästiges und aufgezwungenes Kleid. Manche lauschten mühsam, das Kommando seiner fremden Zunge zu verstehen.

Dies war nicht das Heer des Königs von Preußen! Der Söldnerhaufe des armen Kurfürsten von Brandenburg war es, und in seinen besten Reihen das einstige Spielzeug eines Prinzen!

Mit Ungeduld hielt er die Zeit des Exerzierens ein. Noch an diesem Tage schickte er die Werber aus. Sie sollten möglichst innerhalb der eigenen Grenzen werben. Aber dann sah er die Trostlosigkeit ein, die ihm bei der Ausführung solchen Befehles zur großen Schande werden mußte. Er war ein König ohne Volk. Er mußte sich fremdes, junges, oft verzweifeltes Blut erschachern. Er mußte Menschen kaufen. Sie wuchsen ihm nicht zu aus seiner Erde.

Die Briefe nach Dessau häuften sich. Bedenken füllten sie aus. Der Fürst verstand den König wohl. Noch war seine Stunde nicht da. Noch konnte der Generalissimus des Königs von Preußen der Wirt seiner eigenen Herrschaft sein. Gerade als Ökonome aber schrieben sie einander, daß erst die Wirtschaftsprogramme fertig daliegen müßten, ehe das Exerzierreglement entworfen werden könne. Der junge König verdammte sich selbst zu der harten Probe, als Rechenmeister am Schreibtisch, als Händler, Baumeister und Gutsherr das Heer vorzubereiten. Es gab keinen anderen Weg. Sein Vater, sein Großvater, alle seine Vorfahren hatten Subsidien vom Ausland bezogen und für ihre Landeskinder und für Söldner, die sie selbst erst warben und in fremde Dienste weitergaben, Geld in jeder Prägung angenommen: Louisdors, Guineen, Gulden. Herr Friedrich Wilhelm aber setzte seine Ehre darein, seine Ausgaben nur mit selbst wohl und rechtmäßig verdientem Gelde zu bestreiten.

Bitter empfand er den Zwang, das schwer erworbene Kapital für die Werbung auswerfen zu müssen und gar genötigt zu sein, sich grimmige Scherze zu erdenken, um im Menschenhandel nun auch einigen Erfolg zu erzielen.

Er gab sich wie der anderen, angeseheneren Fürsten einer und bestellte, obwohl noch alle Welt über die Plünderung seiner Gärten und Schlösser schrie, »Statuen« durch seine Gesandten und gute Freunde, die ungenannt blieben. »Die Statue ist mir richtig gesandt und gefällt mir die Fasson und Arbeit«, schrieb der König seinem Londoner Residenten. »Ihr werdet besorgt sein, noch einige zu verschaffen. Sie müssen aber so gut gemacht und von einem guten Meister sein. Dem Bankier Splittgerber habe ich befohlen, Euch einhundertzweiundneunzig Pfund zu übermachen.«

Solche Summe kam den armen Tuchfabrikanten Friedrich Wilhelm von Hohenzollern sehr hart an. So teuer war für den Plusmacher in seinem menschenarmen Lande ein starker und gesunder junger Mann. –

Die geringen Mittel, die der König seinen Werbern hatte zur Verfügung stellen können, bewirkten keine Wunder. Der neue Werbestreifzug war arm an Ertrag. Dabei wollte der König, daß es seinen Söldnern gut gehe. Wie sollte sonst der harte Dienst ihren störrischen Willen gewinnen? Wußte denn einer, warum und wofür er den Sold von einem fremden Fürsten nahm?

Selbst für die kleine Menge der Geworbenen reichten die Kasernen nicht aus; ihre Anzahl war zu gering, der Zustand zu schlecht. Der König wünschte die neuen Soldaten in Bürgerquartiere zu geben, in jedes Bürgerhaus einen Mann. Der Magistrat von Berlin, noch von dem Verbot des großen Rathausbaues und der Rüge, die daraus sprach, schwer getroffen, schichtete dem König Dokument auf Dokument und Freibrief auf Freibrief, bis endlich der Buchstabe siegte. Der Magistrat von Berlin hatte den Kampf gegen den neuen Landesherrn nun offen aufgenommen und gedachte damit ein Zeichen zu geben. Der König prüfte die Materialien, die man ihm beibrachte, mit Sorgfalt. Jawohl, bekannte er, die Räte seien im Recht und kein Bürgerhaus zu Berlin habe, auf Grund der vom alten König erteilten Privilegien, die Verpflichtung, Soldaten des Königs aufzunehmen. Um so deutlicher erkannte der Herr, daß man ihm in der Hauptstadt Fehde ansagte und nun wohl bald allenthalben die Sache der Städtefreiheit mit ihm auszufechten beginnen würde. Er dachte nicht, das Recht der Freihäuser zu beugen; aber er war nicht mehr gewillt, Berlin noch weiterhin zur Residenz zu wählen.

Unverzüglich begab sich der Herr auf die Reise. Das Ziel stand sofort für ihn fest: Brandenburg. Hier war der Kern und Keim seines Landes, hier lag die Gabe des Kaisers beschlossen, die er vor dreihundert Jahren dem Ahnherrn Friedrich von Hohenzollern, Nürnbergs Burggrafen, verlieh. In Brandenburg war dem fränkischen Vorfahren die Mark zum Geschenk und zum Geschick geworden. Dreimal hatte das Geschlecht des Königs den unerträglich schweren Kampf von neuem und immer wieder mit gleicher Zähigkeit aufnehmen müssen.

Über sumpfigen Seen, sandiger Ebene und öden, düsteren Kiefernwaldungen, in die nur einmal im Jahr gelbes Ginstergesträuch ein helleres Licht gab, ragte die Burg Herrn Friedrichs von Hohenzollern, des Burggrafen von Nürnberg. Als der Kaiser ihm zum Dank für seine Treue ein Land im Norden des Reiches zusprach und ihn mit der Mark Brandenburg belehnte, zog der Hohenzoller aus dem Süden des Reiches nordwärts, nur, damit er wieder von Seen, Sand und Sumpf und Kieferngehölzen Besitz ergreife und den Befehl empfange, eine tote Erde fruchtbar zu machen. Was anders aber war das Land, das endlich dem Reiche der Hohenzollern seinen königlichen Namen auferlegte; was anders barg das arme Preußen im Osten droben als Kiefernwälder, schwermutsvolle Seen und Sümpfe, sandige Ufer? Franken, die Mark Brandenburg und Preußen waren das eine, gleiche Geschick und Gebot, das eines ganzen Geschlechtes zu seiner Meisterung und Bewältigung bedurfte.

Die acht Meilen nach Brandenburg reiste der Herr in kürzester Zeit. Fast bäumten sich die Pferde auf, als man sie am Kurfürstenhause zu Brandenburg zum Halten zurückriß. Vom Kurfürstenhause aus wollte der Herr nun Boten an die Glieder des Magistrates senden und den Rat der Stadt einberufen. Die wenigen Schritte bis zum Rathaus gedachte er zu Fuße zu tun und noch in der Stunde der Ankunft vor das Stadtkollegium zu treten, um ihm mitzuteilen, daß er von diesem Tage an Brandenburg zu seiner Hauptstadt zu wählen gedenke.

Es war um Mittag. Alle Glocken läuteten die hohe Stunde ein. Als der Herr nach drei Tagen von Brandenburg abreiste, war das Wort zum Rat noch immer nicht gesprochen.

Es war um den Feierabend. Alle Glocken läuteten die stille Stunde ein. Der König war sinnend und schweigsam.

Was war dem Herrn zu Brandenburg geschehen?

Gott vertrieb ihn aus Brandenburg. In Brandenburg erschloß sich dem zweiten »König in Preußen« Gottes Befehl, der an die Hohenzollern erging; in Brandenburg traf ihn das harte Gebot in seiner ganzen Schwere; in Brandenburg begannen der Sand und die Steine im Bilde zu ihm zu reden – zu ihm, von dem man glaubte, er begriffe nur die Zahl. Sieben Türme ragten über der Stadt: der Dom und – nicht geringer als er – Sankt Pauli, Sankt Johannes, Sankt Gotthard und Sankt Katharinen, Sankt Franziskus und Sankt Nicolai. Dunkel standen die Türme und groß, steil und schwer, zerklüftet und doch miteinander strebend, als wären sie Zeichen für die Gebete der Verzweiflung, die aus dem armen Sand der Mark zum Himmel stiegen, der auch alle Blüte und Fülle dieser Erde überwölbt. Selbst der steinerne Zierat der sieben brandenburgischen Kirchen war noch von Düsterkeit und Schwermut umwoben und schlang sich manchmal wie ein schwarzes Gespinst um die Tore der Kirchen. Zu Blumen war der Stein gebildet; Blumen und Blätter, Walnußgesträuch und Eichenlaubranken waren aus dem spröden, glühenden Backstein gebrochen und mühsam erkämpft von Menschenhänden, die ihrer Müdigkeit nicht mehr achteten. Es war, als wollten in dieser harten, ernsten Stadt Blumen aus weicherem Grunde nicht erblühen, als könnten sie nur aus dem Stein, von Betenden, errungen werden.

Erlag Herr Friedrich Wilhelm, die erste Stunde als König in Brandenburg weilend, der Macht solchen Bildes? Lange hatte er im Kreuzgang von Sankt Johannes gestanden. Dort wucherte das Gras zwischen frommem Gestein: ein Garten Gottes in all der Armut der Mark.

Im Kreuzgang breitete der Kruzifixus die durchgrabenen Hände in immerwährendem Schmerze vor die dunklen Klostermauern. Von solchem Anblick vermochte der Herr sich nicht zu lösen. Die Predigt der steinernen Bilder hatte begonnen, und es gab kein Entrinnen. Denn es war ihm an diesem Tag noch ein zweites Steinbild begegnet: der Roland, der nahe dem Kurfürstenhause stand. Der war herrischer, mächtiger und gewaltiger als der Heiland. Aber stand der steinerne Held nicht gar einsam und verloren, von den sieben dunklen, steilen Türmen überschattet und umwogt von ihrem Geläut, das in dieser Gottesstadt nicht enden wollte?

Die Wachttürme der Stadt, die Hüter der Wälle über der Havel, wurden wie zur Wehr gegen Gott, der ein zu hartes Schicksal auferlegte. Die Heiligenbilder vergangener römischer Zeit lehnten ohne Prunk und Glanz und Wunderkraft in den Gewölben der Pfeiler. Eines hielt ein Schwert zwischen Gott und die Stadt. Das sah der Herr; was brauchte er zu denken, er, der dem Grübeln gram war aus der Tiefe seiner Schwermut heraus. Er sah.

Niemals, prägten die Bilder es dem schauenden König ein,

würde eine Kraft, die jäh das Neue wagte, von dieser Stadt in sein Land ausgehen. Über Brandenburg war Gottes Last zu groß, und selbst der helle Fluß am Saume der Stadt war nur wie die Spur der Tränen, die das Angesicht des Leidenden überströmen. Er aber sollte handeln.

Gottes Schwere war hereingebrochen über Brandenburg. Des Himmels ernstestes Tor war geöffnet über der Stadt und der Mark, aufzunehmen die Gebete der Not und das Weihrauchopfer des Sandes und auszusenden das dem Menschen unerträglich dünkende Geschick, das Gott seinen auserwählten Knechten auferlegen muß.

Fast klang es wie ein Hohn, daß unter dem Grundstein der größten, der ältesten Kirche des Landes, der Kreuzkuppelkirche am Harlungerberge vor den Toren der Stadt, Pilgerschätze aus dem Morgenland vergraben sein sollten, um die nur Rom und nicht der Brandenburger Hohenzoller wüßte. Und alle zehn Jahre kamen Mönche von Rom her in die Mark Brandenburg, die geheimen Zeichen zu prüfen, an denen sie erkannten, daß das Gold und die Edelsteine noch unversehrt unter der Kirche auf dem Harlungerberge lagen.

Der junge König ließ die alte Kirche niederbrechen. So arm war die Mark Brandenburg. So hart mußte der Plusmacher in ihr werden. Oder geschah es aus anderem Antrieb? Mußte er auch diese Lüge zerstören, Brandenburg sei auf einen anderen Grund gegründet als den des Gebetes? War er so erbarmungslos gegen sich und sein Land? Tat er auch dies, daß er die alte, alte Kirche zerstörte, geschmäht und verdammt von aller Geistlichkeit, In Majorem Dei Gloriam, zur höheren Ehre Gottes? Bekannte er, indem er floh und zerstörte?

Der lichte, hohe, reichgeschmückte Giebel des Kurfürstenhauses trat in die Dämmerung zurück. Der steinerne Roland sank in das graue Gewölk der Ebene und der Havelufer. Der Herr fuhr gen Berlin.

Wenige Meilen vor der Stadt ließ er den Wagen halten. Er kam zurück, von Gott besiegt. Aber weil er gesetzt war zum König, durfte er sich nicht dem Rate seiner Hauptstadt beugen. Das nächste Schloß der Väter, das er nahe am Wege fand, sollte die Mitte seiner neuen Residenzstadt werden. Er wollte sie gründen, und sei es hier auf Sand und Sumpf und im sterbenden Jahr.

Der Herr hielt in Potsdam.

Der Fischerflecken lag ihm am Wege. Er fand den Anfang einer Stadt, die einer begonnen und wieder hingeworfen hatte, so wenig lohnte der Plan, so wenig lockte jenes Unterfangen. Ja, Potsdam war gar einmal für vierhundert Schock böhmischer Groschen verpfändet gewesen. Inmitten der Hütten verbarg sich ein Schloß, in all der Öde ein verzärtelter Park, und vor den Stufen am Ufer wiegte ein reiches Schiff auf der Havel. Der Herr nahm von allem Besitz, auch von dem Sumpf und dem Sand. Tiefste Beugung vor Gott und höchster Trotz vor den Menschen waren in einem über ihn gekommen.

Der Herr umschritt den neuen Bezirk. Am Schlosse nahm ihn die holländische Einfachheit gefangen; auch vierzig Jahre hindurch geführte Versuche, das ländliche Haus mit reichen Portalen und zierlichen Säulenkolonnaden zu schmücken, hatten sie nicht zu zerstören vermocht. Von der Mutter der Oranierin, der Frau Schwiegermutter des Großen Kurfürsten, war es erbaut; die klar geschnittenen Flügel verrieten noch das Vorbild eines Gutshofes mit Holzkammern und Bäckerei; hier war nur instand zu setzen und wenig zu verändern. Nur die gekünstelte Pracht des später angepflanzten Gartens verlangte nach Vernichtung. Denn zerfallen und kümmerlich mahnten die nahen Fischerhütten zwischen den Armen des Flusses und der Seen zur Versöhnung solchen Gegensatzes. Sie harrten des Retters, der sie seinem Blick nicht durch grünende Ehrenpforten und kostbare Gewächse südlicher Länder verbarg. Tausend oder zweitausend Menschen mochten hier ihre tägliche Not voreinander tragen oder vor die einzigen Reichen, die Garnherren und Ratsherren, freilich vergeblich, auf das Stadthaus bringen.

Sofort bezog der Herr das Schloß. Auch König Friedrich hatte hier einmal übernachtet, daher beleuchteten die Kerzen viel goldenes Zierwerk und brachen ihr Licht in der Fülle der Spiegel. Der junge Herr beschloß, auch hier dem falschen Glanz ein Ende zu bereiten, ja, hier wo er verbleiben wollte, noch gründlicher und unversöhnlicher denn irgend sonst den Willen zum Ernst und zur Strenge zu bekunden. Die müßigen Dinge – farbige, golddurchwirkte, rote Ledertapeten mit leuchtenden Ranken und Sessel mit pfirsichblütenfarbenem Atlas und Silber aus dem Marmorsaal, dem Roten Saal und der Marschälle Tafelgemach sollten fürs erste für Fürstenbesuche ins Berliner Schloß gebracht werden. Zu Potsdam gedachte er sich nach Landhausart einzurichten: ohne Marmor, ohne Seide, gewebte Tapeten und Goldmalerei, und all die großen, prahlerischen Schlachtengemälde wurden in einem einzigen Saale gesammelt.

Schon am nächsten Morgen wurden Arbeitsleute gedungen, die Schätze wegzuschaffen und den Lustgarten zwischen Schloß und Ufer einzuebnen. Der wunderliche König war am Werk, der, zur Regierung gelangt, sich nicht neue Schlösser erbaute, sondern sogar die vorhandenen verschloß, wenn er fand, sie seien angesichts des Elends ohne Recht und Sinn. Sich selber aber wählte er das ärmste und fand nötig, ihm auch noch den letzten Schmuck zu rauben. Selbst die bewunderte Orangerie wurde fortgeschafft, ihre Säulengänge wurden zugemauert und zum königlichen Reitstall bestimmt.

Für sich selbst hatte der Herr einige kleine Zimmer im Flügel an der einstigen Orangerie, neben der Fahnenkammer mit den Feldzeichen gewählt: einen Empfangsraum, ein Arbeitszimmer und ein Schlafkabinett nebst Garderobe. Die Wände wurden nur weiß übertüncht, aber die Fenster erhielten besonders große Gläser nach dem geplanten Exerzierplatz hinaus. Die Schlafkammer des Königs hatte einen eigenen Ausgang zu einer kleinen Treppe. An deren Brüstung stand er jetzt fast jeden Morgen und sah nach den Wolken und den Gerüsten, ob noch ein gutes, starkes Werk entstehen könne in dem späten Jahr.

Die Arbeiter rissen trotz des schlechten Wetters noch weiter den Lustgarten auf, schleppten die schweren Karren hinweg und stampften das umstochene, lehmige Erdreich fest. Wo Sand war, wühlte der Regen nun Rinnsal um Rinnsal. Die Havel lag im Nebel; alles war sehr trübe; und nur weil der Spätherbst nahte, war es milde verhüllt, daß der König alle Blumen rodete und daß das Laub gefällter Bäume, wie zu hohen Totenhügeln geschichtet, vermoderte. Der Regen rauschte so dicht, daß man kaum noch die Fischerhütten an den Ufern sah.

Nur eines blieb Glanz und Verklärung in all dieser Trübsal: König Midas' herrliche Liburnika, strahlend noch in den Nebeln des herbstlichen Flusses und golden sich spiegelnd im dunstigen Wasser. Golden war die Königsgaleere und sehr reich gemalt, von edelstem Holze und Elfenbein wie Salomos Schiffe, welche drei Jahre die Meere durchfuhren und Gold und Silber und Elfenbein brachten und Affen und Pfauen.

Unbewegt lag das Schiff in Nebel und Regen; seine Segel, hieß es, würden nur manchmal zum Lüften gesetzt. Das klang dem König wunderlich, daß sich die Segel niemals schwellten zur Fahrt und das Schiff nur wie ein Gleichnis war und keine Wirklichkeit. Die leeren Maste waren nur wie zarte, goldene Striche im Gewölk. Aber der Rumpf des Schiffes war verfault und morsch. War König Friedrichs Liburnika nur ein gespenstisches Zeichen der Vergangenheit mit all ihrem trügerischen, tötenden Golde? – Baren Hauptes stand der Herr im Regen, als harre er des Anbruchs einer neuen Zeit; als sei die Neubegründung dieser Stadt wie der Abschluß eines Paktes mit Gott, vor dem er aus Brandenburg geflohen war.

Schon wußte König Friedrich Wilhelm die erste Truppe auf Potsdams neue Tore, die vorerst nur als Sockel standen, zumarschieren. Wo einst die zarten Gitterwerke den Lustgarten milde umhegten, ragte nun ein häßlicher Palisadenzaun auf, dessen Einfahrt rechts und links von Kanonen und Wachthäuschen besetzt war. Eine Stadtmauer erstand, dereinst die Grenadiere wachsam zu umschließen, denn die Söldner desertierten gar zu leicht, auch in der Nähe des Königs oder gerade um der Nähe willen. Vom Zug der Langen Brücke führte der Herr einen verpalisadierten Damm vor die werdende Stadt hinaus, über die Strominseln hinweg, sie miteinander zu verbinden und eine feste Zufahrt- und Anmarschstraße zu schaffen.

Diesen Morgen waren seine einstigen Kronprinzengrenadiere von Wusterhausen und Köpenick nach Potsdam aufgebrochen, die übrigen neueren Regimenter unterwegs nach Brandenburg und Havelberg, von wo er sie später nach Potsdam holen wollte; denn er gedachte Potsdam zur Geburtsstadt des künftigen Heeres zu machen. Es war eine große Wanderung von Soldaten im Land.

Heute wollte sich der Herr nun auch wieder auf die Fahrt begeben. Er wartete nur, daß der Regen verrauschte, dann ließ er den Wagen bestellen. Eilig fuhr er in die alte Residenz zurück, die Übersiedlung in die neue vorzunehmen. Reger denn je hielt er Ausschau über die Ebene und ihre Wasser, noch einmal die Größe des Wagnisses zu überprüfen. Erinnerung an die holländische Jugendfahrt kam ihm. Hollands Reinlichkeit und Ordnung hoffte er über die Öde zu breiten und all ihre Wirrnis zu glätten.

Da schimmerte ein See. Da leuchtete ein hügelan steigender Wald über dem jenseitigen Ufer der Havel auf. Der König löschte die harten Worte aus seinem Herzen: Öde und Wirrnis. Wie ein Zeichen der Versöhnung war es ihm, daß die harte Landschaft sich lieblich verklärte.

Es war schon ausgesprengt von Dorf zu Dorf zur Hauptstadt hin, daß der Grollende nun wiederkäme. Als er einfuhr, um Abschied zu nehmen, wurde es ein wunderlicher Einzug. Er, der sich bei der Thronbesteigung jede Huldigung verbeten hatte, erfuhr den seltsamsten Triumph, der sich wohl je im Leben eines Herrschers ereignete.

Die Götter der Antike jubelten ihm zu, die Helden Griechenlands und die Vestalinnen der Heiligen Hügel Roms umdrängten seinen Wagen.

Der König fuhr vom Brandenburger Tor die sechsfache Allee von Linden entlang dem Großen Residenzschloß zu. Dort standen sie zu beiden Seiten der Allee unter den entlaubten Bäumen, gedrängt noch sogar auf dem majestätischen Forum um die Brücke, das Schloß und das Zeughaus in seinem leidensvollen, leidenschaftlichen Schmuck von Trophäenbündeln, Helmen, Kriegerköpfen, Römern und Landsknechten, bärtigen und blutigen Gesichtern. Dort harrten sie seiner und winkten und grüßten: Minerva und Hermes, Juno und Zeus, Achill und Athene in wehender Toga und faltigem Chiton, auf Hirtenstäbe und Lanzen sich stützend.

Denn die Götter Roms und die Helden von Hellas waren alt und siech. Bettler waren sie, Verlorene aus den schmutzigen Gassen, kürzlich erst vom Herrn aus dem aufgelösten Fundus von König Friedrichs Großer Oper beschenkt. Sie grüßten König Midas' Sohn, den jungen, der ihrem Elend eine ungeahnte Hoffnung wurde, sie beschenkte und kleidete und, indem er ihre Armut schmückte mit dem Linnen der Götter und den Fellen olympischer Hirten, furchtbares Gericht sprach über allen Zauber, alle Lüge, mit dem man vor dem alten König ihre Not verborgen hatte.

Er möge sie nicht verlassen, riefen sie ihm zu. Der Herr hielt an und sprach freundlich zu den siechen Göttern. Er gehe zwar nun von Berlin fort, doch ihr Jammer sei bei ihm, wohin er sich auch wende. Da wichen sie dankend zurück in ihre dunklen Straßen, Gassen und Höfe: Apollon und Mars, Adonis und Ceres, Luna und Morpheus. Die Götter schlurften durch die Stadt, auf Lanzen gestützt, an Hirtenstäbe sich klammernd, und redeten von großer Hoffnung; nun war einer da, der über sie wachte, daß ihre späten Erdentage nicht mehr von Verängstigung in Erschöpfung verrannen.

In den Stunden seines Abschiedes von Berlin trafen zwei Boten des Todes bei dem König ein. Die alte Kurfürstin von Hannover, die gemeinsame Großmutter des Königspaares, war gestorben, nachdem sie bis in ihr vierundachtzigstes Jahr darauf geharrt hatte, als Enkelin Jakobs I. die Krone der letzten erbberechtigten Stuart zu erhalten.

Die Thronfolge trat in Kraft. Der Kurfürst von Hannover, der Vater der preußischen Königin, der Oheim und Schwiegervater des Königs von Preußen, war in den Herbststürmen der Nordsee schon auf der Reise nach dem Inselreich, die Kronen Englands, Schottlands und Irlands entgegenzunehmen und den bedeutendsten Thron der protestantischen Christenheit zu besteigen. Der Kurprinz von Hannover, der Bruder der preußischen Königin, und seine Gattin von Brandenburg-Ansbach führten bereits den neuen Titel des Prinzen und der Prinzessin von Wales.

Aber auch eine Botschaft des Lebens hielt König Friedrich Wilhelm noch einmal in der alten Residenz zurück. Die Königin hatte in Monbijou eine Tochter geboren.

In Königin Sophie Dorothea verblaßte die Freude neuer Mutterschaft vor dem alles in Schatten stellenden Stolz, zur Tochter des Königs von England geworden zu sein und solche Botschaft zu einem Zeitpunkt zu empfangen, zu dem sie selbst schon unter die Königinnen erhoben war. All die Ärmlichkeit Preußens, die sie sonst erbitterte, war vergessen.

In solchen Gefühlen liebte sie auch den Gatten; durch ihn war sie zur Königin geworden, zur Mutter des künftigen Königs und vielleicht sehr vieler Königinnen. Sie zählte die Kronen Europas.

»Es ist schön, viele Kinder zu haben«, sagte sie schimmernden Blickes zum König. Da küßte er seine Frau, wie er sie noch niemals umarmte, in einem durchglüht von der Woge der Fruchtbarkeit und der Lobpreisung Gottes. Im tiefsten Grunde, in der Seele, war es schon um diese Stunde, daß er sein nächstes Kind zeugte. Denn die Seele ist noch stärker als der Trieb, und Kinder werden aus dem Lobgesang der Schöpfung. Auch werden die Väter an Gott und nicht an der Frau.

Der König bat die Wöchnerin, ihm bald in seine neue Stadt zu folgen; noch könne er ihr es nicht zumuten; das Notwendigste müsse er erst für sie herrichten lassen. Seltsamerweise fügte er aber auch noch hinzu, ob sie ihn denn wohl auch in ein Feldlager begleiten würde, das noch kärglicher wäre als die neue Residenz.

Die Königin, die sich am Anfang unendlichen Aufstieges fühlte und sich unter den gekrönten Häuptern Europas Rat halten sah im Purpurzelte des fahnenumflatterten Lagers, lächelte beseligt.

»Ja, Majestät« – sie hauchte es, weil ihr Herz so gewaltig zu hämmern begann – »auch in den Krieg.«

Der König sah nur das Lächeln. Der König hörte nur das verhauchende Ja.

Selbst in das Lager wollte ihn die Frau begleiten, eine Göttin der Fruchtbarkeit unter den Kriegern!

Und der Krieg war nahe, so nahe wie der Winter; so nahe wie König Karl von Schweden war.

Es war ihm wie ein feierlicher Abschied, als sich der König von Preußen nach seinem neuen Potsdam begab. Nun grüßten ihn schon von ferne die Gerüste der werdenden Stadt wie die Maste eines großen Hafens. Auf der Havel wiegte das goldene Schiff.

Segel auf dem Wintermeer

An der Seite gegen Mitternacht liegt die Stadt
des großen Königs. Siehe, Könige waren versammelt
und sind miteinander vorübergezogen.
Du zerbrichst Schiffe im Meer durch den Ostwind.
Gott, wie dein Name, so ist auch dein Ruhm
bis an der Welt Enden.

Die Bibel

In den Spätherbstabenden haben sie es sich erzählt, wie man ein schauriges Märchen beginnt bei Sturm und Regen und dem Geräusch der niederbrechenden Äste. In Bessarabien begann es; die Ungarn nahmen es auf; es flog durch ganz Deutschland; es erreichte den König von Preußen in der Unrast seiner Arbeit.

Karl XII., der Gefangene von Demotika, war im neuen Anbruch – er, der als fünfzehnjähriger Schwedenkönig der Sieger über Dänen, Polen, Russen wurde und zum Herrn des Nordens sich aufschwang, bevor er noch Mann war; er, der Könige nach seinem Willen einzusetzen und selbst das Morgenland in die Kriege des Nordens zu ziehen vermocht hatte. Plötzlich entsann man sich wieder solcher Größe des Gestürzten.

Der einstige Herrscher der nördlichen Meere, der Triumphator über Deutschlands Küste, der in der Maßlosigkeit seines Ehrgeizes selbst nach dem Süden verlangte, war wieder auf dem Ritt gen Norden.

Besiegt von den Verbündeten, umhergetrieben von Land zu Land, ein Gefangener und Verbannter, wagte er dennoch die Rückkehr, und niemand wußte, ob er kam, um zu bitten, zu fordern oder sich zu rächen. Seine Krone war schon einem anderen versprochen. Aber den Seinen war er auch heute noch in allem Wollen und Träumen der König. Um seinen Namen wob sich schon die Sage.

Der König von Preußen nahm das Gerücht von Anfang an nicht als Märchen. Mit den russischen und dänischen und polnisch-sächsischen Gesandten hielt er Konferenzen, als brächte schon die nächste Stunde die Gewißheit. Der Fürst von Anhalt-Dessau blieb unentwegt an seiner Seite. Seine Stunde war da.

Man fand höchst widerspruchsvoll, wie sich der König auf jenen Konferenzen und danach an der Tafel gegenüber dem Schwedenkönig verhielt.

»Die Geschicke der nordischen Reiche«, sprach er am Sitzungstisch, »erfahren eine neue Wendung, oder das furchtbarste Abenteuer eines Königs hat seinen Anfang genommen. Niemand weiß es. Aber das eine steht fest: wenn König Karl wirklich aus der Gefangenschaft ausgebrochen ist, bis nach Schweden gelangt und zu seinen Truppen findet, wird der nie beendete nordische Krieg wieder etwas völlig Neues werden. Statt eines durch Jahre verzettelten Ränkespiels der Kabinette, Gesandtschaften und Ministerien wird er wieder eine Sache sein von Herrscher zu Herrscher. Wen Karl als Gegner aufruft, er wird sich ihm stellen müssen.«

Bei dem nächstfolgenden Mahl aber trank der Warner vor dem Schwedenkönig auf das Wohl des tapfersten Fürsten, der, von der Welt gebrochen und geschlagen geglaubt, aus der Sonne in den Winter ritt, um bis auf den Untergang um sein Nordreich zu kämpfen.

Die Meinungen des Preußenkönigs hatten bei den Gesandten plötzlich einiges Gewicht. Denn er verfügte über zahlreiche neu angeworbene und in kürzester Zeit erstaunlich gut ausgebildete Truppen, über Silber und erste Erträge aus den neuen Gebieten seiner kaufmännischen Tätigkeit.

Der Kurfürst von Sachsen und König von Polen, der Dänenkönig, der Herzog von Holstein-Gottorp, dem man Karls Thron verheißen hatte, der große Zar Peter, alle nahmen sie einzeln und dann sogar gemeinsam die Beziehungen zu dem neuen Herrn über Brandenburg und Preußen auf. Je eigennütziger ihre Beweggründe waren, desto mehr hielten sie König Friedrich Wilhelm vor Augen, wie sehr die gemeinsame Abwehr in den Interessen gerade seines Landes liege; ein nordöstlicher Krieg müsse als Verhängnis darüber hingehen; er habe das unumstrittene Recht auf das schwedische Vorpommern noch vom Großen Kurfürsten her.

Dem Preußenkönig war sein Weg so klar. Es bedurfte nicht der vielen umständlichen Beweisführungen von seiten der anderen. Er bedachte den Weg und das Schicksal des Großen seines Geschlechtes und wie ihm die Pforte zum Meer zum größten Erwerb und herbsten Verlust seines Lebens und Brandenburgs Wende wurde. Es galt nicht nur, verschleppte und verzehrende Kriege zu beenden – es galt, die Höhe des Geschlechtes wieder zu erreichen. Der Sand, die Ebene und der Strom, der ohne Quelle und Mündung als einzige Ader des Lebens sie durchfloß, verlangten nach dem Meer; das abgebrochene, zusammengestürzte Werk des Großen Kurfürsten forderte die Vollendung.

Friedrich Wilhelm wartete nur noch auf den Ruf des Kaisers zum Kampf gegen die fremden Heere auf der deutschen Erde und gegen den Feind an der Küste, die den Wohlstand der nördlichen deutschen Lande verhieß. Dem jungen Kaiser aber, der ein Reich begehrte, darin die Sonne nicht unterging, ein Reich, darin ein ewiger Glanz um sein Haus lag, dem Habsburger war das Nordland ein Bettel. Sein Stolz und seine Sehnsucht suchten Spaniens glühende Sonne; der Mitternachtssonne war er blind. Der junge Habsburger und der junge Hohenzoller vermochten einander nicht zu verstehen. Der Brandenburger mußte selber handeln, ohne den Ruf von Kaiser und Reich her. Der Habsburger war gebannt von dem Glanz der Vergangenheit seines Geschlechtes, geheftet an das Gewesene und Zerronnene. Den Hohenzollern trieb die gegenwärtige Not zur Tat für die Zukunft. Traum und Tat schieden sich voneinander.

Wie Herr Friedrich Wilhelm nun sein Werk begann, entsetzte die gegen Schweden Verbündeten.

Dem König von Polen fehlte es an dem Willen, dem von Dänemark an den Kräften, den Krieg fortzusetzen. Die Haltung Englands aber überließ sein neuer König der Whigpartei, wenn sie ihm nur seine Welfenpolitik machen half. Bei wem lag da noch die Entscheidung?

Zu all den schwierigen und unehrlichen Projekten, die den Holsteiner zum Schwedenkönig machen wollten – bei großen Versprechungen an Brandenburg – äußerte der Hohenzoller nur dies: »Um vierhunderttausend Taler Krieg anfangen und eine Million in die Krätze geben, kann nicht tun, sondern einen Totalruin und kein Segen Gottes; unrechtmäßiger Krieg. Ich würde euch helfen und Krieg führen, wenn ich nur eine vor Gott gerechte Sache hätte. Die habe ich aber nicht!« Sähe er sich aber genötigt, den Degen zu ziehen, um den Frieden wiederzubringen, »– alsdann mit dem größten Pläsier von der Welt«.

Den kriegslustigen Rat seiner Minister tat er ab mit den Worten: »Ich bin ein junger Anfänger und noch nicht imstand, die geringste Sache mit Macht durchzusetzen.« Er bot sich an als Garant des Friedens. Alle deutschen Länder der schwedischen Krone, die von den Verbündeten während Karls Exil in Besitz genommen waren, sollten bis zum endgültigen Friedensschluß an das neutrale Preußen übergeben werden. Die Truppen der Verbündeten hatten sofort alles deutsche Land zu verlassen. Der König von Preußen übernahm dafür die Verpflichtung, es zu verhindern, daß von Schwedisch-Pommern aus Angriffe auf die Verbündeten ausgeführt würden. Mit seinen sämtlichen Truppen wollte er allein für die Sicherheit der deutschen Lande einstehen, diese aber frei wissen von allen fremden Heeren, auch den Verbündeten.

Das Heil des nördlichen Reiches und Brandenburgs konnte nicht von Russen, Dänen, Polen kommen. Brandenburg mußte zum Meer, um seines Sandes und des Reiches willen. Der König von Preußen harrte des großen Gefangenen. Bald war sein Ritt von der Türkei gen Norden nicht mehr Märchen. Karl XII. war in Stralsund, seiner Feste im Reich. Die Stunde der Entscheidung war da.

Von Bessarabien her war der Schwedenkönig gekommen, schweren und steinernen Gesichtes, in das der Sieg wie der Untergang beide nur wenige Furchen, gewaltige Umrisse zu graben vermocht hatten. Das Steinerne wich auch nach dem wilden Ritt nicht von ihm, der Flüchtling und Eroberer in einem war.

Von der Türkei her war ihm nur einer gefolgt, sein alter Adjutant, der auch die Verbannung und Gefangenschaft mit ihm teilte. Der lag am letzten Tag des Rittes auf einem Bauernwagen bewußtlos, und sein König, so sehr es ihn zum Meere drängte, ritt geduldig neben ihm her. Und dennoch brach der Renner des Königs noch zusammen, als schon die bereifte Küste der Ostsee vor dem Reiter lag und die steilen, schweren Türme von Stralsund als große Schatten in dem Nebel standen; so hart war der Ritt des Vortages gewesen. Dreihundert Meilen hatte der Renner seinen Herrn getragen, den rasenden Ritt in sechzehn Tagen erduldet.

Am Tor der Feste wiesen sie den erschöpften und verkommenen Reiter ab.

»Wer sich mir widersetzt – «, hob der König gebieterisch an. Aber da versagten ihm die Knie. Und dennoch war im Klange dieser Worte etwas gewesen, das die Männer am Festungstor aufhorchen ließ. Der Kommandant von Stralsund ließ den mit Schmutz und Schnee bedeckten Reiter vor sich führen und fragte nach Dokumenten und Pässen.

»Ob ich Geschriebenes bringe oder nicht«, sprach der Steinerne – »Sie empfangen die Befehle Ihres Königs.«

Da stürzte schon ein junger Offizier mit einem Freudenruf vor Karl in die Knie.

Sie mußten dem König die Stiefel von den Füßen schneiden, als er sich entkleiden ließ, um nach sechzehn Nächten wieder in einem Bett zu liegen.

»Ich bin gekommen«, sagte er, ehe er in Schlaf sank, »um den Schriftwechsel abzukürzen, und bringe eine eiserne Schreibfeder mit, um die in meiner Abwesenheit unterzeichneten Verträge zu ratifizieren.«

Nach dem schweren Schlafe trat er unter seine Offiziere. Die Haut des Gesichtes und der Hände war wie gegerbt, sonst aber stand er, der gleiche wie einst, an den langen Tisch gelehnt, den schwarzen, runden Hut mit dem breiten Lederband und dem flachen, stumpfen Silberknopf tief in die Stirn gedrückt; den dunklen, glatten, langen Rock mit Knöpfen, wie der Hut sie trug, bis an den Hals geschlossen. Er wirkte ruhig; aber er atmete nichts als Krieg und Rache. Er schien wie ein kühler Beobachter, der wägend und wachsam alles verfolgt hatte, was in der Zeit seines Exils sich zutrug. Aber allzeit sich selbst gleich und alle Dinge nur nach seinen Maßen messend, wollte er in Wahrheit die Veränderungen, die während seiner Verbannung in seinem Lande und in ganz Europa geschehen waren, nicht verstehen noch anerkennen. Er sah nicht, daß nun Preußen auf dem Plan war.

Er schien zurückgekehrt, sein Land, den Norden des Reiches, den östlichen und nördlichen Erdteil in seinen eigenen Untergang zu reißen.

Sein Name hatte bei der Werbung für den deutschen Soldaten noch immer einen unwiderstehlichen Zauber. Verkleidet in Bauernkitteln, zogen sie zu ihm, gerufen von Werbeliedern und Flugzetteln, »Weit erklingender Hall und Widerhall der schwedischen Trommeln, Trompeten und Pauken in Pommern« überschrieben. Mecklenburg, Wolfenbüttel, Kassel, Württemberg waren schon auf seiner Seite. Sie erboten sich mit anderen deutschen Fürsten in Paris, ein Heer von sechsunddreißigtausend Mann aufzustellen, wenn Frankreich – in Kleve, im Gebiet des neuen Plusmachers, einbrechen wollte. Das also war das letzte Ziel. Die Stimmung im Reich war für den berühmten Fremden. Der aber sah in seinem Recht als deutscher Reichsfürst nur einen Freibrief, den Boden des Reichs immer von neuem zum Kriegstheater der schwedischen Politik zu machen. Der Schwedenkönig zählte darauf, daß der Schrecken seines Namens ergänzen werde, was ihm zunächst an Mitteln noch fehlte. Stolz begann er vor seiner Flotte zu prophezeien, er, der nur noch ein Kriegsherr über sechzehntausend Mann war. Mit eiserner Schreibfeder gedachte er seine Weissagungen niederzuschreiben.

Die Einsichtigen um Karl XII., die es wußten, daß Schweden die von ihm eingenommenen Länder nicht mehr zu schützen vermochte, suchten den Gebieter zu einer Verständigung mit Preußen zu bewegen; und Preußen bot für den Fall der Kriegsverhütung sogar noch ein ansehnliches Darlehen. Aber die Antworten des Kriegers Karl an den Plusmacher Friedrich Wilhelm waren so vornehm und nichtssagend geworden, als wenn der König in Preußen sich eine Ehre daraus zu machen hätte, ihm gefällig zu sein. Wenn es in einer Flugschrift hieß, noch sei es nicht Mode, daß der Besiegte Gesetze vorschreibe, so schien jetzt Schweden auf dem besten Wege, es Mode zu machen.

Der Plusmacher nahm es hin. Aber die Gefahr, in der das Reich sich befand, gab ihm die »vor Gott gerechte Sache«; bis dahin hatte er nichts mehr gewünscht, als daß König Karl aufhöre wider den Stachel zu löcken und daß er das Elend seines Landes ansehe.

Mehr Worte fand er nun nicht mehr vonnöten.

Karl XII. eröffnete die Feindseligkeiten von der Nacht zum Morgen.

Er vertrieb die Brandenburger aus Anklam, Wolgast und Greifswald. Fünfhundert nahm er auf Usedom gefangen. Die Pommern in ihrer Angst vor den Schweden sowohl wie den Russen flehten den Brandenburger um seinen Beistand an.

Nach Empfang dieser Meldung ging König Friedrich Wilhelm vom Exerzierplatz, der von frisch geworbenen Truppen überflutet war, in den Ministerrat. Übermorgen werde er den Krieg erklären, weihte der König die Minister ein. Er habe zuverlässige Meldung, daß Karl die ersten Übergriffe wagte, ohne mit seinen Rüstungen fertig zu sein. Er gedenke ihm zuvorzukommen und sofort in das Zentrum Stralsund vorzustoßen. Aber ein Ausruf verriet, daß der Entschluß zu dem Kriege ihn hart ankam:

»Warum will mich gerade dieser König, den ich am meisten schätze, dazu zwingen, sein Feind zu sein?«

Die preußischen Truppen wurden indessen zu Schwedt zusammengezogen, am Ufer des Flusses, dessen Los nun zu entscheiden war.

Aus den zweiunddreißigtausend Mann des Königs, unter denen sehr viel Neugeworbene waren, hatte man in fliegender Eile noch eine Armee zu bilden versucht. Noch war viel Schein an ihr; doch verriet sich in ihr der Wille zur Zukunft. Das Heer trat in neuen, sauberen Uniformen, mit blankgeputztem Gewehr und in schönster Ordnung an. Erleichtert seufzte König Friedrich Wilhelm auf: »Gott sei Dank, ich bin imstande. Ich gehe ihnen auf den Leib. Es mag mir übel gehen, ich frage nichts danach. Die Schweden müssen vom deutschen Boden herunter.«

Aber auch die noch folgende summarische Begründung des Königs, daß er absolut keine Fremden in Deutschland leiden wollte, seien es nun Schweden oder Franzosen, vermochte den Fürsten von Anhalt-Dessau, obwohl er ein ganzes Regiment von Freiwilligen aufgebracht hatte, nicht dazu zu bewegen, daß er dem ersten Krieg des jungen Königs gute Auspizien zu geben vermochte, so sehr er auch nach Waffentaten unter seinem neuen, jungen Herrn verlangte.

Um Magazine und Monturen stand es schlecht. Viele Geworbene desertierten. Im Nordland am Meer war keine reiche Beute zu machen, der Winter der Küste lockte nicht zum Abenteuer. In der Armee, ein verteufelter Zwischenfall, war das Fieber. Der erschöpften Kriegskasse mußte der Herr vom Reste seiner Schatzkammer leihen. Das Land gab nicht genügend Pferde her; Händler mußten sie für teures Geld aus dem Braunschweigischen beschaffen. Auf allen Gassen sah man vor Schmieden und Stellmachereien nichts als Artillerie-, Munitions- und Rüstwagen stehen. Vor der Brücke zur Schloßfreiheit standen die Artilleriewagenhäuser Tag und Nacht geöffnet, neue Kanonen aufzunehmen, weil die vorhandenen nicht reichten. Bomben und Kugeln wurden auf Schiffen und Wagen herangeholt und in Pyramiden um die Arsenale aufgeschichtet. Der Brandenburger ließ von dem Entschluß, Krieg zu führen, nicht mehr ab: ihm war die vor Gott gerechte Sache gewiesen.

In allen Berliner Kirchen fanden Feiern statt, weil in diesen Tagen ein neues Jahrhundert darüber anbrach, daß dem Hohenzoller vom Kaiser die Kurfürstenwürde übertragen worden war. Der König duldete nicht, daß voreilig verherrlichende Parallelen zwischen dem Einst und Jetzt gezogen würden, an deren Ehrlichkeit er ja doch nur zweifeln konnte. Der Krieg fand zudem auch keinerlei Begeisterung. Der Große Kurfürst war vergessen. Der König arbeitete bis zu der Stunde seines Aufbruchs, und es wurde nicht einmal etwas darüber bekannt, ob er von seinen Kindern Abschied genommen habe oder nicht. Gesprochen hatte er nur von Fritz. Sie sollten alle für ihn sorgen.

Es war ein gerader Marsch, ohne Umschweife, auf Stralsund zu, vor das festeste Bollwerk des Schweden auf dem deutschen Festland. Es hieß von Stralsund, es wäre mit Ketten an den Himmel gebunden.

Und wer vermochte an die irdische Besiegbarkeit der Stadt zu glauben? Sie schien der Erde entnommen: auf einer Insel schwebend vor der Weite der Bucht und des Meeres, von Glocken rauschend überbrandet, von sanften Wogen umspült, geschmückt und geschützt von wuchtigen und starken, steilen Türmen und gegründet über Klostergewölben im Gerank uralter Rosenstöcke. Doch bebten harte Kämpfe mit, wo man nur ihren Namen aussprach.

Der junge König von Preußen zog aus, die letzte Schlacht des Großen Kurfürsten zu schlagen.

Nicht Kugeln, sondern Briefe, immer noch Briefe erwarteten ihn. Frankreichs Gesandter, Bedroher mehr als Vermittler, warnte: »Mit der Erfahrung eines Soldaten, der fünfundzwanzig Jahre im Feld gestanden, kann ich Ew. Majestät versichern, daß, wenn je ein Unternehmen mir schwer erschienen, ich die Einnahme von Stralsund für unausführbar erklären muß.«

Aber der junge Herr, nachdem die Entscheidung zum Kriege mit so viel Bedacht und Ernst und im Austausch unzähliger Vertragsentwürfe getroffen war, wollte das Schwere, Rasche und Endgültige. Der Krieg hieß: Stralsund.

Eigenhändig hatte der junge Brandenburger die Disposition für den Feldzug entworfen, seine Kosten bis auf den Pfennig mit einer Million Taler berechnet, seine Möglichkeiten bis auf den geringsten und widrigsten Umstand erwogen und vor allem die große Erkenntnis gewonnen: Preußen mit seinen offenen, langen Grenzen konnte sich keinen Krieg mit vorsichtiger Manövriertaktik und zäher Ermattungsstrategie leisten.

Jeden Morgen, sobald es nur dämmerte – aber die Dämmerung des nördlichen Winters brach dem jähen Willen des Königs zu spät an – stand der Herr voll großen Tatendranges im Ring seiner Truppen. Er selbst betrieb die Belagerungsarbeiten mit größter Anstrengung; er selbst hielt wachsam Ausschau auf die plötzlichen und kühnen Ausfälle der Schweden. Kein Schlag der Schweden blieb unpariert. Die Festung wurde von Woche zu Woche enger umgürtet. Der Krieg hieß Stralsund. Jedoch Stralsund erhielt nur, wer die Insel im Meer vor der Stadt besaß: Rügen. Noch hatten die Schweden die Verbindung mit dem Meer. Noch konnten sie Zufuhr erhalten, mochten auch Wollin und Usedom schon wieder an die Preußen verloren sein. Der Herr begnügte sich nicht mit den Teilerfolgen.

Ein Sturm kam auf, brach Maste um und versenkte Schiffe, die unersetzlich waren.

Die bitteren Tage des Wartens und Verlierens nützte der König, um seine kleine Flotte zur Aufnahme von Pferden herrichten zu lassen. Seine Ingenieure ersannen Maschinen in der Art von Brücken und Kranen. Der Plan des Herrn stand fest, Stralsund durch Rügen zu nehmen. Er verbot jegliche Korrespondenz aus dem Lager.

Als die Königin im Lager eintraf, war sie enttäuscht, derart wenig Sehenswertem zu begegnen. Sie wollte vor der Suite groß und heldisch erscheinen, wenn auch natürlich sich keinen Gefahren aussetzen; diese aber waren in den Quartieren fürstlicher Gäste durchaus nicht üblich.

Sie selbst – und das erschütterte den König – erinnerte ihn an seine eigene Frage, ob sie ihm auch in einen Krieg folgen würde. Wie wohl entsann er sich des Wortes. Er hielt die Gattin im Augenblick der Ankunft am offenen Wagenschlag fest umschlungen. Die Wimpel der Zelte, die Fahnen des Lagers erschienen ihm mit einem Male sehr festlich. Rings im Halbkreis um die hohe Frau wehten Kurbrandenburgs Flaggen, den Roten Adler auf dem blauen Schilde führend, darüber im weißen Felde den Kurhut.

Weil es so wenig für den lieben Gast zu zeigen gab, ließ der Herr von Pagen einen Sturm auf eine Festung in kriegerischem Schauspiel aufführen. Auch gab er noch diesen ersten Tag ein Fest. Er begann überhaupt so splendid zu leben wie noch gar niemals zuvor, entgegen der bisherigen Gewohnheit mit Trompeten und Pauken zur Tafel zu rufen und mit Feldmusik das Kriegsmahl in der Gegenwart der Königin zu feiern. Zwei und drei Tafeln wurden jetzt in seinem Zelt gedeckt. Die Zahl der Gäste war ihm nie genug. Auch ließ er verkünden, daß das Alt-Doenhoffsche Regiment noch diesen Tages Der Königin Regiment heißen solle. Die Königin hatte unentwegt nach England von Ehrungen zu melden, die sie erfuhr. Als erste Antwort eintraf, geriet sie in einen wahren Überschwang des Stolzes. Sie breitete den reichsgesiegelten Brief aus, der übers Meer von England her gekommen war. Die Schwägerin, die Prinzessin von Wales, die Kurprinzessin von Hannover, war von einem Erbprinzen entbunden.

»Durch drei Generationen«, rief die Königin an der Tafel, und ihre Stimme bebte vor Begeisterung und Erregung, »ist nun der englische Thron dem welfischen Hause gesichert – meinem Vater, meinem Bruder, meinem Neffen!«

Der König gratulierte seiner Gattin freundlich. Er brachte ihr und ihrer Schwägerin Wohl aus, und sein Herz wußte nichts mehr davon, daß diese als Ansbacher Brandenburgerin die Geliebte seines Herzens, die Gemahlin aber, die ihm an der Seite saß, nur die von den Hausverträgen zudiktierte Gattin gewesen war.

Die Königin hob ihr Glas und blickte, es leerend, ihren Gatten an, als wolle sie ihm für die Worte seines Zutrunks danken. Aber es war, als sähe sie über den König hinweg und durch die bannergeschmückte Zeltwand hindurch aufs Meer hinaus, das sie so nahe vor dem Lager rauschen wußte; und sie begann, an Englands Insel denkend, das Meer in seinem Wintersturm zu lieben.

Der König wußte seine Gattin schwanger und freute sich an ihrem träumerischen und in weite Fernen verlorenen Blick.

Abends geleitete der König die Gemahlin in ihr Zelt. Lächelnd durchschritt er an ihrer Seite die Kammern, die von Teppichen und Spanischen Wänden gebildet wurden; viel Geschick war darauf verwendet. Dem Personal der Königin gab er selbst noch Anweisungen, wie unter so erschwerten Umständen für das Wohl der Herrin am besten zu sorgen sei.

Die Königin, in Erwartung der Fürstenbesuche, hatte ihre eingeschränkte Suite aus eigenen Stücken um einige Kammerfrauen vermehrt. Da zu jener Zeit die Bedientengelder bereits dem Rechenmeister Creutz unterstanden, war er auf jene Personen, die der Königin ihre neuen Kammerfrauen zu engagieren hatten, von einigem Einfluß. Schon lange aber hatte er die Ramen dafür vorbereitet, daß er sie zum Hofe bringen könne; und sie war still und flink und gelehrig gewesen, solche Dienste zu erlernen; denn denen aus der Gasse, Creutz und der Ramen, schien es gut, daß sie immer einen wüßten, der des Morgens als erster und des Abends als letzter um die Fürstin weilte.

Der König, der die neue Bediente bemerkte, fragte nach ihr mit freundlichem Scherzwort. Er möchte die Tapfere näher sehen, die ihrer Herrin ins Soldatenlager folgte. Die Neue nun war ein kleine, zarte Frau mit glatten, schönen, schwarzen Haaren. Große, dunkle Kinderaugen schlug sie, sich tief verneigend, zu dem König auf. Sonst aber war sie unschön. Ihr Mund war breit und häßlich, die Nase etwas stumpf. Doch der Blick der riesigen Augen schien alle Mängel strahlend auszulöschen. Der König winkte ihr, sie möge sich erheben. Sogleich begann die Kammerfrau sich wieder den Schachteln und Koffern der Königin zuzuwenden. Denn sie hatte allerlei müßige Dinge der Bequemlichkeit mitgebracht, und es wurde schön im Zelt der Königin. Der König lobte alles sehr. Die Königin jedoch erklärte, sie glaube nicht, in einem Zelte schlafen zu können. Der König bat, sich nur für eine kurze Frist zu gedulden, und versprach ihr den Bau eines Logements. Die Königin bemerkte, es müsse acht Räume haben, deren sie dringend bedürfe.

Der König ließ sofort den Bau des Logements beginnen. Auch bestellte er, damit die Gattin etwas Unterhaltung für die stillen Stunden ohne Tafel und Empfänge fände, große Stoffsendungen ins Lager. Seine Sorgen verbarg er vor ihr. Viertausend seiner Leute waren krank, und für den König war es nur ein bitterer Trost und eine verzweifelte Bestärkung, daß er erfuhr, den schwedischen Soldaten würden schon Schuhe aus alten Hüten gemacht. Über Karl und ihn schien Hartes verhängt.

In den schwersten Tagen erreichte die Fürsten des Nordens die Botschaft, der Sonnenkönig sei tot. Die Kunde traf zuerst im Lager des Brandenburgers ein. Der gab sie durch einen Trompeter an Karl XII. weiter. Der schwache Urenkel des Gewaltigen, ein müdes Kind, nahm ein müdes Reich vom großen, maßlosen Ahn in schwache Hände. Alle Macht war ihm verwehrt in weite Zukunft, dafür aber der schöne Name Das Kind Europas geschenkt, es bald zu lehren, wie viele Vormünder es habe. Vordem hatten Zar Peter und Karl von Schweden den zarten, lichten, stolzen Namen geführt. –

Gerüchte von schwedisch-französischen Bündnissen tauchten auf, und es gab Stunden, in denen der König noch einmal alle Bitterkeiten, die der Große Kurfürst erlitt, zu durchkosten hatte. Es wurde sogar ein gemeinsames Vorgehen mit den Brandenburgern gegen die russischen Alliierten vorgeschlagen.

Der König von Preußen sah auf Rügen und Stralsund und hielt sich an die Begrenzung der Stätte, auf der das Schicksal des Nordens sich entscheiden sollte.

Häufig sah man in diesen Tagen einen Feldprediger an seiner Seite. Der war Lutheraner, und da der König zu den Reformierten, den Calvinisten, zählte, wußte man gar nicht, in wessen Fahrwasser er jetzt gezogen zu werden schien. Auch brachte man damit in Verbindung, daß der König schon seit dem Regierungsantritt den Gottesdienst nicht mehr in der Schloßkapelle stattfinden ließ, sondern alle Kirchen der Hauptstadt nacheinander aufzusuchen pflegte.

Man vermochte sich nicht vorzustellen, daß den König angesichts des Sturmes auf das Schwedenbollwerk die Fragen der protestantischen Einheit bewegten, als stritte er nicht gegen Karl, sondern Gustav Adolf von Schweden, und daß er zu wissen begehrte, ob der Mensch die großen Entscheidungen seines Lebens allein mit sich ausmachen könne und vor Gott verantworten müsse. Die Reformierten nun, denen das Brandenburgische Haus zugehörte, sagten: Es steht alles bei Gott – Verblendung, Verwerfung und Erwählung. Nicht der Mensch sucht Gott. – Gott sucht den Menschen. Nicht der Mensch entschließt sich. – Gott beschließt über den Menschen.

Davor erschrak der König und rief und suchte die Lutheraner, die Luthers Erbe nicht mehr wahrten und seine Glut und Härte zu verhüllen suchten; denn sie lehrten: Dem Menschen ist es gegeben, selbst zu entscheiden angesichts des göttlichen Gerichts; der Mensch vermag nach Fluch und Segen selbst zu greifen.

Solche Lehre schien dem König leichter und einem, der entscheiden, richten, ordnen und befehlen mußte, gemäßer; er floh den Glauben, der ihn hielt und bannte, wie er vor Brandenburgs Türmen gewichen war. Er floh in jener Flucht aller Berufenen, die Gottes Anrede und Anspruch nicht mehr auszuweichen vermögen.

Solche Unterredungen mit dem Prediger freilich waren kurz und nahezu heimlich. Der Tag gehörte anstrengenden Rekognoszierungsgängen und strategischen Konferenzen, denn der König des Sandes sollte das Meer zum Schlachtfelde machen. Die dänischen Truppen und Schiffe waren entgegen dem Schwedter Vertrage in gar nichts parat. Zu den lebhaften Vorwürfen des Königs von Preußen, daß man ihn schon seit Wochen mit gekreuzten Armen dastehen lasse, zuckten die dänischen Herren die Achseln; schließlich waren die Verbündeten der Nordischen Allianz schon länger als ein Kriegsjahrzehnt an ihren Streit und ihre Lügen gewöhnt; wer wollte da erneuern; wer wollte da ändern. Das dänische Kontingent, die Fregatten, Transportschiffe und Prahmen mit ihren Vierundzwanzigpfündern und großen Kartaunen blieben aus. Die englische Flotte, »mit der man so große Parade gemacht«, unternahm gar nichts. Der Brandenburger war mit seinen wenigen Getreuen ganz allein.

Der Oberstleutnant Koeppen hatte ihm einen hellen Streifen in der See, im Sunde, gegenüber Dänholm, gewiesen. Der Koeppen war ein kleiner, unansehnlicher und wunderlicher Herr. Er zeigte dem König, wie ein Träumer, auch den Flug der Wolken und die Bahn des Windes.

Der helle Streifen in der See war eine Sandbank unter dem Spiegel der Wasser. Der Oberstleutnant Koeppen war als Knabe mit den Freunden oft hinausgeschwommen. Er kannte die Furt wie einen Pfad im Wald. Er bat den König, sich mit einer kleinen Schar durch diese Furt an die Feste heranschleichen zu dürfen, ehe die Kälte solche List unmöglich mache. Die Feste Stralsund schiebe ihr stärkstes Außenwerk durch Sümpfe, Teiche und Moraste der Sandbank in dem Meer entgegen. Wenn Südostwind wehe, werde das Meer an dieser Stelle auf eine weite Strecke flach. Man könne, die See durchwatend, das Außenwerk umgehen und vom Rücken her angreifen. So erklärte er dem Herrn, und der befahl nur noch, auf den Südost zu warten.

Sie spähten täglich nach dem Südost.

Sechzehnhundert Freiwillige wurden gefunden, vor allem unter denen, die dem Dessauer gefolgt waren, dem Stiefelettenfürsten und Alten Schnurrbart, wie sie ihn im Feindeslager höhnten. Darunter waren viel Verwegene, die der Welt vergessen hatten, welche außerhalb des Lagers und der Walstatt noch ist. Das Nie-Erlebte lockte sie: der Angriff aus dem winterlichen Meer auf die Inselfestung. Der König vermochte ein Gefühl der Bitterkeit in allem Stolz und Wagemut nicht zu verwinden; die Verwegenen flogen dem Dessauer zu, wollten neuen Ruhm mit ihm erwerben; er stand noch fremd vor seinem Heer; er dachte nicht, er handelte nicht in ihm; er hatte nichts, die alten Kämpen großer Schlachten zu begeistern. Beschwichtigend und anfeuernd in einem war nur, daß der Dessauer beim armen Preußenkönig blieb und neuen Ruhm in seinem Heer erwerben wollte. Der Oberstleutnant Koeppen, der kleine, unansehnliche, wunderliche Herr, führte die Schar in der Nacht des frühen Winters durch die Wogen. Der Dessauer attackierte das Außenwerk in der Front und lenkte den Feind mit heftigen Scheinangriffen ab.

Es war etwas Neues geschehen. Der Preußenkönig und sein Generalissimus, die sonst doch alles Heil nur von großen und heldischen Männern erhofften, fügten sich einem wunderlichen, kleinen Mann.

Unbeachtet erschienen achthundert Mann inmitten der schwedischen Baracken und marschierten dem Seetor der Festung zu. Doch ein Schwedenoffizier, der einzige, der aufmerksam wurde, eilte vor den Preußen her, den Damm am Werk zur Festung entlang, vom Dunkel geschützt. Er gewann den Vorsprung, der für König Karl die Rettung war. Das Tor wurde geschlossen, die Zugbrücke aufgezogen; in die Stadt einzudringen, war den Preußen nicht mehr möglich. Aber das wichtigste Außenwerk der Festung Stralsund, vom Feinde für uneinnehmbar gehalten, war genommen. In der letzten Spanne der Entscheidung hing alles an Rügen.

Mit achthundert Mann Fußvolk und zweieinhalbtausend Mann Reiterei und acht Kanonen setzte Karl XII. von Stralsund nach Rügen über, die Landung der Preußen zu verhindern. Die Schweden fuhren zweiundzwanzig Linienschiffe auf. Versenkte

Schiffe machten das Fahrwasser ziemlich unbefahrbar. Sechs Fregatten und ein Bombenschiff lagen binnenwärts zur Sperrung beider Wasserstraßen.

Der König von Preußen und sein großer Marschall schreckten auch vor dieser Meldung nicht zurück. Ihre Truppen mußten zuvorzukommen suchen. Das Meer, gerecht vor beiden Völkern seiner Küste, Schweden und Deutschen, war beiden Gehilfe. Es lag still. Und dennoch füllte ein milder Wind die nebelfeuchten Segel. Fast immer, wenn der Küstenwinter kommt, beruhigt sich das Meer. Die letzte Wärme des Landes liegt, wenn das Jahr sinkt und die Erde sich gen Mitternacht wendet, über den nördlichen Ufern. Die See erduldete die Schlacht, als wäre sie ein Feld. Der König des Sandes lernte das Meer als Schlachtfeld begreifen.

Vierundzwanzig preußische Bataillone landeten auf Rügen, zwei Stunden hindurch. Der Schwedenkönig hatte mit tausend oder gar nur fünfhundert Mann des Feindes gerechnet. Aber zwanzigtausend Preußen kamen übers Meer. Die vierhundert Fahrzeuge mußten bei den Preußen in See streng dieselbe Ordnung behalten, die den Truppen nach der Landung bestimmt war. Das Meer lag bleich im hellen Mondlicht, sein Wellenschlag war sanft. Ein starker Nebel, der unter dem Mondesglanz wie eine silberne Wolke auf den Hängen der Inselwälder ruhte und Maste und Segel umhüllte, verdeckte die Landung und gab der Armee die Möglichkeit, sich sofort zu verschanzen. Das Heer blieb zur Nacht in den Waffen. Mäntel und Stiefel waren von feuchtem Salze beschlagen. Salz und Kälte, Meer und Winter brannten auf den Gesichtern. Müdigkeit und Erwartung hielten sich die Waage.

Lange bevor der Mondschein, der immer stärker durchs Gewölk brach, in die matte Helligkeit des Inselmorgens zu verblassen begann, rückte Karl XII. mit seinen acht Kanonen an. Die Schweden hatten auf einem nicht geernteten Getreidefelde übernachtet. Die Kriegsangst hatte die Bauern und Fischer auf der Insel ihre Ernte preisgeben lassen. Braun und feucht lag der Weizen auf dem winterlichen Acker, Lagerstatt für ein Heer, die schon nahe war der Kühle und Fäulnis des Todes. Jenseits der Felder war die Insel in bleichen Kreidefelsen als Absturz zum Meer hin zerklüftet. Der matte Schlag der milchigen Wogen dämpfte die Rufe, das Ächzen der Räder und Achsen, das stürmische Keuchen schweißbedeckter Pferde nicht.

Aber der Nebel verbarg das Lager der harrenden Preußen. Erst als die Schweden, ihren Kugeln unentrinnbar, vor ihnen standen, sahen sie die Schanzen und die Palisaden ragen.

Karls XII. Offiziere vernahmen ein Wort ihres Königs, wie sie es noch nie aus seinem Munde hörten: »Es ist schon zu spät!« Und danach, als sein Antlitz ganz versteinerte, hörten sie noch das bitterste Wort, in dem alles Königtum erlöschen muß: »Ist denn kein Gott mehr für mich?« Dann gab er das Zeichen zum Angriff und stürmte den Seinen voran.

Die Vorwinternacht ging zu Ende. Der Morgen war da. Das Meer behielt den gleichen Schlag wie am Abend zuvor. Erde, Baumäste, Leichen waren eine Brücke über den Graben des Lagers.

Der König von Preußen hatte auf dem Schiff wie an jedem Tage Hemd, Stiefeletten, Uniform und Hut gewechselt, nachdem er sich in Ledereimern wusch. Strahlend vor Sauberkeit, klar und gesammelt saß er über seinen Karten und Belagerungsskizzen. Die Welt war ihm zum Umriß einer Insel zusammengedrängt. Der Krieg war ihm ein Mensch geworden, steinernen Angesichts: König Karl.

Die Boten kamen. Der König hörte den Morgenbericht. Die Schweden hatten kein Süßwasser mehr an Bord. Ihre höchsten Offiziere waren gefallen. Pässe, an denen er das ganze Heer des Gegners hätte aufhalten können, ließ Karl XII. unbesetzt; und Stellen, wo der Angriff am meisten erwartet werden mußte, blieben fast gänzlich unbefestigt. Sah der große Schwedenkönig das neue Preußen so gering an? König Friedrich Wilhelms Rechte zeichnete auf der Karte den Hergang jeder Meldung nach. Er wägte ab, er lobte und tadelte, riet und beschleunigte. Vor seinem inneren Blick war immer nur der Mann auf der Wende, der größte König oder der verzweiflungsvollste Abenteurer zu werden.

Neue Boote legten an und brachten weitere Kunde: Karl vollbrachte Wunder der Tapferkeit. Karl war der erste, der in den Graben am preußischen Lager sprang, den Degen in der Hand, einen Weg durch die Verschanzungen zu bahnen. Mit blutenden Händen zerrte er die Verhaue der Spanischen Reiter hinweg, erstieg er den Wall, riß er noch einmal die Truppen mit sich fort. Das Pferd des Schwedenkönigs lag erschossen auf dem Kampfplatz. Karl war zum zweiten Male schwer verwundet und vermochte sich nicht mehr aufrecht zu halten. Die Schweden sanken in Reihen nieder.

König Friedrich Wilhelm dankte und lobte und zeigte sich zufrieden; aber seine schmerzenden Gedanken taten die Frage: Warum kommen die schwedischen Verstärkungen nicht? Von Karlskrona sind Schiffe ausgelaufen, neue Schwedentruppen aufzunehmen. Warum muß es ein Kampf bleiben, der es sinnlos macht, daß ich selbst vor Karl hintrete, den Degen in der Hand? Gibt es nicht nur noch das eine, den Kampf so rasch wie möglich zu enden, damit der Schwedenkönig nicht mehr sein Leben gefährdet?

Die letzte Schlacht des Großen Kurfürsten kam den jungen Brandenburger hart an.

Mit Mühsal und großer Gefahr hatten die Schweden ihren verwundeten Herrn zu einer Fährschanze getragen. Nur noch fünfhundert Schweden waren da, die Schanze und den König zu verteidigen.

Dies ist das Ende eines Weltreichs, dachte der König von Preußen, der inmitten maßloser Ansprüche sinkender Weltreiche und verzettelter, lähmender Kriege sein Amt angetreten hatte. Den Befehl zum Sturm auf die Fährschanze gab er erst, als das Gerücht zu ihm drang, den fünfhundert Getreuen Karls XII. wäre es gelungen, ihren Herrn weit weg zu bringen.

Gerüchte häuften sich, aber sie waren nicht grausig genug, die Wirklichkeit der Leiden zu begreifen, die über den Schwedenkönig eingebrochen waren. Am entsetzlichsten war jener Irrtum, der Schwedenkönig sei gerettet. Das Bombardement auf die Feste begann. Höher zischte das Meer von glühenden Kugeln auf, die ihr Ziel nicht erreichten. Aber dann brachen sie in die Mauern ein, wie Sturmflut einen Kai und ein Bollwerk zerstört. Die Preußen hatten den furchtbaren Kessel um Stralsund von Land und Insel her gebildet. Der Hauptsturm setzte ein. Der Untergang war bereitet. Der einzige, den König Friedrich Wilhelm schonen mußte nach den Gesetzen eines königlichen Herzens und gegen die Regeln der Kriegskunst, galt ihm ja als geborgen.

Die ausgeruhten Kanonen der Verbündeten fielen ein. Die Festung am Meer ergab sich nicht. Furchtbar löste sich das Rätsel ihres Trotzes. Karl XII. war in Stralsund. Auf dem Räucherboden des Johannisklosters – vor seinen Blicken lag die Bucht mit den Segeln der todbringenden Schiffe – hatten sie ihn verbunden. Dann wankte er wieder davon. Die Männer in der Festung weinten um den König, der taumelnd noch dem Tod entgegenraste mit fliegendem Degen. Seine Leute drangen in ihn, er müsse die Feste verlassen. Gerate er in Gefangenschaft, sei alles verloren. Bliebe er frei, so würde er das Verlorene zurückgewinnen. Da hielt der Schwedenkönig ein. Er hob den Kopf und horchte auf. Das steinerne Gesicht, geschaffen, den Feind seines Landes anzublicken nur über die Länge des Degens hinweg, war überströmt von Schweiß und Tränen, das Antlitz eines Märtyrers und nicht mehr das Gesicht des Kriegers.

Es war der Morgen des zweiten Tages vor Weihnachten. Drei Fischkutter lagen festgefroren in der Bucht. Die Schweden schlugen ihnen einen Weg durchs Eis. Einer von ihnen kam, von dem Kreuzfeuer zwischen Rügen und den Belagerern schwer zerschossen, nach Stralsund zurück. Der zweite, mit Mühe den Weg durchs Treibeis erkämpfend, drohte ebenso dem Feuer zu erliegen. Nur der dritte entkam. Auf ihm war Karl XII. Er floh durch Winter und Meer, sich hoch im Norden in verzweifelten Abenteuern zu verbluten; er floh, von seinen Feinden gefürchtet, von seinen Untertanen geliebt, von ganz Europa bewundert – von einem König gewürdigt. Er war wie die Wikingerjarle einer, die, nachdem sie die Ostsee und ihre Gestade mit Krieg erfüllt und die Rache des Schicksals auf sich gezogen haben, in den Nebel des Nordens zurückweichen: als Geschlagene noch von Drohung an die Welt umwittert, die sieglosen und ruhmreichen Waffen vom bleichen Licht der Mitternachtssonne beglänzt.

In den Stunden, in denen die Flucht geschah und die Feste erlag, fanden sich die großen Herren der verbündeten Armeen auf den Wällen ein. Nur der Preußenkönig fehlte. Er ließ Frauen mit Branntwein bei den Schwachgewordenen umhergehen, denn es war ein bittres Siegen gewesen. Wo nichts mehr für ihn zu tun war, mußte er beschäftigt sein; der Anblick solchen Unterganges war zu große Last. Die großen Herren wußten ihn nicht ungern entfernt. Man hatte von seinem wunderlichen Wohlwollen für den schwedischen König vernommen. »Ein blutender Feind bedarf schon des Schutzes«, hatte der Preußenkönig gesagt, »ein blutender König verlangt schon die Ehrung durch den Gegner.«

Es sollte alles geschehen sein, ehe Friedrich Wilhelm auf den Wällen eintraf. Sie fürchteten seinen Einspruch, als begönnen sie, ihn zu erkennen. Sie wußten alle, wen der Fischkutter barg, der durchs Eis auf das Meer stieß, erst vom Winde getrieben, dann fast zurückgejagt. Nun aber war der Wind auch der Flotte entgegen, und sie vermochte den Kutter nicht zu verfolgen; schon war er zu weit auf der See. So suchten die Kanonen das Meer ab nach dem Manne, der einmal der Herr aller Kanonen im Norden und Osten zu sein schien. Nun floh er gen Mitternacht, von der verlorenen Feste, der Türmestadt hinweg übers Meer. Zwölf Kanonen hatten fest ihr Ziel gefaßt, das Schiff des Flüchtlings in den Grund zu bohren.

Bei der Batterie auf dem Wall erschien der König von Preußen. Er ließ sein eigenes Regiment vor den Kanonenschlünden aufmarschieren. Er sagte nur: »Erst müßt ihr uns erschießen, ehe ihr euch an diesen großen Mann wagen dürft!« und wich mit seinen Grenadieren nicht von der Stelle.

Der ärmliche Kutter entschwand in der Ferne des winterlichen Meeres, beladen mit den Trümmern eines Weltreiches und einen blutenden Menschen bergend.

Der Preußenkönig sah mit keinem Blick mehr nach der See hin. Von den Verbündeten schied er schweigend.

Herrn Friedrich Wilhelms Wort war eingelöst – vor den Verbündeten, weil es niemals Schwedens Weltreich geben würde; vor dem Reich, weil Deutschland nun frei war von allen fremden Armeen; vor Brandenburg und Preußen, weil der grimmigste Krieg von seinen offenen Grenzen ferngehalten war, die Pforte zum Meere sich auftat und das bittre Los des Sandes überwindbar wurde. Der kaiserliche Hof saß über den Sieger, der die Sache des Reiches für ihn ausgetragen hatte, zu Gericht: »Zwar kann niemand den Ruhm leugnen, den die preußischen Waffen erworben haben; aber bei den meisten scheint die Vertreibung der Schweden vom deutschen Boden mehr Betrübnis und Jalousie, als der dadurch erworbene Ruhestand im Reich Freude und Dankbarkeit zu erwecken.«

Der König von Preußen ordnete den Rückzug an und trug selbst Fürsorge für gute Winterquartiere auf dem Heimmarsch der Truppen. Auch besuchte er noch die Verwundeten. Unter ihnen war Graf Achim Schulenburg, der ihn einst vor dem Anfall eines Hirsches bewahrte, sein Augenlicht für ihn opfernd.

Den Oberstleutnant Koeppen erhob der König in den Adelsstand und ernannte ihn zum Generaladjutanten, und der Lohn für seinen Gang durchs Meer fand keine Neider und Mäkler; denn es war nur eine Stimme, daß er groß dastünde in der »kostbarsten, schwersten und epineusesten Entreprise«, die der König von Preußen in der Eroberung von Stralsund gewagt und durchgeführt hatte.

Täglich empfing die Königin guten Adel aus dem Lager und der Umgegend, und an Silber, Glas und Tafelgedecken durfte bis zum Schluß nichts fehlen, ebenso wie auch Küche und Keller noch täglich aufs beste bestellt sein mußten. Denn die Zeit der gemeinsamen Tafel im Kriegszelt war vorüber, und das Logement der Königin im Felde wurde etwas wie ein eigener Hof. Sein besonderes Prunkstück waren neuerdings die beiden schönen, großen Spiegel in Rahmen von getriebener Silberarbeit, die der Stiefelettenfürst und Alte Schnurrbart, der Dessauer, der jungen Königin von seinen Beutestücken schenkte.

Die Kammerfrau Ramen, der selbst noch ihr Hofdienst so neu war, mußte sich nach jungen Mädchen und adretten Leuten umtun, das Personal zu vervollständigen, und sie bewies dabei schon alle Eigenschaften einer Meisterin. In all ihren Mühen hatte die Ramen einen eifrigen Helfer gefunden, Ewersmann, einen Fischer der Küste, dem der Krieg das Gewerbe geraubt hatte. Der nahm die neue Stellung gern an. Denn er gedachte sich des Beistands des neuen Herrschers über Pommern zu vergewissern; er war nicht stumpf wie die Gefährten.

»Im Meere fischen sie jetzt Flotten«, pflegte er zu sagen, und das fand die Ramen so klug, daß sie ihn mit den schwierigsten Aufgaben betraute. Er durfte sogar schon die fremden Herrschaften bedienen, denn er wußte sich trotz seiner Größe und Schwere mit dem Tablett manierlich zu bewegen und Anzug, Hände und Gesicht sehr sauber zu halten.

Die Ramen bedachte den Mann mit mühsamem Dienst; aber er vermerkte jede Mühe, mit der sie ihn belud, dankbar.

»Er sieht, ich tue etwas für Ihn«, prägte die Ramen ihm ein, wenn er sich halbtot für sie plackte. »Ich werde Ihn zum Diener des Königs machen! Vielleicht ist uns gegeben, mehr über die

Majestäten zu herrschen als ihnen, uns zu gebieten. Wir erfahren es immer, wenn sie uns befehlen. Sie dagegen spüren es nicht, wenn wir sie lenken. Wir wecken sie aus dem Schlummer, wir schlagen nach der Nacht den Vorhang ihres Bettes zurück. Wir verlassen als letzte ihre Kammer und sehen ihr Antlitz, wie keiner es sieht. Trauere Er nicht, daß sein erbärmlicher Kutter keinen Fischzug mehr tat. Wir werden auf glänzenden Schiffen unsere Fahrt machen und reichen Fang tun.«

Und als er schwieg, fuhr sie fort: »Noch einer wird sein Glück mit uns machen – Creutz. Wer das ist? Morgen ein anderer als heute.«

Und wunderbar wie nichts zuvor war es dem Mann, als die Häßliche, Sanfte, Schwebendleichte ihre dunklen, glänzenden Augen zu ihm aufschlug.

Von nun an, wenn der König im Logement der Königin weilte, wurde er von Ewersmann bedient. Und da der König jeden Neuen kennenlernen wollte, der ihm nahe kam, fragte er ihn um dieses und jenes und erfuhr viel mehr, als Berichte ihm sagen konnten, wie es um die Not der Fischer in dem Lande stand, darüber er nun herrschen sollte; warum das Holz der Kutter auf dem Strande verfaulte und die Felder der Küste und Insel ungeerntet moderten.

Der Diener und die Kammerfrau aber wußten, daß die Königin, welche von den Beschwerden ihrer Schwangerschaft so gar nicht gequält war und hochgestimmt des Tages ihres Einzuges in der Hauptstadt und ihrer Niederkunft harrte, bedrückt und gereizt war, sobald der König sie verließ.

Alle feierliche Ehrung, die sie ihm und sich selbst zuteil werden wissen wollte, hatte er von sich gewiesen und gemeint, sie habe das Schönste für ihn bereit, das es nach der Rückkehr aus dem Krieg und dem Anblick all der Vernichtung für ihn geben könne: das neue Kind. Es werde auf der Welt sein, noch ehe der Friede unterzeichnet sei; und es müsse ein heldischer Knabe werden, denn welche Mutter aus so hohem Hause hätte im Kriegszelt ihre Schwangerschaft durchlebt? Es werde eine Rückkehr sein, die sie beide nie vergessen könnten.

Vergeblich hatte die Königin geglaubt, ein fürstlicher Einzug sei ihr bestimmt, Tage des Glanzes würden ihre Treue lohnen.

Die Ramen reiste mit der Königin, Ewersmann mit dem König.

Außer Ewersmann hatte niemand etwas davon erfahren, daß König Friedrich Wilhelm schon einige Tage vor seiner Sitzung mit dem Rat allein in Stettin war. Und es war ohne Vorbereitung geschehen.

Ewersmann hatte täglich den König, der nun der Herr dieses Landes sein würde, umhergeführt und ihm im Umkreis des Lagers und unter der Kahlheit des Winters die große Fruchtbarkeit einer schwarzen und feuchten Erde gewiesen, wie der König von Preußen und Kurfürst von Brandenburg sie in seinem Land noch nicht erblickte.

»Er trennt sich schwer von der See und seinem Lande«, sagte der König, »ich merke es. Ich könnte Ihm ein Fischerboot und Netze kaufen oder gar zum Hafenmeister machen. Aber es ist wichtiger, daß Er mit mir reist.«

Das hätte den Fischer, wäre er noch gewesen, der er war, bitter ankommen müssen. Nun aber war die Kammerfrau in sein Leben getreten, und er entsann sich ihrer Nähe und ihrer Prophezeiungen und folgte dem neuen Herrn mit großer Willigkeit.

Der Fischer und der König standen am Haff, der gewaltigen See zwischen Oder und Meer, der mächtigen Stauung des Eises aus weitester Urzeit. Bleich lag das Haff und unbewegt, und weil eine Schicht des milchigen Nebels auf dem Wasser ruhte, war es, als höbe sich der Spiegel der weiten Flut über die Ebene empor.

Das Land war nicht zu sehen, die Grenze der Ufer blieb verhüllt, das bleiche, hohe, weiße Wasser schien unendlich, ein nördliches Meer, keinem Lichte als der Fahlheit des Nebels und der blassen Kühle der Mitternachtssonne hingebreitet.

Es war nur noch ein einziges Schiff auf dem Haff: ein schwerer, dunkler Kahn mit hohem, rotem Segel quer am gewaltigen Mast, einer ungehobelten Kiefer. Kaum daß ein Mensch es wahrzunehmen vermochte, glitt das rotbraune Segel in der Milde des Winters durch das grenzenlose Weiß. Der letzte Segler fuhr aus. Oder war es spät, sehr spät im Jahr der erste, das befriedete Meer zu befahren? Der König schwieg. Vor seinen Blicken war das goldene Schiff auf der Havel. Das Gold der Untertanen hatte es verschlungen und niemals Ware und Reichtum gebracht oder Erträge des Landes um guten Preis der Fremde zugeführt. Ein Traumschiff war es, golden, müßig und tückisch.

Aber die Gedanken des Herrn erfüllten sich mit Heiterkeit und Zuversicht. Unübersehbare Scharen goldener Schiffe sah er den dunklen Kahn mit dem roten Segel begleiten, zum Meer, in die Weite, gen Norden und Osten, die Erträge des Untertanenfleißes vor den fremden Völkern auszubreiten und goldenen Lohn für seine arme Mark Brandenburg zu bergen. In diesem einen Augenblick begrub er den Irrtum der alten Brandenburgisch-Ostindischen Handelsflottille.

Danach fragte er den Diener und Fischer, ob er ihn nicht ein Stück aufs Haff hinauffahren könne, aber nun nicht auf die See zu, sondern zum Hafen Stettin. Es verging einige Zeit, bis ein Kahn gedungen war; auch mußten sie sich erst pelzgefütterte Mäntel beschaffen. An Schiff und an Kleidung konnte keiner den König erkennen. So wollte es der Herr. Als König gedachte er erst später vor den Rat seiner künftigen Hafenstadt zu treten. Er verlangte nur darnach, seinen Hafen zu sehen.

Das Eis war überall geschmolzen. Die Fahrt war ohne Beschwer. Im Hafen sahen sie die Schiffe sich rüsten zum Empfang des Siegers von Stralsund, des künftigen Herrn über Stadt und Hafen und Pommerns Küste und Land. Auf allen Schiffen wurde gehämmert, genagelt, geteert und geschmückt. Auf den Schonern, die den ganzen Kriegswinter über vor Anker gelegen hatten, richteten sie die Maste auf, als wäre die Zeit friedlicher Frühlingsausfahrt gekommen. Dann sollten die Segel, die sie heute nur zum Lüften setzten, die schönste und festlichste Beflaggung sein.

Denn sie wußten es längst aus den Bekanntmachungen des Rates: der König von Preußen gedachte redlich zu bezahlen und guten Verdienst zu geben. Er kam nicht als Sieger, als Rächer, als Räuber. Er nahte als Schirmherr der Schoner und Kutter und Kähne.

Zum ersten Male erfüllte ihn der Gedanke an eine Huldigung unter Paukenwirbel, Trompetenschall und Kanonendonner mit stolzer Freude; denn der, dem er huldigen sah, war der Große seines Geschlechtes, dessen Auftrag er nun vollzog. König Friedrich Wilhelm nahm nicht Gaben von der neuen Preußenstadt Stettin; er schenkte; er wollte den Stettiner Bürgern die Waffen zurückgeben, die ihnen eine Zeitlang entzogen gewesen waren; er gedachte, seiner Hafenstadt eine französische Emigrantenkolonie zuzusenden, von deren Redlichkeit, Würde, Fleiß er die Hebung ihres Wohlstandes erhoffte.

Es wehte weit und hell über den dämmernden und wintertrüben Hafen. Am Kai standen Kinder, die Hände in den Jackenärmeln oder unter der Schürze versteckt, als ob viel Muße dazu gehöre, das Werden der ungewohnten Festlichkeit zu betrachten.

Es war ungewöhnlich, daß um diese Jahreszeit und Stunde ein Schiff mit Männern in großen Pelzen vom Haff her gefahren kam. Die Kinder liefen an der Stiege zusammen, die in die Mauern des Bollwerks gehauen war.

Der Herr fragte eines, für wen wohl all das Schöne hier bereitet werde.

»Für unseren neuen König«, sagte der Flachskopf, »und die neue Fahne hat unsere Mutter selber genäht.«

Nun war der König des Sumpfes und Sandes ein Herr und Vater auch der Schifferkinder.

»Wir stell'n uns in die erste Reihe, daß wir ihn auch ja gut zu sehen kriegen«, erzählte der Flachskopf noch weiter, der kommenden Ereignisse voll.

»Dann lasse dir nur eine schöne, neue Jacke kaufen«, sagte der junge Herr im Pelz und drückte dem Kinde eine Münze in die Hand, »damit der neue König sich freut, wie schmuck ihr hier seid.«

Das war der erste Dukat, den die Hafenstadt durch ihren neuen Herrn erhielt.

Es war gut, daß die Fahnen schon wehten, als er unerkannt gekommen war. Denn mit dieser Stunde begann es, daß die dunklen, schweren Kähne mit dem rotbraunen Segel quer am gewaltigen Mast zu den goldenen Barken eines jungen Königs wurden.

Wirte und Gäste

Der Wein macht lose Leute, und starkes Getränk macht wild;
wer dazu Lust hat, wird nimmer weise.
Das Schrecken des Königs ist wie das Brüllen
eines jungen Löwen; wer ihn erzürnt,
der sündigt wider sein Leben.

Die Bibel

Hätte Professor Gundling, am Hofe König Friedrichs I. einst der Hofgeschichtsschreiber Seiner Majestät, Präsident des Oberheroldsamtes und Professor des Bürgerlichen Rechts, der Geschichte und der Literatur an der Ritterakademie – hätte der titelreiche Hofbeamte und Gelehrte zur rechten Zeit die Berechnung angestellt, daß im Kochschen Gasthof ein Glas alten Ungarweines fast ebensoviel kostete wie anderwärts eine ganze Flasche, er wäre nicht Stammgast dort geworden und hätte in einfacheren Wirtsstuben länger seinen Wein genießen dürfen; und dieses Trostes bedurfte er jetzt sehr. Denn es hatte Gundling hart getroffen. Als der neue Herr am Tage des Regierungsantritts die Listen der Hofbeamten überflog und durchstrich, war auch er ausgetilgt worden mit all seiner Klugheit, all seiner Vornehmheit und Eleganz, seinem reichlichen Einkommen und seiner angenehmen Tätigkeit; denn ihm oblag nur, alles zu verherrlichen, was die alte Majestät unternahm, und für ihre Taten gedankenreiche Vergleiche in der Antike zu entdecken. Der junge Herr hatte auf solche Dienste verzichtet und ihre Bezahlung verweigert.

Doch begann er, als er alle Schulden des Vaters übernahm, auch die Gehaltsrückstände an die von ihm Entlassenen abzuzahlen. Von diesen Raten ließ sich fürs erste durchaus leben, sogar im Kochschen Hotel. Aber nun, nachdem seine Forderung erfüllt war, wurde es Zeit für den Professor, die Frage zu stellen, was wohl aus ihm werden sollte.

Nach Aufgabe seines Hofkavaliersappartements schien dem Verwöhnten als Domizil allein das Kochsche Haus in Betracht zu kommen. Ah, da waren auch geschulte junge Diener mit gepudertem Haar und in weißrotgestreiften Seidenwesten, Diener, die auf jeden Wink des großen Gelehrten harrten; dann, was das Leben im Gasthaus gar so angenehm machte, gab es doch kein Gezänk mit Frau oder Haushälterin und Personal; Küche und Keller waren bereit zu jeder Tageszeit, und in den Räumen fand er allen ihm unentbehrlich gewordenen Luxus. Oh, welche breiten Gänge, bespannt mit goldgetönter Blumenseide; welch reich geschwungene Türen voll der reizendsten Medaillons, Füllhörner und Putten, überreich geschmückt mit zartestem Schnitzwerk und zierlichster Malerei. Der Gastwirt Koch verstand sich auf französischen Geschmack; und nicht weniger wußte er das elegante Publikum in sein Haus zu ziehen, die Einheimischen sowohl wie die Fremden. Für die Reisenden, die am Potsdamer Tor die Grenze der Stadt überschritten, lag der Gasthof nahe bei den Zollwachen in einem freundlichen Garten inmitten köstlicher Rondelle und Rabatten, wie man sie einst nur im Lustgarten sah. Für die Berliner Kavaliere und Damen aber war es ein reizender Spaziergang dorthin, an den Gärten der Leipziger Landstraße entlang. Die Große Welt von Berlin und die distinguierten Fremden wußten voneinander, daß sie sich im Kochschen Saal bestimmt begegnen würden; und keine Hoffnung, die der Wirt auf diesen Umstand setzte, schlug fehl. Eine Stätte noblen Gebarens war, um der Fremden willen, aus der alten Zeit geblieben.

Wirt Koch war ein grämlicher und kränklicher kleiner Mann. Niemals betrat er selbst die Räume seines Gasthofs. Doch ließ er sich fast stündlich über alle Vorgänge in den Speisesälen und den Appartements der Fremden Bericht erstatten. Dann lebte er auf, war voller Einfälle und Aufträge, räsonierte und kommandierte. In der Zwischenzeit hockte er trübselig in einem hohen, altväterischen Lehnstuhl in der Mitte der mittelsten Giebelstube seines Dachgeschosses. Die kärglichsten und unbequemsten Kammern, aus denen Erträge nicht zu ziehen waren, hatte er für sich und seine Tochter behalten. Es waren fensterlose Stuben, unregelmäßig geformt, von Balken und Pfeilern durchschnitten; ihr Licht empfingen sie nur von ein oder zwei ovalen Luken, den »Ochsenaugen«, die der Gastwirt Koch in französischer Manier hatte anbringen lassen, als er seinem Hause ein ganzes Stockwerk aufsetzen ließ. Damals richtete er auch die Fremdenzimmer völlig neu ein mit Marmorkaminen, goldenen Pfeilerspiegeln, seidenen Sesseln und elfenbein-eingelegten Kommoden. All das alte Mobiliar, das nun entfernt wurde, ließ er in seinen Dachkammern um sich häufen, so daß um seinen Lehnstuhl nicht weniger als sechs Tische aller Formen, Größen und Holzarten standen, bedeckt mit Rechnungen und alten Zeitungen, die von Gästen aus dem Reich und Ausland in den Fremdenzimmern weggeworfen worden waren. Auch waren den ganzen Tag Saucieren, Assietten, Pastetenbüchsen und Fischterrinen, hohe Kelche mit Weinproben und flache Täßchen mit vielerlei Arten von Tee und Kaffee und Schokolade um den kranken Alten aufgebaut. Keine unbekannte Sorte Weines, kein neues Gericht, von denen er nicht kostete. Kein Stück alten oder neuen Hausrats, das er nicht beschaute. Es war ein Zug seines Wesens, alles überblicken und um sich häufen zu müssen, auch wenn es alt und hinfällig geworden war. Die Kammer seiner schönen Tochter hatte er mit sämtlichem Gerümpel an gesprungenen Spiegeln aus den Appartements für die Fremden überladen. Es gab nicht eine Regung des Gesichtes, nicht eine Geste der Arme, nicht eine Wendung und Neigung des Kopfes, die das junge Mädchen aus der Unzahl der Spiegel nicht genau an sich kannte. In den Winkeln und Luken, zwischen den matten und zersprungenen Spiegeln lebte nun die Wirtstochter hin, ihren Reichtum nicht ahnend, und sehnte sich danach, die Fremden des Gasthofs möchten ihre Freunde und der Gasthof ihr Palais sein, in dem sie über all die Küchenjungen, Mägde, Diener und Pferdeknechte gebot. War sie in solche Träume verzaubert, dann erfüllte es sie mit Entzücken, dem Türenschlagen im Hause, dem Trappen der Pferde und dem Räderrollen neu eintreffender Kutschen mit Gästen zu lauschen; dann vergaß sie völlig ihrer düsteren Umwelt und trug es dem reichen Vater nicht nach, daß er sie in die Giebelkammer verbannte, während sein Haus berühmt war um seiner lichten Räume und seiner Vornehmheit willen. Ohne Groll saß sie bei qualmendem Talglicht bei ihm, wickelte ihn in Decken und Kissen, reichte ihm ein Glas des schwersten Tokaiers und plauderte von dem, was ihr von Zofen und Mägden zugetragen wurde. Und ihr Vater zog wichtige Schlüsse aus ihrem Geplauder. Da war zum Beispiel Madame Buccalossi in Not, einst an König Friedrichs Oper eine große Sängerin, die höchsten Wert darauf legte, im Kochschen Gasthof zu logieren; noch immer hoffte sie Fremden aus Dresden zu begegnen, die ihr nach der Auflösung von König Friedrichs Hoftheater ein Engagement an König Augusts Oper vermitteln könnten. Ohne Frage zog sie die Aufmerksamkeit sehr vieler Gäste auf sich, aber neuerdings, so sagte die Tochter des Wirts, finde sie nicht mehr soviel Beachtung; die Anwesenheit des neuen Fräuleins von Wagnitz mit dem tiefschwarzen Haar und den perlengrauen Augen tue Madame Buccalossi sichtlich Abbruch. Immerhin, eine Dachkammer war sie dem Wirt noch wert, zumal sie ihm seine Tochter im Gesang ausbildete. Er glaubte nämlich, es könnte Wunder wirken, wenn in seinem Gasthof ein wenig konzertiert würde, da in Berlin nur noch die Tuchmacher, Wasserleitungsingenieure und Soldaten etwas galten und der Aufenthalt in der Hauptstadt für seine Gäste reichlich langweilig zu werden begann; leider hatte Madame sich geweigert, selbst im Kochschen Saale eine ihrer einst so bejubelten Arien zu singen.

Neben der aus königlichem Dienst entlassenen Sängerin verstand auch der Expräsident Professor Gundling noch immer einen größeren Kreis von Gästen allabendlich um sich zu versammeln; er wußte spannend und witzig – und sehr eingeweiht vom alten Hofe und dem Anfang des neuen zu erzählen. Der Herr Professor, dem sein Geld ausging, brauchte immer nur sein erstes Glas zu bestellen; die weiteren Becher und Kelche wurden ihm von Fremden reichlich eingeschenkt. Auch ihm ließ sich noch eine Kammer bewilligen; auch diese rentierte sich noch.

Eine dritte Bodenstube, die der Wirt seiner Tochter und sich selbst entziehen wollte, gedachte er an den Rat Creutz zu vermieten. Der war zwar nicht vornehm wie frühere Räte – und die Rechnungskammer war ja ein noch gar zu junges Unternehmen –, auch konnte er sich gewiß ein Appartement im Gasthof Koch auf Jahr und Tag noch nicht leisten; doch war es ein Beweis von höherem Streben, daß er bereits in Kochs erlesenem Hotel Quartier zu nehmen suchte; und schließlich mußte man mit des neuen Königs neuen Herren zu paktieren beginnen. Es war ein harter Handel mit dem neuen Rat, um Groschen und Pfennig; aber der Wirt, wenn auch mit grämlichem Seufzen, war schon entschlossen, nachzugeben.

Die Diener hatten an den langen Tafeln und den kleinen Tischen die hohen Leuchter entzündet. Fünf weiße, ebenmäßige Kerzen trug jeder Leuchter; schon im Entflammen dufteten sie edel. Die von Madame Buccalossi sehnsüchtig erwarteten Fremden aus

Dresden waren mit mehreren Kutschen und reichlichem Personal vor einer Stunde eingetroffen und speisten in großem Kreise an gemeinsamer Tafel mit der Sängerin; noch immer war sie eine glanzvolle Erscheinung, und man rühmte ihr eine große Ähnlichkeit mit der Königin nach; leider mußte Madame Buccalossi der Unterhaltung entnehmen, daß man zu Dresden nur noch Italienerinnen an der Oper wünsche.

Die übrigen ständigen Gäste des Kochschen Hotels hatten sämtlich kleine, separate Tische: der Expräsident Professor Gundling; das Fräulein von Wagnitz, das in schwierigen Geldgeschäften in Berlin weilen sollte; der neue Rat Creutz.

In kleiner Freundesgruppe soupierte, von allen Einheimischen erkannt und den Fremden sehr diskret gewiesen, der Staats- und Kriegsminister von Grumbkow. Er war sehr frühe aus dem Krieg am Meere heimgekehrt, da er sich gleich zu Anfang des Feldzuges ein Bein verstaucht hatte, so daß er nicht in den Laufgraben gehen konnte wie die anderen Ministergenerale. Leider tauchte da und dort nun die Erinnerung auf, daß er auch vor Malplaquet während der ganzen Schlacht in einem Graben hockte. Doch was man auch redete: Grumbkows Auftreten war von einer solchen Sicherheit, daß er nicht einmal den Versuch unternahm, das Tischgespräch von dem heiklen Thema des Krieges abzulenken. Er sprach, obwohl er als der glänzendste Gesellschafter bekannt war, überhaupt nur wenig; denn er prüfte sorgsam jeden Bissen, den er aß; er hatte die Absicht, Wirt Kochs Ersten Küchenmeister für sich selbst zu engagieren, wenn ihm der König endlich ein angemessenes Ministergehalt bewilligen würde. Grumbkow zweifelte nicht an der Erfüllung seines Wunsches. Der König kam als Sieger heim.

Dem Präsidenten Gundling war vom Minister Grumbkow für seinen Gruß ganz ungemein verbindlich gedankt worden, hatte man doch unter dem alten König nebeneinander hohe Ämter bei Hofe bekleidet. Später rückte dann der Präsident in die Tafelrunde des Ministers ein. Man lachte viel, war sehr animiert und bewunderte im geheimen den Professor, der sein Unglück so ganz als Kavalier und Grandseigneur zu tragen verstand. Als Grumbkow Gundlings Glas wieder füllte, bemerkte er den Gruß des neuen Rat Creutz. Er dankte kühl und nicht ohne Befremden.

Creutz empfand keine Demütigung. Er dachte an diesem

Abend nicht mehr an die Last und an das Elend seiner Herkunft. Er sah die untrüglichen Zeichen des Aufstieges, und weil der Wein in allen Gläsern leuchtete, die Fülle der Kerzen überhell strahlte, die Frauen lachten und die Diener, ihm wie den Vornehmen zu servieren, leise von Tisch zu Tisch eilten, wurde ihm dieser Tag als der erste seines Lebens zum Feste. Er war Rat an der neuen Rechnungskammer des siegreichen Königs! Der König hatte ihm, dem Mann der Gasse, das Amt der Ziffern und Zahlen übergeben, die allein nicht trogen – ein immer noch geringes Amt, aber Creutz war es, als umschlösse es all die anderen, höheren mit eisernem Ringe. Er wußte, was ein Groschen war; und darum hatte ihn der Herr ans Rechenpult gesetzt; oh, er wollte rechnen – rechnen und abrechnen mit denen, die seine Jugend ins Elend bannten. Er hob sein Glas und sah auf die Frauen; die strenge Kälte, der quälende Ehrgeiz, die Schwermut seiner frühen Jahre erloschen zum ersten Male in ihm. Nichts war in ihm als das eine, berauschende Gefühl, daß nun die Stunde des Beginnes anbrach. Vielleicht würden einmal diese alle hier in einem Saale seines eigenen Palastes an seiner Tafel sitzen; vielleicht würden alle hier, auch die Frauen, sich darum bemühen, ihm zu gefallen: das Fräulein von Wagnitz mit den perlengrauen Augen, die ihm in all ihrem Hochmut manchmal doch so flehend schienen; die berühmte Buccalossi; all die Unbekannten. Nur begriff er nicht, warum seine Gedanken immer wieder zu der Ramen gingen. Aber die allein war Blut von seinem Blute und teilte mit ihm Herkunft und Anfang und das Wissen um die Maßlosigkeit des Ehrgeizes und der zu lange niedergekämpften Wünsche.

Als Creutz schon in seine Kammer hinaufgegangen war, um nicht gar zu lange unter den Zechenden zu sitzen, ohne neuen Wein bestellen zu können, ging es im Saal noch laut her. Man stürzte an die Fenster, man befragte, lebhaft und alle Gemessenheit der Sitte vergessend, die später noch eintreffenden Gäste. Minister von Grumbkow begab sich, kaum daß das Gerücht nur aufgetaucht war, hinweg. Es hieß, der König sei unerwartet eingetroffen und ohne daß einer es merkte vom Potsdamer Tor her soeben am Kochschen Gasthof vorübergefahren. Viele der Gäste gingen noch einmal zur Schloßfreiheit. In den Straßen war trotz der Kälte und Dunkelheit regeres Leben, als sonst am lichten Tage herrschte. Im Zeughaus brannten Ampeln über den Kanonen; noch tief in der Nacht hängten sie die Kriegsfahnen auf, ohne alle Feier. Das Gerücht schien bestätigt.

Am ersten Morgen nach der Heimkehr gehörte eine Stunde den Kindern. Madame de Montbail führte sie dem König zu. Seine drei Kinder waren noch der gleichen Gouvernante anvertraut, die einst die Jugend des Königs behütete. Wilhelmine und Friedrich hielt sie an der Hand; eine Kindermagd trug Friederike Luise, die Tochter, die er sich nach Charlotte Albertinens Tode so ersehnte.

Der König tat sehr aufgeräumt und lustig, damit Frau von Montbail, die ihn wohl doch zu gut kannte, seine Bewegung und Rührung nicht merke. Wie lange hatte er die Kinder nicht gesehen; und der Krieg war eine Trennung in die Tiefe. Ach, es war ja nicht üblich an den Höfen Europas, daß Herrscher, ja, nicht einmal die Fürstinnen nach dem Leben ihrer Kinder fragten, es wäre denn ein Paradieren mit dem ältesten Sohne, für dessen Erziehung man ein umfangreiches Reglement entwerfen ließ –. Die übrigen Kinder wurden ja nur bei besonderer Gelegenheit vor den hohen Eltern, dem Hof und seinen Gästen präsentiert. Sonst sah man sie nicht. Doch wurden sie unentwegt von den größten Meistern Europas gemalt. Dies alles wollte er in seinem Hause nicht. Er mußte um das Leben seiner Kinder wissen.

Seht, Wilhelmine war immer noch blaß; doch schien sie gewachsen, und die Manieren der Sechsjährigen waren wirklich sehr artig. Sie verstand es, in ihrem Samtmantel mit der großen Schleppe fürstinnenhaft einherzurauschen, einen Bund Blumen für den König in den Falten ihres Überwurfs verbergend. Sie erstarrte in tiefer Verneigung; erst als er sie an sich drückte, als er das schmale Gesichtchen in beide Hände nahm, war sie von Zeremoniell und Zwang befreit und lächelte den strahlenden Mann in der blanken Uniform zaghaft an.

Auch der vierjährige Friedrich versuchte sich in hofgerechter Verbeugung und küßte dem Vater die Hand. Es geschah noch unsicher, aber der König äußerte sich vor Madame de Montbail ganz außerordentlich zufrieden; sehr adrett sehe der Prinz aus.

Der trug eine duftige kleine Perücke, das Haar aus der Stirn gekämmt. Der Vater strich flüchtig über das weiße Gelock. Die Hugenottin bemerkte eine leichte Falte des Unmuts zwischen den Brauen des Königs. Sie hatte sie schon an dem Knaben Friedrich Wilhelm gekannt. Es störte den König, daß er von Perückenmachern und Friseuren künstlich gestuftes Gelock liebkoste und nicht das liebe Haar seines einzigen Sohnes. Aber so war es der Wunsch der Königin, und der Herr gedachte seiner alten Montbail nicht wehe zu tun mit Tadel oder Vorschrift. Mochte das Fritzchen sich selber helfen; war ja ein Bursche von vollen vier Jahren! Nicht wahr, genau vor einer Woche war sein Geburtstag? Frau von Montbail mußte dem König rasch die dringlichsten Wünsche des Prinzen verraten. Die alte Baronin kniete sich zu ihrem Zögling nieder; sie erklärte ihm das gnädige Anerbieten des Vaters. Das Männlein war sehr froh, sich wieder von dem fremden Vater abwenden zu dürfen und sich mit seinen Erwägungen abgeben zu können. Das Fritzlein schwebte wie die Tugend selbst durchs Zimmer, in einem Röckchen von pfauenblauer Seide, das noch die kleinen Schuhe bedeckte, den Mund gespitzt, die graublauen Augen groß aufgeschlagen – die Erziehung der Montbail trug sichtbare Früchte. Ob sie denn mit dem Bürschlein noch fertig werde, fragte der König seine alte Gouvernante; er selber habe doch manchmal überhaupt nur vom Sims des geöffneten Fensters, hoch über dem Fluß, über ein Entweder-Oder mit ihr verhandelt.

Das Fritzlein, ebenso artig wie geweckt, bemerkte, daß von ihm gesprochen wurde. Als lockte ihn etwas am Fenster, ging der kleine Prinz unhörbar leise zur Nische, spielte ein wenig mit der goldenen Vorhangschnur, ganz wie ein zerstreuter Erwachsener, und blickte beharrlich hinaus; kein Wort, das ihm entging.

Ob sie sich wohl entsinne, fuhr der König im Gespräch mit der Montbail fort, wie er in einer ihm aufgezwungenen Robe – auch von der Art, wie das Fritzlein sie trug, im Augenblick vor einem Festbeginn im rußigen Kamin verschwand? Und wie er sein erstes männliches Kleidchen zwar mit Vergnügen betrachtete, den brokatenen Schlafrock, den er dazu erhielt, aber sogleich als Knäuel in das offene Feuer schleuderte? Ein Vierjähriger brauche eben schon die Montur. –

Aus den Andeutungen und Scherzen, den flüchtigen Äußerungen und Fragen entnahm Madame de Montbail sehr bald, was der König nun recht eigentlich auf dem Herzen hatte. Schließlich kannte sie ihren einstigen Zögling. So war immer seine Art gewesen, wenn er einem nicht wehtun und dennoch seinen Willen beharrlich durchsetzen wollte. Er umkreiste sein Thema von allen Seiten, er ging nicht davon ab; er führte alles darauf zu; nichts hatte sich daran geändert. Das Fritzlein und sein seidener Rock, das Fritzlein und die Montur – es stand außer Frage: der Kronprinz sollte in männliche Erziehung kommen. Der König kam als Sieger aus dem Krieg und verlangte seinen Sohn für sich; er hatte als Enkel erreicht, was dem Großen seines Geschlechtes nach allen Kämpfen und Leiden versagt blieb: das war die erste Tat für seinen Sohn.

Die Montbail machte es dem Herrn und einstigen Zögling leicht und sprach es selber aus, er habe einmal gesagt, ein Fürst müsse von seinem vierten Jahre an von Männern aufgezogen werden.

Und die Wehmut ihres Herzens niederzwingend, redete sie mit der Unbefangenheit des Alters, das seiner letzten Lasten ledig wird, und mit der Sicherheit der Frau, die durch ein Menschenalter nur am Hofe lebte. Madame de Montbail lächelte und flüsterte wegen des Fritzleins, doch ihre Gedanken gingen in den Gesprächen dieses Morgens gar eigene Wege. Was lag auch näher, als daß sie die Spanne des letzten Vierteljahrhunderts vergaß und den Knaben Friedrich Wilhelm mit dem Knaben Fritz verglich, als handle es sich nicht um Vater und Sohn. In ihrem Herzen standen sie nebeneinander: Brüder, Kinder eines deutschen Fürstenhauses, das ihr, der Glaubensemigrantin aus Frankreich, unsägliche Wohltat und unbegrenztes Vertrauen bewies. Sie sah im Geiste wieder des kleinen Prinzen Friedrich Wilhelm Kinderstube voller Waffen hängen. Aber die Schublade des »martialisch« gescholtenen Knaben lag voller kleiner Bilder, die er gemalt oder ausgeschnitten hatte. Manchmal war er noch stiller gewesen als das Fritzlein; und das Fritzlein war doch ein so leises Kind, das sich sehr gern in der Nähe der Damen aufhielt; ein wenig zerfahren und vergeßlich war das Fritzlein; aber am Clavecin, nun es die ersten Tonleitern und Etüden zu üben galt, ließen Fleiß und Eifer nicht nach.

Der König stand bei der Kindermagd, die steif und verlegen das jüngste Kind vor ihn hinhielt. Der Vater betrachtete das Töchterlein ernst. Als er in den Krieg zog, war es ihm nur ein winziges Bündel in Kissen und Spitzen gewesen, das Mädchen Friederike Luise. Nun war es längst ein kleiner Mensch mit sehr ausgesprochenem Gesicht, Zug um Zug schon völlig sichtbar der

Mutter Königin ähnlich. Endlich wußte er etwas von dem jüngsten Kinde; endlich war es ihm nicht mehr ein gänzlich fremdes Wesen; denn sollte es ihm nicht der Ersatz werden für das verlorene Mägdlein Charlotte Albertine, das hinschwand, ohne daß er je sein Werden sah? So völlig hatte die Unrast der ersten Regierungszeit seine Tage verzehrt. Und nun war das erste Jahr des neuen Kindes abermals verloren. Als er die Tochter Friederike Luise jetzt wiedersah, lieblich im Abglanz der mütterlichen Züge, vermeinte er erst ganz zu begreifen, welches Opfer die Gattin ihm brachte, als sie das Kleine ihren Frauen übergab und ihm in das Stralsunder Lager folgte.

In solchen Augenblicken geschah es immer von neuem, daß der König die Gattin noch stärker, noch ergriffener zu lieben begann als bisher. Er lachte in der Vorstellung, daß seine Ehe den auswärtigen Höfen als Sache der Konvenienzen und Kontrakte bekannt war und daß sich niemand um die Erwägung bemühte, ob nicht auch das Produkt der Staatsräson sich sehr wohl einmal zur wirklichen Ehe verwandeln könne. Er war den Berichterstattern der fremden Höfe ein gar zu herber Liebhaber einer gar zu kühlen Braut gewesen. Heute aber glaubte er, daß kein Mann auf der Welt leuchtendere Beweise einer großen Liebe empfangen könne, als er sie in dem bald sich rundenden ersten Jahrzehnt seiner Ehe von seiner Gattin erhielt, bis hin zum Geleit in den Krieg: als Schwangere!

Die Königin trat zu dem Gatten und den Kindern. Die Müdigkeit, die sie jetzt manchmal überkam, war wie verweht. Sie sprach entzückt von der Tochter; sie überstürzte sich in Lob, daß die Prinzessin während ihrer Abwesenheit so viele Menschen gesehen und dadurch einigen höfischen Anstand, sich zu bewegen und zu sprechen, gelernt habe. Von nun an werde sie selbst sich Wilhelmines sehr viel annehmen, versicherte sie.

Der Vater meinte, die kleine Person scheine ihm aber doch recht blaß. Man dürfe ihr wohl nicht zu viel zumuten. Damit gab er der treuen Montbail die ersehnte Gelegenheit, zu bemerken, daß die Gesundheit der Prinzessin viel zu wünschen übrig lasse. Da sie aber dauernd unter ärztlicher Obhut gestanden habe, brauchte man jedoch die Majestäten während ihrer Abwesenheit nicht zu beunruhigen. Der König drang weiter in seine Erzieherin, die ihm sein ältestes Kind, das erste, das nach dem Tod der beiden Söhne am Leben geblieben war, zu hüten hatte. Aber auf

Wunsch der Herrin verschwieg ihm die Hugenottin den Blutsturz.

Die Königin beruhigte den Gatten. Sie selbst – er wisse es ja aus der Zeit, da sie am hannöverischen Hofe der gemeinsamen Großeltern weilten – sei auch so übermäßig zart gewesen, und man könne wohl nicht gut bezweifeln, daß sie recht rundliche Wangen bekommen habe. Dies letzte sagte sie lächelnd.

Fast überrascht sah der König zu ihr hin. Wahrhaftig, er hatte es über den eilenden Jahren nicht wahrgenommen, daß sie nicht mehr das schmale, junge Wesen war, in dem sein Vater so gern das verjüngte Ebenbild seiner gefeierten ersten Sängerin, der Madame Buccalossi, erblickte. In der wachsenden Liebe zu der jungen Mutter seiner Kinder hatte Friedrich Wilhelm nie danach gefragt, ob die Geburt der drei Söhne und drei Töchter sie veränderte. Nun erst bemerkte er, mit warmem Lächeln, die Fraulichkeit ihres Gesichtes und der vollen Arme. Er prägte sich die neu entdeckten Züge liebend ein und fand mit einem Male, es sei angemessen und sei an der Zeit, ein neues Bild von ihr malen zu lassen. Vor zwei Jahren wäre es besser gewesen, meinte die Königin leicht klagend. Aber er schüttelte beharrlich den Kopf. Gerade jetzt, nach dieser Heimkehr, sei es am schönsten. Die Gattin spielte flüchtig auf ihren Zustand an. Der König blieb ernst und entschlossen; gerade das meine er. Die Königin rückte ein wenig unruhig an ihrem Schmuck. Sie wagte den Vorstoß.

»In jedem Fall wird es Meister Pesne eine große Beruhigung sein, daß er den ersten Auftrag von Ihnen erhält.«

Der König wurde nachdenklich. Lange hatte er nicht nach dem berühmten einstigen Direktor an der Akademie des verstorbenen Vaters gefragt; er hatte seinen Posten nicht gestrichen; er hatte ihm auch die Bezüge, die ihm, dem aus Frankreich und Italien Herberufenen, zugesichert waren, ausgezahlt; aber dies war nun wahr: es gab keine Kunst mehr im Lande, seit er König war. Worauf wartete Pesne?

Pesne war sehr glücklich. Eine lange, entsetzliche Zeit des Nichtbeachtetseins war mit dieser Stunde durchstrichen. Er, der gefeierte Frauen-, Schmuck- und Kostümmaler aus alter Pariser Künstlerfamilie, wußte den biederen Uniformpinsler Weidemann in seinem alten Akademieamte walten – er, der Meister der Farben und Köpfe, dem man an allen Tischen des Kochschen Gasthofes nachrühmte, er male die Damen ähnlich und dennoch viel schöner, als sie in Wirklichkeit seien.

Er bedachte nicht, daß jener »Uniformpinsler« zum mindesten, als er den Knaben Friedrich Wilhelm für das Schloß der Frau Mutter in Charlottenburg malte, Künstler gewesen sein mußte wie er, und daß Herr Friedrich Wilhelm in Weidemann keinen Schlechten in sein, Pesnes, bisheriges Akademieamt berief. –

Pesne gab sich aber vor dem König liebenswürdig und bescheiden; das entsprach auch der Sanftheit seiner blauen Augen und seiner friedlichen Rundlichkeit, die dennoch der Eleganz seines Auftretens nichts raubte; trug er nicht die Perücke, sondern sein schwarzes Gelock, wirkte er nahezu schön. Er überging das Vorgefallene; er beklagte sich nicht beim König über die Wartezeit. Dagegen fragte der Herr, wieso Pesne nicht wie die anderen Künstler aus dem neuen Berlin in die alte Heimat zurückgegangen sei. Der antwortete mit großer Anmut des Geistes.

»Ich entsann mich, daß Eure Majestät als Knabe manchen Taler auswarfen für Blumen und Farben. Ich habe zuviel Brüder, Schwestern, zwei Töchter, drei Söhne, ungezählte Neffen, Nichten, Schwäger, Schwägerinnen, die alle ihre ersten Taler so verwendeten – und alle noch den letzten daran setzen werden. Majestät werden Ihrem Schicksal nicht entrinnen.«

Das gefiel dem König nicht übel, und er wollte gleich noch wissen, ob noch immer all die unzählbaren Glieder der Familie Pesne und der Verwandtschaft seiner Gattin, der Dubuissons, derart eifrig über ihren Supraporten, Frucht- und Blumenstükken säßen.

»Eben jene Seßhaftigkeit der unzähligen Pesnes und Dubuissons, deren Zahl eine Auswanderung fast unmöglich macht – denn alle Glieder der Familie sind mir nachgefolgt –, hat mich aber auch hier festgehalten«, sagte mit resigniertem Lächeln der Maler, und damit nun endlich der Auftrag zur Sprache käme, wagte er die Frage anzudeuten, ob man von Majestät als dem siegreichen Herrscher ein Bild für den Rittersaal des Schlosses zu erwarten habe, etwa ein Porträt in ritterlicher Rüstung, den Purpurmantel über dem Panzer, den Marschallstab in der Rechten, im Hintergrund ein fliehendes Schiff. Pesne parlierte, als hätte er nötig, außerhalb seiner Bilder zu wirken; er redete beschwingter denn je.

Doch Majestät wehrte ab. Ein solches Porträt würde einen gänzlich falschen Eindruck von dem wirklichen Verlauf der Dinge geben; alles sei ganz anders gewesen. Außerdem wolle er das Bild seiner Frau.

Sofort beschrieb der Maler äußerst lebhaft, wie er Ihre Majestät abzubilden gedenke, und zwar auf dem Ruhebette vor dem Hintergrunde eines römischen Feldlagers; Mars, sie beschirmend; Venus, ihr dienend –

»Nein«, sagte der König, »das muß durchaus anders sein.«

Pesne gestand umständlich, daß natürlich die Schwangerschaft Ihrer Majestät einige Schwierigkeiten bereite. Der König achtete nicht auf den Einwurf. »Ich möchte«, sprach er ziemlich rechthaberisch weiter, »meine Frau in einem ganz bestimmten Augenblick festgehalten wissen, nämlich wie sie in meinem Kriegszelt ihre neue Schwangerschaft verhieß.«

Es war schwer für Pesne, sich sein Entsetzen nicht anmerken zu lassen.

Der König wünschte, daß er sich sofort zu der Gattin begebe, die erste Sitzung zum Porträt zu vereinbaren. Unverzüglich sollten ihm die erforderlichen Zimmer als Atelier renoviert werden.

Die Königin traf der Maler weniger gut gelaunt. Der Herr Vater hatte ihr seine hannöverischen Musikanten und Komödianten für ihren Hof in Monbijou sehr gnädig angeboten, da er in London in seiner neuen Königswürde bereits über ein sehr großes und berühmtes italienisches und französisches Ensemble und Orchester verfügte, während es seiner Meinung nach in Berlin in dieser Hinsicht trostlos bestellt sein mußte.

Hatte die Königin von Preußen, so fragte sie Herr Friedrich Wilhelm, denn wirklich geglaubt, daß die Sänger, Akteure und Musiker, die dem Londoner Hofe nicht zu genügen vermochten, in Berlin auch nur den Vortakt einer Notenzeile spielen, die ersten Verse eines Prologes deklamieren durften? Der König versagte der Gattin den glorreichen Einzug in Berlin, die fürstliche Rückkehr aus dem Stralsunder Lager; er verwehrte ihr, die schöne Gabe ihres Vaters anzunehmen. Was also brachte ihr der siegreiche Abschluß des Krieges? Seehandelsberichte als Tafelgespräche? Die Tochter des Königs von England wollte nicht wissen, welch armen Landes Königin sie war. Nun aber sollte sie von Pesne gemalt sein?

Es belebte sie doch sehr, und namentlich beschäftigte sie die

Frage, welche Embleme wohl ihr Bild erhalten werde, Preußens Adler oder Hannovers springendes Rößlein, und wie man daneben etwa ihre nahe Beziehung zur dreifachen Krone Englands, Irlands und Schottlands andeuten könne.

Er werde ihr, schlug Pesne sogleich die Lösung vor, ein Wappenschild in die Rechte geben, auf dem sie sinnend die drei Kronen Britanniens betrachte; und ein Löwe werde ihr zu Füßen liegen.

Dies fand die Königin schön. Ihr Herz pochte schneller, ihr Blick wurde stolzer.

Ein Adler! Ein Rößlein! Ein Löwe! Drei Kronen!

Plötzlich dachte sie an ihre drei Kinder, und das vierte, das zum Leben drängte, glaubte sie in ihrem Leibe hüpfen.

An die drei toten Kinder dachte die Königin nicht.

Nochmals trat der König zum Maler; unangemeldet erschien er im Zimmer der Gattin.

»Meister Pesne«, sprach er sanft, »geht in den Dom, in die Gruft, seht Euch das Wachsenglein an und malt mir meinen ersten Sohn, als ob er lebe, im Gartenwagen durch die Blumenwege fahrend, wie sie damals hier waren. Und damit das Bild nicht gar so traurig wird, gebt dem Knaben ein Mohrlein zur Seite, das mit ihm scherzt.«

Die Pesnes und die Dubuissons, die beiden glücklichen und malenden Familien, sollten wieder viel zu reden und zu planen haben. Anders war ihnen auch nicht wohl.

Rat Creutz war sehr erstaunt, als er in königlichem Auftrag Geld für ein Gemälde auszahlen mußte. Für einen Augenblick schien ihm die Rechnungskammer zu wanken. Er liebte sein Amt, das Übermaß der Arbeit und die Stille des Winters, in der er unablässig Zahl auf Zahlen häufte, indes die Felder und die Bauten und mitunter auch sogar die Exerzitien ruhten. Er liebte den weißen, kühlen, festen Schnee, der das Unebene so gleich und klar machte und allen Unrat verdeckte. Er liebte das herbe, reine Licht der hellen Stunden. Er liebte die Sonne, die nicht wärmte. Von seinem Schreibpult aus sah er die Sonne aufgehen und sinken, denn das Pult stand vor einer glatten, weißgetünchten, fensterlosen Wand, und die Fenster der Amtsstube befanden sich zur Rechten und Linken des Pultes.

Immer, wenn der Rat die Rechnungskammer morgens betrat,

war es noch dunkel, nur daß im Ofen die Holzscheite flackerten, die der Schreiber gerade eingelegt hatte. Wirklich warm wurde es in dem Raum zu ebener Erde nie. Aber auch das war dem Rat nur angenehm.

Ehe er seine Arbeit begann, beobachtete er noch im Lichtschein des einzigen Talglichts, ob der Schreiber auch ja in alle Winkel frischen Sand ausschüttete. Danach streifte er leinene Schutzhüllen über die Rockärmel, schlug sein Pult auf und hob die schweren, engbeschriebenen Bücher aus der Lade. Die Federn fand Rat Creutz schon gespitzt vor. Er pflegte am Abend die Arbeit damit zu beschließen, daß er die Federn zum morgigen Tagwerk selbst schnitt. Wurde es hell, so warf er noch einen letzten Blick auf den Tag. Im Schnee war noch die Spur der eigenen Schritte; kein Mensch war hier nach ihm gegangen, so früh war die Stunde. Die Seiten, die er nun aufschlug, waren weiß wie der kalte Schnee vor der Tür. Die langen Reihen dunkler Zahlen glichen seinen Fußstapfen, als bezeichneten beide den kalten und einsamen Weg eines Mannes. Schritte und Zahlen redeten eine harte Sprache. Allen Verschwendern im Haushalt des Staates waren sie unablässig und unnachsichtig auf der Spur. Sie zerstörten die Hoffnungen des Königs. Aber wer ihm verfrühte Hoffnungen nahm, wer ihn von dem Rest einer Lüge befreite, den nannte der König unter seinen besten Dienern.

Dies war die hohe Fähigkeit des jungen Rat Creutz, Verhängnis und Verfehlung in Zahlen zu bezeichnen, in Ziffern alle Mängel unverrückbar festzulegen. Ah, hier stand es in Zahlen und Daten: die Verzweiflung des Volkes, die Verwahrlosung des Staates, ehe König Friedrich Wilhelm kam; die Wendung zum Ausweg und zur Ordnung in der kurzen Spanne von der Thronbesteigung bis zum Auszug in den Nordischen Krieg; danach die Stockung alles neuen Antriebs, als der König Feldherr wurde auf der bleichen Ebene am Wintermeer; endlich der neue Ausbruch alter Not, die lässige Verschwendungssucht hoher Räte und Minister, die sich, ohne die Aufsicht des Herrn, im Besitz ihrer früheren Vollmacht zu fühlen schienen; ah, es war alles zusammengefaßt am Ende jeglicher Seite, in einer einzigen Summe unter dünn und gerade und sauber gezogenem Federstrich. Auch das Elend einer Jugend, der Haß gegen alles, was die Gasse barg; der Haß auch gegen alles, was von draußen her die Gasse umringte und abschloß, sie hatten die kalte, lähmende und unerbittliche Sprache gefunden: Addieren, subtrahieren – nichts anderes waren die Schritte im Schnee, die Zahlen auf dem weißen Blatt. Ziel und Summe aber war, der oberste Rechner im Lande zu werden: einer, der das Leben der Kassen beherrschte. Denn die Kasse war ihm der Himmel der Zahlen. Auch Rat Creutz hatte einen Glauben.

Der Vormittag war mit den Zahlenreihen vorgerückt. In Reihen und Strichen erbaute der Tag des Rats sich seine Ordnung. Dann störte Unvorhergesehenes das klare Gefüge durchrechneter Stunden.

Der Schreiber stahl sich ins Zimmer und flüsterte dem Rat ins Ohr, das Fräulein von Wagnitz stehe draußen im Flur und zittere vor Kälte trotz seines schönen weißen Pelzes.

Creutz empfand beides: Genugtuung und Zorn; Genugtuung, daß eine der Damen des hochfahrenden Landadels bei ihm um Gehör bat; Zorn, daß sie wahrscheinlich bei ihm nur den letzten Versuch unternahm, nachdem ihre Standesgenossen sie abgewiesen hatten. Mochte das Fräulein noch eine gute Viertelstunde warten; dann durfte es erscheinen. Creutz spürte mit Bitterkeit: was half es ihm, daß er sein weniges, sein mühevoll erworbenes Geld dafür ausgab, im Speisesaal des Kochschen Hotels unter den Vornehmen und Hochgestellten sein Abendbrot nehmen zu dürfen. Es brachte ihn den Hochmütigen nicht näher; es trennte ihn nur noch strenger von ihnen. Er war unter ihnen, und sie übersahen seine Gegenwart.

Auch als das Fräulein von Wagnitz schon in die Amtsstube gebeten war, blickte der Rat noch immer nicht von seinen Akten auf; nur daß er, im Schreiben, das Fräulein bat, doch Platz zu nehmen. Groß und schmal, im knappen, langen Rock, die grünen Leinenhüllen um die Ärmel, stand er am Pult. Erst als die Spalte, mit der er sich mühte, aufgerechnet war, wandte er sich dem Fräulein zu. Und nun vermochte er, der weltmännische Manier und Gemessenheit noch nicht beherrschte, sein Erstaunen nicht zu verbergen, so fürstlich erschien ihm die Bittende. Er hatte die junge Fremde im Kochschen Gasthof immer nur von fern am Tisch mit ihrer Begleiterin gesehen. Nun erst gewann er den vollen Eindruck ihrer Schönheit. Sie war groß, doch zart und sehr schlank. Zum winterlichen weißen Pelzhut trug sie ihr eigenes dunkles Haar; Brauen und Lider waren sorgsam mit dem Stift umzogen, die perlgrauen Augen noch größer erscheinen zu lassen, als sie in Wirklichkeit schon waren. Zu ihrem schwarzen, samtigen Reifrock trug sie einen kleinen, um die Hüften fest schließenden, schneeweißen Pelz und keinerlei Schmuck als einen Ring mit einem Diamanten von ungewöhnlicher Größe und Klarheit.

Creutz verfolgte aufmerksam jede ihrer Bewegungen; er sah, wie sie den Muff hielt oder das Schleierchen zurückstrich; nichts entging dem jungen Rat, vor allem nicht der Glanz des Diamanten. Er könnte das Glück einer Jugend und mühelosen Aufstieg bedeuten, dachte Rat Creutz, der aus den Gassen der Armut kam; warum läßt sie sich herab, sich vor mir mit Bitten zu demütigen? Ich vermag ihr nichts zu verschaffen, was diesem Wert auch nur annähernd gleichkäme.

Noch niemals hatte er solche Sicherheit der Rede und Haltung wahrgenommen. Das Fräulein von Wagnitz war erregt, ganz gewiß; doch wer hätte überlegter zu sprechen gewußt; kaum daß im Unterton ihrer Worte Heftigkeit und Bitterkeit mitschwangen. Daß aber der vornehmen jungen Dame ihre Beherrschung nicht leicht fiel, verrieten ihm zwei plötzlich sich abzeichnende, gerade dunkle Striche unter den Augen.

Das Fräulein holte Briefe und Rechnungen, Schuldscheine, Überschreibungen und Pachtverträge hervor. Der Rat hielt prüfend das dritte Blatt in der Hand. »Hiernach, Madame«, sprach er, »werden Ihre Gläubiger binnen kurzem in Berlin eintreffen. Ein verlorenes Gut, vernichtete Höfe, ein verschuldetes Schloß – man kann sie durch die Flucht nicht leugnen. Außerdem, Madame, sind dies Affären des Adels, die keinesfalls für meine bescheidene Amtsstube bestimmt sein dürften.«

Die Wagnitz preßte unruhig die Hände gegeneinander. Wieder waren die geraden, dunklen Striche unter ihren Augen, und der Glanz der grauen Sterne schimmerte in der Erregung bis ins tiefe Schwarz.

»Ich weiß sehr gut, was Sie sagen wollen, mein Herr. Aber ich bin schon von Kammer zu Direktorium und von Kollegium zu Kommissariat gefahren. Man hat mich über Zuständigkeiten aufgeklärt; aber man hat mich nicht angehört. Ich kann nicht warten, bis der König die Geschäfte wieder aufnimmt. Ich brauche ein Amt, das mir rechnen hilft. Ich brauche den Beistand dieser einen neuen Kammer, die vom König eingesetzt und Ihnen anvertraut ist. Man hat an allen anderen Stellen nichts davon wissen wollen, daß mein Gut verfällt, wie ich alles Besitztum meiner Nachbarschaft, Verwandtschaft und Bekanntschaft in ganz Preußen verfallen sah. Wir sind Bettler und müssen dennoch nach den ungeschriebenen Gesetzen unseres Standes aufzutreten wissen, wie Frankreichs Herzoginnen am Hofe des Sonnenkönigs. Heute und morgen tun wir es ihnen, vom letzten Darlehen, noch gleich; übermorgen aber sind wir allem Elend preisgegeben. Die Felder, mein Herr, liegen Jahr um Jahr verwahrlost; aber ihre Herren leben heiter in Warschau und Paris; unter Menschen und Tieren war die Pest, die Städte sind entvölkert, die Dörfer verwahrlost, aber die Schlösser, deren letztes Wertstück den Wucherern gehört, sind von anspruchsvollen Gästen überfüllt – «

Der König hatte leise die Tür geöffnet. Er legte den Finger auf die Lippen, Creutz hinter dem Rücken der jungen Dame Schweigen zu gebieten. Der Rat verstand ihn sogleich. Der König hörte wie gebannt zu. Aber er wollte, auch wenn er unerkannt blieb, kein heimlich Lauschender sein. Er grüßte höflich, bat um Vergebung ob der Störung und stellte sich als Oberst vor, der lebhaften Anteil nehme an den Schilderungen des gnädigen Fräuleins, zumal er demnächst das Land im Osten selbst kennenlernen werde, da ein Kommando ihn dorthin berufe.

Er wollte weiter von den dunklen Dingen hören, die auf sein Herz einstürmten, als träfe ihn der Vorwurf schwerer Versäumnis. Nach diesem Ostland hieß sein Reich ja Preußen –.

Noch niemals hatte er eine Frau so leidenschaftlich klagen und anklagen hören. Und es galt seinem Lande! Dies allein entnahm er ihren Worten, und der Gedanke lag ihm fern, daß das Fräulein von Wagnitz auf Braunsberg in der Amtsstube des Rat Creutz lediglich gegen höchst private Gläubiger kämpfte.

Die junge Frau erschien ihm als eine Richterin.

»Aller dieser Angelegenheiten muß sich der König schleunigst anzunehmen suchen«, rief der Oberst; und zu Rat Creutz gewandt, bemerkte er: »Halten Sie es dem König dreimal des Tages vor, daß er hinauf nach Preußen muß.«

Die Wärme seiner Anteilnahme tat dem Fräulein wohl. Der Oberst hatte alle Artigkeit der Kavaliere, die es kannte, darüber hinaus jedoch eine schützende und ratende Art, wie sie der Baronin noch nie an einem Manne begegnete. Creutz aber hob es in ihren Augen höher, daß er von einem solchen Obristen so vertraut in seiner Amtsstube besucht wurde, und sie gedachte, abends bei Koch einige verbindliche Worte an ihn zu richten.

Als sie gegangen war, sagte der königliche Oberst zum Rat: »Dies ist mein Ernst, Rat Creutz, dreimal des Tages soll Er mir vorhalten, daß ich nach Preußen muß; dreimal des Tages, denn die hiesigen Geschäfte werden mich aufzehren.«

Creutz schlug die Bücher auf. Und als er die Spalten, Kolumnen und Rubriken mit ihm durchging, Zeile um Zeile, war dem König alles andere schon versunken.

Außer dem König von Preußen gab es keine Produzenten, Abnehmer und Auftraggeber. Leistungen lagen vor – Gewinne nicht. Ein tödlicher Kreislauf der Ware und des Geldes war vor dem König und dem Rechenmeister aufgedeckt. Daß die kurmärkische Armenlotterie wegen Geldmangels nicht zustande kam, der Herr nahm es hin.

Die Oder, die gab seinen Rechnungsbüchern und Kassen ein großes Werk zu tun! An ein und demselben Tage mußte es geschehen, daß er den letzten Federzug unter den Friedensvertrag mit Schweden setzte und den letzten Strich entwarf, den letzten Posten im Etat kalkulierte für seinen Plan der Schiffbarmachung der Oder und aller seiner Flüsse; notwendig gehörte ihm beides zusammen. Aber die Mittel? Aber das Geld? Noch war alles nur Verheißung; noch wies alles nur in eine weite Zukunft; noch war alle Gegenwart so arm und widerspenstig und beladen mit der Schlud – und den Schulden der Vergangenheit! Was nützte der Hafen zum Meer, wenn die Flüsse nichts taugten und für die Kähne keine Ladung da war?

Der König und der Rechenmeister, auf ihren Schemeln an den Pulten, waren über die Zahlenreihen gebeugt wie über strategische Karten. Sie führten auf ihre Weise den Schwedenkrieg nochmals von neuem.

Bereits im Laufe dieser Woche mußte für die Rechnungskammer des armen Mannes Creutz eine andere Unterkunft gemietet werden, und die neuen Amtsstuben sollten sich mit Schreibern für den einstigen Schreiber füllen. Der König gab viel Geld aus, nur um zu erfahren, welche Summen ihm fehlten.

Was der jüngste Rat des Königs von Preußen noch nicht zu wissen brauchte, behielt Friedrich Wilhelm für sich: Noch war der junge Herr über Preußen nicht so stark, daß er auch nur das geringste von ihm aufgenommene Werk hätte abbrechen dürfen, sobald die Widerstände unbesiegbar schienen. Das harte Schicksal, das auch nur eines seiner Projekte traf, würde man sofort mit Eifer all den anderen Plänen prophezeien. Noch brauchten die Menschen täglich von neuem das Bild: Alles wird neu! Alles wächst! Alles gelingt!

Der König wurde mitten aus dem Rechnen abgerufen. Kaum vermochte der Lakai zu sprechen, so atemlos war er vom Lauf. Es war unendlich schwer für die Lakaien, mit einem König umzugehen, dem man in einfache Amtsstuben nachjagen mußte. Diesmal aber war der Mühe nicht zu entrinnen. Der König mußte gefunden werden. Prinzessin Wilhelmine hatte einen Blutsturz.

Die Ärzte wollten ihr zur Ader lassen, dem Blut einen anderen Abfluß zu geben. Der König raste. Das war gegen allen natürlichen Verstand! Er wollte Ärzte, Ärzte haben und keine Kurpfuscher! Die Akademie sollte ihm Ärzte ausbilden, statt zeit- und geldraubende Spielereien mit astrologischen und mythologischen Kalendern zu treiben!

Der König eilte die Treppen hinab. Er stürzte selbst in die Apotheke des Schlosses und scheuchte den Apotheker und seine Gehilfen auf, denen es gerade gelungen war, ein Tränklein zu mischen, welchem ein hehres Epos der Antike Zauberkraft zuschrieb. Sie hatten manche Stunde ihrer Arbeit und manchen Dukaten des Königs an ihr Werk gesetzt.

Der König fegte die Retorten und Phiolen mit dem kindischen Gebräu vom zierlichen Gestell. Er rückte die allegorisch bemalten hohen Fayencedosen auf den Regalen rücksichtslos durcheinander, warf eine Reihe duftig ziselierter Fläschlein vom Eckschrein und fluchte über Unordnung und Dunkelheit. Nichts, was er griff, war mehr wert als gefärbtes Zuckerwasser.

Apotheker und Provisor hielten ihm ängstlich entzückende Büchsen mit feingestoßenen Pulvern entgegen. Aber dem König galten sie zu gar nichts tauglich als zum milden Abführmittel für verstopfte Damen.

Sein Zorn sah alles, den Staub auf den verschnörkelten Vitrinen, den Grünspan auf den Messingmörsern, den Unrat in den Winkeln zwischen alten Fässern und korbumflochtenen, bauchigen Glasbehältern. Nirgends fand der König eine klar erkenntliche Aufschrift oder deutliche Bezeichnung. Er warf die Tür hinter sich ins Schloß und stürmte die Treppen wieder hinauf zu seinem blutenden, vergehenden Kinde. Der Apotheker und seine Gehilfen rafften auf Tabletts zusammen, was Blicke und Hände nur erreichen konnten. Mit fliegenden, veilchenfarbenen Mänteln und wehenden Locken, angstvoll die unschätzbaren Medikamente vor sich haltend, folgten sie der Majestät nach. Oh, der arge Ruf bestand zu Recht! Der König war ein Feind der Wissenschaft! Nun wußten die Apotheker darum.

Während der König vor ihnen dahinstürmte, erstand vor seinem inneren Auge schon das Neue: eine reinliche und lichte Apotheke, hell übertüncht, die Bretter und Borde aus Silber und Glas, Dosen und Schachteln und Flaschen und Behälter ohne Zierat und Blumenmuster und olympische Szenen, dafür aber mit klarer und leichtverständlicher Aufschrift versehen. Die Mörser, Stäbchen, Löffel, Nadeln, Spachteln, Pinzetten und Gewichte werden pures Silber sein. Statt matter und befleckter Butzenscheiben werden breite, hohe Fenster die schweren Mauern zerteilen; und eine Abzweigung der Wasserleitung, die dauernd große Abflußbecken mit frischem Wasser nachfüllt, wird keinen Staub dem Wasser sich vermengen lassen. Freistehende, drehbare gläserne Platten werden alles tragen, was sofort zur Hand sein muß. Europas beste Chemiker – es koste, was es wolle – in sonnengebleichten, weißen Leinenschürzen, das Haar zum festen Zopf gedreht, werden hantieren an Stelle der verspielten und verträumten Alchimisten in ihren lila Zaubermänteln und verstaubten Puderperücken.

Nun, da es still war im Gewölbe, huschten die Mäuse wieder hervor zwischen den Salbenbüchsen und Truhen mit getrocknetem Thymian. Sie schnupperten an zerschlagenen Dosen; sie stoben im Nu wieder in ihre Löcher und Winkel, als ein morscher Schrankflügel knarrte, den der ergrimmte König aus den Angeln riß.

Die Sonne lag schwer und gelb auf den matten, farbigen Butzenscheiben; denn der Wintertag war sehr licht. Aber in der Tiefe des Gewölbes blieb die Dämmerung. Wo es wie ein Sonnenfleck auf den Steinen des Fußbodens war, hockte schläfrig eine träge Ratte, die der kleinen Mäuse Unruhe nicht teilte. Hätte der König sie gesehen, er würde sofort ein Gesetz zur Vertilgung von Kellerratten erlassen und das Halten von Katzen zur Pflicht der Bewohner erhoben haben. Jeder Blick und Schritt des Königs schuf Ordnung.

Aber er selbst war in Verzweiflung und Verwirrung, als er zum zweitenmal den Blutstrom aus dem Munde seines Kindes quellen sah. Ärzte! Ärzte! Ärzte! Ein König kann entsetzlich arm sein. Der Ruf nach den Ärzten verriet es.

Der König gelobte, daß er allen Vätern helfen wolle, die sich wie er um ihre Kinder bangten. Die neue Apotheke – schon war sie fest beschlossen – sollte an die Armen auch die besten Arzneien kostenlos verteilen.

Als er von dem Groll des Königs auf Apotheker, Ärzte, Akademiker und von der Krankheit der Königstochter hörte, machte Doktor Eisenbart, gefolgt von seiner Gauklertruppe, Sekretär und Advokat, sich auf nach Berlin, um die Bestätigung seiner alten Privilegien einzukommen. Es war unter dem neuen Preußenkönig nicht so einfach damit; denn Eisenbart, der große Wundschneider, führte seinen Doktortitel nicht gänzlich zu Rechte, auch wenn man nun schon in drei Sprachen von ihm sang: »Ich bin der Doktor Eisenbart, kurier' die Leute auf meine Art« und er selbst behauptete, »daß nur ein Eisenbart ist, so lange ihm Gott sein Leben gönnen wird.«

Die Vornehmen lagen in den Fenstern, wo er nur auf einem Jahr- und Wochenmarkt sein Bretterpodest aufschlug, und luden sich in ihren Kutschen einander zu ihm ein. Seiltänzer, Trompeter, Riemenstecher, Glückstöpfer, Marktschreier mußten von hoher Tribüne seinen Ruhm verkündigen, daß er »Leute heile, die melancholisch, traurig sein, mit schwermütigen, bösen Gedanken gequält oder gar unsinnig und närrisch gewesen«, und daß er außer dem Balsamischen Haupt-, Augen- und Gedächtnisspiritus, seinem Zaubersaft, noch viele »gar rare und in Teutschland unbekannte, kuriöse Medizinen habe, das Gesicht bis ins Alter weiß und rot zu erhalten, ohne Runzeln; auch emaillierte Augen in den Kopf setze, wo eines manquiere«.

Da nach der neuen Märkteschauordnung des Königs von Preußen sein Einzug in Berlin erfolgen mußte, ohne daß Harlekine Purzelbäume schossen, Trompeten schmetterten und Flugblätter durch die Gassen wirbelten, entschloß sich Johann Andreas Eisenbart zur Vornehmheit und stieg im Kochschen Hotel ab, das noch teurer war als der »Güldene Apfel« in Magdeburg und der Ratsweinkeller am Stettiner Kohlenmarkt. Doch hinderte die Noblesse seines Quartiers ihn nicht, noch immer wieder einmal des Polterhansen Bleuset Schenke aufzusuchen. Denn niemals mehr hatte er einen Ausrufer gefunden wie zu der Zeit, da der Polterhansen noch Spaßmacher in seinen Diensten war. Darüber hinaus aber verband den Prinzipal und seinen einstigen Harlekin die Leidenschaft für das heimliche Wissen um die heilenden Kräuter. In dieser Hinsicht blieb der große Doktor Eisenbart des Polterhansen Bleuset ständiger Schüler. Um dessen Schanktisch hingen nämlich heute noch in würzig duftenden Bündeln Johanniskraut und Augentrost, Mistel und Tausendgüldenkraut, Rainfarn, Zinnkraut, Gottesgnadenkraut.

Dem Wein- und Bierschenker Bleuset gefiel die neue Märkteordnung, die der König eingeführt hatte, gar nicht übel, auch wenn sie Meister Eisenbart die Freude am menschheitsbeglückenden Handwerk ein wenig trüben mochte. Das mußte man dem König lassen: die Märkteschauordnung lockte die Leute aus ihren Häusern; und wurde der Markt dann abgebrochen, sah der Küfer und Brauer Bleuset seine Schenke bis in den letzten Winkel gefüllt mit Händlern, Fuhrleuten und Käufern.

Und die Markttage waren für den Polterhansen um so wichtiger geworden, als der König auf der völligen Heiligung des Sonntags bestand, den Bierausschank und alle Spielmannsmusik in den Wirtschaften feiertags verbot, den Bedarf beschränkte, die Musikanten um den Tag ihrer besten Einnahmen brachte, für Kurzweil nicht einmal der Fremden sorgte – nur weil ihm gar so bitter ernst ums Herz war um der großen Nöte seines Landes willen. Der Lebenswandel aller Bürger wurde kontrolliert. Den Polizeiausreitern mußte jede Tür sogleich geöffnet werden. Das Landsknechts- und à-la-bassette-Spiel war längst bei hoher Strafe untersagt. Nicht einmal in dem eigenen Hause sollte man noch nach Belieben feiern können! Arme Leute durften nicht mehr so häufig Gevatter stehen, wie es Brauch geworden war; es kostete zu viel Geschenke; und bei Taufe und Hochzeit waren nur drei Gerichte erlaubt.

Um so mehr wuchs die Beliebtheit des Polterhansen und seiner fröhlichen Schenke.

Jeden Tisch mußte Bleuset selber bedienen. Nicht einer unter den Gästen, der nicht auf des Polterhansen Bleuset alte und neue Streiche wartete! Der hörte den Beinamen nicht ungern. Allerdings ließ er von Zeit zu Zeit immer wieder durchblicken, daß er von Hause aus ein ehrbarer Refugié und entfernter Verwandter des Pater La Chaise sei. Wie, sie wüßten nicht, wer Pater La Chaise wäre? Bleuset war es gewöhnt, daß, sobald er diese Frage tat, seine Gäste sich auf den langen Holzbänken unter den Fenstern zusammendrängten, teils sich auf die Tische hockten, Krüge und Humpen neben sich, und die ganze Mitte der Schankstube freigaben. Denn sie wußten alle: Jetzt beginnt die Vorführung! Bleuset eröffnet seine Harlekinade!

Er spielte ihnen das Lever des Sonnenkönigs vor, mit allerlei Unziemlichkeiten und derben Verrichtungen, die seiner Meinung nach zu einem Lever nun einmal gehörten. Sodann trat er als Pater La Chaise auf, als des Sonnenkönigs Beichtvater. Er spielte sie beide, den Herrscher der Herrscher auf dem Nachtstuhl und den Pater im Beichtstuhl; er tat es vermessen und zuchtlos. Die Schenke dröhnte vor Lachen, die Männer wischten sich den Schweiß vom Gesicht und den Bierschaum aus den Bärten; und waren Frauen bei ihnen, so gab es auch Tränen des Lachens und rote Gesichter vom Schämigtun und ungewohnten Trinken.

Aber als Bleuset heute die übliche Frage tat, antwortete ihm einer. Ein kleiner, dicker Mann in mächtiger Perücke, in verbrämtem und beschmutztem Rock stand auf, trank auf Bleusets Wohl, nannte ihn des Paters würdigen Nachwuchs und erklärte es in zierlichen, gelehrten und zugleich recht zweideutigen Redensarten, wer Pater La Chaise gewesen sei. Bleuset blinzelte dem neuen Gast, der sich so abhob, zu, er wolle ihm antworten und er möge darauf eingehen; es könne lustig werden. Er bat den Fremden, sich doch gütigst vorzustellen; der behauptete aber, er sei kein Mensch; er sei vielmehr eine Zeitung, und zwar die einzige, die es hier gebe. Denn die Blättlein, denen der König von Preußen nach dem zwei Jahre durchgeführten Verbot aller Zeitungen nun wieder das Erscheinen erlaube, seien nur Zeitungen von Zeitungen; sie druckten ab, was man im Ausland melde, und auch davon nur das Unwesentlichste. Oh, sie möchten es ihm alle glauben, er allein sei die einzige Zeitung.

Nun, der Schankwirt und Possenreißer Bleuset verstand: Gundling war eingekehrt, der abgesetzte Hofgerichtsschreiber König Friedrichs I., der Expräsident des Oberheroldsamtes und Exprofessor der aufgelösten Ritterakademie, ein gewaltiger Redner am Zechtisch! Dies war auch in die Schenken gedrungen, daß

Gundling immer witziger wurde, je mehr er verarmte und je tiefer er sank. Wenn er den zu halten verstand, so würde bald mancher vornehme Gast hier unter dem Pöbel der Schenke erscheinen. Bleuset dachte blitzschnell; der Faden durfte keinesfalls mehr abreißen; rasch mußte er die nächste Frage tun.

»Wo ist die Zeitung denn bisher erschienen, da ich sie noch niemals zu Gesicht bekam?«

»Im noblen Kochschen Gasthof«, sagte Gundling, »und man hat sie als kostbares Gut so geheimgehalten, daß sie eines Tages, und das ist heutigen Tages, dort gar nicht mehr zu sehen war. Aber von nun an gedenkt sie in der Bleusetschen Schenke zu erscheinen; und es ist äußerst billig, diese Zeitung herzustellen. Man muß nur immer etwas Wein und Bier aufgießen.«

»Nun«, rief der Polterhansen, »gerade daran ist bei mir kein Mangel. So abonniere ich auf die Zeitung. Bisher waren die Gazetten für meinen armen Gasthof zu teuer, und außerdem dünkten sie mich für die lustigen Herrschaften, die meine Schenke mit ihrem Durst und ihrer Fröhlichkeit zu beehren geruhen, gar zu ledern und unverständlich. Aber diese Zeitung, geliebte Zecher, nicht wahr, die gefällt euch?«

Das war einmal eine Abwechslung! Solche Unterbrechung im gewohnten Spiel! Sie rückten alle Bänke und Schemel um den Fremden, nahmen die Krüge zur Hand oder stellten sie vor sich auf die Erde, und der Polterhansen, um noch einmal einzuschenken, kletterte über die Gäste hinweg, in jeder Hand eine Kanne, und ließ sich gleich die Münzen für den Trunk in seinen Schürzenbeutel stecken; doch gab er mitten im Lachen und Lärmen wohl darauf acht, daß keiner sich etwas herausstahl. Vor Gundling setzte er gleich einen ganzen Krug ab. Als der nun doch – und war es zum Spaß? – in die Geld- und Schürzentasche des Wirts griff, legte der sogar noch ein Häuflein Geldes vor den neuen Gast auf den Tisch. Der Professor erhob sich. Es war nur ein Augenblick, und keinem außer dem Polterhansen war es sichtbar, daß eine große Traurigkeit und Müdigkeit seine Blicke verschleierte. Er machte ein zierliches Kompliment. Die Zeitung beginne nun zu erscheinen, und da sie sehr gründlich sei, fange sie auf ihrer ersten Seite mit dem Alphabet an. Ob denn auch alle verehrlichen Leser nun wirklich auch wüßten, was ein ›A‹ sei? Und nun wiederholte er seine höfliche Verbeugung, jedoch den Gästen abgewandt, so daß sein Hosenboden von abgeschabtem

Samte zwischen den gestickten und zerfransten Rockschößen erschien. Das gab ein Gelächter! Doch meinte Gundling, er finde zwar seine Leserschaft vorzüglich unterrichtet und sehr hurtig im Begreifen, aber diesmal habe sie sich getäuscht. Das ›A‹ sei doch natürlich nur jenes große Ach, das unter dem neuen König immer lastender über Brandenburg und Preußen liege und durch die neuen Armenwächter Seiner Majestät kaum behoben werde. Und ›B‹ sei der Betrug der Hoffnungen darauf, daß der siegreich aus dem Schwedenkriege heimgekehrte König seine Schätze an das Volk verteilen werde. Vielmehr presse er sich einen neuen Schatz aus dem enttäuschten Volk heraus, was mittels des ›C‹, des Kalkulators Creutz, geschehe. Und zwar gehe es um den Schatz, den man am widerwilligsten herausrücke. Doch das stehe erst als Fleiß unter ›F‹.

›D‹ und ›E‹, sie nicht zu überspringen, würden zu solchem Zwecke reichlichst angewendet, nämlich Druck und Entrechtung. Der König von Preußen sei allmählich auf das ›G‹, den Geschmack, gekommen; sonst finde er freilich an gar nichts Gefallen, und das ›H‹ würde er gänzlich verschwinden lassen, denn für Hurerei zeige der Sittsame kein sonderliches Wohlwollen, namentlich nachdem er selbst ins Feldlager das eigene ›I‹, sprich: Ihre Majestät, mitnahm, wovon er sich ohne Frage ein ›J‹, einen Jungen, versprach.

Gundling, die Wirkung seiner Worte zu verfolgen, brach ab und nahm einen langen Schluck aus seiner Kanne. Schon johlten sie nach dem ›K‹. Aber Gundling wußte noch eine bessere Deutung des ›J‹. Ein zweites ›J‹? Das sei doch klar. ›J‹ das sei die Jagd auf alle, die ein größeres Einkommen bezögen als der König mit seinen schäbigen dreiundfünfzigtausend Talern Dispositionsfonds. Bei einem derart geringen Etat könne der König sich natürlich das ›K‹, das ›L‹ und das ›M‹ nicht mehr leisten. Mit der Kunst, mit Leben und leben lassen sowie der Muße wäre es nun aus, und sie alle hätten das ›N‹, alle, alle, das Nachsehen. Doch stünde es dafür einem jeden frei, für Seiner Majestät Entwürfe und Entschlüsse ein ›O‹ nach dem andern in Gestalt eines Opfers zu bringen. Das ›P‹ werde, so höre man, demnächst in Plusmachern sowohl wie in Paraden vorherrschend sein in ganz Preußen, obwohl die Privatinteressen des Königs, seitdem er eine eigene Apotheke aus Glas und Silber errichtete und einem Doktor Eisenbart derartige Einschränkungen im Medikamentenhandel auferlegte, sich dem ›Q‹, der Quacksalberei, zugewendet hätten. Ja, ja, sie könnten sich nur alle das ›R‹, die Ruhe wünschen, wenn der Herr auch weiterhin mit soviel ›S‹, mit derartigen Schikanen fortzufahren gedächte. Dafür gebe es nun aber freilich keine Schlupfwinkel und -löcher mehr in den preußischen Städten.

Jetzt brach der Überschwang los. Sie wollten mittun. Die Männer in der Schenke überboten sich.

»Bei dem ›T‹ wird der gelehrte Herr ins Torkeln kommen!« riefen sie, denn der Professor wankte schon bedenklich. »Und mit dem ›U‹ wird er gleich allen Unrat ausspeien!« Denn es hatte dem Präsidenten zwischen gar manchen Buchstaben des Alphabets schon heftig aufgestoßen. Gundling tastete sich auch sogleich ängstlich durch die Wirrnis der Bänke. Die herabgebrannten Talglichter leuchteten ihm gar zu spärlich. Der Polterhansen mußte ihn selbst auf den Hof hinausführen.

Erst als das ganze Marktvolk bezecht aus der Schenke getrieben war, schleppte er den Professor und Expräsidenten wieder in die Gaststube. Gar nicht einmal so unsanft drückte er ihn auf die Bank im Ofenwinkel und hob ihm die Beine auf einen Schemel. Für sich selber brachte der Wirt ein altes Federbett und einen Schafspelz aus einem Kasten herbei und streckte sich auf dem längsten und breitesten Tisch aus, ohne erst Tabak und Brotkrusten hinwegzufegen oder die Bierlachen und Schnapsreste aufzutrocknen. Das Talglicht, an einer Ecke des Tisches festgetropft, war schon im Zerfließen. Er drückte es mit der Hand aus. Gundling erwachte noch einmal aus seinem Elend.

»Muß ich so schlafen?«

»Ja«, sagte der Polterhansen, »Stuben und Kammern habe ich nicht. Ich halt' es immer so.«

Aber da der betrunkene Professor noch einmal zu sprechen angefangen hatte, sollte er ihm wenigstens noch den Schluß des Alphabetes verraten, damit die erste Zeitung auch wirklich fertiggestellt wäre. Dies begriff Gundling noch, daß die Frage schmeichelhaft für ihn war. Er brauchte auch gar nicht lange nachzudenken.

»Ah, das Ende des Alphabets«, murmelte er, »das ist beinahe zuviel. Das ganze ›V‹ meines Lebens, Verhängnis und Verfall ohne Ende, steckt darin – das ganze ›W‹, die Wut auf den König, die Wehrlosigkeit vor dem Herrn, hat sich darin verkrochen.

Aber das ist mein Trost: der Kaiser wird unserer Majestät nach wie vor ein ›X‹ für ein ›U‹ vormachen, damit die Bäume nicht in den Himmel wachsen; mag er noch so erfolgreich gewesen sein im Nordischen Kriege, unser Herr, – es wird auf seiner Havel auch jetzt noch nicht von goldenen ›Y's‹, von Yachten, Frachtern und Liburniken wimmeln –!«

»Das ›Z‹, das ›Z‹«, drängte Polterhansen, dem die Buchstabendeutung gar zu politisch wurde; außerdem vermochte der Professor nur noch zu stammeln, und der Schankwirt wollte nicht um den Abschluß betrogen sein.

Da brach es aus Gundling hervor: »Die Zote, die Zote, die Zote! Und wenn der König sich auf den Kopf stellt – Minister kann er entlassen, Professoren aus dem Amte jagen, aber die Zotenmacher werden ewig leben.«

»Dann braucht man doch den Mut nicht ganz zu verlieren«, grunzte der Polterhansen. Und plötzlich, als belausche sie einer, begann er flüsternd zu fragen: »Hat Ihn Wirt Koch aus seinem vornehmen Gasthof nun ganz rausgeworfen?«

»Ja«, sprach Gundling fest, denn dies erfaßte er wieder, »ich habe keinen Staatsrock mehr für seinen Speisesaal. Und neue Kleider will er mir nicht kaufen. Das ist ihm die Unterhaltung der Gäste nicht wert.«

»So lange Er den Kopf behält, kann Er bei mir bleiben, Professor.«

Aber dem einstigen Historiographen des ersten Königs von Preußen, Professor der Ritterakademie und Präsidenten des Oberheroldsamtes war es kein Trost, daß er das neue Obdach fand in Qualm und Fusel. Er heulte. Wirt Bleuset hatte schon viele Betrunkene heulen hören. Er warf sich in seinem Schafspelz auf die andere Seite, so daß der Tisch, auf dem er lag, noch lange ächzte und knarrte.

»Morgen muß Er mit dem ›Z‹ beginnen, Professor, für meine Gäste ist es besser als das andere.«

So forderte er den Lohn für das Quartier.

Als Bleuset den Unrat des Vortages in den späten Morgenstunden mit dem großen Reisigbesen zusammenzufegen begann, mußte ihm Gundling aus dem Wege gehen. Der tat es bereitwillig. Er hatte die Absicht, nicht wiederzukommen, ohne daß er wußte, wohin er sich wenden sollte. So, wie er aus seinem Ofenwinkel hervorgekrochen war, Rock und Perücke zerdrückt, die Strümpfe in Falten hängend, ungewaschen, streifte er in den Straßen um den Köllnischen Fischmarkt umher. Gundling merkte bald, daß der König in der Nähe sein mußte; niemals und nirgends war man vor ihm sicher. Die Marktfrauen kramten eiligst ihre Strickzeuge hervor, denn in den Pausen des Verkaufs war ihnen das Stricken vom König befohlen. Die Fuhrknechte stürzten aus den Schenken herbei und machten sich eifrig an ihren Geschirren und Wagen zu schaffen. Mütter zerrten ihre schmutzigen Kinder in die Häuser, und einige junge Stutzer, die fremden Freunden einmal das Treiben des rohen Berliner Volkes zeigen wollten, entfernten sich, zwar lässig in der Haltung, doch mit unverkennbarer Eile. Es war nicht ganz verständlich, wieso der König schon wieder in Berlin sein konnte. Ganz kürzlich erst war er aus der alten Hauptstadt in die neue aufgebrochen, und lange Reihen von Wagen mit allem Maurer- und Zimmermanns- gerät waren der Kalesche des Königs gefolgt; denn der Schnee war im Tauen, und der König drängte, den Bau von Potsdam wieder aufzunehmen. Der König harrte ungeduldig der Solda- tenhäuser. Der König und die Korporale wollten exerzieren! Solange man den König in Potsdam vermutete, hatte Berlin ein wenig aufgeatmet. Sogleich ließ man sich ein wenig gehen. Aber schon war die gute Zeit wieder um –! Der Herr mußte nahe, ganz nahe sein. Zwei Bürgerinnen, die sich sonst viel Muße zum Plaudern und zum Promenieren nahmen, rannten, atemlos, quer über die Gasse in eine Handlung, in der sie als gute Kundinnen galten. Ängstlich schloß der Kaufmann die Tür hinter ihnen. Mochte niemand bemerkt haben, daß sie Kleider trugen aus den verbotenen französischen Kattunen! Niemand als Gundling nahm es wahr, der nichts mehr auf der Welt zu wirken hatte, als eben sich umzusehen. Ah, sie hatten Glück gehabt, die Bürgerin- nen! Erst als der Krämer sie geborgen hatte, bog König Friedrich Wilhelm um die Ecke, frischen Gesichtes und in blanker Uni- form, lebhaften Schrittes und Blickes. Fast schien es, als sei die Kühle des Brunnenwassers, mit dem er sich allmorgendlich zu übergießen pflegte, um ihn.

Sie waren allein auf dem Bürgersteig, der König und Gund- ling. Alle waren vor dem Herrscher ausgewichen, und nun, da sie scheu nach ihm ausblickten, sahen sie es mit Entsetzen: – der kleine, taumelnd schreitende Mann in der wirren Perücke, im zerschlissenen und befleckten Rock, ging geradeswegs auf den König zu, trat nicht zur Seite und machte auch nicht halt. Professor Gundling hatte nur einen schmalen Spalt der Augen geöffnet; aber nichts entging ihm, was er angespannt wahrnehmen wollte. Er sah, daß der König betroffen war, einen Augenblick stockte, dann lebhafter ausschritt –. Mit seinem harten Schädel und dem Wust der schmutzigen Perücke stieß Gundling in die Schulter des Königs. Nun hielten sie an.

»Verzeihen der Herr Offizier!« entschuldigte sich Gundling, »ich wußte nicht, daß man mich sieht und spürt.«

»Daran war aber kaum zu zweifeln, muß ich sagen«, meinte König Friedrich Wilhelm schroff, rieb sich die Schulter und zupfte angeekelt ein paar häßliche Perückenhaare ab, die an seinem blauen Rocke haften geblieben waren. »Wieso sollte man Ihn nicht sehen?«

»Weil ich ein Toter bin«, sagte Gundling, dem der König am Hofe seines Vaters nie begegnet war, weil er gerade jenen Kreis des Hofes am meisten mied. Der König ging einen Augenblick auf die Redensart ein, weil solch absonderliche Wendung ihn überraschte.

»Ich muß die Dauerhaftigkeit Ihrer Materie bewundern.«

Noch immer hielt Gundling die Augen nur zu einem schmalen Spalt geöffnet.

»Und das besonders, mein Herr Offizier, wenn man bedenkt, wie lange ich schon tot bin.«

Der König lachte kurz auf: »Wie lange nur?«

»Ich vermag es selbst kaum auszurechnen«, sprach Gundling zögernd weiter und empfand ein Triumphgefühl, daß es ihm gelungen war, den König ins Gespräch zu ziehen. Auf der anderen Straßenseite und am Markt, in den die Straße mündete, beobachteten es staunende Gruppen.

»Kaum auszurechnen ist es«, wiederholte Gundling nochmals, »es ist so lange her, daß auf Erden an Stelle von Königen Obristen regieren; und ich würde mich überhaupt nicht zurechtfinden, wenn nicht aus meinen Erdentagen noch eine hohe und gelehrte Akademie bestände. Die freilich scheint unsterblich.«

Dies Letzte sagte er lateinisch. Der König hatte aber auch so schon begriffen, daß dieser wunderliche Vagabund kein gewöhnlicher Mann war. Gundling wartete, das Interesse seines Königs nützend, eine Aufforderung, weiterzusprechen, nicht ab.

»Wir waren mehrere Tote zu gleicher Zeit, Herr Offizier. Man kann behaupten, daß wir sozusagen aneinander gestorben sind: das Oberheroldsamt, die Königliche Ritterakademie und ich.«

Nun gab es für König Friedrich Wilhelm keinen Zweifel mehr, wer dieses seltsame Abenteuer mit ihm suchte. Noch immer unterbrach er Gundling nicht.

»Es ist so lange her«, rechnete der ihm weiter vor, »daß alle Zeitmaße auf Erden sich änderten, und deshalb wird auch die erlauchte Akademie der Wissenschaften niemals mit ihrem gelehrten Kalender zum Abschluß gelangen und muß demnach notwendig unsterblich werden.«

Wieso die Zeitmaße sich geändert hätten; das wollte der König nun doch auf der Stelle wissen.

»Es ist sehr einfach zu verstehen, mein Herr Offizier. Die Begriffe der Muße, der Atempause, der Rast sind verschwunden, der Feierabend ist hin, es gibt nur den Werktag, und es gilt nur noch ein gewisses Cito! Cito!, das neuerdings als Marginale die Edikte einzuleiten pflegt. Ich vermag es Ihnen auch an drei Exempeln zu erläutern. Zu meiner Lebenszeit währte ein Krieg nicht unter einem und einem halben Dezennium. Heute tut man ihn über das Neujahrsfest ab. Oder dies andere: früher nahmen Aufstieg, Höhe und Niedergang eines Mannes genau je ein Drittel seines Lebens ein. Heute, zu Ihren Lebenszeiten, mein Herr, stürzt jedoch mancher schon, ehe er die Höhe erreichte, und ein anderer wird ohne die Mühen des Aufstiegs sofort zur Höhe getragen. Auch vergingen, seit ich auf der Erde weilte, ganze Schlösser und Parks, ja, eine ganze große Residenz, doch sind dafür schon Städte aus dem Nichts erstanden.«

»Woher kommt Ihm all das Wissen um das Neue?« warf der König ein. Da kam es wieder über Gundling, das Gestikulieren und Phantasieren! Der König schritt neben ihm! Der König hörte ihm zu! Der Professor parlierte im beredtesten Französisch.

»Ich beeile mich, solange ich auf Erden weilen darf, Herr Offizier, wenigstens einige der wahrhaft Weisen dieser Welt zu sprechen: die Wirte. Denn Sie werden mir recht geben, mein Herr: im Grunde kommt man mit einigen wenigen Gastwirten aus, wenn es gilt, die ganze Menschheit kennenzulernen. Aus allen Enden der Welt und aus allen Ecken der Stadt strömen Jahrzehnt um Jahrzehnt und Stunde um Stunde die Menschen durch Wirtsstuben und Schenken. Und was es an diesen Menschen nun an Besonderheiten, Verschiedenheiten und Unfaßlichkeiten gibt, das haben die Wirte studiert, durchschaut, erfahren und in ein Schema gebracht. Für sie ist es nicht schwer zu erraten, wessen das Herz des Landes voll ist und wo den Staat der Schuh drückt, mein Herr. Der Wirt ist der wichtigste Mann im Lande – der Herr kann es mir glauben! Wär' ich ein König – ich umgäbe mich mit Wirten! Selbst für die Toten verlieren sie nicht ihren Wert und Reiz. Sie sparen uns die Mühen einer weiten Wanderschaft, wenn wir noch einmal zur Erde zurückkehren dürfen.«

Jetzt verneigte Gundling sich tief, bat nochmals um Entschuldigung, daß er gegen die Rechte der Lebenden verstieß und schickte sich zum Gehen an. Er wußte, was er wissen wollte; er ahnte mehr als andere: der grimme Herr war durch Gedanken verwundbar, ja, zu bannen. Der König hatte ihm zu lange zugehört. Der König war dem Untertan, und nun gar dem so tief Herabgekommenen, zu weit gefolgt. Auch sah er ihm nach, als Gundling auf den Zehenspitzen und lautlos, mit dem Schein des Rätsels sich umgebend, verschwand.

Der Professor glaubte fest, der König werde ihn noch einmal wieder holen, damit er weiter zu ihm spräche.

Lärmend, schwadronierend, kühnen Schrittes und mit erhabenen Gesten kehrte Gundling nun doch in Bleusets Schenke zurück, denn er hatte diesen Tag noch nichts getrunken, und nach solcher Begegnung verlangte er nach Becher und Gespräch. Der Polterhansen war wenig erstaunt. Er habe gedacht, erklärte ihm der Professor und Expräsident, nicht mehr wiederzukommen. Aber er wolle doch noch für ein paar Tage mit der elenden Schenke vorlieb nehmen. Wirt Bleuset möge sich seine Zeche merken; er werde sie ihm in blankem Golde bezahlen.

Der Polterhansen putzte gerade einen fleckigen Zinnkrug mit einem Bündel getrockneten Eisenkrautes. Er hielt einen Augenblick ein.

»Einem wie Euch traue ich es zu, daß er's noch einmal kann. Daß er's dann tut, glaub' ich kaum.«

Gundling rauschte durch die Wirtsstube, drehte und wendete sich wie ein Pfau und glaubte, das stumpfgewordene Goldgewirke seines alten Staatsrocks müsse wieder blitzen und sein verschmutztes und zerdrücktes Hemd dem Wirt als ein duftiges

Spitzengekräusel erscheinen. Ah, ihm zu Ehren machte Polter-hansen Bleuset sich endlich wieder einmal über sein schmieriges Zinn her! Ah, Geist war nicht zerstörbar und fand immer wieder Verehrung! Man brauchte seinen Geist nur aufzurufen, und er blühte in ungebrochener Fülle und Schönheit wieder auf!

Als Gundling sich diesen Mittag betrank, geschah es zum erstenmal wieder ohne alle Verzweiflung.

Rat Creutz lag wach auf seinem Bett. Es bereitete ihm Wohlbehagen, die Härte der Bettstatt zu fühlen, den widrigen Geruch des zerrinnenden gemeinen Talglichts einzuatmen, die Kälte der Kammer in blutleeren Fingern zu spüren und sich den Glanz der Zukunft mit einiger Sicherheit zu errechnen. Nur noch einen Augenblick krochen die großen Schatten vom Deckengebälk zur Diele herab, dann fielen sie zusammen, und das Licht war verlöscht. Wie alle Dunkelheit die Sinne schärft, vernahm Rat Creutz erst jetzt, wie ruhelos drunten im seidenbespannten Alkoven unter seiner Kammer das Fräulein von Wagnitz auf und ab schritt. Beruhigte es sie so wenig, daß ihre Mahnbriefe, Schuldverschreibungen, unbeglichenen Rechnungen in den Händen des königlichen Rechenmeisters lagen? Oder was war es, das sie nicht zur Stille kommen ließ?

Wahrscheinlich, dachte Creutz im Entschlummern, wandelt auch der König noch schlaflos durch sein Zimmer. Woher soll er denn die vierzigtausend Taler nehmen, die er so dringend braucht, wenn er nicht auf meinen Vorschlag eingeht, sie vom Adel einzuziehen?

In all seinen Vorschlägen für neue Sparmaßnahmen gedachte der arme Mann Creutz den Schlag gegen den Adel zu führen, auch wenn es nur um vierzigtausend Taler ging; und die bisherige steuerliche Bevorzugung des Adels gab ihm ein Recht vor dem König. Alle seine Wege durch den Sumpf der Schulden und den Sand der Fehlbeträge hatten für Creutz nur dieses eine Ziel, die glücklicheren Reichen, die dem Elend und der Niedrigkeit Enthobenen einzuzüngen, weil ihm kein Mittel gegeben war, sie in die Tiefe hinabzustoßen, aus der er kam und aus der er sich so schwer emporrang. Noch stieg er nicht auf zu den Beneideten. Da schien ihm gut, sich das adlige Fräulein zu verpflichten, durch die Wagnitz die Gepflogenheiten des Adels kennenzulernen und, ohne je ein Herrenhaus auf dem Lande oder ein Stadtpalais betreten zu haben, darin Bescheid zu wissen, als wäre er der neuen Polizeiausreiter einer, vor denen jede Tür sich öffnen mußte. Ein junges Fräulein von Adel, das Ordnung für seine zerrütteten Finanzen und Erträge seiner verwahrlosten Güter ersehnte, mußte auf diesen König doch immerhin einigen Eindruck zu machen vermögen. Welche Herzlichkeit war es doch neulich, als das Fräulein beim König vorgelassen wurde und das Inkognito des jungen Obristen aus der Amtsstube sich lüftete!

Creutz brauchte das Fräulein von Wagnitz gegen den Adel und – gegen den König. Der König war ihm zu gewiß in seiner Lauterkeit, zu sicher in allen seinen Wegen. Die Mühen des Amtes rieben diesen König nicht auf, die Ordnung seines Lebens reichte bis ins Haus oder sie kam sogar von seinem Hause her. Überall um ihn war Wahrheit und Klarheit. Unter diesem König war kein Plus zu machen! Der Herr, begehrte sein Rechenmeister auf, sollte sich nicht die grünen Ärmelhüllen von ihm leihen und wie ein Schreiber auf dem Schemel neben ihm sitzen! Ohne Frage stand der junge Rat Creutz am Anfang einer großen Laufbahn: er hatte durch die Staatsgeschäfte schlaflose Nächte. Herr von Grumbkow hatte sie bis heute noch nicht, obwohl die Neuen ihm mehr und mehr zu schaffen machten.

Gundling war vortrefflicher Laune. Zugegeben, der König hatte ihn noch nicht geholt. Aber, nicht wahr, der König hatte ja jetzt solche Differenzen mit dem Adel! Da mußte man sich schon geduldig zeigen. Gundling rechnete es dem Polterhansen hoch an, daß er indes Bänke und Stühle nageln und flicken und die langen Tische der Wirtsstube abhobeln ließ. Ganz gewiß, es geschah nur ihm zu Ehren! Bleuset wußte, wen er unter seinem Dache barg! Er ließ die Schenke richten, damit sie keine Schande sei für den, der bald in blankem Golde würde zahlen können – ganz abgesehen davon, daß er ihm schon sehr verpflichtet war. Denn Professor Gundling füllte Polterhansen Bleusets Schenke. Die Soldaten trauten sich schon gar nicht mehr herein, und das war gut; denn einer Schenke galt es als Unglück und Schande, wenn Soldaten kamen. Bürger und Handwerksgesell, jeder, der auf sich hielt, stand auf, wenn der Soldat sich an den Tisch setzte. Beim Polterhansen hatte sich alles geändert. Professor Gundling herrschte in der Wirtsstube.

Seitdem es so war, lehnte Bleuset nun den ganzen Tag hinterm

Schanktisch, gestützt an den Schrank mit all den tönernen und zinnernen Krügen und Kannen aus Holzlatten, welche der Böttcher mit einem weißen Holzring zu umklammern pflegte. Bleuset hielt sich einen Gehilfen. Er schenkte nicht mehr an die Gäste aus. Er verdiente sich auch kaum noch seinen Namen Polterhansen. Und dennoch war in seiner Schenke mehr Gelächter denn je. Die Späße um die Dämmerung, den Abend und die Wende zur Nacht kannte Bleuset bis zum Überdruß und war nur froh, selbst nichts mehr beitragen zu müssen als dann und wann einen derben Zwischenruf und da und dort eine Anzüglichkeit. Oho, er war gestiegen im Ansehen seiner Gäste und dachte nicht mehr daran, hinter seinem Schanktisch jemals noch hervorzukommen. Reinlich gekleidet war der Polterhansen jetzt; er trug ein sauberes, derbes Leinenhemd mit weiten Ärmeln, dazu die schönste farbige Weste und einen runden, glatten Hut; den nahm er den ganzen Tag nicht mehr ab, und er stand ihm gut zum braunen Schnauzbart und den blauen Augen.

Der Schanktisch selber war ein Staat geworden. Die Becher und Humpen waren nun immer geputzt und standen in blitzenden Reihen; am schönsten aber war darüber das Leuchten und Funkeln, das Flattern und Kreischen und Pfeifen! In goldenen Gitterbauern und Käfigen von buntbemaltem Holz zwitscherten und hüpften sie droben, die Amseln und Zeisige, die zahmen Elstern und gar ein plappernder, schillernder, herrlich gefiederter Papagei. Und zwischen den Vogelbauern, an der Stange unterm Deckenbalken, dufteten die Bünde getrockneten Baldrians, Kamille, Schlüsselblume und Johanniskraut. Es war kein schlechter Handel, wenn ein Vogelhändler von der Großen Pomeranzenbrücke zu hoch in der Kreide stand!

Manchmal trat der Polterhansen einen Schritt hervor, lehnte sich auf den Schanktisch und reichte den Vögeln ein Stück Brot oder Zucker empor und schaute dann mit blanken Augen zwischen den Flaschen und Kannen hindurch auf die Gäste. Mochten sie lärmen, mochten sie zechen, die Tische begießen, die Streu auf dem Boden besudeln – er hatte nichts mehr damit zu schaffen. Er hörte die Zecher nicht mehr. Die Späße, die Professor Gundling machte, lockten beim Polterhansen kein Lächeln mehr hervor. Aber früh, wenn er an seinen Platz trat und die Vögel über sich fütterte, wenn Gundling auf der Ofenbank sich reckte und die Tischler pochten und feilten und sägten, Gundling sich endlich zu ihm setzte und Dinge erzählte, die dem Troß der Gäste nie bestimmt sein konnten – da war es gut, die Ohren aufzuhalten. »Der König wird sich den Kopf einrennen«, sagte Gundling heute, »der König achtet die alten Rechte des Adels nicht mehr oder er scheint sie nicht genügend zu kennen. Aber Professor Gundling, Präsident des Oberheroldsamtes und Professor der Ritterakademie, weiß Bescheid! Er könnte den König besser beraten als der junge Rat Creutz. Der haßt das Volk und den Adel. Damals, als er Rat Creutz zu sich holte, hat der König es noch gut gemeint mit all dem armen Volk. Aber nun heißt es nur arbeiten, und Geld bekommt der einfache Mann nicht zu sehen! Will sich denn nun der König durchaus zu der Erbitterung des Volkes auch noch die Feindschaft des Adels aufladen? Der König geht den Weg der anderen Fürsten! Er drückt das Volk, er streitet mit dem Adel und sammelt alle seinem Volke schuldige Liebe und Fürsorge nur auf ein einziges schönes, junges Fräulein –«

Hör nur, mein grüner Zeisig! dachte Bleuset. Sprich es nur nach, mein bunter Papagei – da, nimm den Zuckerwürfel!

Gundlings Zeitung gab nicht mehr nur Berichte vom Gewesenen. Sie prophezeite auch das Kommende. Es sollte Streit mit dem Adel geben.

Als der Adel dann nach Berlin hereinkam, ging es hoch her in all den vornehmen Gasthöfen, und namentlich bei Koch. Der Wirt mußte schleunigst seine öden Kammern droben als manierliche Appartements herrichten lassen, und das Appartement war in diesen Tagen nicht unter zwei Talern und das bescheidenste Menü nicht unter sechzehn Groschen.

Es war ein ungeheures Leben im Hotel. Aber das war das einzige, was noch an die frühere Zeit gemahnte. Sonst war alles anders geworden. Unter dem alten König kam man im Winter, um Neujahr, zum Karneval nach Berlin. Jetzt geschah es spät im Vorfrühling, und man stellte sich nur ein, um sein Geld für unerfreuliche Dinge auszuwerfen und mit Seiner Majestät einen harten Strauß auszufechten. Man zweifelte nicht, weswegen Majestät die Landstände, und zwar die Abgeordneten des havelländischen Kreistages, in die alte Hauptstadt lud. In den Wochen zuvor waren auf den Schlössern, Gütern und Herrschaften zu viele Kontrolleure seiner Rechenkammern eingedrungen, einer Kammer, die einem Manne ohne Namen, von niedrigem Stand und geringer Geburt unterstellt war. Diesseits und jenseits der Elbe und Oder traten die Deputierten von Prälaten, Grafen, Herren, Ritterschaft und Städten zusammen und stellten Forderungen auf, die nicht erfüllbar waren, und legten Verwahrungen ein, denen nicht Gehör gegeben werden konnte. Der Adel aus der Priegnitz war ein wenig geneigter zum Entgegenkommen, aber die Bernstorff, Bismarck, Schulenburg und Alvensleben wandten sich gar bis an den Reichshofrat – gegen ihren König.

Gundling, der große Kenner der Historien, Pandekten, Chroniken und Dokumente, sah eine weite Vergangenheit wiedergekehrt: Ritter lehnten sich gegen den Herrscher auf, der ihre Freiheit anzutasten wagte. Ritter stritten gegen die Städte, denen der Herr – in notabene verfehlten Spekulationen – allein noch seine Gunst zu schenken schien. Gundling sprach nur noch von der Burg statt vom Schloß, von den Zünften statt der Manufakturen, von Lanzen statt Degen und sagte Lager für Gasthof. Und wo ein heller Kopf war unter all den jungen Pferdeknechten, da gingen Gundlings Reden weiter zu dem würdigen Kutscher und von ihm zum wichtigtuerischen Kammerdiener, und durch ihn erfuhren es Freiherr und Graf. Es dauerte nicht lange, da kehrten auch die vom Landadel in Bleusets Schenke ein, hielten die Nasen fest zu und sperrten die Ohren weit auf. Gundling begrüßte die vornehmen Herren erfreut hier in Sparta. Das letztemal habe man einander in Athen gesprochen, und es sei noch gar nicht abzusehen, wo man sich das nächste Mal begegnen werde.

Der Marschall der kurmärkischen Landstände, Achim von Schulenburg, war zu männlichen Wesens, als daß er, auch wenn er zum Hofe befohlen war, seiner Toilette lange Zeit gewidmet hätte. Aber bevor er die weiße Perücke aufsetzte, pflegte er sein dichtes, dunkelblondes Haar – schon trug es einen grauen Schimmer – sehr sorgsam durchzukämmen, während die anderen Herren sich das meist leichter machten. Dann legte er eine schmale, schwarze Binde über sein erloschenes Auge, das er verloren hatte, als er den Kronprinzen Friedrich Wilhelm vor dem Hirsche schützte; und endlich zog er sorgsam den Seitenscheitel der Perücke so tief, daß die rote Narbe von Stralsund auf seiner Stirn verdeckt war.

Der König tat den Junkern alle Ehre an. Er empfing sie im Rittersaal. Auch war es sein fester Entschluß, fürstlich zu handeln, wenn schon der Handel mit dem Adel unumgänglich war; wo er fordern mußte, hielt er schon die Gegengabe bereit; er und der Adel mußten mit der neuen Not untereinander fertig werden; das Volk war zu schonen. Er unterbreitete seinen Vorschlag sehr kurz. Er wollte die absurd gewordene Stellung der Ritterpferde, ein Vierzigtalerpferd pro Jahr für jede Herrschaft, umwandeln in eine Barabgabe von der gleichen Höhe. Ein wenig Sparsamkeit der Lebensführung, um die er überhaupt ganz allgemein ersuchen mußte, konnte den kleinen Ausfall leicht ersetzen. Der König fügte noch hinzu, es sei bisher der Ehrgeiz der Adelssitze gewesen, den alten Hof nachzuahmen. Aber der Hof habe ein falsches Beispiel gegeben, welches zwar leicht und angenehm, jedoch nicht ohne Verhängnis zu befolgen gewesen sei.

»Möchte doch«, schloß er, »jeder Herrensitz ein Königreich im kleinen werden: an festem Gefüge der Administration, im klaren Abwägen der Kalkulationen, im Freimachen von fremden Lasten, in der Wahrung des Überkommenen, in der fürstlichen Erfüllung aller Verpflichtungen, in der Fürsorge für alles Anvertraute.«

Mehr war es nicht. Aber der Adel sah alle Rechte bedroht, wenn er dem König die Umwandlung auch nur eines einzigen Paktes gewährte. Der König blickte prüfend umher. Die Junker umstanden ihn mit eisigem Schweigen. Schulenburg, der jedem Wort des Königs recht gab und von den Standesgenossen und dem eigenen Geschlechte mehr und mehr sich abwandte zum König hin, verriet mit keiner Miene die eigene Bereitschaft. Er stand als Landmarschall der kurmärkischen Stände hier und hatte nur im Auftrag der Junker zu sprechen.

Der König hielt es für ratsam, noch nicht von allem zu sagen, was ihm am Herzen lag. Weite und wichtige Teile der Rede, die er sich zurechtgelegt hatte, übersprang er. Es war besser, jetzt die Gegenleistung zu erwähnen. Denn mancher alte Herr von großem Namen stand hier vor ihm, mancher, der sich nur schwer an gar so neue Gedankengänge würde gewöhnen können. Aber er vermochte vor sich selber die Enttäuschung nicht zu leugnen, daß keiner der Gleichaltrigen und Jüngeren ihn zustimmend anblickte.

Ein zweites Mal hob König Friedrich Wilhelm an, und man spürte, daß er diese Rede sorgfältig vorbereitet hatte: »Ein Teil Ihrer Besitzungen sind Lehen der Krone. Wenn der Letzte des belehnten Mannesstammes stirbt, fällt solches Lehen zurück an die Krone. Es ist aber für alle Sprossen alter und fruchtbarer Geschlechter eine Unmöglichkeit, nur ihre eigene Lebenszeit zu bedenken. Vor unserem Auge muß stets auch der Letzte stehen, der unser Erbe von uns verlangt und unsere Bemühungen dafür vollendet. Wie wird er sie vollenden können, wenn er weiß, daß sein Tod jahrhundertealten Besitz, jahrhundertealte Leistung seines Geschlechtes der Krone ausliefern muß, die von einer Fülle ungeduldiger Anwärter bestürmt wird, diese in das freigewordene Lehen einzusetzen? Ich bin entschlossen, dem letzten Erben das Recht zu verleihen, durch Schenkung oder Testament frei zu verfügen unter den Zweigen seines Geschlechtes. Zwar erbt dann nicht mehr Mann vom Mannesstamm, wohl aber kann es ein Tochtersohn sein, der Blut vom gleichen Blute ist und Geist von dem Geiste, den ein Geschlecht sich als Gesinnung bildete. Ich merke sehr wohl, daß meine Gedanken jetzt noch nicht imstande sind, Ihre Aufmerksamkeit und Anteilnahme zu finden. Ich nehme sehr wohl wahr, daß Sie mir Ihren Entscheid noch vorzuenthalten gewillt sind. Ich dränge Sie in dieser Stunde nicht. Doch eine Frist muß ich setzen. Ich bitte den Herrn Landmarschall, mir morgen um die gleiche Stunde Ihre Antwort zu übermitteln.«

Der König verneigte sich gegen alle und reichte Schulenburg für sie die Hand. Dann verließ er augenblicks den Saal. Er wußte die Antwort im voraus.

Fast in allen Adelskarossen, die von der Schloßfreiheit her die Stadt durcheilten, wurden die gleichen Gespräche geführt. Der König wolle Bargeld auf den Tisch und gebe dafür windige Versprechungen auf eine recht ungewisse Zukunft. Vor allem aber suche er eine Bresche zu schlagen in den Wall der alten Adelsrechte.

Dann machte man seinem Ärger über das veränderte Berlin Luft. Redouten, Empfänge, Bälle, Oper und Komödie wurden in der Hauptstadt nicht mehr geboten. Man war auf den Verkehr in den Stadthäusern wohlhabender Standesgenossen angewiesen, und Gundlings Wort machte schnell im Adel die Runde: Das letztemal habe man sich in Athen gesehen; nun sei man sich in Sparta begegnet.

Die Herren Markgrafen, die Oheime des Königs, schlossen sich ebenso eng wie heimlich an die Adelsopposition an, mehr aus Angst denn aus Kampflust; denn sie waren im Grunde gütig, lebhaft, unbedacht und schwach, doch keine Rebellen. Die Herren Markgrafen waren alt geworden. Die wenigen Jahre seit dem Tode des Bruders König hatten genügt, sie dem Verlöschen nahe zu bringen. Bedrückt und betreten schlichen die ältlichen, welken Männlein umher. Sie konnten, ein Leben hindurch nicht darauf vorbereitet, auch nach der großen Wiederherstellung ihrer zerrütteten Vermögen das Sparen nun nicht mehr lernen. Kinder waren sie geblieben, die man mit einem Taler glücklich machte und mit der Entziehung eines Leckerbissens schreckte. Am meisten bangten sie sich vor dem Wort des Königs, er wolle »den Markgrafen den Rat Creutz rekommandieren, ihre Hofhaltung auf einen anderen Fuß zu regulieren und besser einzurichten«.

Und da der ganze Adel ebenfalls seine Hofhaltung auf einen anderen Fuß regulieren sollte, bekämpften die Landstände und das Geblüt gemeinsam den König.

Die Ernsteren unter ihnen versammelten sich um den Landmarschall von Schulenburg oder suchten den Rest des Tages über, ihm brieflich diese Meinung oder jene mitzuteilen. Während des ganzen Diners im Kochschen Hotel, wo Schulenburg abgestiegen war, häuften sich die Briefe für den Landmarschall im Vorsaal auf mächtigen Tabletts an. Ein Lakai aus der Stadt löste den anderen ab. Auch Zofen kamen, die Briefe sorgsam wie die anderen, die sie meistens auszutragen hatten, in ihr Brusttuch drückend. Und einer der gepuderten Jungen in der rotweiß gestreiften Seidenweste des Kochschen Hotels eilte wohl fast alle Viertelstunden die Treppen zu den Kammern des Wirtes empor, ihm zu melden, wessen Livree man soeben sichtete und welch ein großer Mann der Herr Landmarschall wohl sein müsse.

Wirt Koch war diesen Tag sehr ungeduldig. Nun hatte er sich einmal dazu entschlossen, drunten im eigenen Gasthof zu erscheinen – warum dann gerade solcher Aufenthalt an derart wichtigem Tage? Ach, wenn man es schon einmal mit anderen Leuten als dem eigenen Personal zu tun hatte! Koch war aus seinen Kissen hervorgekrochen, hatte sich zwischen der Wirrnis der Tische hindurchgemüht und stand nun in der Kammer seiner Tochter bei den vielen Spiegeln. Ein Schneider und sein Geselle waren lebhaft damit beschäftigt, den kränklichen Alten einigermaßen ansehnlich herzurichten mit einem prächtigen Rock, der jedoch durchaus nicht fertig werden wollte. Auch ein

Perückenmacher trieb sich in der Kammer herum, wühlte in seinen runden Schachteln und eckigen Kästchen, zupfte und bürstete und verstreute sehr viel Puder, bis endlich der rechte Lockenschmuck stattlich und sicher auf dem kahlen Kopf des Wirtes prangte. Wirklich, es war eine ganz wunderhübsche Perücke; und Wirt, Perückenmacher, Schneider und Geselle waren sich einig, daß sie wohl imstande sein müßte, sogar noch einmal Seine Majestät für diese würdige und schöne Mode zurückzugewinnen.

Draußen im Gang klopfte die Demoiselle Tochter schon ungeduldig an die Tür; sie wollte endlich wieder in ihren Alkoven. Auch sie hatte Schneiderin und Putzfräulein bei sich. Heute abend sollte sie zum erstenmal vor all den fremden Herrschaften singen, drunten in der bunten Salle-à-terre. Und Madame Buccalossi, fest entschlossen, ihre Schulden bei dem Gastwirt einzulösen, hatte endlich eingewilligt, sie auf dem Cembalo zu begleiten. Aber sie selber würde nicht singen. Dies nicht.

So absonderlich der Einfall war – die Öde, die in Berlin jetzt herrschte, bedingte ihn und gab ihm recht. Jegliche Zerstreuung war willkommen, und besonders mit der Musik stand es so schlimm in der Hauptstadt, daß der sächsische Gesandte sich zu seinen Gesellschaften stets eine Dreißig-Mann-Kapelle aus Dresden kommen lassen mußte. Niemand mißachtete daher das kleine Divertissement. Wirt Koch schritt, von Verbeugung in Verbeugung sinkend, ernsten Gesichtes durch die Räume seines Gasthofs. Er hatte an Kerzen nicht gespart, und von der Salle-à-terre in ihrer üppigen Wandmalerei konnte der stolze Wirt behaupten, daß ihre Kronleuchter kleinen Lichtkaskaden in einem märchenhaften Garten glichen. In einer Nische war ein Cembalo aufgestellt, darauf präludierte bereits Madame Buccalossi, der mancher Graf und Freiherr, staunend und sein Mitleid verbergend, eine leichte Verneigung nicht vorenthielt.

Die Frauen am Cembalo erschienen vielen als ein schönes Bild: die sinnende Frau in dem verbleichenden Flittertüll ihrer glanzvollen Jahre und die Tochter des Wirtes, bescheiden, ohne hochfrisierte Perücke im blonden Gelock, das zu den blanken, braunen Augen vielleicht von allem Schmuck der schönste war, zumal das Mädchen weder Ring noch Kette trug, sondern nur den weiten, den ersehnten ersten Reifrock von duftigem Florette mit weichen, blassen Seidenschleifen besteckt hatte. In dem Gesang des Mädchens aber war trotz all seiner Befangenheit etwas von der Seligkeit, einen Schimmer des Traumes verwirklicht zu sehen, die Fremden alle wären seine Gäste und der Gasthof sein Palais.

Aber der Blick der Herren wurde immer wieder abgelenkt durch eine junge, vornehme Dame, die dem Cembalo am nächsten saß und mit warmen Blicken das junge Mädchen betrachtete. In ihrer Kleidung hatte jene Schöne willkürlich die Sitte durchbrochen und war ohne Kopfschmuck und Perücke in ihren schwarzen Locken erschienen. Ihre Diamanten, die zu dem dunklen Haar den herrlichsten Gegensatz schufen, erkannte man als äußerst edel und wertvoll; ihr Reifrock war von silbergrauem Samt, der Überwurf von mattem, rosa Gros de Naples. Im weichen Kerzenglanze waren ihre grauen Augen sehr groß und sehr schimmernd. Von dieser Dame nun ging flüsternd die Rede, sie sei die junge Adlige aus Preußisch-Litauen, deren Angelegenheiten der König mit gar so persönlicher Beteiligung in die eigenen Hände genommen habe. Der Landmarschall von Schulenburg hörte es mit Entsetzen, wie in leisem Gespräche hinter seinem Rücken das fürchterliche Wort fiel: die Mätresse des Königs.

Ganz gewiß, es war seltsam und befremdend gewesen, was man in Berlin schon allgemein von der Fürsorge des Königs für das Fräulein von Wagnitz erzählte, aber er hatte den Gedanken, der an jedem anderen Hofe nahelag, weit von sich gewiesen. Zum mindesten erschien es doch auch seltsam, daß der König seine Mätresse in einem Gasthof wohnen ließ und sie nur über Rechnungen, Briefe und Kassenbücher gebeugt, empfing. Wie konnte dieses Wort sich laut hervorgetrauen, das Wort, unter dem der Landmarschall um dieses strengen Königs willen bitter litt?! Er wollte aufspringen, ohne Rücksicht auf das rührende und süße, auf eine schöne Weise fast ein wenig atemlose Singen des jungen Mädchens; er wollte sich umwenden, die Herren, die hinter ihm sich unterhielten, gleich zur Rede zu stellen –. Aber dann wurde ja alles nur noch schlimmer, nur lauter, nur häßlicher; der Skandal war unvermeidlich, die Gewißheit herausgefordert –!

Wer zuerst das Wort Mätresse aussprach, wußte niemand; und keiner war der erste und der letzte. Ein Edelmann war es nicht, suchte der Landmarschall sich zu beschwichtigen.

Ein schmaler, großer Mann war es gewesen, sehr einfach gekleidet und ein wenig düster, ein bürgerlicher junger Rat, der für einen Augenblick an den Stufen zur Salle-à-terre gestanden hatte; der hatte das Wort, das Verhängnis nicht gescheut. Die um ihn wußten es nicht, daß von dem gleichen Manne auch die verhaßten neuen Kontrolleure kamen, genannt die Fiskale. Der Feind blieb unerkannt.

Sie sprachen sich für einen Augenblick im Zimmer der Wagnitz. Sie, die nach der Meinung des Rates in seine Amtsstube betteln kam, bewohnte in dem teuren Hotel ein Appartement, wo er nur eine Kammer hatte. In solchen Gegensätzen und Klüften schienen fast eherne Gesetze zu walten; er war nicht bereit, sich ihnen auf die Dauer zu beugen. Auch daraus lernte er hassen.

»Sie haben gehört, was man von mir gesagt hat?« fragte die junge Baronin sofort, und Creutz sagte: »Ja.«

Er sah sie ruhig an. Er nahm wahr, daß ihre Aufregung voller Erwartung war; die geraden, dunklen Striche unter ihren Augen schienen Zeichen mehr der Ungeduld als Abspannung. Das Fräulein stand am Tisch, und seine Hände mit den riesigen Diamanten hielten die Tischkante ohne eine Regung.

»Ich müßte Sie um Ihren Beistand bitten, da ich Sie nun am besten hier kenne, und meine Standesgenossen mich beleidigt haben.«

»Aber –?« fragte Creutz und blickte auf ihr Haar, den Amorbogen ihrer Lippen und den Faltenwurf ihres Kleides; auch in der späten Nacht war sie von strahlender Frische, als habe sie soeben erst die Salle-à-terre betreten; keine Locke hatte sich gelöst, kein Stäubchen Puder und kein Flecklein Schminke war verwischt, keine Falte ihres Überwurfes zerdrückt.

Eine Sekunde nur hatten die langen Wimpern wie dunkle Schatten sich niedergesenkt und ruhten auf der zarten Rundung der Wangen. Dann schlug das Fräulein von Wagnitz die grauen Augen weit auf, und in den Sternen war ein Ring wie von schwarzem Achat.

»Ich möchte werden, was man mich nennt, Rat Creutz. Und ich weiß, daß nichts Leichtes vor mir liegt. Ich habe den König nun kennengelernt – und auch Sie.«

»Sie sind sehr ehrlich, Madame«, hatte Creutz nur zu bemerken, »aber nur so kann man miteinander rechnen.«

»Sie sind blasser als ich«, meinte die Wagnitz lächelnd und beobachtete sich in dem kleinen Spiegel, der am Pfeiler zu seiten des Tisches hing.

Creutz blieb sehr ruhig. »Es ist weniger um der Kühnheit Ihrer Unternehmungen willen, Madame, als eine Betroffenheit über die erschreckende Übereinstimmung Ihrer und meiner Entwürfe.«

Die Wagnitz sah noch immer in den Spiegel.

In wenigen Minuten schlossen sie eine Art von Kontrakt. Die Verpflichtungen für die Wagnitz waren folgende: den König aus ihrer ausgezeichneten Kenntnis und bitterer Erfahrung heraus gegen den Adel zu beeinflussen, Mißtrauen zu säen gegen den Staats- und Kriegsminister von Grumbkow und die Königin in nichts zu reizen, damit die jähe, hochfahrende Art Ihrer Majestät zu ihrer Sanftmut in möglichst unvorteilhaften Gegensatz trete. Das Fräulein hatte sich zu fügen, wenn die nächsten Schritte es erforderten, daß es den Platz einer Hofdame erhielt, endlich aber dem Rat eine junge Dame aus dem Adel als Gattin zuzuführen, mit gutem Namen, aber getrost ohne Geld; denn die Abhängigkeit der Gattin von dem bürgerlichen Gemahl würde der Ehe nur zuträglich sein; er hoffte zuversichtlich, binnen kurzem über erhebliche Summen zu verfügen. Der letzte Wunsch des Rates war, das Fräulein möchte den König möglichst häufig und lange nach dem Ostlande ziehen.

Dafür glaubte er nun viel für sie tun zu können, in der Art, wie er den Kampf des Fräuleins gegen seine Schulden vor dem Herrn hinstellte.

Die Wagnitz nickte nur kurz, wenn Creutz ihr jede neue Forderung nannte. Mit der Linken hielt sie das Brillantmedaillon, das an einem knappen Perlenbande ihren zartdurchbluteten Hals schmückte. Sie war vom Tisch hinweggetreten, sie berührte nur noch mit den Fingerspitzen ihrer Rechten seine äußerste Kante. Sie war daran, sich in ihre Garderobe zurückzuziehen, hörte aber noch nachdenklich zu und sagte mehrmals leise: »Ja.«

Daß sie den König wirklich liebte, sagte sie nicht. Und darum hatte sie nicht das Gefühl, sich vor Rat Creutz zuviel vergeben zu haben. An mancher harten, häßlichen Notwendigkeit kam man auf so kühnem Wege nicht vorbei. Wäre der König der Oberst, als der er ihr begegnete, es wäre leichter, meinte das Fräulein einen Augenblick. Aber schon sah es ein, daß das Hindernis seiner Ehe bei dem Oberst und dem König gleich unüberwindbar schien.

Der König hatte sich nicht schlafen gelegt; er wanderte ruhelos auf und ab.

Wenn die Schreie verstummten, war es ja doch am schlimmsten –. Kamen Schritte? Meldete man ihm schon –? Oder etwas Schreckliches –? Wenn der Feldzug ihr nun doch geschadet hatte –?

Das Kind des Krieges war im Kommen. Die Ungeduld war groß, das Warten hart. Er wanderte. Er hockte müde auf dem Stuhl neben seiner holländischen Kommode, wo er sonst niemals zu sitzen pflegte. Im Zimmer wurde es kühl. Weil der Frühling heraufkam, hatte man nur noch wenig eingeheizt.

Nur in den Zimmern der Königin flackerte das Feuer in den Kaminen noch hoch; noch viele Male in dieser Nacht wurden frische Scheite eingeworfen; und auf Schemeln, nahe dem Feuer, waren Kinderhemdchen und Windeln ausgebreitet, die angewärmt werden sollten. Das Kind kam schwer zur Welt.

Es lief einer die Treppe hinunter, am Gang vor den Zimmern des Königs entlang; es half ihm wenig, daß er sich mühte, leise aufzutreten. Die Schritte hallten im nächtlichen Schloß, Stufen und Dielen knarrten. Der König hatte angstvoll gelauscht. Nun griff er zum Leuchter und stürzte hinaus; er eilte den Schritten nach, aber er rief nicht, um die Gebärende nicht zu erschrecken.

Der Diener war eingeholt. Auf den Anruf des Königs gab er nur die Antwort: »Zu den Kanonen!« Da stand der König still. Er faltete die Hände über seinem Herzen. Das Kind des Feldzuges war geboren, der zweite Sohn! Sie bestellten schon die Salven! Er eilte nicht zur Gattin, nicht zum neuen Kinde. Er stand ganz still, die hundert Salven zu erwarten.

Aber es wurden nur dreimal sechs Kanonen gelöst. Dann begann schon das Geläut der Glocken.

Wäre es ein Sohn gewesen, die Salven von sechzig Kanonen dröhnten noch über der nächtlichen Stadt.

Friedrich Wilhelm ging zur Gemahlin, plötzlich erschöpft vom langen Wachen und Harren dieser Nacht und im Herzen sehr traurig. Ach, ein einziger Sohn war ein bedrohter Besitz und tiefe Besorgnis für das Haupt des Geschlechtes.

Aber es war eine große Innigkeit in ihm, als er die Gattin

umarmte und in der Nacht das Geläut der Glocken in der Wochenstube um sie war. Das Kind schrie sehr leise.

»O Majestät«, hauchte die Wöchnerin und schloß die Augen wie in großem Schmerz.

Der König sprach nur: »Töchter müssen sein, die Söhne zu gebären. Ich freue mich der neuen Tochter.«

Es waren nur sechs Kanonen gelöst. Aber die Glocken schwangen voll und schwer und dunkel, und vor den Glocken war kein Unterschied, ob Königstochter oder Königssohn in einem Schlosse dieser Erde eingekehrt war. Sie sangen nur von dem Menschenkind, das begonnen hatte, zu leben.

In den Stadthäusern des Adels, in den Gasthöfen und Schenken waren Kanonenschlag und Glockenläuten ein Zeichen zum Aufbruch. In den Sälen unterbrach man den Tanz, man öffnete die Fenster und man hob die Gläser; man tat wie anteilnehmend und erfreut. Aber die Gesellschaften waren nun aufgelöst, Sänfte um Sänfte wurde durch die Nacht getragen; und weil man aus den Schenken auf die Straße stürzte, waren auch die Zechereien gestört, und durch die Gassen um die Schenken torkelten Betrunkene. Auch die jungen Herren, die noch spät vom Kochschen Gasthof zu Bleusets Schenke aufgebrochen waren, standen nun wieder von Gundlings Tische auf.

Vergrämt und benommen vom Schwatzen und Trinken blieb Gundling noch sitzen. Nun erst kam Polterhansen Bleuset, eine Kanne in der Rechten, hinter dem Schanktisch hervor in seinem schönen, runden Hut und seiner sauberen, bunten Weste. Ihm folgte ein Mann. Der war bis dahin verborgen geblieben hinter all den Vogelbauern, Humpen und Krügen.

Bleuset schenkte dem Exprästidenten noch einen Becher bis zum Rande ein, spät in der Nacht, am Ende allen Zechens. Hatte Gundling seine Sache heute so vortrefflich gemacht, daß es besonderen Lohn verlangte? Nun, dem fremden Manne, der mit Bleuset an seinen Tisch getreten war, hatte er zum mindesten kein Lächeln abgelockt. Düster und traurig stand er vor ihm, die Hände in den Ärmeln verschränkt und stumm. Bleuset setzte sich neben Gundling; er rüttelte ihn an der Schulter; er zog ihn trotz Schweiß- und Branntweingeruches nahe an sich heran und sprach herrisch und erregt auf ihn ein. Er müsse dem Freund dort einen Brief aufsetzen, noch zu dieser Stunde.

»Muß er sich bei der Liebsten erst mit einer Epistel anmelden?« krähte Gundling, aber Bleuset schüttelte ihn nur an den Schultern und redete wieder ernst und heftig in den Bezechten hinein. Er wußte, in solcher Benommenheit half bei Gundling nur noch neuer starker Trunk. Auch zeigte er ihm Geld. Als er die Münzen in seinen Taschen versteckt hatte, in allerlei Fetzen und Unrat, war Gundling wieder aufmerksam und klar. Die drei Männer hockten um den Tisch, ums letzte Licht. Verqualmt und dunkel lag die Stube. Nun hatte Gundling alles gehört und begriffen. Er wühlte mit den langen, schmutzigen Nägeln in seiner Perücke; er sah auf Bleuset, der jetzt schwieg, und auf den Fremden, der noch nicht geredet hatte; er murmelte: »Es ist sehr schlimm.« Dann verlangte er Feder und Tinte und Papier. Erst glitt der Federkiel dem Professor noch aus, dann schrieb er bedächtiger und lesbar und ganz in der einst am Schreibtische gewohnten Haltung. Die beiden Männer folgten mit den Blicken eifrig seiner Hand. Ja, es war gut; der Betrunkene schrieb recht; oh, es war sehr, sehr gut, das Bittgesuch an Seine Majestät. Sorgsam verpackte der Fremde das Schreiben in ein Tuch. Er ging eilig weg; auch dankte er nicht. Bleuset aber legte noch einmal Geld vor Gundling hin und bemerkte leichthin, das könne noch manchmal vorkommen, daß er solchen Dienst von ihm verlange und ihn dafür sogleich in bar bezahle.

Gundling wog das Geld in einer Hand. »So wenig ist der Kopf eines Menschen wert – sowohl mein denkendes Haupt wie die Haupteslänge, die einer zuviel hat.« Er nickte langsam viele Male. »Ja, ja«, sprach er dabei, »im allgemeinen fürchtet man sich nur davor, einen Kopf kürzer gemacht zu werden. Aber unter dem König von Preußen bedeutet es eine mindestens ebenso große Gefahr, einen Kopf zu lang geraten zu sein.«

Der schweigsame Fremde war erst kürzlich von Bleusets Bruder zurückgekommen. Der hielt sich verborgen an der Grenze zwischen Brandenburg und Sachsen. Seit der König den Befehl ausgab, ihm große und schöne Männer zu werben, waren die preußischen Werber hinter dem jungen Bleuset her. Den kannten alle Werber in Berlin; der war schön und vergnügt und in des Bruders Schenke der windigste Hund von allen gewesen, über den man noch mehr hatte lachen müssen als über den Polterhansen selbst. Dreimal hatten ihn die Werber schon so weit gehabt, die Formel, die ihn für immer band, gültig mit dem Federkiel zu unterzeichnen. Dreimal war er ihnen ausgebrochen, weil er nichts so liebte wie die Freiheit. Nun machten sie im Kessel Jagd auf ihn, und der Polterhansen mußte krumme Wege gehen, wenn er dem Bruder Geld schicken und Kunde von ihm haben wollte. Er liebte den Kleinen – der den Werbern ein begehrter Riese war – von Herzen; denn die Brüder waren frühe Waisen geworden und ohne andere Geschwister; und der Bruder sang doch gar so schön und war auch den ganzen Tag von ganzer Seele lustig und hatte niemals des Polterhansen Groll gegen die Zecher im Herzen. Um Geld zu schicken und um Nachricht einzuholen, brauchte Wirt Bleuset einen schweigsamen Gehilfen. Der Fremde war der stillste von allen, die er kannte. Er schwieg nicht, um gewichtig und geheimnisvoll zu erscheinen; er war auch nicht lauernd oder bedrohlich; er schwieg aus Traurigkeit, und solches Schweigen schien dem einstigen Marktschreier Polterhansen allein als das rechte; der Stille hatte die Einsicht erlernt, daß das meiste Unglück der Menschen herkommt vom unzeitigen und maßlosen Reden. Nun lebte er von seiner Einsicht. Denn die, welche sich selbst und andere ins Unglück geredet hatten, brauchten den Schweiger zum Helfer. Er war so beladen mit Geheimnissen und Schweigegelübden, daß allmählich er selbst als der Geheimnisvollste erschien. Sie nannten ihn auch nur, obwohl sie ihn meist lange kannten, den Fremden, den Stillen oder den Stummen. Sie gingen ihm aus dem Wege und kamen ihm nur nahe, wenn Not und Schuld zu groß geworden waren und der Henker drohte. So fürchterlich und unentbehrlich wird einer, der begriffen hat, daß die Menschen sich ins Unglück reden, und der in solchem Wissen schweigen lernte. Dies aber sagte er jedem, der es mit ihm zu schaffen hatte, daß er Thulmeier hieße und hinter der Spreegassenbrücke wohne. Sein Weg zum Schloß, die Bittschriften abzuliefern, war nicht weit.

König Friedrich Wilhelm und der Landmarschall von Schulenburg waren beide übernächtig, als sie sich zu ihrer großen Aussprache gegenübersaßen. Solche Freiheit, bei ihm zu sitzen, gewährte der König den Partnern seiner Gespräche. Aber da sie rüstige Männer waren, sollte ihre Müdigkeit der rechten Gründlichkeit bei der Erörterung des heiklen Themas keinen Abbruch tun. Nur wenige Worte waren der Begrüßung gewidmet. Der Landmarschall brachte seine Glückwünsche dar zur Geburt der kleinen Prinzessin, und der Herr bemerkte freundlich, es sei zu hoffen, daß der Herr Landmarschall es nicht ausnützen werde, wenn auch ein König so wenige Stunden nach der Geburt eines Kindes in neuer Vaterfreude weicher gestimmt sei. Doch möge der Landmarschall auch wiederum keinerlei Rücksicht walten lassen.

Schulenburg zog sein Konzept hervor, aber er warf kaum einen Blick hinein. Jedes harte Wort, das er nun reden sollte, war aus der Nacht mit Schmerzen in sein Herz gebrannt. Der Adel, hatte er dem Herrn zu sagen, fühle sich schlechter gestellt als die Bauern, deren privaten Verbrauch man nicht so streng kontrolliere. Zudem erfolge solche Beaufsichtigung durch Persönlichkeiten von weit geringerem Range, was Bauern nicht so leicht widerfahren könne. Dieser Umstand offenbare zugleich die einseitige Bevorzugung, die Majestät dem Bürgertum angedeihen lasse, da bürgerliche Lebensweise allein noch richtunggebend scheine und ein noch sehr wenig bewährter, gar zu jäh betriebener Gewerbefleiß heute höher im Wert stünde als alle alten Tugenden und Leistungen des Adels. Die Folgerungen, die sich aus einer bedingungslosen Unterwerfung unter das System einer neuen Besteuerung ergeben könnten, seien nicht abzusehen; desgleichen nicht die Weiterungen, die man aus einem stummen Einwilligen in einen so grundlegenden Rechtsakt zu gewärtigen habe, wie die Aufhebung der Kronlehen ihn darstelle. Scheinbare Vorteile umschlössen die größten Gefahren; künftig würden alle seit langem eingetragenen Anwärter auf ein freiwerdendes Lehen leer ausgehen; auch könne der nächste Schritt durchaus auf die Aufhebung der Lehnbarkeit der Bauern abzielen, wodurch nicht die Krone, sondern allein der Adel getroffen würde. Eine unverkennbar bauernfreundliche Haltung Seiner Majestät lege diese Sorge immerhin nahe.

Der König stand auf. Die Röte war ihm nun doch bis in die Schläfen gestiegen. »Ich habe nicht mehr zu antworten, Herr Landmarschall«, sprach er, »ich habe nur noch zu handeln. Aber ich werde es überlegt tun. Ich werde zuvor die Domänen der Krone, die Güter des Adels, das Land der Bauern bereisen und meine Entschlüsse nicht aus der Bitterkeit dieses Augenblicks heraus fassen. Ich werde selber Landfahrt halten und dann bestimmen, was dem Lande gut ist. Sie wenden sich gegen meine Fiskale – ich werde sie bestätigen nach eigener Kenntnisnahme.

Man wirft mir nur aus Torheit und Böswilligkeit vor, ich stünde unter bürgerlichem Einfluß. Aber hier ist kein Kabinett als der Kopf des Königs und sind keine anderen Räte als seine eigenen Ideen.«

Dann, die Person vom Amte trennend und die Audienz beendend, redete der König den Landmarschall, der sich mit ihm erhoben hatte und düsteren Gesichtes vor ihm stand, »Mein lieber Schulenburg« an und geleitete ihn selbst bis an die Tür. Als käme er vom Hundertsten ins Tausendste, meinte er plötzlich: »Weiß Er denn nicht, mein lieber Schulenburg, daß ich die Perücken nicht leiden kann?«

Und behutsam, wie es zu den Worten solchen Tadels gar nicht paßte, hob er dem Landmarschall die Perücke vom Kopf. Da löste sich die schwarze Binde über dem erloschenen Auge. Und die Wunde in der Stirn, die lange, tiefe Narbe von Stralsund, lag bloß. Friedrich Wilhelm lächelte in großem Ernst: »Ich weiß, daß Sie Offizier des Königs und Landmarschall der kurmärkischen Landstände in einem sein müssen. Ich weiß auch, wie schwer das ist: dem König treu dienen, heißt heute den Adel gegen sich haben. Auch der König von Preußen und der Kurfürst von Brandenburg dürfen nicht immer miteinander gehen. Und im übrigen glaube ich, daß es leichter für mich war, mit Schulenburg Stralsund einzunehmen, als die Dörfer und Herrschaften meines eigenen Landes mit ihm für mich zu gewinnen.«

Unter den Bittgesuchen, die der König anschließend durchsah, war eines, dessen Sprache schien sehr neu und eigentümlich. Dem Gesuche nachzugeben war unmöglich. Aber der König wollte den Mann vor Augen bekommen, der das Bittgesuch aufgesetzt hatte und derart seltsame Worte fand von Tod und Leben und den Königen der Erde, die den Tod verhängen dürfen und das Leben hüten müssen.

Es sollten sofort Nachforschungen angestellt werden. Der Schreiber meldete sich in kurzem selbst. Sehr bald stand, verwahrlost, notdürftig gekämmt, mit roten, blinzelnden Augen, Gundling vor dem König.

Der König bestellte ihm seine Schneider, und der Diener Ewersmann sollte für Gundling in einem großen Zuber gleich ein Bad bereiten lassen. Bei Tische aß der König wenig. Er erklärte den Herren seiner Umgebung, daß es nicht mehr die

Sache des Adels betreffe, wenn er, was sie entschuldigen möchten, im Augenblick ein wenig abgelenkt sei.

So kam Gundling an den preußischen Hof, er, der ein gar sonderbares Wissen aus vornehmem Gasthof und anrüchiger Schenke in sich trug. Einst hatte er sie dem König als die Spiegel eines Landes bezeichnet, in welche ein König nur zu blicken braucht, um weise zu sein wie die Wirte.

Der König selber – doch ein Jahr ging hin – spielte zum ersten Male den glanzvollen Wirt. Eine der vielen Töchter eines der Herren Markgrafen feierte Hochzeit.

Der Erbprinz von Württemberg holte sie in sein Land; das erweckte so viel Hoffnung für die Zukunft der übrigen armen Prinzessinnen vom Geblüte, daß der König als Familienoberhaupt eine nicht unerhebliche Mitgift flüssig machte und eine Hochzeitsfeier richten ließ, die der Kusine eines Königs würdig war. Von Geheimrat Creutz – ihm, dem unermüdlichen, unerbittlichen Melder der Not und unnachsichtigen Späher in den Kassen, hatte das Jahr diesen Titel gebracht – waren finanzielle Wunder vollbracht worden.

Bei dieser Hochzeit fiel es nun auf, daß von den hohen Herren und ihren Damen die neue Hofdame der Königin, das Fräulein von Wagnitz, mit so auffallender Aufmerksamkeit behandelt wurde, daß die Höflichkeit, die man der Königin schuldig war, darunter litt. Erst während all der Feierlichkeiten erfuhr Königin Sophie Dorothea von den Gerüchten, die über das Fräulein von Wagnitz im Umlauf waren. Bis dahin hatte die Ramen durch Creutz die Anweisung erhalten, keinerlei Geschwätz über die neue Hofdame an Ihre Majestät heranzulassen; und da der arme Mann Creutz, schon allen sichtbar, daran war, gemäß ihren Prophezeiungen sein Glück zu machen, gehorchte die Ramen ihm bedingungslos.

Doch nun drangen in wenigen Stunden die Andeutungen, Mißdeutungen, Vermutungen und Behauptungen bis in die letzten Winkel des hochzeitlichen Schlosses. Damit hatte es begonnen: das Fräulein von Wagnitz war mit einem Federfächer, einem Silberschleier und einer kostbaren persischen Schleppe auf der Hochzeit erschienen, eben genau den gleichen drei so unerschwinglich teuren Dingen, die ein persischer Händler vor wenigen Tagen Ihrer Majestät vorlegte und die der König ihr verweigert hatte. Damit hatte es begonnen, und in knappen Stunden war alles geschehen – fast bis zum Sturze des Geheimrat Creutz, der ein soviel großzügigerer Kunde bei persischen Händlern geworden war als der König.

Im Weißen Saal war Tanz. In den kleineren Prunkräumen richteten die Lakaien die Spieltische und Konfitürenschalen. Im Arbeitszimmer König Friedrich Wilhelms stand die Tür nicht still. Dorthin hatte er sich mit der Gattin zurückgezogen; das Fräulein von Wagnitz, sofort zu ihnen berufen, folgte, nach ihm Geheimrat Creutz. Dann, der Vertuschung halber, begab die Königin sich wieder zu den Gästen; das Fräulein von Wagnitz wurde ersucht, im Vorzimmer zu warten; Creutz und der König blieben allein. Aus Widersprüchen und Übereinstimmungen gewann der König ziemlich rasch ein klares Bild. Als der König, kaum daß all das Elende zu seinen Ohren drang, noch auf dem Feste für die Ehre des Fräulein von Wagnitz einzutreten entschlossen war, hatten Creutz und die Wagnitz ihre Schlacht verloren, denn sie begütigten, beschönigten und schwächten ab; sie hinderten den König daran. Da war für ihn kein Zweifel mehr: das Fräulein von Wagnitz hatte längst von allen Gerüchten gewußt, Konflikte zwischen Königin und König kommen sehen und auf die entstehende Verwirrung ihre vermessenen Hoffnungen begründet.

Der König hatte nur noch spöttisch zu bemerken, daß diesmal des Geheimrat Creutz Berechnungen auffällig schlecht gestimmt hätten.

Das Fräulein von Wagnitz erschien nicht mehr im Weißen Saal, und Ihre Majestät übersah geflissentlich die Lücke im Kreise ihrer Hofdamen. Jeden aber, der in den folgenden Tagen vor dem Herrn eine Äußerung über die Affäre bei der württembergischen Hochzeit fallen ließ, fuhr König Friedrich Wilhelm an: »Nehme Er sich in acht, daß Er nicht mehr spricht, als Er verantworten und beweisen kann.«

Die ungewohnten Vorgänge um seinen Hof erfüllten ihn mit einer tiefen Bitterkeit, die alles durchströmte, was ihm in diesen Tagen in die Hand kam, selbst noch sein hartes, neues Bordellgesetz, an dessen Rand er schrieb: »Wo sie alle Bordells in Berlin stören wollen, so müssen sie alle Häuser stören, die in der ganzen Stadt sind, und müssen bei dem Schlosse anfangen, das ist das größte Bordell.«

In dieser Ausfertigung schickte er das Schriftstück Creutz zu.

Der Hof war um die Sensation eines Skandales gebracht, der endlich denen anderer Höfe ebenbürtig gewesen wäre, nämlich daß der König und sein Günstling, die beiden Plusmacher, sich in eine Mätresse teilten.

Dennoch wurden Schmähbriefe an den Schloßtoren, den Kirchenportalen, an den Brücken und allen öffentlichen Gebäuden angeschlagen. Das Volk der Gasse, enttäuscht, daß der emporgestiegene arme Mann Creutz seinesgleichen ganz vergaß, brach in offenen Haß aus. Aber Gundling entnahm den Pamphlets und Pasquillen, daß auch die Majestäten nicht sonderlich beliebt seien und der verarmte, hochfahrende Adel in Art eines Fräulein von Wagnitz schon gar nicht. Gundling schob alle Schuld auf die Akademie, die den gelehrten Kalender und alle Erd- und Sonnensysteme schon wieder einmal von Grund auf verwirrte.

Der König, der die Schmähschriften durch einen Unteroffizier entfernen ließ, auf Kopie und genaue Lektüre jedoch verzichtete, hörte Gundlings Aphorismen diesmal nicht sonderlich aufmerksam zu, denn er dachte: Meine Frau hat es nicht einen Augenblick geglaubt – liebste Königin! Und: Darum also blieb der Fürst von Anhalt meinem Hofe gar so lange fern – bester Freund!

Zudem hatte König Friedrich Wilhelm zu bedenken, wie emsig der Staats- und Kriegsminister von Grumbkow sich bemühte, die Aussöhnung seines Herrn mit Creutz als unmöglich hinzustellen. Aber der König hielt die Macht über die Alten und Neuen in Händen und ließ sich hinter seinem Rücken getrost einen zweiten Zar Peter schimpfen.

Der Zar war auf der Fahrt nach Berlin. Wirklich, war denn ein Jahr darüber vergangen, daß die Kuriere zwischen den Höfen der beiden Herrscher hin und her jagten, Termin und Ort und Dauer der Zusammenkunft zu vereinbaren? Der Zar begehrte diese sehr, nachdem er das Wort gesprochen hatte, er wolle den Mann sehen, der im Nordischen Kriege so gut verstand, Verträge aufzusetzen und durchzusetzen. Von Charlottenburg aus sollte nun der Einzug des Zarenpaares in Berlin erfolgen, und die Königin vermochte es nicht zu verhindern, daß der Zarin, der einstigen Soldatenfrau, derartige Ehre zuteil werden sollte. Offensichtlich aber wurde der Groll der Königin erst dann, als der absonderliche Wunsch des Zaren verlautete, zu Schiffe in der Preußenhauptstadt eintreffen zu dürfen. Für solche Landung eines Hofes kam nur Monbijou in Frage. Die Königin als Tochter des Königs von England wollte nicht die ehemalige Magd an den Stufen ihres eigenen Schlosses in geschmückter Barke landen sehen. Doch schmeichelte es ihr, daß sie der König so beharrlich bat, keine politischen Verwicklungen heraufzubeschwören. Bedenklich war der Königin nur, daß die Briefe aus England nicht rechtzeitig eingetroffen waren; sie hatte Vater und Bruder und Schwägerin um Verhaltungsmaßregeln gebeten, da sie dem Feingefühl des Gatten in Sachen solcher Staatsempfänge nicht vertraute.

Am Park von Charlottenburg, an der Brücke über die Spree, hatten der Zar und die Zarin das Lustschiff bestiegen, das sie nach Schloß Monbijou bringen sollte. Das Zarenpaar befand sich auf dem Bug der Jacht. Zar Peter trug seinen hochgeschlossenen Jagdrock, den Hirschfänger am Gürtel. In den Händen hielt er sein Sprachrohr, um bei der Landung in der Preußenhauptstadt den stummen Ruderern und flinken Segelknechten selber zu befehlen. Immer reisten die Schiffsleute mit ihm, und wo man dem Zaren eine Barke oder auch nur den einfachsten Kahn bot, war er sogleich sein eigener Kapitän und, was seinen Anzug und die Unrast seiner Fahrt betraf, ein wilder Jäger auf den Strömen. Die Zarin saß auf einem Taburett zur Seite ihes hohen Gatten. Sie sah zu den Segeln auf: die wurden eingezogen, denn man war am Ziel. Sie blickte zu den Ruderknechten hin: die hielten die Stangen hoch über das Wasser, regungslos, in ungebrochener Linie; das Wasser tropfte von den Ruderstangen, und die Knechte sangen, als hätte keine Mühe sie erschöpft. Die Zarin schaute endlich nach dem Ufer: die glänzende, weiße Terrasse zwischen dem Fluß und dem Park hatte sich mit den Kavalieren und Damen des Hofes von Monbijou gefüllt. Allen voran stand der König von Preußen in seiner blauen Uniform und winkte. Das lichte, kleine Schloß der Königin war umweht von farbigen Bannern.

Der Zar rief durch sein Sprachrohr einen Gruß, als stieße er ins Hifthorn. Da stürmten seine Hunde übers Deck und umkreisten die Zarin. Am Ufer stellten sich nun schon die Königskinder auf: Kronprinz Friedrich und Prinzessin Wilhelmine. Eine Kinderfrau hielt sogar die kleine Friederike Luise auf dem Arm, und die Kleinen sollten den russischen Gästen winken wie der Vater.

Einen Herzschlag lang senkte die Zarin die Lider. Dann hob

auch sie den Arm, ließ ihren Schleier flattern und lächelte. Nun warfen sie auch schon die Taue ans Ufer, und Grenadiere fingen sie auf, sie um die Pfähle zu schlingen. Auf die höchste Stufe der Terrasse trat die Königin von Preußen, im Kreise aller ihrer Damen. Sehr stolz war die Königin, und das Festkonzert der fünfzig kleinen Mohren, welche ein Nelkenrondell mit ihrer Janitscharenmusik umwoben, schien sie ein wenig zu indignieren, weil es nicht nur dem Zaren, sondern auch der einstigen Magd und Soldatenfrau galt.

Als Katharina Alexejewna aus der Barke stieg, war ein leises Klingeln um sie, fast wie ein sehr sanftes Läuten. Denn ihr weites, blaßgrünes Kleid, das zobelverbrämte, war mit kleinen Heiligenbildern behängt, über und über.

König Friedrich Wilhelm reichte ihr den Arm, aber als er sie die Stufen zu der Königin emporführte, löste die Zarin sich – kaum, daß er es spürte – von seiner Rechten, blieb auf der zweiten Stufe stehen und sank in eine tiefe Verneigung; auch hielt sie den Kopf, wie demütig, gesenkt. Sie war so tief vor Preußens Königin geneigt, daß diese ihr die Hand nicht hätte reichen können, auch wenn es ihr Wille gewesen wäre; und er war es nicht. Sie blickte über Katharina Alexejewna hinweg auf den Fluß, den Garten, die Jacht und fand kein Wort des Willkommens. Die Zarin schien ihr von Schmutz und Silber zu starren.

Zar Peter legte seinen Arm um Friedrich Wilhelms Schulter. »Hier will ich bleiben«, rief er, und schon stürmten seine riesigen Hunde durch den behüteten Park der Königin von Preußen.

Katharina Alexejewna, noch immer das Knie auf die Treppe geneigt, sah auf die Kinder der Königin. Nach der kleinen Tochter auf dem Arm der Kinderfrau breitete sie mit sanftem Lächeln beide Hände aus. Aber das kleine Mädchen fürchtete sich vor den dunklen Augen und der braunen Haut; auch hatte die Bediente für einen derart unerwarteten Zwischenfall keinerlei Anweisung erhalten. Kronprinz Friedrich und Prinzessin Wilhelmine machten der Zarin aus der Ferne ihre artige Reverenz. Da ließ Katharina Alexejewna ihre Arme wieder sinken. Zur Königin hinblickend, schlug sie ihre ernsten, braunen Augen zu unwahrscheinlicher Größe auf.

»Ich habe meinen Sohn verloren«, sagte sie leise, als wüßte die Mutter vor der Mutter in der Stunde der Begrüßung gar kein anderes Wort. Beide hatten sie in diesem Frühling und Sommer einen Sohn geboren.

Aber Königin Sophie Dorothea sah und hörte Katharina Alexejewna nicht; sie reichte dem Zaren die Hand, von allen Perlen, Diamanten und Saphiren der Welfentochter strahlend.

Noch immer strömten die Gäste die Treppe vom Ufer herauf. Die Barke des Zaren hatte sich schon wieder abgestoßen; neue Schiffe, von Blumenkränzen duftend und umflattert von Wimpeln, legten leise schaukelnd an. Die russischen Gäste wichen auf der Terrasse rechts und links zur Seite und ließen einen breiten Durchgang frei. Denn der letzten Jacht entstieg die Fürstin Galliczin; und der Beichtvater des Zaren, ein Abt, war ihr einziger Begleiter. Ohne den preußischen und russischen Hof auch nur eines Blickes zu würdigen, schritt sie die Stufen empor, mit beiden Händen, welche lang und schmal und edel waren, ihr weites, weißes Kleid ein wenig über die Fußspitzen hebend. Die hochgewölbten Brauen und jede Miene des Gesichtes waren unbewegt, die nachtschwarzen Augen ohne Ausdruck und Ziel; der schöne und bedeutende Mund war tiefrot geschminkt und fest geschlossen, das Gesicht nur blaß gepudert; die Haare wurden aus der hohen Stirn und von den schmalen, leicht vertieften Wangen durch einen Kopfputz zurückgehalten, der aus sechs mondsichelgleichen Perlenbögen bestand. Von den Enden, in denen die Spitzen dieser Halbmonde unterhalb der Ohren zusammenliefen, hingen Perlenschnüre, zu losem Bündel geknotet, fast bis zu den Schultern herab, und an den Handgelenken der entblößten Arme wiederholten sich die halbmondartigen Perlenbögen noch einmal gleich einer Stulpe. Obwohl die Fürstin von der Reise kam, war sie schneeweiß gekleidet; Schleppe und Kleid waren in ebenmäßigen, längsverlaufenden Linien mit den gleichen blaßgrauen Perlen bestickt. Die Fürstin sah kein Zaren- und kein Königspaar, sie streifte im Vorübergehen mit ihrem Reifrock die fast erstarrende Königin von Preußen, und erst an dem Rondell vor der Mittelgalerie des Schlosses blieb sie stehen und wandte sich langsam und feierlich um, als wolle eine Herrscherin zu ihrem Volke sprechen.

Der Zar hielt sich vor Lachen seine langen Seiten, hustete, räusperte sich, pfiff seinen Hunden, und sofort stimmten alle russischen Kavaliere mit in das Pfeifen ein, und es war ein Spektakel in dem Garten Ihrer Majestät, daß die preußischen Herrschaften nicht mehr wußten wie ihnen geschah. Von allen Seiten jagten die Hunde wieder heran, umkläfften und umstellten die Fürstin. Sie stand wehrlos in der Meute, zitternd vor Furcht; ihre Augen waren geweitet, und die Hände preßte sie gegen die Ohren.

Er solle die Hunde von der falschen Heiligen bekehren, rief dröhnend der Zar dem Abte zu, und der zog zwei Hundepeitschen mit vier langen Riemen unter seiner Kutte hervor, schlug, sie in beiden Händen schwingend und mitten unter die Hunde springend, wie ein Rasender um sich und wirbelte im Kreise umher, daß seine Soutane wie ein fester Reifen um ihn stand –; die Hunde schnappten nach dem Saum des Mönchsgewandes, packten die Fetzen und stoben, manche sich überkugelnd, davon.

Zar Peter mußte sich die Tränen des Lachens aus den Augenwinkeln wischen, sein Hof schrie, jubelte und pfiff, Katharina Alexejewna lächelte ein wenig bedrückt, König Friedrich Wilhelm machte große Augen, die Königin winkte nur ihren Damen und verschwand mit ihnen und den Kindern, die Fürstin Galliczin ließ sich an der steinernen Umfassung des Nelkenbeetes nieder, scheu und traurig, und alle preußischen Kavaliere wußten nicht, ob lachen, tadeln oder stumm verharren. Zum zweiten Male legte der Zar den Arm um des Königs Friedrich Wilhelm Schulter. »Das sind nämlich mein Narr und meine Närrin, Abt Sotof und die Fürstin Galliczin.«

Für den Preußenkönig war es zu viel. Ein Geweihter als Narr und die fürstliche Verschwörerin, einst das Haupt eines Aufstandes, in Perlen und Seide von einer Meute umstellt!

Doch Zar Peter, des Neuen begierig, drängte weiter. An der Auffahrt vor Schloß Monbijou warteten bereits die Staatskarossen, um die Fürstlichkeiten und ihre Begleitung nach dem königlichen Schloß zu bringen; denn ein Empfang in dem Palais der Königin war aus begreiflichen Gründen nicht vorgesehen. Noch während der Auffahrt vor Schlüters mächtigem Portal trafen von der Charlottenburger Allee und der Straße Unter den Linden her auch die Kutschen mit der übrigen Reisegesellschaft des hohen Paares ein. Die kleine, reichgeschmückte Flottille war nicht imstande gewesen, den gesamten russischen Hof aufzunehmen. Zwei Stunden hindurch rückte langsam, ja schrittweise Wagen um Wagen über die Brücke an der Schloßfreiheit vor, und die

Lakaien hatten unermüdlich die Wagenschläge zu öffnen und zu schließen.

Die ersten der Karossen und Kaleschen hatten sie nicht wenig in Erstaunen gesetzt, zwängten sich doch in ihnen fünf und auch sechs Damen, die sofort eifrig und alle zugleich in ihrer rauhen, fremden Sprache auf die Diener einredeten, ihnen Kinder entgegenhielten – schreiende, schmutzige, braune Kinder – und sich dann, von ihrer Last befreit, eiligst und ebenfalls möglichst gleichzeitig aus ihren Kutschen drängten: geputzte, derangierte Damen, gar zu farbenprächtig angezogen, wilde Schleifen und samtene Blumen in den manchmal nicht ganz einwandfreien Perücken. Die zarischen Damen waren so geschminkt, als ob sie mit einer Handvoll Mehl über das Gesicht gefahren wären und mit einem groben Pinsel die Backen rot gefärbt hätten. Als Schönheitspfläsсerchen hatten sie sich Figuren ins Gesicht geklebt: Bäume, Kutschen, Pferde. Sie suchten sich darin gegenseitig zu übertrumpfen, namentlich sechs aus dem Dienst der Herzogin von Kurland entlassene Fräulein, die jeden Morgen vier Bouteillen Branntwein erhielten, sich den Mund auszuspülen, weshalb sie auch den ganzen Tag sehr guter Laune waren. Alle lachten, zankten, schrien; sämtlich waren sie sehr mißtrauisch und wollten sogleich ihr Gepäck vom Wagendach abgeschnallt haben; und manche der moskowitischen Damen begann noch auf dem Platz vor dem Portal in ihren Koffern zu wühlen, Eßkörbe auszuwickeln und ihren Inhalt zu verspeisen, oder sich um Schachteln und gestickte Reisetaschen zu streiten. Einige hockten sich bei den zehn dorischen Säulen zwischen Hof und Portal auf die breiten Mauersockel nieder, entblößten ihre Brüste und stillten ihre Kinder, andere suchten mit Eile den Ausgang nach den Höfen, und daß es ein Prunkhof war, hemmte sie kaum. Ihre kleinen Jungen hielten sie sogar zwischen Bordstein und Kutschen ab.

Ratlos, entsetzt, allen Verlegenheiten preisgegeben, standen auf der ersten Empore, in der die breiten Treppen zu den Gemächern des Königs und der Königin ineinandermündeten, zwei Kammerherren Seiner Majestät, beauftragt, die zarischen Damen in ihre Gemächer zu führen. Die stießen eine die andere vorwärts, und einige, die der französischen Sprache mächtig waren, wurden von den Freundinnen und Rivalinnen einmütig auf die Kammerherren zugeschoben. Als diese Damen nun begriffen hatten, worum es eigentlich ging, legten sie die Hände an den Mund und schrien laut ins Treppenhaus hinunter, es gebe Betten und Essen!

Während der Verhandlung, denn so mußte man es schon nennen, war der große Zug ins Stocken gekommen. Nun brach er wiederum auf. Diener und Lakaien im Gefolge der Kammerherren konnten gar nicht schnell genug Koffer, Schachteln, Truhen und Beutel aufnehmen; es störte die Russinnen nur wenig; sie griffen selbst nach ihren Gepäckstücken, zerrten die Kinder hinter sich her oder schleppten sie, einfach unter ihren Armen festgeklemmt, mit sich fort. Unübersehbar flutete es an den Kammerherren vorüber. Sie waren bis an die äußerste Brüstung der marmornen Balustrade gedrückt. Dann und wann, fast erstickend, mühten sie sich, um Artigkeit und Fassung zu wahren, vor einer der wilden, braunen Damen die höfliche Frage ab: »Oh, Ihr Kindchen, Madame?«

Dann war es gleich wieder wie ein Stillstand in dem Wogen. Denn jede der Angeredeten, soweit sie Französisch verstanden, knickste artig, dankte der Nachfrage und gab den Bescheid: »Der Zar hat mich beehrt.« Sonst aber nannten sie den Zaren »Väterchen«.

Draußen fuhren indes als letzte Zar Peters hundert Zwerge und Narren vor, von denen einige sich auch während der Reise beim Zaren in Zahnbehandlung befanden; er leistete Außerordentliches auf diesem Gebiet und fand ein ungeheures Vergnügen daran.

Der Zar hatte Abt Sotof gebeichtet. Er hatte keine heiße Stunde seiner Nächte verschwiegen; er hatte gebeichtet, daß er oft des Nachts noch unerkannt die fremde Stadt durchstreife; und wenn er auch noch nicht all ihre Merk- und Sehenswürdigkeiten kenne, so doch sicherlich die Betten ihrer hübschesten Mädchen, soweit sie vom Herrn Vater und der Frau Mutter oder der altjüngferlichen Schwester nicht gar zu streng und zimperlich bewacht würden. Aber nun werde er tugendhaft sein und jede Nacht, die ihn noch in Berlin sehe, in ein und demselben Bette seinen Schlaf tun. Es gebe einen Gasthof, darin könne sich auch ein Kaiser und Sultan sehr wohl blicken lassen, einen Gasthof mit seidenbespannten und gemalten Galerien und Sälen, mit Spiegeln und Silbergerät, Lakaien und Köchen. Dort werde er wohnen zur

Nacht. Denn der Wirt, ohne Muhme, Frau, Schwägerinnen und Schwestern, habe nur eine Tochter bei sich mit blondem Gelock und den seligsten hellbraunen Augen; die tue gar nichts als singen und sich die Sonne vom Himmel herabwünschen. Wenn sie ihm nur immer singe, beichtete kniend der Zar, so wolle er ihr die Sonne schon holen lassen und was es sonst an unbekannten Gestirnen etwa noch gebe, dazu. Er beichtete auch allen Schabernack, der große Zar mit den heiteren, oft aber vom Jähzorn glühenden, großen grüngrauen Augen, den festen, weißen Zähnen, der wettergebräunten Haut und dem gelockten kurzen Braunhaar. Das sei er, meinte der Zar, dem neuen Freunde Friedrich Wilhelm schuldig, daß er ihm dort helfe, wo er seine Hilfsbedürftigkeit gar nicht ahne, nämlich gegenüber der hochmütigen Frau Gemahlin, die ein wenig gefügiger gemacht werden müsse. Auch Königin Sophie Dorothea aus dem Hause der Welfen würde wohl nichts dagegen zu tun oder auch nur zu reden vermögen – und dies fiel ihr gewiß besonders schwer –, wenn der Zar als Gast für Frau und Gefolge auf all die Prunkzimmer im großen Schloß verzichtete und gerade an dem zierlichen Sommersitz der Königin Gefallen und Freude fand und daselbst zu logieren begehrte? Nun hausten sie in Monbijou mit Damen, Kindern und Hunden!

Er dürfe doch bei der Beichte nicht lachen, flüsterte Abt Sotof dem Zaren aus dem Beichtstuhl zu. Diesen Beichtstuhl führte der Zar gleich einer kleinen Sänfte auf allen Reisen mit sich, so auch jetzt, als seine Fahrt durch Holland und durch Preußen ging.

»Du hast recht«, sagte der Zar, »obwohl du nur hören und nicht reden sollst.« Und dann raunte er dem Abte wieder das Ernste durchs geschnitzte Gitterwerk des Beichtstuhls ins Ohr. »Sie foltern Alexej Petrowitsch noch einmal.«

Da zögerte der Abt mit dem Zeichen des Kreuzes und mit der Verheißung der Gnade; denn Alexej Petrowitsch, das Kind der ersten Ehe, war des großen Zaren einziger und schwacher Sohn, seit Katharina Alexejewna ihren Sohn auf der gleichen Fahrt begrub, auf der sie ihn gebar.

Als sie das Zimmer, das ihnen im Preußenschloß zur Kapelle diente, verließen, neigte sich der Zar wie jeden Tag über die Hand seines Abtes und küßte sie. Aber als sie die Schwelle überschritten hatten, versetzte der Zar, ebenfalls wie jeden Tag,

seinem Beichtvater einen groben Nasenstüber und herrschte ihn
an: »Nun sei wieder lustig, Narr.«

Aber der beklagte sich, er habe keine rechte Unterhaltung hier
und beginne, ausgerechnet in dem vielgepriesenen Westen, ganz
tiefsinnig zu werden vor Langeweile; und auch Madame Galliczin mangle es sichtlich an guter Gesellschaft. Der Zar gab es dem
König weiter; denn er hielt darauf, in allen Stücken und hinab bis
zum geringsten Fuhrknecht im Gefolge des Zaren ein Wirt ohne
Tadel zu heißen.

Er habe einen, der könne wohl jeden vortrefflich unterhalten,
glaubte König Friedrich Wilhelm versprechen zu dürfen. So kam
Gundling unter die Narren. Dafür war er am Berliner Hofe der
einzige, der binnen kurzem um die Geheimnisse, Vergehen und
Qualen der Närrin Elisabeth Feodorowna Galliczin wußte. Der
entsetzliche Plan der Fürstin, den Zaren mit Hilfe seines Sohnes,
der Popen und des Adels zu stürzen, war aufgedeckt worden,
noch ehe der Zarewitsch und die Fürstin nach Neapel zu entkommen vermochten. Der Plan war enthüllt; aber noch immer
blieb dem großen Zaren unbekannt, wer Urheber war und wer
Werkzeug. Darum erlitt der junge Alexej Petrowitsch die Folter
auf Befehl des Vaters und Herrschers.

Die Galliczin aber suchten die Ihren zu retten, indem sie den
Zaren beschworen, der unglücklichen Irren, deren Wahnsinn
man geheimgehalten habe, dürfe kein Leid geschehen, und keinem Gericht könne die Umnachtete ausgeliefert werden. Von
diesem Tage an, Stunde um Stunde, hatte die Fürstin die Wahnsinnige zu spielen, denn der Zar erklärte, sie in Verwahrung
halten und von seinen Ärzten und Gelehrten beobachten lassen
zu müssen, damit er sein Leben erhalte, sie selbst sich nicht ins
Unheil stürze und die Wissenschaft an solcher Armut reicher
werde. Niemals, so heftig er auch war und so furchtbar ihn sein
Zorn auch mit sich fortriß, sprach es der Zar vor einem Menschen aus, daß er um die Lüge ihres Wahnsinns wußte. Aber
Elisabeth Feodorowna Galliczin kannte keinen Zweifel, daß er
sich die furchtbarste Strafe ersonnen hatte mit solcher Gnade.
Und nun erlebte die Fürstin das Peinigende, daß ihr hier am
Hofe des preußischen Königs ein eitel aufgeputzter, kleiner Mann
mit mächtiger Perücke zur Unterhaltung beigegeben wurde,
dessen wunderliche und geschraubte Redensarten, umständliche
Vergleiche und phantastische Abschweifungen eine erschrek-

kende Kenntnis des russischen Aufruhrs verrieten und keinen Zweifel zuließen, daß ihm die offene und geheime Geschichte jeglichen Wappenschildes nicht fremd war. Manchmal dachte die Fürstin vor der sanften Zarin zusammenbrechen zu müssen. Aber dann genügte es ihren Leiden, daß die Soldatenfrau Katharina Alexejewna ihrer Torheit Trost zusprach mit fremden und ungemein lieblichen Worten einer Kindermagd an der Wiege. Und die Gaben, welche ihr die Zarin verhieß, waren Geschenke, wie ein Bauernmädchen sie erträumt, das auf die Tage des Festes von seinem Liebsten mitgenommen wird in die Marktstadt; doch waren auch kleine Heiligenbilder und ein Ikon aus buntem Glas und von gemaltem Holz darunter.

Die russischen Herren waren auf des Königs Jagdschloß Wusterhausen eingeladen. Aber auch die Zarin sollte wohlgeduldet sein; denn eben: Katharina Alexejewna war eine Soldatenfrau und kannte Lager und Zelt; und niemals lache sie schöner als am Lagerfeuer, sagte der Zar.

Die Königin von Preußen blieb zurück, durch Krankheit entschuldigt, doch in Wirklichkeit aus Verstimmung und Empörung darüber, daß die Zarin in Schloß Monbijou logierte. Es versöhnte die Königin von Preußen wohl kaum, daß ihre kleine Wilhelmine bei Zar Peter einen so großen Erfolg davongetragen hatte. Das Prinzeßchen hatte die Lektion, die man ihm gegeben, gut auswendig gelernt und sprach mit dem Zaren von seiner Flotte und seinen Eroberungen in einer Weise, daß der große Mann zur Zarin sagte, er gebe eine seiner Provinzen, um solch ein Kind zu haben. Dagegen war es ihm nur belustigend, ja lächerlich, als das Kind sich gegen seine rauhen Küsse wehrte und schrie: »Sie entehren mich!«

Ohne die Gegenwart der Königin, fern dem Hofe und in der einfachen Umwelt von Wusterhausen war Katharina Alexejewna freier, glücklicher und sicherer, als man sie in Berlin bis dahin sah. Nichts gab es hier, was ihr Herz beengte, das gar so leicht von allzu glühender Liebe und zarter Schüchternheit so flatternd und so ängstlich war. Sie ging als Jägerin unter den Männern, und es nahm ihr etwas von ihrer Schwermut, daß nicht die Heiligenbilder um sie läuteten. Auch wirkte sie hier seltsamerweise würdiger, denn ihre höfischen, ihr selber fremden Roben waren immer leicht verwahrlost; aber das neue grüne Jagdkleid war ihr lieb, und sie hielt es gut, und man erkannte erst jetzt, daß die brünette, große, schlanke Frau mit ihrer ebenmäßigen braunen Haut, wie keine Frau hierzulande sie hatte oder begehrte, von eigener Schönheit, Anmut und Würde war. Der König empfand für Katharina Alexejewna großes Wohlwollen, in das sich manchmal tiefes Mitleid mengte, denn es geschah an seiner Tafel nicht selten, daß der Zar seine Frau in ihrer unbefangenen und ungeschickten Rede mit einem »Kopf ab« unterbrach. Dabei zog er mit dem rechten Zeigefinger einen raschen Strich quer über seine Gurgel, und Katharina Alexejewna erschrak jedesmal gar sehr und war viele Stunden wie verstört. Der bange Glaube verließ sie nicht, sie werde auch, wie all ihr Glück, den Tod von seiner Hand oder durch seinen Befehl empfangen. Sie, die Zarin, erhob sich nicht einen Augenblick über die zarischen Damen. Sie war ohne Wehmut und Bitterkeit gegen all die Mütter und nur voller Freundlichkeit gegen des Zaren vierhundert Kinder. Noch vermochte sie es nicht zu fassen, daß der Zar sie zu sich emporhob. Redete aber nun der Zar in Gegenwart aller anderen freundlich mit ihr, so blühte sie auf und lachte fast verwegen, gab schlagfertige Antworten, ja, ließ sich sogar zu einem ausgesprochenen und überaus anmutigen Leichtsinn hinreißen. Doch war es in der Trauer um das Söhnlein nur ein ferner Abglanz ihres einstigen Wesens. Als sie die erste Stadt des Preußenkönigs verlassen hatten, war der Sohn, auf der Reise geboren, in der fremden und von nun an so schmerzlich geliebten Erde zurückgeblieben.

Der König von Preußen tröstete die Zarin oft, er habe zwei Söhne verloren und um das schwache Leben des dritten sich all die ersten Jahre sehr gesorgt; und nun trage der Sohn bereits die erste kleine Montur, und er selber habe ihm neulich erst die Plempe eigenhändig umgehängt. Ach, und ein zweiter Sohn wachse indes schon heran zum Kornett im brüderlichen Knabenregiment. Freilich, zu langen Gesprächen blieb der Zarin und dem König hier auf Wusterhausen keine Zeit. In der ersten Morgenfrühe, kaum daß die Sonne die Wipfel der Linden vor dem Schloß und seine beiden hohen Giebel überstrahlte, blies das Jagdhorn zum Wecken, und die Jägerburschen, die hier allein die Bedienung besorgten, eilten, die Stiefel der Herren unter den Arm geklemmt, von Kammer zu Kammer; alle Zimmer außer dem Hirschsaal im Erdgeschoß waren klein und einfach, so daß man sie nur Kammern nennen konnte. Die Küchenjungen trugen die Eichenbretter mit Terrinen voller Biersuppe, die Schüsseln mit Schinken und Würsten, die Körbe mit mehlbestäubten Broten vom Keller zum Hirschsaal hinauf; im Hofe putzten Burschen die Flinten, die Hunde wurden gefüttert und gestriegelt, und endlich trat als erster der Herren der König im grünen Jagdrock auf die Treppe, nach allem Ausschau zu halten: nach dem Frühstück für die Gäste, nach der Meute, deren hundert Hunde er jeden einzeln kannte, nach dem Wetter, den Pferden, die Fütterung der Bären nicht zu vergessen.

Über Bach und Wald und den eben abgeernteten Feldern zog noch der Nebel. Ins Gras, das feucht vom Tau und nach der zweiten Mahd noch einmal voll emporgewachsen war, fiel, wo ein Birnbaum nahe dem Schlosse gepflanzt war, eine erste Frucht. Der König auf den Stufen vor dem Turmtor hörte den sanften Aufschlag trotz Pferdegewiehers und Hundegebells, und der Gedanke schien ihm nützlich und lieblich, daß sich einmal weite Gärten voller Birnen-, Pflaumen- und Apfelbäume, voller Beerensträucher und Himbeerhecken um seine Schlösser ziehen könnten, um jegliches Gehöft der Bauern und vor den Toren der Städte hin.

Es war um die Mitte des August und sein Geburtstag, und weil erst sein dreißigstes Jahr den Anfang nahm, war der König noch voller Wünsche und gab dem beginnenden Jahr seines Lebens Weisung, Ordnung und Plan. Er kam leicht ins Träumen, der König, der ins große Jahr des Mannes schritt. Aber seine Träume waren nur Befehle an die Wirklichkeit, werdender Entschluß und Hervorbruch festen Willens. Alle seine Träume mündeten in neue Tat. Ihm gab es kein anderes Erwachen. Gesicht und Leib und Hände noch vom Brunnenwasser kühl und das Herz sehr heiß vom frühen Tage und dem neuen Jahr, das angebrochen war mit Hifthornklang und Jägerruf, stand König Friedrich Wilhelm vor dem Jagdschloß seiner Knabenjahre.

Seine Gäste hatten ihn umringt. Der Freund, der Gast, der Zar ließ ihm Geschenke bringen, während sie draußen schon die Pferde sattelten und die Hunde an die Koppel nahmen. Der Zar hatte zwei Adler herbeischaffen lassen, wie er sie daheim auf seinen Schlössern hielt, mit mächtigen Schwingen, doch die Klauen beschnitten und an schwerer Kette eine eiserne Kugel am Fang. Auch Bären machte Zar Peter dem Preußenkönig zum

Geschenk; schon seit zwei Tagen hielt man sie im Nachbardorfe verborgen, zottige, mächtige Bären. Die Zähne waren ihnen ausgebrochen, und die Vorderpfoten hatte man ihnen über der Tatze abgeschnitten, daß sie den neuen Herrn nun nicht so stürmisch umarmten und sich lieber, was für königliche Bären schicklicher schien, ans aufrechte Gehen gewöhnten. Nur eine Bärin hatte man davor verschont.

Der König hatte zu staunen, zu schauen, zu danken; zu horchen und zu lachen gab es auch. Gundling und Abt Sotof hielten ihre Gratulationsreden, als preußischer Adler flatternd der eine und tappend und schaukelnd als russischer Bär der andere. Der Zar wollte sich ausschütten vor Lachen. Draußen vor der Brücke und am Tor hatten sich Leute aus dem Dorfe angesammelt, ob sie etwas erspähen könnten von dem Geburtstagsfest oder gar von des moskowitischen Mönchsnarren Späßen. Der hatte zu Berlin und Wusterhausen ein leichtes Spiel; die Einfälle zündeten nur so; Professor Gundling ließ das Wortspiel nicht ermüden und war ein Partner, wie ein Narr ihn selten findet. Es sollte hoch hergehen, wollten der Narr in der Soutane und der verkommene Gelehrte im übermäßig prunkenden Hofratshabit. Die Zarin saß indessen schon zu Pferde, lächelte und wartete und blinzelte in die Sonne. Der Tag wurde klarer, die Sonne stieg, der Nebel war nur noch ein zarter Tau, der Heide, Stoppelfeld und Waldessaum von fernher glänzen ließ.

Sie zerrten die Bären in die Ställe, und die Adler sperrten sie in ihre hohen Käfige. Auf den Füchsen rechts und links der Zarin saßen Zar und König auf; der Zug der Jäger hinter ihnen war lang; gleich an der Brücke setzte man sich in Trab. Staub wirbelte nicht auf. Die Erde war noch feucht.

Peter und Friedrich Wilhelm ließen das Treiben sich immer weiter entfernen. Ihre Flinten lehnten an einem Baumstumpf, die beiden Jäger lagerten im Grase. Doch Rast und Ruhe waren fern, ja, Erregung hatte sie ergriffen. Ein paar Worte über die Flinten, die waren der Anfang gewesen. Und da in diesem Augenblick kein Wild in Sicht gewesen war, hatte der König noch bemerkt, er möchte binnen kurzem für das wachsende Heer selbst die Gewehre herstellen lassen; es gehe ihm gar zu viel Geld nach Lüttich zu den vielgerühmten Büchsenmachern.

»Das ist eine Sache«, sagte der Zar, »die läßt sich wohl hören.

Wenn Ihr soweit seid, Bruder Friedrich Wilhelm, laßt es mir sagen. Ich könnte ein gutes Stück Geld sparen, wenn die Waffen für meine Armee nur noch den kürzeren Weg von Eurem Lande zu meinem gingen. Selbst kann ich die Fabrikation noch nicht wagen – so weit habe ich meine Völker noch nicht gebracht. Und wenn Ihr mir schon Waffen und Monturen schickt, dann sendet mir die Lehrmeister mit, die meine Truppen weisen, die neuen Flinten zu gebrauchen. Denn ich will dahin kommen, wo Ihr nun schon seid, Bruder Friedrich Wilhelm, obwohl Ihr es kaum leichter hattet als ich.«

Der König blickte den Zaren groß an.

»Und wo bin ich?«

Der lange Peter, der im Waldgras lag, schlug sich auf die Schenkel. »Wißt Ihr es denn nicht?«

Und nun zählte er ihm auf, was er gesehen hatte, seit er in des Preußenkönigs alter Hauptstadt eintraf und den Anfang der neuen Stadt Potsdam gezeigt bekam. Er pries die Betriebsamkeit der Manufakturen, die Einheitlichkeit und Sauberkeit der Uniformen, die Ordnung der Märkte, das Werk, das an den Flüssen und ihrem Bruchland geschah; er lobte das Wunder der gläsernen und silbernen Apotheke, die Übersichtlichkeit der Baupläne, die Pünktlichkeit der Ämter und Kammern und die Zuverlässigkeit der Kassenbücher. Er lobte als einer, der selber um jedes Dorf mit einer öden Steppe ringen, seinen Untertanen die Spindel in die Hand und das Hemd auf den Leib zwingen, sein Volk all seine Liebe und Sorge mit Knuten und mit Ketten lehren mußte.

Der König, neben dem neuen Freunde hingestreckt unter Kiefern und lichtem Spätsommergewölk, wußte nicht, wie ihm in so wunderlichem, unerwartetem Gespräch geschah.

Einer hielt erste Rückschau für ihn; einer, der das Schwere kannte, erteilte ihm das erste Lob, während er nur das Unvollendete, das Widerstrebende, den Mangel, das Versagen und die unablässige Forderung zu sehen vermochte!

Er hat dem Zaren auch nur so geantwortet: daß alles sehr schwer, unvollkommen und dürftig sei. Aber eine Fröhlichkeit, wie er sie bis dahin noch nicht kannte, zog durch sein Herz und sein Denken.

Der König, der den Wald, die Heide, die Jagd und den späten Sommer so liebte, wünschte um diese Stunde seines Geburtstages nichts sehnlicher, als fern von alledem im Tuchmagazin in der Alten Hofburg zu stehen und von den Regalen und aus den Schränken dem neuen, dem ersten Käufer vorlegen zu lassen, was er da an Ballen – »Niemand zur Freude und allen zu Leide« sagte das Volk – hatte spinnen, weben und aufhäufen lassen: Blaues Königstuch, glatten und geköperten Flanell, Preßbery und Fries, Serge und Zeugrasch, Prussien, gestreiften und geblümten Kadamank, Casta und Velp. Dies alles wollte der Zar in Zukunft vom König von Preußen beziehen; denn die Holländer und Engländer konnten mit den Preußen nun schon nicht mehr mittun.

Peter hielt sich die Ohren zu, als Friedrich Wilhelm ihm die Eigenart, den Vorzug, die Herstellung und den Preis jeden Stoffes überstürzt und doch so eingehend schilderte und ihn über alle Fragen der Emballage, des Packerlohnes und der Leichterfracht augenblicks unterrichtete. Aber ob denn der Bruder Friedrich Wilhelm nun in allen Fabrikationen seines Landes so sehr genau Bescheid wisse? Das wollte Zar Peter nun doch noch erfahren. Denn Bruder Friedrich Wilhelms Handelsgrundsatz hatte es ihm angetan, »die bonne foie sei die Seele des Commercii, davon müsse das Preußische Comptoir ausgehen; dann werde es in kurzem mehr Kredit haben als alle anderen«.

Er hoffe mit den richtigen Angaben dienen zu können, meinte der königliche Kaufherr, und sein Gedächtnis notierte jede Bestellung, die auf seinen Vortrag erfolgte. Aber der König in ihm bedachte, daß wohl ein Band sein müsse zwischen Potsdam und Petersburg, der neuen Stadt des Zaren. Auch Petersburg, vom vertriebenen, ungeheuerlichen Schlüter erbaut, war aus dem Sumpf ertrotzt und Zeichen eines werdenden Reiches und Gelübde einer Kraft.

Den Zaren und den König verband wohl auch noch mehr als nur die gemeinsame Vorliebe für Holland, für Handwerk und Jagd. –

Aber Zar Peter war reicher.

Beide waren sie fromm. Und beide waren, wie Fürsten sonst kaum, zur Freundschaft geschaffen, die fern und hoch über den Verträgen aller Potentaten steht.

»Bruder Friedrich Wilhelm«, rief der Zar, »wir wollen beide in immerwährendem gutem Verhältnis und in der rechten Harmonie bleiben!«

Solches könne er fest versprechen, gab König Friedrich Wilhelm zurück; doch er schloß: »Was aber unsere Jungen nach unserem Tode tun werden, das müssen wir geschehen lassen – «

Der Zar sah an ihm vorbei.

»Was das Vertrauen auf die Söhne betrifft, Bruder Friedrich Wilhelm – jeder Mensch schuldet der Welt wohl eine Torheit.«

Als die Jägerburschen die Strecke vor dem Schloß auslegten und jeder Jäger den anderen die prächtigen Stücke bezeichnete, die er selber vor der Flinte gehabt hatte, wurde die Schande der beiden hohen Herren erst offenbar. Und dennoch standen sie hochgemut unter den Gästen; auch wollte der Jagdherr von Wusterhausen um jeden Preis nach seinem Brauche Jagdwirt sein; hatte er auch, wie es die Strecke nun unbarmherzig bewies, einen schlechten Tag gehabt, so sollten doch die Gäste es keinesfalls zu spüren bekommen. Er kleidete sich um, streifte die Ärmel seines Hemdes hoch und ließ sich eine große, weiße Schürze bringen. So erschien er im Gewölbe vor der Küche und schnitt sehr reinlich und gewandt die Fische, die er im Netz vom Graben hatte holen lassen. Die Küchenkräuter wusch er selbst, Petersilie und Dill, die den Fisch auf der Schüssel und in der Terrine zu zieren und zu würzen bestimmt waren. Zur Rechten und Linken des königlichen Küchenmeisters standen mächtige Becken mit heißem und mit kaltem Wasser, darin wusch er sich nach jeder Verrichtung am Herde mit Eifer die Hände, und seine weiße Schürze wechselte er mehrmals. Des Waschens war auch kein Ende, als er, sobald der Fisch im Kessel war, selbst den Salat zu bereiten begann mit Essig, Öl und feinen Zwiebeln. Lautlos und emsig, aber auch ein wenig spöttisch hantierten die Küchenjungen und Spülmägde, der Küchengärtner und der Koch um den König und Wirt.

Unter den Linden am Bache, vor dem alten Schloßgemäuer, das jetzt ganz im Licht der Abendsonne lag, rüsteten sie die Tafel, lange Tische von rohem Kiefernholz. Sauberes Leinen aus den neuen königlichen Spinnereien war darüber ausgebreitet und alles Zinn- und Kupfergerät aus dem Hirschsaal in den Hof geholt. Die Becher brachten sie gleich in ganzen Körben heran und ganz zuletzt gewaltige irdene Krüge mit märkischem Bier und Wein in bauchigen, umflochtenen Flaschen.

Zur Tafel hatte sich der Herr noch einmal umgekleidet; kühl

und rein war sein Leib, das Hemd und der neue Jagdrock, sein Haar geordnet, und die Stiefel waren blank. Er war fern von all dem Staub und Schweiß der Gäste. Die späte Sonne und die abendlichen Schatten der Linden spielten auf dem Zinn und Kupfer der jagdlichen Tafel. Nachdem er eigenhändig jedem seine Mahlzeit aufgetan hatte, sprach der Herr sein Gebet sehr feierlich: »Es wartet alles auf dich, daß du ihnen Speise gebest zu seiner Zeit. Wenn du ihnen gibst, so sammeln sie; wenn du deine Hand auftust, so werden sie mit Gut gesättigt.«

Auch die wildesten der russischen Jäger und Zecher schienen diesen Ernst verspürt zu haben; denn mancher schlug ein Kreuz über dem Brot und dem Fisch und dem Wein, und der Zarennarr, der Abt, fügte noch ein besonderes Gebet hinzu, das nur an dieser einen Tafel Geltung haben mochte: »Wohl dir, Land, dessen König edel ist und dessen Fürsten zu rechter Zeit speisen, zur Stärke und nicht zur Lust!«

Heerschau und Landfahrt

Wo ein König viel Volks hat, das ist seine Herrlichkeit;
wo aber wenig Volks ist, das macht einen Herren blöde.
Die Bibel

Seit vier Uhr morgens saß der König am Schreibtisch, jeden Tag jetzt, seit der Gast und Freund wieder ostwärts gereist war. Er trug bereits die Uniform zum Exerzieren, aber er schützte ihre Aufschläge durch grüne Leinenhüllen, wie der arme Mann Creutz sie trug, lange ehe der König ihn in den Adelsstand erhob, um vor den Junkern die leidenschaftlich bestrittene Autorität des bürgerlichen Geheimrates, seines unersetzlichen Sparers, zu erhöhen. Der Fürst von Anhalt-Dessau, wenn er des Plusmachers gedachte, bangte für den König; der Ministergeneral Grumbkow in seiner nicht minder leidenschaftlichen Auflehnung gegen Creutz sorgte sich freilich um sich selbst.

Der König hatte – auch, wie einst der junge Rat Creutz – eine große grüne Schürze umgebunden. Auf seinem Arbeitsplatze herrschte peinliche Ordnung. Vom Schreibtisch und dem Holzschemel davor hatte man schon um die erste Dämmerung den Staub wischen müssen. Das Zimmer war schmucklos und nüchtern; doch helle Vorhänge aus den neuen preußischen Kattunen vor den Fenstern, die fast wie Türen bis zum Fußboden reichten, machten es freundlich; und die wenigen Möbel waren gute Arbeit, wenn auch nur von Fichtenholz.

Die beiden Kerzen auf dem Schreibtisch waren niedergebrannt. Der Herbstmorgen war immer klarer geworden. Ein durchsonnter Septembertag voller Kühle, Glanz und Weite kam herauf. Die zu früh entlaubten Linden gaben den Blick auf die Ufer der Havel und eine sanfte, waldige Anhöhe jenseits des Flusses frei.

Der König tat den letzten Federzug. Er dachte nicht mehr an die Arbeit, die er eben abschloß. Er dachte an Koeppen. Nun, nach Jahr und Tag, hatte die Nacht von Stralsund ihn doch noch hingenommen. Nur einmal noch hatte der König den Treuen und Kühnen nach dem Krieg im Norden gesehen: fiebernd, frierend und hustend. Hohe Ehren waren dem vor Stralsund ernannten und geadelten Generaladjutanten von Koeppen noch von seinem Herrn beschieden gewesen; die höchste aber war, daß er zum Burggrafen von Stettin erhoben wurde und die Hafenstadt betreuen sollte, die sein nächtlicher Weg durchs winterliche Meer für Brandenburg erobert hatte.

Am vergangenen Abend, sehr spät, hatte die Nachricht von Koeppens Tode den König erreicht. In der dringenden Arbeit des frühen Morgens hatte er der Erinnerung an den Getreuen nicht länger hingegeben sein wollen. Als er nun das Geschriebene überflog, erkannte er, daß er in dieser seiner neuen Dienstvorschrift für die Offiziere einen Nachruf für den Toten niedergeschrieben hatte. Er hatte das Bild seines besten Soldaten nachgezeichnet, obwohl der ein kleiner, wunderlicher und unansehnlicher Herr gewesen war. Da war der König zufrieden mit seinem Entwurf; da bekannte er sich zu jeglichem Wort, das seine Feder aufgezeichnet hatte:

»Um folgende Eigenschaften hat der Offizier sich zu bemühen: Gottesfurcht, Klugheit, Herzhaftigkeit, Verachtung des Todes, Nüchternheit, Wachsamkeit, Geduld, innerliches Vergnügen und Zufriedenheit mit sich selber, unveränderliche Treue gegen seinen Herrn, vollkommenen Gehorsam, Respekt gegen die Vorgesetzten, Aufmerksamkeit. Er soll danach trachten, sich Falkenaugen und leise Ohren anzulegen, auch nichts zu vergessen, was man einmal gesehen und gehört. Er braucht Feindschaft und Haß gegen die Weichheit und schnöden Lüste, aber Begierde, Ruhm und Ehre zu erlangen. Er darf kein Räsoneur sein, muß seinen Dienst und seine Schuldigkeit ohne Fehler verrichten, Wissenschaften besitzen oder sich bestreben, deren zu erlangen. Fähnrich und Feldmarschall stehen als des Königs Offiziere in der Ehre völlig gleich.« Und diese Ehre war von ihm neu aufzurichten.

Denn das wußte der Herr: es waren neue Menschen zu schaffen. Seine Offiziere waren Junker, willkürlich, hochmütig und verwildert in verzettelten Kriegen unter wechselnden Fahnen und im Solde aus den Kassen gar zu verschiedener Fürsten. Es sollte kein Edelmann mehr sein Land verlassen, sofern er sich nicht zuvor schriftlich verpflichtete, in keines anderen Landes Dienste zu treten. Und kein Edelmann des Auslands sollte ihm selbst zum Offizier vorgeschlagen werden, der nicht einen Revers unterzeichnete, niemals aus den Diensten des Königs zu gehen, sondern »ewig« zu dienen.

Bisher hatten sich die Obersten der Regimenter ihre Offiziere selber ausgesucht und die Offiziere wiederum die Mannschaft zur Ausbeutungsquelle gemacht. Für die Ausbildung war der Drillmeister da; alles war ein übler Handel. Dem Bürger- und Bauernsohn war in Preußen zu dienen ein Unglück, im übrigen Deutschland Dienst zu nehmen eine Scham, und schlechte Diener wurden zur Strafe in die preußische Armee gesteckt. Von nun an wurden alle Offiziere vom König von Preußen ernannt, und ihnen und aller seiner Mannschaft wollte er ein treuer Meister sein, der des Drillmeisters allmählich entbehren zu dürfen wünschte.

Er selber wollte tagtäglich den neuen Dienst seiner Offiziere tun und zu jeder Stunde den gleichen Rock tragen wie sie, vom blauen Tuche, das sie in seinen neuen Manufakturen das Königstuch nannten. Als wäre eine Uniform wie der Ornat eines Ordens, so dachte der Herr von des Königs Rock, seinem eigenen Kleid. Und darum stand auch in den Kriegsartikeln für die Mannschaft als das oberste Gebot: »Welcher Soldat den allerheiligsten Namen Gottes durch Beschwörung der Waffen, Festmachen oder andere dergleichen verbotene Teufelskünste und Zaubereien mißbraucht, Gottes Majestät, Eigenschaften, Verdienst und Sakrament oder heiliges geoffenbartes Wort lästert, schmäht oder schändet, hat nach göttlichen und weltlichen Gesetzen sein Leben verloren.«

Von der Langen Brücke her marschierten die Grenadiere heran und nahmen Aufstellung auf dem Exerzierplatz vor dem Schloß, genau als die elfte Stunde begann. Noch hallte kein Glockenschlag über König Friedrich Wilhelms neuer Stadt, noch ragte kein Turm aus ihren Gerüsten empor. Aber der Beginn der elften Stunde war für alle in der neuen Stadt bezeichnet. Das Regiment des Königs marschierte auf! Schon bogen die Querpfeifer, die Mohren, zwischen Schloß und Havel ein!

Der König hatte von seinem Schlaf- und Arbeitskabinett aus einen besonderen Zugang zum Exerzierplatz. Von der Fahnenkammer, die vor seinen drei Privaträumen lag, führte eine kleine Geländertreppe mit schmalem, goldenem Gitter zur früheren Orangerie, die nun der königliche Marstall war, hinunter. König

Friedrich Wilhelm stand an ihrer Brüstung und hielt prüfende Ausschau.

Die neuen blauen Röcke saßen prall, die weißen Hosen und die roten Westen schlossen straff an und gaben gute Figur; die weißen Stiefeletten waren ohne Flecken und Fehler, die Lederriemen über Brust und Schultern glänzten, und die steilen Spitzen der Helme blinkten in funkelnder Reihe.

Die Männer waren gut gewachsen, groß und stark und geschmeidig und einander so völlig gleich, daß man über ihren Köpfen mit dem Degen einen schnurgeraden Strich hätte ziehen können. Bart um Bart war wie mit dem gleichen Pinselzug gemalt, Zopf um Zopf wie mit demselben Scherenschnitt gestutzt, mit dem gleichen Griffe fest gewickelt und adrett in ein Täschchen von schwarzer Seide gesteckt. Kein Unterschied war, als daß in der Kehrtwendung eine blonde, braune oder schwarze Haarsträhne zwischen Helm und Seidentasche hervorlugte, und keine Verschiedenheit, als daß in der Frontstellung schwarze, braune, blaue oder graue Augen dem Rechts- und Linkskommando der Offiziere und der Korporale folgten.

Das war nun begriffen, daß niemand den königlichen Obristen zu beachten hatte. Vor seinem Schlosse war zu exerzieren, als wäre er nicht zugegen; in den übrigen Garnisonen aber hatte man den Dienst zu tun, als stünde der König von Preußen selber hinter jedem Korporal und als läge der Feind vor den Toren, als riefe noch in der kommenden Stunde die Schlacht. So lautete der Befehl.

Schützt mir alles, was da entsteht und sich weitet, Grenadiere! klang der Widerhall in König Friedrich Wilhelms Herzen nach.

Zeigt mir, Grenadiere, ob des Dessauers neuer Gleichschritt euch in Fleisch und Blut und Knochen ging, die Herrlichkeit der Ordnung und das Ebenmaß zu vollenden! Gleichschritt, Gleichschritt! Und: rasches Feuern! Geschwindes Laden! Geschlossen anschlagen! Wohl antreten! Wohl ins Feuer sehen! Alles in tiefster Stille!

Nur die Trommeln dürfen reden, nur die Trommeln. Die sind die rechte Sprache der Armee von Landessöhnen und Söldnern, Märkern und Sardiniern, Ungarn und Iren, Holländern und Polen, Studenten, Bauern, Mönchen, Händlern! Zeichen wurden eingeführt, Wirbel, einfach und vielfach, statt der Befehle.

Die Schritte knirschen, das Leder ächzt, Griffe schlagen, Trommeln wirbeln, noch größer wurde Strenge und Stille des Dienstes, noch sicherer und leichter das Waffenwerk von Stunde zu Stunde. Das Feuer der gewaltigen, langen Front ist wie ein Blitz und ein Knall.

Nun, denkt der königliche Obrist, in allen Garnisonen des Königs von Preußen wird es noch nicht so weit sein. Aber dies Regiment hier, täglich vor dem Königsschloß geübt, soll auch das Muster sein, ein Bild der künftigen Armee. Und für ein zweites Regiment zum mindesten kann der König von Preußen getrost die Hand ins Feuer legen: auf der Wiese vor Halle exerziert der Fürst von Anhalt-Dessau, obwohl ein Feldmarschall, zur selben Stunde und im gleichen Reglement! Spottet nur, großer Generalissimus Prinz Eugen, am Hofe des Kaisers! Schimpft uns nur Exerziermeister, verlacht nur die Soldatenspielerei mitten im Frieden! Es ist mein Werk, daß Friede ist. Es soll mein Werk sein, daß Friede bleibt im alten Reich und meinem werdenden Staat! Spottet nur. Es wird, es wird! Tausend Werber sind unterwegs, Tag für Tag, Nacht für Nacht.

»Aber es soll«, so befiehlt das Edikt, »da die Werbungen so schlechterdings nicht gänzlich unterbleiben können, in den jedem Regiment assignierten Stand- und Stabsquartieren auch Garnisonen anders nicht als bei öffentlichem Trommelschlag und gegen Bezahlung des verordneten Handgeldes geworben und also keine andere als freiwillige Werbung fürderhin gestattet und nachgelassen sein.«

Ihr habt nicht falsch gehört: sieben neue Bataillone entstehen, obgleich täglich bei den Regimentern und Kompanien sich Abgang findet! Im Osten und Westen und inmitten des Landes werden Befestigungen und Soldatenstädte aufgebaut: ein neues Memel, ein anderes Magdeburg, ein besseres Wesel! Denn mein menschenarmes Land ist zerrissen, zerstückelt, preisgegeben mit unglückseligen, offenen Grenzen. Die halten den Frieden nur schwer zwischen ihre Schranken gebannt!

Gleichschritt! Gleichschritt! Rasches Feuern! Geschwindes Laden! Geschlossen anschlagen! Wohl antreten! Wohl ins Feuer sehen! Alles in tiefster Stille!

Hinter Schloß und Exerzierplatz lärmte die werdende Stadt. Vom Schloß an der südlichen Windung der Havel bis zum Alten Kanal im Norden, der eben geradegelegt und mit neuem Bohlenwerk verschalt war, ragte den ganzen Lauf des Flusses entlang der Wald der Gerüste. Was wollte da noch die Zerstörung der Wasserkünste besagen? War es da noch wie Klagen und Tränen, daß des Sommers noch eine Quelle aus dem hohen Rasen des mittleren Ganges im einstigen Garten wunderbar entsprungen war?

Polternde, knarrende Wagen, verschmutzt und staubumwölkt, trugen die Trümmer der alten Fischerstadt ab. Ächzende Lastfuhren und Bretterkarren, von frischen Latten gezimmert, fuhren die neuen Ziegel heran. Schon bereitete die Beschaffung der ungeheuren Mengen von Baumaterial Schwierigkeiten, und dem verantwortlichen Kommissar drohte Ungnade. Bereits zum zweitenmal in dieser Woche verhandelte er mit dem Magistrat von Potsdam, er möge seine Ziegelscheunen flotter in Betrieb halten. An alle Magistrate der Umgebung waren Reiter mit der gleichen Weisung unterwegs. Auch hatte man reiche Privatleute zu der Sitzung bestellt und wollte sie zum Ziegelbrennen ermuntern. Die Anlage ihres Geldes in einem solchen Unternehmen schien nicht schlecht. Der König zahlte rasch und gut für jedes Tausend Ziegel; nur galt es, sie flink zu beschaffen.

Man wollte es nicht glauben. War es noch immer nicht genug? Waren nicht von der Potsdamer Ratsziegelei und aus der Töpferkute, aus Werder, Beetzow, Glindow, Ferch und Caputh, von Fahrland, Brandenburg, Moegelin und Rathenow endlose Züge von Fuhren mit Ziegel-, Dach- und Flurstein schon seit Wochen unterwegs an jedem Tage? Drängten sich nicht auf der Havel die neuen Kähne, mit doppeltem Boden eigens hergerichtet für gebrannten Rüdersdorfer Kalk und Kalkstein für die Fundamente?

»Nichts ist genug«, sagte der commissarius loci, der im Cito! Cito! des Herrn die Ungnade witterte. Im Januar hatte der König die neuen Bauanweisungen ausgegeben. Nun war es September und der Plan so nahe vor Wintersanbruch noch nicht halb erfüllt!

Ach, was die Ratsherren nicht klug waren! Was sie dem Kommissar nicht alles vorzuhalten wußten! Wenn es dem König an der Unterkunft für seine Grenadiere fehlte, wie konnte er dann den Bürgern ihre Häuser abkaufen, nur um sie abzubrechen und in der Fluchtlinie neu aufzubauen? Müßige und verschwenderische Spielerei! Und warum wurden wohl die Scheunen eingerissen und so weit vor die Stadt verlegt?

Der Kommissar, obwohl selbst ehrlich auf den Herrn ergrimmt, verteidigte die Pläne Seiner Majestät: »Bis zu dieser Grenze der Scheunen ist die neue Stadt schon entworfen. Und was den Abbruch betrifft: nichts Altes darf bleiben, kein Verfall wird geduldet, der Kern der neuen Stadt muß sauber sein, alle wüsten Stellen werden ausgefüllt. Es soll eine helle, große Stadt da sein, wenn endlich auch das Brandenburger und das Nauener Bataillon des einstigen kronprinzlichen Regimentes zum neuen Jahre ihren Einzug halten.«

Einer dünkte sich besonders schlau, als er, über den Sitzungstisch sich zu dem Kommissar vornüberlehnend, bemerkte, wahrscheinlich brauche der Herr sein altes Regiment, damit es ihm gut aufpasse auf die vielen in der Fremde Geworbenen. Wahrscheinlich müsse der Herr darum die hohe Mauer ziehen, damit die Ausländer ihm nicht gleich von seinem Schuttplatz Potsdam wieder desertierten. Aber, he, wer sollte ihm denn überhaupt die neuen Grenadiere hier verpflegen, ihnen Obdach geben, für die Notdurft sorgen; vielleicht die paar armseligen Kleintauer von Potsdam mit ihren mageren Havelhechten?

Das war echter Hochmut des Garnherrn. Und die Garnherren, die vier allmächtigen, hoch angesehenen Teilhaber am Potsdamer Fischgarn, waren es, die als die einzigen Reichen hier, als Großfischer und Ratsverwandte, den Plänen über Potsdam übelwollten und dem König offen widerstrebten. Der Kommissar legte den Finger auf den Mund und flüsterte, ob man denn hier gar nicht mehr an den Zorn des Königs über den Widerstand der Berliner denke; er verriet nun zur Beschwichtigung sogar, was er selbst vor kurzem erst als untrügliche Gewißheit erfuhr: der Herr hatte Kolonisten aus Sachsen, der Pfalz, aus Holland, Dänemark und Frankreich hergerufen; nach Potsdam und in wohl siebzig Städte der Mark sollten sie kommen: Kupferschmiede, Zinngießer, Nagel- und Messerschmiede, Raschmacher, Knopfmacher, Lohgerber, Zeugmacher, Seifensieder, Hutmacher, Bürstenmacher und Goldschmiede sogar – alle, die fehlten, ein ödes, leeres Land lebendig und blühend zu machen.

Woher der König nur zu alledem das Geld nahm? Jetzt vergaßen sie im Ratssaal ganz das Räsonieren; das wollten sie gar zu gern wissen. Denn man bezweifelte, daß die russische Handlungs-Kompanie derart viel abwarf, obwohl die englischen Konkurrenten in Petersburg um ihretwillen trotz aller Bestechungen

»einen terriblen Banquerot von einer Million« gemacht hatten und »die neue Handlung sich viel weiter extendierte, als man anfangs vermutet«.

Der Rat der alten Fischerstadt, die unter seinem Regiment verkommen und vergessen war, spielte sich auf, als hätte er allein darüber zu wachen, daß die neue Soldatenstadt einen starken und gerechten Grund erhielt. Der Kommissar, die Unterstützungen für Potsdam aufzählend, beruhigte: »Der Kreis Teltow muß, weil er die besten Gänse hat, die großen Federbetten für die langen Grenadiere liefern. Die Kreise der Kurmark haben die Steine zur Pflasterung der neuen Straßen zu beschaffen. Endlich, meine Herren Räte und hohen Garnherren, hat jeder Anbauer in seinem Hause nach vorn heraus ein Zimmer, auch eine Kammer, zur ständigen Einquartierung herzugeben; und Freihäuser, wie sie den König zu Berlin unlängst gar so sehr ergrimmten, werden überhaupt nicht mehr geduldet sein; jedes Haus muß nun Soldaten nehmen.«

So, nun würden sie es wohl begreifen, warum die Häuser sämtlich einen Dachgiebel mit großer Stube und Kammer erhielten.

Bis dahin hatten alle schweigend gelauscht. Die Rede klang nicht schlecht. Das Land schien bestimmt, für Potsdam zu zahlen. Aber nun brachen die Garnherren los; jetzt ging es an den eigenen Beutel und die eigenen Rechte. Der Kommissar vermochte zur Beruhigung nur das eine vorzubringen: der König selbst nahm ständig zwölf Mann auf sein Schloß, als wäre auch er nur ein Hausbesitzer zu Potsdam.

»Die neuen Häuser sind selbst wie die Soldaten«, begannen sie aus Zorn zu spotten, »eines ist wie das andere aufmarschiert, und die Blöcke stehen da wie die Kolonnen.«

Damit hatten sie nicht einmal unrecht. Wer einen Grenadier des Königs sah, hatte alle gesehen; und wer ein Haus betrachtete, konnte sich die Besichtigung der anderen sparen. Mit spitzem Ziegeldach, von einerlei Höhe und aus Fachwerk, regelmäßig von Balken gegliedert und getragen, waren sie in Reih und Glied gestellt: zwei Geschosse hoch, fünf Fenster in der Front, über dem mittelsten den erhöhten Giebel, über dessen Zweck man sich nun nicht mehr den Kopf zu zerbrechen brauchte, darüber die Wetterfahne, alles Mauerwerk weiß, den Holzverband gelb angestrichen. Zudem war an der Ecke jedes Häuserkarrees ein

Torweg, damit es bei Feuersnot von innen angefahren werden konnte. Wo sich aber noch eine letzte Unregelmäßigkeit zeigte, nämlich da und dort ein Strohdach aus des Königs ärmster Anfangszeit, wurde schon das Stroh heruntergerissen und der Stuhl fürs bessere Ziegeldach aufgestockt.

»Liefert Dachsteine, ihr Herren, liefert!« Da war er wieder, der ärgerliche Kehrreim des Kommissars.

Sie fanden das Ganze zu jäh und zu rasch, bei weitem nicht gründlich genug oder auch nur genügend vorbereitet. Ein Garnherr lehnte sich tief in den hohen Armstuhl zurück und blickte ins steile Gewölbe des Ratssaals empor; er seufzte: »Ein Glück, daß das noch über uns steht.«

Aber den anderen war auch das schon zweifelhaft, ob es immer so bleiben würde; und der nächste Monat schon sollte ihrer Besorgnis recht geben.

Als sie aus den Bogengängen des Rathauses traten, kam von der alten Burgstraße her ein wunderlicher Zug auf sie zu. Hunderte von Knechten schleppten Laternenpfähle heran, Hunderte trugen Laternen oder luden sie, in Stroh gewickelt, von den langen Leiterwagen, die wie eine Wagenburg aufgefahren waren; acht Pferde waren jedem vorgespannt, so mächtig war die Last. Aufseher zählten nach; kaum daß sie einen Augenblick der Ruhe fanden, den Ratsmännern den Bescheid zu geben: »Sechshundert Laternen sind's von den tausend, die der alte König die Allee vom Brandenburger Tor entlang, die ganze Meile bis nach Lietzenburg zum Schloß Charlottenburg der hohen Gattin, aufgestellt hatte. Der Rest, meint nun die neue Majestät, der dort geblieben sei, gebe Licht genug. Sechshundert kommen nach der neuen Stadt.«

Einen Augenblick waren die Ratsherren und ratsverwandten Garnherren nun doch von Stolz erfüllt. So groß sollte Potsdam jetzt werden? Sechshundert Laternen? Wenn nur aber das ewige Hämmern, Klopfen, Sägen, Rufen, Schimpfen, Peitschenknallen endlich einmal enden wollte! Ach, und das ständige Blitzen und Knallen ums Schloß! Und die leidigen Pfeifer, die Mohren!

Seltsam, daß so viel Ungestüm auf Friedliches, so viel Wirrnis und hastender Auftrieb nur auf Ordnung hindrängen sollte und daß Soldaten über Soldaten sich unter die keuchenden Arbeiter mengten, als sei das werdende Werk ringsum von Mißgunst bedroht.

Die Extraordinarienkasse des Königs für den Bau von Potsdam war am meisten gefährdet. Aber er schien seine Stadt auf einen anderen Grund denn Gold gegründet zu haben.

Der Taufspruch für das neue Söhnlein hatte es verraten. Im Frühling, ehe das Zarenpaar kam, im Mai, ganz im Anfang des Monats und sehr früh am Morgen, hatte die Königin den König mit dem zweiten Sohne nach dem Tod der ersten beiden Söhne beschenkt. Da hatte der Herr – so überglücklich er war, sich nun erst ganz des ältesten Sohnes freuen zu können – für den Knaben Carl Ludwig Wilhelm einen Taufspruch gewählt, der mehr der neuen Stadt galt als dem neuen Kinde; denn es war das Wort darein verwoben, daß er »wartete auf eine Stadt, die einen Grund hat, deren Baumeister und Schöpfer Gott ist«.

Sie sollten miteinander wachsen, der Knabe und die Königsstadt, mit der Herr Friedrich Wilhelm neu begonnen hatte vor Gott, fern den alten Türmen Brandenburgs und dem zu schweren Rufe ihrer Glocken.

Die Stadt war Exerzitium und Arbeit. Geselligkeit und Muße hatten in ihr keinen Raum, doch hielt der Herr um den Anbruch des Abends eine Stunde für die Getreuesten bereit, die ihn nach Potsdam geleiteten: Offiziere, welche sein Leibregiment des neuen Reglements halber zu besichtigen begehrten; Minister, die den Weg von Berlin her nicht scheuten, um in dringender Sache die Entscheidung des Königs eiligst einzuholen. Auch Grumbkow befand sich unter ihnen, obwohl kein besonderer Anlaß es verlangte. Er wollte den König nicht mehr aus dem Auge lassen. Niemals gab es vor hohen Herren einen aufmerksameren Diener. Kein Blick, keine Geste des Königs, die er übersah; kein Wort, kein Lachen und kein flüchtiges Seufzen, die er überhörte. Groß und dunkel stand er neben seinem Herrn: gesammelt als Offizier, verbindlich als Hofmann, bedacht als Diplomat, und neuerdings auch betont männlich-derb und ein wenig formlos als der arme pommersche Junker, der er von Hause aus war.

In dem einfachen Landhaussaal neben seinen Zimmern hatte der König für die Gespräche mit seinen Gästen Landkarten aufhängen lassen, die Karten seiner Ostprovinzen, der Westgebiete, der Mark, Europas und des Reiches; denn das gedachte er in den knappen Stunden der Rast mit den Getreuen vor allem zu besprechen: wie der Zerrissenheit seiner Lande durch Umgestaltung der Verwaltung und Neuerungen des Verkehrs am raschesten und ohne jede Verletzung fremder Rechte abzuhelfen sei. In den kommenden Wochen wollte der König wieder durch sein ganzes Land reisen; er wußte von vornherein, daß die Wirklichkeit noch ungleich trüber und wirrer sein würde, als das Bild der Karten ahnen ließ.

Daß der König voll so düsterer Gedanken war, verriet ein Bild, das er im Planen seiner Reise unlängst hinwarf, in aller Heimlichkeit und mit rohen Farben, wie man sie ihm gerade schnell beschaffen konnte. Denn diesmal hatte es ihm nicht genügt, wie sonst Feder und Papier hervorzuholen und in großen Umrissen kühne, wilde, nur von ferne bildhafte Striche aufs Papier zu werfen; es war seine Art so, manchmal etwas, worüber er gerade im Gespräch verhandelte, rasch zu skizzieren, man mochte nun von einem Bau oder einem Kaufobjekt oder einem Galgenvogel reden.

Nun aber war die alte Knabenleidenschaft in ihm erwacht, so sehr war er von all den großen Ängsten seiner Jugend wieder bedrängt. Friedrich Wilhelm hatte wieder gemalt –: ein Bauernhaus von schlechtem Fachwerk, von düsteren Bäumen überschattet und verdammt auf eine harte, rissige Erde. Vor dem Hause stand jammernd der Bauer und sein Sohn; der Wucherer forderte ihnen das Letzte ab, und voller Angst und Klage blickte die Bauernfrau, die Hände ringend, vom Fenster auf den Streit der Männer nieder. Große, dunkle Vögel schwirrten davon, als wollten sie für immer meiden, was von Stund an verloren schien.

Das Bild hing inmitten der Karten, seiner Heimlichkeit entrissen, eine ständige Warnung und Mahnung wie jene. Der hohe Holzschemel des Königs stand an der Fensterseite, in der Mitte einer langen Tafel; so hatte König Friedrich Wilhelm die Wand mit dem seltsamen, dem gar so ernsten Schmuck immer vor seinen Augen. Auf dem schweren Eichentische stand vor dem Herrn und jedem seiner Gäste eine kleine Kupferpfanne mit glimmendem Torf und eine hohe Büchse mit Tabak. Auf der ganzen Tafel waren flache Kupferschalen mit Tonpfeifen verteilt, denn der König war der Meinung, daß der Tabaksgenuß das Denken anrege und den Verstand schärfe. Alles, auch die Muße beim Rauchen, sollte sich unmittelbar nützlich erweisen. Zudem war noch ein weißer, tönerner Bierkrug neben den Pfeifen jeden

Gastes gutes Recht. Nur daß er ihn selbst nachfüllen mußte; denn der Herr liebte um diese Stunde und in diesem Kreise die Gegenwart Bedienter nicht sonderlich. Lediglich Ewersmann, der in dem Lager von Stralsund gedingte Diener, hatte Zutritt, um am Tische mit dem Abendbrot Handreichungen zu leisten. Auf einem Nebentische lagen auf rundem Holzbrett mächtige Brote. Ein hoher Tontopf mit gekühlter guter Butter stand bereit; runde, blaue Fayenceschüsseln boten Käse und Schinken dar, und auf Zinntellern, weinlaubbedeckten, war helles, saftiges junges Kalbfleisch als kalter Braten aufgeschnitten. Zwischen diesem Tisch und je einem Bierfaß mit einem guten Ducksteiner Hellen und Braunschweiger Dunklen hatte man auf einem Schemel einen hohen Zinnleuchter mit gewaltig dicker Kerze aufgestellt. Denn kein lieblicher gläserner oder von hellem Goldwerk strahlender Kronleuchter erhellte den Saal. Auch die Tafel selbst hatte nur die blanken, kupfernen Stehleuchter zu Zierat und Leuchte.

Der König liebte die herbstliche Abendstunde, in der das Land weit und weiter wurde hinter Bäumen, die sich entlaubten, und frühe Dunkelheit und Kühle die Menschen an den Tisch ums Kerzenlicht verwiesen. Das waren die Stunden, in denen der rastlos Sorgende, Planende, Schaffende zu sinnen, zu erzählen, sogar zu lachen vermochte. Man durfte sich nicht einmal im Gespräch unterbrechen lassen, wenn der König den gefüllten Tabakssaal betrat.

Was es aber nur zu lachen gab in dieser Stadt der Arbeit und des Exerzitiums? Nun, Professor Gundling war dem Herrn gefolgt und wußte ihn von allerlei Dingen zu unterhalten, die alt und schlecht und überaus lächerlich waren und deren der König dennoch nicht vergessen sollte über dem Drängenden und Neuen – als da war eine hohe und gelehrte Akademie in Berlin. Den hochfahrenden mythologischen Kalendermachern spürte der Herr Professor nach, ob sie das Geld des Königs vertäten und in welches müßige Gelehrtengezänk sie sich verlören. Vielleicht, dachte Gundling, daß der Herr sich doch noch entschloß, sie davonzujagen, wie er es einst mit ihm selbst tat. Damals hatte die Akademie es versäumt, Gundling zu sich zu berufen. Seitdem war er ihr Feind, obwohl er bei dem König für alle Wissenschaft hätte kämpfen müssen.

Der Professor wußte es wohl, daß es eine eigene Sache war um die Wissenschaft und den König. Als junger Bursche hatte der Herr zwischen Soldatenspiel, derben Gesprächen mit Stallknechten, Malerei und Jagd einiges im griechischen Fürstenspiegel, in Xenophons »Kyropaedie« gefunden; davon kam er nicht mehr los; sein Leben verriet es. Denn Kyros war aus großer Leidenschaft Soldat und Jäger und Vater des Landes, dem jede Reise Heerschau und Landfahrt wurde und der nicht speiste zur Lust, sondern zur Stärke.

Mit solcher Wissenschaft vom Altertum war der König heute noch zu fangen. Das hatte Gundling längst schon wahrgenommen. Er, er allein verstand dem Herrscher Anekdoten und Historien vom großen Kyros zu erzählen, wie keiner der Kalendermacher sie nur ahnte. Majestät sollte es nur hören: Kyros musterte Jahr für Jahr die neuen Truppen; Kyros prüfte auf seinen Reisen zu den Regimentern flugs den Ackerbau, um die Reisezeit ja doppelt auszunützen. Er belohnte oder bestrafte die Statthalter, beschenkte zuerst die Soldaten, ohne die kein Staat bestehen kann, und danach die Landleute, ohne die seine Soldaten wiederum nicht zu leben vermochten.

Die Herren um den König vermochten freilich nicht alle die Weisheit aus der bramarbasierenden Rede des Professors herauszuhören. Sie nahmen nur den Pfauenstolz des aufgeregten Männleins wahr, von dem in Potsdam und Berlin ja jeder wußte, daß man ihn aus Polterhansen Bleusets trüber Schenke aufgelesen hatte. Manchmal machte es ihnen Spaß, dem eitlen Professor den Bierkrug so rasch aufzufüllen, bis auch der hartgesottene Trinker endlich wieder erlag, den Saal und die Würde seines Prachtrockes und die Gegenwart des Herrn vergaß und sich in Polterhansen Bleusets Wirtsstube glaubte. Dann verfiel er in beträchtliche Derbheiten und begann, was die Anwesenden anging, gar gefährliche Offenheiten zu schwatzen. Und vor allem wußte der Eigenbrötler, Kauz und Faxenmacher treffend und bissig, unflätig und in sich überstürzenden Einfällen einige hohe Herren des alten Hofes ungemein lustig nachzuahmen. Der König nahm solches Treiben nicht übel.

Heute stand er auf, stopfte sich die Pfeife neu und trat hinter den Schemel des aufgedunsenen, stolzgeschwellten, lächerlichen, sehr erregten kleinen Mannes. Aber das Lachen wollte König Friedrich Wilhelm doch nicht kommen, obwohl er geruhte, dem Expräsidenten und Professor selbst den Krug, mit hoher Blume, vollzuschenken. Noch war der König ganz in seiner eigenen Rede befangen; er hatte von seinen künftigen Reisen gesprochen. Plötzlich zog er, wie ergrimmt, den Krug von Gundlings Platz hinweg und hieß ihn gehen; und als es der nicht mehr verstand, stießen die Offiziere ihn sehr derb hinaus. Schließlich, das hatte man ja selbst gesehen, war der Professor noch gerade gut genug gewesen, das Narrenpaar des Zaren während der russischen Visite in Berlin zu unterhalten. Und seit er sich herumgeschlagen hatte mit einem von den hundert zarischen Narren, hatte Gundling sein Geschick heraufbeschworen, selbst nur noch als Hofnarr zu gelten. Höflichkeit durfte ein solcher nicht erwarten.

Der Herr nahm seinen Platz nun nicht mehr ein. Er blieb, mitten unter dem Bauernbilde von seiner Hand, bei den Karten stehen und wies, wie ein Lehrer den Schülern, die Linien seiner Reise. Aber mehr noch war er, zeigend und erläuternd, ein beredter Anwalt aller Not, die auf ihn eindrang, oder wie einer, der vom schwer zu erkämpfenden Heil zu der Schar seiner ungläubigen Jünger predigte.

Gundling hatte sich wieder in den Saal der Tabagie geschlichen. Als der König einhielt, schlug ihm Professor Gundling stammelnd vor, er werde ihm neue Landkarten anfertigen und zu solchem Zweck das Land des Königs bereisen. Die Karten hier seien aus diesem und jenem Grunde sehr schlecht. Die Karten, die er selber zu entwerfen wisse, seien in dieser und jener Art besser. Und wie er es entwickelte, warum, wich die Betrunkenheit, und nur Besessenheit von Klugheit und von Dünkel blieb. Nachdenklich sah der König den Gefährten des zarischen Narrenpaares und des Zwergentrosses an. Dann gab er Gundling den Auftrag, den er begehrte.

Einige Herren standen bei dem König und Gundling. Die Höflichsten hielten Leuchter zur Rechten und Linken der Karten. Die Unwissenderen hatten sich über den Nebentisch mit dem Brot, der Butter und dem kalten Braten hergemacht und beluden zinnerne Teller mit saftigen und mächtigen Scheiben zarten Fleisches. Ewersmann, der Bauer und Fischer, der ein königlicher Diener geworden war, ging leise auf und ab; er legte auf der Tafel zwischen Kupferpfannen und Tabakskästen die Zeitungen aus, die auf den Abend noch mit der Post aus Ost und West und Nord und Süd gekommen waren, Gazetten aus Holland und Frankreich und England, aus Frankfurt, Hamburg,

Breslau, Leipzig und Wien. Der König hatte sie alle selbst bestellt, von jetzt an für immer, damit in der Runde seiner Rauchgefährten, im schmalen, weißgetünchten Saal zu Potsdam, die weite Welt auch ihre Stimme hätte und frei zu reden vermöchte wie die Herren hier.

Ewersmann besteckte die Leuchter noch einmal mit frischen Kerzen. Der König und die Offiziere, Minister von Grumbkow und Professor Gundling nahmen wieder ihre Plätze ein und griffen zu den Journalen. Die Wiener und Pariser Zeitungen fanden am ehesten ihre Leser; Französisch verstand ein jeder. Grumbkow wählte die Meldungen aus London und Hannover; wie das neue Preußen sich in den Residenzen des hohen Herrn Vaters Ihrer Majestät der Königin wohl spiegeln mochte, das schien Grumbkow nun vor allem wissenswert. Der König selbst erbat sich das Kurierblatt aus De Haag; und eine Welt des Friedens und der Ordnung, des Wohlstands und der Sicherheit, die leuchtende Erinnerung seiner Jugendreise, erwuchs ihm aus den schwarzen Lettern. An diesem Abend wurde es sehr spät im Kreis der Tabagie, obwohl die Kutscher und Knechte in Stall und Remise schon die Pferde und Wagen für den kommenden Tag zur Abfahrt des Königs bereitmachten.

Der König fuhr hinauf ins Ostland Preußen, das nun der alten Mark, das seinem ganzen Königreich den Namen gab, so fern es auch lag und so mißachtet es im Reiche auch blieb. – Nicht einmal der Titel eines Königs von Preußen war dem Herrn vom Vater her vergönnt; das westliche Preußen gehörte den Polen, und die hatten es erzwungen, daß dem Brandenburger nur erlaubt ward, sich als der »König in Preußen« zu bezeichnen.

Traurige Pilgerfahrt, die König Friedrich Wilhelm im alten Ordenslande hielt! Viel wüstes Land war sinnlos erworben, damit das neue Königreich mit Maßen und mit Zahlen prunken könne, wo die Werte fehlten. Städte, Dörfer, Menschen, Herden waren längst zum Raube des Krieges, der Tatareneinfälle und der Pest geworden. Himmelschreiendes Unrecht in der Verwaltung, Steuerbetrug durch den Adel, Nepotismus und Goldgier der Herrschenden, Stumpfheit und Trägheit der Untertanen, zu harte Winter und zu glühende Sommer hatten das Lebendige getötet, das einst die Ritter und Brüder in dem armen Lande wachsen ließen – von Brandenburgern geführt.

Ganze Tagereisen weit war kein Bauer mehr anzutreffen, Güter und Bauernhöfe lagen verödet, kein Vieh und kein Getreidehalm war mehr zu sehen; zerfallen ragten die Gebäude; Wildnis starrte überall; das Land war eine Stätte des Grauens.

Droben in Litauen hatte der Herr in alten Schriften geblättert. Er wollte erfahren, was die zerbröckelten Mauern am Fuße der Ordensritterburgen und die verödeten Äcker, die sich um die alten Dome breiteten, nicht mehr zu künden vermochten. Die Wonne des Erdkreises, die unerschöpfliche Quelle guter Steuern, die Kornkammer, das Tor des Handels dreier Reiche war das Land in den alten Schriften genannt. Und gerühmt war sein goldener, strahlender Bernstein, der honigfarbene, gläserne Schatz aus Meer und Wald und Zeit. Gepriesen war auch der Reichtum der Fische, die Fülle des Kornes und der Herden auf üppigen Weiden, die Menge des Holzes und Wildes, der Anstand und die Schönheit seiner Menschen. Noch war ein Sprichwort aufgezeichnet, das dem Herrn das Herz zusammenpreßte: »Wollten die Götter auf Erden wohnen, sie ließen sich im Lande Preußen nieder ...« Aber nun, das wußte Preußens neuer Herr, würden die Götter nur fliehen vor Entsetzen, wie die Menschen einer armen Erde leiden und Not übereinander bringen mußten.

Zwischen Verschlafenheit und Trunkenheit schwankend, wachten sie nur, um für die bitterste Notdurft des Tages zu stehlen, aus lähmender Trägheit auf. Ein verlaufenes Stück Vieh, das war der Kostbarkeiten größte, um derentwillen jeder sich zum Diebe machte.

Der König sah die Menschen seines Elendslandes, nur in Fetzen gehüllt, dahinschleichen, die Füße bloß, mit rauhem Bastgeflecht umwickelt: untätig, gegen Frost und Hitze stumpf, und roh; manchmal nur war ein Mann zu einer jungen Frau von einer fernen Freundlichkeit; und ohne Argwohn schienen sie alle gegen jeden, der beim Trunke derb und lustig war.

Wenn der Sonntag den König auf seiner Fahrt in einem Kirchdorfe fand – denn so pflegte er seine Reise mit den wenigen leichten Wagen einzurichten, so fern die Kirchen einander auch lagen –, sah er die Männer und Frauen, verschmutzt wie am Werktag, weither aus den Dörfern ohne Kirche kommen; aus Dörfern, die dem Bann von Nachtmahr, Alp und Werwolf preisgegeben waren. Nun aber riefen jammervolle Glocken all das arme Volk zusammen; die Hornviehseuche war im Lande, das

Letzte zu rauben, und das allgemeine Kirchengebet war angesagt. Betrunken torkelten die Männer, betrunken oft auch die Frauen, von ihren holpernden, mühsam und notdürftig zur Fahrt zusammengeflickten Karren, schlugen auf die Pferde ein und zerrten sie am Stricke auf den Kirchhof; die Gefährten, die noch auf dem Karren hockten, schliefen weiter.

Den fremden Mann, der ihnen in das Kirchtor folgte, nahmen die Unglücklichen nur mit einem stumpfen Blicke wahr. Sie krochen, einander umschlingend wie in großer Gefahr, in die Bänke, blickten fremd und blöde zu dem Prediger auf, dessen Schwall ohn' Ende doch niemand verstand; und mitten in Epistel, Evangelium und Psalm schliefen die einen, an den Nachbarn, auf die Vorderbank oder den Knüppel gelehnt, wieder ein, und andere begannen, unbekümmert um Gottes Wort, laut zu singen, wehmütig, unheimlich und haltlos, den wortlosen Gesang mehr und mehr in Stöhnen und Heulen verlierend, als wären sie nur um solchen Klageliedes willen weither gekommen aus den schwarzen Wäldern.

Verfallen und dunkel umschloß die morsche Holzkirche all den Jammer. Der Herr fuhr weiter, ohne auch nur den Pastor zu sich befohlen zu haben. Am Wege oder vor den Friedhofsmauern sah er die Armen Kräuter und Wurzeln zernagen und an entsetzlichen, steinharten Broten kauen; deren Kruste war mit Asche und Staub bedeckt. Er warf nur einen flüchtigen Blick auf die Hungrigen. Dann eilte er in seiner leichten Kalesche, der zu schneller Fahrt geschaffenen, von Edelmann zu Edelmann, fuhr an den Adelssitzen vorüber und fand alles, wie das Fräulein von Wagnitz, als er ihm noch sehr vertraute, es beschrieb.

Ein kleiner Küchenwagen rollte hinterdrein. Nur ganz selten auf der Reise aß der König bei Offizieren, Amtsleuten, Beamten, Förstern; und immer nur wie einer der ihren: Suppe und Huhn; Kohl oder Erbsen mit Pökelfleisch; Kalbfleisch und Käsebrot. Doch teilte er auch nach einem bloßen Butterbrot noch reichlich Tafelgelder aus; und nur am Tische der Redlichen und Sauberen nahm er Platz.

Der König hat auch einige Herren von Rang auf ihren Schlössern aufgesucht, doch nicht als Gast. Dann hat er sie alle in die Krönungsstadt des ersten Preußenkönigs bestellt: die Braunsberg, die Wagnitz und Schlubhuth. Im Krönungssaal des ersten Preußenkönigs plante er die Schlacht gegen die »polnische Freiheit« seines preußischen Adels zu schlagen: die polnische Freiheit, wonach niemand im alten Herzogtum Preußen ohne die Genehmigung der Junker sich ansiedeln oder auch nur Beamter werden konnte.

Die großen Herren boten ihrem jungen König ein Donativ, ein Don gratuit, wie König Midas es erhielt, damit die Begegnung einer späten Huldigung gliche und in Feierlichkeiten zerrönne, nach denen man wieder seine Ruhe, sein Vergnügen, seine Zinsen von den Armen hatte. Aber König Friedrich Wilhelm wies das Ehrengeschenk zurück und erklärte, auf festen Rechten und Pflichten, nicht auf Geschenken und Verehrungen solle die Beziehung zwischen Thron und Adel und Ämtern basiert sein.

Es wurden klingende Reden zur Ablenkung des Monarchen gehalten, in denen totgeschwiegen werden sollte, weshalb er eigentlich gekommen war und hier stand. Der König hob die Hand ein wenig. Die Röte stieg ihm nun doch bis in die Schläfen.

»Ersparen Sie mir«, unterbrach er, »die Versicherungen unabänderlicher Ergebenheit und Dienstbereitschaft, die von allen Tatsachen von vornherein Lügen gestraft sind. Erlassen Sie mir die Floskeln, die jeder Kanzlist mir auswendig aufs Briefpapier setzt. Ich spüre allenthalben nur die offene, geschlossene Resistenz der Tat. Mir bangt – für Sie – vor den Folgen; für mich und mein Volk werde ich sie von Stund an abzuwenden wissen.« Danach kehrte er sich insbesondere zu seinen hohen Beamten. »Oh, es ist gut, Kammerrat oder Kammerpräsident in Preußen zu sein. Denn sie stehlen, rauben, plündern die Untertanen, ducken, lügen, wenn sie schreiben, weil es weit abgelegen ist und ich glauben muß, was mir die Kammern melden. Die armen Leute kommen selber so weit zu mir gereist – und müssen, wenn man sie abfängt, hohe Summen geben, falls sie nicht wegen Aufsässigkeit bestraft werden wollen!

Aus allem ersehe und vernehme ich nur immer wieder, daß meine Meinung ganz anders will verstanden werden als sie bei mir ist. Ich suche gar nicht Ihre Unterdrückung, sondern nur eine gerechtere Verteilung der Lasten, die meinem Volke auferlegt sein müssen; ich bin stets darauf bedacht, auch Ihr Bestes zu fördern. Das soll mein beständiger Vorsatz bleiben. Es müßte doch auch bekannt sein, daß ich eine große Macht zur Beschützung meiner Lande auf den Beinen halten muß, die ja gleichfalls zu meiner getreuen Vasallen und sämtlicher Untertanen Schutz gereicht. Diejenigen Gelder, die Sie, und nicht mehr nur allein meine unglücklichen Armen, zur Rekognition geben sollten, waren bestimmt, allein zur Erhaltung der Armee verwendet zu werden, damit Sie vor fremder Macht und vor einem feindlichen Überfall wie bisher allezeit gesichert und geschützt sein können, obwohl der größte Teil des Landes von Kriegstrubel umgeben war.«

Als der König während seiner Rede im Moskowitersaal umherblickte, wie es seine Art war – denn er sprach, als rede er zu jedem einzelnen –, wurde die Erinnerung schmerzlich wach in ihm, daß er dies alles ganz genau so schon einmal erlebt hatte, als er mit den Junkern der Kurmark in Fehde lag. Da war überall noch die alte Unbotmäßigkeit, der Übermut und die Zügellosigkeit des Reichsadels. Ah, sonst wollten Brandenburg und Preußen, Cleve und Magdeburg einander nicht kennen, so sehr er darum warb –; doch im Widerstand gegen ihn war herrliche Einmütigkeit! Der König traf auf Stände, die Staaten waren im Staate und seiner Führung nicht zu bedürfen glaubten. Der Wind, so sagte der Herr, könne auf dem Landtag immer noch gemacht werden, aber seine Änderungen nähmen ihren Fortgang; und er werde die Enormität eines solchen Verbrechens, wie Staaten im Staat es bedeuteten, mit gehöriger Strafe zu ahnden wissen, wo immer es ihm in mancher neuen Form und doch dem gleichen Geiste offenbar werde.

Gleich war aber auch dies: daß überall ein Treuer war; daß immer wieder einer sich fand, dem die Not des Landes und die Unehre des Standes das Herz bedrängten; daß einer sich vom hellen Blick des jungen Herrschers bezwungen und hingezogen fühlte und zu ihm kam, indes die anderen ihn mieden und sich gegen ihn verschworen.

König Friedrich Wilhelm dachte an den Landmarschall von Schulenburg, als man ihm den neuen Namen nannte: Karl Heinrich Graf Truchseß zu Waldburg. Der Truchseß hatte, um sich dem König von Preußen zu verschreiben mit allen Kräften und allem Besitz, nur das eine Wort des Herrn vornehmen müssen: »Ich werde die Hände in dem angefangenen Werk nicht sinken lassen noch eher ruhen, bis die Wüsteneien aufgehört haben.« Auch er stand vor dem Angesichte Gottes, der »die Erde nicht gemacht hat, daß sie leer soll sein, sondern sie bereitet hat, daß man darauf wohnen solle«.

Es war, als schenke jedes seiner Länder dem König immer wieder einen, der ihn an dem Wert und der Treue und den Gaben des Adels nicht verzweifeln ließ. Der König prüfte Truchseß nur mit einem Wort, nur mit einem Blick; und schon besprach er nur mit ihm, was schnell, sehr schnell im Lande geschehen müsse. Graf Truchseß schien keiner zu sein, der in Begeisterung dahinstürmte, viel eher einer, der wartete und vorbereitete und Unterlagen beschaffte, auf die man sicher bauen konnte. Nach einer kurzen Abendtafel, die beide Herren allein miteinander hielten, war König Friedrich Wilhelm entschlossen, dem Adel sein Recht, die Armen zu besteuern, und die ausschließliche Baugerechtigkeit zu nehmen; entschlossen auch, jegliche Parzellierung durch wilden Verkauf, der eine sinngemäße Bebauung des Landes erschwerte, zu beseitigen; der Adel aber sollte nach dem Wert und Ausmaß seiner Hufen zu Steuerleistungen herangezogen werden statt des armen Mannes. Selbst den Besitz der Großmächtigen durfte der Herr jetzt nicht länger unangetastet lassen, mochten sie auch noch so drohend gegen ihn nach Polen um Beistand rufen. Wie hätten sie sich eingestehen wollen, daß ihr König ihnen nichts entriß als wüstes, wildes Land, das ihnen Last bedeutete und das von Saatzeit zu Ernte, von Ernte zu Saatzeit Jahr um Jahr brachlag. Der Herr in seinem Glauben, daß »der vaterländische Boden zu jedem guten Werk geschickt« sei, sah nur die ungenützte Erde an. Er fragte nicht nach überlebten und verjährten Privilegien, die gar nichts mehr denn nur Dekor der Eitelkeit bedeuteten. Die Not des Lebens und die Möglichkeiten einer fruchtbereiten Erde, die allein bedrängten ihn. Die Proteste und Skrupel der innerlich Toten tat der Lebendige mit heftiger Gebärde ab. Der Herr von Grumbkow warnte von Berlin aus, der König fange da ein Ding an, das er nicht werde durchführen können.

Er aber sah die Frist, die dem Ackerlande der Großen gesetzt war, ungenützt verstrichen; und sein Wille war, den Grund und Boden neu zu verteilen, als sei er, ein letzter Ordensritter, wie ein Eroberer in sein eigenes Reich gekommen, es zum Gottesstaat auf Erden zu machen. Was er entwarf, war hartes, nüchternes Edikt; aber jedes Wort darin war ein Aufruf zum Leben, auch wenn die Niederschriften Aktenchiffren und Registerzeichen trugen. Eine neue Agrargesetzgebung bahnte sich an – vorerst noch allein im leidenschaftlichen Ausbruch dieses einen heißen, königlichen Herzens!

Als Anwalt der Entrechteten hatte der König zum Grafen Truchseß, seinem »lieben Trux«, gesprochen: »Ich habe in Erwägung gezogen, was es für eine edle Sache sei, wenn die Untertanen statt der Leibeigenschaft sich der Freiheit rühmen, das Ihrige desto besser genießen, ihr Gewerbe und Wesen mit um so mehr Begierde und Eifer als ihr eigenes betreiben und ihres Hauses und Herdes, ihres Ackers und Eigentumes für sich und die Ihrigen für Gegenwart und Zukunft gewiß sind.«

Er plante auf der Stelle eine neue allgemeine Konferenz mit dem Adel; er wollte auf dieser neuen Sitzung mit der Faust auf den Tisch schlagen, auch einige der hohen Herren gleich verhaften lassen, aber er fügte sich dem Wissen, das sich ihm im »lieben Trux« als einzige Hilfe bot. Denn Graf Truchseß widersprach; er redete dem Herrscher nicht zum Munde; er tat nichts, um sich selbst ein rasches Lob zu sichern. Und der Herr, in all der Not und all dem Zorn, war glücklich nur um dieses einen Gerechten willen. Der prägte ihm ein, daß glühender Wille und überstürzter Entschluß in diesem Lande der Öde, Wildheit und Schwere jäh versagen müßten. Er schrieb es seinem Herrn noch nach, mit Eilkurier und eigenem Boten, als der längst schon wieder unterwegs war: »Man muß die Sache kaschieren, bis alles changieret wird sein, alsdann auf einmal abbattieren und in fuhrie einrichten, daß die Leute keine Zeit haben zur Remonstration.«

Der Truchseß schien einer, der selbst die Heftigkeit mit Vorbedacht einsetzte. Solch einen konnte König Friedrich Wilhelm gebrauchen, über seinem Ostland zu wachen, »bis alles changieret wird sein – «.

Welch harte Probe der Geduld, wenn die Adern vom Zorne zerspringen und ein königliches Herz vor Mitleid überströmt!

»Bis alles changieret wird sein – «

Das Wort hat einen ungeheuerlichen Sinn, ein überwältigendes Ausmaß für ihn gewonnen; es wächst an Weite und Schwere seines Gehaltes; grollend ruft es ihn noch aus jedem Räderrollen an; mahnend fleht es noch im Ächzen der Deichsel und Achse. In Litauen fehlt es an kleinen Städten, und in den vorhandenen Städten an Manufakturen, die doch »der rechte nervus rerum eines Landes sind«. Verkommene, vergessene Landflecken werden in einer wahren Umgürtung von Gerüsten in Städte verwandelt; plötzlich kennt man die Namen: Tapiau, Ragnit, Bialla, Stallupönen, Darkehmen, Pillkallen, Gumbinnen, Schirwindt – jede einzelne ist König Friedrich Wilhelms Stadt.

In Magdeburg stockt der Salzvertrieb der Salinen; die Salzverbrauchspflicht ist zu erwägen. Bei den Domänen der Neumark und Uckermark ist eine Revision von Amt zu Amt höchst nötig, und das Forstwesen muß gründlich untersucht werden. Der Holzhandel mit Holland und Hamburg ist in Gefahr.

Die einzelnen Schatullgüter des Hauses Brandenburg liegen zerrissen in mehr denn zwanzig kleine Vorwerke, sind auf Raubbau zu doppeltem Preise weiterverpachtet, verschuldet, verpfändet, verrottet. Pachtverträge müssen gelöst, Verschreibungen annulliert, Erbpachten in Zeitpachten verwandelt, Entschuldungen durchgeführt, die geretteten Güter mit ewigen Fideikommiß belegt, für unteilbar und unveräußerlich erklärt werden. Er, der das elendeste Erbe übernahm, wird überall zum Verfechter einer neuen Lehre von Besitz und Erbe: vor seinem Hause, vor dem Adel, vor den Bauern.

Sechs- bis achthunderttausend Taler Revenuen mehr im Jahr lassen sich schaffen – ohne Drückung der Untertanen und bei allergeringster Besteuerung der Bevölkerung. Das ist die Lehre und die Forderung der Landfahrt.

Dabei sind den Pächtern noch die Schäden zu ersetzen, die »durch Pest, Krieg, Feuer vom Himmel, ungewöhnliche Wasserstauungen und Überschwemmungen oder andere dergleichen Zufälle entstanden, welche Menschenmacht und Vorsichtigkeit nicht haben abwenden können«. Und solche Hilfe soll auch noch »gegen Mißwachs, Sturm und Hagel« gewährt sein, »wenn nicht einmal das Aussaatquantum wiedergewonnen wurde«. Was nun den Pächtern versprochen wird, »muß heilig gehalten werden«.

Im Oderbruchgebiet ist Hochwasserzeit; die Tierkadaver sind auf die überfluteten Äcker geschwemmt. Im Havelländischen Luch versinken die Kühe beim Weiden. Die grasenden Schafe werden krank vom fauligen Klee. Die Saat verschimmelt. Die Mahd kann um der trügerischen Decke des Moores willen nicht vor dem ersten Froste erfolgen. Ein halbes hundert Dörfer modert in einem armseligen Winkel hin. Aber die Menschen widersetzen sich dem Retter: »Das Moor besteht seit uralten Zeiten. Wer kann es wohl durch Menschenkraft hinwegbannen?«

Der Herr entwirft gleich einen Siebenjahresplan, ach, Pläne für wohl sieben magere Jahre! Er übernimmt die Vermessungskosten; er beschwichtigt die, denen er helfen will: »Dieses muß ich bezahlen, weil ich es zu meiner Curiosité habe wissen wollen.«

Tausend Arbeiter und zweihundert Soldaten werden ins Moor entsandt. Die Regimenter haben ihren Soldatendienst zu verlassen und Deiche, Dämme und Buhnen aufzuschütten, Weiden anzupflanzen, Flößereien anzulegen, Uferland zu schützen: ohne Waffe; und solcher Dienst scheint König Friedrich Wilhelm für seine Soldaten nicht geringer, als Schanzen und Wälle um ein Lager aufzuwerfen. Denn immerwährend ergeht, auch im Frieden, der Josuabefehl an die Herrscher der Erde: »Des Landes ist noch sehr viel übrig einzunehmen – «

»– bis alles changieret wird sein – «

Die Kavallerie, die rings im Lande auf den Dörfern und den Bauern auf der Tasche liegt, wird noch während der Reise des Königs auf den Kriegsetat gesetzt, und die Bauern sollen sich künftig, aber nur bei guter Ernte, mit einem Kavalleriegelde ablösen. Vor allen Dingen aber müssen die Kreisräte »nach Vermögen dahin sehen, daß von den marschierenden Korps die Einsamen des platten Landes und die königlichen bäuerlichen Untertanen nicht zur Ungebühr beschwert, viel weniger denenselben einiger Schade oder Verdruß zugefügt werde«. Mit härtesten Drohungen wird der Prügelstrafe ein Ende bereitet, »jenem barbarischen Wesen, die Untertanen gottloser Weise mit Peitschen und Stockschlägen wie das Vieh zu traktieren«. Den königlichen Räten haben die Bauern keinen Vorspann mehr zu stellen, wenn Pflugzeit und Ernte jeden ärmsten Gaul verlangen. Der König will nicht, daß die Herren Räte in den Provinzen mit seiner Bauern Pferde spazierenfahren. Er legt das Tempo des zu leistenden Vorspanns fest. Er ordnet die Benützung leichter Jagdwagen an, um die Bauernpferde zu schonen. Aber so wenig angenehm das Reisen nun ist, müssen alle Kammerpräsidenten jetzt alljährlich, sobald der Schnee taut, zur Visitation aufbrechen. Auf solcher Dienstreise ist alles in bar zu bezahlen. Man soll dem König nicht mit »pommerschen Historien« kommen, dies gehe nicht. Die Herren haben zu reisen, wie er selbst jetzt die Länder durcheilt: denn grimmiger Krieg ist zu erklären allen Wölfen, Bären, Hamstern, Raupen, Heuschrecken; der Versandung der Äcker und Flüsse, dem Sterben und Faulen der Fische. Der Kampf gegen die biblischen Plagen, die Heuschrecken, hebt an; der König läßt die Felder, in denen Raupenherde nisten, vor Winteranbruch umpflügen, damit sie an der Kälte sterben. Und damit im dürren Lande der Flugsand die Felder nicht mehr verwehe, werden Erlendämme angelegt und dichte Gräser an den Ackerrain gepflanzt. Streng zu überwachen ist, daß die neue Pflugart angewendet und das wenige Getreide, das seine unglückselige Erde noch trägt, »rein ausgedroschen wird, nicht nach bisheriger unverantwortlicher Gewohnheit obenhin bearbeitet, so daß der Segen, den Gott gab, im Stroh zurückgelassen wurde«.

Der Herr läßt nicht nach. Abermals und noch einmal werden zehntausend Taler für den Ankauf deutscher Pflüge ausgesetzt, mit denen seine Siedler das rohe Holzgerät der Litauer verdrängen sollen. Wenn nur die herbeigerufenen Kolonisten nicht so unbillige Bedingungen stellen wollten! Aber sie können ja nur ihren eigenen, sichtbaren Vorteil suchen – was gilt ihnen denn des Kurfürsten von Brandenburg östliches Titularkönigreich Preußen! Ihm aber muß alles als Werk von Dauer erstehen. Er ernennt für sein Siedlungsprogramm Ingenieure und Baubeamte; er organisiert Baukompanien mit Landbaumeistern und Bauschreibern und sendet ihnen Soldaten als Hilfsmannschaften. Nicht mehr nur Soldaten, auch Mühleninspektoren, Mühlenmeister und Müllerburschen werden im Magdeburgischen und Halberstädtischen geworben. Eine neue Art von Werbern hält überall Umschau nach erstklassigen Landwirten vom Administrator bis zum Kleinknecht. Vierhundert Gärtner werden noch in diesem Jahr gebraucht –

»– bis alles changieret wird sein –«

»Bis alles changieret wird sein«, bekennt der Herr, »denke ich Tag und Nacht, wie das schöne Land in florissanten Zustand kommen kann. Dann finde ich immer, die alten Systeme stehen dem entgegen. Denn wenn das Land florieren soll, dann kann der Kommerz nicht sehr florieren. Davon bin ich überzeugt. Nun ist die Frage, ob ich ein florissantes Land oder einen florissanten Handel haben will.«

Wenn die Liebe zu seiner elenden Erde gar zu mächtig über König Friedrich Wilhelm kommt, nennt er Sand und Sumpf und Kiefernheide »das schöne Land«.

Es ringt den eben erst notdürftig gefüllten Kassen Ausfuhrprämien, Produktionsbelohnungen und Kredite für die »Entrepreneurs neuer Fabriken und Manufakturen« ab. Fabrikinspektoren werden ernannt, der Gewerbeschutz wird ausgebaut, ein Numerus clausus in einigen Innungen eingeführt. Eine genaue Handwerkerstatistik stellt fest, wo und an wem Bedarf ist. Das völlige Verbot der Einfuhr von Manufakturen wird unerläßlich, ebenso der Ausfuhr solcher Rohstoffe, welche die einheimischen Gewerbe für die eigene Produktion benötigen.

Der stärkste Widerstand kommt aus den Zünften. Der König gestaltet das Innungswesen um und hebt die alten, beschränkenden Zunftgesetze auf. Er dehnt die Fürsorge, welche die Spinner und Tuchmacher erfuhren, auch auf die Leder- und Metallarbeiter aus, da er die am ehesten mit Aufträgen für das Heer zu beschäftigen vermag.

Die Behörden müssen die fremden Biere, Branntweine, Weine, Essige, das ausländische Korn, die Gerste, den Hafer, Flachs, Butter, Käse mit hohem Imposte belegen, damit die preußischen Lebensmittel um die Hälfte billiger verkauft werden können als die fremden. Dagegen dürfen die Waren und das Getreide, die aus dem Lande in die Fremde geschickt werden, nur mit »einer leidlichen Handlungsaccise« belastet sein, und »auch sonst ist die Ausfuhr auf alle Art und Weise zu favorisieren«. Der König fordert die Kaufmannschaft aller größeren Städte auf, sich monatlich zu versammeln und Vorschläge an die Behörden zu machen, wie ihre Haltung verbessert und eine neue Handlung eingerichtet werden könne.

Der neue Handel erfordert neues, besseres Geld. »Und wenn wir gleich des Jahres ein paar tausend Taler an die neuen Zweigroschen- und Achtpfennigstücke setzen müßten, so werden wir doch frisches Geld ins Land bekommen«, so verspricht der König, »denn wir wollen durchaus nicht mehr gestatten, daß anstatt baren Geldes Zettel und Papiere gezahlt werden.«

Dem Reich ist es unfaßlich, daß ein Landesherr nun gar auch noch daran denken will, die Gewichte und Maße in den verschiedenen Gebieten seiner Herrschaft einheitlich zu machen, die auseinanderklaffenden Währungen in einem zerrissenen Lande in Einklang zu bringen. Ellen und Gewichte in den Läden werden jetzt monatlich untersucht, die Waren nachgeprüft. Alle Grenzstreitigkeiten, die den Versand und Austausch erschweren, werden beigelegt, die Postkurse vermehrt, die Wege verbessert, die freien Bestellungen unterbunden, die Tarife an die der anderen Staaten angeglichen.

Der König fährt noch durchs Land, und schon begegnen ihm im Umkreis der Städte die ungleich nobleren und bequemeren Kutschen all der großen Sachkenner, die er aus allen Himmelsrichtungen herbeirief.

Die alten Städte an den neuen Straßen verlangen nach Menschen: Magdeburg hat nach den großen Kriegen nur noch den zehnten, Frankfurt an der Oder den fünften Teil seiner Einwohner.

Die Willkür der Patriziermagistrate mit dem jährlichen Wechsel ihrer Bürgermeister und der herrschenden Familienklüngel hat den Beamtenmagistraten Seiner Majestät zu weichen. Der König wird zum Bürgermeister aller seiner Städte; er nimmt ihnen ihre Gerichtsbarkeit und unterwirft sie einem Rechte; er wacht noch über sie im Mühlenamt, in der Feuerordnung und Laternenkommission. Er ist an gar zu vielen späten Abenden durch gar zu dunkle Städte gereist; von Oktober bis März werden von nun an in den Straßen aller Städte allabendlich Laternen brennen. Seine Hand ist spürbar im Vormundsamt für die Stadtwaisen und im Dezernat der Armenwachtmeister. Gassenherren haben ihm über den Zustand der Bürgersteige zu wachen. Das Hebammenwesen wird geregelt – die Hundehaltung geordnet, als müsse alles in einem Zuge geschehen, als sei das Höchste und das Geringste im selben Maße unerläßlich. Der junge König beschließt, von nun an auf seiner Landfahrt stets eine Kapsel bei sich zu führen; in ihr stecken die Etats der Provinz, des Domänenamts, der Stadt, die er besichtigt. Jeden will er sein Pensum abhören. Mit jener Kapsel, die sein Reichsapfel ist, wird er von nun an immer reisen –

»– bis alles changieret wird sein – «

Der König fährt und schaut und prüft – und lernt. Er kann keinen Untertanen entbehren, den er auf seiner Landfahrt findet. Denn die Menschen fehlen, die neuen Pflüge zu führen, die Sensen zu schwingen, die Ziegel zu setzen, die Bäume zu pflanzen, die Kühe zu melken und die Schafe zu scheren, die aus allem guten Land in Nachbarreichen von dem König angekauft werden. Die Menschen fehlen, die Manufakten zu verwalten und zu verwerten, die der König in die Wüsten der Verzweiflung schickt. Und die wenigen Menschen seines Reiches sind einander fremd und feind. Er aber will erzwingen, daß im ganzen Land aus Jahren und Bezirken reicher Ernte künftig Magazine für die Hungersnöte vom Unglück verfolgter Landstriche aufgefüllt werden; er will mit Zwang ankaufen, aus Gnade verteilen, die sieben fetten Jahre für die sieben mageren Jahre werten, östliches Preußen und westliches Cleve, das Küstenland Pommern an Meer und Strom und die Mark im Sande ihre Not und ihren Reichtum miteinander teilen lassen. »Denn das Land«, schreibt der Herr, als wäre er, der Plusmacher, auf seiner Landfahrt zum Träumer geworden, »ist gut, daß es meinem Sohn an Menschen nit fehlet. Menschen halte für den größten Reichtum.«

An Menschen ist er bettelarm. Er wirbt um seine Untertanen, wie keiner seiner Werber um Soldaten werben kann.

Immer wieder steigt der Herr an einer Scheuer ab, immer wieder fährt der Herr an einem Amtshause vor, immer wieder jagt er die Landstraßen entlang, die kaum erst aufgeschüttet wurden – vorüber an neuen Mühlen, deren Flügel und Wasserräder sich noch nicht drehten, und an Speichergerüsten, durch deren Gebälk nur die Weite und Leere der Ebene ihn anblickt.

Die Nacht wird in ärmlichem Wirtshaus verbracht, das Mahl am Feldrain abgekocht. Nicht einmal bei Förstern und Amtsleuten kehrt er noch ein. Der Diener Ewersmann hat sich daran gewöhnen müssen, auch des Königs Koch zu sein. Auf der Reise ward er wieder Fischer, Landmann, fern dem neuen Schicksal, das eine Frau über ihn heraufbeschwor und das er nun sein Glück nannte. Der König aber wünschte sich solchen Bedienten auf seinem Reisewagen.

Obwohl es tief im Herbste war, lagerten der König und sein Diener noch immer wieder einmal am Wegrand. Die Pferde wurden an einen Wiesenstreifen geführt; der Kutscher ruhte nahe bei ihnen unter einem Baum. Der König und Ewersmann suchten eine Gruppe von Kiefern und Birken auf der anderen Seite des Feldweges. Der Diener nahm den Korb mit dem Imbiß mit; er breitete dem Herrn eine Serviette auf den Erdboden und mahnte ihn an die Mahlzeit. Als der Herr am letzten Tage seiner Landfahrt das Brot brach unter dem herbstlichen Himmel – unter einer Sonne, die keinen Halm und keine Frucht mehr reifen lassen durfte –, war es mehr als eine Geste, die der Sättigung diente. Er betete vor der Mahlzeit unter dem offenen Himmel nicht. Aber durch seinen Sinn zogen alle die frommen

Geschehnisse, die er mit jedem Tage seines Königsamtes tiefer und tiefer zu begreifen begann, als sei alles Herrschen, Ordnen und Verwalten nur eine Auslegung der Heiligen Schrift: des Evangeliums von der Speisung der Fünftausend mit fünf kärglichen Broten und zwei Fischen; des Evangeliums von dem Brote, das als ein Leib dahingegeben wird zum Leben der Welt.

Es war das königlichste Mahl, das er je hielt: einsam, am Wegrand, unter offenem Himmel, in der sanften Wärme einer Sonne, die nicht mehr reifen ließ und dennoch seine liebe Erde beglänzte. Als prüfe er das herbstliche Gewölk, sah König Friedrich Wilhelm empor, Bauern und Könige müssen des Morgens, des Mittags, des Abends nach den Wolken sehen. Er betete nicht. Aber er schaute auf zu dem, der über den Wolken ist. Die Rast war kurz und tief.

Wenn sie die Eile einhielten, die der Herr bestimmte, gelang es noch immer, daß sie zur Nacht gerade wieder auf dem Gebiete seiner Herrschaft ruhen konnten: so zerrissen war sein Land, so zerstückelt in sinnlos ausgestreute Fetzen, so zerschnitten von fremden Gemarken.

Die Klagen liefen König Friedrich Wilhelm nach. Die Freien, Mächtigen, Verwöhnten, die großen Geschlechter, »die mitregieren wollten«, jammerten hinter ihm her: «Tout le pays sera ruiné!»

Der Herr wiederholte es höhnisch: »Tout le pays sera ruiné? Nihil credo. Aber das credo, daß die Junkers ihre Autorität wird ruiniert werden müssen! Denn ich komme doch zu meinem Zweck und stabiliere die souverainité und setze die Krone fest wie einen roche de bronce.«

Noch durfte er die Junker nicht erfahren lassen, daß er, der Bauernnarr, der Tagelöhnerpotentat, bei seinen Bauern auch nicht einen Tag auch nur den Anflug eines Freiheitstaumels duldete. Er, der Lehrmeister der Pflüger, Säer, Schnitter, nahm die Beschenkten in nicht minder harte Schule, als sie der Adel nun bei ihm durchlaufen mußte. Herren aus den Nachbarstaaten mischten sich bereits ein. Der sächsische Gesandte wiederholte seine Versicherungen, daß die Unzufriedenheit des Adels den höchsten Grad erreicht habe; und er bezeichnete dem Herrn mehrere Adlige, die ihre Güter zu verkaufen, ihr Vermögen durch seine Vermittlung in Sachsen anzulegen und dahin auszuwandern beabsichtigten.

Die minder Wohlhabenden unter den Junkern klagten, sie hätten allerlei Verbindlichkeiten in Warschau, denen sie nun nicht mehr nachkommen könnten; nun sei ihr Ende ganz gewiß; ihre Kinder würden noch betteln gehen, wenn der König ein so übles Spiel mit ihnen allen beginne.

Da ließ der Herr drei große Leiterwagen mit adligen Knaben nach seiner Residenzstadt fahren. Er wollte für die Knaben sorgen; denn »Menschen sind der größte Reichtum«. Er wollte sie erziehen als Pagen und Kadetten. Aber dem Adel war nach jener Landfahrt des Königs das Wort »Kadetten Seiner Majestät« ein Schimpf; und dem unsinnigen Plane seines Kadettenhofes sagte man den baldigen Zusammenbruch voraus und betonte höhnisch, daß dieser Kadettenhof im Alten Hetzgarten errichtet werden sollte. In den gedemütigten Herrensöhnen werde sich der König für die Zukunft eine rechte Rute aufbinden.

Die Knaben der verwöhnten Warschauer Kavaliere, der Herren von Braunsberg und Wagnitz und Schlubhuth, die hundertzehn hübschen Jungen, waren aber so verlaust, daß der König, bevor es darum ging, sie als Kadetten einzukleiden, noch von seiner Reise aus Order geben mußte, sie zu waschen, zu scheren, zu stutzen. Er war genötigt, all den kleinen Herren eine Kinderfrau zu halten, die gut Läuse fand und Krätze zu heilen wußte.

Zum Glück besaß die Dicke Schneider, die in Männerkleidern Huren fürs Spandauer Spinnhaus auffing, eine jüngere Schwester, die in alledem als kundig galt; auch im Haarescheren. So überlegte sich der Herr schon hübsche Uniformen für die Jungen: blau mit roten Aufschlägen, gelber Weste und einem Hut mit silbernen Tressen.

Ach, sollte den Knäblein bei Kindsfrau und König nun wohl sein!

Einer war dem König nachgereist, Schritt für Schritt: ein freier Reichsfürst, der keines Dienstes beim armen König von Preußen bedurfte, Freund Leopold von Anhalt-Dessau.

Er hatte gesehen, daß der König auf seiner Landfahrt nur selten Heerschau halten konnte. Paraden und Musterungen wurden mehr als einmal abgesagt, Truppen wurden zum Deichbau in überschwemmtes Land und zur Noternte jämmerlicher, später Hackfrucht in Elendsgebiete entsandt. Er hatte das neue Jahr des Königs an dessen Geburtstag für das Heer begehrt. Nun fuhr

er heim, schwieg von dem Glanz der Waffen und dem Wetterleuchten der Fahnen – und erbat sich ein gewaltiges Stück wüsten Landes im ödesten Osten zum wunderlichen Unterpfande
ihrer Fürstenfreundschaft. Denn niemand, der nicht die preußische Not – und sei es auch nur an einem ganz geringen Teil – mit
König Friedrich Wilhelm teilte, hätte vermocht, sein wahrer
Freund zu werden.

Der Fürst von Anhalt, der beste Wirt im Reich, begann dem
»König in Preußen« Bubainen und Norkütten zu bebauen. Wie
er dem König nachgereist war Schritt um Schritt, so ging der
Fürst nun in der Wüste seines neuen Gutes in jedem Zoll den
Wegen nach, die der Herr und Freund in der Einöde seines
ganzen Landes zurückzulegen hatte: auf Kriegszug und Pilgerfahrt in einem!

Immer, wenn König Friedrich Wilhelm auf Reisen war, belebte
sich die Geselligkeit in der alten Residenz Berlin. Die Königin
selbst begann die Reihe heimlicher Festlichkeiten. Obwohl sie
schon das Winterschloß bezogen hatte, ließ sie Monbijou noch
einmal herrichten. Der Herbst war mild, und die Kamine reichten noch aus. Abend für Abend hielt die Königin jetzt Appartement mit Kartenspiel, Konzert und Tanz, öffnete sie ihre Räume
für die vornehme Welt von Berlin. Es war wie eine stillschwei-
gende Übereinkunft unter ihnen allen, das Personal mit eingeschlossen, daß niemand Seiner Majestät etwas verraten würde;
sonst hätte man sich ja bei aller künftigen Abwesenheit des
Königs um jegliches Vergnügen gebracht. Selbst den strengsten
Wächter über alle öffentlichen und privaten Finanzen im ganzen
Lande, Geheimrat von Creutz, brauchte man in dieser Hinsicht
nicht zu fürchten. Er wollte nicht mehr die Hohen, Reichen,
Edlen herabziehen zu seiner Herkunft. Er wollte aufsteigen zu
ihrem Glanz. Auch sein Haus lag jetzt in hellem Licht, Sänften
und Equipagen drängten sich vor der Einfahrt, und an der Kü-
chentür wollte es nicht still werden von unablässig noch eintreffenden Lieferungen.

Es hatte allgemeines Aufsehen erregt, als der aufstrebende
junge Geheimrat, der Günstling des Königs, sich mit einem
jungen Mädchen aus ärmstem Adel verlobte und darauf verzichtete, sich durch eine reiche Ehe ein Vermögen zu schaffen. Aber
ihm brauchte nur noch daran zu liegen, in den ererbten Adel

einzudringen; dabei wollte er jedoch seine vornehme Frau in völliger Abhängigkeit von sich wissen. Und wirklich, die junge Frau von Creutz war sehr gehorsam und von allem Hochmut frei. Eine alte, tiefverschuldete Mutter, eine Menge jüngerer und älterer Brüder ohne Amt und Einkünfte waren auf die Hilfe ihres Gatten angewiesen. Der gab ihnen Stellungen, in denen sie ihm unmittelbar untergeordnet waren. Der setzte der Frau Schwiegermutter eine Rente aus. Der hielt der jungen Gemahlin ihre erste Equipage und löste ihren Schmuck beim Pfandamt ein. Wie er es konnte – das war das Rätsel. Aber nichts, was nicht in Redlichkeit geschah, wenn er von Monat zu Monat seine Einnahmen steigerte. Er brachte, außerhalb des Handels, fremdes Geld ins Land und war am ausländischen Gewinn zu Recht beteiligt. Alle machten sie ihren Profit dabei: der König, die Fremden und er. Nur das unbedingt Sichere griff er heraus, etwa die Spekulation im Schiffsbau, der eine Vorbedingung war für Pünktlichkeit und Schnelligkeit im gewinnversprechenden russischen Handel. Auch zeigte er eine unerschöpfliche Findigkeit, den Handel auf der Ostsee nach Dänemark und Schweden auszudehnen. Da war es König Friedrich Wilhelm selbst, der ihm eine angemessene Provision vorschlug.

Darüber war der Herr von Creutz sehr reich geworden. Und vor allem: er konnte sich auch seiner Reichtümer offen freuen. Er besaß die Gnade seines Königs wieder wie zuvor; er wirkte und verdiente mit dem Herrscher Hand in Hand. Die Affäre Wagnitz war ihm ganz vergeben, seit der König seine neuen Leistungen bestaunte. Frau von Creutz – der Wunsch des Königs stand dahinter – empfing und erwiderte die Visite des Fräulein von Wagnitz. Creutz führte kühl aus, was der Herr befahl. Er schleppte einen Rechenfehler nicht durch. Der König liebte wirklich nur die Königin. Das Fräulein von Wagnitz liebte wirklich nur den Obersten Friedrich Wilhelm von Hohenzollern.

Seit sich auch Creutz nun immer mehr von ihr zurückzog, führte die junge Baronesse ein einsames Leben. Auch unternahm sie nichts, es zu ändern und wieder den Anschluß an jene Kreise zu finden, zu denen sie, wenn auch bei Hofe gestürzt, nun einmal doch gehörte. Der Schmerz über die Torheit war groß; die Einsicht in die Unmöglichkeit, die Liebe dieses Königs zu gewinnen, war noch bittrer. Daß sie nach den Sorgen der Heimat nicht mehr zu fragen brauchte, war die einzige Entlastung; der König auf seiner Landfahrt bereiste ihre Güter; alles war aus ihrer Hand genommen. Sie hätte auch gar nicht vermocht, von Berlin wegzugehen. Ein entsetzlich haltloser Zustand war über sie gekommen. Das Spiel mit einem Abenteuer, wie es andere Höfe doch in Fülle kannten, war mit völliger Hoffnungslosigkeit des Herzens gestraft. Wäre nicht plötzlich für ihren Unterhalt gesorgt gewesen, sie wäre, müde und tatenlos, dem tiefsten Elend verfallen. Aber der König hatte sich überaus gnädig gegen sie verhalten, weil er es ihr dankte, daß sie ihm einmal die Not und Schuld seines Ostlandes gar so brennend machte. Ihre Bezüge als Hofdame Ihrer Majestät außer Diensten erhielt sie weiter ungekürzt, dazu sogar die Naturalien und das Holz für die Heizung. Nur daß sie in der Zeit ihres glanzvollen Auftretens bei Hofe zu viel Geld ausgegeben hatte, beschwor noch schlimme Folgen herauf. Doch als es sich herumsprach, daß der König weiter für sie sorge, zuckten ihre Gläubiger die Achseln, sahen sich vielsagend an und hielten die Mahnungen für unbezahlte Rechnungen zurück. Dann freilich dauerte es ihnen zu lange, bis Majestät sich nach den Verbindlichkeiten des Fräuleins erkundigte. Sie machten das Logis der Wagnitz ausfindig und erschienen vor ihr selbst, von der Dürftigkeit ihres Möblements im gleichen Maße ermutigt wie erschreckt.

Und es war gut, daß sie kamen. Die junge Frau wurde aus ihrer Müdigkeit und Haltlosigkeit gerissen. Sie entsann sich, wie Rat Creutz sie einst den Wert all ihrer Diamanten lehrte. Sie sagte rasche und völlige Begleichung ihrer Schulden zu. Ohne jede Bitterkeit, ohne die Spur eines Bedauerns trat sie zu verschiedenen Malen den Weg zum Goldschmied Lieberkühn an, und es bereitete ihr mehr Genugtuung als Kummer, wie überschwenglich er ihre Juwelen rühmte; auch gab er der Begeisterung wohl Ausdruck im Kaufpreis. Sie wurde im Goldschmiedsladen nicht minder höflich bedient als die eleganten Kundinnen, die neue, seltsame Steine, welche sehr oft aus dem Besitz des alten Königs stammten, bewundern wollten. Aber sie fragte nicht mehr nach den Menschen.

Nur als sie heute wieder – nun vielleicht zum letztenmal, denn ihr Schmuck ging zur Neige – im Goldschmiedsladen an der Kavaliersbrücke weilte, mußte ihr der einzige Kunde auffallen, der außer ihr noch in dem von Gold und Steinen blitzenden kleinen Raum weilte; dieser war sehr berühmt durch die zierlichen Malereien seiner Wände und die gefälligen Arrangements von Sesseln und kleinen Tischen, gläsernen Schaukästen, Schatullen und Vitrinen. In dem ganzen kleinen Laden brannten Kerzen; denn er war sogar am hellen Tage dunkel. Doch dem Glanz der Saphire und Smaragde tat der Kerzenschimmer besser als das Sonnenlicht; er machte die Verzauberung vollkommen. Der junge Herr, sehr schön und schlank, saß völlig versunken über ein Rosenholzkästchen mit seltenen Petschaften gebeugt. So gepflegt, so höfisch gekleidet er war, schien er doch fern von aller Norm und gar zu strengen Sitte und hatte den Hauch verlockender Fremde und Ferne um sich. Der weite Mantel hing ihm lose um die Schultern; den Hut hielt er nicht zierlich, wie die anderen Kavaliere, unter die Achsel geklemmt; er hatte ihn, mit Handschuhen und Stock, auf einen Sessel geworfen; auch trug er keine Perücke; das dunkle, lockige Haar lag ihm sogar ein wenig wild und ungeordnet über der Stirn. Nur einen Augenblick sah er auf, doch völlig abwesend; die Augen waren grün und groß, die Schatten seiner langen Wimpern dicht und dunkel.

Niemals störte die Anwesenheit eines Kunden die Erledigungen des Fräuleins bei dem Goldschmied. Der hatte eine überaus geschickte Art, es gänzlich undurchsichtig zu lassen, ob das Fräulein ihm da einen Stein zurückbrachte, um einen andern dafür einzutauschen, oder ob er hier ein rares Stück erhielt, damit er es nach dem Original kopiere mit aller seiner großen Kunst.

Der Fremde, so unbeteiligt er sich stellte, gab mit schärfster Aufmerksamkeit auf alles acht. Er war sogar entzückt, wie sicher und geschickt das Fräulein mit den ernsten grauen Augen dies traurige Spiel der Verstellung bei der Veräußerung seiner Juwelen trieb. Wirklich, auch die verwöhnteste Kundin konnte nach reichem Einkauf den Goldschmiedsladen nicht stolzer verlassen. Die vornehme Schöne verriet sich in nichts; und doch, das hatte der Menschenkundige und viel Umhergekommene wohl bemerkt, gehörte sie nicht zu den kühlen und gleichmäßigen Frauen. Ihr Gesicht, so jung sie war, zeigte über den Wangen, unter den Augen die frühen, kleinen Falten, die ein Zeichen stärkster Empfindsamkeit sind und durch die Glätte keiner Jugend aufgewogen werden; und auch in ihrer dunklen Stimme, in ihrer klugen, raschen Sprache war der Unterton dauernder, lebendiger Unruhe spürbar. Sie war der erste Mensch, der ihn seit der Ankunft in der preußischen Hauptstadt lebhafter beschäftigte und anzog.

Der Goldschmied betrachtete noch die Perle und den Diamanten, die er von der Wagnitz empfangen hatte. Die Juwelen lagen noch vor ihm auf dem kleinen Tisch. Das Mittelfach des großen Eckschranks von blassem Veilchenholz, das wußte er schon jetzt, würde er freimachen; auf einem Kissen von weißem Samt sollten nur die beiden Edelsteine liegen. Minister, Fürsten, Kammerherren, ihre Damen würden sich vor ihnen drängen. Freilich, die Geschäfte waren nicht mehr gut, seit die Hofgesellschaft sich nur noch auf Schloß Monbijou beschränkte. Aber welch ein großer Tag war heute; welch seltene Stücke brachte dieser Morgen! Denn da war vor dem Fräulein, noch lange vorher, ein biederer Mann gekommen in einfacher hochgeschlossener Weste, mit rundem Hut und schwarzem Zopf, und hatte ihm aus altem Bürgererbe kostbare Münzen gebracht – Münzen, wie sie selbst durch eines Lieberkühn Hände noch nie gegangen waren. Er rührte sie nicht an; nur mit Andacht, ohne Gier sah der Meister auf sie nieder, auch als der Fremde sich erhob und zu ihm trat. Er hatte nun ein Petschaft, für ihn geeignet, entdeckt. Er legte es dem Goldschmied auf den Tisch, neben die Juwelen der Wagnitz.

»Vor diesen Steinen hält wohl schwerlich etwas stand«, meinte er dabei. Und der Goldschmied, selig über den neuen Besitz, sagte lächelnd: »Nichts.« Immerhin war ein Gespräch über das Fräulein von Wagnitz angebahnt, und der Fremde erfuhr ihr Abenteuer und ihre Verdammung nicht durch widerwärtigen bösen Leumund, sondern aus dem Munde eines, der dem Fräulein sicher eher wohl als übel wollte und nicht gern daran dachte, daß man diese Juwelen als den Schmuck der einstigen Hofdame von Wagnitz wiedererkennen könnte.

Von den Perlen des Fräuleins kamen sie auch auf die Münzen des Biedermannes zu sprechen. »Nie und nimmer ist dies Bürgererbe«, sagte der Fremde, »hier hat der Hof ein Wörtlein mitzureden. Es gilt, die Augen offen zu halten.«

Und der Kundige erbat sich einen Abdruck in Siegellack und Wachs. Er vergewisserte sich, daß der schlichte Mann im runden Hut am Montag nochmals wegen ähnlicher Münzen vorsprechen wollte.

Als der Fremde ging, trat aus der Nebenstube von ihrem

Schreibspinde mit all den feinen Waagen und optischen Gläsern, in hoher Perücke, Madame Lieberkühn, die Frau des Juweliers, die er nicht zu seinen kostbaren Besitztümern zählte. Sie pflegte gern ein letztes Urteil abzugeben. Diesmal meinte sie nicht die Ware, sondern den Kunden. Sie bemerkte nur: »Du monde.« Und das sagte sie ganz unnachahmlich. Denn sie, der Laden und die Kundschaft stammten eben noch aus König Friedrichs Zeit, dieser neue Käufer aber ganz gewiß von noch älterem und reicherem, fremdem Hofe.

Wenn spät im Herbst die Sonne noch einmal groß hervorkommt, ganze Tage hindurch, nicht wahr, dann entwirft man noch ungleich festlichere Pläne in der Stadt als in all den Sommerwochen zuvor. Nein, solchen Übermut kennt ja der Sommer gar nicht! Wartet nur, ob das herrliche Wetter noch anhält bis zum Sonntag! Es wird eine kleine Landpartie geben! Die Kammerfrau Ramen hatte es richtig prophezeit, und der Hofgärtner der Königin, der fest daran glaubte, das Wetter nach alten Regeln berechnen zu können, bekam beschämend unrecht mit seiner Warnung und Bedenklichkeit.

Mit Ahnung und Verheißung hatte die Ramen noch viel mehr gewagt. Der König sei auf Reisen, begann sie, die Königin sei darum guter Laune; die Königin habe ein Fest ums andere gegeben; sie werde sich am Sonntag erholen, am Vormittag und Nachmittag zur Kirche fahren – denn andernfalls hätte der König es wohl doch erfahren und übel vermerkt – und sonst mit ihren Damen Karten spielen. Paßt auf, sagte die Ramen, es gibt Urlaub für den Nachmittag und Abend! Man sollte einen hübschen Sonntag haben, eine Landpartie mit Tanz!

Welch hübsche Einfälle die Kammerfrau der Königin doch hatte! Der Gärtner aus Schloß Monbijou mußte ein Gartengespann herrichten mit kleinen, weißen Eseln; das erwartete die Gesellschaft vor dem Brandenburger Tor, ein Stückchen davor, nicht an den beiden hohen Obelisken, wo die Karossen und die Equipagen sich drängten, sondern bei den flachen Torhäuschen unter den Pappeln. Denn die Straße Unter den Linden entlang wollte die Ramen nun doch nicht in der Eselskutsche fahren.

Es war nicht zuviel gesagt, daß der Wagen eine ganze Gesellschaft zur Fahrt über Land hier erwartete. Ein stattlicher Kreis kam zusammen: der Kastellan des Berliner Residenzschlosses, Monsieur Runck mit Gattin; das waren gebildete Leute; der

Freund des Kastellans, Hofschlossermeister Stieff und die Seine; der war ein Kunsthandwerker von Ruf und hoch besoldet; dazu der Zweite Hofkonditor, der nach der Rangliste Sergeantenrang bekleidete. Der kam ohne Ehefrau und Demoiselle; aber ein Herr ohne Damenbegleitung in so geselliger Runde, das macht den Frauen immer Spaß; vor allem aber sorgte ja auch gerade der Zweite Hofkonditor für die Überraschungen des Ausflugs. So brachte er ein Mühle- und Damespiel mit, für das man statt der hölzernen Steinchen Kaffeebohnen und Zuckerwürfel verwenden sollte; vorerst hielt er es noch sehr geheim. Auch hatte er kleine Zuckerherzen gebacken, man mußte schon besser sagen: gegossen; die waren in der Mitte durchbohrt, und die Ramen hatte Zettelchen mit Freundlichkeiten und Anzüglichkeiten beschrieben, die wurden mitten durch das Herz gesteckt; und wer sich eines zog, sollte sein Vergnügen daran haben, sein ganz großes Vergnügen, Herr und Frau Stieff sowohl wie Monsieur und Madame Runck, der Hofkonditor wie der Gärtner, nur die Ramen nicht. Die hatte ja alles geschrieben; die wußte ja alles im voraus. Aber das hatte auch seine Reize, große Reize sogar.

Und das Ziel? Das Ziel so sorgsam vorbereiteter Landpartie? Das Schloß Charlottenburg in Lietzenburg war gewählt, ganz als führen die Herrschaften aus. Die Ramen hatte es sich ersonnen, und das war klug und nett von ihr gewesen. Man gedachte, den Kastellan dort zu besuchen. Aber die Ramen meinte mehr noch seine Tochter. Denn um diese schienen wunderliche Dinge im Schwange zu sein. Einmal war sie zu den Zeiten, da die Tochter des reichen Wirtes Koch als Zarengeliebte gar so stolz auftrat, deren Zofe gewesen; das war nun freilich vorüber. Sodann hatte König Friedrich Wilhelm ausgerechnet in Charlottenburg, dem Lietzenburger Schloß der Frau Mutter, das er seit je so glimpflich behandelte, den Drechslerwerktisch aufstellen lassen, den ihm der Zar als Gegengabe für Bernsteinkabinett und Liburnika daließ. Das gab zu denken, namentlich wenn man den Vergleich zog mit dem Zaren und der Demoiselle Koch. Es warf ein neues Licht auf die Kälte des Königs gegenüber dem schönen Fräulein von Wagnitz. Man mußte wirklich einmal hin und sehen! Schließlich: War es nicht gerade auch Charlottenburg gewesen, wo die Frau Mutter einst den jungen Prinzen verführen ließ durchs muntere Fräulein von Pöllnitz? Was half es, daß der Kronprinz später klagte, wie er sich habe so vergessen können, und daß er seine Mutter eine kluge Frau, doch eine schlechte Christin nannte?! Man mußte hin!

Lärmend und schwärmend fuhren sie vor. Der Charlottenburger Kastellan in seiner Einsamkeit war hocherfreut und dankte sehr für solche Überraschung; er habe sich schon so etwas gedacht, behauptete er, als er vorhin im Fenster lag und drüben, die Allee entlang, die lustige Kutsche kommen sah. Nein, und daß die Gäste sogar für ihre eigene Bewirtung sorgten! Wo nur die Tochter steckte? Wo sollte sie nur schnell die Tafel decken? In der Stube oder noch einmal unter den Linden des Gartens? Die Damen sagten: »In einem der Räume des Schlosses.« Sie wollten sich totlachen, daß der Charlottenburger Kastellan darüber derart erschrak. Nun, nun, man würde wohl noch einmal einen der feinen Säle für sich selbst benützen dürfen, auf die man täglich aufzupassen hatte, zumal er doch hier draußen als Entgelt niemals ein Douceur von Fremden bekäme! Denn das Schloß seiner Frau Mutter hüte ja der König wie seinen Augapfel, und Reisenden werde es kaum jemals gezeigt.

Aber als die Unterhaltung diese häßliche Wendung nahm, war die Ramen nicht zugegen. Sie hatte sich angeboten, die Demoiselle Tochter im Garten suchen zu gehen. Es schien, als sei die Ramen nur um der Tochter willen hergekommen. Nun, das ist liebenswürdig, dachte sich der Kastellan, das arme, mutterlose Ding ist einsam.

Wußte er denn nicht, daß die Demoiselle Koch aus der Stadt herausgekommen war zu ihrer einstigen Zofe und daß die jungen Mädchen schon seit einer Stunde auf der Bank am Wasser saßen, weil die Oktobersonne noch einmal gar so mild schien?

Das war mehr, als selbst die Ramen von der Landpartie erwarten durfte, daß nun gar auch die Demoiselle Koch in Lietzenburg weilte! Was war denn mit der reichen Tochter des berühmten Wirtes, was war mit der Zarengeliebten geschehen, daß sie den Sonntag auf dem Lande bei ihrer einstigen Zofe verbrachte?!

Die Demoiselle Koch war ein wenig blaß. Nein, was sie doch für ein leicht angegriffenes, vornehmes Fräulein geworden zu sein schien! War es Hochmut, daß sie gehen wollte? Waren die neuen Gäste ihr zuviel? Aber um hochmütig zu sein, dazu war sie zu still, zu freundlich, zu bedrückt. Sie gab auch nur vor, sie möchte den Kutscher nicht so lange warten lassen, der drüben im Dorfkrug ausgespannt habe.

Die Freundin – denn als solche erschien die frühere Zofe beinahe – redete ihr nicht zu, zu bleiben; sie schien sie gut zu kennen. Aber die Kammerfrau wußte noch besser um sie Bescheid. Sie mußte nur auf einen Augenblick mit der Demoiselle ganz allein sein, damit sie es ihr zu verstehen geben könne.

Doch daß die aufmerksame Ramen heute so zerstreut war! Eben erst verlor sie, sicher drunten an der Brücke zwischen den Teichen im Park, ihre Börse, ein gesticktes Beutelchen, das sie von Ihrer Majestät geschenkt bekam; und nun, weil sie im Plaudern immer daran zupfte, zerriß ihr die dreimal geschlungene Kette; die kleinen bunten Steine waren gar nicht einmal wertlos. Nun hockte man im Kies des Weges, nun durchsuchte man den Rasen; was waren doch die kleinen Steine weit gesprungen!

»Ah, Demoiselle«, rief die Kammerfrau zu der Kastellanstochter hinüber, »dort drüben sehe ich es noch blitzen – vielen Dank, daß Sie sich so bemühen –«

Sie selber aber wußte es so einzurichten, daß sie beim Suchen immer an der Seite der blassen Demoiselle Koch blieb.

»Es findet sich in jeder Lage eine Hilfe; es gibt in jeder Not noch immer einen Ausweg«, hatte sie zu bemerken, und an ihrem Tone erkannte das junge Mädchen sofort, daß es ihr nicht mehr um die Kette ging. Seine Betroffenheit vermochte es nicht zu verbergen; denn um der Not willen war es zur Freundin geflüchtet; aber das sehr verwirrte junge Mädchen wollte sich nicht verraten und sprach beharrlich weiter von den bunten Steinen. Zu solcher Unterhaltung mit doppeltem Sinn und zwiefacher Möglichkeit gab die Ramen nur zu gern Gelegenheit; dies war ja auch durchaus eine ihrer ganz besonderen Fähigkeiten.

»O je«, rief sie lachend und schalt sich selbst, »man muß sich auch nicht gleich behängen wie die Zarin Katharina.« Und gleich schwadronierte sie wieder von anderem weiter. Die Demoiselle hockte im Grase; sie suchte nicht mehr; sie sah der Ramen zu; die sprach und sprach und wühlte und rupfte im Rasen.

Dabei schien ihr gar nicht gar so sehr viel an ihrer Kette zu liegen, denn sie scherzte: »Ach, die Demoiselle wird mir sicher einmal eine schönere Kette schenken. Mit so blondem Haar, mit so braunen Augen kann die Demoiselle es noch zu einer großen Gräfin oder Fürstin bringen. Dann trete ich in ihre Dienste, als Kammerjungfer oder Kinderfrau für ihren kleinen Prinzen.« So gewandt war die Ramen. Sie machte mit dem Verlust nicht viel her. Die Demoiselle blickte nicht mehr von der Erde auf. Ihr Herz klopfte rascher und machte sie atemlos. Die Demoiselle fand keine Antwort. Aber was brauchte auch die Ramen eine Entgegnung. Ihre Einfälle nahmen kein Ende. Unaufhörlich plauderte sie weiter. Die Demoiselle müsse sich nur, wenn es erst so weit sei, an die rechten Leute zu wenden wissen und sich schon beizeiten umschauen, wer für ihre Dienste recht geeignet sei.

Ehe die kleine Kastellanstochter zu ihnen fand, war das Schreckliche in der verängstigten Freundin schon geschehen. Das Ungeahnte, nur mit flüchtigen Worten von der Kammerfrau der Königin hingeredet, war als Macht schon völlig über ihr, war schon Entschluß geworden.

Sie müsse zu den Engelmacherinnen beten, hatte die Ramen zu der Verzweifelten gesagt, dann würde alles noch gut. Und plötzlich sprach die Ramen unverblümt. Sie fragte, wer davon wisse; und sie erfuhr, da sei niemand.

Die Freunde kamen, die Börse war gefunden; Steinchen der Kette seien mehr von ihnen aufgelesen als verloren waren, sagte die Kammerfrau lachend. Die Demoiselle Koch wurde noch in das Dorf bis an den »Krug« begleitet; dann kamen sie gerade zurecht, wie unter den Linden hinter dem rechten Seitenhause des Schlosses, wo die Sonne noch letzten Glanz und letzte Wärme gab, die ländliche Tafel gedeckt war. Es waren wirklich liebenswürdige Leute, der Kastellan und seine Frau, der Hofschlossermeister und die Seinige, die Kammerfrau, der Hofkonditor und der Gärtner aus Berlin. Wie aufmerksam sie nach allem fragten, was das einsame Leben in Charlottenburg anging, jeder etwas anderes, als läge ihnen nichts auf dieser Welt so sehr am Herzen wie das Wohl des Charlottenburger Kastellans und seiner Tochter. Die Spannung der Damen war groß, ob die Kleine sich nicht endlich doch verraten würde, warum der König seine Drechslerwerkstatt ausgerechnet eine Meile vor die Stadt verlegte. Er kam also oft nach Charlottenburg? Ach, und immer, wenn er voller Sorge schien? Und immer ging er aufgeheitert wieder weg?

Die Ramen war auch zu geschickt in Fragen und Bemerkungen! »Ja, der König! Der König!« begann sie. »Der hält es mit den braven Leuten! Der liebt und achtet sein Volk! Der verschmäht es nicht einmal, von unsereinem zu lernen! Selbst das Handwerk des biederen Mannes läßt er sich lehren! Und daß er gerade Euch in Eurer alten Meisterschaft von einst dazu erwählt hat, Herr

Kastellan! Nein, der König! Er will ein Handwerk so verstehen, daß er sich auch wie ein Mann aus dem Volk von seinen Händen zu ernähren wüßte?! Welch schöne Anschauung!«

Die Kastellanstochter lauschte aufmerksam und lächelnd. Sie hörte gern vom König Gutes reden. Sie vermehrte sein Lob, indem sie erzählte, wie sie dem König immer wieder wohlverwahrte kleine Schätze seiner Mutter zeigen müsse, die er zu ganz besonderen Geschenken aufheben ließ.

Da flogen die Fragen nur so: Wie oft kommt er denn herausgeritten? Führt die Demoiselle ihn immer in die Zimmer der Frau Mutter?

»Die Demoiselle ißt ja gar nichts«, meinte dazwischen die Ramen verbindlich und bemerkte das jähe Erblassen des Mädchens. Denn an diesem Tage hatte es der Freundin, die einmal seine Herrin gewesen war, gestanden, daß es den König zu lieben begann, und daß des Königs Güte groß war, wenn er so vergrämt hinauskam in das stille Schloß der Mutter. Das blutjunge Mädchen hatte durch die Freundin, aus deren Liebe zu dem Zaren, schon zu tiefe Einsicht erlangt in die herrlichen und schrecklichen Möglichkeiten des Daseins. Und darum verstand die Kastellanstochter alle Fragen der Frauen plötzlich nur zu gut und erschrak. Es war wahr: sie wartete nur, daß der König kam. Es war wahr: wenn er kam, so fragte er nach ihr. Sie mußte ihm eine kleine Erfrischung bereiten, mußte bei ihm stehen am Tisch, den sie ihm mit ländlicher Vesper bestellte. Er pflegte nur wenig zu reden; sie sollte ihm erzählen vom täglichen Leben; von Sorgen, die sich leicht beheben, von Wünschen, die sich leicht erfüllen ließen.

Nun sollte ihr auch das genommen sein. Nun war die sanfte, ferne Heimlichkeit zerstört. Nie mehr sollte sie versinken können in seinem großen, klaren Blick; nie mehr würde jene Stille in ihr sein, wenn er zu ihr sprach – immer nur von dem, was sie anging, als gäbe es sonst nichts auf der Welt, was einen König zu bedrängen vermöchte. Ach, sie glaubte es fest, daß er sie selbst nicht meinte, sondern eben nur dieses: daß er, wenn er voll so schwerer Sorgen und Kümmernisse kam, nun Nöten begegnete, aus denen er sofort zu befreien vermochte, und Wünschen, die er in seiner Macht und seinem Reichtum belächelte. Immer aber wußte sie nur Dinge zu begehren, das Seine besser erhalten zu können – ein paar Vorhänge fürs Rote Tressenzimmer, damit die

Sonne der altgoldenen Bespannung, der schönen, pfauenblauen Wandbemalung und dem kostbaren erdbeerfarbenen Sesseldamast nicht schade, oder eine Gießkanne für die Orangerie der Frau Mutter.

Nun aber würde sie immer das Geschwätz der Berliner Frauen hören und unter dem Lärm und der Dringlichkeit ihrer Fragen sehr leiden. Sie würde nie mehr dem dunklen Blick, dem sanften und lächelnden, der Kammerfrau Ramen entrinnen! Durfte sie noch die Zimmer seiner Frau Mutter pflegen, die Früchte für seine Tafel selber aus dem Treibhaus wählen, das Vogelnest bewachen, das der König ihr im Frühling zeigte? Durfte sie noch je in Sinnen und Erinnerung verfallen? Die Ramen sah sie an.

Da sich alle ganz vorzüglich delektiert hatten und die Demoiselle nun einmal nicht bei Appetit schien, hob die Ramen, die sich verantwortlich fühlte für den feineren Ton, die Tafel auf. Ehe es dunkel wurde, wollte man noch die Säle besichtigen, namentlich den Empfangsraum mit den drei Knabenbildern des Königs in Rüstung und Hirtenkostüm.

»Zum Verlieben!« riefen lachend die Berliner Damen; beachtlich schien ihnen aber auch das weiße Marmorbad, in das man aus dem Oberzimmer heißes Wasser gießen konnte, und die Kammer mit den dreitausend Fayencen und Chinoiserien, an der man alle Jahre ein volles Quartal zu putzen hatte. Auch die Wißbegier der Männer war unersättlich: Was gibt es hier sonst noch an Kuriositäten, Kollege? Er hat doch auch zu allem Zugang?

Den Hofschlossermeister Stieff beschäftigten einige der köstlichen Schlösser; das war sein Fach; darauf verstand er sich. Groß war das Erstaunen, daß der Charlottenburger Kastellan sogar die Schlüssel zu all den Silberschränken besaß; nur den zum Notenschrank der Mutter verwahrten Seine Majestät persönlich. Seht, seht, und das Silber des Königs pflegt die Demoiselle! Erst kürzlich hat sie vor dem König alles zeigen dürfen! Die Damen Runck und Stieff stießen einander heimlich an und flüsterten sich zu: »Da wird sie wohl bald selbst von Silbertellern speisen...«

Auf der Heimfahrt, die Allee war schon dunkel, und der Laternenraub des Königs für Potsdam machte sich nun doch bemerkbar, gingen Runck und Stieff fast die ganze Meile Weges neben ihrer Eselskutsche her. Das war rücksichtsvoll gegen die Tiere.

Außerdem aber sangen die Damen im Wagen; auch machte die Ramen so sehr viel Unruhe mit ihrem seit der Dämmerung überflüssig gewordenen Sonnenschirm, und der Schlosser und der Berliner Schloßkastellan hatten doch jetzt manches miteinander zu besprechen.

»Im Charlottenburger Schloß gibt's keine rechten Möglichkeiten«, begann der Hofschlosser Stieff. Und Kastellan Runck bewies, wie rasch er begriff.

»Der Tropf hält zum Herrn.« Das war seine Antwort. So waren sie sich über Lietzenburg im klaren.

Die Ramen, der man den reizenden Einfall der fröhlichen Landfahrt verdankte, stand ihnen nicht nach. Sie wußte, was sie wissen wollte. Die Demoiselle Koch bekam ein Kind vom Zar Peter; und der kleinen Kastellanstochter gelang, was ein Fräulein von Wagnitz vergeblich ersehnte. Nun würde man sehen müssen, wie Ihre Majestät sich dazu stellte.

Was war die Ramen doch für eine treue Dienerin! Auch den freien Sonntag verbrachte sie im Dienste der Herrin. Aber es war prächtig auf dem Lande gewesen. Das fanden sie alle, als sie unter den Pappeln am Torschreibershause vor dem Brandenburger Tor von ihrer Eselskutsche stiegen. Die Herren küßten den Damen die Hand. Sie hielten die Rollen der Herrschaften durch.

Es ist hübsch unter Dienern. Sie haben so vieles gesehen.

Als sie stiller geworden war in ihrem aufgewühlten Herzen, begriff die junge Tochter des Charlottenburger Kastellans, daß ihr noch etwas für den König zu tun geblieben war. Erst allmählich drangen Worte in ihr Bewußtsein, die sie in der Not und Verwirrung des Sonntags überhört zu haben schien. Plötzlich waren ihr die Augen geöffnet. Sie mußte es dem Vater sagen, was er nicht gemerkt hatte aus all dem Blinzeln und Achselzucken, den Andeutungen und verschleierten Erkundigungen der Berliner Gäste. Nicht nur ihr selbst hatte ihre Visite gegolten – auch dem Vater! Schlösser, Riegel und Schlüssel des Königs waren in Berlin nicht so gut verwahrt wie in Charlottenburg.

Dies alles bedachte sie, als sie sich am folgenden Tage wieder einmal aufmachte, in die Stadt zu fahren, den Auftrag der Freundin auszuführen, beim großen Goldschmied Lieberkühn einen Ring zurückzukaufen, ein Geschenk des Zaren, das die Unglückliche in einer Stunde großer Verzweiflung weitergab und von dem sie wußte, daß es diesen Weg genommen hatte. So hatte sich die Kastellanstochter trotz all des neuen großen Kummers nett und städtisch hergerichtet; denn es war schon eine besondere Sache, zu Lieberkühn zu gehen, wenn man keine Dame von Stand war.

Die braungelockte Kastellanstochter von Charlottenburg wurde still und stiller, als sie vor Goldschmied Lieberkühns blitzenden Schreinen stand. Das stimmte den alten Juwelier sogleich sehr freundlich; die Gier, das affektierte Geschrei, der Überschwang und die Geziertheit waren ihm verhaßt. So still war nun das kleine Fräulein geworden, daß es vergaß, seine Wünsche noch näher zu äußern; kaum daß es etwas von dem Ringe sagte. Hätte der Goldschmied den Kopf nicht gar so voller Gedanken gehabt, er würde das Mädchen mit der gleichen Andacht betrachtet haben, die das kleine Fräulein bei dem Anblick seiner Steine überkam.

Welch wunderliche Zeit! Die Großen des Hofes, schon seit Jahr und Tag, gingen alle sehr piano – der Ausdruck war noch immer im Schwange – und wagten nicht mehr recht, ihr Geld zum Juwelier zu tragen, weil sie fürchteten, Majestät könne es dann noch einmal fertigbringen, ihr Budget abermals zu korrigieren; teils weil es bei Hofe keinen Prunk mehr zu entfalten gab! Ein ehemaliger Regimentsschreiber schmückte seinen neuen Adel mit den alten Kostbarkeiten aus eines Lieberkühn Vitrinen; o ja, den Herrn von Creutz konnte man wohl einen guten Kunden nennen! Eine schöne Frau mit strahlend schwarzem Haar und perlengrauen Augen, die in jedem anderen Lande ein Heer von Juwelieren Tag und Nacht in Atem halten konnte, versetzte ihren letzten Diamanten, nur um ein einfaches Logis in einer Gasse nahe dem Königsschloß weiter behalten und ihre Jugend in einer Altjungfernstube vertrauern zu können! Ein Bürgermädchen, wie er es in den licht gemalten Wänden seines Ladens ganz bestimmt noch nie erblickte, trat über seine Schwelle und verlangte einen Ring, dessen Wahl doch einen gewissen Blick verriet; einen Ring zudem, um den recht ungewöhnliche Gerüchte gingen, ja, der sogar vom Zaren stammen sollte! Einfache Handwerksleute brachten ihm alte Münzen heran, so kostbar und so seltsam, daß man einen weitgereisten Fremden um die Rätsel ihrer Herkunft, trotz aller eigenen Kennerschaft, befragen mußte!

Und kaum zu fassen: das Geheimnis dieser alten Münzen trieb den Fremden wieder her, und zwar zu so früher Stunde, daß Madame Lieberkühn noch nicht einmal bereit war, Ausschau zu halten, ob sie ihr »Du monde« flüstern dürfe!

Nur flüchtig blickte der Fremde nach dem Mädchen, nahm den Juwelier beiseite und erklärte ihm rasch, in wenigen Minuten werde ein Offizier mit einer Wache hier sein. Den sollte er samt der Mannschaft in die Hinterstube führen, und sobald der angebliche Erbe der Münzen, der Biedermann im runden Hut und in der hochgeschlossenen Weste, nach den Medaillen fragen käme, sollte Lieberkühn, als ob er die Münze hole, in die Hinterstube treten. Ein Teil der Wache würde dann sofort die Ladentür verstellen.

Der Goldschmied hatte nicht mehr Zeit, zu staunen, daß sich nun auch an Münzen und Medaillen Verbrechen und Geschicke hefteten wie an Edelsteine, da polterte es schon an der Hintertür. Soldaten waren da, und er mußte die Juwelierin vorbereiten, damit sie nicht zu Tode erschräke. Wer achtete noch auf das kleine Fräulein; wer nahm ihm das Beutelchen mit den Dukaten ab – und so mußte es kommen, daß es seinem Charlottenburger Gast, dem Schlosser Stieff, nun höchst erstaunt beim Goldschmied Lieberkühn begegnete. Genau wie am gestrigen Sonntag trat er herein, in rundem Hut und hochgeschlossener Weste, den adretten Zopf im schwarzen Seidentäschchen.

Sie hätten auch der Demoiselle einen Wink geben sollen wie der Madame Lieberkühn! Nun mußte wohl das junge Mädchen sehr erschrecken. Die Bajonette in der Nebenstube blitzten auf – gleich hatte sich der Biedermann zur Flucht gewendet; aber schon war er umstellt, schon waren ihm Handschellen angelegt, wurde er abgeführt; und er nahm es nur wie einen Schatten wahr, daß plötzlich die Tochter des Charlottenburger Kastellans aus Lietzenburg vor ihm aufgetaucht war.

Die hatte gar nicht nachgedacht; sie wollte auch niemand etwas Arges antun; über ihr Wollen und Denken hinweg geschah es, nur aus der Angst, daß alles wahr sei, was sie seit gestern zu ahnen begann: daß seine Diener den König betrogen! In der Erregung legte sie die Hand auf den Arm des vornehmen Fremden. »Achten Sie«, rief sie, »auf Runck – den Kastellan im Großen Schloß – seinen Freund – «

»Sie kombinieren überraschend schnell, mein Fräulein«, sprach der junge Herr in etwas gebrochenem Deutsch und ein wenig befremdet und sah ohne jede Regung auf die Mädchenhand in seiner Spitzenmanschette. Aber den Namen Runck, das Amt des Schloßkastellans, die Warnung und den Argwohn gedachte er in keinem Falle zu vergessen.

Das Mädchen schämte sich, verdächtigt zu haben, ohne beweisen zu können; es schämte sich auch, soviel Angst um den König verraten zu haben.

Es ging Schlag auf Schlag. Die Gerichte brauchten sich überhaupt nicht zu bemühen. Als sei der junge, elegante Herr nur nach Berlin gekommen, diesen großen Fang zu tun, genau so war es. Die Zeitungsschreiber durften sich nicht von den Pulten wegrühren, so überstürzten sich die Nachrichten, wie der König in seinem eigenen Schlosse bestohlen und betrogen werde, wenn er nur ein wenig länger auf der Reise ausblieb. Die Diener der Skribenten mußten dreimal des Tages flink zum Krämer jagen, neue Gänsekiele zu holen.

Zeitungsschreiber in Berlin? Hatte der König nicht die Gazetten verboten, weil er all die Kleckserei von seinem Hof und seiner Person nicht liebte, hämische Kritik und lügnerische Schmeichelei nicht brauchen konnte und empört war über die unanständige und nachteilige Zeitungsschreiberei? Dies waren seine eigenen Worte! Dennoch Journalskribenten in Berlin? Und gar so vornehme und reich dotierte, daß sie sich einen Diener halten konnten? Oh, es waren Zeitungsschreiber ganz besonderer Art! In der Tat, sie schrieben die Gazetten selber, mit der Hand und nur in einem einzigen Exemplar, falteten sie zierlich zusammen, gossen den glühenden Siegellack darauf und drückten wohlgefällig und zufrieden ihr Petschaft darauf. Hoheit würden Freude haben an dem neuen Geschriebenen Journal!

Es war eine leichte, fesselnde Tätigkeit, wenn sie auch geheim gehalten werden mußte. Man brauchte nur eine flinke Feder zu besitzen und über einen guten Weinkeller und einen Bekannten bei Hofe zu verfügen. Monsieur Ortgies kannte Hofrat Gundling. So war er ohne Frage der Erste der geheimen Zeitungsschreiber und konnte mit einiger Sicherheit berichten, der Kastellan des Königlichen Schlosses und der Hofschlossermeister seien in Arrest getan, und im Zusammenhang mit dieser Affäre, von der Majestät selbst noch nicht wüßten, mache ein geheimnisvoller Fremder von sich reden, ebenso eine junge Frauensperson, welcher der König seine Gunst geschenkt haben sollte, wodurch ein neues Licht auf den Skandal um das Fräulein von Wagnitz falle. Man beginne zu ahnen, warum es vom König verschmäht worden sei. Was aber den jungen Fremden angehe, so finde man es wunderlich, daß er, der bei keiner der großen Familien der Stadt zu Gaste weile, nun nicht wenigstens im Fürstenhaus am Friedrichswerder Quartier nahm und daß er auch die vornehmen Hotels wie den Kochschen Gasthof verschmähe. Er sei im Pfarrhaus von Sankt Peter abgestiegen. Den bürgerlichen Namen dieses Fremden glaube keiner. Alle Anzeichen sprächen dafür, daß eine hohe Geburt sich dahinter verberge. Die ganze Art seines Auftretens, seiner Haltung lasse sogar auf eine Fürstlichkeit von ungewöhnlichem Range schließen, die zu wichtigen Erledigungen unerkannt in Preußens Hauptstadt weilen wolle.

Man befaßte sich lebhaft mit ihm. Es kamen wenig Fremde nach Sparta.

Es stand in den Türpfosten des freundlichen Fachwerkhauses eingegraben und war in schönen Lettern in den Balken mit den alten Jahreszahlen eingeschnitzt, daß dieses Haus Gott übergeben sei und daß alle, die in ihm wohnten, dem Herrn ihr Leben lang dienen wollten. Es wohnte aber nur der eine Mann im Alten Pastorate von Sankt Peter zu Berlin, allein der Prediger Roloff, ein schwerfälliger und großer Mann, Feuer und Schwermut im Blick und in der Stimme abweisende Kälte, als sei es nicht gut, mit den Menschen zu reden, vor die er Gottes Frohe Botschaft brachte. Die Gemeinde von Sankt Peter warf ihm vor, er sei kein milder Seelenhirte, der in den Hütten der Armen gottselig, Trost und Gaben spendend, aus und ein gehe. Er kam nur dann, wenn man ihn dringend rief. Die Woche flog ihm hin wie Spreu im Winde, und er quälte sich täglich bis zur Nacht mit seiner Predigt für den Sonntag; und wenn er sie dann hielt, war sie so kurz, daß in seinem Gottesdienst nicht nötig wurde, die von Majestät verordnete Sanduhr auf den Rand der Kanzel zu stellen. Seine Rede war knapp; seine Sprache war schwer; Himmel und Erde und der Abgrund, der im Menschen ist, war in seiner Predigt aufgerissen. Er mühte sich die wenigen Worte ab; so schwer war es ihm, den Menschen die Botschaft von Gottes Gnade zu bringen; denn vor dem frohen Boten stand das Kreuz. Am heiligen Christfest predigte der Glühende und Ernste vom Kindermord zu Bethlehem und der Flucht der Heiligen Familie nach Ägypten. Das machte seine Hörer bitter. Um die Todesstunde des Heilands aber, wenn sie in der dritten Stunde des Karfreitagnachmittags die Kirchen öffnen im Land, war seine Predigt die freudigste des stillen Kirchenjahres. Er sprach von dem Glanze bei den Hirten auf dem Felde und den Königen unter dem Stern. Das nannte die Gemeinde einen Frevel, und es verwirrte sie sehr.

Beim König stand der Prediger Roloff hoch in Gunst, obwohl er nicht von seiner reformierten Konfession war. Aus der Abgeschiedenheit seines Predigeramtes war er vom König selbst herausgerissen worden. Lange hatte er sich gegen den Ruf seines Königs gewehrt. Ja, ein großer Schrecken war über ihn gekommen, als er den König Sonntag um Sonntag unter seiner Kanzel sitzen sah. Er dünkte sich ein geringer, schwer verständlicher, der Rede nicht mächtiger Diener am Worte Gottes. Was machte sich der Herr den weiten Weg zu ihm? Warum blieb der König nicht bei den berühmten Hofpredigern, die all die leichten, angenehmen Worte aus der Bibel hurtig aufzuspüren und gefällig auszulegen wußten und den Geheimnissen und Härten der Heiligen Schrift zu entrinnen vermochten?

Roloff schrieb dem König, er sei ein kranker Mann; die Lunge mache ihm zu schaffen. Der König gab zurück, man werde Roloffs Kraft nicht über Gebühr in Anspruch nehmen und für seine Pflege alles tun, aber er wünsche den Mann vor seinen Berlinern predigen zu hören, der vor einer kleinen Gemeinde die Worte sprach, der Weg zum göttlichen Dienste beginne noch immer mit der Flucht; aber der Flüchtige vor Gott habe mit der Tat und mit dem Dienste schon begonnen.

Roloff bemerkte, es werde »ein zu groß Werk« mit ihm gemacht, und es geschehe zum »heimlichen dépit« der bestallten Hofprediger. Sein Kollege Reinbeck habe größere Kapazität als er. Der König schrieb an den Rand der Eingabe, daß er also den Reinbeck zum Propst an der Sankt-Petri-Kirche ernennen und neben Roloff ansetzen werde.

Auch in fernen Ländern mußte man vom Prediger Roloff schon vernommen haben; wie hätte sonst der vornehme Fremde aus weitentlegenen Reichen mehrmals an ihn geschrieben, daß er ihn bitte, während seines Berliner Aufenthaltes Gast im Pastorate von Sankt Peter sein zu dürfen. Der Prediger, so abgewandt er den Menschen sonst war, sagte ja; denn dem Briefe des Fremden war ein Schreiben beigefügt, das des Predigers berühmter alter Lehrer noch in der Sterbestunde an seinen einstigen Lieblingsschüler Roloff schrieb, er möge Michael Clement Baron von Rosenau zu dem Glauben führen, zu dem er gar so sichtlich strebe, nachdem der Bruch mit Papst und Heiligenglauben in ihm geschehen sei.

Jeden Tag gehörte nun eine Stunde der Unterweisung dem Fremden, obwohl es dem Pastor von Sankt Peter tiefe Beunruhigung bedeutete, wenn er auch nur eine Stunde für die Behandlung des sonntäglichen Textes verlor. Als Michael Clement von Rosenau kam, in wappengeschmückter Kutsche, mit Dienerschaft und elegantem Gepäck, im samtenen Mantel – der Prediger war nicht unterwürfig gewesen. Dies alles war ihm wohlvertraut von seinem Elternhause her, dem Hause eines großen Bremer Kaufherrn.

Aber der Baron von Rosenau war vielleicht ein wenig betroffen, als er das Haus durchschritt, zum Zimmer hin, das ihm als Gastgemach bestimmt war. In allen Räumen des alten Pastorates von Sankt Peter, das nach außen doch so einfach war, fand er den feierlichen Reichtum einer nun vergessenen Zeit. Vor den mächtigen Schränken im Glanze ihrer tiefen Voluten und der Pracht ihrer silbernen und zinnernen Schlösser stand der Fremde still; des Edlen kundig, erkannte er, von welchen Meisters Hand sie stammten und daß die hohen Stühle am Kamin aus der Werkstatt keines Geringeren gekommen waren. Im Silberzeug der Tafel fand er Meisterzeichen, wie sie ihm nur aus den Schlössern großer Fürsten in Erinnerung waren; und vor den Büchern, Pergamenten und Folianten der Bibliothek verfiel er in Versunkenheit und Schweigen. Alles strahlte Schönheit, atmete Würde, zeugte von Kostbarkeit und war umhüllt von Ernst und Stille.

»Ich bin wie heimgekehrt«, sagte der weitgereiste junge Herr zum Pastor von Sankt Peter, als er in sein Haus kam. Sanftes Staunen und liebendes Bewundern ergriff ihn; ach, daß der Klang der tiefen Glocken dieses Haus umschloß! Der erste Glockenschlag des morgendlichen Geläutes schwebte und wuchs durch das Haus, und die Abendglocken wogten noch durch seine Gänge. Um diese Stunde wurden in ihnen und im Studierzimmer, zu dem sie führten, die Kerzen angezündet; und Clement vermeinte, die Weisen einer Orgel müßten erklingen. Er lag auf einem Ruhebett vor dem Kamin der Bibliothek, unter dem Bilde der verstorbenen Gattin des Pfarrherrn. Noch im Dunklen leuchtete das Bild, so strahlte der weiße Damast des festlichen Kleides, so schimmerte der Fächer, leuchteten die Hände; und über dem Bildnis lag der Glanz, den Michael Clement von Rosenau nur von den Bildern toter Frauen kannte.

In diese Sanftheit und Stille drang Lärm. Er mußte jedes Wort vom Studierzimmer her vernehmen, denn die Tür zum kleinen Durchgangskabinett stand offen. Die Männer, die schon den ganzen Nachmittag im alten Pastorate weilten, taten ihrem Ingrimm keinen Zwang an. Die Gemeinde hatte sie entsandt, und das verlieh ihrem Auftreten Nachdruck. Die Sache war auch wichtig genug, daß man sich wohl um sie ereifern konnte. Morgen sollte laut Edikt damit begonnen werden, sämtliche Friedhöfe der Hauptstadt einzustampfen. Es dürften keine Friedhöfe mehr in der Stadt sein, hatte König Friedrich Wilhelm angeordnet, und die Toten müßten fortan außerhalb der Tore zur Ruhe gebracht werden. Schon hatte man damit begonnen, am Dom und bei Sankt Peter die Mauern der Totenäcker niederzureißen, die Leichensteine wegzuschaffen, die Gräber zu öffnen und die zerfallenen Skelette in ein großes Loch an der Kirche zu werfen, wo sie sofort vernichtet wurden. Die noch erhaltenen Särge erst kürzlich Bestatteter wurden ausgegraben und emporgewunden, die Gräber vertieft, die Totenschreine wieder versenkt; doch Grabhügel aufzuwerfen, duldete der König nicht mehr. In kurzem sollte jeglicher Friedhof eingeebnet sein und einer gleich dem anderen gepflastert werden, daß man darüber gehen, reiten, fahren könne.

Das hatte ein sehr großes Murren, Klagen und Seufzen in der Bürgerschaft und allen Kirchengemeinden ausgelöst. Daß nun die Toten in der Erde keine Ruhe mehr fanden! Daß der König so absonderliche Dinge wollte!

Mit seinen eigenen Glaubensgenossen, den am Dom begrabenen Reformierten, machte er den Anfang!

Gerade darauf wies der Prediger hin. Aber es schien den Deputierten nur sehr schwachen Trost zu bedeuten; sie schauderten davor zurück, daß es vor der Neuerungssucht des Königs weder Schutz noch Grenze geben sollte und daß er es bis zur Leichenschändung trieb.

»Aber das ist der Anfang eines völlig Neuen, das ihr noch nicht kennt. Der König will nicht, daß die Toten die Gesundheit der Lebendigen bedrohen«, hörte Clement den Pastor entgegnen, seltsam nüchtern, seltsam weltlich alle Argumente des Verstandes zusammentragend. »Die Friedhöfe sind schlecht angelegt. Die Gräber inmitten der Städte sind schädlich.« Sehr zögernd, weil es ihm schwerfiel, von sich selbst zu reden, sagte er dann: »Ist nicht auch meine eigene Frau unter den ausgescharrten Skeletten? Bedeutet sie mir weniger, weil man vermoderte Knochen zu anderem Gebein in eine tiefe Grube schüttet und Erde über ihnen feststampft?«

Dann erst fielen Worte aus der Heiligen Schrift. Wer ihrer nicht kundig war, vermochte sie nicht in den Reden des Pfarrherrn zu erkennen. Als wären all die Bibelworte neu, Gedanken des Augenblicks, so nüchtern und kühl sprach der Glühende sie aus.

»Laßt die Toten ihre Toten begraben. Gott ist nicht ein Gott der Toten, sondern der Lebendigen. Des Königs Herz ist in der Hand des Herrn wie Wasserbäche, er neigt es, wohin er will.«

Noch jammerten sie sehr über Raub und Frevel an den lieben Toten, rügten sie den Mangel an Verehrung für die teueren Verstorbenen – da stand der Prediger Roloff auf, schloß die Unterredung, wendete sich ab und sprach: »Der Tod ist der Sünde Sold.« Denn er wußte nur den Tod des einen zu verehren, »welcher ist um unsrer Sünden willen dahingegeben und um unserer Gerechtigkeit willen auferweckt«.

Als er sich dann zu dem Baron an die Abendtafel setzte, fand der junge, so gewandte Gast sich nicht ins gewohnte Gespräch. Seine weiten, grünen Augen verrieten eine Unruhe. Die dunklen Locken hingen ihm in die Stirn; er hatte sie, ganz in Gedanken und wider die Gepflogenheit, heute vor der Mahlzeit nicht mehr geglättet. Dann, als beginne er nun doch die Konversation, tat Michael Clement von Rosenau die gleiche Frage, wie sie in der Hauptstadt in diesen Tagen überall gestellt zu werden pflegte.

»Wann kommt der König zurück?«

»Für morgen bin ich zu ihm gerufen«, gab ihm der Pfarrherr Bescheid.

Den Abend verbrachte der junge Herr allein über Briefen. Er hatte den gestickten Rock abgelegt und einen leichten seidenen Schlafrock angezogen. Alle seine Schriften, eine umfangreiche

Korrespondenz, waren auf dem Schreibschrank und dem alten Klosterzahltisch in der Fensternische ausgebreitet. Er prüfte die Siegel; er hielt die Federzüge gegen den Lichtschein der Kerzen; er las versunken in dem Briefe eines Kardinals. Endlich schrieb er; und er tat es mit der Andacht, mit der er einst als Schüler der Mönche die Initialen heiliger Schriften mit Goldtinktur und farbigen Säften malte. Er schrieb mit den gleichen Lettern und im gleichen Zuge wie der Kaiser des Heiligen Römischen Reiches Deutscher Nation. Dann trat er zum Kamin und blickte lange in den Spiegel, der über dem Kaminsims eingelassen war. So lange und so unbewegt sah er hinein, daß er fast wie ein Bild im Spiegel zu stehen schien. Seine Augen hatten sich geschlossen.

Nach der Rückkehr von seiner Landfahrt und vor der ersten großen Konferenz mit den Ministern warf König Friedrich Wilhelm noch einen flüchtigen Blick auf die eingelaufenen Briefschaften, sichtete die Schriftstücke in Eile und steckte nur einiges, das nach Empfang und Siegel wichtig erschien, in seinen Rockschoß. Der Wagen wartete bereits am Portal. Der Fähnrich Fritz und sein neues Kadettenkorps waren schon im Tiergarten aufmarschiert! Tag und Stunde der Knabenparade waren dem König von dem jungen Knabenfähnrich Fritz noch auf die Reise mitgeteilt worden; lange hatte das Fritzlein an diesem Briefe geübt und eine ganze Seite bemalt mit den schönen Schnörkeln der Anschrift À mon cher papa, à mon cher papa. Der König hatte sein Erscheinen zugesagt; nun hielt er sich an sein Wort. Was auch den König bekümmern und beschäftigen mochte: seine jüngsten Soldaten sollten nicht vergeblich seiner harren, nun, wo er sich zum erstenmal zu ihrer Parade angesagt hatte. Der Wagen fuhr so schnell zum Brandenburger Tor und die lange Allee von Weiden und Linden zum Tiergarten hinaus, daß niemand König Friedrich Wilhelm grüßen konnte. Er traf aber das Knabenregiment schon nahe dem Abschluß seiner Übungen. An einem Querweg, nahe dem Großen Stern, in dem sich die Alleen aus den Jagdrevieren schnitten, hatten Offiziere dem Prinzen eine regelrechte Schanze aufwerfen lassen. Dort waren Fritzens Hundertundzehn aufmarschiert. Der König winkte, indes der Wagen hielt, man möge nicht unterbrechen. Er nahm die Revue der Kadetten sehr ernst. Nun, leicht machte es Fritz den Fünf- und Sechsjährigen – denn älter als der Sohn war wohl

keiner – wahrhaftig nicht! Die große Trommel wurde meisterhaft vom kleinsten Burschen geschlagen. Zwei Mohrenknäblein
setzten die Querpfeife an, daß man sie sich wohl für später
merken mußte.

Die Schritte knirschten, als zerträten schwere Stiefel den Sand;
das Leder der Schulterriemen ächzte; Griffe schlugen wie im
Takt; vollendet war Strenge und Stille des Dienstes, sicher und
ebenmäßig die Übung des kindlichen Waffenhandwerks. Gleichgerichtet wie mit dem Stock des Korporals waren die liegenden,
knienden und stehenden Reihen.

Seht, es galt auch hier: Gleichschritt! Gleichschritt! Rasches
Feuern! Geschwindes Laden! Geschlossen anschlagen! Wohl antreten! Alles in tiefster Stille!

In ihrer blanken Montur – dem blauen Rock, der gelben
Weste, der weißen, ledernen Hose und dem Hute mit den Silber-
tressen – standen die eben erst gestutzten Knaben wie eingeschraubt und festgenietet, marschierten sie pfahlgerade, schwenkten sie die Reihen ihrer Körper wie eine einzige Waffe.

Montur und Waffe strahlten, als seien Kreide, Puder, Schuhwachs, Schmirgel, Öl und Seife das einzige Spielzeug dieser
Kinder, der jungen Söhne eines neuen Sparta.

Fürs erste, bis er alle Kadetten dem Sohn zu unterstellen
gedachte, hatte der König ihm noch einen siebzehnjährigen Exerziermeister beigegeben. Doch wollte es dem König dünken, es
werde nicht mehr gar zu lange nötig sein, auch wenn die großen
Augen seines Sohnes etwas ängstlich schienen. Er verargte es ihm
nicht. Es war ja schließlich keine so ganz geringe Sache für einen
gar so jungen Fähnrich, zum erstenmal vor einem Obristen die
Truppe zu kommandieren und für sie einzustehen!

Der König trat vor den Wagenschlag. Er blieb beileibe nicht
sitzen. Bequemlichkeit galt auch hier nicht. Er war als Oberst im
Dienst; nur daß sein Herz den kleinen Fähnrich »Junge« nannte.

Wenn deine Blicke wieder ängstlich werden, Junge – laß die
Kompanie kehrt und noch einmal kehrt machen, bis du dich
ganz gesammelt hast! Wenn deine Stimme etwa plötzlich eine
Kleinigkeit zu dünn und gar ein bißchen zitternd scheint – gib
die Kommandos langsamer; schreite schweigend die Front ab;
nein, nicht einer darf es merken!

Und wirklich: Fähnrich Fritz von Hohenzollern tat alles, was
der Vater dachte!

Es läßt sich über Beförderung reden, Fähnrich Fritz! dachte der König und Oberst, nur scheint Er mir ein wenig klein für einen höheren Rang. Ach was, der Koeppen vor Stralsund war auch, vom Werber aus betrachtet, nur für das letzte Glied, ganz hintenan, verwendbar. Und hat dennoch die Meeresfeste für Brandenburg erobert.

Dem König entging es nicht, daß das weiche Gelock des Sohnes straff nach hinten gekämmt, in einzelnen Strähnen zum Zopfe gedreht und am Hinterkopf in einer Art von Knoten zusammengefaßt war. Davon freilich nahm er, der Haarkünste nicht gar so kundig, nichts wahr, daß auf Wunsch der Königin der Hofchirurgus Heinemann beim Haareschneiden die langen Seitenhaare des Kronprinzen dadurch rettete, daß er sie möglichst im Zopf mit unterbrachte. Der König sah nur den soldatischen Zopf. Hatte nicht schon das kleine Fritzlein im ausgeschnittenen, schleppenden Samtkleid, den Federhut auf dem blonden Gelock, wenn die große Schwester mit ihm promenieren wollte, den Trommelstock wie einen Marschallstab erhoben und Wilhelmine zugerufen: »Trommeln ist mir nützlicher!«? Hatte er wohl die Worte belauscht, die der Vater einmal zur guten, alten Montbail sprach?

Der König hatte jene kleine Szene malen lassen, so sehr beschäftigte sie ihn. Er zahlte Pesne 350 Taler, einen Preis, wie man ihn nur zu König Midas' Zeiten zahlte. Der König war bereit, noch einmal 350 Taler für ein Bild des Sohnes auszuwerfen: doch diesmal in der Montur – vielleicht nicht in dieser, vielleicht bereits in einer, die noch höhere Ehre bedeutete. Der Fähnrich Fritz schien sie verdient zu haben.

Der Oberst Friedrich Wilhelm hielt Kritik.

»Vielleicht, Herr Kapitän, ins erste Glied noch einige größere Leute? Das ist alles, was ich zu bemängeln hätte. Aber ich weiß, es ist nicht Ihre Schuld, Herr Kapitän. Man gab Ihnen wenig Mittel für die Werbung.«

Der Fähnrich Fritz war tief errötet. Hatte er recht gehört? Zweimal die Anrede »Herr Kapitän«?

Und noch einmal. – »Womit, Herr Kapitän, wollen Sie Ihre Leute nach dem Marsch nun refraichieren?«

Beinahe listig sah der König drein. Daran würde das Fritzchen nun doch nicht gedacht haben! Bei einem Fehler mußte er den Jungen doch ertappen, wenn er nicht gar zu übermütig werden sollte von dem glänzenden Verlauf der ersten Revue vor dem Obristen und König!

Aber nun blitzten die meist so sinnenden Augen des Sohnes; die hohe Stimme war fest; die Wangen, sonst sehr leicht ein wenig blaß, waren röter. Er bat den allerhöchsten Kriegsherrn zu dem Platz an den drei alten Buchen. Das rote Laub war weggefegt. Mächtige Kupferkessel mit Kaltschale von Wein und Bier waren aufgestellt. Fast, fand Majestät im Kosten, war der Trank für kleine Jungen etwas stark! Doch der Kapitän mußte ja wissen.

Der König hatte allein noch die Frage zu stellen, wie oft der Kapitän denn solches Exerzitium halte und wo.

Prompt kam die Antwort: »Zweimal in der Woche, Majestät, und immer hier, zur gleichen Stunde.«

Die Bitte klang nicht gar so sehr versteckt heraus: der König, Oberst, Vater möchte wiederkommen.

Der Dienst war aus. Es war nicht gegen Disziplin und Reglement, wenn König Friedrich Wilhelm nun den Sohn in seinen Wagen bat. Beinahe hätte er ihn auf den Sitz gehoben. Wahrhaftig, das Fritzchen erschien als der kleinste von allen. Kerzengerade saß der Sohn an seiner Seite. Die kleinen Stiefel berührten den Boden noch nicht; und der Degen, den er zwischen seinen Knien hielt, schwebte in der Luft. Der Vater sah nicht näher hin. Dagegen konnte er dem jungen Kapitän die Frage nicht ersparen, ob er denn auch die Augen aufgemacht habe, um sich den Prinzen Carl Ludwig Wilhelm von Hohenzollern ja nicht als Flügelmann entgehen zu lassen? Er habe doch von dem starken Riesenkerl gehört? Und falls der hochmütige Tropf bei der Werbung viel Sperenzen machen sollte und sich seine Größe gar zu hoch bezahlen ließe –, der König griff in die Tasche, holte die Lederbörse hervor und ließ seine blankesten Talerstücke in die Hände seines Jungen gleiten, die den Degengriff umschlossen hielten.

Der kleine Kronprinz lachte hell auf. Nun merkte er: der Vater machte Spaß! Das Brüderchen als Flügelmann bei den Kadetten! Es wurde ja unlängst noch im langen Hängeröckchen von der Kinderfrau getragen!

Aber die Taler waren ernst gemeint. Die nahm der Vater nicht mehr zurück. Und die Ernennung zum Kapitän – auch sie blieb nun Wahrheit! Die hatte er nun vor der ganzen Front zu überdeutlich ausgesprochen!

Das Fritzchen war recht in Verlegenheit, zwischen Scherz und

Ernst, Gehorsam und Zärtlichkeit die rechte Mitte zu finden. Sollte er dem Herrn Vater wohl die Hand küssen? Sollte er dem König militärisch danken?

»Schon gut, mein Sohn«, sprach der König und fuhr sogleich fort: »Ich will dir zum Geburtstag im Oranischen Saal über der Alten Wache ein Zeughaus einrichten. Dort habe ich Platz dafür. Ich denke, ein paar kleine Kanonen können hinein – die lasse ich dir wie die großen gießen – und allerhand kleines Gewehr, jedes Stück, das die Soldaten brauchen.«

Der König malte seinem Sohn das künftige eigene Zeughaus so lebhaft aus, daß er es gar nicht bemerkte, wie sich an den Lindenreihen der Allee zum Schloß die Menschen sammelten und zu dem Wagen winkten. Man nahm das Neue wahr, und etwas wie Freude darüber breitete sich unter allen aus: König und Kronprinz hatten die erste gemeinsame Ausfahrt gehalten! Es war wahrhaftig nicht nur Schmeichelei vor dem gefürchteten Herrn, daß sie der Kutsche ihre Reverenzen machten und da und dort sogar ein Vivat riefen, das seit des seligen Königs Friedrich Zeiten in dieser Stadt nicht mehr erklungen war.

Der Prinz, sehr wohlerzogen und bescheiden, wagte den Grüßen nicht zu danken. Der Vater forderte ihn freundlich zum Gegengruß auf.

»Es gilt uns beiden, Fritzchen.«

Als sie dann von ihrem hohen Wagen kletterten, meinte der Vater noch: »Du wirst jetzt zwei militärische Erzieher erhalten.«

Fritz wußte nicht, was wohl ein braver Prinz da zu erwidern hatte. Er freute sich. Er sagte nur: »Mon cher papa.«

Es war doch schöner bei Papa als bei den Damen.

Als sie das Schloß betraten, erwarteten der alte Graf Finckenstein und der Oberst von Kalkstein Vater und Sohn: die neuen Erzieher, ein alter und ein junger Held von Malplaquet, tapfer und fromm. Graf Finckenstein war neben Dohna schon der Gouverneur des Königs gewesen. Der König fragte nicht danach, daß die Häuser Finckenstein und Dohna zu den gefährlichsten Rebellen im preußischen Adel gehörten. Er sah die Männer an.

Der Vater führte das Söhnlein zu seinem alten, freundlichen Finckenstein, von dem es selbst an König Midas' Hof inmitten aller Hofkabalen hieß: »Wenn unsere Kirche sich das Recht anmaßte, Heilige zu ernennen, so würde Finckenstein die Hoffnung haben, darunter aufgenommen zu werden.«

Der König übergab den kleinen Kapitän seinem alten Heiligen.

Mit dieser Stunde war Friedrich dem Kreise seiner Geschwister entnommen, mit dieser einen Stunde und für immer. Er war zunächst den kleinen Jungen aus dem Adel zugeteilt, die der König von seiner Landfahrt auf drei Leiterwagen nach Berlin geschickt hatte – den kleinen Jungen als ihr Knabenkapitän und dem alten Kriegsveteran als sein Zögling.

An ihrem Ende meinte alle Heerschau und Landfahrt des Königs nur den einen: den König nach ihm. Manche Revue und Musterung auf der großen Landfahrt war abgesagt worden, weil die Soldaten mit der Not des Landes kämpfen mußten und nicht einmal vor ihrem König paradieren durften. Aber zur Knabenparade war der Herr erschienen, gleich nach der Rückkehr.

Er begehrte den Gefährten in der Schwere des Amtes.

Der König und der Abenteurer

Weissagung ist in dem Munde des Königs;
sein Mund fehlt nicht im Gericht.
Viele suchen das Angesicht eines Fürsten;
aber ein jegliches Gericht kommt vom Herrn.
Die Bibel

Der Herr war nach Potsdam gegangen, als wolle er an die Affäre Runck und Stieff noch nicht rühren. Traf sie ihn so sehr? Sah er sie so gering an? Er änderte seinen Plan nicht; er ließ zur Fahrt nach Potsdam anspannen. Alle Unterlagen für seine Arbeit befanden sich bereits dort, und damit war seine neue Stadt mit einem Schlage seine Residenz geworden. Er schien die Stunde sehr genau festgelegt zu haben, in der er sich mit dem häßlichen Vorfall im Schloß, dem Vergehen des Schlossers und des Kastellans, befassen wollte. Ihn als den Hausherrn betraf es. Der Betrag, der außer den alten Münzen noch gestohlen war – er war nicht so wichtig, wenn auch der König den Verlust so vieler tausend Taler nicht ganz leicht verschmerzte. Schlimmer war, daß dieser Vorfall gleich zum Sinnbild wurde: wann und wo der König nur den Rücken wandte, ließ er einen Runck und Stieff zurück, die ihr Schlüsselrecht an den Truhen des Königs mißbrauchten. Die große Reise hatte es gelehrt.

Nun verlachte man seine Bitterkeit ob solchen kleinen Diebstahls. Man erkannte nicht, daß er dem König längst ein Gleichnis für Größeres und Ärgeres geworden war. Angesichts dessen erschien es ihm auch geringfügig, als ihn heute die Botschaft erreichte, ein anderer Kastellan habe sich mit zwei Manschettenknöpfen erschossen, weil er das Geld für das Laternenöl unterschlug. Tief bedrückt fuhr der König nach Berlin zurück, als die Stunde schlug, die er sich gesetzt hatte. Am Lietzenburger Schloß der Mutter ließ er halten. Die Meldungen hatten ihm von dem überraschenden und erfolgreichen Eingreifen der jungen Kastellanstochter berichtet; er wollte mit dem Mädchen selber sprechen. Aber dann setzte er den Fuß nicht aus dem Wagen. Es war, als erkenne er, was ihn zu der Charlottenburgerin zog. Sie machte sich ihm leicht, wo alles andere auf ihm lastete, wo jeder ihn beschwerte und alles ihn verwirren wollte, jeder forderte, jeder ihn band, keiner fragte, was er tragen mußte –.

»Weiter!« rief der König am Charlottenburger Tor sofort. Er wollte sich in nichts belügen. Er brauchte das Mädchen nicht zu sehen. Es sollte vor die Richter kommen und von den Richtern auch den Lohn empfangen.

Mancher, der dann den Gerichtsverhandlungen des Kriminalkollegiums beiwohnte, stellte sich im geheimen die Frage, wer hier wohl angeklagt sei. Es hieß zwar: der eitle Kastellan in der Armesünderbank, der törichte Schlosser in dem runden Hut und der hochgeknöpften Weste ihm zur Seite; aber es schien: auch jeder der Richter.

Ein Wort des Königs machte überall die Runde; er habe überall im Lande Runck und Stieff getroffen und nirgends einen Richter, über sie den Spruch zu fällen.

Nun stürmten sie über dies unverständliche Wort dahin mit mächtigen Reden und kündeten völlige Sühne an für den Frevel, der an Seiner Majestät begangen war. Der König wollte nur als bestohlener Hausherr behandelt sein.

Ein erlesenes Gremium alterfahrener, menschenkundiger, rechtsgelehrter Advokaten und Richter, so versicherte man dem Herrn, sei am Werk, zu erhellen, zu erklären, zu fixieren. Aber der König konnte sich nur davon überzeugen, daß statt der wichtigen Charlottenburger Zeugen und des Fremden aus dem Goldschmiedsladen lärmende, komödiantische, durchtriebene Prokuratoren auftraten. In Scharen waren sie aufgetaucht, Winkelschreiber, einstige Lakaien, Wucherer, eine Pest der Justiz, angewiesen auf Sporteln, die mit der Länge der Prozesse wuchsen; wer weiß, aus welchen Schlupflöchern sie kamen, aber alle waren sie bis in den letzten Schachzug eingespielt mit den Richtern, aus der klaren Sache ein dauerhaftes, einträgliches Geschäft für sie alle zu machen. Streit und Händel wurden gesucht mit unersättlicher Begier, ja erregt und angestiftet und die Einigung hintertrieben. Wühlmäuse waren sie, hervorgehuscht aus dem Unrat, witternd, daß hier eine Probe aufs Exempel gemacht werden könne, ob Prozesse, in die der König selbst einbezogen war, nicht erheblich anders angefaßt werden durften als Gezänk, Verlust und Klage des gemeinen Volkes.

Die Richter behaupteten, für heute ein gigantisches Maß an Arbeit geleistet zu haben. Der König konnte aber auf ihre angebliche Überanstrengung keine Rücksicht nehmen. Gleich nach der Gerichtsverhandlung bestellte er sie zu sich; im Sitzungssaale fanden sie auch ihre höchsten Vorgesetzten vor, vom Herrn selbst zitiert.

Nun wurde die vom König einberufene Konferenz zu einem eigenen Gerichte. Das Unfaßliche wurde wahr: die Richter und die Advokaten waren angeklagt! Den preußischen Prozeßverfahren sollte das Urteil gesprochen werden!

Der König sah die Akten und die Protokolle, die er von seiner Reise mitgebracht hatte und die nun hier vor ihn auf seinen Platz gelegt worden waren, mit keinem Blicke mehr an; er erwähnte sie im einzelnen mit keinem Worte, begnügte sich mit dem Gleichnis dieses einen Prozesses. Seine Hand lag schwer auf dem gewaltigen Aktenstoß. An den Abenden seiner Reise hatte er all die alte Sudelei geprüft, indes sich die Kuriere mit den neuen Meldungen in der Affäre Runck und Stieff zuletzt fast überstürzten.

Sehr ruhig begann der König zu sprechen: »Die preußischen Richter vermögen nichts zu entscheiden, solange es noch klar ist. Erst muß ein Wust von Akten daraus geworden sein! Was habe ich Konfusionsräte nötig; ist in den letzten fünfzehn Jahren zum Exempel ein einziger Prozeß für die Krone gewonnen worden? Nicht ein einziger!«

Danach erklärte er, bei der Führung der Verhandlungen möge man sich nur von dem einen Gedanken leiten lassen, daß in allen Verfahren gegen diebisches Gesinde die verletzte Treue der Hauptgrund der schweren Strafe sei. Sein Recht, Urteile zu mildern oder zu verschärfen, möchte er nie aus persönlichen Gründen mißbrauchen; und schließlich und endlich wünsche er in diesem und in ähnlichen Fällen einen Kurzprozeß von höchstens drei Monaten Dauer.

Als ob einer im Römischen Recht jemals solchem Ansinnen, Begriff und Verfahren begegnet wäre! Die Herren Richter hatten einen roten Kopf und geschwollene Adern bis zu dem Ansatz der weißen Perücke. Der König wünschte eine von Grund auf veränderte Handhabung aller Prozesse überhaupt! Und er selber hatte auf der Reise längst schon alles vorbereitet, dem alten Rechtsbrauch das Genick zu brechen, hatte Kommissionen eingesetzt, die ihm die Gründe für die Verschleppung und Verteuerung der Rechtsprechung gründlichst und schleunigst auskundschafteten.

»Ich warne Sie«, fuhr der König fort und pochte auf dieses sein Material, »es ist noch Zeit! Und es ist besser, alle Profite aus den Prozessen fahren zu lassen, als auf der Festung zu karren. Ich muß leider mit so starken Ausdrücken sprechen, weil die schlimme Justiz zum Himmel schreit, und weil ich die Verantwortung auf mich selber lade, wenn ich's nicht remediere.«

Plötzlich, mit dem Frevel seines Gesindes, war es an den Herrn herangetreten und in sein Bewußtsein eingeschrieben, daß er ein Herr war auch der Folter, daß sie in seinem Namen verhängt, in seinem Namen auch geendet wurde. Er hatte gebetet, Gott möge ihm die Richter und die Rechtsgelehrten an die Seite geben, die ihn davor bewahrten, daß Gebot und Aufhebung der Folter jemals zu Unrecht geschähen. Die Richter waren seine größte Not geworden. Die Richter waren bestechlich. In Preußen war die Hölle aufgebrochen.

War er am Ende seiner Reise, in den Tagen unmittelbar vor jener Sitzung, von Stadt zu Stadt gefahren, endlich wieder seiner Residenz zu – hatte er auf Straßen und Wälle, auf Kirchen und Äcker noch genau so prüfend Ausschau gehalten wie am Anfang der Fahrt, so dachte er doch im geheimen nur noch an das eine: das Recht seines Landes, das Recht, über das so hartes Gericht verhängt war.

Schnitt er am Tisch einer Posthalterei die Briefe auf, die ihm entgegengesandt worden waren, vollzog er Unterschriften und prüfte er Belege im abendlichen Quartier – plötzlich ließ er doch die Arbeit liegen und warf in raschen Zeilen Thesen aufs Papier, die ein krankes Recht in seiner faulen Wurzel treffen, die ein neues, die das einzige Gottesrecht niederzwingen sollten in die Grenzen seines Landes. Die Zettel trug er in der Tasche bei sich.

Er stand jetzt auf, schob alle Aktenbündel zur Seite, zog das säuberlich gefaltete Päckchen loser Blätter aus der Tasche seines Uniformrocks und legte all die schmalen Seiten in sehr genau bestimmter Ordnung vor sich. Vierundsechzig Punkte waren aufgesetzt. Er begann noch ruhiger, ja fast zu bescheiden den neuen Teil seiner Rede. »Ich verstehe nicht Ziviljura, wohl aber Landrecht – «

Die Herren waren entsetzt. König Friedrich Wilhelm stieß gegen das gesamte Recht vor. Er kämpfte eine große, eine entscheidende Schlacht in vierundsechzig raschen, heftigen Attakken. Da war keine, die den Feind nicht warf! Alle Verschanzungen eines listigen Rechtes, das längst schon in Unrecht verkehrt war, waren im Nu umzingelt und erstürmt. Der erste Schlag war, daß er das Richteramt von allen Nebenämtern trennte und die persönliche Qualifikation der Richter und der Advokaten eingeführt wissen wollte. Der letzte und der schwerste Hieb war in einem Aufruf an die Fakultäten geführt, den der König über seine höchsten Richter hinweg bereits erlassen hatte: »Sie sollen die natürliche Billigkeit vor Augen haben und Sorge tragen, daß das Recht auch von dem gemeinen Mann kann verstanden werden. Das Römische Recht soll beibehalten werden, soweit es sich für den Zustand des Landes schickt und mit der gesunden Vernunft übereinstimmt. Die römischen Kunstwörter sollen auf deutsch gegeben und das Latein soll durchgehend daraus fortgelassen werden. Das Landrecht soll dem Römischen Recht so stark nicht folgen, noch an die römische Prozeßordnung, Formeln, Gebräuche und anderen alten römischen Sachen sich kehren, so aus der römischen Historie ihren Ursprung haben. Verbesserungsvorschläge aber sind von jedermann erwünscht.«

Das Ungeheuerlichste war geschehen. Der König rief sein Volk auf, mitzuschaffen an dem Rechte seines Landes, mitzuwachen über Preußens Redlichkeit.

Die Akten aller Kriminalprozesse aber wünschte der Herr selbst vorgelegt zu bekommen.

Wieviel Stunden hatte König Friedrich Wilhelms Tag? Wie herrisch vermochte der Dreißigjährige seinen Schlaf zu kasteien?

Es raubte ihm die Nächte, daß er ein Herr war auch der Folter.

Auch der Henker stand in seinem Dienst.

Über den Henker und sein Opfer hatte der König Rechenschaft zu geben. Da hatte die Jurisprudenz ihn entflammt in brennender Glut seines Herzens und in einem Fegefeuer der Seele.

Wie vermochte er noch Recht zu sprechen in alten, römischen Formeln!

Einen von den Briefen, die der König als besonders wichtig selbst in die Sitzung mit den Richtern mitgenommen hatte, öffnete er wegen des fremden Wappens und Siegels, wunderlich und schön geprägt, sehr behutsam. Eine angenehme Schrift bedeckte die

Seiten, eine Handschrift, die frei war von den vielen Ornamenten und Schnörkeln, wie sie Mode geworden waren. Die Anrede war kurz gefaßt, dabei durchaus respektvoll und sicher in höfischer Form; der Stil war klar und frei von jeder überflüssigen Wendung. Das ganze Schreiben, und dies war völlig überraschend, war in deutscher Sprache gehalten. Es wunderte den König, daß dieser Brief mit seinem reichen Wappenschmuck als Unterschrift nur den einfachen Namenszug trug: Clement.

Der König wußte um die Verdienste des Barons Michael Clement von Rosenau in dem Prozeß gegen seine Bedienten. Daß der Baron nun seinen Dank und Lohn kassierte, erschien nach diesem Schreiben ausgeschlossen. Ein Phrasenmacher und ein Beutelschneider war der nicht. Die Gründe, aus denen er um geheime Audienz bat, hatten nichts zu tun mit der Affäre Runck und Stieff. Die Argumente, welche eine Zusammenkunft erforderten, leuchteten ein. Die Dringlichkeit, bescheiden betont, schien tatsächlich vorhanden. Und was der Schreiber dieser seltsam erregenden Zeilen noch ganz besonders wünschte, war auch dem königlichen Empfänger nur zu angenehm: die Begegnung sollte möglichst außer Hof stattfinden. Aller Ehrgeiz eines fremden Kavaliers lag also fern.

Außerdem wohnte er beim Prediger Roloff im Alten Pastorate von Sankt Peter. Das war immerhin bemerkenswert.

Schrift und Sprache, die ganze Art, ein ungewöhnliches Anliegen vorzutragen, mußten den Herrn an diesem Briefe sehr beeindruckt haben. Denn schon zum frühen Nachmittag war die Begegnung angesetzt, pünktlich um drei Uhr am Anfang des Weidendamms an General Lingers Garten.

Es war nichts Außergewöhnliches, daß der König nach Tisch einen kurzen Spaziergang unternahm oder sich zu einem Ritt entschloß. Der Dreißigjährige begann recht stark zu werden. Dem Rastlosen blieb nur die Muße für eine Mahlzeit; dann aber schien er unersättlich und schlang, ohne zu zerbeißen. Und da er die Geschmeidigkeit auf Jagd und Exerzierplatz nicht verlieren wollte, waren Ritt und Wege nötig. Zum höfischen Ereignis wünschte er sie nicht zu stempeln. Zwei Jäger oder auch nur ein paar adrette Burschen unter den Bedienten waren sein ganzes Gefolge. Unterhaltung und Geleit wären König Friedrich Wilhelm höchstwahrscheinlich nichts als störend gewesen. Denn mit jedem Schritte wurden Regimenter eingekleidet, Etats bewilligt, ungerechte Richter abgesetzt, versumpfte Weiden ausgetrocknet, Straßenzeilen neu gezogen, Handelsverträge geschlossen, Allianzen erwogen, Visitationen vorbereitet.

Heute ging der König ganz allein. Beinahe lässig – oder aber war es zögernd? – promenierte er durch die Gärten und Wiesen vor der Stadt auf den Weidendamm zu. Er wollte nicht zu früh erscheinen. Aber der Fremde war schon vor ihm da; er vermutete in dem Offizier, der da auf ihn zukam, den König; er ging ihm rasch, doch gemessen entgegen. Der König beschleunigte seine Schritte nicht; er blieb sogar, und das war unbewußt, stehen; und gerade diese kleine, unbeabsichtigte Geste ließ ihn seine Würde deutlich wahren. In der ungewohnten Lage, sich vorstellen zu müssen, sagte König Friedrich Wilhelm kurz: »Ich bin der König von Preußen. Baron Clement?«

Und der, förmlicher und herkömmlicher als in seinem Schreiben und als gelte es doch, eine leichte Befangenheit zu überwinden, sprach mit tiefer Verneigung: »Euer Majestät gehorsamster Diener.«

Clement hatte sich vom König von Preußen ein anderes Bild gemacht, als nun die Wirklichkeit es bot. Überall, wo Clement bisher weilte, hatte das Gerücht den zweiten König von Preußen zum wilden Titanen, einem Zaren, einem Schwedenkönig gemacht. Er hatte einen großen, ungestümen, jungen Mann mit wildem Zarenbart zu sehen erwartet, einen Krieger und Jäger, rauh und grob und ungeschlacht. Aber der hier vor ihm stand, war trotz Uniform und Degen durchaus ein friedlicher Bürger. Der Ansatz zum zarischen Barte war schon nach vierzehn Tagen wieder gefallen, als ein größerer Empfang bevorstand. Rock und Stiefeletten waren ohne Stäubchen, die Handschuhe ohne einen Fleck; der Hut saß gerade und korrekt auf ordentlich frisiertem Braunhaar. Der König war nicht sonderlich groß, und ein leichter Ansatz zur Behäbigkeit war trotz der schlanken Beine und der festen Schenkel, die gelbe Lederhosen knapp umschlossen, unverkennbar.

Aber jenseits aller dieser Ordnung, Blankheit und Gemessenheit war etwas Heißes und Fremdes im Blick dieses Königs und etwas Schroffes, Abgerissenes auch in der höflichsten Redewendung seiner Begrüßung. Der König hatte sich, als er die Hand reichte, artig den Handschuh ausgezogen. Den Druck der kühlen Rechten empfand Clement angenehm; und soweit es ihm die

Schicklichkeit erlaubte, betrachtete er die Hand, die sich ihm bot; sie war an Schlankheit, Festigkeit und Ebenmaß die vollkommenste, in der seine Finger je ruhten.

Als sie dann weitergingen, prüfte er den Preußenkönig flüchtig von der Seite. Kontur und Profil des Gesichtes waren nicht ausgeprägt. Stirn und Nase gingen in verhältnismäßig gerader Linie ineinander über, die Nasenflügel waren etwas hochmütig gewölbt. Der Mund, nicht groß, doch voll, war schwer geschwungen; Stirn und Wangen wirkten rund. Aber um Mund und Augen zeigte das volle, blühende Gesicht, das frisch durchblutete, dauernd die leichte Unruhe einer äußersten Angespanntheit der inneren Vorgänge. Das Bild des Bürgers, der auf dem Weidendamm spazierte, ging nicht auf. Zu vieles ließ Clement erstaunen: der Glanz der von langen Wimpern tief beschatteten Augen; die Schwermut ihres Ausdrucks; die starke Meißelung der Augenhöhlen – dies alles gab dem hellen, glatten Antlitz einen Hauch von einer großen Fremdheit.

Der König widersprach durch sein Verhalten all den Gerüchten, die über ihn im Umlauf waren. Wer konnte in höflichen Erkundigungen nach Reise, Vorhaben und ernsten Eindrücken gewandter sein als der König von Preußen?

Clement tat dem Herrn Bescheid und gab ihm die Gelegenheit, mit seinen Fragen immer weiter vorzudringen. Der Übertritt zum lutherischen Glauben beschäftigte den König am meisten. Aber er sah nun den Partner des Gespräches mit viel Bedacht an. Der war, wenn auch nicht groß, ein schöner Mensch, sehr dunkel und sehr ernst. Warum er gerade in Berlin zum anderen Glauben übertreten wolle, fragte der König noch genauer.

»Es ist ein Unrecht vor der Heiligen Schrift, gewiß; und ist doch sehr verständlich, Majestät: es hängt am Manne, hängt an Ihrem Prediger Roloff.«

»Der Roloff weiß wirklich mehr von Gott – als wir«, sagte der König; mochte ihn verstehen, wer es konnte.

Einen Augenblick war in Clements Blick und Stimme Mitleid spürbar. Dann zerriß er das Gespräch, ließ den König nicht denken, nicht noch weiter disputieren.

Vergaß er die schuldige Achtung?

Sie schritten fest und rasch dahin am Ufer; plötzlich blieb Clement stehen, rief wie in einem Ausbruch höchster Erregtheit: »Majestät!«, riß seinen Rock auf, zog einen Brief hervor –. Der

König sah nur die Veränderung der Augen. Ihr Grün war dunkel bis zum Schwarz geworden.

»So geben Sie«, sprach König Friedrich Wilhelm, »ein schwerer Brief –«.

»Briefe, Majestät, ein Bündel! Es ist keine Stunde zu verlieren! Ich durfte Sie nicht weiter reden lassen, Sire!«

»Ja«, sprach der König von Preußen, »ja, mein Herr – Sie haben recht.«

Denn er hatte die Hülle schon abgelöst. Er las im Stehen. Blatt um Blatt nahm ihm der Fremde ab.

Dann blickte der Herr auf den Fluß. Blätter trieben im Wasser. Besonnter Nebel zog um die Weiden. Lächerlich erschien es dem König, seine Zeit damit zu verspielen, Flüssen einen anderen Lauf zu geben und Dämme für ein paar bedrohte Hütten aufzuwerfen, statt sich zu wappnen gegen das Furchtbare, das kommen mußte – schon eingetreten war.

Der Herr hatte Clement Brief um Brief zurückgereicht; er fragte plötzlich: »Wer sind Sie?«

Clement sah ihn an, fast schmerzlich, nahezu gequält, öffnete die Lippen – und sagte kein Wort. Er preßte das Bündel Briefe König Friedrich Wilhelm wieder in die Hände.

Als der König in das Schloß zurückkam, ließ er den Ersten Kabinettssekretär rufen und gab noch zur selben Stunde die Geheimverfügung in Umlauf, daß die preußischen Gesandten in Hannover, London, Wien und Dresden ohne jede Nachricht über das, was in Berlin vorgehe, zu bleiben hätten. Mehr wagte er im Augenblick nicht zu tun.

Wirt Bleuset stand hinter dem Schanktisch. Die Vögel in den blanken Bauern bei den Kräuterbündeln zwitscherten und hüpften, alles Zinnwerk war mit Eisenkraut geputzt; es war sauber und hübsch um den Wirt.

Vor dem Schanktisch lärmten die Zecher, und um die Bänke war Unrat und Wust.

Städte entstanden, Heere wuchsen, künftige Könige reiften heran – in Bleusets Schenke änderte sich nichts mehr.

»Alles ist, wie es war, als du das letztemal hier weiltest, Bruderherz!«

Der Bruder war da, der Allotriatreiber, der Faxenmacher, Erzschelm und herrliche Sänger, Polterhansens Bruderwaise, die er zur Knabenzeit bemutterte, ein mächtiger Kerl! Er war wieder heimlich gekommen!

Singt, meine Vögel! Blitzt, meine Kannen! Lärmt, sauft und würfelt, meine Zecher! lachte Polterhansens Herz. Und denkt nicht daran, daß König Friedrich Wilhelms Werber und Hurenbolde nächtens durch die Gassen streifen und das Bruderherz zu schnappen suchen. Eben waren sie hier. Nun ist für eine Weile Ruhe.

Bleusets Bruder kam aus dem Versteck hervor, goß sich einen neuen Becher ein und fuhr im gleichen Satze fort, in dem er unterbrochen worden war.

Man höre doch dies und das, fragt der Bruder, als stehe es nicht gut um manchen noblen Gasthof? Ob der Bruder die Gelegenheit nicht nützen wolle, seine Schenke zu vergrößern, zu verbessern?

»Nein, das gedenke ich durchaus nicht zu tun«, sagte Polterhansen Bleuset. »Das, was hier ist, ist gut. So soll es bleiben. Denn was da ein so großer Wirt erlebt – es spielt sich turmhoch über allem ab, was unsereiner je erfährt. Freilich, es ist schlimm für einen alten Wirt, wenn die erste Hure, die in seinen Gasthof kommt, seine eigene, späte Tochter ist und ihre Wehen bald die Gäste aus den Sälen und den Kammern treiben werden! Denn es ist kein goldenes Gespann vom Zaren Peter gekommen, sie in sein Moskowiterland zu holen. Nein, nein, es ist nicht gut, wenn junge Mädchen zu hübsch zwitschern können. Aber ein Mann, der singen kann – trink, Bruderherz, und stimme an –, der ist ein Tausendsassa und ein Rattenfänger! Selbst des Zaren vergessene Liebste vermöchte er wohl noch zu trösten!«

Kam Polterhansen Bleusets Bruder nicht wie ein Flüchtling nach Berlin? Waren ihm nicht die Werber auf den Füßen? Mußte er nicht bald, sehr bald in Nacht und Nebel wieder davon?

Aber die Brüder standen am Schanktisch und redeten von andrer Leuts Sorgen, Geschäften und Plänen. Das sind nun die Menschen. Der Wirt kniff die Augen zusammen. Singt, meine Vögel! dachte sein Herz. Blitzt, meine Kannen! Duftet, meine Kräuter! Lärmt, sauft und würfelt, meine Zecher! Nun heißt es nur, ein Loch aus der Stadt und einen dunklen Winkel an Brandenburgs Grenze zu finden – dann werden wir Brüder uns nicht mehr sehen. Behalt den struppigen, den blonden Schopf, dein Bärenfell, die harten, weißen Zähne und den roten Mund zum

Lachen; laß deine dunklen Augen weiter voller Argwohn blinzeln; sie sind wie geschaffen dazu: lang und schmal geschlitzt! Die Welt ist schlecht! Die Herrscher brauchen Krieger! Singt, meine Vögel! Mein kleiner Bruder ist ein Riese, jagt hunderttausend Türken in die Flucht!

Thulmeier, der Schweigsame, der hinter der Spreegassenbrücke wohnte und die heimlichen Briefe besorgte, stand bei den Brüdern. Sie sollten nicht von ihrer Sache sprechen; das war das einzige, was er ihnen sagte. Er hatte vom Reden zuviel Unglück kommen sehen; das waren nun die Menschen: hatten den aufrechten Gang und die Sprache vor den Tieren voraus; ach, lauft, so kerzengerade wie ihr wollt; nur sprecht nicht!

Bleusets Bruder horchte manchmal zur Seite; er wollte mehr vom König reden hören. Eben hatte einer Übles gegen ihn gesagt. Das vernahm er gern. Mitten im Singen und Reden wollte er nur davon hören. Maßlos haßte er den König, der ihn unstet umherjagte, mit seinen Werbern verfolgte. Er haßte ihn, wie er die Freiheit liebte, die schönste und vermessenste Lüge der Menschen. Warum durfte er nicht, der allerfröhlichste von allen Sängern und Zechern, an seines Bruders Schulter an dem Schanktisch bleiben, Kannen schwenken, Becher putzen, Zoten reißen, Lieder singen, Münzen in die braune Lederschürze streichen? Den Argwohn in den schmalgeschlitzten, dunklen Augen – den hatte der König von Preußen gesät. Dreimal, dreimal schon hatte er mit den Werbern des Königs gerungen!

Sie hatten ihn betrunken gemacht, hatten den Tisch voller Taler geworfen, einen Beutel mit Dukaten obenaufgestellt, ihm den Federkiel schon in die Hand gedrückt – aber er schlug auf die Werber mit dem Lederbeutel voll Dukaten ein und schrie: »Die Freiheit, die Freiheit!«

Dann hatten sich einige, die das gleiche Schicksal bedrohte, an der sächsischen Grenze zusammengefunden, mit Waffen, falls die Wachen an der Grenze doch am dunklen Waldpfad streiften. Die Wachen waren verdoppelt und verdreifacht. Einem der Kumpane wurde die Blase im Leibe zertreten; Bleusets Bruder tat dem Werber das gleiche, ganz das gleiche wie er dem Kumpan.

Das dritte Mal –. Doch davon wußte keiner außer dem Schweigsamen hinter der Spreegassenbrücke. Der war mit geheimer Botschaft und mit Talern vom Polterhansen gekommen, gerade als der Bruder den Werber verscharrte. Der Thulmeier schwieg; nicht, um das Unrecht zu schützen; nur, um die Leiden nicht zu mehren.

Heute abend aber, als die Werber durch die Schenke streiften, da hatte der Schweigsame geredet, viel und schnell, bis Bleusets Bruder versteckt war. Nein, was der Schweigsame für Witze wußte! Die Werber konnten nicht vom Fleck vor Lachen; und guter Laune zogen sie ab. Neue Gäste polterten herein, Bleusets Bruder kam wieder hervor, und Thulmeier von der Spreegassenbrücke war, als ob er nie geredet hätte.

Nun blickte der Schweigsame schon lange zur Tür. Keiner außer ihm merkte, wer kam. Er sah unverwandt auf die Tür.

Der auf der Schwelle zauderte, wehrte den Qualm von Nase und Augen, wich noch einmal zurück; dann aber, würdevoll und gespreizt und zugleich taumelig vom Trunk, bahnte er sich zwischen den Zechern und Schelmen seinen Weg zu dem Schanktisch. Der Polterhansen hängte gerade Tücher über seine Vogelbauer. Da war Nacht für die Vögel, gute, tiefe Nacht.

»Ich habe nichts für Euch, Professor Gundling«, sagte er ohne Erstaunen zum nächtlichen Gast, als wäre der erst gestern von ihm gegangen im zerschlissenen Rock und altes Bettgefieder im Haar.

Gundlings Rock war besudelt. Aber er war vom edelsten Samte und strahlte von Goldgewirk, wenn auch die Ornamente Hasen darstellten. Gundling hatte den Dreispitz nur noch lose auf den Locken hängen. Aber selbst im Qualm und Gestank dufteten sie nach kostbarem Puder, auch wenn sie ihm zum Hohn von Ziegenhaar geflochten waren.

Mit großer Geste wehrte Gundling jede Torheit ab, die ihm jetzt einer hätte sagen können. Er zog ein Goldstück aus der reich gestickten Börse und legte es vor den Wirt.

Der goß ihm den Branntwein in den Becher. Mit beiden Händen umschloß der Professor den Nachttrunk, hob den Becher auf – und setzte ihn langsam wieder zurück, ohne getrunken zu haben. Hart stieß er ihn auf den Schanktisch, breitete fassungslos die Arme aus, brach in die Knie und schlug mit der Stirn auf die Kante des Schanktisches auf, daß er meinte, zu bluten. Aber es waren Tränen, was da rann.

»Er verträgt noch immer nicht viel«, hatte Polterhansen Bleuset zu rügen, als hätte er erst gestern Gundling auf den Hof geführt. Dann beugte er sich über die Kannen und Becher zu ihm herab. Gundling kniete vor ihm; noch strömten die Tränen. Die Arme hielt er noch emporgehoben; er schluchzte, rülpste, stammelte, er wolle zurück, hier, hier sei es noch gut gewesen.

Ein Vogelbauer war noch nicht verhängt. Bleuset besann sich und nahm das letzte Tuch.

»Ja, kommt nur heim«, sprach er zu Gundling – und fegte hinter dem Schanktisch hervor, den er seit Jahr und Tag nicht mehr verlassen hatte, setzte mit seinen langen Beinen über die Tische und Bänke hinweg, schlug mit den Händen auf die Ledertasche an der Schürze.

»Schert euch alle fort und zahlt!«

Betrunkene erschrecken leicht; das war eine seiner Wirtsweisheiten. Die Aufgescheuchten zahlten, murmelten und gingen; und trugen wohl am Morgen nichts nach.

Bleusets Bruder und der Schweigsame hatten Gundling auf die Ofenbank gelegt; sie gossen sich den Becher Branntweins auf die Hände und rieben ihm Schläfen und Stirn.

Da setzte Gundling sich auf, und wahrhaftig, es war eine Pose von nicht geringer Großartigkeit, wie er da saß: die Ziegenhaarlocken wirr ums bleiche, aufgedunsene Gesicht, die Arme so verschränkt, daß er sich selber an den Schultern packte; die Hände waren kaum mehr sichtbar im Gewirr der spinnwebfeinen Spitzen seiner Ärmel. Er redete nüchtern und entsetzlich tonlos. Sie mußten ganz nahe an ihn heran, ihn zu verstehen. Das Widrige des Fusels waren sie gewohnt.

»Sprech Er nur. Sprech Er nur.« Das hatte der Schweigsame gesagt.

»Der König hat mich verlassen«, stammelte Gundling, »der König ruft mich nicht mehr zu sich. Ich habe in der Tabagie umsonst auf ihn gewartet, mit meinen Karten und meinen alten Historien. Er kam nicht. Die anderen, die Offiziere, sie haben nach der Tür geblickt wie ich und gewartet, nun schon den vierten und fünften Abend vergeblich. Sie haben sich die Zeit mit mir vertrieben, mir eingeschenkt, daß ich ins Reden käme. Ich habe getrunken; ich habe geredet. Ich dachte: nun muß er doch kommen. Was habe ich geredet? Was habe ich geredet? Sie haben sich die Bäuche gehalten, sich auf die Schenkel geschlagen, mich an der Perücke gerissen. Heute aber« – er geriet ins Stocken; die Zähne schlugen ihm aneinander; er schüttelte sich – »heute, als es wieder so war, stand mit einem Male der Herr in der Tür, kam auf den Tisch zu, nahm einen Leuchter zur Hand, riß eine Landkarte vom Pfeiler, ging stumm durch den Saal – aber als er mich sah, hielt er an und sprach leise: ›Er Narr.‹ Dann trat er mit der Kerze und der Karte auf den Gang hinaus. Dort stand Clement. Der nahm dem Herrn den Leuchter ab und ging ihm in seine Zimmer nach, wie jeden Abend jetzt. ›Was hat der König gesagt?‹ schrien nun die Offiziere. ›Wir müssen ihn zum Narren taufen!‹«

Ganz ruhig sprach nun der Professor; er löste seine überkreuzten Arme von den Schultern.

»Sie *haben* mich zum Narren getauft.«

Aber wie er nun den Kopf zur Wand zurücklehnte, war doch noch immer der Abglanz unendlichen Hochmutes spürbar. Nur seine Müdigkeit schien groß, er war so völlig erschöpft, daß er das Aufschrecken der anderen nicht wahrnahm. Von ferne nur hatte er das Poltern im Hausflur gehört. Kamen Betrunkene zurück? Warum hatte Bleuset seine Tür nicht verschlossen? Ihm war es gleich.

Der Wirt und sein Bruder kannten den Schritt; der Lärm von Trunkenbolden war anders; es mußten viele da sein; die Schritte waren überall zugleich, im Flur und im Hof. Entsetzt blickten die Brüder sich an. Erst war es noch, als wolle der junge Bleuset nach dem Messer greifen und zum Sprung ansetzen. Aber alles war nur noch eine leere und verzweifelte Gebärde; Flucht war unmöglich. Die Werber waren da. Die Werber hatten ihn nur in Sicherheit gewiegt, als sie am Abend Hof und Schenke durchsuchten, sich zufrieden gaben und verschwanden.

Als die Werber die Tür zur Schankstube aufrissen – weit auf in den Angeln, denn sie waren eine große Rotte –, sank Polterhansen Bleusets Bruder nur auf einen Schemel. Er legte nur den Kopf auf den Tischrand.

Die schweigenden Werber, die plötzlich Verstummten, waren am furchtbarsten. Einer nahm das Talglicht von der Ofenbank und stellte es dicht vor den jungen Bleuset auf den Tisch. Der Werbesergeant zog ein Schriftstück hervor. Es brauchte nicht unterschrieben zu werden. Es trug bereits den steifen Namenszug des jungen Bleuset. Es trug ihn schon lange, schon seit der trunkensten Nacht; und seit er das Geld für ein Mädchen und seines Mädchens Kinder brauchte, kleine Bleusets mit dem dichten Bärenfell.

»Die Freiheit – «, stöhnte der trunkene Gundling auf der Ofenbank, als hätte er alles begriffen. Aber er dachte an die eigene
Not, nur an die eigene.

Nun führten sie Bleusets Bruder hinweg.

Thulmeier, der in dem Winkel hinter der Spreegassenbrücke
wohnte, ging heim, schweigend und frei.

Polterhansen Bleuset hockte auf dem Schemel des Bruders, sah
zu, wie das Talglicht zerfloß; zählte, wie oft der Docht wohl noch
flackerte.

Gundling, den Kopf zurückgeneigt, schlief sitzend auf der
Ofenbank, als trüge er noch den zerschlissenen Rock und Fe-
derflaum und Unrat im Haar; als hätte ihn der König nie geholt.

Morgen sollte Bleusets junger Bruder den Rock des Königs
erhalten; ihm war, als läge ein Sterbekittel bereit.

Das Fräulein von Wagnitz, auf dessen Lippen der Name des
Königs erloschen schien, begann noch einmal von ihm zu reden.
Noch einmal war die Verlassene ihrer Einsamkeit und Müdigkeit
entrissen. Der Fremde, dem sie im Goldschmiedsladen begegnete, war noch manchmal über ihren Weg gekommen, und nach
seinem ersten Gespräch mit dem berühmten Goldschmied war
es bewußt von ihm so gefügt. Eben darum aber, daß er ein
Fremder war, der nicht wie alle anderen um ihren Frevel zu
wissen brauchte, war die Wagnitz ihm als erstem wieder aufgeschlossener gewesen. Er konnte stundenlang, so kostbar seine
Zeit auch war, auf ihre Stimme hören. Die Worte waren ihm
gleich; er lauschte nur auf ihre Stimme, die Gebrochenheit, das
Hauchende, Verwehende in ihr, die Wärme und die leise Hast,
die ihrer Art zu reden eigen waren. Denn Clement, der so viel
herumgekommen war an den Höfen und unter den Menschen,
schien zu der Überzeugung gelangt, daß es gut sei, Frauen zu
lieben, die mit einer großen Liebe abgeschlossen haben; sie waren so wunderbar behutsam; sie fragten nicht, erwarteten nicht,
forderten nicht; sie machten sich niemals zur Last. Sie waren nur
voll sanften Erstaunens, daß jenseits aller Trümmer und Verwü-
stungen dem Herzen noch immer ein blühendes Reich zu erstehen vermag.

»Alles geht neu an« sprach die Wagnitz leise vor sich hin, als
sie eines Abends noch durch stille Wege fuhren, und suchte in

der Dunkelheit den helleren Schein seiner Hände zu erkennen. Es war zu wenig, sie zu fühlen. Und noch einmal sprach sie: »Alles geht neu an.«

»Schönstes und schrecklichstes Signal des Lebenskampfes«, nahm Clement ihre Worte auf, und es war mehr Verbundenheit darin, als diese bloße Antwort sie verraten konnte. So wissend, so bitter, so schwer war die Sprache der Liebenden.

Es mußte wohl recht heruntergekommen sein, das adlige Fräulein, daß es so dahinfuhr auf den Abend, ohne Ziel; und daß es solche Dinge redete; und den König noch liebte; und Clement zu lieben begann.

So spät im Herbst war der König noch einmal hinaus nach Wusterhausen gefahren. Niemand hatte geglaubt, daß er noch kommen werde. Die Jagdzeit war um, der Jahrestag der Schlacht von Malplaquet vorüber, zu dem er seine alten Offiziere aus dem großen Krieg nach Wusterhausen hatte laden wollen, alljährlich den Soldatentanz aus der Schenke von Malplaquet zu wiederholen. Nun nahm man an, der König wolle noch den Sankt-Hubertus-Tag, das ihm sehr liebe Fest, auf seinem Jagdschloß verleben. Aber der Herr verlangte nicht den grünen Rock. Er band sich seine grüne Schürze um, streifte die Ärmelhüllen über, ließ Hunde und Pferde im Stall und ging an den Schreibtisch. Es galt recht seltsamer Post!

Der König ließ jetzt nämlich alle Briefe öffnen, die Berlin verließen, und auch die abfangen, die in Berlin eintrafen. Gewaltige Säcke voller Briefe hatte er beschlagnahmt; ein großes Lastfahrzeug hatte sie nach Wusterhausen bringen müssen. Dort las sie nun der König; er war ganz in die Briefe vergraben. Noch immer folgten neue Sendungen von Postsäcken nach.

Nicht einmal Clement wurde zu ihm berufen; darüber wunderte sich jeder; denn man sah den Herren nicht mehr ohne den fremden Baron. Dagegen wurde kein Minister mehr empfangen. Selbst in der Tabagie ließ sich der Herr nicht mehr blicken, obwohl er kürzlich den ganzen Kreis der Tabaksrunde umgestaltet hatte. Die Einladungen an seine Tafel hatten aufgehört. Die ganze Lebensweise war verändert.

Das Ungeheuerlichste jedoch von all diesem Neuen wußte nur Ewersmann; und diesem hatte die Kammerfrau Ramen das Geheimnis entlockt; ohne sie, die sein Schicksal am Hofe betimmte, vermochte der Schwere, Ernste nicht mehr zu handeln, vor ihr, der Lächelnden und schwebend Leichten, auch nicht zu schweigen. Nur ihr und sonst noch keinem hatte er gesagt, daß der König jede Nacht jetzt mit zwei Pistolen zu Bette ging. Er tat es auch auf Wusterhausen; und auf einem Schemel vor seinem Bette lag der Degen, der Degen ohne Scheide. Und überall und immer, Tag und Nacht, hatte er auf seiner Brust in einem flachen Lederbeutel die Briefe aus Dresden, Wien und Berlin bei sich, die eine so entsetzliche Gewißheit zu bergen schienen.

Verflogen war dem König der Glaube, er habe die verschleppten, alles verzehrenden Kriege beendet. Wien und Dresden, der deutsche Kaiser und der König von Polen und Kurfürst von Sachsen befanden sich im Rüsten gegen ihn, und die großen katholischen Mächte hatten sogar nach dem protestantischen Hannover und England Fäden gesponnen, um zu erfahren, ob man nicht auch dort gewillt sei, Brandenburg aufzuteilen, ehe es weiter durch ein Heer erstarke, das seiner Größe nicht mehr entsprach und in der Mitte Europas ihrer aller Politik durchkreuze, so verschiedene Ziele sie auch suchen mochten. Niemals sollte der »König in Preußen« sein neues Heer gegen einen von ihnen zu führen vermögen. Er sollte entführt, sein heimlicher Staatsschatz beschlagnahmt werden. Sein kleiner Sohn war schon zum König auszurufen; eine Regentschaft und Vormundschaft, die sie alle gegen das Haus Brandenburg sicherte, war einzusetzen; die Kuratoren waren bereits ernannt; Anerkennungsverträge mit den fremden Mächten waren schon geschlossen, Belohnungen und Abfindungssummen aus der Hinterlassenschaft des Königs zugesichert! Auch stand fest, daß Preußen verpflichtet sein würde, nur noch eine sehr bestimmte, eine sehr kleine Anzahl von Truppen zu halten; wenig Truppen, schlechte Truppen für ein armes Land, eine kärgliche Ebene zwischen Meer und Gebirge, von beiden getrennt, von Flußläufen durchschnitten, die ebensoviel Einfallstore für die Feinde waren, dabei weder im Besitz ihres Quellgebiets noch ihrer Mündungen. Nach allen vier Himmelsrichtungen lag dieses Unglücksland offen, allen Stürmen ausgesetzt, ein deutsches Polen. Und dieses Preußen nun hatte in die Vorschläge, ja, die Vorschriften der Widersacher gewilligt; die Namen einiger Großer bürgten für die Durchführung der neuen Politik! Preußen hatte sich verpflichtet! Der Herr vermochte es nicht zu fassen: er war nicht mehr Preußen. Jede

Stunde konnte es mit ihm zu Ende sein. Es war, als hätte man ihn für vogelfrei erklärt.

Er umgab sich nicht mit einer Wache. Er setzte nicht die Armee ein. Er blieb allein. Einsam trug er die Erbitterung seines Landes und den Haß Europas. So sehr es ihn zum Handeln drängte, glaubte er doch nicht, sein Volk zu früh beunruhigen, den Gang der Staatsgeschäfte vor der Zeit stören zu dürfen. Noch wußte niemand, daß die Briefe sich in seiner Hand befanden. Unerläßlich war allein sein Eingriff in das Postgeheimnis. Aber daraus brauchte noch keiner die richtigen Schlüsse zu ziehen. Absonderliche, strenge und plötzliche Maßnahmen war man von ihm gewohnt.

Freilich durfte er nicht dulden, daß nun noch weitere Korrespondenzen eingeleitet würden. Schleunigst war das Netz zu zerreißen, das von Wien nach Warschau, von Berlin nach Dresden über seinen Thron geworfen worden war. Die Mittelsmänner mußten verschwinden, einer nach dem anderen. Die Gegner mußten unsicher werden. Ach, Mittels»männer«. – Der König lachte böse auf. Hofdamen der Königin hatten sich in die erste Reihe der Spione und der Diplomaten hinaufgespielt. Die Königin durfte nicht eingeweiht sein. Über sie hinweg wurde Frau von Blasspiel, die Favoritin unter allen ihren Damen, unter nichtigem Vorwand entlassen. Aber der Herr hieß ja zu oft schon ungerecht; noch immer blieb sein Geheimnis gewahrt.

Drei Geheime Räte wurden verhaftet. Derartiges war auch schon früher geschehen – auch dies, daß man plötzlich begann, gegen vermögende Privatleute und hohe Beamte Untersuchungen über die Herkunft ihrer Gelder einzuleiten. Die Generalfiskale, die liebsten Kinder Creutzschen Geistes, die Häscher und Späher, gehaßt und gefürchtet, waren hinter allen Reichen her; sie trieben wieder ihr grausames Wesen als Kontrolleure aller öffentlichen, privaten und geheimen Kassen.

Gespräche inkognito zeigten dem König, wie sehr man sich vor seinen Fiskalen fürchtete; niemals aber duldete der Herr eine falsche Bezichtigung. Erfolgte sie dennoch, so mußten die Fiskale die Prozeßkosten tragen.

Die drei hohen Beamten aber, welche festgenommen worden waren, wurden zu Recht verhaftet: der Herr erlebte die ersten Fälle von Spionage in seinem Lande, und zwar im engsten Umkreis seiner Räte. Für einen Tag hatte der König den Minister

Ilgen, der den auswärtigen Affären vorstand, von solchen Vorgängen zwischen dem Ausland und Preußen jedoch erst durch den König erfuhr, allein und heimlich nach Wusterhausen berufen. Der König, so schwer getroffen er auch war, vergaß keinerlei Fürsorge für den greisen, treuen Diener des Brandenburgischen Hauses. Freundlich hatte er dem alten Herrn bestellen lassen, er werde ein gutes Bett und eine warme Stube und alles proper finden. Er behielt ihn eine Nacht bei sich, um ihm die geheim zu haltende Order zu geben, »aus gewissen erheblichen und wichtigen Ursachen ohne die schriftliche Erlaubnis des Königs geheime Affären niemand mitzuteilen, an keinen Menschen in der Welt, er mag Namen haben wie er will«.

Er hatte ihm diese Weisung nicht brieflich geschickt; war es darum geschehen, daß er in diesen schweren Tagen das Antlitz eines Treuen sehen wollte? Vor Ilgen machte all sein banger Argwohn halt.

Aber nun ging es um Grumbkow. Das konnte das Fanal sein. Das konnte wohl den offenen Ausbruch der inneren Rebellion und der äußeren Krise heraufbeschwören. Die Schreiben von Grumbkows Hand lagen gesondert. Ein einzelner Brief war ganz beiseite geschoben. Der hatte nichts mit alledem zu tun. Der betraf die Gelder seiner Ostgebiete.

In dem Augenblick, in dem ein so schwerer Kampf unausweichbar erschien, war König Friedrich Wilhelm wiederum ein armer Mann geworden. Alles verfügbare Geld war ins Ostland geworfen; und auch die großen Summen reichten nicht aus; und er vermochte jetzt nicht, neue Mittel zu schaffen. Alles war in Stockung geraten. Der König von Preußen war ein Spion geworden und hatte zu gar nichts anderem mehr Zeit; nur zu ein paar Zeilen an den Freund in Dessau reichte ihm der Tag noch aus; an Ilgen, und an diesem Freund allein war nicht zu zweifeln. Umhäuft von Schriftstücken, die Schicksal bedeuteten, schrieb ihm der König diese wenigen Worte: »Ich muß Euer Liebden sagen, daß jetzt meine Affären in der größten Krise sind und in der Welt alles sehr konfus aussieht, ich weiß sehr viel, aber ich kann es der Feder nicht anvertrauen. Wenn ich das Glück haben werde, Euer Liebden zu sprechen, da werde ich Ihnen Sachen sagen, daß Sie sich sehr verwundern und sagen werden: es ist Italienisch. Werde nit hinter die Wahrheit kommen. Die gantze Sache mit Clement ist so curieus wie man sein Dage was gehört hat.«

Diesen Brief gab er dann Clement zur Weiterbestellung nach Berlin mit. Nun war Clement doch noch hinauf aufs Jagdschloß gekommen; und König Friedrich Wilhelm atmete auf. Der einzige kam, der einzige außer dem in Dessau; denn Ilgen war ein Greis, auf den der König seine Zukunft nicht mehr bauen durfte. Der Fremde fand sich bei ihm ein, der so unendlich viel für ihn tat, nur darum, weil er nicht zum anderen Glauben meinte übertreten zu können, ehe er nicht sein Gewissen von unheilvoller politischer Mitwisserschaft befreite!

Der Fremde, der um die Geheimnisse des Erdteils und die Verborgenheiten des menschlichen Herzens ein seltsam tiefes und schweres Wissen zu tragen schien, mußte, ehe die Nacht anbrach, dem König – Träume deuten; denn Herr Friedrich Wilhelm hatte begonnen, sich vor seinen Träumen zu bangen.

Den ganzen Tag hindurch war er von seinem letzten Traum begleitet worden; er hatte sich in einem schön geschmückten Saale befunden; in dessen Mitte stand ein Tisch, und auf dem Tische standen drei Becher. Zwei von ihnen waren ganz, der eine halb mit Wasser gefüllt. Allmählich verdunkelte sich der Saal und gewann einen so düsteren Anblick, daß der König, von Angst befallen, sich schnell entfernte; fast fliehend im Traum, erwachte er.

Clement lehnte die Deutung ab. Der König drängte ihn sehr; er gab ihm die Versicherung, daß er für sich und niemand etwas zu befürchten habe, wenn die Erklärung des Traumes nichts Gutes ergebe. Gutes erwarte er kaum noch.

Da legte der Traumdeuter dem König seinen Traum von den drei Bechern aus. Der schön geschmückte, sich mehr und mehr verfinsternde Saal sei König Friedrichs Reich, das der Herr übernahm, von goldenem Zierat strahlend, und in dem er allen Prunk auslöschen ließ, bis er es endlich dumpf und düster machte. Die wassergefüllten Becher seien die Tränen der bedrückten Untertanen – bald sei das Maß der drei Gefäße voll! –, und die Flucht des Königs aus dem Saal verkünde, daß er seinen Thron verlieren werde.

In diesen Tagen, in denen sich aller hohen Militärs und Beamten, ja sogar der Bauern, die mit ihren Marktwagen abends plötzlich in Berlin zurückgehalten wurden, eine maßlose Unruhe bemächtigte, war allein Herr von Creutz die Sicherheit und Kühle in Person. Er hörte von Vernehmungen, Verhaftungen, Entlassungen; aber in Ruhe richtete er sein neues Palais ein, einen mächtigen Bau im vornehmsten Viertel an der Klosterstraße; denn ein Palais war ihm nun angemessen; er war der Präsident der Generalrechenkammer geworden.

Und gerade in diesen Tagen, in denen er allenthalben schlimme Veränderungen wahrnahm und schwere Erschütterungen spürte, erschien es ihm wunderbar; es ging mit seinen Rechnungen nicht auf. Jeder hatte doch jetzt angezweifelt zu werden! Und keiner war sich im unklaren, daß all die unerfindlichen Verdächtigungen nur von seiten des neuen Günstlings kommen konnten. Ließ man nun ihn selbst, so fragte sich der Präsident von Creutz, in ungestörter Ruhe weiter wirken, nur damit er ohne Unterbrechung Geld, Geld und abermals Geld für das Unglücksland schaffe? War das Fräulein von Wagnitz, die einstige Verbündete, freundlich oder feindlich mit im Spiel? Jedenfalls war nicht mehr unbeachtet und unerörtert geblieben, daß man sie an der Seite jenes Fremden sah! Oder – was nicht ohne Schwierigkeiten für die Zukunft war – hielt Clement den Einfluß des Präsidenten der Generalrechenkammer auf den Herrn für so gering, daß er ihn unbehelligt lassen zu dürfen glaubte? In diesem Falle sollte Clement sich verrechnet haben. Noch lag Creutz der Aufpasser von einst im Blute. Er war inzwischen zum großen Plusmacher und Fiskal gestempelt, und aus dem Spottnamen und Schimpfwort war ein mächtiger Titel geworden; aber er hatte indessen doch auch heimlich und eifrig das Amt des Spähers weiter ausgeübt, ohne Lohn, doch nicht ohne Hoffnung. Er hatte den Fehlern in dem neuen Staatsgefüge nachgespürt.

Denn der Tag des Königs hatte nur die vierundzwanzig Stunden. In denen mußte er Kriege beenden, Konfliktstoff aus dem Wege räumen, Schulden bezahlen, Ströme neuen Geldes in sein Land zu leiten suchen, die Armee errichten, die ihm seine Arbeit schützte, und wie man neuerdings nun wußte, auch noch aberhundert Briefe lesen. –

Bis er nicht alles überblickte, riet Creutz – durch geheime Boten, nicht durch Briefe – seinen Auftraggebern im Ausland, für die er im neuen Preußen bisher so erfolgreich spekulierte, jegliche finanzielle Operation innerhalb der Unternehmen Seiner Majestät zu unterlassen. Er mußte sich die Freunde im Ausland erhalten. Da war zum Beispiel jener Vernezobre, der in

Frankreich, vielleicht als einziger, an den Lawschen Aktien gar so viel gewann, daß er mit seinem Geld im Ausland eine »Puissance« zu werden gedachte. Eines Tages konnte sich wohl als nötig erweisen, daß ein Creutz die preußischen Dienste und Grenzen verließ. Creutz setzte nicht mehr unbedingt auf den König von Preußen. Er traute dem jungen Staate nicht mehr. Schließlich: der König war der erste Preuße. Er brauchte nur einen Rechenfehler zu machen, nur einen falschen Schritt zu tun, und Preußen war nicht. Leider ließ sich über Preußens Zukunft gar nichts Vernünftiges mehr erwägen, resignierte Creutz, ehe man nicht Clements Vergangenheit kannte. Es ließ sich kein Projekt mehr entwerfen, ohne Clement einzubeziehen.

Einen Menschen aber erfüllte es mit Seligkeit: die einstige Hofdame von Wagnitz. So unermeßlich also sollte der Geliebte steigen! Er würde bleiben, weiter jeden Tag den König und zu ihr vom König sprechen! Dies war nun ihr Glück. So groß ist ein Herz.

Über die junge Tochter des Charlottenburger Kastellans war am Tage des Gerichtes über den Schlosser und den Kastellan eine große Traurigkeit gekommen, daß sie ein Urteil über Menschen heraufbeschworen hatte – eine Trauer, die so quälend war, daß ihr Vater sich aufmachte zum König. Die geringen Leute wurden ja noch vorgelassen, wie auch zuletzt in seiner Tabaksrunde nur noch einfache Bürger Zugang gefunden hatten, bis er auch unter ihnen nicht mehr erschien. Der König aber wußte, daß die Trauer des Mädchens nicht minder den Gerüchten galt, die um ihn selbst und die junge Charlottenburgerin im Schwange waren. Da sprach er noch einmal mit der Sanften.

»Ich werde dir den Eheliebsten suchen, einen, der gut zu dir ist, der dich nicht mit Fragen martert – wo alles so klar ist.«

Das Gesicht des Mädchens ruhte auf der starken, schönen Hand des Herrn. Der ließ ihr diesen Trost und Frieden; so fern war er schon den Träumen des Blutes.

Hatte sich das Mädchen je gequält, daß es um des Königs willen dazu beitrug, zwei Ungerechte an den Henker auszuliefern: nun war wieder Friede in ihm wie vordem.

Es ahnte, daß das Ungerechte vor dem Rechte des Königs fallen mußte wie eine faule Frucht und zerstieben gleich der Spreu im Winde, wie unter dem Befehl der Schrift: »Man tue den

Schaum vom Silber, so wird ein reines Gefäß daraus. Man tue den Gottlosen hinweg von dem König, so wird sein Thron mit Gerechtigkeit befestigt.«

Es erkannte – und wuchs damit über alles, dem es zugehörte, empor –, daß auch die größte Liebe nie ein Recht erlangt auf einen König. Die Sanfte wurde ganz zur Untertanin ihres Landesvaters – in den wenigen Augenblicken, in denen ihr der König seine schlanke, starke Hand gewährte.

Der König dachte: man sollte nicht so viel Aufhebens machen um die Geburt von Söhnen, bis auf die des einen – Töchter haben ist nicht minder gut. –

So fern war er schon den Träumen des Blutes, angesichts dieser Tochter. Ob er ihr seine Hand entzog oder ob sie das von allen Tränen still gewordene Gesicht selbst von seiner Rechten aufhob, hat weder er noch sie gewußt.

Als sie ihm dann doch noch nacheilte, geschah es, weil sie sich auf eine größere Not denn die eigene besann.

So erfuhr der König, daß ein Kind des Zaren in Berlin geboren werden sollte und daß die Geliebte des Zaren zwei Fürsprecherinnen von sehr ungleichem Stande besaß, die er beide recht gut kannte: ihre einstige Zofe, die hier vor ihm stand, und das Fräulein von Wagnitz, das ein vielgenannter Gast im väterlichen Gasthof gewesen war.

Den Abend, an dem Professor Gundling vor seiner Qual und Schande unter Reitknechten, Jägern und Mohren floh, verbrachte Clement über seinen Schriften. Er war sehr nachdenklich von der Abendmahlzeit aufgestanden, bei der er von dem geistlichen Herrn selbst die ihn seltsam erregende Nachricht erfuhr. Droben in seinem Giebelzimmer verwendete er ungleich mehr Zeit als gewöhnlich darauf, die vielen kleinen Flakons mit den verschiedenen Tinten auf seinem Schreibtisch aufzubauen und all die Federn zuzuspitzen, Petschafte auszuwählen und die Siegellackfarben zu vergleichen.

Der Schreibtisch stand an einem der Pfeiler, welche die Bettnische vom Zimmer abtrennten. Clement hatte ihn dorthin gestellt. Er liebte es, rasch von der Arbeit aufzustehen und sich für einige Augenblicke auf sein Bett zu werfen. Heute blieb er lange so liegen. Die Vorbereitungen zum Schreiben schienen überflüssig. Er lag und sann. Er vernahm in der tiefen Stille, wie die

Mägde Geschirr und Reste des Abendbrotes über den Hausflur zu der Küche trugen. Dann wurde noch einmal die Schelle am Haustor gezogen und, wie es schien, der Geistliche verlangt, vielleicht zu einer Nottaufe oder zum Abendmahl für einen Sterbenden. Nun war auch Roloffs Stimme ganz deutlich zu hören. Er brach in Eile auf. Die Tür schlug zu; noch einmal drang das Flüstern der Mägde herauf; dann lag die tiefe Stille wieder über dem ganzen Pastorat. Aber Clements Gedanken wollten nicht mehr ruhig werden; er fand die Sammlung nicht für seine wichtigen Briefe; es erfüllte ihn nahezu mit Unruhe, daß er den Pfarrherrn nicht mehr drunten wußte und daß es unmöglich war, ihn jetzt noch zu sprechen. Er schloß sein Zimmer ab und ging noch einmal hinunter; er suchte den Diener oder die Magd. Die wußten Bescheid. Hochehrwürden waren zu einer Sterbenden gerufen. Sie hatten den Pfarrherrn in den Kochschen Gasthof am Potsdamer Torhaus geholt; der gehörte noch in sein Kirchspiel.

Als Clement wieder in die Giebelstube trat, steckte er sogleich mehr Kerzen an, als er sonst zur Arbeit brauchte. Ihn verlangte nach größerer Helligkeit; er war sehr abgelenkt, doch zwang er sich wieder zum Schreiben; er malte sorgsam Initialen, verglich verschiedene Briefe, zerriß das mühevoll Entworfene.

Die Fetzen des zerrissenen Papieres wollte er sogleich verbrennen. Das Feuer war schon matt. Er legte noch ein Holzscheit und noch eines in die Glut. Das gab noch einmal gute, hohe Flammen. Fast hätte es behaglich scheinen können; denn es war der erste kalte Abend, und auf den schmalen Leisten vor den Fenstern häufte sich der lockere Schnee. Die weißen, duftigen Streifen leuchteten im Dunkel.

Clement malte, schrieb, verglich und prüfte, zerknüllte und verbrannte Briefe. Aber er war mit den Gedanken nicht bei seinen wichtigen Geschäften.

Der greise Wirt Koch hatte heimlich noch den Eidam und künftigen Wirt seines Gasthofes zu bestellen gesucht. Seitdem spielte er den friedlich Schlafenden, den Tauben, den Blinden, den Lahmen, den Stummen. Selbst seine feine Zunge verleugnete der Alte. Terrinen und Assietten wurden nicht mehr an seinen Lehnstuhl getragen. Nein, nein, er könne nicht mehr kosten, wehrte der Alte ab; auch so kann ein Leben erlöschen, auch so. Nun glaubten es ihm alle, daß er sterben werde, ehrenvoll in seinem reichen Gasthof, ohne von der Schande der Tochter zu wissen.

Die lag allein. Niemand war da als die Wagnitz. Sie öffnete Roloff die Tür, führte ihn ans Krankenlager, hielt ihm die Kerze und schlug den Vorhang vor dem Bette zurück. Sie hatte alles Personal des Kochschen Gasthofs aus der Kammer der Wirtstochter entfernt. Das junge Mädchen lag regungslos; die Hände waren blaß und fast bläulich wie im Krampf. Auf Fragen gab die Kranke keine Antwort.

Was das Fräulein, das selbst noch sehr im ungewissen tastete über das, was hier sich ereignete, dem Pastor erklärte, war alles recht seltsam. Die Demoiselle sollte in einer Gasse, in die sie für gewöhnlich niemals kam, einen Unfall gehabt haben. Man hatte sie in einem armen Hause rasch fürs erste aufgebettet und erst sehr viel später nach Männern, die sie holen sollten, in den väterlichen Gasthof geschickt. Zwei sonderbare Schwestern waren es, die ihr die erste Hilfe hatten angedeihen lassen und ihr den Liebesdienst, sie aufzunehmen, erwiesen: die sogenannte Dicke Schneider, die in Männerkleidung Huren fürs Spandauer Spinnhaus abfing, und ihre jüngere Schwester, die Kadettenwäscherin, die einen guten Griff fürs Ungeziefer hatte und Haare zu schneiden verstand, vordem aber in der Gasse, welcher auch ein Creutz und eine Ramen entstammten, die Engelmacherin hieß.

Es war nicht leicht für das adlige Fräulein, solches Gespräch mit dem Pastor zu führen. Verwandte waren nicht da. Der Vater der Kranken war zu hinfällig und alt, sich um solches Leid noch selbst zu kümmern. Die reiche, junge Demoiselle Koch besaß recht eigentlich niemand, der ihr beizustehen vermochte. In der äußersten Not, die über sie hereingebrochen war, hielt sie sogar die einstige Zofe, die Charlottenburger Freundin, von sich fern und sah nur noch die eine Möglichkeit, eingedenk der alten Bekanntschaft – denn sie hatten in den bittersten Zeiten des Fräuleins von Wagnitz einst Kammer an Kammer hoch über den noblen Gästezimmern gewohnt – das adlige Fräulein rufen zu lassen, das von Menschenschuld und Frauenschmerz gewiß viel wußte. Das Fräulein hatte zum Arzt und dann zum Pastor geschickt. Der Doktor hatte, wie jeder und wie stets, zur Ader gelassen und den Grund des schlimmen Zustandes nicht gefunden, ihm auch nicht gar so rege nachgespürt, um in den nächsten Tagen noch manchmal bei der reichen, jungen Demoiselle Koch

Nachschau halten zu können. Dennoch ahnte das Fräulein viel mehr, als es dem Prediger Roloff vorerst anvertrauen durfte.

Es rief zwei alte Mägde aus der Wirtshausküche als Wächterinnen zu der Kranken und bestand darauf, den Pastor zu begleiten. Es mußte unbedingt noch diesen Abend seinen Gast und Schüler Clement sprechen; denn der sollte morgen für die Kranke etwas Wichtiges beim König selbst erledigen, etwas, wovon ihr ganzes Wohl und Wehe, ja vielleicht ihr Leben abhing.

Der Geistliche hatte nach dem Ungewöhnlichen des Verlangens und der Umstände nicht zu fragen, und auch in seinen Gedanken vermied er, nachzugrübeln, Vermutungen aufkommen zu lassen oder Verknüpfungen zu versuchen, wiewohl auch ihm der Name des Fräuleins von Wagnitz nicht fremd geblieben war. Sein Gast vermochte etwas für ein todkrankes Mädchen aus dem Kirchspiel von Sankt Peter beim König selber auszurichten – das war eine glückliche Schickung, die nicht versäumt werden durfte.

Nur, daß er seinen Ornat ablegte; dann führte Roloff selbst die junge Dame hinauf zu seinem Gaste. Durch den Türspalt drang noch heller Lichtschein. Sie redeten einen Augenblick durch die geschlossene Tür miteinander. Clement ersuchte, einzutreten. Er stand am Schreibtisch, um noch rasch seine Briefschaften und den sonderbaren Aufbau seiner Materialien an Federkielen aller Stärken, Tintenflaschen aller Färbungen, Petschaften und Siegeln aller Formen und Größen beiseite zu schließen. Er sah nur flüchtig auf, so sehr war er damit befaßt, und bat, die Tür sogleich zu schließen. Aber der Pfarrherr, den Leuchter in der Rechten, ließ sie noch zur Treppengalerie geöffnet; denn draußen stand das Fräulein im Dunkeln. Ein heftiger Luftzug drohte das Licht auszulöschen, und er hielt die freie Hand gewölbt vor die Kerze.

»Die Tür zu – oder das Fenster – ah, so schließen Sie doch«, rief Clement sehr erregt und beinahe ungezogen. Mit beiden Händen stützte er sich auf den Schreibtisch, damit ihm all die losen Blätter, die er noch nicht weggeschlossen hatte, nicht davongewirbelt würden. Aber einige Blätter flogen doch weit weg, bis auf die Diele an der Galerie hinaus. Das Fräulein war flink und gefällig, sprang hierhin und dorthin, den weißen Flecken auf dem dunklen Boden nach.

Aber sonderbar: der völlig außer Atem schien, war Clement. Nun hatte er alles, was erreichbar war, in seine Schreibtischlade gestopft, nun wollte er dem Fräulein seine aufgelesenen Blätter abnehmen; die Wagnitz warf noch einen Blick auf die Bogen, ob auch nichts zerknittert sei, verwischt oder befleckt.

»Ich hatte alte Korrespondenzen verbrannt und auf den Abend noch ein Feuer angezündet – es war viel Rauch« – Clement wies auf das offene Fenster; er wollte sich damit wegen des unruhigen Empfanges und wegen der Mühe, die er verursacht hatte, entschuldigen.

»Es ist sehr viel verwischt«, sagte das Fräulein bedauernd. Und Clement, noch immer sehr befremdet, es hier zu sehen, bemerkte beinahe etwas ungeduldig: »Oh, bitte, grämen Sie sich nicht. Ich bin Ihnen sehr dankbar.«

Hastig griff er nach dem Briefe, den die Wagnitz noch in der Hand hielt. Sie gab ihm langsam dieses letzte Blatt, auf das vor allen anderen ihr Blick hatte fallen müssen. Über und über war es mit dem gleichen Namenszug bedeckt, einer Schreibübung gleich. Der Namenszug war: Friedrich Wilhelm.

Bleich stand die Wagnitz vor Clement am Schreibtisch. Sie sah ihn unverwandt an, und Roloff, das Eigentümliche der Begegnung spürend, zog sich zurück.

»Wie soll ich jetzt mit dir von dem sprechen, was mich hertreibt«, sprach das Fräulein weniger hart als verzweifelt; und als es dann noch hauchte: »Darauf also beruht deine Macht – « war nur Angst in den Worten und kein Hohn.

Clement war verstummt. Nur einmal brach es noch aus ihm hervor, und fraglos war es wie in großem Schmerz: »Diese Briefe waren die letzten; für immer; sie sollten alles ungeschehen machen, die Brücken bauen, auf denen ich noch einmal zurück konnte, weg von allem – und mit dir.«

Das Fräulein stand und horchte regungslos; daran hatte es noch nicht gedacht; noch immer war es ihm zu wunderbar, daß es noch einmal lieben sollte.

»Wir haben dem König nichts Gutes gebracht«, sagte das Fräulein von Wagnitz, und wieder war der schwarze Ring in der Iris seiner perlengrauen Augen. Aus den Worten klang Verbundenheit mit Clement. Der nahm es wohl wahr.

»Die Kranke –.« Das Fräulein schreckte auf und legte flehentlich die Hand auf Clements Arm: »Du mußt noch morgen zum König.«

»Ich will den König nicht mehr wiedersehen. Ich kann es auch nicht.« Tiefe Falten traten jetzt auf Clements Stirn; er war sehr blaß, und was er sagte, klang tonlos.

»Wir machen alle die gleiche Erfahrung« – es war, als spräche das Fräulein ihm Trost zu –, »er ist zu groß für Abenteurer und für Kurtisanen, für alles, was die Höfe umlagert – «

Und wirklich, so hart diese Worte auch waren, klang dennoch eine große Milde aus ihnen. Auch fügte die Freundin noch hinzu: »War ich denn besser als du?« Und solche Rede war wärmer, inniger, verzehrender als jedes Wort der Liebe zuvor.

Clement nahm ihren Kopf in beide Hände. Die Schatten über den geschlossenen Augen der Geliebten waren tief. Aber sie sprach gesammelt wie in großer, innerer Ruhe.

»Diese Briefe mußt du noch zu Ende schreiben. Danach verlassen wir Berlin.«

Clement löste die Hände von ihrem Gesicht. Er trat zum Schreibtisch zurück und suchte der Geliebten zwei kleine Bilder hervor: Miniaturen des Herzogs von Orleans und des Königs von Dänemark. Er selber trug, in erschreckender Verschmelzung, die Züge beider Fürsten im eigenen Antlitz.

»Dieses ist meine einzige Rechtfertigung«, sprach er und zog nun noch einen Brief aus seinem Rock. »Dieser Brief ist echt.«

Und so war alles eingestanden, was die anderen Schreiben betraf. Der Brief war ein eigenhändiges Schreiben des Königs; er bot ihm einen hohen Posten an.

Das Fräulein legte Brief und Bilder nieder.

»Es bleibt bei deinem Entschlusse. Wir werden gehen.« Mehr sagte es nicht mehr; nur daß es sich doch ihrer beider Worte entsann: »Alles geht neu an – schönstes und schrecklichstes Signal des Lebenskampfes –.« Es fragte nicht, woher die Mittel kommen sollten, in fremdem Lande zu leben. Es wollte nur mit Clement fort vom König; um ihrer beider willen, des Königs und des Abenteurers wegen, war es auch zum Untergang entschlossen.

Schwer war, was vor der Baronesse lag. Sie hatte Clement zu schützen und mußte in einem auch den König vor Erschütterungen bewahren; denn noch niemals hatte er einem Menschen so wie Clement vertraut. Jedes ihrer Gefühle, jede ihrer Handlungen hatte ein zwiefaches Ziel, und dabei blieb die bittere Frage offen, wie der König es aufnehmen würde, wenn er von den Beziehungen seines Günstlings zu ihr, der von ihm selbst Verstoßenen, erfuhr! Das Fräulein war so sehr bereit, alles zu tun, was es vermochte. Es konnte nur das eine nicht über sich bringen: das Wunder einer zweiten Liebe zu ersticken, zu verleugnen. Es war ohne Liebe undenkbar, das adlige Fräulein; es konnte nur lieben oder nicht mehr sein. Und deshalb war vielleicht in seinen grauen Augen, in seiner verhaltenen Sprache, in der Erregtheit seiner schmalen, festen Hände und selbst im Glanze des schwarzen Haares etwas, das vom Glücke reicher bedachte Frauen, Präsidenten- und Ministersgattinnen, wie eine Frau von Grumbkow oder Frau von Creutz, das arme Fräulein heimlich doch beneiden ließ.

Clement brachte die Geliebte zurück in den Gasthof zur Kranken, und die Straßen, die sie durchschritten, wurden ihnen zum Wege in die Kindheit des geheimnisvollen Mannes. Das Fräulein horchte und sann, und Clement wußte nicht, was die Geliebte dachte. Aber ihr Gesicht, wenn er im Lichtschein einer Laterne einen Blick auf sie warf, war ohne Härte und Entsetzen. So leugnete er nicht; so verschwieg er nicht; so sagte er das Wahre: daß er nicht wußte, wer er sei, und daß seine Erinnerungen nicht weiter zu dringen vermochten als zu den Leiden seiner Knabenjahre, in denen er, ohne gefragt und gehört oder auch nur vorbereitet zu werden, von einem fremden Hause ins andere gebracht worden war, in armselige Waisenhäuser, in vornehme Knabenkonvikte und endlich in die Klosterschule. Manchmal erschienen fremde Männer, die in ihren langen, dunklen Reisemänteln sehr unheimlich auf ihn wirkten, und prüften sorgsam all die Briefschaften und zwei Miniaturen, die Clements Begleiter ihnen übergaben; auch leuchteten sie dem Knaben mit hocherhobenen Kerzen ins Gesicht. »Nein«, sagten sie dann, »er kann es nicht sein.« Und Clements Begleiter ereiferten sich sehr, er wäre es dennoch.

Im Kloster hatte Clement alte, zerrissene Schriften, die sehr kostbar und gefährdet waren, getreu in jeder Letter nachzumalen gelernt und es zu solcher Vollendung gebracht, daß man ihn all den anderen Klosterschülern fernhielt und Farben, Goldtinktur, Sepiasaft und bunte Tinten eigens für ihn destillierte; einer der niederen Brüder saß auf einem Schemel neben Clements Schreibpult und spitzte ihm die hundert Federn an.

Der Prinz Ragozy, der mit ihm im Kloster war, hat sich den Schreibkünstler später in seine Dienste geholt. Er hat seinem

Sekretär die Bilder des Herzogs von Orleans und des Königs von Dänemark gezeigt; und Clement fand ihrer beider Züge in erregender Ähnlichkeit in sich vereint.

Von nun an lag ein schillerndes Licht auf all den Rätseln seiner Kinderjahre, und Clement glaubte, ein Prinz aus großem Hause zu sein. Und weil niemand wußte, welchem Lande er entstammte, und weil in jenen Jahren nahezu jegliche Thronfolge Europas umstritten war, hielt er die Augen offen in all jenen Ländern, in die ihn die verwegenen Reisepläne und die geheimen Missionen seines munteren, jungen Brotherrn führten; nur, daß dessen Munterkeit allmählich eine nicht geringe Gefährlichkeit verbergen zu sollen schien. Clement wachte darüber, was die Prinzen dieser Erde täten und von welcher Art sie wären; und meist fand er, die Fürstensöhne wären schlecht und handelten übel.

Sein junger Herr aber flehte damals den einstigen Klostergefährten Clementius an, ein einziges Mal noch seine alte Kunst zu üben und eine fremde, wenn auch diesmal keine alte Handschrift abzumalen und ihn aus furchtbarer Bedrängnis zu erretten. Und das hübsche, junge Gesicht war von einer Angst entstellt, die es sehr verfallen ließ.

Als er davon berichtete, sah aber nun die Geliebte, daß auch Clements Züge verfielen, und erkannte, indes er weitersprach, aus der Veränderung seines Antlitzes noch mehr: daß Clement, durch alle seine Gaben und Geschicke immer wieder in die Nähe der Throne getrieben, stets von neuem von unwürdigen Trägern der Krone enttäuscht, entwürdigt, mißbraucht, ausgenützt und verraten worden war. Sein Haß besaß einen guten Grund und sein Wille ein mögliches Ziel: die Verwirrung eines zum Untergang reifen Europa; und durch die Wirrnis sollte endlich der eigene Aufstieg zur Macht gelingen, einer Macht, die er kraft seiner Klugheit und seines Ernstes und dank seiner natürlichen Gewalt über Menschen niemals übel angewendet haben würde.

Er hatte die alte Kunst, in fremden Handschriften zu schreiben, allmählich für sich selbst geübt, um nicht mehr ein Spion sein zu müssen, sondern als ein Fürst handeln zu dürfen. Er schrieb als Wahrheit, was er nur ahnte; denn er hatte die Großen zu belauschen und zu betrachten gelernt; er ergänzte, was er vermutete; er verknüpfte, was nur Bruchstück war; er zeigte die Kräfte entfesselt, die man nur im geheimen und für keinen faßbar walten wußte; er strebte nach dem Lande in der Mitte Europas, in dem, nach allen Erkundigungen und Gerüchten, die heilloseste Wirrnis aufgebrochen sein sollte: nach Preußen. Er traf mit selbstgeschriebenen Briefen ein, die in Berlin zum raschen Abschluß bringen sollten, was er langsam in Warschau, Buda, Pest und Wien, im Haag, in Dresden, Madrid und Paris vorbereitet hatte. Er gedachte, sein Meisterstück zu vollbringen, indem er die Spannung zwischen den Höfen Europas mit der dumpfen, inneren Gärung in dem jüngsten Königreich verkuppelte – der Gärung gegen den ungestümen Herrn, die nicht nur den aufsässigen Adel, sondern auch die Amtsstuben der trägen und betrügerischen Beamten und die Schenken der Armut und des Lasters erfüllte. Er hatte sich, ein einzelner Mann, auf Preußen gestürzt wie ein mächtiges Heer: und traf den einzigen König seiner Zeit, als wäre er nun, nur anders, ganz anders, zu dem Ziele gelangt, nach dem allein er suchte. Von diesem einzigen König aber kam er nicht mehr los; und aus den Verwirrungen, die er um ihn angestiftet hatte, vermochte er sich nicht mehr zu lösen. Er konnte nicht mehr für sich selber kämpfen. Er durfte aber unter den Augen dieses Königs auch nicht das hohe Amt bekleiden, das Preußens Herrscher ihm angetragen hatte. Um den König allein war es ihm noch zu tun.

»Was soll werden – was?« rief das Fräulein leise in die Nacht und sprach die Worte nach: »Um den König allein ist es zu tun.«

So dachten die Liebenden, die Kurtisane und der Abenteurer, ohne es auszusprechen, das gleiche: daß den verletzten Rechten eines Königs nicht genügt werden konnte durch die Flucht des Schuldigen.

Alle echte Buße sucht die Sühne; und diese beiden waren Büßer geworden. Sie fügten sich der Erkenntnis, daß sie sich trennen mußten – in einem Augenblick, in dem sie auf der Welt nichts als einander hatten. Vom Auslande her mußte Clement die Verstrickungen zu lösen suchen, in die er Preußen gebracht hatte; er mußte schleunigst reisen; doch er floh nicht. Die Geliebte durfte ihn nicht begleiten. Sie hatte in Berlin über vieles für ihn zu wachen. Und nach ihr verlangte die unglückliche, reiche Demoiselle Koch; wo anders als bei dem armen, adligen Fräulein und der einstigen Zofe in Charlottenburg war sonst noch eine Hilfe für sie auf der Welt!

Noch übten Clements Briefe ihre alte Macht.

Alles war von Anfang an durch sie gewirkt.

Der Brief von Roloffs großem Lehrer, dem verstorbenen, der Brief, der Clement an den Lieblingsprediger des Königs von Preußen empfahl, war gefälscht, und unter allen listigen Mitteln stand er an vorderster Stelle. Gefälscht waren auch die Schreiben von noch ungleich größerem Gewicht. Die Zeilen Augusts des Starken von Sachsen und Polen, er könne Brandenburgs Aufkommen nicht dulden, waren die Malereien eines Betrügers und wirkten dennoch mit der vollen Kraft der Wahrheit und der Wirklichkeit. Nicht anders war es mit den Briefen des Prinzen Eugen von Savoyen am kaiserlichen Hofe zu Wien.

Die gefährlichste Wirkung all der Clementbriefe aber lag darin, daß sie derart abgefaßt waren, daß sie Erkundigungen und Bestätigungen, ja, jede Antwort als gefährlich scheinen ließen. Was diese Technik anging, so verdienten sie die Berühmtheit, die sie nur zu bald erlangen sollten.

Die Vermutung, daß der König von Preußen in den Besitz wichtiger Geheimkorrespondenzen gelangt sein müsse und daß verschiedene Entlassungen nur im Zusammenhang damit erfolgt sein konnten, hatte die Panik ausgelöst, die ganz Berlin verwirrte und nun auch schon auf andere Höfe übergriff. Denn in der Tat gab es geheime Korrespondenzen, von denen König Friedrich Wilhelm nicht erfahren durfte; es waren wirklich solche Briefe vorhanden, und die allgemeine Unruhe hatte ihren Grund. Daß sie mit Clements Ankunft ausgebrochen war, daran vermochte niemand mehr zu zweifeln. Der junge Herr war viel gereist, von Hof zu Hof durch ganz Europa. Er kannte alle Welt, also vielleicht auch jenen hohen Herrn, mit dem man selbst im Reich und Ausland Briefe wechselte. Es hieß von neuem wieder einmal »piano zu gehen«. In keinem Falle durfte man den Anschein erwecken, als wäre man von Clements Weitblick und Scharfsinn nicht entzückt. Es gab ja gar keinen sichereren Beweis für das eigene gute Gewissen, als daß man Clement über alle Maßen bewunderte und mit ihm sich zu zeigen begehrte. Was er bereits enthüllte und wen er schon bloßgestellt hatte, blieb den Geängstigten noch Geheimnis. Es war bedrückend, wie unzugänglich jener fesselnde junge Fremde sich zeigte.

Die kleinen Leute, die den Hof umgaben, erschöpften ihre Klugheit darin, dem neuen Königsgünstling zu schmeicheln und sich seiner Bekanntschaft zu rühmen. Creutz und Grumbkow waren dazu schon zu groß und zu klug. Gefahr, die sie gemeinsam bedrohte, führte die Gegner zusammen: Creutz, der aus der Gasse kam und Herr der königlichen Kassen werden wollte, und Grumbkow, dem der höchste Rang bei Hofe und im Staate – von Ahn und Vater her – seine Erde und sein Himmel waren, ohne die er nicht bestehen konnte.

Noch fehlte einer, und dann waren sie Partei und Macht, die drei einst gegnerische Kräfte verband, noch fehlte Leopold von Anhalt-Dessau. Ihm wurde von den beiden Rivalen, die seine Bundesgenossen zu werden begehrten, bedeutet, daß es gut sei, wenn er sich von Zeit zu Zeit selbst überzeuge, was neuerdings bei Hofe vorging. Es handle sich, so ließ man ihm übermitteln, hier nicht um engstirnige Intrigen und höfische Kabalen; es rühre an die große Politik Europas.

Niemand war klarer im Bilde als der Feldmarschall. Er war ja der einzige, der in diesen Wochen der Wandlung Briefe vom König erhielt; und einer dieser Briefe gab ihm den Auftrag, seine fähigsten Offiziere unter dem Vorwand der Werbung nach Österreich, Sachsen und Polen zu schicken, damit sie Erkundigungen einzögen über Zahl und Zustand der kaiserlichen und der königlich-polnischen, kurfürstlich-sächsischen Truppen.

Grumbkow und Creutz indessen waren weiter genötigt, mit aller Vorsicht mit dem Fremden zu paktieren, auf dessen seltsame Ähnlichkeit mit zwei fürstlichen Herren jetzt immer häufiger hingewiesen wurde, so daß das Rätsel seiner Herkunft alle Welt zu beschäftigen begann und man noch achtsamer mit ihm umging. So maß man auch dem Umstand, daß er seinen Titel eines Barons von Rosenau so beharrlich nicht führte, immer größere Bedeutung bei und erwies ihm nahezu fürstliche Ehren.

Nur Ihre Majestät, vor der nichts galt, was nicht in London und Hannover begutachtet war, verharrte in eisigster Ablehnung; der fremde Baron hatte ihr ja ihre Frau von Blasspiel genommen. Seltsam war nur, wie sie allmählich ihre englische Familienkorrespondenz, überhaupt ihren regen Briefwechsel mit den zweiunddreißig Verwandten vom Geblüte, mehr und mehr einschränkte; Briefe schienen ihr zur Zeit in jedem Falle zu gefährlich. Es gab da einige frühere Billetts, die sie nicht gar so ungern verleugnet hätte.

Da sie nach der Entlassung der hannöverschen Märtyrerin, der

Blasspiel, niemand mehr besaß, niemand von Stande, vor dem sie offen ihren Ärger hätte zeigen können, nahm sie, durch ihr Temperament sehr unheilvoll auf rege Aussprache angewiesen, zur Kammerfrau Ramen ihre Zuflucht.

Fürst Leopold kam nicht nach Berlin. Verwicklungen der äußeren Politik in diplomatischer Verhandlung zu lösen oder wegzuleugnen – es war nicht seine Sache. Stand es so schlimm um Preußen, nun, so gehörte er erst recht auf seine Exerzierwiese vor Halle. Nein, nach Berlin reiste er unter den gegenwärtigen Umständen, so dringend sie nach ihm zu rufen schienen, gerade ihrer Dringlichkeit wegen nicht. Und der König hat es ihm als Treue angerechnet. Der Dessauer exerzierte. Hundert Briefe liefen hin und her – durch Boten übermittelt, nicht im öffentlichen Postdienst; geheime Konferenzen wurden vom Staats- und Kriegsminister von Grumbkow und vom Präsidenten der Generalrechenkammer abgehalten; die Königin hatte Audienzen zu gewähren, wie ihre kühnsten Träume sie nicht erdachten; ein gewaltiger Aufwand an Strategie war gegen Clement aufgeboten – und niemand ahnte, daß schon alles überholt und nichtig war: daß Clement wich, doch nicht den leidenschaftlichen Gegnern und Neidern, sondern vertrieben von der Größe eines königlichen Herzens und dem schweren Ernste einer Gottesknechtschaft.

Clement stand hinter dem König am Schreibtisch, die letztgefälschten Briefe in der Hand. Er wäre nicht mehr zum König gekommen, hätte ihn nicht die Bitte der Geliebten für die Not ihres Schützlings im Kochschen Gasthof gedrängt. In dieser Fürsprache lag etwas, das wie eine ferne Möglichkeit einer Sühne war.

Der König ließ sich Clements neue Briefe reichen, las sie zweimal und dreimal ohne ein Zeichen der Bewegung und gab sie zurück. Er erschien nun überhaupt wieder sehr ruhig und sprach gemessener und feierlicher als sonst.

»Sie können sich der Dringlichkeit solchen Rufes nicht entziehen, Baron. Und vielleicht ist es gut, daß Sie für eine Weile gehen müssen. Ich habe mich zu sehr daran gewöhnt, die Ereignisse der letzten Wochen mit Ihren Augen zu sehen. Es ist nötig, daß wir eine Zeitlang nicht mehr miteinander davon sprechen. Ich muß mich sammeln und Entschlüsse fassen. Ich darf ja auch in allen den Wirren und Sorgen die tägliche Not meiner Untertanen nicht vergessen, und Sie selber haben mich soeben daran gemahnt, indem Sie mir von der unglücklichen Geliebten des Zaren berichteten. Ich habe von dieser traurigen Sache gewußt. Ein Mädchen, das die Zofe jener Gastwirtstochter war, hat nicht minder dringlich, als Sie es tun, für sie gebeten.

Selbstverständlich sind auch mir Pläne gekommen, wie man sie in solchem Falle manchmal andren Ortes schon erwogen hat: daß man das Mädchen mit einem beliebigen russischen Kavalier eine Scheinehe eingehen läßt, die der Zar zu finanzieren hätte. Ich habe ernster nach Rußland geschrieben. Aber es ist schwerer, als ich meinte, eine Antwort zu erlangen. Selbst die Zarin scheint völlig verstört. Ihre und des Zaren Not ist größer denn die meine. Der Zarewitsch kommt in immer strengere Haft; der Zar läßt seinen Sohn als seinen Staatsgefangenen foltern; er hat die Rebellion erlebt, die einem Fürsten furchtbarer sein muß als alle Rebellionen, die mir gegenwärtig drohen. Der Zar wird seinen Sohn zu richten haben. –

Ich habe die Dinge der Zarengeliebten in eigene Hände genommen; und ich habe dabei auch bedacht, daß das Blut wohl mancher junger Mädchen und sehr vieler junger Herren, höherer und niederer, seine eigenen Wege gehen mag.

Die Macht eines Königs hat Grenzen. Wieweit man Richter über den Leichtsinn eines unfügsamen Volkes sein muß, werden, vielleicht, die Fakten und die Zeit mich noch lehren. Wie aber, wenn ich in dem gefallenen Mädchen die werdende Mutter sehe? Was steht dann zur Debatte? Welchen Sinn hat dann ein Gericht? Geht es um verletzte Sitte, menschliche Schwäche, Leichtfertigkeit, Leidenschaft – oder die von Gott gewollte Fruchtbarkeit der armen Erde, selbst noch im unruhevoll getriebenen Blute der Menschen? Worüber hat ein König dann zu wachen? In meinem Lande werden heute und morgen Kinder ohne Väter geboren werden. Schicken Sie zu jenem Mädchen: es soll das Kind des Zaren in Frieden gebären; ich will über ihm wachen; denn ich verdanke ihm, meine Blicke auf die Notwendigkeit eines neuen Ediktes gerichtet zu haben. Angst soll in meinem Lande nur haben, wer Gottes Fruchtbarkeit auf meiner menschenarmen Erde vernichtet, mag man mich auch darüber einen lasterhaften Fürsten schimpfen.«

Der König zog die Lade seines Schreibtisches auf. Er nahm den Entwurf des Gesetzes heraus und legte das Blatt vor Clement hin. Der las es mit zusammengepreßtem Herzen: »Alle Strafe der geschmähten und gefallenen Weibspersonen ist gänzlich erlassen, wenn sie sich vor der Niederkunft selber angeben und ihren begangenen Fehltritt gestehen.«

Nun aber fuhr der König erregter fort: »Ein anderes Gesetz dagegen wird verschärft. Kindsmörderinnen, Baron, wurden bisher nach dem Gesetz in ledernen Säcken ins Wasser geworfen. In Zukunft werden die schuldigen Mütter die Säcke selber nähen.« Der da stand, war kein Richter, der Gnade und Urteil verkündete; er war ein Prediger von der Fruchtbarkeit aus Gott.

Dies dachte Clement, als er noch einmal einen langen Blick auf König Friedrich Wilhelm warf.

»Halten Sie draußen die Augen weiter für mich offen. Niemand hat Ihre Augen, Baron. Wenn Sie aber die Reise als mein Hof- und Legationsrat anzutreten wünschen – noch stehen Ihnen, bis die Extrapost abgeht, so viele Stunden zur Verfügung, daß Sie die Bestätigung empfangen können.«

Aber mit tiefer, schweigender Verbeugung hatte Clement vom König von Preußen schon Abschied genommen: dem einzigen König, den es für ihn gab. Denn er war des Glaubens geworden, Könige seien die Sachwalter Gottes auf Erden und ihr Wandel sei voller Gleichnisse; Tod und Leben, Gnade und Gericht und alle Ordnung sei in ihre Hand gegeben.

Doch zu dieser Zeit hatte Gott nur zu diesem einen König gesprochen: »Siehe, in die Hände habe ich dich gezeichnet.«

Und darum ging der Abenteurer. Er hatte zuvor den Glauben an das Wunder fast verlernt. Nun aber hatte er als Wirklichkeit erblickt, was vordem nur Gedanke in ihm war.

Was er dem Herrn noch von der verlassenen zarischen Geliebten zu sagen hatte, die durch König Friedrich Wilhelms Gesetz nicht mehr als Mutter beschützt, sondern als Kindsmörderin gerichtet wurde, gedachte er ihm sogleich zu schreiben. Denn es war ihm nicht möglich, noch weiter zu sprechen. Er hatte ja sein Leben durchgestrichen. Der Rebell verehrte die Ordnung.

Der König machte sich zum Exerzieren fertig. Die große Trommel wurde schon geschlagen. Die Mohren setzten die Querpfeifen an.

Schritte knirschten, Leder ächzte, Griffe schlugen, Trommeln wirbelten: immer vollendeter wurden Strenge und Stille des Dienstes, immer sicherer und ebenmäßiger die Übung des Waffenhandwerks. Das Feuer der langen, der gewaltigen Front, der liegenden, knienden und stehenden Reihen, war ein Blitz und ein Knall. Es war nicht mehr herauszuspüren, wer fremd und neu war in des Königs Regiment. Der Stock der Korporale hatte alle gleichgerichtet. Gleichschritt! Gleichschritt! Rasches Feuern! Geschwindes Laden! Geschlossen anschlagen! Wohl antreten! Wohl ins Feuer sehen! Alles in tiefer Stille! Die Gleichheit war vollkommen geworden.

Wo war der Mönch aus Sardinien? Wo der Handschuhmacher aus dem Königreich Neapel? Der ungarische Pferdehändler? Der Student aus Leiden? Sie waren gleicher Schritt und gleicher Griff und gleicher Rock. Nur einmal fühlte der König einen Blick voll so tödlichen Hasses auf sich gerichtet, daß er im Abschreiten der Reihen stehenblieb und zu dem Grenadier hintrat. Der stand unbewegt und hielt das Gewehr, genau wie die anderen. Die Hände waren ihm vom Stock des Korporals zerschlagen, hatten zerfetzte Haut und blaugrüne Flecken von stockendem Blut. Der König, der auch hier nach Namen, Kost und Löhnung fragen wollte, schwieg. Doch den Namen wollte er dann wissen.

»Andreas Bleuset.«

Der König fragte anders als sonst: »Was fehlt Ihm?«

»Die Freiheit.«

Der König, nicht ohne Unwillen, bemerkte: »Man hat Ihm wohl erzählt, daß ich über kecke Antworten meiner Grenadiere nicht gar so streng urteile?«

Polterhansen Bleusets Bruder senkte den Blick auf seine zerschundenen Hände, sah abermals voll Hasses auf den König und sprach deutlich, daß es alle um ihn hörten: »Nein, Majestät, aber man hat mich darauf hingewiesen, daß Eure Majestät die Wahrheit wissen wollen.«

Der König schritt noch nicht weiter. Er sagte wider alles Erwarten: »Auch ich bin nicht frei.«

Der neue Grenadier ließ von dem Herrn nicht ab, denn er sah sehr wohl, daß König Friedrich Wilhelms Augen seine Wunden an den Fingerknöcheln suchten. Er gab dem König nochmals vermessene Antwort.

»Sie werden nicht mißhandelt, Majestät.«

»Auf eine gewisse Weise doch – «

Damit wandte sich der König ab. Wenn Nöte und Bedrängung einen Höhepunkt erreichen, vermag der Mensch nur an sich selbst zu denken oder er lügt. So warf der König sich vor.

Den Korporalen und den Grenadieren stockte der Atem.

Ganz Berlin, soweit es Große Welt war, nahm nun selbstverständlich an, daß der Baron in königlichem Auftrag die Grenzen Brandenburgs verließ. Er sollte noch in der Stunde seines Aufbruchs vom König ein Präsent von zwölftausend Talern und den Orden de la générosité erhalten haben. Da die Minister und Geheimen Räte nun zu einem Teile ernstlich fürchten mußten, daß er binnen kurzem als ihr Kollege oder Vorgesetzter wiederkehren könne, so setzten sie viele Findigkeit und sogar erhebliche Summen daran, durch Spione zu ermitteln, wohin er sich gewandt haben mochte und welche Korrespondenzen er im Ausland unterhielt. Die Spione erfuhren eine wichtige Förderung von seiten der preußischen Gesandten im Haag und in Dresden und Wien. Denn diese drangen selber auf Klärung, warum alle Verbindung zu König, Hof und Kabinett wie abgeschnitten sei. So wurden sehr bald die ersten neuen Clementbriefe gemeldet. Dresden und Wien erhielten laufend hochpolitische Schreiben durch Clement zugestellt, darunter auch ein Handschreiben des preußischen Königs. Abschriften wurden erlangt und ausgetauscht; und schon befand sich wieder eine Kopie eines von König Friedrich Wilhelm unterzeichneten Briefes in den Händen Grumbkows. Der hatte sich zudem die Sekretäre der preußischen Gesandten aus Wien und Dresden heimlich nach Berlin bestellt, und im Besitze weiterer Briefabschriften drang er sofort auf seine Vorlassung beim König. Es verfloß nicht eine Stunde, daß ihn der, zum erstenmal seit langer Zeit, empfing. Der Staatsminister prophezeite vor dieser Audienz, als sollte nicht nur Clement in Preußen etwas zu weissagen haben, in kurzem werde hier alles in Feuer und Blut sein.

Aber dieser Tag zum mindesten verrann noch ohne Ereignis. Der König hatte nur bemerkt: »Die Briefe stammten nicht von mir. Ich muß die Originalschrift sehen.«

Damit nahmen offizielle diplomatische Verhandlungen über die Clementbriefe ihren Anfang. Der König schrieb selber nach

Dresden und Wien und erlebte, daß man seinen Briefen mißtraute; sie stünden in zu großem Widerspruch zu seinem letzten Schreiben – eben jenem, das er nie geschrieben hatte!

Die Kabinette der Regenten gingen nur sehr zögernd vor. Man hatte es erlebt, wie außerordentlich gefährlich Briefe waren –. Der König von Preußen drängte auf Entscheidung. Es mußte doch erlaubt sein, einen Brief von seiner eigenen Hand zu sehen! Das machte stutzig! Wußte König Friedrich Wilhelm nicht mehr, was er selber geschrieben hatte? Erst, solange es ihm gefiel, spielte er den Grimmigen, Schweigsamen, Zurückgezogenen, gab sich »wie das Heilige Grab inmitten der Ungläubigen«, brach alle Beziehungen ab, wie sie von Hof zu Hof bestehen – dann plötzlich gefiel es ihm, einen Brief von seiner Hand zu präsentieren, den er jedoch gar nicht geschrieben haben wollte; und obendrein erwartete er noch, daß man plötzlich allerseits mit ähnlich geheimnisvollen Dokumenten aufwarten könne!

Der Preußenkönig wurde nun drohend. Wenn der Krieg so nahe war – warum sollte er dann nicht morgen zum Ausbruch kommen? Wenn der eigene Brief nicht ausgehändigt werden konnte – warum sollte er sich dadurch hindern lassen, das Schreiben des Polenkönigs dem Kurfürsten von Sachsen, der an Person, wenn auch nicht immer in der Politik, der gleiche war, vorzulegen, jenes Schreiben vom 17. currentis? –

Es gab aber kein Schreiben Herrn Augusts des Starken vom 17. currentis. Die Reisezüge der Diplomatenkarossen wurden fertiggemacht. Minister aus Berlin, aus Wien, aus Warschau und Dresden waren unterwegs, reisten aneinander vorbei, begegneten sich, fuhren gemeinsam nach Berlin zurück.

Bis dahin schwieg der Herr. Er tat die Dinge des Tages. Er dachte an das neue Edikt. Er fragte nach dem Kinde des Zaren und fand als Antwort Clements Brief.

Was sich am Sterbetage des alten Wirtes Koch am Krankenlager seiner Tochter abgespielt hat – niemand als das Fräulein von Wagnitz und der Beauftragte des Königs hatten davon nähere Kunde. Um Mittag holten sie die große Sünderin nach Spandau ab und brachten sie in die Krankenkammern der gefangenen Frauen ins Spinnhaus. Die Dicke Schneider und ihre tüchtige Schwester, die Kadettenwäscherin, waren bei dem Transport der Kranken behilflich; so sicher waren sie ihrer Sache, daß die

Kranke schweigen würde; so reich waren beide Schwestern an Erfahrung. Die Kranke zuckte nur zusammen, als sie die Schwestern sah; dann sank sie wieder in Benommenheit.

Das Fräulein von Wagnitz aber ließ sich durch nichts und niemand mehr hindern. Es bat den König um eine Audienz. Die Worte des Gesuches klangen flehentlich. Dennoch ließ der König der früheren Hofdame Ihrer Majestät bedeuten, er sei sehr überrascht, in wie verschiedenen Zusammenhängen sie ihm immer wieder begegne. Doch sprach er mit dem Prediger Roloff von dem Fall. Der kannte seltsamerweise das Fräulein; und er ahnte ja von jenem Abend her, an dem die Wagnitz ihn ans Lager der Kranken führte, sehr viel, wenn nicht alles. Wieder sprach er die Worte der Schrift wie eigene Gedanken des Augenblicks: »Ihr sind viele Sünden vergeben, denn sie hat viel geliebt.«

Der König ließ dem Fräulein durch den Prediger Antwort geben.

Die Wagnitz kam mit einem Schreiben der Gefangenen zu Roloff. Die wußte um ihr Schicksal. Sie würde genesen; man würde ihr den Ledersack zu nähen geben; und am Tage des letzten, mühsamen, qualvollen Stiches würde sie der Henker weit vor der Stadt im steinbeschwerten Ledersack versenken. Sie war erwacht und war sehr klar und begriff, daß all das Grausame nur für ihr totes Kind geschah und daß um seinetwillen viele leben würden. Sie war sich auch des Geringeren wieder bewußt: daß der alte Vater tot war; sie war die Erbin und sie trat ihr Erbteil niemals an. Die Charlottenburger Freundin, ihre einstige Zofe, sollte ihre eigene Erbin sein; und in den schönsten Räumen des väterlichen Gasthofes sollte das Fräulein bei ihr leben. Der Prediger sprach zum Fräulein nicht viel. Es sterbe eine große Sünderin, viele nach ihr vor gleicher Sünde zu bewahren. Aus *einem* Tode werde vieles Leben. In solchen Gesetzen eines Königs handle Gott an den Menschen, am König genau wie an der Gerichteten. Solches Todesurteil sei Gebot des Lebens. Darüber stehe das Gebet eines Königs, und niemand dürfe daran rühren.

Das Fräulein hatte nichts damit zu tun, als dann – mit vielen Unterschriften versehen – ein Bittgesuch für die Kindsmörderin beim König eingereicht wurde. In dieser Bittschrift wurde an die gesegneten Umstände Ihrer Majestät der Königin und an das Elend des Mädchens im Spandauer Spinnhaus recht mahnend erinnert. Der Herr vermerkte am Rande des Schreibens, man mißverstehe ihn sehr. Der König war in diesen Tagen sehr verfallen, mehr als ein Mann um den Anfang seiner Dreißigerjahre es sein darf.

Er ließ die Diebe hängen, den Schlosser und den Kastellan; er würde die Kindsmörderin im Fluß ertränken lassen; Gundling war als der Narr seines Hofes geflohen. Ach, Hängen, Flucht, Ertränken waren harte Worte –. Und er wußte, daß er sie noch immer wieder hören würde; er würde weiter vernichten – ein Leben lang. Das machte ihn, zum ersten Male, müde. Eines Tages, vielleicht auch morgen schon, würden sie den Krieg von ihm fordern; und alle seine Königsherrschaft sollte nichts anderes mehr sein als eine Orgie des Todes.

»Die Zeiten Neros und Caligulas sind wiedergekehrt«, sagten sie heute schon in Berlin.

Fast war es, als ob die Grenadiere in Potsdam die Müdigkeit und erste Schwäche des Herrn zu ahnen vermöchten, als spürten sie, was seine Ferne von Exerzitium und Appell bedeuten wollte. Die festen Reihen waren wie gesprengt, der Klang der Trommeln wurde verwegen. Manchmal begegnete dem zornigen Fluch der Korporale Ungehorsam und ihren Stockhieben offene Auflehnung.

Einer kam zum Feldscher: »Der Korporal hat mich zerschlagen. Ich kann den Dienst nicht mehr tun.«

Ein anderer gab Meldung: »Der Sumpf in Potsdam macht mich krank. Fühlt nur, wie das Fieber in mir rast. Schreibt es nur der Majestät.«

Ein dritter brauchte einen Dolmetsch seiner Leiden. Er war noch fremd im Land und seiner Sprache nicht mächtig.

Ein fremder Wille war da.

Noch war der Gleichschritt Gleichschritt, und die Schüsse waren noch ein Blitz und Knall. Aber der fremde Wille war da: die Auflehnung, der Widerstand; keiner vermochte den neuen Willen zu fassen, keiner zu sagen: Hier ist er.

Ein Schuß fiel vereinzelt. Der Korporal stürzte auf den Frevler zu. Der junge Bleuset hatte seine Flinte hingeworfen und hob die zerschundenen Hände. »Ich kann nicht mehr.«

Aber er sagte es ohne Müdigkeit. Es war wie eine Drohung.

Der Schuß war das Zeichen gewesen.

An den vier Enden der neuen Königsstadt schlug das Feuer

empor. Die Grenadiere wurden zu Hilfe gerufen. Ein Haus ging schon in Flammen auf. Die Grenadiere jagten hin und her.

Einer rannte querfeldein aus dem Tor. Der Wächter schleppte Wassereimer; so hatte er ihn nicht gesehen.

Auch als der Brand gelöscht war, wurde der Flüchtige noch nicht vermißt. Denn alle hatte Entsetzen gepackt. Sie standen in Gruppen und fragten; und immer wieder wurde den neugierig Drängenden das gleiche gewiesen: die Lunte, der Napf mit dem Pulver. –

Die Stellen, an denen das Feuer gelegt war, wurden abgesteckt und bewacht. Dem König war schon Nachricht nach Berlin gesandt. Noch immer mehrten sich die Gaffer und Frager und Schwätzer an der Stätte der Untat; sie meinten und rieten. Da breitete der Schuß der Lärmkanone neue Unruhe aus. Die Sturmglocke läutete, kaum daß der Schuß verhallt war. Das war schlimmer noch als Brand! Sie stürmten alle von den qualmenden Mauern hinweg: Zur Hauptwache! Zur Hauptwache! Die Lärmkanone wurde abgefeuert! Ein Grenadier ist fort! Ein Deserteur! Ein Deserteur!

Die Strafen, wenn er Stadt und Nachbardorf entwischte, waren hart.

Die Kanonenschläge folgten immer rascher. Nun hörte man sie schon im nächsten Dorf. Die Potsdamer Sturmglocke im hölzernen Glockenstuhl läutete fort. In Bornstedt eilte der Küster zum Turm und zerrte das Seil.

Als der letzte Schuß der Lärmkanone kaum verhallt war und die Glocke noch vom letzten Schlag des Klöppels zitterte, brachten sie schon den Deserteur. Polterhansen Bleusets Bruder war gefangen.

Ein Reiter mit der Meldung jagte nach Berlin.

Drei Reiter trabten nach Potsdam.

Hinter dem mittleren Fuchs am Strick taumelte Bleuset, der junge.

Weit in der Ferne lief die Menge johlend nach.

Ob ihr Gegröl dem Wild galt oder den Jägern, – der König hätte die Antwort gewußt.

Der König hörte die Meldung an. Er sah auf; und wer ihn aufmerksam betrachtet hätte, müßte sagen: gequält.

Es war sehr viel für einen Tag: der Brand; die Lunte und das Pulver, die man fand; die Desertion. Wären die Flammen aufgeschlagen, hätte die Glut über Potsdam gelodert, wäre die Stadt in Verwirrung geraten – man würde mehr entwichene Grenadiere gezählt haben! Daran zweifelte der König nicht.

Über das Urteil, das am jungen Bleuset zu vollstrecken war, brauchte der Herr sich nicht zu äußern. Es stand fest. Im übrigen war weiter völlig unverändert Dienst zu tun; die Kasernen waren sofort sorgsam zu durchsuchen; jedes Haus, dem Grenadiere in Quartier gegeben waren, sollte man bis in den letzten Winkel durchwühlen.

»Doppelte Wachen an die Tore! Dreifache! Dreifache!«

Als er das bestimmte, verriet der Herr den Zorn, den Schmerz, die furchtbare Entschlossenheit.

Der Polterhansen verhängte alle seine Vogelbauer über dem Schanktisch. Nicht eines vergaß er. Die Gäste schickte er fort. Die Schlüssel trug er zu dem Schweigsamen hinter der Spreegassenbrücke.

»Nein«, sprach er, »du sollst mich nicht begleiten.« Und: »Ja, noch diese Nacht muß ich nach Potsdam. Morgen in der Frühe muß ich dort sein.«

Schon als die Sonne aufging, stand er am Exerzierplatz; er lehnte sich gegen einen Baum, sehr tiefe Schatten um die Augen. Bitterer als der nächtliche Weg war das morgendliche Warten.

Der Dienst geschah wie jeden Tag. Schön und strahlend richteten die Reihen sich aus, mit hohen, blitzenden Helmen und blanken Gewehren, in knapp umschließenden, sehr reinen Uniformen, edel und fest. Die Schenkel in den weißen Lederhosen waren wie Marmor, die Schritte gemeißelt, die Bewegung der Scharen schien voller Klarheit wie das Gesetz, nach dem die Gestirne sich drehen. Vollendet waren Gleichmaß und Stille, nur daß das Leder leise knirschte, das Leder der Riemen und Stiefel.

Heute brauchten die Korporale nicht mit ihrem Stock auf die Köpfe, auf die Hände, auf die Knöchel einzuschlagen. Die Schönen, die Jungen, die Großen in der Göttergleichheit ihrer starken Leiber standen, eingeschnürt in die Montur, fünf Stunden, standen wie eingeschraubt und festgenietet; fünf Stunden lang marschierten sie pfahlgerade, schwenkten sie wie *eine* Waffe die Reihen ihrer Körper. Ununterbrochen flogen federnde Griffe im Takt.

Fünf Stunden lehnte der Polterhansen am Baumstamm, und

die Ringe um seine Augen wurden tiefer. Er schleppte sich den Grenadieren nach. Die stolperten, wie Lahme, todmüde in ihre Quartiere.

Aber sie waren kaum in den Toren, so ging es wieder Hals über Kopf. Die Wäsche war zurechtzulegen, die Flecken waren zu mustern. Wo war ein Stäubchen auf dem weißen Leder? Gewehr, Patronentaschen, Koppel, jeder Knopf – sie blitzten noch nicht genug. Der eine Stiefel war nicht spiegelblank. Flink – Kreide, Puder, Schuhwachs, Schmirgel, Öl und Seife!

Ein Haar in der Frisur lag noch nicht recht. Wenn dich der Korporal sieht, setzt es Prügel! Der Korporal kommt nach der Mittagsrast! Kocht ab, kocht ab: Erdbirnen und Erbsen! Schlingt es hinunter! Hol um einen Dreier Fusel dazu! Hier zum Tausch, noch meinen letzten Brocken Brot! Bring um zwei Pfennig Dünnbier mit!

Jeden, der zur Schenke hastete, hielt Polterhansen Bleuset an. Er wartete vor der Tür. Aber sie stießen ihn zornig zur Seite. Gleich kam der Korporal! Was wollte auch der Polterhansen – er redete nur unverständliche Worte. Jetzt legte sich ihm eine Hand auf seinen Mund. Aber diese Hand war sanft. Der Schweigsame war gekommen; er war dem Polterhansen nachgegangen. Ihn fortzuholen, dazu hätte er beredt sein müssen; er mußte stärker sein. Nun vermochte er nichts, als neben dem Polterhansen zu bleiben.

Nach Mittag schritt der Korporal durch die Quartiere. Er musterte zweihundert aus, zweihundert der Reinen, der Gewaltigen, der Riesen.

Im Gewölbe der Wache schnitt der Profos die Ruten.

Vor der Wache auf dem Markt ragte der hölzerne Esel mit seinen harten, schmerzenden Kanten. Es war, gemessen an dem anderen, eine Lust, für kleine Vergehen stundenlang das Teufelstier zu reiten. –

Neben dem hölzernen Pferde reckte sich die Säule. Es war ein Spiel, für eine Verfehlung gefesselt und geschnürt, an ihr zu hängen.

Heute pflanzten sich die furchtbaren Zweihundert auf zur Gasse. Der Profos verteilte die Ruten. Das Tor der Wache tat sich auf. Sie führten Bleusets Bruder heraus. Volk lief herbei. Viele um den Polterhansen murrten; manche ächzten vor Schauer oder Neugier. Und dann war das entsetzliche Geräusch weithin über dem Platz und den Gassen: die stolpernden Schritte des Gejagten; die Schläge, das Stöhnen, der Schrei.

Achtmal jagten sie Wirt Bleusets Bruder durch die Gasse der Zweihundert. Zuletzt stieß der Profos ihn vorwärts, immer wieder vorwärts, wendete ihn am Ende der Gasse und trieb ihn wieder zurück. Einmal war der junge Bleuset am Ende der Gasse dem Bruder ganz nahe. Aber er wußte nicht mehr vom Polterhansen und daß der so nahe sei. Das zerfetzte Hemd wurde ihm vom zerschundenen Rücken gerissen. Das Blut hing, zu Lappen geronnen, herab. Noch schlugen sie weiter, noch stieß der Profos ihn zurück in die Gasse. Aber da stürzte der junge Bleuset, streckte sich, als wollte er kriechen –.

Da sanken die Arme, die Ruten. Die nächsten um ihn packten zu. Sie trugen ihn am Polterhansen vorüber. Der Schweigsame brauchte ihm nicht die Hände aufs Gesicht zu pressen, ihm die Augen zuzuhalten und den Mund zu schließen. Der Polterhansen sah nicht mehr; die Zähne biß er in die Fingerknöchel.

Der Schweigsame, damit alles auf einmal geschehe, sprach: »Dein Bruder ist tot.«

Er sagte es zweimal: »Er ist tot.«

Aus Polterhansens Mund quoll Blut.

Von Clement war ein neuer, über die Maßen merkwürdiger Brief beim König angelangt. Von der Reise aus sagte er so ziemlich alles voraus, was gegenwärtig in Berlin geschah: das fluchtartige Verschwinden einzelner Persönlichkeiten, die mit den geheimen Archiven in Verbindung standen; das Eintreffen der Residenten und neuer Bevollmächtigter vom Kaiserhof und aus Dresden; das jähe Anwachsen von Beschuldigungen, Vermutungen und Anklagen, die seine eigene Person betrafen. Bei allem Respekt vor dem König enthielt der Brief doch eine Art von Verhaltungsmaßregeln für den Herrn.

Der hätte diesem Schreiben noch einmal viel Beachtung und Vertrauen geschenkt, hätte nicht jener Brief bei seinen Akten gelegen, der seine Handschrift wies, seinen Namenszug trug – und niemals von ihm selbst geschrieben wurde; jener Brief, der zugleich geheimste Unterredungen zwischen dem König und Clement zur Voraussetzung hatte.

Dennoch, als hörte er weiter auf Clement, ließ der Herr eine Doktordissertation beschlagnahmen, die als Thema die Frage hatte: »Welche Rechte kann ein gefangener oder entführter Fürst ausüben?«

Auch brachte der König einen so merkwürdigen Vorfall wie diesen mit Clements Prophezeiungen in Zusammenhang: der Kriegssekretär Bube war in Frauenkleidern an einem der Berliner Tore auf und ab flaniert; er hatte sich durch Gang und Haltung verdächtig gemacht und war von einem Offizier zur Wache mitgenommen worden. Der König behielt ihn in Haft.

Alle Tore Berlins wurden plötzlich wieder gesperrt, alle Posten verstärkt, die Reisenden angehalten. Patrouillen durchstreiften die Straßen. Niemand sah klar, was Ursache und Zweck war. Viele, die schon wieder sehr sicher geworden waren, fühlten sich von neuem beunruhigt. Endlich ließ der König in die Wohnung des sächsischen Legationssekretärs in Berlin gewaltsam einbrechen, um sich in den Besitz von Papieren zu bringen, auf die Clement hingewiesen hatte. Das entsprach nicht gerade den sonst üblichen Formen des Umgangs zwischen Hof und Diplomatie – aber bestimmte Dokumente durften nun einmal nicht mehr verschwinden.

Über diesen Schriften saß der Herr die halbe Nacht. Aber die Pistolen hatte er jetzt nicht mehr bei sich. Doch lag auf seinem Schreibtisch der Orden de la générosité, den er Clement verlieh, und die Summe, die er ihm auszahlen ließ. Clement hatte sie zurückgesandt; er könne so dem König nicht dienen.

Die Königin schwelgte indes auch auf den späten Abend noch in Diplomatie. Der sächsische Gesandte berichtete an seinen Hof, für die Königin sei alles vom Zepter bis zum geringsten Kammerjunker voll Verehrung. Auch heute füllten sich ihre Räume mit wahren Kapazitäten höfischen Ränkespiels – Kapazitäten, die vom König kaltgestellt worden waren, damit sie sich auf eine für Preußen dienlichere Tätigkeit besännen. – Der gesamte mit dem König unzufriedene Adel übersandte der Königin seine Vertreter: die Alvensleben, die Bernstorff, die Schulenburg, die sich etwas darauf zugute taten, daß eine der Ihren seit langem die Mätresse des Vaters Ihrer Majestät war. Die Verwandtschaft hochgestellter Herren, die seit Clements Auftreten sichtliche Zurücksetzung von seiten des Königs erfuhren, stellte sich ein. Der König hätte ein sehr klares Bild von seiner Gegnerschaft am Hof, im Adel und in den hohen Ämtern gewinnen können, wenn er nur zu solcher Stunde in die Säle seiner Gattin hätte hinübergehen wollen.

Hatte er sich in Clement getäuscht, wurde er von Clement betrogen, so kam dieser Opposition, die hier um Ihre Majestät geschart war, erhebliches Verdienst zu. – Der König wartete ab. Er ließ die Gattin, mit einer heimlichen Bewunderung und leisen Befremdung, gewähren. Die Königin selber aber vergaß, daß nichts, gar nichts Größeres sie in den Widerstand gegen Clement getrieben hatte als ihr Unwille und ihre Empörung über die Maßregelung einer ihrer Damen über ihren Kopf hinweg – eine Maßregelung, die in den Wochen erfolgte, in denen Clement erschienen war und in denen gleich danach die Stellung mehrerer Personen von Rang eine Erschütterung erfuhr.

Während all diese Geschäftigkeit in den Appartements der Königin herrschte, bereitete die Ramen aufs sorgsamste das Deshabillé Ihrer Majestät vor. Die Königin erschien jetzt immer sehr abgespannt in ihrem Schlafkabinett; aber je angegriffener, auf eine angenehme Weise, sie sich fühlte, desto geringer war ihr Widerstand gegen das Bedürfnis, mitzuteilen, was sich ereignete, und auszusprechen, was sie bewegte. Ermattet lag die Stolze unter ihrem Baldachin und redete erregt und lange. Die Ramen betupfte Gesicht und Hände der Herrin mit lauwarmem Wasser und trocknete sie mit einem gewärmten Tuche ab. Die Ramen trug ihr Erfrischungen ans Bett. Es war eine Wohltat ohnegleichen, solche Kammerfrau zu besitzen.

Die Ramen allein war aber auch in all der Spaltung und all dem Zerfall allem und jedem zugewandt, dem Schloß und der Gasse, dem Kochschen Gasthof und Polterhansens Schenke; und manchen hatte sie auf dem Weg von einem Ort zum anderen begleitet, so ewig getrennt sie auch schienen.

Die Behende wußte auch schon wieder, was mit Bleusets Schenke geschehen war und daß an des Polterhansen Stelle nun der Dicken Schneider Schwester, die Kadettenwäscherin, die sich aufs Haareschneiden und die Krätze verstand, dort den Branntwein ausschenkte, die Münze einstrich und die Vogelbauer über dem Schanktisch verhängte. Der Schweigsame, der hinter der Spreegassenbrücke wohnt, hatte den Polterhansen – damit er nicht in seiner Schenke zum Aufwiegler werde – bis an die Grenze eines fremden Landes gebracht, darin der König von Preußen nicht mehr Herr war.

Die Kammerfrau schien eines jeden Geschichte zu wissen, der nicht mehr Untertan des Preußenkönigs sein wollte. Davon nun unterhielt sie ihre Königin. Und die lauschte ihr gern bis tief in die Nächte. Wollte die Ramen aber noch jemals von der Charlottenburger Kastellanstochter zu reden beginnen, wehrte die Königin ab.

»Es ist alles nur törichtes Gerede, Ramen.«

Und in solchem Augenblicke war sie wahrhaft groß. Aber sie suchte die Größe nur in der Macht.

Auch in dem Alten Pastorate von Sankt Peter verlöschten die Kerzen noch nicht zu der Stunde, um die der Prediger Roloff sonst die Feder aus der Hand zu legen pflegte. Noch auf den Anbruch der Nacht hatte Minister von Grumbkow persönlich sich bei Roloff angesagt, und unermüdlich trug er nun jeden Beweisgrund zusammen, der Roloff von der Wichtigkeit der Reise überzeugen konnte. Der Prediger sollte noch morgen nach Holland, Clement zu suchen. Er kenne den Baron am besten; er müsse es erreichen, daß Clement zum König zurückkehre. Der Seelenfriede des Herrn, die Ruhe des Landes stünden auf dem Spiel. Niemand außer Clement vermöge die Verwirrung um König Friedrich Wilhelm zu lösen; und die Verwirrung sei so groß, daß solche Reise ohne das Wissen des Herrn, sollte sie zu seinem Besten sein, geschehen müsse.

Da aber erfuhr der Minister, daß die gleiche Bitte, nach Den Haag zu reisen, bereits vom König selbst an den Pfarrherrn gerichtet worden war und daß er schon am nächsten Morgen die Fahrt anzutreten gedachte. Der Minister hatte nur noch dafür Sorge zu tragen, daß der zweite Platz in Roloffs Extrapost auch wirklich an einen gewissen Oberst Forestier vergeben würde.

Denn der Oberst Forestier fuhr mit fast dem gleichen Ziel im Auftrag des Ministers, um auf weltliche Weise zu erreichen, daß Clement zurückkehre, falls die geistliche etwa versagte.

Von der Morgenfrühe an, alle Tage, wenn man das Tor des Spinnhauses aufschloß, hatte die Wagnitz das Haus der kranken gefangenen Frauen aufgesucht. Sie mußte stets von neuem darum kämpfen, die Gefangene, den Schützling, sehen zu dürfen. An den furchtbaren Anblick hatte sie sich, sehr um Fassung ringend, gewöhnt: die Kranke von Tag zu Tag verfallener zu finden, fiebrig und abgezehrt auf einem armen Bett, auf dünner Stroh-schicht und kärglichem Bettzeug; und das Stroh war feucht vom Niederschlag der Herbstnacht auf den kalten Mauern. Nur manchmal erwachte die Hindämmernde noch zu einer Empfindung der Milde: wenn das Fräulein von Wagnitz, für flüchtige Augenblicke, zu ihr eingelassen wurde; nie vermochte die Tiefe der Erschöpfung zu verhindern, daß sie die Nähe der Beschützerin nicht wahrgenommen hätte. Nach ihrem Kinde verlangte die Gefangene nicht. Denn sie glaubte, die Schmerzen ihres Leibes wären sein wachsendes Leben. Sie glaubte es fest. Der Zar war ihrem Denken entschwunden; hätte sie einer nach des Zaren Majestät gefragt, sie hätte solche Frage nicht begriffen. Nur Katharina Alexejewna, obwohl sie diese nur von ferne hatte sehen dürfen, ging sanft durch ihre Fieberwirren und lächelte das Lächeln des Fräulein von Wagnitz, und das leise Läuten all der kleinen Heiligenbilder an ihrem Kleide war um sie. Das tat ihr wohl. Das andere war fern und ausgeschlossen: daß die Spinnhausfrauen ihr den Ledersack zum Nähen auf eine Pritsche hatten legen müssen; wenn sie vom Fieber genas, so sollte sie nähen. Der große Lederfetzen lag nun Tag um Tag und Nacht um Nacht sehr nahe bei ihrem Strohbett, als sollte sie sich seiner als einer wärmenden Hülle bedienen. Das Fräulein von Wagnitz hatte es ertragen lernen müssen, bei ihr zu stehen und nicht aufzustöhnen, wenn es den Ledersack sah, in dem die Kindesmörderin ertränkt werden würde. Und das Fräulein hatte es vermocht, sehr still zu werden; denn die Hoffnung kam ihm und wuchs, daß die Sünderin den Tod, der Sünde Sold, empfangen würde, noch ehe der Profos sie holen kam; sie würde nicht mehr genesen.

Heute, als die Wagnitz wieder bei dem Wächter klopfte und um Einlaß bat, trug man das Brett mit dem Leichnam an ihr vorüber. Der Totenkeller wurde aufgeschlossen. Die Leichenwäscherin lärmte mit Zuber und Becken. Der Schreibgehilfe wollte Namen, Daten, Fakten wissen. Niemand hatte für das Fräulein Zeit. Es irrte durch den kalten Gang und fühlte sich wie ausgestoßen aus dem Haus der Strafen und Leiden, wahrhaft verstoßen selbst von dieser Stätte des Jammers. Wohin in der Welt sollte es noch seine Schritte wenden? Wo war noch ein Mensch? Wo war Clement? Wann durfte sie zu ihm?

Der war indessen auf der Wache der Hausvogtei in aller Stille eingeliefert worden.

Der erste, der den König in dieser erregenden Angelegenheit sprechen konnte, war der Prediger Roloff. Er wirkte bei der Audienz ein wenig schwerfällig, war blaß, und seine Augen hatten nicht ihr Feuer. Er war abgespannt von dem, was um ihn vorgegangen war; er war betroffen und sprach bedrückt. Auch der König war bleich. Er bekundete dem Pfarrherrn sein Bedauern, daß Roloff in eine Tragödie und Katastrophe gerissen worden sei, deren Anfänge er nicht kenne und deren Entwicklung für ihn so völlig im Dunkel liege.

»Aber ich befinde mich fast in der gleichen Lage«, fügte der König hinzu. »Ich habe, als ich Sie nach Holland zu reisen bat, nicht geahnt, daß Sie mir Ihren Konvertiten als Gefangenen zurückbringen würden.«

»Mein Auftrag war beendet, sobald ich mit dem Baron die preußische Grenze erreichte und die Gewißheit besaß, daß er zu Euer Majestät zurückkehren würde. Ich habe ihn nicht zurückgebracht. Was hatte ich mit jenem Oberst Forestier zu tun, der ohne meinen Willen alle meine Wege kreuzte, zuletzt sogar als Kommandant der Grenzwache –«

Soweit hier der König selber verletzt war, verbarg er es.

»Meine Minister haben von Vollmachten, die ihnen zu Gebote standen, Gebrauch gemacht. Sie behaupten, daß genügend Verdachtsmomente vorlägen, die sie dazu verpflichteten, Clement vom Grenzübertritt an als Staatsgefangenen zu behandeln.«

Der Prediger blieb kühl.

»Wenn diese Absicht von vornherein bestand, so hat man mich und mein Amt in verwerflicher Weise mißbraucht. Man kann den Seelsorger wohl nach vollzogenem Urteil in den Gang des Gerichtes einbeziehen; nach dem Urteil, Majestät, nicht aber, wenn es gilt, die Unterlagen für den Urteilsspruch zu beschaffen.«

»Meine Minister werden sich zu verantworten haben.« Der König gab sehr bereitwillig und eingehend Auskunft. Dem Amte des Predigers begegnete er mit großer Ehrfurcht und duldete Roloffs Widerspruch. »Ich habe nicht gewußt, daß ein früherer Oberst Forestier den Platz in Ihrer Extrapost teilte; daß er in Holland immer wieder in Ihrer Nähe sich zeigen würde; daß er die Grenze mit Ihnen wieder überschritt und im Besitze einer Vollmacht war, die ihn die Grenzwachen in Anspruch nehmen ließ. Ich habe Sie als Clements geistlichen Lehrer zu ihm gesandt, um für meine Seelenruhe, für die Ordnung meines Landes und den Frieden Europas die Lösung eines fürchterlichen Geheimnisses zu erbitten. Das Geständnis einer etwaigen Schuld des Barons habe ich nur Ihnen gegenüber erwartet; dann wären vielleicht die Folgen solcher Schuld zu beseitigen gewesen, ohne daß neue Konflikte entstanden. Sie wissen mehr als ich davon, was Gott in Clement wirken mag. Ich hatte den Frieden des Landes und Clements Geschick in die Hände seines Seelsorgers gelegt. Ich habe Ihr Amt nicht mißbraucht.«

»Nein, Majestät«, sprach der Prediger Roloff, und seine Augen gewannen wieder ihr Feuer, »Sie haben mein Amt und das Ihre nie mißbraucht.«

»Aber«, unterbrach ihn der König, »die Völker werden nicht nur geführt von den Königen und den Propheten. Da sind noch die Minister. Es wäre bitter, wenn sie nun mit ihrer List meinem Lande einen Dienst erwiesen hätten. Dann, Pastor Roloff, könnte Ihr eigentlicher Auftrag erst beginnen. Und wenn ich ihn, aus Müdigkeit oder Zorn, dann nicht mehr wiederholen sollte – dann handeln Sie an Clement, wie es Ihnen Ihr größerer Herr geboten hat, daß man an Sündern tun soll, die ihr Gericht ereilt hat.«

Friedrich Wilhelm schellte dem Diener, ließ sich Hut und Mantel bringen, bestellte den Wagen und fuhr zur Hausvogtei hinüber.

Weil es ein heller, kühler Tag war, lag auch über der Wachtstube der Hausvogtei ein helles Licht. Clement hatte sich einen Schemel ans Fenster gerückt – die Fesseln waren ihm nun abgenommen worden – und las, als kümmere anderes ihn nicht, in den holländischen Zeitungen, die er am Morgen der Abfahrt von Amsterdam noch gekauft hatte. Er saß ein wenig leger, das rechte Bein über das linke geschlagen; sein Mantel lag neben ihm auf der Erde, so wie er ihm von den Schultern geglitten war. Die Handschuhe hatte er in einer Seitentasche seines Rockes, des nach letzter Mode geschnittenen, stecken. Degen und Hut lagen auf einem zweiten Schemel neben ihm. Den Soldaten im Wachtlokal kehrte er den Rücken zu. Sie würfelten, ziemlich leise, auf einer Bank. Aber nun sprangen sie auf, zerrten am Leibgurt, ergriffen die Flinten und riefen: »Der König!«

Clement legte seine Zeitung auf den Fenstersims. Er trat der

Majestät sofort entgegen und grüßte sehr tief. König Friedrich Wilhelm, fast die vielleicht gebotene Zurückhaltung vergessend, rief sofort: »Ich habe Ihnen den Roloff geschickt, Baron.«

Der sagte kühler, als er je zuvor gewesen war: »Und Ihre Minister, Majestät, sandten mir den einstigen Oberst Forestier. Bezüglich der Auftraggeber beider Herren bestand für mich kein Zweifel.«

Der König – die Soldaten waren gleich hinausgeschickt worden – preßte einen Augenblick in unbewußter Erregung die Hände zusammen. »Was ist denn geschehen?«

»Wäre ich, Majestät, von Ihrem Prediger begleitet, nach Berlin zurückgekommen, wie es mein Wille war – es hätte eines einzigen Gespräches zwischen Euer Majestät, dem geistlichen Herrn und mir bedurft, um Ihnen alle Klarheit zu schaffen. Der Prediger Roloff hat in Holland kein anderes Wort von mir gehört, als: ›Ich will mich ganz auf den König verlassen!‹ Nun aber bin ich der Staatsgefangene Ihrer Minister und muß ein geordnetes Verfahren und meine Vernehmung abwarten.«

»Und der Brief?« fragte König Friedrich Wilhelm, weniger heftig als bedrückt, und hielt dem Baron das Schreiben entgegen, das seine eigenen Schriftzüge trug und nicht von ihm stammte.

Der hier unerbittlich schien, war der Gefangene.

»Der Brief, Majestät, wird ein Gegenstand meiner Aussagen sein. Ich bin ein Angeklagter, und ich werde als solcher Rede stehen. Ihren Frieden, Majestät, werden Sie in jedem Fall zurückgewinnen, nur daß nun leider um des Herrn Oberst Forestier und seiner Auftraggeber willen einige Zeit vergehen wird. Ich muß noch mehr um meine Kläger und meine Richter wissen; das ist das mindeste Recht, das letzte, des Gefangenen.«

»Sie machen alles noch schwerer, Baron«, sprach seufzend der König. »Man muß Sie vorerst nun als Staatsgefangenen behandeln. Man bringt Sie nach Spandau. Ich kann lediglich dafür Sorge tragen, daß man Ihre Haft so leicht wie möglich gestaltet. Ich werde veranlassen, daß Sie bis zur Klärung Ihrer Angelegenheit ein bequemes Bett erhalten. Ich werde Ihnen ein Silberservice für Ihre Mahlzeiten bringen lassen.«

Clement verneigte sich und dankte ehrerbietig; in den wenigen Worten erschien er aber angegriffen und erschöpft. Der König erkundigte sich weiter, welche Wünsche der Gefangene noch habe und ob etwa Angehörige eine Nachricht erhalten sollten; vielleicht sei es gut, sie nach Berlin zu berufen; er scheine nicht ohne mächtigen Einfluß. Denn die Gerüchte um die rätselhafte Herkunft Clements hatten den König erreicht.

»Ich habe keine Verwandten«, sagte Clement; und, wider Willen fast, fügte er hinzu: »Denn ich weiß nicht, wer ich bin.«

Das Unheimliche dieser Antwort übergehend, drang der König weiter in ihn: »Oder Freunde? Die Möglichkeit entlastender Aussagen besteht. Wer soll kommen?«

Clement lächelte. »Nur eine soll kommen. Aber die wird sehr belastend für mich sein. Man wird alles versuchen, daß sie es für mich wird.«

Nun fiel zwischen ihnen der Name des Fräulein von Wagnitz. Clement sah den Herrn sehr offen an und sagte mit Sicherheit: »Ich kann keine Schande darin erblicken, eine Frau zu lieben, von der Eure Majestät geliebt worden ist. Auch ist es das erste Recht aller Frauen, nach einer unglücklichen Liebe sich zu wandeln, Majestät.«

Das sprach er wieder fast leichthin, wie wenn sich Kavaliere von den Damen unterhalten.

»Ich muß es überlegen«, meinte der König. Diesmal war er sich noch nicht im klaren. Er verließ das Wachtlokal sehr nachdenklich. Die Soldaten suchten ihre Bank und würfelten weiter.

Im Torbogen der Hausvogtei stand das Fräulein von Wagnitz, etwa wie eine Bettlerin an einer Mauer lehnt oder die Frau eines Verurteilten ein Gnadengesuch zuzustecken begehrt. Das Fräulein vermochte es nicht mehr zu ertragen, König und Abenteurer, die geliebten, in den Gang des Rechts gezerrt zu sehen. Die Rechte seines Herzens wollten stärker sein. Es hatte sich, mit aller erwünschten Zurückhaltung brechend, selber zur Hausvogtei gewagt. Nun mußte die einstige Hofdame Ihrer Majestät den Herrn ganz nahe an sich vorüberlassen. Sie hatte große, glänzende Augen. Denn das Fräulein zählte zu den sehr schönen Frauen, deren Augen strahlender und weiter werden vom Weinen. Daß sie die Hand ein wenig nach dem Herrn ausstreckte – davon hat die Geängstete nichts gewußt. Es geschah so ohne Halt und Denken, wie das wenige geschieht, das Menschen richtig tun.

Der König blieb stehen. »Ich darf Sie bitten, mir zu folgen.«

Schon kehrte er um, schritt die Stufen noch einmal hinauf,

schickte die Wache von neuem heraus, führte das Fräulein zu Clement und harrte selbst an der Tür.

Das Fräulein sank auf die Bank der Soldaten. Vor ihm lagen noch die Würfel, wie sie im letzten Spiel gefallen waren. Clement trat zu der Geliebten, strich über ihr Haar und sprach ruhig und sicher zu ihr. Aber er sah sie nicht an.

»Ich bin von selbst gekommen«, sagte er der Geliebten, »und ich habe den Entschluß auch nicht geändert, als das dumme, dreiste Spiel des Oberst Forestier begann. Ich werde dem König das Geständnis machen, aber nicht heute und nicht morgen. Erst muß ich selbst Gericht gehalten haben, und so lange mußt du schweigen.«

Die Geliebte hörte aus allem nur eines: daß noch eine Frist war; und daß niemand außer ihr von Clement wußte. Sie konnte nicht anders als hoffen. Niemand kann anders als hoffen, solange nicht die Unabänderlichkeiten Gottes über ihn hereingebrochen sind. Nur die Lügner schwärmen manchmal von der Hoffnungslosigkeit; und die das Unglück der Menschheit noch nicht ganz erfahren haben, gefallen sich in ihr.

Zu einer Stunde, da die Minister und Diplomaten mit düsteren und verschlossenen Gesichtern umherliefen und auch der König blaß war vor Erregung und sich in Arbeit vergrub, ging ein junger Mann von gutem Wuchse, proper gekleidet, mit einem munteren, heimlichen Lächeln durch die Straßen, immer näher aufs Schloß zu. Ihm wurde auch nicht bänger, als er am Portal stand. Er hatte einen feinen Brief im Rock. Ganz gewiß, so viel Schlimmes geschah, so Arges man munkelte – ihn würde der König empfangen. Der König hatte selbst an Herrn von Creutz geschrieben, daß er den jungen Burschen sehen wolle. Jawohl, stand in dem Brief des Königs, er sei über die ganze Angelegenheit im Bilde, und Creutzens Schützling möge nun erscheinen.

Da stand der junge Nicolai nun vor dem Herrn: drei Bücklinge bis tief zur Erde – und nun kerzengerade Haltung, und die Augen auf den Herrn geheftet!

König Friedrich Wilhelm schätzte den jungen Mann sehr sorgsam ab. Der erschrak jedoch kein bißchen.

»Wie ich höre, will Er heiraten?« begann der König freundlich zu fragen und suchte Creutzens Brief hervor, in dem der Präsident der Rechenkammer, verantwortlich auch für den Aufschwung der Berliner Gasthöfe, den noch vom alten Wirt Koch selbst erwählten Eidam und Verwalter nachdrücklich empfahl.

Nicolai mußte ihm auf der Stelle berichten.

»Also Er verwaltet den Kochschen Gasthof?«

Der König unterbrach ihn nur im Anfang ein einziges Mal.

»Seine Aufgabe ist nicht leicht. Um unseren schönsten Gasthof in Berlin geht ein Gerücht vom Laster und Tod, und er ist in großer Gefahr; es hat sich alles geändert, und sein Verfall wäre mir bitter. Darum habe ich selbst nach dem Tode der unglücklichen Erbin die Testamentsvollstreckung und Verwaltung an den Präsidenten der Generalrechenkammer übergeben, der den Gasthof und seine Erfordernisse einmal sehr genau kannte; als junger Rat hat er ja selbst dort gewohnt. Der hat Ihn eingesetzt; und wie man mir berichtet, macht Er seine Sache gut, so schwierige Verhältnisse Er auch antraf.«

Der Präsident von Creutz nun hatte allerlei gute Gründe entdeckt, dem jungen Verwalter des Gasthofs dessen Erbin, die einstige Zofe der Wirtstochter, als künftige Braut zu empfehlen, da der König trotz aller schweren Schuld der Demoiselle Koch deren Testament unangefochten ließ. Aber gegen solchen Vorschlag einer nützlichen, wahrlich recht einträglichen Ehe – wenn er nur dem Gasthof wieder emporhalf – hatte der junge Nicolai nicht schlecht gewettert. Dergleichen sei ein übler Rat und eine schlimme Sache.

Wenn die Erbin ihn in seiner Stellung ließ – das war seine Meinung – nun, so wollte er vom Eigenen sparen und sich das Mädchen holen, das ihm einmal gefiel. Nun hatte aber der Zufall – als er daran dachte, mußte er lächeln – gewollt, daß er, nachdem er die Erbin des Gasthofs, die Kastellanstochter aus Charlottenburg, das eine und das andere Mal gesehen hatte, gar nicht mehr nach dem anderen Mädchen, das vielleicht noch irgendwo zu finden wäre, Ausschau zu halten begehrte.

Etwas Hübscheres, Sanfteres, Gesetzteres an Frauenzimmer könne Majestät sich gar nicht denken, versicherte er dem König, obwohl Majestät doch ganz gewiß mit sehr schönen und vornehmen Damen zusammenkämen.

Genau so sagte der junge Mann, und König Friedrich Wilhelm mußte es glauben. Der junge Wirt und Freier sprach auch in der allerhöchsten Gegenwart vergnügt und unbefangen in den Tag hinein; es war ihm nicht anzumerken, daß auch er, eben in dem

Kochschen Gasthof, schon Zeuge sehr trauriger Eindrücke war. Jene Legatin, der man nach dem Testament der Gefangenen vom Spandauer Spinnhaus das schönste Appartement im Kochschen Gasthof überlassen sollte, das gnädige Fräulein von Wagnitz, hatte ihm gesagt, die junge Erbin, die Tochter des Charlottenburger Kastellans und einstige Zofe der unglücklichen Demoiselle Koch, habe auch ihn nicht übel befunden und wisse ihm sehr vielen Dank für alle Mühe, die er sich mit ihrem Erbe mache. Aber, so meinte das adlige Fräulein, er dürfe die Jungfer, was Verlöbnis und Heirat anginge, nicht gar so sehr drängen. Die Charlottenburgerin habe einen großen Kummer zu überwinden, und der Tod der Freundin bewege sie sehr.

Wie sollte der junge Nicolai wissen, wieviel Tieferes die Erbin und die Legatin des Kochschen Gasthofes verband, viel mehr als die bloße Hinterlassenschaft und das Vermächtnis der Zarengeliebten an sie beide: nämlich, daß sie, die einstige Zofe und die Dame von Stand, den König von Preußen geliebt hatten und ihre eigene Sprache miteinander reden lernten über die Ferne des Ranges und der Herkunft hinweg.

Der König schien wieder einmal alles von seinen Untertanen zu wissen; so wollte es Nicolai scheinen. Denn der Herr nahm sein Wort auf und sagte: »Ja, die Charlottenburger Jungfer hat einen großen Kummer gehabt. Aber«, so fügte er besonders freundlich hinzu, »Er scheint mir der Rechte, der Jungfer zu einem blühenden Gasthof und einer glücklichen Ehe zu verhelfen.«

Und nun stellte er Fragen nach der Wirtschaft; und der Prüfling schnitt gut ab und zeigte sich ebenso tüchtig wie munter; und seine Munterkeit war ohne Kälte, tat wohl und verletzte nicht die, welche das Leben nicht mehr lachend anzupacken vermögen; sie verwundete nicht jene, die schon zu der großen Einsicht und Vorsicht gelangten.

Aber nun hatte auch der Fröhliche ein paar Falten auf der glatten Stirn und zeigte sich ein wenig bekümmert; es sei nun einmal, gestand er, ein gar zu schlimmer und nicht zu vertreibender Schatten über das herrliche Gasthaus gefallen; bald nach der bunten Zarenzeit nahm es den Anfang. Nun mieden viele Vornehme die Säle und hübschen Appartements, und mancher Wein im Keller würde gar zu alt. Es müsse etwas geschehen, daß der Ruf des Kochschen Gasthofes sich wieder hebe.

Der König, die Audienz beendend, stand auf. Der letzte Punkt war kein Problem. Er reichte Nicolai die Hand.

»Wenn Er mir gut umgeht mit der kleinen Lietzenburger Kastellanin, wenn Er sie mir bald zur Madame Nicolai macht und der Gasthof dadurch einen anderen guten Namen erhält, nämlich den seinen – so will ich euren Gasthof selber dann und wann besuchen und, wenn es an der Zeit ist, bei euch Pate stehen.«

Und der König trug ihm einen Gruß an die künftige Braut auf; und weil er gegen den Aufschub einmal erst gefaßter Pläne war, schlug er die Weihnachtszeit und Jahreswende für das Hochzeitsfest vor. Auch für den Kummer der Jungfer schien es ihm am besten so. Das Leben mußte weitergehen.

Bald nach den Festen war die Königin von einer Tochter entbunden worden. Der König begab sich sofort nach der ersten Gratulation noch einmal zu der Gemahlin zurück. Er hatte das Gefühl, ihr gar zu wenig Freude und Dankbarkeit bezeugt zu haben. Tatsächlich trat auch die Freude an dem neuen Kinde ganz zurück hinter dem Gefühl der Befreiung, wenigstens dieser einen Sorge enthoben zu sein, wie die Gattin nach all den Erregungen der vergangenen Wochen die Niederkunft überstehen würde; dieser Druck war von ihm genommen.

Das Glück der Mutter war noch geringer. Es hätte ja die Krönung ihrer großen Zeit bedeutet, wäre gerade jetzt ein Sohn von ihr geboren worden. Sie hatte, eben darum, das neue Kind nicht minder leidenschaftlich ersehnt als einst die beiden ersten Söhne und nach ihrer beider Tod den dritten. Sie zweifelte nicht an ihrem Triumphe über Clement.

Daß sie darüber trauerte, ihre eigene Apotheose nicht schon jetzt zu erleben, wie es ihrer ungeduldigen Art entsprach, das verriet die Königin dem Gatten nicht, obwohl es ihr immer sehr schwerfiel, nicht alles rasch und sehr ausführlich zu besprechen, was ihr Hirn und Herz bewegte. Die Scheu, dann in den Augen des Königs nicht mehr groß zu erscheinen, gebot ihr hier Zurückhaltung. So klagte sie nur, ihm keinen neuen Sohn geschenkt zu haben; und er war bewegt und tröstete sie, daß ihm dieses Kind besonders lieb sein müsse als das schönste Zeichen jener schweren Zeit, da seine liebste Frau Königin vielleicht sehr viel für Preußen tat durch ihre zarte Ahnung, ihren klaren Blick.

Er hatte beide Hände auf die überkreuzten Hände seiner Frau gelegt. So saß er bei ihr, tief zu ihr herabgebeugt. Sie hatten so lange nicht mehr wie Mann und Frau miteinander gesprochen. Die Wirren um Clement hielten sie einander fern. Die Königin empfand, was sie noch niemals wahrgenommen hatte: daß es schön war, wenn der Gatte ganz allein so nahe bei ihr saß und leise auf sie einsprach. Wahrhaftig, es war schön, ihm zuzuhören, obwohl er keine Komplimente wußte und ihr nur einen ungefaßten Diamanten zum Geschenk gemacht hatte. Aber er sollte nicht aufhören, davon zu sprechen, daß ihre neue Tochter den Namen Sophie Dorothea tragen sollte zum Gedenken an die große Zeit der Mutter. Diesmal, hatte der König gesagt, wähle er ganz allein den Namen aus. Das war der Mutter ein sehr großer Stolz.

In diesen Augenblicken wollte sie ihre hohe Gesinnung beweisen. Sie sprach von Clements Begnadigung und nannte den König den gütigen Herrn über Clements Geschick. Da erhob sich der König, und wieder war er ganz in seiner anderen Welt, in der Tod und Leben ein anderes sind als an Sarg und Wiege im eigenen Hause. Der König sprach wie in einer Abwehr.

»Ich bin nicht der Herr über Clements Geschick. Niemals werde ich in den Gang der Justiz eingreifen. In diesen Fall bin ich mit zuviel eigener Neigung und zuviel eigenem Glauben verstrickt, als daß ich von dem mir zustehenden Rechte der Begnadigung Gebrauch machen dürfte. Meine Aufgeschlossenheit für Clement ist sein größtes Unglück geworden. Ich bin befangen, kann ihn nie begnadigen. Was ich dir sage, werde ich auch vor den Richtern wiederholen, und vor niemand braucht es ein Geheimnis zu bleiben: dieser Mann war mein Freund. An Kenntnissen, Anlagen und Plänen war er ein König, den ich mir zum engsten Genossen wünschen würde, hätte er ein Reich. Er war ein König ohne Land und Amt.«

Und wie der Prediger Roloff sprach er Worte der Schrift wie die eigenen, vom Augenblick ihm eingegebenen Gedanken aus; und es war, als erfülle ihn noch immer eine letzte, ja ungeheuerliche Hoffnung für Clement, als er nun sagte: »Aber es kommt einer aus dem Gefängnis zum Königreich; und einer, der in seinem Königreich geboren ist, verarmt.«

Tiefer als diese Worte berührte die Königin, als sie kurz danach erfuhr, der König habe den Vorschlag des Magistrates abgelehnt, die neue Kirche in der Spandauer Vorstadt Sophie-Doro-theen-Kirche zu nennen. Solches komme, sagte der König, kei-nem Menschen fürstlichen Geblütes zu; vor der Kirche seien sie sündige Menschen.

An der Seite dieses Mannes gab es nur Augenblicke des Glückes. Alle ihre Freude war verflogen.

»Ich tat, was des Königs Minister alle Tage tun. Sie suchen die Minister anderer Mächte zu betrügen und sind an fremden Hö-fen nur hochgeehrte Spione. Hätte ich einen öffentlichen Cha-rakter gehabt wie sie, so wäre ich jetzt vielleicht auf der Höhe des Glückes, wie ich nun wohl bald auf der Höhe der Galgenleiter sein werde.«

Clement sagte es im letzten Verhör. Man hatte ihn aus dem Kerker geholt. Die große Halle der Spandauer Feste war zum Gerichtssaal hergerichtet. Es war am frühen Vormittag. Aber Kerzen brannten überall auf dem Tisch der Sekretäre zwischen den Stößen der Akten. Neben dem Lehnstuhl des Königs waren hohe Eisenleuchter aufgestellt. Die inquirierenden Minister vor dem Tisch mit den wuchtigsten Leuchtern gemahnten an Prie-ster am Altar. Wie Chorherren saßen zur Rechten und Linken auf schweren Eichenstühlen die Geschäftsträger des kaiserlichen und des königlich polnisch-kursächsischen Hofes. Sie waren, damit man ihren Herrschern Genugtuung verschaffe, zu der Verhandlung zugezogen. Der König wünschte die äußerste Of-fenheit; Wien und Dresden sollten jeden Einblick haben. Den Wiener Herrn bedrückte es wenig, daß der Angeklagte einmal kaiserlicher Resident von Brabant im Haag mit zwölftausend Gulden Gehalt hatte werden sollen.

Zum erstenmal waren alle Helfer Clements vor den Richtern versammelt. Aus dem Kalandshofe in der Klosterstraße, dem Gefängnis für das einfache Volk, und der Stadt- und Hausvogtei, die den Inquisiten höherer Stände vorbehalten blieb, waren sie hergebracht worden. Alle hatten sie sich selbst verraten. Der kränkliche, grämliche Baron Heidkam, einer der ewig Mißgün-stigen von dem großen Höflingssturz beim Regierungsantritt des Königs her, war plötzlich in allerlei schwedische Spionage-geschichten verwickelt; der Herr von Lehmann, ebenfalls einer der Kavaliere von einst, hatte durch seine Flucht nach Dresden mehr Einblick in die wahrhaft bestehende Komplicenwirtschaft an den Höfen des Reiches gegeben, als ein Geständnis über die Lieferung von Unterlagen für gefälschte Briefe vermittelt haben würde. Der Kriegssekretär Bube war schon längst in Weiberkleidern an einem Stadttor abgefaßt worden.

Alle Unzufriedenen, so schien es, hatten sich an Clement geheftet. Alle spielten sie ihr Spiel entsetzlich schlecht und hatten es verloren, als der große Abenteurer sie nicht mehr zu führen bereit war. Gegenseitig trieben sie sich ihren Richtern zu. Nun war auch Grumbkows Erster Sekretär verhaftet.

Bis sie nicht alle Clement gegenübergestellt seien, sagte der Herr, bleibe ein großer Skrupel in seinem Gemüte übrig.

Es war wie eine Totenmesse: die dunkle Halle, die Stille, die Kerzen; Baron Heidkam schluchzte vor sich hin; die schweren Wolken draußen wurden immer dichter, immer düsterer. Ein Vorfrühlingsgewitter über der Havel machte den Tag beinahe zur Nacht.

Clement bat die Barone Heidkam und Lehmann um Verzeihung, daß auch sie nun in sein Unglück einbezogen wurden. Zwei Unzufriedene, die mit dem neuen Günstling wieder aufzusteigen hofften, waren zu Verlorenen geworden. Sie hatten Domänenräte gekannt, die ebenfalls verbittert waren gegen das neue Regime. Die hatten ihnen für Clement alle Buchungsunterlagen beschafft, die er brauchte, um in gefälschten Briefen österreichische und sächsische Pläne über die Entführung des preußischen Staatsschatzes glaubhaft zu machen.

Clement hatte aber dem Herrn auch Kopien von Plänen seines Jagdschlosses Wusterhausen ausgeliefert, deren Originale sich in Händen der fremden Kabinette befinden sollten. Und er hatte die Warnung hinzugefügt, der König möge nicht gar zu sorglos auf Wusterhausen leben, fast ohne Leibwache, nur vier Meilen von der sächsischen Grenze entfernt. Der König hatte an der Echtheit dieser Projekte nicht gezweifelt.

Grumbkows Sekretär berichtete sehr dreist und in offenem Haß gegen König Friedrich Wilhelm. Der Herr sei nun einmal nicht beliebt. Es herrsche allenthalben viel Mißfallen darüber, daß die Leute so viel geben müßten, wie sie gar nicht aufbringen könnten; zu viel Arbeit und zu wenig Besoldung, das schaffe eben eine schlechte Stimmung; selbstverständlich hätten Untergebene und Bediente miteinander räsoniert.

Minister von Grumbkow gab sich äußerst unbefangen. Er

könne sich unmöglich um die privaten Unterhaltungen seiner Sekretäre bekümmern. Die Minister, Richter und Räte sahen den Fall ebenfalls nicht so tragisch an. Ein fauler und geldgieriger Schreiber hatte mit unzufriedenen, verarmten Baronen zu konspirieren gesucht und ihnen einige Aktenabschriften, wie sie durch seine Hand zu gehen pflegten, zugeschanzt. Er hatte Clement, durch die Barone, Briefe des Ministers zu lesen gegeben und geheime Pläne von Berliner Bauten verschafft. Ein vereidigter Beamter war er nicht. Das Gericht erkannte auf drei Jahre Festungshaft. Es wußte, daß der König zwanzig Jahre forderte.

Nun, während der Regen immer dichter rauschte und die Blitze immer rascher folgten, ging ein Flüstern durch den Saal. Boten erschienen an der Tür. Meldungen und Rückfragen lösten sich ab. Endlich meldete man der Majestät: »Der Kriegssekretär Bube kann nicht vernommen werden. Ein Schlaganfall hat ihn getroffen.«

Der König, von Beginn an übers Protokoll gebeugt, sprach, ohne den Blick zu erheben: »Schlaganfall? Gift!«

Der Schreiber Nord, der trotz aller seiner üblen Briefe über den König begnadigt werden sollte, hatte sich zur gleichen Stunde die Kehle mit einem Federmesser durchschnitten.

Clement wurde die erbetene kurze Pause, sich zu erholen, bewilligt. Er war völlig überanstrengt. In den Monaten der Haft waren ihm mehr als zweieinhalbtausend Fragen vorgelegt worden. Zu rund fünfhundert Punkten hatte er sich schriftlich geäußert. Seine Niederschrift kam einem dicken Buche gleich. Rästelhafterweise mißtraute der König keiner seiner Aussagen. Noch rätselhafter aber schien, daß der König das Verfahren so gar nicht beschleunigte. Sollte nicht nach seinen radikalen Justizverordnungen ein Kriminalprozeß nicht mehr länger als drei Monate dauern? Warum fiel das Urteil noch immer nicht?

Wieder hatte man Clement eine »letzte« Liste mit noch weiteren dreiundachtzig Fragen zugestellt. Auch hatte er noch einige früher gemachte Aussagen zu bestätigen. Die Pause, die man ihm bewilligt hatte, war vorüber.

Danach bat er, einige Aussagen in französischer Sprache vorbringen zu dürfen, um sie recht bestimmt machen zu können. Die meisten reckten die Hälse, als gäbe es dabei etwas zu sehen. Ein Minister warf vor Neugier gleich den Leuchter um, und Clement lächelte verächtlich.

Der König hörte nun von ihm nichts Neues. Clement entwarf mit Kälte und Genauigkeit die Historie eines Abenteurers, die der König schon längst als die erschütternde Beichte eines Menschen vernahm, der, tief in Schuld und Übel und Unordnung gebannt, den Blick nicht von Kreuz und Krone zu wenden vermochte. Er hatte dem König, ruhig und bewußt in jeder Einzelheit, sein Geständnis an jenem Tage und zu jener Stunde abgelegt, die er sich in Holland vorgenommen hatte. Die Geliebte hatte nur gestammelt: »Nun mußt du es tun«, und noch einmal die ganze Zerrissenheit ihres Herzens erlitten. Sie hatte auch gewußt, daß Clement den Namenszug vor den Augen des Herrn wiederholen würde.

Ganz am Ende der Clementschen Aussagen horchte der König aber auf.

Clement stand hinter den tief herabgebrannten Kerzen. Sein Haar lag wirr und feucht auf seiner schönen Stirn. Die großen, grünen Augen hielt er fest auf den König gerichtet. Er sprach leiser.

»Ich habe Jus und Theologie zur gleichen Zeit studiert. Das hat mich verwirrt. Der Zwiespalt zwischen Gottesrecht und Menschenrechten war zu tief, die himmlischen und die irdischen Ordnungen klafften zu furchtbar auseinander. Daher kam mein übler Wahn, daß in der Welt nichts ohne List und verwirrte Umstände vorwärtszukommen vermöchte und daß jeglicher Sünder sehr wohl König werden könnte, wenn er den sündhaften Fürsten nur an Fähigkeiten überlegen wäre und in seinem Streben höher griffe als sie.

Und weil ich es nicht kann, auch nicht begehre, nach einer solchen Rebellion zu leben, so ergebe ich mich ganz und gar dem, was Majestät beliebt. Einen Umstand aber möge der König als schwerstes Vergehen bewerten: daß ich, ihm aufzufallen und sein Vertrauen zu gewinnen, den Glaubensübertritt vornahm und den von ihm am meisten geschätzten Prediger als meinen Lehrer suchte. Gott aber hat in dem zu mir gesprochen, was ich als Lüge und Frevel begann.«

Die Kerzen waren niedergebrannt. Die Halle hatte sich mit Tageslicht gefüllt. Die Richter in den langen, bauschigen Talaren gingen leise hin und her. Es war wie in einem Dom nach dem Hochamt.

Der König verharrte blaß und regungslos in seinem Armstuhl.

Wer sollte richten, wo Gott selbst an einem Sünder handelte? Er fühlte die ganze entsetzliche Gefahr, die der Rechtsgang jetzt für ihn selbst bedeutete. Er war müde, zu töten. Wie durfte er den bekehrten Sünder Gott entziehen?! Was hatte Gott mit einem Menschen vor, den er vom Rebellentum zu solcher Demut vor der Ordnung führte?! Der König wollte so reiche Klugheit und so tiefes Denken, wie sie dem Aufrührer eigneten, nicht vernichten; er wollte sie der Ordnung dienstbar machen, wollte begnadigen gegen alles Recht – ein Recht, das er von Grund auf hatte säubern wollen. Hier, an dieser Stätte und in dieser Stunde, rangen das alte und das neue Recht, quälend für ihn spürbar, miteinander. Und schon verschrieb sich der König einem freien Rechte seines Staates und leistete den Verzicht auf jene Machtvollkommenheit des Landesherrn, nach der er Urteilssprüche aus eigenem Ermessen bestätigen, mildern und verschärfen konnte. Aber seine Schwermut wich durch solchen Entschluß nicht von ihm.

Dieser Morgen des Gerichtes war von Erschütterungen zu belastet. Durch Nachtkuriere hatte den Herrn unmittelbar vor der Verhandlung gegen Clement die Nachricht ereilt, der Zarewitsch sei im Folterkeller mit Knuten erschlagen worden, und niemand werde je erfahren, ob den tödlichen Hieb der Henker oder der Vater führte – der Vater, den seine Untertanen noch im tiefsten Haß ihr »Väterchen« nannten!

Für wen, fragte es wie eine fremde Stimme im Herzen des Königs von Preußen, für wen, Zar Peter, baust du deine Städte? Für wen schickst du die neuen, die gewaltigen Schiffe aufs Ostmeer? Für dich und deine kurze Frist? Hat Gott denn dich und mich aus unserem lichten Amte gestoßen und in ein düsteres Reich seiner unentrinnbaren Gewalt verbannt? Sind wir in die letzte Tiefe allen Königtums geworfen, dorthin, wo der König nur noch dem Henker gebietet und nur noch dieses einen Dieners bedarf? Ist dir das Schwerste auferlegt, Bruder Peter: Richter und Vernichter dessen zu sein, der nach dir kommen sollte?

Noch in jedem geheimen, quälenden Gedanken bestätigte der König die Freiheit und Unabhängigkeit des Gerichtes. Er suchte Gesetze, welche größer waren als der eigene Wille. Ihn schauderte vor Zar Peter, dem Freund.

Die Reden der Bevollmächtigten aus Wien und Dresden aber – beide hatten sich zur gleichen Zeit erhoben – hörte der König nahezu feindselig an. Funkelnd von Ringen und Orden, strahlend von den goldenen Schnüren ihrer samtenen Röcke, standen sie da, umleuchtet von dem ganzen Glanze ihrer Höfe. Sie sprachen kalt und feierlich. Dieses Gericht, wie es am besten die Teilnahme des Königs und der auswärtigen Bevollmächtigten bezeuge, sei ein Sondergericht. Es könne in einer so hochwichtigen Sache, in die drei mächtige Staaten einbezogen seien, die Anerkennung des Reiches und der an ihr beteiligten Höfe nur erlangen, wenn es die Halsgerichtsordnung Kaiser Karls V. übernehme.

Was war Preußen und sein Recht? –

Wien und Dresden forderten die Hinrichtung. Der Kaiser verlangte die Auslieferung des Verbrechers, um ihn in Wien lebendig pfählen zu lassen. Man wollte Clement der Gnade des Königs entziehen; in dem Unberechenbaren schien etwas gar zu Absonderliches vorzugehen!

Und der König atmete auf – angesichts solcher Herausforderung! So maßloser Anspruch verlangte neue Verhandlungen. Es würde noch Zeit vergehen. Niemand konnte mehr sein versäumtes Cito! Cito! bespötteln.

Clement war noch einmal aufgestanden, drohend und bleich.

»Ich habe nur an einem gefrevelt, und der soll mich richten. Dem Rechte des Königs von Preußen will ich mich fügen und allein in ihm dem Gesetze allen Königtums Genüge tun, wie er allein ein König ist.«

Die Herren Bevollmächtigten belächelten den Wahn und Dünkel des armen Schächers. Aber im Innersten wußten sie wohl: noch war er stark genug, um zu drohen.

Daß er es war – Clement bewies es dem König, obwohl er keine Gelegenheit mehr hatte, ihn zu sprechen. König Friedrich Wilhelm fürchtete für Preußens Recht. Darum hielt er sich fern. Clement bat ihn nicht zu sich. Er wußte, wie der Herr um Recht und Gnade litt. Er erflehte von dem König nur die eine Gunst, ihm eine geschlossene Denkschrift zustellen zu dürfen.

König Friedrich Wilhelm nahm an keiner der nachträglichen Vernehmungen mehr teil. Doch ließ er sich die Protokolle Wort für Wort vorlesen. Clements Denkschrift las er ganz allein. Er zweifelte nicht, daß jedes Wort des Briefefälschers wahr und recht sei. Er ahnte, daß Clements einstige Phantome und Erdichtungen den Kern einer nur zu beunruhigenden echten Prophetie enthielten.

Er blätterte und blätterte und wurde immer überzeugter: hier wurde ihm ein Dienst erwiesen, wie ihn noch keiner für ihn leistete. Es mochte dahingestellt bleiben, inwiefern es mit jenen Plänen, den König von Preußen auf einer Jagd zu »überfallen und aufzuheben« – wie es mit Stanislaus von Polen versucht und mit König Johann Sobieski vor gar nicht langer Zeit geschehen war –, den Höfen zu Dresden und Wien jemals Ernst gewesen war. Von Hannover, Dresden und Wien gemeinsam aber war eine Zerstückelung der brandenburgischen Landschaften in Aussicht genommen; und in der Wiener Allianz hatten Österreich, England und Polen sich verpflichtet, »alle ihre übrigen Kräfte anzuwenden, um dem Feinde in seinen Landen Diversion zu machen, wenn einige derselben so gelegen sind, daß man leichtlich einbrechen kann«. Der Feind war Brandenburg.

Um das neue Preußen zu schwächen, hatte der Kaiser begonnen, den Widerstand des Adels gegen König Friedrich Wilhelm zu stärken.

Ein Feuer glimmte in der Asche der alten Kriege und – der Freudenfeuer zu der Thronbesteigung deutscher Fürsten in fremden Ländern. Die aber, die sich Meister all der künftigen Weltgeschicke dünkten, schienen viel eher die Werkzeuge des einen allmächtigen Willens zu sein: des großen Kardinals in Madrid, Alberoni, des wahren Herrn im ohnmächtigen Spanien der Königin Elisabeth. Der stand in Clements Schrift plötzlich vor dem Preußenkönig als der Antichrist, der dem Heiligen Römischen Reiche Deutscher Nation den raschen Untergang geschworen hatte. Und Preußen war des Reiches wundes, wildes Herz. Europa besaß einen Dämon, den Ketzerverbrenner von Madrid, Toledo, Sevilla, Valladolid und Cuenca. Klein war er, ein Gärtnerssohn, schwarz, breitschultrig und hatte einen großen Kopf und kurzen Nacken. Reich war er an Plänen, Hilfsmitteln und Auswegen, maßlos bis zur Unbesonnenheit und angetan, einen Staat groß zu machen oder zu verderben. Und niemand außer Clement schien den Dämon ganz zu kennen. Niemand als Clement war wahre Verheißung von ihm widerfahren. Von ihm empfing der Abenteurer allen Anspruch seiner Macht. Durch den einen Mann ohne Wissen um Herkunft und Geburt sollte der König von Preußen, durch den Ketzerkönig sein Land, durch

Brandenburg das Reich, durch das Reich der Erdteil vernichtet werden. Für einen schweren Augenblick der Weltgeschichte schien alles Geschehen unter den Ländern und Völkern um den Kardinal von Madrid, den König von Preußen und den Abenteurer und Rebellen, der nicht wußte, wer er war, zu kreisen.

Davon schrieb der Briefefälscher, und der König glaubte ihm und wurde zum Eingeweihten der tiefsten europäischen Geheimnisse.

König Friedrich Wilhelm verbarg die Clementsche Denkschrift in seinem Rock. Er rief den Diener und ließ seinen Schimmel satteln.

Noch einmal hatte er das Recht, zu Clement zu reiten, wiedergewonnen. Er kam ja nicht, ihn zu verhören. Er wollte sich ja nicht in das Verfahren mengen. Er suchte ihn nur auf, um ihm zu danken. Und als gehöre dies notwendig mit zu jenem Dank, ließ er der einstigen Hofdame von Wagnitz freundlich Nachricht geben, die Angelegenheiten ihrer Güter seien nun geordnet; es erwarte sie ein neues, gutes, großes Werk, es sei viel an ihren armen Bauern gutzumachen, aber die Möglichkeiten seien nunmehr auch gegeben.

Er wollte das Fräulein von Wagnitz von Berlin entfernen, der Stadt des Gerichtes über Clement. Er wollte der Geliebten des Abenteurers noch den Weg ins neue Leben weisen.

Aus der Zeit, in der König Friedrich Wilhelm täglich nach Spandau geritten war, hieß der Schimmel bei den Pferdejungen immer noch »Der Spandauer«. Manchmal war das Tor der Festung noch verschlossen gewesen, wenn der König schon die Gasse zum Turm einbog. Manchmal hatte der Herr noch sein Mittagsmahl in Clements Kerker eingenommen. Täglich hatten sich damals der König und der Abenteurer gesprochen.

Als der Herr jetzt doch noch einmal wiederkam, fand er Clement in Ketten gelegt. Der Gefangene schien nicht darauf gefaßt, daß er den König wiedersehen sollte; und der König nahm wahr, daß Clements grüne Augen sich bis zum tiefen Schwarz verdunkelten, wie immer, wenn er sehr erregt war. In seinen Ketten verneigte sich Clement tief vor dem König; unentwegt sah er ihn an. Der König umschritt erst schweigend den Tisch, blieb stehen, stemmte dann die Hände auf den Tisch und sagte fast heftig, wohl um den Schmerz zu verbergen: »Jeder muß die Tiefen der Schuld an seinem Teil bis zum Tiefsten auskosten. Ein König wird Räuber, Tyrann, Wucherer, Brandstifter, Mörder.«

Der Bleiche, der in seinen Ketten, dem König gegenüber, an dem Pfeiler lehnte, hörte mit gesenktem Haupte schweigend zu. Tränen rannen ihm über das Gesicht und die Hände. Als gäbe es nur diese eine Antwort, sagte er dann leise das Ungewöhnliche und Unvermittelte.

»Gott und der König sind wie die Cherubim über dem Gnadenstuhl, deren Antlitze gegeneinanderstehen. Gott ist ein himmlischer ewiger König, und der König ist ein irdischer sterblicher Gott. Könige, Majestät, Könige im Glauben, sind wandelndes Gleichnis unter den Menschen, sind Hüter der heiligen Ordnung Gottes, für die er sich in seinem Sohne hingab; Haushalter seiner Geheimnisse sind die Könige der Erde – auch dort, wo sie morden.«

König Friedrich Wilhelm entgegnete ihm allzu rasch: »Ich bin ein Mann, Baron, der die Hufen seiner Äcker mit der Meßschnur berechnet, die Warenballen seiner Manufakturen mit Gewicht und Elle prüft, den Etat bis auf den Pfennig kalkuliert, Montur und Proviant der Armee überwacht.«

Der mit den dunkelgrünen Augen nickte.

»Ja, Majestät, und eben darum stellt Gott Sie mitten in seine Geheimnisse. Das Wunder wird nur an den Nüchternen offenbar.«

»Wir reden«, lenkte der König ab, »von Dingen, die Ihnen in Ihrer bitteren Lage fernstehen müssen. Sie sind vom schwersten Schicksal bedroht. Ginge es nicht um das Recht – ich würde Sie begnadigen. Ich würde Sie zum ersten meiner Räte machen. Sie waren weder mein Untertan noch in meinem Dienste und mir im Grunde also durch keine Pflicht verbunden!«

Clement lächelte. Die Tränen vermochte er nicht von den Wangen zu wischen. Die Ketten waren zu schwer, die Haft war zu lang.

»Es ist nicht schwer, zu sterben«, sagte er mit wieder fester werdender Stimme. »Ich bin längst vernichtet. Ich habe den einzigen König gefunden. Keine Vernichtung, Majestät, ist so völlig wie jene, die durch Bekehrung geschieht.«

Weiter zu sprechen, hat der Herr ihm nicht gewährt. Finster gebot er ihm Schweigen.

Aber als dies nun gesagt war, meinte Clement zu dem Herrn so frei wie einer, der nichts mehr zu fürchten, wohl aber noch ein Letztes zu vollbringen hat: »Sire, Sie sind durch Gedanken verwundbar.«

Der König, ohne daß er noch eine Erklärung verlangte oder darauf einging, bemerkte leichthin: »Ich glaube wohl.« Er hatte sich einen Schemel gesucht, ließ sich nieder und sah zu dem Gefangenen auf.

Der hielt ihn mit Blicken und Worten umklammert. »Wer Sie mit Gedanken verwundet, bekommt eine große Macht über Sie.«

Der König schien sinnend und still. »Wenn Gottes Geist in ihnen mahnt«, rang er sich dann ab.

Der Abenteurer suchte Mitleid, Trauer und Bewunderung zu verbergen. Er begann kühl aufzuzählen: »Der erste, der Sie mit Gedanken verwundete, war Professor Gundling. Er mußte gehen. Ich habe es dahin gebracht. Er war der einzige Nebenbuhler, den ich fürchtete.«

Der König wartete nicht ab, was nun folgen sollte. Er fragte nur: »Soll ich Gundling wieder holen lassen?«

»Nun, wo Sie das Geheimnis wissen – ja. Nun kann er Sie nicht mehr verwunden.«

»Nur wachsamer machen«, schloß der König und senkte den Kopf.

Aber noch einmal drängte es Clement zur Rede.

»Ach, Majestät.« Da verschlug es ihm die Stimme, und er vermochte nur zu denken: Du Wachender, Lebendiger!

Der König, als wäre es ihm doch nicht so leicht faßbar, wiederholte es leise: »Ja, ich bin durch Gedanken verwundbar.« Und er fühlte allen Schmerz und alles Fieber, die jene Verwundung ihm brachte, in ihrer unerträglichen Schwere und Glut.

Sie schwiegen jetzt beide. Der König erhob sich.

»Ich werde nicht mehr kommen.«

Die Ketten klirrten nicht. Der Gefangene blieb regungslos.

Nur der Schemel, den der König zurückschob, polterte auf dem steinernen Boden. Die Tür zum Kerker wurde hart geschlossen.

Nun ritt der Herr nicht mehr nach Spandau.

Wie er Städte baute, Regimenter auf die Beine stellte, Handel trieb, Edikte auf Edikte häufte und in dem leichten, offenen Wagen durch die Lande seiner Herrschaft jagte, so ungestüm, so beharrlich begann er sich auf dieses Neue zu stürzen. Er wollte das Wissen um den Sinn seines Amtes ertrotzen, das ihn zwang, einen zu töten, der einem König glich und ein Knecht sein mußte, sein Gefangener.

Wo war der Segen, wo der Fluch, wo die Verwerfung und wo die Erwählung? Bei den Gefangenen oder den Richtern, bei den Knechten oder den Königen?

Als der Herr das letztemal aus Clements Kerker kam, war er beschattet von der Ahnung, daß Könige vermögen müssen, mehr zu leiden und schwerer zu sündigen als andere Menschen.

Könige sind am tiefsten gebeugt unter Gottes Gericht.

Ruhelos durchschritt er das Schloß. Es war so still, viel zu still. Die Königin spielte mit ihren Damen schon seit dem Kaffee Toccadilles und L'hombre, das hübsche spanische Spiel; im engsten Kreise hatte der Herr ihr auch zwei Glücksspiele noch gestattet.

Die größeren Kinder hatten Unterricht. Die Kleinsten lagen noch im Mittagsschlaf. Die Sekretäre waren nicht bestellt, das Arbeitskabinett stand leer.

Jenseits des Ganges war eine Tür nur angelehnt. Der König öffnete sie ganz. Niemand ließ sich sehen. Doch fand er Spuren einer Arbeit, einen Zeichentisch mit Skizzen, eine Staffelei mit aufgespannter, aber unberührter Leinwand; Taburetts mit Farbenbüchsen, Behälter mit Pinseln standen umher. Über einer Sessellehne hing ein Kindermantel von sehr leichtem Hermelin. Der König wußte um die Vorbereitungen für ein neues Gemälde. Die jüngste Prinzessin sollte für die englische Verwandtschaft von Pesne porträtiert werden.

Der König prüfte die Pinsel und Farben. Die alte Lust kam über ihn, was er plante und was ihn bewegte in flüchtiger Skizze hinzuwerfen. Es war verführerisch, daß er den Pinsel schon in Händen hielt, die Leinwand aufgespannt fand. Er vermochte nicht zu widerstehen.

Litt er um die Not der Bauern – er malte ihren Hof, den Jammer der Frau, den Streit der Männer mit dem Wucherer, die Raben des Unheils über dem Dach.

Ersehnte er gewaltige Geschlechter für seine menschenarme Erde, verlangte er danach, daß der Sand zu blühen und der Sumpf von Ähren zu rauschen begönne – er malte Enakssöhne, ragend und herrlich wie üppige Bäume vor den dürftigen Kiefern der Mark.

Auch Potsdam, die neue Stadt, war ein Bild.

Wo aber gab es je ein Bild des Sinnes?

Er begann, den Denkenden zu malen.

Die Gedanken sollten ihn nicht mehr überfallen aus ewiger Leere heraus, ihn zu verwunden, ihm zu entweichen und unfaßbar zu bleiben.

Er mußte sie bannen, die ungreifbaren, unbegreiflichen.

Ungefüge zog er die Striche, aber leise tauchte er den Pinsel in die Farbe, mit dem Rot des Lebens das Bildnis des Mannes zu durchströmen, der sich betrachtet, wie einer, der ein Bild anblickt oder im Spiegel sich anschaut in der bangen Frage, wer er sei. Er malte den Mann in dem Bild und dem Spiegel: er malte das Bild eines Bildes. Aber die Augen des Menschen waren leer vor Suchen und vor Ausschauhalten, leer und unergründlich in einem, als wären sie, immer nur suchend, selbst niemals mehr für eines Menschen Blick zu finden.

Um den Kopf des Mannes zog der König einen Bilderrahmen, als stünde er wie ein Bild in dem Bilde. Von unten her fügte der König einen Spiegel in sein Gemälde; er warf ihn nur in groben Strichen auf die Fläche. Den Spiegel hielt er dem Mann in dem Bilde entgegen, so hart, daß beide Rahmen aneinanderstießen.

Aus dem Spiegel trat zum zweitenmal das augenlose Antlitz. Mit leeren Augen blickte es sich selber an, zwiefaches Gesicht ohne die Möglichkeit der Selbsterkenntnis.

Der König dachte nicht; er bannte die Gedanken; er malte.

Es war ein Bild von einer harten Hand, ein Bild aus einem schweren Sinn, gemalt von einem, der kurze Rast hielt auf der ruhelosen Wanderung durch die stille, leere, goldene Flucht verlassener Räume, in denen er, ein König, niemals heimisch war.

Am Abend traf noch ein Brief vom Fürsten Anhalt-Dessau bei dem König ein. Er sollte zur Jagd nach Dessau kommen. Dem König erschien es noch ein wenig zu früh; aber er verstand. Er verließ Berlin sofort. Er ritt mit dem Fürsten; er blieb stundenlang an seiner Seite. Bei den abendlichen Zechereien erschien der König nicht.

Dagegen hatte er gebeten, daß er sich nach der Rückkehr aus

dem Walde, sobald er sich nur ein wenig ausgeruht und umgekleidet habe, in das Arbeitskabinett des Fürsten zurückziehen dürfe. Er bat ferner, ihm gegen acht oder neun Uhr noch einen kleinen Imbiß an den Schreibtisch bringen zu lassen. Zur Nacht verabschiedete er sich nicht mehr. Den ganzen Abend schrieb der König.

Der Fürst bot ihm die eigenen Sekretäre an. König Friedrich Wilhelm dankte. Es handle sich um Affären und Projekte, die er noch gänzlich geheimhalten müsse, vorerst auch noch vor dem Treuesten.

Die Bedrücktheit des Königs war allen so offensichtlich, daß niemand sich wunderte, als der Herr schon vor der Zeit wieder abzureisen verlangte. Er machte der Fürstin, nach ihrem bürgerlichen Blute nicht fragend, einen artigen Besuch. Ihr teilte er es zuerst mit.

Über sein nächstes Reiseziel äußerte sich der König ein wenig unbestimmt; tatsächlich wußte er es selbst noch nicht. Ihn verlangte nur nach Ruhe für die neue Arbeit, für den eben erst gefaßten Plan. Er hatte Woche um Woche verloren über den Geschicken und Gedanken. Nun stürzte er sich wie ein Reuiger auf das Werk; aber noch schwieg er beharrlich. Selbst an dem Abend des Abschieds änderte er nichts an seinem Verhalten und redete sogar von Dingen, wie sie der Dessauer jetzt am wenigsten erwartete. Er sprach von Gundling. Warum, fragte sich der Fürst, in aller Heiligen und drei Teufels Namen gerade Gundling?!

Der Fürst sollte Gundling wiederbeschaffen!

Den Narren? Den Federfuchser? Den Blackscheißer? Den Säufer? Den haltlosen Heuler? Den Undankbaren? Wie kam man zu der zweifelhaften Ehre, mit Verlaub zu fragen, Majestät?

König Friedrich Wilhelm hob die Hand, ein wenig abwehrend. Doch dann erklärte er es ruhig.

Der Fürst hatte in Halle sein Regiment und hielt sich sehr viel dort auf. An der Hallenser Alma mater war Gundlings Bruder ein Professor von Rang. Der mußte von dem Flüchtling etwas wissen.

»Soll er mit Gewalt gebracht werden, Majestät?« Jetzt machte der Gelehrtenfang dem Fürsten schon Spaß.

»Nein«, sprach der König, »Gundling soll Zusicherungen erhalten. Mein Vorleser und Historikus in festem Amt soll er werden. Ich muß ihn wiederhaben.«

Der frische, braungebrannte Fürst, der hochgereckte Mann mit den kühlen, von keiner Schwermut verdunkelten Augen vermochte unmöglich zu ahnen, wie dringend der Herr den eigenwilligen Schwätzer und seine wunderlichen Gedanken, seine absonderlichen Parallelen brauchte und gerade jetzt nach ihnen verlangte.

Fürst Leopold fügte sich; er versprach, auch wenn er den königlichen Freund diesmal durchaus nicht verstand; denn der hatte sehr viel durchgemacht; man durfte ihn nicht gar zu dringlich fragen. Und schließlich galt es nicht mehr, als einem Deserteur nachzustellen. Der Fürst schrieb emsig in der merkwürdigen Angelegenheit. Aber der Alte Schnurrbart schrieb ja so ungeheuer gern, wenn auch wirr und unleserlich und um jeden Preis in jede Silbe ein überflüssiges »h« einschiebend.

Erst als sie schon über zwei Meilen jenseits der preußischen Grenze waren, vom Anhaltischen her, gab der König das genaue Ziel an. Aufs Jagdschloß Schönebeck zu sollte man fahren. Nach diesem Schlosse, weil es gar so abgelegen war, hatte er noch nie gefragt. Aber darum war es nun der rechte Aufenthalt für ihn. Da war kein Hof, da gab es keine Gäste, da fand sich weit und breit auch keine Nachbarschaft. Der König hatte vorerst lediglich damit zu tun, das völlig verstörte Kastellanspaar über seine Ankunft zu beruhigen. Seinen Kutscher schickte er gleich in die nächste Stadt, ihm Federn und Tinte und reichlich Papier auf das Jagdschloß zu holen. Der König ließ sich nur zwei Zimmer richten, den kühlen, kleinen Saal mit seinen hohen Bleiglasfenstern nach dem Apfelgarten und, jenseits des gepflasterten Flures mit den Geweihen, eine Schlafkammer. Der Wald stieg nahe ihrem Fenster zu einer kleinen Höhe an. Die Federbetten der Frau Kastellanin waren gar nicht schlecht. Nur einen großmächtigen Waschzuber mußten sie dem König noch holen. Früh, mittags und abends verlangte der Herr eine Kanne Brunnenwasser.

Die anderen Zimmer, alle zu ebener Erde in winkligem Kreise um einen kleinen Mittelhof gelegen, sollten bleiben wie sie waren. An Schränken, Tischen, Spiegeln hatten sie nicht viel: hier standen noch zwei Armstühle vor einem Kamin, dort noch eine Truhe und ein eiserner Leuchter vor rissiger Wand. In der einen und der anderen leeren Stube hatten sich die Kastellansleute sogar mit altem Hausrat, Obstkörben und Handwerkszeug breitgemacht. Der Herr beließ sie ihnen. Seine kleine Geleitschaft schickte er voraus nach Berlin. Er blieb ganz allein.

Aber wenn nun jeden Abend in Saal und Kammer die Lichter angesteckt waren, sah selbst das arme Jagdschloß Schönebeck, das jahrelang wie tot gelegen hatte, nahezu wieder festlich aus. Der flache, schmale Giebel über dem niedrigen Tor trug das kurbrandenburgische Wappen, von Efeuranken umweht; das Schloß lag leicht erhöht in dichtem, wildem Buschwerk; dahinter war der Wald, waren die Kiefern, die Birken, die Sterne.

Die Schönebecker Hunde gewöhnten sich sehr rasch an den Gast. Als der König am Morgen den Küchengarten – er hatte nur die Breite von zwei Beeten – und den strohgedeckten Fachwerkstall mit Kuh und Kalb und Schaf, Ziegen und Hühnern besichtigte, folgten ihm die Hunde schon wedelnd. Tagsüber kratzten sie manchmal an der Tür zum Saal. Aber da hörte der Herr nicht auf sie. Er schrieb und schrieb, wie ein Magister über einem Buche hockt, das ihn berühmt machen soll unter allen Gelehrten der Erde. Nur die weißen Blätter lagen vor ihm und nicht wie sonst die hochgetürmten Aktenstöße, die Urkunden, Rechnungen und Belege. Keine Sekretäre, keine Referenten gingen aus und ein.

Völlig Neues schuf der Herr. Seine Lettern jagten sich nur so. Es war nicht mehr die alte, klare Schrift. Jäh und alle Zeilen sprengend warf er klobige, zerrissene, schiefe Hieroglyphen aufs Papier. Daß er so lange seinem Schreibtisch ferngeblieben war, daß er den Bau von Potsdam außer Augen ließ, daß er sein Regiment nicht mehr an jedem Tage selber exerzierte, daß er viel grübelte und in Gedanken war, voller Sorgen und Fragen, und nur den Sinn des Amtes erfassen wollte, als sei dies dringlicher denn alle Tat – nun erwies es sich als tiefe Ruhe der Besinnung vor dem Werk, als ein Atemholen vor dem Ausbruch königlichen Schöpfertumes.

Als er müßig umhergelaufen war, verwundet und verzehrt von den Gedanken, hatte er dennoch sein Land um keine Stunde seiner Königszeit betrogen. Nun war es erwiesen. Nun war er freigesprochen. Jedes Blatt, das er auf Schönebeck schrieb, war Rechtfertigung, Beweis und ein eingelöstes Versprechen.

Der König von Preußen und Kurfürst von Brandenburg war daran, die Mark und Preußen, Cleve, Magdeburg und Pommern zusammenzuschmieden. Angesichts der Weltfeindschaft unterwarf er das Zerrissene und Widerstrebende im eigenen Land, das abertausend Gefahren in sich barg, einer einzigen Ordnung. Fünf Jahre seiner Herrschaft hatten die Notwendigkeit gezeigt, fünf Jahre seiner unermüdlichen Landfahrt hatten ihn die Möglichkeit gelehrt, an die noch keiner glauben wollte. Er gliederte, vereinfachte, glich aus und ergänzte. Er schrieb das einzige Buch seines Lebens: wie sein zerstückeltes, sein allen Feinden offenes, armes Land zu regieren sei, auch wenn er selbst nicht mehr wäre. Aus Landstrichen schuf er ein Reich, aus Ständen den Staat, aus sinnlos vielfältigen und einander widersprechenden Verordnungen ein starkes, klares Gesetz. Er schrieb die erste Verfassung des preußischen Staates; und er hatte die Stunde erkannt, in der solche Niederschrift geschehen mußte. Jeden Tag, wenn er nach Spandau geritten war, hatte er bei sich erwogen, wie alle ihn verließen, mit denen er nun ein halbes Jahrzehnt hindurch täglich persönlich oder brieflich in gemeinsamem Werk stand. Er wußte, wie seine Großen nur auf den Augenblick seines Schwachwerdens warteten. Er hatte Äußerungen aufgefangen, die ihm alles verrieten: »Der Chef steckt bis über die Ohren in der Prozeßgeschichte, ein Glück«, und »Rex hat für gar nichts anderes mehr Auge und Ohr und die Dinge nicht mehr in der Hand!«

Der König war nicht mehr der alte! Man mußte in Bereitschaft stehen. Der in Bereitschaft stand, war der König.

In Schönebeck schrieb er die Antwort auf alle ungeklärten Fragen, zog er den Strich durch alle trüben Hoffnungen. Im nächsten Brief nach Dessau durfte er sich dem Freunde schon enthüllen: »Ich habe alles reiflich überlegt und finde alle Tage mehr, daß es meinem Interesse konvenabler ist. Ich schreibe nun wirklich an der Verfassung und Instruktion selber, sie so zu fassen, wie ich gedenke, daß es gut sein wird. Wenn es erst dieses Jahr bestanden haben wird, alsdann werden sie im neuen Kollegium selber darauf kommen – dann wird sich alles kombinieren lassen, ehe ich gedenke, daß es geschieht. Gott, Euer Liebden und ich wissen es, aber keiner mehr. Also bitte, behalten Sie es bei sich. Die Herren werden mir erstlicher Tage den Kopf warm machen, bis ich ein Exempel statuiere, und dann passire ich in der Welt für einen Cholericus. Ist das meine Schuld? Gott weiß, daß ich gar zu tranquill bin. Wenn ich mehr Cholericus wäre, ich glaube, es würde besser sein, aber Gott will's nicht haben. Ich habe so viel zu tun, alles zu regulieren, daß es gut gehen muß. Hoffe Freitag abend in Berlin zu sein – und völlig fertig, alsdann der Donnerschlag Dienstag geschehen soll.«

Und schon beschied der Herr in strengstem Geheimnis seinen Ersten Kabinettssekretär zu sich. Er forderte ihn auf, des anderen Tages zu ihm zu kommen, nachmittags um zwei Uhr, versehen mit Schreibmaterialien, gutem, starkem Papier und schwarzem, silbermeliertem Heftfaden, und sich so einzurichten, daß er ein paar Tage bleiben könne.

Der König diktierte, ließ sich vorlesen, las wieder nach und korrigierte nochmals, um plötzlich wieder einen völlig neuen Abschnitt in einem einzigen, großen Zuge hinzuwerfen.

Er war schon völlig in dem Neuen.

Die Bevollmächtigten der auswärtigen Staaten meldeten zu dieser Stunde den vollzogenen Akt der Sühne bereits in jeder dramatischen Einzelheit an ihre Herren und Höfe.

Clements letzte Drohungen hatten zwar noch die Wirkung gehabt, daß Wien seinen einstigen Spion den preußischen Gerichten überließ, aber die preußischen Richter schielten noch ängstlich nach dem kaiserlichen Hof und seinem Rechtsbrauch. Doch der König hatte abermals die Freiheit und Unabhängigkeit seiner Gerichte bestätigt.

Über die Hinrichtung forderte er keinen Bericht an. Niemand durfte auch nur seinen Aufenthalt wissen; nur daß er den Prediger Roloff nach Schönebeck kommen ließ.

Von Clements Folter mit dem glühenden Eisen und seinem Tod am Doppelgalgen schwieg der Pfarrherr von Sankt Peter; auch davon sagte er dem König nichts, daß Clements Leichnam vom Galgen gefallen war und manche ein Gottesgericht darin sahen. Er erwähnte vor dem Herrn allein, daß ein letzter Brief von Clement, in dem er bat, von allen Besuchern verschont zu werden, das »Datum« trug: »Am Tage vor meiner Erlösung.«

Von der Galgenleiter herab hatte Clement noch einmal zu all dem Volk am Richtplatz gesprochen: »Wer unter euch zu beten vermag, den bitte ich, ein Fremder in eurem Lande, für euren König zu beten, daß Gott seine Regierung segnen möge um seiner hohen Eigenschaften willen. Betet mit mir, daß der große Gott den Geist dieses guten Herrschers beruhigen möge. Wenn je das Gute dieses Königs nicht alle Male offensichtlich ist, so haben wohl die Untertanen es selber verdient mit ihren lieblosen und dem Lande schädlichen Urteilen. Ich muß nun, weil ich mich an diesem König verging, eines schmählichen Todes sterben. Die Leiden dieser Zeit sind nicht wert der Herrlichkeit, die an uns soll offenbart werden. In den letzten siebzehn Monaten hat Gott es mich begreifen lassen. Als der Gefangene des Königs von Preußen bin ich in viele Geheimnisse des göttlichen Wortes gedrungen. Ich habe einen guten Kampf gekämpft, ich habe den Lauf vollendet, ich habe Glauben gehalten; hinfort ist mir beigelegt die Krone der Gerechtigkeit.«

»Die Krone der Gerechtigkeit – «, wiederholte sinnend der Herr, »ein guter Totenspruch – für einen König.«

Die Hütte Gottes bei den Menschen

Fromm sein und wahrhaftig sein behütet den König,
und sein Thron besteht durch Frömmigkeit.
                                                    Die Bibel

Für Dienstag war alles vorbereitet.

Der Tag war dem des Regierungsantritts nicht unähnlich. Der König befand sich allein in seinem Arbeitskabinett. Im Vorsaal warteten zwölf Herren, die höchsten Beamten des Staates; nun befanden sich unter ihnen schon fünf Bürgerliche, die »Kläffer« geschimpft. So war es auch bei der Generalrechenkammer; so verhielt es sich auch beim Kammergericht. Vergeblich waren alle Vorstellungen bei dem König, nur Männer von Stande und anerkanntem Verdienst für seine hohen Posten zu verwenden. König Friedrich Wilhelm hatte immer nur die Antwort: »Das versteht ihr nicht, ich weiß aus Erfahrung, daß Leute von Stand und Verdienst nicht zu den Geschäften taugen. Sie brüsten sich mit ihrem point d'honneur, wenn sie meinen Befehlen nicht gehorchen wollen.«

Mit einem Schriftstück in Händen trat König Friedrich Wilhelm aus seinem Schreibzimmer. Er blieb stehen wie die Herberufenen. Seine Augen schienen übernächtig, aber Haltung, Gesten, Stimme, Sprache wirkten lebhafter denn je.

»Man soll mir künftig nicht mehr zu gefallen suchen auf Kosten des Landes und der Untertanen«, begann der Herr so bedeutsam, als leite er mit dem Worte »künftig« einen neuen Abschnitt seiner Regierungszeit ein. »Hole der Teufel lieber meine zeitliche Wohlfahrt, als daß so viele Leute Bettler werden und ich reich! Wer dem König von Preußen in Zukunft weiter dienen will, soll nicht auf des Königs und des Landes – denn diese sind eins – Kosten Profit machen wollen. Er soll der Ehre und Pflicht seines Amtes dienen. Wenn alle, die da unablässig rivalisieren und mit Schikanen gegeneinander regieren, das Generalfinanzdirektorium, das Generalkriegskommissariat und die Generaldomänenkammer, sich erst einmal den blühenden Zustand des Landes und der Untertanen zum Zweck und Ziel gesetzt haben und auf die Erreichung dieses Zieles alle Sinne und Gedanken richten – dann werden sie alle Hände voll zu tun haben; und wenn sie sich zu amüsieren wünschen, so werden sie es nicht mehr nötig haben, mit Prozessen gegeneinander zu Felde zu ziehen und aus meinem Beutel Advokaten gegen mich zu halten. Aber die Juristen, die armen Teufel, werden bei dieser neuen Verfassung so inutil werden wie das fünfte Rad am Wagen.«

Die Herren von Creutz und Grumbkow blickten sich flüchtig an; auch zuckten sie, nur für einander bemerkbar, ein wenig die Achseln. Das Wort »Verfassung« gab zu denken. Der König, der sich so bestimmt auszudrücken pflegte, dürfte gerade bei dieser Rede, die allmählich das Gepräge einer großen Proklamation gewann, nicht nur so allgemein einen künftigen, besseren Zustand im Sinne gehabt haben.

Der König hielt das dicke Bündel groß und dicht beschriebener Bogen während seiner Ansprache fest in beiden Händen, als gehe eine Kraft davon aus und als sei alles Augenmerk nur darauf gerichtet. Grumbkow suchte den König fest ins Auge zu fassen und die eigene Erregung und Betroffenheit zu verbergen.

»Majestät – es bedarf zum besseren Verständnis Ihrer Absichten noch einiger Erklärungen. Unsere Überraschung ist zu groß; Zweck und Anlaß sind uns unbekannt; nur daß wir spüren, Majestät haben uns zu einem nicht gewöhnlichen Ereignis herbeordert.«

Am König war jetzt ein flüchtiges Lächeln zu bemerken.

»Wenn Sie damit meinen, Herr Minister, daß ich mir erst allen Ärger von der Seele sprechen soll, der mich zu meinem heutigen Schritt veranlaßt hat – ich wäre nur zu gern dazu bereit. Aber ich darf nicht Stunden damit hinbringen und kann aus mehr als tausend Exempeln nur die remarquabelsten herausgreifen: Die übergeordneten Stellen haben mich mit allen Mitteln im unklaren zu halten gesucht, mir nur das Beste und Schönste gemeldet. Die Einzelkammern hatten hohe Schulden. Also haben sie mir wollen weismachen, als ob ich reicher wäre, als ich bin – ergo Wind und Flatterie. Denn ein wahres Plus ist nichts anderes als eine Vermehrung der Staatseinkünfte ohne Schaden und Nachteil der Privateigentümer. Die Kriegskasse gehört ja niemand anders als dem König von Preußen, die Domänenkasse desgleichen. Ich hoffe auch, daß ich allein derselbige bin und keinen

Vormund oder Koadjutor nötig habe. Ich will nicht annehmen, daß man verlangt, es solle mit mir wie mit dem Kaiser gehen; der darf nicht mehr sagen, als seine Kollegien haben wollen. Und wie es diesen gefällt, muß der Kaiser unrecht haben. Das werde ich niemals leiden, sondern weisen, daß ich selbst regieren will.

Sie aber bezahle ich dafür, daß Sie ernsthaft arbeiten sollen. Wiederum dürfen Sie versichert sein, daß die alten Zeiten vorüber sind, wo meine Diener durch Verleumdung ins Unglück gestürzt und ungehört verurteilt wurden. Ich höre stets jeden. Wenn aber das Geringste unter meinen Dienern passiert, so werde ich sie vor ein Kriegsgericht stellen und nach den Kriegsartikeln über sie erkennen lassen. Ich habe Kommando bei der Armee und soll nicht Kommando haben bei zehntausend Blackisten? Wenn ich einem Offizier etwas befehle, so wird gehorcht. Was wollen jene hier voraushaben? Fünfzigtausend Soldaten richten mehr aus als hunderttausend Minister –.«

In dieser Art nun ging das Sündenregister noch weiter. Es gelte der Maschine die Einrichtung zu geben, daß sie in seiner Hand sei und bleibe, so sicher wie ein gut dressiertes Regiment seinem Obersten. Niemand wußte, worauf es hinauslief. Bald aber gab der König nur zu deutlich an, wer in jedem Falle die Verantwortung trug; und da er Minister und Räte beim Namen nannte, nahm seine Mahnung den Charakter einer sehr deutlichen Drohung an. Wieso sprach aber der Herr von all den mißlichen Verhältnissen, als wären sie Vergangenheit? Was hatte sich geändert? Was stand bevor? Ein neuer Strich durch den Etat, ein Ministersturz? Und wirklich, in einer einzigen Wendung dekretierte der Herr die Auflösung der zivilen und militärischen Behörden. »Denn es ist unmöglich«, schloß der König die drohende Einleitung ab, »daß dieses Konfusionswerk weiter zu bestehen vermag, ohne mir und meinen Landen und Untertanen den äußersten Schaden und Ruin auf den Hals zu ziehen.«

Und damit übergab er dem ältesten Minister, Ilgen, das Bündel Papiere, das bis dahin nur wie ein Konzept seiner Rede erschienen war, und ersuchte ihn, hier sogleich die Instruktion für seine neue Gründung zu verlesen. Als verlange der Augenblick doch eine Art von Zeremoniell, nahm der alte Ilgen Aufstellung unter dem Bilde des Königs. Und mit der Verlesung schon der ersten Zeilen war es klar, daß der König in seinem abgeschiedenen Jagdhaus nicht neue Verwaltungsvorschriften entworfen hatte, sondern eine Verfassungsurkunde schuf, das Grundgesetz einer Monarchie. Er wollte sein Land regieren, wie ein Gutsbesitzer seinen Hof verwaltet, nur daß ihm statt der Anzahl von einigen Morgen abertausend von Quadratmeilen anvertraut waren und daß es statt der Scheunen und Ställe Städte und Dörfer zu bauen gab.

Wie er alle Kammer-, Dominial- und Schatullgüter in einem einzigen Verwaltungsdirektorium zusammengefaßt hatte, wollte er es nun mit allen Zweigen des Staatswesens im ganzen Lande halten, denn die Zahl der Ämter war zu groß, die Zuständigkeiten blieben umstritten, der Mittelpunkt fehlte. Jenes neue, wohlgeordnete Staatswesen aber sollte sich über die Zufälligkeit in der Anwendung menschlicher Kräfte und die Schwankungen der Natur erheben.

Von nun an gab es für die Mark, für Preußen, für Cleve, Pommern, Magdeburg, für König Friedrich Wilhelms ganzes junges Reich nur noch die eine Regierung: das eine Generaldirektorium zu Berlin, in seinem Hause, seinem Schloß – das eine Generaldirektorium in zwei einander völlig gleichgestellten Abteilungen; der einen oblagen die Angelegenheiten des Heeres, die äußere Politik und die Justiz; der anderen unterstanden die Finanzen und allgemeinen inneren Landessachen. Die Provinzen erhielten die entsprechenden Verwaltungs-, Vollstreckungs- und Vermittlungsämter.

Der Kampf um Vortritt und Vorrecht war zu Ende. Alle waren sie ausführende Organe unter dem Vorsitz des Königs, Departementsdirektoren unter ihrem Generaldirektor. Er nannte sich den ersten Diener seines Staates. Ein Gesetz schuf mit einem einzigen Schlage den einheitlich durchgebildeten Beamtenstaat. Fünfunddreißig Kapitel, zweihundertsiebenundneunzig Paragraphen aus der Feder des Königs wiesen dem höchsten Kollegium wie dem letzten Polizeibüttel, Torschreiber, Pack- und Krankenknechte der königlichen Manufakturen ihre Funktionen an, und zwar derart genau, als hätte der König Jahr und Tag die Arbeit jedes seiner Diener geleistet.

Er hatte sie alle bei ihrer Arbeit gesehen: die Pächter auf den Krongütern, die Handwerker in ihrer Werkstatt, die Faktoren in den Lagereien, die Räte in den Sitzungssälen. Ihm war nur zu bekannt, daß alle widerstrebten und murrten, von denen Anstrengungen verlangt wurden, und daß ihm nur da völlig gehorcht wurde, wo er selbst anwesend war. Jeder einzelne Satz redete allein die Sprache des Königs; niemand zweifelte, daß jeder einzige Gedanke nur seinem Kopf entsprungen und von seiner Hand zu Papier gebracht sein konnte.

Der König hatte sich während der Vorlesung gesetzt. Er beobachtete die Hörenden. Noch, das spürte er besorgt, hatte keiner begriffen, daß diese harte Stunde für die Zwölf die höchste Auszeichnung bedeutete; daß sie trotz aller ihrer Schwächen, Mängel und Verfehlungen die einzigen Erprobten waren, vor denen er all dies Schwere aussprechen durfte – daß sie sein erstes Generaldirektorium bilden würden.

Einige Male hätte der König einen Einwurf machen mögen, wollte er begründen, überzeugen, werben, so befehlend auch die Form der Instruktion gehalten war. Aber er schwieg bis zum Ende.

Fünfunddreißig Kapitel, zweihundertsiebenundneunzig Paragraphen wurden von den Herren stehend angehört. Aber die Mühe war gering, so kurz, so knapp war jeder Abschnitt, jeder Satz. Solche Sprache war neu. Das waren nicht Verfügungen. Aus jeder Zeile wehte heißer Atem. –

»Die Kommissariatspräsidenten in den Provinzen müssen die Städte ihres Kommissariats so kennen, wie Wir es im Heer verlangen; nämlich: jeder Kapitän Unserer Armee muß um seine Kompanie so Bescheid wissen, daß ihm all und jeder dazugehöriger Soldaten innerliche und äußerliche Qualitäten vollkommen bekannt sein müssen. Der Vorgesetzte haftet für den Untergebenen; das Generaldirektorium haftet kollegialisch.«

Wirklich, war es schon der Schlußsatz?

Der König erhob sich. Noch einmal hatte er ein hartes Wort zu sagen. Aber der Groll war seinem Herzen wieder fern. Er war allein voll Stolz und Ruhe, dieses Werk vollbracht zu haben. Er wußte, es war zur Grundlage tauglich; es konnte durchaus von Bestand sein.

Er sprach sehr ruhig. Und im Gegensatz zu seiner Gepflogenheit, jeden einzeln anzublicken, sah er, die Lehne seines Stuhles haltend, vor sich nieder.

»Vielleicht werden die Herren mir sagen, das Ganze sei nicht möglich. Ich habe so viele Jahre lang Geduld wie von einer anderen Welt bewiesen. Jetzt werde ich noch ein halbes Jahr Geduld haben, daß erst einmal alles en train ist. Sie aber sollen die

Köpfe darein stecken; und ich befehle Ihnen hiermit ernstlich, es sonder Räsonieren möglich zu machen. Denn ich bin nach den Prinzipien verfahren, die ich durch die Experienz und nicht aus Büchern gelernt habe. Sie alle aber berufe ich in mein Generaldirektorium. Ich gedenke Sie noch hier zu vereidigen. Doch weiß ich, daß jeder Eid auch Besinnung verlangt.«

Diese Worte verband er mit einer grüßenden Geste und verschwand in seinem Arbeitskabinett. Die Instruktion blieb bei den Herren. Die allgemeine Betroffenheit und Ratlosigkeit zu überwinden, bat Grumbkow, noch einen Blick in das Schriftstück werfen zu dürfen. Gleich steckten noch andere die Köpfe hinein, und nach wenigen Augenblicken waren sie alle über dem Manuskript vereint und kamen so am besten über die betretene Stimmung hinweg.

»Dies ist ein Lehrbuch der Regierungskunst«, sagte Herr von Grumbkow nachdenklich; und hätte es der König gehört, er würde es lebhaft bekräftigt haben. Genau dies hatte er gemeint: ein Lehrbuch für die Erziehung des neuen Staatsbeamten und Staatsbürgers; genau dies wollte er: Verordnung und Lehre. Es war aber mehr, war Gesetz und Weisheit.

Die Herren blätterten und blätterten. War es echte Beteiligung? War es Neugier, Ungewißheit, Sorge? Oder wollten sie den Eid verzögern, die Stellungnahme der anderen abwarten? Alles das war richtig. Alles das galt.

Meinungen tauschten sie vorsichtigerweise nicht aus. Sie stellten nur fest. Die Departements waren nicht mehr nach Geschäften, sondern nach Provinzen eingeteilt: Preußen, Pommern, Neumark, Kurmark, die Restprovinzen. Für jedes Departement war in der Woche ein besonderer Sitzungstag vorgesehen, aber alle mußten sie auf ihm vertreten sein. Entscheidungen fielen durch Abstimmung. Bei Stimmengleichheit entschied der König.

Clevische, märkische, pommersche, preußische Untertanen sollten gleichberechtigt und nur nach dem Gesichtspunkt ihrer Eignung für den Staatsdienst angestellt werden; aber so dringlich der Herr es sich auch angelegen sein ließ, in den verantwortlichen Stellen nur seine eingeborenen Untertanen zu wissen, durften es nun wiederum in Cleve keine Clever, in Magdeburg nicht Magdeburger, in Pommern keine Pommern sein. Er entwurzelte die Beamten aus ihrer Heimatprovinz; er nahm sie aus dem engeren Vaterlande fort, um sie in dem größeren aufgehen zu lassen, dem Dienste des Königs von Preußen. Alles Private im öffentlichen Dienst war abzustreifen und so gut wie zu vernichten. Fortan erfolgte jede Ernennung auf Vorschlag des jeweiligen Ressortministers, der Vorschlagende aber mußte für den von ihm Empfohlenen einstehen. Und um auch jede Anbiederung zu vermeiden, sollten nun auch noch immer wieder häufige Versetzungen stattfinden.

Sämtliche Naturalienbezüge wurden beseitigt, weil sich bei ihnen gar so leicht Bestechung einschlich. Wer mehrere Ämter besaß, mußte auch mehrere Eide schwören. Die weiten, findigen Gewissen wurden eingekreist. Aller Nebenerwerb sollte fallen. War er unbedingt nötig, so hatte er auf gänzlich anderem Gebiete als dem des Hauptberufes zu liegen; zum Exempel: kein Forstbeamter sollte Holzhandel treiben; Akzisebeamten durften keinesfalls die von ihnen konfiszierte Ware erwerben, höchstens verderbliche Lebensmittel von geringer Quantität zum Tagespreise.

Der Herr empfahl dem neuen Direktorium, die Kammern und Kommissariate zu überwachen, zu inspizieren und ihnen nie aufs Wort zu glauben. Er schärfte den Departementchefs ein, sich Spione zu halten, ja, jeder Rat sollte seine eigenen haben und sie sich unter den Leuten jedes Standes auswählen: Pächter, Bürger und Bauern. Auf diese Weise würde man teils falsche, teils auch wahre Nachrichten erhalten und bei vernünftiger Beurteilung Wahres und Falsches wohl unterscheiden, auch wo es um Minutissima ging. Alle Berichte aber waren zu prüfen, ob auch nicht menschliche Affekten und Intrigen unterliefen.

Die Instruktionen der höheren Behörden mußten streng geheimgehalten werden, »ohnerachtet sie an und für sich auf aller Räson und Billigkeit beruhen. Aber es könnte doch diese und jene ungleich angesehen werden«.

Hohe Titel zu führen, Bezüge zu empfangen, doch auf seinen Gütern oder auf Reisen zu leben, war nicht mehr möglich. Die höheren Beamten, ein völliges Novum, hatten an dem Ort ihrer Amtstätigkeit zu leben, dem mancher bisher Monat um Monat ferngeblieben war. Der Urlaub war genau geregelt, der Plan der Dienstreisen festgelegt. Es sollten nicht zuviel Mitglieder eines Kollegiums auf einmal weggeschickt werden. Dienstreisen außerhalb des Dienstbezirkes – Sonderfahrten »jener schlechten, miserablen Räte, so nur Diätenräte sind« – waren untersagt.

Die Geschäfte sollten »collegialiter«, nicht aber wie bisher in den Häusern »traktiert« werden. Auch in der Provinz war genaue Kontrolle über die Beteiligung an den Sitzungen durchzuführen.

Kabinettsangelegenheiten hatten in vierundzwanzig Stunden erledigt zu werden. Das stand einzig da.

Als er die letzte Seite umwendete, lächelte Grumbkow ein wenig. Dem von seinem Sekretär geschriebenen, schön gehefteten Schriftstück hatte der König nun doch noch viele Blätter in letzter Stunde hinzugefügt, Notizen in riesigen und klobigen Lettern, ohne Linien und Zeilen – als Letztes die Bemerkung: »Die Herren werden wohl mein Sentiment verstehen, da es doch nicht cirl und ottographisch geschrieben ist; sie sollen es aufs Reine bringen und keine Pungks vergessen und mir wieder schikken.«

Creutz stand versonnen. Er würde nicht aus Preußen gehen; der Entschluß war gefaßt. Alle Kassen des Reiches, das allein sah er aus den Artikeln, waren in seine und des Königs Hand gegeben. Er begriff seinen Aufstieg, auch wenn er ihn vielleicht mit dem Verlust eines prächtigen Titels würde bezahlen müssen. Er stand schon zu hoch, um noch um seinen Rang zu zittern, er, der einst den Tod im Wasser suchte, weil er die Erniedrigung eines armen Mannes nicht ertrug. Ob es die neue Verfassung anging oder die alte Not des Ostlandes betraf – alles war ihm nur Anlaß, mit der Zahl zu triumphieren, ihr das Leben zu unterwerfen, Preußen zum Rechenexempel zu machen. Hatte ein anderer den Herrn durch Gedanken verwundet und wehrlos gemacht – er wollte ihn mit der Ziffer beherrschen.

»Der König erwartet uns«, sprach Grumbkow, der den Stummen und Sinnenden beobachtet hatte, und reichte Ilgen die Instruktion zurück. Der öffnete selber die Tür, denn Diener durften heute nicht zugegen sein, und führte die Minister und neuernannten Departementchefs zum König. Der Herr sprach ihnen den Eid vor.

Die Zwölf legten ihre Rechte in die Hand des Herrn. Fünf unter ihnen waren Bürger. Europa würde wiederum zu reden haben.

Nachher, als alles wieder lockerer und leichter wurde nach solch ernster Stunde, sagte König Friedrich Wilhelm zu Grumbkow, die Leistung bedenkend und die Ferne und Fremdheit des Herzens um des Verdienstes willen überbrückend: »Ihr allein habt Eure Sache immer gut gemacht. Euer Kollegium diente mir immer gut, und die anderen, die es noch gut machen, beschränken sich darauf, Euch nachzuahmen. Aber die Machtstellung eines Premierministers kann es in Preußen nicht mehr geben.«

»Dafür werde ich in der unmittelbaren Nähe Eurer Majestät arbeiten dürfen«, antwortete der Große, Dunkle, Satte seinem jungen Herrn. Aber es war nur die Artigkeit eines Höflings. Der König wußte, wie allein er war.

Die anderen fanden sich nicht so rasch in einen gewandten oder gar leichteren Ton zurück. Noch einmal war ihnen ihr jugendlicher Herr als der Wilde, Harte, Ungestüme begegnet. Das wirkte noch nach, zumal es in einem Augenblick erfolgte, in dem man ihn tatenlos, bedrückt und gedemütigt glaubte.

Keiner bemerkte, daß König Friedrich Wilhelm, als er sie mit freundlichem Worte und höflicher Neigung des Hauptes entließ, ein verfallenes Antlitz hatte.

In aller Heimlichkeit schien der Herr nun endgültig unter die ihm verhaßten Schreiber gegangen zu sein. Die Eintragungen, die er in dem »Minutenbuch« seines Königsdienstes vornehmen ließ, genügten ihm nicht mehr. Begann er gar, der neuen Mode folgend, seine Memoiren aufzuzeichnen? Denn was er jetzt, nach der großen Konferenz mit den Ministern, niederschrieb, war nicht Edikt, Mandat, Reskript und Instruktion wie sonst; es war auch kein Brief, etwa für den Freund in Dessau bestimmt.

Unter dem Übermaße eines ungeheuren Eindrucks fand der König nur die eine Möglichkeit einer Befreiung; er schrieb ein Tagebuch von einer Seite.

Vergessen war die Gründung des Generaldirektoriums; kein Wort mehr von ihr. Nichts erfüllte ihn als das Gefühl seiner Ohnmacht, daß aller Wille zur Ordnung an den Grenzen der fremden Reiche zerbrach, daß er in der trüben, papierenen Sturmflut, die über Europa hinging, mitgerissen wurde; daß er eingespannt war in das Netz der Verträge, die nichts als Krankheit, Lüge, Wirrsal bargen. Sie quälten ihn zu Tode damit, er müsse neue Traktate schließen, um das durch Clement in Europa ausgesäte Mißtrauen wieder aus der Welt zu schaffen. Er litt an der Lüge Europas, als sei sie seine alleinige, ureigenste Schuld.

»Wollte Gott«, das war der Anfang seines Tagebuches, das er über diese Zeilen nie mehr fortführen sollte, »ich hätte nicht versprochen, den Traktat zu schließen; es ist ein böser Geist, der mich regiert hat; jetzt werden wir stürzen; das ist, was meine falschen Freunde wollen. Möchte mich Gott von dieser bösen Welt nehmen, ehe ich signieren muß; es ist hier auf Erden nichts als Falschheit und Betrug; ich werde erklären, daß ich den Mantel auf zwei Schultern tragen muß. Ich werde Gott bitten, mir beizustehen, wenn ich eine Rolle spielen muß, die sonderbar ist; aber ich spiele sie ungern, denn es ist nicht für einen honetten Mann; ich signiere den Vertrag, aber ich halte ihn nicht und werde dann, wenn ich die Maske abwerfe, der ganzen Welt sagen, was die falschen Freunde mit mir vorhaben. Ich bin noch zu jung; ich verstehe es nicht. Aber ich werde signieren mit der Feder, und das Herze wird wie der Teufel falsch sein und nichts halten, was gegen bestehende Verträge ist. Es muß so sein, ich werde dadurch klug werden und werde die fourberien decouvrieren ... Ich werde ein Clement werden, ein Spion, die falschen Freunde wollen es ja haben. Gott sei Dank, daß mir Gott den Verstand gegeben hat.«

Dieses Schriftstück befahl er im Archiv zu verwahren, »den Nachkommen zur Lehre, sich zu hüten, solche Freunde anzunehmen und meinen schlimmen, gottlosen Maximen in diesem Traktat zu folgen, sondern die Freunde, die man einmal hat, beizubehalten und die falschen Freunde abzuweisen; deswegen ermahne ich meine Nachkommen, noch eine stärkere Armee zu halten als ich; darauf ich leben und sterben werde«.

Er sah sich auf dem Wege, um der Politik willen etwas zu tun, was anderen als höchste politische Meisterschaft galt, ihm aber tiefste Verworfenheit bedeutete. Doch gab er den Gedanken, über die nachts durchwachten Stunden hinaus, keinen Raum mehr. Er arbeitete mit der Regelmäßigkeit des Pendelschlages; er wandte sich auch wieder der Familie zu, die Jahr um Jahr so schmerzlich fernblieb.

Er fand die Zeit, mit seiner Frau und den beiden ältesten Kindern den nächsten Geburtstag der Prinzessin Wilhelmine sehr festlich in Charlottenburg zu feiern. Dieses Schloß schien wieder mehr in Aufnahme zu kommen. Der König gab hier seiner Tochter ihren ersten Ball.

Über das Geschenk des Vaters war sie ein wenig enttäuscht. Der König hatte sie mit Poinçons, Schmuckhaarnadeln von unechten Steinen, bedacht. Die Prinzessin hatte sie sogleich besichtigt, die Mama besucht und ihr gesagt, daß Papa ihr etwas überreiche, das nicht echt scheine. Danach hatte sie die gleiche Klage noch einmal mit vieler Betrübnis bei ihrer neuen Hofmeisterin angebracht und hinzugefügt, sie wisse wohl, daß ihr Papa nicht viel weggebe; sie müsse nun die Poinçons wohl einmal in die Haare stecken, wolle aber hoffen, daß der König auf bessere Gedanken kommen und ihr echte Juwelen schenken werde.

Einen reichlichen Monat später galt es den Geburtstag Seiner Majestät zu begehen. Das Königspaar verlebte diesen Tag bereits im Jagdschloß Wusterhausen, das man eigentlich erst drei Wochen später, im September, zu beziehen pflegte.

Prinzessin Wilhelmine, von Charlottenburg noch ganz berauscht, arrangierte eigenmächtig ein Gartenfest für die kleinen Geschwister im Park Monbijou. Der König vernahm es mit Unwillen, daß seine älteste Tochter ihm zu Ehren schon Feste gab. Das war zuviel Selbständigkeit, zu große Verschwendungssucht, zu verfrühtes Repräsentationsgelüst.

Der König selbst empfing nur einige vertraute Gratulanten wie die Minister und Räte des Generaldirektoriums. Man merkte, wie er bei jeder Begegnung mit ihnen noch von dieser neuen Gründung erfüllt war. Denn selbst bei der Begrüßung und dem Dank für ihre Glückwünsche bemerkte er, als handle es sich nicht um eine Geburtstagsvisite, sondern eine Sitzung: »Wie die Herren das letztemal bei mir gewesen, haben wir etwas hart miteinander gesprochen, weil es die Materie so mit sich brachte. Sie werden dennoch auch gestehen müssen: wenn Sie mir räsonable Vorstellungen gemacht haben, bin ich auch räsonabel gewesen und habe mich gerne finden lassen.«

Danach ließ König Friedrich Wilhelm zum erstenmal wieder den zurückgerufenen Gundling vor sich kommen. Es geschah, von beiden Seiten, ohne Besonderheit. Gundling trat sicher und in seiner alten Weise auf. Von seinem Geburtstagsangebinde machte er ein ziemliches Wesen; endlich könne er dem König – und eben dies sei seine Gabe – einen wahrhaft schweigsamen Mann als Geheimsekretär für neue, geheime Schreibarbeit auf Schloß Schönebeck benennen: Thulmeier aus der Gasse hinter der Spreegassenbrücke; der sei ihm noch aus Bleusets Schenke wohlbekannt. Und er erzählte von jenen Diensten, die der Schweigsame dem armen Volke leistete, und meinte, es sei besser, er diene dem König.

Und wahrhaftig nahm der König es ernst auf; es sei ein großer

Mangel an Schweigern im Lande, der größte Mangel von allen; was an Fertigkeit im Schreiben fehle, werde er ihn lehren lassen. Thulmeier wurde noch nach Wusterhausen befohlen. Der Herr wartete gar nicht erst ab, bis er selbst nach Berlin zurückkehrte.

Sodann erkundigte sich der König, was Gundling während seiner Abwesenheit von Berlin wohl Neues gehört oder gesehen habe.

»Das Allerneueste aus dem letzten Halbjahrtausend vor Christi Geburt«, fiel der Professor auf der Stelle ein. »Es war da ein junger Prinz in einem armen Lande; der brachte den Goldmacher seines Vaters an den Galgen. Der gleiche Prinz, als er dann König war, verfiel aber selber einem großen Zauberer, der von Schloß zu Schloß reiste; und daß er ihm verfiel, geschah nur, weil der Gaukler nicht mit falschem Golde, sondern mit Gedanken seine Zauberkünste trieb. Und es hätte leicht geschehen können, daß er den Zauberer zum obersten seiner Räte erhob, denn der mächtige, junge König, der vor gar nichts Angst empfand, hatte eine große Furcht vor der Macht der Gedanken – «

Der König unterbrach nicht nur; er gebot der Unterredung ein Ende; er sprach: »Ihr seid doch mutiger als ich dachte, Gundling«, entließ den Professor und blieb für den Rest des Geburtstagsmorgens bei der Arbeit.

Über Mittag hielt er sich mit dem kleinen Kreis seiner Gäste und mit der Königin im Hirschsaal auf. Man war allgemein erfreut, daß nicht wie sonst im Schloßhofe unter den Bäumen oder unter dem Baldachin des Türkischen Zeltes gespeist wurde. Denn bei solcher Hitze, wie sie gegenwärtig herrschte, war der Schatten der Bäume eine geringe Linderung. Die Kühle des alten Gemäuers war eine Wohltat, ja, Notwendigkeit. Zum größten Befremden aller Wusterhausener ließ der König am Spätnachmittag sein eigenes Zimmer plötzlich heizen. Das Feuer loderte groß im Kamin. Der König im blauen Rock saß dicht davor. Man sah sich an; man wagte nichts zu bemerken; die Königin zog sich zurück. Gegen Abend behauptete der König, es komme von draußen doch kälter herein, als ein Mensch es sich von solch schönem Sommerabend denken könne. So ließ er noch die Fenster schließen. Es erregte aber nicht mehr soviel Aufsehen, weil die Berliner Herren schon nach der Residenz zurückgefahren waren und der König den Befehl nur seinem Kastellan gab; sonst war niemand zugegen.

Aber als am nächsten Tage Prinzessin Wilhelmine aus Berlin eintraf, fand auch sie den Papa, am Kaminfeuer schreibend, bei geschlossenen Fenstern.

»Ich muß das Reißen haben«, meinte der Vater; so schmerzte ihn der Kopf. Er vermochte vor Schmerzen den Nacken kaum zu bewegen; wie wunde Stränge lief es den Rücken herab, zog sich über die Schenkel, die Beine, zerschnitt noch die Fesseln. Als er sich nach der Begrüßung seiner ältesten Tochter – übrigens bekam sie nur sehr geringe und milde Vorwürfe wegen des Festes in Monbijou zu hören – wieder an seine Schreibarbeit setzte, glitt ihm die Feder immer wieder aus. Erst fielen die Zeilen, als zöge einer den König am Ärmel, immer tiefer zur äußersten Ecke der Seite; dann war das Unglück geschehen mit verschobenem Blatt, vergossener Tinte; der Kopf sank vornüber.

Der König schrak auf, als wäre er aus plötzlichem Einschlafen geweckt. Was mochte alles das mit »Reißen« zu tun haben – die große, große Mattigkeit vor allem, die schreckliche Benommenheit. – Mehrmals setzte er zum Schreiben an, legte die Feder hin und lief im Zimmer auf und ab, maßlos unruhig an Stühlen und Tischen herumrückend. Sekretäre ließ er nicht kommen. Er wollte keine Beobachter haben, wie schwer die Arbeit ihm fiel und wie ihn seine Schmerzen außer Fassung brachten. Nein, niemand durfte Einblick haben, wie erschüttert, wie erschöpft er war.

Und wenn nun die Jagden begannen? Der König wußte sehr genau, daß er den Eindruck des Frischen, Planenden, Beherrschenden nicht mehr aufrechtzuerhalten vermochte. Und was hing für das Land davon ab!

In der Umgebung der Königin – auf Wusterhausen war sie niederdrückend klein – erregte es außerordentliches Aufsehen, daß der König die Bitte aussprach, Prinzessin Wilhelmine möge ihre Aufgaben in seinem Zimmer erledigen. Das erschien der Königin zwar sehr sonderbar, doch ungefährlich, ja, es versprach ihr manchen lohnenden Einblick. Wie sollte sie erraten, daß der König die Einsamkeit nicht mehr aushalten, die Gegenwart von Zeugen seiner Schwäche aber nicht ertragen konnte.

Zwischen der Königin, der Hofmeisterin Léti und der Kammerfrau Ramen wurde viel darüber geredet, daß nun die Prinzeß tagsüber in die Zimmer des Königs übersiedeln sollte. Der Prinzessin wurde noch von Mama und Gouvernante klargemacht, welch bedeutsamen Akt dies darstelle. Jeden Abend müsse sie genau berichten, was von früh bis spät beim König geschehe.

Schon vor sieben Uhr früh richtete die Ramen das Kind mit den unechten Poinçons vom Geburtstag, mit Spitzentuch und Schleifen zurecht. Der König übersah das alles. Früh um sieben saß er schon am offenen Feuer, aber nicht so adrett gekleidet wie sonst.

»Es drückt mich alles«, entschuldigte er sich vor der Tochter, »es beengt mich.«

Dann kritzelte er an seinen Schriften. Statt zu stöhnen, hustete er manchmal – sehr häufig; und ganz ängstlich sah er auf die kleine Tochter, ob die auch nichts von unterdrücktem Stöhnen merkte.

Für Wilhelmine war auf einem erhöhten Fenstertritt ein Arbeitstischchen hergerichtet. Dort lernte sie eifrig, namentlich die fremden Sprachen, für die hohen englischen Verwandten und die unbekannten Königreiche, deren eines sie einmal, so behauptete Mama, selbst als Königin beherrschen würde.

Ihre Mahlzeit kam aufs Zimmer. Der müde, frierende Mann konnte nicht mehr eine Stunde allein sein. Bei Tische quälte er das Kind, es müsse mehr von allem essen; er lobte es, wie gewandt es mit Messern und Gabeln hantiere; ob das Fritzchen in den Tischmanieren auch so firm sei?

»Frierst du auch?«

Die Fragen überstürzten sich; dann wieder tiefes, langes Schweigen. Der König sah gedankenverloren ins Feuer. Die Bären tappten. Die Adler an den Ketten schleppten ihre Kugeln. Das Kind verging vor Hitze und Langeweile.

Erst abends gegen zehn Uhr sagte der Vater seiner kleinen Tochter gute Nacht, küßte sie auf die Stirn, bedankte sich, nannte sie auch sein braves Kind und dachte mit keiner Silbe daran, daß er sie als Gefangene hielt. Er vermochte nicht mehr allein zu bleiben.

Jetzt endlich, so spät, flog Wilhelmine ihrer Mutter an den Hals. Dann erschrak sie, verneigte sich und küßte der Königin die Hand. Nun erst umschlang die Mutter ihr Kind. Mama und die Léti unterbrachen ihre ewigen Patiencen. Die Damen unterzogen Wilhelmine einem Kreuzverhör. Aber die Prinzessin hatte ihnen nichts zu sagen. Daraufhin galt sie als politisch verschlagen, aber begabt. Bezüglich ihres Gatten kam die Königin zu der Meinung, er habe das kalte Fieber. Alle Anzeichen sprächen dafür. Nach großen inneren Erregungen habe sie selbst es auch schon oft gehabt. Die Léti versicherte es von sich desgleichen. Die Ramen, die im Nebenzimmer bei geöffneter Tür sehr emsig stickte, von der Königin befragt, kannte nur Ziegenpeter. Manchmal tat sie wunderbar dumm.

Immerhin fand man den König so schonungsbedürftig, daß man die neueste Botschaft aus Berlin zu verschweigen beschloß. Die zweite Prinzessin, des Vaters »Ike«, und Prinz Carl Ludwig Wilhelm waren krank. Das war eine Kinderstubenangelegenheit, schien nur eine leichte Ruhr. Die Damen redeten überaus verständig davon.

Wilhelmine gestand, sie sei ebenfalls krank; vielleicht sei es von dem Kaminfeuer, den geschlossenen Fenstern –.

»Sie haben uns bereits berichtet«, unterbrach Mama sehr kühl. »Nehmen Sie Ihr eigenes Befinden nicht zu wichtig. Dagegen dürften Sie sich auf die Verpflichtungen einer späteren Königin mit größerem Ernste vorbereiten. Es wird noch einmal mehr von Ihnen verlangt werden. Und im übrigen«, schloß Mama nun erheblich gereizt, »könnten Sie mir jetzt zum erstenmal endlich einen der feierlich versprochenen Dienste leisten. Der König gewährt Ihnen die Gnade, Sie den ganzen Tag an seine Seite zu ziehen. Ich lasse Ihnen die Güte widerfahren, daß ich Sie freigebe. Zeigen Sie sich also dankbarer und melden Sie mir künftig mit etwas größerer Frische, was bei Ihrem Vater vorgeht.«

Die Gouvernante und die Kammerfrau hatten ein tiefes Verständnis für die Gereiztheit Ihrer Majestät. Es mußte bitter schwer sein, nach so großem politischem Erfolge, wie die Haltung der Königin gegenüber Clement ihn bedeutete, nicht im Mittelpunkte höfischen und diplomatischen Getriebes zu stehen, sondern in die Einsamkeit von Wusterhausen verbannt zu sein. Die Léti versicherte es Ihrer Majestät mit sehr gewandten Worten; die Königin lächelte bescheiden und mischte ihre Karten von neuem. Prinzessin Wilhelmine, sehr beschämt und blaß, bat, sich verabschieden zu dürfen. Entlassen, stürzte sie sogleich in den nächtlichen Garten, der Notdurft halber; sie hatte Qualen auszustehen.

Am nächsten Tage schickte man sie nach Berlin zurück. Die Königin, welche nur gesunde, heitere Menschen um sich sehen wollte, pflegte Krankheiten ablehnend, ja geringschätzig zu behandeln. Aber sie fand natürlich gut, Wilhelmine fortbringen zu lassen. In Berlin hatten die Kinder ihren ständigen Arzt; auf Wusterhausen war eine Pflege ohne große Unbequemlichkeiten kaum durchführbar.

Da die Prinzessin fehlte, kam der König zu Tisch.

Nachts klopfte ein Meldereiter am Tor. Die Bärin trottete heran; die Hofhunde bellten; die Adler, von dem Schein der Stallaternen geweckt, rollten ihre Kugeln an den Ketten hin und her. Der Bote kam von der alten Madame de Montbail, die das Zimmer der beiden kranken Kleinen seit Tagen nicht mehr verließ.

Die Kutsche mit Prinzessin Wilhelmine und der Ramen, welche sie begleitete, und der Reiter der Montbail hatten sich gekreuzt. Am Abend lieferten sie die fiebernde, dauernd sich erbrechende, Blut und Schleim von sich sondernde Wilhelmine der alten Montbail aus. In der Stunde zuvor war Prinz Carl Ludwig Wilhelm gestorben.

Als der Bote mit der Todesbotschaft auf dem Jagdschloß einritt, war der König als letzter noch wach. Er wanderte, schon in Schlafrock und Nachthemd, im Arbeitszimmer neben seiner schmalen Kammer auf und ab. Nun griff er zum Licht, ging selbst bis zur Treppe, winkte und bedeutete, recht leise zu sein, damit man die Königin nicht störe, und ließ den Boten zu sich kommen.

Auch als er nun wußte, was der ihm brachte, ließ er die Gattin nicht rufen. Mochte die eine Nacht ihr noch gegeben sein, in der sie ihr Unglück nicht ahnte.

Es schien, als müsse der Herr jetzt unaufhörlich sprechen. Dazwischen verlangte er neue Scheite fürs Feuer. Der Reiter flüsterte dem Diener zu, es sei so unerträglich schwül, daß sicher ein Gewitter aufziehen werde. Der König wollte den Armstuhl erst hierhin, dann dorthin gerückt, die Fenster geöffnet, die Fenster geschlossen haben. Er bettelte fast um jede Einzelheit vom Tode des Sohnes, vom völlig unerwarteten Tode. Der König hatte trockene, spröde Lippen. Immerzu war sein Mund wie zu tiefem Atemholen geöffnet. Er sah sehr unruhig vom Diener zum Reiter, vom Reiter zum Diener. Aber Ewersmann behauptete bei sich, er blicke sie beide nicht an.

Seiner Frau begegnete er zuerst, als sie am Morgen die Treppe zum Hirschsaal herunterkam. Der König stand drunten, zur Seite des Geländers. Er hielt den Kopf gesenkt und sah erst allmählich mit einem langen Blicke zu ihr auf. Es lag doch viel Anklage darin.

Die Königin war durch die Ramen schon von allem unterrichtet.

»Ich habe nichts gewußt«, sagte der König.

Die Königin zerpreßte ihren Spitzenschal zwischen den Händen; sie blieb stehen. »Wir wollten Sie verschonen. Kinderkrankheiten – « Sie würgte an dem Wort und begann nun zu weinen. Das nahm dem König die Fassung. Er eilte die Treppe hinauf, die Stufen ihr entgegen; er wollte sie in seine Arme schließen. Sie stand unbewegt, sah an ihm vorbei, sah ins Leere.

»Meine Söhne«, hauchte die Königin, »immer wieder die Söhne – «

Stets von neuem machte sie den Irrtum seiner Liebe möglich.

Plötzlich wurde sie sehr unruhig. Sie stieß die Léti, die sie zum König geleitet hatte, beinahe zur Seite und faßte die Hände des Gatten.

»Sie müssen sofort nach Berlin schicken, alle Ärzte benachrichtigen – wenn dem Kronprinzen etwas geschieht!«

Der blasse Mann sah von ihr weg. »Das Fritzchen ist gesund. Aber die Töchter –. Wilhelmine, Ike – «

Er stützte sich auf das Geländer. Aber da er sogleich fürchtete, daß man es bemerken könne, begründete er es rasch dadurch, daß er hinunterrief, man möge die Wagen nach Berlin einspannen.

Die Königin, sehr ernst, sehr still, fragte: »Welche Anordnungen gedenken Sie für die Trauerfeierlichkeiten zu geben, in Anbetracht der Krankheit der Prinzessinnen?«

Er wandte sich wieder ganz zu ihr hin, gebannt von dem Wunder ihrer Fassung. »Du bedenkst alles –. Ich werde einige Zeilen voraussenden«, fügte er nach kurzem Schweigen hinzu und verschwand in dem Hirschsaal. Er schrieb aber nicht. Er verkroch sich in den großen Lehnstuhl, saß seitlich in ihn gekrümmt; ihn fror bitterlich. Und das Gefühl von Schwere und von Schwindel wuchs und machte ihn benommen wie ein Traum. Ach, er, er wollte der Herr sein strahlender Legionen von Giganten; er, er, der Vater einer Schar von starken Söhnen! Nun würden sie kommen, ihn zu verklagen. Nun würden sie nahen, die drei dürftigen Männlein, trippelnd und sehr schwächlich: in

Kronen und in Hermelin die beiden ersten Söhne; im roten, langen Seidenkleidchen, die dünnen, braunen Haare etwas feucht auf schmaler, wächserner Stirn – so wie er ihn zuletzt in einem Gang des Schlosses vor den Zimmern der Schwestern sah – Carl Ludwig Wilhelm. Niemals hatten sie einen Kosenamen für den sanften, ernsten Kleinen gefunden; immer trug er den langen, vollen, feierlichen Namen.

Nun würde er kommen, mit den Brüdern in den Kronen: wächsern, das Haar feucht vom Schweiß des Sterbens, die grauen Augen geschlossen –.

Die Trauerfeier in Berlin fand an einem späten Abend in der Schloßkapelle statt. Nur die Prinzen und Prinzessinnen vom Geblüte und die höchsten Würdenträger waren geladen. Es war sehr warm in dem von violettem Samte und schwarzem Flor so dicht verhängten Gewölbe; zudem war auch die Fülle der Kandelaber und Fackeln sehr groß.

Während der Beileidsbezeigungen, Gesänge, Ein- und Aussegnungen dachte der König nur an seinen Sohn Friedrich. Schmal und blaß, erschüttert, erregt und zu dieser Stunde völlig übermüdet stand der Prinz am Sarg des Bruders vor der Ehrenwache. Der König hätte ihn an der Hand nehmen wollen, mit ihm wegzugehen und all dies trübe Feiern hier sich selbst zu überlassen. Nach der Beisetzung empfing die Königin noch in ihren Räumen. Zur frühen Nacht, kaum daß die Trauergäste sich entfernten, wurden König und Königin an Wilhelmines Bett gerufen.

Die Léti, die Ramen, die alte Madame de Montbail, Doktoren und Kinderfrauen für die Pflege umstanden das Bett. Gelbsucht und Fleckfieber waren erkannt. Die Eltern scheuten die Ansteckung nicht, in dieser Stunde tat es auch die Königin nicht. Die Verzweiflung der Eltern schien ohne Grenzen. Wilhelmine lag teilnahmslos.

»Sie werden alle sterben«, stöhnte König Friedrich Wilhelm, »es ist wieder da, daß alle meine Kinder sterben.«

Die alte Montbail sah sehr ernst auf Wilhelmine. Sie hatte an den Wiegen und Sterbebetten zu vieler Hohenzollernkinder gestanden.

»Das ist nicht der Tod, Majestät«, sprach sie erfahren.

Als Wilhelmine wieder reden konnte, kam der König gleich

zu ihr. Aus Freude, sie einer so großen Gefahr entronnen zu sehen, befahl er ihr, eine Gnade von ihm zu erbitten.

Es mußte der Prinzessin schon viel besser gehen, denn wie der Blitz fuhr es ihr nur so heraus, man möchte sie fortan wie eine erwachsene Person behandeln und ihr auch die Kleider geben, die dazu gehörten. Der König sagte auf der Stelle ja und lächelte zum ersten Male wieder. Die Königin, als sie von dieser Szene am Krankenbett Wilhelmines erfuhr, soll böse gewesen sein.

Erst nach Wochen war Wilhelmine genesen. Sie legte den Kinderrock ab und trat in einem neuen Kleid und Mantel, Geschenken des Vaters aus seinen Manufakturen, vor die Königin.

Die musterte sie kühl.

»Das ist ja ein artiges, kleines Figürchen – es sieht wie ein Tropfen Wasser dem anderen einer Zwergin ähnlich.«

Danach schalt sie ihre Tochter tüchtig aus, daß sie sich an den Vater gewendet habe, um eine Gnade zu fordern.

Was gingen einen König seine Töchter an.

Fritz, wenn er in diesen Tagen seinen Vater sah, verneigte sich tief und wich ihm rasch und ängstlich aus.

So starr sah der Vater auf den letzten Sohn.

Endlich hieß es, König Friedrich Wilhelm werde wieder reisen. Dem Herrn war nur für wenige Wochen Zeit gelassen, am Schreibtisch zu sitzen und Verhandlungen zu führen. Nur für wenige Wochen durfte es so scheinen, als könne sich das Leben eines Königs immerhin in äußerer Ruhe im Arbeitszimmer, in Sitzungssälen und Amtsstuben abspielen. Er reiste wieder und wieder, um endlich zu erkennen, daß seine Landfahrt überhaupt nur im Dreijahresturnus zu bewältigen war. Er rechnete, was die Heilung seines wunden Landes anging, in Siebenjahres- und, was den eigenen Arbeitsplan betraf, nun in Dreijahresplänen. Das Cito! Cito! begann zu verstummen.

Aus England waren Bilder eingetroffen. Pesne, vom König selber an den Hof nach London entsandt, war heimgekehrt mit seinem Schatz, den der König nach dem Tode des Söhnleins zum Trost für seine Gattin hergebracht wissen wollte: den Porträts des Königs von England und Kurfürsten von Hannover, des Prinzen von Wales und Kurprinzen von Hannover, der Frau Kur- und Kronprinzessin und ihrer beiden Kinder.

Der König, vor der Abreise zu den Regimentern bereits in

Staubmantel und Stiefeletten, nahm an der Besichtigung noch teil.

Er, der seine Künstler verjagte, schien einem Pesne auf rätselhafte Weise wohlzuwollen; die Freudigkeit, mit der ein Pesne am Werke war, hielt den König seltsam stark bei dem zartesten aller Künstler, die je im blassen Licht der Mark Brandenburg in sanften Farbenspielen schwelgten. Einen Pesne aber band die Hoffnung an Berlin, hier der Erste statt in Paris der Zweite zu sein.

Dem König schien es Schmerzen zu bereiten, wenn er sich zu den Bildern beugte. Auch war es fast, als sei ihm ein wenig schwindlig, wenn er weiterging zum nächsten Porträt. Vielleicht trank er heimlich, seit er die Tabagie fast gar nicht mehr besuchte. – Der Hof nahm es schon lange an.

Vor dem Bildnis der Frau Prinzessin von Wales, der ansbach-brandenburgischen Kusine, auf deren zarten Schultern gar so hohe Anwartschaften ruhten, verweilte König Friedrich Wilhelm nicht länger als vor den anderen Gemälden. Er prüfte es in Eile mit der gleichen Sorgfalt, die er auch den anderen angedeihen ließ. Die Damen der Königin beobachteten den Herrn nicht einmal sonderlich aufmerksam. So völlig war es vergessen, daß die Ansbacher Brandenburgerin seine erste, seine einzige Liebe war. So vorbildlich stand die Ehe des preußischen Königspaares vor aller Augen, ein Wunder an den Höfen Europas. Die Verträge waren gut. Die Königin von Preußen war die Geliebte des Königs von Preußen, war die geliebte Mutter seiner Kinder, der toten und der lebenden, der von Gott gegebenen und der von Gott genommenen. Nicht einmal der Königin kam der Gedanke, daß ihr Gatte nun zum ersten Male seit dem Abschied vor Jahren die Züge der Geliebten wiedersah. Ihm selber war es nicht bewußt, so liebte er die Fruchtbarkeit der eigenen Frau: so dankte er es ihr, daß sie Bild und Beispiel einer gottesfürchtigen Ehe möglich werden ließ in einer Welt des Lasters, des Verfalls und der Schwäche. Mochte Gott auch seine Söhne mit dem frühen Tode zeichnen: den einen hatte er gelassen, den einen hatte er zur Erstgeburt erhoben. Die selbstgewählte Erstgeburt schlug er nicht mehr. Die Verheißung bestand. Und in dieser Frau waren vielleicht noch viele Söhne gewährt.

Prüfend und kennerisch war der Herr im Reisemantel über Pesnes allerschönstes Gemälde geneigt. In seinem Herzen betete er für den Sohn – so hemmungslos vor Gott sich werfend, daß selbst die Klage und die Trauer um den jüngst verlorenen Kleinen vor dem Aufschrei seines Herzens wie gedämpft und ferne war.

Die Frau in dem Bilde vor ihm blickte, schmal und jung, in eine große Weite, und ihr suchender Blick hatte dennoch sein festes und klares Ziel. Sie trug nicht Purpur und Krone wie der Gatte und des Gatten Vater. Ihr Gartenkleid schien fast zu spinnwebfein für die flüchtigen und kühlen Sommer über dem nördlichen Meer. Sehr licht, sehr zart, sehr ernst und klar waren ihre Züge. Alles Laster um sie hatte sie nicht berührt; alle Verschwendung ihrer Umwelt hatte sie nicht verführt. All das Nichtstun um sie ließ sie noch nicht müde werden. Der Mund, vielleicht, erschien ein wenig bitter; und ihre Hände, die im Schoße lagen, wirkten leer; auch war der kühle Hauch einer harten Entschlossenheit um ihre Stirn; vielleicht aber war es nur der Meereswind, der sie umwehte.

Sie hat sich viel vom Meister Pesne erzählen lassen, während er sie malte – mehr als es sonst die Art der Frau Prinzessin von Wales war. Sie hat auch diese Frage nicht gescheut, ob der König von Preußen immer noch so schön sei. Alle Fragen, sonst in Einsamkeit verschwiegen und beherrscht, waren jetzt ein Schimmer über ihrem Bild geworden.

Der König wandte sich von diesem letzten Gemälde ab, nicht anders als von denen zuvor. Er ging der Königin nach. Es war für ihn nicht ohne Mühe, ihr so rasch zu folgen, wie sie ihm voranschritt. Wie lächerlich er sich vorkam. Er war jünger als sie. Aber bitter fühlte er sich als ein Greis vor ihr, der Herrlichen, Starken, Verheißenden und Unerschöpflichen!

Er wußte nicht, daß so wie er, nur verfiel, wen das Übermaß seiner Lebendigkeit bis auf den letzten Atem erschöpfte.

Er wußte nicht, daß so wie sie, kühn, unverwelklich, ungebrochen, nur blieb, wer so tot und kalt in seinem Herzen war, daß Schauer des Lebens, die seligen und die angstvollen, es nie rascher schlagen zu lassen vermochten.

Dies alles wußte König Friedrich Wilhelm nicht.

Als der König wieder neben der Gemahlin stand, sagte er etwas leise und stockend: »Nun ist es Zeit. Ich muß nun zu den Regimentern.«

Darauf zog er seinen Reisemantel wieder straff um die Schultern, winkte mit dem Hut in der Hand und ging von ihr. Aber als

der König den Hut in der Rechten schwenkte und dem Treppenhaus zuschritt, war es wie die Geste und das Tasten eines, der
völlig abwesend ist mit seinen Gedanken oder auch von Schmerzen und von Müdigkeit benommen. Betroffen blickte Pesne ihm
nach; er, der sich doch immerhin auf Gesichter verstand, bemerkte, wie gequält der Ausdruck des Herrn war. Nein, er hätte
ihn so nicht malen mögen. Pesne liebte die heiteren Gesichter;
und wenn auf dieser Erde die Heiterkeit nicht immer und nicht
allenthalben aufzuspüren war, zum mindesten das Ebenmaß.
Dieses einst blanke, leuchtende Antlitz des Königs aber war zu
aufgewühlt.

An der letzten Türe wandte der Herr sich hastig um.

»Ich habe nicht von dir Abschied genommen, Fiekchen«, rief
er zurück, eilte auf die Königin zu, nahm ihr Gesicht in beide
Hände und küßte ihre Wangen. Sie, die gerade von dem hohen
Ruhm des Welfenhauses in Britannien kündete, war von so
vertraulicher Anrede nicht sehr angenehm berührt. Als bäte sie
ihre Umgebung um Entschuldigung, blickte sie, etwas verlegen
lächelnd, alle an. Der König sah nur, daß der Mund, den er küßte,
lächelte – er sah es zum ersten Male wieder seit Carl Ludwig
Wilhelms Tod. Da schossen ihm die Tränen in die Augen. Neuerdings war er so unbeherrscht. –

Seit der König die neue Verfassung, all die Verfügungen und
Durchführungsbestimmungen mit allen ihm zu Gebote stehenden Mitteln bekanntgemacht hatte – von den Kanzeln; durch
Räte, die das Land bereisten; durch umfangreiche Briefschaften
und neuerdings endlich auch durch Druck, pro Dorf zwei Exemplare mindestens –, wußte der höchste Kommissar wie der kleinste Kanzlist im äußersten Winkel der Mark Brandenburg und
des Königreichs Preußen, wie all das Neue zu verstehen sei. Es
gab keine Ausflucht mehr. So gründlich, so deutlich hatte der
König nun selber alles erläutert. Alle vierzehn Tage forderte der
König Berichte solcher Art an, wie er sie selbst als Muster entwarf und versandte: »Zum Exempel: In Preußen ist ein guter
Winter und starker Frost. Es kommt viel Zufuhr und Bestand an
Lebensmitteln nach den Städten. Das Holz zu dem neuen Anbau
wird stark aus den Waldungen angefahren. Der Bau gehet gut
von statten. Man verspricht sich eine sehr reiche Ernte. Die
Kommerzien, Schiffahrten und Manufakturen beginnen zu flo-

rieren. Diese Stadt und jenes Dorf ist abgebrannt. Die Noblesse miniert unter der Hand, den Generalhufenschoß zu werfen. Gegen dieses oder jenes Edikt wird stark gearbeitet. Dieser oder jener Edelmann opponiert gegen den Lehenskanonem. Dieses oder jenes Regiment kauft Fourage aus den benachbarten fremden Landen. Die Kammer wird ihre Quartale richtig bezahlen oder sie wird es darin fehlen lassen, aber doch so gültige Gründe dafür anzuführen haben, welche Seine Königliche Majestät, vermöge der Instruktionen, werden anerkennen müssen. Oder: es wird nötig sein, der Kammer scharf auf den Pelz zu gehen, daß sie bezahlt. Die Kammer ist sehr fleißig. Das Kommissariat auch. Die Königlichen Verordnungen und was in der Instruktion enthalten ist, wird befolgt oder nicht. In der und der Stadt sind zwanzig neue Häuser aufgebauet.«

Kurz und deutlich wünschte der Herr die Berichte gefaßt, »die Sache, worauf es ankommt, in wenig Worten und nerveus vorgestellt«. Weh dem, der nun, da der König selbst die Muster aufgesetzt hatte, noch in gewundenen Amtsstil und die gewohnte undurchsichtige Umständlichkeit verfiel, mit der man doch nur Zeit gewinnen wollte, Trägheit und Säumigkeit zu verbrämen.

Aus diesen Nachrichten nun sollte jede Woche ein kurzer Auszug für den König ausgefertigt werden. Je höher die Behörden standen, desto häufiger verlangte er Rapport. Das Generaldirektorium aber hatte dem König jeden Abend ein Protokoll über die Tagessitzung vorzulegen, und der Herr las es am nächsten Morgen, denn er duldete nicht, daß irgendeine Entscheidung, die etwas Neues enthielt, ohne seine Genehmigung getroffen wurde.

Wille und Geist des Königs beherrschten nun alles. Er selber weilte zur Truppenrevue in Brandenburg und Havelberg. Das Generaldirektorium erledigte nach seinem Plan seine Arbeit, als wäre der Generaldirektor zugegen. Das Residenzschloß war zur Herzkammer des Landes geworden. Schöne Räume, ehedem mit kostbaren Damasten bespannt, waren zum Versammlungszimmer mit seiner Geheimkanzlei und seinem Konferenzkabinett und zu Archiven der Kriegs- und Domänenkammer bestimmt. In anderen Sälen hatte sich das Forst- und Bergwerksdepartement niedergelassen. Zwei Geschosse eines Flügels reichten nicht mehr aus; ein drittes und viertes wurden noch für die Registraturen benötigt, und der König gab ohne Bedenken Säle mit bunten

Marmorsäulen und Goldledertapeten, die über den Türen goldene Vasen hatten, dafür her. Er glaubte Berlin nicht besser ersetzen zu können, was er ihm durch seine Liebe zu Potsdam entzog, als daß er die neue Behörde im alten Schloß der Brandenburger ließ. Der Sinn so weiten Planens schien ihm nun erst erfüllt. Auch die leerstehenden Hofmeisterinnenappartements waren bereits mit Beschlag belegt. Zur schnelleren Verbindung zwischen seinen eigenen Zimmern und den Räumlichkeiten des Generaldirektoriums hatte der König durch das Portal an der großen Doppeltreppe einen hölzernen Quergang ziehen und eine Wendeltreppe aufführen lassen. In diesem Hause war nicht eine Stunde mehr zu verlieren. Eilverbindungen taten not, damit nur ja keine Verzögerung entstünde. Es war ein Schloß voll arbeitender Beamter und zeichnender Ingenieure statt konversierender Höflinge. Und die Männer, die am verantwortlichsten für sein Land zu arbeiten hatten, wünschte der König von nun an immer um sich zu haben. Er wollte mit Freunden regieren, jener wunderliche König, der sich in seinem Staat das Amt eines Generaldirektors erdachte und sich in seiner Armee nicht über den Oberstenrang, den er von seinem Vater erhielt, hinaus aus eigener Machtvollkommenheit zu befördern wagte. Der Generaldirektor brauchte die Subdirektoren zu Freunden und Hausgefährten und die Oberoffiziere zu Kameraden. Es war, als ertrüge er die Größe seiner Würde nicht; und in dem, was die anderen Hausbackenheit nannten, offenbarte sich am stärksten die ganze Weite seines Herzens und seiner Gedanken. Allmählich sprachen sie von ihm meist nur noch als dem Chef. Nur Fernerstehende sagten manchmal noch Rex.

Für die Zeit seiner Abwesenheit hatte der Chef genaue Arbeitspläne für sein Generaldirektorium ausgegeben. Den Tag seiner Beamten benötigte der König von sieben Uhr ab. Alles stand in diesem Plan verzeichnet. Das Pensum war verteilt; der Tag war gegliedert; Werk und Stunden nahmen ihren klaren Lauf. Nicht ein Zettel sollte übrig bleiben. Auf einer einzigen Sitzung des Generaldirektoriums kamen zweiundzwanzig bis sechsundneunzig Nummern zur Erledigung.

Die vom König entworfene Platzanordnung war bereits zur Selbstverständlichkeit geworden. Auf der einen Seite saßen die dirigierenden Minister, auf der anderen ihre Räte. Da man länger als bis zwei Uhr nachmittags versammelt bleiben mußte – denn die auf der Tagesordnung angesetzte Zuführung des pommerschen Ernteüberschusses nach den Notgebieten des Ostens bereitete nicht geringe Schwierigkeiten –, kam eine weitere Neuerung zur Geltung. Die Herren spürten, daß sie in des Königs Hause amtierten. An alles war gedacht. Für alles war vom Wirt und Meister gesorgt. Täglich um elf Uhr ließ der Küchenmeister durch den Kanzleidiener anfragen, ob er Anstalt zur Tafel machen solle oder nicht. Schlag zwei Uhr wurden »vier gute und wohlzubereitete Essen, eben als wenn für Seine Majestät selbst angerichtet würde, nebst Bier und Wein« nach oben gebracht. Zur Aufwartung mußte jedoch ein einziger Lakai genügen, damit das Sitzungszimmer nicht mit Dienerschaft angefüllt würde. Denn die Besprechungen durften keine Unterbrechung erfahren. Damit nun dieser eine zugelassene Lakai die Bedienung auch wirklich bewältigen könne, hatte Majestät schon angeordnet, daß jedem Mitglied seines Generaldirektoriums gleich vier silberne Teller – welche bisher das Vorrecht allein der Königin waren – für sämtliche Gänge nebst einem Glas für Bier und einem Glas für Wein hingestellt werden sollten. Auch mußte schon ein großer Korb zur Hand sein, in den das unreine Geschirr sofort abgestellt werden konnte. Außerdem verlangte der König, daß man in zwei Schichten speise; auch das war ganz genau vom Herrn fixiert, »wie die Halbscheid der anwesenden Chefs und Membrorum essen, die andere Halbscheid aber arbeiten könne, damit der Dienst rechtschaffen, fleißig und getreulich befördert werde«.

Gegen halb fünf Uhr, so nahm man an, würde das letzte Aktenstück erledigt sein; und da man eine derart lange Dienstzeit noch nicht gewöhnt war, begehrte man es sehr. Jedoch kurz vor vier Uhr wurde die Sitzung des Generaldirektoriums unterbrochen. Ein Diener, sonderbarerweise von der alten Madame de Montbail gesandt, verschaffte sich reichlich wichtigtuerisch und dringlich Zutritt und Gehör in der Konferenz. Dann aber hörten alle ihn in tiefstem Schweigen an.

Der König lag im Sterben.

Hundert Fragen brachen nun los. Aber jede weitere Nachricht fehlte. Frau von Montbail hatte nur ein paar flüchtige Zeilen erhalten, daß sie die Königin auf eine äußerst eilige Reise zum König vorbereiten müsse; der König sei in Brandenburg schwer erkrankt und in bedrohlichem Zustand nach Havelberg weitergefahren. Man redete von unsichtbaren Pocken und kaltem Fieber; jedoch der König sollte erklärt haben, auf unsichtbare und kalte Sachen gebe er nicht viel. Aber dennoch hatte er die Benachrichtigung gerade der alten Madame de Montbail gewünscht.

Niemand als sie und die Königin wurden zu ihm gerufen.

Vergeblich harrte das Generaldirektorium auf eine Weisung des Chefs. Es schien aber seine endgültige Order schon erhalten zu haben. Umsonst blieb man am Sitzungstisch zusammen. Für Grumbkow war das Warten voller tiefer Bitterkeit. Aber das Schauspiel des vergeblich Harrenden zu geben, vermied er mit altem Geschick. Er gedachte, die Königin der Teilnahme des Generaldirektoriums zu versichern und ihrer aller Wünsche für den König auszusprechen; er ließ sich bei der Königin melden. Aber sie kam ihm schon an der Empore vor ihren Zimmern entgegen und schritt die mächtige, auf ionischen Säulen ruhende Treppe herab, die sie überhaupt mit Vorliebe benützte. Die Königin war schon auf dem Weg zum Wagen; sie trug eines ihrer schönsten Kleider, die für die Trauer um den Jüngsten angefertigt worden waren, schwarzen Samt mit breiten Hermelinbesätzen, neumodische, sehr weite und lange französische Ärmel mit mächtigen Stulpen, ebenfalls von Hermelin, und dazu ein paar ihrer berühmtesten Perlen. Ihre Toilette durfte nicht zu reisemäßig sein. Denn es konnte geschehen, daß sie schon an eine Totenbahre trat. Die Ramen trug den Wagenmantel nach. Sonst folgte nur noch die Montbail.

In der Halle, in der die beiden weiten Treppen vom Flügel des Königs und der Königin her mündeten, erfolgte die Verabschiedung von Friedrich. Er kam der Königin entgegen, ließ seine Herren weit hinter sich und eilte zur Mama.

Die fühlte ihr Herz und ihre Hände zittern. Doch verwies sie ihn. Er dürfe nicht eilen, sie zu umarmen.

»Bewahren Sie die größte Fassung und Gemessenheit, mein Sohn. Das Schwerste – und Größte für Sie – kann mit jedem Augenblick geschehen sein. Bereiten Sie sich darauf vor.«

»Ich kann nicht mit zu Papa?«

Niemals waren die Augen des Knaben so groß, seine Wangen so blaß gewesen. Er war dem Weinen sehr nahe, obwohl er seinen Degen an der Seite spürte und ein Kapitän war.

»Der König hat Sie nicht berufen.« Die Mutter reichte ihm die

Hand; sie sah ihn an mit schmerzlich hochgezogenen Brauen; dann winkte sie ihren Damen ernst und feierlich zurück.

In seinem Zimmer warf der Kronprinz sich über den Schreibtisch und weinte – weinte, wie nur sehr verlassene Knaben weinen können. Er hatte den kleinen Bruder verloren; er sollte den Vater verlieren; und niemand war im Schloß für ihn da.

Doch: Wilhelmine.

Wilhelmine war wieder völlig gesund und ohne ihre ständige Aufsicht.

An diesem Abend saßen sie zum ersten Male Stunde um Stunde eng umschlungen nebeneinander, weinten wie Kinder und redeten verständig wie Erwachsene, so lange, bis die Léti lärmend ihren Zögling zur Nachtruhe holte und die Offiziere Seiner Königlichen Hoheit mahnend an die Türe klopften. Kaum vermochte Wilhelmine sich von dem Bruder zu reißen. Er war so neu: zum erstenmal ihr Bruder. Doch Mama sagte ihr stets, sie dürfe in dem Bruder nur den künftigen König sehen. Morgen vielleicht war er König. –

Aber dann würde Mama sie alle beherrschen.

Mit diesem schweren Druck im Herzen ließ sie sich von der zeternden Léti zu Bett bringen.

Die Furcht vor der Mutter war noch größer als die Trauer um den Vater. Am größten war die ungeduldige Liebe zu dem einzigen Bruder. Erst an diesem Abend fand sie ihn: schmal und ernst und schön; und so klug.

Der kranke König war in die alte Propstei neben dem Havelberger Dom gebracht worden.

Groß und dunkel, gedrungen und gewaltig, ein steiles Gebirge, ein frommes Geklüft aus Wehrturm, Gewölben und Toren, ragte der Dom auf dem Hügel der Insel jenseits der Stadt, die von Elbe und Havel umflossen war. Ärmliches Fachwerk war tief an den Fuß des Domberges gedrückt. Ringsum waren weite, ebene Ufer zweier Flüsse fast wie ohne Grenzen, Maße und Formen; nur manchmal, einem fernen Schiffe gleich, leuchtete ein Streifen blauen Waldes in der Leere. Aber es war nicht mehr jener düstere, undurchdringliche, stets tief beschattete Wald, der den seltsamen Fluß bis an den Markstein des Havelberger Bistums nicht freigab, dann aber jäh von ihm ließ – dem seltsamen Fluß: denn wie die Seen hohen Nordlandes und die breiten, mächtigen

Ströme des weiten Ostens in einem floß die Havel dahin, uner-
schöpflicher Anfang und Ausbruch.

Unabsehbar rauschten und ruhten die Wasser; und der Wald
verbarg ihr Geheimnis; undurchdringlich, unaufhellbar füllte er
den Spiegel der Fluten. Jede Windung wurde zum neuen Wunder und Rätsel: würde sich nun der Fortgang verraten – Strom,
See oder Meer?

Es war, als müßten all die Wälder noch zu Bergen wachsen, die
Seen sich zu Meeren weiten, der breite Strom ins Uferlose schwel-
len – da, vor dem Havelberger Glockenhügel, ward er schmal
und still und ebenmäßig und rann in gerader Bahn dem Ziele zu.
Die Wälder rissen ab; die Seen entschwanden in plötzlicher
Biegung des Laufes; ein schmales Band geduldigen, ruhigen
Gewässers, verflüchtigte er sich zu Füßen des Domes, kaum daß
noch Fischergärten, Fischernachen, zwischen den Weiden aufgespannte Netze, ungefüge, rauhe Stege seinen Ufern eine letzte
Schönheit gaben. Im jähen und schweren ersten Ansturm schon
verzehrt und erschöpft und versiegt, verrann die Havel in das
klare, feste Bett des größeren, gleichmäßig dienstbaren Stromes,
der gen Norden strebte. Ein plötzliches Versiegen war es, ein
völliges Stillewerden, überklungen von Glocken und von der
Wucht der Domesmauern umweht. An ihrer Mündung war die
Havel nur noch wie ein armer Bach, aufgenommen in das große
Gleichmaß und die unversiegliche Geduld.

Der Dom lag auf der freien Hochfläche des Hügels. Sein
Turmhaus war wie das Wehrtor einer Burg, aus Feldgestein zu
unfaßlicher Breite und Höhe gefügt. Schwere Pfeiler stützten das
lange, rote, hochgewölbte Kirchenschiff, umschlossen es ganz
und gaben nur die tiefen, schmalen Fenster frei. Wo sie durch
ihre spitzen Bögen den weitesten Ausblick zum Tale hin hatten –
denn es war in ihnen nur graues Bleiglas eingesetzt, ohne Traum
und Dämmer bunter, frommer Malereien – zur Stadt und zur
Brücke, zum Zusammenfluß der Elbe und der Havel hin, war
zwischen Dom und Propstei, vom Kreuzgang umhütet, der Friedhof der Mönche, ein üppiger Garten aus Rosengesträuch und
Fliedergebüsch, aus Linden und aus immergrünem seltenem
Rankenwerk, für das nur die ältesten Leute drunten aus der Stadt
noch einen Namen, wohl aus des reichen Bischofs Johann Wun-
derzeiten, wußten.

Über der besonnten Seite dieses Friedhofs zogen die Räume

des kranken Königs sich hin: ein schöner Saal auf starken Pfeilern und mit tiefen Fensternischen nach dem Kirchhofsgarten; davor, zur Treppe hin, eine offene Halle, ein Gewölbe aus noch früherer Zeit, mit reichem Zierat einer lichten Sandsteinbrüstung. Die mündete zur einen Seite in den Aufgang, zur anderen auf einen Chor des Domes.

Vor dem Dunkelwerden kam die hohe Frau. Ihre Ankunft in Havelberg war still und doch feierlich, obwohl Königin Sophie Dorothea diesmal ohne Suite reiste und ein Empfang nicht stattfinden konnte. Aber auf der Brücke über die Havel und den Prälatenweg hinauf zu Dom, Propstei und Schlößchen hin reihten sich die Fackelträger. Die Königin berührte gar nicht die Stadt. Dort, wo die Annenkapelle den Aufgang zum Domberg bezeichnet, erschienen Kommandeur und Bürgermeister am Wagenschlag der königlichen Kutsche und stellten es der Königin als besondere Aufmerksamkeit dar, daß kein Empfang durch militärische und zivile Behörden vorbereitet wurde. Auch alles Volk habe man mit Ernst und Eifer dazu angehalten, die Königin ungehemmt ihren Weg an das Krankenbett nehmen zu lassen. Aber der schmale Pfad und die grasüberwachsenen Stufen der groben Treppe zwischen den Gartenmauern waren in aller Eile für die Königin mit Teppichen belegt worden.

Die Ramen trug ihr, tiefgebückt, den Hermelin des Rocksaums. Zur Rechten der Königin schritt der Kommandeur, zur Linken der Bürgermeister von Havelberg. Madame de Montbail, welche erst in einigem Abstand folgen durfte, wurde von dem schnell herbeigerufenen Edelmann aus dem verarmten Schlößchen geführt, darin die Königin wohnen sollte.

In alledem war die Königin durch ihren Gatten so gar nicht verwöhnt. Die Fackeln gaben ihrem Domgang Glanz. Die Gärten, schon im Welken, dufteten nach feuchter Erde, nassem Laub. Von der Ebene der beiden Flüsse her stieg Nebel auf in flachen, dichten Wolkenfahnen. Um Dom und Propstei war abermals ein Ring von hoch empor gehaltenen Fackeln. Die großen Leuchter im Kirchenschiff waren angesteckt; ins Treppenhaus der Propstei hatte man Altarleuchter gestellt.

Der Augenblick, in dem sie das Krankenzimmer betrat, war dann leider bei weitem nicht so feierlich und so bewegt, wie Königin Sophie Dorothea ihn sich ausgemalt hatte. Der König saß nämlich im Nachthemd an einem alten Sakristeitische, diktierte dem Geistlichen des Ortes und machte wohl auch für sich selbst Notizen. Ihn gegen Erkältung zu schützen, hatte man den Herrn in seinen großen, blauen Mantel gewickelt; aber der war ihm sehr lästig, und immer wieder suchte er ihn abzustreifen. Nur jetzt zog er ihn fester um sich.

»Ah, meine Frau«, sprach er leise und brach das Diktat ab. Er kümmerte sich auch nicht mehr um den Pastor, die Ärzte und die Herren seiner Begleitung, die alle die Königin zu ihm geleitet hatten. Mit beiden Händen winkte er nur seiner Frau, recht nahe zu ihm zu kommen. Jetzt sah sie erst, wie krank er doch war.

»Ich habe heute noch sehr viel zu tun«, so sagte er und blickte zu ihr auf, wie sie nun so dicht vor ihm stand, »aber morgen werde ich mich ausruhen – ich muß mich nämlich ausruhen –, und dann sollst du den ganzen Tag neben mir sitzen. Du darfst mir nicht böse sein, wenn ich viel schlafe. Aber morgen muß ich ruhen.«

Das klang krank.

Und nun geschah das Kühne, daß man Ihre Majestät auf die Seite zu führen beschloß und sich bemühte, ihr möglichst wenig verletzend klarzumachen, daß sie wieder gehen müsse; der König dürfe im Diktat nun nicht mehr weiter unterbrochen werden; unmöglich könne er zu solcher Anstrengung ein zweites Mal den Ansatz nehmen. Danach bereitete man die Königin schonend darauf vor, es gehe um das Testament, und die Königin von Preußen gab Gelegenheit, ihre Fassung zu bewundern. Unverzüglich ließ sie den Gatten mit dem Geistlichen allein. Schweigend ging sie den Herren in die Halle voran. Alle folgten ehrerbietig, sie in ihr Quartier zu geleiten.

Eine halbe Stunde vor Mitternacht wurde der Königin von dem Geistlichen das Testament gebracht, versiegelt und mit feierlicher Aufschrift versehen.

Die Königin, von der Anstrengung der raschen Reise, dem Ansturm solchen Kummers und dem bangen Warten dieser letzten Stunden nicht mehr im geringsten mitgenommen, begehrte sofort den Gatten zu sprechen, ihm zu danken und die treue Befolgung aller seiner in dem Testament niedergelegten Wünsche zu geloben.

Der König, wurde ihr bedeutet, habe aber mit der Aufsetzung des letzten Willens eine übermenschliche Leistung vollbracht.

Der König müsse erst schlafen, ganz fest schlafen. Dann könne Ihre Majestät ihn vielleicht noch einmal sehen.

Was hieß das: noch einmal? Die Königin sprach jedoch die Frage, die ihr ganzes Denken erfüllte, nicht aus. Nichts als ungeheure Spannung war in ihr – nicht Angst; nicht Schmerz; nicht Sorge –. Der Überbringer des königlichen Testamentes ging. Die Königin durchwanderte von neuem ihre drei Havelberger Zimmer. Sie hielt das Testament in Händen. Sie sah die Aufschrift, daß es ihr allein bestimmt, von ihr selbst aber auch nur nach dem Tode ihres Gatten zu eröffnen sei. Der Gedanke durchfuhr sie und ließ auch nicht mehr von ihr ab, daß sie, wie auch über Tod und Leben des Gemahls entschieden war, sich herausreden wolle mit der qualvollen Erregung dieser schmerzensreichen Stunde, in der ihr das Testament des Königs überbracht ward. Hartnäckig gedachte sie zu behaupten, sie habe es erbrochen, ohne – tränenumflorten Blickes – die Zeilen der Aufschrift überhaupt bemerkt zu haben; dann aber habe sie den Inhalt in sich begraben.

Und sie brach das Testament auf. Sie las es im Stehen. Die Ramen trug einen Leuchter herbei. Die Blätter in den Händen der Königin bebten. Auch hörte man ihren Atem.

Sie war zur Regentin des Königreichs Preußen ernannt. Nie, stand verzeichnet, habe sie ihrer Würde etwas vergeben, stets ein beispielhaftes Leben geführt und in allen entscheidenden Fragen, man denke nur an die Clementschen Intrigen, die Interessen des Brandenburgischen Hauses, durch Verschwiegenheit selbst ihrem eigenen Hause gegenüber, gewahrt.

Im übrigen, hieß es, sei für den glatten Ablauf der Geschäfte durch die neue Institution des Generaldirektoriums gesorgt; der Befehl über die Armee sei ihrem Generalissimus, des Fürsten Anhalt-Dessau Liebden, zu belassen.

Die Königin las und las. Immer noch im Mantel, hockte sie jetzt auf dem Bettrand, des Sessels nicht achtend, den die Ramen ihr zuschob. Willig folgte die Ramen ihr mit dem Leuchter.

Der Sieg der Königin war vollkommen. Doch mußte sie schweigen, bis sie die Regentschaft antrat. Es war unerträglich schwer. Sie jammerte und klagte um den König. Dabei ließ sie sich nun endlich von der Kammerfrau entkleiden. Dazwischen gedachte sie in bewegten Worten daran, welch sorgende Gedanken einem König die letzten Stunden erschwerten. Und in solchen Reden verriet sie endlich gar den Inhalt des Testamentes; sie sprach ihn nicht im Wortlaut aus; sie befreite nur ihr Herz. Die Ramen war nach kurzem völlig im Bilde. Die Königin rief die Kammerfrau zur Zeugin an, daß sie in ihrem Schmerz und ihrer Verwirrung die Aufschrift übersehen hatte. Die Ramen bezeugte Verwirrung und Schmerz.

Und wieder durchschritt Königin Sophie Dorothea, nun im spitzenreichen Nachthemd und die braunen Locken lose um die Schultern, die drei Räume, aus denen die Familie jenes armen Havelberger Edelmannes für die Bequemlichkeit der Königin geflohen war.

Als nun die Königin ihre nächtliche Wanderung wieder aufnahm, schrieb die Ramen – das Reiseschreibzeug wurde schleunigst von ihr ausgepackt – bei einer kleinen Kerze auf den Knien alles nieder, was sie den vorigen Reden ihrer Herrin entnahm.

Denn sie konnte ja unmöglich wissen, wie in Zukunft die Parteien sich bildeten, verfeindeten, verbündeten; und sie wollte weiter ihr Glück machen. Es war besser, wenn es zwei Ausfertigungen des Testamentes gab, namentlich, wenn König Friedrich Wilhelm leben blieb. Und wenn die Härten des Daseins es jemals verlangten, konnte man dann etwaig Interessierten einen Einblick geben, wie es um Königin Sophie Dorothea im Herzen des Königs bestellt war und was es für sein Königreich bedeutete.

Der König war in dieser Nacht nicht mehr eingeschlossen. Unruhevoll und erschöpft und manchmal auch leise stöhnend lag er auf seinem Bett. Aber er wollte allein sein. Ärzte und Bediente mußten in der kleinen Halle warten, die von hohen Mauerbogen nach der Kirche hin durchbrochen war. Von den Kirchenleuchtern drang ein heller Schein herauf, sie sollten die ganze Nacht hindurch brennen; auch auf die Brüstung der Halle waren noch Kerzen gestellt.

Das Domtor blieb unverschlossen. Gesinde, das im Notfall zur Apotheke eilen mußte, hielt sich im Vorraum unter dem Glockenturm bereit und schlug sich dort ein Lager auf. Offiziere kamen in regelmäßigem Wechsel aus der Stadt herauf, sich nach dem Zustand des Kranken zu erkundigen. Vor Propstei und Dom löste die Wache sich mit dem Anbruch jeder dritten Stunde ab. Zwischen dem hohen Holzwerk des Chorgestühls in der Apsis, zu Häupten und Füßen von Bischof Johanns Grabmal, loderten in alten Kupferbecken Kohlenfeuer, denn es galt, für den König des öfteren Tücher zu wärmen, und für die schweren, breiten Becken fand sich im Propsthaus kein Raum. Es war eine seltsame, verhaltene Lebendigkeit in der nächtlichen Kirche.

Um den Kranken herrschte tiefste Stille. Er blieb wirklich allein. Und obwohl das Testament vollendet und versiegelt war, schrieb er weiter – schrieb mit eigener Hand und diktierte nicht mehr. Er schrieb angestrengt, schrieb steil in die Höhe, von rechts nach links; Deutsch, Französisch und Lateinisch war gemischt, lateinische Worte waren mit deutschen Buchstaben geschrieben, deutsche mit lateinischen. Heimlich machte der Herr seine Aufzeichnungen, sobald der Arzt und der Diener ihn verließen, und so blieb trotz allen Spürsinns der Kammerfrau Ramen ein Schriftstück doch wirklich geheim: Friedrich Wilhelms Brief an seinen Sohn, das politische Testament für den blutjungen Thronfolger, das Vermächtnis, das schon weit über die Zeit der mütterlichen Regentschaft hinaussah – Worte des Königs nur für den König. Hätte die Königin von diesem Testament gewußt, es wäre ihr bitter gewesen. Als der König diese Blätter unter Schmerzen schrieb, sah er seltsamerweise nie das Kind vor sich, für das er sie bestimmte, sondern immer nur den fertigen, jungen Mann, der alles von ihm fordern durfte, als hätte von nun an er ihm zu befehlen. Fast war es, als verlöre der König im Schreiben auch noch seinen letzten Sohn. Nur der fremde, junge Herrscher stand vor ihm. Dem legte er Rechenschaft ab. Dem riet er. Dem erklärte er. Den bat er. Dem verhieß er Fluch und Segen.

Manchmal nur, im kurzen, trügerischen Schweigen der Schmerzen, wurde dem König bewußt, daß er all das Schwere und Geheime, das er da schrieb, den weiten Überblick über alle inneren und äußeren Beziehungen und Verhältnisse seines Landes, einem kleinen, zarten Knaben hinterlassen sollte. Dann flossen Worte der Zärtlichkeit in seine hochpolitische Schrift. Dann sprach er auch von sich und ihm.

»Ich fange an in etlichen wenigen Stücken von meinem Lebenslauf zu schreiben. Mit Gott dem Allerhöchsten stehe ich wohl und habe vom zwanzigsten Jahre meines Alters mein ganzes Vertrauen auf Gott feste gesetzet. Also bitte ich meinen lieben Sukzessor, ein reines Leben und einen reinen Wandel zu führen und seinem Lande und seiner Armee mit gutem Exempel voranzugehen. Das ist eines Regenten, und besser zu sagen, Euer Werk. Arbeiten müßt Ihr, so wie ich es beständig getan habe;

denn ein Regent, der mit Honneur in der Welt regieren will, muß seine Affären alle selber tun. Also sind die Regenten zur Arbeit erkoren.

Mein lieber Sukzessor, was wird die Welt sagen von der allgemeinen Augmentation der Armee bei Eurer Thronbesteigung – was für eine formidable Puissance Ihr von Euren Feinden seid, deren unser Haus sehr viele hat.

Meine bisherige Domäneneinrichtung hat nichts getaugt. Aber dieses Jahr habe ich das Werk mit Force angegriffen und habe angefangen zu bauen und zu verbessern. Es hat mich sehr viel Mühe gekostet, es so weit zu bringen, wie es jetzt ist; denn es ist ein großer Querstrich gegen die Privilegien des Adels, nach denen der Landesherr vom Adel dependieret; und jetzt dependieret allein alles von mir – dependieret sonder Räson – ist das nicht besser? Eure Affären stehen ja gut. Ihr habt zuviel Verstand, einen faux pas zu tun.

Nun muß ich meinem lieben Sukzessor connaissance geben von allen meinen Provinzen an Ländern und Leuten . . .«

Und er schrieb dem Sohn das Buch seines Landes und Volkes, von den Menschen, Äckern und Städten, den Ämtern und den Regimentern; er schrieb von den Nöten, den Mängeln, dem Besitz, von Widerstand und Verstocktheit, von Bereitschaft und Errungenschaft, Wert und Unwert, Möglichkeit und Unabänderlichkeit; er schrieb als einer, der nichts scheute, alles prüfte, in nichts sich belog, nichts verkannte, vergrößerte, verkleinerte und in allem bereit war zu dem Dienst an den Menschen und der Erde, die Gott ihm gab, mit der ihn Gott belud –.

Härter konnte kein König über seine Untertanen richten, glühender kein Herrscher für das Wohl des anvertrauten Landes raten und warnen –.

»Mein lieber Sukzessor muß seine Länder und Provinzen jährlich bereisen, wie ich es getan habe – «

Er entwarf ihm die Charakteristik jedes einzelnen seiner hohen Beamten bis in die letzten, kaum noch faßbaren Züge –.

»Ich versichere euch, daß ich von meinen Beamten wenig Assistenz gehabt habe. – Also habe ich in den verflossenen neun Jahren nicht mehr tun können – «

Er enthüllte vor ihm die ganze Qual, den ganzen Fluch, die ganze Unentrinnbarkeit der europäischen Traktate: »Die Traktate, die ich schließen mußte, sind mein Tod. Und daran bin ich krank geworden. Ich vergebe es als ein Christ. Aber Gott wird meine Partner finden.« Er hämmerte dem Sohn und Erben ein, was einzig und allein der Ausweg sei, den tödlichen Verflechtungen sich zu entziehen: Die Waffe, der Schatz, das Wort Gottes. »Folgt meinem Rat; der ist gut; ich habe alles selber aus der Erfahrung: Wohlstand eines Regenten ist, wenn sein Land gut bevölkert ist. Menschen sind der rechte Reichtum eines Landes. Von jedem Menschen, der in einem ungerechten Kriege geblieben ist, müßt Ihr einmal Rechenschaft geben. Bedenket, wie scharf Gottes Gericht ist. Lest die Historie, da werdet Ihr sehen, daß die ungerechten Kriege nicht gut abgelaufen sind. Da kann mein lieber Sukzessor sehen die Hand Gottes. Vor Gott Rechenschaft tun, das ist eine harte Sache.«

Unter dem Vorwand steigenden Ruhebedürfnisses hatte der König nach dem Alleinsein verlangt. Aber schreibend brachte er die Nacht hin.

Schmerzen und Mattigkeit, Unruhe und Beängstigung des Herzens waren groß. Aber es war so wohltuend und mehr als alle Menschenreden tröstend, daß er nun so im geheimen nur mit seinem Sohne sprach. Mit jeder Zeile, die der König schrieb, wurde der Sohn ihm älter und älter, wurde ein junger Obrist, ein stämmiger Junker um die zwanzig Jahre, ein Mann im gleichen Alter wie der König – der einzige, zu dem er sprechen durfte, sprechen mußte, nun es an der Zeit war.

Denn die Kräfte des Königs waren erschöpft – überschätzt und vergeudet; oder aber: von Gott selbst versagt. Der »liebe Trux« war ja im Dienste schon des Königs von Preußen aufgerieben und verzehrt, war auf der Höhe der Jahre gestorben: ein Opfer endloser Ritte durch seines Königs Unglücksland, unermüdlicher Ritte und Fahrten im östlichen Winter –. Und was war die Fron beim König von Preußen, gemessen an der Schwere des Dienstes, den der König von Preußen vor seinem größeren Herrn tat!

In dem frühen Zusammenbruch blieb nur die eine Hoffnung: der Sohn. Mit einem Male war er riesengroß für ihn herausgehoben vor allen anderen Menschen, die des Königs Zeit bisher unablässig verlangten; hervorgehoben auch vor den wenigen Helfern, die über der Schwere ihres Amtes zugrunde gingen, wie der »liebe Trux«. Nur die Mutter war noch, die den Sohn zur Reife hingeleiten sollte, die fruchtbarste der Königinnen, die

Regentin über eine menschenarme Erde. Die anderen mit ihren Fragen, Forderungen und Verlangen blieben nun fern.

Nichts war mehr da als die Frau und der Sohn.

Er selbst, der Herr, war ausgelöscht.

Was waren die Pläne, die er entwarf, für die er kämpfte? Voranschläge und Berechnungen, die Gott ihm frühe aus der Hand nahm, ohne ihm ein Zeichen zu gewähren, welche er verwerfen, welche er ausführen lassen werde!

Jede Stunde konnte Gott ihn aus dem Werk abrufen. Das war ihm nun deutlich gewiesen.

Aber auch der letzten Stunde mußte der König noch dienen in der Erwartung solchen Rufes.

Das war die Wehmut und die Weisheit des kaum Dreißigjährigen, war eine Fügsamkeit und ein Wissen, die ihm seinen Leib verzehrten, der tausendfach der Fruchtbarkeit seiner armen Erde verschrieben war.

Er ahnte nicht, daß er auch jetzt, von allen Ärzten aufgegeben und sterbend geglaubt, auf dem Lager zwischen Dom und Mönchsfriedhof, schöpferischer war als in den Tagen glühendsten Lebens.

Er hatte kaum auf Schönebeck das Buch geschrieben, wie der Bürger und der Beamte seines Landes heranzubilden sei, da schrieb er, der Verächter aller Federfuchser, in der Havelberger Propstei nun einen großen Nachtrag, einen zweiten Band, nämlich, wie ein König wird.

Jede Zeile quoll von eigener Erfahrung über. Jeder Ausspruch war mit eigenem Leiden, eigener Tat besiegelt.

Nun mochte in den kühlen Domesmauern die frühe Stille über ihn kommen, die er, von Erschöpfung und von Schmerzen aufgerieben, selbst in dieser Stunde noch nicht ganz als sein Geschick begriff. Alles in ihm drängte noch zur Zukunft, und nur dieses war Erleichterung, daß sie vor ihm war als ein Bild, als ein Mensch, als der Sohn, der eine, der ihm noch gelassen war. Nun war der näher noch als der Freund in Dessau, näher noch als die Frau –.

So gab es in der schweren Nacht im Havelberger Dom zweierlei Aufzeichnungen seines letzten Willens: das Testament für die Frau, das Testament für den Sohn. Das erste genügte der Sitte. Es war mit Zärtlichkeit, Achtung und Dankbarkeit geschrieben und durchsetzt von dem großen Irrtum seiner Liebe. Im anderen, das so ernüchtert, so enttäuscht, so voller Zweifel von den Menschen sprach, war der Ruf Gottes laut geworden, der an die Könige der Erde ergeht: den Sumpf in wogendes Feld, den Sand in blühende Gärten und Sünder in Gotteskinder zu verwandeln.

Der König glättete die Blätter, er faltete das Bündel sauber zusammen. Noch in der endenden Nacht rief er nach Ewersmann, es zu versiegeln, und nach dem Geistlichen, es zu verwahren.

Er glaubte, nun sei keine Zeit mehr zu verlieren. Ewersmann erschrak sehr, als er in dem Spitzbogengewölbe die Kerzen am Bette des Königs immer noch brennend fand. Fast waren sie schon hingeschmolzen. Der König wurde vom Diener aufs neue gebettet. Die Ärzte wurden wach und sahen nach ihm. Manche waren sehr verschlafen und hatten auf ihrem in der Halle eilig und notdürftig hergerichteten Lager so elend gelegen, daß sie sich nun kaum recken konnten.

Der Leibarzt blieb mit Ewersmann allein beim König. Die anderen schickte er hinaus. Sie sollten ihn am Morgen ablösen. Sie glaubten dem Vorwand sehr gern.

Der König schlief ein. Doch war es kein Schlaf der Genesung. Der König schlief tief, wie benommen. Er stöhnte im Schlaf. Seine Zähne knirschten. Seine Füße zuckten.

Ehe er die Kerze mit einem Lichtschirm verdeckte, sah der Leibarzt noch, wie der Herr im Schlaf verfiel. Harte Schatten setzten sich um seine Augen ab. Die Arme lagen steif und schwer auf die Decke gepreßt; die Adern an den Händen waren sehr geschwollen.

Er wollte eine harte Kur mit ihm versuchen. Das beschloß der Leibarzt des Königs mit sich allein. Er sann über das Mittel.

Um die Dämmerung schickte der Leibarzt den Diener zum Küster. Die Glocken sollten nicht läuten. Der Herr mußte schlafen. So kam der Morgen über Havelberg herauf, und zum ersten Male blieben die Glocken des Domberges stumm. Dadurch blieb der Schlummer auch der Königin ungestört. Sie schlief lange, denn die Nacht war über der Wanderung der Königin durch ihre Räume fast hingegangen. Natürlich war die hohe Frau beim Erwachen sehr erschrocken. Aber die Ramen vermochte sie schon zu beruhigen. Lächelnd beugte sie sich zu der Herrin: »Der König schläft.«

Die Königin zeigte sich sehr glücklich und entlastet, schien aber gar nicht sehr ruhig.

Die nächste Botschaft, die Ewersmann brachte, besagte, daß der Schlummer Seiner Majestät nicht gut sei, gar nicht gut.

Der Leibarzt, von dem Regimentsarzt abgelöst, war selbst zur Apotheke in die Stadt hinuntergegangen und ließ sich wohl an hundert Büchsen reichen. Er sann noch immer über dem Mittel. Denn er kannte die Krankheit noch nicht.

In Havelberg redeten sie den ganzen Morgen davon, daß die Glocken droben heute nicht geläutet hatten und daß der Leibarzt, als er vom Prälatenweg her über die Brücke zur Apotheke hinabkam, keines Menschen Gruß erwiderte und keine Frage beantwortete.

Die Leute in den Dörfern an der großen Landstraße über Friesack und Glöwen nach Havelberg hatten es sich entgehen lassen, daß die Königin an ihnen vorübergefahren war. Das größte Ereignis seit Menschengedenken – nun war es dahin. Nun hatte man das Nachsehen und konnte nur darüber reden. Reden, das kann man ja zum Glück noch immer.

Weil man aber vom Leben eines Hofes nun fast gar nichts wußte, kam man gar nicht auf den Gedanken, daß auch in den nächsten Tagen noch reiche Kutschen aus der Hauptstadt folgen könnten. Nach ihnen hielt man nicht erst Ausschau. Aber die Kutschen kamen doch; früh, mittags, gegen Abend; es flitzte und polterte nur so durch die Dörfer. Die Leute gingen nun nicht mehr von den Gartentüren und den Scheunentoren weg. Um die Melkzeit schrien die Kühe vergeblich.

Die erste Kalesche hatte zum galonierten Kutscher auch noch drei Lakaien; einen auf dem Vordersitz, die beiden anderen hintenauf. Im offenen Wagen, ganz von Staub umwölkt, saßen zwei hohe Herren, aber nur der eine von ihnen in prächtigem Reisemantel und Hut.

Die im Dorf zerbrachen sich vergeblich den Kopf und rieten müßig und sehr aufgeregt herum. Später kam ein Junge aus dem Nachbardorf gelaufen. »Das Gespann hat an unserer Schmiede gehalten! Ein Pferd hat seinen linken Hinterhuf verloren! Die Herren sind an unserer Schmiede ausgestiegen! Ein Lakai hat uns gesagt, wer sie waren: Der mächtigste Minister! Und der Alte Dessauer!«

Da wurden sie alle zur Seite getrieben. Mitten durch den Haufen Kinder donnerte die nächste Kutsche, ein hoher, dunkler, etwas altmodischer Kasten. Den geistlichen Herrn hatte niemand gesehen. Der Prediger Roloff lehnte tief im Winkel seines Wagens.

Professor Gundling aber war untröstlich, daß er in seiner großen Aufmachung einen elenden Karren, wie er nicht mit Unrecht sagte, zur Reise nach Havelberg benutzen mußte. Jedoch der erste Sold seines neuen Amtes bei Hofe reichte zur Equipage noch nicht aus.

Wenn das Poltern des Wagens es nicht nahezu unmöglich machte, unterhielten sich Herr von Grumbkow und der Fürst von Anhalt-Dessau, den er selbst herbeigerufen hatte, sehr lebhaft. Seit Grumbkow sich als Gegner Clements so bewährte, war der Fürst viel aufgeschlossener. Unvermeidlich war, daß sie die Frage der Regentschaft berührten. Gehörten sie in den Regentschaftsrat? Welche Vollmachten lagen bei Ihrer Majestät? Der Generalissimus betrachtete den Minister; der war nicht von der Art, die er liebte: zwar war er groß und voll, doch ohne Kraft; zwar waren seine dunklen Augen beherrschend, leuchtend und bedeutend, doch von einem zu schimmernden, feuchten Glanz. Sein Mund war zu weich, zu schön und zu voll. Der Dessauer konnte sich Grumbkow, trotz des hohen militärischen Ranges, den er bekleidete, nie als Offizier vor seinem Regiment vorstellen. Es war kein gutes Zeichen, wenn der Fürst von Anhalt-Dessau dies an einem Mann entdeckte.

Herr von Grumbkow konnte es dem Fürsten nicht so ganz verschweigen, daß er nicht in dem vollen Maße, wie man seit dem Falle Clement annahm, Partei mit der Königin war. Gerade um ihretwillen trüge er, versicherte er der Durchlaucht, manche Sorge um das Land.

Das brachte ihn dem Fürsten näher.

In der Frage, ob ein Testament vorhanden sei und was es enthalte, spitzte alle Sorge und Erwägung sich zu.

In Havelberg war ihr erstes, daß der Fürst und der Minister Ihrer Majestät ihre Aufwartung machten. Zur Stunde befand sie sich in der Propstei bei dem Patienten; und während er schlief, schrieb sie Briefe; Briefe nach England und sogar an die verbannte liebste Frau Hofmeisterin, die hübsche, respektlose, indiskrete Blasspiel. Es war genug aus dem zu ersehen, was Königin Sophie Dorothea selbst sich nur als ungefähre Andeutung dachte.

Gerade als die Königin von ihrem Schreibplatz aufsah, öffnete Ewersmann die Tür für den Arzt. Draußen sah sie den Fürsten und Grumbkow; und jedes Bündnis, das mit Grumbkow je einmal gegen Clement geschlossen wurde, war im Augenblick vergessen und verschmäht. Sie wollte die Generalität und die Ministerien, personifiziert in diesen beiden, in einer Stunde, die ihr alle Macht verhieß, nicht auf dieser Schwelle sehen. Sie glaubte gerade der Geschlechter sicher zu sein, die ihr Gemahl die vornehmsten und schlimmsten nannte, nämlich der Schulenburg, Alvensleben und Bismarck mit ihrer hannöverischen Politik. Sie fühlte sich stark genug, einem Fürsten von Anhalt standzuhalten, der es, wie der Gatte und der Zar, immer mit den kleinen Leuten hielt und gegen die großen Herren auftrat. Der Gedanke an seinen Schwedter Neffen und dessen brandenburgisches Erbrecht, wenn Friedrich etwas zustieß, war ihr furchtbar. Ach, ihr, ihr Sohn galt manchem als zu schwach, um seine Großjährigkeit zu erleben!

Aber stärkte nicht der Krieg selber sie, die Regentin, gegen Anhalt und Schwedt? Auch nach den Reichsgesetzen hätte der Schwedter in das Testament als Mitregent eingesetzt werden müssen! Vertraute der Gatte, als er es unterließ, so fest darauf, daß sie nach seinem Tod noch einen Sohn gebären würde?

Königin Sophie Dorothea stützte sich auf ein Testament, dessen Inhalt sie nicht kennen durfte. Sie hielt sich an einen Adel, der Welfenpolitik gegen seinen brandenburgischen Herrn trieb. Sie fieberte vor Stolz, welche Macht ihr vom Gatten zugedacht war; und sie legte sich Rechenschaft darüber ab, für wen und gegen wen sie diese Macht und solches Vertrauen gebrauchte. Sie wollte nur endlich eine wahre Königin und nicht die Frau eines Plusmachers sein, der sich mit »Kläffern« umgab! Heftig legte sie die Feder hin, stand auf, trat vor die beiden Mächtigsten des Staates und schloß hinter sich die Tür zu dem Saal mit dem Kranken.

Mit so stolzer Miene, wie sie sie ihnen gegenüber noch niemals angenommen hatte, erklärte die Königin fast ungezogen, der König lasse sich jetzt nicht sprechen. Der Zustand, in welchem er sich befinde, mache für den Augenblick die Gegenwart der Herren in Havelberg, die sie aber dankbar vermerke, ganz unnötig. Daher würden sie wohl daran tun, wieder nach Berlin zu gehen, um dort alles in Ordnung zu halten, falls es der Vorsehung gefallen sollte, über den König anders zu gebieten.

Der Fürst von Anhalt wollte ihr darauf antworten. Allein die Königin unterbrach ihn und sagte ihm, sie sei so niedergebeugt, daß sie ihn unmöglich anhören könne.

Schrecken und Unruhe ließen Grumbkow nicht einen Augenblick mehr ruhen. Er sah sich von hannövrischem Adel verdrängt. Er eilte zum Kommandeur, er meldete sich bei dem Geistlichen an. Er mußte in Erfahrung bringen, was nur zu erfahren war. Er stürmte davon. Der Fürst – sonst leicht gereizt und hochfahrend – war still. Er ging sehr langsam hinaus. Nun würde er den Freund vielleicht nie mehr sehen.

Draußen, vor der Mauerumhegung des Domes und seiner alten Bäume, auf der freien Höhe über dem Tal der beiden Flüsse war eine steinerne Bank. Dort saß der Generalissimus, als wäre er ein Träumer geworden.

Den schmalen Weg vom Mal der Wundertränen von Wilsnack und der Sankt-Annen-Kapelle her kam der Prediger Roloff herauf.

Der Fürst hielt von Kirche und Pfaffen nicht viel, auch wenn er den Choral »Ein' feste Burg« gern als des Herrgotts Dragonermarsch gelten ließ. Aber der hier war anders. Das wußte er vom Freund, dem König. So sprach er ihn an; er wollte mit einem reden, der zu dem König gehörte; er brauchte einen, zu dem er von dem Freunde sprechen konnte.

»Wird er denn leben? Halten Sie es denn für möglich, daß der König nicht stirbt?« drang der Fürst in den Pastor.

Der antwortete ruhig: »Wenn der Tod nicht nur der Sold der Sünde ist, sondern auch die letzte Erfüllung unseres irdischen Auftrags – dann wird der König noch leben.«

Damit ging er unverzüglich zum König und wurde auch vorgelassen. Der König war erwacht. Er sah den Prediger sehr aufmerksam an und bat die Königin mit freundlichem Wort und äußerst höflicher, wenn auch sehr schwacher Geste, ihn mit dem Geistlichen allein zu lassen. Dann fragte er: »Steht es denn so mit mir, daß Sie von selber kommen?«

»Manches wissen die Ärzte nicht, Majestät, darum bin ich hier.«

Der Pastor hatte nun nicht minder oft als der Leibarzt des

Königs an Sterbebetten gestanden. Der vor ihm war kein Sterbender. Es war noch nicht das Stillewerden der Erfüllung. Die erste Stille war es, ohne die kein Schaffender beginnen kann: der Verzicht auf allen Glauben an die eigene Kraft, auf das Vertrauen auf den eigenen Plan; auf Lohn, Verdienst, Vollendung und Bestand; auf die Enthüllung des Sinnes, der nicht erkannt und nur geglaubt sein darf. Die erste Stille war es, in der Gott zu reden beginnt mit dem Menschen. Davon sprach er zu dem Herrn und dachte, als sie nun beide schweigend verharrten: Der König hat sehr viel verloren. Der König hat auf viel verzichtet, sein Wille ist sehr oft gebrochen. Er muß vielleicht die Königin verlieren. Sie ist die Welt, die sein Herz noch ganz umschlossen hält; denn der eine Sohn gehört einem König wohl nie. Er wird leben, um das Herz von dem letzten zu reißen. Er wird leben, um das Äußerste zu vollbringen, das ein König tun muß, den Gott in seine Hände gezeichnet hat, sichtbar vor allen und nur dem Gezeichneten selber verborgen. – Der König brach das Schweigen; er sagte: »Der Arzt soll mir ein neues Mittel geben.«

Der Leibarzt hielt das neue Mittel schon bereit. Es hieß Ipecacuanha und war im wesentlichen belanglos.

Der König mußte erst vorbereitet werden, damit er es einnehmen konnte. Darüber verging eine Stunde. In ihr empfing der König den Professor Gundling. Der Herr bestand darauf.

Gundling nahm auf gar nichts Rücksicht. Er vollführte ein fürchterliches Theater.

»Oh, über die zünftige Wissenschaft!« rief er aus. »Ich werde Majestät untersuchen, ich!«

Und er tat, als taste er die schmerzenden Stellen ab.

»Oh, seht, seht, was ich da finde! Dieser schmerzende Strang von Adern – natürlich vom Herzen her! Seine Majestät leiden an verwundeten Gefühlen! Seid alle meine Zeugen! Oh, wo waren eure Augen, meine Herren Kollegen aus der hohen Medizin? Diese Nervenstränge, brennend und entzündet, kommen vom Kopfe her, direkt aus der Mitte der Stirn! Verwundete Gedanken sind es, meine Herren medici, verwundete, zerrissene Gedanken! Seine Majestät der König von Preußen geruhen an etwas völlig Neuartigem zu leiden! Ich mußte kommen, es zu entdecken! Denn es war – und eben dieses weiß nur ich – ein Halbjahrtausend ante Christum natum ein König – «

Der König lächelte.

Gundling sah ängstlich auf des Königs Lächeln, so pomphaft er auch gestikulierte. Es entschied seine Zukunft.

Der Leibarzt, gute Miene machend zu dem bösen Spiel, bemerkte, so unzulänglich wie Kaltes Fieber und Unsichtbare Pokken sei des Geschichtsprofessors neue Diagnose nicht. Man könnte vielleicht Nervenkolik sagen.

Der König nahm Ipecacuanha ein. Er erbrach sich sehr.

»Weg mit den Fetzen der verwundeten Gedanken!« triumphierte Gundling, wenn der König sich erbrach. Dabei überlegte sich der Professor aber schon wieder eine seiner schönen antikischen Parallelen, die er dem König, wenn er nun genas und unterhalten sein wollte, zu erzählen gedachte. Diesmal sollte sie mit einem Worte des Pythagoras anheben: »Jeder Mann muß, um sein Leben gut zu vollenden, vier Dinge vollbracht haben: er muß ein Buch geschrieben, einen Baum gepflanzt, einen Sohn gezeugt und ein Haus erbaut haben.«

Der Herr hatte tausend Bäume gepflanzt und aberhundert Häuser gebaut; er hatte einen Sohn gezeugt und nun gar auch ein Buch geschrieben, wie ein Land zu regieren ist und wie ein König wird.

Aber für einen König schien dies alles nicht genug zu sein. Er mußte mehr vollbringen. Sein Leben war mit alledem noch nicht »gut vollendet«.

Das Ipecacuanha hatte es entschieden.

Ohne die Krisis abzuwarten, reiste der Prediger Roloff nach Berlin zurück; für ihn war der Spruch über Tod und Leben des Herrn schon gefällt.

An seinem Wagenschlag erschien noch einmal der Fürst.

»Sie rechnen so fest damit, daß er am Leben bleibt, Hochwürden?«

»Das Wort ›rechnen‹, Durchlaucht, darf für mich nicht vorhanden sein. Dort drüben am Dom liegt einer, der aufgehört hat mit dem Rechnen. Ich nenne das eher Anfang als Ende.«

Dem Fürsten lag noch mehr am Herzen.

»Hochehrwürden – wenn er nun lebt – nicht wahr, man kann doch nicht zu einem kaum genesenen Freunde gehen und ihm sagen: ›Du, hör einmal, ich muß dir die Augen öffnen über deine Frau.‹ Und dann kann man überhaupt gar nichts mitteilen – sie ist, was man edel nennt, ist befähigt, mütterlich, reiner als eine ihresgleichen rings –.«

»Niemand als Gott kann da die Augen öffnen, Gott, dem die Sünder näher sind als die Gerechten. Wir dürfen uns zu diesem Dienst nicht drängen, Durchlaucht. Er könnte sich leicht zum politischen Schachzug verwandeln.«

Die Pferde zogen an.

Der Fürst von Anhalt-Dessau konnte nur noch leise für sich murmeln: »Nicht wahr, das meine ich auch.«

Plötzlich empfand er wieder, als bestünde da ein Zusammenhang, seinen alten, guten Haß gegen Grumbkow. Doch mußte er im Gasthof »Zur Stadt Magdeburg« noch mit ihm logieren. Denn sie hatten gemeinsam beschlossen, so lange in Havelberg zu bleiben, bis man von dem Zustand des Königs etwas Gewisseres zu sagen vermochte.

Grumbkow kam erst spät vom Nachtmahl, das er beim Kommandeur eingenommen hatte. Auf der langen Straße zur Elbe hinunter, zwischen Gasthof und Kommandantur, trat aus den Pfeilern des Zeughauses die Kammerfrau der Königin zu dem Minister.

Ach, wie sie sich ängste! Wie sie den Beistand Seiner Gnaden so nötig brauche! Ahnungen peinigten sie, als wären sie Wirklichkeit! Manchmal müsse sie fremde Dinge niederschreiben, als schrie sie ihr einer ins Ohr – Dinge, die sie selbst gar nicht verstehe! Oh, wie solle sie es nur Seiner Gnaden erklären – was nur damit beginnen!

Sie rief, flüsterte und klagte und drückte Grumbkow das Bündel Zettel in die Hand und flüchtete mit leiser Klage ins Dunkel zurück.

Im Gasthof »Zur Stadt Magdeburg«, einsam beim Wein, las Grumbkow die Abschrift des königlichen Testamentes.

Dann klopfte er an der Kammer des Fürsten. Der saß noch angezogen auf dem Bettrand, den Kopf in die Hände, die Arme auf die Knie gestützt.

»Wir sind nicht im Regentschaftsrat«, flüsterte der Minister, kaum daß er eingetreten war; und nun erzählte er die nächtliche Begegnung und legte zum Beweis dem Fürsten die Abschrift auf die Knie. »Es ist ein Donnerschlag für uns, Durchlaucht! Sehen Sie denn nicht voraus, daß über kurz oder lang die vormundschaftliche Regierung unvermeidlich sein wird – so unmäßig wie der König ist, so wenig wie er auf seine Gesundheit verwendet?! Wir müssen die Übermacht der Königin untergraben, den König dazu bringen, sein Testament zu widerrufen.«

Eigenmächtig verbrannte der Fürst die Blätter an der Kerze, ganz nachlässig, vom Bettrand aus. Die Kerze stand auf einem tiefgewölbten Kupferteller; auf den fielen nun Ruß und glimmende Fetzen.

»Das Geschreibsel einer Kammerfrau darf man ja wohl en bagatelle behandeln –.«

Das war alles, was er dem entsetzten Grumbkow sagte.

Dem half die höfische Beherrschung nicht mehr. Er stammelte: »Es ist die wortgetreue Abschrift – «

Der Dessauer lächelte. »Wenn mein Freund mich seine Schriften wissen lassen will, bedarf es keiner Kopien – «

Es sollte nicht leicht sein für den Herrn, wenn er genas. Neue Feindschaft entstand, nun zwischen den Bewährten.

Aber das war ja das Neue: der König erwartete nichts mehr; er rechnete nicht mehr; er baute auf nichts Menschliches mehr. Das eben war die Krankheit – oder die Genesung.

Diese Nacht sollte darüber bestimmen.

Tage hindurch waren Morgen, Mittag und Abend über Havelberg nicht eingeläutet worden. Am übernächsten Tage, am Sonntag, durften die Glocken seinetwegen nicht mehr schweigen; so befahl der König. Auch sollte der Gottesdienst wie stets im Dom stattfinden. Man wehrte sich aus allerlei Rücksichten sehr dagegen; aber der König hatte die gereizte Beharrlichkeit des Genesenden ins Treffen zu führen. Die Glocken riefen zu der Stadt hinunter, und über die Brücke zum Prälatenweg hinauf strömten die Menschen. Noch niemals hatte hier ein Kirchgang von solchem Ausmaß stattgefunden. Die Bürger dachten die Königin und Herren des Hofes zu sehen. Die Soldaten wollten am Dessauer vorbeimarschieren. Wie wenn die Bienen in den Wipfeln der blühenden Linden summen, so war es; genau so klangen die Schritte, das Flüstern, das leise Rufen für das Ohr des Königs, der, von dem Domplatz abgeschieden, seine Fenster offenhalten ließ.

Die Glocken verklangen, das Raunen verstummte, die Orgel und die Chöre füllten Dom und Propstei. Der König hörte das Singen. Dann war es ihm auch, als ob er den Hall der heiligen Worte aus der Kirche bis zu seinem Lager hin vernähme. Dabei las er in der Schrift und fand das Gebet: »Eins bitte ich vom Herrn, das hätte ich gerne: daß ich im Hause des Herrn bleiben möge mein Leben lang, zu schauen die schönen Gottesdienste des Herrn und seinen Tempel zu betrachten.

Denn er deckt mich in seiner Hütte zur bösen Zeit, er verbirgt mich heimlich in seinem Gezelt und erhöht mich auf einem Felsen; so will ich in seiner Hütte Lob opfern, ich will singen und lobsagen dem Herrn.

Gib mich nicht in den Willen meiner Feinde; denn es stehen falsche Zeugen wider mich und tun mir unrecht ohne Scheu.

Ich glaube aber doch, daß ich sehen werde das Gute des Herrn im Lande der Lebendigen.«

Es war unendlich ruhevoll, genesend, fern dem Thron und der Krone, so nahe dem Altar und dem Kreuz zu liegen, so ruhevoll wie nichts, noch nichts in seinem jungen Königsleben war.

Er lauschte dem frommen Gesang und hörte Gottes Wort wie ein Geheimnis hinter feierlich geschlossenen Türen reden. So nahe war Gottes Haus. Er brauchte sich nur zu erheben und die Halle zu überschreiten, da sah er von der Brüstung in den Dom, auf die Kerzen, das Kreuz und die Beter. Aber noch war er zu matt. Und nur sein Herz füllte sich immer sanfter und schwerer mit den geweihten Klängen und Bildern.

Man müßte die Schlösser der Könige neben die Hütten Gottes bauen, dachte der Herr – er, der vor den sieben dunklen Kirchen Brandenburgs geflohen war.

Nach dem Gottesdienst hielt Ihre Majestät Empfang. Denn auch der Adel rings um Havelberg war erschienen, um an den Dankgebeten für die Genesung des Königs in großer Höflichkeit trotz aller Kühle des gegenseitigen Verhältnisses teilzunehmen. Daran hatte König Friedrich Wilhelm nicht gedacht: daß sie in dem Gottesdienst auch dafür dankten. Nun kam es ihm die alte Montbail sagen.

Sie wurde als erste wieder vorgelassen. In den Tagen seiner furchtbaren Schmerzen und Schwächezustände, seit ihrer Ankunft, hatte der Herr sie noch nicht gesehen. Er scherzte: »Nun bin ich Ihnen wohl zahm genug, Madame?«

Sie blickte lange auf den Abgezehrten, sehr Verfallenen und lächelte unter Tränen. Dann gab sie ihm Briefe vom Fritzchen. Noch einmal war die Hugenottin die Botin zwischen Vater und

Sohn, obwohl der nun den Kriegern übergeben war. Der Prinz und seine Gouverneure, seine erste Gouvernante, die Kriegsveteranen und die Glaubensheldin, wirkten aufs friedlichste und freundlichste miteinander, damit nur ja der Kranke in Havelberg willkommene Botschaft erhielt.

Das Fritzchen ließ dem lieben Papa übermitteln, es lerne jetzt aus dem »Theatrum Europaeum«.

»Ach«, seufzte der König, »aus dem ›Theatrum Europaeum‹ habe soeben auch ich erst gelernt, liebste Montbail – «

Aber die wollte jetzt nur die Briefe des kleinen Prinzen beachtet wissen, denn Fritzchen meldete, die Königin wisse dem lieben Papa ein paar schöne Rekruten nachzuweisen; nur dürfe sie nicht erfahren, daß er es ihm angezeigt habe.

Der Prinz übersandte dem Vater die Liste seiner Kadettenkompanie, dankte für einen neuen Kadetten, den er bekommen hatte, und sprach die Hoffnung aus, der Rekrut werde bald so wachsen, daß er in des Königs berühmtes Bataillon Garde kommen könne.

Auch erstattete er genauen Bericht über seine Kompanie, die überaus gut exerziert und »so gut gefeuert hat, daß es unmöglich besser sein kann«.

Endlich sollte es den kranken, lieben Papa freuen, zu hören, daß sein Sohn einen Hasen erlegt und sein erstes Rebhuhn geschossen habe. Das Fritzlein schrieb mit kindlicher Hand, aber in Ausdrücken, wie ein alter Kapitän sie gebraucht haben würde.

Nur eine Niederschrift war zart und fast ein wenig feierlich gehalten. Die Montbail hatte dem König einen kleinen französischen Aufsatz aufgeschlagen, den der Kronprinz aus eigenem Antrieb verfaßte.

Das dünne Heftchen trug den Titel: »Lebensweise eines Prinzen von hoher Geburt« und begann mit einem Psalm.

»Wenn er nur nicht der einzige wäre«, flüsterte traurig der König, obwohl er eben noch sehr glücklich lächelte.

Da beugte sich die alte Montbail über ihren einstigen Zögling, bedenkenlos mit aller höfischen Sitte brechend.

»Die Königin hat mich beauftragt, es Eurer Majestät zu übermitteln; sie glaubt an eine neue Schwangerschaft.«

Der König schloß die Augen, so, als käme die tiefe Müdigkeit der vergangenen Tage wieder über ihn. Als er mitten im harten Richten stand; als die Diebe aus seinem Schloß, der Kastellan und der Schlosser, am Galgen hingen; als zur Nacht das Volk sich vom Richtplatz verlief und Clement kam und ihm den nahen Untergang verkündete – da hatte er fern von allen Sehnsüchten des Blutes und fern von allen Schrecken des Gerichtes das Kind, das neue Leben, angesichts der Vernichtung und des Unterganges begehrt. Unter den geschlossenen Augenlidern tropften große Tränen über seine Wangen in die Kissen. Aber nun lächelte der König wieder. »Ich bin noch immer recht anfällig«, entschuldigte sich der Herr. Und weil er sich schämte, ließ er die Augen fest zugepreßt. Die alte Montbail konnte keinen Blick von dem geliebten Zögling wenden. Sie dachte: Ein Mann braucht sich der Tränen nicht zu schämen. Es kommt nur darauf an, aus welchen Tiefen des Herzens sie strömen.

Er schlief und schlief, und sie hielt alle Frager von ihm fern, selbst Ihre Majestät, die eine so große Gewalt über Geist und Willen des Gemahls zu haben glaubte. Aber sie besaß nur sein Herz.

Der König war wieder in Berlin. Man merkte es am vielen Köpfeschütteln. Nein, war das ein Herr! So viele Einfälle hatte die Krankheit ihm eingejagt, daß er niemand mehr zur Ruhe kommen ließ. Jetzt, auf einmal, als alles gut und vorbei war, konnte er gar nicht genug von seinem schweren Anfall reden; nicht etwa, was sein Befinden anging; das war es nicht. Aber er hatte in die Mängel der medizinischen Wissenschaft einen tiefen Einblick gewonnen. Der Leibarzt, der ihm Ipecacuanha gegen die »Nervenkolik« eingegeben hatte, war jetzt sein ständiger Tischnachbar bei der Tafel. Aus diesen Gesprächen, aus den unmittelbaren Eindrücken der eigenen Krankheit erwuchs die neue Gesundheits-Gesetzgebung. Unverzüglich wurde ein Sanitäts-Rat gebildet, zumal die Pest in Ungarn und in Siebenbürgen wütete und jeden Tag in Preußisch-Litauen eingeschleppt werden konnte. Das neue Medizinal-Kollegium hing vom König unmittelbar ab und wurde je nach Bedarf in den verschiedenen Landesteilen eingesetzt. Ein Ober-Sanitäts-Kollegium war die verwaltende Zentralbehörde; Provinzial-Sanitäts-Kollegien in den Hauptprovinzen hatten den Auftrag, den Gesundheitszustand der Bevölkerung zu überwachen. Strengste, ununterbrochene Aufsicht wurde vom König auch für die Ausbildung der jungen Ärzte gefordert. Es sollte keine Feldschere, marktschreierische Heilkünstler, ungelehrte Heilgehilfen und ärztliche Handwerker mehr geben; nur noch chirurgische Ärzte sollten zugelassen sein, auch für die Armee. Die Not mit den Ärzten im Lande Preußen war so arg geworden, daß der Herr gar selber einmal einen Doktor Eisenbart durch eine Art ehrenvollen Steckbriefes zu einem kranken Offizier hatte rufen lassen müssen. Die Charité sollte man ihm mit Operations- und Entbindungssälen zu einem Musterkrankenhaus des ganzen Landes machen.

Ein Theatrum Anatomicum war schon begründet, der Plan des alten Königs von dem Sohne finanziert und verbessert. Die Kadaver aller Gehenkten und Enthaupteten wurden hier eingeliefert; die Leichname der Soldaten auch. Die chirurgischen Ärzte hatten zwangsweise im Theatrum Anatomicum zu erscheinen. Wurden Frauenleichen aus dem Spandauer Spinnhaus zerschnitten, so waren die Hebammen herbeizuholen, auch wenn sich ihre Nachbarinnen in der Gasse noch so vor den Leichenschänderinnen grauten.

Schon drang die Kunde zu dem König, daß die Wehmütter gar kläglich barmten, das hieße ja ein großes Kindersterben als Strafe des Himmels heraufzubeschwören, wenn man sich so an den Toten vergriff! Der Herr möge in sich gehen – er, dem die Kinder im deutlichen Gottesurteil so dahinschwanden. Schon wurde auch dem König hinterbracht, daß der erste Professor seiner Anatomie, ein frommer Mann, in Wahnsinn verfiel. In seinen Phantasien rang er mit den Leichen, die er sezierte. Das fand der König grausig und traurig. Aber Sektion mußte sein. Davon ging er nicht ab. Er wies auf die Einbalsamierung der Fürsten hin; da gehe ja auch ein grimmiges Zerschneiden voran. –

Er hatte verstanden, daß in seiner schweren Krankheit und in der Kunde von der Schwangerschaft der Gattin die Worte »Tod« und »Geburt« mit neuer Klarheit und Schwere zu ihm gesprochen worden waren.

Er wollte die Toten zerschnitten und zerstückelt haben, damit er das Leben leichter gewönne und besser erhielte. Er kämpfte unnachgiebig um den neuen Plan. Gott ließ ihn leben, dem Lebendigen zu dienen. Er glaubte, er werde »das Gute des Herrn sehen im Lande der Lebendigen«.

Er hatte den Havelberger Psalm nicht vergessen.

Es gewann den Anschein, als wäre der König für alle seine Untertanen krank gewesen, als hätte er alle ihre Leiden und ihr Alter bedacht. In einem noch nie dagewesenen Maße beschloß er, für die Alten und Kranken zu sorgen. Seine Apotheke aus Silber und Glas wurde bedeutend erweitert, ausgebaut und reich dotiert; dafür hatte sie Medikamente für den Hofstaat bis zum letzten Küchenjungen, die Riesengarde, das Kadettenkorps, die fünf Berliner Regimenter, die Invaliden, für Lazarette und Krankenhäuser und vor allem für alle Verlassenen, Verarmten und Vertriebenen zu liefern. Offiziere und Beamte erhielten die Medikamente für das halbe Geld; den Minderbemittelten wurden sie unentgeltlich zugeteilt. Man begann, den neuen Fonds die Kranken-Kasse zu nennen.

Auch Tod und Trauer bedachte der König in der Erinnerung an die Havelberger Krankheit oft. Alles war ihm nur Antrieb zur Tat. Er, der die Friedhöfe in den Städten eingestampft hatte, verfügte: Trauer darf höchstens auf das erste halbe Jahr des allergrößten Schmerzes ausgedehnt werden. Bei jeder Art von Trauerfall muß es ganz einheitlich gehalten sein. – Witwen der im Staatsdienst tätig Gewesenen sollten künftig Pensionen beziehen. Wenn sie sich wieder verheirateten, war es aber besser.

Die Waisen aber brauchten am meisten Fürsorge: ein Vaterhaus, ein großes, lichtes, warmes Haus mit Essen und Trinken, Kleidung, Lehre, Leitung, Gebet und Gesang!

Da fuhr der König wieder nach Potsdam. Er ließ die Steine der abgetragenen alten Marienkirche auf dem Harlungerberg bei Brandenburg nach Potsdam bringen; den Goldschatz aus dem Morgenlande hatte man vergeblich unter ihren Trümmern in all dem armen Sande gesucht. Er wählte Baumeister, Lehrer und Hauswalter, Knechte und Mägde, gab Gärten und Weiden, Tafeln und Schieferstifte und Bücher, Strümpfe und Schuhe und Bibeln. Er schenkte gar die große Uhr vom Turme seines eigenen Schlosses.

Es schien, als wäre er allen Witwen und Waisen gestorben und als würde das Vermächtnis ausgeteilt. So zitterte die Nähe des Todes in ihm nach. Dieses Bild, gestorben zu sein, trug er im Herzen. Danach handelte er. So tastete er sich zurück in Leben und Tat.

Als sie die Erde für das Grundgemäuer des Waisenhauses ausgehoben und in hohen Wällen aufgeschichtet hatten, war König Friedrich Wilhelm selbst zugegen, obwohl der Arzt ihn vor der kühlen Witterung warnte. Denn nun ging das Jahr dem Ende zu, und es wurde dunkel über dem Land. Der Erdball hatte sich von der Sonne gekehrt; die Erde verlor allen Glanz, die Luft erfüllte sich mit kaltem Hauch, das späte Laub fiel von den Bäumen, und kahles Geäst zeigte das letzte, starre, bleibende Gesicht der einst wogenden, rauschenden, leuchtenden Wipfel. Es war ein stiller, kühler Tag, fast ganz im Nebel. Nur einzelne Büsche waren noch mit bleichen, überzarten blaßgelben Blättern behängt.

Der Herr ging schweigend vor den Baumeistern her. Es war Feierabend, und sie kehrten mit ihm heim zum Schloß, in dem er ihnen das würdigste Quartier gegeben hatte, denn er hatte sie weit hergeholt und manchen Widerstand besiegen müssen, der sich gegen ein Unternehmen erhob, in dem »in erster Linie Militärpersonen die Einrichtung machen und die Aufsicht führen müßten«. Anderes Werk als Soldatenwerk trauten sie dem Potsdamer nicht zu. Aber wo nur je ein großes Stift für Waisen errichtet worden war, dessen Erbauer sich noch finden ließ, rief der König ihn her. Aus dem Lande war es nur einer: der Stiftsbaumeister Franckes in Halle, jenes August Hermann Francke, dessen Predigt zu Berlin Friedrich Wilhelm einst von Anfang bis Ende stehend angehört hatte: so fühlte er sich als junger Prinz von etwas Neuem, Hohem angeredet.

Den Hallenser, der schon ein sehr alter Mann war, winkte sich der Herr an seine Seite.

Er sollte ihm nun auch eine Kirche bauen.

Der König redete nicht davon, daß er vor Brandenburgs Kirchen geflohen war und eine neue Stadt sich gründete auf Sumpf und Sand, wie einer einen neuen, schweren Pakt abschließt. Nun stand die neue Stadt im Ringe ihrer ersten, festen Mauern.

Der König sagte nur: »Nun will ich eine Kirche bauen.«

Und als hätte er noch seine jähe, rasche Art, als wäre noch das Cito! Cito! ungebrochen in ihm, besprach er auf dem Weg vom Bauplatz des Waisenhauses zum alten Schlosse schon den neuen Plan. Er wollte die Kirche ganz nahe am Schloß, doch lichter als jenes, höher, weiter und klarer.

Als wollte er neu beginnen vor Gottes leuchtendem Antlitz und näher bei Ihm – so war es im Herzen des Königs. Aber das verschwieg er; auch dachte er es nicht; er hatte Genüge am Bilde des Kirchbaus. Er wollte das Kirchtor ganz dicht am Portal seines Schlosses. Es sollte nur noch wie ein einziger Schritt sein durch ein einziges Tor vom Königsschloß zum Gotteshaus, vom Gotteshaus zum Königsschloß.

Sie überquerten die herbstliche Wiese hinter dem Schloß, die Wiese, auf der die erste Kirche seiner neuen Königsstadt Potsdam sich erheben sollte: eine Hütte Gottes bei den Menschen der Mark Brandenburg, ganz nahe dem Hause, in dem er nun unablässig wieder schaffen, rüsten und beginnen wollte gemäß dem neuen Bund mit Gott, der alle Rechnungen der Menschen durchkreuzt, aber auch jenen Schein zerreißt, auf dem die Schuld der Menschenkönige aufgeschrieben steht.

Das Wort, das König Friedrich Wilhelms heißes Herz mit einem Zittern erfüllte, das Wort des zwölfjährigen Jesus im Tempel, blieb unausgesprochen und wie in einem Schauer gemieden, obwohl er doch ein Mann war am Anfang der dreißiger Jahre, und das nannte der Herr eine starke, gute Zeit für einen Mann; aber er sagte es wie einer, der schon sehr tiefen Einblick in alle Schwäche und Vergänglichkeit besaß.

Das Wort, vor dem sein Herz erbebte, war: »Wisset ihr nicht, daß ich sein muß in dem, das meines Vaters ist?«

Zweiter Teil

Die aufgehende Sonne

Denn wer weiß, was der für ein Mensch werden wird
nach dem König, den sie schon bereitgemacht haben?
Denn wer weiß, ob er weise oder toll sein wird?
Und soll doch herrschen in aller meiner Arbeit,
die ich weislich getan habe unter der Sonne.

Die Bibel

Der König hielt den kleinen Sohn auf den Knien. Das Mahl war beendet. Er hatte das Prinzlein einfach von dem Nachbarstuhl zu sich herübergehoben. Sein Hulla pflegte nämlich bei jeder Mahlzeit zur Linken des Vaters zu sitzen. Dieser Platz kam zwar dem Kronprinzen zu, und es gab viel Gerede über solch willkürliche Abänderung des Zeremoniells – aber Majestät ließ sich nun einmal nicht irremachen. Das Bürschlein August Wilhelm schwatzte gar zu süß. König Friedrich Wilhelm wollte sich in keinem Falle darum bringen lassen, ihm zu lauschen. Unterhaltungen mit dem großen Sohn waren während der Tafel nicht das Rechte. Fritz war auch hier unablässig von der Vorbereitung auf das Amt des Königs von Preußen in Anspruch genommen. Hofmeister und Gouverneur saßen dem Thronfolger zur Seite. Der Hofmeister und der militärische Erzieher bewachten jedes Wort und die geringste Geste mit Güte, Strenge und Gerechtigkeit; denn solche Erzieher hatte der König seinem Nachfolger gegeben. Der blutjunge Major Friedrich von Hohenzollern war blaß und schien ein wenig überanstrengt. Ernst und freundlich sah der Vater zu dem großen Sohn hinüber, während er, ein wenig gedankenlos, mit Friedrichs Brüderchen spielte.

»Kleiner Wicht, ich soll dir schon wieder erzählen? Ich muß doch aufs Pferd, muß nach den Bauten sehen! Ach, was nicht gar, schon wieder die dumme Geschichte, wie du in Berlin ankamst? Die ist doch schon abscheulich langweilig, närrischer Tropf! Hundert Kanonenschüsse haben den Papa zu Tode erschreckt, gerade als er in Potsdam zum erstenmal in seinen neuen Garten ging. Was sollte der Papa da anders denken, als daß die Türken ihm Berlin zerschießen?! Aber wie er nun hinüberreitet mit dem großen Säbel – «, und nun faßte er das Bratenmesser, wischte es ungeniert an der Serviette ab und tat, als stäche er das Bürschlein in den Bauch – »da ist nur ein kleines, rosiges Ferkelchen da. Und gleich machte der Papa sich ans Schlachten!«

So, nun wußten sie es beide: jetzt ging die Geschichte nicht weiter; hier war sie unwiderruflich zu Ende, und Papa brach zu den Bauten auf. Und die ganze Tafelrunde wußte es auch; und die Königin erhob sich nahezu befreit. Sie liebte diese derbe kleine Komödie zum Dessert nicht sonderlich. Mitunter kam dann das Gespräch auf die Tage der Geburt ihrer Kinder überhaupt, und die entfernteste Anspielung auf die Geburt Anna Amaliens bereitete der Königin unsagbare Pein, obwohl nun schon an drei Jahre darüber hingegangen waren.

Die Königin hatte sich die fünfte Tochter nicht gewünscht. Damals, als sie nach der schweren Krankheit des Königs, die ihr die Einsetzung zur Regentin verhieß, nicht den ersehnten zweiten Sohn, sondern Luise Ulrike geboren hatte, war sie angesichts des bitteren Sohnessterbens ihrer vielen Töchter müde geworden. Den Sohn, den zweiten Sohn, begehrte sie, ihre machtvolle Stellung zu erhalten, zu befestigen.

Zwei Jahre später kündeten die hundert Böller dem Gatten in den Gärten Potsdams diesen zweiten Sohn. Von nun an verlangte Sophie Dorotheens Herz nach keinem Kinde mehr. Die hohe Pflicht am Hause Brandenburg war ganz erfüllt. Der toten Söhne ward nicht mehr gedacht. Die Königin wollte reisen, viel in England weilen, Band und Bote zwischen den Thronen ihrer Häuser zu sein.

Noch ehe sie die ungeduldig herbeigewünschte Fahrt übers Meer nach Britannien antrat, ein halbes Jahr nach ihrer Niederkunft mit August Wilhelm, fühlte sich die Königin von neuem schwanger; aber sie hielt es geheim. Sie wollte den Glanz ihres Vaters und Bruders zu London erleben; endlich, endlich!

Königin Sophie Dorothea schwieg von ihrem Zustand wie aus Trotz. Die Englandreise kam zwar nicht mehr zustande. Aber die Königin bewahrte auch weiterhin ihr Geheimnis. So geschah das Unerklärliche, daß die zu frühe Stunde der Geburt kam, ohne daß auch nur die geringste Vorbereitung getroffen war. Der König war an diesem Abend, da er am nächsten Tage eine Reise vorhatte, zeitiger als sonst zu Bette gegangen. Die Kabinette des

Königspaares lagen Tür an Tür. Der erste Schrei der Wehen rief den König an das Bett der Gattin; geängstet und fassungslos hatte er nur den Schlafrock übergeworfen. Wenigstens kam nun die Ramen, die allzeit wachsame Kammerfrau; wenigstens hatte er diese als Botin zur Hand.

»Eine furchtbare Kolik«, rief er ihr zu, »schnell zu meinem Leibarzt! Er soll Ihr, noch ehe er kommt, schon ein Mittel mitgeben! Holt die anderen Frauen her! Macht Servietten heiß für den Leib! Macht Feuer!«

Er war allein mit der Stöhnenden; sie vermochte nicht zu sprechen, und noch immer kam niemand zu Hilfe. Der König umfaßte die Königin eng; er wollte sie ganz an sich reißen, als vermöchte er ihr dadurch ihre Schmerzen abzunehmen oder ihr einen Halt zu geben. Es waren nur wenige Schläge des Herzens, in denen er alles begriff. Er war allein mit seiner Frau, das neue Leben zu erringen. Seine reinen, starken, schönen Hände hielten seiner Frau die neue Menschenmutter entgegen, und er spürte es in der Verwirrung dieser Stunde dennoch in feierlicher Klarheit, was es hieß, das neue Leben, von dem Blute aller Menschenqual befleckt, mit eigener Hand aus der Quelle des Lebens zu empfangen, die Leiden der Geburt sich türmen und still werden zu sehen, in den gewaltigsten Ausbruch des Lebens einsam einbezogen zu sein. Nicht, daß er die Gedanken einzeln dachte. Aber ihn ergriff die Tiefe und Gewalt des Bildes, welches Gott ihm wies. König und Königin in ihrem Schloß waren in der nächtlichen Stunde der Niederkunft allein, wie Maria und Joseph im Stalle zu Bethlehem es waren. Die Hände des Königs waren noch von ferne überschattet von dem Wunder, das an Joseph geschah. Sie trugen in der Einsamkeit der Nacht das Leben ans Licht.

Dann freilich schwieg die Stille, das Wunder, die Andacht. Die Kammerfrauen in den langen, derben Hemden, Tücher und Röcke lose umgebunden, lärmten ins Zimmer. Der König schrie es ihnen gleich entgegen: »Einen Zuber zum Bade für das Kind! Leinentücher für die Königin! Die Schmerzen brauchen kein Mittel mehr, Herr Leibarzt!«

Der Ramen drückte er das Kind in die Arme. »Nicht wahr, das Gewicht ist doch gut? Ihr Frauen, glotzt doch nicht so dumm! Ein Kind ist da! Macht doch ein Körbchen mit Kissen zurecht!«

Schließlich mußte der Vater in der Kammer der Wöchnerin noch ganz unbändig lachen, wie sie alle – er, des Landes Preußen

Majestät, und die Kammerfrauen – im Hemd wie aufgescheucht ums Wochenbett tobten. Was anders auch als Lachen hätte die Wucht solcher Erschütterung überwunden –. Aber das vergaß er nicht: »Schickt zur Wache, daß sie den Prinzessinnensalut abfeuern!«

Es waren jene ärmlichen drei Salven, mit denen Königstöchter sich begnügen mußten. Dem König wären hundert Böller nicht genug gewesen. Die Königin stand nach wenigen Tagen wieder auf, blühender und schlanker denn je. Ihr zwölftes Kind schien sie mit neuer Schönheit zu beschenken, ihre Kraft und Gesundheit ans Rätselhafte zu grenzen. Sie verlangte zu reisen. Der König hat es ihr als Dank gewährt. Die Gründe verstand er noch nicht.

Die Gattin schämte sich der gar so absonderlichen Niederkunft. Sie vermied es, den Gemahl zu sehen. Sie begehrte, das durch ihre Schwangerschaften immer wieder aufgehaltene Werk, die Throne ihrer Häuser zu verbinden, endlich entscheidend durchzuführen. Sie wollte mit eigenen Ohren das Ja ihres Vaters zu ihrem ureigensten Plane vernehmen, daß ihre und ihres Bruders Kinder die Kronenträger dieses Erdteils werden sollten – die ältesten Söhne durch das gewaltige Gesetz des Erbes, die Töchter durch königliche Ehen, die weiteren Söhne, durch die verbündete Macht der beiden Häuser und ihrer Länder, auf den fremden Thronen Europas. Denn an umstrittenen Rechten war kein Mangel ... Der Gatte ließ nur den einen, den ältesten Sohn zum König erziehen. Den anderen Kindern war er Vater, wie ein reicher Bürger Vaterpflichten erfüllt. Voller Ehrgeiz, Scham und Ungeduld reiste die Königin von Preußen zum König von England, der um diese Zeit auf seinem Jagdschloß Göhrde bei Hannover eintraf.

Die Art, in der sie reisen mußte, erfüllte sie mit Bitterkeit; denn nur eine kleine Suite war ihr bewilligt: zur Oberhofmeisterin noch eine Gesellschaftsdame, zwei Kammerfräulein und zwei Kammerfrauen, zwei Kammerdiener, drei Pagen, sechs Lakaien. Wie sollte sie damit vor dem britischen Gefolge ihres Vaters bestehen!

Dem König lag in den ersten Tagen der Abwesenheit Ihrer Majestät der Minister Grumbkow damit in den Ohren, es sei unbedingt erforderlich, daß Seine Majestät der allerhöchsten Gemahlin bald nachfolgten.

Er gab dem König vieles zu bedenken: die geheimgehaltene Schwangerschaft; den im vergangenen Jahre unablässig geäußerten Wunsch der Gattin, nach England gehen zu dürfen; ihre ständige Versunkenheit in Gedanken, die ihm verborgen blieben. Auch das fand unter Grumbkows Einflüsterungen nun Eingang in das Grübeln des Königs: daß Sophie Dorothea schöner und belebter schien, wie beschwingt von neuer Liebe.

Der Hofrat und Vorleser Professor Gundling konnte wieder einmal seine ganze Fertigkeit erweisen, den gedankenvollen Potentaten zu zerstreuen. Sie waren als die ersten in der Tabagie erschienen, und Gundling zählte dem Herrn die Fülle all der Werke auf, die der König seit seiner Genesung vollbrachte. Aber mit unwirscher Gebärde wehrte der König solche Schmeicheleien ab. Nur als Gundling diese Taten herrliche Zeichen eines neuen Lebens nannte, da horchte König Friedrich Wilhelm für einen Augenblick auf; denn genau so hatte kurz zuvor Madame Montbail von den drei jüngsten Kindern gesagt, mit denen ihn die Königin seit den Tagen von Havelberg beschenkte; und die alte Montbail sprach so mahnend, so betont, als ahne sie den Verdacht, mit dem der König sich quälte.

Gundling kam sich überaus wichtig vor, allein mit dem Gebieter in dem seltsam stillen Saal der Tabagie zu weilen. Es belebte ihn ganz ungeheuer, genau wie die Menge des Trankes, der heute für ihn als einzigen Gast in steinernen, gekühlten Krügen bereitstand; es war eine Stunde, von neuem in seinen historischen Parallelen zu glänzen.

Von Frauen zu sprechen, ah, das schien vor ergrimmten Herren immer gut, und wäre es auch nur von hohen Frauen der Vergangenheit. Von Königinnen begann er zu berichten, die zu Zeiten schwerer Krankheit ihres Gatten in die Regentschaft vom Gemahl selbst eingesetzt wurden, als der die letzte Stunde gekommen glaubte. Von solchen Frauen weitvergangener Zeiten sprach der Historikus Gundling, und er erzählte König Friedrich Wilhelm, wie jene Herrscher, dem Tode schon nahe, von den Göttern ins Leben zurückgesandt wurden, um nun – nachdem sie die Gottheit fast von Angesicht zu Angesicht geschaut – noch Größeres denn zuvor zu vollbringen. Aber in den hohen Frauen, sosehr sie die Genesung des Gatten auch priesen, blieb eine allergeheimste Bitterkeit und Enttäuschung zurück. Sie, die in aller ihrer Glorie und Majestät doch immer nur im Schatten ihres mächtigen Gemahls verharren mußten, hatten sich für einen Augenblick dem Thron und der Krone endlich in Wahrheit nahe gedünkt. Alle Gewalt und Pracht sollte ihrer sein. Aber nun lebte der Gemahl, schuf in Kindern und in Taten herrliche Zeichen seines neuen Lebens – und der Traum der Königinnen versank und entschwand immer mehr. Den Verlust der Hoffnung auf die Macht aber vermochte manche von ihnen nicht mehr zu vergessen und begann am Hofe und im Reiche des Gemahls ihr eigenes Spiel mit dem zerflossenen und verwehten Traum.

Als Gundlings Phrasen und all sein Bramarbasieren zu diesem Punkt der Betrachtung gediehen waren, erhob sich König Friedrich Wilhelm und schenkte, wie es sonst die jüngeren Offiziere taten, dem schon halb Betrunkenen den größten Humpen mit dem schwersten Biere ein.

»Trinkt, daß es die Kehle ölt zum Plaudern!« Das sagte der König. Doch wollte er nur den Narren, den Schwätzer, den unerbittlichen Weisen so umnebelt machen, daß am Morgen alles von ihm selbst vergessen wäre, was er vor seinem Herrn zu dieser Stunde ausgesprochen hatte.

Danach war König Friedrich Wilhelms Zorn verflogen. Er war durchaus wieder still. Sogar der Groll gegen Grumbkow verebbte. Es sollte an nichts mehr gerührt sein.

Und dennoch wollte das Gefühl der wachsenden Entfremdung nicht weichen.

Sophie Dorothea war ihm untreu geworden auf jene Weise, wie die Frauen weitvergangener Zeiten einen geheimen Verrat am genesenden Gatten und Herrscher begingen. Nicht eine neue Liebe hatte die kinderreiche Königin von Preußen schöner, jünger und beschwingter werden lassen. Die Kühnheit ihrer Entwürfe gab ihr neues Feuer.

Um diese Pläne der Gattin mußte Friedrich Wilhelm wissen, als der Herr des Landes und ihr Mann. Er kam in der Nacht nach ihrer Rückkehr in ihr Zimmer und schlug den Vorhang ihres Bettes zurück. Er weckte sie und fragte. Da gab ihm die Gattin noch einmal die Möglichkeit beseligender, gütiger Täuschung. Sie sprach, ohne erschreckt und verwirrt zu sein, in der Stille der Nacht von ihrer heißen Sehnsucht, Band und Bote zwischen den Thronen der Hohenzollern und Welfen zu werden, Mutter gekrönter Söhne und Töchter, Ahnfrau ungezählter künftiger Könige und Königinnen.

Friedrich Wilhelm lächelte und lauschte. Ein weites Gefühl durchzog ihm das Herz. Er ahnte die Fruchtbarkeit der Kronen und glaubte das Wunder der Fügung zu erkennen. Seine Frau begehrte, ihrer beider Kinder zusammenzugeben mit den Kindern der einzigen, die er vor ihr liebte. Aus Abschied wurde Wiederkehr, aus Ende Anfang, das Leben wirkte ohne Ende immer wieder Leben. Es gab kein Nein, und alles wurde Ja und Amen –; Ja und Amen, das bedachte er sehr ernst. Denn immer wieder überfielen ihn die Gebete.

Die Wucht des Gedankens riß ihn nicht minder mit als die Weite des Gefühls; Mächte des Nordens, die Hüter evangelischen Glaubens verbanden sich in der Liebe der Kinder! Eine neue Zeit brach in dem neuen Geschlechte an! Die zwölfte Verbindung der Hohenzollern und Welfen sollte wahrlich dem Glockenschlage einer vollen Stunde gleichen, mit der ein denkwürdiges Zeitalter anhob der Gemeinsamkeit des Blutes, der Macht, der Würde und des Glaubens! Der König träumte mit der Königin den gleichen Traum und glaubte an die Fruchtbarkeit der Kronen ihrer Geschlechter.

Der König von England weilte wieder in seinen deutschen Landen. Seit er gemeldet war, hatte es der Königin von Preußen keine Ruhe gelassen, sich auch diesmal in die hannöverische Heimat aufzumachen; denn in den drei Jahren seit Anna Amaliens Geburt waren ihre Pläne der Verwirklichung nicht um einen Schritt nähergekommen. Der König wendete nichts dagegen ein, daß die Gattin ihre Abwesenheit von vornherein auf einen Monat auszudehnen gedachte. Sie wollte mit ihrem Vater für die Zukunft ihrer Kinder wirken. Wie hätte er sie daran hindern mögen! Er wisse wohl, so sagte er der Gattin freundlich, daß die Hannoveraner jetzt eine so schöne Figur in der Welt spielten.

Solange nun die Königin von Preußen bei dem König von England auf Herrenhausen zu Gaste war, stand Prinzessin Wilhelmine bei ihrem Vater in besonderer Gunst. Er empfand mit einer gewissen Behaglichkeit den großen Reiz, eine Tochter zu besitzen, die bereits sehr annehmbar zu repräsentieren verstand. Wilhelmine gab sich auch die größte Mühe, getreu dem Gebot der Mama, den Vater von ihrer außerordentlichen Eignung, Königin von England zu werden, zu überzeugen. Der König ahnte nichts davon, daß seine beiden ältesten Kinder durch ihre Mutter längst in alle Geheimnisse eingeweiht waren, die er für seine und seiner Frau ureigenste Angelegenheit hielt. Wo Wilhelmine ihm die künftige Herzogin von Gloucester, Prinzessin von Wales und Königin von England demonstrierte, vermerkte er es dankbar und erfreut als liebevolle Aufmerksamkeit, die lediglich ihm selbst galt. Er fand seine älteste Tochter in jeder Weise reizend. Dabei war sie, namentlich der etwas spitzen Nase wegen, nicht eigentlich hübsch. Obwohl ihre Haare allmählich von blond zu braun gedunkelt waren und das Blau der Augensterne sich von Jahr zu Jahr vertiefte, war sie der Mutter nicht ähnlich geworden und nach des Vaters Meinung keinesfalls eine zweite Sophie Dorothea.

Aber klug, verteufelt klug sah seine Tochter aus; König Friedrich Wilhelm stellte es mit Achtung fest. Während der Nachmittagsstunden plauderte er trotz aller seiner Arbeit immer wieder mit ihr, und am Abend speiste er regelmäßig auf ihrem Zimmer; er bezeigte ihr wiederholt ganz außerordentliches Vertrauen und unterhielt sich mit ihr sogar von Geschäften, denn Friedrich war unentwegt durch die Gouverneure beschäftigt, und jede Stunde seines Tages war fest eingeteilt. Um sechs Uhr wurde er geweckt. »Der Prinz«, so hieß es in der väterlichen Instruktion, »darf sich im Bett nicht nochmals umwenden. Er muß hurtig und sogleich aufstehen, alsdann niederknien, sein Morgengebet sprechen, sich dann geschwinde ankleiden, Gesicht und Hände waschen, aber nicht mit Seife, seinen Frisiermantel anlegen und sich frisieren lassen, aber ohne Puder. Während des Frisierens soll er Tee und Frühstück einnehmen. Um halb sieben Uhr tritt der Lehrer und die Dienerschaft ein zur Verlesung des großen Gebetes und eines Kapitels aus der Bibel, Gesang eines Kirchenliedes. Von sieben bis dreiviertel elf Uhr folgt der Unterricht. Darauf wäscht der Prinz sich geschwinde Gesicht und Hände, nur diese mit Seife, läßt sich pudern, zieht seinen Rock an und geht zum König, bei dem er von elf bis zwei Uhr bleibt. Dann nehmen die Stunden ihren Fortgang bis fünf Uhr – «

Da fand der König es schön, eine erwachsene Tochter im Hause zu haben, und konnte es vor lauter Stolz und Freude mit einem Male gar nicht mehr erwarten, sie schon als große Dame zu behandeln. Wilhelmine sollte Appartement halten; er verlangte vom Hof, daß man der Prinzessin nahezu allen sonst der

Königin schuldigen Respekt erwies. Die Hofmeisterinnen der kleinen Schwestern wurden angewiesen, ihr täglich Bericht abzustatten und keine Entscheidung ohne ihren Willen zu treffen. Der König gab seiner Tochter zum erstenmal in seinem Hause Pflichten und Rechte. Der Vater entdeckte sein ältestes Kind. Die Prinzessin aber strebte in aller Aufmerksamkeit für ihn gerade von ihm weg. Herrlich schienen sich die Weissagungen zu erfüllen, die einst bei ihrer Taufe von bestellten Dichtern des Hofes aller Welt verkündet worden waren, damals, als drei Könige, der heiligen Geschichte vergleichbar, ihre Gaben an der Wiege der Prinzessin niederlegten.

Keine Mutter hat wohl ihren Kindern schönere Märchen erzählt als Königin Sophie Dorothea von Preußen. Denn auch Friedrich beschrieb sie die Wallfahrt der Königstöchter Europas zu seinem Throne des langen und breiten, und alle Welt war überstrahlt vom welfischen Glanz. Es war erstaunlich, wie die Königin an Märchen glaubte, seit ihr der Traum von der eigenen Regentschaft zerrann, der Traum, dessen Beglückungen sie sich niemals eingestanden hatte –; denn sie war um die Gesundheit ihres Gatten pflichtgemäß besorgt. Manchmal, wenn Wilhelmine jetzt den Vater aufs gewandteste unterhielt, malte sie sich heimlich dabei aus, wie sie ihm dereinst als eine große Königin gegenübersitzen würde. Dummerweise fragte Papa sie gerade in solch glücklichem Augenblick einmal nach einem ganz abscheulichen blauen Fleck, den die Spitzen ihrer Ärmel und die sorgsam hochgeschobenen Armreifen doch nur höchst unzulänglich verdeckten. Dadurch stellte sich heraus, daß die künftige Königin von England von ihrer reizenden Erzieherin Léti mit Genehmigung der Mutter geknufft, gezwickt, geschlagen werden durfte, sobald sie etwas tat, das dem dereinstigen britischen Ruhm im voraus auch nur im geringsten schaden konnte.

Der König saß wie versteinert. Gerade weil er sah, daß Wilhelmine nicht übertrieb, sondern sich ängstlich bemühte, ihre Tränen zu unterdrücken, wurden ihm die Umstände doppelt verdächtig. Über das Verhalten der Gattin verlor er vor der Tochter kein Wort. Als er sich von Tische erhob, umarmte er sie, nannte sie ein armes, dummes Ding und redete ihr gut zu, die Mama werde schon wissen –.

Die Léti nahm er sich allein vor. Ein förmliches Zeugenverhör schloß sich an. Die Montbail beteuerte, unmöglich könne Ihre

Majestät eine Ahnung gehabt haben. Dem König genügte die Feststellung, daß seine älteste Tochter in seinem Hause ohne sein Wissen ein jahrelanges Martyrium erduldet hatte. Die Léti ging. Die Tochter wurde krank. Etwas in den Phantasien der Mama mußte doch ein böser Traum gewesen sein. Die Léti schrieb nach Hannover.

Die hübschen Abende, an denen der König sich bei seiner Tochter zu Gaste lud, waren nun sehr rasch vorüber, und sie fehlten ihm. Da fügte es sich gut, daß Minister von Grumbkow einen Plan verwirklichte, den er schon lange mit sich herumtrug. Er lud den König in sein Haus ein, mit dem Sohn, zu einem kleinen Herrenabend. Er fand den größten Beifall seines Herrn. Ja, der König schien dem Ereignis des ersten gemeinsamen Ausganges mit seinem Sohne eine gewisse Feierlichkeit beizumessen.

In der Runde seiner Generale und Minister richtete der Herr den Blick fest auf den Sohn und meinte ziemlich unvermittelt und vor allem unverständlich bedeutungsvoll: »Ich möchte wohl wissen, was in diesem kleinen Kopf vorgeht. Ich weiß, daß er nicht so denkt wie ich. Es gibt Leute, die ihm andere Gesinnungen beibringen und ihn veranlassen, alles zu tadeln. Das sind Schufte.«

Er wiederholte das Wort.

»Fritz«, fuhr er dann fort, »denke an das, was ich dir sage. Halte immer eine gute und große Armee; du kannst keinen besseren Freund finden und dich ohne sie nicht behaupten. Unsere Nachbarn wünschen nichts mehr, als uns über den Haufen zu werfen; ich kenne ihre Absichten. Du wirst sie auch noch kennenlernen. Glaube mir. Folge dem Beispiel deines Vaters bei den Finanzen und der Armee. Tu noch mehr, wenn du König bist. Aber hüte dich, mich in allem nachzuahmen, was Diplomatie heißt, denn davon hab' ich nie etwas verstanden.«

Diese Worte begleitete der König mit leichten Schlägen auf die Wange des Prinzen, zärtlichen, kleinen Klapsen, die aber immer stärker wurden, bis sie zuletzt richtigen Ohrfeigen glichen. Herr von Grumbkow war völlig betroffen. Man hatte geglaubt, der König würde sich an diesem Abend bei dem ersten gemeinsamen Ausgang mit seinem Ältesten in einem so intimen Kreise sehr vertraulich geben, und nun arteten die ersten Worte, die er hier an seinen Jungen richtete, zu einer offiziellen Erklärung und Mahnung von höchster Eigentümlichkeit aus. Und nun gar die wunderlichen kleinen, erst zärtlichen, dann immer heftigeren Schläge für den Prinzen –? Die Schläge, die mehr Warnung und Abwehr als Zurechtweisung bedeuteten –? Der Vorgang war um so merkwürdiger, als der König noch niemals eines seiner Kinder auch nur angerührt hatte. Ja, wenn Fritz und August Wilhelm einmal ungebührlich Unfug trieben – seit geraumer Zeit war Friedrich allerdings schon viel zu überanstrengt für Allotria –, so führte der König selbst den Missetäter zu Mama hin, damit sie dem Delinquenten einen kleinen Klaps erteilte. Auch hatte er ausdrücklich befohlen, daß seinen Kindern niemals Furcht vor ihm eingeflößt werden dürfe, da die zwiefache Autorität eines Königs und gestrengen Vaters zu bedrückend auf so junge Herzen wirken könnte.

In König Friedrich Wilhelm mußte Seltsames vorgegangen sein.

Die Situation war überaus peinlich. Und nicht genug mit jenen rätselhaften Backenstreichen; der Herr vermehrte die Peinlichkeiten noch, denn plötzlich griff er nach den nächsten Tellern auf der Tafel und zerschlug sie, einen nach dem anderen. Auch ein Grumbkow mit all seiner Gewandtheit zeigte sich solcher Lage nicht gewachsen; er suchte sie durch einen Scherz zu retten, so kostspielig er auch war, stellte sich angeheitert und zerschmetterte munter sein ganzes Tafelservice, kostbare Höchster Fayencen, als hielten Väter und Söhne ein gewaltiges Zechgelage. Die Söhne freilich waren dafür etwas jung. Die übrigen Minister und Generale benahmen sich meist sehr ungeschickt.

»Nehmen Sie nur solche wahrhaft väterlichen und königlichen Worte recht zu Herzen, Königliche Hoheit.« Worte dieser Art, verlegen und salbungsvoll, fielen. Der König überhörte sie. Er achtete der Sprecher nicht und kümmerte sich auch nicht um Fritz. Der stand leichenblaß. Dann zog Grumbkow sich mit ihm in einen Nebenraum zurück. Der König und die ganze Schar von Grumbkows Gästen suchten die Spielzimmer auf. Auf der Schwelle blieb der König stehen. Es war, als hielte er die Herren alle an. Aus einem Gedankengang heraus, in den sich niemand finden konnte, sprach er zu den Generalen und Ministern: »Ihr kennt noch nicht, was in Fritzchen steckt. Ihr werdet es sehen, wenn er zur Regierung kommen wird.«

Seltsames mußte in dem König vorgegangen sein.

Niemand konnte ahnen, was geschehen war.

Der König, nachdem er den Einblick in die geheimen Leiden seiner ältesten Tochter gewann, hatte sich auf eine völlig neue Weise um die Erziehung des Thronfolgers bekümmert. Einst hatte er ihr die Instruktion, nach der er selbst erzogen worden war, zugrunde gelegt, denn die stammte aus des großen Leibniz Feder. Auch hatte er dem Sohn den Gouverneur aus seiner eigenen Kinderzeit, Graf Finckenstein, gegeben; denn der Plan und der Mann waren von dem König gut befunden. Nur daß er einige Abänderungen vornahm, wie die Erfahrungen seiner Königszeit sie ihm diktierten, und daß er dem »alten Heiligen«, Dohnas Nachfolger, noch Kalkstein und Duhan, einen preußischen Offizier und einen französischen Refugié, zur Seite gab; Duhan aber hatte er für dieses Amt vorgesehen, seit er ihm in den Laufgräben von Stralsund begegnet war, ihn kämpfen sah und nach dem Ringen eines Kriegstages mit ihm sprach.

Mit dem Knaben Friedrich Wilhelm waren – gegen den Willen der Erzieher Dohna und Finckenstein – Gala- und Parade-Examina vor König Friedrich veranstaltet und dem Prüfling Erfolge verschafft worden, die er nicht verdiente. Wählte man doch, die Lücken und Mängel zu verbergen, Formulierungen von solcher Vorsicht wie: »Seine Königliche Hoheit lernt schwer wie alle Geister, die viel Urteilskraft und Gründlichkeit zeigen!«

König Friedrich aber hatte, auf dem Throne sitzend, hochentzückt gelauscht und hielt die Prämien zur feierlichen Verteilung bereit.

Friedrich nun wurde an jedem Sonnabendmorgen über alles ausgefragt, was er in der Woche gelernt hatte. Wenn er »profitiert« hatte, bekam er den Nachmittag frei; wenn nicht, so mußte er von zwei bis sechs Uhr alles repetieren, was er vergessen hatte.

Jene Instruktion König Friedrichs I. für Friedrich Wilhelm dankte für den »Erben so vieler und großer herrlicher Lande«, den Erben, »mit dem Heil und Wohlfahrt so vieler Millionen Menschen verknüpft sind«. Sich selbst nannte er »Wir«, seinen Sohn und seine Gattin »Unseres vielgeliebten Sohnes und Unserer herzgeliebten Gemahlin Liebden«. Solchen Wortflitter entfernte König Friedrich Wilhelm. Da seine »Millionen Untertanen« sich kaum auf zwei beliefen, nannte er sie nicht. Und weil seine Lande durchaus nicht so herrlich waren, strich er das Beiwort aus. Er schrieb »Ich«, »Meine Frau«, »Mein Sohn«. Lateinische Sentenzen sollte Friedrich nicht lernen. Gründe gab König Friedrich Wilhelm nicht an; und es hieß in seinen Randbemerkungen darüber: »Ich will auch nicht, daß mir einer davon sprechen soll.« Er wollte, daß der Sohn in den Archiven arbeite, an den exakten Zeugnissen der wirklich erlebten Geschichte. Den Gouverneuren war aufgetragen, dem Sohn »die wahre Liebe zum Soldatenstand einzuprägen und ihm zu imprimieren, daß gleich wie nichts in der Welt, was einem jungen Prinzen Ruhm und Ehre zu geben vermag als der Degen, er vor der Welt ein verachteter Mensch sein würde, wenn er solchen nicht gleichfalls liebte und die einzige Glorie in demselben suchte«. Daneben sollte man aber auch »dahin sehen, daß er sowohl im Französischen als Teutschen eine elegante und kurze Schreibart sich angewöhne«. Vom Deutschen hatte König Friedrich I. überhaupt nicht gesprochen. König Friedrich Wilhelm aber setzte es nun an Stelle des ausgemerzten Lateins. Das Wort Eloquenz unterdrückte er. Es genügte ihm, wenn sein Sohn »alles deutlich und rein aussprechen« lernte. Er strich eine feierliche Erörterung über das Dekorum aus, »welches ein Regierender Herr mehr als Einiger anderer Mensch zu beobachten hat«, eben jenes »Mittel zwischen Majestät und Humanität«. Er sagte bloß: »Mein Sohn soll anständige Sitten und Gebärden wie auch einen guten und manierlichen, aber nicht pedantischen Umgang haben; er soll nicht menschenscheu sein, sondern die Leute, groß und klein, fein fragen; dadurch erfährt man alles und wird klug.« Die Liebe aber, die er sich von seinem Sohne wünschte, hatte der König als brüderliche Liebe bezeichnet.

Plötzlich genügte dem König, wie in einer großen Sorge, das Bewußtsein nicht mehr, den Sohn dem verehrten eigenen Gouverneur und dem Gouverneur und seinen Helfern jene Instruktion, für die seine »Experienz« sprach, übergeben zu haben.

Beinahe ängstlich, zum mindesten unruhig, begann er bei allen, die Prinz Friedrich näher standen, Umfrage zu halten, als gelte es den eigenen Sohn zu entdecken; und als erwarte er davon ein gültiges Urteil, spürte König Friedrich Wilhelm selbst den privatesten Gesprächen, den zufälligen Bemerkungen nach. Friedrich lerne schwer und langsam, hieß es hier; Friedrich denke lange nach, bevor er eine Antwort gebe. Friedrich hänge eigenen Gedanken nach, wurde dort gesagt. Friedrich neige zur Abzehrung. Friedrich zeige Hang zur Schwermut. Der König erfuhr sogar von dem Schreiben eines fremden Diplomaten über seinen Jungen. Nun hatte er es schwarz auf weiß. »Ich meine«, stand in diesem Brief, »daß der Kronprinz überanstrengt wird. Ob ihn schon der König herzlich liebt, so fatiguiert er ihn mit Frühaufstehen und Strapazen den ganzen Tag dennoch dergestalt, daß der Prinz bei seinen jungen Jahren so ältlich und steif aussiehet, als ob er schon viele Kampagnen getan hätte.«

Gewiß, er hatte ihm nicht wenig zugemutet. Das wußte der König genau. Aber der wohlerwogene Lehrplan umschloß doch nur das Mindeste, Notwendigste, worin ein künftiger König von Preußen firm zu sein hatte?! Der König beriet sich mit Friedrichs Erziehern, den beiden brandenburgischen Offizieren und dem frommen Hugenotten. Klare Antwort wurde ihm auch von diesen Treuen nicht zuteil. Allmählich reimte sich der Herr zusammen, daß man die Gattin schonen wollte. Allmählich erkannte er, daß neben dem von ihm entworfenen Lehr- und Lebensplan ein völlig eigenes System einer anderen Erziehung bestand, ein heimliches System, das sich bewußt in Gegensatz zu allem stellte, was er für Friedrich erstrebte.

»Der Nachmittag soll für Fritzen sein«, hatte der Vater bestimmt. Den Nachmittag nahm sich Mama, um Friedrich zu einem würdigen Schwiegersohn des welfischen Hauses heranzubilden. Sie war entzückt, an ihren beiden ältesten Kindern eine wahre Leidenschaft für Musik zu entdecken. Der Kronprinz erhielt Sonderstunden in Klavier-, Violin- und Flötenspiel. Mama ließ ihren Ältesten in Latein unterrichten. Wie anders sollte er die Antike verstehen, die das Denken und Sinnen und jegliche Feinheit des Umgangs an den Höfen zu Paris und London bestimmte?! In ihr fand alle Große Welt die Vollendung des Gedankens und der Form, die Urbilder der Tugenden und Laster, den Ausdruck der Freuden und Schmerzen. Die Lebensregeln waren klassische Zitate. Der Neidische hieß Zoilos, der Häßliche Thersites, der sieghafte Held Achill, der unglückliche Hektor.

Welche Verheißungen machte die Gattin dem Sohne, daß er ihr die Nachmittage gab, die nach des Königs Plan »für Fritzen« sein sollten? Der König rief es, von all den Entdeckungen maßlos erregt, den Erziehern Friedrichs zu, als danke er ihnen die Schonung der Gattin nur wenig. »Sagen Sie ihm lieber«, sprach er, »daß er, gemessen an den Söhnen anderer Herrscher, den Dauphins, Infanten und Prinzen von Wales, der Thronfolger eines

Bettelkönigs ist! Ich will nicht, daß mein Sohn behandelt wird wie der junge Ludwig XV., dessen geringste Taten und Gebärden die Zeitungen der Welt verkünden und den man gar »Das Kind Europas« nennt. Ich will nicht solch schwächlichen Knaben, der durchaus nicht angestrengt werden soll und mag! Wir Brandenburger sind nicht Potentaten wie die Könige von England, Frankreich oder Spanien! Und wir gehören nicht der klassischen Geschichte an und haben mit den Kaisern oder Königen von Assyrien, Ägypten oder Rom nichts zu schaffen! Herodot und Tacitus kennen nicht die Namen von Pommern, Cleve, Magdeburg und Litauen!«

So ereiferte sich Herr Friedrich Wilhelm noch, als sein Wort vom Bettelkönig schon im Umlauf war. Die Königin aber reiste gerade heran, dem Bettellande neues Heil zu verkünden: Der Londoner Hof wollte die preußischen Königskinder zum mindesten besehen lassen! Der König von England gedachte Berlin zu besuchen!

Die Königin traf ein – Schicksalswalterin über den Thronen des nördlichen Europa, Kronenspenderin, Urmutter künftiger Dynastien – und fragte: »Wo sind meine Kinder?«

Der König hörte es, und zum ersten Male erlag er dem seligen gefahrenreichen Irrtum nicht. Auch wußte er wohl, daß Sophie Dorothea mit ihrer Frage nur die beiden Ältesten meinte.

Friedrich hatte er auf die Jagd geschickt; und Wilhelmine hatte Unterricht bei einer neuen Erzieherin, welche der König bestellte.

Die Königin wurde rücksichtslos. Der englischen Visite wegen sollte alles von unten nach oben gekehrt werden. Unausgesetzt mußten in ihren freien Stunden die beiden ältesten Kinder sich zu ihrer Verfügung halten. Völlig übersah die Königin jenes sanfte Fräulein von Sonsfeld, das der König ihr zur neuen Erzieherin der ältesten Prinzessin vorschlug. Die Léti hatte die Königin selbst in englische Dienste gebracht; denn sie fürchtete sehr, die Entlassene könne aus eigenen Stücken nach London gehen und über ihren einstigen Zögling Wilhelmine Übles aussagen. So begann es, daß die Königin sich für die verwendete, die der König zu entfernen genötigt war, und daß sie die vom König Gemaßregelten beschützte. Darüber hinaus war die Königin ganz ungemein belebt von dem Gedanken, eine eigene Beauftragte in London zu haben; ja es dünkte ihr geradezu unerläßlich, solange es verwehrt war, daß auch Königsfrauen eigene Gesandtschaften an fremden Höfen unterhielten.

Die Sonsfeld erschien ihr als eine steife Person mit einer schiefen Nase und einem schielenden Auge, die nicht bis drei zählen konnte. Die Königin brachte nicht die Geduld zu der Feststellung auf, daß das Fräulein von Sonsfeld die sanftesten braunen Augen besaß, deren Reiz durch einen leichten »Silberblick« eher erhöht als gestört wurde. Die Königin wollte ebensowenig die Anmut und Sicherheit in dem bescheidenen Auftreten des ländlichen Edelfräuleins anerkennen. Sie tat die Sonsfeld mit wenigen Worten ab. Es lohnte ihr nicht einmal, mit dem König über sie zu debattieren. Die Königin gedachte auch über eine Sonsfeld hinweg noch Möglichkeiten zu finden, ihre Älteste für England zu erziehen. Viel schwieriger war es, ihren Einfluß auf Friedrich zu behaupten. Sie befaßte sich beharrlicher denn je mit ihm. Waren die Konzertpiecen geübt? Wußte er die klassischen Zitate, die sie ihm für die Unterhaltung mit dem Großvater auswählen ließ? Hatte er die neuen Moderomane gelesen, um gewandt darüber plaudern zu können? Waren die Schneider pünktlich mit der Lieferung von Friedrichs gestickten Röcken und Westen? Wie wirkten die drei großen Schleifen in der Taille? Waren endlich die gräßlichen Stiefeletten verschwunden und trug er weiße Strümpfe und Schuhe? Hatte der Perückenmacher nun besseres Material beschafft? Kam der Tanzmeister jeden Nachmittag? Friedrichs Verbeugungen waren fürchterlich!

Die Gouverneure des Kronprinzen ließen Ihrer Majestät würdig, höflich und fest zurückbestellen, was in ihrer Instruktion stand, auf die der König sie mit Ernst und Strenge aufs neue verwiesen hatte, seitdem Mißdeutungen über ihre Auslegungsmöglichkeiten aufgetaucht waren: »Der Nachmittag soll für Fritzen sein.«

Die Königin durchschritt aufgeregt ihre Räume. Es rauschte um sie von knisternder Seide; die Schleppe fegte nur so. Mit all dem kleinen Silber- und Schildpattzeug und all den Chinoiserien auf ihren Spiegelkonsolen und achatenen Tischen hantierte sie derartig heftig und sinnlos, daß die Ramen ob all dieser Launenhaftigkeit ihrer Herrin diese schon wieder in anderen Umständen glaubte. Plötzlich rief es auch die Königin klagend und empört vor ihrer Kammerfrau aus: »Welch maßlose Rücksichtslosigkeit gegen meinen Zustand! Man entfremdet mir meine

Kinder. Man läßt mich Kinder gebären, nur um mich den Schmerz erleben zu lassen, mich ihrer beraubt zu sehen!«

Die Ramen heftete ihre schwarzen Augen entsetzt auf die hohe Frau. Sie bewunderte die unnachahmliche Ausdrucksweise; aber sie beschloß dennoch, den erneuten, gewaltigen Ausbruch mütterlicher Liebe diesmal nicht durch Ewersmann dem König schildern zu lassen. Es hatte der Ramen zu denken gegeben, daß die Königin vor Anna Amaliens Geburt sich vor dem König ganz verbergen konnte; es hatte ihr Kopfzerbrechen gemacht, daß seit drei Jahren kein Prinzen- oder Prinzessinnensalut mehr abgefeuert worden war; es legte ihr allerlei Vermutungen nahe, daß der König neuerdings die Erziehung der beiden ältesten Kinder so sichtbar an sich riß. Die Ehe des Herrscherpaares schien nicht mehr glücklich zu sein. Und nun doch ein neues Kind?

Die Königin wollte auf der Stelle ihren Sohn bei sich sehen. Er erschien auch sofort; aber ihren Fragen wich er aus, und ihre Vorwürfe hörte er an, ohne sich zu verteidigen. Warum beschimpfte ihn Mama? Litt er nicht selbst am meisten darunter, daß man seinen Musikunterricht einschränkte und die geliebten französischen Romane wegschloß?

Die Königin sprach kalt und zornig auf ihn ein. Ob er denn seine Zukunft aufs Spiel zu setzen gedenke? Ob er den Ehrgeiz habe, ein preußischer Major zu werden oder ein König mit einer Gemahlin aus großem Geschlechte?

Der blasse Junge stand ganz erstaunt. Was sollte er denn mit einer Gemahlin? Warum wurde der Vater plötzlich so streng gegen ihn? Warum klagte die Mutter ihn an und behandelte ihn spöttisch und kühl? Er drückte sich mit vielen Verneigungen aus der Tür, rannte leise und eilig die Treppe zu den Appartements der Schwestern hinauf und klopfte vorsichtig an Wilhelmines Zimmer. Die Sonsfeld öffnete dem Prinzen sogleich.

Der Nachmittag war für Fritz. – Er war bei der Schwester.

Die Sonsfeld ließ die Königskinder allein. Sie wußte es längst: sie hatten Heimlichkeiten miteinander zu besprechen, die mit Kindergeheimnissen keine Berührung mehr besaßen.

»Was ist mit den Eltern?« fragten der Knabe und das Mädchen einander sofort. Und das Grübeln, das immer wieder von neuem in der Welt das Leben junger Menschenkinder so beschwert, begann auch auf ihrer Jugend zu lasten: Was ist mit den Eltern?

Es schien Europa anzugehen, was um den König und die Königin von Preußen war. Der Plan der englischen Heiraten begann die Aufmerksamkeit der Kabinette auf sich zu ziehen. Daß es geschah, war Grumbkow zuzuschreiben, um den die kühne Königin sich nicht mehr bemühen zu müssen glaubte. Seine Stärke war, Verknüpfungen und Folgerungen zu durchschauen; und seine Klugheit, solche Erkenntnis stets für sich selbst zu nützen. So zum Beispiel schrieb er, der die Hof- und Diplomatenkreise des kaiserlichen Wien vorzüglich kannte, jetzt an General Graf Seckendorff, er möchte sich doch noch möglichst diesen Herbst nach Berlin begeben und in aller Heimlichkeit und Selbstaufopferung den Gesandten Österreichs in Preußen angesichts gewisser bevorstehender Ereignisse ein wenig unterstützen. Er, Grumbkow, gewinne ganz den Eindruck, als habe der kaiserliche Geschäftsträger in Berlin bei seiner starken Inanspruchnahme unmöglich mehr freien Blick und übrige Zeit, um sich auch noch mit einigen neu aufgetauchten Problemen zu befassen, für deren Lösung gerade nun sein lieber Graf als der Rechte erscheine.

Zunächst traf Seckendorff, lärmend und aufgeräumt, als Grumbkows Privatgast in Berlin ein. Der Gastgeber hielt ihm bereits am ersten Abend seines Aufenthaltes ein politisches Kolleg, das namentlich für die Königin von Preußen überaus lehrreich und anfangs sogar angenehm zu hören gewesen wäre. Der lauschende Seckendorff wurde ganz erheblich stiller. Grumbkow sprach stehend, das Weinglas in Händen, ohne zu trinken, auf ihn ein. Der General aus Wien, schweigend und nickend, gab ihm immer nur recht.

Seit dem Tode des gewaltigen Sonnenkönigs und nach Zar Peters frühem und enttäuschtem Ende, seit Karls XII. verzweifeltem Untergang – denn solcher Könige Tod bedeutet die Tragödie ihres Landes – waren nur noch zwei große Mächte in Europa: England, das Ludwig XIV. niedergeworfen und Frankreich in vasallenhafte Abhängigkeit gebracht hatte, und Österreich. Zwei große Dynastien teilten das Erbe der Macht: die Welfen und Habsburg. Beide Länder und Geschlechter aber brauchten zu jeder Behauptung und jeder künftigen Wendung ihrer Politik das Reich. Der Habsburger stand über dem Reich als der Kaiser, im Reiche als der Erzherzog von Österreich und Kurfürst von Böhmen. Der König von England gehörte dem Reiche an als der Kurfürst von Hannover. Im Reiche mußten die Zwecke Österreichs und Englands sich überschneiden, sichtbar werden, mußten die Spannungen sich verdichten, die Machtproben ausgetragen sein.

Mitten im zerfallenden Reiche, in der Mark Brandenburg, aber erstand ein neuer Schatz und eine neue Armee.

Der Gedankensprung Grumbkows hinüber zu dem welfischen Familiensinn der Königin von Preußen war gar nicht so kühn.

Für den kaiserlichen Geheimdiplomaten bedurfte es keiner Erklärungen mehr. Daß er in Preußen blieb, war selbstverständlich. Die Kaisertreue Herrn von Grumbkows pries er laut. Er wußte auch genau, daß etwas an ihr nur zu echt war. Grumbkow, einem armen Geschlecht von hoffärtigen Höflingen entsprossen, würde immer geblendet sein vom Glanz des kaiserlichen Hofes; er würde kein anderes Ziel des eigenen Aufstieges lohnend finden, als die Anerkennung in Wien, die Zugehörigkeit zu den Vertrauten des Kaisers.

Nur zu bald waren die Herren dabei, ihren Plan zu entwerfen. Niemals durfte Seckendorff beim König als Diplomat eingeführt werden. Der König galt in aller Welt als diplomatenfeindlich. Es wurde anders versucht. Die Aussichten waren nicht schlecht. Graf Seckendorff war ein begeisterter Soldat. Man mußte es ihm glauben, daß er aus eigenem Antrieb das Wunder des neuen preußischen Exerzitiums selbst in Augenschein nehmen wollte. Und was noch wichtiger war: die Seckendorff waren Protestanten, und jener General hieß der einzige Anwalt der evangelischen Stände des Reiches am Hofe des Kaisers. Ein Kaiserlicher, der ein Protestant war, wurde aber in Berlin noch nicht gesehen. Zudem war Seckendorff ein passionierter Jäger, heiter, derb und groß. Welcher Diplomat von angeborenem Talent erhielt von der Natur solch herrliche Maske, einem König Friedrich Wilhelm zu begegnen?! Ein Seckendorff verzichtete mit Freuden auf die offizielle Anerkennung und den öffentlichen Empfang bei Hofe. Er gedachte sich mit Leichtigkeit – lachend, lärmend, trinkend und, wenn es sein mußte, über Religion diskutierend – in der Tabagie zurechtzufinden. Die war das Einfallstor. Und weil die beiden Herren glaubten, daß man in nächster Zeit des Abends nur kalten Braten und Butterbrot bei gewöhnlichem Bier würde zu sich nehmen müssen, wie es Brauch in der Tabagie war, ließ Minister Grumbkow noch bis spät in die Nacht alle Künste seiner vielgerühmten Küche spielen. Als Vorgericht gab er den Schinken, in Champagner »gewässert«, der dem König von Preußen für seine Tafel zu kostspielig war, obgleich er in der Verbindung mit Grünkohl als sein Leibgericht galt.

Kurz vor dem Aufbruch des Königs von England nach Berlin hatte sich noch die entlassene Léti in die Korrespondenz der britischen Majestät mit der Königin von Preußen gemischt. Sie hatte die Höfe von London und Hannover sehr freundlich gewarnt, Wilhelmine habe einen Buckel und leide an Krämpfen. Die gegenwärtig im Vorrang stehende englische Königsmätresse, die Herzogin von Kendal, geborene Gräfin Schulenburg, beschäftigte das sehr. Aber es mochte auch sein, daß sie eine schöne Gelegenheit nicht ungenützt lassen wollte, um manche Unbill zu rächen, die ihren Freunden und Verwandten von König Friedrich Wilhelm in Entrechtung oder steuerlicher Belastung widerfahren war. Jedenfalls konnte sie sich des Eingreifens in den Fall Wilhelmines von Preußen nicht enthalten. Königin Sophie Dorothea war verzweifelt. Sie hatte mehr geheime Leiden, als einer nur ahnen konnte, hinter sich; und diesmal, ganz im Gegensatz zu ihrer sonstigen raschen Art, hatte sie wirklich geschwiegen. Es ging ja um England.

Ihre Reisen waren so vergeblich wie nur möglich gewesen. Der königliche Vater verwies sie an seine Minister, unter den Ministern aber erklärten sich die Hannoveraner unzuständig ohne die Zustimmung der Londoner und umgekehrt, obwohl sie doch völlig uneins waren. Und entgegen allem Fürstenbrauch war das Gefolge der Königin von Preußen auf Schloß Herrenhausen unbeschenkt geblieben; auch Frau Sophie Dorothea selbst hatte nichts als müßige, billige Tändeleien vom Herrn Vater erhalten, wertlose Dinge, die das Ansehen der Königin von Preußen herabsetzen mußten; doch ihr bedeuteten sie Kleinodien und Reliquien. Jedenfalls gab sie sich so vor dem Gatten. Ihm hatte sie bisher auch immer nur die freundschaftlichen Briefe gezeigt, die sie mit der Frau Prinzessin von Wales über ihrer beider Kinder Zukunft wechselte. So vermutete der König nicht, welche Niederlagen die Gattin schon erlitt.

Leider hatte sie aber dem Gatten schon zuviel verheißen und die Eheprojekte als einen sehnlichen Wunsch der englischen Verwandten hingestellt; alles aber schien aus purer Liebe zu ihr selbst zu geschehen, wenn auch einige wunderschöne Gedanken vom Zusammenhalt der protestantischen Mächte mit eingeflochten wurden.

König Friedrich Wilhelm war bewegt, wie rasch das Leben voranschritt.

Das Leben schien leicht und glücklich zu werden. Die Liebe der Welfen- und der Hohenzollernkinder sollte in dem einen Jawort der zwiefachen Hochzeit mehr erreichen, als die Plagen eines ganzen Manneslebens je erstreben durften! Eine herrliche Verheißung war inmitten aller Mühsal aufgetaucht! Ein kampfloser Aufstieg tat sich auf. Die Liebe trug die Macht; der Glaube schien das Werk zu segnen.

Georg I. kam an einem Oktoberabend in Charlottenburg an. Der König, die Königin und alle Prinzen und Prinzessinnen empfingen ihn am Wagen. Der König von England reichte der Königintochter den Arm und führte sie in ihre Empfangszimmer. Darauf begaben sie sich in ein Kabinett, wo sie sich eine Zeitlang im geheimen unterhielten. Beim Herausgehen stellte König Friedrich Wilhelm die Prinzen, die Königin die Prinzessinnen vor. Der Königin klopfte im Gedanken an Wilhelmine das Herz. Die Kleinen wurden vom Großvater übersehen. Friedrich musterte er schweigend; dann nahm er eine Kerze vom Kamin und hielt sie Wilhelmine unter die Nase. Groß, etwas gebeugt, etwas müde im Ausdruck und durchaus nicht sonderlich aufmerksam, stand er vor der ältesten preußischen Prinzessin, die allein etwas wie Anteilnahme von ihm erwarten durfte.

»Sie ist sehr groß. Wie alt ist sie?« Das war alles, was er sagte; und noch dies: »Man kann sie meinen Herren zeigen.«

Man ließ die Prinzessin eine Stunde ganz allein mit all den englischen und hannövrischen Kavalieren. Man dachte wohl an eine Art von Examen, aber es war nicht anders, als hielte eine Frau von Welt und Fürstin von Rang gewohnten Cercle. Sie parlierte französisch und englisch. Sie verwechselte keinen der vielen fremden Namen und behielt jede Anrede und Titulatur. Dem jungen Mädchen war ein Traum erfüllt. Es spielte eine längst studierte Rolle; und zwar viel besser, als sie ihm von Mama beigebracht worden war. Die eindrucksvolle Auftrittsszene des hinreißenden Schauspiels war da. Die Prinzessin agierte sie kühl und sicher und leichthin. Niemand nahm wahr, wie ihre Pupillen sich geweitet hatten.

Um den Anbruch der neunten Stunde wurde an einer sehr langen Tafel gespeist. Außer den Prinzessinnen und Prinzen waren an ihr auch die vornehmsten Personen der beiden Höfe zugegen. Prinzessin Philippine Charlotte, die dritte Tochter, nach dem Nordischen Winterfeldzug geboren, hantierte mit all den Gläsern und Bestecken wie zehn Oberhofmeisterinnen zusammen, derart kundig und elegant; alles Neue, Ungewohnte bereitete ihr unsägliches Vergnügen. Sie hätte die älteste Schwester am liebsten mit »Mylady« angeredet, so völlig ging sie in der großen Stunde auf. Aber die Blicke des Großvaters suchte sie vergeblich auf sich zu ziehen, während wiederum die rauhe Friederike Luise, die nur sehr äußerlich der Mutter so ähnelte, von der Gegenwart des hohen Verwandten völlig unberührt blieb; fast war es, als wolle sie die Mutter damit treffen.

Die Tafel war mit langen Reihen hoher Leuchter bestellt. König Friedrich Wilhelm waren sie wie eine goldene Bahn zu seinem Herzen und wie ein Strom des Glanzes von seinem Herzen her. Ihm war feierlich zumute. Er hatte noch kaum einmal höfische Feste gegeben. Nun war ein Anlaß, war ein Grund gegeben und ein Sinn gefunden, und das Fest geschah von selbst. Den anderen war es nur eine Abendtafel. Vergessen war aller frühere Hochmut des Oheims. Der Vater seiner Frau, der mächtigste König Europas, war an Friedrich Wilhelms Tisch erschienen, einen Bund zu schließen, der tiefer, enger und weiser war, als Herrscher und Räte und Heerführer in grüblerischen Abmachungen und wägenden Berechnungen ihn erdenken konnten. Er war den geheimen Traktaten enthoben! Die Liebe der Frauen, der Mütter schuf herrliche Zukunft! Noch einmal war dem Herrn die Frau wie in der früheren Zeit. Der König sah sehr oft zur Königin hinüber. Er dachte auch an die Fürstin über dem Meer. Es war gut um ihn und die Frauen bestellt! Er hob sein Glas; er blickte auf den Vater der Gemahlin, auf sie selbst, die Kinder, die Gäste, die Diener. Schweigend trank er ihnen allen sein Glas. Seinen Kindern winkte König Friedrich Wilhelm lächelnd zu.

Das war der erste Verstoß, den er sich noch am Abend der Ankunft vor dem hohen Gast zuschulden kommen ließ.

Gegen das Ende der Mahlzeit befand sich der König von England nicht recht wohl. Der Staatssekretär Mylord Thunsen bemerkte es zuerst. Er teilte es der Königin mit, die ihrem Vater nun sogleich den Vorschlag machte, aufzustehen. Allein er wollte es durchaus nicht tun und blieb noch einige Zeit sitzen. Als er sich endlich erhob, fiel er in Ohnmacht. Trotz der Bemühungen der Ärzte blieb er eine gute Stunde ohne Besinnung. Die Königin von Preußen war sehr blaß. So rasch also konnte es geschehen, daß ihr Bruder König von Britannien wurde und ihr Neffe, Wilhelminens künftiger Gatte, Prinz von Wales! So rasch also schritt das Leben voran! Wahrhaftig, es war nicht zu früh, daß sie die Ehen der Kinder bedachte.

Das Wort Schlaganfall wurde nicht ausgesprochen. Aber deswegen war die Königin nicht erblaßt.

Am nächsten Tage schon erklärte der König von England seinen Schwächezustand für völlig überwunden. Ja, er nahm seinen Anfall nicht einmal zum höflichen Vorwand, um seine völlige Gleichgültigkeit bei der Besichtigung Berlins und gegenüber den Artigkeiten seiner Enkelkinder dahinter zu verbergen. Er hatte in diesen Tagen große Verluste bei seinen privaten Spekulationen erlitten; die beschäftigten ihn sehr. Der üble Ruf der »bubbles« verfolgte ihn ins alte Vaterland.

Von der Königin von Preußen gedrängt, ließ er die englischen und hannövrischen Herren, unter sich und mit ihm selber uneins, ein wenig mit den Preußen verhandeln. König Georg, der weder fertig Englisch noch Französisch sprach und gegenüber seinen Londoner Ministern sich mit schlechtem Latein behelfen mußte, ließ übermitteln, er gebe sein Versprechen für die Doppelheirat. Er setzte aber noch hinzu, daß er vor Abschließung der frühzeitigen Verlobung die Meinung seines Parlamentes darüber vernehmen müsse; er wolle es sogleich nach seiner Rückkehr zusammenberufen. Die Zustimmung des Parlamentes noch leichter zu gewinnen, möchte man wohl vorerst alle zwischen England und Preußen geschlossenen Verträge erneuern und verschiedene Maßregeln ergreifen, um den ehrgeizigen Plänen der Beherrscher der Zarinwitwe Katharina Alexejewna Grenzen zu setzen.

Heute ließ Georg I. vorerst nur von Rußland sprechen. Das Wort Österreich, für die Kurfürsten von Hannover und Brandenburg ein ungleich schwierigerer Fall, mochte besser erst nach diesen Vorverhandlungen erwähnt sein. Der Kurfürst von Brandenburg hatte sich da in eine für die anderen lästige Deutschtümelei hineingeredet, die reichlich erschwerend und ziemlich altmodisch wirkte. Schon von seinen alten Russenpakten war er nicht abzubringen gewesen, als wäre ein toter Freund noch ein politischer Faktor. Er zeigte einen leidigen Hang, die politischen Fragen ins Menschliche zu verkehren. Über diese Neigung Friedrich Wilhelms zum Privaten sprach der König von England zur Königin von Preußen voller Sorge. Angesichts solcher Unberechenbarkeit des Gatten – denn dieses Signum erhielt die Zuverlässigkeit des Preußenkönigs in der diplomatischen Sprache – laste schwere Verantwortung auf ihr selbst.

Sophie Dorothea war daran, dem vergötterten Vater in die Arme zu sinken, vor allem, als er auch noch hinzufügte, daß seine Mätressen mit ihm ganz einer Meinung wären, namentlich die entzückende Herzogin von Kendal. Die preußische Königin, eine harte Richterin über Liebe, Schuld und Schmerz im Leben ihrer verstoßenen Mutter, kannte wohl keine schönere Kunde! Und es wären für die Welfentochter selige Augenblicke gewesen, hätte sich die Angst abwehren lassen, daß der unberechenbare und politisch wenig fähige Gatte etwas verderben könne. Vater und Tochter aus dem Welfenhause hatten sich eine etwas hochfahrende Art zurechtgelegt, von dem Brandenburger zu reden.

König Friedrich Wilhelm aber verzieh seinem Oheim und Schwiegervater viel von seinem Hochmut und seiner überdeutlich zur Schau getragenen Gleichgültigkeit. Denn wenn er auch Fritzens Knabenregiment unter seinem jugendlichen Major übersah – an der großen Parade dieses Morgens hatte Georg I. eine Anteilnahme bewiesen, die Friedrich Wilhelm geradezu überwältigte. Der König von England hatte keinen Blick von den strahlenden Reihen der Sechzigtausend gewendet.

Dies Heer war Rückhalt gegen Thronprätendenten und Kaiser! Mit diesem Heere war der Kampf mit Österreich um die Silberflotten auf den Weltmeeren – an Brandenburgs Grenzen auszutragen! Mit diesem Heere konnte man sich wohl über das ganze alte Europa erheben! Im geheimen, ganz für sich, nannte der Welfe den Hohenzollern nicht mehr Bettelkönig.

Soldatenkönig – dieses Wort erschien ihm als der richtige Ausdruck und als geistvolle Wendung. In England konnte man ja dann »roi sergeant« oder gut preußisch »Korporal« dafür sagen. Manchmal sprühte er vor Geist, der alte Herr; und dabei war er doch eigentlich immer ein wenig rauh und träge gewesen.

Der König von Preußen hatte es in den Tagen des hohen Besuches nicht ungern gesehen, wie gewandt seine beiden ältesten Kinder schon aufzutreten verstanden, wie sie in allen Dingen des modernen Geschmacks Bescheid wußten und auf jede Frage aus der Suite König Georgs I. nach Oper und Komödie und Literatur Antwort zu geben vermochten. Der Preußenkönig fand es aller Ehren wert. Er selbst konnte damit nicht aufwarten. Auf den hohen Gast machte es aber leider, ganz im Gegensatz zu den Voraussagen der Königin, nur sehr geringen Eindruck. Er erschien stumpfer denn je.

Die Kleinen waren auf das Ende des Besuches zu beständig von dem Großvater ferngehalten worden. Sie schienen ihn zu stören. Er konnte sich ihre Namen nicht merken. Er vermochte nicht, sie auseinanderzuhalten. Sie waren bereits heute für ihn die späteren belanglosen apanagierten Prinzen und Prinzessinnen eines kinderreichen Fürstenhauses. König Friedrich Wilhelm wollte den Oheim und Schwiegervater darauf aufmerksam machen, wie ähnlich doch Ulrike seiner Mutter, des Oheims schöner, früh verstorbener Schwester Sophie Charlotte, sei; und der Großvater sollte es lustig finden, daß die fünfjährige Enkelin Bilderbücher und Puppen verachtete und kaum zu halten war, wenn sie hörte, Bruder August Wilhelm ziehe mit den Kadetten auf die Knabenschanze im Tiergarten, Kanonen an der Kette und Feuerwerk im Korb.

Um nicht gar zu unhöflich zu sein, hatte König Georg nur flüchtig gefragt: »Sie ist Ihr Liebling?« Dieses Wort ging König Friedrich Wilhelm ein wenig im Kopfe herum. Hatte er Lieblinge unter seinen Kindern? Wie stand es um August Wilhelm, den zweiten Sohn, um seinen Hulla, den er besitzen durfte, wie auch andere Väter ihre Söhne besaßen? Denn der Älteste gehörte ›Dem König von Preußen‹, jenem Herrn, den auch Friedrich Wilhelm von Hohenzollern als stetig streng Fordernden zu fürchten begann.

Wenn er Lieblinge hatte, so waren sie mit ihm um nichts besser daran als die übrigen Geschwister. Er unterschied keines von den anderen durch Wohltaten oder Überraschungen. Er lohnte und strafte sie nicht, um ihnen nicht zu frühe als der König zu begegnen.

Freilich kam es vor, daß er sich mit seinem Hulla manchmal eine Viertelstunde lang, die kostbare Viertelstunde eines Königslebens, bespaßte und ihn nach Herzenslust abküßte. Was war Hulla für ein munterer kleiner Kerl; wie war er stets für ihn bereit! Was fuhr er gern mit dem Vater aus; wie stand das winzige Mundwerk dann unterwegs nicht einen Augenblick still! Aber der Vater verschloß sich doch den Fehlern seines Kleinen nicht. Beim Exerziermeister ging er nicht auswärts genug, genau wie der Fritz. Ach, die Jungen waren beide nicht sehr kräftig, bei weitem nicht so stark und groß, wie er sich die beiden einzigen »Kerls« ersehnte, die er nicht erst anzuwerben brauchte – die ihm gehörten! Benehmen und Haltung August Wilhelms schienen im Vergleich zu Fritz nicht so gewandt und sicher. Der Kleine war etwas ängstlich und vor Fremden leicht befangen. Selbst ihm gegenüber traute er sich mit Bitten manchmal nur schriftlich hervor. Da wurde dem König rasch so ein Kinderbriefchen zugesteckt: »Darf ich wohl wieder bisweilen mit Farben malen?« Das Prinzlein steckte viel bei Pesne im Atelier. Die Hintergründe und Landschaften, die des großen Porträtisten schwache Seite waren, die gerade interessierten Hulla am meisten; an ihnen sah er sich gar nicht satt. Mag er, mag er, dachte der König, Bilder sehen hält die Augen offen! Bücher lesen macht zu leicht in sich gekehrt –. Soll er die geliebten, großen, sanften Augen offen halten!

Nein, Lieblinge hatte König Friedrich Wilhelm nicht, nur acht geliebte Kinder; von denen war eines ein Sohn, den er wie andere Väter ihre Knaben zum Sohne haben durfte ... Eines seiner Kinder gehörte ihm nicht, wie er sich selbst nicht gehörte. Friedrich und er, sie dienten ›Dem König von Preußen‹.

Als alle Welt sich noch lebhaft mit dem Besuch des Königs von England am Berliner Hof befaßte, als man namentlich im engen Kreis der Tabagie dies und jenes über die Hintergründe der Visite zu erfahren suchte, wußte Gundling seinen Herrn von gar nichts Besserem zu unterhalten als ausgerechnet von altrömischen Gebräuchen. Schlossen in Rom zwei Parteien einen Pakt, so wurde er durch eine Kinderverlobung im Hause der Führer bekräftigt; schlossen sie gar einen üblen Traktat, so mußte möglichst eine Doppelheirat das schlechte Machwerk verbrämen. Wer den Antrag auf die festliche Vereinigung der Häuser am ehesten stellte, der hatte den anderen am meisten übervorteilt.

Und plötzlich sprach Gundling nun doch vom König von England, dem einzigen Thema, das die anderen interessierte.

»Der hohe Herr ist nur so sehr rasch abgereist, weil ich ihn nicht gebührlich empfing. Ich hatte keinen französischen Rock und keine Pariser Perücke, wie sie jetzt in Preußen wieder Mode sind. Ich hatte keinen Rang und Titel, wie sie heute in Preußen wieder Geltung haben. Ich hatte die feinen Manieren verlernt, mit denen man neuerdings in Preußens britischer Ära allein noch reüssieren kann! Ich will zum alten Adel! Ich will einen Titel! Ich will einen Tanzmeister, die alten Komplimente noch einmal zu lernen!«

Der Betrunkene weinte wirklich wie ein ungezogenes Kind. Der König, der schon im Aufbruch gewesen war, stand bereits eine ganze Weile an den Türpfosten gelehnt. Das waren Wahrheiten, die er da zu hören bekam! – Er hatte etwas übersehen. Er hatte sich etwas nicht eingestanden: es hatte seine alten Widersacher berauscht, daß der König von England nach Preußen kam und daß die Königin von Preußen so in den Mittelpunkt rückte. Er, der Herr, schien plötzlich nicht mehr gar so wichtig. Alle kamen sie wieder hervor, die Unzufriedenen aus alten, anspruchsvollen Geschlechtern; sie kamen mit Versailler Prunk in seine Residenz, hielten in seinem Hause Hof im Stil des alten Königs, trieben Kult mit sich und der Königin, mit Wilhelmine und Friedrich. Er, der Herr, stand außerhalb. Die Gattin hatte es besser begriffen als er, was geschah. Sie führte die Zeiten des ersten Königs herauf, lud alle vom Gemahl Verschmähten an den Hof, holte die beiseite gestellten dünkelhaften Gelehrten hervor, nur damit Athen und Rom, die heiligen sieben Hügel, die Akropolis und der Olymp, zwischen der Spree und den Rauhen Bergen erstünden! Hätte ich nur, dachte der König, die Augen offengehalten die ganzen festlichen Tage hindurch, statt daß ich in den Stunden, die ich nicht dem Gaste widmen mußte, weiter über meiner Arbeit saß! Solches erwog nun der Herr. Gundling ließ er weiter um Adel und Rang, Perücke und Pariser Roben winseln. Noch immer lehnte er in der Tür und blickte auf den Professor.

Mit einem Male versprach er ihm alles: den Adel, das erhabene Amt, die französischen Friseure und Schneider; denn der Herr gedachte sie alle zu treffen, die sich einer trägen, alten, lügnerischen Zeit verschrieben.

Als der König sich das nächste Mal wieder in Potsdam zur Tabaksgesellschaft einfand, hatte der Kreis der Tabaksrunde viel zu staunen. Teppiche waren an den weißgetünchten Wänden aufgehängt, die Zahl der Leuchter war verdoppelt, Pagen umdrängten die Flügeltür. Der König bat die Generäle, Räte und Minister, sich zu erheben. Gundling trat ein. Die Pagen, einer nach dem andern sich verneigend, riefen meldend seine neuen Würden aus, daß keiner von den Gästen des Königs sich in Titel und Anrede irre oder vergesse. Jakob Paul Freiherr von Gundling erschien, Hof-, Kammer-, Kriegs-, Geheim-, Oberappellations- und Kammergerichtsrat! Mitglied des Landeskollegiums! Oberzeremonienmeister! Präsident der Akademie der Wissenschaften! Kammerherr Seiner Majestät! Kanzler der Halberstädtischen Regierung! Erbe und Eigentümer aller neuen Maulbeerplantagen für die künftigen königlich-preußischen Seidenspinnereien!

Hoch erhobenen Hauptes schritt der Gewaltige in den Saal, klein und aufgedunsen, die Augen verglast, Antlitz und Hände gepudert und duftend. Der König selber hatte sein Amtskleid entworfen: einen roten, mit schwarzem Samt ausgeschlagenen, mit goldenen Knopflöchern gezierten und nach der neuesten Mode mit großen Aufschlägen besetzten Samtrock zu einer überreich gestickten Weste. Auf dem Kopf prangte eine auf beiden Seiten lang herabhängende Staatsperücke von weißem Ziegenhaar; ein großer Hut mit einem roten Federbusch bedeckte ihren Scheitel. Der Kammerherrenschlüssel hing ihm zur Seite. Die roten, seidenen Strümpfe waren mit goldenen Zwickeln, die Schuhe mit roten Absätzen geschmückt.

So rauschte er daher, der Freiherr, Oberzeremonienmeister, Präsident und vielfache Rat. Aber es war ersichtlich, daß er kein Wohlgefallen an der Staatstracht empfand. Er meinte wohl, daß sie ihm wieder Schleifchen in die Locken binden, ihm den Rükken mit allegorischen abscheulichen Tieren aus Papierschnitzeln bestecken würden. Er mißtraute den Verneigungen der Herren; er wagte nicht, die Bestallungsurkunde entgegenzunehmen, die der König ihm hinhielt. Aber er mußte auf Geheiß des Herrn einen Blick darauf werfen. Sie war in vollster Ordnung. Alles war wahr; auch dies, daß ihm der König die für Rang und Geltung vorgeschriebenen sechzehn Ahnen aus eigener Vollmacht verlieh! Der Pompöse mit den Ziegenhaarlocken schluchzte auf. Die erträumten Ziele des verkommenen, armen Pastorensohns waren erreicht. Einmal nur hatte er aufgeschluchzt; niemand konnte es wohl hören. Nur der König, der ihm gegenüberstand, nahm es wahr.

»Es ist gut, daß Sie kommen, mein Lustiger Rat«, sagte der König, und dieses war das wahre Amt und der wirkliche Titel, denn all die anderen Titulaturen und Auszeichnungen gab es ja im Lande Preußen ernstlich nicht mehr. »Ich muß einen vernünftigen Menschen sprechen. Heuer gibt es zuviel Narren.«

Der Freiherr nahm dem König gegenüber Platz. »Ich werde die Narren aus allen Ämtern, die mir unterstehen, entfernen«, sprach der Mächtige gelassen zu dem König.

»Dann wären wir aller Wahrscheinlichkeit nach allein, Euer Gnaden«, bemerkte der König. Gundling hob die Locken mit gespreizten Fingern von den Ohren weg.

»Ein Weiser und ein König, Majestät«, gab er zur Antwort. Es war ein hübscher Dialog, nur daß die Herren rings ihm nicht zu folgen wußten. Zwischendurch versank der König einmal ganz in die Betrachtung des Gefeierten und schwieg. Dieser Mensch war wahrhaftig vollkommenes Gleichnis und Bild. Alle waren sie in ihm getroffen. Dieser Mensch war Bild von seiner Hand. Der König handelte und dachte in Bildern. Niemand um ihn wußte davon. Als sei er unter die Müßiggänger gegangen, sah der König Gundling zu; es waren Augenblicke tiefsten Sinnens, Augenblicke seltsamsten Grübelns über vertane Gaben, verlorene Zeit, vernichtete Würde; über alle Narrheit der Erde.

Rätselhafterweise hatte der König gerade an diesem Tage von Gundlings Apotheose den Narrenprofessor gemalt, wie er ein überaus hohes Vorlesepult erkletterte, emsig und leidenschaftlich drei Stufen für eine nehmend. Drunten sah die Menge der Großen ihm höhnisch und sogar mit derber Drohung nach. Er aber »blickte«, eine Brille auf dem Hosenboden, nur mit seinem Hinterteil auf sie herab.

Und dieses Bild war die wahre große Ehrung, die König Friedrich Wilhelm einem Jakob von Gundling widerfahren ließ. Aber sie blieb vor ihm selbst und vor der Welt des Hofes ein Geheimnis.

Die Tabaksrunde war ratlos; man wußte nicht, wie sich verhalten. Wozu war dieser ganze Auftritt ersonnen? Der König sprach so ernst und leise mit Gundling. Neckereien mit dem frischgebackenen Freiherrn schienen nicht geduldet; Ruß und Kreide lagen vergeblich bereit. Das Gerücht kam auf, Gundling habe wirklich Einfluß auf den Herrn erlangt. Es überdauerte die Stunde und sprengte nur zu rasch den engen Kreis der Tabagie. Hohe Herren sollten ihm nur zu bald ihre Visite machen, um durch ihn etwas Schwieriges zu erreichen.

Zu der ungewöhnlichen Zurückhaltung, die man sich heute hier auferlegte, trug allerdings noch ein besonderer Umstand bei. Ein fremder Gast tauchte auf. Der König ließ ihn vom Paradeplatz hereinrufen, genau wie Grumbkow es berechnet hatte; denn der wußte, daß der König immer möglichst nahe am Fenster saß, wenn er seine Pfeife rauchte. Draußen brannten die neuen Laternen. Meist lag der Platz zu der Stunde, in der sie angesteckt wurden, schon sehr still. Jetzt aber promenierte ein nobel gekleideter Fremder äußerst interessiert zwischen den Laternen umher und suchte von Schloß und Exerzierfeld zu erspähen, was um den Anbruch der Dunkelheit noch sichtbar war. Der König, wie es seine Art war, erkundigte sich, ob einer am Biertisch wohl wisse, wer der Fremde sei. Herr von Grumbkow bekannte sich eiligst zu seinem Gast Graf Seckendorff.

Warum er ihn nicht mitgebracht habe, fragte der König, warum es versäumt worden sei, ihn bei Hofe einzuführen. Und er erhielt zur Antwort, Graf Seckendorff halte sich gar zu kurz in Berlin auf; er sei nur während des englischen Königsbesuches von Wien nach Berlin herübergekommen, um endlich einmal einer der berühmten neuen preußischen Paraden beizuwohnen, von denen er am kaiserlichen Hofe gar so viel hörte; nun wolle er morgen noch rasch das Potsdamer Exerzitium besichtigen, um dann schleunigst wieder zu dringenden Geschäften nach Wien zurückzugehen. Er bedaure es ganz außerordentlich, daß sein Aufenthalt so kurz sein müsse; denn als erfahrener Militär und Taktiker habe er in den wenigen Tagen das neue Preußen als Fundgrube für einen alten Soldaten schätzen gelernt.

Graf Seckendorff wurde schleunigst geholt. Der König begegnete ihm ganz außerordentlich freundlich und achtungsvoll. Der Graf solle unbedingt noch bei ihm bleiben, als sein Gast; Grumbkow dürfe es nicht übelnehmen. Daß aus Wien einmal einer nur als Offizier kam! Und wollte sich mit dem Potsdamer Obristen nicht einmal bekannt machen! Der König hatte allerlei Grund, sich zu wundern und zu freuen und zu schelten.

Der Graf verstand zu antworten. Er wisse, die preußischen Herren Offiziere hätten keine Zeit für müßige Visiten.

Der König schenkte ihm Bier ein. Er nahm selbst den neuen Humpen vom Bord. Grumbkow verbarg sein inneres Lächeln vollkommen. Der Graf, so sagte er dem König, wisse sich noch gar keinen Rat, wie er einen längeren Aufenthalt in Potsdam bewerkstelligen solle. Man ersuchte Majestät um einen Kurier nach Wien, und Seckendorff bat, diesem ein paar Zeilen über seine Berliner Eindrücke mitgeben zu dürfen. Der König war selig.

An dem Tage, an dem ein Vierteljahrhundert über der Gründung des Königreiches Preußen hingegangen war, am 18. Januar 1726, spät am Nachmittag, gebar die Welfin Sophie Dorothea dem Hause Brandenburg den sechsten Sohn. Drei tote Söhne waren vergessen angesichts der drei lebenden. Monate hindurch hatte der Gedanke, daß ihr neues Kind, vielleicht ein Sohn, um den 18. Januar geboren werden würde, im Zusammenhang mit ihren britischen Träumen die Königin mit eigentümlicher Erregung erfüllt. Unter solch erhebenden Auspizien mußte auch diesem Kinde aus welfischem Mutterblut mit aller Gewißheit eine Krone bestimmt sein! Die Tochter des Königs von England gebar keine apanagierten Prinzen!

So wurde nun der Jubiläumstag des jungen Königreiches doch noch mit Prinzensalut und Glockengeläut gar feierlich begangen, obwohl der König für das Fest seiner Dynastie und seines Staates keinerlei Anordnungen getroffen hatte.

Der Gatte und die acht Kinder erschienen bald am Bett der Wöchnerin. Ernst sah der König auf den neuen Sohn; er betrachtete, den Kopf tief über die Wiege geneigt, lange das überzarte, welke Kleine. Nun erst winkte er Ewersmann, dem Diener, er möge nähertreten. Der trug ein großes Tablett an das Lager Ihrer Majestät; neun goldene Kästchen standen darauf, geschmückt mit Wappen, Initialen und reichen Emblemen; nur auf dem neunten war ein Schild für das Monogramm des Neugeborenen noch frei. Der König erklärte der Gattin die Gabe; jede der Dosen trage den Namenszug von einem ihrer Kinder. Auf einem Pergamente sollten die Umstände von eines jeden Geburt verzeichnet und in den goldenen Kästchen aufbewahrt werden.

Wie er da stand, ernst und blank im langen, blauen Uniformrock, ohne Orden, goldene Schnüre und Perücke, hätte kein Fremder den Herrn für einen König zu halten vermocht, der einen großen Tag seines Reiches und Hauses beging. Aber er schien unermeßlich stolz, als er nun verfügte, der Kronprinz solle das Brüderchen über die Taufe halten. Da Friedrich aber noch so jung war, bedurfte es eines theologischen Gutachtens. Es mußte auf der Stelle eingeholt werden. Die Königin ließ die Königinnen des Erdteils zu Patinnen bitten. Nun fühlte sie sich hoch erhaben über sie.

Noch auf diesen Abend hatte König Friedrich Wilhelm den Präsidenten von Creutz zu sich bestellt, wie stets in die Räume des Generaldirektoriums. Keine Unterredung zwischen dem König und seinem einstigen Geheimsekretär und Wusterhausener Regimentsschreiber hatte mehr anders stattgefunden als im Anblick all der Kassenschränke und Regale mit den Rechnungsfolianten des Königreichs Preußen.

Präsident von Creutz, der sonst nur noch im eigenen fürstlichen Empfangssaal zu verhandeln gewohnt war, erschien zu der Audienz in ungleich prächtigerer Aufmachung als der König selbst. Das flatterte von Spitzen um die Handgelenke und den Westenausschnitt seines goldverbrämten Staatsrockes! Das schimmerte von überreich gestickten Ornamenten! Die langen, harten Hände des einstigen Schreibers dufteten von teurem, modischem Balsam. Früher war seine Rechte an Daumen, Zeigefinger, Mittelfinger von nächtelangem Umklammern des Federkieles manchmal wund und entzündet und verschwollen gewesen.

Aber die Rede vom Sparen, Erwerben und Vermehren blieb seine größte Leidenschaft. Noch immer erschienen die dichten und klaren Gefüge der Zahlen dem harten Kontrolleur als das schönste Poem; und ihre langen, dunklen Reihen in schmalen, scharfbegrenzten Kolumnen aufs glatte, weiße Papier zu setzen, war ihm vom bitteren Anfang bis zur gegenwärtigen Höhe der Inbegriff beschwingten Malens, der Klang des Goldes aber, das auf harte Bretter aufgezählt wurde, die süßeste Musik. Er hatte es zuvor gewußt, daß sein Gespräch mit dem König an diesem Freudentage des Hauses nichts anderes bringen würde als eine Bilanz. Noch immer ging es zwischen ihnen beiden allein um das Plus, und den Namen Der Plusmacher trugen sie beide noch immer gemeinsam.

In dieser abendlichen Unterhaltung enthüllte sich aber über

die Erkenntnisse der bloßen Bilanz hinaus dem Generalkontrolleur der preußischen Kassen etwas von dem Sinn des Wortes Rechenschaft.

»Über unseren Kassenbüchern«, so begann der König, »scheint mir Ihr Gesicht ein wenig verkniffen geworden zu sein.«

Creutz, wie der glattesten Hofleute einer, entgegnete: »Dann kann es nur die Spur der Anfangszeiten sein. Zum mindesten neuerdings hätte ich keinen Anlaß zur Düsterkeit, Majestät.«

Für einen Augenblick sah König Friedrich Wilhelm heiter auf. »Daß nun mein deutsches Geld das beste im Lande ist, das freut mich«, gestand er. »Diese Reform hat mir der liebe Gott eingegeben im Herumfahren, denn ich kann versichern, daß mir kein Mensch davon gesprochen hat.«

Bilanzen enthielten das einzige Lob, das der König ertrug; doch schloß er nach der nüchternen Erörterung der Fakten und Summen: »Im Anfang war immer der Widerstand. Aber von all den Neuerungen des Kommerzes ist Gott bekannt, daß ich sie anordne, damit das platte Land floriere.«

Der Präsident hörte es nicht gern, daß der König immer noch und immer wieder Gott in Rechnung stellte; selbst die Pläne zur Währungsreform sollte Gott ihm eingegeben haben! Aber um dieses seines Gottes willen hatte der König schon manches Creutzsche Projekt in dem Augenblick durchquert, da es den größten Erfolg verhieß. In einem strengen Winter gab er die reichen Vorräte des Tuchmagazins an die Armen ab. Und als die Überschwemmungen der Oder arge Not über die schlesischen Lande des Kaisers brachten, verkaufte der Herr sein aufgespeichertes Getreide, statt mit dem Schatz zu spekulieren, zu Schleuderpreisen an die Untertanen des Kaisers, der selber nicht imstande war, zu helfen! Vor derlei unberechenbaren Zwischenfällen war der Generalkontrolleur bei dem Generaldirektor von Preußen nie sicher. Und nur die ungeheure Unternehmungslust und der unversiegliche Erfindungsgeist des Königs boten Creutz dann Ausgleichsmöglichkeiten, wenn der Chef wieder einmal mit allerlei leichtsinnigen und verschwenderischen Auflockerungsabsichten hervortrat, damit nur ja »keine Anlagen gemacht werden sollten, bei denen die Untertanen nicht bestehen könnten«, oder daß nur ja »der Untertanen Aussaugung durch Plackereien, Sudeleien, Sportulieren unbedingt verhütet werde«.

Manchmal war der König fassungslos, daß solche Verfügungen überhaupt zu Auseinandersetzungen mit dem Präsidenten der Generalrechenkammer führen konnten. Warum in aller Welt hatte er ihn denn damals trotz des Geschreies all seiner hohen Beamten geholt? Doch wohl, weil Creutz das Volk, aus dem er stammte, kannte!

»Ich habe es erst kennengelernt, als ich aus ihm herausgehoben war«, pflegte der große Rechner zu sagen. »Ich habe den Daumen auf den Beuteln. Ich stehe nach allen Schichten des Volkes hin gesondert da. Das schafft Abstand zu denen, die ewig begehren; es macht sie alle nichtig und gleich; der Unterschied liegt nur im Hundert und Tausend der Forderung. Ich öffne die Kassen. Ich sehe, wie die Menschen nehmen. Ich habe neue Augen bekommen.«

Creutz haßte es, daß der König im Statistischen Büro eines Generaldirektoriums – die statistische Abteilung war eine der Lieblingsschöpfungen des Königs und nach großen systematischen Gesichtspunkten angelegt – besondere »Historische Tabellen vom platten Lande« führte, die nur die Menschen betrafen. Die Menschen! Hundertmal, wenn Creutz seine kühnen Zusammenziehungen der Unterstützungsetats in Vorschlag brachte, hatte der Herr »vom Menschlichen her« ihm den Einwand entgegengehalten: »Wo die Räson?« Und diese seine Räson war leider nie in Summen auszudrücken und in Multiplikationen zu erfassen.

Und wieder sprach der Herr solch verruchtes Wort: »Das Ersparte geht nach dem Osten. Ich darf es nicht behalten. Es gehört auch nicht der Mark oder Cleve oder Pommern oder Magdeburg. Im Osten ist Mangel. Hier ist die Anweisung auf vorerst dreiundfünfzigtausend Taler. Ich zweifle nicht, daß dies einen guten Effekt tun wird.« So machte er sich arm am Abend des Festes. Er hatte schon zu oft so gesprochen.

Der Präsident der Rechenkammer zuckte nur die Achseln. Was sollte man von einem Herrscher denken, der in dieser verrotteten Welt in dem patriarchalischen Bestreben lebte, in seinem Lande keine Armen zu haben, und selbst der einzige Arme werden wollte! Die Schrullen eines Reichen waren ja aber von je die furchtbarste Gefahr für die Kassen! Die Kassen waren einem Creutz der Himmel.

Leider war über den Himmeln der Herr.

Der Herr war aber voller Hoffnung wie noch nie. Wenn nun

noch dieses Opfer für Preußisch-Litauen gebracht war: vielleicht war dann ein erstes Ziel erreicht.

Er sagte es dem Plusmacher nicht. Er schrieb es dem Dessauer Freund, als er ihm für dessen Jubiläumsglückwunsch dankte; diesmal ging der Brief nach Bubainen. Seit Neujahr weilte der Fürst von Anhalt im Schnee und Eis der Wüste von Bubainen und Norkütten. Er hatte die Wildnis, die er zum Geschenk erhielt, mit seinem ganzen Herzen festgehalten. Er ging den Weg des Königs nach, und manchmal, weil Bezirk und Aufgabe um so vieles begrenzter war, schritt der Fürst sogar den Weg voran. Aufmerksam, neidlos, lernbegierig verfolgte der Herr all sein Tun. Der Dessauer sollte ihm seine Dörfer visitieren.

»Ich weiß nicht, ob ich recht habe«, sandte er Botschaft nach Bubainen, »aber ich habe itzo das feste Vertrauen, daß es in Preußen in kurzem wird besser werden. Die neuen deutschen und allmählich auch die alten litauischen Bauern bezäunen die Dörfer und Gärten. Alle haben sie nun Gärten. Es sieht nicht mehr wüst aus. Das Vieh läuft auch nicht mehr hirtenlos im Feld herum. Die Litauer beginnen überall gut zu stehen. Sie haben nun solch Brot, das mir gut schmeckt, und in ihren Baracken sieht es jetzt gut und wirtlich aus, da man Schüsseln Speck und Fleisch findet, und die Leute sehen neuerdings auch dick und fett aus. Viele Bauern fangen an, in breiten Beeten dreimal zu pflügen und Misthügel zu machen. Und ist gar kein Zweifel, daß durch Gottes Hilfe sich alles soutenieren wird und ich itzo reich werde und in allen meinen Kassen es sehr spüre, daß das alles gut geht.«

Er, der am Festtag keine Tafel hielt, freute sich über Speck und Fleisch in den Schüsseln seiner Untertanen und spürte daran, daß er reich wurde. –

Der letzte, der an diesem Abend zu König Friedrich Wilhelm befohlen wurde, war Roloff.

»Ich habe keine Dankgottesdienste halten lassen und sie bis zum Sonntag verschoben«, begrüßte ihn der König.

Der Prediger entgegnete kurz: »Gott wird sich nie von Eurer Majestät betrogen fühlen.«

Von dem, was beide am drängendsten bewegte, redeten der König und der Prediger heute nicht; nur daß König Friedrich Wilhelm den Pastor Roloff noch fragte, ob denn noch immer nicht auch nur der leiseste Schatten eines Anzeichens zu erblikken sei, daß die Pastoren auf den Kanzeln und die Theologieprofessoren auf den Kathedern sich endlich besönnen, was Lehrgezänk und was Verkündigung der Gnade Gottes über dem armen, schuldigen Lande Preußen sei.

Kämpfende Lager von Frommen und Unfrommen, Rechtgläubigen und Irrgläubigen, das sei ihm kein Zweifel, ließen sich nicht vereinigen, wie man verfeindete und zersplitterte Kammern der Provinzregierungen in einem neuen zentralen Generaldirektorium zusammenfasse. Daß aber Gottes Geist in seinem Königreich und seiner Königszeit die Eitelkeit, die Selbstsucht, den Zwiespalt, die Sinnlosigkeit einer dreifach zerfallenen Evangeliumsverkündigung furchtbar hinwegfegen möge, darum bete er; er bete so, daß es manchmal schon wie ein Abtrotzen sei; Gott möge es ihm vergeben, wenn die Angst um den Verlust des reinen Gotteswortes ihn so unruhig mache.

»Eins ist dem Menschen aber wohl erlaubt«, begann der König vor dem großen Prediger zaghaft zu behaupten, »eins bleibt dem König wohl noch zu tun: er kann die Kinder, auf denen doch die höchsten Verheißungen ruhen und die der Welt als einziges Beispiel gesetzt sind, zu Gliedern einer künftigen Kirche erziehen, die nicht mehr bloßes Kampffeld der Pastoren, Professoren und Konsistorialräte, des Klerus und der Orden ist: ein König kann die Kinder lehren, von früh auf selbst die Bibel zu lesen – «

Der König, wie er es oft tat –, ganz gleich, ob draußen Dunkelheit oder Helligkeit herrschte – redete, am Fenster stehend und dem Partner des Gespräches den Rücken kehrend. Freilich, dann mußte er solchen Partner gut kennen. Fremderen sah er, was wenig beliebt war, unentwegt in die Augen.

König Friedrich Wilhelms Worte klangen fast nach Schwärmertum.

»Dann könnten sie Kinder der Seligkeit werden.«

Das hatte der Pastor ganz deutlich gehört.

Aber schon wurde aus der leisen, schwärmerischen Rede der klare Plan, das durchdachte Gebot, das formulierte Edikt.

Das Schulproblem, das sei es, was dränge. Er habe vernommen, daß die Eltern, namentlich auf dem Lande, ihre Kinder nur sehr säumig zur Schule schickten. Die arme Jugend bleibe in großer Unwissenheit, unwissend im Rechnen, im Schreiben, im Lesen. Im Lesen – das heiße aber nun: in allem, was zu Heil und Seligkeit höchst notwendig ist. Denn Predigten – ah, die vermöchten heute das Heil nicht mehr zu wirken; in denen sei die Heilige Schrift verschüttet, wenn nicht gar entstellt und verraten. Wie wüchsen die preußischen Kinder auf; es mache ihn bitter.

Aber nun wollte er es ganz bestimmt und überaus rasch verordnen, daß künftig die Eltern an allen Orten, wo Schulen wären und Schulen neu geschaffen werden sollten, bei nachdrücklicher Strafe angehalten würden, ihre Kinder im Winter täglich und im Sommer, wenn man sie auf dem Lande in der Wirtschaft brauchte, zum mindesten ein- oder zweimal in der Woche zum Schulmeister zu schicken.

Der König zergliederte bereits die Einzelheiten des Lehrplans; er setzte bereits die bestimmtesten Posten im neuen Schuletat ein. Zwei Dreier die Woche, das mußten die Eltern wohl noch zahlen können. Wenn sie es ganz und gar nicht erübrigen konnten, dann schien es nun nicht zuviel verlangt, wenn man ein Ortsalmosen für die Armenkinder forderte.

Der König überschaute auch schon alle Schwierigkeiten, die aus dem Mangel an Lehrern und Gebäuden erwachsen sollten. Die Theologiestudenten sollten als erste einspringen und erst nach ein paar Jahren Schuldienst ins Pfarramt gelangen. Von den alten Schulmeistern mochten die kärglich besoldeten, bis eine Aufbesserung ihrer Bezüge möglich wurde, getrost ein Handwerk üben, das auf ihrem Dorfe gerade dringend fehlte. Grund und Boden für die neuen Schulen, ja, die Küchengärten für die Schulmeister, gedachte der König selbst zu schenken; die Baumaterialien auch; die Fuhren stellte er ebenfalls. Rasch sollte alles geschehen. Und umfassend sollte es sein. »Der Adel«, schloß der Herr, »wird sich hiernach zu richten haben und zur gemeinschaftlichen Einrichtung der Schulen die Hand bieten.«

Daß nun eine allgemeine Schul-Pflicht ausgesprochen war, genügte dem Herrscher noch nicht. Die größeren Kinder sollten, ehe sie zur Firmung und Konfirmation gingen, noch einmal einen besonderen geistlichen Unterricht erhalten.

Fünfzigtausend Taler, die wollte er als ersten Fonds für die Schulen zur Verfügung stellen. Die gedachte er gleich flüssig zu machen und aufs neue zu sparen. Dann mochten sich die neuen Schulen mit den Kindern seines Landes füllen. Morgen wollte er die Anweisung auf fünfzigtausend Taler unterschreiben.

Er hatte für den Fonds einen Namen bereit, noch von den armen, trügerischen Zeiten seines Vaters her. Diesem Namen –

Mons pietatis, Berg der Frömmigkeit – gab er nun Inhalt, Sinn und Wert und verschwieg gerade durch ihn seine fromme Scheu.

Was galt es ihm, daß schon sechs Millionen Taler droben im Ostland angelegt waren; daß elf Städte, feste Sitze des Handels und Handwerks, und dreihundertzweiunddreißig Dörfer wieder aufgebaut, verwahrloste Domänenämter in staatliche Bewirtschaftung genommen waren? Was machte er groß damit her, daß die Widerstände, die Ausflüchte, die Vorspiegelungen seiner Junker und Beamten sich von Jahr zu Jahr verringerten, wenn auch oft aus Resignation gegenüber seinem Machtanspruch?

»Dieses ist nichts«, sprach der Stifter der Schulen, »denn die Regierung will das arme Land in der Barbarei behalten. Doch wenn ich baue und verbessere das Land und mache keine Christen, so hilft mir alles nichts.«

Er kam ins Ostland als der letzte Ordensritter. Er wollte den Gottesstaat in der Öde, die ihm als Reich des Bettelkönigs übergeben war. Nun sollten in dem dunklen Land besonnte Berge mit blühenden Hängen aufstehen –.

»Was seht ihr scheel, ihr großen Gebirge, auf den Berg, da Gott Lust hat zu wohnen? Der Herr bleibt immer daselbst.«

Der Prediger sagte es dem Herrn zum Abschied.

Über den Worten des Psalms kam dem König die Nacht.

Er wußte nicht, als er an diesem Tag die Augen schloß, daß er nun für jegliches Kind seines Landes einen Erziehungsplan entworfen hatte, der jener hundertfach durchdachten Instruktion für seinen Ältesten nicht nachstand und im Letzten und Entscheidenden kein geringeres Ziel hatte, als einen frommen König und fromme Untertanen füreinander zu schaffen. Er sorgte nicht mehr nur für seine Erde. Der Mons pietatis erhob sich im Land.

Seit Wochen und Monden predigte die Königin: England.

Es war nicht die Geschwätzigkeit einer lebhaften Frau. Es war mehr, war leidenschaftlicher und tiefer. Vielleicht war es die dauernde Überwältigung durch allen Glanz dieser Welt, die zu jedem Augenblick bei ihr den schillerndsten Ausdruck fand. Vielleicht war es auch eine ständige Beschwingtheit, mit der sie kaum wahrnehmbare Anfänge sofort zu märchenhafter Vollendung auszuspinnen vermochte. Und das erfolgte nun in der Sprache kühner, kühler Politik. Es geschah mit dem Schein des Kalküls. Das ließ die Königin so glaubhaft erscheinen. Logische

Beweisführungen, taktische Winkelzüge mußten ihr dazu dienen, die Maßlosigkeit und Unerfüllbarkeit ihrer Wünsche zu verhüllen. Sie beherrschte das gesamte Vokabularium der Kabinette; sie dichtete in der Geheimsprache der Diplomatie. Dies war ihr Lebensinhalt; dies verlieh ihr das Gefühl der Größe; dies schuf ihr damals gerade auch den Ruf einer zu Höchstem befähigten und berufenen Fürstin.

Sie prüfte sich nie. Sie lernte und sie überlegte und sie wägte nicht. Ihr flog alles zu, um, von dem Überschwang ihrer Lebensbegeisterung gewaltig entfacht, zu irdischer Prophetie in ihrem Munde zu werden. Freilich, das Leben begann ihr erst von den Stufen der Throne an lebenswert oder auch nur beachtungswürdig zu werden. Nie hätte sie nach der Erde gefragt, die, nur durch eine dünne Schicht aus edlem Holz und teurem Stein vom Sockel der Throne getrennt, allein und endlich auch die Throne selber trug.

Rieb sie, wie es ihre Gewohnheit war, im Gespräch mit sehr Vertrauten ganz unbewußt die Handflächen rasch und leicht aneinander, so war es wie die Geste eines frohen, ungeduldigen und erwartungsvollen Kindes, das einer überwältigenden Überraschung schon völlig gewiß ist. Einen Augenblick danach aber saß sie dem gleichen Partner ihrer Unterhaltung – hoheitsvoll in ihren Sessel gelehnt, die Arme majestätisch auf die goldenen Lehnen aufgelegt – wie der Premierminister aller Premierminister gegenüber; und was sie redete, schien Weltgeschichte.

Nicht selten kam es nun vor, daß dann der König vor ihr stand, den Kopf ein wenig gesenkt und recht still. Manchmal zog er sich auch eines ihrer Taburetts heran und saß schweigend vor ihr, den Blick zu ihr erhoben: ein Abgehetzter, Erschöpfter, Staunender. Was war, so fragte er sich dann, sein zäher Fleiß vor solcher Spannkraft; was war sein mühsames Zusammentragen angesichts solchen Weitblickes? Vielleicht waren die Welfen die größeren Herrscher –.

Auch diesen Irrtum hat die Königin ihm gegeben. Wie sollten nicht auch ihre Kinder sich in ihr täuschen.

Sahen sie, was nur in Potsdam geschah, ihren Vater schon am Morgen, so kam er eilig in der düsteren Uniform aus seinen Zimmern gestürzt, schien übernächtig, hatte schon wieder einen Riesenberg verdrießlichster, kleinlichster Arbeit hinter sich, jagte auf den Exerzierplatz hinaus, entschuldigte sich auf dem langen

Gang vor seinen Zimmern bei dem wartenden Kabinettsrat: was war er, als ein armer, abgearbeiteter Beamter, als ein kleiner, dienstbeflissener Offizier, dem sein harter, hoher Chef nicht eine Atempause gönnte und dem er obendrein noch schlechten Sold gab?

So erschien den Kindern der Papa; denn die Türen, die er in der Eile offenstehen ließ, gaben dem Blick die Kahlheit und die Kärglichkeit getünchter Kammern mit gestrichenen Kiefern- und Fichtenholzmöbeln in dem harten Lichte unverhüllter, aufgerissener Fenster frei.

Aber die Morgen der Mutter, namentlich wenn man in Monbijou wohnte, waren voller Feier und Verklärung, gelassen und königlich, milde und stolz. Umblüht und vogelumsungen, von Wasserspielen umsprüht, lag Monbijou in langer Morgenstille. Die Sonne stand schon hoch am Himmel über dem Fluß, doch in den Sälen, Galerien und Nischen der Königin blieben noch immer all die gemalten, reich gestickten, golddurchwirkten, üppig sich bauschenden Vorhänge zugezogen, und der neue Tag wehte nur wie ein Golddunst durch die bunten Räume. Ein Engel, glänzenden, tiefdunklen Haares und ganz in weißem Batist – mit ein wenig billiger Spitze –, schwebte die Ramen durch die ganze Flucht, silberne Kännchen mit Rosenwasser und Gurkenmilch für das Lever und mit Schokolade für das Dejeuner der Herrin hoch über sich haltend. Dann erst, nachdem sie noch lange im Boudoir der Königin weilte, tat die Kammerfrau die Flügeltür auf, und lächelnd, von Spitzen, Locken, Perlenketten umflossen, trat die Mama von den Stufen des straußenferngekrönten Prunkbettes. Die Vorsäle hatten sich mit ihren Damen gefüllt; in einem Rauschen von Brokat sanken sie alle in tiefe Verneigung; und über das Raunen und Neigen und Grüßen hinweg rief, ihre Hand der Welt entgegenstreckend, die Welfin: »Sind Briefe aus England?«

Selbst die kleinsten Prinzessinnen erschauerten selig, sie wußten: dies war das Glück, der Glanz, das Fest ohne Ende, wenn Post aus England eingetroffen war. Wie anders konnten die Briefe in dieses sommerliche Schloß am Fluß gelangen, als auf möwenflinken Seglern übers Meer, auf weißen, jagenden Seglern und den geschwindesten, feurigsten Schimmeln der Welt!

Durch den Troß der Damen bahnte sich der junge Prinz den Weg, schnell einmal dem öden Unterricht drüben im großen

Schlosse entwischt. Er eilte auf die Mutter zu und umarmte sie; aber sie empfand es anders als die formlose Art des Gemahls; am Sohne war es graziös und bestrickend, war Einfall und heitere Laune. Die Königin zog den Kronprinzen an sich; ihre Ringe leuchteten aus seinem Haar. Er war ihr die aufgehende Sonne, der Anbruch strahlenderen Lebens, der Träger ihrer Träume. Post aus England war nun zwar nicht eingetroffen, aber in dem ganzen Morgen war ein Überschwang so ohnegleichen. Das Pensum, das der König dem Thronfolger verordnet hatte, blieb unerledigt.

Ihre Majestät bestellte die Kronprinzenerzieher zu sich. Sie handelten, so sagte sie, im höchsten Interesse des Königs, wenn sie den Prinzen etwas mehr den von ihr selbst vorgeschlagenen Beschäftigungen und Betätigungen überließen. England verspreche sich von ihrem Sohn –.

Ach, England versprach sich von dem Kronprinzen von Preußen nur das Schönste: Flötenmusik, Cembalospiel, Violinkadenzen, Gartenkomödien, hymnische Poeme, erhabene Zitate … Die Welt war dem Prinzen von Klängen und Versen durchrauscht.

Fragt einen jungen Prinzen mit übergroßen, schwärmerischen blauen Augen, wo er wohl das Königliche dieser Erde zu erblicken vermag – bei dem gehetzten Mann im simplen blauen Rock oder bei der lächelnden, ruhenden, feiernden, ewig die Glorie verheißenden, in Juwelen strahlenden, Weltgeschichte kündenden, von machtvollen Hoffnungen hingerissenen Frau, die den Knaben in den Mittelpunkt des Erdballs stellt!

Der König spürte, daß er seinen Sohn an die Sallets à la grecque der Gemahlin verlor.

Die Furcht vor ›Dem König von Preußen‹, der die Generationen des Geschlechtes überdauerte und dessen Knecht er lediglich war, teilte Friedrich Wilhelm I. auch seinem ältesten Sohn mit, der dem gleichen Schicksal, wie er selbst es trug, entgegenwuchs. Die Furcht vor jenem unbekannten Herrn verband ihn mit dem Sohn wohl am tiefsten; er wollte Friedrich wappnen gegen solche Forderung und Härte. Aber die eigene Strenge gegen den Sohn, die daraus folgte, stieß seinen Ältesten von ihm. Der Vater war der ewig Warnende, der unablässig Fordernde, Gebietende; die Mutter begegnete ihm als die tagtäglich Schenkende, Lokkende, Verheißende. Der Vater vereidigte seinen Ältesten auf die Instruktion eines preußischen Militärs und Beamten; die Mutter steckte ihm den schönen Roman zu, der von der Großen Welt der Könige erzählte.

Sie ahnte nicht, daß diese ihre Große Welt dem lesenden Knaben gar bald sehr eng werden würde und daß neue Gefilde sich vor ihm eröffneten, von deren Weite sie nicht eine ferne Ahnung hatte. Die Mutter gelobte ihm ein glanzvolles Königreich, wo der Vater ihm nur sandverwehte Äcker zu hinterlassen versprach. Der Sohn aber begründete sich selbst eine Welt. Er hatte vor dem stetig Fordernden die Flucht in die Bücher gelernt.

Vom Vater kamen nur Verbote, die schlechthin alles betrafen, was nicht unmittelbar der Vorbereitung auf das Amt des Königs von Preußen zu dienen imstande war. Die drei Erzieher, die beiden Preußenoffiziere und Duhan, der Refugié, Männer von reicher Bildung und ungewöhnlicher Redlichkeit, Kriegsveteranen und Glaubensmärtyrer, konnten die Pläne des Vaters nicht völlig billigen und die Absichten der Mutter nicht gänzlich verurteilen. Sie wollten ihr Amt nach dem Geist und nicht nach dem Buchstaben erfüllen. Wo nun die beiden Offiziere solchen Konflikt mit der wörtlichen Instruktion des Königs spürten, schreckten sie freilich immer wieder vor der freien Auslegung des Textes zurück. Duhan, der Emigrant, den der König schon in den Laufgräben von Stralsund zum Lehrer des Sohnes erkor, wurde eigentlich aus Zutrauen zur oft erfahrenen Güte des Königs allmählich der heimliche Verbündete des Kronprinzen gegen den Vater. Er hoffte auf wachsende Einsicht sowohl beim Herrscher wie beim Thronfolger. Wozu gab der König schließlich seinem Sohn so gebildete Männer zur Seite? Schon existierte als ihrer beider verborgen gehaltenes Werk eine regelrechte Bibliothek, in fremdem Hause, dreitausend Bände des Englischen, Französischen, Spanischen, Italienischen umfassend. Lehrer und Schüler arbeiteten mit Hingabe an dem Katalog. Kein Buch, das nicht von Friedrichs eigener Hand verzeichnet worden wäre, mit gleicher Inbrunst, wie ein Creutz die Zahlen eintrug. Das Verzeichnis umschloß die Literatur der alten und der neuen Welt, des Himmels, der Erde und der Hölle, aber nur einen einzigen kurzen Abriß der brandenburgischen Geschichte in französischer Sprache.

In einem abgelegenen Hause zwischen der Königswohnung

und den Räumen des Generaldirektoriums und Schloß Monbijou war ein neuer Kosmos entstanden. Vater und Mutter, beide lenkten sie den Sohn auf das Große; und in beider Munde war das Große zweierlei und sehr verschieden. Der Prinz, sehr schmal, sehr klug, sehr erregbar, glaubte sich dem wahrhaft Großen, das jenseits aller Deutungsmöglichkeiten und Unterschiede ist, auf beglückend naher Spur.

Vor Friedrichs jungem Geist entrollte sich ein ungeheurer Horizont, an dem Deutschland nur einen kleinen Platz einnahm und Brandenburg fast ganz verschwand. Sein Sinnen und Trachten war nur noch darauf gerichtet, die Vorbildung zu erlangen, um alle seine Bücher wirklich verstehen zu können. Der vom Vater eingeteilte Tag reichte nicht aus. Aber auch Friedrichs Nächte waren auf königliches Geheiß streng bewacht. Schliefen die Hüter, dann schlich sich der Prinz aus dem Bett; er warf sich einen der seidenen Schlafröcke über, wie die Mutter sie ihm schickte. Den Schein der Kerze suchte er ängstlich zu verbergen. Nirgends war Schutz als in der tiefen Wölbung des Kamins. Dort hockte dann der Knabe stundenlang mit seinem Buche.

In den flüchtigen Gesprächen des Tages meinte mitunter die älteste Schwester, das Wissen müsse ihm wohl über Nacht angeflogen sein, von so viel Neuem war der Bruder jedesmal erfüllt. Das also war aus dem geworden, der als kleiner Knabe, statt zu spielen, zu den Füßen ihres eigenen Lehrers hockte, wenn der unendlich dicke und weise La Croze ihr Unterricht gab –; La Croze, jene wandelnde Bibliothek, jenes Magazin der wissenschaftlichen Kuriositäten; La Croze, der aus dem Stegreif zwölf Verse Leibnizens in zwölf verschiedenen Sprachen zitierte, nachdem er sie ein einziges Mal hörte. Das waren die Zauberkunststücke gewesen, mit denen man Wilhelminens Brüderchen begeisterte –. Nun waren Himmel, Erde und Hölle von ihm durchstreift. Das ganze All lag vor den Königskindern offen, und der begeisterte Blick konnte ungehemmt schweifen. Die Wißbegier war weltumspannend, und eine ungeheure Belesenheit – denn Bände aus Friedrichs heimlicher Bibliothek fanden gar nicht so selten den Weg in Wilhelminens Appartement – gab den Geschwistern gar die Illusion, daß sie bald alles Wissenswerte wüßten. Sie lebten in einem geistigen Festrausch, wie er über die ganze gebildete Welt hereinzubrechen schien und wie die Erde ihn vielleicht auch nie mehr sehen sollte.

Ungeklärt blieb nur die nächstliegende Frage, wie das Loch im kronprinzlichen Etat, verschuldet durch die Bücherkäufe, zugestopft oder auch nur verschleiert werden könne.

So ganz allgemein, wohl im Hinblick auf ihre Revenuen, hatte man zwar vor Mama ein ganz klein wenig von den finanziellen Sorgen angedeutet. Aber die Königin, so glänzend ihr Vermögen auch vom Gatten angelegt war, erklärte sich ganz außerstande, einzuspringen. Sie müsse doch Monbijou noch viel prächtiger ausgestalten. Es gebe ja sonst am Hofe keine einzige Stätte würdiger Repräsentation, wenn nun vielleicht viel häufiger als bisher Besuch aus England kommen würde. –

Durch die Kreise ihrer Damen machte Königin Sophie Dorothea bekannt, daß man in London den preußischen Thronfolger als eine aufgehende Sonne, das war das Modewort an den Höfen, betrachte. Niemand, der am Aufstieg ihres Sohnes tätigen Anteil nehme, werde je von England sein Lohn vorenthalten werden. «Je vous en ferai la cascade», schloß die Königin mit dem zweiten Modewort und glaubte mit dieser allgemeinen Redensart, die lediglich Erörterungen verhieß, hinlängliche Garantien gegeben zu haben. Daraufhin begann man wirklich da und dort auf jene größere Zukunft Preußens zu spekulieren und bot dem Kronprinzen Geld an.

Noch ehe er sechzehn Jahre alt wurde und konfirmiert war, galt Kronprinz Friedrich als tief verschuldet, und Mama schien ganz entzückt davon, daß er sich nun einmal genau wie sie und ihr Vater und ihr Bruder durchaus nicht an beschränkte Verhältnisse gewöhnen konnte. Es war so nebensächlich, ob er Schulden hatte. Die englische Mitgift würde in diesem Falle einmal eine ganze Sturmflut für ein kleines, heißes Steinchen sein.

Der Prinz verzehrte sich im Lesen. Das nächste Buch und nicht die nächste Rechnung bedrängte ihn. Die Nächte in dem riesigen, zugigen Kamin taten das Ihre. Der Prinz war sehr krank.

Der König, der ihn um des unbewältigten Pensums willen von sich fernhielt, erkundigte sich erregt nach dem Gewichtsverlust. Er sandte ihm seinen englischen Koch und gab auch diesem noch genaueste Anweisungen. Mittags riet er eine Suppe von zwei Pfund Fleisch an, ein Frikassee oder Fisch und Braten. So auch abends. Er wartete gespannt auf die Wirkung seiner kräftigen Brühe. Inzwischen, bis Meldung kam, bereitete er in einem Brief den Dessauer, den söhnereichen Vater, auf das vor, was er entsetzlich drohend nach dem Knabensterben seines Hauses vor sich sah: »Mein ältester Sohn ist sehr krank und wie eine Abzehrung, isset nits ich halte Ihn kaput wo es sich in kurtzen nit enderdt den ich so viel exempels habe. Sie können sich einbilden, wie mir zumute dazu ist. Ich will bis Montag abwarten; wo es dann nit besser wird, ein Konsilium aller Doctor halten; denn sie nit sagen könen, wo es ihm sitzet, und er so mager als ein Schatten wird, doch nit hustet. Also Gott sei anbefohlen, dem müssen wir uns alle unterwerfen. Aber indessen gehet es sehr hart, da ich soll itzo von die Früchte genießen, da er anfenget, raisonnabel zu werden, und müßte ihn in seiner Blüte einbüßen. Enfin, ist es Gottes Wille, der machet Alles recht; er hat es gegeben, er kann es nehmen, auch wiedergeben. Sein Will gescheh im Himmel als auf Erden. Ich wünsche Eurer Liebden von Herzen, daß Sie der liebe Gott möge vor alle Unglücke und solche Chagrin bewahren. Wenn die Kinder gesund sein, dann weiß man nit, daß man sie lieb hat . . . «

Friedrichs Konfirmation konnte jedoch zum vorgesehenen Zeitpunkt stattfinden. Allerdings mußte in letzter Zeit noch ein besonderer geistlicher Lehrer den Erziehern beigegeben werden. Die Glaubenslehre saß gar nicht recht fest. Vom Religionsunterricht hatte er laut Gouverneursgutachten seit acht Monaten nicht viel profitiert. Der Vater schrieb es der Krankheit zu. Er wußte nicht, daß sein Sohn die Nächte, die dem tiefen Knabenschlaf gehören sollten, zu vielen, vielen Stunden unter den Weisen der Antike und unter den Fackelträgern einer neuen Epoche der Vernunft verbrachte.

Die Mutter nahm von dem ganzen Ereignis nur wenig Notiz. Sie sah in ihrem großen Sohn nicht einen Konfirmanden. Das war ihr schlechterdings unmöglich. Sie vermochte in dem Kronprinzen von Preußen einzig und allein den aussichtsreichsten Bräutigam Europas zu erblicken. Um der englischen Besuche willen begann sie sich allmählich sogar auch für die Bauten des Gatten zu interessieren. Sie hoffte, einigen Einfluß nehmen zu können, damit ihre beiden ältesten Kinder und sie vielleicht in der neuen Residenz doch einen nicht gar zu unwürdigen Rahmen erhielten.

In allem war Potsdam das Bild: für Kampf und Wachstum des Landes, für Hoffnung und Verzicht, für Wille und Gebet des Königs.

Den ersten Ring von Mauern, den er um seine neue Stadt gezogen hatte – weit und fern, um ihm das Maß seines Glaubens zu geben –, hatte König Friedrich Wilhelm wieder niederlegen lassen. Die Menschen fragten sich, was es bedeute; wo wollte der König denn hin?! Im Süden, im Osten ragte die Stadt schon bis dicht an die Ufer der Havel; im Westen geboten die Wälder, für die Jagd und das Bauholz der Zukunft bestimmt, solchem Vordringen ein Halt; im Norden lag dicht vor der Mauer der träge Sumpf des Faulen Sees.

Sie bestürmten den König, die Wälder vorerst nicht weiter schlagen zu lassen. Der Herr sprach auch vernünftig und einsichtsvoll: »Diese Wälder müssen noch bleiben.«

Dann ritt er durch die Trümmer der zerschlagenen Mauer dicht an den Rand des Faulen Sees.

»Ich brauche undurchbrochenes Bauland«, sagte der Herr und deutete weit über den Sumpf hin. »Das ist tot, das ist faul, eine abgestorbene Bucht der großen Seen, die man zuschütten müßte. Dann könnte man bauen!«

Proteste und Eingaben häuften sich; wer sollte denn im Sumpfe wohnen?! Warnungen und Ratschläge gingen ein. In einer nahezu schon kühnen Weise wurde der Plan des Königs abgetan. Er aber wollte das Faule, das Träge, das Tote vernichten, und aus dem drohenden Sumpf sollte ihm der blühendste und schönste Teil der neuen Stadt erstehen: lichte, große, ja festliche Häuser denn zuvor in einer lieblichen Plantage. Nun durften wieder Gärten sein in Brandenburg. Nun forderte die Vollkommenheit des Bildes das erste, starke Blühen von dem todesschwangeren Grunde. Und solche Forderung stellte er, der die unzähligen Statuen von Sandstein in den Gärten seines Vaters verwittern und zerbröckeln und die Zierteiche verschilfen ließ; er, der für die Erhaltung der aus den Wipfeln geschnittenen Tore und Ehrenpforten nicht sorgte und nicht danach fragte, daß die prächtigen, für die Gartenwagen hoch aufgeschütteten Dammwege vergingen.

Aber nun erweckte es sogar den Anschein, als wolle der Herr sich endlich doch ein eigenes Lustschloß bauen. Den Bauplatz suchend, ritt er durch den Wald. Er ritt im Kreise quer über die vierzehn Alleen alten kurfürstlichen Jagdgrundes. Weit ging sein Blick in die Tiefe der Waldwege, haftete auf einer Eiche inmitten der Kiefern, suchte die leichtfüßige Flucht eines Rehes zu verfolgen und betrachtete den rauschenden Lauf eines Hirsches in Ästen und Laub mit wachsender Jagdlust. Der Herr zog den Kreis von Allee zu Allee immer enger und enger. Hier, wo sie alle sich kreuzten als ein Stern im tiefen Walde; hier, wo die Sonne aus den schwarzen Kiefernwipfeln brach, sollte das einzige Schlößchen stehen, das er sich als Heger und Weidmann zu gönnen gedachte.

Als es dastand, ein holländisches Häuschen mit einer Muschel im Giebel als einzigem Schmuck, meinten die, welche es besichtigen kamen, es sei die Bauhütte, und nun beginne der Schloßbau.

Aber nun bebaute der Herr schon den Sumpf. Er ließ den Saum der Wälder schlagen, die er durchritten hatte; und die Kiefern, eben erst zum Schlage reif geworden, wurden Pfahl um Pfahl in das Sumpfland gerammt, kaum daß in den tiefgezogenen Gräben das träge, stinkende Gewässer versickert war. Bis zum Dunkelwerden hatte der König dabeigestanden, wie sie die letzten Pfähle noch mit Weidenseilen aneinanderkoppelten, kreuz und quer und längs und breit. Schon fand der Blick eine ebene Fläche. Schon war ein sichtbarer Anfang.

Um die Morgendämmerung brachen in dem aufgewühlten Grunde unterirdische Strömungen hervor, hoben das Pfahlwerk brodelnd empor, zerweichten das Weidengeflecht und quollen in Blasen und kleinen Sturzbächen zur Oberfläche.

Früh, als die ersten Arbeiter kamen, sahen sie, wie sich die untersten Spitzen der Pfähle in langsamer und unaufhaltsam starker Drehung nach oben kehrten. Schreiend liefen sie vor die Fenster des Königs. Der sprang aus dem Bett und aufs Pferd, nicht einmal vollständig angekleidet. Er hielt nicht an, als er die wogenden und treibenden Pfähle erblickte; er stieg nicht ab, als er das dumpfe Poltern und unablässige Rauschen und Glucksen hörte; bis hinunter ans überschwemmte Ufer trabte er und ließ sich nicht rufen und halten, als gelte es einer verlorenen Schlacht im äußersten Wagnis die Wendung zu geben. Sein Reitknecht folgte ihm ängstlich. Plötzlich war es, als wollte der König ihn in jäher, harter Kehrtwendung zurückstoßen, als müsse er ihn vor einem Unheil bewahren. Da versanken sie beide. »Mein Pferd ist stark«, schrie der König, »rettet den Jungen!« Mächtig arbeiteten die Pferde. Das des Reitknechts schluckte schwer am Schlamm und hielt nur noch den hoch emporgerissenen Kopf aus dem

Sumpf. Der König hörte dicht an seiner Seite das Gurgeln, als das Lehmwasser über dem Reitknechtspferd zusammenschlug. Den Jungen zogen sie mühsam an Stangen heraus; den Schimmel des Königs, der sich schon zu festerem Grunde durchgestapft hatte, zerrten sie, zu vielen in den Sattel und die Riemen greifend, vorwärts. Den König hoben sie durchnäßt und schlammbedeckt herab. Sie schickten Boten nach Wagen, Tüchern und Mantel. Der König war nur mit dem jungen Reitknecht befaßt; er blickte gar niemand an, wich den besorgten Fragen aus und überhörte all das laute Preisen seiner Rettung. Sichtlich war etwas von Befangenheit in seinem ganzen Verhalten, spürbar selbst dann, als er sich abtrocknen ließ, den Mantel umnahm und den Wagen bestieg.

Zum Exerzieren erschien er wie immer. Bei Tische wurde übermäßig viel von dem Unglück und dem Unfall des Königs geredet; er selber war schweigsam. Den ganzen Tag über pilgerte man zu der Stätte des großen Begebnisses hinaus. Die Gegner des Königs oder zum mindesten seines Faulen-See-Projektes triumphierten. Creutz sah endlich wieder solchem Verschwenden ein Ende gesetzt. Beinahe fragte man den König gar nicht erst, wie er nun von der ganzen Sache denke. So sicher war man sich seines Verzichtes.

Die Woche ging mit den Aufräumungsarbeiten hin. Am nächsten Montag waren alle Bauarbeiter zur gewohnten Stunde wieder an den Faulen See bestellt.

Auch der König erschien.

»Das Ganze von neuem beginnen«, sagte der Herr, und abermals verschwanden große Kiefernwaldungen als Pfahlroste für die neuen Häuser im Sumpf.

Gleichzeitig gab der König den Befehl, zur Rechten und Linken des Schlosses, an der Havel und an seinem neuen Kanal, eine Kirche zu errichten, als seien die Kirchen als die Grenzpfähle gedacht, mit denen er die Stadt abstach, und als wollte er dadurch die Menschen lehren, daß das, was er am Sumpf begann und auf sich nahm, nicht Trotz war, sondern Glaube.

Bald wurde das trübe Ereignis vom größeren Vorgang überschattet. Auf einer neuen Reise nach Hannover, in Osnabrück, war der König von England gestorben, im gleichen Zimmer, in dem er auch geboren worden war.

Es schien, als hätte sich nicht der Tod des englischen Herrschers ereignet, sondern als wäre der Preußenkönig selbst gestorben, derartige Veränderungen gingen um die Zeit des Todesfalls auf den Berliner Gesandtschaften vor sich. So ziemlich alle Gesandten außer dem kaiserlichen wurden abberufen; neue trafen ein und baten, baldmöglichst ihr Bestätigungsschreiben überreichen zu dürfen.

Die Königin in ihrer tiefen Trauer um den Vater hatte aufmerksam auf alles acht und fand es nun – gleichsam als einzigen Trost, den es zur Zeit für sie geben könne – ihrerseits für angebracht, wenn auch der König von Preußen zum mindesten sofort einen besonderen Beauftragten an ihren Bruder nach London entsendete. Der König gedachte, in diesen Tagen der Trauer seiner Gattin keinen Wunsch zu versagen und schrieb sehr höflich und sehr herzlich an den Vetter und Schwager, vergaß vor der Gemeinsamkeit des königlichen Amtes all ihres jugendlichen Zwistes und Knabenhasses von einst, bat um die Freundschaft des neuen Königs von England und erklärte sich an alle zwischen dem Verstorbenen und ihm getroffenen Abmachungen gebunden. Die Antwort traf sehr rasch ein, fiel hochfahrend und kühl aus und enthielt, wenn man sie in dürre Worte übersetzte, die Versicherung, daß der neue König von Britannien die alten Verträge gar nicht so ohne weiteres zu übernehmen gedenke. Dann in den obligaten, unverbindlichen Schlußformeln eines Fürstenbriefes lenkte er natürlich wieder ein.

Denn Brandenburg-Preußen begann ja nun ohne Frage eine Rolle zu spielen. Es war nicht mehr so, daß Preußen unter den alten Nationen noch das bunte Gemisch verstreuter Gebiete gewesen wäre, die sich vom Rhein bis zur Weichsel, von der Ostsee bis zu den böhmischen Bergen wirr und verzettelt hingezogen hatten. Es war nicht mehr so, daß man die kleine Truppe Brandenburgs für Sold zu eigenen Zwecken nach Bedarf pachten, hinhalten und entlassen konnte. Von eigenem, gutem Gelde hatte der König von Preußen sein Dreißigtausend-Mann-Heer schon verdoppelt. Und mit den Maßnahmen und Handlungen jedes seiner Tage strebte er aus dem furchtbaren Zwiespalt, Reichsstand und König eines freien Landes zu sein, suchte er mit aller Inbrunst und Gewalt sein Land im Reich und sein Land da draußen im Osten zur Einheit zu machen, ohne fremdes Recht auch nur von ferne anzutasten. Er war daran, ein Land der Stärke, des Wohlstands, der Ordnung mitten im Reich und im Herzen Europas zu begründen, indes das Reich zerfiel und das von Kriegen und Schwindelgeschäften erschöpfte Europa sich selber zu zerreißen drohte.

Man sah Preußens Tätigkeit, Beharrlichkeit und Mut an jedem Tage von neuem bewiesen und überschätzte darum dauernd seine Mittel. Wen nahm der große Diplomatenwechsel da wunder?

Von all den neuen Ragomontaden, Turlipinaden und Windbeuteleien, wie der König es nannte, erholte er sich hernach in rechter Männerunterhaltung mit dem neuen Freunde Seckendorff. Der kaiserliche General hielt sich vom Odium der Diplomatie unverändert frei. Kein Aufenthalt in Potsdam, der dem Wiener Grafen nicht rasch eine Einladung am Hofe brachte. Keine Übersiedlung Seiner Majestät nach Berlin, die nicht Seckendorff beinahe als dem ersten mitgeteilt wurde. So große Hochschätzung, so lebhafte Sympathien hegte der König für ihn. Es schien ihm noch unfaßlich, daß abseits von aller Politik einer aus Wien kam, um von seinem Regiment zu lernen. Der kaiserliche General weilte geradezu als der Gast des königlichen Leibregimentes am preußischen Hofe und trug sogar schon dessen Uniform. Tapfer wie ein Degen sprach der gewiegteste aller kaiserlichen Geheimdiplomaten, der mit Bibel und Gesangbuch seinen Einzug in den Königsstädten Preußens gehalten hatte: ein General mit bürgerlicher Biedermannsmiene und dem Stiernacken und der Redeweise eines braven Pächters. Aber der Biedere war gerieben wie ein Pferdehändler und wußte, wie es anzufangen sei, die Weisung auszuführen, die vom Prinzen Eugen, Habsburgs großem Wächter, an ihn ergangen war, »den Unwillen des Königs gegen den englischen Hof auf eine geschickte Weise immer zu vergrößern«.

Die Königin, soweit der Schmerz über den Verlust des vergötterten Vaters es gestattete, war empört, daß der Gatte den bäurischen General all den neu erschienenen Gesandten so offensichtlich vorzog. Ihr Ältester sah sie in den Gewändern ihrer tiefen Trauer nur lächelnd, nur kühn, nur beschwingt; und unendlich liebevoll und zärtlich. Hundertmal schon hatte sie ihm gesagt: »Nun bist du die aufgehende Sonne. Um deinetwillen geschieht der Wechsel auf allen an deiner Heirat interessierten Gesandtschaften. Spürst du, daß eine neue Zeit der Geltung unseres

Landes sich ankündigt? Und dein Vater nimmt es nicht wahr, geht stumpf daran vorbei. Du aber und ich – «

Der König ritt durch seine Stadt, hundert Rufe und Fragen im Blick. Es war in der Stunde nach Tisch, in der er beim Ausreiten Bittschriften entgegennahm, welche dann abends in der Tabagie besprochen wurden.

So unablässig Sand- und Ziegelkarren durch die Straßen rollten, so unaufhörlich auch Gerüste abgebrochen und errichtet wurden, lag dennoch ein Schimmer von Festlichkeit über der Königsstadt; denn immer wieder trug ein Dachfirst von weißem, jedoch manchmal gar zu jungem Holz den Laub- und Bänderschmuck der Richtfestkrone.

Ein neuer Stadtteil war um des Königs erst kürzlich eingeweihte Garnison-Kirche entstanden. Wieder war er selbst als der erste Bauherr am Platze, auf Nacheiferung hoffend. Die Hiller und Brand waren fähige Männer; denen konnte man schon einmal ein etwas prächtigeres Haus zum Präsent machen und zugleich damit der Gattin eine kleine Freude im ihr gar so fremden Potsdam bereiten. Nun stand der reiche Bau vollendet, getreu dem Königsschloß Whitehall in England nachgebildet, neben dem vornehmen Gasthof zum »König von England«, dessen Name ebenfalls eine Huldigung an Frau Sophie Dorothea darstellte. Der Daum mit seiner Lütticher Gewehrfabrik, der war ein Unternehmer ganz nach König Friedrich Wilhelms Sinn. Für ein Bataillon Flinten die Woche, das brachten die Lütticher Büchsenmacher zu Potsdam nun schon zustande; daher hatten auch sie allein die Genehmigung, Branntwein zu trinken.

Die Bauten Potsdams waren schon zum Vorbild für die ganze Monarchie geworden. Häuser für Brauer, Bäcker, Handwerker jeglicher Innung wurden nach besonderem Muster gebaut, als solle jeder von ihnen die vollkommenste Werkstatt seines Gewerbes erhalten. Die Stadt war von sauberen Wassern durchströmt. Der König hatte nach Kanälen und Bassins Durchstiche für das Havelwasser machen lassen. Er führte die große sächsische Poststraße durch Potsdam. Er dotierte die Stadtkämmerei mit Rittergütern. Von Kirchen und von Regimentern zog er Baukollekten ein; aber größer waren immer noch die Bauzuschüsse, die er selber gab.

Der Herr, vorüberreitend, schaute in die Armenhäuser, Hospitäler, Arbeitshäuser, ob alles fest und hell und nützlich sei und selbst die Strafe noch der Besserung und der allgemeinen Wohlfahrt diene. Keinesfalls sollten die rechtschaffenen Untertanen zur Erhaltung der Verbrecher Steuerbeträge zahlen, daher mußten die Gefangenen arbeiten und mit ihrer Arbeit so viel verdienen, daß die Zucht- und Arbeitshäuser keinerlei Staatszuschuß erforderten, ja, der Staat durch sie noch Gewinn für allerlei Wohltätigkeit erzielte. Der Schuldige sollte als Helfer des Unglücklichen büßen.

Potsdam war Manufakturstadt geworden, die Manufakturstadt aber Soldatenquartier. Am mächtigsten waren die Soldatenhäuser emporgeschossen, erst neuerdings hundert und abermals hundert. Denn seinen verheirateten Grenadieren gab der König, kündeten sie ihm den ersten Sprößling an, ein eigenes Haus. So wohnten sie behütet und geordnet, indes in den Garnisonen der anderen Fürsten des Reiches und Europas Soldatenfrauen und Soldatenkinder verfemt, verspottet und gemieden, ja gefürchtet waren. Der Leib des Mannes war an den Landesherrn verkauft; sonst war und blieb der Soldat »gottlos, frech, faul und unbändig« gescholten und war nicht wert, daß einer Mühe an ihn wandte. So dachten sie alle; so hielt es jeglicher Fürst, nur nicht der Oberst von Potsdam. Die Zeiten für den Tod gekaufter Söldner, die Zeiten der vertriebenen Soldatenweiber und des verwahrlosten Kindertrosses – in Preußen waren sie, allein auf dieser weiten, argen Welt, vergessen; und die Huren gingen scharenweise außer Landes. Andere Regenten hatten verkommene Feldlager, wo der Herr in Preußen eine Stadt der ewigen Hochzeit unablässig wachsen ließ.

Vorüber war, daß, wer die neuen Straßen seiner Stadt durchstreifte, wohl meinen mußte, Potsdam sei ein kriegerischer Staat der Männer, ein heldischer Orden, ein Kloster in Waffen. Nun machten die größten, die stärksten, die schönsten Männer Europas Potsdam zur Fülle der Völker, zur Stadt der neuen Geschlechter, zum fruchtbaren Reich, das immer weitere Grenzen verlangte. Die Mädchen aus den Dörfern rings wurden als Bräute umworben. Und der König lächelte, wenn Gundling ihn an den Doppelsinn des Wortes Werbung gemahnte. Helden warb er für sein menschenarmes Land. Frauen warb der König für die Helden. Das Leben, nicht der Tod, ward hier zwischen Waffenarsenalen bereitet; und immer wieder waren Bauholzwagen, Pflüge und Kanonen hochzeitlich umkränzt. Mitten in Exerzitium und Arbeit brach immer wieder die Feier an. Was er den Soldaten gewährte, verweigerte der Herr auch den jungen Handwerksgesellen nicht, die er werben mußte wie jene. Er versprach ihnen ihr Handwerksgerät, Vorschuß an Material und ein »hiesiges Mädchen zur Frau: dadurch kommt der Geselle sofort zu Brot, etablieret eine Familie und wird sein eigener Herr. Da denn nicht zu glauben, daß es große Mühe kosten werde, dergleichen Leute nach Unseren Landen zu ziehen.«

Er warb noch um die Waisen der Grenadiere, obwohl noch keiner gefallen war für den König von Preußen. Er forschte unablässig nach Soldatenwaisen, die den fremden Potentaten von allem das lästigste Gesindel bedeuteten. Tausend Kinder barg er schon im großen, neuen Haus; und überreich hatte er es mit Ländereien, Steuereinkünften und Leihhauserträgen beschenkt.

Mit losem Zügel, langsam, ritt der Herr am Waisenhaus vorbei. Er wollte unbemerkt die Kinder belauschen. Brav, brav: da saßen auf Bänken rings im Hof die Knaben und strickten Strümpfe für die Regimenter; die Soldatenfrauen aber mußten ihnen monatlich jede vier Pfund Wolle dafür spinnen.

Im Nachbarhofe waren mit sauberen Schürzen und frischgewaschenen Händen die Mädchen um den großen Rahmen der Handarbeitslehrerin geschart, die er sich eigens aus Brüssel verschrieb, damit sie die Soldatentöchter die hohe, reichbezahlte Kunst des Spitzenknüpfens lehre, wie allenthalben in seinem Reiche »gute Spinnerinnen auf dem flachen Land umherreisen mußten«, die Frauen zu Hilfs- und Heimarbeiterinnen für die königlichen Manufakturen auszubilden.

Wen in der Welt, der ein Handwerk besonders gut verstand, hätte König Friedrich Wilhelm nicht in Potsdam anzusiedeln gesucht?! Er hatte solchen Meistern, sie mit ihrem tiefsten Herzen hier zu halten, ihre alte Heimat auf der neuen Erde neu gegründet. Und es war ein Ritt durch ganze Länder, wenn der Bettelkönig seine Stadt durchstreifte. Da war ein Obersachsen und ein Niedersachsen, ein Schwaben und Franken, ein Rheinland und Holland, Schweden und Polen und die Schweiz; da waren friedlich alle Feindesvölker der vergangenen, schweren Kriege beieinander: Russen, Franzosen, Österreicher, Spanier, Italiener, Engländer, Dänen und Böhmen – Krieger, Bauern, Schmiede, Gerber, jeglicher mit seiner besten Kunst. Ein unablässig geschäftiges und friedlich wetteiferndes Völkergemisch, eine blühende und eine bunte Welt in der Öde, Kargheit und Strenge der Mark Brandenburg war in ihrer Hundertfältigkeit von der Hand des Königs, der sie erschuf, zum Ebenmaß geordnet und zum Gleichnis gesetzt.

Aus den Russenhäusern von dunklem Holze mit ihrer versonnenen Schnitzerei tönten die Lieder der Steppe; in den Meiereien sangen die Schweizer Soldaten mit den Melkern ihrer Heimat den Kuhreigen; vor den blanken, fensterreichen, roten Backsteinhäusern am Kanal mit seinen reinen Wassern und jungen Bäumen rauchten Bas und Clas ihre tönerne Pfeife. Und durch die Straßen der Völker und Stämme schritten dröhnend, Bilder der Einheit, Schönheit, Stärke und Ordnung, die Grenadiere Seiner Majestät im Rocke des König-Obristen: einander und ihm selber völlig gleich, als trügen sie ein Ordenskleid, indes da draußen in der Welt die Uniformen all der Regimenter die wildeste und bunteste Sache waren, wie sie die Laune eines großen Herrn erdachte, der sich eine Truppe für ein Abenteuer werben durfte. Der Preußenkönig hatte jenem Worte »Uniform« den tiefen Sinn des einen Kleides gegeben. Sie alle trugen seinen Rock. Sie alle leisteten den einen Dienst mit ihm und taten ihn schweigend, nur von dem Wirbel der Trommeln gelenkt.

Der Oberst Friedrich Wilhelm von Hohenzollern ritt durch die Völker des Erdballs zu seinen Feldern hinaus, eine Pause seines Dienstes recht zu nützen.

Der Tag aber war glühend, König Friedrich Wilhelm kehrte noch nicht bald an seinen Schreibtisch heim. Er ritt noch lange am Rande der Felder entlang, weithin zu den Ufern des Heiligen Sees. Über dem See, den Kiefern und Birken seiner Buchten, standen steile, weiße Wolkenwände; vielleicht, daß ein Gewitter aufzog und starker Regen für die Ackerleute und Gärtner herabkam, ihr Werk zu erleichtern. Könige und Bauern lernen nach den Wolken blicken. Noch war kein Wind. Die tiefen Äste einer Birke hingen unbewegt über dem See, die Binsen und die Schilfe waren ohne Zittern, und über dem Wasser ruhte ein Dunst, in dem Libellen schwirrend stillestanden.

In einer Lichtung des Schilfes, ganz dicht vor König Friedrich Wilhelms Pferd, blitzte ein hoher Silberhelm seines Leibregimentes, auf die Erde geworfen, leuchtete eine der neuen roten

Westen, wie sie nun erstmalig mit der Montur dieses Jahres ausgeteilt worden waren. Die Flinte stand an einen Baum gelehnt, und über dem kräftigsten der unteren Zweige hing die gelbe Hose und der blaue Rock. Sehr fern, erst jenseits des Gebüsches, ragte das kleine Dächlein des ersten Schilderhauses vor der Stadt empor.

Am Ufer rauschte es auf; in riesigen Stößen kam es zum Ufer – beinahe verfing sich der Grenadier in den Wurzeln; in höchster Eile griff er die Flinte auf. Nun stand der Schwimmer dicht am Weg, ein Riese, schön und gebräunt. Das blonde Haar, von Wasserbächen rinnend, lag in breiten Strähnen auf der kühnen Stirn. Über die mächtigen Schultern, den gewaltigen Leib strömten die Tropfen des sommerlichen Waldsees. Die Augen, tiefer als der Himmel dieses lichten Tages, waren groß zu dem König auf seinem Schimmel erhoben; und, noch so fliegenden Atems, daß die Brust sich hob und senkte, als sauge sie zum erstenmal die Luft der Erde ein, erstarrte der Leib schon in der feierlichen Geste der Ehrenbezeigung. Ein junger Titan, dem Göttergeschlecht eines neuen Äons entsprossen, war den Fluten entstiegen; und kaum daß er die Erde betrat, noch ganz umrauscht von Klarheit und Kühle, war er bereit zu Wehr und Dienst. Der König hielt an. Er fragte sehr streng:

»Was hat der Soldat auf Wache zu tun, wenn der König vorüberkommt?«

»Das Gewehr zu präsentieren, Eure Majestät.«

Und das tat der Grenadier am See.

König Friedrich Wilhelm lächelte und verzieh.

Aber im Weiterreiten war das Lächeln längst dem Augenblick enthoben; und aus der Begegnung, durch die es erweckt war, erwuchs dem König die Fülle der Bilder.

Alle dunklen Sümpfe der Mark spiegelten und schimmerten ihm in der Sonne des hohen Sommers als klare, kühne, weite Seen. Und aus den Seen seines Landes stieg ihm das neue Geschlecht empor, machtvollen Leibes und fruchtbar, nahm vom Waldgrund helle Waffen auf und hielt sie, in dem heißen Lichte einem feurigen Schwerte gleichend, dem Herrn des Landes dienstbar und wehrhaft entgegen: lächelnde, junge Krieger und Zeuger, Erhalter des Lebens, herrliche Söhne, Brüder und Väter in einem.

Aus dem Lächeln und dem Bilde wuchs der neue Entschluß:

die Söhne seines Landes schon als Knaben für sein Heer zu erwählen. Die Stunde der Söldnermilizen hatte geschlagen.

In unermeßlicher Fülle stiegen die Söhne dem Vater aus den Seen seiner Wälder entgegen, griffen die Waffe und grüßten ihn und waren von den Sommerfluten überströmt, als sei eine Taufe geschehen.

An diesem Abend war Johannisnacht, und es war ein Abend von ungewöhnlicher Helligkeit; grünlichblau war der Himmel, zart und ohne Gewölk, obwohl in den späten Stunden des Tages ein heißer, heftiger Sturm dahingefegt war. Noch nach der Abendtafel schien die Sonne auf den Schreibtisch des Königs. Die Wipfel jenseits der Havel vor seinen Fenstern lagen noch völlig im Licht.

König Friedrich Wilhelm war diesmal nicht zur Tabagie gegangen. Von seinem Ausritt heimgekehrt, ging er sogleich an die Arbeit. Der neue Plan für die Armee war schon zu lebendig in ihm. Er entwarf, berechnete und schrieb nieder:

»Wer von Gott einen gesunden und starken Körper empfangen hat, der ist ohne alle Frage nach seiner natürlichen Geburt und des Höchsten Gottes eigener Ordnung und Befehl mit Gut und Blut schuldig und verpflichtet, zum Schutz des Vaterlandes einzutreten, sobald der Kriegsherr es befiehlt.«

Den Regimentern wurden Kantone für die Rekrutierung zugeteilt, möglichst jedem Junkeroffizier sein eigener Gutsbezirk, dessen Leute er kannte.

»Durch das Kantonssystem«, verhieß der Landesvater und Kriegsherr, »wird die Armee unsterblich gemacht, indem sie eine stets fließende Quelle erhält, aus der sie sich immer wieder zu erneuern vermag.«

Vom neunzehnten bis zum einundvierzigsten Jahr war die Mannschaft seines Landes nun der Aushebung unterworfen; er hob sie als Soldaten aus, aber er war zugleich gewillt, sie gerade dadurch zu echten Bürgern seines Reiches zu erziehen, indem sie nun alle zum ersten Male Landesdienst leisten lernten.

Aus den Bürgerhäusern, die er begründete, von den Bauernhöfen, die er anlegte, sollten ihm Preußens Krieger kommen; und von den Adelsschlössern, die er entschuldete, seine Offiziere.

Und nun wendete er sich in seiner Schrift an seinen Sohn: »Dann wird er den Vorteil haben, daß der ganze Adel von Jugend auf in seinem Dienst erzogen wird und keinen Herrn kennt als Gott und den König von Preußen. Wenn Ihr lauter Offiziere habt aus Euren Landes Kindern, so seid versichert, daß das eine beständige Armee ist und daß Ihr beständige, brave Offiziere an ihnen haben werdet. Heute hat das noch kein Potentat.«

Die Knaben seines Landes wollte er von frühe an als seine Rekruten, als seine tapferen kleinen Söhne bezeichnen. Ein rotes Tüchlein sollten sie, sobald sie nur in seine neuen Schulen kamen, um den Hals geschlungen tragen; und das würde heißen: Dazu kommt einmal der blaue Rock.

Wenn sie die achtzehn Jahre hatten, wollte er sie rufen zur Wehr-Pflicht, alle, die »von Gott einen gesunden und starken Körper empfingen«. Er würde sie bei seiner alten Mustertruppe durch seine besten Offiziere exerzieren, drei Monate im Jahr: April, Mai und Juni; der Junker als Offizier würde die Burschen seines Dorfes kommandieren. Als Soldaten ohne Fehl und Tadel wollte der König sie dann wieder heimsenden, ein Büschel am Hut, das als ein Nachweis galt: in den Garnisonen Seiner Majestät trägt jeder der Unsren den Helm.

Wo aber nur ein Sohn in Hof und Haus war, gehörte er dem leiblichen Vater mehr als ihm; und der Landesvater gab ihn von vornherein frei; frei auch alle Kolonistensöhne, bis ein neues preußisches Geschlecht aus ihren Kindern geworden war; frei endlich auch die Söhne des Pfarrerstandes. Um die Diener Gottes war ihm immer ein Geheimnis trotz all ihrer Menschlichkeit – trotz all ihrer Feindseligkeit gegen ihn selbst.

Der Manufakturist Friedrich Wilhelm von Hohenzollern würde wieder eifrig exportieren müssen, um Kost und Löhnung für das Heer der Landessöhne des Königs von Preußen aufzubringen.

Der Pächter Friedrich Wilhelm von Hohenzollern würde wieder eine gewaltige Leistungssteigerung aller seiner Ländereien durchsetzen müssen. Schon gab er den Auftrag, Vorwerke für die Anlage von Mustergütern aufzukaufen.

Durch Umlagen und Steuern das neue Beginnen zu finanzieren, davor hatte der Generaldirektor Preußens einen heftigen Abscheu. Denn Steuern empfand er als trügerische Einnahmen, weil das Land nicht dabei »florierte«. Wo aber Steuer unumgänglich war, Verbrauchsakzise auf alle Luxusartikel zum Beispiel, belegte er in allererster Linie den Hof des Königs von Preußen mit hohen Abgaben. Kein königlicher Wirtschaftswagen, der nicht am Tore halten mußte, um sich durchsuchen zu lassen.

Wieder setzte der Herr im Anfang seines neuen Werkes alle Schwierigkeiten, die entstehen konnten, groß und deutlich in die kühnen Pläne ein. Aber gelangen sie, so würde er als erster Landesherr eine allgemeine Wehr-Pflicht seines Volkes haben. »Heute hat das noch kein Potentat«, vermerkte er für den Sohn.

Mit einem hatte König Friedrich Wilhelm nicht gerechnet: mit einer Erleichterung und Bestätigung, die er niemals zu erhoffen wagte. Er war allein auf Widerstand gefaßt, denn er wußte: seine Korporale hatten keinen guten Ruf, und der Garnisonsdienst war hart.

Aber nun war es anders gekommen, und das Unerwartete geschah durch die Bauern. Seit er Frondienst, Leibeigenschaft und Prügelstrafe von ihnen zu nehmen und sie zu Herren und Erben ihrer Höfe zu machen suchte, war es, als könnten sie sich trotz aller strengen Kontrolle doch nur Gutes vom Bauernkönig versprechen, auch wenn er ihnen jetzt zum ersten Male nur als der Soldatenkönig entgegentrat. Es hob wohl ihren Stolz vor all den hohen Herren, daß sie, ihrer Knechtschaft entronnen, nun auch noch statt der armen Bauernzipfelmütze den hohen, blanken Helm der Grenadiere tragen sollten und daß sie statt zerrissener Kittel des Königs Rock anlegen durften wie die Junkersöhne. Und ihre Welt war nicht mehr nur das Dorf, in dem man vor dem nächsten Lehnsdienst gezittert hatte, sondern sie zogen in die neuen Städte des Königs hinaus und dienten ihm, dem Obersten, selber mit Junkern und einstigen Lehnsherren.

Der König war glücklich. Schon kehrten die ersten mit dem Büschel am Hut vom Wehrdienst in ihr altes Dorf zurück. Schon war die zweite Gruppe in Montur. Schon weigerten sich die Jungen mit dem roten Tüchlein um den Hals, sich von den Schulmeistern schlagen zu lassen; sie unterstünden allein ihrem König. So weit war der Stolz schon gediehen, und tatsächlich mußte der König mit einer öffentlichen Erklärung hervortreten, die gewisse Gepflogenheiten in den Schulen vorerst doch noch sanktionierte; denn ein sechsundsechzigjähriger Lehrer hatte sich von einem Offizier erbitten müssen, Soldat werden zu können, um wenigstens als Soldat die »Soldaten« verprügeln zu dürfen.

Sehr glücklich war der Herr; am glücklichsten in jener Stunde tiefer Ruhe, wenn er am Sonntagmorgen mit seiner Familie dem

Hofe und der Garnison in seiner neuen, lichten Kirche der Kanzel gegenüber saß und droben auf dem Chor die »Kinder der Seligkeit«, die Waisenknaben in den kleinen Soldatenröcken, sangen, die Grenadiere ihre Hände über ihrem abgenommenen Helm gefaltet hatten und auf den Kirchenbänken überall die Burschen Hüte mit dem bunten Büschel auf den Knien hielten. In solchen Stunden wollte er am liebsten alle um sich sehen, die mit seinem Lande gediehen. Wenn er aus der Kirche trat, so sollten alle da sein, denen es gut erging im Umkreis seiner neuen Stadt. Mit Pferd und Wagen sollten sie kommen, ihren Herrn zu grüßen und Umfahrt vor ihm zu halten: Umfahrt auf dem einstigen Sumpf, der nun zur schönen Königsstadt geworden war. Denn der Text der heutigen Predigt war gewesen: »Siehe, ich habe auch in diesem Stück dich angesehen, daß ich die Stadt nicht umkehre, von der du geredet hast.«

Die ersten Häuser auf dem zugeschütteten und pfahldurchrammten Grund des Faulen Sees hatte der König noch abreißen lassen müssen; und wie in einem schweren Gerichte, das über ihn verhängt war, blieb ihm auch nicht erspart, den Abbruch der fast vollendeten Soldatenkirche anzuordnen! Dreimal ganz von neuem hatte der Herr das Werk in Angriff genommen; die Kirche hielt vom zweitenmal an stand.

Aber nun gaben die jungen Bäume zweier breiter Alleen schon sanften Schatten. Reinlich, freundlich, festlich umrahmte ein Viereck von wohlhabenden Häusern mit edlen Giebeln und vornehmen Treppen und blanken Laternen die blühende Plantage; Obelisken mit den Emblemen und Insignien des Königs schmückten den Platz.

In den Kreisen von Monbijou und auch im Landadel, der des Lebens einer Residenz so lange entbehrte, nicht minder im so rasch emporgekommenen Bürgertum der Manufakturisten und Beamten, löste die Aufforderung des Königs zu sonntäglicher Auffahrt vor der Kirche und im neuen Stadtteil die höchsten Hoffnungen, Genugtuung und Beifall aus. Ah, endlich entsannen sich nun Majestät der Verpflichtungen eines Hofes; endlich sollte es in der neuen Residenz ein wenig gesellschaftliches Leben geben. So hatte es also seine Bedeutung, daß der Herr, nachdem er streng verbot, adlige Wappen an den Gutsgrenzen wie obrigkeitliche Insignien anzubringen, ausdrücklich wünschte, daß diese Wappen nun an Häusern, Brücken und Patronatskutschen zu finden wären. Dem Herrn war es das Zeichen eines Friedensschlusses gewesen.

Man war nun geradezu darauf bedacht, dem einsichtig gewordenen Herrn etwas wie eine Freude zu bereiten, und die Stoffe für die neuen Toiletten zu dem Korso – so nannte man die Auffahrt von vornherein – wurden überwiegend in den Königlichen Manufakturen bestellt. Der Adel hatte sich auch durchaus damit abgefunden, daß er die Anwesenheit der neuen bürgerlichen Stände würde dulden müssen. Gewiß, es war ein Schatten; aber Glanz blieb Glanz; zum ersten Male unter der Herrschaft dieses Königs brach er in Preußen an.

Die Auffahrt selbst überstieg dann alle Erwartungen. Der König hatte die kostbarsten Pferde des Marstalls und die besten Wagen seiner Remisen für Familie und Gefolge herausgegeben; die Grenadiere bildeten ein schimmerndes und blitzendes Spalier; die Völker Potsdams, jauchzend und in allen Sprachen rufend, drängten heran; Kinder liefen vor dem Korso her, grüne Zweige schwenkend und Lieder anstimmend, als sei er ein Festzug. Die Karosse der Königin gab die Richtung an. Es schien tatsächlich etwas wie ein Zeremoniell entworfen zu sein.

König Friedrich Wilhelm hatte vor dem Kirchportal seinen Schimmel bestiegen. Am Turme nahm die Fahrt ihren Anfang. Langsam rückten die offenen Kaleschen und die reichgezierten geschlossenen Kutschen um den Kirchplatz an, dann rollten sie die breite, neue Straße am schattigen Kanal entlang. Aus Hollands Backsteinhäusern winkten alle die, denen Pferd und Kutsche noch nicht zu Gebote standen. Auf den Treppen zu den Kähnen, selbst in den Wipfeln einiger alter Linden am Ufer, hockten kleine Jungen und große Burschen und hielten das dichte Laub mit allen Kräften auseinander. Vom Kanal her führte die Umfahrt um den neuen Wilhelmsplatz, über den vergessenen Grund des Faulen Sees, und wieder die Allee an dem Kanal zurück noch einmal am König vorüber. Der saß noch immer am Kirchtor zu Pferde und winkte und grüßte jeder Karosse und jeder Equipage, Kalesche und Kutsche zu. Der König hatte auch eine Feldmusik bestellt und nahm sich gar das Recht des Kaisers, zu den Trommeln und Pfeifen noch mit Trompeten blasen zu lassen. Man fand ganz allgemein, daß Rex auch liebenswürdig sein könne.

Dann freilich schlug die gute Meinung unverhältnismäßig

rasch um; denn bei der zweiten Runde schloß sich in straußenfe-derbedeckter Equipage, in überladener Kammerherrnrobe der Freiherr Präsident von Gundling an, schon am Morgen trunken – vom König geduldet, damit er aller Hoffart eine Warnung sei.

Und das Allerunbegreiflichste stellte sich jetzt erst heraus: bäuerliche Kastenwagen, Gemüsekarren und Leiterwagen mit schweren Ackergäulen davor, alle, denen es im Umkreis seiner neuen Stadt nur irgend gut ging, hatte der König zur Sonntags-auffahrt gerufen. Da ließ sich nun der Bauer und Gärtner und Kärrner nicht mehr vertreiben; da polterten nun die Karren der Landleute hinter den Staatskarossen all der Herren und Damen von Stand hinterdrein, und der Korso war diesen zum Fast-nachtszug entwürdigt. Ein großes Glück, daß Ihre Majestät an der Spitze des Zuges noch nichts davon erfuhr und begriff!

Kein Bauer, kein Fischer, kein Müller, der nicht vom König am Kirchtor gegrüßt worden wäre und das Lächeln des Königs sich nicht zugewandt wußte.

Nun kamen sie auch von den anderen Kirchen her, denn es war der Wunsch und das Gebet des Königs, daß Gott in Potsdam in allen Zungen und jedem Glauben der Erde zu der gleichen Stunde angebetet werde. Auch in den anderen Kirchen war die Feier des Sonntagsgottesdienstes vorüber. Der Dominikanerpa-ter, welcher für die katholischen Grenadiere des Königs Italie-nisch und Madjarisch, Französisch und Spanisch, Portugiesisch und Polnisch hatte lernen müssen, führte aus der neuen Kirche Marienkinder und Musketiere heran, die ihre Rosenkränze in den Händen hielten. Die französisch-reformierte Gemeinde der Refugiés und Hugenotten, würdig in ihren langen, dunklen Röcken, den schönen Pelzmützen und Hauben und reichen Spit-zenkragen, schritt gemessen einher; und jeder hatte noch die frommen und fleißigen Hände gefaltet. Der Pope, dem für die Moskowiter, dem Geschenk der Zarin Katharina an den Preu-ßenkönig, eine griechisch-orthodoxe Kapelle am Langen Stall erbaut worden war, wies mit Stolz auf seinen frommen Chor. Den hatte ihm der König erst ganz kürzlich aus Moskau bestellt. Die zwanzig türkischen Riesen des Herzogs von Kurland bete-ten und sangen indes noch in einem Saal, der nahe bei dem Gotteshause der Soldaten lag und dessen Fenster nach Osten hin offenstanden, ihr Allah il Allah! Denn der König hatte sie freundlich gefragt, ob ihnen nicht der preußische Sonntagmor-

gen für ihren osmanischen Freitag gelten könne; es liege ihm
sehr viel daran.

Das Geläut der Türme – an zwei Kirchen hingen die Glok-
ken noch in einem überkupferten Holzgerüst, weil die frisch
aufgeschüttete Erde die steinernen Türme noch nicht zu tragen vermochte – wollte nicht enden; und nun sang auch das
neue Glockenspiel der Soldatenkirche den Choral der vollen
Mittagsstunde. Der König hatte es getreu den geliebten Erinnerungen seiner holländischen Jugendreisen gießen lassen,
als sei der dunkle, ernste Ruf der schweren Glocken nicht
genug zu Gottes Lob in der Mark Brandenburg, als müsse auch
ein lichter, himmlischer Glockengesang über seine Völkerstadt
hinschweben.

Aller Augen waren auf das Glockenwerk im Turm gerichtet,
bis der übermäßige Widerschein der Sonne in der goldenen
Wetterfahne sie blendete. Ein Geflirr von Gold war um den
bronzenen Adler des Königs, der zu einer strahlenreichen Sonne
strebte, als frommes Hoheitsabzeichen des Königs von Preußen
auf dem Turme des Soldatengotteshauses. Bald sollten es auch
seine Regimenter, seine Ämter alle führen. Das Wort der Heiligen Schrift, das zu dem Hoheitszeichen gehörte, wußte nur
König Friedrich Wilhelm selbst; darüber hat er sich mit keinem
beredet: »Die auf den Herrn harren, kriegen neue Kraft, daß sie
auffahren mit Flügeln wie Adler.« Denn der stolze Sinnspruch,
den er vor der Welt ausgab, genügte ihm nicht. »Non soli cedit –
Er weicht der Sonne nicht.« Immer brauchte er das Wort des
Glaubens.

Auch war kein Städtegründer vor Gottes dunklen, alten Domen zu hellen, neuen Kirchen geflüchtet, so wie der Preußenkönig einst aus Brandenburg gewichen war. Und keiner wartete
wie er »auf eine Stadt, die einen Grund hat, deren Baumeister
und Schöpfer Gott ist«.

Alles war ihm Gleichnis und Verkündigung; auch die Umfahrt, die sie Korso nannten, war nur Zeugnis: »Es stehet herrlich
und prächtig vor Ihm und gehet gewaltig und fröhlich zu an
Seinem Ort. Bringet her dem Herrn, ihr Völker, bringet her dem
Herrn Ehre und Macht!«

Zum letztenmal für diesen Sonntagmorgen hatten die Karren
und Karossen den König umkreist. Nun hielt die Kalesche Ihrer
Majestät dicht vor ihm. Er trat an den Schlag und sprach einige

Worte mit ihr, er tat viel freundliche Fragen. Die Königin fand es sehr heiß.

Der Herr ging auch zum Wagen der Kinder, hob seinen Hulla heraus, küßte und streichelte ihn und setzte ihn als Reiter aufs vorderste Kutschpferd, was den zarten Kleinen etwas ängstlich machte.

Inzwischen war man allenthalben ausgestiegen. Kronprinz Friedrich, von der Mutter lächelnd beachtet, hielt im Schatten drüben Cercle mit den neuen Gesandten. Der Freiherr Präsident von Gundling, als prüfe er nochmals das Glockenspiel, sah blinzelnd zu der Kirchenwetterfahne auf, zu dem Adler, der sich in die Sonne aufschwang.

Einer der Fremden, wie sie zahlreich von Berlin herübergekommen waren, wies unauffällig auf den Kronprinzen, den er nicht kannte, und fragte den Freiherrn von Gundling, weil er ihm am nächsten stand, sehr leise, wer dies wohl sei.

»Die aufgehende Sonne des Brandenburgischen Hauses«, sagte Gundling, denn er blinzelte noch immer in all das glockenumsungene, goldene Flirren über dem Turm, auf den Adler und das reiche Strahlenbündel der Sonne. Und erst als der Fragende ihn höflich an seinen Irrtum gemahnte und bemerkte, er habe den jungen Herrn dort gemeint, den ernsten, schmalen, vornehmen Knaben, erklärte Gundling verbindlich, indem er seinen Staubmantel um Brust und Schultern drapierte wie für ein Pesnesches Gemälde:

»Ah, wer dies ist, mein Herr? Der Neffe des Königs von England!«

König Ragotins Schloß

Einem König hilft nicht seine große Macht;
ein Riese wird nicht errettet durch seine große Kraft.
Die Bibel

Der König hatte eine Stadt in Preußisch-Litauen Brandenburg genannt.

Der König taufte eine Stadt der Neumark Königsberg.

Auch solche Namensgebung war ein Bild; oder eine Brücke zwischen seinem Königreich Preußen vor den Grenzen des Heiligen Römischen Reiches Deutscher Nation und seiner reichsständischen Kurmark Brandenburg. Sie sollten alle, auch in solcher Namensgebung, schon die künftige Nation begreifen.

Potsdam gedachte der Herr, freilich nur manchmal und heimlich, nach sich selber Wilhelmsstadt zu nennen. Aber dann verwies er es sich immer wieder selbst; solcher Name könne seiner Stadt niemals von ihm, sondern nur durch die anderen Menschen verliehen werden.

Fragte nun aber ein Reisender, der vom Süden des Landes her auf die Hauptstadt zufuhr, aus dem Verschlag seiner Kutsche heraus den Bauern am Feldrain, welches Dorf dort an der Kiefernwaldung um das alte Schlößchen liege, so erhielt er die Antwort: »Königs Wusterhausen.«

Und das war ein neuer Name. Nur war sich niemand dessen bewußt.

Wunderlicher als der Herr auf Wusterhausen hat wohl nie ein König Hof gehalten. Ein Saal mit Pfeilern, die Geweihe und jagdliche Embleme trugen; eine Tabakstube, die zugleich als Speisezimmer der Familie diente; zwei Räume für die Königin; ein paar enge Kammern für die viel zu vielen Gäste; ein schmales Gelaß mit einem großen steinernen Waschtrog für ihn selbst genügten dem König. Da gab es keine Hallen, Emporen und breiten Aufgänge; Turm und Wendeltreppe und im Nebenbau eine große Küche – das war alles. Höchstens waren noch die sauberen, langgestreckten Häuser für die siebzehn Pikeure, Leibjäger, Büchsenspanner und Jägerburschen des Königs neben den Ställen der Bären, Adler, Pferde und Hunde nennenswert.

Aber nun war doch immerhin bei dem Jagdschloß und dem Dorf, bei den Bärenzwingern und Adlerkäfigen des Königs, nahe an der Brücke zum Schloß eine von den neuen Kirchen des Königs erstanden. Und wie hier und in den Garnisonskirchen zu Potsdam und Berlin der Gottesdienst gehalten wurde, so sollte er im ganzen Lande sein. Vornehmlich in der Wusterhausener Kirche aber ließ sich der Herr um die Jagdzeit Probepredigten von Kandidaten halten.

Nun war wieder Jagdzeit, und auf Wusterhausen drängten sich die Offiziere und Minister und Gesandten, wimmelte es von allem, was jagdfroh war oder vor dem König doch so scheinen wollte; die vielen Räte aber waren da, in den Pausen weidmännischen Lebens mit König Friedrich Wilhelm zu arbeiten. Die Herren aus dem Ausland, die erstmalig auf dem Jagdkastell Herrn Friedrich Wilhelms weilten, befremdete es sehr, als die mit dem preußischen Hofe Vertrauteren sie darauf aufmerksam machten, daß demnächst die Pastoren auf das Jagdschloß kommen würden, alles sich dann nur noch um die Pastoren drehe und auch der an Rang und Würden am höchsten gestellte Gast dieses Schlosses alle nur erdenkliche Rücksicht auf die Pastoren nehmen müsse. Selbst Minister suchten oft Fürsprache durch Geistliche. Und auf allen seinen Reisen richte der Herr es so ein, daß er vom Sonnabend zum Sonntag in einem Pfarrhaus nächtigen könne.

Meist lächelten die Fremden ungläubig. Man hatte wohl von großen Kardinälen im alten London und Paris genug erfahren – aber ein lutherischer Hungerpastor bei Hofe?!

Es kam nun doch nur ein Pastor aus Halle, ein Herr Johann Anastasius Freylinghausen, des verstorbenen großen August Hermann Francke Schwiegersohn. Beide waren sie nicht abkömmlich, die Verwalter der Franckeschen Stiftungen, die Regenten des geistlichen Jugendstaates; des Professors Francke Sohn konnte erst in vierzehn Tagen folgen. Pastor Freylinghausen hatte nur noch einen kleinen Kandidaten bei sich; der bewachte ihm die Bücherstöße auf dem Wagensitz.

König Friedrich Wilhelm war um die Zeit der Ankunft des Hallenser Gastes vom ersten Jagen heimgekehrt, schon gegen halb zwölf Uhr des Mittags. Er saß mit den Generalen auf den

Bänken unter den Linden im Schloßhof. Der Kastellan hatte Anweisung, den Hallenser geistlichen Herrn sofort zum König zu führen. Lebhaft ging der König auf ihn zu, nahm den Hut ab, geleitete ihn zur Bank, setzte sich und klopfte ein paarmal mit der flachen Hand auf die Bank. Der Pastor nahm das nun als einen Wink, neben dem König Platz zu nehmen. Die Generale gaben ihm erschreckte Zeichen. Es war mit dem Chef nicht so leicht. Ganz bestimmte Formen, ja recht deutliche Distanzen wollte er gewahrt sehen, auch wenn auf jedes Zeremoniell von ihm verzichtet wurde. Die Generale zwinkerten dem Pastor zu, er solle sich zu ihnen auf die Bank, dem König gegenüber, setzen. In Preußen suchten sich die Generale neuerdings mit den Pastoren gut zu stellen. Selbst der Küchenmeister auf Wusterhausen gedachte sich fromme Küchenjungen vom Pastor Freylinghausen vermitteln zu lassen.

Alles, aber auch alles wollte der König von dem Pastor wissen. Seine Lebhaftigkeit, namentlich sobald er fragte, war ungeheuer. Er kalkulierte sofort und ziemlich richtig den Etat der Franckeschen Stiftungen. Er ließ sich beraten, wie man die wöchentliche Ausgabe frischer Wäsche und Kleidung an die Waisenkinder, ein Novum, pünktlich und gleichmäßig durchzuführen vermöchte. Er wünschte, sobald der Gast sein Gepäck geordnet haben würde, die neuen Gesangbuchausgaben zu sehen, ob er sie wohl für die Armee verwenden könne. Zweimal mußte man den Herrn darauf aufmerksam machen, daß im Zelte schon serviert worden sei. Wo Gelegenheit und Witterung es nur erlaubten, wollte der König im Freien speisen. Türkische Tücher, zwischen den Ästen zweier alter Linden aufgespannt, wehrten der Sonnenglut. Das reine, glatte Leinen der Tafel atmete Kühle. Der schmale, lange, dichtbesetzte Tisch war ländlich gedeckt, mit Zinngeschirr und Krügen.

Der Platz der Königin erstrahlte wieder von Silber. Frau Sophie Dorothea, ganz entzückend liebenswürdig gestimmt, bat den Geistlichen an ihre Seite. Sie war von ihren Kindern umgeben. Sie sprach sogleich von religiöser Erziehung. Denn die Königinschwester von England, wie Gundling Frau Sophie Dorothea nannte, verhielt sich selbstverständlich gemäß der Religionspolitik des welfischen Hauses und trat somit als imposante Beschützerin des Protestantismus auf. Und damit schien sie noch immer einen tiefen Eindruck auf den Gatten zu machen. Es war vielleicht die letzte Täuschung, die sie ihm gewährte. Der Rest eines ehelichen Glücks lag allein noch in diesem einen Irrtum, dem verhängnisvollsten, beschlossen.

Der Hallenser Pastor hatte vor der großen Fürstin nicht die Sicherheit eines Roloff; der stand unter all seinen Amtsbrüdern wohl einzig da; aber Freylinghausen vergab sich doch nichts. Etwas von der weltgewandten Art des alten Francke hatte sich auch den Erben mitgeteilt.

Auch ein holländischer Schiffskapitän war zu Gaste. Prinz August Wilhelm sprach das Tischgebet. Ein Vorgericht aus Fisch und jungen Erbsen wurde aufgetragen. Der König erklärte, wenn er keine Vorkost äße, so wäre ihm, als hätte er nicht recht gegessen. Das Gespräch nahm eine überaus sanguinische Richtung; von der Königin wurde es mit Eifer ausgesponnen. Die feine Zunge des Gatten nämlich war das einzige, was sie an ihm bewunderte; hierin paradierte sie sehr gern mit ihm; einmal war er ohne Frage allen überlegen! Bei Reb- und Haselhühnern vermochte der König sogar genau die Herkunft anzugeben, ob sie in der Mark, in Litauen, in Pommern oder im Clevesschen geschossen wurden. Da gab es viele Wetten mit Grumbkow, dem berühmtesten Gourmet am Hofe. Ein Bruch mit allem Feinschmeckerbrauch lag beim Herrn nur in der brüsken Ablehnung alles Hautgouts beim Wild vor. Da empörte sich sein Sauberkeitsgefühl; seine Neigung für das Frische, Klare trat hervor. Als etwas barbarisch galt auch seine Vorliebe für rohes Obst.

Der Kronprinz bediente die ganze Tafel mit Vorschneiden; dies schien etwas zu sein, das ein künftiger König lernen mußte. Der Kronprinz war dabei ganz still und redete kein einziges Wort; er gedachte strikt die Rangordnung zu wahren und dem Pastor und dem Schiffskapitän zuletzt vorzulegen. Aber der König winkte ihm, daß er dem Gast aus Halle sogleich etwas reichen solle; es geschah auch sofort.

Der arme Pastor Freylinghausen hatte vor regem Befragtwerden nicht viel Zeit, zu essen. Unter anderem fing der König an: »Stille, ihr Herren!« – abends vermerkte der Pastor im Tagebuch: »ohnerachtet niemand redete« – und stieß die Königin, die ihm schon lange wegen der Gründung eines Theaters in Ohren lag, heimlich an, indes er sagte: »Nun, Herr Freylinghausen, Er soll uns sagen, ob's recht sei, in Komödien zu gehen –« Worauf eine große Stille war. Und wer den König auch nur einigermaßen kannte, wußte: jeden Tag jetzt, wenn er von der Jagd zur Tafel kommt, wird König Friedrich Wilhelm eine solche Frage an den fremden Pastor tun. Ob es Sünde ist, zu jagen? Ob es Sünde ist, zu rauchen und zu trinken? Ob der lebendige Gott auch den Soldatenstand segnet, in dem es doch schließlich und immer wieder zum Vergießen von Menschenblut kommt? Ob ein Herrscher denn überhaupt selig werden kann? Ob nicht Sünden fürstlicher Personen von Tausenden von Menschen nachgeahmt und mißbraucht werden, so daß ein großer Herr niemals sündigt, ohne sündigen zu machen und also ein Lehrer der Sünde wird? Ob Verwerfung und Erwählung ist ohne alles menschliche Zutun und als freier Ratschluß Gottes?

Dann aber, wenn die eine Frage ausgesprochen wäre, die Frage nach Verwerfung und Erwählung, würde der Pastor noch so viele Tage an dem langen Tisch im Gartenzelt erscheinen müssen, bis König Friedrich Wilhelm fast gar nichts mehr redete, auch nicht mehr jagte, sondern nach der Tafel rasch sein Pferd bestellte und schweigend durch die Stoppelfelder ritt, dem Pagen und dem Reitknecht weit voran – viele Stunden ritt, »um zu Gotte zu beten«.

Ob es Sünde ist, zu jagen –?

Der Pastor wurde von dem Hifthornschall im Hof geweckt.

Der sich am ersten vor der Turmtreppe zeigte, war König Friedrich Wilhelm selbst, ohne Orden und Band, im grünen Rock, den Hirschfänger am Gürtel. Der König, so zeitig es noch war, mußte schon lange aufgestanden sein; seit drei Uhr hatte er am Schreibtisch gearbeitet, danach den Rundgang durch die Wirtschaftsgebäude, die Ställe, die Küche gehalten und sich bereits zum zweitenmal gewaschen. Aber so blank auch sein Gesicht gerieben war – an der Frische dieses vierzigjährigen Mannes kamen einem Zweifel. Zu dunkle Schatten setzten sich um seine Augen ab, das runde, volle Gesicht wirkte durch die tiefen Falten, die seltsam rasch auftraten und sich erst sehr allmählich wieder glätteten, beinahe verfallen. Keine Behendigkeit, keine Lebhaftigkeit, keine Straffheit der Haltung, keine Munterkeit des Tones täuschten darüber hinweg. Vor allem aber machte die Art seines Betens zu viel Scheu und Ernst und Bangigkeit offenbar.

Denn er betete auch am Morgen der Parforcejagd auf dem Hofe seines Jagdschlosses, indes die Adler vom Zaren ihre Kugeln an den Ketten über die Steinpflasterung schleppten und die Bären in den Winkeln bei den Ställen tappten und schnappten. Er betete, kaum daß die Jagdgäste und seine Pikeure und Leibjäger ihn mit Gruß und Gegengruß umscharten; er sprach das Vaterunser vor; er stimmte den Morgenchoral an. Und es war seltsam, wie hell und voll er sang, er, der doch leise, heiser, schnarrend sprach; halb hochmütig, halb scheu. Nun, als der König aufsaß und vom Pferde herab sprach, war wieder nur das Herrische, ein wenig Näselnde in seiner Stimme. Und gar nichts als die Meute an den Riemen schien ihn etwas anzugehen. Die Pikeure in ihren roten Röcken, grünen Westen und gelben Lederhosen mußten jeder einzeln seine Koppel vor ihn führen. Der König tadelte: »Der kleine Paron haseliert wie sein Papa.« Jeden seiner hundert Hunde kannte er mit Namen, Herkunft, Vorzug, Unart. Über Verfilgo, Pimpone, Petro, Presson, Petz, die Lieblinge, wurden ganze Korrespondenzen mit dem Fürsten von Anhalt-Dessau geführt; als Hundezüchter war ihm der Dessauer überlegen; wie hätte König Friedrich Wilhelm sich nicht von ihm raten lassen. – Grognonne, die Bärin, konnte es nicht leiden, wenn Pimpone und Petro, die liebsten unter den Lieblingen, den Herrn so unbändig umkläfften. Eifersüchtig und bedrohlich wiegte sie heran, und der Herr auf seinem Schimmel mußte sie zärtlich mit der Reitgerte im zottigen Nackenfell krauen. Das war meist der Abschied. Dann faßte König Friedrich Wilhelm seine Zügel kurz, die Waldhornisten setzten das Horn an, und die Herren stoben davon, über die Brücke, durchs Dorf, an den Stoppelfeldern entlang auf den Wald zu. Es war auch heute noch ein prächtiger Anblick, obwohl der König die Kosten einer Jagd schon bei Regierungsantritt von zweihundert Talern auf sechs Taler herabgesetzt hatte.

Noch immer glaubten Jagdherr und Jäger von Wusterhausen, nun endlich diesen Herbst den Großen Hans, den wunderhaften weißen Hirsch, den herrlichen, kühnen, noch vor dem Hubertustag zu erlegen. Nicht alle ritten gleich vom Schloßhof aus; denn unter den Gästen befanden sich auch ein paar alte Generale, mit denen es seit den großen Kriegen nicht mehr recht werden wollte; für die hielt Majestät die offenen, leichten »Wurstwagen«. Meilenweit ließ er sie bis zum Rendezvousplatz bringen; dort erst bestiegen sie die Pferde, was sie sich in keinem Falle rauben lassen wollten.

Im letzten dieser kleinen Jagdwagen befand sich bei den alten Herren auch der Kronprinz. Erst hatte er sich wegen leichter Krankheit ganz für die heutige Hatz entschuldigen lassen; dann, als der Vater ihn kurz nach sechs Uhr nochmals fragen ließ, erklärte er sich bereit, wenigstens doch mit hinauszufahren. Die Unruhe der alten Herren, den Reitern nur nicht gar zu langsam nachzukommen, teilte die junge Hoheit nicht. Königliche Hoheit beteiligten sich überhaupt nicht am Gespräch; und schwellender Hörnerklang, nahendes Rüdengebell belebten den überschlanken Prinzen nur wenig. Wie es gehen würde, wußte er im voraus. Sechs Stunden kam man nicht aus Wald und Sumpf, bis dem Vater endlich der Bruch auf silbernem Tablett gereicht wurde. Allein im Walde kannte er ja ein Zeremoniell. Heute Parforcejagd, übermorgen Parforcejagd, am nächsten Tage wieder Parforcejagd! verlangte dieses Zeremoniell; und die Parforcejagd war das einzige, was an diesem Hofe von Frankreich übernommen wurde. Dann waren aber jedesmal auch noch stundenlang die Reden des Königs »über die gesunde Motion und was für eine Erfrischung die ganze Natur dabei empfinde« zu ertragen. Nur sonderbar, wieso Papa dann meist so erschöpft von der Jagd kam, daß er sich legen mußte und erst am Abend wieder in der Tabagie erschien, durch neuen Anzug, neues Waschen und Frisieren weidmännische Frische vortäuschend –.

Den Prinzen, wie er da im Jagdwagen dahinfuhr, schauerte vor übergangener Müdigkeit, vor den kühlen Nebeln des Septembermorgens und dem Stumpfsinn seiner Begleiter. Kaum daß er mit im Jagen war, suchte er sich zu entfernen, blieb zurück und trachtete danach, ein Gebüsch zwischen sich und die Pikeure des Vaters zu bringen. Und als die Sonne hoch am Waldrand stand und aller Nebel nur noch Tau im Farnkraut war, hielt er allein entzückte Rast. Das Gebell der Hunde war unendlich fern; die Rufe der Jäger waren nicht mehr vernehmbar; der Waldhornklang verhallte nur als zartes Echo. Ein herber Duft stieg aus den Moosen auf, die sich der Sonne zu öffnen begannen. Unablässig wuchs das warme, sanfte Licht im Wald. Und was sich die spähenden Jäger vergeblich ersehnten, das wurde dem fliehenden Prinzen zuteil: herrlich, leicht und ruhevoll schritt der weiße Hirsch an ihm vorüber; aus der Tiefe dunkler Kiefernwälder trat er in die Lichtung, mächtig und leuchtend, die braunen, glänzenden Augen voller Milde. Da lehnte der Prinz unhörbar leise die

Flinte an die Birke vor ihm und zog seine Flöte aus dem Jagdrock. Er war nicht mehr der Knabe, der einmal sprach: »Trommeln ist mir nützlicher!« Duhan, der Hugenotte, hatte ihn die Worte eines kleinen französischen Verses gelehrt, die Flöte sei im Anfang allen Musizierens gewesen und halb sei sie noch wie Gesang. Der Atem der Seele lebe in der Flöte. Der Mund sei an das Holz eines edlen Baumes gedrückt, und aus dem Hauch und Kuß erklinge noch einmal aller Vogelgesang, der einst in seinen Wipfeln erscholl.

Am Anfang aller Kriegsmusik war die Trommel, rufend zur Eroberung der Erde; am Anfang aller Festmusik die Flöte, lockend zur Verklärung der Welt. So sagte der Vers. Der Prinz setzte die Flöte zu hellem Hirtenliede an die Lippen: zum Lobgesang an Pan, zur Hymne an Diana. Und alle Götter des Olympes und der sieben heiligen Hügel Roms begannen ihr herbstliches Fest in den Wäldern der Mark.

»Dir war der Weiße Hans beschieden, und du hast es verpaßt.« Der Vater hatte Friedrich gefunden. Er sagte es erstaunt und enttäuscht. Und auf einmal riß er ihm die Flöte zornig weg; was die wohl solle auf der Jagd; ob dies das Londoner Jagdzeremoniell sei; und außerdem habe er nun ihnen allen mit seinem verdammten Gepfeife den Weißen Hans verscheucht.

Der Hirsch, getrieben und gehetzt und gereizt, fiel an der Schneise einen Metzger, der zum Dorfe ging, gefährlich an. Der Metzger stach ihn mit dem Fleischermesser ab. Darin sahen alle ein sehr schlimmes Zeichen – und dies noch mehr als eine Schande – und kehrten recht verärgert von der Jagd zurück. Der König schien sogar bedrückt.

An diesem Spätnachmittag kam noch sehr viel Sammelpost aus Berlin. Die Ramen und Ewersmann liefen auf dem Flur vor den Zimmern des Königspaares nur so hin und her. Die Königin hatte ganz entzückende Briefe aus England. Wo sie des Gatten nur ansichtig wurde, stürzte sie, die Billetts in der leicht erhobenen Rechten, auf ihn zu. Er bat um Vertagung der Lektüre; und etwas verstimmt, etwas geistesabwesend, aber in seinen Worten nicht unfreundlich, ersuchte er die Gattin, ihn vorerst mit dem soeben eingetroffenen Arbeitsmaterial allein zu lassen. Sophie Dorothea nahm es diesmal spöttisch auf; wenn seine Manufakturaufträge und Zollrollen wirklich wichtiger waren als ihre hochpolitischen Manifeste ... Etwas Ähnliches sagte sie ihm sogar. Er blickte fast ein wenig müde zu ihr hin, nahm ihr die Briefe ab und überflog sie: gespreizte, bombastische, inhaltlose Episteln der hinterbliebenen Mätressen des Herrn Schwiegervaters über die Stimmung am Londoner Hofe in Sachen der preußischen Heirat; Zettel, wie er sie nun schon zum zehntenmal vor Augen bekam. Nein, so entschied es sich nicht, ob über das kranke Europa der müde Traum der österreichisch-spanischen Universalmonarchie noch einmal kommen sollte oder eine neue Zeit sich ankündigte, in welcher »der gute Kampf der Reformation« sich unkriegerisch und herrlich vollendete, indem die alte Weltmacht Englands aufs friedlichste sich verband mit den nördlichsten Fürsten des Reichs, das Reich zu erretten, als es am schwersten bedroht war!

Längst war der König an den politischen Fähigkeiten der Gattin irre geworden. Ihre eigentümliche Neigung zum Mittelbaren, Vieldeutigen, Ungreifbaren schien ihm mehr und mehr hervorzutreten. Aber gerade dies Ungreifbare, Doppelsinnige, Nebensächliche hielt die Königin für die einzig echte Diplomatie, durch die sie die plumpe Geradheit des Gatten einigermaßen auszugleichen imstande war. Ihren Sohn hatte sie davon völlig überzeugt.

»Beenden Sie lieber Ihre gegenwärtige Handarbeit, statt daß Sie solchen Flikflak einer Antwort würdigen!«

Derart schroff hatte König Friedrich Wilhelm noch nie mit seiner Frau gesprochen. Brüsk verließ sie sein Zimmer und beriet sich sofort mit ihren beiden großen Kindern, was nun zu geschehen habe, um den für ganz Europa so bedeutsamen Moment über der Kurzsichtigkeit und Engstirnigkeit ihres Gatten und Vaters nicht zu versäumen.

Der König griff sofort zu den eigenen Briefschaften. Dies hier, dies war eine Bestätigung, daß alle englischen Pläne bald zum Scheitern kommen würden, so blühend und sinnvoll sie schienen. Als Landwirt war er nun ein armer Mann geworden. Man würde sich nicht mehr um seine wachsende Armee bewerben, denn nun würde er wohl noch zum Schuldenmacher werden.

Ach, daß die Könige wie die Bauern mit ihrem ganzen Glück und Wohl von Hagelschlag, Dürre und Wolkenbruch so hilflos abhängig waren!

Ach, unheilvolles Jahr, in dem die Kastanien und Apfelbäume zur Frucht noch einmal Blüten tragen mußten: herrliches Bild und entsetzliche Wirrnis in einem! Droben im Osten aber waren gar vom Winter an die Jahreszeiten in Aufruhr! Und seine Kolonisten hatten mit der fremden Erde keine Geduld, sie gingen mit seinen Unterstützungsgeldern davon, verkauften, was er ihnen schenkte, und all seine Gründungen blieben sinnloses Stückwerk. Die Nachrichten waren furchtbar. Er mußte hinauf, ganz gegen den festen Dreijahresplan seiner Reisen; in diesem Jahre mußte er noch einmal hinauf nach dem Osten! Fürs erste aber hieß es morgen nach Berlin zu gehen, eine geheime Sitzung des Generaldirektoriums einzuberufen.

Er gab bei weitem noch nicht den vollen Einblick in alles, was er schon wußte; er suchte sich vorerst nur die hervorragendsten Sachkenner als Begleiter aus; und den anderen, die indes in Berlin die Geschäfte zu führen hatten, befahl er ruhig und strikt, indem er es unter dem Eindruck dieser schweren Stunde bereits grundsätzlich festlegte: »Wenn Kalamitäten im Lande sind wie zum Exempel dieses Jahr in Preußen, soll solches cachiert werden. Es soll zwar Seiner Majestät jederzeit die reine Wahrheit berichtet werden, aber in der Stadt und sonst in der Welt soll es jederzeit gering gemacht und gesagt werden, daß es Bagatelle; daß alles schon redressieret; solches macht nichts und tut Seiner Königlichen Majestät nichts; dieselbe haben Geld Millionen; und sollen die Sachen niemals schlimm, sondern allemal groß und nichts gefährlich gemacht werden.«

Aber die Sachen standen schlimm, und die Lage war gefährlich; doch was ihn am tiefsten bewegte, besprach der Herr viel weniger mit seinen Ministern in Berlin als mit seinem Gast auf Wusterhausen, dem Pastor.

Wie er es besonders liebte, hatte er sich mit seinem Gesprächspartner in eine tiefe Fensternische des Hirschsaals allein zurückgezogen; die Ecksitze der Pfeiler schienen zum Gespräch auch einzuladen. Bei der Unterredung blickte König Friedrich Wilhelm bald hinaus, bald faßte er sein Gegenüber prüfend und fragend ins Auge. Die Eindringlichkeit seines Sinnens, Redens und Hörens war manchem schon ungeheuerlich erschienen.

Vor dem Fenster blühten hohe Sonnenblumen. Auf den Bauernhäusern jenseits des Grabens und über den Lindenwipfeln lag noch die dunstige Sonne des späten Nachmittags; unter den Bäumen aber war schon frühe Dämmerung und Kühle. Die Fenster waren weit geöffnet, und der König schien hinaus ins

Freie zu sprechen. Er wollte, Freylinghausen möge auch noch nach Berlin fahren, um die beiden Kinder zu sehen, die sich vorerst nicht mit auf Wusterhausen befanden, die kleine, übermütige Sanssouci, Philippine Charlotte, und seine brave, vernünftige, ernste Sophie Dorothea Maria. Der König fragte auch sehr angelegentlich nach den Pastorenkindern. Aber das spürte der Geistliche deutlich: im Augenblicke trug der Herr zu schwere Sorge um das Geschick der Königskinder, als daß er völlig Anteil nehmen konnte an dem Leben, Wohl und Wehe fremder Kleiner. Denn es könnte sein, sprach der König, daß ein hartes Schicksal seine Kinder ereile, dem sie nicht gewachsen seien, weil er sie nicht recht erzogen habe; weil Gouverneure und Gouvernanten seine Stelle verträten und endlich einem König seine Kinder immer ferne blieben. Gewiß, man mühe sich mit ihnen in Instruktion, Examen und Erzieherwahl; man suche sie auch nach Möglichkeit wenigstens einmal des Tages zur Tafel um seinen Tisch zu versammeln. Aber die vornehmsten Pflichten eines Hausvaters blieben von einem König unerfüllt; und es sei in nichts ersichtlich und in gar nichts habe man es in der Hand, ob die Kinder nun auch Gottes Kinder würden oder zu Kindern des Teufels mißrieten. Auf das Bürschlein Hulla setze er nun freilich viel. Aber für manche seiner Kinder verwette er nichts mehr.

Manche seiner Kinder, sagte König Friedrich Wilhelm. Und dann ließ er den Kronprinzen rufen; den Kronprinzen, die Erzieher, die Generale. Etwas für alle Beteiligten Seltsames geschah; auch für den Pastor war es peinlich: er sollte den Kronprinzen von Preußen examinieren, ob ihn der Glaube recht gelehrt worden sei. Freylinghausen, der das Leibeswohl und Seelenheil zweitausend junger Menschen betreute, schien dem König der Berufene dafür zu sein.

Sie lenkten alle ab: die Generale, der Pastor. Kronprinz Friedrich wurde totenblaß. Der König blieb fest. Auf die ersten Fragen schwieg der Prinz. Dann aber begann er plötzlich sehr lebhaft zu reden, die heiligen Worte in ihrem geheimnisvollen Widerspiel wie advokatische Spitzfindigkeiten drehend und wendend, aber niemals als der Christusleugner greifbar. Der Vater aber wußte genug. Er nickte vor sich hin. Dies war die Bestätigung.

Während der Glaubensprüfung aber hielt der Herr ein Neues Testament in Händen. Das hatte er noch vom alten Professor

Francke selbst bekommen und wollte es brauchen, solange er lebte; darin war sehr viel unterstrichen.

Ein Neues Testament befand sich in der Bibliothek des Sohnes nicht.

Tags zuvor, in Berlin, hatten sie dem König nach der geheimen, bitter ernsten Sitzung des Generaldirektoriums die heimliche Bibliothek seines Sohnes gezeigt. Ein Generalfiskal, einer der Späher, war zum König gekommen, ihm zu melden, daß an einer Stelle der Hofhaltung ein erheblicher Aufwand getrieben werde, ohne daß Deckung im Etat vorhanden oder der Posten auch nur vorgesehen sei. Der Generalfiskal kam vom Präsidenten der Generalrechenkammer. Creutz war es von der Ramen zugesteckt. Die Ramen aber wußte alles, aber auch alles von der Königin selbst.

So kannte nun also der König die Bücher des Sohnes. So wußte nun also der König, daß der Kronprinz Schulden machte. So hatte nun der Vater einen Blick in jene fremde Welt getan, in der Preußen und die Mark Brandenburg nur klägliche Sandwüsten und Kieferngehölze waren und ihre Domänen, Amtshäuser, Kasernen und Kirchen nicht verzeichnet wurden.

Er bemühte weder Schiedsrichter noch Kassenbeamten; er holte auch nicht einmal Friedrichs Gouverneure. Er ließ den Sohn nur mit dem Pastor diskutieren. Darin allein offenbarte sich dem König alles. Aber wie der König da auf den Pastor sah und horchte, spürte Gundling, daß der Herr die fromme Antwort und glaubensgewisse Erläuterung nicht für den Sohn, sondern am meisten für sich selbst begehrte –.

Er hatte die Hände in die Seiten gestemmt, blickte den Geistlichen beständig an, war ungemein aufmerksam und still. Und als der Pastor seine Reden endete, saß der Herr noch immer sinnend da.

Alle verließen den Hirschsaal recht betreten. Welches Ungeschick von Majestät! Der König folgte erst allmählich nach. Von dem Sohne sagte er gar nichts. Im Gange draußen faßte er den Prediger am Ärmel. »Weil übermorgen Sonntag ist – Er wird mir doch auch unvorbereitet predigen? Es wird die letzte Predigt sein vor einer unerwarteten und schweren Reise, Herr Freylinghausen. Mit der neuen Woche muß ich fort. Mein Land erregt mir Leid und Grauen.«

Der Pastor sagte ehrerbietig zu. Dem König schien es nicht

genug; er setzte noch zu neuer Frage an. Aber als sie ausgesprochen war, stockte er und erschrak.

Die Frage war: »Glaubt Er –, daß ich selber predigen könnte?«

Dann stammelte er etwas davon, daß Könige zu predigen wissen müßten; denn ihre Taten seien nichts. Gott streiche sie durch; und eben dies, dies müßten Könige bekennen. Und als beginne er nun solche Königspredigt, sprach er wieder die Worte der Schrift wie die eigenen Gedanken des bedrängten Augenblickes aus: »Herr, du hast mich überredet, und ich habe mich überreden lassen; du bist mir zu stark gewesen und hast gewonnen; aber ich bin darüber zum Spott geworden täglich, und jedermann verlacht mich.«

Als der Fürst von Anhalt-Dessau den ersten Satz im ersten Schreiben von der Reise seines königlichen Freundes las, wußte er, daß so nur ein Hilferuf anhob: »Euer Liebden sein so ein kluger und Penetranter herr als einer mit in Europa...«

Drei und vier und endlich sieben Briefe kamen von der Reise. Aber niemand als der Dessauer erhielt ein Schreiben. Er, der Gutsherr von Bubainen und Norkütten, wußte als einziger, daß diese Königsfahrt ein Kreuzesweg durch nicht endenwollende Stationen des Leides wurde: durch Brand und Dürre, Wolkenbrüche und Sturmflut, vernichtete Ernten, sterbende Herden, Aufruhr, Widerspenstigkeit, Raub und Verzweiflung. Ach, für Elenjagden und Kampfspiele zwischen Wisenten und Bären, die sie sich beide droben im Osten erhofften, war keine Zeit und kein Recht mehr. »Mehr Wölfe als Schafe«, schrieb der König vom Ostland. Am bedrückendsten aber schien dem Fürsten, daß seinen königlichen Freund das einzelne schon nicht mehr berührte. –

»Budopöhnen ist abgebrannt – die haushaltung ist sehr schlegt – aber ich frage nits mehr danach – wen dieses jahr vorbey ist höre auf zu wirdtschaften –«, so las der Fürst im Briefe des Königs, »in die vierzehn Jahre nits gemacht zu haben und alle meine Mühe, Sorge, Fleiß, Geld, alles umsonst – itzo das Geld und Zeit verspillert und ins Meer geworfen, gehet mir nahe. Wenn die vierzehn Jahre wieder hätte, à la bonheur, aber die sein fort, ohne was zu tun. Wenn ich es veroperiert und Redouten, Komödien gemacht hätte, so wüßte noch wovor, aber ich habe nits als chagrin, Sorgen gehat, das Geld auszugeben, ergo ich mich sehr prostituieret habe vor die Welt und ich vor fremde

Leute nit gerne höre von Preußen sprechen, denn ich mich schäme.

Gott hat mir bewahret, sonste hette ich müssen nerisch werden vor simf und mockerie vor die ganze Welt – mit Gottes hülfe so werde mir doch wieder herraußen helfen das die Machien nit übern hauffen gehe – aber adieu verbessern das bißgen was ich zu lehben habe will in stille lehben und von die weldtl sachen nur so wenig meliren als mein schuldigkeit und ehre es leiden wierdt. Lottum trinkt vor Kummer und Sorgen und beseuffet sich teglich den chagrin sich zu Passier. da bewahre Gott mir davor.

anfein es ist als wen gott nit haben wolte, das das arme Landt in flohr komen solte, wen ich die wasserfluhte selber nit gesehen ich es nit geglaubet hatte den ich meine dage nit so wahs gesehen. dieses wetter ist die leze öllung vor Preußen.

ich bin meine Preußische haushaltung mühde ich kriege nichts an contrer erschoppe mich und mein übrige lenter mit menschen und geldt.

dieses nun Baldt aufhöhren oder mei Bankeruht ist da.

es ist da alles so desperat und miserable das ich nicht weis ander zu sagen als das Gott ein fluch über das landt gesicket habe.

Will Gott nit – ich meretiere es nit besser – ich gehe in mich, denn ich habe große Ursache dazu.«

Er glaubte, der König von Preußen habe den Kurfürsten von Brandenburg vernichtet. Und er wußte: alle Könige Europas und alle Kurfürsten des Heiligen Römischen Reiches Deutscher Nation würden von nun an Sorge dafür tragen, daß der König von Preußen und der Kurfürst von Brandenburg auf immer Widersacher blieben. Nun war der Herr ein Bettelkönig. Der Hunger war im Land.

Da entschloß er sich zur ersten Lüge, den furchtbaren Zwiespalt, der in ihm vollzogen war, zu verbergen –. Er warb von neuem Riesen, jeden für Tausende von Talern. Er zog in Potsdam neue Straßenzeilen. Aber es war nicht mehr das Wachstum, die Entfaltung, die Festigung. Etwas Fremdes und Geängstigtes kam in sein Handeln. Tiefer denn je war er von Gedanken verwundet; und der Blick der Leidenden ist anders. Seine eigene geliebte Stadt, die ihm im Havelsumpf erstand, begann ihm mehr und mehr zur quälenden Frage zu werden. Was an ihr war Wille zur Tat, Bereitschaft zum Dienst, Erkenntnis des Auftrags? Was war Lüge, Maske, Eitelkeit, Vermessenheit, Willkür?

Die Menschen, die Gott am stärksten zu sich ziehen will, müssen zuvor am tiefsten alles Menschliche erfahren; und einer, den Gott sucht, muß sich selbst zuvor als verloren erkennen. König Friedrich Wilhelm ward zum Bankerotteur und Hasardeur. Das Unbegreifliche war nur, daß der Bankerotteur und Hasardeur nach seiner Rückkehr von der Leidensfahrt vor seiner täglichen Tafelrunde zu predigen begann. Da waren die Zeiten noch besser gewesen, in denen er die alten Geschichten aus Flandern und Pommern, von Malplaquet und Stralsund immer wieder von neuem erzählte! Die großen Kinder durften sich bei Tische nicht ansehen, sonst war es um ihre Fassung geschehen, und der Vater merkte ihr Lachen. Er war ein närrischer König geworden, aber sie sollten seinen biblischen Worten lauschen, als spräche sie der Mund eines Apostels. Sie fanden jedoch entzükkende Möglichkeiten, ihre Sarkasmen und Satiren zu umschreiben. Mama hatte ihnen gerade einen hypermodernen Roman aus Paris kommen lassen. Für dessen Figuren konnte man ganz ohne weiteres den König und seine Günstlinge einsetzen. Es war zum Totlachen, wenn man sich in der allerhöchsten Gegenwart vom Buche unterhielt und die Wirklichkeit meinte!

König Ragotin im Buche war ein bigotter, weinerlicher, dicker Mann, ein trauriger König Vielfraß und grämlicher Herr Dickwanst. König Friedrich Wilhelm, der Schlaflose, aß unmäßig viel, als gäbe es nur noch das eine, dem Verfall in sich zu wehren; auch trank er gierig. Aber nach dem zweiten, dritten Glas geschah es immer, daß er es weit und heftig von sich schob und in dumpfem Brüten vor sich hin sah.

Die Königin, auffallend wenig geschwätzig, beobachtete es mehrere Tage hindurch. Dann war sie genügend davon überzeugt, daß die Geschicke Preußens ihr allein anvertraut wären. Sie konnte den Hubertustag nicht mehr erwarten. Denn der erlöste sie aus Wusterhausen, das seit des Königs Reise nicht verlassen worden war.

Der König tanzte dieses Jahr am Jägerfest nicht einen Tanz mit den Generalen. Es schien, als wären die Sieger von Malplaquet vergessen. Vielleicht war aber König Ragotin auch nur zu dick geworden –?

Sobald die Kinder ihn nicht auslachten, sprachen sie sich höchst gereizt darüber aus, daß ein paar verhagelte Felder im öden Osten diesen Geizhals von einem Gatten und Vater derart außer

Fassung brachten. Der Königin kam sogar der Gedanke, ob es mit dem Gemahl nicht ganz richtig wäre. Welcher König hatte denn je gepredigt! Gott sei Dank, daß ihr und ihrer Kinder Geschick nicht über dem Pregel, sondern jenseits des Nordmeers entschieden wurde!

Als sie nun nach Berlin zurückkehrten, hatte jeder seinen eigenen Plan; die großen Kinder: die strengen Maßnahmen eines so törichten Vaters nun aber wirklich nicht mehr ernst zu nehmen; die Königin: Einfluß zu erlangen auf sämtliche auswärtige Affären, denn ihr Gatte war nur noch ein Junker nach der Mißernte; der König: dem furchtbaren Ernste Gottes alles zu beugen, was ihm als Statthalter Gottes auf diesem einen armen Stück Erde untertan war; der Präsident und Freiherr von Gundling: den Einfluß der Pastoren Roloff und Freylinghausen abzustellen, und sei es, daß er zu solch hohem Zweck die gesamte Kirche samt allen theologischen Fakultäten der Universitäten aufrufen müßte; Prinz Hulla: den entsetzlich traurigen Papa doch einmal wieder zum Lachen zu bringen. Er hatte sich das Schwerste gewählt.

Die königliche Familie bewohnte während des Winters überwiegend den von König Friedrich Wilhelm zu Ende gebauten Spreeteil des Berliner Schlosses.

Die Stimmung im Königshause war trostlos. Die Christtage waren ohne alle Festlichkeit vorübergegangen, nur daß Familie und Hof drei Tage hintereinander im Gottesdienste zu erscheinen hatten. Heitere Bescherungen, Knecht-Ruprecht-Umzüge und den Rundgang der Heiligen Drei Könige hatte Majestät als unfromme Alfanzereien verboten. Die Krönungsgedenk- und Neujahrsfeiern waren ja nun eigentlich schon seit seinem Regierungsantritt immer sehr düster gewesen. So groß waren Mühsal, Ernst und Widerstand und oft auch Mangel in vielen Jahren gewesen, daß der König die Wiederkehr des väterlichen Krönungstages am 18. Januar nur noch mit Predigten zu feiern gestattet hatte. Alles andere sagte er ab; nur die Armen des Friedrichshospitals erhielten etwas Geld, aber es wurde ihnen kein Festessen mehr gegeben.

Um die Neujahrsempfänge suchte der König möglichst durch eine kurze Abwesenheit von Berlin herumzukommen. Am Neujahrstag hatte er weder von dem Hof noch von den Kollegien die üblichen Gratulationskomplimente annehmen wollen, auch die Aufwartung der wenigen, noch beibehaltenen Kammermusikanten mit dem Ständchen seit der Thronbesteigung nicht mehr verlangt, wiewohl er ihnen und den anderen Hofbedienten im Parolezimmer ein Neujahrsgeschenk reichen ließ. Sie lebten, klagte man, im Schlosse wie die Trappisten. Um den König durfte niemand lachen oder lustig sein. Zudem schien nun die Armseligkeit der Wusterhausener Haushaltsführung zum ersten Male die königliche Familie auch ins Berliner Residenzschloß begleitet zu haben, das eine letzte Zuflucht gewesen war. Auf Wusterhausen hatte man Berlins damastbespannte Schlafzimmer, Marmorkamine und Deckenmalereien schätzen gelernt.

Nach seinen großen Verlusten war der König so entsetzlich sparsam geworden, daß er selbst die Kerzen auf den Leuchtern zählen ließ und für jedes Appartement und jede Galerie ein ganz genaues Kerzendeputat bemaß. Jede der Prinzessinnen bekam ein einziges Altarlicht für den Tag, und in der Finsternis, die nun angeblich im Schlosse herrschte, waren die vielen dunklen Treppenkammern und die Zugänge zu den Küchen im großen Portal zu unheimlichen Winkeln geworden, wie es sie auf Wusterhausen in so beängstigender und verwirrender Fülle gab. Man trachtete nur noch danach, möglichst rasch zu Mama zu gelangen, denn in den Räumen der Königin, die sich ja erst spät erhob, brannten auch morgens die Kerzen sehr lange. Nur in dem Vorzimmer, in dem die Töchter auf die Mutter warteten, wurde ebenfalls gespart. Dort saßen sie nun artig um den ungeheizten Kamin gruppiert, auf dessen Sims zur Rechten und Linken je eine Kerze auf vielarmigen Leuchtern angezündet war. Meist nahm die Königin den Morgengruß der jüngeren Kinder erst nach zehn Uhr entgegen, dann konnte man endlich ihre schönen Zimmer betreten; freilich hatten die Prinzessinnen, wie die rauhe Friederike Luise zu sagen pflegte, nun den ganzen Vormittag bei der Mutter zu verseufzen, während der Tafel zu schweigen und des Nachmittags der Reihe nach der Königin vorzulesen. Das war der Königin ein Ersatz dafür, daß sie nicht in dem Maße, das ihr angebracht schien, Hof halten durfte; denn abgesehen von den beiden Kleinsten, Ulrike und der fünfjährigen Anna Amalia, waren die brandenburgischen Prinzessinnen ja nun wirklich schon zu kleinen Hoffräulein um die dreizehn und zwölf und elf Jahre herangewachsen, von der Ältesten, Wilhelmine, gar nicht zu reden.

Für die Königin selbst begann der Tag seit Jahren mit der

gleichen Frage nach englischer Post; und je nach Eingang und Inhalt der englischen Briefe wechselte nun ihre Laune; aber die Prinzessinnen fanden doch bei ihr in jedem Fall, wie nun der Morgen verlaufen mochte, vom frühen Nachmittag an lichterstrahlende Räume vor, hörten gewandte Konversation und speisten nette kleine Dinge von Silbergeschirr; Wilhelmine gar musizierte mit den Damen der Mutter und vertrieb sich in ihrem Kreise die schleppenden Stunden dieses Winters mit Kartenspielen; vor allem: um Mama stand nicht, wie um den Vater, alle Zeit in Schwere still, obwohl er immer so gehetzt war. Bei Mama war immer nur von künftigen, leichteren und angenehmeren Zeiten die Rede. Zehnmal in einer Unterhaltung fiel der Satz von einer »Zeit, in der es nicht mehr so wäre«. Das war schon eine feste Redensart der Königin geworden, die ungemein überzeugend und tröstlich wirkte. Einmal – und das war nun doch erschreckend – vernahm Prinzessin Wilhelmine sehr deutlich Worte der Mutter über eine »Zeit, wo der König nicht mehr wäre«. Und was dann an weiteren Ausführungen noch folgte, verriet die unbefangenste Freude und Hoffnung auf fortan ungetrübte Lebenslust und Ungebundenheit, vor allem auf die Stellung einer wirklichen Königin.

Erst fühlte sich die Tochter im Vater getroffen, dann aber empfand sie gerade für die Mutter etwas wie Rührung. War die Mutter nicht älter als der Vater? Hatte sie nicht die vierzig Jahre überschritten? Hatte nicht eine Frau schon um die Mitte ihrer dreißig Jahre mit ihren Lebensfreuden nahezu abzuschließen? Aber welches Feuer, welches Vorwärtsdrängen, welche Ungebrochenheit und Unauslöschlichkeit aller in zwanzig Jahren ihrer Ehe niedergekämpften Wünsche beschwingten die Mutter!

Manchmal fühlte die Tochter sich älter, als sie die Mutter neben sich empfand. Denn Wilhelmine graute vor der Zukunft, wenn sie daran dachte, wie Vater und Bruder sich immer mehr voneinander entfernten. Sie kannte die Welt ihres Bruders. Er war ohne Freunde. Er hatte nur den alten Erzieher seines Vaters um sich und zu junger Freundschaft keine Zeit. Auf ihn war der Ernst des Königs in fast erdrückender Schwere gesammelt. Er sollte seit dem Mißerfolg des Vaters im Osten und seit der Entdeckung seiner heimlichen Bibliothek – zwei Ereignissen also, die doch überhaupt nicht in Beziehung zueinander standen – gar nichts mehr treiben als »die Regierung« zu erlernen. Und am fremdesten, bedrückendsten und unheimlichsten war, daß der Vater von dem König von Preußen, zu dem er seinen Sohn erzog, nur noch wie von einem Dritten sprach. ›Dem König von Preußen‹, dem sie beide, Vater und Sohn, untertänig seien wie die Sklaven! Wie sollte es enden! Der Bruder war so zart, seine Sehnsüchte waren so groß und unbezähmbar, sein Geist schien unersättlich nach allem, was Weite, Glanz und Klarheit war! Der Vater aber redete nur noch biblisch; und in der Bibel fand er noch unbekannte, unergründliche und harte Worte, die alles Leben erstickten –.

Ein beklommenes Gefühl legte sich Wilhelmine aufs Herz, wenn sie an die große Zukunft dachte, die ihre Mutter ihr schon binnen kurzem zu bescheren versprach. Ihr blieb als Vorbereitung für das herrliche »Morgen« der Mutter nur die Zähigkeit des Lernens. Sie war verdammt, das unschöne Mädchen zu sein, das sich seiner großen Zukunft nur gewachsen zeigen konnte, wenn es imstande war, durch Klugheit zu bestricken. Der Gedanke freilich, durch Klugheit eine Krone zu erwerben, gab ihr manchmal doch ein ungeheures Selbstbewußtsein; und daß die Mutter, die dauernd – unter Londoner Aspekten – an ihr herumtadelte, sie so eisern fest in ihrem politischen Spiel hielt, sagte solch kluger Tochter genug. Ach, daß sie aber über all das Unschöne an sich nicht durch Eleganz hinwegzutäuschen vermochte! Sie litt unter den Schulden der Mutter. Mama hatte sich mit achtzigtausend Talern im Jahr zu begnügen und davon noch die Kleidung und die Wäsche dieser riesigen Familie zu bestreiten. Daß der Vater alljährlich zum Christfest der Gattin und den Töchtern Kleider aus den Stoffen seiner Manufakturen überreichen ließ, es wirkte eher als ein Hohn auf sie denn als Freundlichkeit: Berliner, Potsdamer Stoffe! Die Kammerfrau Ramen würde sich spöttisch bedanken, wenn man die Gabe an sie weiterreichte!

»Wir arme Teufel müssen uns nun nach der Decke strecken.« Das hatte der Vater zur Mutter gesagt. Schrecklich, daß Mama sich in ständigen Geldverlegenheiten befand. Aber noch schrecklicher war, daß alle ihre Unterhaltungen mit den fremden Gesandten ein ständiges Klagelied waren. Darin verstand die Tochter ihre Mutter nicht; darin fand sie ihre Mutter ohne allen Stolz. Doch war es unmöglich, ihr etwas zu sagen. Friedrich allein ging manchmal erstaunlich frei mit Mama um. Der Bruder hatte für die Mutter eine ganz reizende Ironie, zum Exempel, wenn diese ihn lobte, nun habe er das Ziel einer dem Londoner Hofe angemessenen Bildung erreicht trotz aller einengenden Beschränkungen von seiten des Vaters.

Niemand wußte es besser als Wilhelmine, wie die von der Mutter gesteckten Grenzen längst gesprengt, die von ihr erstrebten Ziele längst überschritten waren. Wenn Friedrich an die Bücher und Noten geriet, an Globen und Zirkel und Bilder – es war, als baue der Vater sein Potsdam, als werbe der König für sein Heer, als kaufe er Güter; so ohnegleichen und so unaufhaltsam war das Wachstum jenes geistigen Reiches ihres Bruders, Eroberung und Entfaltung in einem. Und daß er nicht nachgab, wie sehr ihn auch der Vater mit dem Erlernen »Der Regierung« bedrängte! Eine Zähigkeit war in dem Schwärmer, die schon an Gehorsamsbruch grenzte. Er behauptete die Weite seiner eigenen, lichten Welt gegen das enge, dunkle Unglücksland seines Vaters. Er stand als König gegen den König.

Der Präsident von Creutz schrieb wieder Zahlen mit eigener Hand wie einst in kalter, sandbestreuter Amtsstube am Pult. Er diktierte nicht seinen drei Sekretären. Er saß beim Kamin am mächtigen Schreibtisch, zwei herrliche Leuchter zur Seite, im großen Mittelsaale seines Palais. Er schrieb allein und heimlich. Aber er befaßte sich nicht mit den Zahlen, in denen das neue Unheil über Preußen bisher allein zu fassen war. Die Dokumente des Elends, die aus dem preußischen Osten eingegangen waren, waren schon überholt. Dem Herrn von Creutz schien noch erheblich wichtiger, welche völlige Stockung die russische Handelskompanie in ihrem gesamten Export aufwies und in welch eigentümliche und bedrückende Undurchsichtigkeit die Zustände im Moskowiterland sich hüllten. Der Tod war als ein Dreigestirn über dem Ostreich erschienen; nun lasteten die Schatten der drei unglücklichen Toten – Zarewitsch, Zar und Zarin – über dem zum Raube preisgegebenen Lande.

Aber auch der Zusammenbruch des gemeinsamen Werkes des Bruders Peter und des Bruders Friedrich Wilhelm veranlaßte einen Herrn von Creutz noch nicht dazu, daß er selbst wieder einmal zur Feder griff. Was er da allein und heimlich niederschrieb, Generalfiskal mehr denn Plusmacher, Späher mehr denn Rechner, war eine stets wiederkehrende Frage, die nur in Zahlen beantwortet werden konnte: Welches Gehalt bezieht Herr von –? Welchen Etat erfordert seine Lebenshaltung? Woher erhält er den Betrag der Differenz –? Es waren Bestechlichkeitslisten.

Sonderkonten, die der kaiserliche General Graf Seckendorff führte, stimmten ganz auffallend damit überein. Überhaupt bestanden die lebhaftesten Wechselbeziehungen zwischen den Berechnungen der beiden Herren. Herr von Creutz war sich nur noch nicht im klaren, wem er seine geheimen Rechnungen nun zum Schluß gesammelt überreichen sollte, dem König von Preußen oder dem kaiserlichen General. Seine Bedenken gegen König Friedrich Wilhelm wuchsen; an dessen neuerdings wahnwitzigen Unternehmungen beteiligte er sich nicht mehr; der Chef gefiel sich ohne Frage darin, eine noch einigermaßen sichere Gegenwart für eine überaus ungewisse Zukunft hinzugeben. Denn zu des Rechenmeisters Creutz großem Bedauern und Unwillen hatte der König leider gar nicht, wie erst angekündigt, daran gedacht, die Hände von seiner preußischen Unglückswirtschaft zu lassen.

»Von Preußen«, sagte König Ragotin beharrlich, »trägt das Königreich den Namen.«

Das Wort vom »König Ragotin« war längst herum. Es sei auch ein gar zu reizender Einfall, meinte Monbijou.

Immerhin war König Ragotin doch noch imstande, die Diplomatie samt ihrem geheimen Generalkontrolleur von Creutz in Atem zu halten. Manchmal verwirrten sich den beiden Herren Creutz und Seckendorff ihre Kontoauszüge. Dann wußten sie: La Chétardie und Rothembourg, die neuen Pariser Gesandten, sind am Werk; oder Du Bourgay aus London bemüht sich um diesen und jenen. Im allgemeinen aber konnten die Herren sich versichern, daß England und Frankreich, sein diplomatischer Vasall, nicht so großzügig und emsig Mittel daran setzten, die preußisch-englische Heirat zustande zu bringen, wie Österreich, sie zu verhindern. Denn die Kaisermacht war im Zerfall; die habsburgische Monarchie war furchtbar bedroht; und der Kaiser hatte nur Maria Theresia, die Tochter.

Alles drückte sich in Zahlen der Bestechungslisten aus: der Wert des Geschaffenen; die Fehlspekulation im Osten; der Ehrgeiz der Königin; der Zwiespalt zwischen Hauspolitik, Reichspolitik und Religionspolitik, unter dem der König so namenlos litt; denn alle Partner waren miteinander verwandt; und alle waren auch miteinander verfeindet; und obendrein noch alliiert.

König Friedrich Wilhelm aber war fromm.

Da wurde das gemeine, kalte Spiel und Gegenspiel zur Qual des lebendigen Herzens.

Wie aber kam es, daß der kaiserliche General Graf Seckendorff über den wankelmütigen, hin und her gerissenen König Ragotin an den Wiener Hof berichten mußte: »Man macht sich von des Königs Gemüt eine ganz falsche Vorstellung, wenn man glaubt, daß solches von irgend jemand könne regiert werden!«?

In seinen Berichten nach Wien vergaß der kaiserliche General leider noch hinzuzufügen, welch neuartige Erfahrung er durchgehend in Preußen machte: des Königs neuen Militärs durfte man keine Dukaten mehr anzubieten wagen. Die Offiziere der neuen Armee zeigten sich unbestechlich. Ihnen gab der kaiserliche General allwöchentlich ein großes Gastmahl mit fünfzig Flaschen Wein.

Mit dem König ging er zur Parade und zur Kirche.

Einmal, gänzlich gegen die Gepflogenheit, verabschiedete sich der König, gleich nachdem man den Kirchenstuhl verlassen hatte, von Seckendorff, winkte unauffällig zu der Loge der Ärzte hinüber und begab sich sofort mit ihnen und einigen anderen Herren der Anatomie und des neuen Sanitäts-Rates zu einer außerordentlichen Sitzung ins Schloß hinüber.

Ein unheimliches Sterben in den Regimentern war angebrochen. Namentlich unter den Südländern ging es um, als vermöchten sie plötzlich die Witterung des fremden Landes nicht mehr zu ertragen; als bedeute der jähe Umschwung von dem lauen, trägen Winter in so grimmige Kälte eine unabwendbare Gefahr für sie.

Der König konnte sich gar nicht erklären, daß das Sterben unter seinen Grenadieren nahezu schon epidemisch auftrat. Scheinbar unterhielt er sich ganz wissenschaftlich oder allenfalls human darüber mit dem Sanitäts-Rat: Welches sind die Gründe? Welche Maßnahmen sind erforderlich? Welche Aussichten auf Abstellung des Übels bestehen? Aber die Pfeife in seiner Hand zitterte verräterisch. Und aus der Sitzung eilte er, allem Widerspruch zum Trotz, in die Lazarettbaracken seiner Grenadiere. Die Konferenzen wiederholten sich täglich. Allmählich gelangten die Ärzte zu der Meinung, Majestät sei selber krank. Aber der König winkte unwirsch ab, – beinahe gequält.

Das Sterben griff um sich. An jenem Tage sah man trotz der Eiseskälte und des schneidenden Sturmes die Potsdamer Bürger in den Haustoren stehen, wie sie den gewaltigen schwarzen Schreinen nachsahen, in denen man des Königs tote Riesen auf den Friedhof vor die Stadt hinaustrug.

Hinter den Mauern um den Gottesacker ragten unheimlich die Gerüste des neu begonnenen Stadtteils, tief verschneit, wie böse Zauberbäume, übergroß und kahl, über verlassenem, unvollendetem Mauerwerk.

Der Einbruch der Kälte zwang, allen Bau im Stich zu lassen. Der König glaubte nicht mehr, daß er diesen Stadtteil je vollenden würde. Er fühlte sich zu hart an ihm gestraft. Es war, als sollte seine Lüge offenbar sein vor der Welt. Denn er hatte gelogen, als er spät im Jahr noch neuen Baugrund ausheben, Grundmauern ziehen, Gerüste aufrichten ließ. Er hatte über die Verluste hinwegtäuschen wollen, die er im Osten erlitt. Jetzt starb seine Stadt aus. Züge von Soldatenhäusern standen leer. Die Soldatenwitwen überkam Furcht. Sie zogen zueinander. Ganze Häuserreihen waren als vom Tode gezeichnet verschrien. Der Würgeengel ging durch die Stadt. Die Kinder im Waisenhaus starben auch. Der Grund des neuen Karrees war feucht und schlecht. Zu Hunderten holte der König alle erreichbaren Schlitten vors Waisenhaus. Aber die Schlitten durften keine Schellen tragen. Es war dem Herrn unerträglich geworden, das helle, leichte Klingeln unter den nicht mehr verstummenden Totenglocken zu hören. Lautlos gleitend, trugen die Schlitten die Kinder hinaus auf die Dörfer und in die alten, großen, festen Klöster der Mark, nach Lehnin und Chorin. Der Herr war überall zu finden; plötzlich war er da, ging unruhig umher, prüfte mit scharfen, düsteren Blicken jeden Vorgang; und ebenso jäh war er in fliegendem Schlitten auch wieder verschwunden.

Endlich war er selber krank. Es zerriß ihm die Glieder. Aber die Ärzte erfuhren nichts davon, bis sich der König einmal mitten in der – ach, wievielten – Konferenz am Stuhl festhalten mußte, der am nächsten stand; sein Gesicht war entsetzlich verzogen. Nun war sein Leiden nicht mehr zu verbergen; aber untersuchen durften sie ihn nicht, ehe nicht gut an die zehn Eide geschworen waren, daß alles geheim bleiben werde.

In die alte Wunde von dem letzten Jagdunfall sei beim Frost eben etwas Rose gekommen; eine Lappalie; ein bißchen Salbe tue not. So sagte der Herr. Unter sich meinten die Herren vom Sanitäts-Rat lakonisch, in Berlin und Potsdam könne man es ja eine leichte Rose nennen. Anderswo heiße es Gicht.

Ein bißchen zu jung sei der Herr für die Gicht, fügten sie dann noch hinzu; er sei viel zuviel in der Kälte gereist; er habe auch zu wild gejagt; und auch sein unsinniges Waschen trage wohl Schuld: Tag für Tag den ganzen Leib mit frischem Brunnenwasser zu übergießen! Dann war noch an seinen Vergehen zu nennen das maßlose Essen, das schwere Getränk.

Damit fingen sie an: er solle nicht mehr so viel essen.

Der König sagte schleppend: »Das muß ich aber. Das muß ich.« Und dann kam es schrecklich. Er schrie es plötzlich heraus, nun wo Schweigen vergeblich war. »Diese Nacht habe ich zum ersten Male wieder eine Stunde geschlafen. Ich habe in zwölf Tagen nichts als grausame Schmerzen gehabt. Gott hat mich bewahrt, daß er mir den Kopf nicht hat zerspringen lassen. Bevor ich es wieder bekommen sollte, so mache der liebe, liebe Gott ein Ende mit mir. Denn Sterben ist sanft. Aber dies Leiden ist unerträglich, ist viehisch.«

Danach sahen sich die Ärzte an und meinten noch einmal: »In Berlin und Potsdam kann man es ja leichte Rose nennen. Anderswo heißt es die Gicht.«

Und das Schicksal des Großen Kurfürsten dämmerte herauf.

Als wolle er sich in der Hilflosigkeit, die über ihn gekommen war, verbergen, erließ der Herr ein Edikt gegen den Mißbrauch, »Seiner Königlichen Majestät allerhöchste Person immediate mit Klagen zu behelligen, die vor die ersten Instantien gehören«.

Er hatte Einblick gewonnen, daß die Beamten und Offiziere bei dem neu anbefohlenen, gesteigerten Bauen oft ihr ganzes Vermögen zusetzten; und nun suchten sie um die Erlaubnis nach, die Häuser im Wege der Lotterie wieder veräußern zu dürfen, weil sich so viel Käufer, wie benötigt wurden, gar nicht fanden. –

So hatte den Herrn noch nie eine Schmähung getroffen wie nun dies furchtbare Wort »Lotterie«, angewandt auf seine Völkerstadt und seinen Gottesstaat Potsdam.

Wie eine Königin schritt die Ramen durch die Gassen ihrer Herkunft. Wie ein Engel schwebte sie durch die Hütten der

Armut, der sie entronnen war. Sie bot des Königs leere Häuser aus.

Durch Potsdam ging indes der Würgeengel.

»Ihr werdet den König erfreuen, wenn ihr ihn um seine leeren Häuser bittet«, redete die Ramen. »Ihr müßt sagen: ›Majestät, uns habt Ihr bisher noch vergessen trotz allen Eures starken Bau's und Eurer hübschen Schmuckkästchen für die Soldatenfamilien!‹ Gleich wird der Herr euch seine leeren Häuser öffnen.« Es hilft ihm, seine Lügen zu verschleiern, dachte sie dabei.

Ewersmann führte dem König die Armen ins Schloß. König Friedrich Wilhelm hörte trotz der Schmerzen aufmerksam und sehr geduldig, wenn auch tief betroffen zu. Auf der Stelle schrieb er ein paar Zettel aus: Wohnungsanweisungen.

So kam das Gesindel nach Potsdam. So drangen die Heuchler ein, die er in seiner gegenwärtigen Aufgewühltheit nicht sogleich durchschaute. So machten sich die Diebe breit, die ihm noch immer entwischten. So nisteten die Hehler sich ein, die er noch nicht fand. So hatten nun die Huren eine gute Zuflucht vor der Dicken Schneider und die Trinker ein Versteck in der nächsten Nähe des Königs. Die Trägen zogen ein, die sich bis heute den Armenwächtern entzogen; die Räudigen gesellten sich dazu, die seine Armenärzte mieden. Die Ehrlichen, Redlichen hielten sich ängstlich von den Unglückshäusern des Königs zurück.

Zu dieser Zeit wurden nun im Magdeburgischen mehrere Dörfer mit ihrem ganzen Wintervorrat in Brand gesteckt – von Soldaten! Bald verlachte aber der König auch solche Untat, solches Unheil als geringfügigen Jammer und Frevel angesichts des größeren. Potsdam hatte zum zweitenmal brennen sollen! Und die Franzosen unter den Grenadieren des Königs waren schon bereit zu Anschlag und Ausbruch. Wenige Stunden danach war auch ein Komplott von siebzig oder achtzig Dalmatiern, Polen, Illyriern, Kroaten, Ungarn, Russen, Engländern aufgedeckt.

»Für solches Pack verschwendet der König sein Geld«, sagten die Gassen und Schenken, die Amtsstuben und die Vorzimmer im Schloß.

Wer war der letzte Widersacher in dem nicht endenwollenden Kampfe? Was meinte Gott mit alledem? Das – immer – war die letzte Frage des Königs, der mehr als Brandstifter und Aufrührer der göttlichen Vergebung zu bedürfen glaubte, zerrissen von dem Zwiespalt, Herrscher und Büßer in einem zu sein. Und alle mußten spüren, was ihm durch den Sinn ging.

Der düstere Ernst von Wusterhausen lastete auf der ganzen Hauptstadt; er ergriff schon das Land.

Das Billardspielen in den Kaffeehäusern wurde verboten. Die neuen Kaffeehäuser waren dem König überhaupt viel zu sehr à la mode und darum schon ein Dorn im Auge.

Für die Pfingstzeit wurde bereits jetzt den Schützengilden und Innungen das Scheiben- und Vogelschießen untersagt.

An Glücksspielen blieben nur die erlaubt, deren Aufhebung die Königin bloßgestellt haben würde.

Er, der als Trinker geschmäht war, verfügte, daß Trunkenheit niemals ein Strafmilderungsgrund, sondern strafverschärfend sein solle.

Der Herr von Schlubhut wurde, nachdem der König am Sonntag weinend eine Predigt über die Barmherzigkeit angehört hatte, am Montag wegen der Unterschlagung von Siedlungsgeldern vor den Fenstern des Sitzungszimmers der Domänenkammer, vor den Augen seiner Kollegen, aufgeknüpft. Zum ersten Male hing ein preußischer Edelmann am Galgen wie sonst eine diebische Magd vor dem Hause ihrer Herrschaft. Eine neue Phase des Gerichtes hatte begonnen.

In den Kirchen sollte aller Schmuck der Altäre verschwinden.

Gestickte Behänge, Leuchter, Zierat der Taufbecken und Abendmahlsgeräte durften nicht mehr sein.

Aber darin fiel bereits eine Entscheidung, die schon allem hoch enthoben war, was Edikt hieß. Preußen wurde zu einem Lande der Buße.

Als es soweit gekommen war, beschloß man, den Herrn auf Reisen zu schicken. Es war ein letzter Versuch, bevor man es endgültig aussprach, daß er in unheilbaren Trübsinn verfallen werde. Alle waren sie sich ganz merkwürdig einig darin, daß Majestät so bald wie möglich außer Landes gehen müßten. Wirklich waren einmal alle einig: Der Hof. Die Gesandtschaften. Die Familie. Die Geistlichkeit. Das Generaldirektorium. Die hohen Militärs. Der Sanitäts-Rat.

So unerträglich war es mit dem Herrn geworden. Alle meinten sie dasselbe, so verschieden auch die Absichten waren, die sie im einzelnen verfolgten. Am klügsten gingen Seckendorff und Grumbkow vor. Sie gaben der Reise das Ziel. Grumbkow hatte dank des neuen Freundes keine Geldsorgen mehr; er hatte nunmehr einen freien Kopf; da konnte er alles so ruhig bedenken.

Er kannte des Königs seltsamen, unablässig sich steigernden Wunsch, einmal die Fäden der diplomatischen Gespinste zerreißen zu dürfen – wie ein Grumbkow recht pathetisch in der Modesprache sagte – oder einmal die Wälle der Pakte und Briefe beiseite schieben zu können und mit den Partnern der Verträge von Angesicht zu Angesicht zu verhandeln. Am liebsten, und das wußte nicht nur Grumbkow, wäre Herr Friedrich Wilhelm zum deutschen Kaiser und zum König von England gefahren. Aber da könnte etwas Schönes angerichtet werden, meinten Seckendorff und Grumbkow. Um den Ausweg waren sie nicht lange verlegen.

Herr August der Starke, Kurfürst von Sachsen und König von Polen, war gerade in der rechten Schwebelage, die man brauchte, um dem Preußenkönig ein Exempel zu liefern. Gerade Herr August der Starke lavierte gar so geschickt zwischen Wien und Paris; zwischen Warschau und Dresden; zwischen reichsständischen Pflichten und den autonomen Herrscherrechten; zwischen den Rücksichten auf das protestantische Bekenntnis, das er verließ, und dem Eifer für den katholischen Glauben, den er annahm. Da war es wohl gut, wenn der Grübler und Querkopf Friedrich Wilhelm einmal sah, daß andere Regenten in viel schwierigerer Lage ihr Land doch keineswegs die eigenen Gewissenskonflikte oder taktischen Fehler, was meistens das nämliche schien, ausbaden ließen ... In Dresden war Glück und war Glanz! Aber auch wenn es nicht das politisch Vorteilhafteste gewesen wäre, kam kein Hof als Reiseziel so sehr in Frage wie der Dresdener.

König Augustus brauchte man nicht lange und umständlich dafür zu gewinnen, die Einladung an den Berliner Nachbarn ergehen zu lassen. Er war immer entzückt, Gastgeber sein zu können. Denn Dresden nannten sie Die Insel Cythere, das Freudeneiland Aphroditens.

Herrn von Grumbkow beschäftigte noch die Frage, inwieweit die Göttin Aphrodite wohl fähig sein könne, die tugendhafteste Fürstenehe Europas auseinanderzubringen; denn das wäre ein nicht unbeachtlicher Nebeneffekt und der halbe Sieg der Kaiserlichen gewesen. Er schien nicht völlig unerreichbar. Durch die Kammerfrau Ramen verlautete, daß die allertugendhafteste Fürstenehe wohl überhaupt nicht mehr bestünde.

Eigentlich hatte es auch niemand mehr angenommen, daß hier noch eine wahre Ehe sei; so, wie Ihre Majestät sich über die »mögliche Verstandesverrückung« ihres Gatten äußerte ... Ein Ehebruch aber mußte den bigotten König innerlich vernichten und wehrlos machen gegen die, welche ihn zu kennen und zu leiten glaubten. Der Polenkönig und Sachsenkurfürst zu Dresden war im Bilde, was mit dem frommen Bruder Wilhelm zu geschehen hatte. Es sollte aber, war er instruiert, wirklich die Schönste am Hofe sein; denn des düsteren Königs Ragotin des öfteren bemerkter Schönheitssinn sei geradezu fanatisch.

Die Dame heiße Formida, meldete August der Starke zurück.

Eines Tages bemerkte der Prediger Roloff, Majestät würden zum Mönch und suchten Gott durch Selbstkasteiung zu gefallen. Da nahm der König die Dresdener Einladung an. Er wollte ganz rasch reisen. Beinahe etwas wie Freude kam über ihn: Er war vierzig Jahre alt! Noch viele Jahre konnten ihm sehr vieles wandeln! Er sollte ein fremdes Land mit dem eigenen vergleichen, sollte zum ersten Male Gast an einem anderen Hofe sein! Was nur der Freund in Dessau zu dem plötzlichen Entschlusse sagen würde! Kaum reichte noch die Zeit zu ein paar Zeilen. Er diktierte: »Ich gehe Dienstag nach Dresden, hoffe bald wieder zu kommen. Da werde ich so viel Neues wissen. Ich freue mich, in eine andere Welt zu kommen, weil ich curieux bin und nach meinem Penchant die ganze Welt durchreisete.«

Aber niemals hatte er sich die Zeit genommen; immer hatte er nur die fremden Verfassungen studiert; immer hielt ihn ›Der König von Preußen‹ im Dienst.

Übrigens wußte er noch gar nicht, daß er nicht allein fuhr.

In letzter Stunde hatte es Prinzessin Wilhelmine beim sächsischen Gesandten so zu arrangieren gewußt, daß der Kronprinz noch aufs dringlichste eingeladen wurde. Der Vater sollte ihn mit neuen Augen sehen lernen. Das war die große Hoffnung der Prinzeß. Friedrich würde sich im kultivierten Dresden so sicher bewegen! Der Vater würde ihn als jungen Prinzen unter anderen jungen Prinzen betrachten!

Es war nichts von Diplomatie und Intrige in ihren Plänen; es war lediglich Zuneigung zum Bruder, der immer nur regieren lernen sollte.

Der Vater nahm es freundlich auf. Fritz sollte in Dresden gute

Figur machen. Er befahl ihm, sich schleunigst einen goldbetreß-
ten blauen Rock und sechs Livreen für seine Dienerschaft anfertigen zu lassen.

Der Königin erschien es zu wenig. Aber im ganzen war sie sehr
zufrieden über diese Wendung. Wenigstens versicherte sie es
dem französischen Gesandten Graf Rothembourg.

Umständlich legte sie ihm die Maßregeln dar, die ihr gut
schienen, falls der König in Geistesumnachtung fiele; falls Dresden ihn doch nicht zu kurieren vermöchte.

Der französische Gesandte erwiderte, das seien zwecklose und
gefährliche Unterhaltungen; und die geringste Indiskretion
könne Ihre Majestät den härtesten Maßnahmen aussetzen. Zugleich aber gab er ihr Ratschläge.

»Die klügste Haltung ist fürs nächste, dem Kronprinzen gute
Gesinnung einzuflößen und ihn dahin zu bringen, ebensoviel
Güte gegen jedermann zu zeigen, wie sein Vater Härte zeigt, vor
allem aber mit den Freunden der kaiserlichen Partei sich äußerlich gut zu stellen, damit sie dem König nicht mit einem Schein
von Recht einblasen, man wolle eine Partei des Kronprinzen
gegen ihn schaffen.«

Das Wort war gefallen: Partei des Kronprinzen; das Wort, von
dem die Königin nun nie mehr loskam.

Ihren geliebten Jungen lud sie am Tage vor dem Aufbruch
gleich nach Tisch zum Kaffee zu sich, für den Fall, daß er die
Tragweite seiner Reise doch noch nicht ganz zu überschauen
vermöchte.

»Es ist überaus wichtig«, begann die Mama, »in fremdem
Lande mit den dortigen Gesandten jener Mächte zusammenzu-
treffen, mit denen man hier nur befangen zu verhandeln vermag.
Der englische Gesandte, der französische Resident, der kaiserliche Bevollmächtigte in Dresden können dir dienlicher sein als
die Vertreter dieser Höfe in Berlin. Jedes deiner Worte am sächsischen Hofe wird mit ungleich größerem Gewicht nach Wien,
Paris und London gemeldet werden.«

Friedrich fand Mama nun doch erstaunlich weitblickend. Und
als sie ihn, den Träger aller ihrer Hoffnungen, mit heißen Küssen
bedeckte, war er bewegt. Wahrhaftig, es mußte ja anders werden
in Preußen! Und jetzt ergab sich vielleicht auch ein Weg. Jetzt
kam er an Deutschlands glanzvollsten Hof. Und die Diplomaten
warteten mit Spannung.

Halb lächelnd, halb weinend sprach die Mutter, ihn umarmend, etwas sinnlos, aber gerade darum rührend, auf ihn ein: »Tu etwas dagegen – versuche etwas, daß dir die schwarze Melancholie nicht derart aus den Augen sieht, wenn du in Dresden bist –!«

Aber Friedrichs Augen blitzten jetzt schon ganz vergnügt. Nur entsetzlich schwächlich sah er aus: ruiniert für ›Den König von Preußen‹.

Er war nicht wie ein Sohn dieser blühenden Mutter.

Siebenmal war man nun schon zur Redoute, vierzehnmal war große Tafel, drei maskierte Schlittenfahrten hatten stattgefunden, zweimal waren sämtliche Paläste Dresdens illuminiert, fünfmal wurde die Komödie besucht – und da fragte dieser unglückselige Preußenkönig ein bißchen erstaunt, ein wenig traurig und doch wieder auch in dieser merkwürdig hochmütigen, schnarrenden Art, wann denn nun die versprochene Lust eigentlich angehe?

Einigen Herren seines Gefolges machte das allerdings einen mächtigen Eindruck. Plötzlich schnarrten und näselten die armen Brandenburger alle und vermißten die versprochene Lust, obwohl sie doch bis dahin den ungewohnten Champagner, den Pfropfentreiber, das Wunder der Abtei von Hautes Villers, gar so bestaunten und sich in ihren knappen, blauen, proppen Röcken fast kindlich brav ausnahmen neben den lockenumwallten, seidenumrauschten sächsischen Herren und den Lateinisch sprechenden Polen in ihren langen Mänteln mit sehr weiten Ärmeln, den tief herabhängenden, dünnen Schnurrbärten und kahlgeschorenen Köpfen.

Die auswärtigen Gesandten zeigten ein reges Interesse an der Blasiertheit des Königs von Preußen; dies hatte man am wenigsten erwartet.

König Augustus war beunruhigt, daß zum ersten Male all die selbsterdachten Wunderwerke seiner Feste nicht bestrickten, überwältigten, betäubten. Weil ihm die Festesfolge der vergangenen Tage nicht genügte, hatte er nun für den späten Abend noch die Begegnung seines Gastes mit der schönen Formida angesetzt. Vielleicht war noch bestimmender gewesen, daß die verwöhnte junge Dame bereits unwillig war, erst so spät in Erscheinung zu treten und darum an all den Feierlichkeiten des Hofes noch immer nicht teilnehmen zu dürfen.

Die Elbe lag im Eis. Droben von den Palästen am Ufer her blitzten die Lichter über sie hin, wenn ein Portal sich öffnete oder Fackelträger einer Sänfte entgegeneilten, ihr den Weg zu erhellen.

Man begab sich in einen Flügel des Schlosses, der bis dahin den Gästen noch nicht aufgetan worden war. Die Türen hier waren noch weiter, die karrarischen Gesteine der Stufen noch reiner, die Kandelaber noch reicher und strahlender; und das Heer der marmornen Götter, die den Weg der Fürstlichkeiten säumten, wuchs von Saal zu Saal ins Unermeßliche. Auf den Emporen der Galerien trommelten, pfiffen, trompeteten Hunderte von Janitscharen, schlugen Becken, schwangen Schellenbäume. Aus dem Gewirr der Säulen traten, Fleisch und Blut und süßer Duft geworden, die Göttinnen goldener Zeitalter, mitten im tiefen Winter der Menschen mit den Blumen arkadischer Gefilde umkränzt, Weinlaub um Brüste und Hüften. Die reichten den Irdischen ihre Schalen mit Nektar, dessen Hauch schon die Sinne entflammte und dessen Glanz die Feuer der ewigen Freude im Blute der Sterblichen aufschlagen ließ. Mohren, schlank und gewaltig, Söhne der Sonne, völlig in Silber gekleidet, trugen hoch erhoben über ihren Häuptern goldene Urnen, darin arabische Hölzer berauschend verglimmten. Aus allen Sälen drangen die Weisen der Geigen und Hörner; die edlen Knaben, die blühenden Frauen lösten sich aus dem Zuge der Schreitenden, traten in den Reigen, vermengten sich den Sarabanden und Chaconnen, entzückten sich und alle, die es sahen, an Courante und Gigue – es war ein Tanz ganz ohnegleichen: unendliche Begeisterung der Blicke, Herzen, Sinne.

Nacht und Jubel wurden immer tiefer. Es war nur noch ein enger Kreis von Männern, die miteinander durch die Hallen schritten: die beiden Könige, ihre Söhne und wenige Große ihrer Höfe. Seltsamerweise hatte Friedrich Wilhelm das Kostüm eines Bauern aus dem hohen Norden gewählt, indes Augustus in antikischer Toga einherschritt; er fand die größte Beachtung seines brandenburgischen Gastes, nur galt sie nicht seiner klassischen Maskerade: die römische Kühnheit seiner Stirn und Nase gab dem Nordlandsbauern zu denken.

Manchmal blieb der Römer Augustus stehen, denn sein rechtes Bein schien den Giganten gar nicht mehr recht zu tragen, und ein Augenlid sank ihm beim Sprechen und Lauschen müde herab.

Das Lächeln, das um seine Lippen lag, ließ ihn noch älter erscheinen als er war.

Vielleicht war es besser, als König im Bauernkittel über diese Erde zu pilgern.

Der schöne Graf Rutowsky, sein jüngster und heiterster Bastard, suchte dem Römer und seinem Gaste aus dem Nordland den Weg durch all die tausend Wunder; gerade zu diesem festlichen Tage hatte er es mit seinen zweiundzwanzig Jahren auf die gleiche Anzahl fröhlicher Bankerte gebracht wie sein hoher Herr Vater. Er lachte und schwatzte, daß es die ernsten Brandenburger fast noch mehr als all die anderen bezwang.

Langsam verlöschten darüber die Kerzen.

Aus der Höhe der Pfeiler, von Spiegeln vertausendfacht, begannen Monde, Sterne und Kometen bläulich und silbern zu schimmern; und neue, nie gehörte Klänge schwebten in den Gewölben der leuchtenden Kuppeln auf. Weit in der Ferne, am Ende der Pforten und Stufen, schwoll Gesang an, steigerte Glanz und Schimmer sich zur Sonnenhelligkeit. Kaskaden von fließendem Feuer sprühten auf, und als sie zerrannen, ward Nacht, Nacht ohne Glanz und Gesang. Aber die Schwüle aller Sommerdüfte strömte aus den Alabasterbecken der versiegten Fontänen. Von Brunnen zu Brunnen wachsend, sich immer klarer aus silbernem Nebelhauch lösend, schwang sich die Mondessichel schmal und weit und edel von Schale zu Schale. In ihrer Tiefe ruhte die Göttin des Mondes, Selene. Perlengleich schimmerten ihre Glieder. Goldstaub glänzte auf den gesenkten Lidern. Alle Blumen der Nacht umschlossen ihren Schoß in sanftem, losem Kranz. Auf den Brüsten blitzte Tau der Diamanten. Aber lichter als die Edelsteine war der Glanz ihres Leibes.

Alle um den Preußenkönig wichen leise zurück. Allein stand er vor der Sichel Selenes, dem himmlischen Ruhebett am Saume der Ewigkeit. Lächelnd hob die Göttin des Mondes die Arme. Noch immer waren ihre Lider tief gesenkt.

»Sie ist sehr schön. Das muß man gestehen«, sagte der König von Preußen und betrachtete sie ruhig, so wie er auch die Brunnenbecken und die blühenden Gewinde zwischen den Säulen sich aufmerksam ansah. Aber plötzlich fuhr er zurück, riß Grumbkow den Hut unter dem Arm hervor und drückte ihn dem jungen Sohn vors Gesicht. Er stieß den Sohn zum Eingang zurück. Er wendete sich ab. Er schritt die Stufen zum oberen

Saale empor. Noch schwebten Gigue und Courante, Chaconne und Sarabande durch den Palast. Die Treppe, von Fackeln und marmornen Göttern gesäumt, drangen die Züge singender Masken herauf und umschwärmten den König von Preußen. Er ging durch sie alle hindurch. Den Bauernkittel streifte er im Gehen ab. Er kehrte zu Fuß in Graf Flemmings Palais zurück, in dem er Aufenthalt genommen hatte. Er verschloß seine Zimmer.

Morgens ließ der König Herrn von Grumbkow holen. Der zog die Sache ins Scherzhafte. Aber der König nahm einen recht ernsten Ton an und befahl ihm, dem König von Polen in seinem Namen zu sagen, daß er ihn sehr bitte, ihn dergleichen Vorfällen nicht mehr auszusetzen, wenn er nicht wolle, daß er Dresden auf der Stelle verlasse.

Der Polenkönig und Sachsenkurfürst lachte sehr vergnügt darüber, ging sogleich zu Friedrich Wilhelm und entschuldigte sich bei ihm. Er nahm aber, wie er es auszudrücken pflegte, wahr, daß den König von Preußen seine ernsthafte Miene nicht verließ, und so brach er denn die festgefahrene Unterhaltung ab und fing ein anderes Gespräch an. Sofort war König Friedrich Wilhelm es zufrieden. Denn er suchte Diskurse mit König Augustus. Die Dresdener hatten erwartet, daß der Preußenkönig – der Pastorenwirt von Wusterhausen, der Korporal von Potsdam, der Wildschweinhändler von Königsberg – von Herrn August dem Starken eine Rechtfertigung seines Namens verlangen würde: Kanonenstrecken, Talerbrechen, Eisenbiegen. Und allenfalls mochte er sich wohl auch nach dem erheblichen Darlehen erkundigen, das der Bruder August von ihm erhielt.

Herr Friedrich Wilhelm aber hatte nur ernste Fragen an den Galant und Athleten zu stellen: Besitzen solche Feste wie die Dresdener Bacchanale einen Wert für das Volk? Kommen viel Fremde ins Land, sie zu sehen? Zirkuliert dann wohl neues Geld? Schaffen sie dem Handwerk Arbeit? Oder werden die Untertanen dadurch belastet? Endlich aber: Wird die Via regia von Dresden nach Warschau einen Schnitt durchs Deutsche Reich bedeuten, an dem es verblutet, oder wird sie ein Weg zum Frieden der Völker im Osten des erschütterten Europa werden?

Etwas an dem Nachbarmonarchen schien Herrn Friedrich Wilhelm groß trotz all des Verwerflichen, das Augustus umgab. Schenkte nicht die Feierlichkeit seiner Bauten den Menschen

das Bewußtsein einer neuen Würde und den Triumph erreichter
Ziele, während sie noch mitten in den ersten Mühen standen?
Warb seine Heiterkeit nicht dauernd um Liebe, während er noch
Last um Last auferlegte? Breiteten nicht seine Feste alle Leichtigkeit des Lebens über seinem Lande aus, während es noch hingegeben war an die ungewisseste Zukunft? Das Leben des geringsten Mannes und des nüchternsten Werktags war ins Gefüge
seiner Feste einbezogen. Die Menschen um Augustus sahen
glücklich aus. Das preßte dem König von Preußen das Herz ab.
Er fand die Leichtigkeit des Lebens nicht. Ihm wies es überall nur
Forderungen. Ihm gab es kein erreichtes Ziel. Die Menschen um
Augustus wurden von einem lächelnden Zauberer in Wunder-
lande getragen. Friedrich Wilhelm aber erschreckte sein Volk,
war Tyrann, Lastträger, Bettelkönig in einem. Klötze und Stämme
mußte er roden, Pfützen ausfüllen, der grobe Waldrichter sein,
der die Bahn brechen und zurichten mußte für etwas, das allein
in seinem Denken bestand und das er niemals zu zeigen vermochte: Siehe, da ist es. Luthers Worte hatten sich ihm schmerzhaft eingeprägt.

Augustus war Verschönerer, Bezauberer, Beglücker. Über
Schuld und Übel schritt und trug er hinweg; alle Welt um ihn
war höchste, letzte Blüte. In Friedrich Wilhelm war die Schwere
alles Wachstums und die verborgene Last der künftigen Fruchtbarkeit. Auch in dieser Stunde sank die Schwermut wieder über
ihn. Ihm kam der Gedanke daran, wie er sich einmal Bußpredig-
ten für den Polenkönig zurechtgelegt hatte, den er bis dahin
immer nur den »Kleiderständer« schimpfte. Nun stand er selbst
als Büßer vor dem Strahlenden, »dem kein Schaden, kein Verlust
noch Klage in den Gassen war«.

Er war geneigt, Augustus einen der größten Fürsten der Erde
zu nennen.

Bitter neidete er ihm den Sohn, der die Verhandlungen des
Vaters so ernst und streng verfolgte, seine Rechnungen prüfte
und daneben auf der Einhaltung aller ärztlichen Vorschriften für
den Vater bestand. Daß einer jeden Tag mit seinem ganzen
Hause betete, das machte wohl nicht Söhne nach dem Willen
Gottes; und ein nur geringer Trost lag darin, daß in Dresden, wie
er hörte, »des preußischen Königs und Kronprinzen überall her-
vorleuchtender Religionseifer und Kirchengehen einen großen
Eindruck gemacht habe«. Ach, über Brandenburgs vermessenen

und gequälten Glauben! Hier, hier war die Verheißung zugleich schon Erfüllung: in diesem Lande blühte selbst der Stein als Akanthusgeranke, und alle klaren Wasseradern der Erde sprangen als Fontänen auf.

Er aber war der Herr und Knecht des Sandes und der Sümpfe.

König Friedrich Wilhelm war es kaum bewußt, daß er, wenn er aufgestört und beunruhigt war, immer wieder denselben Versuch unternahm, sich ein Gleichgewicht zu erkämpfen: er schrieb an den Dessauer Freund. Sein letztes Dresdner Schreiben geriet sogar noch besonders ausführlich.

»Ich gehe nun nach Hause, fatiguieret von alle guthe Dage und Wohlleben, aber Gott ist mein Zeuge, daß ich kein Plaisir daran gefunden. Die hiesige Magnificence ist so groß, daß ich glaube, sie habe bei Louis XIV. ohnmöglich größer sein können. Und was das liederliche Leben betrifft, so kann ich in Wahrheit sagen, daß dergleichen noch nicht gesehen, und wenn der selige Francke lebte und hier wäre, würde er es nicht ändern können.

Was der Karneval und Weltgetümmel ist, hab' alles gesehen, daß ich davon sprechen kann, aber kein gusto gefunden; ich werde wiederkommen als ich hingegangen bin, Gott hat mir bewahret, die Verführung fehlet nit, das lasse ich mündl zu besprechen. Das Zeughaus ist gut fourniert, aber das bei uns ist tausendmal besser. Was das grüne Gewölbe ist, cela éblouit, meinem Vater seine Juwelen ist nits dagegen – «

Er erzählte und bestaunte, kritisierte und moralisierte, kritzelte und kleckste. Nur das eine, Wichtigste vermochte er auch vor dem Freund nicht zu erwähnen – nämlich, daß Fritz am Weltgetümmel und insbesondere am Prinzendasein »gusto fand« und nicht mehr wiederkehrte, wie er hingegangen war. Der Vater hatte seinem Sohn bei dem Anblick Formida-Selenes den Hut vor sein Gesicht gepreßt; aber vor manch anderem hatte er ihn nicht zu bewahren vermocht.

Nun wußte Friedrich, was einem Kronprinzen zukam. Er hatte Höflichkeiten erfahren, wie sie ihm selbst die Märchen der Mutter nicht beschrieben. Er hatte unter jungen Fürsten und fröhlichen Königsbastarden gelebt. Er hatte Töchter aus königlichem Blute in weißseidenen Knabenanzügen und kurzgeschnittenen schwarzen Locken umherlaufen sehen, sich als die Mätressen ihres Vaters rühmen hören und dabei der Schwestern gedacht, die auf Wusterhausen hinter dem mütterlichen Wandschirm lasen, lernten und Stickereien für Herrn Pastor Freylinghausens Waisenhaussaal anfertigten. Er hatte erfahren, wie man jedem seiner Worte ungeheure Bedeutung beimaß. Er hatte begriffen, was es hieß – der Neffe des Königs von England und vielleicht dereinst sein Schwiegersohn zu sein. Er hatte mit Diplomaten höchst doppelsinnig philosophiert und nannte sich in seinen Dresdener Briefen an die älteste Schwester »Frédéric le pfilosophe«. Aber »pfilosophe« war er zur Zeit am wenigsten. Er war ein junger Fürst, er war ein Diplomat geworden. Und philosophisch war er nur gestimmt gewesen, wenn er sah, wie sein harter Herr Vater den Königsbastarden zu Dresden mit so viel Höflichkeit und Güte begegnete.

Er fragte sich viel, als er von Dresden kam, der Prinz. Nur fragte er nicht danach, warum der Papa bei König Augustus den Flötenspieler Quantz für ihn ausbat, »Quantz, der die Querflöte spielt, einen großen Komponisten, der durch seinen Geschmack und seine erlesene Kunst die Flöte der schönsten menschlichen Stimme ebenbürtig gemacht hat«.

Es mußte während des sächsischen Karnevals Stunden gegeben haben, in denen der Bettelkönig seinem Sohn ein fürstlicheres Dasein zuzugestehen bereit war; Stunden, in denen er ihn erfreuen wollte, wie Augustus seinen einzigen Sohn und seine Bastarde erfreute; und als Friedrichs edelstes Vergnügen sah er, ohne sich nur einen Augenblick zu bedenken, die Musik an. Außerdem fand er aber Friedrichs bisherigen Musikunterricht unzulänglich und erklärte, als er um den Meister Quantz bat, es müsse ein Ende haben mit dem abscheulichen Gepfeife daheim. Oder wollte er sich hinter solch rauher Wendung verbergen?

Der Kronprinz vermutete allein den Einfluß der Mama bei dem König von Polen; er hätte gern ihre Briefe an König Augustus gelesen, in denen sie einen Quantz von ihm erflehte. Auch in Dresden kam ihm alles Glück von Monbijou. Ohne Monbijou wäre der Gedanke an die Heimkehr unerträglich gewesen. Monbijou wenigstens war doch ein Hof.

In hundert Einzelheiten prägte Friedrichs Wandlung sich aus. Schon auf der Rückfahrt wurde es deutlich. Der Sohn war indigniert, daß der Vater sich nicht auf den Schlössern des Adels ansagte, sondern in öden Dorfkrügen Rast hielt.

Einem aber hatte Friedrich vorgebeugt. Er dachte gar nicht mehr daran, mit den derben, zweizinkigen Stahlgabeln zu essen, die in den deutschen Wirtshäusern üblich waren und eher einer Waffe ähnelten. Er hatte sich in Dresden ein Besteck mit dreizinkiger silberner Gabel besorgen lassen. Gemächlich nahm er es bei Tisch aus dem Etui. Alle in der Wirtshausstube blickten auf ihn; das ganze Gefolge gab acht, was wohl geschah. Denn alle waren sich im klaren: der Gebrauch der Silbergabel bedeutete die offene Kampfansage an die väterliche Lebensweise und allen altväterischen Brauch zu Potsdam und auf Wusterhausen.

Der König nahm dem Sohn die Gabel aus der Hand, so heftig, daß Böswillige sagen konnten: er schlug sie ihm aus der Linken.

Es schien einzureißen, daß man die Königliche Hoheit, die man zu Dresden so umworben sah, zu bedauern begann. Herr von Grumbkow, wie er sagte, suchte zu vermitteln. Er erklärte dem verstimmten Herrscher, des Kronprinzen Humeur sei doch nun einmal auf Generosität, Gemächlichkeit und Magnificence sowie auf eine glänzende Zukunft gerichtet. In einem einzigen Satze häufte er die Worte, die der König haßte: Generosität, Gemächlichkeit, Magnificence, glänzende Zukunft.

Was mußte ›Der König von Preußen‹ dazu sagen!

Nach Tisch beschloß der König, seine Reiseroute abzuändern. Der einzige Aufenthalt, der noch an einem Hofe vorgesehen war, sollte abgesagt werden. Der König schickte eine Eilpost nach Dessau, er würde Anhalt auf seiner Heimfahrt nun doch nicht berühren. Die Gründe konnte niemand erfahren. Selbst der Fürst von Anhalt-Dessau wurde mit der Erklärung abgespeist, es gehe nun wieder Hals über Kopf in die Arbeit. Die Wahrheit wollte König Friedrich Wilhelm ganz in sich verschließen: daß er gerade jetzt die Wärme des Familienlebens in diesem Fürstenhause nicht ertrug, in dem noch alles Wirklichkeit war, was sich auf Wusterhausen längst als Lüge erwies. Er wollte nicht zu den dessauischen Winterjagden, jetzt nicht. Er sah zu deutlich vor sich, wie die lachenden Riesensöhne, dicht um den herrlichsten Vater geschart, auf Schimmeln, Füchsen und Rappen all den anderen Jägern des Hofes voranstürmten. Er kannte die Strecke, die der Dessauer und seine Jungen zum Jagdschluß an den Waldsaum legten – wilde Reiter waren sie, verwegene Jäger, lustige Brüder, brave Junker, tapfere Offiziere allesamt, wie die Jahre sie auch trennen mochten: der Moritz, Wilhelm und Eugen, der Dietrich und der Maximilian Leopold, für den der König eine »personelle Liebe« hatte.

Die »Weltlust« war zu Ende. Schon auf der Heimfahrt mußte Friedrich wieder die Regierung erlernen und mit dem Vater eine überaus umständliche Rückreise machen, in Dorfgasthäusern mit der zweizinkigen Gabel essen, öde Siedlungen und kahle Fabriken besichtigen und allerorts die Niederlassungen der aus den verschiedenen Ländern gekommenen neuen Einwohner selbst in Augenschein nehmen. Indessen ließ der Papa die Magnificence seiner Zukunft sich und ihm entgleiten, indem für eine Auswertung der diplomatischen Begegnungen, die der Kronprinz in Dresden gehabt hatte, keine Zeit mehr blieb.

Nun ja, fand der Kronprinz von Preußen, als er betrachtete, was der Vater ihm wies, es sind gewiß ganz schöne Erfolge eines kleinen Fürsten... Papa hatte einen unglückselig engen Zuschnitt gewählt. Aber er, der Thronfolger, wußte: Preußens Zukunft lag bei dem großen Hause der Mutter, entschied sich weit über dem Meer und nicht in diesen dürftigen Kolonien, die Papa so lächerlich wichtig nahm. Nur in gewisser Hinsicht waren die abscheulichen Reisen mit Papa ganz außerordentlich lehrreich und lohnend. Denn das wußte er nun fest: der Vater war im Lande verhaßt. Jeder Winkel seines Reiches litt – genau so wie der Hof – unter seiner Schwermut, seiner Bigotterie, seiner maßlosen Arbeitswut und tötenden Sparsamkeit.

Beamte, die nach Preußisch-Litauen versetzt werden sollten, weigerten sich sogar in offenem Widerstand; und selbst die Bauern wußten ihrem Wohltäter keinen Dank. Nach des Königs Weise sollte jahraus, jahrein gepflügt, gesät, geerntet und gedroschen werden, und das Lernen und Mühen nahm kein Ende.

Warum der Adel gegen den Vater rebellierte, warum die Geistlichkeit ihm opponierte, warum die Diplomatie ihn derart ablehnte, aus welchen Gründen die Wissenschaft seine ganze Existenz am liebsten kraft abstrakter Spekulationen und Schlüsse ableugnen wollte – dies alles war der jungen Königlichen Hoheit aus den Kreisen des mütterlichen Hofes bis in jede Einzelheit bekannt.

Nun aber, nach den ersten Reisen mit dem Vater, wußte Prinz Friedrich, wie es um den Papa und jene Leute stand, mit denen er tat, als wären sie anstatt des Adels die Träger seines neuen Staates. Nun erfuhr der Knabe, was es mit den Bauern, den Bürgern, den Soldaten auf sich hatte. Niemand in Preußen machte die Narrheiten des dicken, frommen Königs gern und aus freien Stücken mit. Die Stimmung war schlecht. Kein hartes, zorniges Wort, zu dem sie jemals den von Arbeit Erschöpften, von Sorgen Aufgeriebenen absichtlich gereizt und herausgefordert hatten, war in Vergessenheit geraten. Sie kamen alle dem Sohne nun wieder zu Ohren.

»Sie sollen nach meiner Pfeife tanzen oder der Teufel hole mich. Ich lasse hängen und braten wie der Zar und traktiere sie wie die Rebellen.«

So hatte der König gedroht.

»Wir sind doch Herr und König und können tun, was Wir wollen.« So hatte der Bettelkönig geprahlt.

Verborgen blieb, was er dem Freunde schrieb, wenn ein Tag so harter Rede sich neigte. »Gott ist bekandt, daß ich es ungern tue und wegen die Berenheuter zwey Nächte nit recht geschlafen.«

Den französischen Gesandten Graf Rothembourg überschüttete Friedrich nach seiner Heimkehr mit Höflichkeiten. Ihn verlangte danach, in Sparta fortzusetzen, was er auf der Insel Cythere begann. Er versicherte dem Grafen, er wisse, wie sehr er die Partei seines britischen Oheims ergreife.

Die Kaiserlichen wollten, als sie den Kronprinzen so oft bei dem Franzosen trafen – denn gesellschaftlich verkehrte man ja so reizend und so rege miteinander –, auch ein bißchen von den Reiseplaudereien Seiner Königlichen Hoheit profitieren. Sie umwarben Friedrich sehr. Aber leider hatte Graf Rothembourg nun für Frankreich schon die besseren Informationen. Die Pariser trauten ihren Augen kaum, als sie jetzt von seiner Feder lasen: »Der König ist nach den Worten seiner eigenen Untertanen ein Fürst ohne Plan und System, der sprunghaft verfährt und von einem Extrem ins andere fällt. Er ist bei allen Ständen seines Landes gleichmäßig verhaßt. Um den Vater zu entwaffnen, müßte man dem Kronprinzen eine Partei schaffen und eine Anzahl von Offizieren auf seine Seite bringen. Ich glaube, das würde gelingen. Jedenfalls müßte man den jungen Prinzen in einer für Frankreich günstigen Gesinnung erziehen. Ich tue neuerdings so, als ob ich nie mehr mit ihm spräche. Aber ich habe mehrere sichere und zuverlässige Wege, um ihm alles zukommen zu lassen, was ich will, und um Nachrichten von ihm zu erhalten.«

So weit also waren die Dinge gediehen. Aber mehr durfte jetzt noch nicht gewagt werden. Graf Rothembourg kündigte Frankreich einen baldigen mündlichen Bericht über den preußischen Thronfolger an. Inzwischen sah er von Brief zu Brief den Umsturz immer näher und meldete in stets kürzeren Abständen, daß alles auf dem Wege dazu sei. Was sich der Abenteurer Clement einst in gefälschten Briefen ersann, war Wahrheit geworden. Er hatte König Friedrich Wilhelms späteres Geschick schon längst zuvor geahnt. Alles schien in Auflehnung. Neuerdings taten sich sogar die Bäcker gegen den König zusammen; sie verstünden es nicht, so schlechtes Brot zu backen, wie der Herr es verlange. Das Volk beklage sich; es wolle anderes Brot.

»Nein«, schlug der König ab, »sondern solch Brot wie die Musketiere essen und wie ich selber esse. Ich will den Anfang machen auf meinem Tisch.«

Er sah die dritte große Teuerung, seit er König war, über sein Land kommen.

Die königliche Tafel sollte es am ersten spüren.

Als krank ausgegeben, kam Friedrich tatsächlich um die neue Ostfahrt des Vaters herum, die sich sofort an seine Dresdener Reise anschloß. Aber er mußte nun in Potsdam wohnen und durfte die Mutter nur zweimal in der Woche besuchen. Solche vom König verfügte Trennung ließ tief blicken. Fritz bekam sein festes Pensum Ingenieurwesen und Fortifikationskunde aufgetragen. Das war lästig, keinesfalls jedoch so schlimm wie die täglichen militärischen und ökonomischen Gespräche mit dem Vater, deren Inhalt dem Kronprinzen nun einmal nach wie vor nur als quantité négligeable erschien.

Vor allem: die zwei Tage jeder Woche in Monbijou glichen alles, alles wieder aus! Denn immer wieder noch einmal flackerte am Hof der Mutter eine Festesfreude, wie er sie aus den Dresdener Tagen kannte, empor. Ja, um die Zeit der Lilien und Rosen und der Brunnenspiele im Park brach in dem Gartenschloß Sophie Dorotheens eine wahre Musikleidenschaft aus. Denn König August hatte nicht nur dem König seinen Meister Quantz, sondern, wie er in den artigsten Schreiben versicherte, auch der Königin »die geschicktesten Musiker gesandt, so den berühmten Weiß, der ein Meister auf der Laute ist und nicht seinesgleichen gehabt hat, und Bufardin, der für seinen schönen Ansatz auf der Querflöte bekannt ist«. Sie durfte diese Musiker behalten. Ihre

Sonderrechte erschöpften sich nicht nur mit dem Silberservice bei der Tafel.

Friedrich blieb allmählich drei und gar vier Tage bei Mama, spielte Flöte, Violine, Cembalo, trieb Politik, indes die Erzieher aufgerieben wurden von dem Zwiespalt zwischen Monbijou und Wusterhausen. Noch immer nahm der König nicht ihr Amt von ihnen, noch immer hielt er an dem Gedanken fest, den Sohn von seinen eigenen Gouverneuren erzogen zu wissen, solange Gott diese Treuen dem Hause Brandenburg ließ. Die Treuen waren zu rar.

An jenem Abend allerdings, an dem der Herr vergrämt, beunruhigt, überanstrengt, krank und völlig beschäftigt mit trüben Eindrücken und schwierigen Plänen aus Preußisch-Litauen zurückkam, das Schloß verlassen fand und – wollte er begrüßt werden – vom Personal nach Monbijou gewiesen wurde; an jenem Abend war er zu dem starken Eingriff entschlossen, Friedrichs Erziehung so spät noch einmal auf eine neue Grundlage zu stellen. Denn da saß nun wieder die ganze Clique bei einem Konzert beisammen und politisierte und schwadronierte und hörte nicht auf Harfen, Flöten und Gamben, sondern spielte, in politischen Anzüglichkeiten schwelgend, L'hombre und A-la-bassette, obwohl die Königin dem Gatten fest versprochen hatte, dies Hasardieren würde allmählich einschlafen, damit er es ihr nicht zu verbieten brauchte. Und fraglos war der Mittelpunkt des Konzertes, der Spielrunde, der eleganten Debatten und unausgesprochenen Komplottgedanken einzig und allein sein ältester Sohn; sein Sohn, das wußte König Friedrich Wilhelm längst, als der Neffe des Königs von England! Ach, all das Konzertieren war ja nur ein Vorwand! Da saß er nun, die Flöte unter die Achsel geklemmt, am Spieltisch der Mutter, obwohl heute nicht sein Monbijoutag war, griff schnell ins Spiel ein, mischte sich lebhaft in die Konversation und gab der Unterhaltung sofort die entscheidende, die gefährliche Wendung. Am Hofe der Mutter in Charlottenburg, dachte der König, war es doch, bei aller Ablehnung des Königs, immerhin nur um Monaden, inkommensurable Größen und prästabilierte Harmonie gegangen: um die philosophische Unterbauung des Königtums und Leibniz' große Pläne für die deutschen Fürstenhäuser, herrliche Möglichkeiten der Entfaltung, die man theoretisch diskutierte. Hier aber wurden andre Möglichkeiten für das Königreich Preußen erörtert.

Friedrich schien sich sehr heimisch zu fühlen und machte nicht gerade den Eindruck, als wolle er diesen Abend noch nach Potsdam zurückkehren. Perücke und Anzug, die der Kronprinz trug, waren dem Vater völlig unbekannt. Seit der Rückkehr aus Dresden hatte Friedrich Schulden nicht mehr nur für Bücher –.

Ach, und der König durfte nicht einfach mit seinem Sohn auf sein Jagdschloß gehen, sich fern von den Gesandtschaften allein mit ihm verbergen, ein paar tüchtige Männer für den Unterricht mitnehmen und all die großen Aspekte mit einer kühnen Geste und einem möglichst klaren Kraftausdruck beiseitefegen –; im Gegenteil: man mußte den Knaben gerade in jene Verflechtung seiner stillen Schulstunden mit den bewegten Vorgängen der europäischen Zeitgeschichte tiefer und tiefer einweihen. Um ›Des Königs von Preußen‹ willen kam der Vater nicht daran vorbei.

Es gab recht betretene, aber auch sensationslüsterne Gesichter, als der König so unerwartet im Halbrund der Spieltische erschien.

Der König bemerkte, daß Gattin und Tochter sich flüchtig verständigten. Die Königin bot ihm an, in dem Gelben Zimmer neben der Orangerie ihm und einigen der Herren rasch eine Tabagie zu arrangieren. Der König dankte. Dagegen erkundigte er sich unvermittelt, aber nicht unhöflich nach der Herkunft all der unzähligen neuen Dosen – er schätzte, es seien an die zwei- bis dreihundert –, die wie eine kostbare Sammlung auf den Möbeln umherstanden und die er vor der Reise noch nicht bemerkt zu haben glaubte: Dosen aus Gold, Perlmutter und Brillanten, Lapislazuli und Carneol. Er rückte an ihnen hin und her, was den Damen ungezogen schien. Eins der Kästchen griff er heraus.

»Achthundert Taler«, meinte der König, »wozu benötigt man dies?«

Es sei eine neue Mode, erfuhr er. Die Damen nähmen jetzt auch un peu du tabaque. Und zu jedem Kleide wähle man die passende Tabatière. Das sei jetzt üblich.

Der König schob auf einem japanischen Lacktisch alles, was an Dosen über ihn verstreut war, zusammen.

»Damit können Sie Dörfer retten, meine Damen, in jenem Lande droben im Osten, das Sie zur Königin, zu Prinzessinnen, zu königlichen Hofdamen macht. Im alten Preußen droben ist jetzt Hungern à la mode. «

Mit kurzem Gruße ging er hinaus. Die Damen umflatterten aufgescheucht die sichtlich angegriffene Königin. Denn alle waren ja in alles eingeweiht. Keiner sah, wie mühsam und beschwerlich König Friedrich Wilhelm hinausging; keiner hatte bemerkt, daß er an dem Tisch mit den Tabatièren nur verweilte, weil er eines Haltes bedurfte. Auch als er seine Reise angetreten hatte, machte sich die Königin keine Gedanken, daß sein Aufbruch unter etwas besorgniserregenden Umständen erfolgte. Den vierten Platz in seinem Wagen hatte der Oberchirurg innegehabt; und außer dem leichten Feldküchenwagen war der offenen Königskalesche zum ersten Male ein völlig neuartiges Gefährt gefolgt: eine Feldapotheke auf Rädern, die getreue, wenn auch sehr verkleinerte Nachbildung der neuen Schloßapotheke aus Silber und Glas.

Sie fragten nicht nach den Zeichen seines Aufbruchs, seiner Heimkehr: sie achteten auch heute nicht auf seinen Weggang. Sie waren bedrückt, wenn er kam, und atmeten auf, wenn er ging.

Auf dem Parkweg am Fluß mußte der König immer wieder stehen bleiben; er lehnte sich gar an eine der Laternen. Aber seiner Traurigkeit und seinem Grimm entging es keineswegs, welch maßloser Überfluß an Beleuchtung um das Schloß der Königin herrschte, weil man ihn noch auf der Landstraße glaubte.

Im verlassenen großen Schlosse drüben stieg er so spät noch zu den Prinzenstuben empor und trat in seines Hulla Schlafgemach. Für einen unendlich schmerzlichen und unendlich seligen Augenblick erschien ihm jene kleine Kammer, ganz in Rosa und Gold, als ein Hort der Wärme und Liebe in der großen Öde und Kälte seiner Schlösser, des Römerpalastes sowohl wie des Jagdkastells. Jede der wenigen Stunden, die er in den Kinderzimmern verbrachte, war ihm gegenwärtig, und aus allen Erinnerungen trat das Bürschlein August Wihelm: immer sanft und rührend aufmerksam, zuvorkommend und heiter, aufgeweckt und liebenswürdig, stürmisch in seinen Zärtlichkeiten und plötzlich wieder fast andächtig still. Der große Bruder spielte die Flöte – und Hulla stahl sich als begeisterter Zuhörer ins Zimmer. Der grämliche und kränkliche kleine Heinrich wurde im Gartenwagen ausgefahren – und Hulla lief, ihm schöne Schmetterlinge fangend, munter schwatzend nebenher. Die dicke, kriegerische

Ulrike hatte in einer Treppenkammer ein vergessenes altes Jagdhorn aufgestöbert – und Hulla blies es ihr gleich unermüdlich,
wenn auch ein wenig atemlos vor, um danach noch als eifriger
kleiner Maler ihre Tuschereien zu bewundern: turmhohe Häuser und Bäume, riesenhafte Enten und höchst merkwürdig aus-
sehende Menschen in winzigen Kähnen. Oder die große Schwester Wilhelmine las in ihren Büchern – und Hulla hockte neben
ihr und malte ihr unzählige kleine Bildchen zu ihrer Geschichte,
und überall fügte er nach Möglichkeit den Papa in seiner blauen
Uniform ein. Der Vater, der große Bruder, der kleine Heinrich,
Wilhelmine, Ulrike, Sanssouci, die rauhe Friederike Luise, die
gesetzte Sophie Dorothea Maria – stündlich ergoß sich ein Strom
von Hullas Zärtlichkeiten über sie. Nur vor der Mama blieb er
befangen. Sanssouci und er schienen sie immer zu stören. Und
Sanssouci Philippine Charlotte wünschte doch gar nichts so sehr,
als ein Hoffräulein der herrlich parlierenden Mama zu sein;
selbst das lange, lange Warten in dem Vorzimmer der Mutter
Königin war ihr ein Fest!

Der König kämpfte um ein Reich, als er die Hand auf die
Türklinke der Knabenkammer legte – er kämpfte um den Traum
der bergenden, wärmenden Nähe, die Wusterhausen ihm bescheren sollte in den eisigen Weiten des Königtums. Der Kleine
schreckte auf, aber er lächelte sofort und freute sich sodann ganz
unbändig, daß der Papa so mitten in der Nacht mit einem Male
wieder da war.

»Was hast du mir mitgebracht, Papa? Hast du es hier?«

»Ich habe heute nichts mitgebracht, mein Kleiner. Dein Papa
ist ein armer Mann.«

Der Kleine wollte sich ausschütten vor Lachen. Der König
rückte ihn im Bett zurecht und strich ihm liebkosend die Decke
glatt.

»Morgen darfst du dir aber wieder Farben kaufen.«

Das versprach er seinem Hulla fest. Noch einmal streichelte er
ihn: er streichelte ihn für alle seine Kinder, die nahen und die
fernen, die lebenden und die toten, und darum sehr innig. Aber
nun dachte er schon wieder nur daran, was mit seinem Ältesten
zu geschehen habe.

Denn geschehen mußte etwas; und bald.

Die Erzieher waren entlassen, mit hohen Ehren und Renten.
Das hatte keiner erwartet.

Aber der König hatte nirgends Schuld gefunden, nicht bei sich selbst und nicht bei den Männern Kalkstein und Finckenstein. Ihm war ein liebster Plan gescheitert. Das war alles.

Am Hofe orakelte man im Zusammenhang mit den jüngsten Vorfällen in Monbijou und der Entlassung beider Gouverneure das Ungeheuerlichste über die Teufeleien, die der König sich nun aussinnen würde, den »Neffen des Königs von England« zu treffen und ihm in Wusterhausen einen wahren Schreckensherbst zu bereiten; Korporale würde er ihm wohl zur Seite geben, Korporale!

Der König war entschlossen, seinen Ältesten noch einmal in Güte, Ernst und Versöhnlichkeit für ›Den König von Preußen‹ zu gewinnen.

Ohne Frage mußte er zwar seinen Sohn aus dem Umkreis der Mutter entfernen, ohne Frage jedes seiner angebahnten diplomatischen Rendezvous verhindern. Aber er wählte einen Weg, der nur nach behutsamster Erwägung und ernstestem Nachdenken, abseits allen Zorns und aller Härte, hatte gefunden werden können.

Er mußte nun den Sohn eng an sich binden. Aber er gab ihm Gefährten: nicht mehr Männer, die schon die eigene Kindheit behüteten oder ihm selbst schon Waffenmeister und Waffenbrüder gewesen waren, sondern junge Menschen, die besten, die gebildetsten seiner Armee. Die Freundschaft sollte Friedrich sein Amt begreifen lehren; diese drei jungen Männer, die der Vater für ihn ausersah, hatten verstanden, welche Forderung von ›Dem König von Preußen‹ an Junkertum und Offizierskorps gestellt war. Die sollten nun dem künftigen König allstündlich zur Seite sein. Als derart wichtigen Bestandteil seiner Königsaufgabe betrachtete der Herr die Erziehung des kommenden Königs, und im Gegensatz zu all den anderen Höfen suchte er den Thronfolger mehr und mehr zu den Geschäften heranzuziehen.

Der König holte seinem Sohn den jungen Herrn von Rochow, den jungen Grafen Keyserlingk und den Pagen von Keith. Diese drei sollten ihm, dem Vater, helfen den Kampf zu führen gegen das, was seinem Sohn allein noch »digne d'un prince« war.

»Komödianten, maîtres de flûtes mit zwölf Pfeifen, Tanzmeister, Franzosen und Französinnen, Döschen, Etuichens, bernsteinerne und andere Bagatellen, das ist königlicher als eine Kompanie Grenadiere«, hatte der König zu seinen Helfern gesagt und sie noch schriftlich gebeten, seinem Sohne vorzustellen, »daß alle effeminierte, laszive, weiblichen Okkupations einem Manne höchst unanständig sind. Wer den Kopf zwischen den Ohren hängen läßt und schlotterig ist, der ist ein Lumpenkerl.« Die Schlafmütze solle dem Prinzen aus dem Kopf vertrieben werden, daß er mehr Vivazität bekäme. Der Kronprinz neige zu Beschäftigungen, welche faul seien. Und auf ihren Abendkonzerten in verputzten Gartensälen hätten sie etwas überaus Artiges zusammenkomponiert, das verdammte Ähnlichkeit mit einem Kriegsmarsch besitze.

Der König legte dem jungen Oberstleutnant von Rochow sogar beide Hände auf die Schultern.

»Will es auch mit Ihm, dem Keyserlingk und dem Keith bei meinem Sohne nicht gelingen – so ist es ein Unglück.«

Und alles, was er nun noch sagte, war Entwurf einer völlig neuen Instruktion für einen erwachsenen Sohn.

»Der Ehrgeiz, der moderiert ist«, hob König Friedrich Wilhelm an, »ist recht löblich, hingegen die Hoffart stinkend; und ist gegen Gottes Willen und ein Abscheu der Menschen.«

Auf ihrer Reise schien er den Sohn zu jeder Stunde beobachtet zu haben: kein Fehler, keine Schwäche, kein Versagen, keine Unart, die er nicht an ihm kannte; und niemals war ihm der Eindruck geworden, als kämpfe Friedrich gegen sich selber an, so wie er selbst sich nahezu in Qualen überwunden hatte: immer stärker überwältigt von Gott. Es war, als erkenne er aus seinem eigenen Wesen und seiner eigenen Erinnerung heraus vieles wieder, das er an dem Sohn genau so haßte, wie er es an sich selbst hassen gelernt hatte, und wäre es nur die malpropre Art der äußeren Haltung.

Völlig unbegreiflich schien, daß der König zu diesem Zeitpunkt den militärischen Rang seines Sohnes erhöhte; er wollte ihm Vertrauen beweisen und all seinen guten Willen recht sichtlich bekunden.

Die Königin, von den Umbesetzungen der Gouverneursstellen und im kronprinzlichen Gefolge benachrichtigt, erklärte, nicht einer dieser neuen Herren sei wahrhaft von Familie. Selbst Graf Keyserlingks Mutter sei nicht eigentlich von Geburt, wenn sie recht unterrichtet wäre. Auch hieß es, ein simpler Leutnant von Borcke würde noch hinzugezogen werden. Die Königin glaubte sich nie an solche Enge gewöhnen zu können. Nichts schien ihr unerträglicher als kleine Verhältnisse. Und nun stand Wusterhausen dicht bevor. Frühling und Sommer waren über den Hoffnungen von Monbijou und der Wahl der neuen Prinzengouverneure dahingegangen. Die Menschen sprachen schon vom Sommerende. Das preßte Frau Sophie Dorothea das Herz ab. Die kostbaren Vorhänge von weißgelblbliniertem Atlas vor ihrem Fenster am Schreibtisch beiseite schiebend, blickte sie in ihren Garten hinaus – und sah das kahle Burgfenster ihrer Wusterhausener Kammer vor sich. Das sollte nun den langen Herbst über alle Freude ihrer schönheitsdurstigen Augen sein: grobes Mauerwerk ohne milde, bunte Verhüllung; und als einziger Ausblick aus den kalten, steinernen Nischen einige düstere Kiefern, wie sie sich im Herbststurm bogen.

Es war, als wittere die Bärin Grognonne die Ankunft des Herrn. Wie ein Hund lag sie im Tor an der Brücke und hielt Ausschau. Ganz gegen die Gewohnheit kam der König diesmal als der letzte. Die anderen waren alle schon im Jagdschloß eingetroffen. Der Herr war noch immer durch die schwierigsten Geschäfte in Berlin festgehalten.

Der Hof und seine Gäste richteten sich indessen auf Schloß Wusterhausen ein, lärmend und mit etwas nervöser Heiterkeit, dann mehr und mehr gereizt, jedenfalls soweit es die älteren Glieder der Familie betraf! Die Enge! Die Enge! Was half alle Bauwut des Königs! Auf Wusterhausen wurde nichts geändert; es blieb die alte Jagdburg, das alte Grenadierkastell aus seinen Knabenjahren. Der Kronprinz hatte nicht einmal ein eigenes Zimmer, einen Besucher zu empfangen.

Bis zum Eintreffen des Königs war es aber ganz erträglich. Prinzessin Wilhelmine wurde in den Kreis der jungen Männer einbezogen, man lernte einander kennen, entdeckte die gemeinsamen Interessen, und der Kronprinz schien sehr rasch imstande, sich ein Bild von den neuen Erziehern und Hofmeistern und Begleitern zu machen.

Den Kavallerieobristen von Rochow, einen schwerfälligen jungen Mann mit großen, grünen, ruhigen Augen, hatte Papa – um in seiner Sprache zu reden – ganz sicherlich wegen seiner ernsten Natur ausgewählt. Der Rochow sollte die Schar der Gouverneure führen und den ganzen Ton in ihrem Kreis bestimmen.

Schwerer war dem Prinzen schon die Wahl des jungen Grafen Keyserlingk verständlich, den Papa gelegentlich schon selbst einmal als sehr »alert« bezeichnet hatte. Meinte er damit nur den schlanken, geschmeidigen Reiter? Es war ja wohl unmöglich, daß dieser König den ausgedehnten Studienreisen und Universitätsaufenthalten des jungen Grafen irgendwelchen Wert beimaß?! Und ausgeschlossen war es doch, daß Papa gar Keyserlingks lebhafte Klugheit erkannte oder sein modernes philosophisches Denken, durch das der junge Graf dem Königssohn so nahestand, auch nur ahnte?!

Am rätselhaftesten aber stand es um den Leutnant von Borcke; und gerade der hatte Tag und Nacht ständig um Friedrich zu sein. Ja, wußte Papa denn nicht, daß niemand ein eleganteres Französisch sprach und in der neuesten Musik vorzüglicher beschlagen war; daß niemand in der Konversation beschwingter sein konnte als der schmale, junge Offizier mit den auffallend langen, tiefschwarzen Wimpern über guten, klugen, grauen Augen?! Der sollte seinen stündlichen Aufpasser abgeben? Ach, welch ein schlechter Menschenkenner war doch König Ragotin! Und nun auch noch der Page von Keith, Musikant, Poet und Maler, zigeunerhaft dunkel, hochgewachsen, ein behender Spieler in jeglichen Dingen, so leicht, so gewandt, so vergnügt! Friedrich fand, die jungen Herren hätten den Papa mit ganz außerordentlichem Geschick überlistet. Wie mußten sie im Potsdamer Leibregiment den strengen König-Obristen hinters Licht geführt haben, ihr Amt bei Hofe zu erhalten und in die engste Umgebung des künftigen Königs zu gelangen!

Geschmeichelt dachte sich der Prinz das aus. Die Güte des Vaters begriff er nicht. Er dünkte sich so menschenkundig. Mit den neuen Gouverneuren glaubte er sich in geheimem, stillschweigendem Einverständnis, von dem die jungen Männer jedoch nicht das mindeste ahnten. Der Kronprinz hatte sie bei sich zu begeisterten Gefährten einer schwärmerischen, heimlichen Verschwörung erhoben. Weil er ihnen nun so aufgeschlossen begegnete, erschien ihnen ihr neues Amt, so verschieden sie an Temperamenten und Talenten waren, unverhältnismäßig leichter, als sie es erwartet hatten. Im Hirschsaal herrschte jetzt manchmal das munterste Schwadronieren, das sich einer nur vorstellen konnte; so glänzender Laune waren der Kronprinz und die älteste Prinzeß. Auch warben sie nun geradezu bei der Mama für Friedrichs neue Herren. Daraufhin begann auch diese, vertraulich mit ihnen zu sprechen und zu erklären, das Land werde es ihr noch einmal danken, was sie an dem Kronprinzen getan habe.

Erst an dem Morgen, an dem die Bärin sich im Tor erhob, ihr Fell schüttelte und sich reckte, als der Wagen des Königs über die Brücke rollte, begann sich die Stimmung zu ändern.

Rochow, der seinen Vater früh verloren hatte, betrachtete den König mit stärkerer innerer Anteilnahme, als der bloße Respekt vor dem allerhöchsten Herrn sie verlangte. Aber dazu war er zu jung, um zu ermessen, wie verändert, von Jahr zu Jahr, König Friedrich Wilhelm zum Herbste seinen Einzug auf Schloß Wusterhausen hielt.

Er kam nicht mehr als der Blühende, Leidenschaftliche, der kühn und kraftvoll Neues plante, wirkte, ordnete und flüchtige Ruhe bei den Seinen suchte: Frau, Kindern und Jagdkumpanen.

Er kam als einer, der das längst Begonnene und zu vielen Malen schon Zerstörte immer wieder von neuem aufnahm: Das Heer. Den Staat. Die Stadt. Die Kassen. Die Felder. Die Fabriken. Die Provinzen. Die Erziehung des einen. Die Ehe.

Der späte Sommer war wie ein großes Feuer im Verlodern. Der Himmel war gelb. Die Sonne stand stumpf und rot und abgegrenzt in der Leere. Die Hitze ließ die Wälder weithin brennen. Der Anblick der Gärten in ihrer Welkheit und Dürre war sehr niederdrückend. Vor Trockenheit fiel alles Obst, noch ungereift, von den Bäumen. Die Wiesen waren wie versengt. Selbst in den sonst so kühlen Gängen des alten Schlosses und seinem Saal war es dumpf. Den König vermochte nur noch ein Kirschwein zu erfrischen, den ihm der Dessauer in großen Korbflaschen schickte.

Allen ging der Tag fast allein nur damit hin, daß sie in den Fensternischen hockten und das Gewitter erwarteten. Die Adler rollten ihre Kugeln an den Ketten dicht am Gemäuer vorbei, als suchten sie Schutz. Die Bärin schien zornig, und die Nähe des Herrn beunruhigte sie, anstatt sie wie sonst zu beschwichtigen. Unbewegte Glut und fauchender Sturm wechselten rasch. Die Bären vom Zaren waren vor dem Stall der Meute auf einen Haufen zusammengekrochen und jappten wie durstende Hunde; die Zungen hingen aus den offenen Mäulern.

Dann, um den Feierabend, kam das große Gewitter herauf, seit Wochen täglich erwartet: in unruhigen Blitzen, ohne Windhauch, die Luft nur mit rötlichem Staube erfüllend. Nur einzelne Tropfen fielen. Immer wieder trat die Sonne glühend aus dem Schwefelrauch, und jeder Flecken Sandes oder Grases, der nur irgend Feuchtigkeit empfangen hatte, wurde wie von einem heißen Dunste überloht.

Binnen einer Stunde waren es viele Gewitter, Blitz um Blitz und starke Schläge. Aber Wind und Kühle und Befreiung brachten sie nicht, nur so jähe Wolkenbrüche, daß es klang, als führen viele Landwagen eine holprige Straße entlang. Solcher Regen war zu schwer, um helfen zu können. Er schlug die Früchte, die Glut und Dürre noch gelassen hatten, von den Bäumen. Aber der Ausbruch so gewaltiger Gewitter nach so unbarmherzig heißen, lastenden Tagen hatte etwas Feierliches.

Die Kammerfrau Ramen, in federleichtem, feenweißem, weitem Kleide sprengte aus einem Kupferbecken in der Kammer der Königin Wassertropfen auf die Dielen. Das Bett der Herrin bezog sie vor den schwülen Nächten alltäglich mit frischem, kühlem Leinen. Sanfter und dienstbereiter war sie denn je, behender und stiller; und das Dunkel ihrer Augen war noch tiefer.

Nun wohnten Herr und Herrin wieder Tür an Tür.

Nachts stand der König lange vor der Schwelle, die ihn von der Gattin und einer Vergangenheit trennte, die ihm sehr weit schien. Der Regen rauschte nun doch so schwer und voll und ebenmäßig, als vermöchte er die verbrannte Erde noch einmal fruchtbar zu machen.

Als dann der König vor die Gattin trat, den Leuchter über sie erhebend, gewährte diese Nacht ihm den letzten Irrtum seiner einstigen Liebe. Als hätte sie Monat um Monat auf diese Stunde gewartet, blickte Sophie Dorothea beseligt lächelnd zu ihm auf.

Noch sah er schwer und traurig auf sie nieder, wie einer, der die letzte Unentrinnbarkeit erkennt, in die der Mensch geworfen ist.

Immer ernster sah der König auf das Lächeln seiner Frau.

Es war zuviel gewesen zwischen Herbst und Herbst.

Er kam zu der lächelnden Frau, wie einer, der von Gott geschlagen und an der Welt gescheitert ist.

Es war um die tiefste Stunde dieser Nacht gewesen, als er an ihrem Bettrand saß, sehr still und sehr lange.

Wenige Tage danach, als zur Freude der Königin unter all den Jagdgästen endlich, endlich auch einige der fremden Gesandten in die Einöde von Wusterhausen hinauskamen, hielt Ihre Majestät es für angebracht, einem dieser Herren sehr eindeutige Bemerkungen darüber zu machen, daß sie eine Stunde besonderer Vertrautheit und eine ungewöhnlich günstige und lange nicht beobachtete Stimmung des Königs sofort benützt habe, um ihn auf die neuen Briefe aus England vorzubereiten und vor der Lektüre bereits zu einer den beteiligten auswärtigen Höfen genehmen Antwort zu bestimmen. Sie war beseligt, die fremden Diplomaten wieder zu sprechen. Die Aktionen durften ja keine Unterbrechung erfahren! Der Sommer von Monbijou hatte ja den Sieg noch nicht entschieden.

Hätte doch der König auf jene letzte Höflichkeit verzichtet, die fremden Gesandten wie alljährlich zur Jagdzeit nach Wusterhausen zu bitten! Was half es nun dem König, daß er um den Sonnenuntergang als der beste aller seiner Schützen heimkam, abgelenkt und sogar ein wenig vergnügter.

Was half es ihm, Wusterhausen war ja doch in Monbijou verwandelt, und er konnte nicht dagegen an. Ein zu großer Plan stand auf dem Spiel. Er vermochte die vorzeitigen Heiratsprojekte für seine jungen Kinder nicht mehr mit rascher, unbekümmerter Geste beiseite zu fegen. Die Politik Europas hatte sich dareingemischt, verwickelt, verbissen. Und das seltsamste war, daß Monbijou die glückliche Lösung der englischen Frage nicht heftiger und sehnlicher begehren konnte als der Jagdherr und Wirt von Wusterhausen.

Nein, richtig lenkte ihn auch die Jagd nicht mehr ab, trotz der hundertfünfzig Hühner den Tag und obwohl er es in diesem Winter gar auf tausend Wildschweine zu bringen gedachte. An den Abenden gab es ja in den alten Mauern der Jagdburg doch nur das eine Gespräch als Traum oder Wille, Hoffnung oder Notwendigkeit, Phantasie oder Überlegung, Intrige oder Gebet.

Dieses Jahr wurde zum Malplaquetfest nicht zu dem Tanz der Offiziere aufgespielt. Der König wußte von einem anderen Tanze zu sagen – aber der war wild und wüst und hatte nach Allianzen, Pakten und Traktaten seinen wirren Namen.

»Es ist ein englischer Kontertanz«, so zürnte der König, »wo jeder Herr jeder Dame nacheinander die Hand reicht; und nicht eher als am Schlusse weiß man, welche Paare zusammengehören.«

Von solcher Art war der Malplaquet-Tanz dieses Jahres.

Das Wild aber, das sie in diesem Herbst von Malplaquet bis Sankt Hubertus jagten, war König Ragotin selbst. Nun, nach dem Tode des alten Ilgen, war er ja ohne den Rat und Beistand des greisen Ministers, der nach seines eigenen Herrn Worten »so viele, viele Avantagen für dieses Haus zu Wege gebracht«. Außer als Manufakturist, als Landwirt und als Korporal nahm man den König nirgends mehr ernst. Aber der Agrarier, Fabrikant, Armeeinspekteur und -instrukteur und Generaldirektor war für fremde Zwecke auch weiterhin noch sehr begehrt. Und so ließ Europa den Verachteten nicht los, der mit dem selbstgewählten Namen »Bettelkönig« wohl doch nur seinen argen Geiz verhüllte. Man sprach von ihm nicht mehr anders als mit Achselzukken und Köpfeschütteln. Er war schwer krank. Er lebte in Zerfall mit seinem Hause. Er hatte sich in einen unglückseligen Reichspatriotismus verstrickt, den er mit dem Verzicht auf allen Aufstieg seines Hauses bezahlen mußte. Er hatte sich im Osten in eine Fehlspekulation von noch nicht dagewesenem Ausmaß hineinreißen lassen. Er hatte die fremden Staaten und die eigenen Länder gegen sich. Aber seine alten Städte waren entschuldet und neue Städte wuchsen; seine Armee paradierte auf immer glanzvolleren Revuen in immer größerer Stärke. Seine Magazine, mochten sie Waffen oder Tuche und Stiefel bergen, waren immer üppiger gefüllt, und insbesondere schienen seine neuen Straßen gut zum Marschieren. Anfangs war König Ragotin wohl doch ein tüchtiger Mann gewesen. –

Es war noch ein Geheimnis um ihn; und verlockend war, es zu lösen; verlockender noch, den verwirrten und überanstrengten Mann bis zum Wahnsinn zu treiben und sich seines ängstlich geheimgehaltenen Besitzes zu bemächtigen. Peinlich und schwierig war nur, daß man noch so gar keine klare Vorstellung davon erlangen konnte, wer alles in dem Kuratorium würde mitbestimmen wollen, das dereinst – man hoffte: bald – den armen Kranken unter Kuratel zu stellen hatte.

Aber es galt, rasch zuzupacken. Sonst vergeudete er im Nu wieder alles Errungene und Erworbene an seinem wahnwitzigen Gedanken, sein ödes, krankes, unheilschwangeres Ostland – das wahrhaftig den Namen eines Bettelkönigs rechtfertigte – zum fruchtbaren Königreich zu machen, ebenbürtig den alten, schönen und gewaltigen Reichen Europas, denen zu dienen für das neue Preußen eigentlich höchste Ehre bedeuten mußte.

Es galt, ihn schleunigst festzunageln. Denn wenn der Brandenburger in ihre Allianzen nicht mit eintrat, so war den anderen ihr Konzept und ihre Tabulatur verrückt.

»Europa ist von neuem in einer Krisis«, schrieben die fremden Gazetten, »wenn es in diesem Herbste nicht zum Krieg käme, müßte man staunen.«

Und andere Journale des neutralen Auslandes meldeten: »Man sucht vergebens nach einem vernünftigen Grunde, warum fast ganz Europa voll Kriegseifer ist.«

Fünfzigtausend Franzosen standen marschbereit am Rhein. Holland hatte sich kriegsfertig gemacht. Die Spanier lagen vor Gibraltar. Die englische Flotte wollte Neapel beschießen. In den westindischen Gewässern erschien ein englisches Geschwader, welches die kaiserlichen Gallionen hinderte, mit ihrer Silberladung in See zu stechen.

Die blühendsten Industrien gingen schon über der bloßen Erwartung des großen Krieges zugrunde. Selbst im berühmten Lyon waren die Seidenarbeiter bereits ohne Arbeit. Aber die Magazine des Königs von Preußen füllten sich stetig.

Auf alles Werben, Drohen, Drängen war jedoch vom närrischen König Ragotin leider immer nur die eine Antwort zu hören: »Es ist keine Sache in der Welt, an der uns mehr gelegen wäre als an der Erhaltung der Religion. Unser Gewissen und Interesse verpflichten uns, das Werk nicht kaltsinnig und obenhin zu behandeln.«

Aus dieser einen Antwort, die er vor seinen eigenen Ministern und den fremden Gesandten erteilte, ohne einen Unterschied zwischen ihnen zu machen, brach die ganze Gewalt seiner Leiden und die ganze Schwere seiner Gedanken hervor.

Sie alle sahen in ihm den närrischen Bettelkönig der östlichen Wüsteneien. Er aber meinte in jeder Handlung das Reich, den Erdteil, Gottes ganze schmerz- und schuldbeladene Welt.

In den Stunden, in denen eine solche Trauer das Herz des Fruchtbaren, Lebendigen zerriß, stürzte sich König Friedrich Wilhelm wie der leidenschaftlichste aller Diplomaten auf die Politik.

Wer ahnte, daß auch die Karnevalsreise nach der Insel Cythere nur eine Pilgerfahrt des Herzens gewesen war.

Er hatte in Dresden, obwohl dort von Geschäften nicht die Rede sein sollte, und nach seiner Rückkehr unablässig an dem Plane eines auf volle zehn Jahre bemessenen Friedenspaktes zwischen den souveränen Herrschern auf fremden Thronen, die zugleich deutsche Reichsfürsten waren, gearbeitet, da man seines Ermessens, wo im Reich und in Europa es auch sein mochte, »ohne Sturmhaube nicht mehr aus dem Fenster blicken konnte«.

Aus England war dem König immer wieder nur der Bescheid geworden, man sehe nicht, wie die Könige von England und Preußen zu ihrem Zweck gelangen könnten, wenn König Friedrich Wilhelm nicht in gewisse Bedingungen willigte. Und das hieß: wenn sich der König von Preußen als Kurfürst von Brandenburg nicht so skrupellos von Reich und Kaiser trennte, wie der König von England als Kurfürst von Hannover es längst zu tun bereit war.

»Der Kurfürst von Hannover ist König von England, sein zweyn Herren, die ein Herz haben, ergo inséperable«, schrieb König Ragotin in seiner diplomatischen Sprache.

»Krieg wierdt in der weldt, dieses ist gewiß«, erging nun eine Botschaft des Preußenkönigs nach Dessau, »wo auf was vor Façon, das weiß noch keiner. Das Menschenfleisch ist itzo rar also man was seuberlich umgehen muß, indessen werde alles mit gewaldt verhindern, was das Römische Reich in Unruhe bringen kann, und für die Wohlfahrt Deutschlands mitsorgen also ich es der feder nit eher anvertrauen kan als bis acht dage vorbey ist.«

Ein Plan war entworfen, nach welchem im Norden und Osten ein Heer von Dänen, Schweden, Hannoveranern, Hessen unter englisch-französischen Fahnen ins Feld gestellt werden sollte, um, wie im Dreißigjährigen Kriege, in Schlesien, auch Böhmen, einzufallen. Dagegen faßte man in Wien den Gedanken, den König von England in seinen hannöverischen Landen anzugreifen – und beide Parteien gedachten es mit der Musterarmee des roi sergeant zu tun. Was bedurfte dieser König solchen Heeres!

Noch ehe acht Tage vorbei waren, mußte der Herr über Brandenburg und Preußen seinem alten Kriegsmechanikus auf die Exerzierwiese vor Halle melden: »Werde nit leiden, das der keiser Hannover über hauffen schmeißet wo der keiser nach sein Kop es thun will werde alles daran setzen was ich habe Hannover zu beschützen.«

Alles trug in seinem Herzen einen großen Namen, den es nur mit Inbrunst sprach: Der Glaube. Das Reich. Der Kaiser. Das Haus. Das Bündnis.

Darüber war der Friedensstifter nach den langverschleppten Kriegen wie ein Narr geworden. Sollten die Königreiche auf Gottes Erde nicht mehr blühen und wachsen? Sollte Gottes Schöpferkraft und Ordnung nicht mehr spürbar werden? Sollte der Mensch nur noch eines vermögen: zu zerstören; und waren die Könige dieser Welt nichts mehr als Lehrmeister zum Töten?

»Ich mediator sein«, erbat sich der Brandenburger im Zerfall und Auseinanderklaffen des Reichs. Er erbat es sich von den Mächten. Er erflehte es von Gott. Und um des Reiches und des Glaubens willen war er zu Zugeständnissen England gegenüber bereit, die von den Holländern »so generös und equitabel« genannt wurden, »daß der englische Hof sich ins größte Unrecht setzen würde, wenn er sie nicht annähme. Denn die evangelische Religion könne nicht schwerer gefährdet werden, als wenn ihre beiden stärksten Säulen im Kampf miteinander lägen, wie die Römischen immer gewünscht hätten.«

Es ging um Silberflotten und herrliche Hochzeiten fürstlicher Kinder. Es war wie in den Märchen, die Königin Sophie Dorothea in Monbijou ihren Kindern erzählte. Aber König Ragotin hörte aus all der Hochzeitsmusik nur den Kriegsmarsch heraus. In der ungeheuerlichen Vergrößerung, Vertiefung und Verdichtung, die alle Dinge unter den starken, raschen Schlägen seines Herzens erfuhren, sah er seit Jahr und Tag den Bruch zwischen dem Norden und Süden Europas, den Riß im Reich, den großen Glaubenskrieg um der irdischen Macht willen sich vorbereiten – den Glaubenskrieg, in dem nun wiederum die Dynastien eines Glaubens gegeneinanderstanden: die Welfen gegen die Hohenzollern, die Bourbonen gegen Habsburg!

In dem Schacher, der im Zeichen der Zepter und Kreuze, Throne und Altäre getrieben wurde, erhob er selbst nur eine Forderung: »Ich will alle Geheimnisse ebenso erfahren, so gut wie der Allerchristlichste König und der König von Großbritannien, und will mit ihnen alles ausmachen, was geschehen soll, und zwar als Gleichberechtigter, nicht als Untergeordneter. Muß ich Bündnissen beitreten, dann will ich es nicht als Laufbursche tun.«

Als die Gefährten des Glaubens drüben überm Meer dem König über Sumpf und Sand allmählich zu verstehen gaben, daß man seine Armee und nicht seine Tochter begehre und daß die Ehre, »Königin in Preußen« zu werden, für eine englische Prinzessin ungleich geringer sei als umgekehrt für eine preußische Prinzessin die Aussicht auf die Würde einer Königin von England; als dieses böse Wort in Briefen und Vertragsentwürfen, zehnfach verwandelt, verschleiert und verdeutlicht, wiederkehrte, riß sich das Herz des Bettelkönigs los von dem beglänzten Bilde, in dem die Reiche eines Glaubens ineinanderwuchsen durch die Liebe junger Königskinder. Er erkannte nur zu bald den alten Leitsatz wieder, das Aufkommen des brandenburgischen Hauses dürfe nicht geduldet werden.

Jeder neue Brief aus England hatte den älteren Lügen gestraft, und der König begrub nun den frommen Traum von den beiden großen Friedensreichen evangelischen Glaubens, den Reichen des Königs von England und des Königs von Preußen, die als Kurfürsten des Heiligen Römischen Reiches Deutscher Nation zugleich treue Reichsstände unter dem katholischen Kaiser wären. So hatte sich der große Friede König Friedrich Wilhelms angekündigt. Das Reich hieß ja »das Heilige«. – England schuf und Londons Hof zerstörte den Traum, zerstörte ihn in kleinlicher, beleidigender Schmähung. Der König von Preußen schrieb schroff, daß er nun für die englische Prinzessin danke; und was seine eigene Tochter angehe, so sei das Fräulein wohl des Herrn wert.

Im welfisch-hohenzollerischen, hannöverisch-brandenburgischen, englisch-preußischen Hexenkessel war nun die Teufelei vollkommen geworden. Die Königin von Preußen war verzweifelt. England konnte ja jetzt nur eine Antwort geben: es danke seinerseits endgültig für die preußische Prinzeß. Und wenn diese Antwort eintraf –.

Die Antwort durfte, durfte, durfte nicht kommen, raste die Königin von Preußen.

Furchtbar bäumte ihre Ungeduld sich auf. Sie wollte diesen Herbst nach Wusterhausen kommen und Wusterhausens klägliche Macht ohne weitere Mühen gebrochen wissen. Sie hatte dem englischen Gesandten alles erzählt, was ihr der Gatte jemals über Politika sagte. Sie hatte ihm die Briefe gezeigt, die sie schrieb; sie wollte ihm sogar Berichte diktieren, in denen sie von dem Gatten nur noch als dem Wüterich sprach, den man besänftigen müsse. Weinend hatte sie gefragt: »Hat denn England gar kein Erbarmen mit mir?« Und als England schwieg, flehte die Königin von Preußen Frankreichs Mitleid an. Der französische Gesandte erhielt den Auftrag, »den Erfolg ihrer Maßregeln zu erkunden, damit man die Schwierigkeiten behebe, die sich ihren Wünschen noch entgegenstellten«. Ihr schien, als müsse sich die Welt zusammentun, um den Ehrgeiz ihrer großen Kinder zu befriedigen, die ihr die Art der Welfen und Stuarts in sich zu tragen schienen und darum »in der Hoffnung auf die Ehe mit dem Prinzen von Wales und seiner Schwester erzogen waren«.

Ihr Hochmut, ihr Starrsinn fragten nicht nach der Morgengabe, die der Märchenkönig überm Meer vom Bettelkönig im Sande verlangte. Sie, sie hatte Versprechungen gemacht, die der Gemahl nur zu erfüllen hatte.

»J'embouleverserai l'Europe«, schrie die Königin von Preußen, und die Welt vernahm, wie sie auf Wusterhausen raste.

Vorerst verdichteten sich alle ihre Leidenschaften nur in den einen, harmlos scheinenden Wunsch: den Sohn nur eine Viertelstunde allein sprechen zu dürfen, ohne den Gatten, ohne die Gouverneure, außerhalb der kerkerengen Mauern!

Die Kammerfrau Ramen fand den wunderbaren Ausweg, man könne auch im engsten Hause wie durch weite Fernen, allen unsichtbar geworden, durch Briefe miteinander verkehren. Des Kammerdieners Seiner Majestät war sie gewiß. Ewersmann im Zimmer des Kronprinzen – das konnte auch dem hellhörigsten, scharfsichtigsten Argwohn nicht im mindesten verdächtig sein.

Damit nahm ein Briefeschreiben wie durch weite Fernen in dem engen, schmalgiebligen Jagdschloß in der Mark Brandenburg seinen Anfang.

Die erste Folge davon war, daß der Kronprinz, sehr begeistert und belebt, eine private Korrespondenz zwischen Wusterhausen und London begann. Er hatte ein Mittel ausfindig gemacht, die Wünsche beider Höfe in Einklang zu bringen. Papa wollte als Genugtuung für erlittenen Schimpf die einfache Heirat, die englisch-preußische Ehe nur für die Tochter? Denn soweit war es gekommen. Gut; England mochte also fürs erste getrost mit der Vermählung zwischen dem Prinzen von Wales und Prinzessin Wilhelmine von Preußen vorlieb nehmen. Der Kronprinz von Preußen gab dafür sein Ehrenwort, wenn er erst der väterlichen Gewalt entronnen sein werde, niemand anders als die Prinzessin Amalie von Britannien zu heiraten. Er gab sein Wort ohne das Wissen und gegen den Willen des Vaters. Die Politik des Bettelkönigs ging ihn nichts an. Und nach dem Gebot ›Des Königs von Preußen‹ fragte er nicht.

Wenn er nach der Jagd frisch umgekleidet war wie immer, saß der König oft stundenlang düster sinnend am Tisch, wie er es zuvor noch nie getan hatte. Um seines Grübelns, seiner Ängste willen war er ein Zauderer und Zögerer geworden, wo er nur je noch seinen Königsnamen unter ein Schriftstück setzen sollte, das von einem fremden Hofe kam oder an einen fremden Hof gehen sollte.

Aber Europa sah kein anderes Heil als die Traktate, Tripel-, Quadrupel- und Heiligen Allianzen. Der königliche Diplomat Friedrich Wilhelm scheiterte an der Verschlagenheit, nicht so an der Verworrenheit Europas.

Jedesmal, wenn der König sich aufraffte und vom Schreibtisch erhob, drängte es ihn, in die Kammer seines Sohnes zu gehen, ihn an sich zu ziehen und ihn vorzubereiten auf die schweren Geheimnisse, die ihm anvertraut waren von ›Dem König von Preußen‹.

Aber in der Kammer seines Ältesten war ja nicht Gehör und Raum für ihn. Dort parlierte ja immer einer der fremden Herren Gesandten von Dingen, die verführerischer anzuhören waren. Und auch im Zimmer seiner Frau, wollte er den Sohn nun etwa dort erreichen, fand der König keine Stätte. Dort brachten ja Kuriere dauernd Briefe, und andere Kuriere harrten der Antwortbilletts. Niemand konnte ferner sein als der Sohn und die Frau.

So hatte nun der weite Geist von Monbijou gesiegt. Dem Herzen des Königs war die bergende Mauer der abgeschiedenen Jagdburg niedergerissen. Frau und Sohn und Tochter hatten die Wärme und Nähe des einen Saals, der Kammern, der Höfe und Winkel Wusterhausens preisgegeben an die große, wirre Welt. Ihre Briefe verrieten König Ragotins Schloß an die Länder und

Meere, die Mächte und Gewalten des Erdteils. Die Briefe, die sie erhielten, zerstörten die Steine und Quadern des kleinen Kastells. Die künftigen Schlachten Europas bebten schon in jedem Schritt voraus, der im Gewölbe der steilen Turmtreppe verhallte.

Auch die Bibel kündete dem Herrn in diesem Herbst nur noch von Fürstenleide; er las viele Tage lang die gleiche Königsklage: »Du zerstörst den Bund deines Knechtes und trittst seine Krone zu Boden. Du zerreißest alle seine Mauern und lässest seine Festen zerbrechen. Es berauben ihn alle, die vorübergehen; er ist seinen Nachbarn ein Spott geworden. Auch hast du die Kraft seines Schwertes weggenommen und lässest ihn nicht siegen im Streit. Du zerstörst seine Reinigkeit und wirfst seinen Stuhl zu Boden. Herr, wo ist deine vorige Gnade?«

Ewersmann sah seinen Herrn jetzt oft so regungslos sinnend über der Bibel am Eichentisch im Hirschsaal sitzen. Er flüsterte es der Kammerfrau Ramen zu.

Draußen rollten die Adler drohend ihre Kugeln über den Hof.

Die Bärin, behutsam zwischen Böschung und Schloßgraben tappend, umkreiste das Schloß, lautlos und böse und jeden zu Tode erschreckend, der ihrer nicht gewärtig war.

Die Kammerfrau lockte Grognonne mit Zucker hinweg, auf Bitten der Herrin. Da richtete die Bärin sich auf, als wollte sie sich auf die Kammerfrau werfen, und wußte doch nicht, daß die Ramen es war, die ihr den Namen gab: Die Böse.

In der Flucht der Kammerfrau war etwas von Herausforderung und Hohn, und die Bärin stand noch grollend aufgerichtet, als die Ramen schon längst die Turmtür hinter sich ins Schloß geworfen hatte. Droben, am ersten der schrägen Fenster an der Wendeltreppe, klopfte sie beharrlich an die Scheibe, die Bärin zu reizen und als wollte sie hinunterrufen: So ist nicht gewettet, schwarze Bärin, daß sie mich unter deinen Pranken hervorziehen und meine köstlichen Briefe im Busentuch finden!

Sie schwebte durch den Gang, leise und licht und händigte dem Diener Ewersmann die neuen Briefe aus und gab ihm auch die gewissen tausend Dukaten. Der Diener Ewersmann nahm sie müde. Er sah kein Entrinnen mehr. Aus Wien war indessen schon eine Hundertguldenrente unterwegs.

Die Ramen wußte nicht nur ganz genau, aus wessen Feder die Briefe stammten, die sie zu bestellen hatte. Sie wußte auch, was in den Briefen stand. Sie wußte es von Preußens Königin selbst.

Denn als erste war sie bei ihr, wenn die hohe Frau erwachte – als ein Bild des Friedens, die Arme unter dem Kopf verschränkt, in faltenlosem Bett, planend, hoffend und voller Erwartung.

Die Kammerfrau war auch noch als die letzte um die hohe Frau, wenn die ihr fliederfarbenes Nachtgewand anlegte: vergrämt, verbittert, gereizt, enttäuscht, empört und bis zum Äußersten entschlossen, mit dem neuen Tage, der nach dieser Nacht anbrach, endlich, endlich doch zu siegen. Dann sollten die Nächte in dieser schmalen Kammer gezählt sein!

In einer Nacht, als nahe neben seiner Stube die Gattin schon im Traum die Seligkeit des Triumphes über ihn durchlebte, saß König Friedrich Wilhelm noch lange im Gespräch mit den Herren, die er sich neuerdings nach Wusterhausen hinaus bestellt hatte, beide wieder Bürgerliche; der eine war der Direktor der Lütticher Gewehrfabrik, der andere Potsdams neuer Baukapitän.

Der Direktor der Gewehrfabrik erhielt den Auftrag für eine große Lieferung an Flinten. Noch einmal, wie in der Vergangenheit, fügte der König sein Cito! Cito! hinzu. Aber seine Stirn war umwölkt, und die Augen blitzten nicht mehr. Ihr Blau schien in ein tiefes Schwarz verdunkelt. Den Stadtbaumeister fragte König Friedrich Wilhelm gar absonderliche Dinge.

»Baukapitän, hör' Er gut zu. Wie hat der König von Preußen seine neue Stadt angelegt, wenn man sie beim Schloß an der Havel betritt?«

»Zur Rechten, Königliche Majestät, auf der alten kurfürstlichen Schloßfreiheit liegt Ihr Schloß, daneben, über dem Exerzierplatz, die Soldatenkirche; ihr zur Linken, beinahe wie ein Gegenstück des Schlosses, das Waisenhaus der tausend Soldatenkinder.«

»Gut geantwortet, Baukapitän. Ich sehe, Er kennt meinen Plan. Und: der Kirche gegenüber?«

»Königliche Majestät – nun, die Gewehrfabrik.«

Er sagte das Selbstverständliche leichthin und war von der Torheit der Fragen befremdet. Der König war mit seinem Unsinn noch nicht fertig?

»Sehr wohl, Baukapitän: der Soldatenkirche zwischen Schloß und Waisenhaus liegt die Gewehrfabrik gegenüber. Ob Er es nun versteht oder nicht, Baukapitän: die soll Er mir schmücken. Rings um den Dachfirst zieh' Er mir einen Fries von steinernen Trauertüchern; und wo sie sich schürzen, sei der Kadaver, sei das Skelett, der Totenkopf geopferter Rinder der Zierat. Er weiß doch von den Hekatomben der Antike? Ihm ist doch nicht fremd, daß heute die Antike à la mode ist? Nun, ich schließe mich jetzt der neuen Mode an. Dies soll mein Beitrag sein zu ihren Götterstatuen und Amoretten; vielleicht, daß meine Stadt dann endlich Anklang und Beachtung findet.«

Er schwieg, tat keine Frage mehr und ging an den Schreibtisch.

Ewersmann leuchtete den Herren die Turmstiege hinunter. Sie hatten im Dorfe ihr Quartier bekommen. Aus ihrem Flüstern konnte der Diener noch deutlich vernehmen: »Der König ist nicht mehr richtig im Kopf.« Er hatte die Herren bis an die Brücke geleitet. Sie fürchteten sich. Noch immer tappte die Bärin im Hofe umher, ruhelos, ein schwerer Schatten, dunkler noch als die Nacht.

Der König saß auch im Bett noch lange wach. Vor sich sah er den Fries, den er soeben zu meißeln befahl: Trauertücher um die Totenköpfe geopferter Tiere. Diesmal malte er ein Bild in Stein. Es war das einzige, das der Bilderdenker schuf. Das Bild der Vergänglichkeit blieb er dieser Nacht noch schuldig. Aber in den schweren Schlägen seines Herzens bereitete auch sein letztes Bild sich schon vor, und allein die unbewußte Ahnung dieses Bildes weitete seine Augen so, daß, bis der Morgen anbrach, Schlaf sie ihm nicht schließen konnte; denn aus dem Bilde der Vergänglichkeit trat ihm das Antlitz des ›Königs von Preußen‹ entgegen, der Erhaltung, Entfaltung und Bestand von ihm forderte.

Allmählich waren auch die jüngeren Kinder in vieles eingeweiht, das zu ahnen, geschweige denn zu wissen, ihnen nicht gut tat. Mittags, wenn Hulla das Tischgebet sprach, blieb er manchmal in dem simplen kleinen Verse stecken. So sehr beunruhigte es den zarten Knaben, daß der Vater hinter ihm stand, die Hände über der Lehne seines Stuhles gefaltet. Sie redeten alle so schreckliche Dinge von Papa. Und etwas von schlimmen Veränderungen mußte wahr sein. Der Prinz hatte zu oft, wenn eine Tür sich öffnete oder ein Fenster aufgetan war, Fetzen elterlicher Gespräche gehört. Einmal war es, daß der Vater der Mama erklärte, die Engländer arbeiteten nur für sie, nicht für ihn; und ihr geliebtes Söhnchen sei nur ein Schelm, der sich durch die frühe, vornehme Verlobung doch nur von ihm freizumachen suche; aber er werde ihn schon im Zaum zu halten wissen. Dann wieder nannte Papa an der Tafel, vor aller Augen und Ohren – vor Mutter, Geschwistern und Gästen – Frau und Kinder eine viel zu große Last für einen König, und das lähmende Wort war gefallen, den Verlust einer Frau dürfe man nicht höher anschlagen als den eines hohlen Zahnes, der nur wehtut, wenn man ihn ausreißt; aber im nächsten Augenblick ist man heilfroh, ihn loszusein. Sofort nach diesem Mittagsmahl umarmte er heftig den Kleinen. Aber der entzog sich ihm bedrückt und verängstigt, vertrieben gerade vor dem Übermaß der Liebe, das ihn in solcher väterlichen Umarmung bedrängte; da konnte es geschehen, daß das Prinzlein seine Arme wie zur Abwehr hob. Es konnte ebenso geschehen, daß der Vater wie ohne alle Besinnung seine Augenlider fest zusammenpreßte, nichts anderes mehr denkend als: Dieser Sohn darf nicht verloren werden!

Dieser Sohn war ihm gegeben, daß er ihn lieben durfte, wie jeder Bürger seine Söhne liebt.

Fortwährend wurden die Kinder erschreckt, Mama sei krank. Dann wieder hörten sie den Hof so spöttisch von Mamas Erkrankung reden. Die Königin war jetzt in Schrecken, Zorn und Tränen; oder sie fing des Morgens an über ihren Zustand zu klagen; und um mehr Eindruck zu erzielen, spielte sie eine Ohnmacht. Tagelang setzte sie die Komödie fort. Die Ramen hatte für die Kulissen zu sorgen. Die Kinder wußten nicht mehr aus noch ein. Die beiden Großen, die allein zur Mutter durften, schwiegen so geheimnisvoll. Sie sagten gar nichts, wie es um die Mutter stünde. Ach, und was wollten nur all die fremden Herren, die selbst das Krankenzimmer der armen Mama nicht mehr respektierten, indes die Kleinen so beharrlich und so heftig ferngehalten wurden.

Dauernd mußten Spione an die Königin Abfahrt, Aufenthalt, Entfernung, Rückkehr ihres Gatten melden. Die Kleinen hörten von dem Vater flüstern wie von etwas Unheimlichem, Drohendem. Ohne zu wissen, warum, erschraken sie, wenn er nur in den Schloßhof einfuhr.

Es kam vor, daß der Vater dann wortlos das Zimmer der Mutter durchschritt und gleich danach im Hirschsaal maßlos erregt auf den Minister von Grumbkow einsprach, um darauf wieder jäh und nun für den ganzen Tag zu verstummen. Grumbkow ließ immer von neuem seine ganze Meisterschaft in der

Behandlung des »Chefs« spielen; er verstand es immer ausgezeichneter, »Jupiter« zu beschwichtigen oder seinen Zorn zum Sieden zu bringen, je nach Bedarf; er »machte mit dem Dicken, was er wollte«. Gleichzeitig hatte er auch schon wieder – von Seckendorffs Gelde – »zwei seiner Kreaturen angestellt, um dem Kronprinzen Possen zu spielen«. Er war zu einem der Durchtriebensten geworden, die in den europäischen Kabinetten saßen, ohne Prinzipien, ohne Treue, ein Söldling des kaiserlichen Hofes. Er ließ sich teuer vom Kaiser bezahlen; aber er leistete auch viel für seine jährliche Pension und die außerordentlichen Geschenke, die er obendrein erhielt und die von ihm wohl fest miteinkalkuliert, ja, in ihrem politischen Gegenwert genau bestimmt waren. Es war nun so weit, daß die Geschäftsberichte des preußischen Gesandten in England von Grumbkow in Berlin verfaßt und nach Britannien geschickt, vom Londoner Residenten König Friedrich Wilhelms nur in ein anderes Kuvert gesteckt und mit der Aufschrift »Berlin« versehen wurden. Dafür war ihm aber im Notfalle bereits ein Geheimratsposten in Wien zugesichert. Sein Jahressold stieg von sechshundert auf neunhundert Taler. So billig war ein Gewissen. Grumbkow aber schrieb jetzt des öfteren Briefe lediglich zu dem Zweck, abgefangen und gelesen zu werden.

Während Jupiter und sein großer Minister sich berieten, war Freund Seckendorff, der biedere, auf der Jagd. Abends gedachte er dann den König in der Tabagie mit naiven Aventuren zu ermuntern und im Trinkspruch sich mit Grumbkow über die Taktik und den Augenblick der nächsten Attacke zu verständigen.

Von alledem besaß der Herr nur ungenaue Kenntnis. Er wurde nur von dumpfen Ahnungen bedrückt. Er konnte es nicht nennen und bezeichnen, was da an seinem Tische und unter seinem Dache geschah. Solchen Betrug vermochte der Lautere, wenn auch sein Mißtrauen erwacht war und wuchs, sich noch nicht vorzustellen. Nicht nur die eigene Familie war am Werk; auch Grumbkows Sippschaft half, selbst die militärischen Geheimnisse des Königs von Preußen an Frankreich und England zu verraten. Aus London waren dem König Briefe aus der Feder Grumbkows zugeleitet worden. Der König hatte sie nicht einmal angesehen, aber es bedrückte ihn sehr, daß Grumbkow jetzt immer wieder von einem neuen Clement sprach, der, Briefe fälschend, zwischen den Höfen Europas hin und her reise. Dem König blieb es unfaßlich, daß dieser klügste unter seinen Dienern der treuloseste sein sollte; und daß jenes große Werk, das er für seines Königs Land vollbrachte, nur dazu diente, seinen Verrat zu maskieren.

Am Hofe und vor allem auf dem alten Jagdkastell war durch die erneuten Sparmaßnahmen des Herrn und durch das unablässige Werben fremder Staaten um die Großen und Kleinen des Königs so ziemlich jeder wieder bestechlich oder schon bestochen.

Vielleicht war nirgends ein verschlungeneres Ränkespiel im ganzen Erdenrund zu entdecken, als es hier im stillen, abgeschiedenen Jagdschloß von Kammer zu Kammer sich angesponnen hatte. Und vielleicht war nirgends in der Welt mehr Haß, mehr Feindschaft, mehr Erbitterung aufgespeichert als in dem nüchternen, strengen Hirschsaal von Wusterhausen, in dem der König an langer Tafel mit den Seinen speiste.

Ins bittere Widerspiel verkehrt, war seine Sehnsucht nun erfüllt. Immer, wenn er heimkam von der weiten, schweren Landfahrt eines Königs, sammelten sich in dem abgelegenen Schloß der Knabenjahre alle die Seinen um seinen Tisch: Frau und Kinder, Generale und Minister, Pastoren und Gesandte, Gäste von nahe und fern.

Nun war es erreicht. Sie drängten sich nach Wusterhausen, das doch einmal so verachtet war als unwürdig eines Hofes. Aber es geschah, den Raub zu holen, für jeglichen seinen besonderen Raub.

Die Wünsche der Lebendigen vermögen sich zu erfüllen, völlig und getreu. Aber wenn nun die Erfüllung da ist, haben sich alle Bedingungen geändert, unter denen einst der Wunsch als lichtes Bild im Herzen blühte. Vor der Erfüllung liegt die Zerstörung. Und die eigene Sehnsucht, wenn sie ihr Ziel gefunden hat, verlangt danach, widerrufen zu werden.

Noch war ein heller Schein von blankem Zinn über der jagdlich geschmückten Tafel. Noch strahlte und spiegelte das silberne Gedeck auf dem Platz der königlichen Frau.

Noch betete der kleine Sohn am Tische des Vaters. Noch schenkte der König einem Gaste von seinem eigenen Weine ein und gab ihm von seinem Brot. Denn so pflegte er Gäste auszuzeichnen.

Aber die sakramentale Weihe des Mahles war zerstört. Sie aßen und tranken sich das Gericht.

Wie in einer großen Angst blickte der König manchmal jeden seiner Tischgefährten einzeln an, ob eines einzigen Herz ihm noch gehöre. Und was schon seit Wochen nicht mehr geschehen war: er dachte in den flüchtigen Augenblicken vor dem Mahl über ein anderes Kind nach als seinen ältesten Sohn; denn seinem Hulla gehörte ja kein Gedanke. Ihn umarmte er nur, die Gedanken gerade erstickend, so jäh und so erschreckend.

War es nicht seine alte Ike, von der man ihm sagte, sie sondere sich gern von dem Hofstaat der Mutter und sogar von ihren Schwestern ab; sie trage auf den Festen von Monbijou mit Vorliebe die Weihnachtskleider von preußischem Stoffe; sie befinde sich durch ihre Rauheit in stetem Widerspruch zu allem Höfischen; sie liebe das Jagdschloß, die Hunde, die Bären, das Brunnenwasser und schenke den Grotten, Laubengängen und mit Kupferstichen beklebten Galerien von Monbijou keine Beachtung?

Hulla hatte gebetet. Der König, unvorstellbar, hatte die Hände heute ohne Andacht gefaltet und dem Tischgebet nicht zugehört. Er wartete ungeduldig darauf, sich mit seiner zweiten Tochter zu unterhalten. Er wendete sich zu ihr; man war sehr befremdet; sie saß recht entfernt, und er neigte sich über die Tafel hinweg weit zu ihr vor, beinahe seine streng gewahrten Gepflogenheiten vorzüglicher Haltung vergessend.

»Wenn du einmal heiratest, Ike, wird dir der eigene Haushalt dann Freude bereiten? Wie willst du dir deine Wirtschaft einmal einrichten?«

Erst gab es eine kleine Pause. Dann warf die zweite Prinzeß den Kopf fast ungehörig zurück. Dem Widerspruch gegen alle und alles verschworen, wurde die Tochter sehr kühn.

»Wenn ich meinen Haushalt einrichte, so halte ich mir einen guten, wohlbesetzten Tisch, der sicher besser sein soll als der Ihrige. Und habe ich Kinder, so quäle ich sie nicht, wie Sie die Ihrigen, indem Sie sie zwingen, Dinge zu essen, die ihnen widerstehen, so ärmlich und derb sind sie gekocht.«

»Was fehlt meinem Tisch?« fragte der Vater beängstigend ruhig. Aber die Erstarrten an der Tafel nahmen wahr, wie dem König alles Blut aus seinen Wangen wich.

»Was ihm fehlt?« versetzte die Verwegene, »– alles, was auf

eine königliche Tafel gehört. Vielleicht ist manchmal sogar nicht einmal genug Essen darauf. Und was da ist, können wir nicht ausstehen. Vor Ekel nähren wir uns ja meist nur noch von Milch und Kaffee.«

»Könnt ihr nicht ausstehen«, äffte ihr der König nun doch nach, »könnt ihr nicht ausstehen. Das also ist deine Neigung zu dem Jagdschloß deines Vaters und den Sitten der Jagdzeit; das also: nur Protest gegen die Tafel der Damen in Monbijou. Meine Kinder haben nicht genug zu essen. Und was auf meinen Tisch kommt, widersteht den Feinen!«

Gedankenlos hielt er im Zorn den Tellerrand mit beiden Händen. Und plötzlich packte er den Teller und warf ihn – gegen Friedrich! Und er riß den nächsten Teller zu sich hin und schleuderte ihn – gegen Wilhelmine!

Die Frevlerin ging leer aus. Doch waren die wahrhaft Schuldigen getroffen. Der entsetzten und verwirrten Tischgesellschaft aber war nun klar, was Ewersmann bereits von dem Potsdamer Baukapitän und dem Direktor der Gewehrfabrik erfuhr: der König war nicht mehr richtig im Kopf.

Der Vorgang war um so peinlicher, als diesmal der Kreis der Gäste noch größer war als sonst. Es waren wieder Ärzte eingetroffen. Und Gundling, lange übergangen, gab vor, er habe von neuen Forschungen zu berichten. Nun rettete er die Situation. Denn während die anderen sich mühsam wieder zu sammeln suchten, sprach er geschwätzig auf den König ein und erzählte ihm von historischen Anekdoten, die er ganz neuerdings entdeckte.

Der König lehnte sich, indes von dem völlig verstörten Personal der nächste Gang serviert wurde, ein wenig in seinen Armstuhl zurück und neigte sich zur Seite, zu Gundling; die Augen kniff er seltsam zusammen; er hörte aufmerksam zu.

Nach Tisch, die Unruhe noch zu vermehren, winkte er Friedrich zu sich heran, den – genau wie die Schwester – der über die Tafel geschmetterte Teller nicht einmal gestreift hatte. Etwas schnarrend, etwas näselnd sprach er mit dem Sohn wie mit einem fremden jungen Herrn. »Professor von Gundling hat mir da eben etwas äußerst Fesselndes erzählt. Sie lieben ja solch antikische Historien. Hören Sie? In Karthago ward ein Mann mehrerer Verbrechen wegen zum Tode verurteilt. Als er zum Richtplatz geführt wurde, verlangte er, seine Mutter zu sehen. Sie kam. Er näherte sich ihr unter dem Vorwande, leise mit ihr reden zu müssen; und biß ihr ein Stück vom Ohr ab und sagte: ›So behandle ich dich, damit du allen Müttern zum Beispiel dienst, die ihre Kinder nicht in der Übung der Tugend erziehen.‹ Mein Sohn –, so können Sie auch tun.«

Morgens, als die Ramen die schweren Fichtenholzläden an den Fenstern in der Kammer Ihrer Majestät zurückschlug, nahm sie mit Befremden wahr, daß ihre Herrin entgegen aller Gewohnheit aufrecht im Bett saß, als wäre sie schon lange wach. Das Haar hing ihr ungeordnet um Schultern und Stirn, und regungslos sah Frau Sophie Dorothea vor sich hin. Sie achtete nicht auf das silberne Brett, das ihr die Kammerfrau entgegenhielt, dicht bestellt mit Puderdosen, Schokoladenkännchen, Rosenwasserbekken, Flakons und Etuis aus Monbijou; aber in dem einbrechenden Lichte des späten Morgens warf sie einen fremden, flüchtigen Blick auf das längst gewohnte Bild über ihrem Kamin, das der einzige fürstliche Schmuck ihrer Kammer war; es stellte die »Toilette der Venus« dar.

Unwirsch schlug sie ihre Bettdecke zurück. Die Ramen setzte das funkelnde Tablett ab, eilte nach dem Morgenrock, den seidenen Schuhen; aber die Königin, im weiten, bauschigen Nachthemd, schritt barfuß auf der kalten, harten Diele durch das Zimmer, zu dem Spiegel über dem Frisiertisch. Ganz nahe lehnte sie sich an das Spiegelglas, die Hände schwer auf ihren Toilettentisch aufgestützt.

Die Ramen, über all das Neue verzweifelt, hielt ihr die Perücke hoch entgegen. Die Königin, verändert und gewandelt, ließ sie stehen. Sie ergriff nun eine Strähne ihres vollen Haares und hielt sie dicht an den Spiegel.

Die entsetzte Kammerfrau sah den grauen Schimmer in dem vollen Braun. Sie stürzte nach Bürsten und Kämmen. Die Königin wehrte der Kammerfrau schweigend ab. Unverwandt blickte sie in den Spiegel, suchte jede Falte im zu voll gewordenen Gesicht, preßte die blühendroten, stolzgeschwungenen Lippen hart aufeinander und zog in finsterem Grübeln die Brauen zu tiefer Furche zusammen; dann trat sie vom Spiegel zurück, ihr ganzes Bild mit dem Blick zu umfangen, und tastete mit bleichen, kalten Händen nach den schweren Brüsten und Hüften. – Aber endlich: sie sprach.

»Ich werde alt.«

Und im gleichen Augenblick schluchzte sie fassungslos auf, zornig und voll Ungestüm.

»Und ich bin schwanger.«

Die Kammerfrau Ramen verneigte sich voller Demut und schloß im Senken ihres Hauptes sanft die Augen.

Hätte der König seine Königin zu dieser Morgenstunde gesehen, wie sie die grauen Strähnen ihrer braunen Locken in das herbstliche Licht hielt und den zu schweren, formlos gewordenen Leib betastete und jede Falte des Gesichtes in dem Spiegelbild erspürte; hätte der König dies erblickt, wie seine Königin ihr Verblühen und ihre unversiegliche Fruchtbarkeit in einem begriff, er würde ihre bleichen, kalten Hände mit Küssen bedeckt und um des einen Augenblicks und Anblicks willen die Zerrüttung langer Jahre jäh vergessen haben.

Er hätte auch den Zorn in ihrem Schluchzen nicht vernommen. Noch einmal wäre die einstige Andacht in ihm übermächtig geworden.

Nun war der große Herbst gekommen, mit unruhevoller Sonne, Sturm und Blätterfall, früher Dämmerung, abendlichem Regen und täglich wachsender Weite. Dauernd fielen Kastanien im Nebel in sanftem und gedämpftem Aufschlag ihrer blanken, braunen Holzfrucht, die ihr grünes Gehäuse zersprengte, wenn sie die Erde berührte. Letzte Vögel zwitscherten in all der Lichtlosigkeit wie fern und vergangen.

Die Blumen wurden seltsam entfärbt, ja fast weiß. Zum ersten Male lag Geruch von Laub und Regen über dem Dorf und dem Jagdschloß. Die dunklen Bäume, kaum daß nun der Sturm verrauscht war, standen völlig unbewegt. Der Garten, die Brücke, der Hof bedeckten sich mit nassem Laub. An den Büschen, an den jungen Ahornschößlingen wehten lose, letzte, gelbe große Blätter. Vor dem Dunkel des Kiefernsaumes verblaßte eine Birke in hellster, goldener Tönung. Vereinzelte Buchen standen noch vollbelaubt und kupferrot; am längsten blieben die rostroten Eichen, die ihr Laub als Pergament behalten sollten, als müßte der Nekrolog des sterbenden Jahres auf ihre Blätter geschrieben sein. Wildenten schnäbelten und tauchten im klaren, tiefblauen, vom Herbstwind bewegten Teich. In einer Lichtung der fahlen, gelben Kastanien war der Himmel jetzt manchmal bleigrau, als käme ein letztes Gewitter oder schon der erste Schnee. Die Dunkelheit fiel früher aufs Land, und ihr entgegen stieg unablässig wachsend der Nebel. Die Laternen ums alte Gemäuer warfen nur sehr schwachen Schein. Und ergreifender als je im Glanz des hohen, vollen Jahres waren in dem Meer von Dunkelheit und Versunkenheit die nahen Abendglocken. Aber die im Schlosse packte Entsetzen, daß die Zeit der frühen Dämmerung nun da war, die fürchterlichen Abende zu bringen, die langen, langen Abende in quälender Enge, die ständige Begegnung erbitterter Feinde; die stetig drohende Nähe des verhaßten Schloßherrn!

Der Kronprinz wollte solch stündlicher Begegnung mit dem Vater aus dem Wege gehen. Seine Klagen vor den jungen Gouverneuren wurden, wenn ein Tag sich neigte, immer bitterer, immer müder, immer niedergeschlagener: »Ich bin heute um fünf Uhr früh aufgestanden, und jetzt ist es Mitternacht. Ich bin alles dessen, was ich sah, so satt, daß ich es aus meinem Gedächtnis auslöschen möchte, als wäre es nie geschehen. Die täglichen verfluchten Auftritte sind mir so über, daß ich lieber betteln wollte, als noch länger in dieser Weise zu leben.«

Der Sohn des Bettelkönigs wollte betteln gehen. – Die drei herrlichen Reiche, die er sich schuf: die Welt der Bücher, des Luxus, der Diplomatie vermochten ihn nicht mehr zu halten. Er wollte reisen, um Länder kennenzulernen und seinen Wissensdurst zu stillen, mehr noch, um Verbindungen anzuknüpfen, am allermeisten, um von Hause fortzukommen und in der Fremde wieder als Kronprinz behandelt zu werden wie damals in Dresden. Aber das wagte er nicht mehr: selbst den Vater um seine Erlaubnis zu bitten.

Der Leutnant von Borcke brachte Friedrichs Wunsch bei einer Unterhaltung mit dem König an. Der König schlug die Bitte ab. Und statt eine genauere Begründung zu geben, rief er sich den Sohn heran. Was er zu ihm sagte, klang nicht ungefährlich und wiederum auch nicht völlig unväterlich.

»Ich weiß alles, kleiner Halunke, was du tust, um dich meiner Zuchtrute zu entziehen. Aber glaube nur nicht, es werde dir glücken. Ich werde dich an der Leine halten und dich noch eine Weile schurigeln.«

Dem Prinzen drohte der Herzschlag zu stocken. Der Vater wußte alles, was er tat –?! Es konnte sich nur auf die diplomatischen Aktionen beziehen –.

Aber der Vater meinte Friedrichs neue Schulden, von denen er gestern erfuhr, Schulden, nicht mehr nur für Bücher und Noten gemacht. Ein Bankier hatte gestern durch den Präsidenten Creutz eine Forderung von siebentausend Talern präsentiert, die ihm angesichts der politischen Lage vom König von Preußen doch noch besser gesichert schienen als vom König von England.

Auch Friedrichs junge Gouverneure erblaßten. Doch der König geriet nicht in Wut. Er sagte ganz ruhig: »Ich bezahle es mit Pläsir. Denn an Gold fehlt es mir nicht. Wenn Ihr Eure Konduite und Aufführung nur ändert und ein honettes Herz bekommt.«

Friedrich sollte ihm die Höhe aller seiner Schulden sagen.

Auch die vertrauten jungen Gouverneure erfuhren nicht, ob der Kronprinz nun die richtige Summe nannte. Die Hoheit ging ein wenig leichtfertig über die Sache hinweg. Papa dürfte wohl leider nicht bald wieder so splendid sein – wie andere Könige es sicher immer wären, schloß der Prinz dann die Gespräche seufzend ab. Die jungen Gouverneure packte Verzweiflung. Preisgeben konnten sie den Prinzen nicht; dann wäre alles verloren gewesen. Nur der Page von Keith bewunderte den kühnen Prinzen ganz ehrlich. Etwas war nicht in Ordnung mit dem jungen Keith. Selbst Wilhelmine, den Bruder vergötternd als die große Hoffnung auf Befreiung, hegte diese Meinung von dem Pagen.

Sie sagte es dem Bruder auch ins Gesicht. Der entschuldigte sich damit, daß der Page ihm als Spion diene und ihm große Hilfe leiste.

Die anderen drei, der von Rochow, der von Keyserlingk und der von Borcke, gestanden einander den Wunsch, sie möchten ihr Amt niederlegen, genau so wie die alten Erzieher gegangen wären. Aber dann lieferten sie den Kronprinzen dem Unglück aus! Das vermöchte König Friedrich Wilhelm nicht zu ertragen, daß die von ihm erwählten ehrlichen, klugen, jungen Männer sich nach so kurzer Zeit von seinem Sohne wendeten!

Sie blieben. Die Not von Wusterhausen machte sie zu Lügnern. Sie litten. Ein Wall von Lügen war vor ihnen zwischen der Kammer des Prinzen und der Stube des Königs aufgetürmt.

Der Prinz besah sich einige neue Juwelen, die er heimlich zu tragen dachte. Nebenan saß der Vater am Fenstertisch und schrieb die Anweisung über siebentausend Taler für den Prinzen an die Generalrechenkammer aus. Auf dem nächsten Blatt erließ er ein

Edikt wider das Geldleihen an Minderjährige, mit dem besonderen Hinweis, daß, wer einem Mitglied der königlichen Familie Geld leihe, zu Zwangsarbeit und nach Befinden auch mit dem Tode bestraft werden solle.

So hart und drohend wurde das Gesetz. Und von Wusterhausen ging es aus, wo Sohn und Vater einander stündlich begegneten.

Als Letztes an diesem Abend verfügte der König die Versetzung des Pagen Keith zu dem Regiment in Wesel. Er mußte sich wohl unablässig mit dem Sohn befassen – oder er hatte Spione im eigenen Hause wie der Kronprinz.

Der von Rochow hatte tiefe Schatten um die Augen. Er war nicht Spion, aber Wächter und Warner des gegenwärtigen und des künftigen Königs von Preußen. Er sah sie beide immer schwerer leiden.

Der Stolz des Königs litt am meisten unter dem Zwang, seinem Zorn nur in halben Andeutungen eine schwache Befreiung schaffen zu dürfen. Er litt, daß er sich durch Versprechen binden lassen mußte. Eben erfuhr er von den Schulden des Sohnes, und gleich danach hatte ihm Seckendorff die Kenntnis von dem heimlichen Schreiben an die Königin von England vermittelt und vom König ein Schweigegelübde verlangt. Der König war fest einbezogen in das Gespinst der Eide und Verrate.

Auf Wusterhausen begann man in eigentümlicher Weise und sonderbarer Häufigkeit zu erkranken. Doch fragte man nicht, wie es kam, daß jetzt immer die ersten Ärzte zur Hand waren. Wahrscheinlich machte der König wieder einmal furchtbar viel her mit seinem Sanitäts-Rat für die Volksgesundheit. Er mußte ja seine Untertanen auch noch im Krankenbette kontrollieren. Aber auch die Herren des Sanitäts-Rates versagten vor den Wusterhausener Rätseln. War es der Herbst? Kam es vom kalten Gemäuer? War das Übermaß an Aufregung der Grund? Unternahm man den Versuch, sich in den Schutz der Krankenstube zu flüchten?

Wer wollte es gerade bei der Schwächsten von allen, der überklugen, überzarten, ewig lernenden und ewig leidenden ältesten Prinzessin ermessen?! Die Spannung zwischen Hoffnung und Verzweiflung war zu groß für sie geworden. Solch junges Menschenkind ertrug es nicht, von früher Kindheit an täglich die

Verheißung der strahlendsten Krone Europas zu vernehmen, um – wenn nun die Zeit der bräutlichen Krönung sich nahte – vor versammelter Tischgesellschaft Teller an den Kopf geworfen zu bekommen! Die Familienauftritte wechselten zwischen Lächerlichkeit und Graus. Unter dem Lächerlichen litt Prinzessin Wilhelmine mehr.

Erst gestern war es gewesen. Der König kam von der Jagd heim und überraschte sie und Fritz um ein Haar bei der Königin, zu der sie – Höhepunkt des Mißtrauens und der Tyrannei! – neuerdings nun nicht mehr gehen sollten. Die beiden Ältesten durften mit Vater und Mutter nur noch bei der Tafel zusammentreffen! Die Mutter sollte allein nicht mehr gesprochen werden! Mit Friedrich konnte niemand mehr reden, wenn er es nicht mit dem König verderben wollte!

Und nun saß man bei ihr bei Kaffee und Tee, und der König – ein neuer, teuflischer Einfall! – kehrte wider Erwarten zeitig zurück. Der Kronprinz versteckte sich in der kleinen Klosettkammer der Königin, die der König ihr, die Unbequemlichkeiten des Jagdschlosses zu erleichtern, neben ihrem Schlafzimmer hatte mauern, zimmern und sogar austapezieren lassen. Die Prinzessin kroch unter das sehr niedrige Bett der Königin. Sohn und Tochter mußten in ihren Verstecken verharren, solange der König auf dem Lehnstuhl bei der Gattin saß; er wollte ganz allein mit ihr sprechen. Aber es kam nur zu flüchtigen Redensarten. Vor plötzlicher Erschöpfung schlief er tief und lange ein.

Der Kronprinz hockte auf dem Klosettsitz und biß sich die Nägel vor Wut. Die Prinzessin, im zerquetschten Reifrock unterm Bett, wurde von empörtem Lachen und Weinen geschüttelt. Die Königin, die Augenbrauen hochgezogen und die Hände stumm ringend, saß dem schlafenden Ungeheuer, vor Ungeduld zerspringend, gegenüber. Wie konnte da einer von ihnen Zeit zu der Frage gewinnen, warum wohl der König verfrüht die Jagd abbrach und nun, dick und bleich und erschöpft, schnarchend in dem Lehnstuhl hing?! Ah, er wog jetzt zwei und einen halben Zentner. Die Kreideziffern auf der schwarzen Tafel in der Gewehrkammer verzeichneten alljährlich, wenn er wieder auf der Jagdburg eintraf, sein Gewicht und kriegerisches Maß. Die Königin bedachte es mit Hohn und Haß, als der Koloß sich mühselig erhob.

Nachher meinte die Tochter müde zur Mutter: »Nun erleben

wir einen der romans comiques, Mama, die wir als Bücher so lieben.«

Dieser Ausspruch gab der Mutter Anlaß zu der Bemerkung: »Wollen Sie dauernd seinen Demütigungen ausgesetzt sein? Wissen Sie auch, wie er es nennt, wenn Sie durch Ihre geistreichen Gespräche und mit einem Aperçu wie diesem die entsetzlichen Situationen unserer Tafelrunde zu retten suchen und wahrhaft die Gewandtheit und Gelassenheit einer künftigen Prinzeß von Wales beweisen –? Turlupinaden nennt es der König; Turlupinaden!! Und das vor einer buntscheckigen, törichten und höchst übel erlesenen Gesellschaft, in der nicht einmal eine zusammenhängende Unterhaltung möglich ist!«

Die Prinzessin trat ans Fenster, um die Adler zu verscheuchen, die gerade in der Höhe dieses Erdgeschosses ihre Kugeln um das Schloß zu schleifen vermochten, als sollten sie wie ewige Lauscher nahe sein. Höher ließ die Kette sie nicht fliegen. Aber, Gott sei Dank, der Abend kam, und die Adler suchten ihre Stangen.

Hier, wo die Qualen sich häuften, war selbst das schon Erleichterung. In Berlin war das Fegefeuer, in Wusterhausen aber die Hölle zu erdulden. Der Turm schon war ein alter Diebswinkel, von einer Bande Räuber erbaut! Das schwarze, faulige Wasser des Schloßgrabens hinter dem Erdwall, der an eine Reihe von Gräbern gemahnte, war der Styx! Und das Grausige, Quälende, Närrische dieses elenden Erdenwinkels vollkommen zu machen, hörte sie droben in der Prinzessinnenkammer die dicke Ulrike wild und martialisch eine Trommel schlagen, mit der die Brüder nichts zu beginnen vermochten.

An diesem Tage hatte der Vater den König von England einen kleinen Geist von niedrigem Schlage genannt. Und er hatte noch Furchtbareres gesagt: »Alles wohl bedacht, ist es mir einerlei, ob man meine Tochter Königin nennt oder nicht. Dieser Titel könnte zum Ruhm und zur Macht meines Hauses nichts hinzufügen.«

Die schwangere Königin raste. Das war lächerlich! Das war verwerflich! Wie war das Haus des Gatten mit dem ihren überhaupt noch zu vergleichen! Und solche Narrheit, solcher Starrsinn, solche Vermessenheit und solcher Dünkel zerstörte ihr Lebenswerk! Der Gatte drohte die Tochter zwangsweise anderweitig zu verheiraten, wenn er von England nicht Genugtuung erhielt – Preußen Genugtuung von England!

Die Königin wurde nicht hin und her gerissen zwischen Gatten und Bruder. Es drängte sie allein zum großen König überm Meer. Sie kannte nur den König von England.

Am folgenden Morgen befand die Prinzessin sich derart ermattet und elend, daß sie sich bei der Königin für diesen Tag entschuldigen ließ. Die Mutter, die sich auf Krankheitskomödien verstand, hielt es anfangs für Verstellung und war ganz außerordentlich aufgebracht. Wechselte Wilhelmine die Partei? War sie durch Versprechung der anderen Seite bestochen? Auf Wusterhausen konnte nichts mehr geschehen, was nicht Ranküne, Politik, Partei war.

Die Königin ließ ihrer Tochter sofort zurücksagen, tot oder lebendig müsse sie zu ihr kommen. Die Prinzessin meldete zurück, sie habe einen Ausschlag, der es untunlich mache. Aber die Königin wiederholte ihren Befehl. Man brachte die Prinzeß zu vieren in das Zimmer ihrer Mutter, wo sie von einer Ohnmachtsanwandlung in die andere fiel. Dennoch schleppte man sie auch noch zum König; ihr kläglicher Zustand schien als politisches Mittel nicht einmal ungeeignet. Auf Wusterhausen hatte man auch keinen Ausschlag mehr, für den nicht der Schloßherr verantwortlich gemacht worden wäre.

»Du siehst sehr schlimm aus«, sagte der König mit sehr bedenklichem Ernst zur Tochter, »aber ich werde dich heilen.«

Und er ließ ihr einen großen Becher alten, sehr starken Rheinweines bringen, den sie, wie die Umstehenden erzählten, mit Gewalt trinken mußte.

Selbstverständlich trat auf diesen Wein hin der Ausschlag in verhängnisvoller Weise zurück, und die Prinzessin mußte mit dem Tode ringen. Kaum hatte sie den Wein getrunken, so fing sie auch schon zu phantasieren. Die Leidende wurde ins Zimmer der Mutter gebettet, obwohl diese doch eigentlich Kranke durchaus nicht leiden konnte. Die Prinzeß beschwor die Königin, sich hinwegbegeben zu dürfen. Aber nur unter der Bedingung, daß sie abends – da Engländer und Franzosen erwartet wurden – wieder auszugehen verspräche, wurde es ihr endlich erlaubt. Die Prinzessin legte sich sogleich, mit ihrem Kopfputz, nieder.

»Schwerstes Fieber«, hieß es. »Lebensgefahr –«, flüsterte man sich vor dem König zu, damit es der recht deutlich höre, »– die ständigen Erregungen –.« Der König überhörte es. Aber den

Kopf hielt er, am Schreibtisch sitzend, merkwürdig tief und lange gesenkt.

Dann waren es verspätete Kinderpocken. Der König lachte kurz auf. Niemand spürte, wie befreit er sich fühlte. Im Gegenteil: ein neuer Beweis seiner Hartherzigkeit war geliefert. Der König ließ Arrest für die Kranke verfügen. Dem Hof ging der Gesprächsstoff nicht aus.

Es waren aber noch kleinere Kinder im Hause, die die Blattern noch nicht durchgemacht hatten, und darum hatte der Herr die Isolierung der ältesten Tochter befohlen.

Keine Gelegenheit wurde ausgelassen, sich zu quälen, zu beleidigen, zu bedrohen, anzuklagen und zu verdächtigen.

Aber der König war in der Abwehr. Er, der die Teller warf.

Die leidende Prinzessin hatte nur ihre sanfte Hofmeisterin, das Fräulein von Sonsfeld, zur Verfügung. Aber die war eine »Kreatur des Königs«.

Der Arzt stand in der Gunst des Herrn. Das genügte, um ihn abzuweisen. Außerdem hatte ihn die Prinzessin wiederholt im Gespräch mit Seckendorff gesehen. Also war er von den Kaiserlichen bestochen; die Bestechung der Ärzte lohnte sich wohl, schließlich schienen sie jetzt in der Umgebung des Königs eine wichtige Rolle zu spielen.

Friedrich kam heimlich zu Besuch, sobald er sich nur vom König und den Gouverneuren entfernen durfte. Er hatte die Kinderpocken schon im rechten Alter gehabt und brauchte nicht zu befürchten, sich durch Ansteckung zu verraten. Sie waren ungestörter beisammen denn je! Sie konnten wieder ihre Turlupinaden treiben! Sie schwelgten in Literatur und in Bosheit! Sie waren beschwingt und beseligt – bis ihr frühes Leid die Stunden in der Bodenkammer mehr und mehr erfüllte. Es war nicht mehr so, daß Friedrich kam und alle Enge zerriß und alle Weite erschloß. Die Geschwister waren voller Angst und Argwohn.

Manchmal redeten sie auch sehr hart. Der Vater hatte einen Jagdunfall gehabt. Er war mit den Pikeuren in den Sumpf geraten.

»Es fehlte nur ein Daumenbreit, und der König wäre mit der ganzen Bagage ertrunken«, sagte Friedrich zur Schwester.

Manchmal wollte es mit der geschwisterlichen Konversation

auch gar nicht gelingen. Dann entschuldigte sich der Bruder, daß er die Kranke nicht aufheitere: »Ich bedürfte selbst der Aufheiterung, um meine Melancholie zu zerstreuen.«

Wußten sie ganz fest, daß der König und die Kaiserlichen nicht im Schlosse waren, so holten sie heimlich Flöte und Laute hervor. Friedrich stützte die Schwester mit Kissen; er selber hockte auf dem Bettrand.

Dann waren ihnen ihre Instrumente verzauberte Seelen: die Laute »Der Principe«, die Flöte »Die Principessa«. Die sangen. Die hielten sich zart und nahe umschlungen. Die entschwebten. Die waren leicht und unbeschwert.

Aber der Knabe und das Mädchen, die da die Flöte und die Laute spielten, hatten die große Trauer zu früher Enttäuschung in den überklaren, blaugrauen Augen.

Das war wohl eine wunderliche Musik: so süß und so heiter; und die Spieler waren so ernst.

Und daß sie Königskinder waren, die ängstlichen Musikanten in der Dachkammer der alten Diebsburg – Königskinder!

Die Pläne, die sie droben geschmiedet hatten, waren nicht gut gewesen, gar nicht gut. Sie hatten sich gegenseitig in einem Bunde bestärkt, der besser nie geschlossen worden wäre.

Es war schlimmer denn je mit dem Sohn und dem Vater.

Das Briefschreiben auf Schloß Wusterhausen hatte seine letzte Erfüllung gefunden. Vater und Sohn schrieben sich unter einem Dach von Zimmer zu Zimmer. Wochen vergingen darüber, das Jahr umdunkelte sich. Aber die grausige Jagdzeit wollte nicht enden. Der wachsende Haß blieb in so engem Winkel aufgespeichert, und die Enge trieb ihn nur noch rascher empor. Die in dem Jagdschloß vergaßen jetzt manchmal, daß draußen noch eine Welt war.

Der einundvierzigjährige Mann und der siebzehnjährige Jüngling saßen, durch wenige Stufen, Wände und Balken getrennt, am Schreibtisch und klagten sich in Briefen an, als gelte es, aller Welt und künftigen Zeit die Dokumente solcher Erbitterung zu überliefern. Es war, als sollte niemals ein Zweifel darüber entstehen, daß in der Reihe der Friedrich Wilhelm und der Friedrich von Hohenzollern zwei im Jahre 1729 zur Herbstzeit tödliche Feinde geworden waren über dem Gebot ›Des Königs von Preußen‹, jenes nirgends zu fassenden Tyrannen, dem der Vater sich verschrieben hatte, als sähe er ihn – und immer nur ihn: in Anspruch, Forderung, Notwendigkeit und Auftrag. Der Sohn jedoch erblickte noch in Stunden, in denen der Vater fern von ihm war, eine weite Erde, auf der Könige, glücklich, unbelastet und reich, ruhmbeglänzte Kronen trugen und ein Schauspiel, das herrlichste aller Schauspiele gaben, das dem Weltgeschehen seinen hellen Sinn verlieh. Der Vater beharrte auf dem Beispiel.

Da stießen Traum und Wirklichkeit, Verlockung und Notwendigkeit aufeinander, und alle Bitterkeit des Irdischen erfüllte das Jagdschloß.

Dem Kronprinzen war es lästig, daß er sich nicht nur über die Taktik, sondern – er, der Gewandte! – nun gar auch noch über die Sprache seiner Briefe an den Vater drunten im Hirschsaal den Kopf zerbrechen mußte. Widerwillig mühte er sich mit dem Deutschen ab. Drei- und viermal mußte der schreibfertigste aller Prinzen die Feder ansetzen: »Mein lieber Papa, ich habe mich lange nicht unternehmen mögen, zu meinem lieben Papa zu kommen, teils weil es mir abgeraten, vornehmlich aber weil ich mich noch einen schlechteren Empfang als den ordinären sollte vermuten sein. Ich bitte also meinen lieben Papa, mir gnädig zu sein, und kann hierbei versichern, daß, nach langem Nachdenken, mein Gewissen mir nicht das mindeste gezeigt hat, worin ich mir etwas zu reprochieren haben sollte. Ich fasse denn das beste Vertrauen, und hoffe, daß mein lieber Papa dieses alles nachdenken und mir wieder gnädig sein wird...«

Dieses alles nachdenken –

Dem zergrübelten König zitterte beim Schreiben der Antwort die Rechte vor Zorn.

Dieses alles nachdenken –

Das war getan. Das war getan. Das war wahrhaftig getan.

»– er eigensinniger, böser Kopf, der nicht seinen Vater liebet«, klagte die Feder des Königs nun an, »denn wenn man nun Alles tut, absonderlich seinen Vater liebet, so tut man, was er haben will, nicht wenn er dabei steht, sondern wenn er nicht Alles sieht. Zum Anderen weiß er wohl, daß ich keinen effeminierten Kerl leiden kann, der keine männliche Inclinationen hat, der sich nicht schämt, weder reiten noch schießen zu können, und dabei malpropre an seinem Leibe, seine Haare wie ein Narr sich frisieret und nicht verschneidet, und ich Alles dieses tausendmal reprimanieret, aber Alles umsonst und keine Besserung in Nichts ist. Zum Anderen hoffärtig, recht bauernstolz ist, mit keinem Menschen spricht, als mit Welschen, und nicht populär und affable ist, und mit dem Gesichte Grimassen macht, als wenn er ein Narr wäre, und in nichts meinen Willen tut, als mit der Force angehalten; nichts aus Liebe, und er Alles dazu nichts Lust hat, als seinen eigenen Kopf folgen, sonsten Alles nichts nütze ist. Dieses ist die Antwort!«

Nicht genug, daß Sohn und Vater sich unter einem Dache Briefe schrieben. Über ihre Briefe gingen nun auch wiederum noch Briefe der Mutter und der Schwester des Prinzen von Wusterhausen in die Welt hinaus, in viele Länder vieler Sprachen. Gewiß, sie waren sämtlich im Französisch à la mode geschrieben. Aber dieses Französisch war ein wenig salopp geworden und wurde in London um diese und jene Nuance anders verstanden als in Wusterhausen und in Dresden wieder anders als in Hannover und Paris.

Maltraiter nun war ein Modewort wie das berühmte »à la cascade«. Man konnte es so oder so verwenden, wie dem König einst in einem diplomatischen Diskurs erläutert worden war, in dem er ein so auffallend lebhaftes Interesse an dem neuen französischen Sprachgebrauch zeigte. –

Die Königin und die älteste Prinzessin taten durchaus nichts dagegen, daß man sich draußen in der Welt die verschiedenen Deutungsmöglichkeiten des Wortes maltraiter wahrnahm. So ging die Kunde durch die Welt, König Friedrich Wilhelm mißhandle seinen ältesten Sohn seit Jahr und Tag. Niemand machte sich die Mühe einer Klärung. Es schien beinahe, als wäre diese Wirkung beabsichtigt.

Hätte einer den Wortsinn nachgeprüft, die Lüge und der Unfug wären gleich ans Licht gekommen. Denn dann würde, ad exemplum, die Königin das sanfte Fräulein von Sonsfeld tagtäglich mißhandeln; denn wie sie mit der Guten verfuhr, das war denn doch wohl reinstes maltraiter. Demnach würde aber auch der König gar nicht selten die fremden Gesandten tätlich bedrohen. Oder der Kronprinz, maßlos erregbar, schlüge die kleinen Geschwister und das gesamte Personal; oder Minister von Grumbkow den Professor von Gundling; oder das gesamte Kirchenkonsistorium den Prediger Roloff; oder die Damen der

Königin die bürgerliche Umgebung Seiner Majestät. Es wäre eine allgemeine Prügelei am preußischen Hofe gewesen.

Der Irrtum wurde nicht aufgeklärt. Nach Meinung der Kabinette und Höfe mißhandelte also der König von Preußen seit Jahr und Tag seinen ältesten Sohn.

Indessen sagte der Kronprinz seiner Schwester, die Mißhandlungen würde er immer mit Ehrerbietung ertragen; käme es aber zu Schlägen, so liefe er davon; denn die gedächte er nie zu ertragen.

Seit gestern ging der Herr an einem Stock.

Seit vorgestern fuhr er nicht mehr zur Jagd, nachdem er schon die Tage zuvor immer früher heimgekehrt war und einen weidmännischen Mißerfolg nach dem anderen zu verzeichnen hatte.

Geheimzuhalten war es nun nicht mehr. Darum also saßen die Ärzte am Tische. Darum also traf er täglich jetzt gar so zeitig wieder im Schloß ein, und nicht aus Argwohn geschah es. Aber, meinten die Kreise von Monbijou auf Wusterhausen, mochte doch diese Auffassung ruhig auch weiterhin bestehen bleiben. Sie machte die Königin und ihre erwachsenen Kinder zu noch bejammernswerteren Märtyrern. Auch dieser Irrtum wurde nicht aufgehellt.

Der König hatte den Stock hingenommen, wie einem ein Kreuz auferlegt wird. Er konnte ohne Stock nicht mehr gehen und stehen. Die Gicht hatte seine Füße wund und schwach und schmerzend gemacht. Und der Leib war so schwer.

Die Ärzte setzten den König im Stuhl fest. Nun hockte er – ein wenig unheimlich für einen, dessen Cito! Cito! man fürchtete – im Sessel und tastete unruhevoll mit dem Stock hin und her, immerzu. Alle sahen ihn neugierig an, und er blickte scheu und sehr bedrückt zu ihnen auf.

In sein Schicksal war etwas Neues getreten. Dessen war er sich bewußt. Und er vermochte nicht mehr zu verbergen, was gestern noch geheim war. Er drehte den Stock in der Hand. Der ist ein harter Schlag, dachte der König; der ist ein schwerer, schwerer Schlag. Der ist eine Mahnung; der ist eine drückende Mahnung. Du wirst vor der Zeit alt. Du mußt sehr früh die Grenzen deiner Kraft erfahren – vielleicht gar schon das Maß deiner Zeit –?! Wo ist dann einer, der dich vertritt bei ›Dem König von Preußen‹? Wo?

Verfallen und dick hockte König Friedrich Wilhelm im Lehnstuhl. Und wenn der Sohn vorüberging, so drohte er ihm mit dem Stock – sehr langsam, sehr sinnend, wie aus einer weiten Ferne.

Aber die Stube war eng. Da nahm die Drohung sich gefährlich aus.

Der König stellte den Stock, der ihm nur beim Erheben und beim Gehen dienen sollte, nicht aus der Hand. Er hielt ihn einen Tag lang in der Rechten. Er war nur mit dem Stock befaßt. Er arbeitete heute nicht, wie er auch nicht jagte. Vielleicht vermochte er es auch vor Schmerzen nicht.

Es war, als nehme er den Stock für immer an sich; als wolle er, qualvolle Stunden hindurch, am ersten Tage schon endgültig mit ihm verwachsen.

Er ergriff sein auferlegtes Kreuz. Er begriff es. Das Schicksal des Großen Kurfürsten dämmerte über ihm herauf. Wieder war ihm der Große in einem neuen, bisher nie verstandenen Sinne das Vor-Bild.

Es wäre nur ein Anfall, so hatten die Ärzte gesagt; und der Stock, der diene nur zu ganz gelegentlicher Unterstützung und Erleichterung. Bald werde er wieder in den Winkel fliegen. Der König glaubte ihnen nicht.

Der Herr, als er sich unbeachtet fühlte, umklammerte den Stock mit beiden Händen leidenschaftlich fest und senkte den Kopf über die Fäuste. Vielleicht, daß er grübelte. Vielleicht, daß er weinte. Vielleicht, daß er betete.

Hier war kein »Anfall«. Die letzten Nächte waren zu furchtbar gewesen. So betete er wohl.

»Ob ich schon wandere im finstern Tal, fürchte ich kein Unglück. Denn du bist bei mir. Dein Stecken und Stab trösten mich.«

Alles wurde dem König zum Bilde; auch: der Stock. Er war Zeichen des Gerichtes und der Hilfe.

Es war nun noch ein neuer Gast auf Wusterhausen eingetroffen. Er sollte ganz bei Hofe bleiben. Er war der Ersatz für den Pagen von Keith und für die engste Umgebung des Thronfolgers bestimmt.

Der König hatte sich von neuem um den Tüchtigsten, Fähigsten, Gebildetsten bemüht, besonders beharrlich sogar, nachdem er die Enttäuschung an dem jungen Keith erlebte. Aber dem Bedürfnis des Königs, Klugheit und Tapferkeit und Schönheit in einem an den Gefährten des Sohnes zu finden und die Blühendsten unter den jungen Männern seines Landes ihm zuzugesellen, war dieses Mal nicht mehr Genüge getan.

Der von Rochow, der von Keyserlingk und der von Borcke waren schön. Der Neue war es nicht. In seiner Heimat hatten die Kinder ihn als Knaben mit dem Spottverse gehänselt: »Wer Augenbrauen hat wie der Ritter Katt, kommt an den Galgen oder aufs Rad!« Er hatte Pockennarben im Gesicht. Er war mager, schmal und klein. Und als er der genesenen Prinzessin Wilhelmine vorgestellt wurde, erschrak sie vor »dem dunklen Blick, der etwas Unheimliches hatte«, zumal die Augenbrauen dicht zusammenstanden. So sehr erhöhte ihr der Umstand, daß er stark schielte, das Grauen der Diebsburg am Styx. Die Königin jedoch erhielt auf ihre unerläßliche Frage »Ist er von Familie?« diesmal endlich befriedigenden Bescheid. Unmöglich konnte sie etwas Abfälliges sagen. Mütterlicherseits stammte der junge Mann aus dem Haus der Grafen Wartensleben, die unter dem alten König gar so angesehen waren. Der gegenwärtige König trug dem Enkel nicht nach, daß sein Urgroßvater einer der drei war im Dreifachen Weh.

Mit den mächtigen und aufsässigen Bismarck auf Schönhausen, die gerne mit dem Kreis von Monbijou politisierten und Hannover besser denn Brandenburg dienten, war der junge Offizier so eng verschwägert, daß sein Wappen, die Katze, über dem Kirchstuhl der Bismarck in der alten Wehrkirche von Schönhausen mit angebracht war. Sein väterliches Haus am Domhof zu Brandenburg trug über dem Portal reichen heraldischen Schmuck. Also begegnete die Königin von Preußen dem Leutnant von Katte sehr gnädig. Und der König setzte großes Vertrauen in ihn, obwohl er das Blut der Wartensleben und der Bismarck in sich trug wie sein Sohn das welfische Geblüt.

Kronprinz Friedrich hielt sich vorerst noch zurück.

Aber die ungewöhnliche Gewandtheit des neuen Gesellschafters wirkte alsbald bezwingend auf ihn, und er gedachte Kattes Einführung in der Tabagie zum Anlaß seiner Rückkehr in die Tabaksrunde zu nehmen. Die fremden Herren stellten es als unerläßlich hin, unerläßlich für die diplomatische Zusammenarbeit.

Schließlich war ja gerade Sankt-Hubertus-Tag!

Sämtliche Tischgenossen mußten nach wie vor gleichen Zug im Trinken mit dem König halten, der immer noch den Kräftigen spielen wollte. Nur Herrn von Katte ließ er etwas nach; er war zu geringerem Quantum begnadigt, da er als neuer Gast nach Beendigung der Jagd bereits die Wusterhausener Taufe für Neulinge erhalten hatte, eine erhebliche Zecherei also bereits überstand.

Der Kronprinz trank viel, aber nur mit Widerwillen; er versicherte seinem Nachbarn sogar, er werde wohl am nächsten Tage krank sein. Plötzlich begann das schwere Gebräu zu wirken. Er sprach ziemlich laut von all den Gründen, die er habe, mit seinem Schicksal unzufrieden zu sein. Die Königin, die über jeden ungewöhnlichen Vorgang in der Tabagie sofort geheime Botschaft erhielt, ließ Herrn von Katte bedeuten, er möge den Prinzen sogleich zum Schweigen bringen; und der gewandte junge Herr sagte auch sogleich alles mögliche Gescheite, um das zu erreichen; aber es verfing nicht mehr. Nun bat er den Prinzen ein wenig erregt, das bißchen Vernunft, das ihm noch geblieben wäre, zusammenzunehmen; es sei nicht auszudenken, welche Verwicklungen – noch sei der König durch die Unterhaltung abgelenkt – doch wenn er nun herüberhöre –.

Aber es half alles nichts: im Gegenteil, der Kronprinz wandte sich ganz zu Herrn von Katte hin und sprach alles aus, was ihm nur auf die Zunge kam; und dabei wiederholte er am Ende jedes Satzes, indem er auf den König wies: »Und doch habe ich ihn lieb!«

Da die Tafel sehr schmal war, mußte man überzeugt sein, daß ein Teil seiner Äußerungen auch auf der anderen Seite völlig verständlich war, besonders der stets wiederkehrende Schlußsatz, der mehr Anklage enthielt, als mancher Fluch und mancher Brief, der von Wusterhausen ausgegangen war. Da fragte auch schon der König den neuen Gast: »Was sagt er?« und sah zu Friedrich hinüber. Katte erwiderte, die Königliche Hoheit sei betrunken und könne nicht mehr die rechte Haltung wahren. Der König meinte ruhig: »Oh, er stellt sich nur so. Aber was sagt er denn?« Nun mußte ihm Katte gestehen, Königliche Hoheit habe ihn fortwährend in den Arm gekniffen und gerufen, obgleich sie Königliche Majestät zwinge, zuviel zu trinken, habe Königliche Hoheit Königliche Majestät doch lieb.

Der König wiederholte, der Kronprinz stelle sich nur betrunken. Der neue junge Gesellschafter beharrte dabei, er könne dafür einstehen, daß der Prinz es wirklich sei; er habe ihn so in den Arm gezwickt, daß er ihn nicht mehr rühren könne, und dennoch habe Königliche Hoheit keinerlei Schmerzempfindung zugegeben.

Der Kronprinz wurde einen Augenblick ganz ernst. Dann fing er von neuem an zu schwatzen. General Graf Seckendorff, da er nicht wußte, was der ganze Vorgang für die Politik der Kaiserlichen bedeuten konnte, stellte dem Kronprinzen das Ansinnen, zu Bette zu gehen; er war wirklich nicht mehr imstande, sich aufrecht zu halten.

Der Kronprinz fing an zu schreien, er wolle erst dem König die Hand küssen. Die anderen riefen, das sei recht. Der König lachte auf, als er sah, in welchem Zustand der Kronprinz nun tatsächlich war, und reichte ihm die Hand über die Tafel hinüber. Aber der Kronprinz wollte auch die andere haben, küßte dann beide abwechselnd, schwor, er liebe den Vater von ganzem Herzen, und brachte den König dazu, sich herüber zu beugen, damit er ihn umarmen könne.

Einige, wohl nicht die Besten, riefen: »Es lebe der Kronprinz!« Das regte ihn noch mehr auf; er erhob sich, ging um die Tafel herum, umarmte innig den König, ließ sich auf ein Knie nieder und verharrte lange in dieser Stellung, indem er fortwährend zu dem König sprach.

Da war der Vater sehr gerührt und wiederholte fortwährend: »Nun, es ist schon gut; werde du nur ein ehrlicher Kerl; sei nur ehrlich« und solche Reden immer mehr. Der ganze Vorgang schien ihn außerordentlich zu ergreifen. Endlich wurde der Kronprinz aufgerichtet. Katte und mehrere Offiziere führten den Prinzen in sein Zimmer und brachten ihn ins Bett. Der junge Oberstleutnant von Rochow hatte Tränen in den Augen.

Es war ein seltsames Hubertusfest gewesen. Der Schloßherr hatte nicht mitgejagt. Er hatte auch nicht, wie sonst in manchem Jahr, mit den Offizieren von Malplaquet getanzt.

Er hatte sich über die Tafel geneigt und sich von seinem Sohn umarmen lassen.

Etwas in den trunkenen Reden des Sohnes mußte wahr gewesen sein. Das hatte den Lieblingstag des Herrn nun doch zum Feste gemacht.

Der Kammerdiener Ewersmann beobachtete den König unablässig. Wenn er ihm neu eingeschenkt, wenn er die Lichter geputzt und jedes Stäubchen Tabaksasche, jeden Tropfen Bierschaum auf dem Platz des Königs weggewischt hatte, wie der es begehrte, ging er schnell für einen Augenblick ans Zimmer der Königin zur Kammerfrau Ramen hinüber.

Die Königin glaubte die Stunde gekommen, in der sie die Mitteilung von ihrer Schwangerschaft erfolgreich als politisches Mittel einzusetzen vermochte. Sie bat den König, als er mit den holländischen Zeitungen aus der Tabagie kam, für einen Augenblick zu sich.

Sie sprach zu ihm in der Phrase: »Ich bin guter Hoffnung.«

Unendlich siegesgewiß stand sie vor ihm. Er saß dicht vor ihr. Er legte beide Hände auf den weiten Reifrock der Königin. Er sah zu ihr auf. »Auch ich bin guter Hoffnung, liebe Frau.«

Da kam der Krieg. Da wurde die Verwirrung vollkommen. Da erreichte die Politik der Königin ihr letztes Ziel. Der offene Bruch zwischen dem Hohenzollern Friedrich Wilhelm und dem Welfen Georg, den Söhnen der vielfach verschwisterten und verschwägerten Fürstenhäuser, schien unvermeidlich geworden und Englands Triumph nunmehr unaufhaltsam.

Das ganze Jahr hatte die preußisch-englische Sache sich hingezogen. Regelrechte Verhandlungen ließ die gespannte Lage gar nicht mehr zu. Beide Parteien verharrten in ihrer Haltung. Da fand der König von England das Mittel, die Reichspolitik des Königs von Preußen zu hemmen, zu stören, abzulenken und Rache zu nehmen für Unbill, die er nicht erlitt; Strafe zu üben für Unrecht, das ihm nicht geschah; Abwehr zu schaffen, wo Bedrohung nicht vorlag. Als Kurfürst von Hannover erließ er ein Edikt, alle Werber des Kurfürsten von Brandenburg zu verhaften, die sich in den Kurlanden sehen ließen. Er gab für alle Nachbarn den Auftakt. Das ärgste an seinem Edikt aber war, daß zwischen den militärisch-diplomatischen Floskeln und Formeln dem König von Preußen viel Hohn angetan wurde um seines tyrannischen Planes von der Wehr-Pflicht aller jungen Mannschaft willen. Wozu bedurfte Herr Friedrich Wilhelm noch der Werbung? War sein kühner Traum zur Narretei geworden? Hatte sein Befehl keine Kraft mehr? Drang sein Wille nicht mehr durch? Litt er Schiffbruch mit der großen Forderung, die Knaben seiner

Lande seien zu Dienst und Wehr und in feste Ordnung geboren? Nicht nur die Mindensche Kammer hatte gemeldet: »Wenn fünfzig Rekruten geliefert werden sollen, gehen hundert junge Leute außer Landes.« König Georg schien über die Weite des Meeres hinweg die Wunden des neuen Preußen sehr klar zu erkennen. Er versagte dem Preußenkönig das Ansehen. Er erklärte seine wichtigsten Entwürfe für Bagatellen. Er proklamierte seine schmerzlichsten Enttäuschungen vor aller Welt. Er gab den Reichen und Potentaten des Erdballs unendlich hoheitsvoll und sieghaft die klare Kunde: Gerät der Welfe Georg mit Friedrich Wilhelm von Hohenzollern in Streit, so steht hinter dem Kurfürsten von Hannover als allmächtiger Beschützer der große König von Britannien. Der einzige Rückhalt des Brandenburgers aber ist König Ragotin, Herrscher und Gebieter über die Einöden und Sümpfe Litauens.

König Friedrich Wilhelm ließ neunzehn Regimenter bis an die Elbe vorrücken. Vierzigtausend Mann der neuen Armee waren mobil gemacht. Der roi sergeant erklärte sich für bedroht. Die fremden Staaten und die eigenen Länder verlachten ihn. Wer anders als er hatte Städte zu Kasernen und Dörfer zu Heeresmagazinen gemacht?! In Berlin sah und hörte man nur noch von Kriegsrüstungen.

König Georg mahnte seine Freunde in Wolfenbüttel, Kassel, Kopenhagen und rief sie gegen den Brandenburger auf. Hitzig, hochfahrend, schroff und quecksilbrig, dazu empört über seine Abhängigkeit im freien, großen Inselreich, wollte er als Kurfürst von Hannover den Ministern des Königs von England zeigen, daß er zu regieren und den Augenblick wohl zu ergreifen wisse.

»Habe ich es nicht gesagt«, fragte der Preußenkönig den Erdteil, »daß alle Friedensbeteuerungen und Traktatsangebote Betrügereien sind? Also lasset euch die Stiefel schmieren. Das Maß ist voll. Ich will erst mit ihnen bataillieren, dann conferieren. Man darf nur nicht zum Kriege wie zu einem Fähnrichsduell laufen wollen, zumal andere Leute nur darauf lauern, an unserem Feuer ihre Eier zu kochen!«

Die Heere deutscher Fürsten rückten im Herzen Deutschlands aufeinander zu.

Der Kurprinz von Brandenburg machte sich mit seinen Gouverneuren reisefertig. Er hatte sich als Oberst bei dem schlagbereiten Heer zu stellen. Es ging in den Krieg gegen den Kurfürsten von Hannover, den Oheim und künftigen Herrn Schwiegervater!

Der Kronprinz von Preußen ließ den König von England sowie den Prinzen von Wales in aller Heimlichkeit seiner Freundschaft versichern. Er sei, sprach er, fest überzeugt, daß man seiner Gesinnung stets Gerechtigkeit widerfahren lassen werde, ungeachtet der gegenwärtigen Lage.

Friedrich paktierte mit dem Feinde des Vaters. Dem, gegen den er ins Feld zog, machte er brüderliche Zusicherungen, genau so wie er der ältesten englischen Prinzeß schriftlich die Zusicherung gegeben hatte, sie und nur sie zu heiraten, nachdem der Vater die Verhandlungen schon abbrach. Er kannte die Prinzeß nicht. Aber er kannte seine Politik.

»Wo kann man ein Mensch lieb haben, das man niemals gesehen! Possen!« So hatte der Vater gesagt.

Aber die von Friedrich geliebt wurde, war die Prinzessin von England, und England war die Zukunft, die Weite, der Glanz – das königliche Leben nach der Wusterhausener Knechtschaft!

Als sie die Uniform in seinen Koffer packten, erfaßte den Prinzen ein ohnmächtiger Zorn. Nichts kam vom Vater als Zwang und Hemmung und Verwirrung. Er zog in den Krieg gegen das welfische Haus seiner Mutter! Dem Prinzen war es gleich, wer ihn hörte.

»Sterbekittel!« sagte er auf die Uniform, die sie ihm brachten; er sagte es bebend.

Leider waren nicht nur die jungen Gouverneure zugegen gewesen, als der Kronprinz das bittere Wort vom Sterbekittel aussprach. Leider waren auch seine Boten nach London, denen er anvertraut hatte, was als Inhalt seines Briefes zu gefährlich schien, nicht sicherere Garanten gewesen als Feder, Tinte und Papier.

Nichts blieb dem König erspart. Er erfuhr alles, auch das Wort vom Sterbekittel; auch die Zusicherungen an den König von England und den Prinzen von Wales. Noch auf Wusterhausen, am Vorabend des Aufbruchs zur Armee, wußte er alles. Angesichts des Kriegsanfanges konnte er es nicht zu großen Auseinandersetzungen kommen lassen. Er ging allein in das Zimmer des Sohnes. Er riß den Kleiderschrank auf, in dem die wunderschönen Sachen hingen, die der junge Herr ins Lager nicht mitnehmen konnte. Er griff sich einen pfauenblauen Morgenrock –

digne d'un prince – heraus, riß an ihm herum, zerknüllte ihn und schleuderte ihn ins offene Feuer.

Seit Wochen heizten sie nun im Jagdschloß die Kamine. Es war spät im Jahr geworden, und Wusterhausen war kälter als andere Schlösser. Schweigend standen Vater und Sohn vor den Flammen. Der Vater hatte überhaupt noch nichts gesagt. Er hatte im Bilde gesprochen.

Dann begann er höhnisch dem Sohne zu empfehlen, er solle doch, wenn er nun keine schönen seidenen Röcke mehr habe, für die englische Verwandtschaft gemalt zu werden, einfach statt seiner eine große Meerkatze Modell stehen lassen.

»Denn das ist sein Portrait«, schloß der Vater. So tief war der Haß.

Es war im Schlosse nicht, als bereite eine so plötzliche, so gefahrvolle und ernste Abreise sich vor. Im Gegenteil, die engen Zimmer füllten sich mit neuen Gästen. Und alle begehrten sie schleunigst den König zu sprechen. Denn das wußten sie ja nun: Briefe übten keine Gewalt mehr über den König. Er mißtraute ihnen von vornherein. Aller unmittelbaren Sprache der Menschen aber vermochte er nur sehr schwer zu widerstehen. Den Menschen war er immer wieder ausgeliefert. Menschen gewannen immer wieder Macht über ihn. Menschen erhielten immer wieder ein Recht auf ihn. Nur Graf Rothembourg, der französische Gesandte, fehlte; er wollte lieber Kartäuser werden, als an diesem Hofe bleiben. Vermittlungsversuche, Vergleiche, Vorschläge, Angebote umschwirrten den König.

Die Vermittler oder Zwischenträger waren aber immerhin die Gäste des Hauses. Also mußten die Formen gewahrt sein. Also mußte man an der gleichen Tafel dinieren. Die Verräter und Verschacherer Europas waren am Tische des Königs versammelt. Die Welt hatte sich unter die Seinen gemischt. Er selber saß im Hirschsaal ein wenig von der Tafel abgerückt. Er konnte die Knie nicht biegen; er mußte die schmerzenden Beine ausgestreckt halten.

Sehr still mußte er halten, wenn die Schacherer alle um ihn waren. Sie konnten ihn ängstigen, reizen, verwirren. Das Übermaß seiner Schmerzen kam ihnen zu Hilfe. Die Familie, alle Peinlichkeiten zu überbrücken und im Grunde sehr belebt von dem neuen diplomatischen Getriebe – die Familie, bestehend in der Mutter, dem ältesten Sohn und der ältesten Tochter, trieb

Konversation wie noch nie. Die Königin vergaß, dem drohenden Kriege zwischen Gatten und Bruder einige Tränen zu widmen. Wieder stand sie im Mittelpunkt! Keiner Fürstin Lage war jetzt so beachtet wie die ihre!

Der König, von seinen Ärzten festgesetzt und über die Möglichkeiten seiner Abreise noch völlig im unklaren gelassen, lehnte in dem großen Stuhl, sah zu den eleganten Plauderern hin und hörte zu. Aufzustehen von der Tafel – das vermochte er nicht mehr. Er mußte sitzen bleiben, bis alle gingen, sonst nahmen sie zuviel wahr. – Denn zu dem Stock brauchte er auch noch Gehilfen. –

Lebhaft sich unterhaltend und lachend verließen die Gruppen den Hirschsaal, nachdem der Herr im Sitzen die Tafel für aufgehoben erklärte.

Voran ging die Königin. Die Königskinder waren die letzten. Der Vater saß nahe an der Tür.

Als Fritz und Wilhelmine an seinem Lehnstuhl vorüber wollten, schlug er mit seinem Stock nach ihnen. Im Sessel aufgerichtet, schlug er durch die Luft – wie einer, der sich auf das Letzte wehren muß gegen den ungeheuerlichsten Überfall.

Aber die Ängste des Königs sahen sie nicht.

Sie waren hinausgeeilt. Sie klagten und barmten entsetzlich darüber, was geschehen wäre, wenn der furchtbare Hieb sie getroffen hätte. Die Königin kam zu den Kindern zurück. Sie tröstete sie. Sie tat ihr möglichstes, um beide zu bewegen, daß sie zum König zurückgingen; es müsse geschehen, müsse. Mitleid sollten sie zeigen, damit die Welt es endlich erkenne: König Ragotin ist in Wahnsinn gefallen.

Vom Hirschsaal ließ der Vater einen Brief hinauf ins Zimmer seines Sohnes schicken. Der Brief enthielt den Befehl, daß der Oberst Friedrich von nun an wieder Fähnrichsdienste in der preußischen Armee zu leisten habe.

Prinzessin Wilhelmine verbrachte den Abend und die Nacht im Fieber. Als Fähnrich würde nun der Bruder dem König von England und dem Prinzen von Wales entgegenziehen, dem Oheim und dem Vetter, dem künftigen Schwiegervater und dem Schwager, den Spendern seines, ihres, ihrer Mutter Glückes!

Das Schauspiel entbehrte jedoch in Wahrheit sowohl des Dramatischen wie des Tragischen. Der König von England und der Prinz von Wales gedachten kaum, auf schäumendem Schlachtroß den Brandenburgern entgegenzutosen. Sie wußten längst, daß der Krieg nicht stattfinden würde; daß der diplomatische Zweck schon erreicht, das Augenmerk der Nachbarstaaten auf alle Vergehen preußischer Werber gelenkt und der König diskriminiert war. Mehr lag in niemandes Absicht.

Während Friedrich Wilhelm, in Schmerzen im Lehnstuhl hockend, alles Grauen des Krieges in den Bildern steingewordener Totentücher und Hekatomben vor sich aufstehen sah und die Sinnlosigkeit alles Wollens und Wünschens und Wirkens durchlitt, ließen der König von England und seine Mätressen sich von ihren Maklern in ihren Silberflotten-Spekulationen beraten.

Die Königin von England, einst Wilhelmine von Ansbach-Brandenburg genannt, begann jedoch von diesen Tagen an, ihre kühnen und starken Pläne nachdenklich zu überprüfen. Sie hatte nicht vermocht, eine bloße Kronenträgerin zu sein, die um des schönen Diademes willen all ihr verlorenes Frauenglück vergaß. Gab es kein Glück, so war doch noch das Werk, das Welfenhaus in der noch immer widerstrebenden Nation zu verankern! Aber ach, in der wachsenden Macht war niemals ein Trost für verlorene Liebe zu finden! Seit sie von der Verwirrung des dicken, kranken Königs hörte, entsann sie sich noch einmal einer Nacht, in der sie, engumschlungen mit Frau Sophie Dorothea, in der Tür zum Zimmer Friedrich Wilhelms von Brandenburg stand. – Die Diener hatten die Frauen gerufen. Denn der junge Herr saß spät nach Mitternacht noch wach am Tisch, den Leuchter neben sich, die Arme um das Särglein seines Sohnes geschlungen.

Aber dieser Abend war schwerer, bedrückter und kränker, als die Nacht am Sarge des Kindes gewesen war.

Bei Tische hatte der König von Puppenspielern, die das Dorf durchzogen, eine Komödie aufführen lassen, in welcher Polichinelle die Marionettenkönigin von England zum Throne führte und ihr in unflätiger Rede mit Branntwein zutrank. Der englische Gesandte überhörte die rohen deutschen Knittelverse. Der König übersetzte sie ihm ins Französische und rief: »Hören Sie, Ihre Königin ist gemeint!« Und statt daß nun nach diesem grimmigen Zwischenspiel ein neuer Gang aufgetragen wurde, ließ der König einen lebendigen Fisch vor allen Augen schuppen und von den Jägerburschen, die den grausigen Dienst verrichteten, verzehren! Die Tischgefährten sollten es begreifen, was Ohnmacht, Qual und Ekel war, wie er sie durchlitt! So handelte jener König, der einst im gleichen Schlosse den Gästen das Fischmahl mit eigenen Händen bereitete! Dann, in dem gelähmten Schweigen, hatte der König sein Essen hinuntergeschlungen, wie immer, ohne es zu zerbeißen, und endlich das Mahl beendet, indem er zum Vorabend seiner Rückfahrt nach Berlin alle Tischgäste – auf den baldigen Umsturz ganz Europas trinken ließ.

Nach der Tafel verlangte er noch einmal durch Hof und Garten von Wusterhausen zu gehen. Er sagte: »Es ist mild« und »Es tut mir recht gut.« Doch trieb ihn nur namenlose Unruhe aus den Mauern.

Er vermochte wieder zu laufen. So reichten sie ihm denn den Stock. Ewersmann, der nicht mehr von ihm wich und für die Diplomaten darum hoch im Preise stieg, stützte den Herrn am linken Arm. Der König stapfte durch das aufgehäufte nasse Laub. Der Oberchirurg blieb in der Nähe. Die Pikeure trugen Laternen und Fackeln voran. Der novemberliche Garten lag in tiefer Dunkelheit und trübem, feuchtem Dunst. Morgen mochte es regnen oder schneien.

Die im Hirschsaal wurden etwas ratlos. Man hatte doch wohl diesen absonderlichen Rundgang Seiner Majestät als eine Art offizieller Abschiedspromenade aufzufassen. Dahin kamen sie nun überein. Sie beschlossen, den Herrn zu begleiten. Man konnte sehr wohl einen König bis auf den Tod beleidigen, bedrohen, ängstigen und quälen. Aber unmöglich war, einen höfischen Verstoß zu begehen.

Sie folgten dem König nach, kopfschüttelnd und achselzukkend. Der König war, so langsam er auch vorwärts kam, nun doch schon ein gutes Stück Weges voraus. Er wußte nicht, daß man ihn suchte. Er sprach laut vor sich hin. Auch stöhnte er. Vielleicht hatte ihn, daß er das Stöhnen nicht mehr unterdrücken konnte, aus dem Hirschsaal vertrieben. Er stöhnte so laut und so hemmungslos, daß die Pikeure erschraken. Sie blieben mit den Fackeln und Laternen um ihn stehen. Da begann er zu singen. Es klang langgezogen und ächzend; aber sie sollten glauben, er habe vor sich hingesungen. Nun sah er auch die Herren des Hofes und die Gäste in den Schein der Fackeln treten. Die kahlen Äste warfen große, harte Schatten auf ihre Gestalten.

»So singen Sie doch noch ein Jagdlied zum Abschied«, rief der Herr zu ihnen hinüber und stimmte an und wendete sich ab und schritt vor seinen Fackelträgern her ins Dunkel. Denn er schämte sich.

Die anderen überflog ein Grauen. Es war weit mit König Ragotin gekommen. Aber anders hätte man ihn ja nicht in der Tasche gehabt. Das war ein tröstlicher Gedanke. Daraufhin sangen sie mit.

Sie brachen auf. Es ging zurück nach Berlin. Im Schloßhof stauten sich die Truhen, Kästen, Reisetaschen. Die Pferdeknechte mußten Säcke darüber hängen, so schneite und regnete es durcheinander. Die Kutschen waren, über die Brücke hinweg, bis ins Dorf hinein aufgefahren. Die Damen drängten sich am Aufgang der Wendeltreppe im Turm. Sie zogen ihre Wagenmäntel eng um sich, aber obwohl sie ziemlich fröstelten, waren sie doch recht vergnügt. Es ging fort von Wusterhausen, wirklich und wahrhaftig fort! Das Ende dieses Schreckensherbstes war nun greifbar nahe! Man kam zurück an den Hof! Man sollte wieder Weite haben! Man würde einiges von Noblesse spüren – und vor allem befreit sein von dem ständigen engen Zusammenleben mit dem König! Die Bedrücktheit der vergangenen Wochen, die Erwartung des Krieges, die Lage des Kronprinzen – alles war vergessen. Das war ein Stimmenschwirren und Lachen über dem ganzen Hof, als stünde man im Gartensaal von Monbijou. Die fremden Gesandten überboten sich in Galanterien und Drollerien. Ganz ausgezeichnet war die allgemeine Stimmung.

Nicht mehr die Bären! Nicht mehr die Adler! Das sagten die königlichen Damen mehr als einmal, mehr als deutlich. Der König hörte es als letztes, ehe seine Gattin ihre Karosse bestieg. Er sah ihr sehr nachdenklich zu. Sie und seine beiden großen Kinder hatte er über dem Herbst von Wusterhausen verloren. Der Sinn des stillen Schlosses war zerstört. Die Nähe, die er ersehnte, hatte Feindschaft und Ferne gebracht. Ein König hatte nichts, was nahe war; auch nicht den einen Menschen, der des Menschen Vorrecht und Notwendigkeit ist; diesen besaß er am wenigsten.

Und dennoch sollte ihm ein neuer Mensch geboren werden aus dem Leidensherbst in Wusterhausen. Die Frau lehnte schwanger in den Polstern ihrer Karosse. Dies eine war Zukunft, wo sonst nur Zerstörung zurückblieb.

Und noch ein Zweites wies ins Künftige: der Wille, aus Friedrich noch einen völlig neuen Menschen zu machen – aus ihm, der zum Malplaquetfest als Oberst auf dem väterlichen Jagdschloß eingetroffen war und der es nun nach Sankt-Hubertus-Tag als Fähnrich wieder verließ. So wenig also war ihm daran gelegen gewesen, in Preußens neuem Heer den gleichen Rang mit dem Vater zu bekleiden; er hatte des Königs Rock seinen Sterbekittel genannt.

Alles war Haß und Zwiespalt geworden. Und selbst die leichten, boshaften Reden der Frauen waren in Wahrheit voller harten und bitterer Zornes; selbst die Adler und die Bärin verfluchten sie, als wäre der böse Geist des alten Jagdkastells in die Tiere des Zaren gebannt.

Der König stand unter dem Tor und sah den davonrollenden Wagen nach. Er konnte heute wieder stehen. Er schien nicht einmal den Stock zu seiner Stütze zu benötigen; denn unablässig stieß er mit dem Stock auf den Boden. Als nach der Abfahrt der Damen und Kinder die eigene Kutsche anrückte, beugte der König sich zu seinem Pferdeknecht zurück.

Die Bärin sollte mit nach Berlin! Die Adler in ihren Käfigen sollten auch nachfolgen! Aber es sollte erst nach dem Aufbruch der letzten Kutschen geschehen.

Nun wußten es auch die niedrigsten Burschen: der König war nicht mehr richtig im Kopf.

Einer meinte, er habe, wenn er spät abends von der Liebsten kam, nicht selten wahrgenommen, daß der König, bevor sein Leiden begann, beim Anbruch der Nacht noch im Schloßhofe stand und immer wieder am Bärenzwinger verweilte und der schwarzen Bösen das Fell zauste; dann pflegte er, sich unbeobachtet glaubend, auf die Bärin einzusprechen, als wäre sonst kein Wesen für ihn da.

Aber es klang so zornig und hart, als er es eben sagte: die Bärin und die Adler sollten mit?!

Auf der Fahrt nach Berlin saß der König allein in seiner Kalesche und schrieb, das Blätterbündel auf den Knien haltend. Er schrieb kaum unleserlicher als sonst. – Es waren ja doch nur immer noch Krickeln und Kleckse; und niemand als der Geheimrat von Marschall war in der Lage, die Schrift des Königs zu lesen; so sehr hatte sich seine schöne, klare, überdeutliche Handschrift gewandelt.

Traurig bedachte der Schreibende, wie diesen Herbst die »Habakuks« und »Mazarins« auf Wusterhausen eingedrungen waren und der Dessauer fernblieb. So eng ihr Bund war – niemals kam er ungeladen.

Aber der König hatte ihn bis zum letzten Tage nicht gerufen.

Friedrich hatte nun in Herrn von Katte einen nahen Freund gefunden. Das war viel, wenn man das Los seines Vaters bedachte. Der hatte nur den Fürsten Leopold von Anhalt-Dessau zum Gefährten seiner Mühen; und den mied er seit langem schon. Er hatte ihn nicht nach Wusterhausen gebeten, als scheue er sich, Wusterhausens Zerfall gerade vor diesem einen Manne zu offenbaren. Er hatte nicht wie sonst zur Jagdzeit nach Dessau geschrieben: »Und bringen sie mir ein Pahr von Ihre Printzen mit.« –

Weil er die tiefsten Leiden dieses Herbstes verschwieg und doch dem Kumpan eine Erklärung für manches Rätselhafte und Befremdliche in seinem Verhalten zu schulden meinte, schrieb er nun auf der Rückfahrt, das Blätterbündel auf den Knien haltend, von der Krankheit. Der Kabinettssekretär Thulmeier, der in Polterhansen Bleusets Schenke einmal Der Schweigsame hieß, mochte es dann säuberlich abschreiben und aus dem alten Wusterhausener Stallknechtsdeutsch in die rechte Orthographie übertragen: »Mit meinem Fuß ist es leider zum Podagra ausgeschlagen. Eure Liebden kennen mich ja und können versichert sein, wie nahe mir das geht. Ich habe gute Zeit gehabt, also muß ich hiermit auch vorlieb nehmen. So steht meine Gesundheit. Gott bewahre jeden ehrlichen Mann davor, Invalide zu werden ... Mit allem, was Gott will, bin ich zufrieden; ich kann nichts gegen Gottes Willen tun, muß alles mit Geduld tragen. Gott gebe Geduld.«

Die Blätter ruhten auf seinem Schoß. Er schrieb nicht mehr. Seine Lippen sprachen immer noch: »Gott gebe Geduld. Gott gebe Geduld.«

In Berlin erwartete den König die Nachricht, daß von den Prinzen von Anhalt-Dessau des Vaters und des Königs liebster unter den fürstlichen Söhnen gestorben sei: er, für den der König »eine personelle Liebe hatte« und für den er, als er schon einmal todkrank gewesen war, betete. Der König, den Reisemantel noch umgehängt, wanderte in seinem Zimmer auf und ab, den Brief des Fürsten noch in der Hand. Nun lag des Dessauers Sohn im Sterbekittel aufgebahrt, jener vollkommene Sohn: im Sterbekittel! Das Wort ließ den König gar nicht mehr los. Seit der Sohn es ausgesprochen hatte, ging es ihm nicht mehr aus Ohr und Sinn, nicht eine Stunde.

Er sei durch Gedanken verwundbar, hatte der Abenteurer Clement damals im Spandauer Kerker zum König gesagt. Darin liegt Wahrheit, dachte König Friedrich Wilhelm jetzt, als er mit dem Ende des Herbstes in seine Hauptstadt zurückkehrte.

Der Herr war sehr verwundet heimgekommen in sein großes Winterschloß. Manchmal glaubte er, das Herz sei ihm nur noch eine einzige heiße, dunkle Wunde.

Es vermochte den König nicht einmal mehr zu erfreuen, als die Diplomaten und Minister ihn um eine eilige Sonderaudienz ersuchten, in der sie ihm dann erklärten, daß der Krieg mit Hannover nicht stattfinden könne.

Die großen Worte durchströmten erhaben den Raum: Um Gottes willen! Um des Reiches willen! Um der von Ewigkeit gesetzten Bruderschaft der beiden Fürstenhäuser willen! Um alles dessen willen lenke der großmütige Kurfürst von Hannover ein.

Zwischen den Phrasen waren Vergleichsvorschläge von größerer Nüchternheit eingefügt.

Der König ließ sich den Reiseumhang abnehmen. Er legte seinen Hut beiseite und strich sich die Haare glatt. Er ging an den Schreibtisch. Stehend stützte er die Hände auf; es war eine Geste, als wolle er eine große Rede, wahrscheinlich vom wiederhergestellten ewigen Friedenszustand, vor den Diplomaten und Ministern halten.

So ruhig er dastand – sein Gesicht war heiß und gerötet, und die Adern zeichneten sich an seinen Schläfen ab. Auch waren die Adern seiner Hände sehr geschwollen.

»Meine Herren«, hob er langsam an. Und dann sagte er nur: »Der Fürst von Anhalt-Dessau hat seinen liebsten Sohn verloren« und starrte vor sich hin auf den Schreibtisch.

Das Kind der Schmerzen oder die Galeere

Des Königs Herz ist in der Hand des Herrn
wie Wasserbäche, und er neigt es, wohin er will.
Die Bibel

Das endende Jahr war in Aufruhr. In der Türkei war bittere Kälte
eingebrochen. Selbst um die südlichen Küsten tobte winterliche
Sturmflut. Die lichte Stadt Venedig war bedroht. Die Schiffahrt
ruhte, so schwerer Nebel lag über den Meeren. Aber noch immer
– fast war es ein ungeheuerliches Wagnis – fuhr eine Fregatte
zwischen den Gestaden Britanniens und den Häfen des nördlichen Deutschland hin und her. Und der Segler barg doch nichts
als einen Brief und immer wieder nur einen Brief als seine
Ladung.

Es war, als sollte es nicht enden, ehe es sich nicht erfüllt hatte
als ein eigenes Geschick: daß heimliche Schreiben hin und her
getragen wurden zwischen dem Königsschlosse zu Berlin und
dem St. James Palace zu London.

Wie wenig hatten Winter und Meer für die behenden Boten
zu bedeuten.

Wo Berge und Schluchten den Erdteil durchschnitten, blieb
vor haushoch aufgewehtem Schnee den Reitern und Wagen
jeder Weg verwehrt. Da war es gut, daß die heimlichen Briefe nur
durch die nördlichen Ebenen gebracht zu werden brauchten;
denn über den flachen Äckern und den ebenen Wäldern ohne
Höhen war es zu kalt, als daß Schnee hätte fallen können.

In diesem Jahr blieb König Friedrich Wilhelm nicht in seinem
großen Winterschloß zu Berlin. Unter dem Vorwand guter Jagd-
gelegenheiten trennte er sich, noch ehe die Christzeit herankam,
vom Hofe. Er brach mit der alten Gepflogenheit. Er ging zum
Winter nach Potsdam. Den ältesten Sohn nahm er mit sich. Er
wollte allein sein mit ihm, den neuen Menschen aus ihm zu
erschaffen, der ihn vertreten konnte bei ›Dem König von Preußen‹, wenn es schlimmer werden sollte mit der Krankheit. –

Der König gab seinen ältesten Sohn nicht mehr her.

Die Gattin verblieb indessen in dem alten Schloß, das Leben des neuen Kindes ihrer späten Schwangerschaft zu bereiten.

Auch an den rauhesten Tagen stand der König um fünf Uhr auf, fuhr zwei bis drei Stunden im offenen Wagen oder setzte sich beim ersten Morgengrauen zu Pferde. In der bittersten Kälte nahm er im Freien ein eisiges Frühstück ein. Pasteten und Butter waren gefroren, das Brot schien niemals knusperig gewesen; auch gab es keinerlei Picknickservice. Die Jagdgäste suchten sich, auch wenn man ihnen Becher vorenthielt, durch starkes Getränk zu erwärmen; aber der König war, als wolle er in allen Stücken seine Krankheit leugnen.

Friedrich sollte sich dicht bei ihm halten. Er sollte jagen lernen wie er, dessen Leib schon manche schwere Wunde von den Jagden trug. ›Der König von Preußen‹ befahl es ihm: im Osten war ja die Jagd noch Notwehr und Notwendigkeit, die Jagd gegen Bären, Wölfe und Elen! Auf seinen Winterjagden prüfte der König neue Bediente und Pagen auf ihren Mut und ihre Behendigkeit; in diesem strengen Winter erprobte er den Sohn. Nun war der Zwang, mit dem Vater zu jagen, nicht mehr mit dem Sankt-Hubertus-Tag von Wusterhausen aufgehoben.

Sie jagten bei Potsdam. Wildschweine brachen ihnen durch den Wald entgegen, als triebe die unbarmherzige Kälte sie an die Städte heran. Es waren jene jähen, flüchtigen Jagden zwischen Heeresdienst und Schreibarbeit, zu denen König Friedrich Wilhelm nicht einmal den Weidmannsrock anzulegen pflegte. Er ritt in seiner Uniform hinaus, im blauen Rock und Eckenhut, ohne Jagdmuff, ja, vergangener Schmerzen nicht gedenkend, selbst ohne Handschuhe.

Aber der Kronprinz trug Handschuhe, sehr weiche, elegante, wärmende Pariser. Der Vater ritt auf ihn zu, und es gab ein gewaltiges Schelten, so gewaltig, daß unmöglich dies der Anlaß sein konnte, wenn der Prinz die schmalen, blassen Hände schützte. Dies konnte nicht so fürchterlichen Zorn heraufbeschwören! Sollte der Sohn sich die Hände erfrieren? Friedrich setzte sie den ganzen weiteren Tag mit kühlem Lächeln dem schneidenden Froste aus. Dies alles sicherte ja nur die Mittel zur Befreiung. Um so eher würden ihn die fremden Potentaten zu sich holen ... Dies neueste war nur ein Schritt voran ... Die fremden Höfe würden es nicht mehr lange mit ansehen wollen, um der mächtigen Verwandtschaft seiner Mutter willen ...

Die wenigen Tannen vor dem schwarzen Wall der harten Kiefern waren tief verschneit; ihre breiten Zweige waren weiß beladen. Dann taute der Frost in ihren Ästen und Stämmen; weiter und dunkler wurden die Tannen. Es war, als solle man noch einmal die volle Schönheit ihrer Sommer sehen, so satt war das Grün ihrer Zweige, vom starken Mittagswind entfaltet und aufgewühlt.

Den König zog es hinaus. Er dachte an die kommende Ernte. Der Kronprinz sollte ihn begleiten. Der König bestimmte ihm selbst ein Reitpferd; denn der eigene Rappen des Sohnes war zum Beschlagen fortgeführt. Der Stallmeister machte den König darauf aufmerksam, daß das Pferd, das der Herr ihm bezeichnete, ein Durchgänger sei. Der König fuhr ihn an und hieß ihn schweigen.

Als sie Potsdam hinter sich hatten, riß ein Windstoß dem König den Hut vom Kopf. Der Hut wirbelte dicht am Pferde des Prinzen vorüber; das scheute und ging durch. Der Prinz besaß die Geistesgegenwart, die Zügel loszulassen und sich zu Boden zu werfen. Dabei verletzte er sich an den Knien, an der Hüfte und am Halse. Der Degenkorb schlug ihm so heftig gegen die Rippen, daß er Blut spuckte. Wer es in Potsdam nur irgend mit der Königin- und Kronprinzenpartei hielt, erhob ein Lamento. Der König erbitterte sich darüber und befahl, daß sein Sohn am nächsten Tage beim Aufziehen der Wache erscheinen solle. Der Kronprinz tat es auch, trotz seiner Verletzungen, war aber nicht imstande, den Arm in den Ärmel seines Waffenrocks zu zwängen.

Als der König über Neujahr mit dem Prinzen von Potsdam nach Berlin kam, begegnete ihm in allen Blicken und Worten der Vorwurf. Die Gesandten fügten den Neujahrsgratulationen an ihre Höfe die Bemerkung bei, der Prinz sei so geknechtet, daß man ihn sich mit Leichtigkeit zu ewigem Dank verpflichten könne; und es sei hohe Zeit, den Prinzen stärker in die politischen Berechnungen einzustellen als den König.

Der König hätte es nicht mehr erzwingen sollen: das Reiten und Jagen im Winter. Mochte er auch ein Mann erst am Anfang seiner vierziger Jahre sein – er war krank. Nun mußte er viel liegen, seit er zum Neujahrsfest in Berlin weilte. Er bemühte sich, gut zu sein zu seiner schwangeren Frau. Und er wollte, daß die

Kleinen wieder zutraulicher würden. Sie mußten in den Krankheitstagen viel am Bette des Vaters sein; stand er auf und ging durch die Räume, so folgten sie ihm wie arme Gefangene. Er hatte manche Klage über Sophie Dorothea Maria und Anna Amalia gehört. Er bemerkte, daß alle hier am Hof seine Kinder mit den Augen der Gemahlin sahen; er hörte – wenn er ein paar höfische Phrasen abzog – aus jeder Redewendung, jedem Urteil allein die Sprache der Gattin.

Er aber hatte keine Zeit, seine Kinder, soweit sie spätere »Apanagierte« waren, wirklich kennenzulernen. –

Sophie Dorothea Maria, dies gute und verständige Kind, an dem es nie etwas zu tadeln gab, war also gar so lähmend nüchtern? Selbst ihre abgekehrte Art war nur ein Mangel an geistiger Regsamkeit?

Die Königin betrachtete diese Tochter, die zur Erinnerung an ihre große Zeit der Gegnerschaft gegen Clement ihren eigenen Namen trug, als eine der herbsten Enttäuschungen ihres Lebens. Sie nannte die Trägerin ihres Namens mit einer nur zu deutlichen Wendung gegen den Gatten so holländisch, eng, kleinlich, bürgerlich und auf eine aufreizende Weise gediegen. –

Der König vermied es, mit seiner Frau noch jemals von den Kindern zu sprechen, obwohl diese jüngeren Töchter und Söhne doch kein politisches Kampfobjekt wie die beiden Ältesten waren. – Er schien besser gelaunt; doch war ein Zwang darin spürbar. Er wollte sich selbst die bohrenden Fragen verjagen. – Warum hatte er dem Sohn das getan? Daß er ihm den Durchgänger zum Pferde gab – nun, der Effeminierte sollte endlich sicher reiten lernen; und radikale Kuren waren doch nun einmal am besten. Aber, daß er ihn, der Blut gespuckt hatte, zur Wachtparade bestellte –?

Der König wurde in seinem Grübeln gestört. Er war dankbar dafür. Selbst daß es der Freiherr von Gundling war, der ihm submissest zu dem neuen Jahr seine Glückwünsche darzubringen begehrte, verstimmte ihn nicht. Denn der Professor wußte, sobald er nur nüchtern war, doch am besten von allen zu erzählen, und als Kommentator der ausländischen Zeitungen stand er nahezu einzig da. Selbst auf Grumbkows Herrenabenden mußte er jetzt manchmal aus den Zeitungen vorlesen und seine Meinung zu dem Weltgeschehen sagen. Man mochte es kaum glauben, daß er, seit ihn der Dessauer wie einen Deserteur von seiner

Flucht zurückholte, so tückisch geworden war. Einen vornehmen Herrn, dessen Name ängstlich geheimgehalten wurde, hatte er mit einer Muskete ohnmächtig geschlagen. Einen Kammerdiener überfiel er im Bett, ihn zu erwürgen. Der König wußte auch, ohne daß man ihm solche Meldung hinterbrachte, von den Stunden seiner Verzweiflung und Verkommenheit – in die auch er selbst ihn immer wieder stoßen mußte: so furchtbar war der Gegner aller, Gundling. Aber sobald man an Tagen der Nüchternheit an seine Gelehrsamkeit appellierte: oh, welche Weisheiten in den Reden des Professors da immer wieder erstanden, wie er da gleich die erhabenen Gewölbe und ragenden Hallen der Welthistorie durchschritt! Es hatte, so kündete der Professor von dem neuesten Ergebnis seiner Forschungen, vor langer Zeit ein Herrscher gelebt, so gewaltig, so groß und zornig wie der Zar. Der trug schwer an dem entsetzlichen Geschick, daß alle, die er je mit seinen furchtbaren Händen angerührt hatte, dem Tode verfielen. Er hatte Mörderhände. Professor Gundling stellte es sehr dramatisch dar.

Dieser Herrscher eines längst verschollenen Landes und einer weit versunkenen Zeit geriet in harten Streit mit seinem einzigen Sohne. Da ließ der König sich die Hände binden, an jedem Morgen von neuem. Aber der Zorn war gewaltiger als alle seine Königsmacht. Als sie ihm den ersten Tag die Hände banden auf seinen Befehl, bestimmte er für seinen Sohn ein wildes Pferd. Am zweiten Tage ließ er ihn die Bären und die Stiere seiner Zwinger hetzen; und der Knabe tat es fröhlich, denn er wußte: dies alles war Gnade – so furchtbar waren die Hände des Vaters gezeichnet; so furchtbar, daß der Vater sie hündischer fürchtete als der Sohn.

König Friedrich Wilhelm hörte zu und schien gnädig, denn er forderte den Freiherrn und Professor auf, der Neujahrstabagie im kleinen Kreise beizuwohnen. Diesmal trieb der König sehr viel Spott in seiner Tabaksrunde. Er selbst trank viel. Dem Professor wurde am reichlichsten und häufigsten eingeschenkt. Und keine Würde, Größe, Bedeutung, kein Rang, kein Dünkel, keine Gelehrsamkeit, kein Gedanke an den unersättlichen Ehrgeiz, keine Furcht vor Stockhaus und Mistwagen gab Gundling die Kraft, zu widerstehen. Er betrank sich bis zum Tierischen. Er redete wirr. Er rülpste wie einst in Polterhansen Bleusets Schenke und wurde verlacht; und taumelnd hin und her gestoßen; und vom Gelächter überbrüllt. Das wollte der König. Alles sollte ein lächerlicher Unfug sein, was der hemmungslose Säufer und Schwätzer je geplappert hatte. Alles, alles sollte nur ein schlechter und gemeiner Witz, eine Zote für Trinker gewesen sein. Auch das sollte nichts gewesen sein als Wahnwitz, Torheit, Lüge: daß es einen Herrscher gegeben habe, der sich so vor seinen Händen fürchte, daß er sie sich binden ließ; und daß es seinem Sohne eine Gnade war, wenn der Haß des Vaters ihm ein wildes Pferd bestimmte, statt daß der Vater ihn nur anrührte ...

Die Schatten unter den Augen des zechenden Königs waren faltige, schwere Säcke geworden. Seine Blicke gingen unstet hin und her. Und immer wieder, unbewußt, hafteten sie lange auf Gundling. Von den Gedanken zu Tode verwundet, begehrte der König nach dem Trost, daß die Weisheit dieser Welt nichts und gar nichts anderes sei als Zote und Narrheit; so munterte er die Offiziere auf, es mit dem trunkenen Professor schlimm zu treiben. Aber er selbst tat nicht mehr mit. Er sah auf das Bild: die Weisheit tropfte als Speichel der Betrunkenheit von den Lippen des Klügsten.

Dem schaute der König zu. Er trank auch nicht mehr.

Die Verzweiflung des Königs unter den Zechern war groß, denn im letzten Grunde litt er daran, daß die Gedanken sich nicht fassen ließen und daß er verdammt war, immer nur das Bild zu sehen. Wer je die übergroßen Augen des Königs voller letzten Ernstes betrachtet hätte, würde es wahrgenommen haben, daß sie unentwegt von jagenden und übermächtigen Bildern gebannt waren. Aber keiner seit dem Abenteurer Clement hatte ihn so angesehen. Vielleicht wußte noch der Prediger Roloff etwas davon, daß so wie König Friedrich Wilhelm nur in die Welt blickte, wer durchschauert war von dem Worte der Schrift: »Gott schuf den Menschen ihm zum Bilde, zum Bilde Gottes schuf er ihn.«

Gottes Wort und das Bild: die waren sein Schicksal geworden.

Da der König während seines Berliner Neujahrsaufenthaltes die Heiratsaffäre überhaupt nicht mehr erwähnte, fühlte Königin Sophie Dorothea sich vollkommen sicher. Zum ersten Male sprach auch sie verhältnismäßig wenig von der ganzen leidigen Geschichte und kam dadurch, in oberflächlichen Liebenswürdigkeiten, der ältesten Tochter wieder ein wenig näher.

Es war so unbegreiflich: der gemeinsame Traum vom Erbe dreier Kronen in dem einen Brautschmuck der Prinzessin von Wales – dieser Traum, den die Königin und die Königstochter doch miteinander hegten, trennte Mutter und Kind allmählich mehr und mehr. Denn dieser Traum, das Zauberwerk der Mutter vor Tochter und Sohn, war ohne Liebe. Er meinte nur den Glanz, die Macht, den Rang; alles, was Sophie Dorothea von Hohenzollern den Fürstinnen auf alten Thronen neidete, war mit einer kalten Leidenschaft und rechnendem Eifer in ihm beschlossen. Und also war sie auch heute schon die erbitterte Neiderin der eigenen Tochter – sie, die so hemmungslos, verwegen und hart für das Glück ihrer Kinder stritt!

Sie dachte aber auch schon mit Gram und Zorn daran, daß die Tochter des Bruders als Königin von Preußen an der Seite des Sohnes so ungleich ehrenvoller und beglückter als sie selbst in Berlin residieren und regieren würde.

Friedrich und Wilhelmine waren zu klug, als daß sie nicht von Jahr zu Jahr immer schärfer erkannten, wie reich an Widerspruch und wie arm und leer an Liebe aller Kampf und Traum und Zauber ihrer Mutter war: ein zorniges Verneinen der Enttäuschungen ihres eigenen Königinnentums und von gar nichts beschwingt als von einer gefährlichen Leichtgläubigkeit, die alle Wirrnis im Heute ableugnen zu dürfen glaubte und alle Lösung mit Beharrlichkeit vom Morgen zu fordern sich erkühnte. Sie besaß geistige Anlagen, die sich aber nicht weiter entwickelten, einen glänzenden Verstand, der indes mehr Tiefe zu versprechen schien, als er hielt und, wie die Königskinder in der Modesprache sagten, Geschmack für Kunst und Wissenschaft, ohne sie wahrhaft eifrig zu betreiben.

Flink und scharf und hell blitzten den Königskindern die Gedanken auf; fest und kühl begriffen und bemaßen und bewerteten sie die Logik und die Unlogik menschlichen und mütterlichen Handelns. Alles lag vor ihrem Denken bloß. Nur in die heiße Dunkelheit der ungestümen Herzen drang es nicht vor; denn mit den ungestümen Herzen muß man leiden.

So blieb der Vater seinen Kindern in unendlicher Ferne.

So war die Mutter ihnen ausgeliefert. Eins so bitter und schwer wie das andere.

Sie dankten der Königin nicht. Sie liebten sie nicht. Sie forderten nur die versprochene Befreiung von ihr. Sie glaubten an die

Macht des großen Hauses ihrer Mutter. So bitter waren sie, die jungen Königskinder; Befreiung – das war all ihre Sehnsucht. So hart war es ihnen geworden, unter dem Angesicht ›Des Königs von Preußen‹ zu leben.

Allmählich war alles Nein dieses Daseins für sie in dem einen Begriff ›Der König von Preußen‹ gesammelt.

Und alles Ja dieser Erde hieß: Das englische Haus.

Der König war Neujahr nicht übelgelaunt gewesen. Der König hatte von den Ehen nicht gesprochen; vor allem: Er ging sehr rasch nach Potsdam zurück. Alles schien gut.

Aber da schickte er ein Ultimatum an die Königin. Endlich hatten sie ihn zu solch politischer Sprache in den Dingen des Hauses und Herzens übermocht. Es war, als habe er sich in Potsdam nur vergraben, um in einer einzigen gewaltigen, gesammelten Anstrengung alles beiseite zu fegen, was ihn hinderte, sein Königsamt zu üben. Erst berief er den Grafen Fink Finckenstein, seinen und seines Sohnes abgedankten Erzieher, zu sich. Dann zitierte er den General von Borcke aufs Schloß; denn der hatte seinen eigenen Sohn in solcher Art erzogen, daß er heut als junger Offizier bereits der Gouverneur des Kronprinzen von Preußen zu sein vermochte ...

Diesen beiden Männern – als vermöchte er ohne Zeugen und Übermittler nichts mehr zu unternehmen – erteilte König Friedrich Wilhelm den Befehl, sich zu der Königin zu verfügen und ihr zu sagen, daß er nach der Behebung der durch sie heraufbeschworenen politischen Gefahren endlich ihrer Intrigen müde sei, die sie mit dem englischen Hofe spinne und die ihm und seiner Familie nur zur Unehre gereichten; ferner, daß er ihr hiermit geradezu verbiete, die Intrigen weiter fortzusetzen; daß er jetzt verlange, sie müsse sich entschließen, ihre Tochter jedem anderen als dem Prinzen von Wales zu geben; und daß er endlich aus einem Überrest von Freundschaft für sie ihr noch die Freiheit lassen wolle, zwischen dem Markgrafen von Schwedt und dem Prinzen von Weißenfels, König Augusts Vetter, für ihre Tochter zu wählen. Der König stellte das Ultimatum, denn er hatte erfahren: Friedrich bedrohte fürstliche Häuser, wenn sie je mit dem Vater Heiratsprojekte für ihn diskutierten! Er hatte, falls etwa jemals die Fürstlich Anhalt-Dessauische Familie mit ihrem Brandenburgisch-Schwedtischen Zweige einem ehrenvollen

Antrag seines Vaters nicht zu widerstehen vermöchte, seine Rache für die Zeit seiner eigenen Regierung in Aussicht gestellt, andernfalls aber einen großen Abstand für ein Nein verheißen. –

Die Königin und der Kronprinz selbst hatten in ihrem Kreise von ihren Briefen nach Schloß Schwedt gesprochen. Fürst Leopold und seine Schwester von Brandenburg-Schwedt, die Frau Markgräfin Philipp, waren außer sich, als sie erfuhren, daß längst Gerüchte von den Briefen kursierten – jenen Briefen, die sie beide streng geheimgehalten, ja vernichtet hatten.

Der Königin brauste das Blut in den Ohren. Der neue Name, der unerwartete Vorschlag machten sie benommen. Seit der Nacht von Havelberg hatte sie die Rivalität des Schwedters zu fürchten begonnen.

Sophie Dorothea hatte ihre Hände in ihrer Perlenkette verstrickt. Sie schien maßlos angegriffen. Sie gab sich gern dieses Air. Und daher machte sie nun auch das Kind in ihrem Leibe zum Mittel ihrer Politik. Da sie nun bereits in aller Öffentlichkeit als zum vierzehnten Male schwanger galt und mit ziemlicher Heftigkeit geredet hatte, fand sie für gut, sich unwohl zu fühlen. Man rief ihre Kammerfrauen herbei, die sie wieder zu sich brachten. Die Ramen machte das sehr hübsch und verfügte über eine ganz außerordentliche Kunstfertigkeit, es zu erweisen, wie unendlich schwer es sei, Ihre Majestät zum Wohle ihrer Kinder in ihr gequältes Dasein zurückzurufen. Die Königin nahm jedes Stichwort auf. Sie sagte matt: »Man sollte mir in meinem Zustand mehr Schonung erweisen.« Aber mit einer gewissen Frische bedachte sie die Abgesandten des Königs noch mit einigen nicht mißzuverstehenden Anzüglichkeiten, die von maßlosem Hasse gegen ihren Auftraggeber zeugten, und begab sich in sehr sichtbarer Bewegung hinweg. Den ihr überbrachten Brief des Gatten hatte sie zerknüllt in ihren Ausschnitt gesteckt.

Sofort ließ sie die Tochter rufen, weinte heftig, teilte Wilhelmine alles mit, klagte, nun sei alles verloren, und zeigte ihr den groben Brief des Königs. Sie verlangte eine neue Feder, neue Tinte, setzte sich an ihren Schildpattschreibtisch und verließ ihn für Stunden nicht mehr. Sie setzte Friedrich den Entwurf eines Briefes auf, den er an die Königin von England schreiben sollte. Das neue Jahr verlangte nach neuer heimlicher Post. Das gefährliche Korrespondieren setzte wieder ein. Alles war wieder beim alten. Nur, daß die Königin von England sich gewandelt hatte in der Erinnerung an ihre große Liebe, an das verlorene Königreich des Herzens und darüber zur ernsten Streiterin für das Königtum des Inselreiches geworden war.

Die Ramen bekam die Briefe zur Beförderung anvertraut. Die Königin legte sich nieder und stand erst zum Abendbrot wieder auf. Bis dahin wußte der Gatte in Potsdam bereits, daß sein Sohn von der Gattin heimliche Briefschaft empfing. Er konnte auch genau ermessen, wie lange es dauerte, bis aus England neue Direktiven eingeholt waren. So lange hielt ihn nämlich die Gattin mit ihrer endgültigen Antwort noch hin. Der König trug schwer daran, über seinen Kammerdiener Erkundigungen einziehen zu müssen. Aber es gab gar kein anderes Mittel mehr, den Komplotten auf die Spur zu kommen. Außerdem machte es einen gewissen Eindruck auf ihn, daß ihm alles allein aus Treue und Dankbarkeit hinterbracht zu werden schien. Es war, als wolle er eine Schuld an dem König abtragen, wenn Ewersmann dem König Meldungen über die Partei hinterbrachte – die ihn bezahlte und die er für gewöhnlich mit Material aus den Zimmern des Königs belieferte. Mit keiner Silbe gab er je die Quellen seines Wissens preis. So blieb dem König seine Täuschung über Ewersmann, den treuen Warner, erhalten; der aber litt mehr Übles, als er übel handelte. Wäre dem König je die Vermutung gekommen, daß die Kammerfrau, die seine Gattin des Morgens als erste und des Nachts als letzte sah, so argen Dienst an ihrer Herrin tat – er hätte nicht vermocht, seinen Diener auch nur noch ein einziges Mal anzuhören; denn noch die Spionageaffären des Königs waren von seiner Lauterkeit durchtränkt.

Der König sandte der Gemahlin die zweite Deputation nach Berlin; denn er hatte Kunde erhalten, man wolle Friedrich die Statthalterschaft von Hannover antragen, damit er als Schwiegersohn des Königs von England fern dem preußischen Hofe lebe. Der Antrag hatte etwas Bestechendes an sich. Er war erfolgt, weil Friedrich sich verpflichtet hatte, nach dem Tode des Vaters die gesamten Kosten der hannöverischen Statthalterschaft zurückzuzahlen.

»Wenn ich nicht sehr irre, wird dieser junge Fürst dereinst eine sehr große Rolle spielen« – auch diese Äußerung des englischen Gesandten war dem König zu Ohren gekommen, und die Kaiserlichen, die dafür gesorgt hatten, fügten noch hinzu, daß der

Kronprinz von Preußen als Statthalter von Hannover nichts als ein Geisel Englands wäre.

Durch die zweite Deputation ließ der König der Gattin eröffnen, daß allein ihre Einwilligung ihr seine Freundschaft – immer war nur noch von Freundschaft die Rede – erhalten könne und daß er im Falle ihrer Weigerung fest entschlossen sei, gänzlich mit ihr zu brechen und sie nebst dem Kronprinzen – den er bei Fortsetzung der heimlichen Korrespondenzen nicht mehr als seinen Sohn anerkennen würde – nach Oranienburg zu verweisen.

Die Königin, deren Schreibgewandtheit sich bei so unausgesetzter Übung unablässig verfeinerte, antwortete, daß sie sehr gut wisse, was eine Frau ihrem Manne und noch besser, was eine Fürstin dem König schuldig sei. Sie werde es sich jederzeit zur Ehre anrechnen, ihm in allen billigen Stücken Gehorsam zu leisten. Nie aber werde sie ihre Tochter zwingen, einen Gemahl unter zwei Prinzen zu wählen, die, wie sie wisse, dieser zuwider seien, und zwei an Adel jüngere Prinzen dem blutsverwandten Erben dreier Kronen vorzuziehen.

Sie bedachte niemals, daß eben jene drei Kronen einst von Herrn Wilhelm III. von Oranien dem Knaben Friedrich Wilhelm von Brandenburg zugedacht waren und daß die Liburnica des Erbstatthalters der Niederlande und Königs von Britannien schon die Segel gesetzt hatte, um den fürstlichen Knaben in das Inselreich zu entführen. Niemals, wenn es um England ging, erwähnte der König davon ein Wort, und die Königin verstand nicht seinen Stolz, der allem Welfenstolze ebenbürtig war. Ihn, ihn hatte man für Holland und England als Erben des Thrones begehrt; ihn wollte man entführen, ihm die drei Kronen zu geben. Für den Sohn aber barmte, bettelte und schacherte die Mutter, daß er eine englische Prinzeß zur Gemahlin bekäme!

Sophie Dorothea begriff es auch nicht, daß es nur eine große Höflichkeit des Gatten war, wenn er ihr der Form nach noch die Wahl ließ. Sie kannte nur den einen Gedanken: er muß ja doch auf England Rücksicht nehmen!

Die Frage nach dem Recht, das ihr gar nichts zugestand, beschäftigte sie nicht im geringsten. Und nicht einen Augenblick und Pulsschlag lang trauerte sie dem verlorenen unumschränkten Reich des Herzens nach, das ihr vom König von Preußen bereitet gewesen war. Das Größte ihres Lebens war von ihr vergeudet und verkannt. Keiner Frau auf Erden wäre ein königlicheres Geschick beschieden gewesen als der Welfin Sophie Dorothea, hätte sie den großen Spruch des männlichsten Herzens verstanden.

War ihr so das Königliche verwehrt – eins hätte ihr wenigstens noch den Adel zu verleihen vermocht: der Schatten einer Trauer um das Versäumte.

Aber sie schrieb dem Gemahl ohne jeden Anflug eines Schmerzes. Es waren ja Briefe nach England unterwegs! Vielleicht befand sich schon der Segler mit der Antwort auf der Rückfahrt! Der bloße Gedanke machte sie ungeheuer kühn, und ihre vermessenen Reden füllten Bogen um Bogen der ihrem Gatten so verhaßten Briefe; und keine Ahnung, kein Gefühl und keine Einsicht verriet ihr, daß jeder ihrer Federzüge ein Reich zertrümmerte, in dem einer Frau eine unverwelkliche Krone bereitet ist. Sie schrieb, sie schrieb, als vermöchte ihr der Winter in Berlin nicht mehr als der Herbst in Wusterhausen zu bieten. Sie fürchtete die Verbannung nach Oranienburg, dem Witwensitz der Brandenburgerinnen, nicht im geringsten, denn das Tadelnswürdige dieser Handlung werde ganz auf den König zurückfallen. Er könne tun, was ihm beliebe. Sie hingegen sei fest entschlossen, nie gegen die Interessen ihrer Kinder zu handeln. Alles, was sie tun könne, sei dieses: daß sie wiederum nach England schreibe und von ihrem Bruder eine kategorische Antwort verlange. Wenn diese Antwort ungünstig ausfalle, so müsse sie ihre Einwilligung dazu geben, ihre Tochter zu vermählen, wofern man ihr annehmlichere Partien als die jetzigen vorschlage.

Sie stellte Bedingungen, wo sie kein Recht besaß. Sie spielte Schicksal für andere Menschen, obwohl sie ihr eigenes Geschick nicht begriff und ihr Dasein vertat.

Sie tröstete den Bettelkönig herausfordernd damit, daß sie ihm eine kategorische Antwort des Beherrschers des mächtigen Inselreiches einholen wollte. Der Bettelkönig sollte warten lernen. Er sollte sich daran gewöhnen, daß sie über solche kategorische Antwort noch ein wenig heimlich und privat verhandelte. Ihre große Politik brauchte eben Zeit; die mußte sie mit allen Mitteln und auf jeden Fall gewinnen.

Der König des Sandes und der Sümpfe aber brauchte jede Stunde seines Lebens für sein Land. Sehr viel Lebenszeit und Lebenskraft schien ihm schon an »Wind« vergeudet zu sein. Es mußte ein Ende sein mit dem britischen Traum. Dieser Traum war voller Feindschaft gegen das Leben. Und so war das Ultimatum an die Königin von Preußen unumgänglich.

Niemand stellte die Frage, ob nicht der König unter der Geringschätzung Englands leide.

Er hatte seine älteste Tochter lange, sehr lange nicht sehen wollen; nun war es schon der dritte Monat, und das neue Gerücht von seiner himmelschreienden Lieblosigkeit drang endlich auch in alle Öffentlichkeit. Der biedere Junkergeneral, Graf Seckendorff, der seltsamerweise noch nirgends anders gelebt hatte als an den glanzvollsten Höfen, verschwieg geflissentlich, was ihm der König einmal auf der Jagd anvertraute: er könne seine Tochter nicht mehr sehen ohne Tränen in den Augen; man vermöge sie nur noch als Prostituierte zu betrachten.

Das lichte Bild war zerstört. Die englische Heirat war nicht mehr Blüte und Wachstum der Kronen im Bunde des gemeinsamen Glaubens. Da war gar nichts mehr als politische Phantasterei und also »Wind«, den er haßte. Aber der Gattin, der Tochter, dem Sohn schwellte solcher Wind, trotz aller Enttäuschung und Schande, noch immer mächtig die Segel. So kam zum Mitleid der Haß. Der englische Wind, der machte die Seinen noch immer so verstockt, so verschwörerhaft und hoffärtig. Er hatte genaue Kenntnis davon, daß – obwohl seine Tochter von England verschmäht war – der Kaplan der englischen Botschaft tagtäglich bei der ältesten preußischen Prinzeß aus und ein gehen mußte, sie firm zu machen in englischer Konversation und englischer Sitte. Aber Deutsch sprach sie schlecht und tat gar nichts dagegen. Dafür hatte sie gelernt, einen Geistlichen als ihren privaten Gesandten zu verwenden.

Die nächste Deputation, die König Friedrich Wilhelm von Potsdam nach Berlin entsandte, wendete sich, obwohl sie nur Ihre Majestät die Königin zu sprechen begehrte, sehr deutlich gegen die Tochter. Es war, als belagere der König von Potsdam aus Berlin und als wäre der Kronprinz zur Geisel geworden. Den hielt er nun bei sich. Das hatte die von der Politik entflammte Königin nun endlich heraufbeschworen: wie das vierzehnte Kind in ihrem Leibe von ihr zum Mittel ihrer Politik gemacht worden war, so setzte der König seinen Ältesten, den er zu einem neuen Menschen umzuprägen entschlossen war, ebenfalls als politisches Druckmittel ein. Auch das Ende von Wilhelminens jahre-lang verschleppten Angelegenheiten wollte er gleich mit dem Anbruch dieses neuen Jahres erzwingen. Diesmal hatten die Generale und der Minister im Flügel der Königin zu bestellen: wenn die Prinzessin wagen würde, sich dem Willen des Königs zu widersetzen, so würde sie in irgendein Schloß eingesperrt werden und aus demselben nie wieder herauskommen; auch werde der Kronprinz eine noch viel härtere Behandlung als bisher erfahren.

Aber alle diese Drohungen machten keinen Eindruck auf die Königin. Sie blieb fest und spielte weiter die Kranke. Sie war nicht imstande, sich auch nur im entferntesten eine Vorstellung von der furchtbaren Veränderung zu machen, die in ihrem Gatten vor sich gegangen war.

Wusterhausen, das alle die Seinen Jahr um Jahr für Wochen der Nähe unter einem Dach umschließen sollte, war ihm von Frau und Sohn und Tochter zerstört.

Nun riß er selber Eltern, Kinder und Geschwister auseinander. Er verstreute sie im Land. Er selber ging, entgegen der Gewohn-heit, mitten im Winter aus der Hauptstadt fort. Er holte den Sohn zu sich ins Schloß am Exerzierplatz und steckte ihn in sein Regiment, dessen Rock er als Sterbekittel beschimpft hatte. Er kündigte der Gattin die Verbannung auf ihren künftigen Wit-wensitz an. Er bedrohte die Tochter mit dem Exil auf abgelege-nem Schlosse, als wolle er sagen: Da – nun habt ihr die ersehnte Weite! Nun mögt ihr zeigen, wie ihr zu residieren versteht! An Schlössern fehlt es dem Bettelkönig noch nicht! Der König ver-teilte seine Familie über seine Schlösser. Er löste die Mutter von den Kindern und trennte die Geschwister in Altersgruppen, damit sich von den Ältesten her keine Partei mehr zu bilden vermöchte! Die Schwestern sahen die Brüder nicht mehr, und die kriegerische Ulrike trauerte um des geliebten Hulla sanfte Bilder. Die Zahl der Gouverneure und Gouvernanten verviel-fachte sich; es war, als seien sie zu Wachen bestellt. Dem schwa-chen grämlichen Jüngsten, dem Prinzen Heinrich, wurden eben-soviel Ärzte wie Gouverneure und Kinderfrauen beigegeben.

Die Königin und niemand ahnte das Schreckliche des inneren Vorgangs, daß der Hausvater von Wusterhausen prahlerisch mit Schlössern um sich warf; und das besagte: daß er sein Herz in Stücke riß!

Der König schien in einer maßlosen Angst zu leben, alles entgleite ihm. Niemals zuvor hatten die Fabriken fieberhafter zu arbeiten, die Äcker ihre Erträge zu steigern, Kasernen und Zeughäuser ihre Kriegsbereitschaft zu erweisen gehabt als in den Wochen, in denen König Friedrich Wilhelm sein Herz in Stücke zerriß. Es war, als müsse er sich stündlich vergewissern, daß man ihm noch gehorchte; daß seine Schaffenskraft noch nicht erlahmte; daß das Gefüge seines Staates nicht zu erschüttern war, auch wenn ihn die Nächsten verließen.

Von Woche zu Woche spürte er mehr, daß die Beamten, die Bauern, die Handwerker und Kaufleute, die Kolonisten und die Soldaten genau so auf das Heil von jenseits der Grenzen hofften wie die eigene Familie. Auf einmal sah er sein Volk, nach dem die Seinen doch noch niemals fragten, eng bei seiner Frau, bei seinem Sohn, bei seiner Tochter stehen. Jedes von ihnen hatte, unsichtbar und doch sehr zuverlässig, gewaltige Armeen hinter sich: Soldaten, die bereit waren, ihre neuen Bajonette gegen den König zu richten; Bauern, die – statt das Dreschen nach ihres Königs neuer Methode zu erlernen – mit ihren Flegeln die Tore der königlichen Magazine zu zerschmettern begehrten; so hart verfuhr er zu dieser Zeit mit seinen Untertanen. Er sah alles in Frage gestellt, den Bestand des Erreichten gefährdet, den Weg in die Zukunft verwehrt. Spießrutenlaufen auf den Kasernenhöfen war an der Tagesordnung; die Gefängnisse füllten sich mit Bestochenen der verschiedenen Parteien, die sich gegenseitig verrieten; die Arbeitshäuser faßten die Menge der Faulen und Böswilligen nicht, die man festgenommen hatte. Wie der König mit Schlössern als Exilen für die Glieder der Familie um sich warf, so trat er jetzt auch mächtig auf als Gebieter über riesige Arbeitshäuser, Gefängnisse, Spinnhäuser, Festungen. Morgens flüsterten sie in den Kasernen: »Der muß heute durch die Gasse.« Mittags hieß es in den Sitzungssälen hochgestellter Räte: »Sie haben gehört – unser Kollege – in die Karre –.« Abends zerrten sie heulende Weiber von Leiterwagen herab ins Spinnhaustor hinein.

Am schwersten litt Potsdam. Denn dort weilte der Herr; und nun gar noch im Winter. Lange vor dem späten Tagesanbruch war er wach, als warte er nur darauf, seine quälenden und erschreckenden Rundgänge halten zu können, vor denen keiner, auch nicht einer, sicher war.

In alledem war in dem Herrn ein maßloser Schmerz. Manchmal, wenn er einen Betrügerischen oder Faulen oder Aufsässigen oder einen, der alles in einem war, am Rockkragen packte und schüttelte, hätte er rufen mögen: Ihr hattet die Wahl –; jeder von euch, jeder einzige, der dem Bettelkönig zu helfen bereit war, damit er bestehen könne vor ›Dem König von Preußen‹; jeder einzelne und kleinste Helfer konnte als der liebste Gast auf meinem liebsten Schloß an meinem Tische sitzen – unter meinen Generalen und Ministern, unter meinen Kindern, neben meiner Frau. Aber ihr habt alle nicht gewollt. Ihr habt mein Schloß als dunkel und eng und meine Wünsche als kleinlich, unköniglich, altväterisch und engstirnig verlacht. Nun lernt es begreifen – von der Königin bis zum letzten Tagelöhner –, daß der Bettelkönig ein Herr ist über Schlösser, Festungen, Kasernen, Arbeitshäuser und Gefängnisse. Viel weiter als ihr ahnt, ist sein Land, und bis in den fernsten Winkel reicht sein Arm. Nun ist mein Tisch nicht mehr für euch gedeckt unter den Buchen und Linden meines Jagdschlosses. Nun öffne ich die Tore zur Gefangenschaft!

Schweigend exerzierten die Riesen. Nur die Trommeln verkündeten die Befehle und Strafen des Königs.

Schweigend schrieben die Sekretäre in der Rechenkammer, den Amtsstuben, Fabrikkontoren, Handelsfaktoreien. Der König duldete kein Flüstern, kein Lachen, kein Fragen. Seine Aufpasser gingen umher. Hatte er die Herzen seiner Untertanen nicht für ›Den König von Preußen‹ zu gewinnen vermocht, so wollte er doch ihre Zeit für ihn; jede Stunde.

Alles in Preußen schwieg und arbeitete, arbeitete und schwieg. Und keiner sah ein Ende oder fand eine Hoffnung; und jeder kannte nur den Haß gegen den Quäler.

Sie waren wie die Ruderer einer Galeere, die festgeschmiedet und von Geißeln bedroht sind.

Preußen war eine Galeere geworden.

Die halben Andeutungen des Königs wurden immer unheilverkündender. Er versprach dem Sohn, alle Tage härter zu werden. »Und ihr wißt, daß ich mein Wort halte«, fügte er noch hinzu. Die Königin rauschte aufgelöst durch ihre Räume. Der König konnte nicht mehr zurechnungsfähig sein! Sie hatte neue Post aus seiner Stadt: Er hatte einen Untertan geschlagen, hatte einen Torwächter am frühen Morgen mit dem Stock aus dem Bett geprügelt, weil er die Fremden in der Reisekutsche vor dem Tore warten ließ! Dann hatte der König sich gar vor den Fremden wegen des Torwächters entschuldigt! Zu derart früher Stunde hielt er am Stock seinen ersten Rundgang.

Die Königin malte der entsetzten Umgebung alle Möglichkeiten aus, wie furchtbar, wie beängstigend es sei, daß man diesem Mann um seiner Krankheit willen ständig einen Stock gegeben habe.

Alles, was zu der Königin hielt oder ihr gehorchen und auf ihren Wunsch erscheinen mußte, scharte sich um die klagende und aufgeregte Majestät. Nur Prinzessin Wilhelmine ließ sich entschuldigen. Sie hatte eigene Botschaft aus Potsdam; mit dieser mußte sie allein sein. In dem Brief des Bruders stand, er sei in Verzweiflung, denn der König habe sich endlich zu Tätlichkeiten hinreißen lassen und habe ihn aufs grausamste mit dem Stock mißhandelt, so daß er geglaubt habe, der König würde ihn in seiner Wut umbringen. Alle Geduld sei zu Ende – das stand in dem Brief des Bruders; er habe zuviel Ehrgefühl, um sich wie ein Elender behandeln zu lassen, und erlange er nicht bald von seiten Englands das Ende seiner Leiden, so würde er gezwungen sein, andere, entschiedenere Wege einzuschlagen, denen er sich gern enthoben sähe –.

Da brach auch dem kühlen, klugen Mädchen das Herz. Das Ende der Leiden – das verstand die Prinzessin. Gar nichts anderes mehr als das Ende der Leiden erwartete ihre und des Bruders Jugend von dem großen Hause der Mutter. Mehr war den Königskindern nicht geblieben von all den strahlenden Hoffnungen, mit denen die Mutter sie blendete.

Je später es wurde, desto stärker wuchs nach dem düsteren und regnerischen Tage der Sturm. Das Rauschen in den kahlen Bäumen und einer einzelnen riesigen Eiche, die ihr welkes Laub behalten hatte, war unheimlich geworden; und das Gewölk des Himmels war wild und zerrissen.

In der zwölften Stunde jagten sich dann die bleichen, fahlen, gewaltigen Blitze; der Donner drang nur verhalten und allmählich durch den Sturm der Februarnacht. Äste prasselten gegen die Mauern; der Hagel schüttete gegen die Fenster.

Aber der König kam nicht ins Schloß zurück.

Die Diener suchten ihn nicht. Keiner wußte, daß der Herr so spät noch weggegangen war. Und der Wache hatte er verboten, Auskunft zu geben.

Am Zwinger hatte er die Bärin losgebunden. Nun trabte sie vor ihm her. Manchmal, vor den weißen Blitzen, blieb sie stehen und wandte sich nach dem Herrn um. Der sah sie nicht. Nichts sah der Herr. Seine Augen waren wie nach innen gestürzt und ohne Ausdruck und Blick. Und die Tränen, so war es dem Herrn, strömten nach innen, über das Herz. Die Tropfen auf den Wangen – ah, die waren auch auf der Stirn, auf den Händen, im Nacken. Das war der Regen. Niemand, der ihn sähe, könnte etwas anderes sagen. Der Regen überströmte sein Gesicht.

Und doch, als fürchte er eine Begegnung mit Menschen, schritt der Herr gewaltig aus – trotz der Schmerzen, trotz der Schwere. Der Stock war eine gute Stütze. Der Stock war sehr gehorsam. Der Stock –.

Er schlug ihn gegen eine Mauer. Er schmetterte ihn gegen einen Baum. Er stieß ihn in den aufgeweichten Weg. Und obwohl er ganz allein stand auf dem weiten Platz, der einst der Faule See hieß, holte er mit dem Stock zu furchtbarem Hiebe aus. Die Schatten machten ihn zum Riesen. Der König wuchs über seine Stadt; er stampfte über sie hin; es war, als sei er daran, sie zu zerschmettern und zu zertreten.

Gundling hielt sich die Augen mit der Linken zu. Denn mit der Rechten verbarg er die kostbare Perücke im Mantel. Sein Haar, verfilzt und wirr, klebte feucht auf der Stirn.

Er hatte sich in ein Torgewölbe geflüchtet, als er so spät, der letzte, vom Zechen kam.

Sie erkannten sich beide in dem fahlen Schein der Blitze. Der König schritt auf Gundling zu. Aber der Professor wehrte ihn ab. Er drückte sich vor der Bärin in den Winkel. Der König winkte ihr. Da legte Grognonne sich sanft auf die nassen Steine der überfluteten Straße.

Gundling schlugen die Zähne; aber er stieß noch hervor: »Dafür, Majestät, weiß auch die Historie keine Parallele – daß ein König seine eigene Stadt mit eigener Hand zerschlägt.«

Der König stellte sich zu dem Professor unter den Torbogen. Als wäre er am späten Abend noch ein wenig spazieren gegangen und von dem Spätwintersturm, dem Vorfrühlingsgewitter über-

rascht worden – genau so war es. Er redete ein paar Belanglosig-
keiten vom Wetter und vom Bau.

Die Mauern des zweiten Stadtrings waren niedergerissen. Dahinter erhoben sich die Gerüste der neuen Häuserzeilen; und
sehr viel weiter hin und sehr viel höher ragte das Pfahl- und
Lattenwerk der dritten Mauer auf, die er zu ziehen befahl. Unter
den wehenden Wolken und zitternden, zerrissenen Blitzen waren die Gerüste wie ein Gitter um die Stadt. Unverwandt blickten der Narr und der König auf die Gerüste. Und manchmal
wischten sie die Tropfen vom Gesicht.

Als das Glockenspiel über den Aufruhr hinweg den Choral der
dritten Stunde sang, schlug der König seinen Mantelkragen hoch,
nickte Gundling von der Seite flüchtig zu, umfaßte den Stock,
stieß die Bärin leise in die Seite und ging sehr aufrecht, viel zu
aufrecht und schwerfällig davon.

In dem kranken Lichte dieser Nacht war es Gundling erschienen, als habe das als feist und gedunsen verschriene Gesicht des
Herrn sich verwandelt. Es war schmal. Die Wangen waren eingesunken. Der Mund war weicher. Die langen Wimpern beschatteten die dunklen Ringe der Augenhöhlen noch tiefer. Die hohe
Stirn war zerklüftet von Falten und Gruben unter wandernden
Lichtern und Wolken. Als er in die Nacht davonschritt, hatte der
König vor sich hin gesprochen. Er hatte gestammelt, als beginne
nun wieder das große Selbstgespräch seiner nächtlichen Wanderung: »Ich hasse meinen Sohn und er mich, am besten, wir
kommen von einander.« Auch der nächtliche Sturm hatte diese
Worte nicht verweht; und der, dem sie am wenigsten bestimmt
waren, hatte sie vernommen und auch die Sprache in jeder Geste
des Königs verstanden.

Beim Abschiedsgruß hatte der König noch die Hand ein wenig
gehoben: eine starke, ebenmäßige Hand, sehr klar und sehr weiß.

Man konnte es sich nicht vorstellen, daß diese Hand jemals vor
den Bauern eine Weizengarbe mit dem Strohseil band; oder daß
sie einem Grenadier die Flinte hielt, damit er endlich die Griffe
richtig erlerne; oder daß sie in ein Kaufmannsbuch die Zahlen
des Gewinnens und Wägens einschrieb; oder daß sie Baupfähle
herbeitrug, ein verschenktes Grundstück abzustecken; oder daß
sie einen Sohn schlug.

Es war nun einmal Jakob von Gundlings niemals und nirgends
zu verleugnende Art, sich Gedanken zu machen – auch wenn er

nachts betrunken vom Februargewitter überrascht worden war. Die Hand des Königs gab sehr viel zu denken. Nun hatte sie den Stock umklammert. Man hörte ihn auf den Steinen.

Als der König das nächste Mal von Potsdam nach Berlin herüberkam, gingen ihm drei Maurer in sein Schloß voran. Sie vermauerten die Türen zwischen seinen Gemächern und den Appartements seiner Frau. Auch dieses Bild vermochte er sich nicht zu ersparen.

Er ließ der Königin erklären, er beabsichtige, sie in Spandau einzusperren und sich von ihr scheiden zu lassen. Dann, völlig starr am Schreibtisch sitzend, fügte der König dieser Order an seinen Beauftragten noch hinzu: »Und sage Er der Königin, ich selber ließe ihr mitteilen: Ich habe den Kronprinzen mit einer Vorhangschnur gewürgt, und wären nicht Bediente hinzugekommen. – Was weiß ich. Ich weiß nur, was die Königin getan hat.«

Vom Witwensitz Oranienburg war nicht mehr die Rede. Die Feste Spandau war am Horizonte aufgetaucht.

Aber die Königin trieb weiter Weltpolitik. Die älteste Tochter, sofort in alles eingeweiht, fand es nur noch lächerlich und nicht mehr heroisch. Die Schwermut des Königs aber hatte sich darüber ins Unerträgliche gesteigert. Auch angesichts der Verbannung konnte die Königin von Preußen ihre Fürstinnenehre nur von England her erhalten. Das war unendlich bitter für den Bettelkönig; und bitter wäre es auch dann gewesen, wenn er seine Frau nicht so geliebt hätte, derart geliebt!

Die Königin schrieb nach England und schrieb danach in die verbarrikadierten Zimmer des Gemahls zurück, scheiden lassen könne sich der König gar nicht. Diesen Passus zu beantworten, lehne sie ab. Das Bewußtsein ihrer unbestreitbaren Tugend gebe ihr Rechte, welche völlig unantastbar seien. Der König öffnete ihre Briefe nicht. Er weigerte sich auch, die Gattin zu empfangen.

Die Tugend gab Rechte. Aber die Liebe war verwirkt.

Die Königin weinte und raste über den Affront, der ihr vor der Öffentlichkeit angetan war; sie lag in Schmerzen und übergab sich. Man fürchtete eine Fehlgeburt; und Frau Sophie Dorothea war nicht mehr jung. Sie erweckte allgemein geäußertes Mitleid. Man sagte, sie werde noch vor der Entbindung sterben. Täglich mußte der neue Gesandte Sauveterre nach Paris berichten. Der französische Hof betrauerte sie bereits. Allmählich gewannen Sauveterres Briefe bereits den Ton von Kondolenzepisteln: »Wir würden den Tod der Königin von Preußen sehr beklagen. Es wäre ein unersetzlicher Verlust für ihre Familie. Bleibt sie am Leben, so ist doch eins gewiß: das Kind, das sie trägt, ist das Kind der Schmerzen.«

Ehrlicheres Mitleid als für sie – denn die Königin war trotz der Gegnerschaft gegen ihren Gemahl immer unbeliebter geworden, weil sie alle Welt mit ihren Angelegenheiten quälte – hegten der Hof, die Stadt und die Fremden für den Kronprinzen. Was mit ihm geschah, schien furchtbar. Er zitterte vor jeder Rückkehr seines Vaters, und seine jungen Gouverneure saßen bleich und traurig bei ihm. Nur einem gelang es noch, ihn abzulenken: dem dunklen, klugen, pockennarbigen Katte, dessen Auge für Prinzessin Wilhelmine etwas Unheimliches hatte. Der sprach manchmal auch von der Bibel. Ja, seit der kluge, junge Herr von Katte da war, redeten der Prinz und er am häufigsten vom Glauben. Und das erbitterte den Pastorenkönig?! Sie redeten von dem Glauben, daß alles im Leben des Menschen vorherbestimmt sei: das Licht und das Dunkel, die kleinen Freuden und die großen Leiden, auch Übel und Sünde. Ihr Glaube meinte eine andere Bibel als die Heilige Schrift des Königs von Preußen; denn da stand als etwas nie Gekanntes: »Es ist alles ganz eitel. Was hat der Mensch für Gewinn von aller seiner Mühe, die er hat unter der Sonne. Was ist's, das geschehen ist? Eben das hernach geschehen wird. Was ist's, das man getan hat? Eben das man hernach wieder tun wird; und geschieht nichts Neues unter der Sonne. Gott tut alles zu seiner Zeit und läßt das Herz der Menschen sich ängsten, wie es gehen solle in der Welt. Denn der Mensch kann doch nicht treffen das Werk, das Gott tut, weder Anfang noch Ende. Ich merkte, daß alles, was Gott tut, das besteht immer. Man kann nichts dazu noch abtun. Und solches tut Gott, daß man sich vor ihm fürchten soll. Denn es geht dem Menschen wie dem Vieh; wie dies stirbt, so stirbt er auch, und haben alle einerlei Odem. Es kommt einer aus dem Gefängnis zum Königreich; und einer, der in seinem Königreich geboren ist, verarmt. Und ich sah, daß alle Lebendigen unter der Sonne wandelten bei dem anderen, dem Kinde, das an jenes Statt sollte aufkommen. Was da ist, des Name ist zuvor genannt, und es ist bestimmt, was ein Mensch sein wird, und er kann nicht hadern mit dem, der ihm zu mächtig ist – «

»Auch das steht in der Heiligen Schrift, Königliche Hoheit«, sagte der Leutnant von Katte zum Prinzen, »und ein König hat es geschrieben inmitten der Propheten, Evangelisten und Apostel. Wenn Ihr Vater Sie so mit der Bibel peinigt – antworten Sie ihm mit der Schrift –«

Der junge Herr hatte eine große Macht über den Königssohn gewonnen. Solche Weisheit war ihm neu, und ihre Tiefsinnigkeit, Schwere und Gewalt riß ihn mit sich. Sie noch von sich abwehrend, lachte der Kronprinz erregt: »Gott scheint mir eine fatale Ähnlichkeit zu haben mit meines Vaters ›König von Preußen‹ –« Und er wendete sich ab und ging, in Gesten und Bewegungen dem Vater sehr ähnlich, ans Fenster. Erst nach einer Weile kehrte er sich wieder seinen jungen Gouverneuren zu. »Es ist sehr schwer, ›das Kind‹ zu sein, ›das an jenes Statt soll aufkommen –‹«

Dem Gesandten de Sauveterre hatte sein eigenes Wort vom »Kind der Schmerzen« ganz ausgezeichnet gefallen. Es war zu schön, um nur in Gesandtschaftsberichten versiegelt und zu den geheimen Akten abgelegt zu werden. Darum verbreitete er es auch mündlich. Nun lief es schnell von Mund zu Mund. Es war in Potsdam, noch ehe der König wieder in seine Stadt ging. Er, der sich doch am liebsten für Monde auf seiner Jagdburg verbarg, fand keinen festen Wohnsitz mehr. Berlin und Potsdam wechselten oft, ohne daß es die Notwendigkeiten der Arbeit bedingten. Der alte Plan, nach dem er sonst den Aufenthalt aufteilte, war überhaupt nicht mehr erkennbar, und solcher Wandel war geschehen, seit er die Seinen über seine Schlösser verstreute – oder nur zu verstreuen drohte! Vermochte er nur, indem er von Schloß zu Schloß fuhr – denn auch Charlottenburg war wieder in Aufnahme gekommen –, die Erinnerung an das zerstörte und um seinen Sinn gebrachte Wusterhausen auszulöschen?

Das Wort vom »Kind der Schmerzen« begrüßte ihn gleich bei seiner nächsten Ankunft in Potsdam und erschreckte ihn sehr. Es verwundete ihn wie Clements und Gundlings und Friedrichs Gedanken. Denn dies neue Kind, auf das solch bitteres Wort geprägt war, mochte wohl das letzte der unendlich fruchtbaren Ehe sein; der letzte Mensch, den er in dieses Leben gab. Die Gattin war nicht mehr jung.

Und nun erreichte ihn noch die bedrückende Nachricht, daß

die Schwangerschaft der Königin nicht gut verlief; sie sei wirklich sehr krank, auch wenn ein Grumbkow nach England meldete: »Die ist wohl wie der Fisch im Wasser.« Doch ließ die Ramen – selbst natürlich immer im Verborgenen bleibend – durch Ewersmann schon wieder alles für Komödie erklären, und der Herr war argwöhnisch, gereizt und enttäuscht. Er hielt die Lügen gar nicht mehr aus.

Nachts kam eine Stafette an den König. Er reiste sofort ab und war sehr verzweifelt über den Zustand seiner Frau. Er fand sie fast ohne Hoffnung auf Genesung. Jedenfalls stellte man ihm den Zustand so dar, und die Kammerfrau Ramen wies nur immer stumm auf das Leidensbild der hohen Frau.

Die Königin setzte sich ein wenig auf. So matt sie war, ergriff sie doch mit Leidenschaft den Augenblick und die Gelegenheit, um mit dem Gatten über sein vergangenes Betragen zu sprechen, über den Kummer, den er ihr verursacht und der allein sie endlich in den Zustand versetzt habe, in welchem er sie sehe.

Der König blickte ernst auf seine Frau herab. Er entgegnete gar nichts. Es war nicht die Stunde, mit ihr in den Leiden ihrer späten Schwangerschaft zu rechten.

Die Königin, so schien es ihm, redete fieberhaft. Sie beschwor ihn, sich mit Wilhelmine endlich auszusöhnen und ihr seine väterliche Liebe wieder zu schenken. Ihr englischer Sprachunterricht könne doch unmöglich ein unsühnbares Verbrechen sein. Die Königin erregte sich sehr. Diesmal mutete sie sich mit ihren langen Sermonen tatsächlich zuviel zu; der König achtete immer nur auf ihren Zustand. Er ließ die Prinzessin auch rufen. Die verneigte sich, fast niederkniend, vor dem Vater. Sie sagte ihm, nach ihrer und der Mutter Meinung, die bewegendsten Dinge. Auch netzte sie seine Hände mit Tränen. Der König stand ganz unbewegt und sann den Tränen seiner Tochter nach. Dann endlich umarmte er sie. Es geschah wie aus tiefer Überlegung. Die Königin, vorgeneigt, sah auf den Gatten und die Tochter. Sobald die Gattin den Kopf abwendete und ermattet wieder in die Kissen drückte, stieß der König die Prinzessin mit so zornigem Ausdruck zurück, daß ihr das Herz davor zitterte. Sie begann zu ahnen, wie tief ihre Feindschaft war. Aber es war nur die Klugheit, die es ihr sagte, daß nicht die englischen Lektionen die eigentliche Majestätsbeleidigung ausmachten. Um so sehnlicher wünschte sie die Ferne vom Hofe herbei. Die Königin war binnen drei Tagen außer Gefahr. Der König hatte die Ärzte beschworen, ihre ganze Kunst aufzubieten, um das Leben seiner Frau zu retten. Er hatte die Königin um Verzeihung gebeten. Er hatte ihr versprochen, alles wiedergutzumachen. Er hatte ihr versichert, daß noch nichts geschehen sei, was ihr die Wege übers Meer für immer abgeschnitten hätte.

Der König sah noch lange die Spuren des Leidens in den Augen und den Zügen seiner Frau, auch als die schon wieder längst von Hoffnungen beschwingt einherschritt, lebhaft und laut.

Der König dachte jeden Tag, solange er in Berlin war: Daß es so schwer ist, den neuen Menschen zu bilden. Er wußte nicht, daß er dann immer zugleich den großen Sohn in Potsdam meinte und manchmal überhaupt nur ihn.

Außer dem Worte von dem »Kind der Schmerzen« hielt man auch noch die zarte Geschichte von Doris Ritter für König Friedrich Wilhelm bereit. Friedrich ging in Potsdam, sobald sein Vater abwesend war, heimlich Flöte spielen, im Kantorshause der Nikolaikirche. Die Tochter des Kantors begleitete ihn auf dem Cembalo. Der König konnte nichts anderes als Liebesgeschichten vermuten. Im Zeitpunkt so tiefen Zerfalls mit dem Sohn empfand er sie als eine Herausforderung ohnegleichen. Nicht reiten, nicht jagen, als Oberst Fähnrichsdienste nur auf das elendeste leisten, die Uniform einen Sterbekittel nennen, mit auswärtigen Diplomaten höchst gewagte Korrespondenzen unterhalten, alles frische Leben junger Männer verächtlich abtun und vom Männerleben nichts und gar nichts annehmen als den Hang zum Amoureusen – König Friedrich Wilhelm schäumte!

Er hatte von der simplen Sache nichts gewußt, die im Flügel der Königin natürlich längst schon bekannt war. Denn die Kammerfrau Ramen hatte alles über eine Pastorsköchin, die etwas Besseres war, selbst arrangiert. Die Doris Ritter war eine völlig verrückte Person, ihr Vater, erst unlängst nach Potsdam gekommen, reichlich dünkelhaft. Sie hatte sich eine schwärmerische Geschichte zurechtgelegt, die immer phantastischer wurde, je deutlicher der Kronprinz in dem Kantorshause gar nichts anderes suchte als ein einigermaßen gut gestimmtes Cembalo, erträglich zuverlässige Begleitung und die nötige Geheimnistuerei vor allem, was königlich hieß. Daß das Mädchen eigentlich recht garstig war, störte ihn nur wenig. Der Begrüßungsschwall des Kantors und die ungraziöse Herumknickserei der fraglos musikalischen Tochter bei Ankunft und Weggang mußten eben in Kauf genommen werden, als Stundengeld und Cembalomiete sozusagen. Im Grunde war das Ganze nur zustande gekommen, weil die Kammerfrau Ramen plötzlich Gefallen daran fand, einer Potsdamer Kantorstochter den unschönen und läppisch frisierten Kopf zu verdrehen.

Aber niemand war in dieser Sache der Kopf ärger verdreht worden als dem unruhevollen König.

Er redete immer nur von diesem einen, das ihn beschäftigte.

Für diesen Mann, dachte mancher, der Sauveterres schönen Ausdruck von dem »Kind der Schmerzen« kannte, ist gar nichts mehr da als das Schmerzenskind.

Und doch war die Welt des Herzens für ihn einmal viel weiter gewesen. Da waren Freunde: Der Dessauer und Zar Peter. Da waren Frauen: Englands heutige Königin; jenes Fräulein von Wagnitz aus dem einzigen Blatt einer Chronique scandaleuse, das der preußische Hof unter diesem König je zu diesem umfangreichsten Historienband der Weltgeschichte beigesteuert hatte und auf dem nun Herrn Friedrich Wilhelms Makellosigkeit verzeichnet stand; und endlich jene kleine Kastellanstochter von Charlottenburg, über die selbstverständlich die Gesandtschaftsberichte auch des dates et des notes biographiques festgehalten hatten. Da war der Abenteurer Clement; und König August von Polen; und immer noch, als alle anderen ferner rückten, die blühende Schar der Familie; und über allen die Frau.

Jetzt aber, schien es, war er ganz allein nur noch mit dem Sohne befaßt. Und der war sein Feind.

Das Auge des Sohnes senkte sich, wenn er den Vater erblickte; und der Vater litt in einer nicht mehr bezähmbaren Abneigung seinen Erstgeborenen beim Mahle nicht mehr an seiner Seite, sondern wies ihm den Platz unten an der Tafel an. Schon hieß es, der bloße Anblick des Sohnes sei dem entmenschten Vater unerträglich.

Der König kam vom Abendmahl und sagte: »Ich habe vor Gott und der Welt ein reines Gewissen; ich habe vermahnt, ich habe gestraft, mit Güte und Gnade; es hat alles nichts geholfen; ich habe mehr als hundert Zeugen; das ist mein Trost.«

Es ging nicht mehr an, beieinander zu bleiben. Diesen Morgen hatte Gundling den Kronprinzen in der Gegenwart des Königs Zarewitsch angeredet und den Abend zuvor die Krücke an des Königs Stock als edelste russische Drechslerarbeit, wie von Zar Peters eigener Hand, bewundert. Der König litt Schmerzen im Bein wie nur je. Aber er mied den Stock.

Die Königin, kaum daß sie aus der Tür des Gartensaals getreten war, stützte sich müde auf ihren Schirm, ihr geliebtes Parasol von grünem Damast, mit goldener Campagne ringsum eingefaßt, mit silbernen Ringen am Stiel, ein modernes, elegantes Stück. Mit langem, schwerem Blick sah sie auf ihre Gärten. Zwischen Frühling und Sommer hatte sie Monbijou bezogen, um in ihrem Schlosse die Niederkunft zu erwarten, die sie maßlos beunruhigte – ein Zustand, der ihr bis dahin unbekannt geblieben war. Es war, als suche sie in ihren Gärten Trost und Sicherheit. Monbijou, was auch geschehen sein mochte, hatte sie immer schöner gestaltet: Alleen und Boskette waren in einen Götterhain um antike Statuen verzaubert. Heroen und Nymphen ruhten in dämmernden Grotten oder verbargen sich hinter hohen, viereckig geschnittenen Lorbeerwänden, Laubengänge bildeten mathematische Figuren. In der Menagerie, einem Wunderwerk aus goldenen Gittern, flatterten Lachtauben und Papageien – kicherten, plapperten, neckten.

Die Räume waren Gärten und die Gärten Räume.

Und doch war der Königin ihr geliebtes Monbijou entfremdet und verwandelt. Ein Sommer ging hin ohne alle Feste in Sälen, Galerien, Park und Orangerie. Zwar wurden die Rondelle in immer herrlicheren und schwierigeren Mustern teppichgleich ganz dicht bepflanzt und die Wege mit glänzendem, gläsernem rotem Kies bestreut, aber niemals, wenn nach all dem Rüsten der Abend über den Uferterrassen dämmerte, kamen jetzt noch Diener in den Garten hinaus, Ampeln in den grünen Bogengängen aufzuhängen und den Buchsbaumrand der labyrinthischen Pfade mit kleinen Laternen für eine Illumination einzufassen. Keine Sänfte wurde vors Portal getragen. Keine Karosse rollte durch die Einfahrt an. Die Notenpulte in der Salle à terre standen eng aneinandergerückt in einer Nische; über dem Cembalo hing eine dunkle Seidendecke, die schon seit Wochen niemand aufgehoben hatte; und in den Münznäpfchen der Spieltische klirrten einige vergessene Münzen, wenn einmal wieder Schritte durch das verlassene Rundzimmer hallten.

Wenn es noch etwas von Hoffnung in der Königin gab, so war es nur die Aussicht, daß gleich nach ihrer Niederkunft und der Taufe ihres Kindes der König in die Notstandsgebiete im Clevischen reisen würde; er hatte den Entschluß bereits bekanntgegeben. Aber sonst war kein »Morgen« mehr da, an das die Königin von Preußen noch voller Ungeduld und Erwartung hätte denken können. Das »Morgen« war nicht mehr gut. Sie verlangte nicht mehr ungestüm nach dem kommenden Tage. Mühsam und schwer wie an dem Kind der Schmerzen trug sie am künftigen Tag.

Und doch war kaum jemals ein Frühling so voller Hoffnungen gewesen wie dieser.

Sir Charles Hotham war ja übers Meer gekommen; die Frühlingsstürme trugen die Liburnica heran, und über dem Meere war es wie ein Fest, obwohl das Land noch ohne Duft und Blüte lag. Hotham war gekommen, dessen alter Adel bis auf die Zeiten Wilhelms des Eroberers zurückging, ein Diplomat von höchstem Rang, der dazu auch noch seine geheimen Vollmachten von der mächtigsten Partei des Parlamentes hatte!

Die Königin hatte gemeint, der englische Hof wolle ihr endlich den untrüglichen Beweis seines guten Willens und Mitgefühls geben, und auch der König mußte sich trotz allen Grolls geschmeichelt fühlen durch die große Aufmerksamkeit, die man ihm jetzt erwies. Es war kein Zweifel mehr, daß sich der englische Hof jetzt doch für ihn entschied und daß London seiner Sinnesänderung sogar einen gewissen Glanz eben in der Entsendung des Ritters Hotham verlieh.

Man enthielt dem König nur den einen Umstand vor, daß das Verhältnis zwischen England und Frankreich sich so umzugestalten begann, daß zum erstenmal, was Preußen betraf, der Wille der britischen Nation, des Parlamentes und der mächtigen Kaufmannschaft mit den Vorsätzen ihrer Königin zusammenging. Frankreich fand Wege, sich aus der vasallenhaften Abhängigkeit von England zu lösen! Der König von England, so souverän er aufzutreten begehrte, mußte sich der Übermacht fügen, zu der sich die Nation, die ihm Gold, Thron und Krone gab, und die Königin zusammenfanden, die ihm sehr viel zu verzeihen und obendrein zwischen dem Parlament und ihm zu vermitteln hatte, ja, unablässig ihn leitend, ihn noch glauben machen mußte, daß er Mann und Fürst sei.

Als der König die Lage und Absicht Englands zu durchschauen begann, Englands Beteuerungen aber noch für eine glückselige Stunde glauben wollte, war seine alte, unstete, jähe Art der Freude noch einmal zum Durchbruch gekommen. Er feierte die Verlobung seiner Tochter mit dem Prinzen von Wales und seines Sohnes mit der englischen Prinzeß, ohne daß auch nur Braut oder Bräutigam oder auch nur ein Glied ihrer Häuser zugegen war. Er wollte England noch für eine Stunde glauben! Er mußte eilen! Er wollte sich nicht eingestehen, daß jede Lüge in den Gepflogenheiten der alten Höfe noch immer größeren Glanz und höhere Macht besaß als zehn von seinen neuen preußischen Wahrheiten! Er hatte die einfachste Spielregel nicht begriffen, daß man erst den Lohn verhieß und dann die Bedingungen stellte, unter denen er erworben werden konnte. Er hatte nicht einmal verstanden, daß der Ritter Hotham, den die Königin von England ihm schickte, ein anderer war als der Sondergesandte des Hofes – daß die Kluge, Sichere, allen Glückes und aller Liebe Beraubte, ihn noch einmal lenken wollte wie damals, als sie Abschied von ihm nahm.

Er feierte unstet und wild und nur unter Männern, doch ohne den Sohn. Es wurde gewaltig gezecht, und der König machte derbe Späße über den Austausch des deutschen Dukaten mit der englischen Halbguinee. Die Männer mußten tanzen, als solle der versäumte Tanz der Offiziere vom Wusterhausener Malplaquetfest nun doch noch nachgeholt werden. Er ließ die Töchter und Mütter hochleben. Nun war ja mit einem Male der bittere Kampf aus all den letzten Jahren seiner Ehe nicht mehr vergeblich geführt! Hier, diese Stunde, war das greifbare, beglückende Ergebnis. Selbst die Dienerschaft sollte Luftsprünge machen, und der König hätte gewünscht, daß sich das Gerücht verbreite, es sei alles kurz und klein geschlagen worden, um seiner Frau eine freudige Überraschung zu bereiten. Das heiße, wilde Herz des Königs, zu lange geängstet und aller Freuden beraubt, wollte glücklich sein. Es bejubelte, ohne daß das Gefühl im Gedanken sich klärte, mehr die Errettung der eigenen Ehe als die »Verlobung« der Tochter, die nun die größte Königin Europas werden sollte! Für eine flüchtige Stunde wollte er sich die Täuschung bewahren.

Dann begann er, die Bedingungen nachzuprüfen, unter denen England gar so hohen Lohn versprach. Die erste war die Forderung nach dem Sturz der England nicht genehmen preußischen Minister. –

Das Bild der Welt hatte sich, indes der König von Preußen in seinen Nöten um den Sohn in Potsdam vergraben saß oder unstet zwischen seinen Schlössern reiste, von Grund auf zu ändern begonnen. Und die großen Potentaten und Puissancen hatten dafür zu sorgen gewußt, daß es hinter dem Rücken des Königs geschah, um ihn eines Tages, wenn er von dem Leid um seinen Sohn völlig zermürbt wäre, mit den vollendeten neuen Fakten zu überwältigen. Der Preußenprinz begriff es. Die bloße Nähe Sir Charles Hothams machte Friedrich nahezu tollkühn. Schließlich war der große Gast doch nur seinetwegen auf die preußische Galeere gekommen, sie zur rechten Stunde von Britanniens gewaltigen Liburnicen entern zu lassen.

Als der Sohn ihm so vermessen begegnete, sah König Friedrich Wilhelm plötzlich Sir Charles Hotham als den, der er war: ein Großinquisitor im Dienste der europäischen Diplomatie. Nur gegen die ganz verstockten Ketzer wurde er eingesetzt. Er war der Verdammer des Herzens, das immer nur Unordnung brachte. Aber er kannte die Wärme des Herzens. Und darum war es möglich gewesen, daß der König von Preußen sich für eine wild durchzechte Stunde täuschte.

Die Damen der Königin lachten, weinten und sprangen läppisch hüpfend um Prinzessin Wilhelmine, und die Königin nannte ihre Tochter Meine liebste Prinzessin von Wales und titulierte selbst das bisher von ihr übersehene sanfte Fräulein von Sonsfeld als deren Hofmeisterin Mylady.

Aber da hatte der König sich schon aus der Täuschung befreit und jede Verbindung seines Hauses und jedes Bündnis seines Landes mit Britannien mit den Worten abgelehnt: »Ich habe einen Sekundanten, der besser als Frankreich und England ist. Unser Herrgott, der lebt auch noch, der hat Preußen groß gemacht, der wird's nicht fallen lassen.«

Der König von Preußen wollte eine Allianz nur noch mit Gott.

Das hatte die Königin von Preußen gebrochen. Sie nannte nun die Launen ihres Gatten unerträglich. Ob ihm Welten erstanden oder Welten zerbrachen: den Seinen war es immer nur gute oder schlechte Laune. –

Die Königin ließ die Launen ihres Gatten, unter denen sie litt, wiederum unverzüglich ihre Umwelt entgelten; selbst die Spielkarten warf sie jetzt manchmal gelangweilt oder heftig hin, kaum daß sie diese mischte, was sie bisher noch immer mit besonderer Vorliebe getan hatte. Es war zum Verzweifeln für die Damen, und am bedrohlichsten wollte ihnen scheinen, wenn die Königin jetzt, ein vordem völlig ungewohnter Anblick, allein in den Alleen ihres Gartens auf und nieder ging und manchmal in einer vordem noch nie an ihr bemerkten Müdigkeit sich auf ihren schönen, grünen Sonnenschirm mit den ziselierten Silberringen stützte.

Einzig und allein die Kammerfrau Ramen hatte sich noch etwas Wunderhübsches zur Zerstreuung der Herrin auszudenken vermocht. Sie ließ die kleinen Boote, die oberhalb des Parks von Monbijou an der Ufermauer angekettet lagen, mit gelbseidenen Kissen und himmelblauen, samtenen Baldachinen herrichten, einige weiße Straußenfedern auf dem Sonnendach der Barke Ihrer Majestät anbringen und einen Teppich zur Rechten und Linken ihres Sitzes hinbreiten, damit die hohe Frau ihre Hände getrost auf den Rand des Nachens zu legen vermöchte.

Dies überraschte die Herrin nun wirklich. Als sie die goldenen Schifflein an der tiefsten Stufe der Terrasse schaukeln sah, durchschritt sie den Park viel behender als jemals in all den Wochen zuvor: nicht mehr so müde, nicht mehr so verdrossen, nicht mehr so teilnahmslos.

Ein wenig schwierig war es freilich, die schwangere Königin auf ihre Barke zu führen. Aber die Wasserfahrt tat ihr überaus wohl. Das friedevolle Gleiten in der milden Abendsonne machte sie stiller; daß die Menschen in den Gärten an die Ufer liefen und ihr winkten, stimmte sie milder. Oder war es die Sanftheit der Kammerfrau Ramen, die eine immer tiefere Innigkeit ihres Dienens offenbarte? Sie umhüllte den Schoß der hohen Frau mit einer seidenen Decke; die war ganz mit Pfauen und Flamingos und Reihern bestickt. Die Kammerfrau hockte in der Barke zu den Füßen ihrer Fürstin. Unaufhörlich, wie es ihr gern vergönnt war, sprach sie leise zu ihr hinauf. Von den anderen Nachen scholl Lachen herüber. Die kleinen Wellen, von den Rudern aufgewühlt, pochten an den Bug: gleichmäßig, lind, kaum ein Geräusch zu nennen, nur ein Raunen.

Das Schauen, das Horchen, das Sinnen, die Stille, die noch keiner jemals an ihr wahrnahm, machten die Königin fremd und ergreifend und alt.

Sie waren weit hinaufgefahren. Immer, wenn die Ramen fragte: »Wie weit noch? Noch weiter?« hatte die Königin nur genickt, als strebe sie fernen Meeren und Inselreichen zu. Und als die Abendkühle von den Wassern aufstieg, mußte die Ramen dem Schiffer am Steuer nun selbst ein Zeichen geben, daß er wende.

Das goldene Holzwerk des Kahnes schurrte schon an der Terrassentreppe, und noch immer hatte die Königin nicht gesprochen. Als sie am Ufer stand, war sie erschöpft. Auch schien sie ein leichter Schwindel zu befallen.

Die Diener, welche schon lange auf die Rückkehr der Boote harrten, eilten auf die Herrin zu. Das angeregte Stimmgeschwirr der Damen verstummte. Für einen Augenblick war noch einmal all das verwehte Glück von Monbijou über dem Park und den Ufern gewesen.

Als wolle er sie abzulenken und zurückzurufen suchen, berichtete ein Diener an die Königin: »Seine Majestät ist im Residenzschloß angelangt – mit Seiner Königlichen Hoheit dem Kronprinzen.«

Ein Anflug von Angst war in dem blassen Gesicht der hohen Frau für alle erkennbar, obgleich der Abend alles Licht hinzunehmen begann.

Der Diener fügte noch hinzu: »Auch der neue Herr Gesandte aus England sind eingetroffen.«

Da wendete sich die Königin zu der Kammerfrau. Sie lächelten beide. Das leise Altern, der spürbare Verfall waren nur wie ein Schatten über die Fürstin gefallen. Nun war er verflogen. Die leichte Müdigkeit, mit der sie die Terrasse hinaufging, rührte wohl nur von der Schwere der Schwangerschaft und von der Ermattung durch die Wasserfahrt her.

Behende schritt sie in ihre Säle, Spielzimmer, Spiegelgalerien und goldenen Kabinette zurück. Zum erstenmal begann sie sich wieder an ihren abertausend kleinen, schönen Dingen, Vasen und Statuetten, und an den vielen hundert Pagoden und Tierfiguren zu freuen. Auch ließ sie sich noch auf den Abend sechs kostbare Orangentöpfe vom König Augustus mit Blumen füllen und in die Spielzimmer tragen; sie rief die Damen wieder zu sich und zeigte ihnen sogar, was lange, lange nicht mehr geschehen war, all ihre Sammlungen; das Gold, das sie im Fundzustand verwahrte, und endlich auch das vielbestaunte chinesische Schiff König Friedrichs I., das auf dem Tisch mit einem Uhrwerk fuhr und schaukelte.

Von der Königin aus gesehen, war es ohne tiefere Bedeutung, daß der Gatte nun Friedrich wieder nach Berlin mitbrachte. Der Sohn sollte die Archive des Generaldirektoriums besichtigen und die Vorbereitungen einer Königsreise in die Provinzen kennenlernen.

Friedrich jedoch hatte in Berlin sofort wieder eine rege diplomatische Tätigkeit zu entfalten. Guy Dickens, der neue englische Gesandte, schien großen Wert darauf zu legen, den preußischen Thronfolger noch vor dem König selbst zu sprechen. Überraschend kam ihm aber immerhin, daß man sich mit dem Prinzen heimlich und nächtlich, ja, fast verschwörerhaft im Torbogen einer Nebeneinfahrt des Schlosses treffen mußte. Solche Gepflogenheiten gingen dem englischen Stolz nur sehr schwer ein.

Guy Dickens, wie es zu seiner Behäbigkeit nicht übel paßte, gab sich bei aller großen Höflichkeit Friedrich gegenüber ein wenig onkelhaft. Das war die geschickteste Form, sich seines schwierigen Auftrags zu entledigen, der rundweg dahin lautete, dem Kronprinzen von Preußen alle seine Schulden zu bezahlen. Da er für die allernächste Zeit mit nicht unerheblichen Ausgaben rechnete, besaß der Kronprinz Geistesgegenwart genug, die erforderliche Summe mit siebzehntausend Talern anzugeben, obwohl sich seine Verbindlichkeiten nur auf neuntausend beliefen. Danach erkundigte er sich artig, unter welchen Bedingungen so viel Güte zu erlangen sei. Er zeigte sich ganz außerordentlich beschlagen im finanziellen und diplomatischen Geschäftsgebrauch.

Guy Dickens ging nicht so geradezu vor. Er redete davon, daß sich um junge Königssöhne immer Legenden und Gerüchte zu bilden pflegten; die umgäben auch den Nüchternsten und Klügsten mit einem gewissen schwärmerischen, märchenhaften Schimmer; und nun gar erst, wenn solches Flüstern um einen jungen Königssohn durchwoben sei mit all dem Glanz und Klang im Namen einer fremden Prinzessin weit über dem Meer. Da steigere sich das Märchenhafte zur Gefahr; Romanzen von frühem Liebesleide würden erdichtet; es falle gar ein heimliches

Wort von kühner Flucht durch ferne Lande und von Küste zu Küste, hin zur Geliebten. Es sei jugendlich und rührend; aber da solche Märchen doch nun einmal in einem hochpolitischen Zeitalter erdacht seien, könnten sich gewisse harte Zusammenstöße mit einer den Legenden und Romanzen sehr feindlichen Wirklichkeit ergeben. Nun sei im besonderen Falle eine starke Beunruhigung unter die Höfe und Kabinette Europas getragen worden, zumal entweder eine große Reise des märchenumwobenen Kronprinzen von Preußen mit seinem Vater bevorstehe, die vieler Länder Grenzen berühre, oder aber eine Zeit sehr langer Abwesenheit des Königs von Preußen zu erwarten sei, während der ganz notwendig Seine Königliche Hoheit der Kronprinz größere Freiheit, namentlich Bewegungsfreiheit genießen müßte, als das bekanntermaßen besonders enge Zusammenleben von Vater und Sohn sie gestatte.

Während der ganzen poetischen Rede hatte Friedrich nicht einmal gelächelt. Er biß sich sogar auf die Lippen und war noch blasser denn zuvor. Man wußte in der Welt etwas zuviel über ihn. Und daß die große Welt seine schmerzvollsten Pläne als jugendlich und schwärmerisch abtat, verletzte ihn tief, ja, es machte ihn gerade in diesem Augenblick, da er sich seinen Leiden entziehen wollte, sehr hart und bitter. Sie wußten draußen viel von ihm – aber sie vermochten sich doch nicht im entferntesten vorzustellen, was er litt! Wenn man sich drei und vier Jahre lang mit solch verwegenem, verzweifeltem Plane herumschlug, so fiel das Schwärmerische wohl von ihm ab!

Friedrich fühlte sich nicht mehr verpflichtet, die Bedingungen zu erfüllen, unter denen er die siebzehntausend Taler von Guy Dickens nahm, um nur neuntausend Taler Schulden damit zu bezahlen.

In seinen Antworten erschien er sich ungeheuer kühl und überlegt. Er glaubte, sich völlig die Entscheidung darüber vorbehalten zu haben, ob er England, Frankreich und das Reich nun vor vollendete Tatsachen stellen würde oder nicht und wie weit er der verworrenen politischen Lage Rechnung zu tragen gedächte.

Aber sein Knabenherz hämmerte wild; und in den übergroßen, schwermutsvollen Augen brannten ungeweinte – so jung der Königssohn auch war –, seit vielen Jahren ungeweinte Tränen.

Weniger die Zusicherungen über alles, was der Prinz nicht tun wollte, als die Gewißheit über das, was bestimmt geschehen würde, war Guy Dickens siebzehntausend Taler wert.

Der junge Herr von Katte, der während der ganzen Unterredung bei dem Torbogen Wache gestanden hatte, bewunderte die Kälte, den Scharfsinn, die Findigkeit und Beherrschung des hohen Freundes grenzenlos. Wahrhaftig, in ihnen, den modernen, kühlen Denkern kam eine neue Zeit herauf, die Königreiche auf Vernunft – die in seligem Rausche neu entdeckte! – begründete und den Gott des Widersinns – der da geredet hatte, er wolle im Dunkeln wohnen – aus den Ländern der lichten Erde verbannte; auch aus dem Reiche der vollendeten Unvernunft und Verstörtheit, aus König Friedrich Wilhelms umdüstertem Preußen!

Und er, der jüngste unter den Gesellschaftern des preußischen Thronfolgers, durfte sich sagen, daß er am stärksten die Bahnen seines Denkens bestimmte! Er war der erste, der Friedrich begriff; der erste, der, wie sonst nur die älteste Schwester, verstand, daß der kühne und behende Geist seines jungen Gebieters und Zöglings immer über ein großes Reich zu herrschen verlangte; über Reiche, deren Weite wachsen sollte, je mehr der Vater ihn beengte. Er begann den Prinzen als ein Glück für Preußen und für Europa zu betrachten. Der junge Herr von Katte war nicht Partei. Er war der Freund, der Freund des wißbegierigsten aller Königssöhne; er glaubte auch als der Freund von Friedrichs künftigem Lande zu handeln. Aber zweien war er Feind geworden, den beiden, die da vorerst über Friedrichs künftiges Reich der hellen Vernunft tyrannisch geboten: dem Koloß und dem Phantom, dem königlichen Vater und ›Dem König von Preußen‹.

Es wurde mehr von der Königsreise geredet als von der Niederkunft der Königin. Der König hatte eine so umfangreiche vorbereitende Korrespondenz eingeleitet und seine ursprünglichen Projekte derart erweitert, daß man wirklich nur mutmaßen konnte, es gehe diesmal um erheblich weiter reichende Pläne als gewöhnlich. Vor allem gab zu denken, daß er auch Post nach Sachsen und in den Süden des Reiches gesandt hatte. Mit unleugbarer Ungeduld wartete er auf die Niederkunft der Königin. Er wollte weg. Es war ganz unverkennbar. Die Königin wurde mit einer solchen Fülle von Ärzten umgeben, daß manche schon die Achseln zuckten.

Die Nachricht von der Geburt eines Sohnes erreichte dann den König an seinem Schreibtisch in Potsdam. Er bestellte den Kronprinzen zu sich.

»Es ist ein Sohn«, sagte der König, »und Ihrer Mutter geht es gut.« Dabei war er aufgestanden, und das wirkte feierlich. Der Kronprinz gratulierte submissest.

»Sehr gut geht es der Königin«, wiederholte der König noch einmal, als müsse er noch immer die Furcht der letztvergangenen Wochen beschwichtigen. Er wanderte im Zimmer auf und ab, und immer, wenn er sich wieder zu dem Sohn gewendet hatte, sah er ihn unablässig an. Dem Prinzen war es äußerst peinlich. Er bat, sich verabschieden zu dürfen, um ein Glückwunschschreiben an die Königin aufzusetzen. Der König hielt ihn noch mit einem Wink zurück, als habe er etwas überaus Dringliches und Wichtiges mit ihm zu besprechen. Aber als der Sohn ihn fragend ansah, redete er nun überhaupt nichts, setzte sich wieder an seinen Schreibtisch und hatte nichts dagegen einzuwenden, daß Friedrich aus dem Zimmer ging. Seine Arbeit brach der König nicht ab. Er begann einen Brief. Er lud selbst die Paten zur Taufe, genau so, wie es längst schon überlegt war: nicht mehr die fremden Potentaten; den Kaiser nicht; die Könige nicht und keine Königin. Die übernahmen immer nur aus der Ferne mit prunkvollem Schreiben und funkelndem Geschenk das hohe Amt der Patenschaft; und über kurz oder lang würden sie in diesem verlorenen und verrotteten Europa doch nur die Feinde seiner Kinder sein.

Der König von Preußen suchte Freunde, die wirklich zu der Feier kämen und seinem Kinde wohlgesinnte, treue Hüter zu sein versprächen. Warum er sich gerade der braunschweig-bevernschen Familie entsann, jenes geringeren Zweiges des welfischen Hauses, kleiner Fürsten im Reich, vermochte damals noch niemand zu ermessen. Man sah nur den Affront, den er den Welfen in Britannien antat. Frau Sophie Dorothea aus dem Hause der Welfen erhielt bei der Geburt ihres vierzehnten Kindes die Diamantohrgehänge der ersten Königin von Preußen, sechsundzwanzigtausend Taler wert. Noch immer hielt König Friedrich Wilhelm kostbare Schmuckstücke seiner Mutter verwahrt, und man war allgemein der Auffassung, daß diese Juwelen der regierenden Königin schon längst zustünden. Herr von Grumbkow gab Seiner Majestät zu bedenken, daß die Königin sie ja doch nur beleihen würde, um ihre Schulden zu bezahlen, sobald er nur Berlin den Rücken kehre.

Die Reise des Prinzen war jetzt gewiß. Der König hatte wirklich nur die Taufe abgewartet, um seine letzten Beschlüsse nun sogleich bekanntzugeben. Die Reisesuite gab dem Prinzen viel zu denken. Der König hatte so eigentümliche Vorkehrungen getroffen. Es schien, als solle verhindert werden, daß nun auch etwa der Kronprinz vorbereitend über seine Reise korrespondiere. Sodann hatte der König befohlen, Friedrichs drei Begleiter – ein General, ein Oberst und ein Oberstleutnant – dürften nicht von Friedrichs Wagen weichen, und unter diesen drei Begleitern war nur einer aus dem Kreis der jungen Gouverneure: Rochow, der Ernste. Der Leutnant von Katte war von der Reisesuite zurückgestellt. Sofort kam er um Werbeurlaub ein. Geschah es, um dem König durch besondere Dienste aufzufallen? War es erdacht, um heimlich doch in die Nähe des Freundes gelangen zu können? Der Kronprinz hatte auch noch manch andere Frage. Nahm ihn der Vater überhaupt nur mit, um ihn besser überwachen zu können? War er etwa nicht schlechter unterrichtet als Guy Dickens? Es war für alle, die mit im Geheimnis waren, so qualvoll, daß man niemals Gewißheit erhielt, was dem König nun eigentlich zugetragen wurde und was man ihm noch vorenthielt oder was sich noch vor ihm verbergen ließ!

Der Abschied, den der König von der Königin nahm, war durchaus zärtlich. Große Entschlüsse schienen vor ihm zu liegen. Sonst wäre seine innere Bewegung nur schwer zu verstehen gewesen. Die jüngste Vergangenheit erklärte nicht solche Ergriffenheit; und auch das neue Kind begründete sie nicht, sprach doch der König auffallend wenig von dem jüngsten Sohne.

Doch verlangte er das Kleine noch einmal zu sehen. Noch betrachtete er es mit einer Scheu. Zuviel Schweres haftete an diesem späten Sohne, dem siebenten Knaben, dem vierzehnten Kinde; zuviel traurige Rede, die im Gedächtnis des Vaters noch nicht ausgelöscht war, wurde um dieses Kind geführt. »Das Kind der Schmerzen« hatten sie den späten Sohn genannt. – »Das ist ein neuer Name in unserem Geschlecht – Ferdinand« – sagte der König. Und er fand, der Kleine sei um einiges runder und kräftiger als die früheren Söhne allesamt gewesen wären. Er faßte vorsichtig die Ärmchen an. Er fuhr ihm mit dem Finger leise übers Gesicht. Das Kind der Schmerzen schlief und war satt. Die Kammerfrau Ramen wiegte es schwebend.

Als die Königin den Gatten so bei dem Söhnchen stehen sah, verlockte es sie, sofort wieder etwas für die Zukunft ihrer großen Kinder herauszuschlagen – namentlich, nachdem sie das gänzlich Unerwartete erfahren hatte, daß das für sie nicht ungefährliche erste Ziel auf seiner Reise Dresden sein sollte. Die Reise, so sagte sie, werde hoffentlich die alten Pläne nicht erschüttern und ein wenig auch dem Willen ihres Sohnes entsprechen.

Sofort war der König verstimmt. »Mein Sohn hat es zu eilig, sich zu verheiraten. Die Reise wird ihn hoffentlich von seinen Gedanken etwas abbringen. Solange er es treibt wie jetzt, muß ich ihn warten lassen. Ich will, daß er keinen Willen mehr hat, sondern daß ich ihn habe. Er wird viel Neues lernen müssen unterwegs.«

Die Königin erschrak sehr. Der König möge wenigstens nichts Direktes gegen England unternehmen, bat sie, nun, wo er zum Polenkönig gehe. Das sagte Friedrich Wilhelm ihr zu.

»Sie fangen an, etwas vernünftiger zu reden«, erklärte Königin Sophie Dorothea reichlich hochfahrend und herausfordernd, denn sie bemerkte, wie Guy Dickens sich um ihren Sohn bemühte, »aber leider führt Sie Ihr Weg nach Dresden ja zuerst über Graf Seckendorffs Güter; und sobald Sie nur den Kirchturm von Meuselwitz sehen, werden Sie ganz anders denken; und nach der Heimkehr von Ihrer Reise werden Sie Ihre Familie wieder rasend machen, und wir werden wie stets leiden.«

Diese Äußerung verriet gewiß viel Einsicht in das Leben, aber wenig Verständnis für den Augenblick und noch weniger Wissen um das Herz des Gatten.

Der König, ohne im mindesten den Eindruck zu verraten, den diese Worte auf ihn machten, erwiderte erstaunlich ruhig: »Ich verspreche es dir, nichts gegen England zu unternehmen. Diese Reise gilt nur unserem Land und unserem Sohn.«

Dann, nach einer für die Königin etwas schwierigen Pause, fügte er ernst und zögernd, ja nahezu schleppend hinzu: »Ich liebe dich zu sehr, liebe Frau. Küsse mich.«

Das sagte er ihr als Letztes vor der großen Reise. Sie überhörte alles, was in seinen Worten lag. Kühl, hochmütig, mißtrauisch, enttäuscht, verbittert und verwegen stand sie vor ihm. Er schritt an ihr vorüber auf die Tür zu. Er ging ganz allein, ohne Diener und Gefolge, zum Wagen hinunter, um sofort nach Potsdam zurückzukehren. Er rief und klingelte keinem.

In den Gewölben, Gängen, Treppenhallen blieb das Wort zurück, das er vor dem Aufbruch zu der großen Reise als letztes zu der Gattin sprach: »Ich liebe dich zu sehr, liebe Frau. Küsse mich.«

In keinem Königsschlosse dieser Zeit wurde solches Wort des Abschieds gesprochen. Keine Königin des kronenschimmernden Jahrhunderts war ihres Mannes »Liebe Frau«.

Der ferne, kühle Kuß, den Sophie Dorothea dem Gatten gewährte, war wie ein Verrat.

Noch in der Stunde des Aufbruchs Seiner Majestät begab man sich nach Monbijou zurück. Es war genug damit getan, daß man dem König die außerordentliche Aufmerksamkeit erwiesen hatte, seinen Abschiedsbesuch im Großen Residenzschloß zu erwarten. Wahrscheinlich hatte er sich überhaupt nur zu der Höflichkeitsvisite entschlossen, weil er sowieso noch so viel in den Archiven des Generaldirektoriums herumzukramen hatte. So mutmaßte man; denn es war aufgefallen, daß der König keines seiner Kinder hatte rufen lassen. Er hatte nur einen Augenblick an der Wiege des jüngsten Sohnes gestanden und war sofort zu seinem ältesten Sohn, dem unglückseligen Gefährten der geplanten Reise, zurückgefahren. Der Kronprinz aber durfte sich von seiner Mutter nur brieflich verabschieden.

Der König war aber noch einmal in Berlin, ohne auch nur irgend jemand vom Hofe zu sprechen. Im rauschenden Regen war er noch einmal gekommen und gleich zur Stätte des Unglücks gefahren. Die Nachricht vom nächtlichen Einsturz des Kirchturmbaus von Sankt Peter mußte dem König nach Potsdam gebracht werden, indes das Gewitter noch in den Morgen hinein tobte. Dreimal hatte der Blitz in den fast vollendeten Turm der Peterskirche eingeschlagen, an dem der König nun schon zwei volle Jahre mit höchster Sorgfalt hatte bauen lassen.

Der König wollte ruhig erscheinen. Er sagte, als er die Hiobsbotschaft erhielt: »Ich dachte wunder, was ihr bringt; ich glaubte schon, der Flügelmann von Glasenapp wäre tot.«

Aber es kam zu spröde, zu gebrochen heraus, und der müde,

müde Ausdruck seiner übernächtigen Augen strafte seine Gelassenheit Lügen.

Er lauschte auf das Gottesurteil, indes sie ihm berichteten.

Vierundvierzig Häuser und die Kirche brannten – eine Kirche, die so alt und ernst und dunkel war wie jene, vor denen der Herr als junger König aus Brandenburg geflohen war. Die Angst um das nahe Pulvermagazin war groß. Man deckte es mit nassen Fellen und feuchtem Mist zu.

Der König stellte fünfzehntausend Taler Baugeld und Baumaterial für die vom Brand Betroffenen zur Verfügung. Für den Turmbau gab er keinerlei Weisung.

Aus Rauch und Brandgeruch, Geschrei und Lärmen fuhr er dann ins Reich. Über der Hauptstadt ragten, als er sie verließ, die schwelenden Balken ihres höchsten Turmgerüstes, einer ausgelöschten Fackel gleich, in den lastenden Himmel eines neuen, glühenden Tages.

Auf der Reise war er sehr in sich gekehrt, obwohl er nun nicht mehr den Turmbrand, sondern das, was vor ihm lag, bedachte. Seine Reise sollte vielerlei Stationen und unvergleichlich längere Aufenthalte haben als alle früheren. Eine weite, schwere Königsfahrt lag vor ihm; und dem Sohn, der ihn begleitete, sollte sie zum Fürstenspiegel werden, den ein König reisend seinem Thronfolger schrieb. – Das war der unumstößliche Wille des Vaters. Das war der Inhalt seiner Gebete.

Der Kronprinz von Preußen sollte in Dresden noch einmal das Bild des vom Glück gesegneten, strahlenden Königtums sehen und zugleich erfahren, daß an manchem großen Hofe die Politik des Bettelkönigs noch immer als beachtenswert und für Europa wichtig galt.

Der Sohn des Bettelkönigs sollte in den von harter Not getroffenen Gebieten des Vaterlandes den schweren Weg, einen Staat von den Grenzen her bis zum Thron hin aufzubauen, Schritt um Schritt beschreiten lernen.

Der Stammhalter Brandenburgs sollte in den benachbarten Markgrafschaften der Verwandten im Reiche einen Einblick gewinnen in den Niedergang fürstlicher Häuser, die den Auftrag nicht verstanden hatten, der an die Herren der Erde ergangen war. Er sollte die Pläne des Vaters im Kernstück und Grundgedanken begreifen lernen, die Pläne, die das Haupt des Brandenburgischen Hauses gerade über jene verarmten Markgrafschaften der Hohenzollern drunten im südlichen Reiche zu fassen begann.

Der zum Fähnrichsdienste degradierte Oberst sollte vom Korporal von Potsdam selbst in die entlegensten Garnisonen ›Des Königs von Preußen‹ geführt werden, damit er es endlich verstünde, was es für ein zerrissenes Land – dessen östliche und westliche Bewohner wie fremde Völker voreinander waren – zu bedeuten hatte, daß überall ein Heer im gleichen, in des Königs Rock nach den gleichen Trommelwirbeln das gleiche Reglement übte, im Gleichschritt gleichen Hoheitszeichen folgte.

Friedrich hörte aus allem, was ihm der Vater – als hätte er ihn nie geschlagen bis zur Todesangst! – von ihrer Reise sagte, allein das eine ermüdende, aufreizende, bedrückende, eigensinnige: Er sollte, er sollte, er sollte!

Andere Königssöhne gingen freier auf die Große Tour, die im Leben der alten Höfe und der jungen Fürsten so bedeutsam und unerläßlich zu sein pflegte.

Er bedachte nicht, wie noch niemals eine Reise seines Vaters so weit und groß geplant gewesen war wie diese. Er erkannte nicht, daß der Vater ihn mitnahm, um den Neffen des Königs von England für seines Vaters Land zu gewinnen.

Das Ziel der Fahrten war der Sohn, mit dem er aufbrach! Der König hetzte nicht mehr unstet von Schloß zu Schloß. Seine Fahrten hatten wieder ein Ziel, ein großes, klares Ziel! Und königlicher ist wohl kein Fürst gereist als König Friedrich Wilhelm I. von Preußen mit seinem Sohn. Denn er sah Gott vor sich hergehen als eine Wolkensäule des Tags und eine Feuersäule des Nachts. Und an ihn, den keiner sah, hielt sich der König von Preußen, als sehe er ihn und als habe Gott zu ihm gesprochen, was geschrieben stand: »Schaue zu, daß du machest alles nach dem Bilde, das dir gezeigt ist!«

Auch als er auf die Reise mit dem Sohne ging, geschah es, »zu dienen dem Vorbilde und Schatten des Himmlischen«.

Auch die Königsfahrt war nur ein Bild.

Nichts, gar nichts an Glanz war jener Karneval zu Dresden gewesen, gemessen an dem Prunk, den König Augustus auf der Höhe des besonnten Jahres und im Abstieg seines Lebens im Lager zu Mühlberg zu entfalten begann. Eine sommerliche Maskerade ohnegleichen war ersonnen worden. Dem Soldaten-König gab Augustus kriegerische Feste, und der vollendetste aller Gastgeber Europas war wie berauscht von all den Möglichkeiten neuen Glanzes, neuer Farben, neuer Klänge, die ihm der blanke Schein der Waffen und das Geschmetter der Feldtrompeten gewährten.

Diesmal vergab der Preußenkönig seiner Würde nichts. Zweihundert große Herren waren sein Gefolge; die meisten darunter freilich waren seine Offiziere. Aber die hatte er eigens ermahnt, sich ein wenig »contenter und legèrer« zu zeigen und in Sachsen nicht so steif einherzuschreiten, wie er es in Preußen für angemessen hielt.

An Dresden fuhren sie vorüber. Bei Mühlberg, im Zeithayner Tal, war die Stätte des Festes. Von weitem schon sahen sie die hundert und aber hundert Fahnen über der weiten Zeltstadt flattern. Es war, als blühe plötzlich ein prächtiger Garten in ödem Tale auf.

Die erste Begegnung der Könige fand sehr zeitig, um vier Uhr des Morgens, bei einem prunkvollen Zelte statt. Dem König von Preußen hatten sie inmitten des Lagers einen Feldherrnpavillon errichtet; der war mit Wall und Graben umzogen, und silberne Kanonen bewachten die Einfahrt.

Ein artiger, schöner Knabe empfing die Preußen am Eingang des Lagers: die Gräfin Orsielska, König Augustus Tochter, im weißseidenen Männerhabit, die Schärpe des polnischen Weißen Adler-Ordens um Schulter und Brust.

Abends freilich trug sie statt dessen um Hals und Arme ihre Edelsteine. – »Für einundeinehalbe Million Taler Juwelen«, flüsterte man dem Preußenkönig zu. Des Abends fuhr man nämlich durchs Lager – zur Italienischen Oper! Hinter neu gepflanzten Taxushecken strahlte sie auf, ein edles und kostbares, wenn auch nicht sehr standhaftes Gebäude, für das Glück nur weniger Tage geschaffen.

Während die Fürstlichkeiten und ihr Gefolge den Gesängen der Helden und Götter lauschten – die Götter schwebten diesmal wirklich in erhabener Höhe, denn König Augustus hatte eigens neue Opernmaschinen aus der Kaiserstadt kommen lassen –, lärmte das Volk auf den Wiesen voller Jahrmarktsbuden und Seiltänzerpodeste. In Scharen kamen sie tagtäglich aus den nahen Städten und Dörfern zum Mühlberger Lager hinüber;

und den schaulustigen Bürgern und Bauern zog der Schwarm der Bettler wie ein besonderes Gefolge nach. Im Lager von Mühlberg rollte das Geld, ob goldener Dukat oder kupferner Heller – jeder kam zu seinem Teil.

Die Orsielska war zur Fortuna geworden. Allabendlich ließ sie sich zur Volkswiese fahren, war allerliebster Laune auch unter den Derbsten und Ärmsten und gab strahlend alle ihre Douceurs und Revenuen her, große Beträge in kleine Münze umgewechselt, so daß den Polenkönig manchmal schon die Angst ankam. Aber es war zu schwer, einer solchen Tochter zu widerstehen. Niemals war mehr Größe in ihrer Anmut, als wenn sie – das Kind eines Königs und einer einfachen Frau – unter den Armen und Elenden stand, sie zu beglücken.

Die Herren der beiden Höfe drängten sich nicht minder als die Bettler um die Orsielska. Den Preußenkönig machte einer darauf aufmerksam. Das war der neue englische Gesandte in Dresden, Sir Charles Hotham. Plötzlich stand er neben ihm.

Im Lager von Mühlberg waren sie beide Gast des fremden Potentaten. Hier gab es für den Ritter Hotham noch eine Möglichkeit der Verhandlung. Und die mußte gesucht sein, denn so nahe dem Dresdener Hofe konnte der Preußenkönig ja von neuem gegen England beeinflußt werden!

König Friedrich Wilhelm aber hatte es gelernt, daß alle Feste, in denen die Großen der Erde einander begegnen, Schauplätze geheimen, bitteren Ringens waren. Er kämpfte sehr wacker zwischen Parade, Tafel und Oper, den kriegerischen Szenen und den Wasserschlachten; er träumte und feierte auch nicht bei dem Feuerwerk auf der Elbe, als fünfzehn Schiffe, mit funkelnden Sternen behängt und von goldenen Segeln getrieben, durch eine stille, klare Nacht den dunklen Strom entlang glitten.

Und wie er es der lieben Frau versprach, unternahm er nichts Direktes, ja nicht einmal Indirektes gegen England.

Nur darin beharrte er fest bis zum Starrsinn: auch in diesen verzauberten Tagen von Mühlberg nie mehr seinem britischen Traum zu verfallen. Der König des Sandes und Sumpfes hatte es begriffen, daß ihm das weite Meer zum Schicksal wurde – ihm, der die goldene Liburnica seines Vaters an den Zaren verschenkte.

Aus dem Lager von Mühlberg schrieb er dem Fürsten von

Anhalt-Dessau: »Ich mus die sehe fahren, bevor habe kein frieden und Ruhe.«

Diesmal verstand der Fürst von Anhalt-Dessau, Herr auf Bubainen und Norkütten, seinen Freund und König nicht.

Der begehrte nun auch dieses Bild zu sehen: das Meer, in dem die lichten Segler seiner Hoffnungen versanken.

Daß hier härter als in den spielerischen Paradeschlachten der als Spahis und Janitscharen kostümierten Regimenter gekämpft wurde, hatte jeder begriffen, der im Lager weilte und zu den Fürstenzelten zählte; auch bis zur Volkswiese war die Kunde gedrungen, und nun machten sich die Bettler darüber lustig, daß man Krieg für teures Geld spiele, während man ihn doch echt und wirklich auf billigere Weise haben könne.

Aber doch nur wenige ahnten ganz, welches geheime Drama sich im verschanzten Feldherrnpavillon des preußischen Monarchen abspielte – inmitten all des Glanzes und im Gewühl der Diplomaten und Fürstlichkeiten ein Drama, in dem lediglich der König und der Kronprinz von Preußen und jener große englische Diplomat, der nur wie ein Großinquisitor eingesetzt wurde, agierten und in dem die Götter keineswegs auf kaiserlichen Theatermaschinen aufs Stichwort herbeischwebten, alles zu lösen, was rätselhaft und sinnlos war.

König Friedrich Wilhelm hatte seinen Sohn dabei überrascht, wie er den englischen Gesandten fragte, ob er Nachricht darüber erhalten habe, welchen Eindruck sein neuer Brief an die Prinzeß in London erzielte, der Brief, in dem er erklärte, er könne sie unmöglich durch eine Ehe mit ihm den Wutausbrüchen seines Vaters aussetzen.

Friedrich verhandelte also wieder mit den fremden Diplomaten. Nun hatte es der König selber gehört. Und zuvor schon hatte er gesehen, wie hochfahrend und sicher sein Sohn im Lager einherging, seit man Sir Charles Hotham hier traf.

Von solchen diplomatischen Intermezzi ließen der König und sein Sohn kein Wort verlauten, aber beide dachten sie unablässig an das gleiche und erbitterten sich mehr und mehr gegeneinander.

Zwischen dem Briten und dem Prinzen, zwischen dem Briten und dem König, zwischen dem Briten und dem Hofe von Sankt James gingen auch im Lager von Mühlberg viele Briefe hin und her. Er überreichte dem König von Preußen eine Note seines durch die Sachsenreise schwer beunruhigten Hofes. Der König gab schriftlich seinen Bescheid darauf, und mitten unter den Theaterschlachten war nun ein großer, wahrer Sieg für Kaiser und Reich errungen, von dem Reich und Kaiser nicht erfuhren!

Beiderseits, von Hotham und dem König von Preußen, wurde jedes weitere Zugeständnis abgelehnt, und der Großinquisitor der europäischen Diplomatie war an dem brandenburgischen Ketzer gescheitert. Da begann er ihn um dieser ersten Niederlage willen zu hassen und sendete aus dem fahnenumflatterten Tal von Zeithayn die Botschaft übers Meer: »Ein Versprechen des Königs von Preußen ist keinen Heller wert, und mit Edelmut erreicht man bei ihm soviel wie mit Sporen bei einem alten abgetriebenen Postgaul.« Damit war der Ketzer in der Kurmark dem Inquisitionsgericht preisgegeben. Und Kronprinz Friedrich vermochte zu ermessen, was da geschah. Er wurde gerächt – auch wenn man ihm nicht zu helfen gedachte. Europa konnte nicht mehr an ihm vorüber; er war dem engen Kreis entronnen, in den ihn ›Der König von Preußen‹ zu bannen gedachte.

Der Kronprinz war wie berauscht davon, daß ihm das im festlichen Lager versammelte Europa die Ehren erwies, die es seiner hohen Geburt schuldete. Das flüchtige Glück der ersten Dresdener Tage kehrte wieder.

Er war noch mehr berauscht davon, daß nun eine Zeit vielleicht schon sehr nahe war, in der das Heil der preußischen Nation von dem kunstvollen Gefüge seiner diplomatischen Unternehmungen abhängen würde; denn Preußen hatte ja nun seit Jahr und Tag das Unglück erlebt, einen Herrscher zu besitzen, der mit all den zarten Fäden zwischen Hof und Hof zu verfahren pflegte wie seine wilde Bärin Grognonne mit Kette und Strick.

Der Sohn begegnete dem Vater mit einer Haltung, die ein Gemisch war aus Triumph, Geringschätzung, Hoffart und Herausforderung. Er fühlte sich so geborgen in der Nähe all der Großen. Jede Artigkeit, die man ihm erwies, versetzte ihn in einen Zustand der Schwärmerei. Er hatte zuviel gelitten, als daß er nicht in einer so veränderten Umwelt dem Überschwang verfallen mußte.

Aber die Trauer wollte dennoch nicht aus seinen großen, kranken Augen schwinden; denn immer kehrten Augenblicke wieder, in denen er den Gegensatz zu Preußen unerträglich schmerzhaft empfand.

Den tiefsten Gegensatz zu empfinden – in dem einen Schmerz, aus dem allein noch hätte Segen wachsen können –, blieb ihm verwehrt; denn davon begriff er unter all seinen Demütigungen nichts, daß ihm bei seinem Vater daheim so ungleich Größeres geboten wurde, als die bloßen Huldigungen vor einem Thronfolger je bedeuten konnten: nämlich, daß er Vertreter und Helfer seines Vaters vor ›Dem König von Preußen‹ sein sollte.

Ob er im Lager von Mühlberg mit den Fürsten feierte oder sich in Potsdam am Schreibtisch in Arbeit vergrub, überall war jetzt dem König alle Wirrnis, alles Leid und alle Sehnsucht dieser Erde ein einziger Mensch geworden. Ob sein Leben darum einfacher war – niemand hätte diese Frage zu bejahen vermocht.

Drei Tage, drei politisch für ihn ungeheuer schwere Tage, sah König Friedrich Wilhelm dem Treiben seines Sohnes zu, hörte er achtsam auf seine vermessenen Reden und beobachtete sein höfisches Gebaren, das er immer herausfordernder zur Schau trug. Am Abend des dritten Tages rief er Friedrich zu sich.

»Du bist wie gebannt von dem feierlichen Zeremoniell«, sprach er langsam und streckte ihm mit gewollt pathetischer Geste den rechten Fuß entgegen, »– dies ist mein Zeremoniell: Küsse dem König von Preußen die Füße, weil Dienerchen zu machen und die Glieder in Posen zu verrenken doch nun einmal deine ganze Lust ist!«

Friedrich hat seinem Vater die Füße geküßt. Er tat es mit der Inbrunst seines Hasses.

Nun war er frei. Der Vater hatte sich der Rechte über seinen Sohn entäußert, der König sich seiner Macht über den Thronfolger begeben, indem er sie ins Maßlose steigerte. Hier war nur noch Tyrann und Sklave. Niemand hatte mehr einen Anspruch auf ihn, so glaubte der Kronprinz. Wenn ein mißhandelter Sklave entlief – keiner würde seinem Peiniger recht geben. Gar nichts mehr war er als ein Sklave. Er wurde auch wieder vom Vater geschlagen und grausam geschmäht. »Ich traktiere Euch wie mein Kind, aber nicht wie einen Offizier«, hatte der König geschrien und danach mit unbarmherziger Ruhe, ja, wie in einer Erschöpfung gesagt, ein anderer Offizier, dem das Gesicht des Königs mißfalle, könne seinen Abschied nehmen;

aber er, der Prinz, der Sohn, müsse wohl oder übel bleiben und sich dem König konformieren oder er werde ein saures Leben haben.

Der Königspavillon inmitten des Lagers war nur noch das Szenarium einer heimlichen Tragödie. Und als sie nicht mehr heimlich war, wurde sie dem Prinzen völlig unerträglich; denn er wehrte sich, aber er klagte nicht wie die Mutter. Er spürte es aus tausend bitteren Einzelheiten, was die anderen von ihm wissen mochten. Sie suchten ihn zu lebhaft abzulenken; sie betrachteten ihn zu befangen. Er mußte sich sagen, daß alle diese Menschen, Prinzen, Gesandte, Offiziere und Damen seine Leidensgeschichte und sein schmachvolles Dasein kannten. Unablässig waren forschende Augen auf ihn gerichtet. In jeder Höflichkeit witterte er Mitleid. Selbst die Anerkennung, die in manchem Blicke lag, verwundete ihn. Und man bestaunte und bewunderte wirklich, wie formvollendet, wie elegant und gebildet und sicher der kläglich Mißhandelte auftrat, obwohl die Schwermut seines Augenausdrucks ihn zu jedem Augenblick, auch im angeregten Gespräch, erbarmungslos verriet. Harte, rohe, unmenschliche Äußerungen des Königs von Preußen liefen um; er habe in seinen Wutausbrüchen gesagt, er in solcher Lage hätte sich totgeschossen, aber Friedrich ließe sich ja alles gefallen.

Auch sollte er von seinem Ältesten den Verzicht auf Kurhut und Krone gefordert haben.

Aber Friedrich wollte König werden. Er harrte sogar sehr ungeduldig darauf. Die Stunde schien ihm nicht ungünstig, seinen künftigen Thron unter den alten Völkern Europas schon heute zu festigen. Den Tag der Thronbesteigung bei dem Vater abzuwarten – das war nicht mehr möglich. Noch von Mühlberg aus gedachte er ins Ausland zu gehen und jenseits dieser fürchterlichen Grenzen seines Vaterlandes auf den großen Tag der Zukunft zu warten. Im Grunde beschäftigten ihn all die tausend liebenswürdigen Leute hier schon nicht mehr. Er wartete auf Katte.

Er malte sich die Auflösung des allgemeinen Aufbruchs aus, in der sein seitab bestellter Wagen bald entschwinden würde. Er sehnte das große Gewoge der Abfahrt herbei, denn die Feste, die sich hier an Feste reihten, eines immer glänzender als das andere, die prunkvollen Schaustellungen und heiteren Bälle bildeten ja doch nur einen harten, schreienden Kontrast zu seinem Unglück. Unruhevoll harrte er der Abschiedsfeier.

Der letzte Morgen schimmerte von Waffen. Zwanzigtausend Mann, mit Goldstoff als Janitscharen maskiert, marschierten durchs Tal, flankiert von den herrlichsten Reitern und von funkelnden Kanonen gefolgt.

Augustus gab dem Heer noch ein Gastmahl. Die Dreißigtausend aßen und tranken an zwei unübersehbar langen Reihen von Tischen, an deren Enden als Trophäen ein Ochsenkopf ragte, dessen Fell die gebratenen Viertel des Tieres noch wie eine Draperie bedeckte.

Zwischen den Tafeln ritten die beiden Majestäten einher, gefolgt von ihren Söhnen, empfangen mit Vivatgeschrei und in die Luft geschleuderten Mützen. Dann nahmen die Könige und Prinzen an einem erhöhten goldenen Tische Platz, von wo sie den Riesenschmaus überschauten. Bei dem Dessert der Fürstlichkeiten kam erst das Wunder des Tages zum Vorschein. Ein von Pagen bewachtes Zelt tat sich auf, und man erblickte einen vierzehn Ellen langen und sechs Ellen breiten Kuchen, zu dem sechshundert Eier, drei Tonnen Milch und eine Tonne Butter als der Urgrund all der köstlichen Gewürze gebraucht worden waren.

Mit zergrübelter Stirn und zerquälten Augen blickten Friedrich Wilhelm und Friedrich auf all diese Herrlichkeit.

König Friedrich Wilhelm gab reiche Geschenke an die Höflinge des fremden Potentaten. Er teilte Medaillen unter sie aus, von denen jede runde hundertundfünfzig Dukaten Wert besaß. Dreißigtausend Gulden erhielten die sächsischen Offiziere; und hunderttausend Gulden, seinem Sand und seinen Sümpfen abgespart, spendete der Bettelkönig der Armee des Gastfreundes – und spendete sie vielleicht nur, weil er die Augen des Sohnes auf sich ruhen wußte. Der sollte ahnen, daß der Bettelkönig nicht gering war.

Während der Vater noch an der Brüstung der Empore ihres Tafelplatzes stand, trat der Sohn mit einem jungen Offizier beiseite, der eben erst eingetroffen war und sich mühsam einen Weg zu der Königlichen Hoheit gebahnt hatte. Er stellte sich ihm als Kattes Beauftragter vor; er wies sich zuverlässig aus. Er brachte Hiobspost: der Leutnant von Katte hatte keinen Werbeurlaub erhalten; er konnte sich nicht mit ihm treffen.

Der Prinz verabschiedete den jungen Rittmeister rasch und ging zur Empore zurück. Der Vater durfte seine Abwesenheit nicht bemerken. Blaß stand der Sohn wieder neben ihm und zermarterte sich in all dem heiteren Tosen und ausgelassenen Lärmen das Gehirn. Nun galt es, alle Pläne völlig umzustellen. Fürs erste mußte er nun doch mit nach Ansbach gehen. –

Über hundertfachem Verabschieden und wirrem, heimlichem Kofferpacken für zweierlei Reise blieb ihm nur ein Augenblick und nur ein Winkel, ein paar verzweifelte Zeilen an Katte auf ein Blatt zu werfen.

Katte sollte desertieren. Er sollte nach dem Haag fliehen. Im Haag sollte er sich nach einem Grafen d'Alberville erkundigen. Der würde er, der Prinz, sein; und seinen Diener werde er durch eine rote Feder kenntlich machen.

»Du kennst«, schrieb der Prinz, »diese Figur unseres geliebten Romanes –« Er kritzelte auch noch ein Billett an den einstigen Pagen von Keith, den ihm der Vater – als Leutnant nach Wesel versetzt hatte. Keith sollte Wesel verlassen. Auch ihn erwartete der Graf d'Alberville.

Friedrich spielte mit Romanfiguren. Aber er war bedacht, die klare politische Erwägung nicht auszuschalten, daß er mit Rücksicht auf den König von Polen und Kurfürsten von Sachsen nicht von Leipzig, Dresden oder Mühlberg aus fliehen könne.–

Mit einer Heftigkeit, die nahezu den Ausbrüchen des Vaters gleichkam, fügte der Kronprinz den Spielereien um die rote Feder seines Dieners und den politischen Argumenten noch die Nachschrift hinzu, in das Haus der Andachten und Schrecken, nach Schloß Wusterhausen, wolle er nie mehr zurückkehren.

Das war seltsam. Er hatte zuletzt in Potsdam gelitten, seit langem schon. Und dennoch galten dem Jagdkastell Wusterhausen seine Worte: Nie mehr zurück.

Die Königin von Preußen gab während der Abwesenheit des Königs viermal in der Woche Gesellschaft in Schloß Monbijou. Die Mühsal der vierzehnten Niederkunft war überwunden. Es wäre alles wunderschön gewesen, wenn nicht der junge Herr von Katte in Berlin zurückgeblieben wäre und Gerüchte über absonderliche Reisegedanken des Kronprinzen ausgesprengt hätte. Das beunruhigte die Königin immer wieder, aber sie vermochte manchmal nicht zu ermessen, ob als Furcht oder letztlich doch als Hoffnung. Überdies stellte sich zu ihrem Ärger der Staatsminister von Grumbkow auf ihren offenen Assemblees ein und zeigte sich sicherer denn je. Aber er wurde von allen sichtlich gemieden und stand ganz allein bald in den Spielzimmern, bald im Konzertsaal, bald in der Galerie. Er mußte sich nun eingestehen, daß sie alle wußten, was zwischen dem Herrn und ihm spielte und was es bedeutet hatte, daß der König ihn diesmal nicht in seine Reisesuite berief. Dennoch blieb er nur einer einzigen Assemblee fern, und zwar an dem Tage, bevor er zum Abendmahl ging. Er versprach sich eine gewisse Wirkung davon, während der Abwesenheit des Königs das Abendmahl zu nehmen; es war das Beste, was man dem »Dicken« bei seiner Rückkehr überhaupt melden konnte; denn der Minister hatte in Erfahrung gebracht, daß in den letzten Wochen ungewöhnlich oft der Prediger Roloff zum König bestellt worden war.

Auf den späten Abend kam noch die Kammerfrau Ramen ins Grumbkowsche Palais in der Klosterstraße. Im Palais Creutz sowohl wie im Grumbkowschen Hause war ihr eine Nebentreppe vom Garten aus bezeichnet worden, über die sie jederzeit zu den privaten Räumen der Herren gelangen konnte, ohne immer gleich der Dienerschaft zu begegnen. Seit jener Nacht von Havelberg, in der es um das Testament des kranken jungen Königs gegangen war, hatte sie diesen Weg ins Geheimkabinett der beiden Großen nicht gar so selten angetreten; und immer wieder rief ihr Erscheinen Spannung und Ungeduld hervor, was sie wohl wieder brächte und wüßte.

Heute sah Grumbkow sie lange schweigend an und rührte sich in seinem Sessel nicht. Er wehrte nur ab, er bereite sich zum heiligen Abendmahl vor. Auch schloß er einen Herzschlag lang die Augen; und der behäbige, gepflegte Mann, der immer gesättigt und gesalbt erschien, war für einen Augenblick verfallen und welk. Die Ramen stahl sich leise und behend hinaus. Als sie in das Gartenschloß der Königin zurückkam, begegnete sie der ältesten Prinzeß, die gerade ihr Zimmer aufsuchte und die Gesellschaft der Mutter vor der Zeit verlassen hatte. Die Prinzessin war sehr ernst.

»Ich werde morgen zum Abendmahl gehen«, sagte sie im Vorüberschreiten. Die Kammerfrau lächelte. Wenn der König zurückkehrte, würde sich sein ganzer Hof als eine heilige Schar von Kommunikanten präsentieren. Aber dann verflog ihr Lächeln; ihre Augen waren weit geöffnet, und sie nickte mehrmals langsam und bedeutungsvoll, als gelte es etwas unendlich Wichtiges und Geheimnisvolles zu bekräftigen.

»Ja, nehmen Sie das Abendmahl!« flüsterte sie Prinzessin Wilhelmine zu, »es werden hier schreckliche Dinge vor sich gehen.«

Dem unheimlichen Eindruck, den die Ramen um ihrer oftmals bestätigten Ahnungen willen immer wieder auf sie machte, konnte sich die Prinzessin auch an diesem Abend nicht entziehen. Sie atmete auf, daß die Stunden der abendlichen Unterhaltung für sie vor der Zeit vorüber waren und sie ihr Schlafkabinett betreten durfte; denn in den Räumen der Königin war es sehr schwül gewesen; die Fülle der Kerzen auf den Kronleuchtern und Gueridons schuf eine unerträgliche Hitze; vom Park und Fluß her kam keine Kühle; so ohne alle Linderung war der glühende August dieses Jahres. Die Schwüle im Schloß und die Worte der Kammerfrau hielten die Prinzessin noch lange wach.

Sie grübelte über die Mutter nach. Wie vermochten Gäste sie noch immer abzulenken! Welch vorzüglicher Laune war sie gewesen! Mitten zwischen Toccadille und L'hombre war es ihr eingefallen, manch reizvolle Veränderungen durch Umstellung einiger Statuen und Vasen in ihrem Goldenen Kabinett vornehmen zu lassen und sie sogleich am Beifall ihrer Gäste zu erproben. Nun erst fand Sophie Dorothea ihr berühmtes Kabinett vollkommen schön. Nun erst schien ihr zur Geltung zu kommen, wie ungemein graziös es von oben bis unten mit Porzellanstreifen belegt und zudem mit vielen merkwürdigen Stücken, Edelsteinen sowohl als Kristallen, ausgeziert war. Alles goldene Gerät des Kronbesitzes sowie der Schmuckkasten der Königin war in schimmernden Schreinen von Schildpatt und Elfenbein hier aufgestellt. Die Königin war äußerst zufrieden, zumal sie durch die neue Anordnung erzielt hatte, daß die hohen Pfeilerspiegel der Fensterseite die goldenen, gerundeten Borde mit ihren abertausend kostbaren Porzellanen noch ins Ungemessene zu vervielfachen schienen.

Sie war so angestrengt, daß sie sich noch lange von der Bülow unterhalten ließ, als sie sich schon in ihr Schlafzimmer zurückgezogen hatte und von der Ramen den Kopfputz abnehmen ließ.

Da zitterten der Ramen die Perlen und Federn, die sie aus den weißen Locken der Perücke löste, in den Händen – so jäh und fürchterlich kam ein beängstigender Lärm vom Goldenen Kabinett her. Die Königin rief sogleich, ihr ganzes Porzellan wäre zerschlagen, man möchte sich doch danach umsehen – es ginge um König Augusts Geschenke, um das unersetzliche Email aus Limoges vom König von Frankreich.

Die Königin war aufgelöst. Sie vermochte sich nicht zu erheben. Man sollte doch schauen, rief sie viele Male, wahrscheinlich wären es die Diener, die mit der Leiter die Kerzen der Kronleuchter zu löschen kämen. –

Die Hofdame von Bülow ging sofort mit drei Kammerfrauen, die auch aus den Vorzimmern herbeigeeilt waren, hinein. Die Königin wartete sehr erregt vor dem Spiegel. Die Ramen, obwohl sie erblaßt war, tröstete und beruhigte die Herrin.

Die im Kabinett fanden gar nichts zerbrochen. Es war auch nichts in Unordnung gebracht. Sie rieten alle bei der Königin hin und her, und alle waren sie nicht wenig ängstlich.

Da wiederholte sich das grausige Klirren. Und ein drittes Mal schienen alle Spiegel, Leuchter, Vasen, Porzellane und Zierdosen herabzustürzen.

Die Königin war aufgesprungen und preßte die Hände aufs Herz. Die Ramen lehnte am Frisiertisch und hielt mit beiden Händen seine Kanten umklammert. Denn nun dröhnte auch noch ein hohles, dumpfes Geräusch durch die ganze Galerie, die sich zwischen den Zimmern der Königin und den Räumen, die manchmal der König benützte, hinzog.

»Wo steckt denn die Schildwache?« schrien die Damen und Frauen durcheinander, »sie muß doch in der Galerie sein!«

Die große allgemeine Angst suchte sich die Empörung und den Vorwurf zur Maske.

Sophie Dorothea war sehr verändert. Plötzlich schien sie ganz ruhig und entschlossen, wenn sie auch noch bleicher war als die Kammerfrau Ramen.

»Jetzt wird es zu arg« – die Königin griff selbst nach einem Leuchter – »ich muß selber sehen, was da ist.«

Nun nahmen sie alle die erreichbaren Leuchter zur Hand; und kaum waren sie aus der Tür getreten, so hörten sie ganz nahe neben sich seufzen und ächzen.

»Der Schildwache ist etwas zugestoßen –!«

Aber da trat der Grenadier schon auf die Königin zu, befremdet und trotz martialischer Haltung ohne Frage recht aus der Fassung gebracht. Sonst war niemand zu sehen.

Der Grenadier war schon von Fenster zu Fenster geeilt und hatte auch an allen Türen gerüttelt; denn ihn hatte das gleiche Klirren und Rauschen und Stöhnen aufgeschreckt.

Die Königin gab sich mutiger und fester, als man ihrer bebenden Stimme glauben mochte. Sie ließ rund umher alle Räume durchsuchen. Allein man fand nichts. Und als Prinzessin Wilhelmine sehr entsetzt mit zwei der jüngeren Schwestern herbeieilte, konnte man sie schon beruhigen.

Die Kammerfrau Ramen aber mußte sich trotz der Gegenwart Ihrer Majestät für einen Augenblick setzen, und die Bülow ließ ihr ein Glas Wasser holen. Doch trauten sie sich nur zu dreien in die Küche.

Die Königin konnte sich noch lange nicht entschließen, sich niederzulegen. Doch redete sie diesmal nicht sehr viel.

Wenige Tage darauf war bei der Königin Konzert. Wilhelmine begleitete auf dem Cembalo und der Laute. Was nur an hoffähigen Musikliebhabern in der Stadt war, durfte sich im Musiksaal von Monbijou einfinden. Nach einer Stunde glaubte die Prinzessin überreich zum allgemeinen Divertissement beigesteuert zu haben und wollte sich in den Indianischen Salon begeben, wo die jungen Damen schon Karten spielten, vom Geiste des Hauses gepackt.

Plötzlich stand der junge Herr von Katte neben ihr im Durchgang.

»Um Gottes willen«, sprach er leise auf sie ein, »geben Sie mir aus Liebe zum Kronprinzen einen Augenblick Gehör! Ich bin in Verzweiflung, denn man hat mich bei der Königin und bei Euer Königlichen Hoheit angeschwärzt, als hätte ich dem Kronprinzen den Plan, zu entfliehen, in den Kopf gesetzt – «

Die Prinzessin schritt weiter. »Ich verstehe Ihre Erregung nicht. Ist denn etwas geschehen –? Niemand fragt Sie, Herr von Katte, niemand erhebt einen Vorwurf gegen Sie. Was, in des Himmels Namen, liegt denn vor?!« Aber jedes seiner Worte machte sehr großen Eindruck auf sie; denn schon seit Wochen hatte der Gouverneur von Rochow den jungen Katte vor der allzu großen Familiarität mit dem Kronprinzen gewarnt, und Friedrichs Freundschaft mit Katte wurde daraufhin manchmal zum Scheine ausgesetzt. Nur sie war darein eingeweiht, daß es zum Vorwand geschah.

Der junge Herr von Katte galt ihr viel. War er doch der Überbringer all der neuen Bücher über die Vorherbestimmung und wußte sie doch durch ihn, daß diese Bücher Waffen waren gegen ›Den König von Preußen‹. Und sie war überschwenglich dankbar gewesen, daß man ihr in der Einsamkeit und Leere ihres Daseins etwas zu erwägen, zu bedenken und in seinen ungeheuren Folgerungen auszumalen gab. Die eigenen Gedanken waren müde und bitter geworden. Immer noch kränker und immer noch klüger, als man ihr allgemein schon zugestand, erwog sie nur noch das eine: wie ihr Schicksal im Geschick des Bruders unweigerlich mitgesetzt war. Das war ihr Glück gewesen und wurde nun ihr Jammer.

Der Vater hatte Friedrich gewürgt. Noch hatte er die Hand gegen sie nicht erhoben. Noch schlug er nur den Bruder. Aber er schlug ihn immer häufiger und heftiger. Er schlug ihn auch im Lager von Mühlberg. Vor der Abfahrt des Bruders hatten Friedrich und Wilhelmine sich noch einmal heimlich gesehen. Sie hatte den Bruder auf Knien gebeten, jeden Gedanken an einen gewaltsamen Ausweg völlig zu vergessen; denn solche Gedanken waren nun manchmal schon von ihnen erörtert worden. – Friedrich hatte ihr alles zugesagt, dessen sie gewiß sein wollte. Aber sie hatte in jeder Miene, jedem Wort gespürt: er hatte nur noch mit den Lippen versprochen.

Was wollte ihr der Leutnant von Katte noch sagen?!

Der junge Offizier folgte ihr noch bis an den Spieltisch nach. »Die Vorbereitungen für eine Flucht sind völlig durcheinander geraten, Königliche Hoheit –. Nachrichten müssen verloren sein –. Erhielten Sie ein Schreiben –?«

Noch blieb die Prinzessin dem L'hombre-Spiel fern. Und immer wieder ging sie mit dem Leutnant einige Schritte zwischen den Spielzimmern auf und ab.

»Die Königin hat aber eine Stafette aus Württemberg, Herr von Katte. Der König ist von Ansbach nach Württemberg gereist. An jeder Station seiner Reise nahm er mit dem Kronprinzen alle Sehenswürdigkeiten in Augenschein. Der württembergische Hof hat ihn in Ludwigsburg erwartet; dem König hat es so ausgezeichnet gefallen, daß er länger blieb, als vorgesehen war. Aus der Umgebung des Königs wird meiner Mutter allerdings gemeldet, der wahre Grund sei, daß sein Gesundheitszustand ein rascheres Reisen nicht mehr erlaubt. Von Ludwigsburg wird seine Route – «

Aber nun mischten sich die Arnim und die Bredow ins Gespräch, denn sie meinten natürlich, daß der interessante junge Herr von Katte, »dessen Augen immer etwas Unheimliches hatten«, mit der klugen Prinzeß das geisterhafte Lärmen in dem Goldenen Kabinett zu enträtseln suchte. Seit jener Nacht gab es kein anderes Thema –

Der folgende Tag, der 15. August, war der Geburtstag des Königs, der zweiundvierzigste. Von vornherein hatte festgestanden, daß der Herr ihn unterwegs verleben würde. Der gesamte Hof kam, Ihrer Majestät für Seine Majestät im Großen Residenzschloß Glück zu wünschen. Bei solcher Gelegenheit pflegte der Hof sehr zahlreich zu sein. Die älteren Prinzessinnen hatten sich unablässig den Höchstgestellten zu widmen. Die vierzehnjährige Sanssouci, Philippine Charlotte, traf bei diesem ihrem ersten Versuch den Ton schon recht nett; doch ließ sie gerade das Übermaß ihrer Begeisterung, nun als erwachsen zu gelten, noch kindlicher als sonst erscheinen; die sechzehnjährige Friederike Luise strafte die Ähnlichkeit mit ihrer Mutter Lügen, so störrisch sperrte sie sich aller Verpflichtung zur Repräsentation. So ruhte die Last, unter den jungen Herrschaften von Rang die Honneurs zu machen, im wesentlichen doch auf der ältesten Prinzessin. Minister von Grumbkow erschwerte es ihr, so daß beinahe auch ihre ungewöhnliche Gewandtheit versagte; Grumbkow schien sie völlig mit Beschlag belegen zu wollen. Anläßlich des Königsgeburtstages erging er sich in Betrachtungen über die großen Eigenschaften seines Herrn. Der Königstochter versicherte er außerdem, daß man bald erfahren würde, er sei ihr Freund. Er habe zuverlässige Meldung aus Ansbach.

Aber Wilhelmine redete absichtlich nur ein paar höfliche Phrasen vom Ansbacher Hofe, an dem der König eben geweilt hatte. Minister von Grumbkow meinte dazu: »Es ist ein kleiner Hof, und dennoch muß er ganz vorzügliche Schneider à la mode haben. Denn wie ich höre, hat Seine Königliche Hoheit Ihr Bruder sich in Ansbach einen roten Rock und auch sonst noch einige Garderobe bestellt.«

Die Königin schritt strahlend und grüßend durch die Reihen.

Sie teilte die Überraschung dieses Tages mit. Trotz der Abwesenheit des Gatten sollte sein Geburtstag bei ihr gefeiert werden. Man ging sogleich im Anschluß an die Cour zu Tische. Den Speisesaal sowohl wie die Tafel hatte die hohe Frau aufs niedlichste verzieren lassen mit Rosen und Nelken und goldenen Kandelabern, von denen Blumenranken niederhingen.

Nach der Tafel war Ball. Und weil die älteste Prinzeß eine weitere Konversation mit dem Minister von Grumbkow nicht wünschte, tat sie sich etwas zugute, als liebe sie den Tanz, zu dem am Hofe des Vaters meist die Gelegenheit fehlte, noch immer gar so sehr. Sie kümmerte sich um gar nichts mehr, was um sie her vorging, und wehrte nur ihre Hofmeisterin lachend und ungeduldig ab, wenn die immer wieder an ihre Seite zu kommen suchte und ihr vorzuklagen begann: »Es ist spät. Ich wollte, man hörte auf.«

»Ach«, meinte endlich die Prinzessin, »so lassen Sie mir doch die kleine Freude, mich heute einmal satt zu tanzen. Es wird so bald nicht wieder geschehen.«

»Das möchte wohl möglich sein – « antwortete die Sonsfeld. Aber die Prinzessin reihte sich da schon in die neue Chaconne ein, die als Tanz noch immer recht beliebt war, obwohl sie schon als ein wenig altmodisch galt.

Nach einer halben Stunde zog das Fräulein von Sonsfeld die Prinzessin behutsam am Ärmel. Wilhelmine war jetzt ausgesprochen gereizt. Das artete ja allmählich zu Kinderfrauenallüren aus! Aber die Sonsfeld ließ sich nicht abweisen; alle ihre Sanftmut war geschwunden.

»Machen Sie doch ein Ende, Königliche Hoheit! Sie haben nun genug! Sie sind so mit Ihrem Tanz beschäftigt, daß Sie weder hören noch sehen!«

»Aber was gibt es denn eigentlich?« fragte die Prinzessin befremdet und löste sich von der Hand ihres sehr betroffenen Tänzers.

»Sehen Sie doch die Königin an – « flüsterte die Sonsfeld und deutete auf die Mutter, die in einem Winkel des Saales – dort, wo zwischen den Kaminen eine tiefe Nische für die kostbaren blauen Sessel eingelassen war – leise mit ihrer Hofmeisterin Kameke, der Bülow und der alten Gräfin Finckenstein sprach. Alle vier waren blaß wie der Tod und in der sichtbarsten Bestürzung. Die Prinzessin fragte sofort, ob es den Bruder angehe.

Die ihr am nächsten stand, zuckte die Achseln; sie wisse es nicht.

Endlich wünschte die Königin der ganzen Gesellschaft eine gute Nacht und stieg mit ihrer Tochter in den Wagen, sprach jedoch den ganzen Weg kein Wort.

Wilhelmine überfiel ein furchtbares Herzklopfen, und sie geriet in die unaussprechlichste Unruhe. Aber die Königin, die so beharrlich schwieg, durfte nicht angeredet werden. Das war das Schrecklichste.

Kaum war die Prinzeß in ihrem Zimmer in Monbijou angelangt, so folterte sie ihre Hofmeisterin mit ihren Fragen, was denn nur vorgefallen sei. Die sagte, nun mit Tränen in den Augen und auf den Wangen: »Sie werden es noch früh genug erfahren – « und vermochte nicht weiterzusprechen. Aber als sie die Verängstigung der Prinzessin sah, rang sie sich endlich ab, die Königin habe ihr verboten, ihr irgend etwas von dem, was sich ereignet habe, zu entdecken; da sie aber die Prinzessin nun in diesem Zustande finde, sei es besser, ihr die Wahrheit zu gestehen, als sie noch etwas Entsetzlicheres vermuten zu lassen. Sie mußte zitternd Atem holen, ehe sie es aussprach: »Der König hat heute früh der Oberhofmeisterin von Kameke eine Stafette mit der Nachricht geschickt, daß er, weil der Kronprinz habe entfliehen wollen, für gut befand, ihn zu verhaften. Es war«, setzte das Fräulein von Sonsfeld atemlos hinzu, »am 11. August, daß der Kronprinz festgenommen wurde – an eben dem Tage, an dem die Königin den gespenstischen Lärm in ihrem Goldenen Kabinett gehört hat – «

Wilhelmine verbrachte mit der Sonsfeld eine lange, qualvolle Nacht. Denn zu ihrer Mutter durfte sie nicht mehr gehen. Die hatte von der Ramen ihre Türen schließen lassen. Sie war zerschmettert von dem Ungeheuerlichen: nicht, daß der Sohn geflohen war; davon vielleicht nicht –; sie mußten allmählich alle darauf gefaßt sein, vertrauten auf seine Klugheit und machten sich vage Hoffnungen auf England. Doch daß die Flucht mißlang – daß der König ihren Sohn gefangen hielt –!

Vielleicht war das noch Beängstigendere, Ungeheuerlichere, Befremdendere, daß sie zum ersten Male eine Gewalt an sich erfahren hatte, die nicht in Kronen und Thronen gegründet war und nicht mit geheimen diplomatischen Chiffren sich bezeichnen ließ.

Ihr Sohn war von seinem Vater auf der Flucht ertappt und zum Gefangenen des Königs von Preußen gemacht worden. – Da waren, ohne daß ein Hauch und Schritt im mütterlichen Sommerschloß sich regte, für das Ohr ihres Geistes die goldenen Spiegel zersplittert, die zärtlich umhegten Porzellane zertrümmert, die Dosen aus Jaspis und Bernstein und Achat zerklirrt – ein Stöhnen hatte die verlassenen Säle erfüllt, in denen man eben noch konzertierte und spielte; ein Klirren und Stöhnen, so stark, so erschreckend, so entsetzlich im Herzen der Mutter, daß selbst die Damen und die Frauen um sie nach den Kerzen griffen und der große Grenadier verängstigt zu ihr sagte: »Ich habe nichts gesehen – und alles gehört – «

So hatte einmal das Gefühl der ihres Kindes beraubten Mutter in einer Leidenschaft, die aus ihr fremden Gründen aufbrach, Himmel und Erde erzittern lassen und die Welten des Wirklichen und Unwirklichen ineinander gerissen. Und alle hatten das Chaos tosen gehört, als der Aufruhr, der erste ihres Herzens, all den goldenen und gläsernen Tand hinwegfegte, an dem ihre Seele hing von Kindheit an.

Die Königin konnte keine Minute mehr allein sein. Die Ramen brachte ihr alten Wein und starken Kaffee, mehrmals in dieser Nacht.

Gleich am Morgen ließ die Königin ihre Tochter rufen und erzählte ihr von dem Briefe des Vaters, dem man wohl ansehen müßte, daß er in der ersten unbeherrschten Leidenschaft geschrieben wäre. Er habe, so schilderte die Königin den Inhalt dieses fürchterlichen Schreibens, den Schurken festsetzen lassen und werde ihn so behandeln, wie es sein Verbrechen und seine Feigheit verdiene. Er erkenne Friedrich nicht mehr als seinen Sohn an, denn er habe ihn sowohl wie seine ganze Familie entehrt. Ein so Elender verdiene nicht zu leben.

Die Hofmeisterin von Kameke wagte es nicht, Ihre Majestät bei ihrer Wiedergabe des königlichen Schreibens auch nur mit einem Worte zu unterbrechen. Aber als die Herrin erschöpft wieder schwieg, drückte die Kameke – selbst in dieser Geste noch der guten, alten Montbail ähnlich, die auf dem Landschloß ihrer Tochter vor den Schrecken des Königshauses bewahrt blieb – der Prinzessin den Brief des Königs in die Hand: »Meine liebe Madame de Kamke, ich habe leider das Unglück, daß mein sohn hat desertieren wollen mit dem pagen Keut, ich habe ihn aretieren lassen, ich habe meine Frau geschrieben, sie mus es ihr von weitem vohrbringen, wan es auch ein paar tage tauern solte, das sie nicht krank wird, der ich stehts ihr ergebener Freund bin Fr. Wilhelm – «

Aber während Wilhelmine noch las, sprach die aufgeregte Königin schon wieder auf sie ein. Katte sei gestern heimlich festgenommen worden und alle seine Habe und alle seine Papiere wären unter Siegel gelegt. Der Marschall Natzmer habe den Befehl dazu gehabt.

Die Königin sagte alles so verstört und so verwirrt, daß Wilhelmine nur mit qualvoller Mühe aus all den Bruchstücken sich ein Bild von dem, was wirklich geschehen war, zusammensetzen konnte. Der erste Schmerz und die Verängstigung der Mutter mußten erst überwunden sein, ehe die Tochter klarer zu blicken vermochte. Die Königin sah noch starr vor sich hin, hing wie eine Leidende und Kranke in ihrem Sessel, würgte und riß ihr Taschentuch im Schoß und ließ die Tränen ungetrocknet auf die Hände niederfallen. Endlich blickte sie wieder zu der Tochter auf.

»Hat er mit dir von seinem Vorhaben gesprochen?«

Die Prinzessin bejahte es. Sie gestand auch der Mutter, die so flehend fragte, die kümmerlichen Einzelheiten, die sie wußte.

»Was hat er aber«, fuhr die Königin grübelnd fort, »mit unseren Briefen gemacht? Wir sind verloren, wenn man sie findet – «

Die Tochter suchte sie zu beruhigen.

»Ich habe oft vor ihm darüber gesprochen, und er versicherte mir immer, daß er sie verbrannt habe.«

Die Königin hob ihre Rechte ein wenig. »Ich kenne ihn besser«, sagte sie, »und wollte wohl wetten, sie sind samt und sonders unter Kattes Papieren als Dokumente gegen den König.

Die Prinzessin wurde merklich blasser. Alle ihre Kühle fiel von ihr ab. Einen Augenblick bewunderte sie die Menschenkenntnis der Mutter, die sie ihr mehr und mehr abgesprochen hatte.

»Das ist möglich«, stimmte sie ihr zu, »das ist wahrscheinlich. Und in diesem Falle ist's um meinen Kopf geschehen.«

»Und um den meinen«, sprach die Königin tonlos nach.

So offen redeten sie vor der Oberhofmeisterin, die sie der Königin vom König aufgezwungen wähnten. So groß war ihr unbewußtes Vertrauen zu ihrem Feind, dem Gatten und Vater!

Die Kameke mußte die Gräfin Finckenstein und das Fräulein von Sonsfeld – also auch »Königliche« – holen lassen, und nun versuchte man zu sehen, was sich feststellen oder gar schon tun ließ. Die Damen der engeren Umgebung Ihrer Majestät setzten den ganzen Tag über ihren gesamten Bekanntenkreis in Bewegung. In welcher Lage sich der Kronprinz befand und wie alles gekommen war, das blieb völlig im Dunkeln. Man hoffte auch vorerst gar nicht auf Klärung. Die Entfernungen waren zu groß; die Briefe brauchten auch als Stafette drei und vier Tage. Der König selbst mochte wohl ebenso rasch eintreffen wie die nächste Post. Der Gedanke an seine Rückkehr unter solchen Umständen war ganz entsetzlich.

Minister von Grumbkow suchte Fühlung mit Graf Seckendorff zu gewinnen, und deshalb mußte sich der Hof von Monbijou in diesen schweren Tagen sehr um das Palais in der Klosterstraße bemühen. Den Damen gelang es von einem Morgen zum anderen lediglich zu erfahren, daß des Kronprinzen Papiere sich tatsächlich alle bei Katte befanden. Offiziere, die bei der Versiegelung zugegen waren, beschrieben alle vorgefundenen Kästen, und unter den genannten Gegenständen erkannte Wilhelmine deutlich die Schatulle, die ihre und ihrer Mutter Briefe enthielt, an völlig eindeutigen Kennzeichen.

Und der Besitz der Briefe mußte ja von der äußersten Wichtigkeit für sie beide sein! Mehrere Schreiben redeten von dem König in ziemlich starken Ausdrücken! Die Briefe mußten aus Kattes Hause entfernt werden!

Qualvoll waren die Abende, an denen man gar nichts mehr unternehmen konnte, verstört beieinander hockte und die widerspruchsvollsten Dinge von der Welt wirr durcheinander plante, ohne der Möglichkeit einer Lösung auch nur um einen Schritt näher zu kommen.

Am dritten Morgen trat die Gräfin Finckenstein auffallend zeitig mit allen Zeichen der Bestürzung in das Zimmer der Prinzessin.

»Ich bin verloren!« rief sie ohne Gruß. »Gestern, wie ich von der Königin nach Hause komme, finde ich einen Kasten, mit Kattes Wappen gesiegelt und an die Königin adressiert, in meinem Hause – dieses Billett lag dabei – «

Die Prinzessin warf sich schleunigst den Morgenrock über, zog selbst den Fenstervorhang zurück, riß das kleine Kuvert an sich und empfand zunächst nur das Gefühl der Befreiung, daß endlich irgend etwas geschah.

Und was war geschehen! Sie verschlang die wenigen Zeilen, las sie wieder und wieder: »Haben Sie die Güte, beigehende Schatulle der Königin zu übergeben; sie enthält ihre und der Prinzessin Briefe an den Kronprinzen.«

Friedrich mußte also selbst unter den Offizieren, die Kattes Eigentum beschlagnahmten, Anhänger haben!

Nun bestürmte sie die Finckenstein. Aber die wußte nur den unbegreiflichen Vorgang zu melden: »Vier Männer brachten meinem Gesinde die Truhe. Ich vermag mich zu nichts zu entschließen. Soll ich der Königin überhaupt etwas davon sagen? Muß ich die Schatulle dem König bereitstellen? Denn wenn ich das nicht tue, kann ich mich darauf gefaßt machen, Herrn von Katte Gesellschaft zu leisten.«

Die Königin, aus ihrem Morgenschlaf geweckt, rief nur beseligt, man solle die Truhe sofort zu ihr bringen. Mehrmals unterbrach sie ihre Morgentoilette und gab der Ramen hundert Anweisungen für das Eintreffen des unglückseligen Kastens. Aber jetzt wurde die Königin selber auf die furchtbare Gefahr aufmerksam, die jene Schatulle nun, wo sie endlich in ihren Händen war, für sie bedeutete.

Die heikle Sache hatte schon zu viele Mitwisser; und vor allem war keinerlei Verständigung mit Katte vor seinem Verhör zu ermöglichen.

Die Königin erhielt gegen Mittag die Schatulle und verschloß sie in Gegenwart aller ihrer Leute »für den König« in ihrem Goldenen Kabinett. Nun wurde vom Kronprinzen überhaupt nicht mehr gesprochen, so bedrückte und beunruhigte sie alle der kostbare neue Schatz im Goldenen Kabinett von Monbijou. Die Tür zu dem lichten, strahlenden Raum stand nicht mehr still. Es war wie in den Tagen großer Festlichkeiten. Die Damen hielten sich immerzu im Goldenen Zimmer auf.

Daß man sich der Briefe bemächtigen müsse, war keiner mehr zweifelhaft. Man flehte sich in Fragen gegenseitig an und beschimpfte einander in der Ablehnung der Vorschläge, die eine der anderen machte. Die Mahlzeiten in Gegenwart der Dienerschaft waren qualvoll, denn alle Gespräche nahmen immer wieder nur die eine Wendung. Das eigentliche Unglück war völlig vergessen. Wenn man überhaupt noch an den König und seinen

Gefangenen dachte, geschah es nur mit dem Seufzer der Erleichterung: Heute und morgen können sie unmöglich schon hier sein!

Noch war eine Spanne für die eigene Rettung gegeben. Die Königin war der Meinung, man müsse die Briefe verbrennen und dem König einfach sagen, da sie von gar keiner Wichtigkeit gewesen wären, hätte sie es nicht für nötig gehalten, sie ihm zu zeigen. Dieser Vorschlag wurde aber allgemein verworfen, und der Tag ging mit lauter Debatten hin, ohne daß etwas beschlossen wurde.

Die halbe Nacht hindurch überlegte Prinzessin Wilhelmine mit dem Fräulein von Sonsfeld, welches durch die Not ihrer Fürstinnen plötzlich zur Verschwörerin wurde, und endlich fand die Prinzessin einen Ausweg. Ein letztes Mittel war ihr eingefallen; aber man mußte sich, um nicht das Äußerste zu wagen, sehr geschickt dabei benehmen. Es galt, das Siegel, das an einem Lederbande hing, von dem Kasten abzunehmen, das Vorlegeschloß zu erbrechen, die Briefe herauszuholen und andere zu schreiben, die man an ihre Stelle legte.

Nun prüften die Damen von Monbijou die Schatulle, als wären sie unter das Diebsvolk gegangen. Wilhelmine war sogar so kühn zu glauben, daß man das Siegel nicht zu erbrechen brauche, und machte sich – wenn die Königin ihr nur verspräche, zu schweigen – anheischig, es ins Werk zu setzen; vielleicht, indem sie den Riemen zerschnitt und wieder klebte und nähte; vielleicht, indem sie ihn so weit zu lockern suchte, daß man wenigstens mit einer Hand in die Truhe zu greifen vermochte. Etwas mußte jedenfalls gewagt sein, und die Königin willigte in alles ein, als käme es ihr nach all den vergeblichen Beratungen nun nur noch darauf an, daß überhaupt etwas zu ihrer Rettung unternommen wurde und daß nicht sie selbst die Verantwortung zu tragen brauchte.

Die Einwilligung der Königin zu erlangen, das war nicht die eigentliche, unüberwindliche Schwierigkeit; das wußten die Prinzessin, die beiden Hofmeisterinnen und die Gräfin Finckenstein wohl. Ungleich ungewisser war es, eine Sicherheit zu erhalten, daß die Königin verschwiegen bleiben würde. Es war nicht mehr zu vermeiden: die Prinzessin mußte vor ihrer Mutter ihr Mißtrauen gegenüber der Lieblingskammerfrau aussprechen, die des Morgens als erste und des Abends als letzte um die Königin war –

und es begriff, welche Kenntnis und Macht ihr das verlieh; welches Vorrecht es ihr vor allen anderen gab.

Bei der leisesten Andeutung schon zeigte sich die Königin außerordentlich empfindlich. Immer wieder mußte man ihr versichern, daß die Ramen ganz ohne Zweifel die vollendetste aller Dienerinnen sei und wie sehr es ihre Herrin ehre, daß sie nicht den mindesten Angriff auf ihre hochverdiente Kammerfrau dulde; aber diesmal gehe es um etwas gar zu Intimes; die Ramen könne einen zu tiefen Einblick gewinnen; es möchte ihr ein Wort entwischen; sie komme mit gar zu viel Menschen zusammen. – Endlich versprach die Königin, der Ramen nichts zu sagen und ihrer Tochter das gegebene Wort zu halten. Frau Sophie Dorothea wurde so inständig gebeten und umschmeichelt und belobigt, daß sie das Demütigende einer Lage nicht empfand, in der so leidenschaftlich gegen das Geschwätz einer Königin mit ihrer Kammerfrau angekämpft wurde.

In keinem Falle durfte die Ramen ausgeschlossen oder beiseite gestellt werden. Die Königin mußte alle ihre Damen, die nicht eingeweiht waren, und sämtliche Kammerfrauen den ganzen Nachmittag über zu Recherchen in der Kronprinzenaffäre aussenden; und es war, als diene die Sache des Prinzen überhaupt nur noch zum Vorwand für Wichtigeres! Die Königin behielt nur ihre Tochter bei sich, und die Ramen wußte genug aus dem Umstand, daß sie zum erstenmal nicht in der Nähe der Herrin behalten wurde: sie besaß nicht mehr die völlige Macht über ihre Fürstin; die Königin suchte sich ihr zu entziehen, die alle ihre Geheimnisse bei sich barg und jede ihrer Regungen kannte: vom Morgen bis in die Nacht, im Wachen und im Schlafe. Aber sie führte den ihr erteilten Auftrag, dessen Nichtigkeit ihr nicht einmal ein Lächeln abzuringen vermochte, mit ungeheurer Emsigkeit durch, so daß sie noch viel Zeit gewann, einen Besuch abzustatten, der ihr wichtiger erschien als die Scheinbefehle ihrer Königin. Die Kammerfrau Ramen hatte ja auch noch außerhalb von Monbijou heimliche Dienste zu verrichten.

Als geschehe es zum Schutze gegen die Sonne, hatte die Prinzessin alle Vorhänge in den Räumen, die auf den Garten hinausgingen, dicht zugezogen; denn das ganze Schloß lag ja zu ebener Erde, und es konnte vielleicht eine der Kammerfrauen zu spät weggehen oder verfrüht heimkommen und vom Park aus beobachten, was zu sehen einer Kammerfrau nicht gut tat.

Königin und Königstochter schleppten ächzend und mühevoll selber an der schweren Truhe, die ja schließlich nur von vier rüstigen Männern aus Kattes Zimmer in die Wohnung der Gräfin Finckenstein hatte überführt werden können und nach Schloß Monbijou sogar auf einem Eselswagen gebracht worden war! Nun stand sie in einem dunklen Kabinett in engem Winkel hinter einem Vorhang, und die Königin und die Prinzessin hatten ihre Not mit ihr. Müde und niedergeschlagen hockten sie bald auf dem Kasten oder knieten auch vor dem Siegel und Schloß und betrachteten es immer wieder genau, als könnte das etwas helfen.

Die Stricke von der Truhe abzulösen, die Riemen aufzuschnallen und das Schloß zu öffnen, ohne das Siegel zu verletzen, war völlig unmöglich. Fassungslos standen Mutter und Tochter vor der Schatulle, als sie nun endlich ins Helle gerückt war. Dies unüberwindliche Hindernis ließ sie erzittern. Die beiden fürstlichen Damen suchten dann alles hervor, was nur irgend an Siegelringen und Petschaften in ihren Sekretären und Schreibtischladen aufzufinden war; fieberhaft durchwühlten sie den wirren Kram. Die Ratlosigkeit schien aber nicht mehr so heillos; es galt nur, dieses einigermaßen ähnliche Siegel nachträglich auf Kattes Schreibtisch zu bringen. Das war natürlich unvergleichlich einfacher, als unter den gegebenen Umständen aus den Zimmern des jungen Herrn von Katte auch nur das geringste zu entfernen. Darin stimmten Mutter und Tochter sogleich in aufgeregter Rede überein. Sie umarmten einander. Wilhelmine schnitt das Siegel ab. Der Schlüssel hing an einer Schnur daneben. Gerade dieser Umstand hatte mehr als alles andere Tantalusqualen bereitet. Überschwenglich lobten sie einander.

Die Briefe lagen in der Schatulle gleich obenauf. In dicht gebündelten Stößen war sie aufbewahrt, die ganze heimliche Korrespondenz der Mutter und Schwester mit dem Sohn und Bruder, die Korrespondenz über nun wiederum noch geheimere Korrespondenzen mit England und Frankreich... Briefe waren es, in denen der Gatte, Vater und Herr angeklagt, beschuldigt, verdammt, hintergangen und bekämpft wurde. Der Anblick dieser Papiere verursachte der Prinzessin tödliche Angst. Denn gar nicht so selten hatte sie auch heimlich hinter dem Rücken der Mutter über diese selbst an den Bruder geschrieben.

Gerade diese Briefe mußten die Neugier der Mutter am meisten reizen, denn für den Fall, daß sie abgefangen würden, hatte die Prinzessin sie immer mit Zitronensaft gekritzelt; und erst, wenn man die Briefe über eine Kerze hielt, wurde die Handschrift wieder lesbar. Leider kannte die Königin solche Verfahren aus der eigenen Tätigkeit. Nun enthielten aber auch noch ungezählte solcher Billetts recht heftige Schmähungen gegen die Ramen und immer wiederkehrende Klagen über ihren Einfluß auf die Königin.

In diesen wirren Nachmittagsstunden – in denen zudem eine unerträgliche Hitze über Park und Schlößchen lastete, auch bewegten sich nicht einmal die Vorhänge an den geöffneten Fensterflügeln – schien jedoch ein guter Zauber um den anderen zu walten. Der Kaplan der Königin erschien, sich zu entschuldigen, daß er sich seiner Erkrankung wegen in den Angelegenheiten des Prinzen nicht nach den Wünschen der Herrin für sie habe verwenden können; nun, kaum genesen, eile er herbei.

Die Königin gedachte ihn nicht abzuweisen, so lästig ihr jetzt jede Störung auch war. Aber wußte sie denn, wie nötig sie ihn in so traurigen und bewegten Tagen vielleicht noch würde brauchen können?

Sie eilte ihm, den der einzige im Schloß noch anwesende alte Diener eingelassen hatte, durch die ganze Flucht ihrer Räume entgegen, damit er sie nur nicht angesichts der unglückseligen Briefe antreffe.

»Um Gottes willen, verbrenne all die verfluchten Briefe und laß keinen einzigen übrig«, raunte sie noch verzweifelt der Prinzessin zu, obwohl doch ein so großer Sieg erfochten war!

Soweit es die eigenen Zitronensaftbriefchen über die Mama persönlich anging, ließ die Prinzessin sich nicht zweimal sagen, daß sie die Billetts beiseite schaffen sollte. Mit den übrigen Episteln war es aber schwieriger, da man die etwaigen Aussagen des jungen Herrn von Katte über den Inhalt der Schatulle gar so sehr zu fürchten hatte.

Der Prinzessin war es fast ein diabolisches Vergnügen, in dem sonnendurchglühten Gelben Zimmer ein Kaminfeuer mit diesen Briefen anzufachen und dies trotz der Nähe der Mutter nun auch in aller Unbefangenheit tun zu dürfen! Aber als die Königin zurückkam, stellte die Prinzessin sich klagend.

»Ich glaube, wir benehmen uns leichtsinnig. Wir müssen die Papiere sichten; zu viele dürfen nicht verschwinden.«

Die Königin stürzte sich neugierig auf alles, was nicht mit den Briefen zu tun hatte, die sie ja leider zur Genüge kannte; sie staunte nur, daß nach der flüchtigen Zählung der Bündel allein auf ihr eigenes Konto schon über fünfhundert Billetts zu kommen schienen. Es gab ein Stück Arbeit, die Schatulle auszuräumen; und die Spannung, was man wohl zutage fördern werde, war fast unerträglich.

Zwei Reisepässe fielen ihnen in die Hand, Reisepässe eines Franzosen mit Namen Ferrand; dann folgten Briefe des Kronprinzen an Katte und andere ziemlich gleichgültige Schreiben. Sie fühlten Geld: ein Beutel mit tausend Pistolen kam zum Vorschein. Die Königin zählte sie durch, als hinge davon etwas ab. Die Prinzessin blätterte in einigen Heften, in die der Bruder kleine Anmerkungen und längere Betrachtungen über die Moral als Geschichte eingetragen hatte; und sofort las sie wieder gebannt, als wäre dem Verfasser dieser Essays nichts geschehen. –

Gold, unverarbeitet und ungeprägt, lag in dem Kasten. Auch Edelsteine waren darin aufgehoben, sehr gute und sehr viele. Ein Brief an Katte, neueren Datums, schien wichtig: »Ich reise ab, lieber Katte, und habe meine Maßregeln so gut genommen, daß mir nichts droht. Keith ist schon benachrichtigt und geht geradeswegs nach England. Verlieren Sie keine Zeit! Seien Sie guten Mutes!«

Die Frauen lasen diese Worte wie einen Trost; dann war es ihnen doppelt entsetzlich, ein solches Schreiben durch die Ereignisse grausig widerlegt und überholt zu wissen! Voll Angst und Trauer stürzten sie sich, jäh gemahnt, nun wieder auf die eigenen Briefe, sie zu sichten. Denn Briefe ihrer Feder mußten in der Truhe sein, wenn man sie offiziell eröffnen würde!

Inzwischen kamen die ersten Damen und Kammerfrauen zurück; es gelang nur noch, den schweren Kasten – mit unfürstlicher Mühsal, Eile und Scheu – wieder in der Nebenkammer zu verbergen; und man konnte vorerst von dem Plan, der eben als letzte Lösung erörtert werden sollte, nicht mehr weiterreden. Der Brandgeruch vom Kamin her war peinlich genug.

Erst als die letzte aller ausgesandten Kammerfrauen kehrte die Ramen in das Schloß zurück. Mutter und Tochter machten einen sehr befreiten Eindruck und befanden sich in jenem Zustand überreizter Heiterkeit, wie er großen Anstrengungen und Erregungen zu folgen pflegt; da begriff die Ramen, daß sich in der Zwischenzeit ein Vorgang von ungeheurer Wichtigkeit abgespielt haben mußte. Daß er nur mit jener Kassette zusammenhängen konnte, die eine derartige Panik in Schloß Monbijou verursacht hatte, war unschwer zu erraten.

Der Plan, für den die Königin und ihre Tochter sich endgültig entschieden hatten, war nun der, die belastenden Episteln zu vernichten und Ersatzbriefe mit vielerlei alten Daten zu schreiben. Aber wie sollte es möglich sein, die zwölfhundert oder gar fünfzehnhundert Billetts zusammenzubringen, die man allmählich aus der Schatulle herausgenommen hatte! Ungeachtet aller Sorgfalt, aller Mühe, allen Eifers war der Kasten immer noch so leer, daß allein dieser Umstand die Missetäterinnen schon verraten konnte. Und nun war die Möglichkeit, daß mit jedem Tage der König eintreffen konnte, schon bedenklich nahe gerückt.

Vor allem hatte die Prinzeß die Kammerfrau Ramen entfernen müssen. Die durfte nicht Zeugin sein, wie sie den ganzen Tag am Schreibtisch saß und Hunderte von Briefen ersann und niederschrieb, deren Inhalt durchaus glaubwürdig und deren Tinte, Feder und Papier immer wieder verschieden sein mußte. Die Königin war jetzt viel zu kopflos, als daß sie die beseitigte Menge ihrer eigenen Episteln in solcher Eile nachzuliefern vermochte. Sie verfiel darauf, einen ganzen kleinen Kramladen von Dosen und anderen Bijouterien, die der Kronprinz durchaus gesammelt haben konnte, in die Truhe zu stopfen. Aber auch dessen durfte die Ramen nicht Zeuge sein. Es war erstaunlich, wie gefügig die Königin gegenüber der Entfernung ihrer liebsten Kammerfrau war. Fast schien es, als schäme sie sich vor ihr, daß sie sich jetzt derart von der Tochter leiten ließ. Und dies wünschte sie noch beharrlicher zu verbergen als ihre Furcht vor der Ankunft des Königs. So hatte die Herrin endlich lieber ihre Kammerfrau gebeten, für einige Tage nach Potsdam zu gehen. Wahrscheinlich, sagte sie ihr, werde der König gleich nach Potsdam fahren; wahrscheinlich werde sie ihn in Potsdam erwarten; die Ramen möge drüben alles vorbereiten; ihr allein könne man es anvertrauen.

Die Kammerfrau verneigte sich bei jeder Erklärung und Begründung, die man ihr für ihre Entfernung von Monbijou gab, und machte viele artige Knickse. Die Königin erklärte und begründete zu viel. Die Ramen wußte dadurch alles. Bis dahin aber hatte es keinen Morgen und keinen Abend gegeben, an dem sie nicht um die Herrin gewesen war. Nun aber sollte sie gehen.

Unter der Menge der Lügen schien ihr eine den Keim einer Wahrheit zu enthalten, nämlich, daß der König von seiner Schrekkensfahrt nicht nach Berlin zurückkehren, sondern zunächst in Potsdam sich verbergen werde. Und da dünkte es ihr gut, sehr gut, als die allererste dort zu sein und Ewersmann, den Kammerdiener, zu sehen, der in den Tagen, da ein König seinen Sohn gefangennahm, des Morgens als erster und des Nachts als letzter um ihn gewesen war –.

Da war es gut, sehr gut, dem König als allererste durch seinen liebsten Diener zu berichten, was sich indessen in Berlin ereignet hatte und wie es um die Menschen bei Hofe und in der Stadt bestellt war, seit die trübe Botschaft den Hof von Monbijou erreichte.

Die nächsten Gefangenen des Königs von Preußen, mutmaßte die Kammerfrau, würden die Königin und die Königstochter sein. Und darum war es für die Ramen an der Zeit, die Herrin preiszugeben. Die Stunde, zu der die Königin selbst sie nach Potsdam entsandte, schien ihr die rechte.

Ehe sie hinüberfuhr, war die Ramen noch einmal durch die Appartements der jüngeren Prinzen und Prinzessinnen gegangen, um dem königlichen Vater bei seiner Ankunft ein anschauliches und wahres Bild von dem Zustand, in dem die Hauptstadt Berlin und sein eigenes Schloß ihn erwarteten, durch seinen Ersten Kammerdiener entwerfen zu können.

In den Prinzenkammern und Prinzessinnenstübchen standen die Gouverneure und die Gouvernanten in den Fensternischen flüsternd beieinander. Die gewohnte Stille, Ordnung, Trennung war durchbrochen. Der Hauptmann von Seel hatte durch seine Ansbacher Sippschaft Neues erfahren. Zunächst habe man es nur »des Kronprinzen Curiosität zugeschrieben, als derselbe in Leipzig verschiedene Landcharten sonderlich von rheinischen und den daran liegenden Gegenden erkaufen ließ und vornehmlich von dem Generaladjutanten des Königs beständig im voraus wissen wollte, wie der König seine Reiseroute einrichten werde und wo er allezeit über Nacht zu bleiben gedenke«. In Ansbach hatte der Kronprinz den Markgrafen unter dem Vorwand eines Spazierrittes gebeten, ihm eines seiner besten Pferde zu geben. Aber der Markgraf mußte etwas von seinem Vorhaben geahnt haben, wich immer wieder aus und verschob so endlich den gewünschten Ritt, bis die Abreise des Königs herankam.

Das Fräulein von Spießen erhielt Post von den Verwandten mütterlicherseits im Reich: In Sinzheim, als sie in Scheunen übernachteten, hatte sich der Kronprinz durch einen Pagen Pferde für ein Liebesabenteuer bestellt; und als die Stunde des Ausritts gekommen war, weckte der Page statt des Prinzen seinen Kammerdiener! Der stellte sich schlafend, um den Kronprinzen zu belauschen, und rüttelte dann die Offiziere Seiner Hoheit wach.

Über solchen Meldungen steckten nun Gouverneure und Gouvernanten die Köpfe zusammen, und der kleine Hulla suchte verzweifelt, nur zum Schein über seine Tuschereien gebeugt, etwas von ihrem Gespräch zu verstehen. Es fielen so schreckliche Worte über den Papa.

Die größeren Mädchen hatten um Dispens von allem Unterricht gebeten und brachten bedrückte und erregte Stunden damit hin, daß sie mit der Oberhofmeisterin der Mutter und der Hofmeisterin der ältesten Schwester darüber verhandelten, ob sie nicht die Königin wegen all der geheimnisvollen und beängstigenden Vorgänge wenigstens für einen Augenblick zu sprechen bekommen könnten. Sanssouci wußte diesen bitteren Tagen wenigstens insofern eine lichtere Seite abzugewinnen, als sie viel mit den verlassenen kleinen Geschwistern spielte. Sophie Dorothea Maria aber, die nun schon ins vierzehnte Jahr schritt, brachte mit ihrer gar zu kindlichen Art und dem gar zu milden Aufschlag ihrer veilchenblauen Augen die rauhe Friederike Luise zur Verzweiflung, da sie nicht begreifen lernen wollte, daß Papa durchaus dergleichen schlimme Dinge zuzutrauen waren. Sanssouci vergaß sich in ihrem Eifer, mit den kleinen Schwestern Anna Amalia und Ulrike zu spielen; vielleicht hätte sie, die kein Kind mehr war, schon beachten müssen, daß gerade die dicke, martialische Ulrike, die Trommlerin und wilde Malerin, mehr als sie alle unter den düsteren, halben Worten litt, die durch alle Kammern und Gänge schwirrten. Sie senkte mitten im Spielen ihren Kopf, daß die silberblonden Locken den Tisch berührten; darin lag Schmerz und Heftigkeit; oder ihre langen, dunklen Wimpern fielen zu, als schliefe sie erschöpft ein, und unter ihren Augen zeichneten sich tiefgezogene, bläuliche Striche in den runden Kinderwangen ab. Bis dahin, und auch jetzt noch nicht, hatte keine der älteren Schwestern wahrgenommen, daß dieses leidenschaftliche, kriegerische, schöne, wilde Kind noch niemals lachte –. Und selbst der Kammerfrau Ramen wurde es heute erst zum erstenmal bewußt. So war die Mühe, die sich Sanssouci um ihre kleinen Schwestern gab, beinahe vergeblich, obwohl man allgemein annahm, daß die Kleinen gar nichts wissen könnten. Aber auch Amélie entzog sich der freundlichen älteren Schwester und drängte heute wie jeden Tag zum Klavizimbel. Schon hieß es, Ulrike hasse die Musik, weil sie das Zimmer mit Amélie teile.

Daß Prinzeß Ulrike noch niemals lachte, kam der Ramen wie in einem jähen Einfall ein, als sie durch Prinz Heinrichs Kammer schlüpfte. Ein grämliches Greislein, faltig, schwach und grauen Gesichtes, stand der Vierjährige, die Stirn in Runzeln gelegt und die Hände auf dem Rücken gefaltet, vor dem zu hohen Fenstersims und starrte ins Gewölk, doch mit schmerzlichem Ausdruck, als blende das Licht die müden und zu schwachen Augen. Auch nahm das Greislein gar nicht wahr, daß die Ramen durch sein Kämmerchen schritt.

Das Verhalten der Dienerschaft rang der Ramen nur ein geringschätziges Lächeln ab. Wenn jemand von den höheren Chargen des Hofes oder gar ein Glied des Königlichen Hauses vorüberkam, so stoben Diener und Lakaien auseinander, denn wieder waren die gefährlichen Reden mit den Heiducken, welche als Begleiter der königlichen Wagen häufiger in die Stadt zu kommen pflegten, nur so hin und her geschwirrt. Nach dem Letzten, was sie draußen erhaschten, sollten um die Zeit der Flucht »par hazard« der Intendant, der Kommandant und einige französische Obersten von Landau in Mannheim, dem nächsten Reiseziel des Königs, eingetroffen sein, und der König mutmaßte, »daß solche um des Kronprinzen willen à dessein gekommen«. Auch setzte der König plötzlich den Ausflug nach Straßburg »vieler Bedenklichkeiten wegen« vom Reiseprogramm ab, obwohl er es doch gar so gern hatte sehen wollen, namentlich um des Münsters willen –.

Die Kammerfrauen umringten die Männer, wenn die wieder, von Herrschaften ungestört, zu dichter Gruppe zusammentraten. Die Männer wußten alles viel besser und sollten ihnen erklären, was für ein Land das dort wäre, wo wohl die Städte alle lägen, von denen man jetzt immerzu höre, und wie der Kronprinz hätte über den Rhein kommen können. Scheu blickten sie sich nach der Kammerfrau der Königin um, wenn die den Gang überquerte, scheinbar ohne ihrer aller zu achten. Aus dem ganzen Benehmen all der anderen Kammerfrauen spürte die Ramen, daß man sie noch mehr als sonst beneidete als eine, die in den plötzlich so geheimnisvoll gewordenen Räumen Ihrer Majestät noch immer aus und ein gehen durfte und in die Häuser all der Herrschaften geschickt wurde, das Neueste in der gewissen Sache aus zuverlässigen Quellen zu erkunden. Noch ahnte niemand ihren heimlichen Sturz, der ja selbst der Königin nicht bewußt war.

In die Häuser des Adels war die Ramen auf ihren Recherchen für Ihre Majestät allerdings täglich gekommen, und unterwegs hatte sie zur Genüge das Volk in den Gassen und auf den Brücken belauscht und betrachtet. Es gab überall nur das eine neue Gerücht und Gerede, ganz gleich, ob die, welche es aufbrachten und aufbauschten, bei Ortolanen und altem Pontak zusammenkamen, um bei behaglichem kleinem Diner von den entsetzlichen Dingen zu reden, oder ob sie als Branntweinzecher in den Schenken ihre Köpfe über den Bechern zusammensteckten. Es gab nur das eine Gespräch mit all seinen Übertreibungen und Widersprüchen, vagen Ahnungen, unbegründeten Behauptungen – und uneingestandenen Befürchtungen des einzelnen für sich selbst. Der Hochmut, mit dem der Kronprinz gar manchem begegnete, war vergessen. Aller Groll gegen den König brach wieder offen hervor. Der Kronprinz wäre erschossen, hieß es; der Kronprinz wäre gewaltsam befreit und entführt; der König hätte ihn zu Tode mißhandelt, darum traue sich der Herr nicht nach Berlin zurück; es solle noch geheim gehalten werden.

Niemand gewann ein klares Bild der Fahrt und der Flucht. Ströme, Städte, Straßen und Grenzen wurden ein Chaos. Die Zeiten waren durcheinander gestürzt. Man konnte sich nur noch an das eine klammern, Preußen Unheil zu prophezeien und den Thronfolger zu beklagen. Ach, und er hatte doch nur Flöte gespielt! Er hatte doch nur französische Romane gelesen! Er hatte sich doch nur standesgemäß gekleidet! Er hatte doch nur, durch seinen guten Geschmack verleitet, ein bißchen Luxus mit

Juwelen getrieben! Er hatte doch nur ein wenig Schulden gemacht, weil der Vater ihn gar so unköniglich knapp hielt! Und für so geringe Vergehen traf ihn so maßlose Strafe, so unverdient hartes Geschick! Ach, jeder achte nur auf seinen eigenen Kopf, wenn Zar Friedrich Wilhelm wieder in die Residenz heimkommt! Darin gipfelte die allgemeine Klage.

Es fragte sich nur, wohin der König zuerst kam, ob nach Potsdam oder Berlin. Welche seiner Städte würde als erste seinen Zorn und Wahn und Schmerz erdulden müssen?

Schon, als sie sich am Havelschloß vom Wagen helfen ließ, erfuhr die Ramen, daß der Herr sich noch für diese Nacht in Potsdam angesagt hatte. Ohne sich aufzuhalten, ging sie in die Zimmer der Königin, um den erlogenen und von ihr durchschauten Auftrag der Gebieterin auszuführen. Sie rüstete unverzüglich Frau Sophie Dorotheens Gemächer, doch gab sie ihren Appartements nun neue Namen und ein neues Gesicht. Hier, wo sie sorgsam Federn für das Schreibzeug spitzte und frische Bogen in die Schreibtischlade legte, würde vielleicht das Verhör der Verhafteten sich abspielen. – Dort, im kleinen Zwischenkabinett, würde dann wohl die Wache postiert sein und in der Kammer dahinter das Lager der Gefangenen aufgeschlagen werden. –

Dies Letzte würde der König, in dem Augenblicke solcher Heimkehr, nicht mehr überstehen! Solche Macht war einer Kammerfrau gegeben!

Als dann die Dunkelheit eingebrochen war, fuhren Kutschen ein; es waren nur zwei, und die Jäger schlossen schon das Portal. Es mochte wohl also niemand mehr folgen. Der eine Wagen barg nur das Gepäck. Vom Kutschbock des anderen stieg der Kammerdiener Ewersmann. Der Generaladjutant verließ vor Seiner Majestät die Kalesche. Die Lakaien waren herbeigeeilt. Die Fackelträger mußten nahe zum Wagenschlag treten. Es war sehr beschwerlich, den Herrn aus dem Wagen zu heben. Vier Jägerburschen stützten ihn, und dennoch war er ohne Stock sehr hilflos. Ewersmann reichte dem König den Stock. Man hörte den Stock in der Hand des Königs sehr hart und ungleichmäßig auf den Steinen des Hofes. Die hohen Türflügel des großen Aufganges schlugen zu; dann lag der Hof wieder still. Nur die Bärin rasselte an der Kette. Sie hatte die Stimme des Königs gehört, und der König war an der Bärin vorübergegangen.

Drüben im Flügel der Königszimmer wurde Licht; dann steckten sie hoch droben in den Dienerkammern ihre Leuchter an. Die Ramen blieb regungslos am offenen Fenster ihrer dunklen Stube stehen. Sie wartete, bis jeglicher Lichtschein verlöscht war. Dann schritt sie leise hinunter. Den Schlüssel zur Dienertreppentür besaß sie schon seit Jahren. Nun gedachte sie zu Ewersmann hinaufzuhuschen, um das Letzte zu vollbringen. Im Hof hielt sie noch einen Herzschlag lang Umschau. Dann sprang sie schnell hinüber zu dem Männerhaus.

Dem König haben sie es in der Nacht nicht mehr gemeldet. Er hat auch den Schrei nicht gehört. Es war auch nur ein leiser und entsetzter Ruf gewesen. Aber Ewersmann hatte das Fremde, Furchtbare in ihm gehört und die Stimme erkannt. Er vermochte nur die Diener in den Nachbarkammern wachzurütteln; dann brach er auf einem Bettrand zusammen. Sie verlachten ihn: ein Frauenschrei in einer Sommernacht – und solches Gebaren! Unwillig gingen sie hinunter.

Die Kammerfrau lag leblos auf den Stufen.

Die Bärin, wie sie es oft tat des Nachts, tappte vor ihrem Zwinger hin und her; nur die Kette schleifte länger hinter ihr als sonst.

Die engste Umgebung des Königs traf eine Weile vor dem Herrn in Berlin ein. Im Laufe eines Tages kehrten sie alle einzeln zurück, die gemeinsam aufgebrochen waren; auch General Graf Seckendorff, der mit dem König – und für den Kaiser gereist war und sich zuletzt vor beiden auf seinen Gütern verbarg.

Der kaiserliche General hatte bei seiner Rückkehr mit ungeheurer Schnelligkeit die befremdliche und besondere, für ihn jedoch nicht unerfreuliche Tatsache festgestellt, daß auffallenderweise seit Eintreffen der Hiobspost in Berlin keinerlei Briefwechsel und Aussprache zwischen Königin Sophie Dorothea und dem englischen Gesandten Sir Guy Dickens stattgefunden hatte.

Auch diese Zurückhaltung war ein gewichtiger Umstand, mit dem die Kaiserlichen würden rechnen müssen. Auch dieses vorerst letzte Ergebnis der vorangegangenen lebhaften Beziehungen zwischen Monbijou und dem Britischen Gesandtschaftspalais würde man wohl zu würdigen verstehen.

Aber noch gedachte Seckendorff davon kein Sterbenswörtlein nach Wien verlauten zu lassen. Dies war noch zu unklar. Und schließlich hatte auch der kaiserliche General den König von Preußen nun seit zehn Tagen nicht mehr gesehen. Und was bedeuteten zehn Tage bei der Wandlungsfähigkeit, um nicht zu sagen Sprunghaftigkeit und Unberechenbarkeit des Königs!

Und dies vor allem, wenn man nicht wußte, wo er nun eigentlich diese ganze letzte Woche verbrachte, statt schleunigst nach Berlin zurückzureisen und in der trüben Affäre seines Sohnes ein entscheidendes Wort zu sprechen. Solche Unklarheit machte einen Bericht an den Kaiser ganz außerordentlich schwierig. Aber die Meldung nach Wien mußte jetzt als erstes erfolgen, gerade daß noch schnell ein paar Zeilen ins Palais Grumbkow zu senden waren, man sei nun wieder zu neuen Kämpfen auf dem alten Platze, allerdings unter recht veränderten Umständen. Man würde wohl mit einigen strategischen Neuheiten aufwarten müssen!

König und Kronprinz von Preußen hielten auch alte, gewiegte Diplomaten in Atem. –

Seckendorffs Bericht nach Wien wurde lange unterbrochen. Grumbkow fand sich bei dem Grafen ein, und sie erörterten sogleich, wieviel von der ersten Meldung an den Kaiser für ihre eigene Situation abhing. Grumbkow empfand zunächst nur die Beruhigung, endlich nicht mehr auf halbe Andeutungen und übertriebene Auslegungen angewiesen zu sein; das hatte er als äußerst demütigend empfunden. Bei Seckendorff war nun schon größere Klarheit zu erhalten. Unablässig hatte der König die Flucht seines Sohnes befürchtet. Wenn der Sohn nur eine Stunde später an einem Reiseziel eintraf, so war es für die Suite des Königs eine Pein, um den Herrn zu sein.

An dem Morgen, an dem der König in Frankfurt die Stafette von dem Rittmeister von Katte, einem fränkischen Vetter des hiesigen Leutnants, mit dem fälschlich an ihn bestellten Brief des Kronprinzen erhielt, teilte der König – und nicht, wie es in Berlin hieß, seine Umgebung ihm – allen Herren das Vorgefallene mit. Den Prinzen sollte man, sobald ein überwachter Wagen vor der Stadt gesichtet sei, gar nicht erst hereinlassen, sondern ihn unverzüglich auf die Jacht bringen, auf welcher der König recht umständlich den Weg von Frankfurt nach Wesel zurückzulegen gedachte. Das Schiff war von dem König schon bestellt, als fürchte er erneute Flucht oder Entführung des Sohnes. Mit der Meldung, daß das Schiff zur Abfahrt bereit sei, erreichte ihn eine zweite: Der Leutnant Keith war aus der Garnison Wesel desertiert, um zum Kronprinzen zu stoßen, den er jenseits der Grenze glaubte. Alle Versuche, den Deserteur einzufangen, blieben vergeblich. Er sollte die Richtung nach Nymwegen genommen haben. Das war die letzte Spur gewesen, deren man sicher war.

Der König hob den Kopf, als man ihm vom Leutnant Keith das Wort sagte: Deserteur. Er horchte auf und gab den Befehl, den Sohn nicht vor ihn zu bringen.

»Er wird in Wesel vernommen«, sagte er den Herren. Er wollte ins Preußische zurück. Und endlich, als sei ihm der Gedanke unerträglich, daß er und der Sohn einander in der Enge des Rheinschiffes begegnen könnten, fern den Ufern, Städten und Menschen, änderte der König seine Fahrt; er unterbrach sie in Geldern; wohin sie ging, blieb Geheimnis.

Und wo und wann nun der König den Degen gegen seinen Sohn zog, vermochte auch der kaiserliche General nicht zu sagen. Aber geschehen war es.

Die Sänftenträger des Ministers von Grumbkow im Hof der Seckendorffschen Wohnung und die Boten, die Prinzessin Wilhelmine in das Vorzimmer des kaiserlichen Generals gesandt hatte, mußten lange warten, und die Ungeduld der Prinzessin wurde ins Unerträgliche gesteigert. Mit allem, was kaiserliche Clique und britische Partei hieß, hatte sie ein Ende gemacht; sie begehrte nur, ein einziges wahres Wort über den Bruder zu erfahren. Sein Schicksal mußte alles umgestalten, alles – auch ihr eigenes Los. Einen Augenblick, als die Boten sie verließen, schloß die Prinzessin die Augen. –

Endlich ließen die hohen Herren von sich hören; endlich traten sie gemeinsam aus dem Arbeitskabinett des Grafen.

Herr von Grumbkow ging sogleich zu seiner Sänfte hinunter. General Graf Seckendorff richtete selbst einige Worte an die Vertrauten der Prinzessin. Er dürfe nicht viel sagen, er sei selbst zu schlecht unterrichtet; nur möchte er doch die törichtesten Erfindungen widerlegen und zerstreuen; auch müsse er wohl Klarheit schaffen über jene Umstände, die nach Eintreffen der Suite in Berlin in wenigen Stunden ja doch allgemein bekannt sein würden und vielleicht von unberufener Seite an den Hof berichtet werden möchten.

Und so erfuhren an diesem Morgen der Hof und die Stadt, daß sie den Königssohn, der auf goldenem Segler über die Meere der Freiheit in das Inselreich des Glanzes und der Macht zu entfliehen gedachte, gefangen auf ärmlichem Schiffe von Frankfurt nach Wesel gebracht hatten. Was sonst sich zugetragen hatte – diesmal wollten die Eingeweihten es dem König überlassen, ob Gattin und Kinder es erfahren sollten. Es selber auszusprechen, schien zum erstenmal auch gewiegten Diplomaten zu gefährlich. Vermochte denn einer zu ahnen, was geschehen war, seit der König sich von seiner Suite trennte, seit er und der Sohn verschollen blieben, bis der Herr nun endlich vergangene Nacht in Potsdam eintraf? Zu viele Tage waren seit der Stunde hingegangen, in der König Friedrich Wilhelm in Geldern an Land ging und das Schiff mit seinem Sohne weiterfuhr. – Diesen Abend würde der Herr nun zur Königin sprechen. Dies eine allein war gewiß: heute kam der König nach Berlin.

Von Königin und Prinzessin wurde an diesem Tage nichts mehr unternommen. Jede Frage, jeder Schritt war von Gefahr umwittert. Die Königin schien nicht im vollen Umfang zu erfassen, was es bedeutete, daß der König nun kam. Sie war zermalmt vom Tode ihrer Kammerfrau. Diese Botschaft war dem Herrn von Potsdam her vorausgeeilt. In den letzten, schweren Tagen, seit das gespenstische Wunder in ihrer Galerie sich ereignete, war zuviel Grausiges über die Königin hereingebrochen. Sie fragte auch nicht mehr nach dem Sohn.

Im Laufe des Nachmittags siedelte die königliche Familie von Monbijou ins Große Residenzschloß über. Nun harrte man schon viele Stunden auf die Ankunft des Königs. Auch am Abend blieben die Kinder noch bei der Mutter, selbst der kleine, grämliche, kränkliche Heinrich. Prinzessin Wilhelmine hatte es angeordnet, daß alle Kinder um die Mutter versammelt sein sollten. Es war wie ein Mittel der Abwehr; es gab noch eine letzte Sicherheit in all der Verzweiflung und Erregung. Die Königin war nicht mehr fähig, Entschlüsse zu fassen. Sie überließ sich willenlos der älteren Tochter und duldete die übermüdeten Kleinen um sich, ohne ihre Gegenwart nur wahrzunehmen.

Nur das Jüngste schlief längst, der kleine Knabe, den sie, ehe er in eines Königs Schloß in die Welt so namenloser Verwirrung geboren wurde, an den fremden Höfen schon Das Kind der Schmerzen nannten um des Vaters willen.

Auch war ihnen allen jetzt die Rede von der Schmerzensreichen Mutter sehr geläufig.

Nur das eine Wort ist niemals ausgesprochen worden, obwohl es über aller Erdenzeit steht:

Schmerzensreicher Vater!

Der Gott von Geldern

In des Königs Wort ist Gewalt, und wer
mag zu ihm sagen: Was machst du?
                                    Die Bibel

Gott gab sich vor den Menschenkindern einen Namen, an dem
sie ihn erkennen sollten. Der Name war: »Ich werde sein, der ich
sein werde.« Und das bedeutete die unabänderliche Heiligkeit
und Ewigkeit des, der gesprochen hat: »Ich will meinen Bund
nicht entheiligen und nicht ändern, was aus meinem Munde
gegangen ist.«

Der unwandelbar heilige und ewige Gott, die Krone des Le-
bens und der Gerechtigkeit auf seinem Haupte, saß auf dem
Stuhl, der wie ein Regenbogen anzusehen und in den Tiefen der
Erde gegründet war. Ein silberner Mantel floß von den Schultern
Gottes wie Wasser des Lebens. Gottes Haare waren wie der
Schnee und seine Augen eine Feuerflamme. Sein leuchtendes
Angesicht war ohne Schatten und Wandlung: unabänderlich
heilig.

Im Schoße Gottes lag sein Sohn. Der gebrochene Leichnam
hing über dem Schoße des Vaters; und die Rechte Gottes hielt
den Kopf des Menschensohnes mit der Dornenkrone; und die
Linke Gottes trug die nägeldurchgrabenen Füße seines eingeborenen Sohnes. Der war elend und nackt und nur angetan mit
einem Leinenschurz; das Tuch war mit Blut besprengt.

Gott hatte aber einen Namen geschrieben auf seinem Kleid
und auf seiner Hüfte wie ein Band: Ein König aller Könige und
ein Herr aller Herren.

Die Pietà des Schmerzensreichen Vaters, aus Lindenholz ge-
schnitzt und mit dem Golde alter Klöster gemalt, stand vergessen
oder gar zu gewohnt in einem Kreuzgewölbe der alten Kirche zu
Geldern.

An dem Sonntag, der dem Tage folgte, an dem er das Schiff
verließ, war der König sehr frühe zur Kirche gegangen; denn

noch am Sonnabend war er vor Anbruch der Nacht auf seiner Reise in Geldern eingetroffen. Schon bevor die Kirche sich füllte, saß der König in dem hohen Chorgestühl, in das sie ihn geführt hatten. Als er nun eingangs gebetet hatte – wie an jedem Sonntag seiner Königszeit, sobald er die Kirche betrat –, blickte er düster vor sich hin; da fiel sein Auge auf die Pietà in der Tiefe des Gewölbes vor ihm. Und weil er nur von Bildwerken der Schmerzensreichen Mutter wußte, traf es ihn ins innerste Herz, das Leiden des ewigen Vaters schauen zu müssen, indes die Glocken zu läuten aufhörten und die Kirchgänger zu singen begannen:

> »Also gehst du nicht die gemeinen Wege,
> dein Fuß wird selten öffentlich gesehn,
> damit du siehst, was sich im Herzen rege,
> wenn du in Dunkelheit mit uns willst gehn.
> Das Widerspiel legst du vor Augen dar
> von dem, was du in deinem Sinne hast.
> Wer meint, er habe deinen Rat gefaßt,
> der wird am End' ein andres oft gewahr.«

Nach dem Gottesdienst hatte der König in der Sakristei den Pastor gefragt, warum wohl das alte katholische Bildwerk in der lutherisch gewordenen Kirche stehenblieb. Der Pastor, durch die unerwartete Gegenwart des Königs und die Gerüchte, die den Herrn nach Geldern begleitet hatten, schon ohnehin befangen und verwirrt, meinte nun, die Frage des Königs beziehe sich auf seine heißumstrittenen Erlasse zur Entfernung allen Kirchenschmuckes aus den Gotteshäusern. Er stammelte törichte Entschuldigungen, und der König wandte sich schroffer von ihm ab, als es sonst den Geistlichen gegenüber seine Art war.

Er ließ noch nach Kantoren und Lehrern schicken. Aber auch die wußten gar nichts und wunderten sich mit einem Male sehr, daß die alte Schnitzerei überhaupt noch hier stand. Man versprach, sie nun möglichst bald zu entfernen.

Da gedachte der König angesichts all solcher Torheit des Erzbischofs von Köln, zu dem er ja zuvor hatte reisen wollen – mit dem Sohn; damals, als er die Pläne entwarf, die nun so furchtbar durchkreuzt worden waren. Nun stand es für den König unverrückbar fest, daß er zu dem großen Kur- und Kirchenfürsten fahren würde, was auch geschehen war und wie begründet die

Absage an den Kurfürstlich-Erzbischöflichen Hof in Bonn und Köln jetzt auch gewesen wäre.

Er blieb mehrere Tage; er blieb über seinen Geburtstag; was ihn auch wegrief – er lauschte dem, was ihm der Kirchenfürst von den Gottesbildern alter Dome und Klöster und von der Pietà des Schmerzensreichen Vaters sagte. Auch sah der König den jungen Kirchenfürsten aufmerksam an, mit jenem grüblerischen und forschenden Ernst, der andere Partner im Gespräch mit ihm so oft schon zur Verzweiflung brachte. Der Erzbischof aber begegnete dem Blick des Königs von Preußen mit tiefer Ruhe. Er spürte das Auge des Königs sehr wohl; er nahm auch die Wärme wahr, mit der König Friedrich Wilhelm ihn betrachtete.

Der junge Erzbischof war schön und groß und heldenhaft, so daß manche im Bistum von ihm sagten, er sei wie der Erzengel einer. Als er nun seine Reden beendete, sagte der König zu ihm, als hätte es gar nichts mehr damit zu tun und als wollte er ein völlig anderes Gespräch beginnen: »Warum sind Eure Durchlaucht ein Priester Roms geworden und nicht allein ein deutscher Fürst geblieben? Warum müssen Eure Durchlaucht, der Männlichsten einer, ohne Frau und Kind und Erben bleiben? Müssen nicht nach Gottes Kraft und Willen alle Männer dieser Erde Väter künftiger Väter sein?«

Und weil der junge Fürst und Priester, den manche dem Erzengel Michael verglichen, alles begriff, was in dem König vorgegangen war und ihn zu solcher Frage drängte, und weil er alle Geheimnisse des Vatertums vor dem König von Preußen aufgetan sah, so antwortete er ihm mit einem Worte, das fremd und beziehungslos klang und von niemand sonst hätte verstanden werden können.

»In der Heiligen Schrift, Majestät, steht das Wort eines Königs aufgezeichnet, das er dem kommenden König weitergab für den künftigen Sohn: ›Züchtige deinen Sohn, solange Hoffnung da ist; aber laß deine Seele nicht bewegt werden, ihn zu töten.‹«

König Friedrich Wilhelm war von Geldern, Köln und Bonn und Wesel noch Tage und Nächte hindurch wie ohne Plan und Ziel gereist, gereist, bevor er in seine Königsstadt heimkehrte. Aber dieses Wort der Schrift und das Bild des Gottes von Geldern waren von nun an ohne Unterlaß vor ihm. Er trug das Wort und

Bild auch noch in seinem Herzen, als er über die Schwelle zum Flügel der Königin trat.

Die Dienerschaft bestellte ihm, die Königin erwarte ihn im Kreise der Kinder.

Aber der König kehrte um in seine eigenen Räume und ließ der Gattin zurückbestellen, sie möchte ihn allein in seinem Arbeitskabinett aufsuchen. Als sie eintrat, erhob er sich von seinem Stuhl.

Ihr schwindelte, und sie vermochte nicht, auf ihn zuzugehen. Sie hatte nicht mehr gewußt, daß dies sein Antlitz war. Oder trug sein Antlitz neue Züge? Denn die Königin, als sie den Gatten sah, schrie auf: »Friedrich ist tot!«

»Er ist für mich tot«, sprach der König ihr nach, »ich habe nichts mehr mit ihm zu schaffen als das Gericht über ihn einzusetzen.«

Aber die Königin hörte gar nicht auf das, was der Gatte ihr sagte, und rief nur immer verzweifelter: »Das ist nicht möglich, daß Sie ihn Ihrer barbarischen Wut geopfert haben – «

Da schwieg das Mitleid im König, und er begann kühl und hart zu seiner Frau zu sprechen. Die ersten Vernehmungen hätten begonnen, zunächst mit dem Leutnant von Katte. In Kattes Aussagen sei eine Schatulle mit Korrespondenzen des Kronprinzen erwähnt worden. Diese Schatulle solle sich in ihren Händen befinden.

»Und nun will ich den Kasten«, schloß der König.

Die Königin stürzte aus dem Zimmer. Sie hatte die Truhe längst hierher ins Große Schloß überführen lassen, um ihre Unschuld zu erweisen.

Draußen im Gange hatten Wilhelmines Vertraute das Gespräch des Königspaares belauscht und nur den Schrei der Königin gehört: »Friedrich ist tot!«

Die Königin schritt auch jetzt nur wortlos an ihnen vorüber, außer sich und stöhnend: »O mein Gott, mein Gott – «

Wilhelmine eilte auf den Gang hinaus und suchte sie zu erreichen. Aber die Mutter – nur daß sie den Befehl gegeben hatte, die Schatulle zu bringen – war schon wieder im Kabinett des Königs verschwunden.

Der riß die Riemen der Truhe herunter, schlug den Deckel zurück, raffte die Papiere zusammen und trug sie in das Schreibzimmer der Sekretäre. Scheu und flüchtig sah die Königin ihm nach. Sie verlor keinen Augenblick, bemächtigte sich des abgeschnittenen Siegels, das Verdacht hätte erregen können, rief leise nach der Tochter und ließ die aufgelösten Stricke und das Siegel verbrennen. Nun war es ja vom König selbst erbrochen; nun durfte es ja geschehen. Ausnahmsweise ohne noch ein Wort miteinander zu wechseln, zogen sich Mutter und Tochter in den Raum zurück, in dem die jüngeren Geschwister warteten. Beinahe unmittelbar nach ihnen trat auch der König ein. Dieser Augenblick war für die Kinder qualvoll. In der Ungewißheit über das Schicksal des Bruders wußte keiner, was tun; sie sahen einander ratlos an, blickten scheu auf den Vater, die Mutter, die älteste Schwester. Die jedoch klammerte sich seltsamerweise ängstlich an August Wilhelm; denn Hulla allein ging auf den Vater zu, sehr ernst, sehr blaß und sehr tapfer und küßte ihm schweigend die Hand.

Da sank die älteste Prinzeß in tiefe Verneigung und griff, wenn auch sehr zaghaft von der Seite her, nach der Rechten des Königs; sie hauchte: »Allergnädigster Vater –«

Er sah auf sie, und seine Augen wurden dunkel.

»Für solche Begegnung ist wohl in eurem Zeremoniell das hofgemäße Verhalten nun doch noch nicht vorgesehen«, stieß er zwischen den Zähnen hervor. Und was noch nie geschehen war: er hob die Faust gegen die Tochter. Er schlug Wilhelmine ins Gesicht.

Die Oberhofmeisterin von Kameke schrie auf: »Bis jetzt taten Sie sich etwas darauf zugute, ein gerechter, frommer König zu sein, und dafür segnete Sie Gott. Nun wollen Sie ein Tyrann werden –; fürchten Sie sich vor Gottes Zorn. Opfern Sie Ihren Sohn Ihrer Wut; aber seien Sie dann auch der göttlichen Rache gewiß. Gedenken Sie Zar Peters und Philipps von Spanien. Sie starben nach ihrem Frevel ohne Nachkommenschaft, und ihr Andenken ist den Menschen ein Greuel.«

Der König streckte ihr die Hand entgegen.

»Sie sind sehr keck, mir solche Dinge zu sagen; aber Sie sind eine wackere Frau und meinen es gut. Gehen Sie, und beruhigen Sie meine Frau.«

In der Wohnung des Generals von Buddenbrock, der mit von der Suite des Kronprinzen gewesen war, saßen Offiziere ernst und schweigsam beieinander, und unter ihnen waren auch die jungen

Gouverneure des Prinzen. Über die Art, wie er den Kronprinzen nach Berlin hatte eskortieren müssen, war dem General von Buddenbrock kein Schweigegebot auferlegt worden: vielmehr sollten es die Offiziere gerade wissen.

Der König hatte in Wesel befohlen, den Sohn quer durch Deutschland nach der Festung Spandau zu schaffen, dabei aber hannöverisches und hessisches Gebiet zu vermeiden, wo der Prinz vielleicht auf solche Leute stoßen könnte, die gern in höherem Auftrag seine Mitschuldigen werden möchten.

Und für den Fall eines Entführungsversuches oder eines Überfalles hatte General Buddenbrock die Weisung erhalten, dafür zu sorgen, daß die anderen ihn nicht anders als tot bekämen.

In tiefstem Geheimnis war der Kronprinz aus Wesel fortgebracht worden. Man war Tag und Nacht ohne Aufenthalt bis Halle gefahren. Nur auf freiem Felde, wo man sich sehen konnte und keine Hecken und Büsche waren, durfte gehalten werden, und gegessen wurde in den Wagen selbst.

Von den ernsten und bedrückten Gesprächen der Offiziere abgesehen, quoll und barst Berlin von Gerede. Selbst in dem vorzüglichen Gasthof von Nicolai wurden die Gäste diesen Abend schlecht bedient. Die Tafeldiener malten im Küchenanbau den Köchen und der Wirtin und den Mägden leidenschaftlich und gewichtig aus, was sie beim Servieren von den Gesprächen an den Gästetischen aufzuschnappen vermocht hatten. Eben war die älteste Prinzessin totgesagt worden.

Schließlich verbat sich die Wirtin – eine sanfte, schöne Frau, die als Lietzenburger Kastellanstochter und als Freundin und Erbin der unglücklichen, reichen Demoiselle Koch, der Gastwirtstochter, einmal eine gewisse Berühmtheit in der Hauptstadt erlangt hatte – dieses üble Treiben. Ganz bleich war sie geworden über all dem schrecklichen Geschwätz. Sie hatte König Friedrich Wilhelm geliebt und kannte die Stunden seiner großen Verlassenheit, damals schon, als er noch ein sehr junger Mann gewesen war.

Die Bedienten ließen sich noch nicht beschwichtigen. Der Baron von Gundling sei soeben gekommen, fügten sie als letzte Neuigkeit hinzu; er sitze drüben an seinem alten Tisch im Spiegelzimmer, trinke aber diesmal nur sehr wenig.

Diesmal sprach er auch nicht viel. Und die ganz gewissen, fest verbürgten Taten, Äußerungen und Ausbrüche, die man ihm vom König und seiner Familie hinterbrachte, tat der große Gelehrte mit auffallend kühler Geste ab. Ihn interessierte nur die ungewöhnlich kluge Replik, welche die rustikale Frau Oberhofmeisterin dem allergnädigsten Herrn gegeben haben sollte. Eine vortreffliche Bemerkung, urteilte Gundling, eine ganz ausgezeichnete Parallele: Der Korporal von Potsdam, Zar Peter, König Philipp! Er sagte es ja immer: Die Parallelen!

Professor Gundling trank keinen Tropfen mehr. Er ließ den Wein im Glase stehen, bestellte seine Sänfte und wollte Dreispitz und Umhang gebracht haben. Unverzüglich kehrte er heim und entzündete so spät noch sämtliche Kerzen auf allen Leuchtern seiner Bibliothek und bedeckte seinen Schreibtisch mit Folianten und losen Blättern. Es schien nicht vergeblich, daß der Herr ihn noch einmal in eine harte Schule genommen hatte, als der Freiherr, Präsident und Professor an die Echtheit seines Aufstieges zu glauben begann und nicht mehr verstehen wollte, daß ihn der Herr zu Bild und Mahnung gebrauchte. Gundling tat nichts, um seine falsche Würde in eine echte zu verwandeln. Er wollte schon im würdelosen Spiel erlangen, was nur dem strengen Fleiße erreichbar war. Er wollte nicht mehr Forscherarbeit leisten; er hatte Genüge daran, wie einst als die Lebende Zeitung der Schenken und Kneipen, nun in den Kreisen des Hofes immer wieder ausgehalten zu werden. Er entschloß sich nicht zum Kampfe, obwohl der mächtigste Beschützer in dem König selbst hinter ihm gestanden hätte. Da entzog ihm der Herr die bisherige Erlaubnis, den Potsdamer Weinkeller ganz nach Belieben zu benützen; denn der König war von immer tieferem Ernste erfaßt und war müde geworden des trunkenen Wustes aus Hochmut und Verkommenheit, Dreistigkeit und entwürdigender Zerknirschung.

Gundling hatte sich auf den Wachen und in obskuren Bürgerhäusern herumgetrunken. – Aber trug die neuerliche Strenge des Herrn nun doch noch einmal Frucht? Jedenfalls, der große Gelehrte widmete sich wieder der Forschung!

Auf sein neues Schreiben hin wurde ihm der Zutritt bei dem König wieder gewährt. »Er mag sich wieder an meinem Tische sehen lassen«, sagte der König, »wenn Er wieder seiner Arbeit nachgeht und solche Historien wie die hier von Ihm erwähnte für mich zu entdecken weiß.«

Das war nach so harter Behandlung, wie Gundling sie vom Herrn erfahren hatte, eine sehr große Gnade; aber Gundling ermaß daran vor allem, daß der Herr sich nicht mehr gegen seine berühmten historischen Parallelen zu wehren vermochte, mit denen er ihm Wunde um Wunde seines geängsteten Herzens aufriß.

Doch nun brachte der Professor auch eine Historie, wie eben nur ein Gundling sie zu finden wußte und nur ein Gundling das Vergangene den Gegenwärtigen zu erzählen verstand! Nun ließ der Lustige Rat den traurigen König eine Königsgeschichte vernehmen, von der er meinte, daß sie ihresgleichen suche!

»Ein König«, hob er an, »der die Äcker seines Landes reich bestellt, die Sümpfe getrocknet, die Grenzen geschützt und allen seinen Untertanen feste, saubere Häuser gebaut hatte, sprach: ›Nun will ich meinem Volke auch neue Gesetze verleihen, auf daß es die Ordnung meines Reiches verstehe und sie wahre.‹ Und die Gesetze, die er seinen Untertanen gab, waren klar und weise und streng und trugen jegliche Ordnung seines Reiches in sich für alle Zeit, in die ein Mensch zu denken vermag und über das Leben aller künftigen Könige hinaus.

Die Mutter des Königs aber war sehr stolz auf ihren Sohn, und ihr Sohn ließ sie übermütig und vermessen werden, so daß sie die erste wurde, die ihres Sohnes Gesetze übertrat. Da weinte der große König bitterlich. Aber als er geweint hatte, hob er sein Antlitz auf, und es war tränenlos und klar und hell, doch ohne alle Lindigkeit, wie sie zuvor manchmal in seinem Gesicht gewesen war, wenn er die Menschen seines Landes lachen hörte und ihre Gärten wachsen sah und ihre Kinder ihre ersten Schritte tun.

›Unabänderlich ist das Gesetz‹, sprach der König, ›und um der ewigen Ordnung willen muß es bestehen; denn alle Ordnung spiegelt Gottes ewiges Maß.‹

Als das die Mutter des gerechten Königs hörte, kam große Angst über sie; und um sein Gericht aufzuhalten, schickte sie die klügsten Männer seines Hofes zu ihm, daß sie ihn mahnen sollten: ›König, eines der ersten Gesetze, die du uns gegeben hast, heißt uns, die Mutter zu lieben, die in der Sprache der Alten Das Leben genannt wird. Erfülle nun dieses dein Gesetz!‹

Da lächelte der König und sprach: ›Es ist erfüllt.‹ Und er winkte einem, der schon hinter dem Vorhang zwischen den Säulen bereit stand. Der trat nun hervor und band dem König die Hände und führte ihn hinweg; und das war der Henker. Dem sagte der König: ›Einer muß um der verletzten Ordnung willen sterben. Denn das Gesetz ist unabänderlich, weil Gottes ewige Maße sich darin spiegeln.‹

Und er beugte sein Haupt für das Beil des Henkers herab.«

Durch die Entdeckung solch längst verschollener Sage kam Jakob Gundling von neuem an den Tisch seines Herrn. Doch alle Königsmahle dieses späten Sommers waren schweigsam und von der Schwermut des Königs überschattet. Er fühlte sein Leben von einem harten, dunklen Griff durchstoßen. Aber er glaubte, es sei die Hand Gottes; und darum mußte sie ertragen sein.

Vom zweiten Morgen nach der Rückkehr des Königs an stand vor dem Appartement Prinzessin Wilhelmines eine doppelte Wache. Die Prinzessin konnte ihre Zimmer nicht mehr verlassen. Sie war auf heimliche Botschaft der Mutter angewiesen, wenn sie überhaupt erfahren sollte, was sie bedrohte.

Seit dem Tode der Ramen klammerte sich die Königin nahezu ängstlich an einen alten, ausgedienten Lakaien, der noch dem alten Hofe zugetan war. Noch schien sich die Königin in ihren Gedanken gar zu viel mit ihrer Kammerfrau zu befassen, die fünfzehn Jahre hindurch unablässig um sie gewesen war und jeden ihrer Gedanken und Wünsche erraten und jeglicher Laune Befriedigung zu schaffen verstanden hatte. Sie ließ der Tochter Worte übermitteln, die ihr nahezu als ein Vermächtnis der Ramen erschienen. Sie habe sich noch ganz zuletzt um Wilhelmines Festigkeit gebangt, so hatte sie der Tochter von der verstorbenen Kammerfrau zu sagen.

Das alles war für Wilhelmine sehr qualvoll, weil sie darüber das Notwendigste nicht zu erfahren vermochte; doppelt qualvoll, seitdem sie den beängstigenden Anblick hatte aushalten müssen, wie der Leutnant Katte zum Verhör ins Schloß geführt wurde. Es war gar nicht auszudenken, welche Gefahr jetzt plötzlich von den nichtigsten Umständen her drohte: der junge Herr von Katte besaß ein Medaillon mit ihrem Bild!

Aber noch an dem gleichen Tage, an dem ihr das eingefallen war, wurden die Vermutungen, Befürchtungen, Phantasiegebilde und verzweifelten Überlegungen mit einem Schlage weggefegt. Die Schreckensmaßnahmen des Königs wurden bekannt. Der holländische Gesandte vermochte es nicht zu glauben, »daß es für irgendeinen Menschen möglich sei, so entsetzliche und gottlose Pläne zu ersinnen, wie diejenigen, deren der König selbst gegen ihn Erwähnung getan. Man werde gewiß so gottlose und blutige Szenen hier sehen, als irgend seit Erschaffung der Welt gehört worden sind.« So berichtete er der Republik.

Der Leutnant von Spaan, von dem bei Hofe überhaupt niemand wußte, sollte dem Kronprinzen Pferde vermittelt haben, war degradiert und ins öde Litauen strafversetzt.

Dorthin wurde auch der einstige Lehrer des Kronprinzen, der Réfugié Duhan de Jandun, verbannt. Die Nachforschungen hatten ergeben, daß er, seit er mit den alten Gouverneuren zurückgetreten war, dem Kronprinzen weiter eine kostbare Bibliothek von geborgtem Gelde in aller Heimlichkeit zusammentrug. Und dies war in jenem Kantorshause zu Potsdam geschehen, in dem der Kronprinz sich von der überspannten Kantorstochter zu seinen Flötenetüden akkompagnieren ließ.

Doris Ritter hatte in frevelhaftem Leichtsinn eine furchtbare Tragödie über sich heraufbeschworen. Ohne auch nur einen Augenblick die Folgen zu bedenken, hatte sie sich als die Heldin, die Dulderin, die Vertraute und Liebende aufgespielt und in einer exaltierten Szene den Beauftragten des Königs den Zutritt zu dem Bücherversteck des Kronprinzen verwehrt und gegen den König vermessene Verwünschungen ausgestoßen, wie sie ihr aus den Dramen und Romanen, in die sie in der geheimen Bücherei des Prinzen dauernd eingesponnen lebte, in heilloser Verwirrung im Kopf herumspukten. Der König aber sah, wo er nur eine der geheimen Spuren seines Sohnes aufdeckte, die Rebellion am Werk – selbst in der Jungfernstube hier, und zwar in solcher Verwegenheit, als wäre auch der Gefangene noch ein mächtiger Beschützer seiner Komplizen.

Doris Ritter wurde vor dem Hause ihres Vaters und an den Toren Potsdams öffentlich ausgepeitscht, bevor man sie ins Spandauer Spinnhaus überführte. Die Prinzessin weinte hemmungslos, zitterte, fieberte, übergab sich; aber es war nicht das Mitleid mit der Kantorstochter, die sich in ihrer Überspanntheit ein so völlig vermeidbares Unheil selbst bereitet hatte. Die Prinzessin weinte über die völlige Verwirrung aus Lüge und Wahrheit,

Geständnis und Leugnen, in der nun einer zum Henker des anderen werden würde –!

Und das eigentliche Gericht stand noch aus!

Für einen Augenblick erschien die Königin bei ihrer Tochter, mit flackernden Augen und ganz totenbleich. Man hatte ihr die Hofdame von Bülow verhaftet, die in den geheimen Korrespondenzen um Schloß Monbijou als Deckadresse eine nicht unerhebliche Rolle spielte. Wieder waren nun alle erregten Gespräche von der einen zermürbenden Frage beherrscht; wieder wurde selbst die Angst um den Gefangenen von der einen Frage verdrängt: Was weiß der König und was vermutet er nur?!

Was die Bülow betraf, so wehrte die Prinzeß nur müde ab. Was wurde jetzt nicht alles erfunden, hinterbracht, entstellt, geglaubt –.

Aber die Königin hatte es ja vom König selber erfahren. Nach Kattes Verhör war er zu ihr gekommen. Katte hatte gestanden, Wilhelmine Briefe gegeben zu haben.

Die Prinzessin sah kühl zur Mutter hinüber.

»Das mußte er doch auch gestehen. Je unbefangener er es tat, desto besser für uns. Selbstverständlich werde auch ich einige belanglose Briefe zugeben, die jene ganze Inquisition, die man gegen uns einleitet, zur Farce machen. Die belastenden Beweise aus der Schatulle existieren ja nicht mehr –«

Aber die Königin plädierte leidenschaftlich für Meineid, als mißtraue sie dem eigenen Werk, das sie in Sachen der Katteschen Truhe gemeinsam mit der Tochter vollbracht hatte. Den Meineid lehnte die Tochter ebenso leidenschaftlich ab; denn vielleicht hatte Katte doch etwas über den Inhalt einiger Briefe ausgesagt, welche er durch Friedrich kannte. Vielleicht waren die Äußerungen des Königs über Kattesche Bekenntnisse doch bereits mehr als nur ein roher Versuch, die Verdächtigten hinters Licht zu führen. Keiner war mehr des anderen gewiß. Alles war unberechenbar geworden. Und solange man von Friedrichs Lage so gar nichts wußte, war kein Entschluß zu fassen, keine Rettungsmöglichkeit zu finden. Der General von Buddenbrock, der ihn von Wesel weggebracht hatte, war da und ließ sich nicht sprechen –.

Die Mutter hielt die Tochter lange umarmt. Aber die hieß sie, der Wache auf dem Gange wegen, gehen.

In den ersten Septembertagen wurde Friedrich erwartet. Daran war kein Zweifel mehr, daß er nach Berlin gebracht werden sollte. Als Termin nannte man den 3. September. Bis ein Uhr nachts wachte die Prinzessin am Fenster um der unwahrscheinlichen Möglichkeit willen, den Bruder vielleicht doch vorübergehen zu sehen. Am 4. September erfuhr sie nur soviel, daß Friedrich da war, sofort wieder vernommen wurde und derart sicher auftrat, als leite er die Verhandlungen. Er schien genau vorherzuwissen, daß man ihm nun, in der Nähe des Königs, endgültig seinen Degen abfordern würde – was Papa bisher vergessen haben sollte anzuordnen ... Vorsorglich ließ der Prinz seinen Degen mit dem Hut im Vorzimmer des Verhandlungsraumes liegen; und als die feierliche Aufforderung erfolgte, den Degen abzugeben, erklärte er nur: »Er liegt nebenan. Ist das alles? Wünschen Sie noch mehr zu wissen?« Es war vergeblich, daß der König, wie in Wesel, das Arrestzimmer des Sohnes durch zwei Schildwachen mit aufgepflanztem Bajonett für alle Welt absperren ließ, um ihm den Ernst seiner Haft und Vernehmung vor Augen zu führen.

Wenn der König jetzt von Friedrich sprach, sagte er viele Male: Der Sohn. Er mied die Bezeichnung des Ranges.

Er wollte ein Letztes versuchen, ehe er gezwungen sein würde, den Sohn dem Rechtsgang auszuliefern. Noch einmal hatte er durch die von ihm selbst und ganz allein von ihm aufgesetzten Artikel zu Friedrich in einem ernsten, richterlichen Tone gesprochen, als wolle er es ganz dabei bewenden lassen.

Der Prinz dagegen schlug die Methode ein, äußerst kaltblütig und bewußt Wahrheit und Lüge zu vermischen. Er wußte, daß Europa auf ihn sah und auf ihn lauschte, und darin lag für den Geknechteten, Enttäuschten und im tiefsten Herzen ja doch Verängstigten etwas wie Genugtuung und Verlockung. Er warf in der Vernehmung seinem Vater seine Mißhandlungen und grausamen Worte vor und antwortete auf seine Artikel, er möge für alles, was geschehen sei, sich allein verantwortlich machen. Und in privater Erklärung fügte er noch hinzu, daß ihn seine Resolution zur Flucht durchaus nicht gereue, und wofern der König nicht unterlasse, ihn mit Schlägen zu traktieren, so würde er die Flucht noch ins Werk setzen, es koste, was es wolle.

Die Punkte, die der Vater aufgesetzt hatte, hörte der Sohn dabei durchaus aufmerksam an, aber nur, um mit einem Roman zu entgegnen. Er habe vorgehabt, inkognito nach Landau, Straßburg und Paris zu reisen, Kriegsdienste zu nehmen, nach Italien zu gehen, sich dort im Kriege hervorzutun und dadurch die Gnade des Königs wieder zu erwerben. Die aufgefangenen Briefe des Kronprinzen sprachen aber von De Haag als Reiseziel! Der König ließ ihm vorhalten, daß er der Lüge überführt sei. Aber der Kronprinz brach nicht zusammen. Er schien einen sehr klaren Plan sehr fest und bewußt durchzuhalten. Was die Gelder für die Flucht betraf, so mußte sich der König mit der Angabe begnügen, der Kronprinz habe die Diamanten des polnischen Weißen Adler-Ordens vom König Augustus verkauft. Aber wie es um die siebzehntausend Taler von Guy Dickens stand, wußte der Vater bereits, ohne daß Friedrich es erfuhr. Und wie der Herr darunter litt, sagten die Briefe nach Dessau.

Der König ließ Friedrich keine Fragen mehr vorlegen. Die Rückkehr nach Berlin schien ihm den Sohn berauscht zu haben. Friedrich spürte die Nähe der fremden Gesandten; er zählte auf den Beistand selbst der Kaiserlichen; das war offensichtlich. Er gab die Bedingungen bekannt, unter denen er klareren Einblick in die undurchsichtigen Vorgänge zu geben bereit war: Keith und Katte mußte erst Pardon gewährt sein. –

Der König entfernte ihn ohne jedes weitere Verhör von Berlin. Auch die Feste Spandau war ihm noch zu nahe. Er suchte die nächste Festung im Umkreis der Hauptstadt, fern dem Hof und den Gesandtschaften und dennoch jederzeit für Verhandlungen erreichbar: Küstrin.

Nach zwei Tagen eskortierten sie Friedrich nach Küstrin. In den folgenden vier Tagen erfolgte gegenüber dem Gefangenen gar nichts. Aber Katte wurde viermal nacheinander vernommen. Die Leidenschaft des Königs hatte Kattes Bedeutung ins Ungeheure gesteigert, ihn zum Rebellen erhoben, der dem künftigen König den Weg zum Thron des gegenwärtigen Herrschers freimachen wollte und eine Verschwörung unter den jungen Offizieren anzettelte –!

Allgemein wies man auf Kattes Bedeutungslosigkeit hin. Allein die jungen Damen von Monbijou wollten in seinen dunkelbraunen Augen etwas Unheimliches wahrgenommen haben, weil der Pockennarbige ihnen sonst wenig zu bieten vermochte. Eine Verständigung zwischen den Freunden war völlig unmöglich. Beide schwiegen. Der König erfuhr nichts. Er geriet in immer größere Bestürzung, daß junge Offiziere in die Affäre seines Sohnes verstrickt waren. Schließlich, als wären nun des Abenteurers Clement Prophezeiungen der endlichen Erfüllung nahe, argwöhnte er sogar einen Anschlag gegen sein Leben.

Der Sohn erriet diesen schrecklichen Verdacht; einige Andeutungen hatte man ihm zukommen lassen. Er wendete sich in einem Brief »An den lieben Papa« mit großem Pathos gegen solche »soupçons«; denn nun stand er vor aller Welt als unschuldvolles Opfer da, so maßlos überstieg die Verdächtigung das Vergehen.

Seit dem Tage seiner Verhaftung hatte der junge Herr von Katte keinerlei Unruhe gezeigt. Es war, als wolle er an sich und seinem Geschick den Triumph der Vernunft über das ungeordnete Gefühl und den Sieg des Fatalismus über den Glauben beweisen; als öffne er damit das Tor zu einer neuen Zeit. Es war, als möchte er sagen: Seht, einer wie der König, der nur mit Gott persönlich zu konferieren, auszureiten und zu tafeln scheint, läuft als ein Ratloser und Rasender umher, obwohl er die Macht hat und wir ihm ausgeliefert sind! Wir aber sind ruhig. Wir sind klar.

Anfangs hatte er es mit Sicherheit und Gelassenheit zu weit getrieben; denn dies stand fest: der Haftbefehl gegen ihn war mit einer gewissen Umständlichkeit durchgeführt worden, die manchem zu denken gab. Man hatte sehr viel Zeit verstreichen lassen. –

Der junge Prophet des Fatalismus hatte es nicht eilig gehabt, aus Berlin zu entkommen. Hatte er nicht mit sich auszumachen vermocht, was für den Prinzen das Bessere war: wenn er blieb oder wenn er flüchtete? Er bestellte sich in aller Ruhe Sattelzeug. Da mußte ihn der General von Natzmer festnehmen lassen.

Der junge Herr von Katte war fest davon überzeugt, daß sein hoher Freund so ruhig blieb wie er.

Daß die Flucht gewagt sein mußte, war ihm Fatum. Und Fatum war, daß sie mißlang; Fatum auch, daß ihm der Werbeurlaub abgeschlagen wurde; Fatum, daß er dennoch leiden mußte, wie der Flüchtling; Fatum und abermals Fatum, daß der Leutnant von Keith wahrscheinlich schon in Nymwegen Schulden zu machen suchte, weil kein Geld mehr nachkam –.

Der junge Herr von Katte empfand es wie einen Trost, wie eine Genugtuung und einen leuchtenden Beweis innerer Größe, daß ihm allein bestimmt war, Leidensgefährte des preußischen Thronfolgers in einem vor Europas Augen so heroischen Augenblicke zu sein: das Martyrium für die goldene Ära der Freiheit und Vernunft brach an, und der hohe Freund und er waren in Preußen, dem armen, dunklen, wirren und gequälten Lande, ihre Trabanten!

Er dachte und dachte, er proklamierte, nur damit das pochende Herz noch einmal stiller würde.

Die Frage nach dem Fatum des Kronprinzen mied er.

Um Zeit zu gewinnen, versuchte es der Kronprinz von Küstrin aus mit einer ersten »Invention«, wie der König es nannte. Er wolle, schrieb Friedrich, nach den Erschütterungen, die er durchgemacht habe, zum Abendmahl gehen. Der Zorn des Königs war derart, daß jeder ihm zu begegnen vermied. In letzter Zeit waren ihm zu viele zum Tisch des Herrn getreten. – Er nannte solches Ansinnen des Sohnes eine Gotteslästerung. Er stürzte an den Schreibtisch und warf in einem einzigen Satze hin: »Es ist jetzo noch keine Zeit zum Abendmahl, es muß erstlich das Kriegsrecht ausgemacht sein, sodann ist es schon Zeit.«

Vielleicht hatten diese Worte einen schrecklichen Doppelsinn. Und ganz gewiß beunruhigten sie den Gefangenen aufs furchtbarste; denn er versuchte sofort zu sondieren, was mit dem Kriegsrecht gemeint sei. Er tat es in einer kühnen, beinahe verwegenen Art. Er bat um seine Uniform, wie wenn Küstrin nur eine Strafversetzung wäre.

Der König schrieb sofort zurück: »So einen schlechten Offizier will ich nicht in meiner Armee haben, geschweige denn in meinem Regiment.«

Er schrieb »einen schlechten Offizier« und ließ das Wort nicht aus der Feder fließen, das all sein Denken vergiftete und immer völliger durchdrang: Deserteur.

Es war, als wolle er sich selbst noch vor diesem Worte bewahren; als dürfe er es nicht aussprechen; als sei eben dies die Sache des Kriegsrechts. Er wollte nun dem Sohn auch gar nicht mehr schreiben. Er gedachte nun doch noch einmal neue Fragebogen aufzusetzen. Aber dazu mußte er noch größere Stille haben. Dazu durfte er nicht weiter in Berlin bleiben, wo jeden Augenblick einer etwas über die unglückselige Küstrinische Affäre, wie er selber es nannte, von ihm auf Umwegen erfahren wollte – auf Umwegen, die ihn ermüdeten, belästigten und peinigten. Er wollte die Gesandten der fremden Mächte nicht sehen. Hier war allein nur noch die Sache ›Des Königs von Preußen‹, weder seine eigene noch gar die der fremden Potentaten und des Reiches. Einen Augenblick schwankte er, ob er wie in jedem Jahr um diese Zeit nach Wusterhausen gehen solle. Aber das vermochte er nicht, das nicht.

Er entschied sich für Potsdam. Und die Königin sollte ihn begleiten. Ob sie in diesen Tagen an seine Seite gehörte – diese Frage wagte er nicht mehr zu stellen, so hoffnungslos war alles in ihm zerstört, was die geliebte Frau betraf. Er wußte nur das eine gewiß, daß er sie nicht in Berlin zurücklassen durfte; denn die Stunde, neue Gegner gegen ihn zu gewinnen, war gut.

Jeden Abend, bis der Aufbruch nach Potsdam endgültig festgesetzt wurde, nahmen Mutter und Tochter voneinander Abschied.

Der König wußte und duldete es. Denn ein Grumbkow sollte sich nicht anmaßen dürfen, er habe auf ein so respektloses Wort von ihm gehört, wie der Minister es auszusprechen wagte, als der König Kattes Schatulle nichts als Nichtigkeiten entnahm.

»Majestät«, hatte Grumbkow gesagt, »diese Teufelsweiber sind klüger als die Schlangen. Sie haben uns betrogen.«

Was hieß das: Uns? So fragte sich der Herr. Wer war hier noch neben ›Dem König von Preußen‹?

Manchmal war in dem als feist verschrienen Gesicht des Potsdamer Korporals und Werderschen Ziegeleibesitzers Friedrich Wilhelm von Hohenzollern ein Anflug von Hochmut, der Fürsten erstarren lassen konnte, wollten sie sich getrauen, ihn in solchem Augenblick anzureden.

Der Auftrag, den Präsident von Creutz vom König von Preußen bezüglich des Kronprinzen erhalten hatte, erwies sich nun doch als ungleich größer und lohnender, als es in den einleitenden Anordnungen für den Verkauf der kronprinzlichen Bibliothek den Anschein gehabt hatte. Ein Objekt von drei- bis fünftausend Talern und des Präsidenten der Generalrechenkammer nicht würdig, eine Sache allenfalls für einen seiner Fiskale – so war es dem großen Herrn im Anfang erschienen. Auf den beschlagnahmten Büchern des Kronprinzen sollte Creutz das in Goldschrift eingeprägte »F« tilgen lassen und die gesamte Bibliothek dem preußischen Residenten in Hamburg zum Verkauf anbieten; denn der war ein rechter Büchernarr und hatte immer andere Büchernarren zum Tauschen und Handeln an der Hand. Die Herkunft der Bücher durfte niemand erfahren.

Als nächstes sollten aber nun auch die Diener des Prinzen entlassen und seine Wagen und Pferde verkauft werden. Dem Kavallerieregiment, dessen Oberst er seit drei Jahren war, wurde gleichzeitig kundgetan, »daß es sollte heißen des Prinzen August Wilhelm Regiment«. Und so kam Herr von Creutz sehr bald zu der Vermutung, daß er wohl die völlige Enteignung und Enterbung des Kronprinzen durchzuführen haben würde. Alle Ordern, die aus Potsdam an ihn gelangten, zielten nur in dieser einen Richtung; und allmählich begann die gesamte engere und weitere Umgebung des Königs diesen Akt in der Tat zu befürchten. Solche Aufgabe, die Enterbung und Enteignung des Kronprinzen von Preußen vorzunehmen, war nun allerdings dem Amt eines Obergeneralfiskals und Rechnungskammerpräsidenten schon angemessener. Gewiß, es standen keine imponierenden Summen und Sachwerte auf dem Spiel. Aber der Obergeneralfiskal begriff sehr rasch und scharf, zugleich aber auch voller Leidenschaft und zehrender Unruhe das Neue des Werkes, das nun in seine Hände gegeben war: er sollte Thron und Krone eines Königssohnes vernichten. Dies aber war ihm immer als das Letzte und Schwerste, das Lockendste und das Geheimnisvollste erschienen: das Gold eines Thrones und einer Krone in Händen zu halten.

Nun war solches Gold ihm ausgeliefert. Nun hatte er es gepackt, er, dessen Aufstieg am preußischen Hofe damit begann, daß er den Goldmacher des ersten Königs in einem Mantel von Rauschgold an den Galgen brachte. Und das war damals zu Küstrin geschehen, wo heut der Königssohn gefangen lag, dessen goldene Krone er zerbrechen helfen sollte. Daran dachte er jetzt oft des Nachts, wenn er als der letzte, der wachte, durch seine Säle und Kammern ging und bei dem Scheine einer einzigen, ängstlich abgedunkelten Kerze die Schlösser und Siegel überprüfte, hinter denen sein Gold verborgen und verwahrt lag.

Es waren die gleichen Nächte, in denen der König sich über der Bibel zermarterte und immer wieder nur auf das eine Wort stieß: »Sage dem König und der Königin: ›Setzt euch herunter;

denn die Krone der Herrlichkeit ist euch von eurem Haupt gefallen.«‹ Und in der Rede Gottes zum Propheten Samuel fand er das Königtum von Gott befehdet.

Als die Kunde von der geplanten Enterbung des Kronprinzen auch nach Dessau gedrungen war, hielt Fürst Leopold die Stunde für gekommen, sich nicht mehr wie bisher zurückzuhalten. Als er nun hervortrat, ging er genau den umgekehrten Weg, wie alle anderen ihn beschritten hatten. So hatte er es in allen Stücken gehalten: er war stolz und allein und ohne alle Partei und dennoch, ob es um Preußen oder das Reich ging, von keiner zu umgehen und keiner entbehrlich. Die anderen redeten jetzt mit allen von allem und mieden, als hätte es ihnen plötzlich hier die Sprache verschlagen und die Füße gelähmt, die vom Unglück Getroffenen: den König; die Königin; die Kattesche Familie. Man war allgemein ratlos, zu welcher Partei man sich schlagen solle.

Der Fürst von Anhalt-Dessau redete mit niemand und von gar nichts, kam zum König und – jeden alten Vorbehalt beiseite stellend – auch zur Königin und zu den Katte-Wartenslebens, versagte jeglicher Partei die Anerkennung, fragte nicht nach Freund und Feind und wußte, daß er nur so dem unglücklichen Freunde zu helfen vermochte. Mit einer Beharrlichkeit, die sich durch nichts beirren ließ, suchte er jedes Gespräch mit dem König über den Kronprinzen in einen Bereich abzudrängen, in dem allein das Leid der Eltern um den Sohn galt, die Frage aber nicht aufzutauchen vermochte, wie der König von Preußen an dem jungen Obersten Friedrich von Hohenzollern zu handeln habe. Der Generalissimus der preußischen Armee wollte von gar nichts anderem wissen, als daß hier die Sache zweier Söhne, nicht aber die zweier Offiziere ausgemacht werde.

Am schwersten war es vielleicht, wenn er den König bei seinem Regimente fand; denn der Herr hielt wieder alles wie sonst, nur daß er sehr unregelmäßig zur Tabagie kam. Täglich besuchte der Fürst den König auf der Wachtparade, bewunderte die immer peinlicher durchgearbeitete Präzision, die Vollendung der militärischen Ordnung, die Herrlichkeit im Anblick solchen Gleichmaßes. Aber der König sah düster auf das Götterheer, und schwer ging sein Blick über die ebenmäßigen Wogen des Glanzes hin, die Waffen und steilen, silbernen Helme.

»Was ist die Ordnung und der Gehorsam aller Regimenter«, sagte der König, »gegen den Ungehorsam des einen und vor der Unordnung, die durch ihn angerichtet wurde – «

Seine Blicke wurden irre; und Schaum stand vor seinem Munde.

»Er ist immerhin Ihr Sohn«, mahnte der Fürst und senkte seine hellen Augen zur Erde, die den eigenen Sohn schon barg, »und Blut vom Blute Eurer Majestät – «

»Was das Blut betrifft – « erwiderte der König. Doch vermochte er nicht weiterzusprechen. Er wies nur mit dem Finger auf seinen Arm, wie wenn man ihn zur Ader lassen sollte.

Er hatte den schwachen Vater verurteilt, als er noch Sohn war. Er verfluchte nun als Vater den verräterischen Sohn. Er verdammte sich selbst im Geschlecht, denn Könige vermögen nur im Gedanken an das Geschlecht zu bestehen. Er stieg in Tiefen der Buße hinab, in denen dem Menschen nicht mehr gut ist, zu leben – unmöglich aber dem König, zu herrschen!

Nichts war dem König unerträglicher, als wenn er das, was geschehen war, als einen Jugendstreich hingestellt sah oder als wenn man den Vergleich mit Spannungen an anderen Fürstenhöfen zog. Schließlich, hieß es, sei ja gerade der Prinz von Wales schon einmal auf der heimlichen Reise nach – Berlin gewesen. Den König peinigten alle solche Vergleiche. Die Dinge mochten manchmal fast dieselben sein; aber was aus ihnen sprach, war zu verschieden, als daß ein solcher Hinweis für den König einen Trost und eine Beschwichtigung enthalten konnte. Die Verwundung seines Herzens war zu tief. Seine Gedanken waren zu umdüstert. Das Gericht, das er halten sollte, hatte zu ungeheuerliche Formen in ihm angenommen. Aber was es war, das ihn so entsetzlich traf, vermochte er nicht zu nennen; und das alte Leid seines Lebens brach wieder hervor: das Bild zu sehen und den Sinn nicht erfassen zu können. Das Unaussprechliche war sein Geschick geworden. Immer hatten die mühevollsten Gedanken nur eine kleine Richtigkeit in sich, und das Eigentliche stand unerreichbar, unbegreifbar und unnahbar hinter ihnen.

Alle benennbare Klage und Unbill berührte kaum den Saum seiner Trauer.

»Ich weiß wohl«, sprach der König, »alle Welt will mich als

Tyrannen hinstellen, und der Gefangene hat es in ganz Europa auszusprengen gesucht.«

Ältere Leute, die lange an fremden Höfen gelebt hatten, zogen die Möglichkeit in Betracht, der König könne den Gefangenen auf der Feste seiner Verbannung vergiften oder erdrosseln lassen. Sehr ernsthaft sprachen sie von dieser Möglichkeit.

An Friedrichs nicht mehr gar so geheime Beziehungen zu den fremden Staaten klammerte sich der König mit Ingrimm; er tat es um so beharrlicher, je weniger dokumentenmäßig nachgewiesen werden konnte. Er übertrieb sie, um den Fluchtplan des Sohnes mit Hochverrat zu verquicken. Er suchte nach Kapitalverbrechen, weil es für das Verbrechen, das in Wirklichkeit geschehen war, keinen Namen gab: den Hochverrat, der an seinem Herzen verübt worden war.

Wie gehetzt suchte er nach dem schweren und einzigartigen Verbrechen, in dem endlich alle Quälereien, Enttäuschungen, Verrate des Herzens, Hintergehungen, Bloßstellungen, Auflehnungen, Verspottungen wurzelten, die er Jahre hindurch erduldet hatte. Er suchte nach der zermalmenden, allen Widerspruch – auch den des eigenen Herzens – dahinfegenden Begründung für das große Gericht, zu dem sein Land ihm überreif geworden schien! Der Königssohn litt nicht mehr nur für die eigene Tat der Unordnung: er trug auch alle Feindschaft und Abkehr, die im Lande gegen den König am Werk war, er trug sie als der erste aller Widersacher und Abtrünnigen. Es auszudenken, vermochte jener König nicht, der Gesetz und Lehre nur in den Furchen der Äcker, den Reihen der Grenadiere, den Straßenzeilen seiner Städte und den Trümmern seiner Kirchen schrieb, seit er die beiden Bücher beendete, wie ein Land zu regieren ist und wie ein König wird. –

All die Gedanken von dem großen Gerichte dachte er nicht. Wieder sah er nur das Bild, wie ihm denn die Gedanken immer nur im Bilde des Vollendeten kamen. Er sah das Bild eines großen Gerichtes, in dem das Weltgericht sich spiegelte, vollzogen und aufgehoben in der Opferung des Sohnes.

Niemand hat dem König geraten, seinen Sohn hinrichten zu lassen. Dieser Gedanke ist ihm selbst gekommen. Aber da war kein Zorn in ihm, und er war nur vom Schmerz übermannt.

Und es war die furchtbarste und zugleich schöpferischste Gewalt, die in ihm wirkte, daß er, wo er einen Schatten nur von ferne erblickte, seine volle Wirklichkeit erzwingen mußte. Und es war das Ungeheuerliche und Feierliche seines Lebens in einem: daß er in allem, das ihm widerfuhr, den Sinn ergründen wollte, der von Gott darein gelegt war; daß er in alles, was er zu tun sich entschloß, Gottes Ordnungen zu zwingen begehrte, sein Leben und sein Land allein in ihnen verankernd. Wer aber begonnen hat, den Blick nur noch auf die Ordnungen Gottes zu bannen, dem gehen die engen, schwankenden Maße der Erde darüber verloren, und als maßlos muß er seiner Umwelt oft gelten.

Um die Dämmerung, indes die anderen sich nach seinem Befehl zur Tabaksrunde versammelten, ließ der Herr den Prediger Roloff holen und sagte dem Protestanten alles, was ihm der Erzbischof von Köln über das alte Gottesbild im Dom zu Geldern erzählte. Von seinem Sohne sagte er kein Wort. Doch begehrte er von dem Prediger zu erfahren, wie der Unterschied sei zwischen Prädestination und Fatalismus.

Der Prediger Roloff ahnte wohl, wie schwer der König wieder von Gedanken verwundet war. Der große Abenteurer Europas, Clement, war der erste gewesen, der ihn so verwundet hatte. Gundling, den Narren, nannte der Abenteurer selbst als den zweiten. Nun war der dritte da: der Sohn, der unter seinen neuesten Büchern, den beschlagnahmten und in Hamburg versteigerten, jegliches neue Werk über die Prädestination besaß als eine gar besondere Rüstkammer gegen ›Den König von Preußen‹. Und weil er das wußte, vermochte der Prediger Roloff auch zu ermessen, aus welchen Tiefen des Herzens dem König zu dieser Stunde die Frage kam, wie der Unterschied sei zwischen Prädestination und Fatalismus.

»Wie zwischen Himmel und Hölle, Geist und Fleisch«, antwortete der Prophet und Evangelist des Königs von Preußen, als Lutheraner – wie sein König es forderte – auch den Glauben der Reformierten würdigend, »denn in der Prädestination ist der, welcher alles vorherbestimmt, vorherweiß, fügt, leitet und nach seiner heiligen Ordnung zu Ende führt, der allmächtige Gott. Im Fatalismus aber ist Gott der Herr selbst gar nichts anderes mehr als ein fallender Stein und ein stürzender Bach.«

»Gott aber lenkt die Herzen der Könige wie die Wasserbäche«, schloß der König leise.

Dann senkte er sein gemartertes Haupt auf die Brust und

schwieg lange. Das erste, das er danach wieder sprach, war dieses: »Alle reden sie immer nur von der Rache und Strafe, die ich üben werde. Rache und Strafe wären leicht – leicht auch aufzuheben. Aber das Opfer muß sein um der zerstörten Ordnung willen. Warum darf ein König nicht vergeben, wie andere Menschen vergeben dürfen –?!«

Bleich stand Roloff vor dem König. Seine Augen hatten wieder das Feuer, das immer mehr zu wachsen schien von Mal zu Mal, daß ihn – von Blutsturz zu Blutsturz – der König sah. Aber Stimme und Sprache des Predigers hatten das Kühle, Abwehrende behalten, als sei ihm die Sprache ein Filter der Nüchternheit für die unfaßlichen Worte Gottes, die er sagen mußte nach seinem Amt und die ihm mehr und mehr zum Wunder wurden. In die letzte Entscheidung, die vor dem König lag, drängte er sich nicht mit blassen Sprüchen einer falschen Milde, die doch das Herz des Königs nicht erreichen konnten. Ehrfurchtsvoll hielt er sich fern vor dem Bezirk der letzten Entscheidung, in der Gott einem König Gericht und Gnade in ihrer ganzen Tiefe offenbarte. Und so hatte der König, vor der unerträglichen Härte des calvinistischen Bekenntnisses fliehend, unter den Lutheranern doch wieder nur den Strengsten gesucht, der nur einer Macht gehorchte: Gottes Anrede und Gottes Anspruch.

So nahm der glühende Prophet des Herrn, der immer nur die Seele seines Königs und nie den Sieg im großen Streit der Kirchen um den Herrn des Landes meinte, die Last der schwersten Gedanken nicht von ihm; denn Gottes Schwere brach über den König herein, und keiner vermochte sie von ihm zu wenden. Unbegreiflich schien der Trost, den er dem Geängstigten zusprach, für den er betete und den er nicht aus eigener, menschlicher Klugheit beriet: »Eben auch das, Majestät, daß die Könige nicht vergeben dürfen wie die anderen Menschen, ist unter die Vergebung gestellt.« Der König hörte nur den furchtbaren Befehl Gottes heraus, daß das Gericht geschehen müsse. Seine Krone war ihm zur Dornenkrone geworden und sein Zepter zum Kreuz. Und mit all den mühevollen Worten, die er nun noch sprach, verschwieg er nur noch seine letzte Angst: daß Gott sein Königswerk gerichtet hätte in dem Sohn. Er lauschte nicht auf die Fama Europas; bange horchte er auf Gottes Stimme.

War dies Wahrheit, daß Gott ihn selbst in seinem Sohne richtete, dann war Friedrich frei von Schuld. Dann war sein

Frevel Bestimmung. Dann war Tat und Schicksal: Prädestination. Dann quälte ihn der Sohn zu Recht mit all den Spitzfindigkeiten von Fatum und Vorherbestimmung, jenen tödlich verwundenden Spitzfindigkeiten, die er als Antwort auf alle Fragen bereit hatte, die ihm in Küstrin im Namen des Königs vorgelegt wurden. Dem Herrn kamen nicht nur Keckheiten des »Coquin« zu Ohren. –

Wenn nun die Septemberabende früh und früher dämmerten, ließ der Herr, als vermöchte er dadurch der Nacht zu entgehen, immer häufiger seinen Schimmel satteln und ritt allein zu dem verlassenen Jagdschloß Wusterhausen hinüber, in dem sich sonst um diese Zeit die Gäste und Pikeure drängten. Er ritt an dürren Wäldern im Herbststurm, an Stoppelfeldern im Nebel vorbei. Vor seinem Schlosse angelangt, hielt er nicht Rast. Das Mondlicht lag in leeren Fensterhöhlen. Dunkel und öde und all seines Lebens beraubt, sah er sein altes Jagdkastell als ein totes Gefüge aus Schatten und Steinen hinter den alten Bäumen, die ihr Laub von der Nacht zum Morgen verloren. Er wandte den Blick von seinem Schloß und ritt zurück in seine Stadt, und es wollte nicht mehr Ruhe werden in dem zergrübelten Kopf und dem wildbewegten Herzen.

Der König sah nur noch einen Ausweg: das Gottesgericht. Von solchem Ausweg schrieb er feierlich dem Freunde: »Wo Krieg wird, soll der böse Mensch mit dem ersten Grenadierunteroffizier aus der Sappe springen zum Rekognoszieren, den Graben und die Galerie zu bauen. Wo er es de bonne grace tut und bleibet, ist völlig Pardon.«

Aber so oft der Krieg nun schon sehr nahe gewesen war: diesmal wurde nicht Krieg.

Professor von Gundling sah es nicht gern, daß der Pastor Roloff wieder täglich beim allerhöchsten Herrn aus und ein ging. Professor von Gundling erboste sich darüber, weil doch der König gar so kürzlich erst seine Gnade ihm selbst wieder zugewandt hatte, als er ihm jene wunderschöne Historie zu erzählen wußte, wie ein König sich für seine schuldige Mutter richten ließ, damit seinen eigenen Gesetzen Genüge getan sei.

Die Gespräche des Königs mit dem Prediger schienen dem Professor überflüssig. Sie waren ihm im höchsten Maße ärgerlich. Kehrten denn des Abenteurers Clement Zeiten wieder? Der

König brauchte wieder einen Beichtvater! Der König setzte wieder Fragebogen auf! Und damit nur der Vergleich mit des Abenteurers Clement Zeiten recht vollkommen würde, hatte der Prediger Roloff wieder einen Schützling, den er dem König zu empfehlen suchte wie damals den Baron von Rosenau alias Michael Clement! Das war arg.

Aber diesmal glaubte sich der Professor über den neuen Anwärter auf die Gunst des Herrn etwas rascher und gründlicher orientieren zu können; nicht ganz umsonst war jener neue Rivale Christian von Wolf – Freiherr und Professor wie man selbst! – der Kollege von Jakob von Gundlings bürgerlichem Bruder, dem Königlich Preußischen Geheim- und Konsistorialrat des Herzogtumes Magdeburg, Ordentlichem Professor der Rechte, Wohlredenheit und Altertümer auf der Friedrichs-Universität in Halle.

Die gelehrten Brüder Gundling, sonst einander nicht eben wohlgesinnt, hatten ein wenig miteinander korrespondiert und konspiriert. Beiden war Professor von Wolf recht im Wege; dem einen, wenn er in Halle verblieb; dem anderen, wenn er nach Berlin gerufen wurde; besser also, wenn er ganz aus Preußen verschwand; am besten mit Schanden und für immer.

Zettel um Zettel bekritzelnd, hockte Jakob von Gundling über Professor Wolfens Werk, den »Vernünftigen Gedanken von Gott, der Welt und der Seele des Menschen, auch allen Dingen überhaupt«.

Er schien aber darauf verzichten zu wollen, das Werk dieses Neuen in großer, ruhmreicher, öffentlicher Disputation mit dem ganzen gewaltigen Apparat seiner Gelehrsamkeit zu vernichten. Oh, der große Gundling war gar zu vornehm geworden. Er tat es in der Stille ab. Er fertigte nur ein paar Exzerpte für den König an; ein paar Exzerpte: danach war Prädestination nur eine Verbrämung für Fatalismus. Der Gott, der Taten, Leiden und Geschicke in scheinbarer Willkür vorherbestimmt, dieser Gott eben war selbst das dumpf waltende Fatum: gefangen in seinen eigenen Gesetzen und an die eigenen Kräfte gebunden, unabwendbar und unabänderlich. Nichts wurde getan und alles geschah ohne Maß und Wert und Sinn: Zeugung und Mord, Ordnung und Aufruhr, Dienst und Desertion.

Solche Exzerpte übersandte Gundling dem König als den Auszug aus den Lehren des Professors Christian Freiherrn von Wolf zu Halle, dem der König von Preußen Titel, Sold und Lehrstuhl gab.

Der König, als betrachte er nur alte Kunstwerke in Domen und als befasse er sich lediglich noch mit wissenschaftlichen Kontroversen, las Professor Gundlings Exzerpte, Thesen, Antithesen und Kommentare.

Solche Verwundung, wie sie hier an ihm geschah, war er nicht mehr fähig zu ertragen.

Professor von Wolf wurde aus Halle verbannt und seines Amtes entsetzt. Professor Gundling pries das Fatum, das in den gleichen Tagen den lungenkranken Pastor Roloff Blut spucken ließ. Man muß nur seine Stunde kennen, wenn Zeit und Ewigkeit für einen König dieser Erde durcheinander geraten! dachte Gundling. So leicht hatte er sich den Kampf gegen Wolf nun doch nicht vorgestellt, daß nur drei Worte den Rivalen schon zu vernichten imstande waren: Prädestination. Fatum. Desertion.

Der Philosoph war verjagt. Frédéric le »pfilosophe« saß gefangen. Da war im Lande Preußen gute Zeit für Narren.

Von nun an bezeichnete der König in aller Öffentlichkeit die Tat seines Sohnes als Desertion. Aber er verhängte die Strafe noch nicht.

Nur nannte er seinen Sohn auch offiziell nicht mehr Kronprinz, sondern Prinz Friedrich oder Des Königs Sohn Friedrich und Oberst Fritz.

»Der Oberst Fritz hat desertieren wollen.«

Das lag beim König nun als Formel fest.

Der Oberst Fritz gehörte demnach vor ein Kriegsgericht. Ehe der neue Monat begann, ordnete der König formell ein Gericht über den Deserteur an. Aber erst einen Monat darauf setzte er es ein und ernannte zum Vorsitzenden den Generalleutnant Graf Achim von Schulenburg, den Getreuen im Aufruhr der Junker; Schulenburg, der sein Regiment mit Gesangbuch und Neuem Testament für jeden Offizier und Mann als einem neuen Rüstzeug für den preußischen Soldaten beschenkte; Schulenburg, der einst den ersten Kronprinzen von Preußen, Friedrich Wilhelm, vor dem Anfall eines Hirsches bewahrte und ein Auge für ihn hingab. Ihm, dem Wundenträger von Stralsund, und dem Kriegsgerichte überwies der König gleichzeitig die Mitschuldigen des Prinzen zur Aburteilung und stellte für die Beratungen sein väterliches Schloß Köpenick, das Haus seiner frühesten Kindheit, zur Verfügung.

Da kam Friedrichs Anerbieten, seinen Rechten zu entsagen. Der König nahm es nicht an. Glaubte er in nichts mehr an die Ehrlichkeit seines Sohnes? Befürchtete er für die Zeit nach seinem eigenen Tode Staatsumwälzungen und Wirren? Sagte er sich, daß Friedrich ohne geistigen Vorbehalt nicht auf sein Erbrecht verzichten und daß sein kleiner, zarter, sanfter Hulla, wenn er nun König wurde an des ersten Sohnes Statt, einen gefährlichen Gegner an Friedrich haben würde? – Zweifelte er überhaupt an der Möglichkeit, sein zarter Kleiner vermöchte je ein König zu werden – war er in Wirklichkeit ohne Söhne?! Und vor allem: was hatte ein Deserteur noch mit dem Verzichte auf Thronfolgerrechte zu schaffen?

Da erwog der König gar nicht mehr, daß Friedrichs Verzicht auch nur nach feierlicher Bestätigung durch das Reich Gültigkeit erlangt hätte. Er hätte darum einkommen müssen, und das war ein langwieriges und in seinem Ausgang ungewisses Verfahren. An Feinden unter den deutschen Fürsten fehlte es dem König nicht; und er ahnte, daß man unter hundert schönen Verbrämungen schließlich doch nur über ihn selbst zu Gericht sitzen würde. Was hatte er nach alledem noch zu fragen?!

Tag um Tag und Nacht um Nacht las der König in der Bibel von Gottvater und dem Menschensohn, den er mit der Schuld der Welt belud, von Abraham und Isaak; von König Davids Klage über Absalom, den Aufrührer; von der Verheißung über alle Erstgeburt; von Krone und Dornenkrone; von Gottes Richterstuhl und den Thronen der Könige.

Es war des Königs Art, die Stellen der Heiligen Schrift, die ihn am tiefsten berührten, mit einem scharfen Eindruck seines Daumennagels zu bezeichnen. In diesen Tagen war die Bibel von seinem starken Finger wie zerschnitten, und wie Kreuze zerrissen seine Male die Worte der Schrift.

»Und zur Mitternacht schlug der Herr alle Erstgeburt in Ägyptenland von dem ersten Sohn Pharaos an, der auf seinem Stuhle saß, bis auf den ersten Sohn des Gefangenen im Gefängnis und alle Erstgeburt des Viehs – «

»Durch den Glauben opferte Abraham den Isaak, da er versucht ward, und gab dahin den Eingeborenen und dachte: Gott kann auch wohl von den Toten erwecken – «

»Mein Sohn Absalom! Mein Sohn Absalom! Wollte Gott, ich wäre für dich gestorben! O Absalom, mein Sohn, mein Sohn!«

Dann versank er in der Karfreitagsgeschichte. Er wollte das Alte Testament nicht mehr lesen. Er glaubte, nun vermöchte er das Neue Testament nicht mehr zu bewältigen und von ihm sich loszulösen.

Der König las in der Bibel, doch betete er nicht.

Es war, als würde er gepeinigt. Es war, als würde er gerichtet; und nicht Des Königs Sohn Friedrich.

Zwei Tage lang, den 25. und 26. Oktober, hörte das Kriegsgericht die Verlesung der Untersuchungsakten an.

In kurzen Pausen privaten Meinungsaustausches standen und gingen die Offiziere in kleinen Gruppen auf der schmalen Halbinsel, die der Schloßpark von Köpenick zwischen den Armen der Spree und der Dahme bildete. In weitem Halbrund schimmerte das herbstlich bewegte, kühle, klare Wasser der Flüsse durch die entlaubten alten Bäume. Vor dem Gittertor, das die Schloßbrücke am Graben von der Schloßfreiheit abtrennte, stauten sich die Menschen des kleinen Marktfleckens; sie verharrten auch dann noch, als die Fenster des Schlosses sich zu der spätabendlichen Fortführung der Sitzungen erhellten. Manche waren auch eigens von Berlin herausgekommen, und die Wagen drängten sich im Hofe der Posthalterei und vor dem Wirtshaus.

Aber die Grenadiere am Gittertor gaben keinerlei Auskunft, wer da droben im alten Kurfürstenschlosse weile, wie lange man heute dem Vermuten nach wohl konferieren werde und ob der König selbst zugegen sei oder nicht.

Der König war nicht zugegen.

Und die droben tagten, waren die Besten der Armee: Kapitäne, Majore, Oberstleutnants, Obersten und Generalmajore – Alter und Jugend. Wie der König einst Des Königs Sohn Friedrich nur die Klügsten, Gebildetsten, Redlichsten unter den jungen Offizieren seines Leibregiments zu Gouverneuren und Gesellschaftern gab, so wählte er auch nur die, deren Ansehen unbestritten war vor aller Welt, zu Richtern über Oberst Fritz.

Am 27. Oktober fällten die fünf Rangklassen, die Kapitäne, Majore, Oberstleutnants, Obersten und Generalmajore, jede ihren Spruch.

Was den Kronprinzen betraf, so stimmten sie alle ziemlich mit dem Urteil der Majore überein: »daß es Sachen sind, so zwischen Vater und Sohn passieret«. Sie betonten die inzwischen ausgesprochene Unterwerfung und das Besserungsgelöbnis des Prinzen und erklärten sich für unzuständig. Es komme der väterlichen Gewalt und königlichen Autorität zu, den Sohn väterlich und als König zu strafen. Durch einen Richterspruch würde ein Eingriff in solche zwiefache Autorität geschehen. Kein Offizier, Vasall noch Untertan sei über seines Königs Sohn ein Urteil zu sprechen befugt, und ein solches sei auch ungültig.

Sie hatten Preußens Sache mit preußischen Argumenten durchzufechten. Das protestantische Ausland griff nicht ein, das Unheil abzuwenden, das über dem »Kronprinzen in Preußen« schwebte. Das Reich verfocht nicht das Recht – es ging um das Lebensrecht! – des Kurprinzen von Brandenburg.

Dabei sprach Europa ein paar Wochen lang von nichts weiter als von den Grausamkeiten des Königs von Preußen.

Die Generalstaaten, Schweden und Sachsen schrieben höchstens einige Briefe, in denen sie pro forma für den unglücklichen Königssohn eintraten. Die Protestanten redeten auch noch einmal aus England sehr beweglich, als sei der Preußenkönig ein Schänder ihres Glaubens. Aber der schwedische Gesandte, der den Brief seines Hofes seit August bei sich liegen hatte, wagte ihn einen Monat lang dem König überhaupt nicht zuzustellen, und der kaiserliche Hof hatte es mit seiner Stellungnahme noch weniger eilig. Erst viele Wochen nach der Gefangennahme des Prinzen ließ er den Kurfürsten von Brandenburg fragen, ob es ihm genehm wäre, wenn er zwischen ihm und seinem Sohne zu vermitteln suche; er könne das Schicksal eines so hervorragenden Gliedes des Reiches nicht gleichgültig ansehen.

So blieb nur Preußens Recht und Preußens Glaube.

Die Preußen aber mußten die Rechtsprechung allein dem Vater und König überlassen, und der Herr blieb mit der größten Not beladen, Vater, König und Richter in einem zu sein. Auch die Getreuen vermochten ihm nicht zu helfen. Der präsidierende Generalleutnant Graf Achim von Schulenburg erkannte auf Todesstrafe für den flüchtigen Leutnant Keith und auf Inkompetenz gegenüber dem Thronfolger. Bei dem Leutnant von Ingersleben, der Katte mit Urlaubsvermittlung und Aufnahme behilflich sein wollte, stimmte er sechsmonatigem Kerker zu, unter Abrechnung der verbüßten Haft. Für den Leutnant von Spaan, der in Leipzig einen Wagen bestellte und in Ansbach um den Fluchtplan wußte, erkannte er auf Kassation und dreijährige Haft.

Der Kronprinz hatte also ohne alle Frage einen Anhang unter den jüngeren Offizieren. Aber der Leutnant von Katte unterschied sich nicht von diesen allen; es sei denn, daß ihn einst das besondere Vertrauen des Königs in die Nähe des Thronfolgers berief; es sei denn, daß es ein größerer Frevel war, Bücher über die Prädestination als Reitpferde zu beschaffen ... Kattes Leben – nun, wo ihm die Gleichzahl verdammender und verzeihender Stimmen vorlag – war in Achim von Schulenburgs reine, treue und tapfere Hände gegeben. Er rettete es, wenn er sich für ewige Haft entschied.

Dieser Abschnitt seines Votums war ebenso lang wie alle anderen Punkte zusammen.

»So kann ich«, schloß er, »nach meinem besten Wissen und Gewissen, auch dem teuer geleisteten Richtereide gemäß, den Katte mit keiner Lebensstrafe, sondern mit ewigem Gefängnis zu belegen mich entschließen.«

Den Sohn freisprechen, hieß den Vater verurteilen. Den Sohn verurteilen, hieß den Vater vernichten.

Die Offiziere auf der Halbinsel von Köpenick redeten von Retirade, Echappade, Absentierung des Thronfolgers. Die Todsünde, die er beging, war nur in das Herz des Vaters eingegraben. Niemand als er konnte sie wissen; er aber vermochte nicht, sie sich bewußt zu machen.

Sie suchten dem König die Schwere seines zwiefachen Richteramtes zu erleichtern. Sie griffen seinem Spruche mit geschickter, zarter Hand vor. Sie suchten die Gnade durch Betonung der Unterwerfung und der Reue des Schuldigen zu erzwingen. In der Urteilsbegründung gaben sie dem Prinzen seine Ehrenrechte wieder: den Titel Hoheit, den der König durchgestrichen hatte; den Rang als Kronprinz, den er ihm nahm. Sie gaben ihrem König zu verstehen, daß ihre angestammte Treue sich nicht nur auf seine Person, sondern auf sein ganzes Haus erstrecke.

Er aber in der Tiefe seiner Buße verfluchte sich selbst im Geschlecht. Der König hatte sich in seinen Offizieren die Männer erzogen, deren ›Der König von Preußen‹ bedurfte. Der Präsident des Kriegsgerichtes, der siebzig Jahre alte Schulenburg, von den Menschen nichts mehr fürchtend und erhoffend, legte die Stimme der Weisheit in die Urne. Die Richter von Köpenick sprachen wahrhaft Recht. Aber sie vermochten jene Wandlung nicht zu ahnen, die im König vor sich gegangen war: daß er mehr das Opfer denn die Strafe meinte; das Opfer für sein verderbtes, gottloses Land; daß er den heiligen und unabänderlichen Ordnungen Gottes genügen wollte, für die alle Königreiche der Erde nur ein Bild und Gleichnis sind.

»Durch den Glauben« opferte er den Sohn, »da er versucht ward, und gab dahin den Eingeborenen und dachte: Gott kann auch wohl von den Toten erwecken.«

Der König, der vor Gottes Richterstuhl stand, wollte es nicht, daß man ihm seinen Richterspruch erleichtere.

Was er in Händen hielt – das konnte nicht die Lösung, die Ausrottung, den Abschluß und die Tilgung alles dessen bedeuten, was sich so schwere Jahre hindurch in ihm alles aufgestaut hatte an Trauer, Enttäuschung und Zorn, an Grübelei und Selbstverdammung.

»Sie sollen rechtsprechen und nit mit dem Flederwisch darüber gehen«, schrieb Friedrich Wilhelm beim Empfang des Schriftstücks an den Rand des Urteils. »Es soll das Krieges Gerichte wieder zusammenkommen und anders sprechen.«

Wenige Tage darauf gab er die Auslegung für diesen Befehl. Er habe geglaubt, »er hätte ehrliche und solche Leute erwählet, so ihre Pflicht nicht vergäßen, die aufgehende Sonne nicht anbeteten und bei dem Kriegsrecht allein ihr Gewissen und die Ehre des Königs beobachten würden. Er wünsche schärfer hervortreten zu lassen, daß Seine Königliche Majestät zu dem, was geschehen, Ursache gehabt und Recht getan – es möchten sonst zehn wohl dem König recht geben, aber auch zehn und wohl mehr dem Kronprinzen.«

Daß keine Befreiung und Lösung gefunden war, reizte sein Mißtrauen, stieß ihn weiter in seine Schwermut zurück und ließ ihn in das immer tiefere Unrecht immer ärgerer Beleidigungen und Verdächtigungen fallen; und weil er das Eigentliche nicht zu nennen vermochte, suchte er hundert geringe Namen für das Leid und die Angst angesichts der Unabsehbarkeit und Ergebnislosigkeit dieses seines schwersten Kampfes.

Er verleumdete das Urteil als »eine gegen ihn bewiesene Untreue, deren Grund kein anderer sein könne, als daß sie schon auf die künftigen Zeiten sähen. Nun lerne er diese Leute besser kennen, versichere aber, es werde sich Gelegenheit finden, alle diejenigen zu zernichten, die es mit seinen Kindern gegen ihn halten wollten.«

Und in dem Wort von »seinen Kindern« lag, daß er um des Verrates willen, der an seinem Herzen geschehen war, auch seine älteste Tochter vors Kriegsgericht hätte gestellt wissen wollen.

Er fühlte sich sehr verlassen; und sein geheimer Schmerz, sich immer mehr im Unrecht zu sehen, war unbezwingbar.

Die Order des Königs wurde Schulenburg geschickt. Der verriet nun, daß er viel von seinem Herrn begriffen hatte; begriffen in den Jahren, seit er in dem Kampf des Königs mit den Landständen sich als einziger auf die Seite des Bauernkönigs schlug und alle Freundschaft und Verwandtschaft um des Herrn willen verlor; begriffen in den Jahren, in denen er dem König im Heer Ordensregeln statt eines Dienstreglements für Söldner durchsetzen half.

Achim von Schulenburg nahm das ungerechte Blatt, wendete es um und schrieb für seinen König eben jene Bibelworte darauf, unter denen der König, vor allen verborgen, in diesen bitteren Tagen so namenlos litt. Gleichzeitig rief Graf Schulenburg das Kriegsgericht auf Befehl des Königs am 31. Oktober ein zweites Mal zusammen.

Aber König Friedrich Wilhelm hatte nun die Offiziere, die er sich einst ersehnte: sie änderten ihre Meinung nicht. Sie blieben fest und gingen über die Marginalien und Zettel ihres Königs hinweg. Der las an diesem Tag die Bibelsprüche, die der Treueste ihm aufgeschrieben hatte. Er las sie auch noch einmal spät am Abend, obwohl er seit Wochen gar nichts anderes im Herzen trug als sie. Aber etwas an ihnen war nun völlig neu geworden: sie standen gegen ihn auf. Sie bestätigten ihn nicht im Gericht.

Gott wollte das Opfer nicht. Gott gab ihm kein Recht dazu, in eigener Tat zu sühnen. Der Erstgeborene gehörte ihm, dem Vater, nicht: er war von Gott als der künftige König gezeichnet. Und im Tode der beiden ersten Söhne war die Erwählung besiegelt.

Dem Gericht des Königs und der Notwendigkeit, das Gesetz der unabänderlichen Ordnung in seinem Lande zu behaupten, war nur der andere ausgeliefert: Katte. Der allein war noch der

Träger des Gerichtes. Nur an ihn war die Rebellion noch geheftet. Sein Sohn war dem König genommen, und nur das Landeskind war ihm gegeben. Und wieder offenbarte sich in allem Königsleid und aller Königstat das Gleichnis. Wieder erfuhr und erlitt der König das Widerspiel von Erwählung und Verwerfung, das über dem ersten Opfer Kains und Abels schon waltete.

Gott wollte sein Opfer nicht. Der König fühlte sich gerichtet, nicht begnadigt; und dennoch blieb ihm der Zwang auferlegt, Hüter der Ordnung zu sein! Er mußte auch fernerhin richten, wo er sich gerichtet sah, denn er hatte eingreifen wollen in die Rechte des Ewigen und hatte einen Menschen machen wollen nach seinem eigenen Bilde, so wie Gott sprach: »Lasset uns Menschen machen, ein Bild, das uns gleich sei.«

Am nächsten Morgen wurde Des Königs Sohn Friedrich begnadigt – begnadigt im Gericht des Vaters über sich selbst.

Der Leutnant von Katte wurde zum Tode verurteilt, unter völliger Gleichheit der Stimmen für und wider. Denn der König war dem Kriegsgericht beigetreten, und seine Stimme stand gegen Schulenburgs Votum. Viele Richter, vom Besten in sich getrieben und nach der Fällung ihres Spruches zu Fürbittern geworden, bedrängten den König mit dem Wort der Schrift, daß das Blut dessen, der Menschenblut vergießt, wieder durch Menschen soll vergossen werden, und nannten den König den Herrn über Leben und Tod, als sei er wie Gott. Sie wußten, wie er sich vor der Unterzeichnung jedes Todesurteils zermarterte.

Dem harten Richter schwindelte, als er, von den Gleichnissen zerquält und von der Schwere der Bilder bedrängt, die nun als Wirklichkeit aus seinem Leben hervorgebrochen waren, das letzte, unergründlichste und unerträglichste vor sich aufsteigen sah: das Bild des stellvertretenden Leidens, das er für die verletzte Ordnung forderte wie der heilige, unwandelbare Gott. Ihn schauerte davor, ein König zu sein und das Gleichnis Gottes aufrichten zu müssen, richtend und fordernd, indes er immer mehr zum Büßer wurde und tiefer als sein ärmster Gefangener gebeugt war unter Gottes Gericht. Denn Könige müssen schwerer sündigen als andere Menschen.

Er lebte nur noch im Bilde. Sein Herz war tot in Angst vor dem Dunkel, in dem Gott sich verbarg; der verborgene Gott, der keine andere Offenbarung von sich zuließ als das Kreuz – er, der König aller Könige, von dem geschrieben und gesungen ist: »Es danken dir, Herr, alle Könige auf Erden, daß sie hören das Wort deines Mundes.«

Als wende Gott sich von ihm ab, als hülle sich Gott für ihn in immer tieferes Dunkel, so hart traf den König der Tod des Predigers Roloff. Auch darin glaubte er Gottes Gericht zu erfahren. Der Prophet kam nicht mehr zum König. Der Schwindsüchtige hatte nur noch gelebt, um den König mit schwersten Worten der Schrift in seine bitterste Stunde zu geleiten, in der er selber Träger des Gleichnisses war und keiner mehr in Gleichnissen zu ihm sprach.

»Es hat euch noch keine denn menschliche Versuchung betreten, aber Gott ist getreu, der euch nicht läßt versuchen über euer Vermögen, sondern macht, daß die Versuchung so ein Ende gewinne, daß ihr's könnet ertragen.« Mit dem Apostelworte war der Prophet vom König geschieden und hatte es ihm als Vermächtnis hinterlassen.

Seltsam war das Grabmal, das der König seinem Propheten und Evangelisten setzte.

Der Tote war der Propst von Sankt Peter gewesen. An diese seine große Kirche hatte der König ihn aus einer kleinen Kirche geholt, und keine seiner Ehren war von ihm genommen worden, obwohl er doch den Abenteurer Clement im Pfarrhaus von Sankt Peter beherbergt hatte –.

Der gewaltige Turmbau von Sankt Peter war, vom Blitz getroffen, niedergebrannt, als der König mit dem Thronfolger auf jene Fürstenfahrt ging, von der sie als Richter und Gefangener wiederkehrten. Das Letzte, was der Herr im Aufbruch von seiner Hauptstadt sah, war das schwelende, zerstürzende Gebälk des Turmbaus von Sankt Peter gewesen.

An dem Tage, an dem ihm der Prophet genommen wurde und an dem er seinen Richterspruch über Katte gefällt hatte, befahl er, den Turmbau wieder neu zu errichten; er setzte den General von Linger zum besonderen Baukommissar ein und trug ihm auf, »daß der Petriturm so hoch und womöglich noch höher als der Münsterturm zu Straßburg gebaut werden sollte«.

Dreißigtausend Taler wies er für den Turmbau an.

Der höchste Turm Europas sollte hier errichtet sein; und unverzüglich sollte mit dem Werk begonnen werden, obwohl das

Jahr zur Neige ging. In den Novembernebel ragten die Gerüste; in schweren Wolken senkte sich der Himmel auf sie nieder. Der König sah und sah und dachte nicht.

In all diesen Wochen kam sich natürlich jeder überaus wichtig vor, der etwas Neues über Küstrin zu melden hatte. Leider überschnitten sich aber die widersprechendsten Gerüchte. So hieß es, der Gefangene sei schwer erkrankt und gehe dem Tode entgegen, und Seckendorffs und Grumbkows dunkle Pläne, vom König gebilligt, würden alle zur Erfüllung kommen. Um Grumbkow begann man zu munkeln, er wolle jetzt Herr der Situation werden und sich des Kronprinzen entledigen, weil er wegen der gescheiterten britischen Pläne seine Rache fürchten müsse.

Seckendorff und Grumbkow glaubten vorauszusehen, daß Friedrich heil aus der Gefahr hervorgehen werde, in die sie ihn mit hineingestürzt hatten. Sie dachten bereits an die Zukunft und gingen so weit, die Rolle von Versöhnern und Werkzeugen der Gnade für sich vorzubereiten. Grumbkow pries sich glücklich, nicht an der Reise teilgenommen zu haben, so bedenklich ihm zuerst sein Ausschluß aus der Suite des Königs erschienen war.

Seckendorff, der biedere Pächter, Soldat und Protestant, ging während der Krisis wieder auf sein Gut, um von Schloß Meuselwitz aus den unbeteiligten, harmlosen Zuschauer zu spielen. Grumbkow behauptete entgegen allen Küstriner Krankheitsgerüchten, der Kronprinz sei sehr wohl und munter; er sei noch immer ebenso dreist. Wenn er den ganzen Tag im Bett bleibe, so geschehe es, weil er sich die Mühe des Ankleidens sparen wolle; es lohne ja nicht in Küstrin.

Grumbkow schien nach wie vor aus aller Welt und aus Küstrin am besten informiert zu sein. Jedenfalls gab er Stimmung und Zustand des Prinzen am richtigsten wieder.

Wenn man Friedrich vorhielt, seine Ausgaben seien auf acht Groschen beschränkt worden, so antwortete er: Wenn er hungern müsse, so wäre es ihm ebenso recht in Küstrin wie in Potsdam. Der Vater wollte eine öffentliche Erklärung abgeben und bereitete ein Manifest an die Mächte vor. Das gab Friedrich einen Rückhalt. Der Vater fühlte sich nicht sicher! Und doch wohl nur, um sich zu stellen, als ob er die öffentliche Meinung nicht scheue, aber vielleicht auch, um diese öffentliche Meinung überhaupt erst herauszubekommen, gestattete der König wieder die verbotenen Berliner und Hamburger Zeitungen?! Schließlich war der Vater eben nicht in dem Grade, wie er es behauptete, unumschränkter Richter in dieser häuslichen Sache! Er war – was er ja oft genug aus den Mauern des alten Räuberkastells in die Welt gerufen hatte – nicht nur der König von Preußen, sondern auch der Kurfürst von Brandenburg! Und Friedrich war nicht nur der Erbe der preußischen Königskrone, über die sein Vater verfügte, sondern auch eines Kurfürstenhutes, über dem der Kaiser und die Kurfürsten des Heiligen Römischen Reiches wachten!

Der Kronprinz glaubte sich nicht mit dem Tode bedroht und konnte, wie gewöhnlich, gefährliche, fatalistische Spöttereien nicht unterdrücken. Er litt vor allem unter Langeweile, aber neue Freunde unter seinen Wachtoffizieren verscheuchten sie ihm ein wenig; ja, ein junger, munterer Hoboist der Küstriner Garnison, Fredersdorff, hatte so ehrliches Mitleid mit dem Königssohn in seinem Arrestlokal, daß er des öfteren unter dem Fenster des gefangenen Prinzen eifrigst auf seiner Oboe blies, damit die Hoheit die Musik nicht ganz entbehre.

Trotz des königlichen Verbotes wurden dem Kronprinzen Bücher zugesteckt; und in seiner Gefangenenstube bei dem Talglicht wurde Friedrichs Freude an den Büchern nur noch größer. Manchmal hatte er sogar Feder und Tinte zur Verfügung und konnte an Prinzessin Wilhelmine schreiben, was immerhin noch ratsamer schien als eine Korrespondenz mit der Königin selbst. Er fühlte sich, trotz aller englischen Tendenzen, gerade durch das Reich vor dem Vater geschützt; und Katte glaubte er bei sich geborgen. Geschah ihm selbst nichts Arges, wie sollte dann Katte eine ungerechtfertigte Härte treffen, ihn, dessen Schuld doch um so vieles geringer war –.

Ganz plötzlich interessierten Berichte über den Küstriner Häftling und etwaige heimliche Briefe von seiner Hand nicht mehr. Er sollte, hieß es, begnadigt sein.

Doch Leutnant Kattes Briefe, sprach es sich herum, atmeten schon die große Angst; Leutnant Kattes Briefe waren schon bettelnde Lebenslust. Denn er in seinem nahen Kerker hörte zu rasch und zu viel und zu genau vom König. Er begann zu ahnen, daß nicht König Ragotin, sondern ›Der König von Preußen‹ ihn gefangen hielt. Er wollte das Leben und wollte nicht mit dem Leben ein paar Modetheorien vom Fatalismus bezahlen, in denen er sich gefiel und mit denen er dem Prinzen helfen wollte, wenn ihm der so unendlich leid getan hatte!

Aber der, den sie mit ihren Spitzfindigkeiten verletzen und verwirren, gegen den sie sich wehren und vor dem sie etwas darstellen wollten, war zu tödlich verwundet, weil er in allem groß sein mußte, auch im Erliegen und Erleiden.

Katte erfuhr von einem Worte des Königs: »Der Leutnant Katte hat nur an meinen Sohn gedacht. Meine Offiziere haben aber an mein Land zu denken; und vornehmlich die, welche ich selbst an die Seite des Thronfolgers berief. Der Leutnant Katte aber hat – «

Ach, was er getan hat – der junge Leutnant sagte es sich in tausend rasenden Gedanken, in Tagen und Nächten –.

Er schrieb an den König. Der schwieg.

Er schickte seinen Vater. Der König sagte zu ihm: »General Katte, stelle Er sich vor, in seinem Regiment wäre jener Leutnant von Katte – «. Und als der General ihn nichts mehr fragte, ihm nichts mehr klagte; als der Tod des Leutnants von Katte gewiß für ihn war, tröstete der Vater den Vater und sprach von seinem und von dessen Sohn.

Der Älteste der Katteschen Familie, der Marschall von Wartensleben, war allein beim König. Der König sagte ihm alles ohne Vorbehalt, warum die Strafe, die Sühne, das Opfer geschehen und dem Gesetz Genüge getan sein müsse – gerade wo der Erstgeborene aus dem Gericht genommen sei und seinem Vater und Richter nicht gehöre, weil Gott die Könige im Geschlecht erwählt –.

Und wieder brach er in die Klage aus, die sein Gesicht verfallen und seine Stimme verlöschen ließ: daß Könige nicht vergeben dürfen wie die anderen Menschen und daß für sie allein Gottes Sohn die Worte des Gebetes nicht sprach: Und vergib uns unsere Schuld, wie wir vergeben unsern Schuldigern!

Im Vorsaal waren die Blicke aller Offiziere auf die Tür geheftet, durch die der Marschall Wartensleben aus den Königszimmern treten mußte. Nun rannen doch die Tränen über sein altes Gesicht.

»Welch einen König haben wir«, sagte er zu denen, die seiner harrten. Und keiner kannte sich mehr aus. Denn es war, als habe der Greis, vom König des Enkels beraubt, die Worte gesprochen: Ecce homo.

Zwei Boten mit Briefen sind sich zwischen Tür und Treppe begegnet. Der eine schmuggelte das Billett des Kronprinzen an die älteste Prinzeß ins Schloß ein, als gerade der Erste Sekretär des Königs ein Handschreiben seiner Majestät zur Beförderung gab. Denn an diesem Tage war der Herr zu einer Sitzung des Generaldirektoriums in Berlin gewesen. Es war am 3. November um Mittag. Der Brief des Kronprinzen datierte vom 1. November.

»Meine liebe Schwester, das Kriegsgericht, welches jetzt zusammentritt, wird mich für einen Ketzer erklären: wenn man nicht in allen Punkten der Meinung der Herren ist, so ist man eben ein Erzketzer. Sie können sich die niedliche Behandlung, die mir bevorsteht, leicht denken. Ich selbst kümmere mich herzlich wenig um die Flüche, die gegen mich geschleudert werden sollen, wenn ich nur weiß, daß meine liebenswürdige Schwester auf meiner Seite steht. Wie werde ich mich freuen, wenn weder Riegel noch Gitter mich weiter hindern, Ihnen meine herzliche Freundschaft auszusprechen! ›Chi ha tempo, ha vita‹, sagen die Italiener, und damit wollen wir uns trösten. Aus Herzensgrunde wünschte ich, nicht brieflich mit Ihnen reden zu müssen und die seligen Tage wieder zu erleben, welche Ihren ›Principe‹ und meine ›Principessa‹ Küsse austauschen sehen. Leben Sie wohl. Der Gefangene.«

Dies war der Brief, den sie ins Schloß zu bringen suchten, während der Erste Sekretär des Königs das Schreiben Seiner Majestät »An den Feldprediger Müller« hinuntertrug:

»Würdiger, lieber Getreuer, Ich kenne Euch zwar nicht, aber Ich habe von Euch viel Gutes gehört, daß Ihr ein frommer rechtschaffener Prediger und Diener des Wortes Gottes seid. Also da Ihr bei Occasion der Execution des Lieutenant Katte Nach Cüstrin kommt, so befehle Ich Euch nach der Execution bei den Cron Prinz zu gehen, mit Ihm zu raisonnieren und Ihm vorzustellen, daß wer Gott verließe, der würde von Ihm wieder verlassen, und wenn Gott einen verließe und seinen Segen abzöge, der Mensch nichts gutes, sondern lauter böses täte. Er möchte in sich gehen, Gott recht von Herzen um Vergebung bitten vor die schwere Sünde, so er begangen und Leute mit verführet, davon einer itzo sein Leib und Leben hätte müssen einbüßen. Wofern Ihr nun den Cron Prinz zerknirscht findet, sollet Ihr Ihn animieren, auf die Knie mit Euch zu fallen, und auch die Offiziers, die bei Ihm sein, und Gott mit tränenden Hertzen um Vergebung bitten. Ihr müsset aber alles mit guter Art und Vorsicht tun, denn Er ein verschlagener Kopf ist, und müßt Ihr wohl acht geben, ob alles auch mit einer wahren Reue und gebrochenem Herzen geschehe«...

Vielleicht war in dem gebrochenen und tränenden Herzen des Königs noch eine schwache Hoffnung, daß Gott ihm auch jenes letzte Opfer verwehre und daß auch das Landeskind nicht um des Sohnes willen »itzo sein Leib und Leben müßte einbüßen –«

Zwar sah der König auch dieses Bild schon vollendet: daß Des Königs Sohn Friedrich unter dem Fenster seiner Zelle in dem anderen sich selbst zum Richtplatz geführt werden wußte. Aber warum verfügte er, daß Kattes Fahrt in den Tod, die an einem Tage hätte durchgeführt werden können, mit so verzweiflungsvoller Langsamkeit geschah? Warum verfügte König Friedrich Wilhelm das? Die meisten sagten: Um das Maß der Quälereien voll zu machen. Denn alle hatte das Entsetzen davon gepackt, daß die Hinrichtung nicht in Berlin, sondern in Küstrin vollzogen wurde.

Aber der hier am bängsten wartete, war der König selbst. Sein schweres Wort war ausgesprochen und bestand: »Es ist besser, daß ein Mensch stirbt, als daß die Justiz aus der Welt kommt.«

Für den König waren nur noch zwei Menschen auf der Welt: Friedrich und Katte. Aber wie sollten die Gattin, die Kinder, der Hof, die Stadt, das Land, das Reich, Europa es verstehen?! Die anderen Händel der Welt gingen ja weiter, gingen über das Gericht und Gleichnis von Küstrin hinweg...

Noch zitterten die Königin und die älteste Prinzeß am meisten um ihr eigenes Schicksal. In jedem, der ihnen aus der persönlichen Umgebung des Königs begegnete, sahen sie den Künder des Unheils, den Spion, den Verräter und spielten ihm ihre armseligen Komödien vor. Die Königin schickte ihrer Tochter Schachteln mit Käsegebäck zum Nachtisch zu und versteckte Briefchen darin: »Du bist ein furchtsamer Hase, der sich vor allem erschreckt. Bedenke, daß ich Dir meinen Fluch gebe, wenn Du in etwas, was man von Dir fordert, ohne meinen Willen willigst. Um Zeit zu gewinnen, stelle Dich krank an.«

Die Prinzessin übte sich weiter in Ohnmachtsanfällen. Die Prinzessin lag im Bett, nahm heiße Blechkugeln in die Hände, reichte dem Kammerdiener des Königs danach ihre Rechte, und der fand somit ihr Fieber auch hoch.

Das Elend der Prinzessin galt als so unausdenkbar, daß die Hugenottenkolonie ihr reichliche Geschenke übersandte, als beweise sie dem König an seinem verstoßenen Kinde ihre alte Dankbarkeit!

Keine der Damen glaubte es wagen zu dürfen, daß sie bei der Prinzessin angetroffen würde.

Aber als der Königin Ende November endlich gestattet war, wieder nach Berlin zurückzukehren, und zwar mit ihren kleineren Töchtern, die der Hauptstadt und ihren Gerüchten bis dahin hatten ferngehalten werden sollen, eilte nun Philippine Charlotte ohne alle familienpolitischen Erwägungen sofort zu der ältesten Schwester. Niemand ahnte, daß die muntere Sanssouci, die sich immer nur wünschte, wie die erwachsenen Damen zu sein, nun unter diesen beneideten Damen zu viel belauscht und gar zu viel verstanden hatte. Niemand hatte daher für notwendig gehalten, Prinzessin Sanssouci zu untersagen, daß sie vor der leidenden Schwester die Hinrichtung Kattes erwähne. Noch wußte Wilhelmine nichts.

Die kleine Schwester, zu lebhaft, zu herzvoll, zu wichtigtuerisch, schwatzte alles schon in der ersten Minute heraus.

Nun bedurfte es nicht mehr der gespielten Ohnmacht. Nun waren die heißen Blechkugeln nicht mehr nötig. Die Prinzessin hatte das Bewußtsein verloren. Die Prinzessin lag danach in hohem Fieber. Sie flehte um Bestätigung der Schreckensbotschaft.

Vor dreizehn Tagen, am 9. November, war Katte in Küstrin unter Friedrichs Fenster enthauptet worden.

Der Bruder lag lange im Delirium: das war das Letzte, was man von ihm gehört hatte, und nun der Prinzessin melden konnte.

Täglich kam die Königin zu ihrer Tochter und beklagte sich bitter über das Verhalten des Königs während ihrer Potsdamer Leidenszeit. Täglich erschien sie und jagte Wilhelmine einen panischen Schrecken ein. Die Königin war quälerisch. Unablässig war sie wieder nur mit der Fortführung der Heiratsprojekte befaßt: Friedrich geschah ja nichts mehr! Das Gerücht von seiner Begnadigung war ja bestätigt! Seine Haft war schon auf Stadt und Festung ausgedehnt!

Sophie Dorothea, die Welfin, kannte nun wieder ein »Morgen«.

Der Gouverneur von Küstrin gab Des Königs Sohn Friedrich den Degen zurück. Doch das Offiziersportepee blieb noch verwahrt. Die Begnadigung durch den König ging nicht so weit, daß er seinen Sohn wieder in die Armee aufnahm. Einen so schlechten Soldaten wolle er nicht, erklärte der Kriegsherr. Die Posten durften nicht vor dem einstigen Obersten Fritz präsentieren. Die Wache sollte vor ihm das Spiel nicht rühren. Selbst der Gruß des Militärs blieb ihm versagt. Des Königs Sohn Friedrich ging wie ein Toter, den keines Menschen Auge sah, in der Feste Küstrin umher. Er tat, was ihm die anderen befahlen.

Der König hatte die Stadt und Festung für ihn freigegeben: so sollte er also das Arrestlokal verlassen.

Der König versagte ihm noch die Ehren des Offiziers: so sollte er also um sie flehen.

Der König, meinten die Offiziere um Des Königs Sohn Friedrich, müsse erfahren, daß sein Sohn die Strafe und die Gnade recht verstanden habe. Der König von Preußen verfügte also auch in der abgelegenen Oderfestung schon über Offiziere von der neuen Art. Wie anders konnte sonst dem begnadigten Gefangenen in so wirrer, schwerer Stunde ein so treuer Rat gegeben werden.

Dieses eine Mal lag die Partei eines Achim von Schulenburg als die vorderste im Felde; nicht die Kaiserlichen lagen voran; nicht die Britischen. Der Kronprinz bat, worum zu bitten sie ihn hießen. Er wollte wieder in die Armee aufgenommen sein.

Der Vater schrieb noch in der Stunde, in der er den Brief seines Sohnes empfing, seine Antwort: »Der Deserteur hat die Ehre, die Uniform zu tragen, verwirkt.«

Er setzte hinzu: »Überdem ist es auch nicht nötig, daß alle Leute von einem Metier seynd, in dem der eine zum Soldaten, der andere aber zur Gelehrsamkeit und anderen Sachen appliciert werden muß.«

Der König hatte sein Opfer begriffen, das er im Gericht vergeblich suchte. Der Vater begann sich zu dem Sohn hin zu wandeln, dem Sohn, den er nach seinem Bilde hatte machen wollen, als sei er wie Gott.

Davon war er zu Tode erschrocken: sich zu messen mit Gott und nicht ihm zu dienen!

Noch irrte der Sohn, ein Leichnam und Schatten, im engen Kreise seiner kärglichen Freiheit umher, von fremdem Willen geleitet und erhalten.

Aber der Vater hatte das neue Leben schon begonnen: hin zu dem Sohn, den Gott ihm von den Toten erweckte, so wie der Vater es geglaubt hatte, als es an der Zeit gewesen schien zum Opfer.

»Daher er ihn auch zum Vorbilde wiederbekam –.«

Bei diesem Wort der Schrift schlug der König an diesem Abend seine Bibel zu. Und sein Gebet war nur, Gott möge ihn seine Befehle so wissen lassen, wie ein Soldat die Order seines Königs erhält – Befehl nur für die eine Stunde, aber unabtrennlich, unentbehrlich eingeordnet in den großen Plan des Königswerkes, den niemand weiß als der Schöpfer des Werkes. Auch als er wieder betete, war es ein Bild: Gott möge ihn zu solchem Soldaten-König machen, der gehorcht, dient und vertraut und an dem Willen seines Herrn nicht rüttelt und seinen Plan nicht zu erfragen wagt. Er wollte vor dem König der Könige nur noch sein wie ein Soldat ›Des Königs von Preußen‹ vor dem Potsdamer Obristen, als läge darin die Sühne dafür, daß der Oberst Fritz desertiert war.

Die Hirtinnen

Und immer ist's Gewinn für ein Land,
wenn ein König da ist über das Feld,
das man baut.

Die Bibel

Die Schlafsucht des Königs war kein Geheimnis mehr. Selbst bei
Tische schlief er plötzlich ein und ließ Messer und Gabel aus der
Hand fallen, während einer Tafel wohl an die zehn- bis zwölf-
mal. Aus der gleichen Schwäche zerschlug der König in der
Tabaksrunde allabendlich drei bis vier Pfeifen. Heimlich waren
besondere Leute bestellt, die laut und ununterbrochen reden
mußten, sobald der König anfing einzuschlafen. Dieser Zustand
hielt ein volles Vierteljahr an. Der König mußte also eingestehen, daß er krank war. Diesmal nannte er es einen Podagraanfall.
Er schlief vor Schmerzen – allein der Schmerzen wegen, wie er
sagte – nur morgens von vier bis fünf Uhr. Er arbeitete aber sehr
fleißig. Nur die Tafel mußte allmählich abgesagt werden. Jetzt
speiste er mittags im Schlafrock, außer Bett, mit der Königin und
den Kindern, die er mit in Potsdam hatte: Philippine Charlotte,
seine Sanssouci, die er noch immer mit ihrem Kindernamen
seine »dulle Lotte« nannte, hielt er ihres ewig fröhlichen Geplau-
ders wegen bei sich; Hulla, dessen Zärtlichkeit und Sanftheit ihm
in diesen Wochen unentbehrlich war, konnte er noch weniger
missen; Friederike Luise wollte er so lange wie möglich um sich
haben, denn um ihrer nahe bevorstehenden Heirat willen glaubte
er in diesen Tagen gern von ihr, daß sie ihm sein liebstes Kind sei.
Liebte nicht Ike seine Hunde, die Bären, Wusterhausen? War sie
nicht das einzige sparsame unter seinen Kindern? War sie nicht
offen bis zur Schroffheit und also ohne alle Berechnung? Willigte nicht gerade sie, der Widerspruchsgeist, ohne Zaudern in
seinen Heiratsplan ein? Und dies, obwohl sie doch gar nicht
ermessen konnte, was jener Entschluß bedeutete, gerade ihre und
für sie gerade diese Ehe zu schließen! Manchmal schien er jetzt
ganz in den Anblick dieser seiner zweiten Tochter versunken, so

sehr bewegte es ihn, daß ihr Geschick zum Zeichen einer großen Wende wurde.

Die Ähnlichkeit Friederike Luises mit der Mutter fand er nun doch geringer geworden. Die Gattin war in jenen Jahren erster fraulicher Jugend so unvergleichlich schmaler und zarter gewesen, und ihre Taille galt einmal als die schlankeste von allen Taillen aller Prinzessinnen Europas. Wie ein unbewußter Stolz war es in ihm, daß die Tochter der Mutter nicht gleichkam, obwohl Friederike Luise ihr Ebenbild hieß. Es war, als liebe er die Erinnerung an die Frau, die unlängst und vielleicht auch heute noch zu seinen unversöhnlichsten Feinden zählte, obgleich sie nun das fünfundzwanzigste Jahr an seiner Seite lebte. Er suchte sie auch heute noch in seinen Kindern, die endlich, endlich wieder friedlich um ihn weilten – auch wenn es nun die anderen waren – nicht mehr die beiden Ältesten. –

Jedes der Kinder um ihn mußte sich nun aber mit irgend etwas beschäftigen, während es bei ihm saß. Sanssouci las in einem französischen Buch, tuschelte aber mit den Geschwistern und vergaß fortwährend wieder den Zusammenhang ihrer Lektüre, genau wie es in ihrer Kinderzeit gewesen war; sie wurde auch noch ganz als Kind behandelt, so sehr gerade sie sich immer das Gegenteil ersehnt hatte. Friederike Luise verfertigte Knötchen- oder Schiffchenhandarbeiten; sie liebte, trotz eines gewissen Geschickes darin, solch weibliche Beschäftigung nicht sonderlich, wollte jedoch den neuen Angehörigen in Ansbach einige artige Geschenke machen, die ihr Budget nicht allzusehr belasteten; in dieser ein wenig selbstsüchtigen Berechnung war sie mit ihren siebzehn Jahren überaus verständig. Hulla, der sich am meisten und am längsten um den Vater befand, schrieb oder malte; und er hatte es auch wirklich schon zu recht hübschen, zarten Bildchen gebracht, die einem Zehnjährigen alle Ehre machten. Dann und wann blickte er, weil es viel fesselnder war als alle eigenen Tuschereien, zum Vater hinüber, der nun nach Tisch im Bett ebenfalls wieder malte – in der ganzen Zeit der langen Krankheit Bilder ein und derselben Art: Bruststücke von Bauern seiner Länder, Bauern der Stämme des Reichs, Bauern der fremden Nationen. Nun malte König Friedrich Wilhelm seine Bauern, wie er vordem immer wieder sein Gesinde zu porträtieren pflegte, als sei ein treues Gesicht so rar, daß man es festhalten mußte!

Fünf Tage brauchte König Friedrich Wilhelm für ein Bild; und wenn er gar zu große Schmerzen hatte, ließ er sich auch noch die Umrisse vorzeichnen. Er hatte jetzt seinen eigenen Mallehrer; keinen von den großen Herren der Akademie, die ob der Regelwidrigkeit seiner Bilder ein Lächeln nicht zu unterdrücken vermochten. Er mußte sich mit Meister Hänßgen begnügen, Herrn Johann Adelfing, des Name und Kunst keiner kannte. Der bekam hundert Taler Gehalt, pro Maltag einen Gulden für Farben und im übrigen viel Schelte ob seiner dürftigen Gaben. Dagegen war der König sehr zufrieden damit, wie der Bombardier Fuhrmann ihm die Farben zu mischen verstand. Von Meister Hänßgen ließ der Herr allenfalls die besten Zuchtsauen konterfeien und in die Kammern der Landstädte schicken, damit man wisse, was erreichbar sei. Auch hatte er zu solchem Zwecke einen taubstummen Viehhüter aus einem baireuthischen Dorfe, weil er ihm gar so geschickt schien, beim Hofmaler Glaeser in Lehn zum Tiermaler ausbilden lassen. Die Menschen seines Landes aber, seine Bauern, malte König Friedrich Wilhelm selbst; doch gab er wenig Einblick, was solches Tun für ihn bedeutete. Mit dem Malen, erklärte er nur, bekämpfe er, wenn er zur Arbeit unfähig sei, seine große Müdigkeit, die ihn noch immer des Tages überfiel. Die völlige Schlaflosigkeit seiner Nächte aber fürchtete er so, daß er sich, um sich die Müdigkeit absichtlich und mühsam zu erhalten, selbst abends um neun oder zehn Uhr manchmal noch die aufgespannte Leinwand eines seiner Bauernköpfe auf dem Bette aufbauen ließ. Und er war so bei der Sache, daß er Anfragen, die beim Malen einliefen, in Bildern beantwortete.

Weil er neuerdings gar so oft darum gebeten hatte, kam auch die Königin manchmal für einen Augenblick zu dem Malenden ins Krankenzimmer; und wenn sie nun ein wenig bei ihm blieb und sich auf dem Sessel zu Häupten seines Bettes niederließ, nahm der König, dem die Schmerzen immer wieder auch das Malen verwehrten, die Hand der Königin und legte seine Rechte fest in ihre Hand, als gewähre ihm das eine Linderung, vielleicht auch eine Erinnerung oder den Traum von etwas, das sich niemals erfüllte. Dann sprach er auch immer sehr freundlich zu ihr und wollte sie davon zu überzeugen suchen, daß es etwas Hoffnungsvolles und Schönes, wenn auch Ernstes um den Entschluß sei, den er gefaßt habe.

Mehr noch aber war es wie ein Bekenntnis – als ob er sage: »Ich wollte das Haus mit dem Dache zu bauen beginnen! Ich wollte die Kronen, die in den Händen deines Geschlechtes und meines Geschlechtes sind, in gar zu großem Stolze vereinigen! Das war Vermessenheit, war Torheit, war Ungeduld! Nun gehe ich den umgekehrten Weg, ganz von unten auf, ganz gründlich, ganz allmählich! Nun sammle ich die entferntesten Glieder meines Hauses, die verschuldeten Erben und Träger des Namens Brandenburg und Hohenzollern im Reiche; sie, die ihr Amt verkannten und ihre Zeit vertaten! Nun will ich die ausgerissenen, absterbenden, geknickten Zweige meines Stammes auflesen, verbinden, von neuem einpflanzen, hegen, stärken und veredeln von der Kraft der Wurzel her. Lange hat die Hand des Gärtners gefehlt.«

Aber der Königin preßte es das Herz ab. Von solchem »Morgen« wollte sie nicht wissen. Sie hörte nur »Das Brandenburgische Haus« und »Das Reich« und sah das Ende aller ihrer Hoffnungen herbeigekommen. Mit dieser einen, ersten Heirat nach Ansbach war alles entschieden. Wie konnte Friederike Luise, das Kind, das ihr am meisten ähnelte, so widerspruchslos in die Wünsche des Königs einwilligen – sie, die sonst immer all und jedes ablehnte! Aber natürlich, das war nun die Frucht der Wusterhausener Erziehung, daß eine ihrer Töchter den Rang eines Königskindes in den Wind schrieb; auf die Möglichkeit, endlich an einem großen Hofe ein standesgemäßes Leben führen zu können, nicht das mindeste gab und nun statt dessen das bequeme, form- und inhaltlose Leben einer kleinen Landjunkersfrau mit lukrativer Milchwirtschaft und Hundezucht nach preußischem Exempel wählte! Dazu bedurfte es wahrhaftig nicht des Welfenblutes in ihr! Ach, welche Qual, daß statt der Gesandten großer Potentaten und Puissancen Geheimräte von kleinem Adel und von armem Hofe im Königsschlosse aus und ein gingen! Aber die Königin legte gerade darum allergrößten Wert darauf, die Gespräche zwischen Vater und Tochter zu kontrollieren; und schon aus diesem Grunde erschien sie immer wieder am Krankenbett. Doch was der König mit seiner Ike zu bereden hatte, brachte die Mutter maßlos auf. War ihre Tochter eine Pächtersfrau oder Bäuerin? Er versprach ihr drei seiner prächtigsten Hunde, wenn auch nicht gerade Pedro und Verfilgo, seine Lieblinge. Dann, in seinen gehäuften Kissen sich zurechtrückend, meinte König Friedrich Wilhelm lächelnd: »Höre, Ike, wir wollen einen Kontrakt miteinander schließen. Ihr habt in Ansbach gute Schinken und geräucherte Würste, aber kein besonders schönes Mehl, wie du es an unseren feinen Pasteten so liebst. Du sollst mir von Zeit zu Zeit Geräuchertes schicken, und ich werde dich dafür mit bestem Mehl versorgen. Du bist einverstanden?«

Unbegreiflich war der Königin, daß der Gatte unmittelbar nach diesem peinlichen Gespräch, wie Pächtersleute im Dorfkrug es führen mochten, seine Anordnungen gab für eine überaus prunkvolle Vermählungsfeier, als wolle er vor der Welt die Schande solcher Mesalliance verbrämen. Der Bräutigam sollte alle Juwelen seines Hauses auf dem Hochzeitsanzug tragen, die Braut in der Krone der Mutter des Königs, Frau Sophie Charlottens, erscheinen, die Königin den Ball eröffnen unter einem Salut von sechsunddreißig Kanonen, die Hofdame der Prinzeß am nächsten Tage ebenfalls Hochzeit halten!

Der König war sehr feierlich gestimmt; denn nun begann ein Neues, Gutes, Klares, wo jahrelang nur Zerfall, Enttäuschung und Verwirrung gewesen war. Dies alles kam nun zum Abschluß, und ein lichterer Weg seines Hauses war beschritten, ein Weg, den er durch reife Felder und an üppigen Weiden vorüberführen sah, wo heute noch verwahrlostes Ackerland brachlag und verbrannte Wiesen den Sensenschnitt nicht mehr lohnten. Was galt es ihm, daß er in unsäglicher Mühsal Sanierungspläne für die verarmte Verwandtschaft entworfen, garantiert und finanziert hatte, in denen er gleich in Zeiträumen von vollen zwölf Jahren denken und rechnen mußte.

Immer mußte dem König ein Plan erst zum Bilde verwandelt sein, ehe er eine Erwägung zum Entschluß zu erheben vermochte. War aber solche Verwandlung geschehen, dann ließ er nicht ab, bevor nicht die Wirklichkeit dem Bilde nachgestaltet war.

Aber hier war nun ein Bild! Der Herr stand staunend vor dem Rätsel. Hier war ein völlig neuer Weg! Hier war die völlige, innere Abkehr von der britischen Verlockung! Der Traum vom Wachstum der Kronen und Throne brüderlicher Fürstengeschlechter, vom Wachstum über die Meere und Küsten, nur durch die Liebe, war zu vermessen gewesen. Und so trug er sein Gericht schon in sich.

Aber dies Neue war begrenzt, war demütig, es forderte nicht das Wunder wie einen Zauber, sondern verlangte das Opfer. Und so dämmerte schon die Verheißung herauf.

Er sollte die Länder des zerrissenen und versprengten Hohenzollernhauses sammeln, versiegende Quellen mit dem eigenen Blute durchströmen! Es konnte nur Gottes Befehl sein!

Dem König ging es nicht mehr nur um die älteste Prinzeß. Er sah die Töchter alle, unendlich beglückend, in die verlorenen und bedrohten Lande seines Ahnenhauses ziehen. Ein neues Reich blühte auf; überall war Brandenburg bereit, den dauernden Frieden des größeren Reiches anzubahnen. Brandenburg wuchs in das Reich: schenkend, statt raubend! Der Bettelkönig hatte wählen gelernt zwischen vermessenem Traum und der Erkenntnis versäumten Dienstes. Der Bettelkönig würde alle Brandenburger sammeln und ›Dem König von Preußen‹ zuführen! Der Bettelkönig würde eine große Macht im Reiche sein – ohne Allianzen und Traktate mit der fremden Welt, ohne Zwiespalt, ohne Verrat! Kein Vorwurf konnte ihn treffen, kein Verdacht sich erheben! Die klarste Ordnung brach sich siegreich Bahn, dem sinnvollsten Gesetze wurde genügt, einem Gesetze, das Ansbach, Baireuth, Schwedt, die Kurmark und Preußen umschloß und sie hielt und sie trug, statt daß es sie unterwarf!

Für die erste Prinzessinnenhochzeit im Königshause wurden die großen Mustergüter des Königs gewaltig beansprucht; und das erste Vorbild aller späteren Mustergüter, Königshorst, hatte das Schwerste und Beste zu leisten. Aber auch schon die neueren – Stutthorst, Kiesenberg und Kuhhorst – mußten hergeben, was die Scheunen, Ställe, Keller und blanken Kammern nur bargen. Und nirgends war hochzeitlichere Stimmung zu spüren als in all dem Rüsten auf den Königsgütern. Die hier die Schüsseln wuschen, die Milchkannen putzten, die Butter rührten und die Eier in feingeschnittenem Häcksel verpackten – alle waren sie Bräute wie des Königs eigene Tochter.

Lediglich jene Mägde, die auf allen Domänen dem König als die saubersten, fleißigsten, flinkesten genannt worden waren, kamen zur Ausbildung nach Königshorst und Kiesenberg, Kuhhorst und Stutthorst. Und das war gleichbedeutend mit einer schmucken Aussteuer aus des Landesvaters Beutel. Zu tüchtigen Bauernfrauen sollten sie hier werden; und es hieß in den Instruktionen ganz ohne Umschweife, »von jeglicher Domäne die drei besten Mägde mit Brautschatz auf die Mustergüter zu versetzen«. Auch waren ihnen gleich von vornherein »drei Kerls von guten Leuten zu heiraten zur Wahl gestellt«. Zwei Jahre waren die Frist, die der König ihnen setzte, das Tagwerk der Bäuerin zu erlernen und den Bauern samt dem künftigen Hofe recht zu wählen. Jeder Landmann aber, der heiratete, mußte vor seinem Hofe sechs Obstbäume pflanzen, noch bevor er zum Altar der Dorfkirche schritt; und um des hochzeitlichen Landes willen mußte auch der Bürgerbräutigam in der Stadt für sechs Eichen in den Forsten des baumlosen Bruchgebietes je zwei Groschen zahlen. Nur wo die Armut des Freiers offenbar war, ging der König davon ab. »Denn ich will«, sprach der Landesvater, »lieber ein Prämium setzen, daß sie heiraten, als sie, weil sie heiraten, Geld geben lassen.«

Der König kannte schon jede von den späteren Musterbäuerinnen. Mancher hatte er die hundert Taler Brautschatz selbst am Butterfaß ausgezahlt. Die holländische Meierin, vom König als Lehrmeisterin der Bauernmädchen eingesetzt, hatte dem Herrn schon oft im Kreise der bräutlichen Mägde eine Probe ihrer dottergelben, festen Butter auf blitzblankem Messer präsentiert, wie sie nun der König auch für die Hochzeitstafel seiner eigenen Tochter nicht verschmähte. Immer waren die Königsgüter voll regen Treibens und freudigen Lebens. Namentlich das einst so elende Oderbruch war ein Land der reichen Ernte und frohen Hochzeit geworden. Drüben, wo der Fluß herüberglänzte in geordnetem Bette und geregeltem Laufe – durchschnellt von guten Fischen, die der König in den gereinigten Wassern hatte aussetzen lassen –, luden die Freier der Mägde vom Königsgut, seit der Fluß wieder eisfrei war, auf die langen, sauberen Kähne täglich hundert Wispel guter Gerstensaat auf, die nach dem Osten zu gehen bestimmt waren. Königliche Kommissare am Schiffsteg prüften jeden Sack, den das Notland als Hilfe erhielt. Überall stand der König, das Werk betreibend und das Fest bereitend.

Vollends groß wurde die Aufregung auf dem Königsgut nun gar, als mitten in das Rüsten der ländlichen Bräute für die Braut aus ihres Königs eigenem Hause die Kunde drang, der Kronprinz selber treffe auf dem Gute zur Besichtigung ein; er komme morgen durchs Oderbruch von Küstrin herüber. Also war es wahr: die Zeit seiner Gefangenschaft war vorüber, und der König ließ ihn in dem ganzen Umkreis seines Exils die Wirtschaft von den kleinsten Anfängen auf lernen!

Das ehrte die Pächter und Bauern sehr, und die Mägde, »die

mit Brautschatz dorthin versetzt waren«, dünkten sich überaus wichtig, weil der Königssohn durch ihre spiegelblanken Küchen und Molkereien, die Rauchkammern und Obstböden gehen sollte. Die holländische Meierin hielt lange Vermahnungsreden in ihrer unbeholfenen, gebrochenen Sprache. Aber es war niemand unter den einfachen Menschen, der es nicht wußte, wie der Kronprinz härter als einer der Niedersten im Volk unter der Strenge des Herrn hatte leiden müssen. Doch nun fanden sie es recht und gut, denn sie selber wußten am besten, was man durch des Königs Strenge lernte und zu welch gutem Ende sie führte, auch wenn man anfangs manchmal baß erstaunt gewesen war. Die Gutsmägde vermochten plötzlich ein gewichtiges und verständiges Wort in den heikelsten Angelegenheiten der königlichen Familie und in den schwierigsten Fragen des preußischen Staatswesens mitzureden, und die Spannung, mit der sie nun den hohen jungen Herrn erwarteten, war groß.

Wie hart er auch getroffen und wie tief er auch gedemütigt wurde: er machte all das Bittere doch nur durch, um ihr künftiger Gebieter zu werden. Und das erfüllte alle hier mit viel Respekt. Ja, mancher Bauer und Verwalter in der Gegend versprach sich fast einen kleinen Vorteil davon, den Kronprinzen so nahe zu sehen, vielleicht ihn sprechen zu können. Er sollte ja nicht mehr hoffärtig sein. Er sollte wirklich kommen als ein junger Auskultator der Küstrinischen Domänenkammer. Es sollte sich als gar nicht schwierig erweisen, ihm selbst ein Anliegen vorzutragen.

Der erste, der es wagte, war der Kiezer Schulze vom jenseitigen Ufer der Oder. Der fühlte sich vom Kammerpräsidenten ungerecht behandelt und wandte sich um Abhilfe an den Königssohn. Das war das erste Amtsgeschäft des neuen Auskultators zu Küstrin. Er erklärte seinem Vorgesetzten, er glaube sich bisher sehr gut geführt zu haben. Daher hoffe er, die Kammer werde ihm bald ein kleines Dezernat geben; und da alle auf dem Festland schon verliehen seien, bitte er um das der Marine. Weil nun aber die Oder sich in die Ostsee ergieße, gehöre der Fall des Kiezer Schulzen in sein Ressort.

Der Präsident von Münchow lachte, wie der Kronprinz dem gegen ihn, den Präsidenten, gerichteten Schritt des Schulzen das Beleidigende zu nehmen wußte. Der Kammerdirektor Hille, dem der Auskultator unmittelbar unterstellt war, sah mit warmer Freude, »daß Seine Königliche Hoheit wieder lustig waren wie ein Buchfink«. Und keinem der Küstriner Herren war es unklar, daß der Kronprinz von Preußen sich selbst und auch ihnen mit solchen heiteren und sicheren Wendungen über die Peinlichkeit hinweghalf, daß ihr künftiger Herr als das bescheidenste aller Schreiberlein auf der Domänenkammer an einem besonderen Pult von Kiefernholz ganz untenan am eichenen Sitzungstische saß!

Der Kronprinz war ganz außerordentlich überrascht, im ödesten Winkel des Oderbruchs, in einem Gebiete, das jedem anderen Königreich nur Last und Schande bedeutet hätte, den ausgezeichnetsten Beamten des Staates zu begegnen. In jedem anderen Lande hätte ihr Posten ganz und gar nichts anderes dargestellt als eine recht arge Strafversetzung an die Grenzen der zivilisierten Welt. Beim König von Preußen schien es als höchste Ehre zu gelten, wenn er den Besten das Schwerste zu tun gab.

Diesen Männern nun war aufgetragen, der Kronprinz solle sich unter ihrer Leitung »von jetzt ab aus den Geschäften selbst überzeugen, daß kein Staat bestehen könne sonder Wirtschaft und gute Verfassung und daß ohnstreitig das Wohl des Landes davon dependiere, daß der Landesherr alles selbst verstehet und ein Wirt und Öconomicus ist: sonsten, wenn dieses nicht geschiehet, das Land den Favoriten und Premierministern zur Disposition bleibet, welche den Vorteil davon haben und alle Sachen in Konfusion setzen. Es soll der Kronprinz nur auf die häufigen Exempel der Welt sehen, wie miserabel die meisten Fürsten haushalten und, ohngeachtet sie die schönsten Länder haben, dennoch selbige nicht recht ausnützen, sondern Schulden machen und sich dadurch ruinieren.«

Klarer und unverbrüchlicher als in dieser Instruktion konnte Des Königs Sohn Friedrich als Thronfolger nicht anerkannt werden. Und besseren Männern als Münchow und Hille hätte niemand diese seine seltsame zweite Erziehung anzuvertrauen gewußt, jene ungleich schwierigere Erziehung, gegen die sich der Neunzehnjährige anfangs manchmal bitter empörte.

Noch begriff der Kronprinz nicht den Zusammenhang, der zwischen all den Männern, den jungen und alten, bestand, die ihm als Wächter seiner Jugend vom Vater beigegeben worden waren: den eigenen Erziehern des Vaters; den jungen Gouverneuren aus des Vaters Leibregiment; dem Kriegsgericht im Schloß Köpenick; und nun den Küstriner Verwaltungsbeamten. Noch sah er nicht hinter ihnen allen den einen Vater stehen, der sie zu ihm sandte. Vielmehr zerbrach er sich den Kopf, wie es diesen hochgebildeten Männern gelungen sein mochte, bei dem König in solcher Gnade zu stehen, und wie sie wiederum den harten Dienst zu ertragen vermochten, den der König von Preußen seinen Günstlingen auferlegte. Selbst der bürgerliche Kammerdirektor Hille besaß ganz ungewöhnlich ausgebreitete Kenntnisse; seine Bekanntschaft mit Frankreichs geliebter Literatur war gründlich; sein Feingefühl und sein Geist erwiesen sich als ungemein schätzenswert, auch dann, wenn man nicht nur den Maßstab eines Exils anlegte! Über alledem war es wie ein stillschweigendes Übereinkommen zwischen den Lehrern und dem Schüler, daß sie ihm unablässig Arbeit geben mußten – nicht, weil er ununterbrochen die Wirtschaft zu erlernen begehrte; nicht, weil er dem König gefallen sollte, sondern weil er noch Stunde um Stunde mühevoll vergessen und verwinden mußte, was geschehen war.

Mit Besorgnis sahen die Küstriner, daß der Kronprinz von der Hoffnung lebte, sein gegenwärtiger Zustand würde nicht lange dauern; er wäre eine Art gerichtlichen Nachspiels, ein Interim vor Hof und Diplomatie oder eine pädagogische Laune des Vaters.

Der Kronprinz schien den Herren, die ihn auf die hochzeitsfrohen Königsgüter führten, sehr bedrückt. Ob denn dies alles das Geld des Landes nicht eher verzehre als vermehre, fragte er. War denn der Vater unbelehrbar? Hatte er, der Sohn, denn nicht mit eigenen Augen die Zeilen des Vaters gelesen, in denen er einen geplanten Kanalbau wieder vom Etat absetzen mußte?

»Ich muß sagen«, hatte der Vater von dem Elbe-Havel-Kanalprojekte geschrieben, »das ich mich nit Ruinieren kan weitter mein geldt wegzuschmeißen und ich es vor Gott und meine kinder nit verandtworten kan da Preußen mir klug gemachet. graben Bauen viehe kauffen ist aus und werde mit Gottes hülfe kein pfen mer verquaquelen den ich die Risee bin gewhesen von der gantzen Weldt und meine schöne verfassung armée und alles übern hauffen zu gehen sehr sehr nahe gewesen –«

Und dennoch ließ er nicht ab?

Darum also mußten Königstöchter arme Junkersfrauen werden –. Was würde geschehen, wenn nun der Anfang vollzogen war mit der ansbachischen Hochzeit? Was würde sich mit Wilhelmine ereignen? Warum heiratete sie, die Älteste, von deren Ehe von frühester Jugend auf soviel die Rede gewesen war, nun nicht als die erste? Was bedeutete es im Hinblick auf England? Des Königs Sohn Friedrich, Auskultator der Domänenkammer Küstrin, war auf seinem Besichtigungsgang zu den Gehöften und den Oderufern mit seinen Gedanken in Schloß Monbijou, wo sie um die zerstörten Hoffnungen der Königskinder trauerten und vielleicht noch um sie kämpfen mochten.

Die Küstriner Herren wußten, daß Friedrich noch ganz mit sich selber befaßt war und daß er, der sich von Jugend auf nach weiten, stolzen Reichen sehnte, jenes Reich noch nicht zu sehen vermochte, das sie ihm als das Werk seines Vaters zu zeigen bemüht waren: das Reich, in dem der Sand als weiter Garten zu blühen begann und in dem die uralten Moore von jungem, schwerem, honiggelbem Weizen zu rauschen anfingen –; das Reich, in dem die Mägde »Bräute mit königlichem Brautschatz« waren wie die Königstöchter selbst, als sei eines der antiken Hirtengedichte, die der Königssohn so liebte, Wirklichkeit geworden in der Mark Brandenburg.

Sanssouci stürzte wieder einmal gänzlich unerwartet in Wilhelmines Zimmer; wie immer, wenn sie freudig erregt, erschreckt oder betrübt war, überflutete ein zarter, roter Schimmer ihr Gesicht, die Stirn, den Hals.

»Es ist wirklich und wahrhaftig wahr«, rief sie, »Papa verheiratet uns alle und mich auch schon, mich auch schon!«

Ihre sonst ein wenig farblosen, blaugrauen Augen hatten einen tiefen Glanz bekommen. Sie preßte ihr kleines, heißes, kindlich weiches Gesicht an die Wange der Schwester. Sie schlang die Arme um die Lesende. Die Worte der Freude überstürzten sich.

»Ich darf mich gleich nach meinem fünfzehnten Geburtstag verloben!«

Prinzessin Wilhelmine schlug ihr Buch zu – es war ein schwacher Ersatz für die Lektüre, die sie sonst von Friedrich erhielt – und sah ein wenig gerührt, sehr freundlich und sehr müde zu der kleinen Schwester auf, die sie noch immer samt ihrem Sessel umarmt hielt.

»Aber Sanssouci – aber du Kindskopf –, wie hast du es denn nur möglich gemacht, wieder zu mir zu kommen –?!«

»Ah, Kindskopf –! Ich werde noch eher Braut sein als du« – aber das war ohne jede böse Überlegung hingesprochen – »und eben der ganzen Verlobungen wegen kommt Mama nun auch bald wieder ständig her – «

Wilhelmine war erblaßt. Sie vermochte kaum zu sprechen, derart klopfte ihr das Herz. Aber sie wußte, daß aus der kleinen Schwester nichts herauszubekommen war, ehe sie nicht die Frage nach dem einen stellte, das Sanssouci das Herz abpreßte: »Wessen Braut, um des Himmels willen, sollst du denn werden?«

»Das ist es ja eben«, schwatzte des Königs dulle Lotte, das Spizerle, das Bihberle, auf sie ein, »rate doch, wer es ist!«

Das wäre gefährlich, dachte die älteste Prinzeß und lächelte ein wenig zu traurig und zu erfahren.

Aber die Schwester erwartete ja nun gar keine weitere Frage mehr, und auf langes Rätselraten wäre ihre Ungeduld nur schlecht gestimmt gewesen. Ihr zarter Atem reichte kaum aus für das Gewicht ihrer Enthüllungen und die Schnelligkeit, mit der Wilhelmine sie zur Kenntnis nehmen mußte.

»Ein Braunschweiger, Wilhelmine«, hauchte sie selig, »der älteste von den entzückenden Bevernschen Prinzen, die der Papa mit ihren Eltern plötzlich zu Ferdinands Taufe eingeladen hatte! Der Braunschweiger Karl, Wilhelmine, gerade der!«

Auf die Gratulation und etwaige Äußerungen der Schwester achtete sie gar nicht. Sie wollte nur als Braut umarmt und geküßt sein. Die Worte vernahm sie kaum; und es war gut so, denn die Schwester vermochte ihre Bitterkeit nicht zu unterdrücken. Sie sagte: »Das hat wenigstens den Vorzug, daß du deinen künftigen Gatten kennst.«

Und sie zermarterte sich den Kopf, was diese völlig neue Wendung in der Heiratspolitik des Königs überhaupt und vor allem für sie selbst bedeuten könne. Welche Auftritte und Abgänge im Intrigenspiel der Mutter würde es nun wieder geben!

Solange der König aber noch eben jene Intrigenspiele in den Appartements der Gattin und Tochter annehmen mußte, hatte er seine älteste Tochter in ihre Räume verbannt. Wilhelmine verließ seit langem ihre Zimmer nicht mehr. Sie sah keinen Menschen. Der ganze Tag ging über den Büchern hin, und es war nichts an Gutem für sie auf der Welt, als daß der König von den Heiraten kein Wort mehr hatte hören lassen.

Aber nun, bald nach der Schwester, kam auch der Kammerdiener Ewersmann, sehr ernst geworden, düster und scheu. Etwas vom Tonfall der Kammerfrau Ramen war in seiner Stimme, als er leise bemerkte, der König lasse die schönen Zimmer ausputzen; viel Fürstenbesuch sei unterwegs zu den Verlobungsfeierlichkeiten; aber Ihre Königliche Hoheit werde zu keinem der Feste erscheinen dürfen.

Da begriff die Prinzeß, daß noch auf lange Frist eine Klarheit über ihr Geschick nicht zu erlangen war. Der König war ja von etwas Neuem besessen! Vergessen war England; vergessen war Friedrich, vergessen war Katte; vergessen waren alle Leiden, die er Familie, Hof und Volk, ja selbst den fremden Kabinetten zugefügt hatte!

Aber Katte war vom König nicht vergessen. Und der Gedanke, von dem der König in Wahrheit besessen war, meinte nur ihn. Auch wenn er seinen Namen seit dem November nicht mehr ausgesprochen hatte, stand dennoch alles, was er unternahm, in engstem Zusammenhang mit dem Toten.

König Friedrich Wilhelm wollte jetzt die Bücher und die Menschen wissen, die ihm die Seele seines Sohnes nahmen. Den toten Katte erwähnte er aber auch weiterhin nicht mehr.

Alle, die er in Verdacht hatte, lud König Friedrich Wilhelm vor. Er ließ dem Kriegsgericht ein Glaubensgericht folgen, und dieses war ihm erst das eigentliche Tribunal. Die große Frage aber, die hinter den Recherchen stand, blieb das Geheimnis des Königs: Ob es nur Verwerfung und Erwählung durch den Allmächtigen gab und beim Menschen gar nichts stand trotz aller seiner Mühen, Ängste und Gelübde? Wie aber sollte dann ein König richten? War einer verworfen: so gab es nur die Verzweiflung. Und nirgends war ein Weg aus ihr. War einer erwählt: so durfte er sich bis zur Vermessenheit auf ein unverdientes, unveräußerliches Recht berufen. Aber in allen Stücken wollte Gott alles sein und alles im geheimen.

Die Gedanken, die der König nie zu klären vermochte und nur in schweren Schlägen seines Herzens durchlitt, hatte der Sohn in verwundend scharfer Zuspitzung auszudrücken und seinen Briefen einzufügen gewußt. Der letzte, der eigentliche Kampf ging noch weiter – Denn auch für den Prinzen war seit Kattes Todesmorgen die Prädestination kein Modediskurs mehr! Die Calvinistenlehre hatte etwas Tiefsinnig-Großartiges für ihn zu werden begonnen, freilich aufs furchtbarste vermengt mit jenen für den König tödlich wirkenden Theorien vom Fatum.

Der Kronprinz wurde aufgefordert, von Küstrin aus die Namen derer zu nennen, die ihn geistig beeinflußt hätten. Er schickte aber nur die Liste der Bücher, in denen er die Gründe seiner religiösen Anschauungen gefunden zu haben vorgab; und da hatte er nun freilich nahezu jedes Buch besessen, das über die calvinistische Streitfrage erschienen war. Der König erwiderte, Bücher hätten keine Flügel oder Füße. Es müsse sie ihm jemand zugetragen haben.

Mit Menschen, nicht mit Schriften wollte er sich auseinandersetzen. Aber der Kronprinz war fest entschlossen, niemand zu verraten. Da war ja nicht nur Katte gewesen: da war auch noch Duhan, der Réfugié. – Er verweigerte die Auskunft. Er verschanzte sich hinter Krankheit, die ihm die Küstriner Herren auch mit gutem Gewissen bestätigen konnten. Der König schrieb völlig verbittert zurück: »Wie er prädestiniert ist, wird alles gehen. Wo etwas Gutes an ihm wäre, würde er sterben. Aber dessen bin ich gewiß, daß er davon nicht stirbt.«

Er sollte zu keiner Klarheit gelangen. Immer mußte er sich unsicher und dumpf, gebrochen und geängstet – von den flinken und scharfen Gedanken wehrlos verwunden lassen. Das Glaubensgericht ging leer aus; um so unruhevoller wurden die Briefe des Vaters an den Sohn. Kattes Todesstunde hatte Friedrich nicht gewandelt! Jäh und von Grund aus brach sich die qualvolle Enttäuschung und Ungewißheit des Königs Bahn in tausend unverstandenen Anklagen, die alle nur die eine große Klage waren.

Der König schickte selber Bücher an den Sohn. Er, der die kostbare Bibliothek des Sohnes heimlich in Hamburg hatte versteigern lassen, ließ eine ganze Büchersendung nach Küstrin abgehen, Kisten mit geistlichen Büchern.

Der Dank fiel höflich aus. Die erbetenen Äußerungen über die einzelnen Werke selbst taten aber das, was das Herz des Königs am schwersten bedrängte, noch immer kühl und hochfahrend ab.

Der Mahner in Potsdam ließ nicht ab und wurde nicht matt.

Auch die kalten, klugen, die geschickten, leeren Briefe erhielten sofort ihre Antwort: »Gott gebe, daß Euer falsches Herz möge vollkommen gebessert werden und daß Ihr Gott möget vor Augen haben, alle die verdammten prädestinierten Sentiments aus Eurem bösen Herzen mit Christi Blut abwaschen. Das gebe der allmächtige Gott der Vater, Gott Sohn, Gott Heiliger Geist, um Jesu Christi willen. Amen. Alle frommen Untertanen und Leute sprechen hiermit von Herzen Amen.«

Fassungslos und bleich saß der Kronprinz bei seinen Herren und zeigte immer wieder auf die letzten Zeilen dieses väterlichen Briefes. Keiner vermochte die Feierlichkeit und Inbrunst zu ermessen, in der sie niedergeschrieben worden waren: Gebet zu Gott und Brief an den Sohn in einem! Der Hofmarschall und die Kammerherren des Küstriner Exils betrachteten den Königssohn mit tiefstem Mitleid. Hier war etwas, das beängstigte sie alle. Wie hätte einer auch nur zu ahnen vermocht, wie das heiße Herz des harten Königs darum bettelte, daß das furchtbare Opfer, das gebracht war, das Wunder wirken möge an dem Sohn – das Wunder, von dem der König von Preußen Tag um Tag sprach wie der König der Schrift: »Herr, davon lebt man, und das Leben meines Geistes steht ganz darin.«

Manchmal war jetzt in den Augen des Neunzehnjährigen etwas von der namenlosen Schwermut und entsetzlichen Aufgewühltheit seines Vaters; auch jetzt, als der Kronprinz, den Kopf in die Hände gepreßt, gehetzt und tonlos vor sich hin redete: »Ich soll ein lächerlicher, armseliger, kleiner Auskultator sein – das kann ich. Ich soll nicht auf den Zehenspitzen gehen, mich nicht auf die Füße plantieren, nicht schief und gebogen gehen und stehen und mit meinen Blicken das Auge ehrlicher Menschen nicht meiden – ich stimme da mit der Meinung des Königs sogar in höchstem Grade überein. Ich soll nur seinen Willen tun; ich soll das französische und englische Wesen aus dem Kopf schlagen und nichts als preußisch, meinem Herrn und Vater getreu sein – das geht an, obwohl doch niemand als der König, der es sich erdacht hat, weiß, was das ist: preußisch! Ich soll alle Petitmaitre-, französische, politische und verdammliche Falschheit aus dem Herzen lassen – das ist tragbar. Aber das nicht, was er in dem neuen Schreiben fordert, das nicht! Weiß er denn nicht, was er über mich gebracht hat?«

Er wollte sich wehren gegen ihn, den sein Vater und König den König aller Könige nannte. Er wollte den Vater verwunden, durch den Gott zu ihm sprach – auch zu ihm – und nannte Gott: Fatum.

Der König wußte, was er über seinen Sohn gebracht hatte und

was der hatte mit ansehen müssen. Er flehte darum, daß auch der Sohn es wüßte, daß zwei für ihn gestorben waren: Katte – und Christus.

Als es für die Küstriner gar keine Abwechslung mehr gab als das Entsetzen über die Briefe des Königs, wagte der Gouverneur von Küstrin einen Vorstoß. Er bat um die Gunst, zur Trauung seiner Tochter den Kronprinzen als Zeugen laden zu dürfen. Er suchte in der armen Fischer- und Soldatenstadt dem Königssohn die wenigen Häuser zu öffnen, die hier für ihn in Frage kamen.

»Abgeschlagen«, schrieb der König an den Rand der Anfrage, »ein Arrestant müßte eigentlich geschlossen sein. So soll er wenigstens ein stilles, zurückgezogenes Leben führen, denn wenn ich das getan hätte, was er getan hat, würde ich mich totschämen und mich von niemand sehen lassen.«

Zu Grumbkow – der hinter seinem Rücken »der ganzen Küstriner Boutique seine mächtige Protektion« angeboten hatte – sagte der König gleich danach, er wisse sehr wohl, daß sein Sohn in Küstrin, fern von ihm, zufrieden sei wie ein König –.

Aber Friedrich fand keine Lösung für sein neues Leben. Er stand vor den Betreuern und Leidensgefährten seines Exiles und malte Zukunftspläne aus, steigerte sich in Ekstase und verfiel in eine Art Delirium. Den Männern, die ihn hörten, tat der Schmerz und die Erregung seiner Jugend unendlich leid. Denn der Vater hatte ihn ja nicht mit Quälern und Spähern umgeben!

Der Kronprinz von Preußen konnte ohne weites Reich nicht leben. Aber alle Reiche, die er sich schuf – und sei es, um des Vaters willen, mit Schulden und Lügen –, waren ihm zerstört. Ach, und niemals hatte er eines lichten, weiten Reiches mehr bedurft als jetzt. Er konnte die Trommelwirbel jenes Novembermorgens nicht vergessen, an dem einer sterben mußte für ihn.

Er aß nicht. Er trank nicht. Doch schrieb er emsig Ökonomisches. Aber der König ließ ihm neuerdings immer wieder Prozeßakten zur Durchsicht vorlegen. Des Königs Sohn Friedrich sollte nicht nur die Wirtschaft, er sollte auch die Gerechtigkeit lernen. Es mußte ein Abschluß, ein Sinn, eine Rechtfertigung gefunden werden; denn es war ja noch eines zweiten Kindes Herz verloren, und er mußte es wiedergewinnen: wenn auch nicht mehr für sich, den Vater, so doch für ›Den König von Preußen‹.

Es kam vor, daß Prinzessin Wilhelmine drei Tage lang kein Essen zu sich nahm und auch kaum etwas trank. So oft der König seinen Kammerdiener Ewersmann zu ihr hinüberschickte, fand er sie teilnahmslos, müde, erschöpft. Sie antwortete ihm nur, soweit die Höflichkeit gegen den König und Vater es verlangte. Aber der Kammerdiener redete unbeirrt über ihre Mattigkeit und Schwäche hinweg. Die Königin mache in Potsdam ein Martyrium durch und werde mager wie ein Stock.

Die Prinzessin entgegnete ihm hochfahrend, der König werde seinen Kammerdiener ganz sicher nicht damit beauftragt haben, ihr diese Feststellung zu übermitteln. Ewersmann ging lautlos hinaus; er schien jetzt immer tief in Gedanken, und es war, als führe er die Befehle jemand anderes als des Königs aus und als müsse er sich sehr mühsam auf jene anderen Befehle besinnen.

Am nächsten Morgen, als die Prinzessin spät erwachte, stand Ewersmann wieder an ihrem Bette. In der Dämmerung schon mußte er von Potsdam aufgebrochen sein. Er weckte die Prinzessin mit den Worten, der König habe ihm die Order gegeben, alles für ihre Hochzeit zu besorgen. Auch wären schon die Postpferde bestellt, um sie im Falle ihrer Weigerung in die Verbannung zu bringen.

Um die Mutter zufriedenzustellen, soweit es noch möglich war, hielt Wilhelmine Rat mit den Damen der Königin. Aber was sie tun wollte, wußte sie nun selbst. Nur Ewersmann war ihr zur Übermittlung ihrer Entscheidung zu gering. Sie äußerte sich gar nicht.

Nachmittags gegen fünf Uhr traf ein Brief der Königin ein, der alles bestätigte. Der König halte an diesen wahnwitzigen brandenburgischen Heiraten fest. Die Tochter solle lieber ins Gefängnis gehen als in diese Pläne willigen. Der Erbprinz von Baireuth sei ihr zum Gatten ausersehen. Ehe die Tochter jemals solchen Vorschlag auch nur zu erörtern gedenke, möge sie sich nur lieber gleich mit dem türkischen Kaiser oder dem Großmogul oder des Königs Zopf verheiraten! Sie, für die auch ein Karl XII. und der Dauphin als Gatten in Frage gekommen wären!

Eine Viertelstunde später wurde der Prinzessin eine königliche Kommission unter der Führung des Ministers von Grumbkow gemeldet. Man präsentierte ihr nur noch den einen Vorschlag Baireuth. Grumbkow wies den Haftbefehl vor, der auf Festung lautete. Im Falle ihrer Einwilligung wurde ihr doppelt so reiche Ausstattung wie den Schwestern versprochen. Die englischen Machenschaften der Königin sollten vergessen sein, wenn nun endlich ein sinnvoller Abschluß erzielt würde. Die Prinzeß, so überreizt sie war, blieb sehr sicher.

»Bis jetzt, meine Herren, kenne ich in dieser Angelegenheit nur das Geschwätz eines Dieners.«

Der General von Borcke, der Königin Sophie Dorothea und ihren beiden ältesten Kindern – und gerade um des Königs willen – manchen treuen Rat gegeben hatte, suchte der Prinzessin den Schritt zu erleichtern, der getan werden mußte.

»Der König hat mir gesagt, daß seine ganze Ruhe von Ihrer Entscheidung abhänge, Königliche Hoheit; das muß Ihre Nachgiebigkeit erleichtern können! Auch ist der Baireuther ein regierender Herr und hat das rechte Alter für Sie. Bedenken Sie, daß er einer jener Hohenzollern aus dem Süden des Reiches ist, deren Familie immerhin als so erlesen galt, daß eine der Ihren heute Königin von England ist!«

Mit einem Borcke, ihres Vaters Favoriten – sein Sohn war unter Friedrichs jungen Gouverneuren gewesen –, und einem Grumbkow, ihrer Mutter Todfeind, hätte die Prinzessin durchaus noch verhandelt. Aber die Gegenwart des dritten, der in dieser Kommission entsandt war, gebot ihr Schweigen: Thulmeier, ein fragwürdiger Mann, aus des Polterhansen Bleuset Schenke aufgelesen, ein elender Schreiber, zum Kabinettssekretär des Königs gemacht, weil er angeblich schweigen konnte wie kein anderer – jener Thulmeier war Geheimrat geworden und wohnte den ultimativen Gesprächen des Generals und des Ministers mit der Königstochter bei!

»Er hat nun an die zehn Jahre meine geheimsten Briefe geschrieben und über ihren Inhalt geschwiegen. Nun mag Er einmal Briefe diktieren. Er scheint mir reif dafür geworden.«

So hatte der König gesagt. Aber vor solchem Manne brachte Wilhelmine von Hohenzollern keine Silbe über die Lippen. – Blaß und schweigend ging die Prinzessin an ihren Schreibtisch, richtete einige Zeilen an den König, einige an die Königin und gab der Kommission die beiden Briefe mit.

Der Vater antwortete umgehend eigenhändig, daß er sehr froh sei, daß sie sich den Befehlen ihres Vaters unterwerfe. Gott werde sie segnen, und er werde sie nie verlassen, sein Leben lang für sie sorgen und ihr allezeit beweisen, daß er ihr treuer Vater sei.

Die Mutter antwortete mit einer offenen Verstoßung. Acht Tage lang empfing die Prinzessin Briefe ihrer Mutter in dem gleichen Ton. Jeder begann mit einem Satze wie: »Hätte ich dich besser gekannt, so würde ich mir nicht aus Mutterliebe so viel Kummer zugezogen haben. Ich werde mich nicht in deine Angelegenheiten mischen.«

Die Damen der Königin kehrten der Prinzessin alle den Rükken. Was galt es ihr. Jahre hindurch hatte sie es erlebt, von der Mutter und ganz Monbijou immer wieder Meine Prinzessin von Wales tituliert und gleich danach wieder völlig verstoßen zu werden.

Verlockung und Verängstigung hatten ihre Macht verloren.

Ewersmann brachte Grüße des Königs. Der König käme am morgigen Tage und würde sich beeilen, noch vor der Königin einzutreffen, die erst am Abend anlangen könne. Wilhelmine solle sich in seinen Zimmern einfinden. Der Prinzessin zitterten Hände und Beine.

Um zwei Uhr am folgenden Nachmittag begegnete der König seiner Tochter zum erstenmal seit langer Zeit. Sie redete wieder ihre höfischen Phrasen, mit gefühlvoll scheinenden Floskeln verbrämt, um ihre maßlose Erregung zu verbergen. Der König vernahm die »Turlupinaden« mit wütendem Gesicht. Er war nun entschlossen, offen mit ihr zu reden. Er wollte sie überzeugen, wie es überall und immer seine Art war, wenn man seinen Plänen mißtraute und seine Entschlüsse beklagte oder belächelte.

Sechs verlorene Jahre, so suchte er ihr klarzumachen, seien nachzuholen und müßten nun doch noch ihre Frucht bringen; aber dies sei die Gnade, die das Leben, unerschöpflich, ihm gewähre, daß er auch sechs Töchter habe, Versäumnis in Segen zu wandeln.

Die Prinzessin sah ihren Vater mit außerordentlicher Aufmerksamkeit an, in die zum ersten Male auch etwas wie Bewunderung gemischt war. Wie hatte er es gelernt, einen politischen Schachzug zu verschleiern, von den fränkisch-brandenburgischen Heiraten zu reden und seine Reichs- und Kaiserpolitik mit keiner Silbe zu erwähnen!

Der König, wie er es bei seiner Frau tausendmal getan hatte, nahm solch kühles Beobachten für warmes Verständnis, zog die Tochter an sich und sprach zärtlich auf sie ein. Dann ging er ins Vorzimmer zurück und kam mit einem kleinen Ballen Stoff unter dem Arm und mit sehr geheimnisvoller Miene wieder zu der Prinzessin. Er lächelte, und jede andere Frau als seine Gattin und seine Tochter hätte erschüttert sein müssen von diesem Lächeln in dem dicken, zerfurchten, verfallenen Gesichte des zweiundvierzigjährigen Mannes!

In der Hoffnung, daß die Unterredung mit Wilhelmine so friedlich verlaufen würde, wie es nun hatte geschehen dürfen, hatte er sich nebenan schon ein Präsent für sie bereitlegen lassen. Da flüsterte der Vater seiner Tochter zu und packte selbst die Gabe aus: »Es ist der schönste neue Stoff aus meinen Fabriken! Ein ganz neues Gewebe! Du kannst es nicht mehr vom Lyoner unterscheiden!« Er hängte ihr den Stoff um die Schultern, nickte freundlich, ging hinaus und meinte nur noch: »Ziehe du dich nun auch zurück und erwarte deine Mutter in ihren Zimmern. Sie kommt mit den Braunschweigern. Auch mit ihnen wird sich ja nun unser Haus verbinden.«

Die Königin empfing die Prinzessin gleich nach ihrer Ankunft um sieben Uhr. Die Tochter wollte reden, beherrscht und artig und gewandt wie vorher zu dem Vater. Aber nach ein paar Worten verwirrten sich ihr die Gedanken, und sie sank in Ohnmacht. Die Königin fand alles überflüssig, stand kühl dabei, bis man die Prinzessin wieder zu sich brachte, und meinte dann zu ihr, sobald die Tochter ihre Augen wieder aufgeschlagen hatte, sie dürfe sich ihren selbstverschuldeten Schmerz nicht anmerken lassen. Das herzogliche Paar aus Braunschweig mit dem Erbprinzen Karl, Philippine Charlottes Bräutigam, werde ihr jeden Augenblick von Potsdam aus folgen; der König mache furchtbar viel mit ihnen her; aber für sie blieben sie trotzdem nur eine kleine Nebenlinie ihres Hauses. Im übrigen sei das Walesprojekt von ihr noch lange nicht aufgegeben; und bei nüchterner Überlegung könne man sogar zu der Erwägung kommen, der König wolle durch das ganz eigentümliche Beschleunigen dieser deutschen Mesalliancen England zu rascheren Entschlüssen zwingen. Wahrscheinlich habe die Not ihn endlich mit feinerer Taktik lavieren gelehrt; sie wolle es hoffen.

Sämtliche um Berlin liegende Regimenter waren zu einer Parade und Musterung zusammengezogen, wie die Welt sie noch nicht gesehen hatte. In König Friedrich Wilhelm war ein tiefes und diesmal auch bewußtes Bedürfnis, bevor er in den Heiraten seiner Töchter den Weg der Treue und Demut beschritt, vor aller Augen zu zeigen, daß solche Demut ihm von Gott geboten war und nicht aufgezwungen wurde von der Welt. Niemand besaß solches Heer, kein einziger Potentat dieser Erde, die von den Armeen genau so geprägt wurde wie von Wasser, Feuer, Erde, Luft –.

In König Friedrich Wilhelm war aber ein noch tieferes und nun wiederum gänzlich unbewußtes Bedürfnis, vor aller Augen die Apotheose des Gehorsams erstehen zu lassen in Tausenden und aber Tausenden von Soldaten, die alle den einen Rock mit ihm trugen: den Rock, den Des Königs Sohn Friedrich einen Sterbekittel genannt hatte. Über den tausend und aber tausend Söhnen, die der König sich erzogen hatte, über dem ganz und gar neuen und von ihm erdachten und erschaffenen Bilde des Gehorsams wollte er vergessen machen, daß es ihm versagt geblieben war, den einen auserwählten Sohn nach dem Bilde zu prägen, das ihm, dem Vater, gezeigt war von ›Dem König von Preußen‹.

Es war aber auch noch eine List, eine gute und gar nicht kleine List, in dem Plan der gewaltigen Truppenrevue. Zum ersten Male waren die Söhne seines Landes in mächtigen Regimentern unter der Armee: jene zu jungen Männern gewordenen Knaben, die er von Kindheit an mit einem kleinen roten Bändchen um den Hals bezeichnet hatte als künftige Träger seines blauen Rockes, sobald ihre achtzehn Jahre herangekommen wären. Sie machten schon ein volles Drittel seines Heeres aus – so wie einst ein volles Drittel all der fremden Söldner desertierte, obgleich seine neuen Husaren sie, wie Wachthunde die Herde, umschwärmten! Altmärker, Neumärker, Uckermärker marschierten nun auf, junge Bauern vor allem, die Bräune der Erntezeit auf Händen und Stirnen und den Schein des reifen Weizens über ihrem Haar. Nicht mehr nur die Söldner des Kriegsherrn, auch die Söhne des Landesvaters trugen jetzt den Eichenzweig, das alte Wahrzeichen der Brandenburger.

Die Knaben waren auf ihr rotes Band stolz gewesen bis zur Aufsässigkeit gegen Lehrer und Eltern und Gutsherrn und Kreisbehörde. Die jungen Männer aber verspürten das geliebte rote Band der Knabenjahre als Fessel. Man sprach schlecht vom harten Dienst im Heer. Feindseligkeit und Ungehorsam des einen schienen dem König im ganzen Lande wider ihn aufzustehen.

Da gedachte der König – müde des Strafens und Richtens, nachdem das eine große Gericht zum Zeichen für alle geschehen war –, für seinen Plan der Wehr-Pflicht aller Landessöhne zu werben, nachdem er bisher nur einzelnen Regimentern einzelne Landschaften für die Rekrutierung zugeteilt hatte. Er wollte auch hier überzeugen und mit dem Herzen gewinnen; das Wort »Die Werbung« hatte einen neuen Sinn für ihn erhalten, nachdem er es hatte erdulden müssen, wie an die zwei Jahrzehnte seiner Regierung hindurch die preußischen Werber unter den Söldnern Europas seinen Namen furchtbar machten und bei den Kabinetten seine Politik verlästerten und gefährdeten. Der König von Preußen war sein eigener Werber geworden: der größte Werbemeister, den die Weltgeschichte kannte. In allen Stücken ging er seinen Königsweg immer wieder ganz von unten auf. Aber was er in der Demut seines Dienstes auch vollbrachte, stets war es Bild eines Königsspiegels.

Dieses Bild aber malte der König mit den Hundertschaften der herrlichsten Männer auf den Ebenen vor seiner Hauptstadt.

Die Eichen und die Lorbeerbäume Arkadiens und die Lebensbäume aus dem Garten Eden hätten an den breiten Wegen stehen müssen, die seine strahlenden Kohorten durchzogen.

Aber eben, weil nur Birken und Kiefern und Wacholderbüsche über die Felder von Tempelhof verstreut waren, eben weil er der König des Sandes war, hatten seine Fürstenaugen jenes Göttergeschlecht von der armen Erde der Mark Brandenburg begehrt und das Gebot daraus gelesen, daß unter den Händen der Könige der Sand beginnen müsse zu blühen.

Die Feierlichkeit in ihm war groß. Die Revue schloß das Dienstjahr ab. Das endete am 31. Mai. Der war ihm ein festlicher Tag.

Am Vorabend der Parade zog er sich gegen sieben Uhr zurück, sich zeitig zur Ruhe zu legen. Auch aß er kein Abendbrot. Er bat die Gattin, sich den Gästen zu widmen, und Königin Sophie Dorothea empfing liebenswürdig und gut gelaunt die vielen nach Berlin geladenen Fürstlichkeiten, unter denen auch der Herzog von Württemberg erschienen war. Der führte die Königin zu Tische. Man aß an figurierten Tafeln, an denen jede

Person einen Buchstaben oder Gegenstand darstellte, die Königin natürlich etwas ganz besonders Hübsches. Vierzehn Gänge wurden gereicht. Die Königin war so angeregt und belebt, daß ihr der Gedanke, morgen der zur Hoffestlichkeit erhobenen Truppenrevue des roi sergeant beiwohnen zu müssen, keinerlei Ungemach bereitete; denn sie würde mit einem wirklich recht erlesenen Hofstaat auftreten können. Die Bitte des Gatten war also erfüllbar.

Frau Sophie Dorothea sah mit Entzücken, wie ihre Räume sich mit Gästen von Rang und Namen füllten. Sie mußte die Stunden nützen, in denen sie wie eine Königin Hof halten durfte, auch wenn der Anlaß sie erbitterte. Sie unterdrückte die Frage, zu welchem Zwecke und für welche Menschen alles dies geschah.

In den Sälen mit Pilastern und Vergoldungen defilierte man an der Königin von Preußen vorüber und verteilte sich bis zum Beginn der großen Abendtafel an den Spieltischen in ihren drei Damastzimmern und dem getäfelten Eckraum über dem Lustgarten und der Schloßfreiheit, einem Zimmer, das die Königin um seines roten Samtbillards willen besonders liebte.

Am längsten verweilten allerdings die meisten Gäste an dem Toccadilletisch der Prinzessin Philippine Charlotte. An soviel Lieblichkeit vermochte kaum einer flüchtig vorüberzugehen. Jeder wollte dieses Lachen hören, jeder den Glanz dieser Augen sehen, der wie der Schimmer der Juwelen an ihrem Hals, ihren Händen, ihrer Brust war. Über Tag und Nacht war Der kleine Knabe, war Sanssouci, war das Spizerle, Bihberle, war Colombe und Petit Ame – plötzlich waren alle ihre Kindernamen in aller Leute Munde! – ein sehr sanftes, sehr zartes Mädchen geworden. Und alle bestaunten sie das Wunder, wie sehr der Braunschweiger Prinz und die preußische Königstochter einander ähnelten, als wären sie füreinander bestimmt – jenseits aller Heiratsverträge!

In dem Augenblick, in dem die Gesellschaft zur Tafel gehen wollte, fuhr eine Postchaise durch den Hof und hielt an der großen Treppe, obwohl man niemand mehr erwartete. Nur Fürsten hatten dieses Vorrecht. Die Königin erkundigte sich sofort sehr überrascht, wer das sei. Es war der Erbprinz von Baireuth.

Das Medusenhaupt, so flüsterte die Umgebung Ihrer Majestät, hat niemals eine solche Wirkung hervorgebracht, wie diese Nachricht sie auf die Königin übte. Doch ging ihre Ohnmachtsanwandlung rasch vorüber, und sie widmete sich ihren anderen Gästen, als sei niemand Neues gekommen.

Die schöne, neue Anfahrt nach Tempelhof war rechtzeitig fertig geworden. Vordem waren hier am Saume der öden, sandigen Rauhen Berge nur einige Weinberge und ein paar Ackerleutehäuschen mit einer Windmühle zu finden gewesen. Nun aber, wo das Paradegelände für die gewaltig anwachsenden Potsdamer, Berliner und Brandenburger Regimenter vom Königsplatze im Tiergarten nach der Hasenheide und Tempelhof verlegt war, führte eine vierfache Allee hinaus, und ein häßlicher Erdfall war ganz mit jungen Bäumen bepflanzt. Dort waren auch die buntgestreiften, schön gerafften Leinwandzelte aufgeschlagen, von denen aus die königliche Familie mit ihren Gästen der Truppenrevue zusah, vor dem Staub und der unerbittlichen Sonne geschützt. Aber nach dem stundenlangen Stehen vor den Zelten wurde in der großen Glut der Mittagsstunden Prinzessin Wilhelmine, die man zum ersten Male wieder bei dem Hofe sah, ohnmächtig; vielleicht auch nicht nur deswegen. Doch war die Anstrengung tatsächlich für alle sehr groß. Die königlichen Knaben in der Uniform des Vaters gaben sich verzweifelte Mühe, sich ihre Erschöpfung nicht anmerken zu lassen. Hullas schmales, weiches Gesicht war von all den Strapazen dunkel gerötet; und manchmal schlug er in jäher Müdigkeit die Lider herab, so daß man die langen, dichten, dunklen Wimpern auf den zarten Wangen liegen sah, als schlafe er tief. Prinz Heinrich aber, mit seinen fünf Jahren der bewundertste Krieger zwischen Tempelhof, den Rauhen Bergen und der Hasenheide, wurde mehr und mehr in ein welkes, kleines, aschfahles Greislein verwandelt, das sich griesgrämig und ungeduldig auf seinen Degenknauf stützte.

Die acht Braunschweiger Prinzen waren Feuer und Flamme. Ein Regiment des Preußenkönigs zu führen, war von dem Tage an ihr heißester Wunsch. Manchmal wandte sich König Friedrich Wilhelm nach ihnen um. Freundlich traf sie sein Blick. Aber dann umwölkte sich die Stirn des Königs jedesmal. Denn er dachte daran, daß der eine fehlte, der den schimmernden Reihen voranreiten müßte, ihn, den König, mit dem Degen – ihn, den Vater, mit den Augen zu grüßen. Aber Des Königs Sohn Friedrich war ein Gefangener. Sein Regiment ritt einher als Des

Prinzen August Wilhelm Regiment. An den Uniformen dieses Regimentes fehlte der Goldbesatz; die Stickereien auf den Rökken seiner Offiziere waren weggefallen...

Ein großer Schatten lag über den Feldern, die von den Wogen blitzender Helme und strahlender Waffen in der Sonne des schon sommerlichen Tages rauschten. Der König mied es, die jungen Braunschweiger anzusehen. Und dennoch zog es ihn immer wieder in die Nähe der herzoglichen Zelte. Immer wieder einmal ritt er zu ihnen hinüber, um die Freunde aus Braunschweig zu fragen, ob sie auch ein wenig Schatten fänden; ob die Damen auch nicht der bereitgehaltenen kleinen Erfrischungen vergäßen. Ihn verlangte nach der Wohltat all der guten, freudigen Gesichter der Beverns, und niemals war seine kleine Sanssouci ihm holdseliger erschienen als in der Mitte jener Familie, zu der sie nun bald zählen würde als einem der treuesten, tüchtigsten, redlichsten Fürstengeschlechter des Reichs. Die eigene Gattin und die älteste Tochter aber standen der Sonne abgewandt und den Blick allein auf die Gesandten des Auslandes und die Träger großer Titel und Namen geheftet, mit denen sie sich, alles vergessend, alles übersehend, unablässig unterhielten.

Eine Falte des Grübelns trat plötzlich wieder auf die Stirn des Königs, indes seine Augen unvermindert wachsam den funkelnden Bataillonen und Schwadronen folgten. Für wen war dieses Heer geschaffen, für wen –. Für einen Feind! Sein ältester Sohn war sein Feind!

Und welcher Kampf mit Friedrich lag noch vor ihm, wenn es um die Entscheidung gehen mußte, welches Fürstenhaus dem jungen Lande Preußen seine nächste Königin schenken sollte! Ah – schenken! Ein zäher, wirrer Streit, ein verwickeltes, schwieriges Geschäft würde es sein; und der in Küstrin würde darin nur den Anlaß zu neuer Gegnerschaft zu ihm suchen –. Ließe sich nur dieser bittere Zwist noch in der Zeit der harten Arbeit an dem Sohn in Küstrin austragen und zu einem erträglichen Ende führen, damit endlich alles in einem vollbracht wäre! Er, der jede einmal von ihm aufgenommene Sache bis zum letzten Abschluß völlig durchführen mußte nach einem ungeschriebenen Gesetze, konnte von den Heiratsplänen nicht mehr lassen, und alle seine Gedanken mündeten in ihnen.

Angesichts des letzten Kampfes mit Friedrich dachte er aber auch nun gar noch einmal an eine letzte Wendung zum Guten in seiner eigenen leer und kalt gewordenen Ehe, die immer nur von der Wärme seines Herzens gelebt hatte. Der große Abschluß mußte sein. Zu viele Jahre waren vergeudet, und die Jahre zählten vielfach, gemessen an dem, was mit ihnen hinging.

Er vermochte nicht zu verharren in dem, das errungen war, und mochte dieser Tag der Krieger und Freier noch so festlich sein. Der erste unter ihnen allen fehlte.

Und schon wendete der schöne Schimmel des Königs wieder zu den Bevernschen Zelten hinüber. Die Braunschweiger, stets zu neuer Freundlichkeit und Heiterkeit gestimmt, sprachen bewundernd, lachend und erwärmend zu ihm hinauf.

Aber König Friedrich Wilhelm, als gäbe es kein Heer und keinen Hof und als wäre das staunende Volk rings im Gehölz der Hasenheide gar nicht da, fragte mit einem Male nach der jungen Prinzessin, die das Herzogspaar auf Salzdahlum daheim ließ.

Nach den Paraden hatten alle Herren in der Stadt gespeist, in den Häusern der hohen Offiziere und Minister und im Fürstenhaus am Friedrichswerder. Während des Paradediners am Abend ergriff der König plötzlich die Hand des Erbprinzen von Baireuth und führte ihn seiner ältesten Tochter zu. Er ließ sich ein großes Deckelglas bringen, trank auf das Wohl des Prinzen und mutete seiner Tochter zu, ein Gleiches zu tun. Die Verwirrung, Angst und Verzweiflung der Prinzessin war so groß, daß die Damen ihrer unmittelbaren Umgebung zu weinen begannen.

Der König führte folgenden Tages den Baireuther offiziell zur Königin, stellte ihn ihr als Schwiegersohn vor und ließ die beiden allein. In Gegenwart des Gatten war Sophie Dorothea liebenswürdig; hernach machte sie ihre spitzen Bemerkungen. Der Erbprinz, dessen angeborene Liebenswürdigkeit erheblich länger ausreichte, bat die Königin, sich auszusprechen; ihre Antwort werde sein ganzes Lebensglück oder Lebensunglück enthalten. Die Fürstenkinder, einander zur Ehe bestimmt, kannten sich nicht. Aber sie hatten alle die Artigkeit gelernt, sich gegenseitig als das Schicksal ihres Herzens hinzustellen. Wäre die Antwort der Königin ungünstig, deklamierte der junge Baireuther, so würde er jede Zusage gegenüber dem König widerrufen. Die Königin war sprachlos, mißtraute aber seiner Ehrlichkeit und erklärte, sie werde sich dem Befehl des Königs fügen.

»Der König hat mir da eine sehr geschickte Falle gestellt«, sagte sie nachher zu einer ihrer Hofdamen, »ich bin aber nicht hineingegangen.«

Auch hatte sie ihren Damen noch zu berichten, daß sie den Baireuther auf der Stelle examiniert habe, ob er Philosophie studierte, Italienisch und Englisch sprach, mathematischen Unterricht genoß und in Geographie und Geschichte Bescheid wußte.

Die Antwort des Prinzen freilich erwähnte sie nicht; denn trotz all der vorangegangenen feierlichen Beteuerungen hatte er vorlaut gesagt: »Jawohl, Majestät, und lesen und schreiben können wir im Baireuthischen auch.«

Bei sich selber dachte er noch sehr belustigt: Nur rechnen nicht! und war des Zwölfjahresplanes froh, den der wirtschaftliche, reiche Schwiegervater für den verschwenderischen, armen Papa aufgesetzt hatte. Papa hatte niemals etwas für die Söhne übrig behalten; und man hatte doch auch seine Neigungen.

Der 1. Juni, der Tag der Verlobung, war ein Sonntag. Wilhelmine begab sich gleich nach dem Lever zu der Königin, die maßlos schlechter Laune war, weil sie der Tochter einige Juwelen von ihrem eigenen Schmuck leihen sollte. Zänkisch leitete sie den Brautputz. Jede ihrer Damen riß und zupfte an der Braut herum, und Königin Sophie Dorothea schrie die Kammerfrauen und ihre Tochter an. Bald stellte sich der König bei den tiefverstimmten Damen ein, streichelte seine Tochter und übergab ihr einen Ring mit großen Brillanten als Gabe für den Bräutigam. Als Geschenk für sie selbst hatten zwei Lakaien ein goldenes Service abgestellt, und der Spender bemerkte nur, dies sei bloß eine Kleinigkeit, da er ihr weit mehr schenken werde, wenn sie die Sache gutwillig mache. Er bat Frau und Tochter um Takt.

Abends um sieben Uhr begab man sich in die Festräume des Schlosses. In den Gemächern der Königin und der Prinzessinnen hatte nur der Hofstaat Zutritt. Als alle versammelt waren, kam der König mit dem Erbprinzen von Baireuth. Der König war so bewegt, daß er vergaß, die Verlobung im Weißen Saal vollziehen zu wollen und sie schon hier vornahm. Die Mutter und Philippine Charlotte stützten die Braut, deren Sicherheit und Beherrschung in dieser Stunde nicht mehr vorhielt. Der König ließ sich nicht die Rechte von ihr küssen, sondern zog sie heftig weinend an die Brust. Die Königin blieb völlig kalt. Sie fand es sogar gut, daß solche Verlobung in einem kleinen Vorraum abgetan wurde. Für eine künftige Markgräfin von Baireuth war es ohne Frage so das richtige. Ihr ganzes Leben würde sich fortan in den Vorzimmern der Königssäle abspielen.

Die Familie schritt wie ein Trauerzug in den Ballsaal. Die Kerzen brannten schon so lange, daß sie in ihrer eigenen Wärme zerschmolzen, sich bogen, auf die Kopfputze tropften und häßliche, schwarze Flecken auf den Schleppen und Turnüren hinterließen. Die Verlobung wurde auffallend flüchtig proklamiert. Die Damen weinten und schwiegen, und auch der König hörte noch nicht auf, Tränen zu vergießen. Als der Ball begann, schloß der König plötzlich das sanfte Fräulein von Sonsfeld in die Arme, küßte die einstige Erzieherin und jetzige Hofmeisterin seiner ältesten Tochter und stieß hervor: »Es war so schwer für Sie!«

Während des trübseligen Diners, das den Tänzen folgte, war er traurig wie jedermann. Um den König herrschte eine Stimmung des Mitleids und Unwillens, was vor allen anderen dem englischen Gesandten Eindruck machte. Um so aufmerksamer widmete sich Prinzessin Wilhelmine, nun wieder völlig im Besitz ihrer Gewandtheit, bei so gelähmter Tischunterhaltung ihrem Bräutigam, was von der Mutter mit wütenden Blicken verfolgt wurde. Der Erbprinz verhielt sich geradezu dankbar gegen seine Braut. Manchmal im allzu beherrschten, allzu gemeisterten Gespräch maß ihn die Prinzessin mit zugleich erwartungsvollem und zweifelndem Ausdruck. Ihre Aufmerksamkeit war so gespalten, ihre Nerven waren so erregt, die Verpflichtungen der Stunde wurden so schwierig – aber dies entging ihr dennoch nicht: der Bräutigam war stattlich und groß und hatte ein offenes, freundliches, wenn auch etwas schwaches Gesicht. Um seine Augen lag ein Zug von Leichtsinn. Doch schien ihr, ihm fiel schwer, sich auszudrücken. Aber in seinen wenigen, unbeholfenen Worten berührte eine sichere Heiterkeit und eine von der Schwere seiner Sprache eigentümlich abstechende Leichtigkeit der Auffassung, die manchmal fast an Scharfsinn grenzte, die kluge Preußenprinzessin angenehm. Ein Schimmer von Güte und Großmut, ein Gleichmaß der Laune trotz der seltsam gespannten Stimmung rings um die Verlobten, vor allem die zuvorkommende Höflichkeit des Prinzen gegen sie, die Braut und Königstochter, taten Wilhelmine überaus wohl. Er sagte ihr

Worte, die wie Dankbarkeit und Verehrung klangen; und eine freudige Wärme war in seinen Augen, als sie sich zum erstenmal voll zueinander wandten, einen Knallbonbon zu zerreißen und zwei Zuckerherzchen miteinander zu tauschen.

Die Königin ließ das Paar nicht aus den Augen. Beim Aufbruch überschüttete sie die Braut mit harten Vorwürfen, daß sie nicht mehr Schamgefühl bewiesen habe; und höhnisch und erbittert fragte sie noch, was die Tochter wohl an dem jungen Manne vom Lande derart bestrickt haben könne.

»An diese Sprache war ich nicht gewöhnt!« sagte Wilhelmine.

»Sie lieben Ihren Junker! Sie lieben Ihren Bräutigam!« raste und klagte die Mutter Königin, die keine Verbündete in ihrer Tochter mehr fand. Das Letzte, woraus in den Tagen der Übersiedlung des Hofes und seiner Gäste nach Charlottenburg die Hoffnungen der Königin noch Nahrung sogen, war ein peinliches Ereignis auf der Jagd der Herren. Ein Schuß des Erbprinzen von Baireuth hatte die Schläfen des Königs gestreift. Aber der König tat, als hätte er nichts bemerkt. Er hatte in diesen Tagen manche schwerere Verwundung übersehen müssen.

Auch war er ganz mit dem Ausbau seines großen Vorhabens, den brandenburgischen Heiraten, befaßt. Über allem, was Brandenburg hieß, sollte die Krone ›Des Königs von Preußen‹ aufstrahlen! Friedrich Wilhelm hatte Leopold von Anhalt-Dessau nicht nur als seinen Jagdgefährten zur Seite. Der Gedanke an das Brandenburgisch-Schwedtische Verlöbnis seiner braven, verständigen, stillen, geduldigen Sophie Dorothea Maria, der »holländischen«, der letzten heiratsfähigen Tochter, war ihm fast ebenso lieb geworden wie die Hoffnungen, die er auf die braunschweigische Ehe seiner Sanssouci setzte. Im Hause Brandenburg-Schwedt war durch die Frau Markgräfinwitwe Philipp beides vereint: die Verwandtschaft und die Freundschaft, der Zweig der eigenen Familie und die »Dessauische Rasse«, die er neben der braunschweigischen für das beste fürstliche Geblüt im Reiche hielt, wohl berufen, um fortzuströmen in königlichen, obgleich ungekrönten Geschlechtern. Und nun hatte überdies ein Markgrafenoheim von Schwedt einst dem kleinen Kurprinzen Friedrich Wilhelm den Blick geöffnet für das Heer der Zukunft: die Armee der Enakssöhne im Reiche eines Bettelfürsten.

Die Königin kümmerte die Heirat ihrer Tochter Sophie Dorothea Maria überhaupt nicht. Ihren eigenen Namen trug dieses lähmend nüchterne Kind – das sich mit Bürgern abgab wie der Vater – gleich einem fremden, schweren Schmuck.

Die Königin wunderte sich nur, daß der Gatte keine seiner Töchter hinauf in sein geliebtes Litauen verbannte.

Die letzten Gäste waren noch nicht abgereist, da erklärte der König, er müsse wieder hinauf nach dem Osten. Seine Anwesenheit vor der neuen Ernte scheine nötiger denn je; in sechs Wochen gedenke er zurück zu sein; da solle dann sobald wie möglich Wilhelmines Hochzeit stattfinden. Die Königin war entschlossen, die Beschaffung der Ausstattung und die Bereitstellung der Mittel dafür zu einem Gegenstand neuer, verzögernder Kämpfe zu machen, damit sie Zeit für neue Korrespondenzen mit England gewinne. Der Etat, den der König für Wilhelmines Vermählung ausgesetzt hatte, gab ihr die ersehnte Möglichkeit, zu verschleppen und zu verhandeln. Sobald man vom Gelde sprach, hatte der König schon wieder kein Ohr dafür; er schien der geizigste aller Brautväter.

Sein Hirn war bereits von neuem von den Schwierigkeiten seines preußischen Etats zermartert. Er rechnete, bevor er abermals in sein Ostland aufbrach; er rechnete auch noch auf der Reise. Es schien vergeblich, daß er alljährlich so gewaltige Summen in das Land der Sturmfluten, sibirischen Winter, Mißernten, der Menschenlosigkeit, der Verstocktheit und ewigen Not und Dürre warf, in dem König Midas, sein Vater, die Brandenburger hatte Könige werden lassen. Denn wo ein Land der tausend und aber tausend Hände Jahr um Jahr vergeblich wartete, vermochte auch des Königs Arm nicht mehr zu wirken, zu schützen, zu retten. Manchmal, wenn ihn die Erinnerung an die große Reise in den gleichen Wochen des vergangenen Jahres überkam, dachte der König, der sich in Litauen mühte wie einer seiner allergeringsten Knechte, alles sei Vermessenheit, was er nur je begonnen hatte: der britische Traum nicht minder als die Knechtschaft, die er in seinem Ostland auf sich nahm! Wie fern war schon wieder all das hochzeitliche Rüsten!

Wenn sein Wagen, die Apothekenkutsche hinterdrein, am Ufer der düsteren Seen hinjagte oder abends, wenn das Auge die Felder und Dörfer und Pferdekoppeln nicht mehr erkannte, grübelte der König von Preußen über seine Knechtschaft nach. Woher nahm der Mensch den vermessenen Anspruch, den Willen seines Herrn zu wissen und viel von sich gefordert zu glauben? Wüßte einer sein Amt, dann wäre alles – und sei die Forderung auch noch so hart – so leicht zu ertragen! Aber nun gehörte der Auftrag und die Pflicht zu dem, das geglaubt werden mußte –.

Manchmal dachte der König, Gott müsse ihm in all den Leiden, Widerständen und Wirren der Arbeit ein sichtbares Zeichen geben, das ihm half.

»Aber dies eben ist Gottes Zeichen« – der König entsann sich eines Wortes des toten Roloff –, »daß er seine Knechte durchhalten, wagen und erdulden läßt im Aussichtslosen und im Unerkennbaren.«

Einer seiner besten Beamten schrieb dem König in einem »konfidentiellen Schreiben« auf die Reise, »es blute ihm das Herz, wenn er sehe, wie durch den großen chagrin und Alteration Gesundheit und Leben des Königs mehr und mehr in Gefahr komme, da doch an beider Conservation ein so großes gelegen«.

Diesen Brief trug König Friedrich Wilhelm noch bei der Rückkehr bei sich. So wohl tat er ihm. Einige Tage blieb er noch ganz allein auf dem kurfürstlichen Jagdschloß Machnow und arbeitete. Alles, was er schrieb und rechnete, dekretierte und für die nächsten Sitzungen mit dem Generaldirektorium vorbereitete, galt einzig und allein noch immer den Ostgebieten, aus denen er kam; aber es war ein verzweifeltes Mühen.

Mit der königlichen Familie traf der Herr erst wieder auf Wusterhausen zusammen. Während seiner Abwesenheit hatte die Königin zu den Kindern ein bißchen nett sein und ihnen einige einfache Bälle geben sollen. Aber es schien nicht recht dazu gekommen zu sein, und die Königin war auch jetzt noch nicht gewillt, hochzeitliche Stimmung aufleben zu lassen. Namentlich die besondere Rücksichtnahme des Königs auf die Ansbacher Tochter, die nun schon für die Vermählungsfeierlichkeiten der ältesten Schwester zum erstenmal als junge Frau Erbprinzessin im Königsschlosse ihres Vaters weilte, brachte die Königin allmählich maßlos auf. Ja, Friederike Luise schien ihr während der paar Wochen in den kleinen Verhältnissen des Ansbacher Hofes derart heruntergekommen, daß sie nicht einmal mehr ihre schöne Haut hatte.

Auch Wilhelmine war außer sich, vor allem aber darüber, daß sie auf Wunsch ihres Vaters der jüngeren, wenn auch verheirateten Schwester gleichsam als Kammerfrau behilflich sein mußte; denn man sollte auf Personal verzichten, weil die Giebelkammern für die vielen Gäste nicht mehr ausreichten und jeder Winkel für ein Gästebett erforderlich wurde. So sank sie zur Kammerfrau der Erbprinzessin von Ansbach herab. – Sie sagte sich nicht, daß eines Tages der König auch ihr, der Markgräfin, genau so alle Ehren, die der Königstochter zukamen, mit Bedacht erweisen würde: genau so bereit, genau so bemüht.

Der König erdachte sich der neuen jungen Ansbacherin gegenüber jede nur ersinnliche Höflichkeit, um ihr über die Erniedrigung ihres Ranges hinwegzuhelfen, die er über sie gebracht hatte, und um jene Enttäuschungen auszugleichen, die er von ihrer völligen Verwandlung her zu ahnen begann. Seine alte, rauhe Ike schien ihm still und traurig geworden und derart verständig, daß man sich fast sorgen mußte. Sprach sie nun aber ihr junger Gatte einmal freundlich an, so lebte sie auf; zeigte er sich an ihrer Seite, so war sie übermäßig heiter. Er war ein hübscher Junge mit einem kindlichen Gesicht und nicht sehr groß. Das Leben schien ihm aus Falkenjagden zu bestehen.

Gleich bei ihrer Ankunft hatte der König seine Ike selber in ihr Gastzimmer geführt. Er sprach von ihr nur als von Ihrer Königlichen Hoheit, während er sonst immer sagte: Mein Sohn. Meine Tochter. Meine Frau.

Der König sah sehr schlecht aus, und die Stimmung auf Wusterhausen war wieder gar nicht gut. Sie alle lebten neben dem König nicht mehr als die starken Gegner in den Spannungen eines erbitterten Kampfes wie früher; sie fühlten sich als die Gefangenen des Siegers, und die Schwiegersöhne, seine neuen Gäste, fanden sich überhaupt nicht in die Rätsel der Diebsburg am Styx.

Prinzessin Wilhelmine war mit dem Verhalten ihres Bräutigams und ihres Schwagers äußerst unzufrieden; es beunruhigte sie sehr. Die markgräflichen Erbprinzen verstanden nicht, sich am preußischen Hofe einzuleben und auf den König einzustellen, der einzig und allein hier den Geist oder Ungeist bestimmte. Sie dankten es ihm wenig, daß er sie bis zur Hochzeit im November nicht von seinem Hofe ließ, damit sie und die Seinen sich gut kennen lernten. Es schien ihnen auch nichts so Besonderes, wenn ein reicher Landesherr jungen Kavalieren von außerhalb die Karossen bis an die Landesgrenze entgegenschickte. So war auch die Aufmerksamkeit, die König Friedrich Wilhelm seinen Schwiegersöhnen erwiesen hatte, nicht beachtet worden. Daß man dem König die Hand nicht küssen sollte, befremdete die wohlerzogenen jungen Herren nur, die sich gar nicht so ungern als die Schwiegersöhne eines Königs fühlten. Der König zog seine Rechte zurück und umarmte seine Schwiegersöhne wie seine eigenen Kinder. Auch sprach er mit ihnen von den Sorgen des Landes, als gingen sie diese etwas an und als wolle er sie ermuntern, von eigenem Fürstenkummer zu sprechen; vielmehr aber noch, so dünkte es die kluge, kühle, bittere Prinzeß, war es, als möchte er sie aushorchen, wie sie wohl einmal mit den Geldern umzugehen gedächten, die er ihren Vätern geliehen hatte. Die jungen Herren ergingen sich in höflichen Sottisen.

Aber die Prinzessin hatte auch Gewährsleute in der Tabagie. Gestern sollte der König ihren Bräutigam einen Pinsel genannt haben, einen Menschen ohne Geist – ausgerechnet der König wagte so zu urteilen! – und einen Jungfernknecht, der nur Süßholz raspelnd bei den Weibern hocke. Er empfahl ihm den Umgang mit seinen Offizieren. Die Prinzessin verfügte in der Tabagie sogar über wohlmeinende Berater, die wie ein Schulenburg und General Borcke und die einstigen Gouverneure des Thronfolgers, die alten und die jungen, das Wohl der Königskinder genau so bedachten wie das Wehe des Königs. Diese Männer zog der König mit betonter Häufigkeit und Herzlichkeit an seinen Tisch, um ihre Schuldlosigkeit vor aller Welt zu erweisen. Aus ihrer Gruppe, die niemals Partei war, kam der gütige und kluge Vorschlag, der Erbprinz von Baireuth möge den König um ein Regiment angehen, wie auch der erste Schwiegersohn eins erhielt. Das leuchtete Prinzessin Wilhelmine ein. Sie war ungemein befriedigt, ihren Bräutigam beraten und lenken zu können. Ihrem gedemütigten Stolz tat es wohl.

Der König nahm die Bitte um ein Regiment für den Baireuther freundlich auf und nahm sie ernst. Dem Erbprinzen wurde ein Dragonerregiment in Pommern versprochen; dann stellte es sich heraus, daß es das Regiment »Königin« war.

Auch ließ der Schwiegervater dem Baireuther aus Berlin einen herrlichen, goldenen Degen kommen. Den machte er ihm persönlich zum Präsent.

»Ein Regiment«, sagte der König dabei und lachte wieder einmal, »ist die Braut, um die man tanzt.«

Die Fürstensöhne und die Königstochter schüttelten heimlich den Kopf; wie leicht war dieser schwierige Herr im Grunde doch zu behandeln.

Aus Anlaß der Degenübergabe berieten sie nun aber wenigstens, was man wohl dem König nun dafür zu seinem Geburtstag zu offerieren habe. Es war an der Zeit, die Gaben vorzubereiten. Schon fragte auch der Küchenmeister an, wie Majestät den festlichen Tag auf Wusterhausen zu begehen wünschten; denn es sei ja nun gar an die zwei Jahre her, daß sie ihn hier zu verleben geruhten. Aber die Worte erstarben ihm auf den Lippen, daß er des Vorjahres gedachte. –

Der König antwortete erst gar nicht. Dann erklärte er abwehrend, er werde kurz vor seinem Geburtstag wieder verreisen. Niemand erfuhr, wohin.

Den Küstrinern jedoch war die Ankunft König Friedrich Wilhelms schon gemeldet, in einer kurzen Zeile, die den Sohn betraf: »Wenn ich demselben nur in die Augen sehen werde, will ich gleich urteilen, ob er sich gebessert hat oder nicht – «

Viele hundert Menschen umstanden den stillen Platz vor dem Hause des Gouverneurs. Unter dem dichten Geäste seiner Linden war selbst die glühend heiße Mittagsstunde mild. Sofort, nachdem er im Alten Markgrafenschloß angelangt war, begab sich der König die wenigen Schritte zum Kommandantenhause zu Fuß hinüber. Er ließ sich in ein abgeschiedenes Zimmer neben der Fahnenkammer führen und beorderte die drei höchsten Offiziere der Garnison und Festung zu sich. Danach mußte der Hofmarschall des kronprinzlichen Exils nun Des Königs Sohn Friedrich – jeder andere Titel war ihm auch heute noch genommen – aus seinem Hause zur Kommandantur geleiten. Nach wenigen Minuten trat der Kronprinz mit dem kleinen Hofstaat seiner Verbannung bei dem König ein.

Der Herr war in lebhaftem Gespräch mit den Offizieren begriffen, wandte sich aber sofort nach dem Sohne um.

Friedrich entsann sich all dessen, was er sich gemäß dem Grumbkowschen Rate für den Fall einer etwaigen Begegnung in den letzten Wochen einstudiert hatte – oft maßlos erregt und mit überreiztem Lachen. Er sollte den Vater stets mit Majestät anreden, auf Fragen kurz und bündig antworten, nicht anderer Meinung sein, die seine nur dann sagen, wenn er danach gefragt werde; sehe er voraus, daß diese Meinung der des Vaters nicht entsprach, so sollte er stets die Wendung gebrauchen: »Wenn Eure Majestät es mir befehlen und ich meine Ansicht sagen soll, so meine ich das und das, aber ich kann mich auch sehr wohl irren und bei meiner geringen Erfahrung leicht täuschen –.« Er sollte dem Vater gleich anfangs zu Füßen fallen.

Da war es wieder: er sollte; er sollte; er sollte!

Friedrich fiel dem Vater zu Füßen. Der König hieß ihn, aufzustehen. Sein Gesicht war unbewegt.

»Ihr werdet Euch zu besinnen wissen, was nunmehr vor Jahr und Tag passiert ist«, begann er, »und was für ein gottloses Vorhaben Ihr hattet. Ihr habt gemeint, mit Euerem Eigensinn durchzukommen – aber höre, mein Kerl: wenn du auch sechzig und siebzig Jahre alt wärest, so solltest du mir doch nichts vorschreiben. Da ich Euch nun von Jugend auf bei mir gehabt und Euch also wohl kennen mußte, habe ich alles in der Welt getan mit Gutem und Bösem, um Euch zum ehrlichen Manne zu machen. Wie habe ich es nicht in allen Okkassionen ehrlich mit Euch gemeint! Ich wollte Euch in allerhand Kriegs- und Zivilkommissionen verwenden – aber wie dürft Ihr Euch nach einer solchen Aktion vor meinen Offizieren und all meinen Dienern noch zeigen –?«

Dem Prinzen war es nichts als Qual. Ein Jahr der Trennung hatte nichts geändert. Er kannte bis zum Überdruß, was da begann: eine jener programmatischen Reden des Vaters, die immer von Anfang an wiederholen mußten und nicht davon lassen konnten, zu predigen und zu erziehen. Nur einen Augenblick war in dem alten Sermon etwas Neues gewesen; darin hatte er sich nicht getäuscht –. Als die Rede des Vaters vom feierlichen Ihr und Euch zum Du gewechselt hatte, da hatte seine Stimme gebebt.

Aber es war Pose, als der Sohn sich dem Vater wiederum zu Füßen warf und ihn bat, ihn auf die härtesten Proben zu stellen; alles wolle er ausstehen, um Seiner Königlichen Majestät Gnade und Achtung wiederzugewinnen.

Da begann der König zu fragen, und die Schatten um seine Augen vertieften sich zu dunkel abgesetzten Ringen. Der Sohn möge ihm doch nur sagen, was er mit seinen Launen, mit seinem widerspenstigen Herzen gewann, als er alles haßte, was sein Vater liebte. Wenn sein Vater einen auszeichnete, so habe er ihm seine Mißachtung bekundet; wenn aber ein Offizier in Arrest kam, so habe er ihn beklagt und sich seiner angenommen. Die es aufrichtig mit ihm meinten, habe er gehaßt und verleumdet; diejenigen aber, die ihm schmeichelten und in seinem bösen Vorhaben bestärkten, seien mit Auszeichnungen und Verbindlichkeiten von ihm überschüttet worden.

Aber nun sehe er die Früchte davon, nämlich daran, daß seit etlicher Zeit in Berlin und ganz Preußen keiner mehr nach ihm frage, ob er noch auf der Welt sei oder nicht. Und wenn nicht einer oder der andere aus Küstrin gekommen wäre und erzählt hätte, daß er mit dem Ballon spiele und französische Haarbeutel trage, so hätte man nicht gewußt, ob er lebe oder tot sei.

Dann, ganz unvermittelt, redete der König vom Glauben: was für schreckliche Folgen aus dem Absoluto Decreto entsprängen, in dem man Gott zum Urheber der Sünde mache.

Dies waren gerade wieder die verhaßtesten Tiraden, die der Prinz nicht mehr ertrug; denen er ein Ende bereiten mußte, sollte es noch jemals eine Freiheit für ihn geben! Das einzige Mittel schien ihm die Lüge. Leidenschaftlich, hoch und teuer versicherte er, daß er nunmehr ganz Seiner Majestät christlichen und orthodoxen Meinung beistimme. Aber es war eine furchtbare Erregung, in der er die kalte, heuchlerische, einstudierte Formel hervorstieß.

Der König sah zum erstenmal wieder seinem Sohne in die Augen. Ob der sich gewandelt hatte, darüber wagte er nicht zu entscheiden. Der König senkte den Blick, und eine tiefe Müdigkeit lag über seinen Lidern.

Gott ließ sich nichts abtrotzen. Gott allein vermochte Menschen zu machen nach seinem Bilde.

Der König gab den Sohn zum zweitenmal an Gott. Diesmal richtete er ihn nicht. Er betete für seinen Sohn.

Sehr fern schien der König in diesem Augenblick des Besinnens gewesen. Und als er nun wieder zu reden begann, sprach er noch leiser als sonst. Wenn es dem Sohn von Herzen gehe, sagte der Vater, so werde Gottes Sohn ihn nicht unerhört lassen, der alle Menschen, von seinem Vater ihm übergeben, selig haben wolle.

Und in diesen Worten vergab der Vater dem Sohn und übergab ihn an Gott. Noch im nämlichen Augenblick befahl er den Wagen vors Haus und verließ es sofort.

Die Herren, die sich schweigend in den Fensternischen hielten, schickten sich an, dem König zu folgen. Das war wie Ratlosigkeit, wie sich nun der kühle, sichere, kluge Prinz nach ihnen allen umsah! Das war wie Angst und höchste Verwirrung!

Was sich eben abgespielt hatte, konnte nicht die Lösung sein all der entsetzlichen Spannung; dies nicht der Friede nach all den quälenden Kämpfen; dies nicht die Freiheit nach so erniedrigender Knechtschaft – dies nicht die Stunde, von der sie ihm nun schon den zwölften Monat redeten!

Der Vater schritt schon durchs Treppenhaus. Man hörte die Ehrenbezeigung der Wache.

Er sollte bleiben! Er sollte dieses erste Wiedersehen nicht abtun wie alle seine dringenden, gehetzten Geschäfte! Er sollte nicht rasch von Berlin herüberjagen, seine Rede halten, den Wagen vor die Tür bestellen, zurückrasen an seinen Schreibtisch –!

Und all dies an seinem Geburtstag.

Als er das dachte, war es wie ein langer, harter Schlag im Herzen des Sohnes oder wie ein tiefer Schnitt.

Er hat sich zum Geburtstag *mich* geschenkt, er will mich zurück haben –!

Alle Gedanken drängten zum Vater. Er fragte nicht danach, daß er ihn nicht geleiten durfte wie die anderen hier. Er eilte an den Herren und an der Wache vorüber. Der Vater bestieg schon den Wagen.

»Sie sind an Ihrem Geburtstag zu mir gekommen«, stammelte der Prinz. Daß er dem König gratulieren wollte, vergaß er. Zum drittenmal umfaßte er die Füße des Vaters: diesmal, um ihn zu halten.

Da neigte sich der König vom Wagen herab. Da nahm er das Gesicht seines Sohnes in seine beiden Hände und hob es zu sich empor. Und obwohl die Klarheit seiner Augen verhüllt war, sah er das Antlitz des Sohnes überströmt von Tränen – jenes Antlitz, in das er oft hart und verzweifelt schlug und das er doch niemals von Tränen bedeckt sah. Er zog den Kopf des Sohnes nahe an seine Brust, mit beiden Armen umschloß er ihn fester und fester; er sprach ganz nahe zu ihm, sehr leise, nur für ihn: warm und rauh und atemlos.

Die Pferde rückten an. Der Kronprinz hielt noch immer die Hände des Vaters und bedeckte sie mit seinen Küssen.

Bei der Auffahrt vor dem Gouverneurshause standen viele hundert Menschen. Der Königssohn weinte vor ihnen allen; er weinte, wie – so sagte man ihm manchmal schon – es oft sein Vater tat.

Die königliche Kalesche war schon an der Brücke. Der König wollte heute noch zu Schiff nach Sonnenburg, die Ladungen für Preußisch-Litauen zu prüfen. Und dennoch war er gekommen. Was waren ihm Meilen, wo es um Ewigkeit ging.

Von nun an sollte der Kronprinz wöchentlich nur noch dreimal auf die Kriegs- und Domänenkammer gehen, und zwar nur vormittags. Er sollte nicht mehr untenan, sondern oben neben dem Präsidenten von Münchow sitzen, doch so, daß der Platz des Königs leer blieb und der Kronprinz zur Linken saß. Der Nachmittag sollte nun ihm selbst gehören, zu reiten und zu fahren, »zu dem Ende Seine Majestät ihm Pferde und Wagen schicken würden«. Nach der neuen Instruktion sollte ihm der Kammerherr von Wolden »auch zuweilen des Nachmittags ein plaisir bereiten, auf dem Wasser zu fahren, Enten zu schießen und solche Lust zu machen, die permittiret ist. Es soll aber jederzeit, wo der Kronprinz hingeht, reitet oder fährt, einer der drei Herren bei ihm sein, daß er niemals allein ist, auch mit niemand allein sprechen kann, und derjenige soll sodann davor responsable sein, daß er bei kein Mägden oder Frauensmensche kommt und soll derselbe auch jederzeit bei ihm schlafen. Der Kronprinz soll mit keinem korrespondieren als mit des Königs und der Königin Majestäten, an welche er schreiben kann, ohne daß die Briefe geöffnet werden. Sonst wird dem Kronprinzen permittiret, alle Mahlzeiten zwei Gäste zu bitten, welche er will, auch alle Wochen zweimal zu Gaste zu gehen. Französische Bücher und Musik bleiben so scharf verboten, wie jemals gewesen; ingleichen Spielen und Tanzen, und soll bei Leib und Leben von alledem, so hierin verboten, nichts statuiret werden und soll der von Wolden den Kronprinzen jederzeit auf solide Sachen führen.«

Bei allen Gelegenheiten wie bei der erlaubten Jagd hatte der Kronprinz mit Hand anzulegen, sein Gewehr selbst zu laden und zu putzen.

Den Küstriner Herren war ein wenig bänglich, den hohen

Zögling möchte von neuem eine tiefe Enttäuschung überkommen, daß es mit der gewährten Freiheit nicht gar so weit her sei. Aber in Friedrich war eine Veränderung vorgegangen.

»Ich hatte bisher nie geglaubt«, sagte er, »daß mein Vater die geringste Regung von Liebe für mich hätte. Nun bin ich davon überzeugt. Kurz, der Teufel selbst muß ins Spiel kommen, oder diese Aussöhnung ist ewig.«

Er berichtete dem Vater über seine Besuche auf den Ämtern. Die Wirtschaft bildete den Grundstock seiner Korrespondenz, in die er manche Einzelheiten einflocht, die wie zufällig darinstanden, jedoch sehr kunstvoll eingefügt waren: Rentabilitätsberechnungen; Kostenvoranschläge; Jagdberichte, bei denen er sein Ungeschick bedauerte, da er Enten und einen Hirsch gefehlt habe.

Ihn interessierten jetzt sogar die vom König so geliebten Marionetten, die ihm früher ein Greuel waren. Und beim Anblick eines schönen Kerls für das Regiment des Königs hatte ihm »das Herz geblutet«.

Der König, bebenden Herzens, wollte diesen Briefen noch nicht trauen; aber er antwortete freundlich, nannte den Kronprinzen Mein lieber Sohn und duzte ihn auch einmal; er ging auf seine Vorschläge ein: »Mein lieber Sohn, Ich habe Euer Schreiben wohl erhalten und bin Ich mit demjenigen, was Ihr mir berichtet habt, sehr content; wenn Ihr dasjenige, was Ihr wegen der Bauern ihrer Dienste angeführt, vor Euch allein beobachtet und ausfindig gemacht habt, seid Ihr schon weit in der Wirtschaft gekommen; denn das ist ein sehr nötiger Punkt, daß die Dienste auf einen solchen Fuß, wie Ihr vorgeschlagen habet, geführt werden; daher approbire Ich denselben vollkommen, und wenn Ihr dergleichen in anderen Ämtern mehr observiret, wird Mir lieb sein, wenn Ihr eine bessere Einrichtung zu machen suchtet. Ich werde auch Euch das Reglement überschicken, sobald Ich nach Potsdam komme. Ich habe nur hier noch etwas zu thun, dann gehe Ich nach Potsdam; sodann sollet Ihr auch das versprochene Pferd haben, denn Ich wollte Euch gerne ein recht gut Pferd schicken; Ihr müsset Euch nur noch so lange gedulden. Die Sache wegen des Commercii mit Schlesien ist gut; aber Ihr müsset Stettin nicht dabei vergessen, denn über Stettin alles zu bekommen, ist die Hauptsache. Nächst diesem wird auch gut sein, daß Ihr Euch die dortige Grenze, sowohl mit Polen als mit

Sachsen, bekannt machet –. Es soll solches nicht auf einmal, sondern nach und nach geschehen, damit Ihr die Situation des Landes recht kennen lernt. Ich bin mit väterlicher Liebe Dein getreuer Vater bis in den Tod.«

Und der Kronprinz machte sich bekannt mit der dortigen Grenze des Landes.

Was ihm der Vater hier nun aufgetragen hatte, war nicht mehr die Dienstanweisung des Generaldirektors an den Auskultator, nicht mehr die Mahnung des Vaters an den Sohn oder gar die Strafe des Richters für den Gefangenen –; nun hielt der König Zwiesprache mit seinem Thronfolger!

In seiner Freude schrieb der Kronprinz ein Wort zurück – das war zu viel; er bat abermals, der Vater solle ihn zum Soldaten machen.

Aus der Antwort des Königs sprach noch einmal der furchtbare Ernst des Vergangenen: »Du hast eine Compagnie gehabt, die gewiß schön und gut und tüchtig war, und doch habet Ihr Euch gar nicht darum bekümmert, daher Ich glaube, wenn Ich Dich ja wieder zum Soldaten machte, daß es Dir noch nicht von Herzen gehen werde. Wenn Ich bei Dir eine ernstliche Inclination zum Soldatenwesen verspüre, so werde Ich Dich wieder zum Soldaten machen.«

In diesen Tagen ging der König zur Königin, um ihr selbst zu sagen, er habe in Küstrin ihren Sohn gesprochen und fange an, zufrieden mit ihm zu werden.

Anfang November trafen die Gäste zur baireuthischen Hochzeit in Berlin ein. Zwei Wochen hindurch währte die Anfahrt der Fürstlichkeiten. Am Vorabend der Hochzeit, sehr spät, begann die Königin zu ihrer Tochter ungewöhnlich zärtlich zu werden; denn in unbeirrbarer Hoffnung auf den englischen Kurier suchte sie ein Versprechen von der Braut zu erlangen. »Versprich mir, mit dem Prinzen keinerlei Vertraulichkeit zu haben und mit ihm nur wie Bruder und Schwester zu leben. Das ist nun noch das einzige Mittel, um deine Ehe aufzulösen. Denn wenn sie nicht vollzogen wird, so ist sie null und nichtig.«

An diesem Abend war die Königstochter trotz aller ihrer Klugheit und Vorsicht noch einmal durchaus geneigt, von dem Schicksal zu reden, das sie überm Meer erwartet hätte. Es preßte ihr das Herz zusammen, daß der Verzicht auf ein fürstliches Los nun wirklich endgültig sein sollte. Britanniens Königin zu werden, den ersten Thron der protestantischen Welt zu besteigen, war ein zu berauschender Traum gewesen – zumal die Mutter dieses eine Mal die Wahrheit sprach und der in England für die Tochter ausersehene Gatte mittelmäßig begabt und leicht zu lenken war; so wäre sie einmal der eigentliche Herrscher des Inselreiches gewesen!

Es waren harte und kalte Gefühle, die König Friedrich Wilhelms älteste Tochter an dem Abend vor ihrer Hochzeit begrub. Wie die Prinzessin nun vor ihrer Mutter stand im strengen, höfischen Lockenschmuck für die Abendgesellschaft, der die hohe Stirn sehr frei ließ, war die Ähnlichkeit mit Friedrich groß. Das war sein heller, kühler Blick, sein kleiner, zusammengepreßter Mund; selbst die Kopfhaltung glich ihm völlig – und das gerade in jenen Augenblicken, in denen die Mutter mit hundert lockenden und sinnlosen Argumenten auf sie einsprach und die Schmach nicht empfand, daß ihr Kind ihr nicht mehr glaubte. Mutter und Tochter nahmen diesen Abend einen tieferen Abschied, als beide es ahnten.

Am Hochzeitsmorgen – die Räume waren sämtlich seit langem sehr gut vorgeheizt und endlich wirklich einmal warm – hatte die Braut, noch im Deshabillé, beim König zu erscheinen und die Eheverträge mit zu unterzeichnen, welche die Mitgift und Erbschaft betrafen. Bis jetzt hatte sie noch nicht erfahren, daß der König die üblichen Prinzessinnenaussteuern bei den Heiraten seiner Töchter für sich und seine Nachkommen ausschlug. Der König stellte statt dessen die überraschende Forderung, daß seine Tochter auf ihr mütterliches Erbteil verzichten solle, falls die Königin auch weiterhin kein Testament zu machen gedenke. Er verschwieg, daß er der Königin heute noch einen Rechtsbeistand halten mußte, der sie in den Forderungen an den geliebten Bruder von England vertrat, weil er selbst sich nicht einmal mehr als ehelicher Kurator unterschreiben wollte, wo es um welfische Erbschaften ging: das auffällig lange geheimgehaltene Testament Georgs I., des Herrn Vaters, die Hinterlassenschaft der unglückseligen Mutter, der Prinzessin von Ahlden, und zweier Oheime Erbe. Der König hatte Tränen in den Augen, war blaß und sprach leise. Es sei keine Zeit dazu, Einwände zu machen; er sei gezwungen, sein Kind zu solchem Schritte zu nötigen; er habe zu viel

Geld nach Baireuth werfen müssen; er sehe keinen anderen Ausweg.

Die Tochter verstand ihn und den Sinn seiner Heiratspläne nicht und wollte ihn nicht verstehen. Sie begehrte nur, von seinem Hofe fortzukommen. So ließ sie sich an den Tisch führen, auf dem alles Material für die Unterschrift bereit lag; sie fröstelte, und ihr war übel. Sie wollte ein Ende, ein Ende, ein Ende – genau wie der Vater, nur kälteren Herzens. Den Auftrag, der vom Vater her die Königstochter in die arme Markgrafschaft begleitete, vernahm sie nicht. Denn dies war ein Befehl, der von den Schlägen eines heißen, großen Herzens diktiert und in Pakten und Kontrakten nicht aufgezeichnet wurde.

Wilhelmine hatte die Summen, die der Vater ihr nannte, anfangs nicht bewerten können. Sie war zu sparsam erzogen. Aber nun rechnete ihr die Mutter vor, daß sie von erträglicher Armut jetzt in völlige Verarmung gerate und daß sie der väterlichen Autorität nur entnommen werde, um als verschuldete brandenburgische Verwandte des Königshauses der Tyrannei des Gläubigers und obersten Generalfiskals zu verfallen.

Aber eben um der Armut und dem Zwange zu entgehen, hatte ja die Prinzessin die Entwürdigung durch eine solche Ehe, wie sie nun vor ihr lag, vor Preußen, dem Reich, England und dem übrigen Europa auf sich genommen! So schien alles vergebens; und das Fest war gerüstet –.

Der Segensspruch der Trauung war von Artilleriesalven begleitet worden. Achtzig Generale hielten hohe Kerzen. Die letzte Figur des hochzeitlichen Tanzes war geordnet. Die feierliche Reihe der Fackelträger im silberschimmernden Rittersaal bildete eine leuchtende Bahn von dem Thronhimmel aus karmoisinrotem Samt mit goldenen Crepinen zu dem Brautgemache mit dem perlenbestickten Prunkbett. Die fürstlichen Frauen, wie es Sitte war, mußten nun der Braut beim Auskleiden behilflich sein und in symbolisch-feierlicher Geste den Überwurf, ein Goldnetz, von dem Silberkleide lösen. Die Schwestern trugen die Brillantenkrone hinweg, die mit sechs funkelnden Bögen die vierundzwanzig langen, der Perücke aufgesteckten Locken zusammengehalten hatte. Sanssouci mußte man mit heftigem Geflüster davon zurückhalten, daß sie nicht vor einem der Spiegel schnell einmal das Brautdiadem anprobierte. Die Königin würdigte die Braut keines der symbolischen Dienste und keiner der

Ehrungen, die von der Brautnachtsetikette vorgeschrieben waren. Beim Abschied, beim Defilieren der Damen vor dem Hochzeitsbette, hörte Wilhelmine harte Worte von der Mutter; und erschöpft und überreizt bis zum Weinen flüchtete die Prinzessin endlich nach dem Verschwinden der hohen Frau von der Schaustellung auf dem Prunklager in ihre eigenen Gemächer.

Dort erwartete sie nach Ablauf alles Zeremoniells zu ihrer völligen Überraschung der Vater ganz allein.

»Ich kann nicht in die Herzen aller meiner Kinder sehen«, sagte König Friedrich Wilhelm sanft zu seiner Tochter, »aber aus einem wüßte ich viel – «

Er schwieg, und die junge Frau Erbprinzessin von Baireuth sah erstaunt zu ihm hin.

»Sprich mir das Vaterunser. Sprich mir das Glaubensbekenntnis«, bat der Vater. Aber es war, als schäme er sich seiner Bitte, und seine Augen waren wieder dunkel und gequält.

Verzweifelt schloß die Prinzessin die Lider. Sie preßte die Hände gegen ihr Herz. Sie suchte Halt an einem Spiegeltisch. Sie hauchte die Worte nur, aber sie vergaß und verwirrte keines bis zu dem letzten.

»– und ein ewiges Leben. Amen.«

Der König stand vorgeneigt und horchte. Er lächelte.

›...und alle frommen Untertanen sprechen von Herzen: Amen!‹ klang es in seinem Innern nach, so wie er einst an seinen Sohn nach Küstrin geschrieben hatte.

Wieder war er der Stunde weit entrückt. Sein Kind, eine Braut, sprach bebend am Abend der Hochzeit vom Glauben an die Vergebung der Sünden und an das ewige Leben! Und alle Töchter seines Landes waren ihm in diesem Augenblick Bräute und Beterinnen, und alle Bräute des Landes waren ihm wie Töchter nahe und lobten das Leben in Gott!

Der Hochzeit folgten zwei verhältnismäßig ruhige Tage.

Der König hielt sich von den Gästen sehr zurück. Seit gestern hatte er annehmbare, sogar sehr annehmbare Heiratsvorschläge aus England in Händen. Die Nation und die Königin hatten in letzter Stunde über den König von England gesiegt. Lord Strafford hatte es im Oberhaus als unverantwortlich bezeichnet, daß man Preußen so vernachlässige; er sei in Berlin gewesen, als Preußen nur dreißigtausend Mann gehabt, jetzt schreite es aufs

Neunzigtausendmannheer zu, und er wisse, daß der König von Preußen persönlich für England wohlgesinnt sei, denn er habe in einer entscheidenden, von England aber versäumten Stunde einmal gesagt: »Allianzen mit England dürfen nicht allein mit dem König sein, sondern mit der ganzen Nation. Denn was die ganze Nation verspricht – da könnt Ihr Staat damit machen. Die sind Leute von Parole.«

Townshemd aber hatte sich Lord Strafford mit den Worten angeschlossen, man möge in Berlin dem englischen Ministerium nicht zur Last legen, was das hannöverische tue. –

Durch musterhaften Geheimdienst zwischen London, Wien und Berlin war es den Herren von Grumbkow und Seckendorff gelungen, die neue Post aus England bis zum Abend der Hochzeit hinzuhalten. Aber in dem Herzen des Königs war eine Entscheidung gefallen, die von aufgehaltenen Depeschen nicht mehr beeinflußt werden konnte. England, die herrliche Möglichkeit seines Lebens, war endgültig für den König abgetan.

Der Herr sprach überhaupt nicht darüber. Das Unglück seiner Tochter kam ihn zu hart an. Aber die Ehre, die hier seinem neuen Staat und Heer und Schatz nun endlich doch von dem größten Königreiche seines Glaubens angetan wurde, tat ihm unendlich wohl und war Genugtuung für alle Unbill – freilich ohne Sinn und Fruchtbarkeit.

So überwog zuletzt doch das Leiden.

Am dritten Tage gab der König einen Hochzeitsball für die vornehmen Bürgerfamilien der Hauptstadt. Das war ein Novum, in Preußen erdacht. Vierhundert Paare waren geladen. Der gesamte Hof mußte bei dem Bürgerball zugegen sein, und der König hatte wieder den Rittersaal öffnen lassen und empfing in seinen sämtlichen Prunkräumen. Die Fürstlichkeiten tanzten unter den Bürgern, und diese neuen Gäste des Königs benahmen sich eigentlich recht hoffähig, als sei es dem König von Preußen gelungen, einen neuen Stand voller Würde und Haltung heranzubilden, seit er die ersten bürgerlichen Minister ernannte. Wilhelmine, von den Anstrengungen der eigentlichen Vermählungsfeierlichkeiten etwas erholt, tanzte an diesem letzten Abend des Festes sogar lebhaft und ließ keinen Tanz aus. Während einer der ruhigeren Figuren drängte Grumbkow sich an ihre Seite.

»Ihre Königliche Hoheit ist derart mit dem Balle beschäftigt, daß sie gar nicht sieht, was um sie herum vorgeht. Mein Gott, endigen Sie doch den Tanz!«

Aber die Frau Erbprinzessin von Baireuth wandte sich schon wieder lächelnd ihrem Partner zu, dem jungen Markgrafen von Schwedt, der ebensogut wie der Baireuther heute ihr Gatte hätte sein können.

Grumbkow hielt sich aber dicht neben ihr. Er wahrte nicht mehr den höfischen Ton.

»Sie scheinen von der Tarantel gestochen – umarmen Sie doch Ihren Bruder, der dort steht!«

Neben dem Spieltisch der Königin fand sie ihn. Sie war wie närrisch, weinte, lachte, schwatzte das verworrenste Zeug – der Bruder war befangen. Die Prinzessin stürzte sofort zum König. Der fing wieder an zu weinen. Seine innere Wehrlosigkeit war schlimmer und schlimmer geworden. Man sah überhaupt nur Schnupftücher. Die Königin verlor ihre Fassung nicht für einen Augenblick, ja, ihre Freude wurde völlig überschattet durch die Bitterkeit, daß nicht sie kraft ihrer mächtigen Einflüsse es war, die dieses Glück gestiftet hatte, und daß ihr Sohn auf diesem üblen Bürgerball und in einem schmachvollen hechtgrauen Rock seinen Einzug hielt. Der Kronprinz blieb wortkarg und hielt sich, weil er all die anderen seit dem Schreckenssommer des vorigen Jahres nicht gesehen hatte, eng bei dem Vater und von all den Neugierigen möglichst fern.

Anfangs hatte ihn auch niemand erkannt außer dem Vater, der seiner harrte; denn Friedrich war voller und breiter geworden und kam in jenem einfachen grauen Rock, wie er ihn in Küstrin trug. Er hatte in der Flügeltür des Rittersaales gestanden, von niemand bemerkt. Der König hatte es der Gattin selber gesagt: »Friedrich ist da!« Aber die Oberhofmeisterin von Kameke mußte ihn der Mutter erst zeigen. Da hatte Frau Sophie Dorothea ihre Karten hingelegt und war, ohne dem Blick des Gatten zu begegnen, dem Sohn entgegengegangen. Die Ruhe der Königin bedrückte den König; er bewunderte sie nicht mehr. Der Kronprinz war nach der Umarmung der Mutter bei dem Stuhl des Vaters stehengeblieben und schien niemand erkennen zu wollen. Der Vater beobachtete ihn mit großer Sorge. Es war noch zuviel für den Sohn, auch wenn er nur diesem letzten Abend der hochzeitlichen Feiern beiwohnen sollte. Friedrichs schlichter Rock schloß ihn zudem zu schmerzhaft aus. Der König gab heimlich den Auftrag, für ihn und den Kronprinzen ganz allein in einem Nebenzimmer zu servieren. An der Tür flog Sanssouci dem Bruder um den Hals und küßte ihn vor allen Menschen; Friederike Luise von Ansbach, als die letzte aufmerksam geworden, kam befangen herbei und begrüßte ihn, verwirrt in allen ihren Gefühlen, wie sie nun immer jetzt war, mit einer sehr ungeschickten Äußerung.

In den Sälen losten die vierhundert Paare und der Hof indessen ihre Plätze an den Tafeln aus: eine Erfindung des königlichen Gastgebers, die wahrhaftig die glücklichste Lösung in den besonders heiklen Rangstreitigkeiten dieser Tafelrunde von Fürsten und Bürgern darstellte.

Vater und Sohn saßen sich an einem runden, kleinen Tische gegenüber und hörten das Lachen, Parlieren, Gläserklirren der Tafelnden in den Sälen nur gedämpft.

Der das Gespräch führte, war der König. Zum letztenmal war die Rede von Vergangenem.

Am kommenden Morgen äußerte König Friedrich Wilhelm zu allererst den Wunsch, Friedrich möge, noch ehe er zur Mutter gehe, seiner Schwester seine Aufwartung machen; denn ohne Frage habe der Gedanke an ihn ihre Entschlüsse stark beeinflußt.

Dies eben war es, was der Kronprinz nun durchaus nicht hören wollte. Und wenn er es sich schon sagen lassen mußte, so wollte er es nicht glauben. Er dankte der Schwester nicht, was sie da tat. Den eigenen Nöten wollte sie ein Ende machen! Und das durfte sie nicht! Sie hätte durchhalten müssen! Er wollte seine Freiheit nun zum Schluß nicht einem Erbprinzen von Baireuth verdanken!

Der Traum von ihrer beider leichter, schöner, großer Zukunft war zu Ende. Diese Gewißheit stand über dem Wiedersehen der Geschwister.

Als sie sich jetzt allein gegenüberstanden, gab die junge Frau Erbprinzessin von Baireuth durch ihr Verhalten den Gedanken des Kronprinzen hundertfach recht. Sie war nicht die Märtyrerin, die freudig ein Opfer brachte. Sie kam schuldbewußt. Die Nähe des Bruders genügte, um die Prinzessin um England weinen zu lassen. Ach, warum hatte man sie so lange voneinander getrennt! Warum hatte einer vom anderen über ein Jahr hindurch immer nur erfahren, daß der andere in Gefahr sei durch den Zorn und das Drängen des Königs!

Friedrich blieb gezwungen und verlegen, so wie er auch die jüngeren Geschwister nur in einer förmlichen kleinen Audienz begrüßte, bei der er sich gab wie einer, der etwas angegriffen von einer weiten Reise zurückkehrt; er fragte sie nach ihren kleinen Angelegenheiten; er überging die leidenschaftliche Erregung, in der Hulla sich befand.

Wilhelmine verbarg ihr Schuldgefühl in leisen Vorwürfen und Anklagen. Seinetwegen habe sie gestern nach der Tafel nicht mehr getanzt; er dagegen habe ihr kaum noch ein paar Worte gewidmet.

Er sei stets der Alte, sagte Friedrich, habe aber Ursache, so zu handeln. In der Umwelt des Hofes hatten ihn alte Zweifel und Ängste gepackt. Er deutete in der Richtung der Zimmerflucht, an deren Ende sie den König, über seinen Akten schreibend, wußten. Denn nun war das Fest vorüber.

Aber einmal erschien auch noch der König auf einer festlichen Veranstaltung und war glänzender Laune. Die junge Erbprinzessin von Baireuth hatte bereits in Berlin selbständig zu repräsentieren begonnen, obwohl die Mutter Königin es für Größenwahn hielt, und war auf den ganz vorzüglichen Einfall gekommen, zum Dank für die Rückkehr des Bruders dem Vater und Friedrich vor ihrem Abschied ein Diner in dem Prinzessinnenflügel zu geben, in dem sie ihre Mädchenzeit verlebt hatte – oft als Gefangene. Der König wollte auch nach der Tafel noch den ganzen Tag bei seiner Tochter bleiben, und für den Abend mußte auf seinen Wunsch abermals ein Ball arrangiert werden. Und was noch niemals geschehen war: König Friedrich Wilhelm tanzte mit allen Damen, ein wenig schwer zwar, aber gar nicht ungeschickt, überaus artig und vor allem vorzüglich im Takt. Als junger König hatte er auf den Hofbällen immer nur einen einzigen Tanz und diesen immer nur mit seiner Frau Königin getanzt.

Seinen Ältesten hatte er von diesem Morgen an wiederholt mit Oberst Fritz angeredet. Auch hatte er den Sohn, bevor er nun fürs erste wieder nach Küstrin zurückkehrte, um die begonnenen Arbeiten abzuschließen, am Vormittag einer Parade beiwohnen lassen. Eine ungeheure Menschenmenge war herbeigeströmt, um Friedrich zu sehen, und bereitete ihm freudige Ovationen; seine Leiden schufen ihm große Sympathien. Die Gegnerschaft gegen den König verband ihm den Hof und weithin das Volk. Es lag keine ganz ungefährliche Stimmung über dem besonderen Ereignis dieser morgendlichen Parade, zu der nun der Kronprinz im hechtgrauen Rocke kam! Das Erscheinen des Kronprinzen gerade auf einer Parade war der Beweis, daß der König seinem Sohn verziehen hatte – oder daß er sich mit den alten Mitteln nicht mehr behaupten zu können glaubte.

Die Generale aber begaben sich nach der Parade unter der Führung des Fürsten von Anhalt-Dessau zum König und baten ihn um die Wiederaufnahme seines Sohnes in die Armee. Man nahm an, daß es zwischen dem König und dem Generalissimus so vereinbart war.

Auf dem Zimmer des Kronprinzen lag bereits die Urkunde über die Verleihung eines Infanterieregimentes in Ruppin, ferner die Anweisung auf das Jahresgehalt eines Obersten, die Oberstenuniform und der Degen. Der Kronprinz sah vor allem nur das eine: das Wort Ruppin.

Der Vater gab ihn frei – soweit der Vater selber freizukommen vermochte von den Geboten ›Des Königs von Preußen‹ und ihn und sich nicht binden mußte in dessen Auftrag und Namen.

Über diesen wichtigen Ereignissen war es dem Kronprinzen möglich, sich der Familie fast völlig zu entziehen. Der König trug diesem Bedürfnis des Sohnes mit sichtlichem Bemühen Rechnung; er hielt die Seinen voneinander fern, sosehr sein Herz danach verlangte, sie alle miteinander in seine Arme zu schließen: die Tochter, die von ihm ging; den Sohn, der zu ihm kam und wieder gehen würde; Hulla, den er nun wieder zum Sohne hatte, wie auch jeder Mann im Volk seinen Sohn lieben durfte.

Der König stand mit allen Gedanken und Gefühlen in dem großen Plan, das Werk der Heiraten, schwer und schön und notwendig, zu krönen und endlich zu beschließen in der Wahl der künftigen Königin von Preußen. Erst wenn dies geschehen war, konnte völliger Friede werden mit dem Sohn! Und nie mehr brauchte dann zwischen ihnen beiden noch ein Zwiespalt zu sein! Dann wuchs das Königshaus nun auch in seinem Stamme weiter, durch den Sohn, auf dem die Verheißungen ruhten. In dieser einen Heirat waren alle anderen umschlossen, war ihnen der Sinn verliehen, erlangten sie erst ihren Wert und ihre Bedeutung, rundeten sie sich zum Werk eines Königs und Vaters an Kind und Kindeskind!

Der König war viel mit den Treuen aus Braunschweig zusammen, die in all dem Gezänk und all der Verleumdung, die sich nun auch von Ansbach und Baireuth her am preußischen Hofe immer breiter machten, stets wieder vermittelten und zum Guten redeten.

Die Herren von Seckendorff und Grumbkow hielten sich möglichst in der Nähe des Bevernschen Herzogspaares; denn die Braunschweiger Prinzessin war ja die Nichte der Kaiserin. Auch ihrer beider Werk ging seiner Krönung entgegen. König Friedrich Wilhelm aber war über alle Maßen glücklich, daß ein einziges Mal in seinem Leben Gefühl und Politik, Wunsch und Notwendigkeit zueinander gelangen durften und daß jenes junge Menschenkind, das sein Herz für den Sohn suchte und dessen er zugleich bedurfte als Siegel seiner Reichs- und Kaiserpolitik, gar nichts anderes war als Wärme, Zartheit und Gehorsam. Nun konnte Frieden werden nach dem Kampf der sieben Jahre.

Denn das siebente Jahr dieser Mühen, Wirren und schweren Entschlüsse war heraufgekommen, und er wollte in ihm sein zerrissenes Haus und seine zerstörte Familie endgültig neu begründen und wieder zueinander fügen, hier unter seinem Dach und draußen im Reich. Wie vermochte er König eines friedlichen Volkes zu werden, wenn er Trauer, Schande und Zwiespalt als Hausvater um sich sah!

Der Braunschweiger Herzog redete ruhig und überlegt und als ein Fürst, dessen Sachen in Ordnung waren, von der ehrenvollen Heirat und wies sehr sicher und bescheiden darauf hin, daß die letzten Entscheidungen am Hofe seiner Schwägerin, der Kaiserin, fallen müßten. Vom König war es tausendmal bedacht. Auf anderes achtete er mehr und tat es fröhlichen Herzens: wie zwischen dem Braunschweiger und ihm keine jener peinlichen Verhandlungen gepflogen zu werden brauchte, in denen um seine Ersparnisse gezankt, geeifert und geschachert wurde. Denn es kam den König hart an, wie man in Ansbach und Baireuth gierig nach seinem guten Gelde war, seiner wirtschaftlichen Kontrolle und seinem landesväterlichen Rat sich aber leidenschaftlich zu entziehen suchte, ebenso kindisch wie verstockt. Im Hause Braunschweig-Bevern herrschte Wohlstand und Ordnung wie bei dem Freunde in Dessau. Aus jedem Wort ging es hervor. Vor allem aber hörte der König darauf, wie der Herzog von Bevern in aller ernsthaften Verhandlung immer wieder von dem geliebten Kinde zu erzählen begann. Sie sprachen von Kaiser und Reich, von Hausmachtpolitik und Ehekontrakten; aber in alles das war nun seit Wochen schon ein sanfter Klang gewoben, sobald die Väter nur den Namen nannten: Elisabeth Christine.

Der Oberst Fritz saß nun im blauen Rock am Sitzungstische der Domänenkammer Küstrin. Er arbeitete und korrespondierte weiter wie zuvor, bis der Vater ihn zu seinem Regimente abberufen würde. Er machte in seinem Haushalt in Küstrin trotz des unordentlichen Koches Ersparnisse, zum Januar die ersten runden zwanzig Taler. Da versprach ihm der König ein Silberservice: Messer, Gabeln, Löffel, Schüsseln und Leuchter, »daß das alles ein Esel tragen kann«. Die Zeit der zweizinkigen groben Gabeln war für Preußens Thronfolger vorüber; und der König richtete es so ein, daß sein Geschenk etwa um den Geburtstag des Kronprinzen eintraf.

Nun, wo er gesünder war, stärker wurde und in seinem einundzwanzigsten Jahr sogar noch wuchs, war Friedrich in der Uniform dem Vater, von dem ihn ja nur dreiundzwanzig Jahre trennten, plötzlich auffallend ähnlich, zumal auch sein Haar von Blond zu Braun zu dunkeln begann.

Gewiß, der König, der nicht so leicht zu befriedigen war, hatte in Berlin noch etwas Geziertes an ihm wahrgenommen, mußte aber zugeben, »daß der Bursche fester mit den Füßen auftrat«. Und es freute den Vater sehr, als man ihm die Beobachtung der neu entdeckten Ähnlichkeit nicht vorenthielt. Mehrmals hatte der Kammerdirektor Hille in Friedrichs Mienenspiel solche Familienzüge entdeckt und den Präsidenten von Münchow darauf aufmerksam gemacht. Namentlich bei schlechter Laune zeigte sich der furchtgebietende Ausdruck des Vaters auch im Gesicht seines Sohnes, und es schien den Herren erstaunlich, wie der Kronprinz in gewissen Augenblicken dem »Jupiter mit dem Donnerkeil« glich.

Schlimmer erschien er ihnen freilich in den Stunden, in denen er zu kalter Satire gestimmt war; und auch sein Hang zur Selbstironie galt ihnen als nicht ungefährlich. Freilich, seit er aus Berlin zurückgekehrt war, hatten sie davon nichts mehr an ihm bemerkt. Doch entsannen sie sich deutlich des Abends, an dem er vor der Fahrt nach der Hauptstadt seinen Einzug bei der Hochzeit der Schwester beschrieb: »Mir voraus wird eine Schweineherde gehen, die Befehl hat, aus Leibeskräften zu grunzen. Hiernach wird eine Schaf- und Hammelherde folgen, dieser eine Herde podolischer Rinder, gleich dahinter komme ich selbst auf einem großen Esel mit so schlichtem Zaumzeug wie möglich. An Stelle der Pistolen werde ich zwei Säcke mit verschiedenen Sämereien haben, an Stelle des Sattels einen Sack Mehl, auf dem meine edle Gestalt thronen wird. An Stelle einer Peitsche werde ich einen Knüppel schwingen und an Stelle eines Helmes einen Strohhut auf dem Kopfe tragen. Ringsum Bauern mit Sensen, dahinter Landedelleute – « Das alles sollte witzig sein, klang aber böse.

Doch der Prinz im Strohhut auf dem Esel, inmitten der Herden und Bauern, Heu- und Düngerwagen, wußte nun wirklich, wie »ein Pächter alles zu Gelde macht« und »wieviel Mühe es einen Bauern kostet, einen Taler zu verdienen«; so hatte ihm der Vater hundertmal eingeprägt. Friedrich schrieb an Grumbkow, der jetzt mehr und mehr die engste Fühlung mit ihm suchte: »Ich sitze jetzt hier bis über die Ohren in meinem schlesischen Handel, und die Arbeit nimmt mich so völlig in Anspruch, daß, wenn man mich fragt, ob ich Senf zum Rindfleisch haben will, ich imstande bin zu antworten: ›Sehen Sie in der neuen Zollrolle nach.‹ Ich kann mich einer Sache nicht halb ergeben, ich muß immer kopfüber hinein.«

Die Ähnlichkeit mit dem Vater griff also wohl noch tiefer – über die »Familienzüge« hinaus.

Die Pläne, die Friedrich jetzt entwarf, hatten aber mit der Zollrolle nur noch wenig gemeinsam. Er war zu den Wurzeln des brandenburgischen Jammers vorgestoßen und suchte die Wunden seines Vaterlandes an der Oder und am Rhein sowohl zu heilen wie von Mecklenburg und Schlesien her. Er entwarf ein Manifest über die Gestalt des künftigen Preußen –. Ehe er nach Küstrin kam, hatte er nicht gewußt, ob seine Vorfahren Magdeburg im Kartenspiel gewannen –. Die Aristotelische Metrik hatte er auswendig beherrscht –.

»Mit seinem eindringenden Verstand ist er zu allem befähigt«, meinten die Küstriner Herren, »aber er ist noch nicht ausgereift. Gott möge Seine Majestät noch einige Jahre leben lassen. Sonst könnten wir durch die plötzliche Veränderung noch sehr traurige Katastrophen für das arme Land erleben.«

Aber sie kamen dahin überein, daß Prinz Friedrich einer der größten Fürsten sein werde, die das Haus Brandenburg hervorgebracht habe. Und ehrlich war ihr Bedauern, daß der Herr die politische Skizze seines Zwanzigjährigen nicht lesen durfte. Doch das war unmöglich.

Herr von Grumbkow wußte sich den Entwurf zu verschaffen. Auch er war nicht gesonnen, ihn dem »Dicken« zu geben. Er sandte das Manuskript dem Prinzen Eugen von Savoyen nach Wien.

Nachdem Prinz Eugen einen Einblick in die Gedanken genommen hatte, zu denen die Küstriner Gefangenschaft den armen, mißhandelten Königssohn angeregt hatte, bekannte er sein Erstaunen, »was vor weitaussehende Ideen dieser junge Herr hat, mithin er um so gefährlicher seinen Nachbarn mit der Zeit werden dürfte«.

Und der alte Diener des Hauses Habsburg trug eine neue Sorge. Man mußte sich des Kurprinzen von Brandenburg und Kronprinzen in Preußen, wie Habsburgs großer Wächter noch immer sehr hochmütig sagte, versichern. Man mußte ihn sofort in die Gewalt des Kaiserhauses bringen, den Bruch zwischen den Hohenzollern und den Welfen unwiderruflich und unheilbar zu machen! Die letzte Schlacht für die bedrohte, söhnelose habsburgische Hausmacht und den Sieg über das unablässig und unabsehbar wachsende Heer im Herzen des Reichs und Europas gedachte Prinz Eugen im Heiratskontrakt zu entscheiden. Kampflos wollte der große Sieger Gefangene machen, an die Fünfundachtzigtausend mit einem einzigen Federzug: Fünfundachtzigtausend mit Waffen und Proviant und frischer Montur, ausgeruht und reich besoldet.

Der König von Preußen hatte bei der jungen Prinzessin Elisabeth Christine von Braunschweig-Bevern emsige Brautwerber für seinen Sohn, die er nicht gerufen hatte. Er hatte auch sogar bei seinem Sohne Hochzeitsbitter zu dessen eigener Hochzeit aus Wien, von denen er nicht wußte. Die Beglaubigungsschreiben, die sie dem Kronprinzen vorzuweisen hatten, waren Päckchen von runden zweieinhalbtausend Dukaten, weil junge Herren auf Freiersfüßen meist das Geld nicht so sehr anzusehen wünschten. So lauteten die Begleitworte der ersten Sendung.

Auf der Wende zum Frühling war Kronprinz Friedrich krank; doch arbeitete er fleißig weiter, so unerfindlich es schien, daß der Vater ihn auch jetzt noch nicht zu seinem neuen Ruppiner Regimente entsandte. Der Frühling der Oderebene war für den Prinzen zu rauh. Der König nahm an dem Ergehen seines Sohnes freundlichen Anteil. Aber eines Tages enthielt der Brief des Vaters, in dem er sich wieder nach Friedrichs Gesundheit erkundigte, einen Satz, der das junge Leben des Sohnes noch einmal furchtbar zu erschüttern drohte.

»Mein lieber Sohn Fritz«, so begann dieser Brief, »es freuet Mich sehr, daß Ihr keine Arznei mehr brauchet. Ihr müßt Euch noch etliche Tage schonen vor der großen Kälte, denn Ich und alle Menschen schrecklich von Flüssen inkommodieret sind, also nehmt Euch hübsch in acht. Ihr wißt, mein lieber Sohn, daß wenn meine Kinder gehorsam sind, Ich sie sehr lieb habe, so wie Ihr zu Berlin gewesen, Ich Euch alles von Herzen vergeben habe und von der Berliner Zeit, daß Ich Euch nicht gesehen, auf nichts gedacht, als auf Euer Wohlsein und Euch zu etablieren, sowohl bei der Armee als auch mit einer ordentlichen Schwiegertochter, und Euch suchen, bei Meinem Leben noch zu verheiraten. Ihr könnt wohl persuadieret sein, daß Ich habe die Prinzessinnen des Landes durch andere, soviel als möglich ist, examinieren lassen, was sie für Conduite und Education; da sich denn die Prinzessin, die älteste von Bevern, gefunden, die da wohl aufgezogen ist, modeste und eingezogen, so müssen die Frauen sein. Ihr sollt Mir also Euer Sentiment schreiben. Ich habe das Haus von Katsch gekauft, das bekommt der Feldmarschall als Gouverneur, und das Gouvernementshaus werde lassen zurecht bauen und alles meublieren, und Euch soviel geben, daß Ihr allein wirtschaften könnt, und will Euch bei der Armee im April commandieren. Die Prinzessin ist nicht häßlich, auch nicht schön. Ihr sollt keinem Menschen was davon sagen, wohl aber der Mama schreiben, daß Ich Euch geschrieben habe. Und wenn Ihr einen Sohn haben werdet, da will Ich Euch lassen reisen; die Hochzeit aber vor zu kommenden Winter nicht sein kann. Indessen werde schon Gelegenheit zu machen, daß Ihr Euch etliche mal sehet in allem Honneur, doch damit Ihr sie noch lernet kennen. Sie ist ein gottesfürchtiges Mensch, und dieses ist alles, und comportable sowohl mit Euch als mit den Schwiegereltern . . .«

»Ein gottesfürchtiges Mensch – und dieses ist alles«, sagte der

Kronprinz laut, obwohl er allein war, »dieses ist aber auch wirklich und wahrhaftig alles –!«

Die eigentliche Antwort erteilte er, die Zusammenhänge schon in den Augenblicken der allerersten Erregung erfassend, nicht dem Vater, sondern dem kaiserlichen Hofe und dessen Berliner Partei.

Um Mitternacht schickte er zu Hille. Der stand auf, kam zu ihm und schrieb – der Kammerdirektor nach dem Diktat des Auskultators! – ein für Grumbkow bestimmtes »Projekt«.

Der Kronprinz klagte darin, daß alle seine Anstrengungen, die Gnade des Königs wiederzuerlangen, fruchtlos bleiben würden, da er fürchten müsse, sein Vater traue ihm noch immer geheime Absichten hinsichtlich seiner Ehe zu. Er erkläre, wenn er solche gehegt habe, verzichte er nun gutwillig darauf. Er sei also gern bereit, sich den Absichten des Königs zu fügen, wenn Seine Majestät, wie es heiße, den Blick nach Österreich gerichtet hätte. Er würde also gern die kaiserliche Prinzeß Maria Theresia heiraten, vorausgesetzt, daß ihm kein Religionswechsel zugemutet werde, denn das beteuere er vor Gott, nie tun zu wollen, aus keiner menschlichen Rücksicht, welcher Art und von welcher Bedeutung sie auch sein möge. In der Voraussicht, daß Europa sich beunruhigen werde, wenn die österreichischen Erblande mit dem Hause Brandenburg vereint würden, erkläre er sich zum Verzicht zugunsten seines Bruders August Wilhelm bereit, wofern man ihm soviel gebe, um standesgemäß leben zu können, so lange der Kaiser am Leben bleibe.

Grumbkow schickte die seltsame nächtliche Epistel sofort nach Küstrin zurück und bat den Kammerdirektor, sie auf der Stelle zu verbrennen. Doch hatte er in der kurzen Spanne, in der sich das Schriftstück in seinen Händen befand, rasch eine Kopie für Sekkendorff angefertigt, die dieser schleunigst dem Prinzen Eugen übermittelte. Prinz Eugen fand das Projekt wunderlich und schloß aus verschiedenen in ihm enthaltenen Anzeichen, daß es dem Kronprinzen in Preußen vielleicht noch an Überlegung, nicht aber an Lebhaftigkeit und Vernunft fehle.

Auf jenen Kronprinzenbrief, der indirekt für Wien bestimmt war, erteilte Wien auch indirekte Antwort.

Man kam zunächst auf den glücklichen Gedanken, Friedrichs unglückseligem Erzieher Duhan, der noch immer in Armut und Ungnade lebte, eine Pension auszusetzen. Man versicherte, wen

Königliche Hoheit vorschlügen, den werde man auch unterstützen. Der Kronprinz könne fest auf den kaiserlichen Beistand rechnen, bis der liebe Gott das Schicksal Seiner Königlichen Hoheit zum Besseren wenden werde.

Und das hieß: bis König Friedrich Wilhelm starb.

Es fehlte dem Prinzen ja nicht an Lebhaftigkeit und Vernunft. Er mußte verstehen. –

Und dennoch war der Lebhafte und Vernünftige in Fieberangst versetzt, durch die österreichischen Machenschaften nicht minder als durch die Freundlichkeit und Noblesse des Vaters.

Grumbkow sollte ihm eine Liste vorlegen, welche Prinzessinnen wenigstens dem Range ihres Hauses nach als künftige Königin von Preußen noch in Frage kamen außer der Bevern, deren Bruder – wie die Königin während Friedrichs Berliner Aufenthalt zu ihm sagte – schon das Unheil über Philippine Charlotte gebracht hatte. Was bedeutete Sophie Dorothea all die Seligkeit der jungen Sanssouci und des Braunschweiger Prinzen –!

Die Sachsen-Gotha und die Eisenach, die man dem Kronprinzen nannte, schied er völlig aus. Er machte Gegenvorschläge. Er wollte, nun im Ernst, mit der zweiten Kaisertochter vorliebnehmen, wenn sie ihm nur ein paar Herzogtümer als Mitgift brächte; nur lumpige Nichten der Kaiserin lehne er ab. Er konnte nicht alle Hoffnungen begraben. Und die Heirat war die letzte. Er verwies auch noch auf Anna von Mecklenburg, die Enkelin des Zaren Iwan, falls sie auf die Nachfolge in dem zerfallenden Rußland verzichte und ihm eine Mitgift von zwei bis drei Millionen Rubeln eintrage.

Im übrigen schien er in großer Verwirrung seiner zwanzig Jahre jetzt manchmal allen irdischen Dingen entrückt. Er rühmte sich, trotz der Küstriner Kammer ein großer Dichter geworden zu sein. Er wollte weder Feldherr noch Krieger sein, sich auch später in kein Detail seiner Geschäfte mischen, sein Volk beglücken und sich gute Minister aussuchen, die schalten und walten mochten.

Aber alles das waren nur Ausflüchte, Tröstungen und nichtssagende, verängstigte Redensarten. Er begann den Aufenthalt in Küstrin liebzugewinnen; er wünschte, in dem stillen Frieden dieser Stätte noch lange bleiben zu können, auch angesichts der bittersten Erinnerungen.

»Procul a Jove, procul a fulmine«, pries er sein armseliges Dasein dort mit den Worten der geliebten Antike.

Wieder war ihm der Vater zum Schicksal, zum Vertreter der unerbittlichen Forderung geworden.

Indessen hatte König Friedrich Wilhelm in Berlin erklärt:

»Ich begreife, daß mein Sohn und ich nicht immer zusammen sein dürfen. Es ist dann jedesmal etwas Neues, wenn wir uns sehen.«

Er wollte seinen Ältesten, genau wie in der frühesten Zeit, nicht wie einen Sohn, sondern wie seinen Freund behandeln.

Daß Vater und Sohn nicht immer zusammen sein dürften, das war in Grumbkows Plädoyer für die kaiserlichen Wünsche dem Kronprinzen gegenüber das wichtigste Argument. Aber er erntete Beleidigungen. Lieber als die Bevern, versicherte ihm Friedrich, wolle er das reizlose, ahnenlose, mittellose Fräulein Jette heiraten. Und das war Grumbkows eigene Tochter, die er mit der Gattin ängstlich vom Hofleben fernhielt, genau so, wie er die Zerwürfnisse mit seinem Sohne verbarg, indem er ihn von einer fremden Universität auf die andere schickte. Grumbkow empfand die Anmaßung des jungen Herrn aus hohem Hause gegenüber dem niedriger Stehenden bitter. Es gab keinen Weg zu Rang und Glanz. Er heftete sich nur noch leidenschaftlicher an Wien, um, wenn ein Diener, so doch der Diener nur des prunkvollsten, ältesten Hofes zu sein. Denn eine andere Welt als die der Höfe war für ihn nicht da. Der Dienst im Generaldirektorium galt ihm nicht; auch übersah er, wie es ihm der König vergab, daß er ein so schlechter Offizier war. Niemals kam ihm auch etwa der Gedanke, sich auf seine Güter zurückzuziehen. Lieber warb er in Demütigungen um seinen künftigen jungen Herrn. Denn der Gepflegte, Satte, Geschmeidige gedachte älter, viel älter zu werden als der aufgeriebene, aufgewühlte König und Herr, obwohl sein Vorsprung zum Tode den Jahren nach nicht gering schien. Er hätte der Vater des Königs sein können. In alledem glaubte er gegenüber dem Kronprinzen mit großem Geschick vorgegangen zu sein. Er schilderte die Bevernsche Prinzessin abfälliger als unbedingt notwendig war, damit vielleicht doch die Möglichkeit einer angenehmen Überraschung aufrechterhalten blieb. Aber der Kronprinz von Preußen gab vor, er wolle lieber das gemeinste Weibsstück von ganz Berlin haben als eine Betschwester mit einem halben Dutzend Muckern an ihrer schlecht geschneiderten Schleppe. Er wollte in dem ersehnten eigenen Hause nicht wieder nur die bigotte Atmosphäre von Schloß Wusterhausen wiederfinden. Gerade der Frömmigkeit seines Vaters, die ihn so namenlos quälte, begehrte er zu entrinnen; die Frömmigkeit vor allem hatte all das Unheil über ihn gebracht; die vor allem!

Seine zukünftige Frau sollte lieber Molières »Schule der Ehemänner« und »Schule der Frauen« auswendig lernen; das schien ihm besser als das »Wahre Christentum des weiland Johann Arndt«. Sie sollte nicht dumm, nicht widerwärtig, nicht stumpfsinnig sein! Und der müßte ein großer Philosoph sein, trumpfte er auf, der ihm bewiese, daß eine kokette Frau nicht viel mehr wert sei als eine frömmelnde.

Er wolle nicht kapitulieren, wie Wilhelmine allen Widerstand aufgegeben habe vor der Zeit!

Grumbkow wollte sich von Friedrich lossagen. Das Unglück mochte seinen Lauf nehmen. Er gestand Seckendorff seine Angst. Er machte sich auf die alten Szenen im Herrscherhause gefaßt. Selbst den sieben Weisen Griechenlands, darin waren der kaiserliche und der königliche General sich einig, konnte es nicht gelingen, es dem Vater und dem Sohne recht zu machen.

Aber Grumbkow, so gut er auch den künftigen König von Preußen zu kennen meinte, täuschte sich in ihm. Der erregten Nacht, in der Friedrich den Kammerdirektor Hille zum Diktat berief, waren abermals durchwachte nächtliche Stunden gefolgt.

Der Kronprinz verbrachte sie jedoch in kühler Überlegung. Er sah, was vor ihm lag: neuer, aufreibender Kampf; erneute Flucht, von der kein fremder Hof etwas wissen wollte – diese Erfahrung besaß er nun; erneute Gefangennahme, neues Gericht und neues Urteil. Er würde nicht König werden.

Jener Zwang aber, dem ihn der Vater zu Küstrin unterworfen hatte; jene stufenweise Führung, die er ihm angedeihen ließ; jene Wege, die er ihn Schritt für Schritt in die Freiheit führte, hatten ihn einige Gedanken denken gelehrt, die es ihm groß erscheinen ließen, ein König von Preußen zu werden. Er war Englands müde geworden und hatte Ernsteres begreifen und Schwereres ahnen gelernt, als daß er sich noch begeistern konnte an dem Rauschgold mütterlicher Märchenwelten.

Er rebellierte nicht. Er floh nicht. Im letzten Schreiben, das der

Auskultator von Küstrin mit seiner Feder unterzeichnete, war das Erziehungswerk der harten Schule, die er hier durchlaufen hatte, wahrhaft erfüllt, ohne daß er es ahnte: er wollte König von Preußen werden.

Dies letzte Schreiben war ein Brief an seinen Vater; darin stand, die Schilderung, die der König von der Prinzessin entwerfe, sei sicher durchaus zutreffend. Wenn die Prinzessin aber auch ganz anders wäre, könne der König dennoch versichert sein, daß er in allem seinem Willen sich fügen werde. Er fügte sich – doch nicht wie Wilhelmine; er war nicht müde; er kämpfte für sein Amt, das ihm vom Vater so schrecklich gemacht war! Der Kronprinz hätte statt all der Worte von der Heirat schreiben können in einem einzigen Satze: Ich will nach dir König sein in deinem Lande!

König Friedrich Wilhelm zeigte diesen Brief dem Herzog von Bevern, der als letzter Gast, aus guten Gründen, noch immer bei ihm weilte. Er gab den Brief des Sohnes auch Grumbkow zu lesen. Der König sagte mit Tränen in den Augen: »Was sagen Sie dazu? Da, lesen Sie. Das ist der glücklichste Tag meines Lebens.«

Grumbkow dachte bitter: Die Könige haben unter sich verhandelt –.

Fünfzehn Monate hat Europa ein Geschrei erhoben, daß König Friedrich Wilhelm seine Töchter zu Hirtinnen und seinen Sohn zum Manne einer Bauernmagd mache. Aber die wahre Braut, um die es soviel Aufhebens gab, war die Armee des roi sergeant. Weil durch Affären in Italien und Spanien und angesichts der wachsenden Selbständigkeit Frankreichs plötzlich England und Österreich auf gemeinsames Vorgehen angewiesen waren, mußten sie sich nun auch gemeinsam um das preußische Heer bewerben. London und Wien vergaßen aller Rivalität ihrer Silberflotten und taten sich alles Erdenkliche zuliebe. Das ganze, künstlich gedrehte Halteseil der politischen Heiraten wurde rückwärts wieder aufgeflochten und sollte zu neuen Gespinsten verknüpft werden, weil Habsburg und das Welfenhaus nun gegen die Bourbonen standen. Es war durchaus nicht mehr zu entwirren, wer wen heiraten sollte; nur soviel stand in Wien und London fest: Elisabeth Christine von Braunschweig-Bevern durfte nicht »Kronprinzessin in Preußen« sein. Dahin war jener kaiserliche Hof gekommen, der einst den preußischen Gesandten am Londoner Hofe dafür besoldete, der beiden Höfe Berlin und London Mißverständnisse beständig zu mehren und zu erhalten.

Dem Wiener Hof fiel es nicht leicht, sein mühevolles Werk in Brandenburg-Preußen von Grund aus selbst zu zerstören. Aber Seckendorff erhielt die von London gewünschten neuen Direktiven, denn Österreich sah sich am Vorabend des großen Krieges der Bourbonen gegen Habsburg, eines Krieges, der in Italien und nicht im Reich und also ohne die Truppen des Kurfürsten von Brandenburg würde durchgehalten werden müssen. Und wenn da England den Umsturz aller Heiratspläne in maßloser Forderung noch am Morgen der brandenburgisch-bevernschen Hochzeit verlangte: Österreich mußte den Schritt auch dann noch tun! Die Frist war nicht mehr lang, in der man das Modewort »Chi ha tempo, ha vita« zum Troste haben durfte.

Sie verfolgten den König bis in sein Gastzimmer auf das Schloß Salzdahlum, nahe Braunschweig, das schon gerüstet war zur Hochzeit seines Sohnes. Beide Familien weilten schon seit einem Tage zusammen. Die mitgeladenen Hochzeitsgäste aus den Kreisen der Minister waren ein Diplomatenklüngel in voller Geschäftätigkeit. Es gab auch bares Geld in dem Handel. Die Königin witterte nur den heimlichen Aufruhr; sie kannte die verlockenden Anzeichen diplomatisch bewegter Zeiten. Aber ihr blieb erspart, sich der tiefsten Demütigung ihres Lebens bewußt zu werden. England wollte die preußisch-englische Heirat ohne sie, ja, indem man sie geflissentlich umging, arrangieren! Über diesem Festtag waltete ein bitteres Wort der Schrift: »Die Hochzeit ist zwar bereit. Aber die Gäste waren's nicht wert.«

Vergeblich hatte der König gehofft, durch die Bräute würde endlich Frieden werden in seinem zerrissenen Lande und seinem verwundeten Herzen. Die Welt ließ ihn das Treue nicht tun.

Der König lag noch im Bett, da ließ Seckendorff, der biedere Pächter, Protestant und Soldat, ihm dringlichst melden, er sei vom kaiserlichen Hof mit einer wichtigen, aber nicht unangenehmen Botschaft betraut und müsse ihn aufs rascheste sprechen. Der König ließ ihn kommen, und Seckendorff trat an sein Bett und erklärte ihm mit lächelndem Munde, er habe soeben durch einen Kurier, welcher die ganze Nacht hindurch gefahren sei, den Befehl erhalten, ihm eine neue Eröffnung über eine eilige Sache zu machen. Trotzdem wage er sich seines Auftrages nicht zu entledigen, wenn Majestät ihm nicht verspräche, ihn in Geduld anzuhören und sich nicht zu ereifern. Das Versprechen erfolgte, und der General kam mit der Sprache heraus, er habe einen Brief des Prinzen Eugen an den König bei sich mit einer Order, ihm diesen Brief, wenn er es erlaube, in einer Kopie vorzulesen. Wenn der König glaube, das Brieforiginal nicht annehmen zu dürfen, so möchte er es ihm offiziell nicht aushändigen.

Der König ließ sehr geduldig sehr viel diplomatische Delikatesse über sich ergehen, gestattete die Vorlesung der Kopie und erklärte sich bereit, den Brief anzunehmen und zu beantworten. Da überreichte Seckendorff ihm gleich das Originalschreiben, das bis dahin nur den »Einschluß« dargestellt hatte, ohne den kein politisches Schreiben mehr auskam.

Der Brief schlug das Mittel vor, so erläuterte der Kaiserliche General, wie man nichts verlöre und alles miteinander vereinigen könnte. Auch brauchten nicht einmal die Hochzeitsfeierlichkeiten auf Schloß Salzdahlum abgesagt zu werden. Nur die Personen vor dem Altar wären auszuwechseln. Anstatt des Kronprinzen mit Prinzessin Elisabeth Christine möge man, etwas früher als gedacht, den Erbprinzen Karl von Braunschweig mit Prinzessin Philippine Charlotte verheiraten. Später könne dann die Doppelhochzeit des Prinzen von Wales mit Elisabeth von Braunschweig-Bevern und des Kronprinzen von Preußen mit der britischen Prinzessin Amalia stattfinden.

Den üblichen Ausgleich durch Mätressen allerdings wagte man dem König von Preußen nicht vorzuschlagen. Das preußisch-englisch-österreichisch-hohenzollerisch-welfisch-habsburgisch-brandenburgisch-hannöverische Wunderwerk schien sich unter Einbeziehung der braunschweigisch-bevernschen Aspekte zu vollenden.

Der König hörte sich die Verwegenheit ruhig an. Nur ganz flüchtig sah er zu Seckendorff hinüber, jenem gleichen Seckendorff, der lange, lange Zeit hindurch manchen Gewaltritt nach Potsdam unternommen hatte, um die Londoner Partei zu überholen, ihr zuvorzukommen und dem König zu »insinuieren«, daß man ihn zum »Gallopin« von England machen wolle; daß um der Ansprüche der britischen Prinzessin willen sein Haus, sein Staat, sein Heer den »Krebsgang« gehen würden und daß er endlich noch einmal gegen seinen Sohn als den Statthalter von Hannover werde zu Felde ziehen müssen. –

Er öffnete, die Form zu wahren und den Spielregeln zu genügen, das Schreiben des Prinzen Eugen und gab es Seckendorff sofort zurück mit dem Auftrag, sich zu Grumbkow zu begeben und ihm den Inhalt seiner Antwort zu sagen. Sie lautete, daß er durch keine Vorteile in der Welt sich würde bewegen lassen, seiner Ehre und Parole einen solchen Schandfleck anzuhängen; er bleibe bei seiner Resolution so fest wie Stahl und Eisen. Danach stellte er Seckendorff das Zeugnis aus, daß er die ihm gegebenen Befehle ordnungsgemäß ausgeführt habe.

Nun lehnte sich der Herr in die hochgehäuften Kissen zurück.

»Wenn ich Ihn nicht so wohl kennen würde, Seckendorff«, sagte er, »glaubte ich, Er träumte. Hätte man vor Jahr und Tag so gesprochen, wüßte ich nicht, was ich aus Liebe für des Kaisers Majestät getan haben würde.« Als der König jene Worte aussprach: »Wenn ich Ihn nicht so wohl kennen würde, Seckendorff«, begriff der brave Pächter, Protestant und Soldat, daß er durchschaut war – durchschaut in seiner ganzen Schande, die er mit Grumbkow, König Friedrich Wilhelms Großem, teilte: das Werk, an dem sie für das kaiserliche Haus jahrelang am preußischen Hof gearbeitet hatten, war nun in Wien von einem Tage zum anderen verworfen. Sie waren im Auftrage des Wiener Hofes die Werber für London in Berlin geworden, und Grumbkow hatte umsonst aus Wien eine besondere Verlobungsprämie von vierzigtausend Gulden außer seiner jährlichen Pension von tausend Dukaten erhalten.

Seckendorff begriff aber auch, daß der Mann, der da am Hochzeitsmorgen seines Sohnes so müde und umdüstert im Bett saß, sich unabhängig gemacht hatte von Diplomaten, alliierten Kabinetten, verbündeten Heeren, ausgeliehenen Geldern – unabhängig in fast zwanzigjährigen, königlichen Kämpfen, die so schwer gewesen waren, daß der König gänzlich von Berlin nach Potsdam gehen und keinen Menschen vor sich lassen wollte. Alle Geschäfte waren suspendiert. Bis zu dieser Ungeheuerlichkeit war es gekommen: die Geschäfte des Königs von Preußen suspendiert!

Da König Friedrich Wilhelm aber zu Seckendorffs höchstem Erstaunen, ja Erschrecken, noch immer gelassen blieb, begann der General ihm einzuräumen, daß es allerdings nicht im Interesse des Kaisers läge, wenn die beiden Könige von England und Preußen so eng miteinander verbunden wären. Aber die Wohlfahrt Europas, insonderheit des deutschen Vaterlandes, verlange diese Verbindung, und darum opfere Seine Kaiserliche Majestät ihr den Vorteil des eigenen Hauses.

Still, verbittert, vergrämt und verschlossen hörte der ihm zu, der in Wirklichkeit der einzige war, der »insonderheit für die Wohlfahrt des deutschen Vaterlandes den Vorteil des eigenen Hauses opferte« und der eben darum verlacht, verketzert, verschachert und ausgenützt worden war. Er sagte noch ein bitteres und stolzes Wort; er habe zwar außer dem Kronprinzen noch drei Söhne; aber es sei besser, das Haus sterbe ganz aus, als daß es in der Schande lebe, das, was man heute gewollt hat, morgen zu verändern.

In dem Augenblick aber, in dem der König nun durchaus gnädig den kaiserlichen General entlassen wollte, hielt er ihn doch noch einmal zurück. Er habe sich, begann er seufzend, in der Tat als Gabe zu der Hochzeit seines Sohnes mit der Nichte der Kaiserin einen Brief des Kaisers versprochen, auf den er nun schon sehr lange warte – schon seit jenen dunkelsten und eisigsten Tagen des grimmen Januar im Salzburger Lande, in denen alle Anhänger hussischer Lehre und evangelischen Glaubens von einem Sonntag zum anderen das Land verlassen sollten, und zwar ohne Wagen und Karren, nur mit dem Sack auf dem Rücken. Da hatte er an den Kaiser geschrieben und für die Bedrohten und Vertriebenen gebeten! Warum verzögerte sich die Antwort bis zu dieser Stunde?

Gottes Knecht in der Mark Brandenburg ließ dennoch nicht ab. Was war ihm seine opferreiche Freundschaft mit dem Kaiser des Heiligen Römischen Reiches Deutscher Nation, wenn sie Feinde wurden in dem einen, in dem nicht diese Politik galt oder jene, sondern allein der Wille Gottes über den Herrschern der Erde!

Am nächsten Mittag, als die Hauptfeierlichkeit beendet war, fand Friedrich für einige Minuten Zeit, ein paar Zeilen an die Baireuther Schwester zu schreiben: »Geliebte Schwester, in diesem Augenblick ist die ganze Zeremonie zu Ende. Gott sei Dank, daß alles vorüber ist.« Bis in die letzte Stunde war er, fünfzehn

Monate hindurch, nicht wankend geworden in seinem Entschluß – König von Preußen zu werden. Er hatte dem Vater seine Unschuld an all den neuen Intrigen beteuert und hinzugefügt, er begreife das Verhalten des Wiener Hofes nicht und versichere, daß nur der Tod sein an die Prinzessin von Bevern verpfändetes Wort zu lösen vermöge.

Und nun gebe es eine unglückliche Prinzessin mehr in der Welt, setzte er unter den Brief an seine Schwester als Postskriptum.

Von dieser unglücklichen Prinzessin und dem Hof, von dem sie kam, handelte in dem Kreis von Monbijou jedes Gespräch, als das Königspaar und der Kronprinz von der Hochzeit auf Salzdahlum heimgekehrt waren und Potsdam und Berlin sich rüsten mußten zum Einzug der Frau Kronprinzessin. Der König war allen vorausgeeilt, um selbst die militärischen Vorbereitungen für die Feierlichkeiten zu Ehren seiner Schwiegertochter anzuordnen, und befand sich schon in Potsdam.

Wenn die Königin nun allein im Kreise ihrer Kinder speiste, lenkte sie das Gespräch immer wieder auf die satirisch-bukolischen Pamphlets, die in London über die Bauernprinzeß von Salzdahlum erschienen waren. In diesem Zusammenhange wurde sogar die Frau Erbprinzessin von Baireuth, die auf den Wunsch des Vaters zum Empfang der Kronprinzessin nach Berlin gekommen war, eines Wortes gewürdigt.

»Dein Bruder«, sagte die Königin zu Wilhelmine, »ist in Verzweiflung, daß er die Bevern heiraten mußte. Er hat nicht unrecht. Sie ist so beschränkt erzogen, daß sie auf ihrem Zimmer nicht einmal Damen empfangen durfte. Sie ist das dümmste Tier zwischen Himmel und Erde. Auf alles, was man ihr sagt, antwortet sie Ja oder Nein und lacht dabei so einfältig, daß einem ganz übel wird. Auch hat sie einen mageren Hals und unentwickelte Formen.«

»Oho«, rief Anna Amalia, denn über dieses Thema durfte auch die Neunjährige, um ihrer treffsicheren Malicen willen in Monbijou berühmt, schon ungehindert mitsprechen, »die liebe Mutter kennt noch gar nicht alle ihre Verdienste! Ich bin einmal des Morgens bei ihrer Toilette zugegen gewesen – ihr Schnürleib ist auf der einen Seite ausgepolstert, und sie hat eine Hüfte höher als die andere.«

Die Königin belächelte, wie außerordentlich geweckt die kleine, heftige, kränkliche Tochter doch war. Und während solcher Tafelreden gingen die Diener mit den Silberplatten, die das Vorrecht der Königin waren, auf und ab am Tische der Mutter und ihrer Kinder. Der Kronprinz erblaßte und errötete und sagte gar nichts. Nach der Tafel wünschte er der Mutter als erster gute Nacht. Die Gründe, mit denen er sich vor der Zeit entschuldigte, waren triftig. Er hatte sein Regiment zur Einzugsrevue nach Berlin überführt; und das war, so rasch nach der Rückkehr aus Salzdahlum, etwas anstrengend gewesen.

Im Vorzimmer konnten sich Friedrich und Wilhelmine – die dann noch, wie jeden Abend, bis zwei und drei Uhr nachts mit der Königin Karten spielen sollte – für einen Augenblick sprechen. Der Kronprinz blickte böse vor sich hin.

»Die Königin möchte über ihren gescheiterten Projekten verzweifeln. Deshalb sagt sie so viel Arges von der Bevern. Denn sie wollte mich gern überreden, mich mit dem König zu überwerfen. Das ließ ich aber wohl bleiben. Meine Stumme ist freilich schlecht erzogen und schlecht gekleidet, und ich hoffe, wenn sie nun herkommt, bist du so gut, ein wenig an ihrer Bildung zu arbeiten.«

Solche Bitte nun tat der jungen Frau Erbprinzessin von Baireuth sehr wohl. Denn sie litt unsäglich darunter, am Hofe der Mutter nur noch als degradierte arme Verwandte unter hundert Demütigungen geduldet zu sein und zur gleichen Zeit den Vater den Einzug der künftigen Königin von Preußen so strahlend rüsten zu sehen, wie noch gar nichts hier zuvor gewesen war.

Damit sich die Frau Herzogin von Braunschweig als die Schwester und die wunderhübsche, jugendliche Frau Herzogin-Großmama von Braunschweig-Bevern als die Mutter der Kaiserin nicht ihrer hohen Verwandtschaft überhöben, tat sich die Königin mit ihrem Hofstaat recht etwas darauf zugute, welch großen Hauses Tochter sie war; sie, die Mutter des Bräutigams und vieler Bräute, war noch immer die Tochter des Königs von England geblieben. Während der König von Preußen der Gemahlin seines ältesten Sohnes entgegenritt, nahmen die Damen schon auf der Freitreppe des Schlosses Aufstellung. Von Seide, Sonne, Federn, Juwelen, Blumen und Sommer war ein großer Glanz um die Frauen gewoben. Die Fächer schwirrten, und hoch über den

Häuptern der Frauen schwebten die Vögel leicht im Juniwinde hin.

Am Kirchplatz sangen schon die Waisen, die Kinder der Seligkeit. Über die Brücke trabten bereits die ersten Reiter zurück. Ganz langsam und sehr bestaunt und bejubelt von den Bürgern und Fremden hinter der strahlenden Kette von Soldaten, fuhr die Karosse der Frau Kronprinzessin auf das Schloß zu. Der König ritt ihr zur Seite.

Fast niemand am Potsdamer Hofe wollte es glauben, daß hier die junge Gemahlin des Thronfolgers aus dem Staatswagen stieg. Denn die nun auf der untersten Stufe der Terrasse stand, den Blick gesenkt und ganz damit befaßt, die Falten ihres weiten Reisemantels nicht zu ungeschickt zu raffen, war ein Kind – dabei durchaus nicht klein –, ein Mädchen von dreizehn, ach, kaum zwölf Jahren, in offenen, aschblonden Locken, die Wangen von der sommerlichen Fahrt gerötet! Und als die Frau Kronprinzessin jetzt die Augen aufschlug zu den fürstlichen Frauen und ihrem Gefolge, waren die grauen Sterne wie von Tränen überglänzt.

Der König schritt ihr voran. Immer wieder wandte er sich nach ihr um. Er lächelte ein ganz klein wenig bedenklich; er wußte schon, warum die Damen droben vor Entsetzen durcheinanderrauschten. Das hatte er selbst nicht für möglich gehalten: die Kronprinzessin von Preußen zog in der Residenz des Schwiegervaters ohne Perücke ein! Er hörte das Wort Bauernprinzeß zischeln; das klang bösartig, und er glaubte, die kleine Schwiegertochter schützen zu müssen.

Die war vor der Königin in einen tiefen, starren Hofknicks versunken. Was sie sagte, mußte man erraten. Sie sprach Deutsch. Sie sprach Westfälisch. Sie flüsterte. Die Mutter der Kaiserin wollte die offenbare Schande ihrer Enkelin nicht sehen und hören. Nur wie abscheulich derb und geschmacklos das Reisekleid war, das vermochte ihrem Blick nicht zu entgehen.

Wäre nur die Frau Mutter der Kaiserin nicht so mit sich selbst befaßt gewesen, als es um die preußische Ausstattung der Enkeltochter ging, dachte der König von Preußen.

Selbst Elisabeth Christines heitere Mutter schien plötzlich besorgt; die Tochter wollte ihr um den Hals fallen, und die Mutter konnte ihr nur noch schnell bedeuten, das dürfe sie hier nicht. Selbst die lustigen, vorlauten Brüder der Prinzessin standen starr und feierlich, und auf der Stirn ihres guten Papas war eine Falte tiefen Unmutes wahrzunehmen; er hörte das Raunen der Hoffart ringsum.

Der König führte die Frau Kronprinzessin die Reihe seiner Töchter entlang. Ah, das waren nun alles ihre Schwägerinnen, all die funkelnden, rauschenden, zarten jungen Damen in Perlen und Puderlocken, Spitzen und Damast – es war so verwirrend. Sie waren alle hier so gewandt; und hatten doch so viel Schweres erlebt! Selbst Anna Amalia, die jüngste, sah kühl und prüfend drein wie eine große Dame. Ganz ängstlich hielt Elisabeth Christine die Hand der kleinen Ulrike fest; die trug auch noch ihre eigenen silberblonden Locken und keine Perücke. Aber Ulrike lächelte ihr nicht zu; todernst sah das schöne Mädchen sie an. Die schmalgeschnittenen, fremdartigen Augen waren von den langen, dichten Wimpern ganz umschattet.

Immer wieder blickte die Kronprinzeß zu König Friedrich Wilhelm hin, ob sie auch alles recht verstehe und tue. Seine Freundlichkeit war ein solcher Trost! Er nickte ihr ermutigend zu. Er in seiner blauen Uniform war auch nicht gar so erdrückend prunkvoll wie all die prächtigen, gewaltigen Herren, die sich jetzt vor ihm und ihr verbeugten. Sie sah verängstigt auf die Kavaliere, Prinzen, Minister, Offiziere. Wo war unter ihnen der eine, an dessen Arm sie glaubte Einzug halten zu dürfen im Schlosse seines Vaters!? Sie lugte nach rechts und nach links. Der König flüsterte ihr zu, das sei ihr jetzt nicht erlaubt.

Namen, Namen stürzten auf sie ein. Sie verneigte sich nur immerzu; und es war so heiß; und die Erschöpfung von der Reise her war so groß. Kleine Schweißperlen standen auf ihrer Stirn. Sie spürte, wie alle Blicke sie trafen: die Stirn – die hätte sie betupfen mögen; die Hände – die waren heiß und verstaubt von der Reise; den Hut – der hing wohl schief in ihren Locken. Jedenfalls saß eine Feder nicht recht; sie kitzelte sie an der Stirn. Die Prinzessin schluckte an den Tränen. Da führte König Friedrich Wilhelm seine Schwiegertochter in das Zimmer der Königin, und weil er sah, daß sie sehr erhitzt und bestaubt war, ließ er den Kronprinzen bitten, seine Gattin in ihr eigenes Zimmer zu bringen.

Der junge Gemahl erschien in Begleitung der ältesten Schwester. Kühl und lächelnd stand die Frau Erbprinzessin von Baireuth in ihrer eleganten Robe vor Elisabeth Christine – gerade sie, von der am elterlichen Hof in Braunschweig, Wolfenbüttel und Salzdahlum so viel Trauriges gesprochen worden war –. Dies eben war so unendlich schwer für die Bevernsche Prinzessin, daß sie nun mitten unter denen weilte, von denen ganz Europa Jahre hindurch Schreckliches redete! Seit sie nur bewußter und verständiger denken konnte, war es ihr erschienen, als habe jeder, der nach Braunschweig kam, immer wieder nur neues Leid und neue Absonderlichkeit vom preußischen Hofe zu melden gehabt. –

Der Kronprinz war entschlossen, von vornherein in seiner jungen Frau jeden Gedanken abzutöten, daß die Kronprinzessin von Preußen sich je über die Erbprinzessin von Baireuth erheben dürfte und daß er etwa die Erhöhung der Herzogstochter jemals spürbar werden ließe neben der Erniedrigung des Königskindes. Er kämpfte dort, wo ihm nur Mitleid, Bewunderung, Verängstigung und flehentliches Anlehnungsbedürfnis begegneten. Er stellte die Erbprinzessin der Gattin als seine von ihm angebetete Schwester vor, der er alle ersinnlichen Verpflichtungen schuldig sei; und er empfahl Elisabeth Christine, auf seine Schwester mehr zu achten als auf den König und die Königin, da Wilhelmine ihm versprochen habe, alle nur mögliche Sorgfalt für sie zu hegen. Er trug eine Liebe zur Schwester zur Schau, die er nicht mehr empfand, und auch Wilhelmine hörte aus seinen Worten nicht die Liebe; aber ihr gebrochener Stolz lebte auf. Noch immer kam das arme, karge Glück ihres Lebens allein von dem Bruder.

Vor solchen Worten, in denen der vergangene Zwiespalt der königlichen Familie nachzitterte, erschrak die Kronprinzessin zu Tode. Aber in solchen Augenblicken war sie dann nicht das zwölfjährige Kind, das sie schien, sondern das siebzehnjährige Mädchen, das sie war: die Tochter von edlem Blute, die den vor den Augen Europas Mißhandelten zum Gatten erhielt – und von jenem Vater, der ihn erniedrigte und schlug, aufs gütigste erhoben wurde: weit hinaus über alle Träume einer Bauernprinzeß, als die sie nun galt, seit sie ihrem Bräutigam die schönen Braunschweiger Würste und Honigkuchen schicken ließ, weil der Herr Schwiegervater sich gar so wohlgefällig darüber äußerte. –

Sie zitterte vor Mitleid und Dankbarkeit; jeder Schlag ihres Herzens war ein Schauer ihres ganzen Blutes. In Mitleid und Dankbarkeit hatte sie begonnen, zu lieben. Darum glänzten ihre

Augen von verhaltenen Tränen. Darum schwieg ihr Mund, der gekrönt war von dem schönsten aller sanftgeschwungenen Amorbögen.

Die Erbprinzessin von Baireuth bezeigte sich der Kronprinzessin von Preußen aufs verbindlichste. Sie ließ ihr von dem eigenen Puder kommen. Sie tat ihr ein wenig Parfüm ins silberne Handwaschbecken. Sie redete sicher, schnell, gewandt und überlegen, lachte dazwischen mit dem Bruder, tadelte und leitete die Kammerfrau, so daß die junge Frau Kronprinzessin vor lauter Bewunderung solch fürstlicher Gelassenheit erschrak und verstummte. Vielleicht versagten ihr die Worte aber auch darum, weil der Gatte, so innig vertraut mit der Schwester, sie selbst auch jetzt noch keines Blickes oder auch nur der flüchtigsten Anrede würdigte, so wie er auch nach der Gratulationscour auf Salzdahlum sofort von ihrer Seite hinweggetreten war und eine Unterhaltung mit einem Hoffräulein begann. Sie sah im Spiegel, daß er sie im Hinüberblicken zur Schwester ohne Milde belächelte.

Da sehnte sie sich nach der Freundlichkeit des Herrn Vaters.

Nach dem Festmahl bat der König die Gesellschaft zu deren mehr oder minder gut bemänteltem Entsetzen zu einem Gang durch seinen Küchengarten. Dort wäre jetzt, so pries er, die allergrößte Pracht, die er zu bieten hätte. Vom Garten Marly aus wollte er auch die Gäste noch in seine neue Glashütte führen, um den Damen einige eigens für sie verfertigte Präsente zu verehren.

Draußen, wo die zweite Mauer um die Stadt schon geschlossen war, zwischen Potsdam und Bornstedt, am Fuß des Wüsten Berges, lagen die Gärten des Königs: Halden der Fruchtbarkeit und Ahnungen paradiesischer Zukunft im Sande der Mark.

Tief, als gelte es Schätze zu graben, nicht aber Samen und Keime zu versenken, hatte der Herr den Sand durchwühlen lassen, gute Erde ihm vermengt, Dünger und Wasser wie Kostbarkeiten herbeibringen lassen, bis endlich die ersten Knospen ärmlicher, junger Obstbaumschößlinge es verkündeten, daß die neue Erde bereit war, sie zu tragen und ihnen Wachstum zu geben als ein guter Grund. Drei Jahre lang hatten die Knollen der Lilien verborgen in dem Erdreich geruht; nun blühten sie schlank und weiß empor, ein leuchtender Lohn der Geduld. Üppig entfacht und zierlich gefiedert drängten sich Mangold und Pastinake, Petersilie und Möhren auf den schnurgeraden Beeten; Bohnen und Hopfen rankten sich an hohem Holzwerk; und als solle die Dürftigkeit dieser spröden Erde verhüllt sein, ließen Rhabarberstauden in dem Übermaße der entfalteten Blätter den Gartenbrunnen einem weltverlorenen Weiher gleichen. Erdbeeren, schon seit drei Wochen Tag um Tag geerntet, füllten auch heute noch einmal die geflochtenen Schwingen am Wegrand. Die Sonne weckte ihren Duft und Glanz; und die gläsernen Dolden gelber und dunkelroter Johannisbeeren ließ sie leuchten wie den edlen Gartenkies im Park von Monbijou. Die Bienen umsummten sie lange, um plötzlich, als sei es wie eine Ordnung des Festes, die Bündel der reifenden Kirschen auf den jungen Bäumen zu umkreisen. Hoch umstand das Gras die Stämme, dicht und lang zur neuen Mahd; und vom Zaune her, als müsse alles hier voller Duft und Leuchten sein, wehte der kräftige Geruch frischgezimmerter Latten.

Die Frau Schwiegertochter hörte dem Herrn Vater andächtig zu, was er ihr auch immer erklärte und zeigte. Denn da waren ja außer den Gemüse- und Kräuterbeeten für die königliche Küche, den Obstbäumen für die Tafelfrüchte, den Beerensträuchern für die Kinder noch die Kegelbahn und das kleine Lusthaus von Fachwerk und endlich gar die Schießstände für die Armbrustschützen, die sich dort ein Paar silberne Hemdenknöpfe, eine Sechzehn-Groschen-Münze oder eine Flasche Bier als Preis erringen konnten.

Elisabeth Christine lobte alles, was den Garten anging. Sie kannte sich in allem Gärtnerischen aus. Noch niemals, versicherte sie dem König, habe sie alles so auf einem Fleck vereint gesehen. Ob dies wohl die Gartenfrüchte ganz Europas wären?

Der König schien sehr lebhaft und glücklich. Er teilte Talerstücke unter die Gärtner aus, weil sie seinen Garten so zur Zufriedenheit der Frau Schwiegertochter gerichtet hätten. Denn noch niemals, bis zu dieser Stunde, hatte der Gärtner Friedrich Wilhelm von Hohenzollern ein Lob über Marly gehört bis zu dieser Stunde. Selbst seine Sanssouci war zu sehr von dem Park von Monbijou bezaubert.

Die anderen sprachen auch vom Garten Marly. Die sandigen Beete seien eine der launenhaften Lieblingsbeschäftigungen des Königs, sagten die brandenburgischen Damen unverhohlen zu den bevernschen und seufzten unter der Sonne, obwohl die kleinen Mohren mit sehr hohen Gartenschirmen um sie hüpften. Im Sommer, seufzten die Damen des königlichen Hauses, müsse der Hof zuweilen schon um drei Uhr nachmittags nach dem schattenlosen Küchengarten hinausfahren, wo überall, wie hier am Wege, nur Kohl und Rüben und dürftige Stämmchen stünden, die der König Äpfel-, Birnen- und Pflaumenbäume nenne. Sie wüßten nicht, ob dieses Obst ihm je gerate; und wenn es der Fall sei, so werde es doch niemand essen als der König allein. Die Damen vertrugen nämlich die inländischen Früchte samt und sonders nicht.

Unerträglich langweilig, so schalten sie, seien diese Nachmittage im Garten des Königs, dem Garten ohne Alleen und Grotten, ohne alle angenehmen Partien mit Wasserkünsten und Tempeln. Es sei nur ein Glück, daß der König so selten Zeit für seine sonderbaren Divertissements erübrigen könne; denn er ergötze sich hier mit Scheibenschießen oder Kegelspiel; aber ihnen werde der Tag immer länger und länger. Habe er sich nämlich erst einmal freigemacht für seinen Garten, dann breche er vor neun Uhr abends nicht auf, und meist müsse man in der zehnten Stunde noch im Freien ein Abendbrot nach der Art einfacher Landleute zu sich nehmen: Krebse, Spargel, Fische, Wurst, Schinken, Salat, Käse, Butter, Brot und selbstgebrautes Bier. Jedenfalls stelle man es sich so vor, daß Landleute wohl nicht derber essen könnten, und sehnsüchtig harre man des Trinkspruches, des erlösenden Zeichens zur Rückkehr, des törichten, immer wiederholten Verses auf den Fürsten von Anhalt-Dessau:

Ein treuer Freund, drei starke Krücken,
in Freud, in Leid und hinterm Rücken!

Die Herren arrangierten den Damen während solcher Unterhaltung in heiterem Spott Buketts aus Küchengemüsen.

An der Gartenmauer, im Schatten der über und über blühenden, bienensummenden Linden, warteten die Wagen, um die Fürstlichkeiten zu der neuen Glashütte des Königs nach Nedlitz zu bringen. Dort erhielt die Kronprinzeß, damit sie mit dem jungen Gatten anstoßen könne, ein schönes Glas für die Tafel. Ein springendes Reh war ihm eingeätzt: ein schmales, kleines, weißes Reh. Das bewunderte sie lange. Sie hielt das Glas dem Sonnenlicht entgegen, und einen Augenblick war es, als wolle die Bauernprinzeß allen Glanz des hohen Sommers aus dem zarten Glase trinken, das der König für sie zaubern ließ.

Der große Vorbeimarsch der Bataillone zur Berliner Hochzeitsparade begann mit dem neuen Regiment des Kronprinzen, geführt von dem Obersten Friedrich von Hohenzollern aus Ruppin. Der König war sehr glücklich. Dies war die Feier, die er sich erdachte und ersehnte: Feier des Herzens, des Hauses, des Heeres in einem!

An diesem Tage hatte der König in dem neu befestigten Küstrin, das nun eine eigene Geschützgießerei und eigene Zeughöfe erhalten hatte, die Bastionen neu benannt: nach König und Königin, Kronprinz und Kronprinzessin und seinen drei jüngeren Söhnen.

Aber das war das Verhängnis seines Wesens, daß er nie zu beharren vermochte in dem heiß und zäh erkämpften Augenblicke eines Friedens und einer Vollendung und daß jegliches Erreichte die Bilder des Neueren und Schwereren in ihm entfachte.

In den Stunden, in denen die Heere von Göttern fremder Zonen und von Landessöhnen an den Zelten königlicher Bräute vorüberzogen, geführt von seinem ihm wiedergeschenkten Sohne, gewann das Unvorstellbare, das um die gleiche Zeit im Reiche geschah, alle Macht über den König: daß die Dragoner des Kaisers einrückten in die Dörfer der Salzburger Täler, den Abfall vom evangelischen Glauben bei den treuesten Kindern des Kaisers zu erzwingen!

Er sah die Frömmsten und Redlichsten des Reiches von Hof und Gut und Kindern in Scharen des Entsetzens fliehen. ›Der König von Preußen‹ wies sie ihm bei dem Fest.

Der König war entschlossen, noch an diesem Tage, der den Bund seines Hauses mit dem Hause des Kaisers besiegelte, das Schwerste zu versuchen und nun selber einzugreifen in das Elend und die Verwirrung des Salzburger Volkes, ja, in einem entscheidenden Manifest an die Salzburger selbst – da seine Briefe an den Kaiser ohne Antwort blieben – alles daranzuwagen, was gewonnen und errungen war. Denn die Zeit war überreif geworden; und die Stunde, die Gott ihm nannte, ließ sich nicht versäumen. Sie hatten im Reiche und am Kaiserhofe den Mahner und Beter nicht gehört.

Aber gestützt auf dieses Heer, das hier an ihm vorüberdröhnte, würde er seiner Stimmung Geltung zu verschaffen wissen. Dies wenigstens hatte er aus der anglo-austrischen Intrige um die

Heirat seiner Kinder gelernt: er kannte die Braut, um die man tanzte.

Er war stark genug, um auch den Kaiser zu mahnen. Er war bereit, sein Heer für Gottes Evangelium zu geben.

Während der weiteren Feiern dieses Tages meinte mancher, der Vater des Hochzeitspaares wäre etwas berauscht, weil er zum Abschluß der Revue schon alle Generale und Obersten bewirtete. Aber es war nur das Unstete, Drängende, das immer über ihn kam, wenn er der Stunde entrückt war und seine Gedanken sehr fern und weit in neuen Wirklichkeiten, größeren denn diesen gegenwärtigen, lebten. Und doch war die Gegenwart zum erstenmal so viel milder geworden.

Doch außer der Frau Schwiegertochter wollte niemand das Fest so recht mit ihm preisen.

Den nächsten Tag sollten die Gäste mit der Frau Kronprinzessin das gewaltige Gerüst des neuen Turmbaues von Sankt Peter besichtigen, der höher werden sollte als das Straßburger Münster, als alle Türme Europas. Die Frau Tochter verstand nicht, warum man ihr mit spöttischem Lächeln sagte: »Der König von Preußen führt alle seine Gäste in den Küchengarten, auf das Exerzierfeld und in die Kirche.« Es war doch alles so schön vom Herrn Vater bedacht. Und sie lächelte, als könne nur die eine es nachempfinden, Philippine Charlotte zu, die nun bald ihren alten Namen tragen sollte: Prinzeß von Braunschweig-Bevern. Der König aber ruhte aus in diesem kindlichen und bräutlichen Lächeln. Für den Verlust seiner Sanssouci war er aufs reichste in der Frau Tochter entschädigt. Ach, daß nun sein Königsschloß wahrhaft ein Haus der Hochzeiten geworden war und die fürstlichen Bräute zum ersten Male lächelten!

Elisabeth Christine liebte Friedrich!

Und Sanssouci, die immer das lieblichste und leichteste unter seinen Kindern gewesen war, liebte voller Seligkeit den Mann, dem sie angetraut war nach den Ordnungen ›Des Königs von Preußen‹!

»Mir neue Söhne – euch ein neues Vaterland!«

Das Wort des Königs war gesprochen. Er wollte sie aufnehmen in sein Land, und wenn sie zu Tausenden kämen.

Der König hatte sich schon bei allen seinen geistlichen Räten vergewissert, daß die Salzburger nur ja keine Schwärmer wären.

Diese Furcht hatte allein noch einen letzten Widerstand in ihm wachgehalten. Er hat wenig Aufhebens davon gemacht, daß die Residenten des Kaisers von überallher an ihren Hof berichteten: »Bei Religionsbeschwerden im Reich sieht man sich überall nach dem König von Preußen um.« Und er hat sich dessen nicht gerühmt, daß die Frommen im Gebirge von dem König im Sande und seinem Glauben wußten. Sie hatten ja seinen Beistand erfleht. Er fragte nicht, warum. Er fühlte sich von Gott gemahnt. Er hatte ein Land ohne Volk: sein Ostland. Und dort war ein Volk ohne Heimat: die Salzburger. Da bedurfte es nicht mehr des letzten, glühenden und harten Wortes des Erzbischofs von Salzburg, des Greises, dessen Leben ganz in Haß erlosch: »Es tut nichts, daß es zwanzigtausend Ketzer sind. Ich will alle Ketzer aus dem Lande haben, und sollten künftig Dornen und Disteln darin wachsen.«

Der König von Preußen ließ dem greisen Erzbischof, der mit dem Krummstab über Dornen und Disteln schreiten wollte statt über blühende Wiesen, Mitteilung machen, daß er die verjagten und verfolgten Ketzer von dieser Stunde an als preußische Untertanen anzusehen habe. Er werde dieselben sonst mit den in seiner Hand liegenden Mitteln schad- und klaglos zu halten wissen.

Die Räte des Königs äußerten Bedenken. Es müßten doch erst Erfahrungen gesammelt werden mit einem kleinen Emigrantenzug, ehe man für das Land derart schwerwiegende Verpflichtungen einzugehen wage; denn ein solches Kolonisationswerk, wie der König es nun beginne, sei ohne ein Vorbild. Ferner sei auch der Ausgang der Prozesse, die der König um das Eigentum der Salzburger gegen den Erzbischof angestrengt habe, gänzlich ungewiß. Es werde dem König schließlich gar nichts als die Last sehr großer Kosten bleiben, denn die da kämen, brächten ja auch Blinde mit, am Arme geführt, und Krüppel auf Stelzen und Krücken; und Schwachsinnige, die man nicht zurücklassen konnte; auch Sieche und Kranke.

Aber der König sah das Geld nicht mehr an. Er sah nur noch die Menschen: die blühenden und die welkenden und ihren Glauben. Alles war von ihm bedacht: sehr weit zurück und sehr weit voraus und darum den anderen, die nur auf den Augenblick sahen, verborgen. Für die in eisigen Zahlen erhärteten Warnungen und Vorhaltungen des Rechenmeisters Creutz hatte der

König nur die Antwort: »Es geht auf mich los, ich übernehme alles.« Aber zuvor hatte es Stunden gegeben, in denen er in seinem Arbeitszimmer händeringend auf und ab gegangen war.

Es kamen nicht nur die Dreitausend, die der König hergerufen hatte: zehntausend kamen, und immer mehr folgten. Im Spätsommer waren siebzehntausend Salzburger auf dem Wege. Ja, die Evangelisten aus der Pfalz und dem Waadtlande, den rheinischen und fränkischen Bistümern, die vor der Bedrückung im Reich nach Holland und Amerika auswandern wollten, strömten nun den Salzburgern und mit ihnen den preußischen Landen zu! Der König von Preußen ließ sie ja alle möglichst nach den Dorfgemeinschaften ihrer Heimat beieinander wohnen, soweit seine alten Untertanen dadurch keinen Schaden hatten! König Friedrich Wilhelm kämpfte um ihre im Papsttum zurückbehaltenen Kinder! Er, der sich nicht die bescheidenste Summe für seine Wohnung gönnte, baute im Überfluß für seine neuen Untertanen: Dörfer, Städte, Kirchen, Armen- und Siechenhäuser; er gab Kühe und Pferde, Saatgut und Pflüge. Geduldig ertrug er alle Unruhe des Anfangs, in der noch keiner das Rechte für sich fand. Er schonte ihre fromme Furcht vor allem irdischen Eide und war ihr treuer Herrscher, ohne daß sie ihm geschworen hatten. Doch hatte er befohlen, gegen etwaige Überheblichkeit der Salzburger ob des großen Wunders zu predigen – und wollte doch damit nur sich selbst zur Demut mahnen!

Auf der schönen Prachtallee Unter den Linden waren frischgezimmerte Tafeln und Bänke aufgestellt. Die Grenadiere Seiner Majestät standen im Gewehr. Der König, die Prinzen und Prinzessinnen im Halbkreis um sich, trat an den vordersten Tisch, dem Brandenburger Tore zugekehrt. Die erste Schar der Emigranten war vor der Stadt. Singend zogen sie dem König von Preußen entgegen. Friedlich, reinlich und geordnet schritten die Flüchtlinge durchs Tor: in Westen mit Silberknöpfen, die Hüte mit einem bunten Bande umwunden, die Männer; das Haar in vollen Kränzen geflochten und die bunten Mieder reich verschnürt, die Frauen. Ehrfürchtig grüßten sie den neuen Herrn. Aber ihr frommes Lied brach nicht ab.

Des Königs Herz war weit und heiß geworden. Nicht Flüchtlinge – die Bauerngeschlechter seiner Bilder zogen ihm hier ein! Diese hier würden die arme, verlassene Erde seines Ostlandes zu hegen wissen! Er würde ihnen beistehen auf jede nur erdenkliche Weise, und dafür würden sie dann einst seine Helfer sein! Unter diesen Händen mochten wohl Felder erstehen, Gärten erblühen, Dörfer sich gründen. Er sah vollendet vor sich, was heute noch keiner zu ahnen vermochte. Solche Heerschau eines heiligen Volkes, stiller Bauern von den Höhen, ward noch nicht gesehen. Die Verwirrungen durch so gewaltige, gar nicht mehr berechenbare Einwandererströme beseligten jenen König, der einst nur die Ordnung, das Maß und die Berechnung hatte gelten lassen. Denn zum erstenmal und alles verwandelnd, kamen Wirrnis und Mühsal von der Fülle der Menschen her: zur Rettung des Ostlandes! Gott nahm die Bedrängten auf in seinem Lande! Gott gab seiner armen Erde Hände, sie von dem Fluch der Unfruchtbarkeit zu erlösen! Gott handelte an beiden in einem: an den Beschützten und dem Beschützer, an den Menschen ohne Land und dem König ohne Volk! Er war der Dankende: er, der Spender und Hüter! Im ödesten seiner Länder, in dem er jede Furche recht bestellten Ackerlandes mit schwerem Golde erkaufen und mit harter Strafe erzwingen mußte, drängte sich nun die höchste Fülle aller Menschen, die er je in einer Zone seiner Herrschaft zählte: Tausende und aber Tausende von kundigen Pflügern, Schnittern, Brotbäckerinnen, Gärtnern und Hirtinnen!

»Gott Lob, was tut Gott dem Hause Brandenburg für Gnade«, rief der Herr, »denn dies kommt gewiß von Gott her!« Und strahlend trat der König des Sandes vor die Bauern der Gebirge hin: »Seid getrost, ihr sollt es gut haben, Kinder – ihr sollt es gut bei mir haben!«

Er ging die Reihen entlang. Die hochgeachteten Vorleser trugen beim Einzug, wie auf der ganzen Wanderschaft, die Bibel voran, die den Gebirglern zum Schicksal geworden war. Der König fragte die Vorleser, die eigentlichen Führer des frommen Hirtenvolkes, das Glaubensbekenntnis ab, so wie er es seine älteste Tochter am Abend ihrer Hochzeit hatte sagen lassen. Er sprach mit Hunderten. Der lichte Schein der frommen Freundlichkeit ging über das Antlitz des Königs. Auf den Straßen seiner Stadt redeten Kinder in Heilandsworten und in Psalmen!

Alle Großen der Stadt weilten staunend mitten unter all dem eigenen und fremden Volk. Die Frau Kronprinzessin ging unter den Salzburger Bäuerinnen einher, als wäre sie eine der Ihren. Selbst die Frau Königin trat neuer Emigrantenzüge wegen an das

Gartentor von Monbijou und ließ die müden Pilger zu sich kommen in ihr Schloß von Gold und Porzellan. Sie rief sie an bukolisch geschmückte Tische und ließ die Staunenden und Dankenden malen, recht getreu in ihren frommen Gesten und den blanken, bunten Trachten. Aber sie tat es als Schwester des Herrschers auf dem bedeutendsten protestantischen Thron. Sie tat es nicht als Frau des frömmsten Königs.

Es geschah sogar, daß die Salzburger der Königin Bilder nach Monbijou brachten, bunte, fromme Glasmalereien, wie ihre Väter im Papsttum sie von den lieben Heiligen voller Einfalt malten. In solcher Weise war nun der König von Preußen als ihr lieber Heiliger und Patron auf ihren Bildern – wie sie ihn nun auch den »Vater« nannten –, und die Königin belächelte die Kuriosität.

Zum erstenmal, seit er König war, hatte Friedrich Wilhelm I. die Stadt, das Land, das Reich und die Nachbarstaaten zu gewaltiger Begeisterung hingerissen. Überall in seinem Lande läuteten die Glocken, schmückten duftende Tannengirlanden die Tore und Straßen, luden auf den Marktplätzen reich gedeckte Tische ein, lag Wäsche säuberlich auf Schemeln gebündelt und sangen die Knaben und Mädchen all der neuen Schulen des Königs. Und die Kinder verteilten Bibeln unter die Bauern, und diese Gabe war den Salzburgern nach allen Leiden um der Bibel willen so groß, daß sie den Kindern beide Hände küßten. Des strengen Königs Untertanen, gerufen oder ungerufen, halfen dem Herrn! Sie holten die Gebirgler aus den Herbergen, Gasthöfen, Zelten und Notbaracken und brachten sie in ihre eigenen Häuser. Kaufleute und Handwerker gaben die Waren und den Hausrat unentgeltlich. Gilden, Zünfte und Innungen schenkten das lange und bitter entbehrte Abendmahlsgerät von gutem Zinn oder einfachem Silber und stifteten den neuen »Stillen im Lande« Taufbekken, Leichentücher und Trauermäntel, denn manche kamen, um im neuen Lande an den Leiden der Vergangenheit zu sterben. –

Spät abends noch, wenn die Scharen der bäuerlichen Pilger nicht enden wollten, standen die Bürger in den Haustüren, Kerzen in den Händen, den frommen Wanderern in ihre Häuser zu leuchten. Dann, wenn die Türen sich hinter den Geborgenen und ihren Herbergsleuten geschlossen hatten und wenn erste Rast und erstes Mahl gehalten war, drang aus den Häusern ihr Singen und Beten zum König, der in der Stadt Berlin allabendlich jetzt noch eine späte Umfahrt hielt. Er fuhr durch Arsenale der friedlichen Eroberung und durch Heerlager der Landbebauer. Die Wagen, auf denen sich unter Planen die Bündel der Salzburger Leute häuften, standen des Nachts im Kreise aufgefahren und wie Ringburgen geschlossen auf den Märkten und Kirchplätzen, und die jungen Männer in den Städten des Königs stellten überall aus freiem Antrieb die Wachen für die Nacht: in den Königsstädten Potsdam und Berlin wie in dem trotzigen Adelssitz Magdeburg, am Stettiner Hafen wie unter den Ordensburgen des Ostlandes!

Ergriffen nahm der König wahr, daß ein Schimmer neuer Frömmigkeit über seinem Lande ausgebreitet lag. Litauen hieß im Volk »das neue Kanaan«! Preußen, das Land, das seinem Reich den Namen gab, war zu biblischer Erde geworden! Gottes Volk und die erste Christenheit zogen durch das Land des Preußenkönigs, das Geläut der Glocken wollte nicht verstummen.

Die Kirchen aber am Wege der Pilgerschaft reichten nun nicht mehr aus. Denn die jungen Alpenbauern und die Schnitterinnen von den Almen, vom König von Preußen mit Ackerland und sauberen Häusern und festen Scheunen beschenkt, drängten, ihr neues Leben beginnend, zum Altar. Und König Friedrich Wilhelm, beseligt wie noch niemals, sah die Tausende zu neuen Geschlechtern anwachsen. Oft geschah es schon auf ihrer Wanderung durch seine Königsstädte, daß sie zu Zehn und Zwanzig und bis zum halben Hundert junger Brautpaare um die gemeinsame Trauung in den neuen Kirchen König Friedrich Wilhelms baten. Dann liefen die Ärmsten aus der Stadt, die zu dem großen Feste sonst gar nichts zu geben vermochten, mit Blumensträußen herbei und schmückten die Bräute.

Auch die Hochzeitsfeiern der Salzburger Pilger waren ernst und fromm. Der Brautzug nahm vom nächsten Pfarrhause aus seinen Ausgang. Die Braut ritt zu Pferde, und wenn es möglich war, auf einem Schimmel; der war mit vielen farbigen Bändern geschmückt. Neben ihr ritten die Brautjungfern, den Kopf mit Bänderkronen aufgeputzt. Die Männer begleiteten den Bräutigam zu Fuße. Beide Scharen beteten, die eine mit der Braut, die andere mit dem Bräutigam, vor dem Aufbruch auf den Knien liegend. Auch beim Hochzeitsmahl saßen Männer und Frauen an getrennten Tischen. Hernach, gleich nach den Hochzeitern, wurden die Knechte und Mägde und darauf die Kinder und

Armen bewirtet. Tanz gab es nicht, und Musikanten spielten nicht auf. Es war so ernst, als weile Gottes Sohn als Gast in ihrer Mitte, noch einmal das Wunder an Wasser und Wein im Lande des Königs von Preußen zu wirken wie bei der Hochzeit zu Kana.

Die Zwanzigtausend waren schon überschritten. Aber noch immer kamen die Freier und Bräute zu Hunderten. Der König begegnete dem neuen Zug auf eiliger Fahrt zu den Potsdamer Bauten nicht weit vom Dorfkrug in Zehlendorf. Es geschah an jenem Tage, an dem er erfahren hatte, daß seine drei Töchter schwanger waren, alle in dem einen Jahr: die von Ansbach, die von Baireuth und die von Braunschweig. Nun hatte er seine Töchter zum Segen als ungekrönte Königinnen ins Reich und in die verfallenden Markgrafschaften seines Hauses entsandt! Sein Herz erbebte von der Fülle der Menschen, die Gott ihm dafür im Lande und im Hause gab.

Er ließ den Wagen halten. Nahe an dem Schlag der königlichen Kalesche führte ein Greis, weiße Locken unterm runden Bauernhut, sein Rößlein am Zügel vorüber. Zu beiden Seiten des kleinen, starken Schimmels hingen kunstvoll geflochtene Wiegen an Hanfseilen herab. Zwei Säuglinge schlummerten darin, und auf dem Rücken des geduldigen Tieres ritt ein braungelockter, kleiner Bursche mit dunklen, blitzenden Augen, ein sicherer Reiter, kaum fünf Jahre alt.

König Friedrich Wilhelm erhob sich im Wagen. Grüßend streckte er die Arme aus. Er bat, sie möchten alle miteinander singen. Die Salzburger Bauern scharten sich um ihn. Ob sie das Lied wohl kennten, fragte der König, »Auf meinen lieben Gott trau ich in Angst und Not – «?

Die aus den hohen Bergen kannten jene Lieder nicht, wie der König des Sumpfes und des Sandes sie sang. Da stimmte der König an und sang ihnen vor. Er stand inmitten des Hirtenvolkes, erhöht durch die Kalesche, von den farbensatten Bäumen des vollen Herbstes überschattet und den wolkenlosen Himmel über sich. Sanft trug der Wind den Hauch und Duft der Reife durchs Land, den herben Geruch der Äpfel, Birnen, Pflaumen, des Hopfens und der grünen Nüsse. Der König sang in die Ewigkeit, und einen Augenblick war er, vor allem Volk singend, doch allein vor Gott mit seinem Königsliede:

>Auf meinen lieben Gott
trau ich in Angst und Not.
Der kann mich allezeit retten
aus Trübsal, Angst und Nöten,
mein Unglück kann er wenden,
steht all's in seinen Händen.«

Aber größer und stärker als der Choral brach in dem Herzen des singenden Königs Prophetenwort und Psalm hervor:

»Von allen Seiten umgibst du mich und hältst deine Hand über mir. Solche Erkenntnis ist mir zu wunderbar und zu hoch; ich kann sie nicht begreifen.

Du suchst das Land heim und machst es sehr reich. Du hast mich zum König gemacht über ein Volk, das so viel ist als Staub auf Erden. So gib mir nun Weisheit und Erkenntnis, daß ich vor diesem Volke aus und ein gehe, denn wer kann dieses dein großes Volk richten?

Fürchte dich nicht, liebes Land, sondern sei fröhlich und getrost; denn der Herr kann große Dinge tun. Er hat die Hungrigen dahingesetzt, daß sie Äcker besäen und Weinberge pflanzen möchten und die jährlichen Früchte gewönnen.

Fürchtet euch nicht, ihr Tiere auf dem Felde; denn die Auen in der Wüste sollen grünen und die Bäume ihre Früchte bringen. Die Anger sind voll Schafe und die Auen stehen dick mit Korn, daß man jauchzet und singet.

Er will auf dem Gefilde geben Tannen, Buchen und Buchsbaum miteinander, auf daß man sehe und erkenne und merke und verstehe zumal, daß des Herrn Hand habe solches getan. Und er will euch die Jahre erstatten, welche die Heuschrecken, Käfer, Geschmeiß und Raupen, sein großes Heer, so er unter euch schickte, gefressen haben.

Denn Gott spricht: ›Ich habe bei mir selbst geschworen: Dieweil du solches getan hast und hast deines eigenen Sohnes nicht verschont, will ich deinen Samen segnen und mehren wie die Sterne am Himmel und wie der Sand am Ufer des Meeres‹.«

Der Abend war mit den großen Sternen des Herbstes über den Seen, Wäldern und Dörfern heraufgekommen, und die Gedanken des Königs, als er weiterfuhr, gingen ins Unermeßliche des Himmels und der Erde.

Es war alles voller Bibel!

Gespräche aus dem Totenreich

Recht raten gefällt den Königen;
und wer aufrichtig redet, wird geliebt.
Des Königs Grimm ist ein Bote des Todes;
aber ein weiser Mann wird ihn versöhnen.

Die Bibel

Der König wollte verreisen. Die jährliche Landfahrt war abgesagt. König Friedrich Wilhelm I. von Preußen wollte zum Kaiser des Heiligen Römischen Reiches Deutscher Nation. Er wollte ihn von Angesicht zu Angesicht sehen. Denn die Herrscher Europas starben hin, und Herr Friedrich Wilhelm selbst war zu frühe von verzehrenden Leiden gezeichnet. Er wollte sie sehen, deren Antlitz ihm verhüllt war durch Episteln und Traktate. Briefe und Pakte waren dem König von Preußen zum schweren und wirren Schicksal geworden; darüber verlangte er stärker und stärker die Menschen zu finden. Er hätte reisen mögen viele Wochen lang, nur um die Herrscher Europas zu sehen und mit ihnen zu reden, wie ein Mann mit seinem Freunde spricht und mit seinem Feinde sich mißt. Niemals hatte er gewußt, wer unter der Last des nämlichen Amtes in Wahrheit sein Freund und sein Feind war. Immer stellten sich die Schriften und die Räte zwischen die Fürsten.

Es hatte etwas Leuchtendes, das jeden Argwohn hätte vertreiben müssen, wie er um die Fürstenfreundschaften kämpfte. Noch dreimal, weil es ungewiß und schwierig wurde zwischen Sachsen und Brandenburg, Polen und Preußen, war er heimlich beim König Augustus gewesen.

»Ich wäre auch zu Fuße herübergekommen, wenn es anders nicht gegangen wäre, mit Ihnen unter vier Augen zu reden«, hatte der Bruder Friedrich Wilhelm zum Bruder August gesagt und ihm geschworen, er verlasse sich mehr auf sein Königswort als sein Papier.

Den König von Preußen ergriff es sehr tief, daß der Bruder Augustus nun zu den Göttern hingegangen war, in deren himmlische Gewänder er sich gar so gern hüllte. Der Wettiner war der einzige Fürst unter den Großen des Erdteiles gewesen, dem er nach Zar Peters Tode, nur über die Breite des Tisches hinweg, hatte zutrinken dürfen; und solche Nähe war Herrn Friedrich Wilhelm eine Notwendigkeit. Seht, der Bruder Augustus war tot; es war an der Zeit, sich aufzumachen und zum Kaiser zu gehen!

Der Kaiser war mehr denn sie alle. Viermal hatte Friedrich Wilhelm die Träger der Kaiserkrone wechseln sehen: Väter, Söhne und Brüder gaben sie einander. Aber immer war über den Trägern der Krone der Eine gewesen: ›Der Kaiser‹. Und davor verblaßte dem Brandenburger der Hochmut all der schwachen Erben einer altbegründeten Macht. Niemand verstand die Kaiserfahrt des Brandenburgers, am wenigsten der Kaiser selbst. Niemand ahnte den eigentlichen Zweck der Reise; und sie war auch ohne Zweck: war Sinn-Bild; eine Pilgerfahrt der Treue – voller Leidens.

Der kaiserliche General Graf Seckendorff sah eine letzte Möglichkeit gegeben, noch einmal seine schwankend gewordene Stellung am Wiener und Berliner Hofe zu festigen. Seit dem Hochzeitsmorgen von Salzdahlum war eine bittere Unsicherheit über Seckendorffs Leben gekommen: es war ihm nicht gelungen, die Paare vor dem Traualtar in letzter Stunde auszuwechseln. Er habe aber noch zwei, drei Pfeile im Köcher, rühmte sich Seckendorff vor seinem Hofe. Schließlich hatte ihm ja auch Grumbkow, der alte Mitverschworene, ausdrücklich noch einmal aus allerjüngster Zeit bestätigt, daß man es in seinem Herrn und König nach wie vor mit einem Fürsten zu tun habe, der bei viel Geist und Verschlagenheit in gewissen Augenblicken sich zu anderen Zeiten in gewisse deutschtümelnde Ideen verrenne, von denen ihn auch der Teufel nicht abbringe.

Und angesichts der immer unerträglicheren Spannung zwischen Habsburg und Bourbon trug nun Habsburgs alter Wächter Prinz Eugen ein großes Verlangen, einen »so patriotischen und rechtschaffenen Herrn von höchst rühmlicher Standhaftigkeit in allen Fragen des Reiches« wie den Brandenburger bei dem Kaiser zu sehen.

Österreich war zerrüttet von Unterschleifen, Bedrückungen, Erpressungen, Bauernaufständen; die Kassen waren leer; die Gelder für Jagden des Hofes und Karnevalslotterien vergeudet, an denen selbst die heitere Kaiserin nicht unschuldig war. Und Hunderttausende waren für die Beeinflussung der Papstwahl in Rom hinausgeworfen. Der Kaiser aber nahm widerspruchslos und teilnahmslos alles nur noch zur Kenntnis. Er war von vielem Mißgeschick gebeugt und in den Geschäften noch lässiger als sonst. Unzählige wichtige Sachen schliefen Jahr und Tag auf seinem Schreibtisch; und wenn ihn noch etwas zu beleben vermochte, so war es das Seewesen und der Kommerz. Doch schenkte der Kaiser der Frage, ob man den König in Preußen oder den Kurfürsten von Brandenburg empfangen solle, einige Beachtung. Der eine verfügte über ein Heer von fünfundachtzigtausend Mann, der andere hielt nur ein Reichskontingent von zehn-, allenfalls vierzehntausend bereit. Der Kaiser aber war ein Fürstenkongreß in einer Person, der nur etwas über hunderttausend Mann hatte, um Belgrad gegen die Türken, Mailand gegen den König von Sardinien, Neapel gegen den König von Spanien und Brüssel gegen den König von Frankreich zu verteidigen. Er, der Herrscher über eine Monarchie, die sich von Ostende bis Belgrad, von Breslau bis Palermo erstreckte als ein Völkergemisch und blendendes Mosaik voller tausendfältiger Verlockungen und Gefahren, besaß im Glanze unzähliger Scheintitel keinen Sohn und Erben – und die Thronfolge der Tochter war noch von keinem als dem Brandenburger anerkannt.

Aber hatte es nicht immer wieder einmal ein »österreichisches Mirakel« gegeben? War nicht gerade jetzt der Augenblick in vielen greifbaren Anzeichen gekommen, daß sich die alten Prophezeiungen über das Haus Habsburg zu erfüllen begannen? Und da sollte sich einem roi sergeant der ganze Glanz des Kaiserhofes erschließen?

Der Kaiser gedachte selbst zu verreisen; und unterwegs mochte man einander begegnen. Das fand man schließlich als Ausweg. Und die Kaiserin sollte den Kaiser begleiten. Darin lag eine List; es würde alles so familiär sein. In ihrer Eigenschaft als Schwester der Frau Herzogin von Braunschweig-Bevern würde die Kaiserin den Brandenburger begrüßen, der Freundschaft mit der Nichte wegen.

Aber die Herzen leben ihr eigenes Leben. Die Kaiserin freute sich wirklich darauf, den Schwiegervater ihrer Lieblingsnichte Elisabeth Christine kennenzulernen; das ganze Haus Braunschweig war ja für ihn entflammt!

Das Zeremoniell – erdacht, um zu täuschen, zu betrügen, zu verwirren – war bis ins letzte ausgeklügelt. Zwischen Chladrup und Clumitz sollten die Fürstlichkeiten sich zufällig begegnen. Der Zufall lag im Zeremoniell bereits fest. In Clumitz war das Lustschloß und der Marstall der Kaiserin; der Kaiser hatte hier keinen Besitz. König Friedrich Wilhelm war eher da. Seine leichten Wagen, sein kleines Gefolge fuhren schneller als der schwere, goldene Troß der kaiserlichen Karossen. Die Kaiserin traf vor dem Kaiser ein. Sie speiste mit dem König allein. Der gewann sie von der ersten Stunde an lieb um all ihrer Güte und Scherzhaftigkeit willen; und er bewunderte die Tapferkeit und Ergebung, mit der sie ihr schweres Brustleiden trug. Aber was dieses Mahl allein mit ihr zu bedeuten hatte, wußte er nur zu genau. Längst hatte er die Art seiner Begrüßung durchschaut. Dem Dessauer und ihm war ja in Hannover schon gar zu viel Ähnliches widerfahren. Doch schwieg er hier wie dort darüber. Er begehrte, so »curieux« er war, nicht die Kaiserstadt und ihren Hof zu sehen. Er wollte vor ›Dem Kaiser‹ stehen, Auge in Auge gesenkt. Anders fand ein großes Rätsel seines Lebens keine Lösung.

Am Ende des Soupers fand der Kaiser sich ein, durch festgelegten Zufall verspätet. Er reichte dem Kurfürsten von Brandenburg die linke Hand. Blitzschnell nahm der König von Preußen es wahr. Er spielte den, zu dem sie ihn gestempelt hatten, weil er die petits-maîtres-bonmots verabscheute: den Einfältigen, Derben, Unberechenbaren. Der Kurfürst von Brandenburg umarmte den Erzherzog von Österreich und Kurfürsten von Böhmen sehr rasch, sehr herzlich, sehr fest, beide Arme um ihn schlingend: was sollte da des Kaisers linke Hand?

So saß nun ›Der König von Preußen‹ mit ›Dem Kaiser‹ am Tisch. Karl VI. war abgespannt, müde, beunruhigt, pomphaft, schmächtig und geziert. Auch seine vertrauteste Umgebung fand, »er passiere wieder einmal für einen Herrn, der von unergründlichem Gemüt sei und der zu unserer Zeit wie auch sonst in der Kunst, zu simulieren und dissimulieren, keinen über sich habe«.

Friedrich Wilhelm lachte mit der lieben Tante Elisabeth seiner Frau Schwiegertochter.

Die Reisesuiten trennten sich, um sich in Prag »durch Zufall« wieder zu begegnen. Allgemein war Weisung ausgegeben, die Fürstlichkeiten hielten sich inkognito auf Privatreisen auf. König

Friedrich Wilhelm dankte den kaiserlichen Herren, die es ihm eröffneten, daß man seiner Ablehnung jeglichen Zeremoniells derart verständnisvoll entgegenkomme. Es machte ihm bereits Vergnügen, jetzt jeder neuen List im voraus zu begegnen. Er nahm inkognito an einer Hohen Messe teil. Er besichtigte inkognito nach dem Gottesdienste Leichnam und Zunge des heiligen Nepomuk, wie er ja überhaupt alle Sehenswürdigkeiten auf Reisen ebenso planmäßig wie eilig zu studieren pflegte. Er sah inkognito die Räume des Schlosses. Der Kaiser kam inkognito von ungefähr dazu – Herr Friedrich Wilhelm wandte sich, sobald die Höflichkeit es erlaubte, mit großem Blicke dem Prinzen Eugen zu. Der stand düster, alt und kränklich vor ihm, umdunkelt von den Schatten seines einstigen Ruhmes oder von den Flügeln der Boten des Todes. Mehr denn als der Sieger in den schweren Schlachten für Habsburg schien er wie ein greiser, zwergenhafter Hüter alter Königsgräber. Vor dem Brandenburger bemühte er sich, sein schlechtes Gedächtnis zu verbergen; denn der entsann sich im Augenblick gleich wieder jeder Einzelheit ihres gemeinsamen flandrischen Feldzuges. Eugenio von Savoyen rang darum, sich auch seine Krankheit nicht anmerken zu lassen. Doch sein Husten war schrecklich. Dabei klagte er über Herrn Friedrich Wilhelms Gesundheitszerrüttung.

»Eure Majestät rauchen zu viel!«

Der König versprach, dem Prinzen Eugen zuliebe, das Tagesquantum seiner Pfeifen etwas einzuschränken.

Ach, man wünschte dem Brandenburger in Wien ja wirklich noch ein langes Leben. Man war ja im Grunde zufrieden mit ihm und glaubte, solange dieser König lebte, in Brandenburg-Preußen weiterhin mit Schmeichelei und Spionage auszukommen. Aber der junge Herr Sohn hatte freilich »weitausgreifende Ideen«.

Die Begegnung mit Eugen war das erste, was den König auf seiner Reise bewegte. Das andere alles war lächerlich. Es ließ sich für den Kaiser nämlich leider nicht umgehen, daß auch er ein Diner gab. Die Reihenfolge, in der man den Speisesaal zu betreten hatte, und die Wahl des Platzes schienen ein kaum zu meisterndes Problem darzustellen. Man hatte eigens Türen brechen lassen, damit verschiedene Persönlichkeiten gleichen Ranges und gleicher Geburt ganz im selben Augenblick zu erscheinen vermöchten.

Da König Friedrich Wilhelm sich soeben in einem Vorzimmer mit der Kaiserin ganz ausgezeichnet über die auffallende Herzensverwandtschaft ihrer geliebten Maria Theresia und seiner geliebten Elisabeth Christine unterhalten hatte, blieb er mit der Kaiserin in heiterem Gespräch und spazierte, sie am Arme führend, mit ihr durch die Tür der Kaiserin; und die für ihn selbst in die Wand gestemmte, purpurverhängte Luke blieb unbenützt. Man ging nicht gleich zu Tisch, sondern rauschte und wogte um die inmitten verfallender Säle errichteten goldenen und gläsernen Bauten, welche die Tafeln sein sollten. Der König hatte Zeit genug, sich davon zu überzeugen, daß der ihm zugedachte Platz seiner Würde nicht entsprach. Da kehrte er den Spieß flugs um. Mit einem General und Grafen plaudernd, zog er sich einen Stuhl heran, lebhaft sprechend, nichts beachtend – und auf einmal saß er zu aller Entsetzen ganz untenan bei den Generalen und Grafen. Einige Blicke auf den Raum, in dem man speiste, und wenige Worte mit dem selbstgewählten Tischgefährten brachten dem Herrn die Meinung bei, die er nachher auch dem Dessauer Freunde mitteilte: »Pauverte unter die kleinen Leute, große Richesse unter graven, das gehet außerlativus gradus. der keisser wohnt Povre und Misera schleckt, indessen hat die Povtre un air de grandeur qui inspire das ein großer Her da wohnet.« Immer, wenn der Herr aus großem Hause in ihm durchbrach, verfiel der roi sergeant wieder ins Französisch des väterlichen Hofes. Der Kaiser, fand er, wohne arm wie ein Maler.

Nach der Tafel sprach auch der Kaiser mit ihm von Maria Theresia. Das entscheidende Kolloquium über die Anerkennung der weiblichen Erbfolge und die Gattenwahl der Kaisertochter sollte beginnen. Alle Diplomaten umstanden ganz zufällig die Herrscher. König Friedrich Wilhelm sagte dies und das von Freude und Kummer über die Töchter. Karl VI. war verzweifelt. Aber längst war bei dem Kurfürsten von Brandenburg die Entscheidung für die Treue gegen Habsburg gefallen, für die Treue gegen das kaiserliche Haus – über Karl VI. hinweg, nichtachtend alles, was der ihm antat. Der Brandenburger hatte nur die eine Bedingung zu stellen und diese nur für das Reich und nicht für sich selbst: nämlich, er wolle durch Maria Theresiens Ehe keinen französischen, spanischen oder italienischen Kaiser, sondern einen von deutscher Nation, von österreichischem Blute, und für den und dessen Haus streiten, solange Preußen und Brandenburg den Namen behielten. Dies erklärte er für seinen recht altdeutschen, patriotischen Willen und war entschlossen, bei den deutschen Fürsten für Franz von Lothringen zu werben, der schon in Wien als künftiger Gemahl der Kaisertochter erzogen war.

Der Wiener Hof verstand die Tiefe dieses Wortes nicht: auch Preußen gelobte sich dem Reich!

Und als ›Der König von Preußen‹ bei ›Dem Kaiser‹ zu Gaste weilte, begriff Karl VI. die Größe dieser Stunde nicht.

Abends fand der König auf dem Nachttisch seines prunküberladenen, sonst aber sehr malpropren Schlafzimmers das übliche Gastgeschenk. Wieder hatte man die Kaiserin vorgeschoben. Sie hatte ihm einen Tabakskasten dediziert, den er gleich ausschütten sollte. Unter dem Tabak lag, entzückend ausgedacht, wie man meinte, ein Brief der Kaiserin, von ferne und leichthin die Jülich-Bergische Erbschaft des Königs berührend, jene ihm bitter nötige Erbschaft, auf die er »vor Gott und Menschen ein Recht besaß«. Der König ersah aus diesem Briefe nur eins: der Kaiser verfügte nicht über die bei ihm deponierten abertausend Gulden, die es dem Brandenburger auszuzahlen galt, wenn er zu diesem seinem Erbe gelangte. Sie waren vielleicht für Bestechungsgelder in Berlin verwendet. – In Brandenburg mußte um alles gerungen sein, auch um rechtmäßige Erbschaften; nichts fiel Brandenburg zu!

Der König von Preußen und Kurfürst von Brandenburg war aber nicht mehr gewillt, sich die Erbschaft im »Englischen Kontertanz«, dem wilden, bunten Reigen der Allianzangebote, bald von Österreich, bald von Frankreich, bald von England und den Generalstaaten garantieren oder verweigern zu lassen. Er war zu der Meinung gelangt – Geist und Verschlagenheit in gewissen Augenblicken gestand man ihm ja jetzt zu –, hier handele es sich darum, ob fremde Mächte mit inneren Fragen des Reiches ihre Rivalitäten ausgleichen und ihre brüchigen Beziehungen kitten durften oder nicht; ob ferner das Haus Österreich die Kaiserliche Autorität und das Oberrichterliche Amt nach Belieben verleugnen oder mißbrauchen könne, sich den Dank und die Hilfe fremder Mächte zu gewinnen!

Ah, wie hatte man die freundlichen Zeilen der heiteren Kaiserin in dem Tabakskastenbriefchen ausgewertet! Zornig seufzte König Friedrich Wilhelm auf. Ihn, ihn wollte man als vertragsbrüchig hinstellen, ihn, der über jeden nicht strikt einhaltbaren Punkt eines Traktates noch immer in ein hitziges Fieber verfallen war. – Es war, als wolle man ihn glauben machen, Weiß sei Schwarz und Schwarz sei Weiß. Nur dies sah er klar, daß er leer ausgehen und der geheime Vertrag nicht beobachtet werden sollte. Man wollte nach der Lehre Macchiavellis nicht halbwegs böse sein, sondern ganz und gar! Österreich nahm auf ihn nicht mehr Rücksicht »als auf einen Fürsten von Zipfel-Zerbst«. Das war der eigentliche Inhalt der freundlichen Zeilen von der Hand der heiteren Kaiserin: Inhalt, den sie nichtsahnend schrieb. –

Der König stopfte sich von dem umgeschütteten Tabak noch eine Pfeife zur Beschwichtigung, benützte das Briefchen als Fidibus, schlug den Kastendeckel heftig zu und besiegelte damit den Entschluß, ebenso zufällig wie inkognito wieder heimwärts zu reisen, obwohl es drückend heiß war für die weite Fahrt. Aber der Aufbruch eilte ihm. Jedem Bedienten fünfundzwanzig Dukaten Trinkgeld, jedem Postmeister hundert – und dann schnell heim, schnell heim, schnell heim! Für solchen Flikflak durfte keine Stunde mehr verloren werden! Der Brandenburger schied in der Ahnung, daß diese Zusammenkunft das Grab der Freundschaft mit dem Kaiser werden werde. Er konnte nur ein einziges Ergebnis seiner großen Kaiserfahrt verzeichnen: aus der Umgebung des Prinzen Eugen hatte der König in seinen Gesprächen nach der Tafel den jungen Prager Augustinermönch Arnold von Dabeslav zum evangelischen Glauben bekehrt und ihm versprochen, ihn in seine Dienste zu nehmen. Er müßte sich nur theologisch vervollkommnen.

Der Kaiser war zum Schluß ganz außerordentlich zufrieden mit sich. Wie die Geheimberichte verzeichneten, schmeichelte er sich sehr, »daß die Negoziation gelingen werde, weshalb er dem König mit einer phlegmatischen ernsthaften Politesse etwas weisgemacht hat, welches neben der Veneration, die der König vor ihm hat, seinen Effekt getan hat«.

Aber der Effekt blieb aus.

Seckendorff, der biedere Pächter, General und Protestant, bangte als erster darum: denn keiner würde büßen müssen wie er. Er kannte die verlorenen Posten, die Wien für Leute seinesgleichen in einem seiner vielen Kriege bereithielt; er wußte, wie sie einen Gestürzten in den unabwendbaren militärischen Mißerfolg trieben, um ihn danach abstrafen und sich seiner entledigen zu können.

Als Seckendorff und Grumbkow, die für Wien den diplomatischen Hintergrund dieser zufälligen Fürstenkonferenz zu arrangieren hatten, voneinander Abschied nahmen, ahnten sie seine Endgültigkeit.

In all diesen Tagen hatte Grumbkow sich von seinem Herrn ferngehalten, als müsse er es vor ihm verbergen, welches Gericht über ihn selbst sich hier abspielte. Er war zum Kaiser gekommen, dem er in Brandenburg diente gegen den eigenen Herrn. Es war wie eine Erfüllung seines Lebens gewesen, daß ihn der Herr voraus zum Kaiser schickte. Es hatte sein ganzes Wesen durchglüht und erschüttert wie noch niemals etwas zuvor. Er sollte vor dem Kaiser stehen, sollte hoch erhoben werden über alle Gefangenen in der armen Galeere Brandenburg, in der ihm nichts geblieben war an Hoffnung als der heimliche Dienst für den glanzvollsten Hof des Reiches, das Kaiserhaus in Wien. Prag sollte ihm die Stunde bringen, die alles ausglich, erfüllte, belohnte und begründete!

Auch Grumbkow, wie sein Herr, wollte ›Den Kaiser‹ von Angesicht zu Angesicht sehen. Auch er, auf seine Weise, hatte ›Den Kaiser‹ nicht erblickt. Karl VI. hatte den pommerschen Junker übersehen, den wichtigtuerischen Minister eines etwas schwierig zu behandelnden ketzerischen, martialischen Kurfürstentumes. Sehr wohl, ein gewisser Herr von Grumbkow hatte ihm einige Gefälligkeiten geleistet, so wie eben überall Spione für Wien am Werke waren. Dafür war er bezahlt. Inzwischen waren seine Dienste überholt, erledigt, überflüssig. Der letzte Diplomatencoup war ihm ja doch nicht gelungen.

Grumbkow, der hochgereckte Alte, der jahrelanges Siechtum verbarg, um über den von Krankheiten zerquälten Herrn zu triumphieren, war über den wenigen Tagen dieser Reise zu dem achtzigjährigen Greis geworden, der er war. Er sah sein künftiges Schicksal, aber nicht die einstige Schuld. Er würde betteln müssen bis zum letzten Tage, betteln um das arme Stückchen Glanz und Macht, ohne das er nicht zu sein vermochte. Er würde sich bemühen müssen jede Stunde seines späten Lebens, die Gunst der Fürsten nicht zu verlieren, deren er – zu Wien und Berlin – so viele wechseln und die er, ehe sie einander ablösten, manchmal so umfaßlich sich wandeln ́sah. Er würde zum drittenmal die aufgehende Sonne anbeten müssen. Und wie, wenn Sohn und Vater einig blieben und der Sohn einst an denen Rache nahm, die ihn und seinen Vater leiden ließen, und sich vor einem grauen Haupt nicht scheute – das nicht in Ehren grau geworden war?

Ein Leben, das nur Glanz und Macht als einzigen Wert erkannte, begann in Angst zu zerrinnen. Minister von Grumbkow fing an, über die herkömmliche Unlauterkeit der Politik zu klagen. –

Als von Karlsbad aus die Stafette in Baireuth eintraf, der König werde auf der Rückreise Station bei seiner Tochter machen, beschloß die Frau Erbprinzessin, so elend sie sich fühlte, auf der Stelle aufzustehen und selber alles für die Ankunft ihres Vaters vorzubereiten. Kaum hielt sie sich auf den Füßen. Es war der unglückseligste Moment, in dem der König kommen konnte. Ihre Müdigkeit war grenzenlos. Verarmt, verbittert, enttäuscht und gedemütigt, aufgerieben von den Leiden nach ihrer schweren Niederkunft, würde sie vor ihren Vater treten müssen. All ihr Geld war verbraucht, weil sie versucht hatte, die Baireuthischen Residenten am Reichstag zu Regensburg und an den wichtigsten Höfen durchzuhalten, damit die Markgrafschaft nicht in völlige Bedeutungslosigkeit herabsänke; ihr Schmuck war schon lange beliehen. Aber sie nahm den harten Kampf nur auf dem Gebiet der Repräsentation auf und überwachte nicht die baireuthischen Gelder ihres Vaters. Lange, lange schon hielt sowohl am königlichen wie am markgräflichen Hofe nur die gemeinsame Erniedrigung die jungen Gatten zusammen. Ungnade war ihnen überall gewiß, in Monbijou und auch in Baireuth, wo das junge Paar vom alten Markgrafen schon völlig ausgeplündert war. Und da es aus Berlin nicht genügend Apanage einheimste für die, welche mit vom Gold des Preußenkönigs leben wollten, fand der Markgraf, seine Kinder hätten ihm nun nichts mehr zu bieten und ließ es sie an jedem Tage von neuem entgelten und spüren, was er von geizigen Königstöchtern hielt. Feinde über Feinde, Verleumder über Verleumder würden zwischen ihr und ihrem Vater stehen – und der gefährlichste Gegner war der benachbarte Hof der Ansbacher Schwester! Unablässig trachtete der Schwager von Ansbach danach, seine Gemahlin – von ihm vernachlässigt und hintergangen, während sie ihn namenlos liebte – als die bevorzugte unter allen Töchtern des Königs und insbesondere als reicher dotiert denn die Baireutherin hinzustellen; denn das brachte guten Kredit. Er ließ seine etwas geizige Frau vom Gelde ihres Vaters ein verschwenderisches Leben führen, und gedankenlos nahm sie es für Liebe ihres Gatten und wandelte ihr Wesen – einst war sie die Feindin von Monbijou gewesen – ganz zu Leichtsinn und Gleichgültigkeit hin. Die Baireutherin, verzweifelt über den Verfall ihrer Finanzen, begann indes als geizig verschrien zu werden. Vorgestern erst, aus heiterem Himmel, war die offene Herausforderung durch Ansbach erfolgt. Mit einem Gefolge von hundert Herren und Damen, groß aufgemacht mit frisch geborgtem Gelde, hatten Schwager und Schwester sich zu überraschender Visite angesagt. Schnell richtete Wilhelmine von Baireuth die kleine Eremitage her, die sie sich als Gartenschlößchen erbaute, weil nirgends im Palais des alten Markgrafen Raum für die preußische Königstochter war, außer in einem engen, lichtlosen Appartement mit uralten, zerschlissenen Tapeten und morschen, schlecht vergoldeten Möbeln. Aber was sollten angesichts so zahlreichen Besuches der Saal, die beiden kleinen Zimmer, die acht Zellen ihrer Eremitage!

Ihren Gatten – schwach vor ihr, schwach vor dem markgräflichen Vater, schwach und am nachsichtigsten gegen sich selbst – quartierte sie mit seinem Vetter und seinem Bruder einfach in der Meierei ein. Aber die kommen wollten, waren hundert! Sie schickte Botschaft nach Ansbach; sie bat um Einschränkung des Gefolges. Da war endlich für Ansbach der Anlaß gefunden, offenen Streit mit der ältesten Tochter des Königs von Preußen zu suchen, von der man nicht wollte, daß sie hier im Lande etwas gelte. Unschwesterliches Verhalten, unfürstliche Ungastlichkeit, das waren die Vorwürfe, die man erhob. Ewiger Bruch und Meidung des baireuthischen Bodens, so lautete die Drohung. Und indessen rollte die Kalesche des Königs schon aufs Baireuthische zu!

Was sie Wilhelmine anzutun suchten, war so lächerlich. Aber sie hatte erfahren, daß jede Nichtigkeit ihres Lebens sich immer zur Tragödie wendete. – Der König würde kommen, er, der so darauf drang, daß gute Nachbarschaft und Freundschaft zwischen seinen Töchtern im Reich, in den alten Markgrafschaften des Brandenburgischen Hauses bestand; er, der heute schon ihr grämliches, schwaches Töchterchen dem Sohne der Ansbacher Schwester zugesprochen wissen wollte!

Er würde sie tadeln; er würde sie mit Vorwürfen überhäufen, sie bloßstellen und, ohne Aufenthalt bei ihr zu nehmen, verlassen! Dann würde sie völlig verstoßen sein in Baireuth. Das Letzte, was noch einen Halt für ihren gebrochenen Stolz zu bedeuten vermochte, die Stütze an dem königlichen Vater, würde ihr genommen sein!

Sie sandte Botschaft um Botschaft an den Schwiegervater in sein großes Schloß, der König müsse bei ihm wohnen. Aber dazu mußte sie dem Schwiegervater zu verstehen geben, die Möbel in den Zimmern, die der König bewohnen sollte, dürften unmöglich in dem alten Zustand bleiben, vom Holzwurm zernagt, von Motten zerfressen, starrend von billiger Vergoldung und von Schmutz! Auch das, auch das trug wieder tödliche Feindschaft mit dem Markgrafen ein! Nirgends war Geld für den Empfang ihres Vaters. Er mußte rasen über den Mangel an Aufmerksamkeit.

Da, in der Verwirrung durch so viele Ängste, kam Wilhelmine zum erstenmal zu Bewußtsein, wie vielleicht gar niemand auf der Welt leichter zu versöhnen und gut zu stimmen war als der Vater. Sie gedachte ihm die Zimmer einzurichten, wie er sie von Potsdam her gewöhnt war. Sie ließ zerfetzte Tapeten von den Wänden reißen und ihm zwei Stuben flüchtig übertünchen; sie ersetzte zerschlissene Seidensessel durch Eichenstühle aus dem Gutshaus; sie stellte ihm große Holzmulden mit Wasser hin statt der zerbeulten Silberkännchen und -näpfchen; sie räumte eine Kammer gar als Tabagie ein, nur mit dem rohen Tisch, zwölf Schemeln aus Tannenholz, sechs zinnernen Leuchtern und zwei Gazetten, die sich bei einem der Minister fanden, und einer Landkarte, die der Hofprediger aus der Zeit besaß, in der er als Prinzenerzieher gereist war.

Als der König dies alles sah, zog er die Tochter voller Rührung an sich. Sie hatte sich nach seiner Art gerichtet! Sie hatte über ihn nachgedacht! Sie hatte nach seiner Lebensweise gefragt und schämte sich nicht seiner Rauheit! Sie prahlte nicht mit seiner Königswürde vor dem kleinen Hofe! Der König war so glücklich über sein Kind. Es gab wohl keine Artigkeit, die er seiner Tochter nicht erwiesen hätte. Nicht er ließ sich von ihr am Abend bis an seine Kammer geleiten, sondern er führte sie am Arm in ihr Appartement. Diener umstanden sie beide mit hocherhobenen Leuchtern. Da erst erkannten Vater und Tochter einander: Wilhelmine sah die tiefe Zermürbtheit seines Gesichtes, die dunklen

Gruben um die Augenhöhlen. Und der Blick des Königs ruhte lange auf den frühen Falten in dem schmalen Antlitz der Prinzessin, auf den blauen Schatten um ihre Lider und Schläfen.

»Schlafe wohl, mein Kind«, sagte er leise, als hätte er ihr ein Geheimnis zu verraten, »schlaf wohl, mein liebes Kind – du hast dich sehr für mich angestrengt.«

Wilhelmine neigte sich herab und küßte ihm die Hand. Aber dann, als wären ihre Diener nicht zugegen, drückte sie zwei-, dreimal ihre Lippen auf seine Rechte, bedeckte beide Hände des Vaters mit Küssen und streichelte sie; und König Friedrich Wilhelm war es einen Augenblick, als habe ihr Gesicht ganz fest in seinen Händen gelegen; als wolle sie für diese ganze Nacht des Wiedersehens in seinen Händen ausruhen.

Es war so tröstlich für die Frau Prinzessin, am Arme des Vaters durch den Park zu gehen. Frühzeitig schon hatte sie ihn abgeholt, um ihm alle Spaziergänge zu zeigen. Er fand sie sämtlich allerliebst, besonders die Wege um ihre kleine Einsiedelei. Dazwischen erzählte er ihr wiederholt, wie freundlich die Kaiserin von ihr gesprochen habe, daß sie ihr ein kostbares Brillantenbukett senden wolle und daß Wilhelmine ihr bald schreiben müsse.

Das Ansbacher Zerwürfnis behandelte der König nur als Bagatelle. Er fand es ärgerlich, daß man ihr solch dummen Streich zu spielen suchte; noch ärgerlicher, daß sie es hier überhaupt nur mit Leuten ohne allen Verstand zu tun hatte. Das Urteil über den Ansbacher Schwiegersohn – namentlich, nun er durch den Tod seines Vaters Markgraf geworden war – lautete hart.

»Er bildet sich ein, von meinen Darlehen in Ansbach nun Ludwig XIV. spielen zu dürfen. Er kümmert sich nur um seine Vögel und Pferde, will immerzu woanders leben, nur nicht in seiner Residenz, und möglichst nicht sparen und regieren. Ich mußte ihm für dieses Jahr alle Abzahlungen erlassen. Der Markgraf hält nicht Wort. Er verquackelt alles an Pferde und Komödien, die zu gar nichts nütze sind. Dein Schwiegervater und mein Schwiegersohn von Ansbach«, schloß der König, »sind Narren, die ins Tollhaus gehören. Gegen den Alten will ich höflich sein, aber dem Jüngeren und deiner Schwester werde ich begegnen, wie sie es verdienen.«

Und sogleich schickte er eine Stafette hinüber, die den Schwiegersohn und die Tochter nach Baireuth berief, damit er ihnen den Kopf waschen und die Sache nebst einigem anderen, das nach Regelung verlangte, ein für alle Male beilegen könne.

Bei Tische, nach dem Spaziergang, war die Frau Erbprinzessin derart erschöpft, daß Schwindel und Ohnmacht sie überkamen. Man brachte sie auf ihr Zimmer. Der König aß nicht mehr weiter; es war auch keine Unterhaltung mehr mit ihm zu führen; er geriet in die quälendste Unruhe, es könne seiner Tochter etwas geschehen. Sie sei so bleich gewesen wie der Tod.

Nach der Tafel schickte er sofort einen Kurier nach seinem Leibarzt. Als Wilhelmine wieder zu sich kam, saß der König schon lange an ihrem Bett. Das sanfte Fräulein von Sonsfeld, ihre einstige Erzieherin, die sie nun als Hofmeisterin begleitet hatte, wollte sich sogleich entfernen. Aber der König meinte, sie habe soviel Schweres gemeinsam mit ihnen durchlebt, daß sie sehr wohl bei ihren Gesprächen zugegen sein dürfe. Auch wies er ihr gleich einen Stuhl ganz nahe neben ihm an, doch erbat er sich dafür das Einverständnis der Prinzessin. Dann fragte er die Tochter nach allem, was ihr nun wohl bisher in Baireuth widerfuhr.

Wilhelmine flatterte das Herz. Wie sollte sie es über ihre immer mehr von Bitterkeit verschlossenen Lippen bringen, daß ihr nichts mehr gehörte, gar nichts – auch nicht die eine arme, beseligende Lüge, sie wäre geliebt und sie hätte geliebt. Was galten angesichts dessen die armseligen, schmählichen Gerüchte um die Mätresse des Gatten. – Da hatte sie abgelenkt, peinliche Situationen in ein anderes, harmloses Licht gerückt; da war sie all den taktlosen Reden und emsigen Zusteckereien noch immer meisterhaft begegnet, obwohl sie die erste gewesen war, die darum wußte. Furchtbar war allein dies eine: die Gewißheit zu haben, daß sie selbst nie liebte, weder den Gatten in seiner schwächlichen Güte – noch den Bruder. Er war ihr nur der kommende König gewesen. – Ah, ihre Eremitage, die dem Vater so gefiel, war wahrhaft Eremitage und kein schwärmerisches, modisches Spiel! So brach es in den Sekunden zögernden Schweigens leidenschaftlich in ihr hervor. Sie war allein. Sie war sehr frühe am Ende des Irdischen – doch ohne daß das Licht des Himmels nun ihre Einsamkeit zu beglänzen begann. Sie brauchte nichts mehr als die Zuflucht, die sie verbarg. Dies hier war Eremitage – so wahr Schloß Wusterhausen, die Diebsburg am Styx, eine war! Und zum erstenmal begann sie die Einsamkeit des Schloßherrn von Wusterhausen zu ahnen und die Schwere des väterlichen Blutes auch in sich selbst zu fühlen. Der Vater mahnte sie, zu sprechen. Da verschleierte die Tochter den großen Jammer ihres Lebens durch Geständnisse über all die kleinen Jämmerlichkeiten. Und als sie gut von ihrem Mann zu sprechen suchte, streichelte sie der Vater und lächelte ein wenig schmerzlich. Ach, auch die sanfte, gute Sophie von Schwedt beschwichtigte ihn ja, gegen sie betrage sich ihr Mann wie ein Engel. –

»Es tut mir recht leid, liebe Tochter«, sprach der König, als sie nun endete, »daß man dich soviel plagt. Obwohl du mir nichts davon schriebst, weiß ich doch genau, daß du davon krank bist.«

Und die Prinzessin spürte, was ihr noch nahezu unmöglich schien: der Vater hatte in ihren Briefen wirklich ihr Leben begleitet, ja, erwogen, sie wieder zu sich zu nehmen oder ihr in Erlangen eine eigene Residenz zu errichten; ein Plan, der auch heute noch keineswegs beiseite gelegt schien!

Der Herr war mit seiner Tochter so völlig befaßt, daß er des Enkelkindes fast vergaß. Doch beriet er Wilhelmine, wie sie ihre Kleine recht vernünftig ernähren könne und daß sie ihr nur ja nicht so viel zu essen geben dürfe wie Sanssouci in Braunschweig ihrem Kleinen!

Nach wenigen Stunden fuhr der Ansbacher Hof vor. Wilhelmine hatte ihr Bett verlassen, um der Abendtafel beizuwohnen. Der König empfing die Ansbacher kalt. Am nächsten Morgen, als er dann allein mit der Ansbacher Tochter sprach, begegnete er ihr aber doch nicht, wie sie es verdiente. Gewiß, seine alte Ike war schwerer, war kräftiger, war gesünder als Wilhelmine. Aber gerade darum ergriff es ihn doppelt, wie schmal und kindlich ihr Gesicht erschien; wie scheu, beunruhigt und ernst der Ausdruck ihrer Augen geworden war; wie ratlos und vereinsamt sie neben dem Gemahl und inmitten ihres Hofes wirkte. Es hieß, daß man in Ansbach ihre Post kontrolliere. Und es stand fest, daß Markgraf, Markgräfin und der kleine Erbprinz nur einmal, nämlich für einen Geburtstag des Markgrafen, drei ganze Tage beeinander weilten. –

Der Vater litt um seine Töchter. Sein königlicher Plan der Tochterehen bedeutete drei bittere Frauengeschicke. So begann er milder, als er es sich vorgenommen hatte, zu seiner alten, rauhen Ike zu sprechen, und wieder war er, der so unbeholfene Briefe schrieb, von einer seltsam fließenden, lebendigen Beredsamkeit, der auch eine Zartheit des Ausdrucks nicht mangelte.

»Du hast bisher immer allen widersprochen und alle gemieden und warst nur deinem Manne gegenüber fügsam. Du bist die einzige Frau, von der ich fordern möchte, daß sie sich gegen ihren Mann stellt. Es ist an der Zeit, daß du mit allen anderen endlich ein gutes Auskommen findest und dafür deinem Manne zu widersprechen vermagst.«

Er war nicht mehr geneigt, den Schwiegersohn zu schonen. Auch schien ihm der nicht mehr sein vergnügtes, jungenhaftes, rundes Gesicht zu haben; ja, er wirkte krank, so sehr war er abgemagert. Er war nur noch unreif und gar nicht mehr jugendlich. Dem König ging es um Ansbach-Brandenburg, um den Enkelsohn und seine Tochter, die am falschen Orte trotzig und am falschen Orte ohne allen Stolz und Halt war, widerspruchsvoll in allen Zügen ihres Wesens und gegen sich selbst nicht fähig zu der Schroffheit, die sie allen anderen gegenüber besaß.

Aber die Schroffheit, die er nun von ihr verlangte, bedeutete den schwersten Schritt, zu dem eine Frau je gezwungen werden kann: sie sollte wissen, daß sie nicht geliebt wurde, wo sie selber bis zur Demut liebte. Noch war ihr zweites Kind nicht geboren. Der König hatte aber bemerkt, was zwischen einer der Baireuther Damen und seinem Schwiegersohn von Ansbach vor sich ging. Und ihm war kein Zweifel, daß die stille, verständige Tochter in Schwedt die gleichen Leiden durchlitt, auch wenn in der Tragödie des Herzens und des Goldes Schwedt noch nicht so hoffnungslos verloren war wie Ansbach und Baireuth. Aber der König wußte nun seit Jahr und Tag, daß der junge Markgraf von Schwedt alle herrliche Verwegenheit des dessauischen Blutes, alle Kühnheit des Oheims und der Mutter zwar in sich trug: aber seine Kühnheit war ohne Ernst; und die Verwegenheit wagte nicht das Schwere und verzettelte sich im Geringen. Die Zucht, die Treue, die Beharrlichkeit einer Markgräfin Philipp und eines Fürsten Leopold fehlten. Ehe und Fürstenamt nahm er zu leicht. Und alle Mühe, alle Sanftheit Sophie Dorothea Marias hatte ihn von seinen Fehlern noch nicht zu heilen vermocht.

Sonderbar war die Einkehr des Königs an dem Baireuther Hofe vom ersten bis zum letzten Tage. Es gab keinen Ball und keinen Empfang des Adels aus der Gegend. Es wurde auch nicht konzertiert, und Ausfahrten fanden nicht statt. Auch machten sich die Fürstlichkeiten keine Komplimente, was immerhin beim Kaiser in Prag noch geschehen war. Nur der alte Markgraf behauptete von sich selber: »Nein, ich habe mir nichts vorzuwerfen; mein Volk kann mich einmal wie einen Vater beweinen.«

Das ließ manchen Rückschluß auf die Gespräche zu, die in Baireuth zwischen den beiden Vätern geführt wurden. König Friedrich Wilhelm ließ nämlich mit großem Eifer und noch größerer Geduld alle baireuthischen Kassenbelege und Wirtschaftsbücher zusammenholen – was keineswegs einfach war –, setzte sich mit all den Akten und Papieren allein zum alten Herrn Markgrafen, übersah dessen Grämlichkeit, Dünkel, Unlust und Pomphaftigkeit und befragte ihn über den Zustand des Landes und die Verwendung des in Brandenburg-Baireuth investierten Kapitals ›Des Königs von Preußen‹. Der Markgraf, der sich am liebsten die Ohren zugehalten hätte, dachte immer nur: Er gibt wohl kein Geld mehr! und antwortete sehr zweideutig und doppelsinnig. Was sollte nur aus Schloß Himmelskron werden, das gerade für die gestrenge Mätresse umgebaut wurde! Wenn der König doch schon aufhören wollte! Dies allein dachte er. Aber der König endete nicht. Die letzten Worte seiner richterlichen Rede waren: »Denn mir sind meine Kinder lieb, Herr Markgraf.«

Wie sollte der Markgraf von Baireuth in seinen Sorgen um Schloß Himmelskron das eine und das andere verstehen! Am unverständlichsten war ihm jedoch, daß es dann doch noch Geld gab, sehr viel Geld sogar, achthunderttausend Taler. Da kam auch schnell ein entfernter Vetter König Friedrich Wilhelms von Sigmaringen herübergereist und kassierte hunderttausend Taler ein, nur weil er Fürst von Hohenzollern hieß. Denn überall, wo Brandenburg und Hohenzollern war, bestand das Gesetz ›Des Königs von Preußen‹: Der Sand muß blühen und der Sumpf soll Ähren tragen.

Nach der Rückkehr unterhielten sie den Herrn mit einer überaus lustigen Geschichte. Dr. David Faßmann, den er erst kürzlich in seinen Archiven angestellt hatte, hatte sich inzwischen zu einem grimmigen Gegner Gundlings entwickelt. Er hatte ihm viele wissenschaftliche Fehler in seinen wenigen Arbeiten nachgewiesen; darüber kam es zu Beleidigungen, und endlich provozierte Dr. Faßmann ein Duell. Was war Professor von Gundling nun ängstlich! Und dann geschah das Furchtbare: Faßmann schoß

Gundlings Perücke in Brand! Jammernd warf sich Gundling auf die Erde, wand sich verzweifelt und schrie noch erbärmlich, als seine ganze Perücke nur noch ein Häufchen glimmenden Ziegenhaares, er selbst aber zu seinem größten Erstaunen noch wohlbehalten und nur ein bißchen berußt war.

Nun fand man, es wäre hübsch und viel erzählt und der König könne sich jetzt wirklich zum Lohn ausschütten vor Lachen. Über solche Späße lachte er doch immer. Aber der Herr verzog keine Miene.

»Es ist an der Zeit«, sagte er und meinte mehr als nur die Stunde des Aufbruchs in der Tabaksrunde; er zog sich zurück und bestellte noch für diesen Abend Professor von Gundling zu sich.

»Was macht Sein Buch vom Leben Friedrich Wilhelms, des Großen Kurfürsten, Gundling; Sein ›Leben und Taten Friedrichs I., Kurfürsten zu Brandenburg‹; Sein ›Pommerscher Atlas‹ und die ›Geographische Beschreibung der Kurmark Brandenburg‹ – ein wertvoller Plan, wie mir scheint?«

So fragte der König gleich, als Gundling eintrat. Gundling verstand ihn nicht. Er starrte ihn mit verglasten Augen an und wischte den kalten Schweiß seiner schmutzigen Hände in den befleckten Prunkrock. Allmählich erst begann er die Antwort zusammenzustammeln. Nein, nein, er könnte nicht forschen und schreiben, wenn sie ihn so maßlos reizten – wenn man ihn mit neuen Günstlingen umgäbe; vierhundert Taler zahle Majestät dem Scharlatan von Archivar Dr. Faßmann – vierhundert Taler, für die er, er, er, Präsident, Professor, Freiherr von Gundling Seiner Majestät bessere Arbeiten in den Archiven zu leisten wüßte. Er hatte sich mit Faßmann auch gebissen und geschlagen. Auch das kam durch das Geschwätz des Betrunkenen heraus. Der König entließ ihn für heute mit unfreundlichen Worten. Er war des einzigen seiner Bilder überdrüssig, das Verneinung war. Seit er von Gundling die Historie von unabänderlichem Königsrechte und stellvertretender Sühne vernahm, ertrug er aus Gundlings Munde keine Narrheit mehr.

Später empfing er noch Dr. Faßmann. »Was hält Er von Gundling?«

Was er von Gundling halte? Faßmanns Augen blitzten. Ah, als er ihn zum erstenmal zu Gesicht bekommen habe in seinem schwarzen Samthabit mit all den roten Aufschlägen und dem wackelnden Lockenhaupt – für eine Pagode habe er ihn gehalten oder für den Gesandten vom Kaiser von Fez und Marokko.

»Ich will keine munteren Repliken«, schnitt der König ihm gelangweilt und gereizt die Rede ab. Und dann fuhr er mit Heftigkeit fort: »Begreift Er denn gar nicht, daß es seine Gründe hat, wenn ich mir einen armen Schlucker wie Ihn aus einem Winkel im Erzgebirge herhole – einen wie Ihn, der ein Abenteurerleben am Rande der gelehrten Welt gelebt hat und niemand etwas taugt?«

»Ich habe berühmte Bücher geschrieben«, wendete Faßmann, scheu und blaß und zu Tode erschrocken, mit aufgehobenen Händen ein.

»Welche Bücher?« wollte König Friedrich Wilhelm wissen.

»Zum ersten«, begann ihm der Doktor Faßmann listig aufzuzählen, »wäre ›Der gelehrte Narr‹!« Das ging gegen Gundling. Und in vertrautem Kreise vorgelesen, hatte das bissige Werk schon sehr viel Spaß bereitet.

Der König murmelte nur verächtlich etwas vor sich hin. Da zählte der Herr Doktor weiter auf: »Sodann ›Der reisende Chinese‹, Majestät.«

»Was ist das?«

»Ein Vergleich der Länder Europas, Königliche Majestät; Europa, gesehen durch die geschlitzten Augen eines Sohnes der Sonne – «

»Das kann Er mir schicken. Und noch?«

»Mein berühmtes Opus, Königliche Majestät: ›Gespräche aus dem Totenreich‹.«

»Und bitte –?« forderte ihn der König auf, nur weiter fortzufahren; denn nun hatte er Interesse genommen.

»Die ›Gespräche aus dem Totenreich‹ – eine Phantasie, Majestät, eine Satire, eine Utopie im Stile des Lukian: die Toten unterhalten sich, die Jungen und die Alten, die Hohen und die Geringen; sie disputieren über das Unvollbrachte und Versäumte. Und ob einer früh gestorben ist oder spät – das Maß des Unvollbrachten und Versäumten ist immer das gleiche, gemessen an dem, was jedem bestimmt war. Da gehen sie alle, endlich vor einander gleich, zufrieden zur ewigen Ruhe ein.«

Der König schritt nicht mehr im Zimmer auf und ab. Er stand still, die Hände auf seinen Schreibtisch gestützt.

»Ihr seid der neue Gundling«, sagte er. Und alle Wunden, die ihm je Gedanken bohrten, brachen wieder unerträglich schmerzend auf.

Vor dem Schlafengehen malte der König nach langer Pause wieder einmal ein Bild. Ewersmann, umdüstert und wortkarg geworden, löste und mischte ihm heute statt des Bombardiers Fuhrmann schweigsam die eingetrockneten Farben. Nur mit Grognonne, der erblindeten Bärin, sprach Ewersmann manchmal lange, wenn keiner ihn zu belauschen vermochte.

Der König, den Pinsel schon in der Rechten, saß versonnen vor der Staffelei. Antlitz um Antlitz zog an ihm vorüber: alle die Gundlings; wer waren sie; was wollten sie in seinem Leben?! Warum hatte er sich nicht mit den Narren begnügt, wie alle Höfe sie nach heiterem und altem Brauch besaßen? Oder aber, wenn ihm ihr Geschwätz nun durchaus einmal als Tagdieberei und Frevel an der Zeit eines Königs erschien – warum umgab er sich dann nicht mit Weisen, Hochgelehrten, wie sie anderen Fürsten zur schönsten Ehre gereichten? Waren nicht stolze Namen unter den Kalendermachern in der Akademie des ersten Königs von Preußen gewesen? Ach, der Witz der Narren war besudelt. Ach, die Weisheit der Gelehrten war erstarrt und nur noch einem alten Götterkult vergleichbar –. Er wollte nicht die Narren. Er wollte nicht die Professoren. Mit Narrenprofessoren setzte er sich an den Tisch der Tabaksrunde. Narrenprofessoren waren sie, die er seine Lustigen Räte nannte. Von den Professoren in ihnen wollte er die Tiefsinnigkeit, von den Narren in ihnen das Quecksilbrige, das stets den Augenblick umspielte. Und ihrer aller Haupt und Erstling war Gundling gewesen – um seiner historischen Parallelen willen.

Da begann der König nun Gundling zu malen, den er in der Tabagie fortan nicht mehr zu sehen wünschte. Ihn, der ihn so tief verwundete, überwand er im Bilde und riß sich von der letzten Verneinung. Er malte ihn einsam am Tische, so in Gedanken versunken, daß ihm die Pfeife in der Hand erkaltet war. Eine Äffin, geschmückt mit Schleifenputz, Haube und Brusttuch, rauchte ihm die neue Pfeife an. Und Hasen, die Tiere der Feigheit, hüpften mit Täßchen herbei, damit er sich durch bitteren, starken Kaffee ermuntere. Aber der am Tische sann und sann. Sein Haupt war vom Kammerherrenhut und vom Gelehrtenbarett entblößt; auch die mächtige Ziegenhaarperücke war geschwunden, vielleicht als Asche verweht, wie unlängst im Duell mit Faßmann. – Und alle Leiden der zergrübelten Stirn, deren Höhe nun erst offenbar ward, wurden bloßgelegt.

Es war aber ein fremder Zug in Gundlings Gesicht. Aus den gesenkten, schweren Augen blickte noch ein anderer: David Faßmann. Oder war es auch das unstete Flackern im Auge des Lustigen Rates Graben vom Stein, das da hindurchschien? Was anders war auch er als ein Narrenprofessor: er, der Skribent, einem Tiroler Kloster entsprungen; Feldprediger in Seckendorffs Regiment; Mönchshasser, Märchendichter und Astrolog? Auch er war in dem Bilde, das keines Menschen Namen tragen sollte und lediglich hieß: Ein Lustiger Rat.

Gundling hat es dann nicht mehr gesehen. Er starb am Tage nach der Vollendung des Bildes in dem Zimmer, das ihm der König im Schloß mit Büchern, Atlanten und Karten als Studienraum eingerichtet hatte. Dort hockte er nachmittags tot im Sessel, die Stirn sehr wächsern und ohne Perücke.

Der König sah sich den Toten nicht an. Doch wollte er wissen, von welcher Art sein Gehirn sei. Er ließ drei Ärzte seiner Anatomie von Berlin nach Potsdam kommen und den Leichnam zur Sektion in das Witwenhaus der Lakaienfrauen schaffen.

Danach stellte sich die sonderbare Tatsache heraus, daß König Friedrich Wilhelm schon seit zehn Jahren einen überaus seltsamen Sarg für Gundling bereithielt: ein Faß, mit einem weißen Kreuz bemalt.

Das Entsetzen der Geistlichkeit war unbeschreiblich; sie warnte den König, er gehe zu weit. Aber der Herr beharrte auf dem Bilde, dem ungeheuerlichsten und grüblerischsten, das er je schuf. Das Kreuz blieb auf dem Faß gemalt, das den Toten umschloß.

Draußen vor der Stadt, hinter dem Marlygarten, in der Bornstedter Kirche ließ der Herr die Gruft für Gundling mauern. Die Fremden kamen von weither zur Leichenschau. Die Hofnarren der auswärtigen Höfe trugen zwanzig Ellen lange Flöre und endlose Trauerschleppen. In ihrer Mitte tappte die Bärin des Königs hinter dem Fasse her. Die Bärin Grognonne hatten sie einmal, ehe ein unbekannter Frevler die quälerische Untat an ihr beging, sie zu blenden, dem Professor eine Nacht ins Bett gelegt, und trunken hatte er bei ihr seinen Rausch ausgeschlafen.

Den Bibeltext für Gundlings Trauerrede hatte der König selbst gewählt: »Es ist besser einem Bären begegnen, dem die Jungen geraubt sind, denn einem Narren in seiner Narrheit. Die Lippen des Narren bringen Zank, und sein Mund ringt nach Schlägen. Der Mund des Narren schadet ihm selbst, und seine Lippen fangen seine eigene Seele.«

Die Leichenpredigt hatte der weltliche Dr. Faßmann zu halten; und er war erblaßt, als ihm der König die Auslegung solchen Bibelwortes auftrug. Noch am Beisetzungstage empfing der König, und zwar in Gundlings bisheriger Studierstube auf dem Schloß, Dr. David Faßmann. Er erhielt Professor Gundlings Titel und Gehalt zugesprochen; doch geschah das Unfaßliche, daß dieser Sold nicht ein einziges Mal zur Auszahlung gelangte; noch in der nämlichen Nacht floh Faßmann aufs Sächsische zu. Es währte nicht lange, da hörte der König, der Doktor schreibe drüben in Dresden ein neues »Gespräch aus dem Totenreich«. Darin philosophierte der tote Gundling mit ihm aus dem Jenseits.

Von dem neuen Narrenprofessor verlassen, vernahm der Herr von einem, der ihm der Seltsamste von allen schien. Ein Magister an des Königs Augustus Universität zu Leipzig, der ohne sonderlichen Erfolg philosophierte, historische und geographische Vorlesungen hielt, ein bärenstarker, kleiner Mann, Jakob Salomon Morgenstern mit Namen, hatte vor allen Dekanen, Professoren, Magistern und Studenten seiner Alma mater öffentlich erklärt, Wissenschaft treibe man am besten nach der Art des Königs von Preußen: bei Tabakspfeife und Bierkrug, im Zeitungskolleg, die Fragen und Ereignisse des Tages erörternd, die Parallelen der Historie suchend und die neuesten Landkarten vor Augen! Und also hielt er nun eine reich besuchte Tabagie für Studenten, über Politik und Wirtschaft debattierend. Zwischen Tabakskolleg und Tabakskolleg aber entwarf er, da die Mengen Bieres ihm nichts anzuhaben vermochten, eine staatspolitische Kompilation für die neue Kaiserin von Rußland, eine Schrift, die derart mächtig in die Staatsgeschäfte eingriff, daß die junge Zarin ihn sofort nach Rußland einlud und ihm ein Lehramt am Moskauer Gymnasium antrug.

Nun war er auf der Reise nach Rußland begriffen und nahm, der guten preußischen Straßen wegen, die Route über Potsdam. Da ließ ihn der König durch die Torwache bitten, in seinem

Schlosse kurze Einkehr zu halten. Und Magister Morgenstern kam. Der Reisepaß nach Moskau verfiel. Die vorbestellten Posten des Magisters wurden abgefunden. Aber was hieß das noch: Magister! Königlich Preußischer Hofrat war er indessen, fünfhundert Taler Gehalt füllten fürs erste die Taschen seines neuen Rockes mit blanken Münzen, den besten Europas.

Als erstes trug der König ihm auf, ein feierliches Akademisches Requiem für Jakob Gundling zu halten, den verstorbenen Präsidenten der Akademie der Wissenschaften, die über dem Kalendermachen seinen Tod ganz übersehen zu haben schien. Und ohne erst nachzudenken, hatte der König für solches Requiem mit gelehrter Disputation sofort die Universität Frankfurt an der Oder ausersehen; denn nirgends war solcher Dünkel und derartiges Gezänk zu finden wie hier. Der Herr gab selbst das Thema des Kolloquiums: »Der Wert der Narrheit.« Dem Hofrat Jakob Salomon Morgenstern wurde ein seladongrüner Rock und eine Allongeperücke zu seiner Antrittsrede angefertigt. Endlich gab der König noch bekannt, er werde selbst beim Frankfurter Disput zugegen sein. Alle Dinge und Zustände, die er verspotten wollte, sollten einmal zur Sprache gebracht werden. Noch einmal –; es war, als würde nach dem Narrenrequiem, das ein heimliches Gericht über die Lebendigen war, etwas völlig Neues beginnen. Es war der Abschied von der Verneinung, nachdem auch der im Fasse dem am Kreuze übergeben war!

Er kam mit seinen jungen Söhnen, mit Hulla, dem Sanften; mit Heinrich, dem Grübler von acht Jahren; mit dem kleinen dicken Ferdinand, der endlich einmal weit mit dem Kutschwagen fahren wollte; außerdem hatte der kleine Kerl in den Ställen gehört, der Papa wolle auf seiner Reise den Frankfurter Pferdemarkt besuchen; und auf Pferden saß Ferdinand nun einmal für sein junges Leben gern; ja, in allen »männlichen Inklinationen« schien dieser späte Sohn, Das Kind der Schmerzen, der Knabe zu sein, den sich der Vater unter seinen Söhnen mehr denn zwanzig Jahre lang vergeblich ersehnte.

Das, was das Entzücken des kleinen Ferdinand bedeutete, der Rundgang des Königs auf dem Pferdemarkt, machte nun aber bei den Frankfurter Professoren das Maß der Empörung erst voll. Die einen meldeten sich krank. Die anderen erklärten, sie müßten zu wichtigen Forschungen verreisen. Aber der König ersuchte sie, Krankheit und Forschung bis nach dem Disput zu verschieben. Der Professor Moser kam gar um seine Entlassung ein. Der König sprach selber mit ihm.

»Was ist es denn? Jeder Mensch hat seinen Narren. Einer hat den geistigen Hochmutsnarren. Einer hat wieder einen anderen Narren. Ich habe den Soldatennarren. Es ist ja nur erlaubter Spaß und Scherz.«

Aber es schien sich allen mitzuteilen, daß es um Tieferes ging, als selbst der Herr, der alles immer nur im Bilde durchlebte, sich bewußt zu machen vermochte. So saß nun der König in dem Kreise der Gelehrten unter den beiden Kathedern, auf denen seine Narrenprofessoren über »vernünftige Gedanken von der Narrheit und den Narren«, die Klassifikation der Narren – unter Auslassung der Hofnarren – und die Grundsätze zur Bestimmung der Narrheit in achtunddreißig Paragraphen referierten und korreferierten, bis endlich der neue Hofrat Jakob Salomon Morgenstern das Mittelpult bestieg, um das Fazit der Debatten – und das Fazit von Gundlings Leben zu ziehen, damit nicht in Vergessenheit geriet, daß dieser dialektische Streit zugleich ein Requiem war, das ein König sich für seinen toten Narren erdachte. De mortuis nihil nisi bene. – »Bis auf das Eine«, rief Morgenstern in das Auditorium und dem König ins Gesicht, »das für immer ein Flecken auf dem Professorenornat des verewigten Präsidenten bleiben wird: er in seinem Kampfe gegen Norm und Regel hätte sich nicht in einer entscheidenden Stunde zum Diener der zünftigen Professoren machen dürfen, die einander die verstaubte Luft ihrer Studierstuben nicht gönnen. Er hätte nicht der Sklave seines Bruders, des Hallenser Professors, werden und dessen wissenschaftlichen Intrigen seinen Beistand leihen sollen. Kurzum, er hätte es besser gelassen, einen Christian von Wolf bei dem König von Preußen zu verleumden. Denn die Weisheit eines Wolf diente dem Leben, so wie ein König den Dienst eines Gelehrten nur immer zu begehren vermag. Und niemals hat der König von Preußen erfahren, daß er einen verjagte, um den er hätte werben müssen wie um seinen schönsten, größten Kerl.«

König Friedrich Wilhelm blätterte kaum noch einmal in den Fetzen Gundlingscher Exzerpte. Auch des »Reisenden Chinesen« war er überdrüssig; und Dr. Faßmanns neuestes »Gespräch aus dem Totenreich«, darin der geflüchtete Faßmann mit dem toten Gundling disputierte, war zwar vom König angekauft worden, aber es lag unberührt in seinem Arbeitszimmer. Abend für Abend zog König Friedrich Wilhelm sich allein zurück und las in Wolfens Schriften, drei Stunden lang ununterbrochen. Er hatte sich Gottscheds deutschen Auszug verschafft, das Exzerpt jenes berühmten Gottsched, der von Königsberg nach Leipzig gegangen war, weil er seiner bedeutenden Körperlänge wegen den preußischen Werbern in die Augen gefallen war. Vergeblich suchte der König von diesem Zeitpunkt seiner neuen Lektüre an, den Professor Gottsched der Universität Leipzig wieder abspenstig zu machen. Und um den Professor von Wolf begann der roi sergeant nun gar zu werben, wie er noch nie um einen langen Kerl geworben hatte. Wolf war der Geheimratstitel angetragen; die Bedingungen für seine Rückkehr sollte er selber stellen. So forderte nun ›Der König von Preußen‹ vom roi sergeant auch dies, daß neben den Scheunen und den Meiereien, den Kirchen und den Schulen, den Kasernen und den Magazinen, den neuen Straßenzeilen und den Deichen regulierter Flüsse, den Manufakturen und den Fabriken auch Lehr- und Forschungsstätten auf seiner armen Erde emporwüchsen!

Als der König in Wolfs Werken zu lesen begann – überaus zähe sie sich aneignend, überaus rasch sie erfassend – und vornehmlich, als er zur »Weltweisheit« gelangte, schwand aus seinem Sprachschatze jegliche der schimpfenden Redensarten wie Blackscheißer, Federfuchser, Windmacher im Hinblick auf die Gelehrten. Er wollte »Wolfs« um sich haben, nicht mehr »Gundlings«. Dazu bedurfte es aber vor allem der Rückkehr des einen! Der Herr las nicht nur selbst in Wolfens Schriften; er ließ sie objektiv prüfen. Er fand die Wolfsche Lehre bis dahin falsch ausgelegt, den großen Gelehrten entstellt, verleumdet und verraten. Was mußte aber der, den er vertrieben hatte, für ein Mensch gewesen sein, daß er, von Halle verjagt, nicht dem genehmen, ehrenvollen Ruf nach Leipzig gefolgt war, sondern weit fort nach Marburg ging, um die Hallenser Studenten nicht nach sich zu ziehen und Preußen arm an akademischem Nachwuchs zu machen!

Professor von Wolf antwortete würdig und freundlich; doch wollte er Marburgs Fakultät und dem Landgrafen von Hessen dankbar bleiben. Er lehnte die Rückberufung ab. Der König wollte selbst die hessische Approbation zur Dienstentlassung nachsuchen. Aber er vermochte bei Wolf nichts durchzusetzen, was einer Undankbarkeit nahegekommen wäre, und mußte sich damit bescheiden, den neuen Zweiten Teil von Wolfens »Allgemeiner Praktischer Philosophie« gewidmet zu erhalten. Und so tief er auch von der Absage getroffen war, so sehr beeindruckte ihn doch wiederum die Widmung eines philosophischen Werkes aus solcher Feder!

Von nun an zitierte König Friedrich Wilhelm es oft. Er nahm die Sprache dieses Philosophen mit ungeheurer Behendigkeit auf; denn er war sich selbst in Wolfs Gedanken und Sprache begegnet. Er pflegte von jetzt an seine Pläne, Ansichten, Entwürfe häufig »a particulari ad universale« zu entwickeln.

In seinen Taten war er immer diesen Weg gegangen.

Es kam so weit, daß die junge Frau Erbprinzeß von Braunschweig-Bevern, Philippine Charlotte Sanssouci, ihrem Vater eine besondere Freude damit zu machen suchte und auch wirklich bereitete, indem sie ihm einen französischen Auszug aus Professor Wolfs »Weltweisheit« verfertigte – gerade sie, die holde, weiche, die heitere Närrin, die der Philosophie am allerfernsten stand. Als sie die schwierige Arbeit für den philosophischen Papa beendet hatte, kam sie nun selbst ins Grübeln, und zwar darüber, warum der Vater wohl gerade sie immer so ängstlich von seinen Narren ferngehalten habe, als sei sie ihm zarter und empfindsamer als all seine anderen Kinder erschienen und als habe er sie vor solchen Eindrücken bewahren müssen. Warum erfüllte sie es nur mit solcher Freude, daß ein Äon der Weisheit in Preußen angebrochen war? Spürte sie die größere Ruhe, die gelassenere Freudigkeit des Vaters? Sie nahm Anteil, wie einst Wilhelmine Anteil nahm an allen Eroberungen des Bruders in den weiten, unsichtbaren Reichen! Aber auch, wo es dem Geiste galt, war es ihr Herz, das alles mit solcher Wärme ergriff. Nun sandte sie dem Vater gar noch einen schönen Stich, den Kopf des Philosophen Demokrit, damit der Papa wieder eines seiner Porträts danach malen könne. – Der König nannte es überaus aufmerksam und versicherte ihr immer wieder, welch wichtige Dienste dieser kleine, handliche Traktat ihm täglich leiste und wie gern er sich mit dem feinen Kopf des weisen Demokrit befasse, der die Seelenruhe als das höchste Gut hinstellte.

Aber auch der gelehrte König lernte noch immer nicht den Namen seiner lieben Stadt Potsdam schreiben; noch immer war sie ihm in allen seinen handgeschriebenen Briefen Potsda, Botsdam, Botsda.

Doch war sein Wesen nun von einer neuen Ordnung erfaßt, die ihm bis dahin versagt geblieben war. All die Ordnung seines Leibes und Lebens war lange, lange Zeit hindurch nur ein Schutzmantel über der furchtbaren Aufgewühltheit seines Herzens und dem Aufruhr seiner Leidenschaften gewesen: denn auch sein Glaube war voller Ungestümes, ein ständiges Überwältigtwerden des Sünders von Gott, unablässige Erschütterung und Ergriffenheit dessen, den Gott sucht.

Das Studium der Philosophie, so bemerkte man staunend, hatte wenigstens zeitweilig eine äußerst wohltätige Wirkung auf den Herrn. Die Ausbrüche seiner üblen Laune und seines blinden Zornes wurden seltener und wesentlich milder. Der König beklagte sich jetzt manchmal lebhaft, daß er erst so spät diese Studien begonnen habe. Er war nicht mehr von den Gedanken verwundet; er begann sie zu lieben. Aber das da umzulernen und umzuwerten begann, war wieder sein armes, glühendes Herz.

Unverzüglich knüpfte er nun Verbindungen mit allen Professoren an, die Morgenstern ihm als Gewinn für Preußen bezeichnete. Die Berliner Akademie, jenes unfertige künstliche Gebilde, das er vom Vater her noch immer beibehalten hatte, übersah vorerst noch den Willen des Königs zur Versöhnlichkeit. Aber der König ließ sich nicht beirren. Er erteilte den Gelehrten festgelegte Forschungsaufträge, nachdem er ihnen fünf dünne Bändchen Miszellaneen zwanzig Jahre hindurch hatte abringen müssen. Er schenkte der Akademie dreihundert seltene Naturalien und dreitausend kostbar gebundene wissenschaftliche Werke aus den Arbeitsgebieten der Medizin, Physik, Mathematik und Astronomie. Er ermahnte die Weisen seines Vaters lediglich, fleißiger als bisher zu arbeiten, damit der Zweck erreicht werde, um welches willen sie eigentlich gestiftet worden.

Er nannte den Akademikern den Seidenbau; er regte den völlig neuartigen Versuch botanischer Lehrgärten für die Schulen vor den Stadtmauern Potsdams und Berlins an. Er verhieß Stipendien für Forschungsreisen nach Holland, England und Frankreich, damit eine medizinisch-physikalische Klasse und eine wissenschaftliche Chemie begründet werden könne. Er wollte die Akademie zur Avantgarde der Hochschulen erheben.

Die Frankfurter Universität lehnte es indessen schon ab, der neuen Narrendisputation, wie man die Konferenzen über die Reformvorschläge des Königs nannte, überhaupt nur Beachtung zu schenken.

Aber in Halle fand der König drei Gelehrte, die seit Jahr und Tag darum trauerten, daß Christian von Wolf und König Friedrich Wilhelm so grausam und listig getrennt worden waren, indem man aus Wolfs Werken – um die Zeit der Kronprinzenflucht – ableitete, Desertion wäre Fatum! Die horchten nun auf, als der Herr eine so völlig neue Sprache zu reden begann. Sie hatten auf den Augenblick gewartet, in dem sie mit ihm sprechen durften über das, was sie stärker und stärker zu beschäftigen anfing: nämlich, daß ihnen in den Maßnahmen des gelehrtenfeindlichen Königs immer wieder etwas begegnet war, das man System und Methode nennen mußte und das darum der Wissenschaft gehörte. Auch mußten darum eines Tages der schaffende König und die sinnenden, ordnenden und begründenden Denker zueinander gelangen. Und nun war der Tag! Der König, der einst die Federfuchser, Blackscheißer und Windmacher verfemte und beschimpfte, hatte Abbitte leisten wollen bei dem einen, den er zu Unrecht verbannte und danach als großen Gelehrten anerkennen mußte. Da fanden sich drei Männer zu ihm, welche ganz vom Geiste jenes Christian von Wolf waren, an ihrer Spitze der Rechtsgelehrte Cocceji. Die teilten dem Herrn als das Ergebnis ihrer Forschungen mit, er habe erwiesen, daß der Deutsche imstande sei, eigene Formen seines Lebens hervorzubringen: in Recht, Verwaltung, Wirtschaft, Heereswesen! Preußens Justiz zum Exempel sei auf dem Wege, die erste Europas zu werden!

Der König war sehr beglückt. Die erstarrten und umdunkelten Götterhaine antikischer Gelehrsamkeit, die fremd und tot in seinem Lande lagen wie Inseln des Totenreichs, begannen sich in fruchtbare Felder zu verwandeln! Die Wissenschaft fing an zu leben! Die Männer der Studierstube und des Kollegsaals hatten es gelernt, zu sehen, wie sich rings um die Stadt ihrer Alma mater die Felder schwer von Ähren wiegten, wo früher nur dürftiges Weideland sich hinzog! Sie hatten es sehen gelernt, so wie er wiederum zu »vernünftigem Denken« gelangt war!

Halle begann über solche Begegnung eines Königs mit seinen Gelehrten zu der ersten Universität im ganzen Reiche sich zu entwickeln. Der König hatte die Böcke von den Schafen geschieden und die Spreu vom Weizen gesondert. Er hatte zu Halle, wo sich einst siebenhundert Studenten gegen seine Werber erhoben, die Stätte der Weisheit aufgerichtet. Alle, die den neuen Willen begriffen – Juristen, Theologen, Philosophen –, wurden nach Halle berufen, die Fakultäten von Grund aus zu reformieren. Frankfurt aber blieb die Alma mater der Narrendisputation, das geistige Totenreich, in das der König alle verbannte, die nicht an die Zukunft des Begonnenen glaubten und ihn und seine Helfer mit Pamphlets überschütteten. Auch Halle und Frankfurt waren in ein Bild verwandelt.

Des Königs leichter Wagen rollte nun Wochen hindurch nicht mehr allein durch die Dörfer und Handwerkerstädte, hielt nicht mehr nur an den Fabriken und Baugerüsten oder wenn ihm eine Braut, in preußischen Kattun gekleidet, begegnete. Ein ums andere Mal ließ der Herr die Pferde für eine rasche Fahrt nach Halle bestellen. Ein ums andere Mal trafen fremde Professoren im Potsdamer Schlosse ein. Der König war von Forschern, Dozenten, Experimentatoren umgeben wie früher nur von Offizieren, Pastoren, Baumeistern, Kammerdirektoren und allenfalls Ärzten. Er konnte den Zusammenhang zwischen dem Wirken des Staatsmannes und den Studien der Gelehrten gar nicht mehr eng genug gestaltet wissen. Er schlug eine neue Gattung von Lehrstühlen vor. Er plädierte ganz ungemein lebhaft dafür, fragte doch aber sehr bedacht und bescheiden erst nach den Möglichkeiten, ob man an den Universitäten eine Art Studium für Ingenieure und Mechaniker versuchsweise einführen könne und ob es durchführbar sei, eine eigene Wissenschaft vom Erdreich zu begründen. Der Professor, dem er als erstem seine Pläne, das System eines königlichen Dienstes an Sand und Sumpf entwickkelte, konnte den Kollegen nur versichern, der König habe nicht einem Professor eine Audienz erteilt; vielmehr habe der König einem, der noch alles lernen müsse, selber ein Collegium oeconomicum, camerale et politicum gehalten, ihm sein künftiges großes Buch gewiesen und derart hervorragend doziert, daß man sich nur wünschen müsse, in den für die neue Wissenschaft bestimmten Kollegs in des Königs Weise fortfahren zu können. Zum erstenmal waren Maßnahmen der Wirtschaft nach ihrer politischen, juristischen, technischen Seite dargestellt. Aus jedem Satze leuchtete die Tat eines Mannes, der einmal brüsk behauptet hatte: »Wenn Wirte ein Gut im Werte von dreißig- bis vierzigtausend Taler haben, solches dreißig bis vierzig Jahre besitzen und nicht zwei gleichwertige Güter dazu verdienen, so sind sie schlechte Wirte gewesen.«

Es war die selbstgewählte Aufgabe der preußischen Wissenschaft geworden, die Behauptungen des Königs von Preußen aus seinen Leistungen zu beweisen.

Der König aber gab Kompendien als Richtschnur für die Kollegs heraus; er prüfte und billigte weiter selbst den Lehrplan. Die Studenten hatten sich jetzt am Ende jeder Vorlesung in Listen einzutragen. Das Examenswesen wurde vereinfacht und verschärft in einem; und viele wichtige Berufe, die zu leichthin gehandhabt worden waren, wurden nun der Staatsprüfung unterworfen.

Bei so gesteigerten Anforderungen auf den Universitäten, vor allem in Hinblick auf die neuen, mechanischen und ökonomisch-politischen Disziplinen, meinte der Herr, müsse man nun aber die künftigen Studenten beizeiten an die neue Art ihres Studiums gewöhnen. Und probeweise wünschte er, der große Schul- und Baumeister in einem, bereits eine mathematisch-mechanisch-ökonomische Realschule für Knaben einzurichten. Weil er aber in allen Stücken des Bildes bedurfte, ließ er seinen kleinen Ferdinand, der noch nicht einmal zu den Kadetten zählte, heute schon immatrikulieren. Seine Söhne sollten unter den Studenten sein, die Studenten unter seinen Söhnen. Es war, als sei nun zu des Königs Rock ein Doktorhut gekommen.

Die Bevölkerung aber wollte der Herr über den engen Zusammenhang belehren, der fortan zwischen dem Bauern auf seinem Hofe und dem Professor für »Cameralia und Oeconomica« an der Alma mater zu Halle, zwischen dem Handwerker im kleinsten Marktflecken und dem Ingenieur-Mechanikus auf seinem ersten Lehrstuhl bestehen sollte. Und so gründete er, der erbitterte Feind der üblen Gazetten, die er beim Regierungsantritt vorgefunden und sehr bald verboten hatte, ein Intelligenzblatt. Auch Handwerker und Bauern, durch seine Schulen gegangen, sollten imstande sein, es zu lesen.

Im Augenblick war es fertig und erschien auch regelmäßig. Von heute auf morgen hatte der König einen Minister und einen

Geheimrat von ihren alten Posten zu der neuen Zeitung abberufen, ihnen sein Projekt erläutert und sie sofort an die ungewohnte Arbeit geschickt, für die er sie nun einmal geeignet und die er ihrem bisherigen Amte für durchaus ebenbürtig hielt. In solcher Art war schon manche Berufung beim Preußenkönig erfolgt, und kaum eine brauchte zurückgenommen zu werden. Die letzten Subventionsempfänger der Akademie aber sollten ihm eine Beilage zum Berliner Intelligenzblatt schaffen, einen Anhang für die Leser, die höhere Ansprüche stellten; einen Historisch-Geographischen Kalender mit wissenschaftlichen Artikeln und einen Bataillenkalender über die Händel der Welt. Der Herr nahm Pläne auf, wie er sie noch vom großen Leibniz vorfand. Und endlich war die Akademie der Wissenschaften nun imstande, sich selber zu erhalten.

Nur ganz im Anfang wurden die Zeitungen vom König auf eigene Kosten bestritten, wie so mancher Versuch vordem auch. Wieder war zum Beginn der Herr sein eigener Unternehmer, Werber und Garant. Aber dann hatten die Magistrate und Gerichte alle Verkäufe und Verpachtungen, alle Geld- und Hypothekensachen, Steckbriefe sowie den wöchentlichen Getreidepreis in den Intelligenzzettel einzurücken. Gastwirte und Weinhändler wie Geistliche waren verpflichtet, die Zeitung zu halten, die letzteren zum halben Preise. Ferner beschloß der König, eine Annoncenexpedition einzurichten, das Königliche Adreßkomptoir genannt. An dieses hatten die Postämter die aus den Provinzen einlaufenden Anzeigen einzuschicken, und der Professorenkönig war sehr stolz, als auch der Buchhandel die ersten Werke aus dem Bereich der neuen preußischen Wissenschaften anmeldete: Bücher, die nur zu bald sechs Auflagen erleben sollten!

Die beiden alten Plusmacher, der König und Creutz, saßen beieinander und sprachen über ihren Kassenbüchern von all dem Neuen in Preußen. Sie verstanden einander nicht mehr. Der einstige Regimentsschreiber, der später hochberühmte Präsident der Generalrechenkammer, der oberste aller gefürchteten Generalfiskale, wollte es nicht mehr begreifen lernen, daß sich ein Plus auch durch gelehrte Vorlesungen erzielen ließ, auf sehr viel weitere Sicht ein sehr viel größeres Plus. Er stritt und zeterte um all das gute Gold, das der König für derart ungewisse Versuche auszuwerfen bereit war, für Versuche, die in offenem Widerspruch zu stehen schienen zu allem, was der König je verbot, verfügte, unternahm.

Der König und sein Rechenmeister trugen aber auch noch einen ganz privaten Kampf miteinander aus: bitterer Streit um Menschen und Gold.

Wegen der Mesalliance seines Sohnes hatte Creutz die Kinder des Verstorbenen für unehelich erklären lassen und die Witwe mit fünfzigtausend Talern abgefunden, wie lange zuvor auch schon die Mätresse des Sohnes. Er wollte alle seine Mittel für seine Tochter einsetzen, der sich glanzvolle Heiraten und große Namen boten. Es war, als gäbe es nur diesen einen Widerspruch in Creutz; als vermöchte er nur für dieses eine ungezählte Dukaten sinnlos auszuwerfen: das Elend und die Schande seiner Jugend mit dem Glanze eines großen Namens aus altem Geschlechte zu überstrahlen.

Das Fräulein von Creutz war dem kursächsischen Geheimrat Graf Lynar hinter dem Rücken Seiner Majestät versprochen worden. Der König wollte aber nicht, daß jenes reichste Mädchen seines Landes – viel reicher, als seine eigenen Töchter es waren – jemals mit all seinen Schätzen aus den Grenzen seines Landes ginge und das nur um des Hochmutes willen. Er wollte es zur Gattin für seinen Generaladjutanten von Hacke; beiden war dann wohl unvergleichlich besser gedient, dem Adjutanten wie dem Fräulein von Creutz.

Creutz bot dem jungen Herrn von Hacke zwanzigtausend Taler Abfindung, wenn er als Freier zurückträte. Er rechnete und eiferte mit dem König. Er griff ihn maßlos an. Er vergaß sich in dem, was er sagte. Der König müsse es ihm danken, rief er, daß endlich wieder einmal einer auf der Würde des Ranges und Namens bestünde, nachdem unter der adligen Jugend so tiefe Verwahrlosung eingerissen wäre und die Mesalliancen in Preußen Mode würden.

Das berührte eine wunde Stelle und zielte auf ein Gesetz, das der König erlassen hatte, ohne je darüber zu sprechen. Seht, da war sie: die Macht des königlichen Beispieles, das so leicht zum »Lehrer der Sünde« werden konnte – auch, wo seine Absicht denkbar fern davon war! Sie hatten im Lande die Heiraten seiner Kinder mißverstanden. Junge Herren aus großem Hause fühlten sich frei von den Verpflichtungen ihres Geblütes. Etwas Wildes, Zügelloses war hervorgebrochen. Verrufene Bierschenkerstöchter und Schlimmere sahen plötzlich eine neue Weise, auch in dem strengen Lande Preußen so etwas Ähnliches zu werden wie die großen Mätressen in Paris und Dresden, von denen die Kutscher vornehmer Herren manchmal in den Schenken der Väter erzählten. In Preußen mußte solcher Aufstieg nur am Altar beginnen; aber um so besser war es ja; um so mehr lohnte es.

Und wirklich wurden sofort um die Hochzeiten der königlichen Kinder die Mesalliancen Mode in Preußen. Der König hatte den Zusammenhang sehr rasch erkannt, sich mit niemand beraten und auf der Stelle das Heiratsgesetz für den Adel erlassen, gerichtet »gegen allzu ungleiche und zum Teil schändliche Mariagen des Adels mit solchen, welche zuvor in offenbarer Schande lebten. Doch sind die Töchter aller bürgerlichen Beamten, der graduierten Personen et cetera ausgenommen. Auch andere unberüchtigte Mädchen dürfen von Adligen geheiratet werden, wenn die drei nächsten Anverwandten des Adligen zustimmen oder der Konsens von der Regierung erteilt ist.«

Der König trug sehr schwer daran, daß alles, was Wert, was Wachstum, was Ordnung war im Leben, unmittelbar von seinem Widerspiel begleitet wurde. Er litt in dieser Stunde am allermeisten darunter, daß der erste, den er neben sich zum Plusmacher erwählte, sein Gegenspieler geworden war. Was half es heute dem armen Manne Creutz aus der Gasse, daß er einmal das Volk gekannt hatte wie kein anderer sonst und daß sein junger Herr ihn darum zu sich rief und so hoch über seinesgleichen erhob?! Creutz hatte des Volkes vergessen, des eigenen Elends und der Not der anderen. Noch füllte er die Kassen des Königs; aber er wollte die Gelder eisern verwahren; er tötete das Gold; er begrub es; es sollte sich nicht mehr in Leben verwandeln. Im Grunde war er nun wieder arm wie zu Beginn.

Das alles hielt der größere Plusmacher, der König, ihm vor: er, dessen Gold im Lande und im Leben strömte und üppiger Reichtum werden sollte, als Münzen im Kasten es je zu sein vermögen.

Es war etwas Gefährliches in den Gesten und Reden des Präsidenten, wenn er die Kontobücher und die Kassenschränke vor dem König zu verwahren suchte. Er war wie ein Gundling geworden, nur daß er den Herrn nicht mit Gedanken verwundete, sondern daß seine Waffe die Zahl war. Das Ostland nannte er des

Königs Schuldbuch, das Einwanderungspatent für die Salzburger den uneinlösbaren Wechsel des Herrn.

Einmal zog er, alle Ehrfurcht vergessend, mitten im Eifern und Rechnen den König ans Fenster. Wortlos blickte der König hinaus; doch blieb er an dem Fenster stehen und wich nicht zurück.

Böhmische Exulanten zogen wieder ein, wie es nun schon seit Tagen geschah, kaum daß erst die zwölfhundert armen Leute des Abtes von Berchtesgaden durch die Stadt gepilgert waren. Als die böhmischen Prediger noch mit dem König von Preußen verhandelten und um die gleiche Gnade baten, wie sie den Salzburgern widerfuhr, waren sie schon in Scharen auf der Wanderung begriffen: unruhige Geister und aufs elendeste verarmt. Zu zweien, wie in einer Prozession, stolperten sie daher, jedes Paar einen Schubkarren mit all seiner armseligen Habe vor sich herstoßend. Fünfhundert waren es zuerst gewesen; aber seit Tagen schon strömten hundert und aberhundert solch unglückseliger Bettler nach. Bald waren einige tausend auf der Wallfahrt nach Preußen, arm und zerrissen, und die Kinder manchmal nackt. Und unter den Elenden mengte sich viel schlimmes Weibsvolk aus der Schenke, die der Dicken Schneider Schwester unterhielt, dort, wo einst des Polterhansen Bleuset lustige Wirtsstube gewesen war: freche Berlinerinnen, die Almosen für sich selber einzuheimsen suchten. Hart fuhren des Königs Fiskale dazwischen.

Der König hatte selber schon den Spott der Berliner über den Aufzug der Bettler zu fürchten begonnen. Es mochte wohl schwer sein, es mochte wohl viel Geduld von ihm verlangen, sie fleißig und ehrenhaft zu machen, sie abzubringen von dem leidenschaftlichen Streit, in dem sie alles des Teufels und des Mammons Kinder schimpften, was nicht nackt und unstet wie sie über Gottes Erde flüchtete. Seht, auch hier ist das Widerspiel, dachte der fromme Schutzherr des Salzburger Hirtenvolkes. Der König hatte sich weit in das Fenster gelehnt. Da stieß er an das Gitter. Jetzt erst nahm er wahr, daß um den Präsidenten der Generalrechenkammer nur noch Gitter waren.

»Ja«, sagte Creutz fast flüsternd, »auch vor den Fenstern meines eigenen Hauses sind Gitter, überall Gitter – und Eisenbalken hinter allen Türen – und geheime Schlösser vor den Kasten, den Truhen: Schlösser, die niemand zu öffnen weiß als ich –.«

Der König blickte ihn befremdet an. Creutz stand gegen einen Geldschrank gelehnt. Er breitete die Arme vor die Schranktür. Er sprach hastig und scheu, halb drohend, halb verängstigt.

»In diesen Schrank darf niemand, niemand, niemand – auch nicht Eure Majestät.«

Da begann König Friedrich Wilhelm seine Ärzte auf den Präsidenten der Generalrechenkammer aufmerksam zu machen. Aber es war zu spät. Als es ihnen gelang, Zutritt bei Creutz zu erhalten, fanden sie ihn in einer Kammer hockend, die linke Hälfte des Gesichtes gelähmt, die ganze linke Seite beinahe unbeweglich; auch sprach er unverständlich und wirr. In der Rechten hielt er einen Beutel mit Gold.

»Ich kann Menschen kaufen – ich kann Menschen kaufen – viel billiger als der König – viel, viel billiger«, rief er stammelnd.

Ein Weibsbild hatte sich zwischen zwei mächtige Kassetten geflüchtet. Auf den mit Ketten und Schnüren umflochtenen Eisentruhen mit dem Golde standen Gläser und Flaschen umher.

Die Ärzte fragten das Gesinde, seit wann es mit dem Herrn von Creutz so gekommen sei. Aber die Mägde und der Diener sagten alle nur: »Es mußte so geschehen, weil er uns hungern ließ. Es ist die Strafe Gottes.«

Die wichtigsten Kassenbücher überprüfte König Friedrich Wilhelm nach Creutzens Tode selbst. Auch ließ er sich den Geldschrank öffnen, vor den sich Creutz in jener letzten Unterredung so geängstigt stellte.

In Creutzens Unterschlagungen – es ging um Gelder, die ihm von privater, meist ausländischer Seite zu Spekulationen anvertraut waren – gab König Friedrich Wilhelm nur insoweit Einblick, als er es begründen mußte, daß er einen Teil der gewaltigen Hinterlassenschaft des Präsidenten der Generalrechenkammer einbehielt. Unter den Papieren des Plusmachers fand der König auch die zwanzig Jahre hindurch gesammelten Unterlagen gegen Grumbkow. Die Großen des Königs hatten einander alle gehaßt. Und die meisten haßten auch ihn.

Früher pflegte der Herr nach dem Tode eines Großen und vor der Berufung eines neuen Mannes auf so wichtige Posten eingehende Erörterungen in der Tabagie einzuleiten. Aber nun schien er sich von seiner gelehrten Raucherrunde etwas völlig anderes zu erwarten, und eine neue Epoche des Tabakkollegiums war angebrochen, seit unter den politischen holländischen, französischen, englischen und österreichischen Gazetten nun in dem weißgetünchten, landkartenbedeckten Saal der Tabagie auch die neue gelehrte Zeitung des Königs ausgehängt wurde.

Es war nicht mehr so, daß staatspolitische Debatten und Bibelworte mit Zoten und Wachstubenflüchen wechselten. Und vorüber war auch jenes kurze Zwischenspiel, daß der König, als die Narrheiten mit Gundling zu Grabe getragen waren, junge Bären und Affen als Menschen anziehen und sie die menschliche Tragikomödie aufführen ließ wie die Künstler und Schriftsteller des Mittelalters. Er war ja ein großer Historikus und Philosoph geworden – und der alte Bildermacher geblieben! Gab es in der Tabagie noch Spott und Scherz, so galt er allein – den kinderlosen Gatten. Blank und friedlich, wie ein ausgedienter Offizier in seiner blauen Uniform, saß der dicke, kluge König über die gelehrten Aufsätze seines Historisch-Geographischen Kalenders gebeugt, oder er diskutierte mit den Professoren die Frage, die ihn seit Jahr und Tag immer leidenschaftlicher bewegte, ob es möglich wäre, ein neues, blühendes, starkes, kluges Menschengeschlecht heranzubilden. Noch immer mußten die Frauen seiner Riesengrenadiere, wenn ein besonders großes, kräftiges Kind geboren war, sobald es das Wetter nur irgend erlaubte, mit ihrem Götterkinde zu dem Bettelkönig kommen, und sei es auch von weither, und selbstverständlich auf königliche Kosten, weil es ja seine »curiosité« verlangte und es ihm stets »pressierte«. Aber auch jene entgegengesetzte Möglichkeit begann ihn stärker und stärker zu beschäftigen, ob es eines Tages zu dem Amte eines Königs auch gehören könnte, verlorenes, entartetes Leben zu vernichten. – Wie sollte er es ganz durchdenken, er, der beim Unterschreiben von Todesurteilen als so »skrupuleux« bekannt war? Aber der Gedanke, die Fortpflanzung der Abnormen durch Vernichtung gleich nach der Geburt – etwa durch Hungertod – zu verhindern, tauchte nun bei ihm auf. Die Geburt eines Kindes mit einem tierähnlichen Kopfe war der Anlaß. Es kam sogar zu Verhandlungen mit den Fakultäten. Die Opposition, die sich zu Worte meldete, wollte noch einmal auf einen Hexenprozeß gegen die unglückliche Mutter der Mißgeburt hinaus, obwohl die Hexenpfähle ausgerissen waren und die Folterwerkzeuge seit des Abenteurers Clement Marter in eisernen Truhen verwahrt lagen; denn hundertfach war jener unheilvolle Tag widerrufen, an dem sie noch einmal in entsetzlichem Irrtum hervorgeholt worden waren; es gab drei, manche sagten vier Namen, die vor dem König nie erwähnt werden durften.

Ach, wann wollten es die Richter durch die neuen Rechtsgelehrten endlich lernen, niemand mehr »wegen Bündnisses mit dem Teufel mit dem Tode zu bestrafen«, sondern »wegen der Ungewißheit der Sache lieber die mögliche Verstandesverrückung in Betracht zu ziehen«, des Königs neue Medizinprofessoren zu befragen und an lebenslängliche Unterbringung der Unglücklichen zu denken?! Der König war weniger zornig als bedrückt.

»Patience, Professores«, sagte er im Kreise seiner Gelehrten, »Patience, Patience – aber Patience ist das schwerste.«

Auch während der Tafel wurde jetzt aus der Zeitung vorgelesen. Dem Platze des Königs gegenüber war für Professor Morgenstern ein Pult errichtet; dort las er dem König und den Tischgenossen vor und kommentierte die Berichte der Journale, und der König, der recht schwerhörig zu werden begann, neigte sich oft über den Tisch zu ihm vor, damit ihm ja nichts entginge. Da er bei Vortrag und Vorlesung die Zwischenbemerkungen liebte wie kaum ein anderer Monarch, unterbrach der König sehr häufig mit Fragen, hielt ein Thema fest und eröffnete damit die Debatte. Namentlich tat er es im Tabakskollegium, das aus einem engen, geheimen Staatsrat von Zechern und Politikern immer mehr zu einem wirklichen Tabakskolleg geworden war, einem Privatissimum des Professorenkönigs, und darum nun auch in Flugschriften fremder Höfe als der Schwanenritterorden verspottet wurde. Es währte aber nur sehr wenige Wochen, daß die Ritter vom Schwanenorden über dem Intelligenzkalender die Fragen einer weiten Menschheitszukunft mit dem Preußenkönig erörtern durften. Nur zu bald blätterten seine Professoren, statt weiter solch löbliche und friedliche Diskussionen zu führen, mit den Generalen gespannt in dem Bataillenkalender der Berliner Zeitung, der von den Welthändeln Meldung brachte.

Der Herr hielt sich wieder mehr an die fremden Gazetten.

Da saß auch der Dessauer mit seiner kalten Pfeife wieder mit am Biertisch; das Rauchen hatte er auch dem Freunde zuliebe bis zu diesem Tage nicht gelernt. Nun hatte sich in solch akademischer Runde von Professoren und Generalen auch der Trinkspruch auf des Königs alten Kriegsmechanikus gewandelt.

»Vivat Doctor Leopoldus!« rief der Herr. Aber seine Blicke waren ohne allen frohen Glanz.

Es war an der Zeit, daß die Freunde sich wieder sprachen. Sie waren ja zum Glück nur einen Posttag weit voneinander entfernt. Der König hatte den Fürsten zu sich gerufen: »Die stahsfaxa ist so brulgieret das keiner mehr weiß wer kohch oder Kellner ist.«

Um den König von Preußen schien alles am meisten »brulgieret«. Er hatte etwas getan, das Europa aus den Angeln zu heben schien.

Er hatte in dem nach Augusts des Starken Tode allseitig mächtig geschürten Polnischen Erbfolgestreit weder wettinisch noch habsburgisch noch bourbonisch Partei ergriffen; er hatte aber einem flüchtigen Fürsten, einem herumgehetzten alten Mann eine Zuflucht gegeben; der hieß Stanislaus Leszczynski. Nach seinen Rechten auf die Krone Polens fragte er nicht. Er wollte nur nicht, daß ein alter König flüchtig sei auf Erden. Er duldete nicht, daß ein König ohne Rast und Ziel in Verkleidung umherfuhr, auf Almosen an geheimen Orten wartete und in einem Tedeum schon als Toter beklagt ward. Herr Friedrich Wilhelm war noch der gleiche, der einst sein Leibregiment vor den Batterien der Verbündeten aufmarschieren ließ, um den geschlagenen Schwedenkönig auf seiner winterlichen Meeresflucht zu schützen. Abend für Abend blieben nun die beiden Könige beinander, rauchten, wandelnd oder sitzend, zwanzig und auch dreißig Pfeifen, hüllten sich in undurchdringliche Tabakswolken und sprachen viel von der Vergangenheit. Und darüber, daß die beiden Könige miteinander qualmten, ging Europa in Flammen auf: denn Stanislaus Leszczynski war der Vater der Königin von Frankreich, und also drohte Polen, »das immer wallende Meer«, den Erdteil mit einer Sturmflut zu überbrausen. Die ganze Verworrenheit und Verderbtheit Europas wurde wieder offenbar. Habsburg, Bourbon und Farnese rangen miteinander um den polnischen Thron. Der Wiener Hof, bei einer immer trostloseren Lage des Kaiserhauses, suchte den Infanten Don Emanuel von Portugal als polnischen Kronprätendenten durchzusetzen. Dem Preußenkönig wurden die unerhörtesten Auslieferungsbedingungen gestellt. Man wollte ihn mit einem schönen Regiment für seinen Gast abfinden.

Der alte Kriegsmechanikus und Doktor Leopoldus fand in diesen Tagen, der Freund und König rede Arges. Er wollte, nachdem Stanislaus in Sicherheit gebracht war, seine Macht nicht gebrauchen, so hundertfach er auch herausgefordert war!

Die Freunde hatten harte Tage hinter sich. Der Dessauer kämpfte für die Waffenerhebung: zwanzig Jahre kämpfte er darum und tat es namentlich nun, wo der Wiener Hof Seckendorff endgültig abberufen hatte, um die Änderung seines Kurses deutlicher zu dokumentieren, der russische Gesandte samt seiner Familie in der gleichen Woche abgereist war und der dänische ihm folgte. Der Krieg mußte sein. Die Zeichen ließen sich nicht mehr mißverstehen. Sachsen und Schweden zogen Truppen zusammen, Rußland und Österreich verbündeten sich. Von vornherein hieß der kommende Krieg »Der Generalkrieg«. So umfassend war er gedacht. –

»Ja«, sagte der König und nickte und hielt den schweren Blick fest auf den Dessauer geheftet; er sprach fast feierlich, »der Krieg muß sein: der Krieg, in dem der König von Preußen zu Felde zieht gegen den Kurfürsten von Brandenburg, der König von England den Kurfürsten von Hannover belagert, der König von Dänemark sich selbst als Landgrafen von Hessen gefangennimmt; der Krieg, in dem der letzte Habsburger den Deutschen Kaiser an seine Feinde verkauft. Es ist so weit gediehen. Zwanzig Jahre sehe ich dieser Stunde entgegen. Der Kaiser, das ganze Reich mag nun tun, was es nicht lassen kann. Der Teufel mit ihnen. Ich verlasse mich auf meinen unüberwindlichen großen Alliierten. Auf die Gerechtigkeit meiner Sache wird es ankommen, ob ich einen Krieg beginne oder nicht.«

Er hat die schwarze Melancholie, dachte der Dessauer, es ist wieder über ihn gekommen. Was könnte ich noch sagen. Er wird immer wieder an dem Recht, zu handeln, zweifeln. Was hilft es, daß er behauptet, er liebe auf Erden nichts so wie den Krieg, und die Füße juckten ihm, wenn er untätig bliebe? Die Mittel des Krieges, die Waffen und Fahnen und ihre Träger, liebt er mehr als den Krieg. –

Fürst Leopold wußte, daß der roi sergeant nur zu Felde zog auf Gottes Befehl: gezwungen, gestoßen, überwältigt von Gott. Aller Krieg, auch wo es nur um Silberflotten ging, war ihm nur Glaubenskrieg gewesen und würde es bleiben! Dann freilich, wenn es um das Reich Gottes ging, würde er nicht nach dem Schicksal seines Landes fragen und des tiefen Risses durch das Reich nicht achten, von dem er seit Jahr und Tag wußte: er muß kommen! Dann freilich würde er aufbrechen mit den vierzehntausend Mann des Kurfürsten von Brandenburg und den fünfundachtzigtausend Götterhelden des Königs von Preußen.

Auf diese Stunde hatte der große Feldherr gewartet, zwanzig Jahre hindurch, seit er zu dem kriegerischsten aller jungen Fürsten kam. Damals wußte er noch nicht, was es bedeutete, daß der auch der frömmste König war. – Zwanzig Jahre hindurch bat ihn nun schon der König, er solle doch häufiger mit ihm zur Kirche gehen.

Der Dessauer stritt nicht mit dem königlichen Freund. Er haderte mit Gott.

Seinen alten Kriegsmechanikus zur Seite, durchschritt der König seine Soldatenstadt als der Generalinspekteur und Generalkontrolleur der preußischen Armee – und Rector magnificus der Alma mater militaris.

Der Kronprinz nannte Potsdam die Universität für Offiziere, und immer wieder sandte er Majore und Kapitäne von Ruppin hinüber, die letzten Neuerungen im Reglement an der Quelle aller militärischen Weisheit selbst zu studieren.

Immer vollendeter, glanzvoller, in gar nichts mehr zu übertreffen war das Exerzitium der Göttersöhne vor dem Königsschloß unter dem bleichen, kühlen, nördlichen Himmel der Mark Brandenburg geworden. Man nannte sie die Satelliten. Man verglich sie mit den Äthiopiern, die als das schönste, größte und stärkste Volk der Alten Welt galten und Bogen besessen haben sollten, die niemand sonst zu spannen vermochte.

Ernst und gemessen, feierlich und steif, im blauen Rock mit langem Degen kommandierten die Offiziere, die einst mit dem roi sergeant das Heer errichtet und herangebildet hatten. Alle ihre Handlungen, auch Gruß und Mahlzeit und Gespräch, verrichteten sie wie im Dienst. An den Abenden lasen sie, der neuesten Weisung ihres König-Obristen folgend, meist in der Kriegsgeschichte des Polybius oder in der Männergeschichte des Plutarch. Eine große Würde lag über dem Kriegerstaat. Sie ergriff das Leben seiner Helden immer tiefer: das Leben jener, die, zu Helden erzogen, ihr Heldentum noch nicht bewähren konnten.

Die meisten Grenadiere lebten wie Studenten auf der hohen Schule, beschäftigten sich mit Büchern und Zeichnungen, und ein ehemaliger Reiter vom Papsteinschen Regiment, entlassener Schulrektor aus dem Braunschweigischen, war um seiner Soldatenbibliothek willen vom König zum Geheimrat gemacht worden.

Den Kadetten war aufgetragen, die Historie »von hundert Jahren« zu studieren. Aber auch die Rekruten mußten fleißig lernen und den Schulstunden der Knaben im Waisenhause beiwohnen. Und von allem, was er verlangte, behauptete der Herr, es müsse ein sehr dummer Mensch sein, wer es nicht verstehen könne.

Der König kämpfte um die Würde seiner Krieger bis ins geringste. Grenadiere, die jemals in der Trunkenheit Händel anfingen, waren doppelt streng zu bestrafen. Und auf den Wachen war es untersagt, daß auch nur ein Trunk Wasser, geschweige denn Bier, Wein noch Tabak gegeben wurde. Wer sich aber in der Stadt der immerwährenden Hochzeit an einer Frau verging, hatte das härteste Gericht zu erwarten. Wen wollte es nun noch wundernehmen, daß die früher so militärfeindlichen Städte – allen voran Berlin, das einst so auf sein Freihäuserrecht pochte – darum einkamen, Garnisonen zu ihnen zu legen? Von Jahr zu Jahr waren die kleinen, sonnengelben Häuser all der Grenadiere in den blauen Röcken, roten Westen, behaglicher, gediegener und wohlhabender geworden und immer ertragreicher und begehrter ihre Soldatenbrauereien und Handlungen. Dem Unteroffizier Pflug gehörte bereits eine ganz eigene Straße samt ihren wirtlichen Schenken und schmalen, hellen Läden, darin die Grenadiere nach dem Dienste alles kaufen gingen, was das Exerzitium erforderte: Haarwachs und Puder, Zopfband, Kreide und was zur »Propretät« noch sonst erforderlich war. Der Kapitän von Einsiedel aber führte jetzt in seinem behäbigen und noblen Hause nahe dem Schlosse eine Material- und Italienerwarenhandlung nebst Apotheke.

Die Grenadiere der Prätorianergarde, die gepflegten, angesehenen, reich dotierten Herren, ließen sich für ein gutes Trinkgeld ihre Gewehre und Patronentaschen von kräftigen Knaben bis zum Exerzierplatz tragen, damit kein Fältchen die herrliche

Straffheit ihrer Uniformen entstelle, kein Stäubchen Puder von der sorgsam modellierten Frisur falle und der hohe Silberhelm sich nicht verrücke. Die wohlhabenden, ihrer Zukunft völlig gewissen »söhnnen Kerrels« des Königs nahmen es dem Herrn fast übel, daß er neuerdings verbot, Bittschriften durch seine Grenadiere zu überreichen. Die Herren hatten den Bürgern für solche Dienste bis zu zweihundert Talern liquidiert; denn sie konnten sich ja rühmen, daß der König mit ihnen in langen Gesprächen durch die Straßen ging und daß sie in seinem Zimmer häufig ein Glas oder gar eine Bouteille Wein trinken durften, namentlich, wenn sie ihm neue, interessante Ankömmlinge in Potsdam melden konnten –.

Das Heer war Schönheit, Wohlstand, Ebenmaß, war vollendete Reife. Und überreif war draußen die Welt; reif zum Gerichte war die Welt, in der nur noch die Geheimverträge, die chiffrierten Diplomatendepeschen die Geschicke der Throne und Länder bestimmten und mit Klauseln und doppelten Auslegungsmöglichkeiten alles Menschenrecht, selbst alle gutwillige Menschenmacht ins Widerspiel verkehrten. Gegenwärtig arrangierten sie gerade den Polenkonflikt auf eine neue Weise. Meuchelmord galt mehr als offener Kampf. In solchen Tagen der Verlorenheit des Erdteils und der Vollendung seines Kriegerstaates hatte der König von Preußen die schwerste und tiefste Einsicht erlangt, zu der ein Soldaten-König je gelangen kann. Er wußte: auch diese Ernte – das reife Heer, der überreife Erdteil – verlangte wie jede andere danach, eingebracht zu werden zu der rechten Stunde. Ein reifes Feld, das Heer, stand ungeerntet; ein überreifes, der Erdteil, moderte hin. Im Lande Preußen war die Friedlichkeit so völlig, daß die Großen des Königs Minister und Generale in einem sein konnten.

Was der König dann zu seinem Generalissimus sagte, war wie ein unendlich schwer abgerungenes Bekenntnis: »Ich bin zu beklagen, daß meine bravsten Leute so alt werden und daß kein Krieg kommen wird. Die Regimenter sind nur noch mit Offizieren versehen, die nie Krieg gesehen haben und keine Idee vom Kriege mehr haben. Ich weiß: der große, falsche Friede ist mein ganzes Unglück.«

Aber da begannen in seine Worte hinein die Glocken den Mittag einzuläuten – die Glocken von den Kirchen jeglichen Glaubens, die er alle baute: calvinistisch und lutherisch, römisch und griechisch. Das Glockenspiel der Soldatenkirche sang wie mit gläsernen Harfen den Lobgesang. Potsdams Havelfischer, die Seidenweber aus Lyon, die Riesen aus dem Kaukasus, die Büchsenmacher aus Lüttich, die Schweizer Uhrmacher, die Mohren, die Brüsseler Spitzenklöpplerinnen, die Bauleute aus Amsterdam gingen in den lichten Häusern der Königsstadt an die Tische, die der fromme König ihnen deckte und über denen er Jahr um Jahr und oft Tag um Tag zu dieser Stunde das Tischgebet sprach. Er wußte um das Wesen der Macht und die Notwendigkeit, sie zu gebrauchen; er wußte um das Gesetz jeglicher Reife, auch einer Reife der Waffen. Aber er vermochte nur, sich im Gebet vor Gott zu beugen und um Frieden zu flehen für alles, was ihm anvertraut war unter der Verheißung: »Ich will zu deiner Obrigkeit den Frieden machen und zu deinen Vögten die Gerechtigkeit.«

»Wir beginnen das zwanzigste Jahr des Friedens«, so leitete der »Merkur« seine Neujahrsbetrachtungen ein, »seit Jahrhunderten hat die Christenheit nicht so lange Frieden gehabt; nur durch Kunst und trotz der Umstände ist der Krieg gemieden, und es ist ein Wunder, daß er im verflossenen Jahr nicht entbrannt ist. Wird es auch in diesem gelingen?«

Ein französisches Journal begrüßte das neue Jahr noch niedergedrückterer Stimmung; es schrieb von einem «esprit de guerre à la plus grande partie de l'Europe» und bemerkte, dieser Zustand sei schlimmer als offener Krieg.

Da gingen die Armeen Frankreichs über den Rhein. Bourbon nahm seine große Überlieferung wieder auf. Die alten Heerführer des Sonnenkönigs rangen sich noch einmal mächtig empor. Noch wollte Wien es nicht glauben. Da war Kehl schon von den Franzosen eingenommen. Der Krieg war unwiderruflich da.

Eben noch hatte der Kaiser mit dem König von Preußen darüber verhandelt, ob ihm der nicht acht Millionen Gulden leihen wolle. Aber der reiche Preußenkönig erklärte sehr kühl, seine Finanzen wären nicht in so gutem Zustande. Daraufhin verbreitete der Wiener Hof, das Tresorieren in Berlin trage Schuld daran, daß sich im Reiche kein Geld mehr beschaffen lasse – und begann bereits ein neues Geschäft mit dem König anzubahnen. Der Kaiser wünschte plötzlich herzlichst, »das alte, vertraute

Verhältnis wiederherzustellen, wozu die Konjunkturen wohl Anlaß und Mittel geben würden«.

Vergessen, völlig vergessen sollte es sein, daß Kaiser Karl in Prag nur den Kurfürsten von Brandenburg empfing. Plötzlich stand der König von Preußen, der Herr der Fünfundachtzigtausend, hoch in Gunst.

Frankreich versuchte den Preußenkönig durch eine List von dem Beistand für den Kaiser abzuhalten. Es ließ ihm erklären, Frankreich könne dem Kaiser, ohne das Reich zu verletzen, in Freiburg und Breisach beikommen. Aber der Kurfürst von Brandenburg brauchte sich seine Haltung nicht zu überlegen. »Wer mein Haupt anpackt, der packt mich selbst an; und das müßte ein schlechter Kerl sein, der sein Haupt verlassen wollte; ich werde ihm gewiß mit meiner ganzen Force beistehen.« Das war seine Antwort an Frankreich. Dem Kaiser aber ließ er bedeuten, daß nicht alle Fürsten im Reiche so dächten. »Was ich einmal gesagt habe, dabei bleibe ich«, bestätigte der Herr, »für Kaiser und Reich; nach Italien marschiere ich nicht; wohl aber nach der Elbe, Weser, Drawe, Rhein und Donau mit 52 Bataillonen, 102 Eskadronen, 4 Eskadronen Husaren.«

Schon gab der Kurfürst von Brandenburg Marschbefehl für die vierzehntausend Mann seines Reichsheeres; da zeigte der König von Preußen noch einmal Bereitschaft, ein halbes Hunderttausend für den Notfall einzusetzen; nur müsse er die eine Zusicherung dafür erhalten, daß er bei diesem ersten Aufbruch eines so großen Teiles seines Riesenheeres für die Sache des Reiches nun auch den Oberbefehl über die Reichsarmee übertragen bekäme. Er wollte selber seine Truppen führen: doch nicht als der Obrist, der er bei ›Dem König von Preußen‹ heute noch war –.

In Wien hatte man die Herablassung, anzunehmen, der König werde sogar seine ganze Armee zum Kriege gegen Frankreich stellen; – und dann, aber nur dann, werde man sich eine Ehre daraus machen, sich unter Seiner Majestät Kommando zu begeben, ließ man dem Brandenburger aus den Kreisen des Prinzen Eugen bestellen. Das Riesenheer war zwar verlockend. Aber den roi sergeant als Oberbefehlshaber belächelte man nur. Und so wurde denn des Preußenkönigs Angebot vom Kaiser stolz zurückgewiesen. Wien fürchtete aber vor allem – das Übergewicht solcher Truppen!

Der König von Preußen nahm es zur Kenntnis. Der Kurfürst

von Brandenburg stellte pflichtgemäß fünf Regimenter Infanterie, fünf Regimenter Kavallerie. Aber auch bei diesen wollte er sein, samt seinem ältesten Sohne, aller Verbitterung durch Wien nicht achtend, auch wenn nun österreichische Generale seine Truppen führten.

Der Oberst Friedrich Wilhelm und der Oberst Fritz wußten beide, daß sie sich noch einmal neu begegnen sollten. In den Gedanken des Königs war jetzt für gar nichts anderes mehr Raum. Er ging mit Friedrich unter fremde Fürsten, fremde Heerführer. Seit dem Prunklager von Mühlberg war es nicht geschehen: und nun war Krieg! Sein alter Kriegsmechanikus, der Dessauer, schloß sich mit seinen Prinzen als Geleit an. Nun diente schon sein fünfter Sohn in Preußens Heer, und der König hatte den Fünfzehnjährigen bei einer glänzenden Revue zum Oberstleutnant ernannt. Die österreichischen Generale sollten ihr Kommando unter strengen Augen zu führen haben.

»Mein Heer kann geschlagen werden, aber es bleibt in Ordre«, sagte der roi sergeant und Rector magnificus der Alma mater militaris.

Im Lager bestaunten sie Brandenburgs Heer. Auch die anderen Kurfürsten hatten ihre Zehn- und Vierzehntausend geschickt, gewiß; aber das war wildes Söldnervolk, das auf Abenteuer und auf Beute hoffte; jeder Mann war wie ein Esel bebündelt: Flaschen, Taschen, Habersack, Kessel, Hacken, Flinten – fünfmal war alles kreuzweise über der Brust zusammengeschnürt, das Branzfläschchen nicht zu vergessen; so stolperten sie johlend einher. Und bei den Reitern waren verwegene, aufgeklappte Lederhüte, wilde Reitermäntel und Lederkoller noch immer nicht geschwunden. Am schlimmsten aber stand es um die kaiserliche Armee, da die alten, guten Regimenter in Italien lagen und die neuen, lose und bunt zusammengewürfelt, unfähig im Schießen waren. Die Generale hatten noch nie eine Schlacht gesehen. Mißbräuche, Unordnung, Sittenlosigkeit machten sich breit. Unterschlagungen, Begünstigungen, Durchstechereien waren die Regel. Um Versorgung und Transporte war es aufs elendste bestellt. Österreichs Armee, furchtbar zerrüttet und zusammengeschmolzen, mußte erst wieder mühevoll in schlagfertigen Zustand versetzt werden.

Mitten durch das buntscheckige, wirre, laute Lagervolk marschierten feierlich und stumm die Regimenter des roi sergeant: in fleckenlosen, gelben Lederhosen; die waren faltenlos und straff wie Haut; in gediegenen, knappen, blauen Röcken, weißen Gamaschen, silbernen Helmen, das Neue Testament mit beigehefteten Gebeten und Gesängen im Tornister, die neukonstruierten preußischen Handgranaten aus Pulver und Holz, zwölf Stück für den Mann, wie einen Zierat am Gürtel: Kohorten, wie man sie seit Römertagen nicht sah!

Die Pferde der weißen Reiterei waren ebenmäßig und schön wie die Grenadiere des Königs. »Riesenpferde«, meinte man, »die wahren Elefanten eines Hannibal.« Die Brandenburger hatten Maßrollen für ihre Pferde, als wären die auch Lange Kerls – schöne Kerls! Aus braunen, weißen, schwarzen Fellen stieg Dampf, wie wenn Gewölk um Götterrosse weht, Götterrosse für ein Götterheer, prall und glänzend, riesig, strahlend und von übermäßiger Kraft! Aus des Königs Gestüten im Ostland waren sie gekommen; denn auch in diesem Stück hatte er das Werk der Ordensritter wieder aufgenommen und erkannt, daß Zuchtland, Weideland, Reitland ihm gegeben war. Jedem Pferde hatte er einen Morgen Wiese und einen Morgen Weide zugeteilt, Züchter, Pfleger, Zureiter aus aller Welt herbeigerufen, den kranken Tieren eigene Lazarette gebaut. Und so schien es mit des Königs und des Dessauers, der beiden leidenschaftlichen Reiter, bekannter Ablehnung und Geringschätzung der Reiterei nicht gar so schlimm bestellt, obwohl sie beide der Meinung sein sollten, der Wert der Reiterei sei ganz vom Zufall abhängig; nie könne man mit Gewißheit auf sie rechnen.

Auf stabilen Wagen, blank wie Staatskarossen, wurden den Regimentern Decken nachgefahren. Auch hatten die Brandenburger eine neue Art von Schiffen, Pontons, um über den Rhein zu setzen wie auf Brücken. Sie requirierten nicht beim Bauern und Bürger. Sie wurden aus rollenden Magazinen verpflegt. Zum guten Sold gab es noch Fleisch und Brot. Sie kamen mit Feldbäckerei, Feldpolizei und Feldpost in den Krieg. Und ehe noch ein Schuß gefallen, ehe noch ein Tropfen Blut geflossen war, wurden bei den Brandenburgern lichte, saubere Lazarette errichtet. In der Heimat war bereits des Königs Schloß Glienicke, dessen Park zu Kohlgärten und Maulbeerplantagen diente, zu Quarantäne und Grenadierlazarett für die abzutransportierenden Verwundeten umgebaut. Dort arbeiteten auch die alten Invaliden der vergangenen Kriege in den Schloßgärten, aber der König hatte angeordnet, keine feste Tagesarbeit von ihnen zu fordern, sondern sie sollten nur soviel arbeiten, als sie konnten. Manchmal glaubte man ebensoviel Doktoren und Feldprediger wie Offiziere bei den Regimentern des roi sergeant zu sehen, und auch seine Leibärzte und Medizinprofessoren trugen nun als die Betreuer seines Militärsanitätswesens hohe militärische Titel: da war der Leibarzt Dr. Eller als der Generalstabsarzt und Dr. Holzendorff als der Generalchirurg der Armee.

Aber als der Wunder größtes erschien den Söldnern all der fremden Herren wohl doch, mit welcher Genauigkeit und Pünktlichkeit die Zahlung der Löhnung durch die Generalkriegskasse erfolgte. Auch waren die Kosten eines ganzen Feldzuges »nebst Mobilmachung« von König Friedrich Wilhelm bis in die letzte Möglichkeit, die sich ereignen konnte, veranschlagt! Endlich durfte man nun auch die hochbezahlten Leistungen der Brandenburger bestaunen. Im Gleichschritt dröhnten sie über die Erde, die noch von keinem Feinde streitig gemacht wurde. Im Gleichtakt grollten ihre blinkenden Trommeln die stummen Befehle über das Schlachtfeld, das sonst noch nicht von kriegerischem Lärm erbebte. Im Gleichmaß richteten sie die Kanonen und Gewehre und die dreiläufigen Bockflinten aus der Waffenfabrik des roi sergeant – wahre Kriegsmaschinen, die den Mann verdreifachten – ins leere Gewölk, das noch kein Pulverrauch schwärzte. Ernst, wach und gehorsam hielten die Brandenburger ihr Reglement geheim wie eine Ordensregel. Das war ihnen eingeschärft »bei dem Verlust von Ehre, Reputation, Leib, Leben«.

Wenn die brandenburgisch-preußischen Fahnen in ihren feierlichen Farben und mit ihren sakralen Inschriften vorübergetragen wurden, so wurden sie gegrüßt wie einst die römischen Adler: selbst der König stand in Ehrfurcht baren Hauptes.

Als nun der Kriegsherr der Brandenburger unter ihnen weilte, sagten all die fremden Offiziere staunend zueinander, er gehe mit den Generalen, Obristen, Majoren und Kapitänen um, als wäre er ihr Kamerad; und über den Subalternoffizieren wache der König wie ein Vater.

Er kam, wie er seit der Rückkehr aus dem Nordischen Kriege stets gekleidet ging; die kupfernen, vergoldeten Knöpfe seines Oberstenrockes streng geschlossen; die strohfarbene Weste mit einem einfachen Goldbesatz eingefaßt; die Beinkleider von einfachem Tuche bei kaltem, von Leinen bei warmem Wetter. Die weißen Stiefeletten hatten kleine, kupferne Knöpfe. Die Schuhe waren stark und dauerhaft, mit hohen Absätzen und viereckig geschnitten. Um den Hutrand zog sich eine schmale, goldene Schnur; ein kleiner Knopf, ohne Schleife, hielt sie zusammen. Auch befand sich an dem Hut noch ein Kordon von Goldfaden, von dem zwei kleine Goldquasten herunterhingen. Der Handgriff seines Degens war von Silberdraht und vergoldetem Kupfer, die Klinge breit, lang und schwer. Ihr Gehänge von Elenhaut wurde mit Kreide angestrichen.

Der Dessauer, der Feldmarschall, der nicht von seiner Linken ging, obwohl es für sie beide nichts zu kommandieren gab, hielt sich in seiner Kleidung wie einer seiner gemeinen Soldaten. Zum Rock von blauem Tuch trug er graue Beinkleider und eine Weste von grober Leinwand, und die Brust war weit offen. Der greise Eugen erkannte ihn erst gar nicht, gerade weil Fürst Leopold, unfaßlich, immer noch der alte war. Dann vergnügte sich der greise Zwerg gar sehr mit seinem alten »Bullenbeißer«, von dem er durch die Politik der Kabinette ein Leben lang getrennt worden war.

Kaum, daß der König-Obrist mit seinem Kriegsmechanikus nun mitten unter seinen Offizieren und Soldaten war, erließ er ein neues Heeresgesetz: »Wenn sich in den Occasionen des Feldzuges Unteroffiziere, sie seien von Adel oder nicht, wirklich distinguieren, so sollen die Commandeure ihrer Regimenter solches Seiner Majestät berichten, auch bei vorfallenden Avancements auf sie reflektieren und dazu vorschlagen.« Und grundsätzlich sollten nun Unteroffiziere nach zwölfjähriger Dienstzeit zu Offizieren befördert werden können.

An achtzig Generale des Reichsheeres hatten sich, fern vom Lager, rings auf all den Herrensitzen und Schlössern einquartiert. König Friedrich Wilhelm wollte nicht einmal in einem Dorfwirtshaus logieren. Mit Lagerstätte, Kost und Reisegerät hielt er es noch immer wie der Doktor Leopoldus. Er kampierte in einem Zelte bei seinen Truppen. Bei Anbruch des Tages besichtigte er das Lager und durchschritt die Verpflegungsmagazine; und immer hatte er den Sohn an seiner Seite. Der Kurprinz von Brandenburg – als Kronprinz von Preußen war er ja nicht anwesend – erhielt im Lager sein eigenes Reglement. Er hatte sich »von allem und jedem, so zu dem Dienst gehöret, wohl und akkurat zu informieren, und zwar nicht nur allein von dem großen Dienste, sondern auch von dem ganzen Detail; zu sagen, daß er wisse, wie die Schuhe der Musketiere sein sollen; wie lange ein Soldat solche tragen kann; desgleichen von allen anderen Kleinigkeiten, so zu den Soldaten gehören, und so ferner bis zu den hundertpfündigen Kanonen, auch endlich bis zu dem großen Dienst und bis zu des Generalissimi Dispositiones«.

Friedrich erhielt das neue Reglement gleichzeitig mit seiner Ernennung zum Generalmajor. So deutlich wollte der Vater bekunden, daß der Befehl, sich um die Kleinigkeiten zu bekümmern, fern von jeder Herabsetzung war.

Der Auskultator von Küstrin, Friedrich von Hohenzollern, war seinem König und Vater noch in dem Stempel begegnet, der jedem Sack voll Gerstensaat bei den Kähnen am Oderufer aufgedrückt wurde.

Der Generalmajor Friedrich von Hohenzollern sah seinen König und Vater noch in jedem blankgeputzten Knopf am blauen Rock des letzten Grenadiers. Er kam von einem Lagerrundgang mit dem Vater in das Zelt zurück; überwältigt warf er einige Zeilen auf ein Briefpapier, das offen auf seinem Tische lag; denn er hatte zuvor einen Brief an den gefeierten und verfemten Dichterphilosophen des Feindes begonnen, Voltaire, den er vom Lager aus zu sehen begehrte: Voltaire – und französische Truppen.

»Wie Gott nach Spinoza in der Natur, so ist mein Vater in Heer und Staat. Alles was er tut, geschieht im Hinblick auf das Gesamtbild seiner Politik, er strebt nach höchster Vervollkommnung der Teile, um das Ganze zu vervollkommnen.« So schrieb der Prinz aus dem Lager über die Grenze, alle seine diplomatischen Korrespondenzen von einst beiseite fegend! Er griff mit kühner Lust den Vorwurf auf, der preußische Soldat sei zur Maschine gemacht.

»Ja, zur Maschine«, wiederholte Friedrich, »aber zur Maschine aus Gründen der Physik, der Poetik und der Philosophie und vor allem – der Taktik!«

Es war noch keine Schlacht in diesem Kriege gewesen; aber der Kurfürst von Brandenburg hatte seinen schwersten, größten Sieg errungen: einen Sieg für ›Den König von Preußen‹!

Es war auch hüben und drüben noch gar kein Gefangener gemacht. Aber dem Soldatenkönig liefen Deserteure aus den fremden Heeren zu! Er, er hatte keine Deserteure mehr – die fremden Söldner drängten sich zu seinen Regimentern! Sie wußten über den Grenzen, daß bei den Preußen das Spießrutenlaufen um seiner Seltenheit willen ein Schauspiel geworden war!

Einen von den Überläufern brachten sie vor ihn. Zwei hatten ihn wiedererkannt. Der war einmal ein preußischer Untertan gewesen, mächtig belacht und gerühmt in Berlin: ein großer Spaßmacher, der eine lustige, bunte Schenke führte, ehe vom König von Preußen her die große Schwermut auch über sein Leben sank. – Sie riefen ihn gleich bei seinem alten Namen: Polterhansen! Polterhansen!

Still und ernst stand Bleuset vor dem König. Der brauchte nicht erst nachzudenken.

»Sein Bruder war aus Potsdam desertiert. Er mußte durch die Gasse«, sagte der Soldaten-König, der sich jeden Mannes aus seinem Leibregiment entsann. Er sah den Polterhansen mit dem gleichen Ernste an, mit dem Bleuset ihn anblickte. »Und nun desertiert Er in mein Lager?«

»Ich habe in fremden Heeren gedient, seit ich damals außer Landes ging«, sagte Bleuset und hielt dem schweren Blick des Preußenkönigs stand. Hinter fremdem Kriegsvolk, das ihn umringte, lugten zwei verkommene Marketenderinnen, Kuppelweiber und Branntweinschenkerinnen hervor, die es nicht mehr lockte, im Berlin des roi sergeant eine Schenke zu führen: die Dicke Schneider, die einst in Mannskleidern Huren einfing, und ihre Schwester, die Krätzemutter und Engelmacherin.

»Paßt nur auf«, flüsterten sie höhnisch und neidisch, »der Polterhansen, dessen Bruder durch die Gasse mußte und nicht mehr lebendig herausfand, wird nun ein Mustergrenadier werden und wie der Unteroffizier Pflug die Gerechtigkeit für eine Schenke erhalten. Wer wettet mit, daß es die eigene alte Schenke ist?!«

»Nun ist der Exerzierteufel auch in die Kaiserlichen gefahren«, sagte der Sohn des Brandenburgers. Denn der greise Prinz Eugen ließ noch viel ärger exerzieren als die Brandenburger. Oft war er selbst drei Stunden lang zugegen, und die Kaiserlichen fluchten grausam auf die Brandenburger, die ihnen das eingebrockt hatten. Prinz Eugen lernte vom roi sergeant! Er begann auch dessen Doktrinen als die letzte Weisheit seiner eigenen, schwer erworbenen politischen Erfahrungen zu verkünden: »Ein wohlausgerüstetes Heer von zweihunderttausend Mann ist die beste und einzige Bürgschaft des Friedens.«

Der Kronprinz von Preußen, der hier nur der Kurprinz von Brandenburg sein durfte, war wie berauscht: er weilte als der Erbe des bewundertsten Heeres unter den ältesten Fürsten und größten Marschällen des Reiches! Von den Regimentern des Vaters ging eine wandelnde Kraft aus! Ihm, der immer nur in weiten Reichen leben konnte, hatte sich ein neues Gefilde aufgetan: das Schlachtfeld. Auf dem Potsdamer und Ruppiner Exerzierplatz hatte er, was Heer ist, noch nicht zu erfassen vermocht. Aber im Lager der Reichsarmee, hier, wo das Staatsheer, der Heeresstaat des Vaters die strahlende Aura, der tragende Grund, der starke Kern der wirren, fremden Söldnerhaufen war – hier begriff er das Heer, die Schlachtordnung, die Stärke, die Zucht, die Macht! Nun vernahm der Flötenspieler die Musik der Trommeln, nach der die Krieger seines Vaters ihren Dienst verrichteten ohne ein Wort des Befehls! Alle Wimpel und Fahnen des Lagers wehten ihm Zukunft zu. Alle Bajonette der funkelnden Gewehrpyramiden, wie sie eben nur die Brandenburger stellen konnten, blitzten ihm vom Wetterleuchten des Kommenden.

Er hatte zu viel ohnmächtige, heimliche Briefe geschrieben und zu viel leere, trügerische Antwortschreiben erhalten, als daß er nun nicht wissen mußte, was die Waffen in der Sprache der Fürsten und Völker bedeuteten.

»Tribunale für Könige gibt es nun einmal noch nicht. Deren Streitigkeiten sind nur durch die Waffen zu entscheiden. Souveräne plädieren, die Waffen in der Hand, bis der Gegner gezwungen ist, der Gerechtigkeit ihrer Sache freien Lauf zu lassen. Ein Krieg zum Beispiel, der zur Behauptung verkannter Rechte geführt wird, ist ebenso gerecht wie ein Verteidigungskrieg«, meditierte der so kriegerisch gewordene »Frédéric le pfilosophe« von einst in dem Lagerzelt des neuerdings so gelehrten roi sergeant.

Der Prinz, zu hart, zu belastet erzogen unter dem Angesicht ›Des Königs von Preußen‹, niemals ein Knabe und ein junger Herr aus großem Hause, sondern Gefangener, Amtsschreiber, degradierter Deserteur, wurde sich zum ersten Male der Macht bewußt, die ihm vom Vater bereitet war! Eine tiefe Veränderung ging in ihm vor. Er scherte sich nicht mehr um die jungen Herren mit den ältesten, glanzvollsten Namen. In der kaiserlichen Armee prägte sich ihm als einziger ein simpler Freiherr von Riedesel ein, weil er allein sein Regiment in Ordnung hatte. Die ernsten, schweigsamen Offiziere seines Vaters begann er mit anderen Augen zu sehen.

»Ein stiller Offizier ist nicht dumm«, sagte der gesellige Hohenzollernprinz neuerdings. Er strebte durch »militärische strapats Heroisch zu werden«; ja, er erklärte, wenn er von den Kriegsplänen der Zeit höre, so schlage ihm das Herz wie einem Schauspieler, welcher begierig ist, daß die Reihe an ihn kommt, seine Rolle zu spielen. Briefe von solcher Art schrieb er jetzt hinter dem Rücken des Vaters.

Auf dem Rückweg von einer Rekognoszierung, im Holze bei Philippsburg, hörte er zum erstenmal Kugeln um sich sausen – die wenigen dieses Krieges. Nahe bei seinem Wege zertrümmerten sie Bäume. Seine Begleiter bemerkten, daß ihm die Hand, die das Pferd führte, darum nicht einen Augenblick unsicher wurde.

Die Bewunderung des großen Prinzen Eugen, jene stumme Bewunderung, die aus der Nachahmung überlaut redete, hatte die Wandlung in Friedrich wachgerufen. Die Kaiserlichen staunten ob der Vierzehntausend seines Vaters. Er würde aber einmal der Herr der Fünfundachtzigtausend, ja, wenn das Heer in solchem Maße weiterwuchs, der Hunderttausend sein! Es ergriff, es durchglühte ihn, wenn er, der Jüngste hier, als der Erbe dieser Macht mit dem Prinzen Eugen an einer Tafel saß. Der war nicht mehr der edle Ritter. Der war nicht mehr der jähe Sieger. Welk, vornübergeneigt, matten Auges, den Blick sehr fern, sehr müde, sehr abgewandt, weilte der greise Diener des Kaiserhauses unter den Fürsten und Fürstensöhnen des Reiches und entsann sich nicht der Väter und Söhne, weil er schon an der Spitze ihrer Ahnen kämpfte. Es schien, als wäre er der uralte Barde des Sieges und nicht mehr der Sieger.

Die Schlachten der Zukunft, hämmerte dem jungen Hohenzollern jeder Schlag des Herzens ein, muß Brandenburg schlagen!

Der Vater, als er ihn in diesen Tagen bei den Truppen traf, küßte ihn angesichts der Kohorten und sprach im Lager des Reichsheeres die Worte, vor denen Friedrich erbebte: »In dir steckt ein Großer Kurfürst!« Dann wandte er sich zum Dessauer: »Dort steht einer, der mich rächen wird.«

Denn er, der die Menschen immer nur Blick in Blick zu begreifen vermochte, hatte gefühlt: der Sohn sah ihn an mit einem Feuer in den Augen, wie er es noch niemals wahrgenommen hatte, auch nicht im hellsten Blicke seiner besten Offiziere.

In jener Sprache, die in den Linien der Bataillone aufgeschrieben wird, hatte der Sohn den Vater verstanden, so wie ihm kürzlich erst die schweren, reifen Felder des Ostlandes das Lob des Vaters zurauschten, nicht minder brausend wie die silberschimmernden Reihen römischer Kohorten! Denn die Überfülle des Kornes aus dem einstigen Notland ging nach Holland und Frankreich, und die Ernten waren so groß gewesen, daß große Kanalbauten abgebrochen werden mußten, weil es an Arbeitern in der Ernte fehlte! Nun hatte der Vater dem Sohne das »Retablissement im vollsten Flor« zeigen dürfen und ihn mit den Gestüten der Götterpferde beschenkt! Das Land hatte zu seinem künftigen König gesprochen, das Land, von dem er einst nicht wußte, »ob es zum Denken geeignet sei«. Und nur sehr zum Scheine schrieb er den Freunden, daß er die Pferde in Bücher seiner Bibliothek verwandeln werde. Auf dieser Reise aber hatte der König viele neue Dörfer nach den Namen seiner Begleiter getauft. –

Der Kriegsrat tagte und vertagte. Es wurde belächelt, daß der Kurfürst von Brandenburg noch jeden Tag getreulich und pünktlich zu dem Scheinkonsilium sich einfand und daß er, der doch in seinem Lande als der unnachsichtigste Lehrmeister galt, hier der unersättlichste Schüler war. Gerade mit Rücksicht auf Preußen unternahmen doch die Franzosen weder am mittleren noch am niederen Rhein etwas Ernstliches; sie griffen weder Köln noch Mainz noch Koblenz an! Lediglich Philippsburg kapitulierte. Die Franzosen hatten ein bißchen gesiegt. Man beließ ihnen das Air. Das Geschäftliche wurde ja längst durch die Beauftragten an den Höfen hier und dort geregelt. Die Diplomaten bemaßen ja längst die Dauer des Krieges und vereinbarten die Art, in der er weitergeführt werden sollte. Es schien, als dürfe er nun nicht mehr über Demonstrationen hinausgehen, als sei er, trotz der Marschälle des Sonnenkönigs, nur ein Marionettenspiel der Kabinette mit vielen hochtönenden Manifesten, den Zeichen eines sinkenden Zeitalters. So geschah nicht mehr viel. Pro forma führte man noch das Lagerleben am Rhein. Nach dem Fall von Philippsburg mußte man der Deutschen Nation ganz unbedingt noch das Schauspiel einer ehernen Wacht vermitteln. Aber der Rheinkrieg war ein Krieg ohne Leben und Tod. Die Offiziere der feindlichen Lager machten sich gegenseitig Visiten. Das französische Lager, das auch der junge Brandenburger einmal besuchte, war höfisch elegant; gegenwärtig waren Schuhe mit roten Absätzen Mode. Es war ein Krieg auf der Bühne, ein Schattenspiel, das Spiegelbild eines Feldzuges.

Es geschah überhaupt nichts mehr. Nur im Lager des Reichsheeres ereignete sich noch ein Zwischenfall: der Kurfürst von Brandenburg brach zusammen.

Er hatte, seit es hieß »Krieg über Deutschland!«, in tausend Bildern das ganze Grauen des Generalkrieges durchlebt, den er seit zwanzig Jahren kommen fühlte. Er sah aber nur eine deutsche Festung im Schauspiel kapitulieren und Fürsten komödienhaft Heerlager halten – indes die ungeheure, aufgestaute Spannung Reich und Erdteil weiter bedrohte! Wie sollte sich der Aufruhr seines Herzens beschwichtigen, wie das Übermaß seiner Unruhe Befreiung finden! Er war als kranker Mann ins Zeltlager gekommen, in offener Kalesche, den Apothekenwagen als Geleit. Er hatte bei den Truppen kampiert und nicht auf den Schlössern der Umgebung Hof halten wollen. Nun beschlossen sie, ihn ins Clevische, nach Schloß Moyland, dem Landsitz des holländischen Gesandten in Preußen, zu schaffen. Erst hieß es, es wäre eine ungewöhnlich heftige Magenkolik. Dann wurde es eine Geschwulst in den Armen, den Beinen, den Lippen. Die Beine schwollen bis übers Knie, der Leib war hochrot. Der König glaubte nicht mehr lebend von Moyland nach Potsdam zu kommen. Kläglich schafften sie ihn von dem Schauplatz des habsburgisch-bourbonischen Kriegstheaters weg, weil es bei dem unglückseligen Temperament des Herrn unmöglich war, ihn so nahe bei dem Lager zu lassen. Als die Kutschen bestellt werden sollten, gab der König den Auftrag, ihm drüben im geliebten Holland seinen Sarg zu besorgen, einen Sarg von schönem, schwarzgrauem karrarischem Marmor. Den sollten sie von Amsterdam nach Potsdam bringen nebst einem zweiten für die Königin. Der Sarg sollte gleich nach ihm dort sein. Allein, mit seinem Sarge, kehrte der König aus dem Kriege heim. Aber als einziger hatte er in dem Kriege ohne Schlacht einen großen, schweren Sieg errungen: Friedrich, der des Königs Rock einst seinen Sterbekittel nannte, war ein Soldat, sein feurigster Soldat! Als einziger hatte auch der Kurfürst von Brandenburg – kampflos – Gefangene gemacht: seine Regimenter kehrten größer heim, als sie in den Krieg gezogen waren; so viele Söldner fremder Heere waren zu ihm desertiert.

Der Sohn blieb weiter bei den Truppen, bei den Fürsten. Der Dessauer benützte die kampflosen Tage, mit Friedrich sechzehn Pläne für die Belagerung und Entsetzung von Festungen auszuarbeiten. Die gedachten sie dem kranken König aus dem Theaterkriege mitzubringen: Entwürfe voller Wirklichkeit und Zukunft.

Der alte Kriegsmechanikus war wahrhaftig zum Doktor Leopoldus geworden, der Rheinkrieg nur noch zur Schule für Friedrich.

Der Kronprinz, so fremd die Art des Fürsten ihm war, mied dennoch all die großen, glänzenden Herren und wurde des Doktor Leopolds gelehriger Schüler. Auch sah er, wie der Fürst um seinetwillen der eigenen herrlichen Söhne vergaß; und er entsann sich, vernommen zu haben, wie dieser beste aller Väter einmal Fürsprecher bei seinem Vater für ihn war.

Der Alte Schnurrbart, Stiefelettenfürst und Bullenbeißer lehrte den Sohn des roi sergeant die Kriegswissenschaft nach den militärischen Tagesbefehlen des Vaters. Besseres wußte er seinem Unterricht nicht zugrunde zu legen: die Strategie und Taktik der Zukunft war darin enthalten, die Weisheit vom marschbereiten und schlagfertigen Heer eines Landes mit offenen Grenzen.

Hatten auch den Doktor Leopoldus die Gedanken überwältigt? Was war es nur? Er lehrte, statt Schlachten zu schlagen; er, dem die preußische Armee sein wahres Volk war; er, der grausam Strenge, Rauhe, Herrische, Gewaltsame entwarf in Skizzen und Tagesbefehlen eine Feldherrnfibel? Er lehrte aber nicht nur dem künftigen König von Preußen den Krieg; er befahl auch vom Feldlager aus in erneuter Aufwallung seiner ungeheuren Lust am Briefeschreiben den Bau einer Kirche zu Wadendorf. Er gedachte seines toten Sohnes und der lebenden und nannte jenes neue Gotteshaus »Fünfbrüderkirche«; und hatte doch vordem sogar die Kirchenchoräle nur nach der Weise und dem Takt des

Dessauer Marsches gesungen. Am meisten und vor allem aber war die Fünfbrüderkirche ein Geschenk an den todkranken König und Freund.

Als Friedrich von der Heimfahrt seines Vaters mit dem Sarge hörte, faßte ihn ein seltsames Entsetzen. Sollte dies sein Leben sein? Wusterhausen? Küstrin? Der Thron ›Des Königs von Preußen‹?! Und das, nachdem das Wort des Vaters fiel: »In dir steckt ein Großer Kurfürst« und »Dort steht einer, der mich rächen wird – «?!

War in dem Schattenkriege nun doch eine Entscheidung für eine weite Zukunft gefallen? Hatte ein Königssohn die Macht begriffen, die ihm vom Vater bereitet war?

Der König kam mit seinem Sarge heim. Er schickte sich zum Sterben an. Zwiefache Todesbotschaft erwartete ihn. Die Königin von England, die Ansbacher Brandenburgerin, war gestorben. Ihre zehn Kinder waren bei ihr gewesen, aber dennoch starb sie sehr einsam. Müde sah sie ihre Kinder in den letzten Augenblicken an. Der Prinz von Wales war zu schwach und gering, die anderen Söhne und Töchter waren zu unbelastet und zu jung, um zu begreifen, welcher Kampf für die Krone hier zu Ende ging. Das Herz der Königin war lange schon tot. Sie, die sich einem starken Willen nicht zu beugen vermochte, ging daran zugrunde, ihr Frauen- und Königinnenleben darüber verrinnen zu sehen, einen Mann und König glauben zu machen, daß sie und alle sich ihm fügten, während sie ihn leitete.

Der zweite Bote kam vom Ansbacher Hofe. Der kleine Erbprinz war gestorben. Der König verbat sich jegliche Schonung. Er mußte alles wissen. Seine rauhe Ike, vom Gram bis zur Unkenntlichkeit entstellt, litt an Beängstigungen, die manchem den Gedanken an beginnende Geistesumnachtung nahelegten. Der Ansbacher Markgraf, das Knabengesicht, verhetzt durch Seckendorffs Neffen, der die ganze Politik des kleinen Hofes unheilvoll beeinflußte, gab seiner haltlos gewordenen jungen Frau die Schuld am Tode des Sohnes. Er wollte sie nicht mehr sehen und sprechen. Der Hof wurde von ihr ferngehalten. Niedrige Bediente beauftragte er, ihr Beleidigungen zu sagen. Vor Schmerz ließ er gar die Falken und Pferde im Stich und ging aufs Land, sich in den Armen seiner Mätresse über den Tod seines Sohnes zu trösten.

König Friedrich Wilhelm bedachte, wie er einst den Ansbacher Enkel mit der Baireuther Enkelin vermählen zu können hoffte. Aber er sprach jetzt gar nicht mehr von seiner unglücklichen Ike und ihrem toten Kinde. Er sagte nur: »Man ist schon sehr alt – es muß einer nach dem anderen abtappen. Und wenn ich meinen Schlaf nicht wiederbekomme, so werde ich auch gar bald im Reich der Toten spazieren.«

Er war sechsundvierzig Jahre alt.

Das Gottesgericht, das er auch in den Ehen seiner Töchter über sich verhängt sah, raubte ihm den Schlaf, so daß er sterbensmüde wurde. Gottes Wille war nicht zu erkennen. Wie sollten Könige herrschen.

In seinen Worten von dem Reich der Toten hatte aber eine große Sehnsucht nach dem Tode mitgeschwungen. Heimgekehrt mit dem Sarge, begann er allstündlich unter dem Angesichte des Todes zu leben. Unablässig blickte nun der Tod auf ihn herab – über die Schulter ›Des Königs von Preußen‹ hinweg. ›Der König von Preußen‹ sah ihn sehr hart an; der Tod blickte milde, als sei er ihm ein Helfer gegen jenen. Es war, als müßte im Anblick des Todes das Leben leichter zu werden beginnen.

»Ich bin bereit, die Welt zu quittieren«, sprach der Herr. »Ein Schiff fährt geschwinder, das andere langsamer; sie kommen doch nach einem Hafen.«

Aber noch erhob sich nicht der milde Wind, der Tod; noch füllte sein linder, starker Atem nicht die Segel, die zu frühe aufgesetzt waren. Und tiefe Nebel hüllten Gottes stillen Hafen noch in weite Fernen ein.

Wie in einer Ungeduld hatte der König nun zum Sarge auch die Gruft bestellt. Nun wollte er doch nicht, wie er auf Schloß Moyland verlangte, in der Erde vergraben sein, so tief als es nur möglich sei und wo immer auch der Tod ihn ereile. Nun begehrte er in der Soldatenkirche zu ruhen, unter der Kanzel. Das Gestein zu der Gruft befahl er unter dem Marmor auszusuchen, der unter König Friedrich zu dem Bau eines Portales aus Italien herbeigeschafft worden war und bis heute noch in tiefen Gruben am Berliner Schlosse aufbewahrt wurde.

Nun werden sie meine Gruft zu mauern beginnen, dachte der Herr, manchmal werde ich zu meinem Trost in meinem Totenreich spazieren können – wenn mich die Füße noch einmal tragen. Der Gedanke an die Gruft war nur ein Trost. Aber das

Schloß war ihm sehr kalt und leer geworden. Einige Zimmer waren von Bedienten bewohnt, im Halbstock hauste die Wache – der ganze Mittelflügel jedoch und die Flucht der Familienzimmer in den Seitentrakten lagen verlassen und vom Spätnachmittag an in tiefem Dunkel. Nur im Treppenhaus beleuchteten vier hölzerne Laternen die Stufen zu den Zimmern des Königs, und im Flur von seinen drei Stuben schwelte eine achteckige Laterne von Blech und Glas. Der Wind zog schneidend von der Havel und vom Exerzierplatz her.

Wenn die Dämmerung anbrach und der Herr die Sekretäre entließ – denn mit seinem Königswerke hatte er nur an dem einen Tage ausgesetzt, an dem er seine Gruft bestellte –, begehrte er wieder zu malen. Die Ärzte atmeten auf. Denn er hatte wieder in einem Maße gearbeitet, daß sie schon verzweifelten. Nun er wieder malte, ließ sich mit ihm um feste, um begrenzte Stunden kämpfen.

Aber er schien sich sehr damit zu quälen, es müsse etwas versäumt sein: wie ließe Gott ihn sonst in solchen Qualen weiterleben! Durfte denn aber, fragte er sich immer wieder bange, ein König Gott noch anders leben, Gott anders loben als bauend, ordnend, mehrend, gründend?!

Die Müdigkeit für die Nacht aufzuspeichern und solchem Grübeln in den längsten, dunkelsten Stunden zu entrinnen, malte der Herr am Abend sehr lange. Fast jeden Tag stand nun ein neues Bild zum Trocknen in dem Gang vor seinen Zimmern. Meist war es nichts Eigenes, meist nur eine Kopie, für die er sich die Umrisse gar noch vom subtilen Akademiedirektor Weidemann oder auch nur von seinem biederen Meister Hänßgen zeichnen ließ. Er wollte sich ja nur wachhalten. –

Aber plötzlich schien es, daß er all des Kopierens nur als Übung bedurfte, um desto sicherer und kundiger Eigenes malen zu können: nicht mehr nur Gehöfte und Bauern, Gesinde und Soldaten. Er malte die Eitelkeit und die Weisheit: eine junge Frau im Federhut vor dem Spiegel; einen Greis, über den Globus geneigt, und über der Weltkugel ragte das Kreuz. Auch schien er den Akademiedirektor Weidemann gar nicht nur zum Skizzieren nach Potsdam bestellt zu haben. Vielmehr gab er ihm den Auftrag, ihm für eines seiner Zimmer von tüchtigen Meistern die Porträts aller seiner verstorbenen Generale malen zu lassen. Dieses Zimmer nannte er die Totenkammer. Auch befahl er allen seinen Generalen, die Bilder aller toten Offiziere ihrer Regimenter zu bestellen, als sollte der Anblick eines anderen Heeres ihn umgeben, das jenseits aller Erdenkämpfe war.

Die neuen Gemälde von des Königs Hand draußen im weißgescheuerten, sandbestreuten Gang wurden belächelt wie stets – bis einer las, was seit jüngstem in jedem Gemälde als Signum eingetragen war: Friedrich Wilhelm in tormentis pinxit.

In Qualen gemalt. –

Nun redeten die Ärzte ihm gütlich zu. Er dürfe sich nicht mehr so mit seiner Arbeit mühen, nicht einmal mit dem Malen.

Der König ließ den Pinsel sinken, blickte aber weiter prüfend auf sein neues Bild, während er antwortete: »Könige müssen mehr leiden können als andere Menschen.«

Weil er sie immer wieder danach fragte, wann er wohl aufstehen dürfe, hatten die Ärzte den Herrn allmählich darauf vorbereitet, er werde gelegentlich nicht mehr wie früher gehen können.

»Auch mit zwei Krücken nicht?«

Auch mit zwei Krücken nicht.

Der Herr verstand sehr gut. Der Rollstuhl interessierte ihn sogar lebhaft. Er wollte etwas ganz Neues: ein habiles Ding, das er möglichst selbst bedienen könne. Er wollte imstande sein, sich selber fortzubewegen, ohne auf Hilfe angewiesen zu sein – soweit ihm die gichtigen Hände zur Bedienung der Hebel nicht versagten. – So wurde zum Arzt auch noch der Mechanikus bestellt. Der Herr beschrieb ihm seinen Plan. Es würde gehen, meinten der Arzt und der Mechanikus.

Der König dachte sofort wieder weiter. Zum Rollstuhl mußte er nun auch noch eine neue Treppe haben, ohne Stufen, eine Rollbahn, die von seinen Zimmern in den Schloßhof führte. Schon am Nachmittag mußten die Maurer beginnen. Es lenkte den Kranken ab, daß er ihrem Hämmern zuhören konnte; etwas Neues entstand – auch wenn es traurig für ihn war. Es regte ihn sogar dazu an, sich wieder einmal sein altes Drechslerhandwerkzeug vom Zaren bringen zu lassen. Das hielt ihn noch besser wach als malen; das verlangte auch nicht solch feine Hand; die Rechte machte ihm schon viel Beschwer. Nun fertigte er kleine Kästchen aus leichtem, hübschem Holze an. Er hämmerte mit denen draußen um die Wette.

Er ließ sich sagen, der Putz des neuen Treppenhauses trockne nur schlecht. Es war zu bitterkalt. Da begann ihn das Geschrei der Adler in ihrem offenen Zwinger zu beunruhigen. Er ließ sie in den Gang vor seinen Zimmern schaffen. Nun strichen die Adler tief über dem Boden hin und rollten ihre Kugeln an den Ketten gangauf, gangab, gangauf. Wenn sie still geworden waren, wußte der Kranke in seiner Kammer: Nun ist Nacht. Ich kann es wagen, einzuschlafen. Denn die Adler rollten ihre Kugeln, bis die letzte Kerze im Treppenhause verlösche.

Aber bevor sie wieder ihre Flügel spreizten, die Köpfe hoben zum krächzenden Ruf und an ihren Ketten zerrten, lag König Friedrich Wilhelm schon lange wieder wach. Es wollte nichts mehr werden mit dem Schlaf. Da mußte oft der letzte seiner Lustigen Räte, den er beibehalten hatte, Graben vom Stein, der Herr Astralikus, gerufen werden, des Königs »Umgestürzte Bibliothek«, einer, in dessen Kopf nur alles Denkbare war – doch denkbar ungeordnet. Der Herr Astralikus mußte ihm über die Dämmerung hinweghelfen mit all seinen Mären von Gespenstern, Kobolden, Bergmännlein und Nachtmahren, Drachenkindern, Irrwischen und Werwölfen, von denen es ihm in den Seen, Pfuhlen, Morasten und Heiden der Mark Brandenburg geisterte. Jedes von den Untieren, das er lebendig oder tot liefern würde, dem Unglauben der aufgeklärten Preußen zu begegnen, sollte ihm von dem König mit sechs Talern bezahlt werden.

Aber der Herr Astralikus war mundfaul geworden, seit im Potsdamer Schlosse die Professoren mit ihren platonischen Gesprächen die Quälerei und Zecherei der Narren abgelöst hatten. Ungnädig, zur halben Nacht geweckt worden zu sein, schlief er in seinem Lehnstuhl an des Königs Bette immer wieder ein; er hatte ja auch noch immer statt Gundlings nun die Verfügung über die Weine des königlichen Kellers.

Der Herr, ihn wachzuhalten mit all seinem wunderlichen Spuk, griff zu der Peitsche, die für seine Hunde auf einem Schemel nahe an seinem Bette lag. Aber in jener Geste, mit der nun der kranke König um die Dämmerung die Peitsche gegen den Sterndeuter und Geisterseher hob, lag selbst etwas Gespenstisches, Unheimliches, Beschwörendes!

Was ließ den Herrn im Morgengrauen von seinem schlummerlosen Bette her so grausam drohen? Wußte er etwa, daß Herr Astralikus, einst Feldprediger in Seckendorffs Regiment, der hämische, heimliche Spion des kaiserlichen Generals in der Tabaksrunde gewesen war? Ins fünfzehnte Jahr erzählte der Herr Astralikus dem König von der Geisterwelt seiner Mark Brandenburg, und manchmal blitzte der heitere Funke Verstandes noch einmal auf, der einst in den schwülstigen, skurrilen und burlesken Reden des ehemaligen Feldpredigers so seltsam zu bestricken vermochte. Aber diese Nacht flüsterte der Herr ihm ernsthafte Dinge zu. Ob es denn gar keine Wege gäbe, Seckendorff zu helfen? Alles Elend der einst groß Gewesenen war dem König völlig unerträglich: auch wenn ihr Sturz fast nur wie eine Sühne war für das, was sie ihm selber angetan hatten. Seckendorffs Unglück war furchtbar. Sechs Monate Ablaß waren jedem verheißen, der zum Tode des ketzerischen Generals und protestantischen Geheimdiplomaten half. Und nach seinem entsetzlichen, unabwendbaren Mißerfolg im Türkenkriege stürmte der Pöbel das Haus, in dem man Seckendorff gefangen hielt, mit den Rufen: »Die Heilige Jungfrau kommandiert selbst unsere Armee und gibt die Parole aus: Seckendorff muß sterben!«

Leben um Leben, das ihn begleitete, sah der Herr nun um sich erlöschen: und ihn ließ Gott in Qualen weiterleben! Was wollte Gott mit jedem neuen Tage?

Am Tage aß der Schlummerlose heißhungrig und gierig vor Erschöpfung. In der Kammer der Jägerburschen sagten sie: »Er ißt und trinkt wie vier. In vierzehn Tagen wird er wieder reiten.«

Dies war zwar nicht der Fall. Doch machte er sich noch einmal vom Rollstuhl frei und schlich auf Krücken umher. Als Grognonne, die blinde Bärin, droben wieder seine Stimme hörte, trat sie mit der Wache ins Gewehr, als vermöchte sie dem Herrn damit eine Freude zu bereiten, und tat es von diesem Morgen an täglich.

Nun, wo er sich vom Bett durch den Gang bis zum Saal zu schleppen vermochte, fand der König, er könne wohl mit dem Exerzieren wieder beginnen. Über die Ratlosigkeit der Ärzte und Offiziere ging er hinweg. Aber das gestand er ihnen zu, er wolle es ja gar nicht übertreiben; er werde sich auch nicht dem Ostwind auf dem Exerzierplatz aussetzen. Es brauche ja auch nicht das ganze Regiment zu sein. –

Eine Abteilung der Leibgarde wurde in den Großen Saal kommandiert. So wollte es der König-Obrist. Es war wie eine heimliche Trauerparade für den Prinzen Eugen. Diesen Tag war die

Kunde vom Tode des heldischen Zwerges, des heimlichen Kaisers eingetroffen. Der Schattenkrieg am Rhein war sein letzter Feldzug gewesen: der Schattenkrieg, in dem er nur die Silberhelme der Brandenburger, umweht von Zukunft, leuchten sah als Wirklichkeit. Der König hatte alle Sessel aus dem Saal entfernen lassen. Aber die Spiegel, fest in den Konsolen und Wandpfeilern eingelassen, mußten bleiben. Und dies war schön: die Spiegel vervielfachten die exerzierenden Grenadiere; in strahlenden Reihen marschierten sie aufeinander zu, die Göttersöhne und die Spiegelbilder im bleichen, silbernen Helm.

Der Herr, auf seine Krücken gestützt, ja, fast in ihnen hängend, stand in der Flügeltür. Den Armstuhl, den man ihm hinschob, ließ er unbeachtet. Er war im Dienst. Aber dann war es doch, als schaue er mehr zu, als daß er das Exerzitium leitete. Eine einzige Trommel wirbelte die stummen Befehle durch den Saal. Der Hauch der Männer war wie eine Wolke um ihre Häupter. Die kalten Spiegel wurden vom warmen, lebendigen Atem beschlagen, wurden blind, und die hundertfachen Bilder erloschen. Da winkte der Herr dem Trommler ab. Es sei genug für heute. Aber während er sich durch den lichten, kalten Gang zurückschleppte, horchte er noch den Schritten der Göttersöhne nach, die durch die Säle und das Treppenhaus dröhnten. Die hundertfachen Spiegelbilder sah er lautlos hinter ihnen ziehen, die Eisgruft der Säle mit Schemen erfüllend. Überall war ihm das Bild des Todes.

Er redete weder mit den Offizieren noch mit den Ärzten darüber. Er wiederholte einfach solches Exerzitium nicht mehr. Es war zu viel gewesen, mehr noch für die wunde Seele als den siechen Leib. Was dem Leibe Erlösung war, wurde im Gedanken an das Werk harte Erfahrung der Vergänglichkeit, Entbehrlichkeit und Vergeblichkeit. Er gedachte sein neues Exerzitium nicht mehr aufzunehmen.

»Die Laune des Herrn«, so sagte man, »ist rasch verflogen.«

Niemals vermochten sie die Fülle und Tiefe der Bilder zu verstehen, die über seinem Haupt hinwehten wie Wolken: Wolken, die um Gottes Füße ziehen. Der König wollte noch zur Jahreswende zurück nach Berlin. Das Regiment bedürfe jetzt seiner nicht so dringend wie das Generaldirektorium. Dies allein gab er als Begründung an. Diesmal – was noch nie der Fall gewesen war – benützte er eine geschlossene Kutsche, und über der Nachtmütze trug er eine Pelzkappe. Aber vor dem Potsdamer Tor erwartete ihn bereits seine gewohnte offene Kalesche, mit einer Matratze belegt und ganz mit weißen Bärenfellen ausgeschlagen, darin er sich vor den Menschen möglichst verbarg. Als er sich nun in den inneren Schloßhof fahren ließ, damit kein Auflauf entstünde, hatte er eine seltsame Begegnung.

Sie konnten einen Geisteskranken nicht von dem König fernhalten. Der war ein Kandidat der Theologie, den die Berliner schon gut kannten. Er litt an der in Anfällen immer wiederkehrenden Wahnvorstellung, er wäre der König von Preußen; war der Anfall vorüber, so schien er der vernünftigste Mensch von der Welt.

Nun, als er sich gerade wieder in seinem Irrwahn befand, drängte er sich an den Wagen des Königs, und der Herr befahl, ihn reden zu lassen. Der Verrückte erklärte ihm kurzweg, der Herr habe nun lange genug den Thron innegehabt, der ihm nicht zukomme; und es sei an der Zeit, daß er vor dem rechtmäßigen Inhaber zurücktrete.

Ruhig fragte der König: »An wen soll ich denn den Thron abtreten?«

Und der Irre sprach: »Schöne Frage! An mich!«

»Wer ist Er denn?« Der König neigte sich sehr nahe zu dem wirren, schönen jungen Menschen.

»Ich bin der König von Preußen«, sagte der.

Der Herr blieb im Gespräch mit ihm.

»Das ist sonderbar. Er glaubt, Er sei der König von Preußen; und ich glaube es auch zu sein. Weiß Er, was geschehen wird? Einer von uns beiden muß ins Narrenhaus!«

In diesem Augenblick geschah das Unerwartete, ja Erschreckende, daß der Irre wieder zur Besinnung kam. Er sprach ehrerbietig zum König.

»Ich glaube, ich werde in das Narrenhaus kommen. Und ich weiß, welche Wohltat Eure Majestät dem Lande mit Ihrem Hause für melancholische und rasende Leute erwiesen haben. Und wenn Eure Majestät es befehlen, so werde ich mich auf der Stelle dahin begeben, um Eure Majestät der Mühe zu überheben, mich dahin bringen zu lassen – «

»Daran wird Er sehr wohl tun«, sprach der König leise und traurig dem Unglücklichen nach, der sich auch schon entfernte; und vor sich hin flüsterte der Herr: »Ein König, der abdankt.«

Quälend kam es ihm ein, wie man ihn selbst schon oft für wahnsinnig erklärte. Er wollte den Vorfall heiter abtun. Aber es gelang ihm nicht. Ein Schauer überlief ihn: er hatte ein Gespräch geführt mit seinem Schatten, seinem Spiegelbilde und Widerspiel, das ihn jahrelang begleitet hatte und seinen Thron von ihm forderte, ohne daß er bisher darum wußte. Die Welt war nicht mehr wirklich.

Nachdem er die Seinen begrüßte, blieb der Herr den ganzen Abend allein. Wie er es in Potsdam schon seit längerem zu halten pflegte, hatte er sich auch in Berlin gleich eine neue Nachtmütze ins Bettkästchen legen lassen. Die streifte er sich über, sobald er seinen kleinen Muffer abnahm. Denn seine Haare hatten sich zu sehr gelichtet. Das sah ihm zu wirr aus. Das war malpropre. Die weiße Mütze aber war adrett. Er strich die dünnen Haare glatt und fest darunter, ließ sich den Schlafrock anlegen und die Uniform zum Bürsten und Putzen wegtragen. Ewersmann tat allen solchen Dienst – in Potsdam wie in Berlin des Morgens als erster und des Abends als letzter um den König – nur noch im stummen Gespräch mit einer Toten.

Er legte dem Herrn noch die neuen Gazetten aus dem Reich und dem Ausland bereit. Bitter las sie der Herr. Die Beilegung des Polnischen Erbfolgekonfliktes und die Friedenspräliminarien des Rheinkrieges hatte er aus den Zeitungen ersehen müssen. Seit aber auf Grund einer so trefflichen Regelung, daß es statt des alten Rex Poloniae einen neuen König von Neapel gab, die Waffen wieder ruhten, schämte sich der Wiener Hof nicht der kleinlichsten Kränkungen gegenüber dem roi sergeant. Doch waren es Kränkungen, wohlüberlegte, von denen man wußte, daß sie den König schwerer trafen als ein großes, bitteres, offenbares Unrecht. Er allein hatte den Antrag erhoben, Franz von Lothringen als Gemahl der Kaisertochter dereinst zum Römischen König zu erheben; dafür wurde ihm jetzt, als der junge Herzog seine Vermählung mit Maria Theresia vollzog, auch nicht einmal eine einfache Anzeige davon gemacht. Es stand ja in den Zeitungen, und der Preußenkönig war ja ein so eifriger Zeitungsherausgeber geworden! Es würde ihm schon zu Gesichte kommen!

Die Welt ging über ihn hinweg, als wäre er bereits gestorben. Da faltete der Herr die Zeitungen zusammen und legte sie beiseite und griff nach seinen Büchern, die jetzt immer bei ihm lagen. Plötzlich entsann er sich eines frühen Wortes seines Sohnes, das sich ihm so merkwürdig tief eingeprägt hatte und vor dessen schwermutsvollem Sinn er einst erschrocken war: »Man lernt niemals so gut von Menschen als aus Büchern; das unterrichtendste Gespräch ist das mit den Toten, welche nicht aus irgendeiner Rücksicht reden.« –

Hört – Gespräche aus dem Totenreich!

Der König lächelte. Er hatte ja vom Doktor Faßmann, dem Autor der hochberühmten »Gespräche aus dem Totenreich«, kürzlich erst ein neues Werk gesandt bekommen. So hatte es der Doktor nicht vergessen, daß er einmal ausersehen war zu jedem Sold und Titel Gundlings? Damals war er vor dem König geflohen, kaum daß er die Leichenrede für Gundling endete; und im selbstgewählten Exil hatte er als erster geschrieben, wie der tote Gundling vom Totenreiche her ein Gespräch mit ihm führte. Nun aber hatte er in einem neuen Buche – die Taten und Gesetze König Friedrich Wilhelms I. von Preußen aufgezeichnet. Er war vor der Gunst des Königs gewichen und kam von solchem König nicht los!

Den Verkauf dieses Werkes, das ihn sehr lobte, beschloß der Herr zu verbieten. Er wendete sein neues Buch in den gichtigen Händen hin und her. Es ist so wunderlich, dachte der Herr, sehr, sehr wunderlich: der Verfasser der »Gespräche aus dem Totenreich« hat nun mein Leben beschrieben! Es ist, als wäre ich tot – und ich habe doch erst von neuem begonnen, weil eine Versäumnis sein muß! Wie ließe Gott mich sonst in solchen Qualen leben?

Wie hatte doch der Doktor Faßmann gesagt, als er mir zum erstenmal von den »Gesprächen aus dem Totenreich« redete?

»Eine Phantasie, Majestät, eine Satire, eine Utopia im Stile des Lukian«, so hatte der Doktor bramarbasiert, »die Toten unterhalten sich, die Jungen und die Alten, die Hohen und die Geringen. Sie disputieren über das Unvollbrachte und Versäumte. Und ob einer früh gestorben ist oder spät: das Maß des Unvollbrachten und Versäumten ist immer das gleiche, gemessen an dem, was jedem bestimmt war. Da gehen sie alle, endlich voreinander gleich geworden, zur ewigen Ruhe ein.« –

Der Herr schlug das Buch auf, er las von denen, die voreinander gleich, zur Ruhe eingingen. Aber da stand noch etwas, das hatte der Doktor Faßmann ihm damals nicht gesagt:

Einer blieb den anderen allen fern. Einer hatte geschwiegen. Der konnte im Disput nicht mittun. Er hatte gar nichts dergleichen auf Erden erfahren; denn er hatte das Leben genossen. Er wollte sich auch nicht zur ewigen Ruhe legen. Er wollte sich in Ewigkeit erinnern. –

Da las der König nicht mehr weiter. Da grübelte er, das Buch im Schoße, dem Versäumten nach. An Kerzen sparte er nun nicht mehr.

Mijnheer van Hoenslardyck

Aber der König freut sich in Gott.
Die Bibel

Ganz im Anfang seiner Regierung hatte der König einmal zu seinem Rechenmeister Creutz gesagt: »Wenn alle Schulden bezahlt sind und wenn ich noch zwei Millionen Taler zusammengespart habe, soll ein anderes Leben im Lande beginnen; dann will ich nicht mehr so stark sammeln, sondern splendide Staat halten.«

Und den armen Mann Creutz, als er zu einem der Reichsten im Lande Preußen wurde, hatte es lebhaft beschäftigt, was sich der andere Plusmacher wohl unter splendidem Staathalten vorstellen mochte. In den Kellern des Berliner Schlosses lag nun das Gold in Tonnen aufgestapelt. Da die Kassenbeamten das Neujahrs- und Dreikönigsfest damit hinbringen mußten, die Ersparnisse für den Staatsschatz aufzurechnen, während der Vorschlag einer Silbersteuer bei Strafe abgelehnt wurde, konnte man nur annehmen, daß nun der Zeitpunkt gekommen wäre, zu dem das andere Leben im Lande beginnen sollte.

Doch meinten jetzt die Zeitungen – die »Geschriebenen« für die fremden Fürstlichkeiten: »Wie das Geld, das sich in den Schatzkammern anhäuft, nun endlich wieder unter die Leute kommen soll, kann man nicht absehen.« Zunächst wies der König einen Betrag von hunderttausend Talern zur Bestreitung verzettelter Einzelforderungen an. »All dieser extraordinären Flikflakausgaben«, schrieb der Herr dazu, »sind Wir müde als einer, der sie mit Löffeln gefressen hat.«

Sodann gab er für zwölftausend Taler Kronleuchter, Tische, Guéridons und anderes Gerät aus schwerem Silber in Auftrag, obendrein aber gar noch ein silbernes Chor für den Rittersaal. Die Silberkammern wurden erweitert.

Dies alles freilich, meinte Monbijou vor seiner Herrin, samt dem Goldenen Kabinett für sie selbst, sei nur eine neue Art stabiler Kapitalsanlage; es sei doch auffallend, daß sich unter den

Erwerbungen nichts von ihren geliebten Porzellanen befinde. Man werde des Königs neuen Schatz bewundern müssen, danach jedoch ins Nichts zurücksinken, und wenn die Laune Seiner Majestät befriedigt sei, die Kosten nachträglich aufzubringen und »alle mögliche Ménage zu observieren haben«. Der König begann jedoch sehr schöne Geschenke zu machen; denn um das Christfest hatte er ja noch krank und einsam in Potsdam geweilt und zum Anbruch des Heiligen Abends nur eine Rundfahrt durch seine liebe Stadt unternommen und die Kranken und Alten bedacht. Bei dem Leibarzt fing das neue Schenken an, das nicht mehr nur die Armut suchte. Der Medikus bekam einen kostbaren Schlafrock, eine elegante Pelzmütze und einen Stock mit einem goldenen Knopf, weil er nachts oft sehr rasch zum Herrn gerufen wurde, so daß er das Vorrecht haben mußte, im Nachthabit zu erscheinen.

Bis dahin hatte König Friedrich Wilhelm immer nur nach der großen Jahresrevue seine reichen Gaben an Offiziere und Mannschaft verteilt. Jetzt erhielten, ohne daß eine Heerschau stattfand, Generale silberne Tafelservice und einer ein Marmorbad, Obersten und Majore ganze Amtshauptmannschaften und der neue Creutz zur gleichen Zeit ein Palais. –

Da war er nun: der neue Creutz. Und solcher Name war mehr denn sein Titel und zum Adel erhobener Name: Geheimer Finanzrat von Eckart. Als Knabe Pickelhering eines Wunderdoktors und Branntweinbrenners; vor einem Jahrzehnt noch Waldläufer bei den Köhlern im Baireuthischen; vor einem Jahre ein Fasanenwärter und Kapaunenmäster im Braunschweigischen; vor einem Quartal der Erfinder eines neuen Heizverfahrens, Ofendoktor und Kaminrat, stand er nun davor, der Besitzer eines Stadtpalastes zu werden. Der Herr blieb, der er immer war: er hielt die Alten und forschte nach den Neuen allein nach den Erfordernissen ›Des Königs von Preußen‹ und wie sehr auch König Ragotin unter denen litt, die er hielt und die er rief; und hatte sich doch immer gewünscht, unter Freunden regieren zu dürfen. Aber niemand als die, welche es traf, ahnten es wohl ganz, wie hart er den Dünkel der Neuen bedrohte, auch wenn er sie mit Palästen beschenkte. –

Ins Stadtpalais des Kronprinzenpaares endlich trugen trotz der Abwesenheit der jungen Herrschaften zehn Lakaien eine reiche Bescherung für die Frau Tochter: ein Kabinett mit Türen von

Spiegelglas, silbernen Tischen, Steh- und Wandleuchtern, Tee-kessel, Glutpfanne und vielerlei Silberwerk. Und wie man raunte, sollte das Kabinett auch noch mit »précieusen Galanterien« ganz angefüllt gewesen sein. Da waren aber auch noch zwei Blumen-töpfchen von massivem Golde für natürliche Blumen, die der Gärtner der Königin in Monbijou züchten mußte, weil die Frau Tochter eine gar so große Blumenfreundin war.

Als diese schönen Dinge in den Räumen der Gemahlin eintra-fen, weilte der Kronprinz bei seinem Regimente in Ruppin, noch immer gequält von der einen Frage, ob dies sein Leben sein solle: Wusterhausen – Küstrin. – Der Thron ›Des Königs von Preu-ßen‹?! –

Da teilte man ihm mit, der König habe vor wenigen Tagen ein Geschenk für ihn bestimmt; er möge es von Ruppin aus suchen gehen. Es liege in der Gegend. Eine artige, entzückende Eremi-tage sei es, nahe seiner Garnison, ein altes Schloß in weiten Gärten am See, das er sich herrichten solle: Rheinsberg. Und der Herr Vater ließ ihm durch die Frau Tochter sagen, es würde ihn freuen, wenn sie dort manchmal mit den Geschwistern, den hohenzollerischen und den braunschweigischen, recht hübsche Feste feierten. Der Herr Vater hatte auch für ihre Brüder und Schwestern schon eine ganze Zimmerflucht im Großen Schloß eingerichtet und die Braunschweigischen Kammern benannt. Die fünfhundert Freihäuser aber, die einst dem Herrn so hart-näckig die Aufnahme seiner neuen Soldaten verweigerten, muß-ten nun, wenn so viele fremde Herrschaften nach Berlin kamen, deren Gefolge in Logis nehmen. Das war dann eine heitere Einquartierung. Und endlich verstand man nun auch, warum gar so viele Schwäne auf Spree und Havel ausgesetzt wurden. Die königlichen Bettenkammern brauchten neue Schwanendaunen in Hülle und Fülle!

Die Damen des Hofes und der Stadt wurden mit radrilliertem Brillanttaft und Drap des Dames bedacht, denn vom Heiligedrei-königsfeste ab erlebte Berlin unter dem bigotten Pastorenkönig, dem rauhen roi sergeant, dem geizigen Plusmacher, den ersten Karneval. Mit der großen Schlittenfahrt begann es. Voran fuhren vierspännige Schlitten mit den Hoboisten des Artilleriekorps und Janitscharen in Turban und Pelz mit kleinen blitzenden Becken und langen Trompeten. Die sollten unablässig blasen, hatte König Friedrich Wilhelm bestimmt. Sein eigener Schlitten folgte mit der Königin: sechsspännig – auch das ereignete sich zum ersten Male –, ganz golden bemalt und mit dem silbernen Ordensstern des Schwarzen Adler-Ordens verziert. Die Pferde waren mit kostbaren Tigerfellen behängt, die noch von der Krönung König Friedrichs herstammten. Der Oberhofstallmeister von Schwerin kutschierte diesen Schlitten persönlich. Auch die Prinzessinnen vom Geblüte, die nach der Königin den Zug eröffneten, saßen in ihren weißen Pelzen oder Petersburger Zobelmänteln in sechsspännigen Schlitten, denen sich sechzig vierspännige anschlossen mit den Damen und Herren des Hofes, den Generalen, Stabsoffizieren und Ministern. In den Straßen, die der Schlittentroß mit seiner fröhlichen Musik und seinem Schellenlärm durchbrauste, hatten die Händler besondere Auslagen herangeschafft. Im Ephraimschen Palais war man gar zu einem orientalischen Basar eingeladen. Und vom Einbruch der Dämmerung an waren für die Rückkehr der Herrschaften die vornehmen Arkadenfolgen an den stattlichen Nehringschen Kaufladenblöcken auf dem Mühlendamm und an der Schloßfreiheit fast zu verschwenderisch illuminiert. Die neue Geselligkeit gab ja den Schneidern, Konditoren, Wachsziehern, Perückenmachern – allen, die bisher im Lande Preußen zu kurz gekommen waren – so reichlichen Verdienst; und seit der König auf dem Heiligen See bei Sakrow eine Eisbahn fegen ließ, profitierten nicht zuletzt auch die neuen Holzschlittschuhhändler. Der König aber ließ sich in seiner neuen Sänfte von den stärksten seiner Riesen durch die erleuchteten Straßen dem Schlittenzug entgegentragen. Und statt des Muffers trug er erstmalig eine kleine Perücke aus gutem, schneeweißem Material und sehr elegant.

Er sah zweifelsohne wieder munterer aus; er hatte ohne Frage wieder frischere Farben, und die kleine, weiße Perücke half es verbergen, wie sehr er vor der Zeit gealtert war. Aber obgleich das wunde Bein noch immer geschwollen war und er sogar wieder ärger lahmte, die Nächte zudem sehr unruhig waren, weil er an quälenden Blutwallungen litt, bestand er dennoch darauf, daß die Königin nun Cour hielt, auch wenn er in Berlin weilte: in ihren Prunkräumen über dem Schloßplatz und nicht mehr heimlich in Monbijou sollte es geschehen, indes er selbst in allernächster Nähe war und sich vom Feste berichten ließ. »Freilich«, sagte er, »die Cour ist mein Wesen nicht.« Aber er erkundigte sich ausdrücklich, wie der Königin die neuen blauen Pagenlivreen mit den goldenen Schleifen gefielen.

Weil aber die Cour nun sein Wesen nicht war, beging der Herr die ersten festlichen Zeiten seiner Hauptstadt auf seine besondere, ihm allein eigene Weise. Er kam in die Häuser der Seinen. Er wollte sie als König, sie sollten ihn als Offizier bewirten. Jeder sollte sein Haus so führen, nicht besser und nicht schlechter, wie es ihm von Gott gegeben war. Allen Tafelluxus verbot der König von vornherein. Und als er hörte, daß einige Häuser in Erwartung seines Besuches ihr Personal vermehrten und neue Livreen bestellten, untersagte er es streng, »die Livreen ihrer Leute mit Gold oder Silber chamarieren zu lassen«. Aber er selbst umgab sich nun mit drei Pagen und brauchte fünf Kammerdiener und fünf Kammerlakaien; und für diese war von vornherein so gut gesorgt wie für des Königs Grenadiere. Sonst aber, wo es nicht Verschwendung und Hoffart war, wollte es der König vor Augen haben, was mit dem guten Gelde geschah, das er nun, da er wohlhabend geworden war, seinen Bewährten zu verdienen gab. Von einem ersparten Jahresgehalt konnte sich jetzt einer ein schönes Haus bauen: er mußte es auch wohl. Für das arme Volk aber waren Kleidung, Wohnung, Lebensmittel spottbillig geworden. Sichtlich werde es, so hieß es allgemein, in König Friedrich Wilhelms Heer und Staat wie in der Römischen Kirche gehalten: Askese in den unteren Rangstufen; Ehren und Güter für die hohen!

So kam der König, nun zum erstenmal feiernd, zu den Benekkendorff, Kleist, Glasenapp, Linger, Borcke und Sydow. Aber keinesfalls nahm er damit am Tische von Günstlingen Platz; er ehrte das Verdienst und beugte sich nicht dem Einfluß!

Er trat auch nicht, Beglücker aus einer Laune heraus, in die niederen Hütten seiner Untertanen. Er wollte der erste aller Hausväter im Lande Brandenburg und Preußen sein und am liebsten auch an jedes Hauses Tisch einmal gespeist haben. Auch wenn er sich bei einem Untertan zum Gastmahl niedersetzte, war es ein Bild.

Nur ganz im Anfang waren es noch Abendgesellschaften allein unter den Herren gewesen. Sehr bald wollte der König aber teilhaben an den Festen ihrer Häuser; und so, wie er auch die vornehmen Bürger Berlins zur Hochzeit seiner ältesten Tochter lud, kam er nun in die Häuser seiner Offiziere namentlich zu den

Hochzeiten ihrer Kinder. Da wurden die Braut und die Braut-
mutter vom König selbst zu Tische geführt, und gegen beide
Damen pflegte er ganz besonders höflich zu sein. Drei bis vier
Stunden blieb er bei solch hochzeitlichem Mahl. Einmal fand er
nun neben dem Bräutigam einen unverheirateten Bruder, neben
der Braut deren junge, verwitwete Schwester – und machte aus
der Hochzeit zur höchsten Überraschung der Gastgeber und der
Gäste eine Doppelhochzeit! Hatte er sich nun so ganz besonders
wohlgefühlt, so kam er auch des Abends nochmals wieder, dem
Tanze zuzusehen.

Und heute fühlte er sich wohl.

Der kleinste Sohn des Hausherrn, an dessen Tafel der König
diesmal speiste, hatte ihm mit einer kurzen, artigen Rede zu
»Dero wiedererlangter Gesundheit« gratuliert. Das hatte der
Herr gar gnädig aufgenommen. Sofort entschloß er sich, die
fünf- bis vierzehnjährigen Kinder aller Häuser, die er schon
besuchte, bei Hofe an einer großen Tafel zu traktieren, die mit
irdenen und hölzernen Schüsseln, Tellern und Löffeln gedeckt
sein sollte. Eine Bauernwirtschaft, ja, eine Bauernhochzeit sollte
es werden; die kleinen Gäste mochten teils als Bauern aus aller
Welt, teils als Salzburger gekleidet erscheinen oder aber als Soldaten. Ferdinand, sein Jüngster, würde als Husarenkapitän à la
tête der frohen Runde sein; und es verlautete schon im einzelnen,
welche Knaben bei dieser Gelegenheit zum Kornett, Fähnrich
und Unteroffizier ernannt werden sollten. Der König wollte
ihnen auch wirklich monatlich das halbe Traktament auszahlen,
bis sie zu den Jahren gelangten, daß sie ihre militärische Funktion
verrichten und ihre volle Löhnung beziehen konnten. So gab er
bekannt.

Ulrike, die silberblonde, kriegerische, einst des Königs wilde
Trommlerin und kühne Armbrustschützin, mußte häuslich dafür Sorge tragen, daß die Prinzessinnenappartements für die
große Kinderwirtschaft recht hübsch hergerichtet würden. Sie
schienen dem König für allerlei lustige Ausschmückung besonders geeignet; denn Anna Amalias Zimmer an dem offenen
Gang über dem inneren Schloßhof waren flach und niedrig, da
im Halbstock darüber mehrere Bedientenkammern lagen; Ulrike aber hatte nahezu zwei kleine Säle inne. Sie, die nicht lachte,
bat um Dispens von der Feier. Aber der Vater ließ ihr erklären, sie
habe ihren Dienst zu tun wie der kleine Bruder als Husarenkapi-

tän. Der fuhr sogar in Montur zu seinem Regimentschef Benek-kendorff, dessen Söhne selber einzuladen.

Anna Amalia, obwohl mit allen in Zank lebend, komponierte ländliche Tänze fürs Fest. Die Bauernhochzeit, die Tafel, die Spiele galten ihr wenig. Ihr eigenes Fest war jetzt, als sie – maßlos reizbar gegen jede Störung durch die Geschwister – mit Feder, Tinte und Notenblatt am Cembalo hockte und, verbissen und selig zugleich, dreizehnjährig ihr Opus I in einem strengen, alten Stil niederzuschreiben begann. Dann spielte sie es erbarmungslos mehrere Stunden hintereinander, obwohl Ulrike die Zimmer neben ihr bewohnte und die Musik darüber zu hassen begann. Aber es war Musik geworden von einer guten, herben Art.

Über dem ersten großen Fest der Kinder hatte sich des Königs Herz weit aufgetan. Er, der rastlose Arbeiter und Sparer, erdachte sich neue Arten der Feier und Geselligkeit, die immer breitere Kreise vom Hofe her ergriffen; und die steifen, zeremoniellen Assemblees der Fürstlichkeiten vom Geblüte waren darüber zu etwas völlig neuem geworden. Der Herr hatte die eingehendsten Anweisungen dafür ausgegeben, wie es damit zu halten sei und was er sich darunter vorstelle. Bei seinen Offizieren hatte er für den neuen Gedanken zu werben begonnen. Es dürfe für keinen Schimpf gerechnet werden, wenn ein Offizier dem anderen ein Glas Bier vorsetze, sondern es solle ebensogut angenommen werden, als wenn Wein gereicht würde: um so weniger werde es dem einzelnen eine Last sein, das Haus voller Gäste zu sehen – nämlich allen denen, die ›Der König von Preußen‹ zusammen-geführt wissen wollte!

Nun ging es um die Fragen des Anzugs. Die Offiziere sollten jederzeit Uniform tragen, auch in Gesellschaft, lautete die königliche Antwort. Der König wollte durchaus nicht, daß ein samtener oder seidener Prachtrock, von diesem oder jenem Schneider mehr oder minder phantastisch mit Goldschnur und Arabesken benäht, mehr bedeuten dürfe als seine blaue Montur. Die sollte Ehrenrock und Festkleid sein. Darum hatte er so streng über die Sitten und Gepflogenheiten ihrer Träger gewacht, nun schon weit über zwanzig Jahre lang; bald war es ein Vierteljahrhundert. Darum hatte er ja die Konduitenliste geführt, in der die Fehler und Tugenden, die Vorzüge und Mängel der Offiziere ›Des Königs von Preußen‹ so genau verbucht waren. Darum hatte er auch stets so dringlich nach ihrer geistlichen Gesinnung gefragt; darum endlich selbst die Häuser der Offiziere bezeichnet, in denen er aus- und eingehen wollte.

Zweimal die Woche, im Winter, fanden nun die Assemblees statt, von fünf bis neun Uhr. Die großen Häuser machten unter sich die Reihe aus. Zum Kennzeichen ließ man den Eingang von außen mit Fackeln beleuchten: das war in den dunklen Winternächten sehr festlich. Auch hatte der König zweitausend neue Laternen aufstellen lassen, für deren Unterhaltung in den dunklen Monaten er dreitausend Taler hinterlegte.

Obwohl sein rechtes Ohr ganz taub blieb, was die Konversation sehr erschwerte, erschien der Herr zu jeder Assemblee so pünktlich wie zum Dienst. Auch dieses Neue, das er rasch entfaltet wissen wollte, nahm er ernst wie seine harte Arbeit. Es war noch so ungewohnt, ihn namentlich bei den Damen zu sehen. Die erste, die er angesprochen hatte, war derart erschrocken, daß sie ihren Fächer fallen ließ. Der König, so schwer es ihn auch ankam, hob ihn ihr auf. Das brachte eine solche Verwirrung mit sich, daß der Herr allen Ernstes erklären lassen mußte: »Ich will nicht hoffen, daß die Frauen glauben, ich sei in sie verliebt! Wollen die Frauen denn lieber, daß ich ihnen rauh begegnen soll?«

Aber allmählich gewöhnte man sich daran, daß er gerade den Damen »obligieret war«, wenn sie seine Assemblees besuchten, und daß er sich besonders bei ihnen bedankte. Ja, jeder einzelnen bewies er persönlich seinen Respekt, wie er es nannte, und widmete ihr eine verbindliche Anrede – allerdings, nachdem er vorher sehr genau die von ihm angeforderte Gästeliste geprüft hatte.

Bei der Ankunft und zum Abschied machte er allen Tischen und umherstehenden Gruppen seine Verbeugung. Jedoch durfte niemand, wenn der Herr durch die gastlichen Räume ging, die Spielpartie oder auch nur die Unterhaltung unterbrechen. Und unversehens begann man sich im Rahmen dieser neuen Geselligkeitsform, die gegen das allgemeine, zweifelnde Lächeln vom König beharrlich durchgesetzt worden war, ganz vortrefflich zu amüsieren. Ja, die Assemblees schienen der Hof- und Stadtgesellschaft etwas ganz Unentbehrliches zu werden.

Selbst die Fremden, die verwöhnter waren als die Preußen im alten Sparta-Berlin, sie, auf deren Anwesenheit der König größten Wert legte, bemerkten unaufgefordert, es sei alles sehr nobel und ganz erstaunlich behaglich, ganz anders, wie man es sich draußen vom Leben des Berliner Hofes erzähle. Gewiß, sehr wohlhabend war Berlin, gemessen an dem Glanz der anderen großen Residenzen, noch immer nicht. Der reiche Adel wie in Paris und London fehlte, und der König mußte die Seinen erst wohlhabend machen.

Aber selbst ein so weitgereister, so verwöhnter Herr wie der Frankfurter Freiherr von Loen konnte nicht umhin, zu versichern, daß die Lebensart in Berlin ihm besser gefalle als an irgendeinem Ort in der Welt. Er fand, man könne mit Recht den preußischen Hof die Schule der Höflichkeit nennen, die Hohe Schule der Ordnung und Haushaltungskunst, wo Große und Kleine sich nach dem Exempel ihres Oberhauptes richteten; wo die Zucht und Ehrbarkeit des Hofes auch die anderen nach ihrem Beispiel lenke und – in einer letzten Auswirkung – Beamte im Umgang mit dem Publikum beim ersten Schimpfwort gar mit zehn Talern Strafe, beim zweiten aber mit Kassation bestraft würden. So strikt waren Anstand und Artigkeit geboten. Ja, es schien dem Freiherrn aus Frankfurt in Berlin eine solche durchgängige Leutseligkeit und solch angenehmes Wesen zu herrschen, daß man öfters den Unterschied der Stände vergessen konnte, wenn einem nicht zuweilen ein Ordensband oder ein prächtiges Gebäude in die Augen fiel und solchen Abstand noch einmal bemerkbar machte. Hier sei die wahre Höflichkeit und Ungezwungenheit, pries er; leicht, angenehm und natürlich. Es sei also möglich, daß man ein großer König sein könne, ohne die Majestät in dem äußerlichen Pomp und in einem langen Schweif buntfarbiger, mit Gold und Silber beschlagener Kreaturen zu suchen. Die Zucht mache Leute, und die preußische sei herrlich.

Dabei waren Freiheiten und Auflockerungen gestattet, wie man sie sonst nirgends kannte; denn in allem, was Geselligkeit hieß, war der Herr vor allem ein Feind aller vornehm sein wollenden Langeweile.

Eckenberg, wohlbekannt aus Doktor Eisenbarts und Polterhansen Bleusets großen Tagen, der Starke Mann, der einst den Bruder Friedrich Wilhelm und den Bruder Peter mit seinen Kraftkunststückchen unterhielt, war, von all den festlichen Gerüchten gelockt, nun doch noch einmal nach dem alten Sparta gekommen und hatte sich eine Assemblee-Erlaubnis erwirkt, da der König von dem vorgeschlagenen Handel in Remontepferden wenig wissen wollte und auch keine Kraftproben mehr zu sehen begehrte. So war nun Eckenberg der Entrepreneur für alle die, welche nur über beschränkte Räumlichkeiten verfügten. Für jeden Dienstag und Freitag erhielt er die Konzession, im Fürstenhause in der Kurstraße eine Assemblee zu veranstalten. Auch Eckenberg – wie einst der arme Mann Creutz – war einer von den unbezähmbar Aufstiegslustigen, die von dem Erfindungsgeiste des Königs mitgerissen wurden. Darüber ward er ein so reicher Mann, daß er sich nur noch in prunkvoller Sänfte von seinem noblen Eckhause an der Zimmer- und Charlottenstraße zum Fürstenhause, der Stätte seines neuen Wirkens tragen ließ – dauernd verfolgt von seinen Gläubigern.

Für die Assemblees mußte Eckenberg Heizungsholz, Spieltische und zwei Korps Hoboisten »furnieren«. Kaffee, Tee, Schokolade und Limonade wurden gegen Beträge verabfolgt, die genau nach dem Einkommen gestaffelt waren. Kapitäne und Subalternoffiziere wurden von ihrem König freigehalten. Der Herr zeigte sich ganz regelmäßig, und zwar in der Begleitung seiner beiden jungen unverheirateten Töchter, um die Eckenbergschen Assemblees dadurch auch für die Damen hoffähig zu machen. Die Königin blieb diesen Veranstaltungen fern. Der König aber wünschte stets recht viel verdiente Leute vorgestellt zu bekommen, die er zu seinem Leidwesen noch nicht hatte kennenlernen können.

Die Assemblees im Fürstenhause waren ungemein beliebt durch Musik, kleine Szenen, Jongleur- und Eskamoteurkunststücke; auch war das Fürstenhaus dann immer von der Bodenluke bis zum letzten Kellerfenster illuminiert. Zum Tanze wurden englische Handschuhe verteilt. Der Tanz begann überhaupt eine große Rolle zu spielen, da der König die Erlaubnis erteilt hatte, den Kreis der üblichen Tänze um einige neue zu erweitern; so gab es in Berlin zur Allemande nun doch schon Polonäse, Française und Anglaise. Auch alles, was nicht Glücksspiel war, wurde vom König gestattet: so auch Pikett und Tricktrack. Manchmal setzte sich auch der König mit dem General von Flanß, der so treffliche plattdeutsche Geschichten zu erzählen wußte, zu einer Partie Toccadille nieder, einem hübschen Brettspiel mit Würfeln.

Aber der Herr war gar sehr darauf bedacht, daß nun nicht etwa im Fürstenhause seinem neuen Volkstheater ein Nebenbuhler erstünde und Eckenberg sich wieder an seine alten Athleten- und Taschenspielerkünste verlöre. Denn König Friedrich Wilhelm hatte nun ein Theater! Und wie stets, wenn der Herr etwas Neues ins Leben rief, durfte es für alle nur dies eine geben. Berlin sollte hinter den anderen Residenzen nicht mehr zurückstehen, und da ging es allerdings nicht ohne Hoftheater ab. Doch bestand er darauf, sein neues Theaterbudget müsse für etwas ganz Neues und Sinnvolles und Entwicklungsfähiges eingesetzt werden. Und das sah er in einem Deutschen Theater, dem ersten, das ein deutscher Fürstenhof besaß, durchaus. Er wollte versuchen, ob sich da nicht etwas anbahnen ließe, das den Wünschen des Hofes entgegenkam und zugleich alle möglichen guten und freundlichen Einflüsse auf das Volk zu gewinnen vermochte.

Nur Eckenberg, der Herr der Seiltänzer und Spatenschläger, hatte solchem kühnen Plane zu folgen gewußt. Die Ereignisse überstürzten sich. Graf Dönhoff wurde zum Kommissar für das ganze, erst neu zu schaffende Ressort bestellt; die sechsundzwanzig Seiltänzer des Starken Mannes standen mit einem Male am Ende ihrer jahrelangen Wanderfahrten und waren nun gar zu einer Art Königlich Preußischer Rekreationsbeamter geworden. Der Starke Mann zog als Hofkomödiant in das alte, vergessene Theater ein, das noch von König Friedrichs Zeiten her über dem Königlichen Reitstall in der Breiten Straße unter den mit Holzbasreliefs verzierten Giebeln untergebracht war. Von einer Woche zur anderen wurde »Doktor Fausts Höllenfahrt« und »Die artige Grundsuppe der Welt« einstudiert und reichlich mit des Starken Mannes Kraftkunststücken durchsetzt. Aber die Anschauungen und Absichten des Königs siegten: das »Innocente« blieb im Vordergrund. So ließ sich auch Graf Dönhoff bewegen, in seinem sonderbaren Amte zu verharren; denn auch als Theaterdirektor blieb der Generaldirektor von Preußen der große Erzieher seines Volkes und verhandelte mit seinen Hallenser Fakultäten neuerdings darüber, ob für sein Preußen Hans Sachs nicht besser sei denn Homer! Auch hier wollte er Neues, Eigenes, Preußisches schaffen, als ginge es um Dreilaufbockflinten oder Kattun. Er wollte sein Volk fortan ohne Düsterkeit erziehen; und sowohl was den Hof wie die Schenken anging, war nun eine heimliche Hoffnung in ihm, es möchte durch das Theater besser werden mit dem Kartenspielen.

In aller Stille und Eile hatte er engagiert, geprüft, Lizenzen erteilt, zensuriert und vorbereitet, den Spielplan mit Komödianten und Pastoren festgelegt. Die holprigen Verse, das Bramarbasieren und Rumoren auf der kläglichen Bühne – denn der gute Fundus aus des alten Königs Zeiten war ja an Bettler verschenkt – störten ihn vorerst noch sehr. Wegen einer anstößigen Stelle in einem politisch-aktuellen englischen Marionettenzwischenspiel verließ er das Theater demonstrativ, so sehr er doch gerade die Holzpuppen als Komödianten liebte, und wies Eckenberg an größere und lohnendere Aufgaben. Und wirklich brachte es der Herr in seinem Theater nun auf drei ernsthafte Dramen: »Thomas Morus«, »Pygmalion« und »Titus Manlius« – Werke einer preußisch verstandenen Antike. Der Hof mußte zu jedem dieser neuen Stücke erscheinen, aber meist unterhielt man sich von Loge zu Loge, ohne des Neuen zu achten, das auf der Bühne geschah.

In jedem Falle aber war die Auffahrt vor dem Stallplatztheater sehr prächtig. Man bemerkte »carosses, chaises, calèches ou caricles; dames, grisettes et servantes«.

Der König meinte, vom März an möchte man wohl einen Wagenkorso wie in Potsdam nach dem sonntäglichen Kirchgang auch in Berlin halten, etwa auf der Promenade in der Neustadt; und hundert Taler wären keine zu geringe Pön, wenn sich da einer ausschlösse!

Für die Fremden aber, die ohne eigene Kutschen in Berlin weilten, hatte der Herr noch eine Neuerung übernommen, von der er aus der Kaiserstadt hörte: die Fiaker. Zwölf der neuen, hübschen Wagen stiftete er selbst. Sie wurden sehr beliebt, und zwischen dem Reitbahntheater und den großen Gasthöfen der Hauptstadt entwickelte sich allabendlich ein reges Leben, wenn die Vorstellungen endeten, die meist schon am späten Nachmittag begonnen hatten.

Vor allem fuhr man zum »König von Portugal« oder zu dem schönen Nicolaischen Gasthof, der vordem als der Kochsche berühmt war. Dort sah man auch manchmal den König. Stets sprach er dann mit Wirt und Wirtin Nicolai, bevor er sich in einem Kreis von Herren mit einer Zeitung niedersetzte. Und daß die Wirtin zu Zar Peters Berliner Zeiten die Tochter des Charlottenburger Kastellans und dem Herrn sehr lieb gewesen war, wußte kaum noch jemand.

Die Zeitungen, an denen die Universitäten rege mitarbeiteten, meldeten allerdings nicht immer unbedingt nur Gutes über sein Theater. Wieder von Frankfurt ausgehend, setzte eine lebhafte Opposition gegen das Überhandnehmen des Komödienspieles in Preußen ein. Der Professoren-König antwortete nur mit einer Gegenfrage: »Werden nit in Utrecht und Leyden sogar Tänzer auf Kirmessen seyn, indessen seyn diese Universitäten die besten von der Welt?«

Er suchte Berlin sehr glücklich zu machen. Er hatte ja Potsdam immer offensichtlich bevorzugt. Nun plante der Herr für den Berliner Sommer schöne öffentliche Kaffeegärten am Kurfürstendamm zum Jagdschloß Grunewald hin und in der Schäferei am Wedding oder bei den Landhäusern der französischen Seidenbauer im Moabiterland. Und die Gartenhäuschen an den beiden Linden- und Weidenalleen vor dem Potsdamer Tore wollte er zu Brunnenkuren vermieten. Von Lützow aus gedachte er auch Treckschuitenfahrten, bei denen nach holländischer Weise die Pferde vom Ufer aus die langen Kähne zogen, nach Lietzenburg bis zum Charlottenburger Schlosse einzurichten, am hübschen Vorwerk Wilmersdorf vorüber. Alles das war völlig neu. Alles das kam von der Freundlichkeit des einen dicken, kleinen Mannes mit dem strahlend reinen Gesicht und in der blanken, blauen Uniform her. Mitten im Winter schon verhieß er all die sommerliche Lust! Der König war ungeheuer gesellig geworden, so wie er auch nur ungeheuer fleißig, ungeheuer erschöpft, ungeheuer zornig, ungeheuer gütig, ungeheuer zuversichtlich und ungeheuer traurig zu sein vermochte. – »Leben und leben lassen!« Das war eine seiner Lieblingsredensarten geworden; aber er sprach sie seltsam langsam und bedacht, als erfülle sie ein feierlicher, schwerer Sinn.

Und darum lagen, wenn er mit artigen Verbeugungen durch die lichten und belebten Räume schritt, doch immer noch die dunklen Schatten um die übergroßen Augen; und auf den Assemblees zog er sich immer früher mit einer kleinen Runde der Vertrautesten in ein abgelegenes Zimmer zur Tabagie zurück. Auch pflegte er nur bis Punkt elf Uhr zu bleiben und trank immer weniger; den ganzen Abend zwei Flaschen Bier – denn Wein war ihm jetzt untersagt – und zwei Karaffen Wasser.

Im Kreis der Zecher nahm er gerade ein Glas Wasser in die Hand, als er im Gespräch die Frage aufwarf, wer nun, da alles jetzt so vergnügt um ihn wäre, in seinem Lande wohl am glücklichsten sei?

Er hat keine Schicksalsfrage daraus gemacht wie die weisen Herrscher im Märchen. Er gab selbst die Antwort.

»Wer weit von mir an einer Grenze etwas zu befehlen, sonst aber nur wenig mit mir zu tun hat, mich immer erst nach drei Jahren, wenn meine Reise mich wieder in seinen Bezirk führt, einmal zu sehen bekommt und es mit gutem Gewissen kann!«

Er hielt das Wasserglas noch in der Hand. Er sah auf die Uhr. Gleich war es elf.

»Ach, meine Herren«, schloß er, tiefer Atem holend, vor dem Aufbruch, »daß es in unseren Residenzen ein wenig heiterer geworden ist, darf uns nicht täuschen. Es bleibt hart im Lande Preußen. Und wenn ich nicht der Erste im Lande wäre, so würde ich mich lieber fort in eine Republik begeben als dableiben.«

Zum ersten Male war es ausgesprochen; und mit besonderem Nachdruck auf dem Worte Republik. Doch schwieg er nun erschreckt.

Der Herr schien, je geselliger er wurde, die schweren Dinge nur noch mit sich selbst auszumachen. Daß er sich nun mit einem solchen Wort beinahe verraten zu haben glaubte – es war belanglos. Sie konnten alle nicht ahnen, was dahinter stand. Sie vermochten nicht zu ermessen, daß die Feste, die er gab, Feiern seines Abschiedes waren.

Auch als der Sommer, dessen Freuden er so weit zuvor schon pries, ins Land kam, schwieg der König noch immer von dem, was ihn am meisten bewegte. Er schwieg auch nach der Rückkehr von der großen Reise. Daß er einen Kuraufenthalt in Aachen verheimlichte, berührte nicht die Tiefen seines Wesens. Aber er war auch nach Holland gereist, allein, inkognito, in französischem Anzug und lediglich Monsieur angeredet.

Erst als das Lebensjahr beendet war und er schon zum Malplaquetfest der Generale und der Jäger auf dem Jagdschloß weilte, begann der König davon zu sprechen.

Er war mit dem Professor Morgenstern nach Machnow hinübergeritten. Der stand ihm jetzt von all den einstigen »Gundlings« am nächsten: nicht nur, weil er als Gelehrter ritt und jagte; nicht nur, weil er zu ihm nach Potsdam gekommen und nicht zur Zarin nach Moskau gegangen war; und endlich auch nicht deshalb, weil er als Leipziger Magister sein Kolleg in der Art der Potsdamer Tabagie gehalten hatte.

Der König pflegte von dem kleinen, bärenstarken Mann zu sagen: »Gundling war ein gelehrter Mann, aber er ist mit dem Morgenstern nicht zu vergleichen; und daß ihr es wißt, ich habe ihn in vollem Ernst zum Vizekanzler aller meiner Universitäten gemacht.«

Lange war der König schweigend vor dem Professor hergeritten. Der sah, daß dieses Königs Zeiten anders zählten als anderer Menschen Jahre. Der da vor dem Professor ritt, war nicht am Ende der Vierzigerjahre, wie die Kalender es berichteten: der war ein Siebzigjähriger, erschöpft von zu vielen Taten und Leiden. Die Schwüle des Tages nahm ihn sehr mit. Die Ernte war eingebracht, aber das Land lag noch überreif. Die Endgültigkeit, die Klarheit herbstlichen Verzichtes war noch nicht angebrochen. Die frühe Dämmerung verwies noch nicht aufs Haus. Sie war voller Schwüle und machte die Menschen unruhevoll. Schwer war dem König, ein altes Lebensjahr zu beschließen, ein neues zu beginnen. Darum ritt der Herr in den Abend. Er begann von einem heiteren Abenteuer in einem holländischen Grenzgasthof zu erzählen. Es sollte leichthin geredet sein, als wäre es ihm bei dem schweigsamen Ritt gerade erst wieder eingefallen. Aber sofort klang es so schwer, als er es aussprach: Holland!

Und der Professor spürte, wie hart es König Friedrich Wilhelm ankam, was da noch folgte. Aber nun war es gesagt. Er wollte abdanken und nach Holland gehen. Er hatte ein Haus in Hoenslardyck gekauft.

Die ganze Reise war nichts als eine Erkundigungsfahrt gewesen und hatte nur den Zweck gehabt, sich umzusehen, wie man sich in Holland zu seiner Privatperson stelle und ob er eine gewisse Popularität würde erlangen können. Er habe ein holländisches Herz von Jugend auf und Holland immer um seiner Weisheit und Freiheit willen bewundert, sprach der König. Und immer habe man ihm zu Wilhelms III. von Oranien Zeiten geschmeichelt, er könne noch einmal zum Statthalter gewählt werden.

Er wollte ja noch wirken, solange ihm noch Kräfte blieben. Er

wollte ja noch Felder bebauen, Provinzen verwalten, Wirtschaftsbücher führen, Regimenter exerzieren – aber als einer, der mit
Ehren gehen durfte, wenn er vor Müdigkeit und Schmerzen
zusammenbrach –!

Er hielt es nicht mehr aus, den Dienst zu tun im Angesicht
›Des Königs von Preußen‹, der kein Erbarmen über Müdigkeit
und Schmerzen kannte. Er vermochte nicht mehr zu ertragen,
was aus der Qual, der Überreiztheit immer wieder folgte: der
Zorn, das Mißtrauen, die ohnmächtige Verzweiflung! Darüber
würde er seine Seele verlieren!

»Ich wollte zwei Millionen Taler geben in zehn Jahren Zeit« –
so völlig durchlebte er auch schon wieder diese Möglichkeit –,
»wenn ich nicht König wäre. Nichts als embarras. Ich wünschte
nichts mehr in der Welt, als in auswärtigen Landen weit von
meinem Lande einen hübschen, einsamen Ort aufzusuchen, wo
ich in der Stille leben kann. Denn in dieser Welt bin ich zu nichts
mehr nütze. Dann wollte ich ein philosophisch' Leben führen.
Ja, wenn ich noch vierzig oder fünfzig Jahre zu leben hätte und
für mein Heil sorgen könnte. – Aber als König sehe ich keinen
Weg. – «

Es brach aus ihm hervor, so wie er noch niemals ein Geständnis getan hatte. Er sprach nicht zu dem Lustigen Rat, der
»im Ernste« der Vizekanzler aller seiner Universitäten wurde. Er
klagte es dem Wald und dem Abend. Längst, längst dachte er
daran, abzudanken, wegzugehen, sehr weit fort – nach Verona.
Aber das war fremd, viel zu fremd.

Ach, warum konnte es nicht sein altes Wusterhausen sein?!
Warum durfte er nicht dort mit zehntausend Talern Rente leben,
das Gut bewirtschaften, zu Gott beten? Aber da war Berlin und
Potsdam viel zu nahe. –

Dann hatte er die Herrschaft Cossenblath gekauft; nein, nicht
wie er vorgab, für den zweiten Sohn. – Für sich selber wollte er
ein Gut an der Grenze des Landes, ein paar Äcker, ein wenig Jagd
für die Gäste, einige Stuben für die Familie, die Tabagie. – Schon
hatte er manchmal heimlich dort gemalt. – Schon waren auf die
weißen Türen des ländlichen Schlosses in goldener Schrift die
Namen der Kinder geschrieben, die in den lichten Stuben hinter
jenen schmalen Türen wohnen sollten. – Aber auf Cossenblath
konnte ihm Ruhe nicht beschieden sein. Der Dresdener Hof war
gar zu dicht benachbart. Man würde ihn unablässig belauern;

Berlin und Dresden würden über Cossenblath hinweg miteinander über ihn korrespondieren.

Er hatte ein holländisches Herz von Jugend auf. Er wiederholte die erste Reise seiner Jugend und kaufte das Haus in Hoenslardyck.

An einer Lichtung stiegen sie vom Pferde. Dort, als wäre die Wiese ein ganzes Land, beschrieb der Herr die Lage Hoenslardycks, den Weg, den er nehmen, und die Stunde, da er Einzug halten würde.

Sobald die Zeit wiederkäme, in Wesel die Dreijahresrevue abzunehmen, sollte vorher der Befehl an seinen Gesandten nach dem Haag ergehen, den heute schon eingeschickten, aber noch versiegelten Anschlag für die Renovation des Alten Hofes im Haag – der sollte die Winterwohnung werden – und des Hauses in Hoenslardyck ausführen zu lassen. Nach der Revue wollte er dann vor die Front hintreten, die Abdankung auszusprechen und Besitz und Regierung an seinen Sohn zedieren. Für das, was er dem Staat geleistet hatte, begehrte er eine Rente und vom ersparten Vermögen, das er der Krone beließ, bestimmte Zinsen als Apanage für die Gattin und die noch unversorgten Kinder.

Nach der Unterschrift der Interessenten hätten sich alle anwesenden Generale und Stabsoffiziere als Zeugen zu unterschreiben. Bei Anbruch des Tages würde aber indessen schon alles, was er mitzugehen und mitzunehmen bestimmt hatte, auf dem Weg nach Holland sein, damit nichts und niemand angehalten werden könne. Alsdann würde er ohne jegliche Begleitung in seinem Jagdwagen der Avantgarde nacheilen.

Von Nymwegen aus, über Rotterdam und Delft, nach dem Haag gedachte er auf Jachten zu fahren, unterwegs in Gärten auf dem Lande offene Tafel unter großen Bäumen zu halten und mit vielen Menschen aus der Gegend zu sprechen; denn der gelehrte König war nun der holländischen Sprache wieder ziemlich mächtig.

Ein Schaffner sollte vorausgehen und alles das bestellen, dingen und bezahlen und sodann im Haag auf dem mit steinernen Platten ausgelegten Vorhof des Alten Hauses zwei lange Tische bereithalten für alle, die ihn bewillkommnen kämen.

Und hier würde er sich umkleiden und solche neue Art der Kleidung beibehalten, nämlich einen braunen Tuchrock und braune Pantalons, schwarzseidene lange Strümpfe und einen großen, runden, dunklen Hut – alles genau ebenso, wie er es einst als Knabe im Holland Wilhelms III. sah. In solchem Habit würde er die nötigen Besuche abstatten, danach sogleich das Haus in Hoenslardyck beziehen, um dort die Gegenbesucher bewirten zu können. Die drei Söhne August Wilhelm, Heinrich, Ferdinand sollten mit kleiner, standesgemäßer Hofhaltung in Hollands drei Universitätsstädten wohnen: in Leiden, Utrecht, Harterwyck. Sie hatten aber auch in die Provinzen zu reisen und späterhin Anerbieten für eine Stellung weder zu suchen noch abzulehnen. Kriegen würden sie als Freiwillige beiwohnen. Die Töchter Ulrike und Anna Amalia, wenn sie in erwachsene Jahre kämen, sollten dem Vater die Wirtschaft und die Kassenbücher führen, entweder in besonderen Ressorts oder in Abwechslung. Sie mußten auch lernen, ihr eigenes Geld selbständig anzulegen: in Renten, Lotterien und Fischerflottillenanteilen, weil nach des Königs Erfahrung das Vertrauen in Geldsachen bei den Holländern eine große Rolle spielte.

Der Königin und ihren Töchtern zur Unterhaltung würde jeder Gast auf Hoenslardyck zum mindesten mit seiner Frau eingeladen werden, und an Gärten, Spiel, Musik und Abendtafel sollte es nicht fehlen.

Damit es nun aber auch dem König selbst an Gesellschaft nicht mangle, mochte der Schaffner für den Fall, daß nicht genügend Gäste ungebeten herbeikämen, solche Männer aufsuchen und heranbringen, die viel gesehen und erfahren hätten oder sonst viel und gut zu reden wüßten; und zu solchem Behuf würden auf Hoenslardyck Treckschuiten, Gespanne und Reitpferde gehalten werden. Nach dem Haag würde man reisen, so oft es nötig schien; und der ständige Winteraufenthalt würde ebenfalls im Haag sein. Einmal im Jahre gedachte der Herr auch eine Zirkularreise zu jedem Prinzen und mit diesen zusammen durch die Provinzen zu seinen Gütern vorzunehmen, die er indes gekauft haben würde. Dem Prinzen von Oranien plante er reichliche Kredite zu geben und sich dafür von ihm den Rang eines Generals der Infanterie verleihen zu lassen. Weiter würde er seine Wünsche aber nicht steigern. Freilich, zahlreicher alter Hofstaat, Diplomatie und Kaufmannschaft, würdige Männer aus dem Haag, hätten schon mit ihm verhandelt, ob er sich wohl den Rang und Posten eines Generalstatthalters und Generalkapitäns der Union Hollands und der Niederlande würde antragen lassen. –

»Das, Professor Morgenstern, ist bereits diskutiert. Und ich werde ein wahrhafter Republikaner sein, der die Gesetze der Generalstaaten respektiert. Er soll nicht lächeln, Professor Morgenstern: ich werde ein Republikaner sein. Ich bin zu lange König gewesen. Nun will ich Statthalter sein. Ich glaube nicht umsonst so viele Jahre hindurch mit allem Eifer die Verfassungen der Nachbarländer studiert zu haben. Ich werde einer Republik Dienste zu leisten vermögen. Auch Wilhelm III. hat in England nicht geherrscht, wie er in Holland regierte. Das würde ich genau so halten, wenn ich Statthalter der Niederlande wäre und nicht mehr König von Preußen. Er soll nicht lächeln, Professor.«

Manchmal war der Blick des Herrn mehr voller Hochmuts als voller Schwermut. – Aber Professor Morgenstern lächelte nicht. Er war bleich. »Was war der letzte Anlaß zu solchem Entschluß Euer Majestät, wenn ich es wissen darf?« fragte er nahezu bedrückt.

»Der letzte – «, sprach der König zögernd, als frage er sich selbst, »der letzte –. Mein Sohn hat einen Hof; den habe ich ihm geschenkt; dort weiß ich ihn gern. Aber sie säen Zwietracht und Verdacht zwischen seinen Hof und meinen Hof. Ich habe keinen Anlaß zum Verdacht; von Rheinsberg gehen keine Briefe in die Welt; es kommen keine fremden Gesandten auf das Schloß meines Sohnes. Ich schüttle die Verleumder ab – bis sie wieder an meinem Bette bei mir stehen, wenn ich so unsäglich leide. Und ich werde wieder leiden, mehr und mehr, und den Verleumdern immer wieder Glauben schenken. Ich muß gehen, Professor.«

»Ich werde schweigen, Majestät«, stammelte der Professor; er band die Pferde vom Baume, »im Walde wird es dunkel. Wir müssen zum Schloß.«

Der Abend kam frühe, und die Kiefern der Ebene machten ihn dunkler, als Abende in einer linderen Landschaft sind. Der Professor sah auch in der Dämmerung, daß der König lächelte.

»Er braucht nicht zu schweigen, Professor Morgenstern – Er soll gar nicht schweigen.«

»Ich werde schweigen«, rief sein letzter Lustiger Rat dem Herrn entgegen, »um meinetwillen und um aller Untertanen willen schweigen. Ein Land muß aus den Fugen geraten, wenn der König geht vor der Zeit. Das Leben eines Königs ist die

Stunde eines Landes, wie Gott sie zählt. Und die Lebenszeit eines Königs bleibt zum mindesten das auferlegte Geschick eines Landes; niemals darf eines künftigen Königs Zeit vorausgenommen werden!«

Er brach ab. Denn König Friedrich Wilhelm hatte seinen Obristen-Eckenhut vors Gesicht gepreßt, als verberge er es ganz im weichen, großen, dunklen Mijnheernhut. »Wohl dem«, stöhnte König Friedrich Wilhelm zwischen seinen Fäusten, »wohl dem, der am ersten stirbt und zu Gott kommt. Denn auf der Welt ist weiter nichts als Torheit. Ich begreife nichts mehr in der Welt. Gott gebe bald ein seliges Ende, daß all den Schelmereien ein Ende gemacht sei. Es ist nicht länger auszuhalten.«

Auf der Wende vom Spätsommer zum Frühherbst war das Kronprinzenpaar voraus nach Rheinsberg gegangen, den König und die Königin dort zu empfangen und erstmalig zu bewirten. Drei Tage waren für den Besuch in Aussicht genommen. Anfang oder Mitte September gedachten die königlichen Eltern zu kommen. Vogelschießen, Fischfang und Jagd waren vorgesehen, und alles sollte möglichst auf die Wünsche des Königs abgestimmt sein. Der Königin wollte man kleine Spielzirkel arrangieren und namentlich ihr Zimmer recht luxuriös ausstatten. Obwohl der König von der zwölf Meilen langen Fahrt ungewöhnlich angestrengt war, ließ er sich doch alles, was nun überhaupt nur noch zu sehen war, sogleich am Abend seiner Ankunft zeigen; so freudig war er überrascht, welche völlige Veränderung mit dem verfallenen Schloß, den verwilderten Gärten und dem armseligen Fischerflecken am Grienericksee vor sich gegangen war. Allüberall hielt König Friedrich Wilhelm Umschau. Ah, dies also war der zweite Turm, der Klingenberg? Ausgezeichnet, ausgezeichnet, welches Ebenmaß sich nun ergab! Und der Turm fand wirklich Verwendung? Ein Observatorium kam unter sein Dach? Und ins mittlere Stockwerk ein Rundsaal für physikalische Instrumente; dazwischen eine kleine Druckerei? Ein außerordentlich bemerkenswerter Turm! So ging es mit Fragen und staunenden, anerkennenden Rufen.

Der Kronprinz besorgte wohl, es möchte da und dort in Musikzimmer, Bibliothek und Billardsaal ein wenig mehr an Monbijou, denn an Potsdam oder gar Wusterhausen gemahnen; aber der König wünschte gerade den gelben Marmorsaal mit den beiden mit Kupfergold beschlagenen Kaminen zu bewundern, durch dessen hohe Glastüren zu beiden Seiten man auf die große Allee im Park und den Schloßhof mit seinen weißen Kavaliershäusern sah. Im Marmorsaal nun traf König Friedrich Wilhelm auf die ständigen Gäste des Sohnes. Den Meister Pesne erwartete er als ersten zu sehen; denn ihn hatte er an Rheinsberg entliehen, sowohl um dem Sohne wie auch dem alten Künstler eine Freude zu bereiten. Der König trug es Pesne nicht nach, daß er trotz aller seiner behäbigen Liebenswürdigkeit die Gemälde seines Herrn zu sehen vermied, damit er sich nicht äußern müsse. Der König rechnete es ihm auch nicht gar zu schwer an, daß Pesne, seit er ihn nach England entsandte und von diesem Zeitpunkt an zum Maler so vieler gekrönter Häupter machte, über der Fülle seiner nun einlaufenden Aufträge sich um die Gediegenheit des einzelnen Bildes nicht mehr sehr bemühte. Auch schadeten ihm Wiederholungen und Atelierbilder seiner malenden Familie unter seinem Namen. Doch auch diesen Alten hatte der König aufs gnädigste bei sich behalten, weil Pesnes beschwingte Hand ihm ja im Laufe der schweren Jahre die Gattin, die Kinder immer wieder so leicht, so heiter, so behütet malte und ihn dennoch nicht betrog: in allen ihren Augen lag der große Ernst. Und seit Jahr und Tag hatte nun der Herr auf jedem Schloß, das er bewohnte, ein Zimmer allein für Pesnes Gemälde von den Seinen bestimmt: das blühende und strahlende Gegenstück zu seiner »Totenkammer« mit den Bildern der verstorbenen Generale. So fand der König seinen alten Maler, der alles besaß, was der Herr der eigenen Hand versagt glaubte, wohl gern unter den Gästen von Schloß Rheinsberg wieder. Allen voran schritt aber nun eine würdige Greisin, und obwohl sie den König ungemein gewandt begrüßte, standen ihr die Tränen in den Augen, als der Herr nun ihre beiden Hände fest und immer fester umpackte, bis er sie endlich nur freiließ, um seine alte Montbail ganz in die Arme zu schließen. Was sie denn nur anfange, fragte er, seit sie keine Friedrich Wilhelms und Friedrichs mehr erziehe? Und die alte Hugenottin, die Preußens Könige das Beste lehrte: beten, niemals aber, bis in ihr hohes Alter, Deutsch lernte, stammelte lachend und weinend, sie mache französische Gedichte – und manchmal auch recht ausgelassene Witze. So sehr habe Rheinsberg es ihr angetan!

Die Herren aber, die ihr folgten: keine petits-maîtres, wahrhaftig! Welch angenehme Überraschung: auch der Herr von Senning, Major im Ingenieurkorps, Friedrichs alter Mathematiklehrer, hatte Wohnung und Unterhalt auf Rheinsberg gefunden, wie die Majorsrente sie ihm wohl nicht gewähren konnte. Der hatte es verdient; denn im flandrischen Kriege war ihm der rechte Schenkel zerschmettert, und er stapfte mit dem Holzbein durch die gläsernen und goldenen Säle von Rheinsberg. Und siehe da: der Chevalier de Chazot zählte zu der Kolonie vom Remusberg, an die Voltaire, der Dichter seines Landes, regelmäßig Hirtenbriefe schreiben mußte! Der Chevalier de Chazot! Es bedurfte keiner Vorstellung. Majestät entsannen sich sogleich: der Chevalier, ein junger Edelmann aus der Normandie, war einer von jenen französischen Offizieren, die während des Rheinkrieges in die Dienste des roi sergeant übertraten, weil es ihnen im eigenen Lager nicht behagte, daß nun zum Kriegskostüm rote Absätze Mode geworden waren.

Offiziere vom kronprinzlichen Regiment fanden sich zur Begrüßung ihres höchsten Herrn ein, Leutnants und Kapitäne, die ihren Chef von Ruppin auf seinen Landsitz zu begleiten pflegten – junge Offiziere, deren Väter zu der engsten Umgebung des Königs gehörten; ein Kleist, ein Rathenow und Schenkendorff, ja ein Buddenbrock, dessen Vater doch einst den gefangenen Oberst Fritz von Wesel nach Berlin zu eskortieren hatte. Hinter den jungen Militärs trat der alte, berühmte La Croze hervor, Wilhelmines Lehrer, das Repetitorium aller Gelehrsamkeit, das Magazin sämtlicher Wissenschaften, das wandelnde Lexikon zwanzig lebender und toter Sprachen, die Quintessenz aller Historie und einer Menge kleiner Geschichten, von denen seinem wunderbaren Gedächtnis nicht ein einziger Umstand entfiel – ein entlaufener Mönch, der immer etwas Klösterliches an sich behalten hatte und Anekdoten nur im Psalmenstil von sich gab. Der König unterhielt sich auffallend lange mit ihm, und zwar von der Frau Kronprinzessin; denn La Croze war für die Frau Tochter herberufen. Er vervollkommnete das Französisch der geschmähten Bauernprinzeß; er lieh ihr bei besonderer Lektüre seinen Beistand, namentlich bei den Lieblingsautoren ihres Gatten. Der König ließ nicht ab, sich nach den Studien der Frau Tochter zu erkundigen. So, so, in Cicero, Marc Aurel, Antonius Philosophus und Epiktet sei sie besonders belesen? Alles, was er einst an Sohn und Tochter so verdammte, weil es für den »großen Hof« in

London und in Feindschaft gegen ihn selbst geschah, nahm er an der Schwiegertochter nun mit Freuden wahr. Denn es geschah in der Liebe zu seinem Sohn, in dem Gehorsam gegen ihn selbst und in der Vorbereitung auf das Amt der Königin von Preußen. Längst wußte er in allen Einzelheiten, daß Elisabeth Christine in den Formen des höfischen Lebens, in den Wissenschaften, in Tanz und Toilettenfragen eine stille, emsige Schülerin war. Und weil sie dem Sohne zuliebe eine ihm und ihr nur wenig genehme Mode mitmachte, schenkte ihr der Herr Vater gar eine Tabaksdose, zu ihrem schönsten Kleide passend ausgewählt. Er allein übersah auch nicht, was von den anderen unbemerkt blieb: daß sie nur darum wie ein gelehriges, fügsames Mädchen war, weil sie sehr frühe zu den Frauen zählte, die groß und reif zu lieben wissen und nur groß zu lieben vermögen.

Der König blickte im Gespräch, bei der Tafel, während des Tanzes und beim Spiel unablässig auf die Kronprinzessin. Keine der Damen war eleganter als sie in ihrem pfirsichfarbenen Samtkleid. Zu seinem Stolz und seiner Freude trug sie auch ihm zu Ehren seine kostbaren Geschenke, den kleinen Sancy, den dritten unter den berühmten Edelsteinen der Erde, den sie einst nur voller Beschämung und unter Tränen empfing. Auch hatte sie jenen Ring von vierundzwanzigtausend Talern Wert aus dem Juwelenschatze seiner Frau Mutter angesteckt, von dem er noch immer das eine und das andere seltene Stück verborgen hielt, das er besonders liebte: einen Ring, den die preußischen Königskinder zum erstenmal an der Hand der Bauernprinzeß und künftigen Königin von Preußen erblickten.

Keine der Damen auf Rheinsberg schien dem König gewandter und vor allem aufmerksamer im Gespräch als die liebe Frau Tochter. Auch tanzte sie nun sehr schön. Dabei band sie sich aber nicht mehr eng an die Regeln, die sie einst so mühsam erlernte. Und auch in ihrer Kleidung schien sie sich kleine, reizvolle Freiheiten zu gestatten; doch waren es nicht mehr die Nachlässigkeiten von einst!

Am meisten erstaunte der König darüber, daß gerade zwischen seiner Frau und seiner Schwiegertochter die lebhafteste und liebenswürdigste Unterhaltung gepflogen wurde. Das war über alles Erwarten. Sie sprachen von Monbijou, und die Kronprinzessin bemerkte unbefangen, daß Rheinsberg niemals Monbijou erreichen könne; sie verglich der Königin die Einzelheiten;

sie kannte Monbijou wie niemand sonst. Die anderen priesen immer nur die Uhrensammlung der Königin; die war ja nun auch freilich auf ein halbes Hunderttausend kostbarer Exemplare angewachsen, jedes Stück fünfhundert Taler wert und alle mit Brillantzierat auf Jaspis, Lapislazuli, Kristall, Karneol und Onyx – und zählten alle doch nur vergeblich hingebrachte Stunden. –

Die Zahl der Dosen und Kästchen und Goldpulverschachteln rundete sich zum dritten Hundert, die Fächer nicht gerechnet, von denen die Königin zu jeder Robe mehrere besaß. Ihre Muscheln füllten schon zwei Spinde und sechs Kommoden. Glanz, Buntheit, Spiel umgaben die hohe Frau. Aber die Kronprinzeß fand anderes noch viel schöner; denn bei der Königin waren ja die vier Kronen aufgestellt, die ihre Töchter bei den Trauungen getragen hatten – freilich als die erste und die letzte Krone ihres in den Augen der Mutter entwürdigten Lebens. –

Aber da nahm Elisabeth Christine einen Schatten in den immer noch so leuchtenden Augen der Frau Schwiegermutter wahr und begeisterte sich an anderen Schätzen Monbijous.

Die Herrin Monbijous lebte nur noch zwischen ihren Sammlungen, Geschenken und Briefen. Sie wollte nicht darüber grübeln, daß diese Briefe nichts mehr hatten als die Ferne ihrer Herkunft und den hohen Namen ihres Absenders. Daß sie weiter regelmäßig Appartement hielt, spielte kaum noch eine Rolle. Man war ja nicht mehr nur auf Monbijou gesellig. Im Grunde lebte sie mit den Töchtern Anna Amalia und Ulrike völlig einsam, und diese wiederum lebten ganz getrennt von ihr, wie denn auch nicht einmal mehr die Prinzessinnen vom Geblüte, die Damen der alten markgräflichen Familien, zu ihr kamen. Nachmittags ließ sie sich in ihrem Goldenen Kabinett vorlesen und machte dabei Knötchenhandarbeiten. Bis gegen neun Uhr abends spielte sie mit zwei ihrer Damen ihr altes L'hombre. Um neun Uhr setzte man sich zur Tafel, für drei oder vier Stunden. Nach der Tafel nahm man den Kaffee in ihrem Zimmer, wie jeden Tag seit mehr als fünfundzwanzig Jahren. Dann begaben sich alle hinweg, die diensttuende Hofdame ausgenommen. Dieses Leben war so regelmäßig wie ein Notenpapier Anna Amaliens. Nun aber, in Rheinsberg, ward Monbijou in ein neues Licht getaucht. Die Bewunderung der Kronprinzeß tat Königin Sophie Dorothea überaus wohl; aber sie vermochte nicht den tiefsten Grund all solchen Staunens und Rühmens zu erkennen und konnte nicht ermessen, daß mehr als kindliche Neugier die einstige Bauernprinzeß nach Monbijou zog, und daß Elisabeth Christine aus all den nichtigen Kostbarkeiten, die am preußischen Hofe die Königin als einzige umgaben, lediglich spürte, wie sehr die Königin von ihrem Gemahl geliebt worden war und wie er ›Dem König von Preußen‹ Ehre antat in dem Glanz, mit dem er gerade sie, die Fürstin aus so großem Hause, auszeichnete – auch dann noch, als keine Königin, keine Gattin, keine Mutter mehr zu leben schien und nur noch der Vater war, nur noch der Sohn. – Die Kronprinzessin sah und fand in Monbijou nur den König. Das hatte noch niemand getan. Das war noch niemals geschehen. Wie sollte da die Welfin es ahnen. Wie sollte da Frau Sophie Dorothea den eigentlichen Sinn der Worte verstehen: »Niemals wird Rheinsberg mit Monbijou vergleichbar sein.« Sie war gönnerhaft zu ihrer kleinen Schwiegertochter. So viel Gutes hatte sich keiner von dem Verhältnis zwischen Königin und Kronprinzeß zu versprechen gewagt. Im Benehmen Ihrer Majestät war nichts von Politik, geschweige denn Feindseligkeit. Die Bauernprinzeß war ihr niemals eine ebenbürtige Rivalin; und nur, weil sie am Tage vor ihrer Hochzeit auf Salzdahlum nach dem Willen der Höfe von London und Wien Prinzessin von Wales hatte werden sollen, wurde sie überhaupt in dem Kreis von Monbijou beachtet. Was sie die Einfalt an ihr nannten, war, daß alles, was sie tat, aus unverfälschter und unbegrenzter Liebe geschah, die nur das eine suchte und den einen, den zu lieben auch ein Amt war, verliehen von ›Dem König von Preußen‹.

Über zweierlei sah König Friedrich Wilhelm schon an dem ersten Rheinsberger Tage klar: Lüge war, was den holländischen Gazetten heimlich aus Preußen berichtet wurde und durch die fremden Journale wieder nach Preußen gedrungen war, nämlich die Kronprinzeß habe »einen Anfall von einer schwindsüchtigen Krankheit«. Der Rheinsberger Hofarzt, einst ein Theologe von Ruf, hatte ihn völlig beruhigt. Elisabeth Christine war nur schmaler, edler, beschwingter geworden und – was den König nun sehr rührte – in ihrer jungen Ehe noch ein ganzes Stück gewachsen. Das war die eine Gewißheit. Die andere war: die Königin hatte zu frühe »im geheimen« kostbares doppeltes Kinderzeug machen lassen, für Knabe und Mädchen, so daß niemand mehr an der Schwangerschaft der Kronprinzessin zweifeln konnte und der glückliche König schon mit dem öffentlichen Kirchengebet beginnen lassen wollte. Am Morgen, als sie mit ihm durch die Gärten ging, hatte er der Frau Tochter davon zu sprechen begonnen. Zu allem, was sie in Rheinsberg unternahm, hatte er ihr Glück gewünscht und diesem Wunsch in seinem artigen Französisch, das er gerade ihr gegenüber sehr bedacht wählte, hinzugefügt: «Et je vous souhaite des longues années et en quelques mois un gros et brave garçon!»

Aber da war eine so tiefe Unruhe und Bangigkeit in den weiten, grauen Augen der Frau Tochter gewesen, daß er schwieg. Er hörte aus ihren Worten die Angst um den Geliebten. Sie stammelte, daß es nur die Fügung des Himmels sei, wenn ihrer Ehe nun im fünften Jahre noch kein Kind beschert sei.

Solche Trauer hatte der Herr noch nie in einem Frauenblicke gesehen. Elisabeth Christine war doch kein Kind seines Blutes. – Sie hatte doch keinen Herbst auf Wusterhausen miterlebt. – Trauerte die junge Fürstin mit ihm um das Geschlecht? Der Herr Vater tröstete sie. Er sprach von seinen toten Söhnen; und wie dann Fritz geboren wurde und ihm blieb, der Sohn nach ihm aber wieder starb. Und er erzählte immer weiter, immer weiter – alles das, wovon er noch niemals hatte sprechen mögen: wie er dann auch alle die lebend gebliebenen Kinder verlor; wie alle ihm abgewandt waren, zum mindesten durch die Furcht, die man ihnen vor ihm eingeflößt hatte. – Und wie dann sie gekommen sei, die liebe Frau Tochter, ein großes Glück, eine freundliche Wärme und Heilung für sein verwundetes Herz.

Er sagte es nicht, um zu klagen. Er redete zum erstenmal von sich selbst – nur, um Elisabeth Christine zu loben! Dann lenkte er rasch ab. Er danke es ihr, daß sie immer wieder eines von seinen Kindern zu dem ältesten Bruder nach Rheinsberg einlade, weil doch lange Zeit hindurch, nach seiner Rückkehr aus Küstrin, eine gewisse Befangenheit der jüngeren Geschwister gegenüber Friedrich nicht gewichen sei. Ohne Gäste möchte es ihr hier wohl auch manchmal zu einsam sein; sie würde vielleicht doch einmal Rheinsbergs überdrüssig werden. Aber da sagte sie es wieder ohne Grübeln, ohne Scheu in aller ihrer Süße, Rheinsberg könne sie immer nur lieben, weil sie hier mit dem Teuersten auf der Welt zusammen lebe. Langeweile sei ihr ausgeschlossen, da ihr allein die Gesellschaft des Kronprinzen genüge; nicht ein Gast, nicht einmal der Hof sei ihr nötig. Und dann besitze sie doch all die schönen Dinge, die sie der Güte des Königs verdanke: die Farben zum Malen, mit denen sie gerade für die Königin einen »Knaben mit Flöte« begonnen habe; die neue Büchse, mit der sie fleißig übe; die Gärten, die sie anlegen dürfe. Gleich führte sie den Herrn Vater hierhin und dorthin. Schöne, klare, große Blumen, sorgsam behütet, leuchteten unterhalb eines lichten Säulenganges von attischer Anmut am Ufer des Sees. Der leichte Nebel über dem Schilf war lind und ohne Kühle. Auf dem klaren, zitternden Wasser lagen am Steg die beiden schönen Lustschiffchen, von dem jungen Schloßherrn für solche Gäste erbaut, die an einer Wasserfahrt auf seinem See Vergnügen fanden und dann im Walde Bubero am jenseitigen Ufer sich ergehen wollten.

Die Gärten, die sich längs des Sees erstreckten, hätten aber ihre Vollkommenheit noch nicht erreicht; sie wären erst seit gar zu kurzem angelegt und weithin noch Entwurf. Das sagte die Frau Tochter dem Herrn Vater gleich zur Erklärung; denn im milden Herbste ward das Erdreich für den künftigen Frühlingsglanz bestellt. Aber der Kronprinz meine, fügte sie hinzu, der Plan und Grundriß sei groß und schön und nach einem neuen Geschmack.

Frau Elisabeth Christine wies dem König das Begonnene: einen Obelisken, nach ägyptischer Art mit hieroglyphischen Figuren besetzt als Abschluß einer Allee; die Kabinette im Grünen und die mathematischen Vorarbeiten auf einem planierten Stück Erdboden, das im nächsten Jahre als Irrgarten angelegt werden sollte; seine labyrinthischen Pfade würden zu einem in der Mitte gedachten Tempel führen. Remusberg, San Ildefonso, Sanssouci gedachten sie das vollendete Rheinsberg zu nennen. Der König wußte: die Herrlichkeit der Gärten, die seine Frau Tochter ihm beschrieb und pries, war ebensowenig nach ihrem wie seinem eigenen Geschmack; er war ja mit ihr durch seinen Küchengarten Marly gewandelt. Aber er hörte ihr mit Freundlichkeit zu. Er sah den Strom der Liebe, der die Gärten ihrer Seele fruchtbar machte. Er fühlte die Wärme ihres Dankes, daß er ihr Rheinsberg gab, damit sie es bilden könne ganz nach dem Wunsche des einen. So mochten doch Tempel sein, Irrgärten, Bacchanten bei Weinstöcken und Satyre unter Zypressen; so mochten sie doch! Der Garten von Rheinsberg würde dennoch nie zum Zauberland der Venus werden und sich immer nur zum lieblichen Gefilde des sanftesten Herzens entfalten! Kündete nicht jedes ihrer Worte davon? Rheinsberg enthüllte sich ihm in den Reden der Frau Tochter immer mehr als ein Haus der ernsten Studien, der stillen Abendmusiken in streng begrenztem Kreise, der Gastlichkeit und der vertrauten Nähe. Und der junge Prinz, der bis dahin immer nur in den weiten Reichen zu leben vermochte, suchte hier die Enge und Begrenzung, das Beharren und die Bescheidung. Zuviel Schmerz, zuviel Schmach war auszulöschen. Zu mühsam war der Weg zu den Menschen zurück – zu zart die Verwundbarkeit des Fürsten, der vor aller Welt soviel Leiden, soviel Schande trug!

Vom Morgen bis zum Abend begegnete dem König auf allen seinen Wegen in Rheinsberg immer wieder ein »Hoenslardyck« seines Sohnes! Und aus tiefstem Herzen leistete er den völligen Verzicht auf seinen Traum, damit es noch erhalten bliebe, das Haus der ernsten Studien, der Gastlichkeit und der vertrauten, bergenden Nähe: das Haus, in dem der junge Fürst, die junge Fürstin sich auf ihr Amt bereiteten, ein Amt von grenzenloser Weite und Schwere. Der Vater gönnte dem Sohn vor dem Antritt seiner Königsherrschaft die freundliche Flucht, die er sich selbst nach einem Vierteljahrhundert seines Herrscheramtes versagte, einem Vierteljahrhundert, das ihn die Worte sprechen lehrte: »Ein König muß mehr leiden können als andere Menschen. – «

Rheinsberg mußte noch sein; und darum mußte Hoenslardyck versinken. Rheinsberg schien noch ein kaum begonnenes Bild; noch waren Rheinsbergs Gärten nur Entwurf, und die herbstliche Erde wurde erst fürs kommende Frühjahr bestellt. – Hoenslardyck aber war im Bilde völlig durchlebt, bis hin zu den Vespern unter den Bäumen im alten Hof und zu den Gastmahlsgesprächen, zu denen der Schaffner kluge und erfahrene Leute aus der ganzen Gegend an die Tische unter mächtigen Bäumen holte.

Gedanken verwundeten, Worte verwirrten den König; aber die Bilder waren still und klar und stark. Er hatte bis in diese Stunde in den Bildern eines Königsspiegels gesprochen, gehandelt und gelitten.

Zwei Schatten wanderten mit dem Könige, der kein Mijnheer werden durfte, durch das Schloß und die Gärten vom Remusberg: Katte und ›Der König von Preußen‹.

Aber über den Schatten schwebte nun ein lichter Schein.

Hatte die Frau Tochter von den Studien des Sohnes doch

gesagt, sie selber habe aus seinem Munde die Worte vernommen: »Ich gestehe zu, daß man das Edelste, das Erhabenste und Herrlichste zusammenhäufen muß, um einen, obgleich nur sehr unvollkommenen Begriff von dem Schöpfer, diesem ewigen, allmächtigen Wesen zu bekommen. Indes will ich mich lieber in die Abgründe seiner Unermeßlichkeit verlieren als auf Kenntnis von ihm und auf jede intellektuelle Idee, die ich mir von ihm machen kann, zu verzichten.«

Sinnend durchschritt Mijnheer van Hoenslardyck die Gärten von San Ildefonso. Sinnend – oder vielleicht in dem Gebet, Gott möge sich dem Sohn, der auf die »intellektuelle Idee von ihm« nicht mehr verzichten konnte, offenbaren als Gott-Vater im Gott-Sohn, weil »in dem Namen Jesu sich beugen sollen aller derer Knie, die im Himmel und auf Erden und unter der Erde sind, und alle Zungen bekennen sollen, daß Jesus Christus der Herr sei, zur Ehre Gottes, des Vaters«.

Und auch am nächsten Tage keine Jagd, kein Vogelschießen, kein Fischfang, keine Besichtigung der mächtigen Eichen am Zechliner Vorwerk! Auch wohnte der Herr Vater nicht der Fütterung der jungen Lämmer bei, die man sich als besonders zarten Braten für ihn dachte, und ebensowenig ließ er sich die eigens für ihn gemästeten Poularden zeigen. Das Programm war umgestoßen. Lediglich, daß er sich die Rheinsberger Baurechnungen, die den kronprinzlichen Etat zu überschreiten drohten, zur sofortigen Begleichung vorlegen ließ.

Danach besichtigte der König die Gemäldegalerie. Der Baron von Knobelsdorff mußte ihm erklären. Der König war zufrieden mit dem Baumeister und Maler seines Sohnes. Er fand keinen Italiener oder Franzosen, wie er es wohl für möglich gehalten hatte; ja, es war überflüssig, daß er Pesne an Rheinsberg abtrat, denn die Frau Tochter malte gar getreu in Pinselführung, Tönung und Format – allein in der Art des Herrn »Friedrich« Wilhelm, wie seinen Bildern als Meistername eingetragen war! Der Sohn aber hatte sich einen Junker aus der Mark zum Künstler seines Hofes herangezogen, ihn in fremde Lande geschickt und dann gänzlich zu sich geholt: einen ernsthaften Mann, derb, groß und gesund. Schweigsamkeit und finsteres Grübeln lagen ihm näher als alles schwärmerische Kunstgeschwätz. »Le gros Knobelsdorff« hatte nichts Höfisches. Beinahe fehlte die Artigkeit. Der König übersah es. Es war ihm lieber so um Rheinsbergs willen. Der Herr sprach sehr fachmännisch von der Brabanter Schule. Er persönlich neige nun einmal ungleich mehr zu den Niederländern als zu den Italienern. Er lasse sich jetzt regelmäßig von seinem Gesandten im Haag über den Kunstmarkt in Holland berichten. Gerade vor der Abreise nach Rheinsberg habe er Order erteilt, siebenundvierzig im Katalog von ihm angemerkte Gemälde aus der Sammlung des verstorbenen Bürgermeisters van Huls im Haag zu besehen und zu prüfen, Stücke von holländischem goût, auch solche, die etwas Spekulatives hätten; denn in seinem jetzigen Zustand machten ihm dergleichen Piecen doch einiges Vergnügen. Es brauchten nicht die teuersten und begehrtesten Bilder zu sein, wenn sie nur recht gut wären.

Das Wort von seinem jetzigen Zustand war das einzige, was König Friedrich Wilhelm auf Rheinsberg über seine Leiden verriet. Er ging auch gleich darüber hinweg und sprach mit einem gewissen Stolz von seinen Holbeins, Cranachs und Correggios, die sich in seinen Sammlungen befänden. Fachleute von Rang hätten ihm versichert, abgesehen von ein paar Kopien bestehe seine Galerie gewiß aus so schönen, auserlesenen und kostbaren Gemälden, als ein großer Herr in der Welt nur haben könne. Auch lasse er jetzt für die Bilder Vorhänge zum Schutz vor der Sonne machen, und das rate er dem Kronprinzen auch an.

Der junge Hausherr von Rheinsberg trat während der Besichtigung seiner kleinen Galerie zu dem König und dem Maler; er bat den Vater, sich von Knobelsdorff für die Galerie porträtieren zu lassen. Der König sagte es zu. Der Wunsch des Sohnes, erstmalig vor dem alten Bildermacher und Bilderschenker ausgesprochen, schien ihn zu bewegen. Unvermittelt wandte er sich den Bücherschränken zu, in denen er zu seiner Freude viel Wolf und auch Montagne vertreten fand, den er um eines solchen Wortes willen schätzte: »Wer einem anderen nicht sein Wort hält, ist untreu gegen sich selbst.«

Der Kronprinz flüsterte, als der Vater aufbrach, seinen liebsten Gästen zu: »Der König ist sehr gnädig, milde, entgegenkommend und gerecht geworden. Er hat von den Wissenschaften und Künsten als von lobenswerten Dingen gesprochen, und ich bin über das, was ich gesehen und gehört habe, sehr erfreut und begeistert. Alles, was ich Löbliches sehe, gibt mir innere Genugtuung, die ich kaum verbergen kann. Ich fühle meine Empfindungen kindlicher Liebe sich verdoppeln, da ich so vernünftige und gerechte Ansichten bei dem Urheber meiner Tage sehe.«

Der König aber dachte nach der Heimkehr vor allem daran, daß Friedrich ihn für seine Galerie gemalt haben wollte.

Dann malte er sich selbst: in einem von ihm erdachten priesterlichen Anzug, schwarz mit hohem, weißem Kragen, weißen Stulpen; ein Brustbild, die schlanke, starke Rechte aufs Herz gelegt, den Blick mehr leidend als herrschend, den Mund sehr schmal zusammengepreßt.

Er malte auch die Königin: in einem Nonnenschleier, doch offenem, tiefbraunem Haar und ohne eine Falte des Alters.

Jedoch sagte er es nicht, daß er und sie es seien, die er da malte. Auch gedachte er nicht, die Bilder seinem Sohn zu schicken und ebensowenig, sie etwa Knobelsdorff oder Pesne zu zeigen. Seine Bilder waren von zu anderer Art, zu fremd, zu willkürlich, zu ungefüge. Niemand bekam sie zu sehen. Bei ihm selbst aber trugen die beiden neuen Gemälde den Namen: Mijnheer und Mijnfrouw van Hoenslardyck.

Und ein großer Verzicht und ein großes Geschenk waren in ihnen beschlossen, obwohl er sie für sich allein behielt.

Hoenslardyck mußte versinken, und Rheinsberg durfte bestehen.

Welche Reise war weiter gewesen? Hoenslardyck oder Rheinsberg? Die Reiche der Seele kennen andere Maße als Atlas und Globus. Der Herr war heimgekehrt von weiter, weiter Fahrt. Und es schien, als wolle er diesmal sehr lange in seiner Hauptstadt verweilen; überraschend setzte noch einmal ein »starker Bau« ein, stärker, als dadurch bedingt war, daß das halbe Hunderttausend Menschen dieser Stadt um dreißigtausend angewachsen war! Alljährlich sollte nun der Berliner Magistrat dem König zweihundert Häuser bauen. Und aus jedem Hause der Altstadt, in dem vier Familien zur Miete saßen, sollte eine in der neuen Friedrichstadt Wohnung nehmen, ohne daß es sie auch nur einen Taler höheren Mietsaufwandes kostete.

Unausgesetzt verschönerte der König jetzt Berlin, Preußens erste Königsstadt, mit der er einst als junger Herr in Fehde lag und die er gar im Zorn verlassen hatte. Dem Generaldirektorium wurde verordnet, »vor allem auf Anbau und Vergrößerung Unserer Stadt Berlin mit allem ersinnlichen Fleiß bedacht zu sein, und müssen sie das Werk unverzüglich angreifen«.

Für Zivilbauten wollte der Herr nun denselben Betrag angewandt wissen wie für Festungsbauten, nämlich zweiundeinehalbe Million Taler. Und dennoch wurden noch fünfzig der höchsten und reichsten Beamten auf eine Liste gebracht. Die mußten seinen Plan verwirklichen helfen. So galt also immer noch sein altes Wort: »Der Kerl hat Geld! Der Kerl muß bauen!« Die er reich gemacht hatte, sollten ihm die Stadt des fürstlichen Geschlechtes für ihre eigenen Nachkommen weiten und schmücken. Verurteilte suchten jetzt gar durch Bauversprechen von der Strafe freizukommen, so viel schien dem Herrn am neuen Bau zu liegen! Jedes Gewerk in Berlin hatte in des Königs neuem Stadtteil ein Haus zu errichten; jede Behörde desgleichen.

Nur einer war vom Bauen ausgenommen: der Dessauer. Der baute ihm ein Schloß in Norkütten und Bubainen – und das war mehr und war ein Gleichnis wie keiner der Paläste sonst! Es hatte einen tiefen Sinn gehabt, daß die Kiefernwälder der Mark in einzelnen Föhren um Dessau begannen. –

Die alten Festungswälle Berlins wurden geschleift; die Tore, die der Fülle der Menschen und Wagen nicht mehr den rechten Dienst zu leisten vermochten, wurden umgelegt. Die hölzernen Kram- und Trödelläden an der Spittel- und der Schinkenbrücke verschwanden. Alle wohlhabenden Hausbesitzer mußten ihre Häuser sonnengelb abputzen lassen. Der neue preußische Anstrich wurde noch immer sehr bestaunt! Es war, als schiene die Sonne nun den ganzen Tag!

Der Pariser und der Leipziger Platz, deren Vollendung wohl in alledem gefeiert werden sollte, waren des Königs eigener baulicher Gedanke gewesen. Es hatte ihm nicht genügt, des Vaters Friedrichstadt zu verdoppeln und alles, was Preußens erster König begann und unausgeführt ließ, zum Abschluß zu bringen. Er verstand den inneren Plan, der dieser Stadt von ihren Fürsten, seinen Vätern, gegeben war und daß sich ihre Größe nicht erschöpfen durfte in Bauten des Hofes und seiner Umgebung.

Damals, als er die Absicht aufgab und den Wunsch bezwang, die obersten Behörden, mit dem Fürsten von Anhalt-Dessau an der Spitze, nach Potsdam zu verlegen, war die Entscheidung gefallen, der Stadt seiner Dynastie, der Stadt der Macht und Würde, der Regierung und der Repräsentation und in ihr ›Dem

König von Preußen‹ Ehre zu erweisen. Aus Rheinsberg zurückgekehrt, ließ der Herr sein schon seit anderthalb Jahrzehnten aufgenommenes Werk beschleunigen. Inmitten der herrlichen Spiegelbergschen und Kniphausenschen Nelkengärten und Kastanienplantagen bis hin zu der Prachtallee Unter den Linden war eine neue Königsstadt entstanden, die Wilhelmstraße und der Wilhelmsplatz. Im Namen klang der alte Wunsch noch einmal auf, Potsdam nach ihm selber Wilhelmsstadt zu nennen. Aber erst, als er sich – handelnd, nicht denkend; schauend, nicht grübelnd – dem Gebote des Geschlechtes unterwarf und Berlin den Vorrang gab, gewährte sich der Herr die Ehrung solcher Namensgebung. Häuser mit reichen, vornehmen Schauseiten und großen, offenen Auffahrten, für festliche Empfänge berechnet, waren die Zierde der Wilhelmsstadt: Ministerpaläste, Kollegienhäuser und Regierungsgebäude, auf deren Entstehung der Herr von den ersten Zeichnungen und dem Abstecken der Baustellen an den unmittelbarsten Einfluß genommen hatte.

Manchmal wollte es den König dünken, als gewinne jetzt der eine und der andere Gefallen an dem, was im Anfang nur er allein schön, gediegen und für Preußen erschwinglich und angebracht fand. Dieses und jenes Zeichen deutete darauf hin, daß sein Geschmack sich durchzusetzen begann. Denn es war, von den meisten unbemerkt, obwohl in ihnen vollzogen, ein großer Umschwung eingetreten in der einstigen Begeisterung für Eosanders Vergoldungssucht und Farbenrausch, für seine Verspieltheit, Aufdringlichkeit und Unehrlichkeit und selbst für Schlüters cäsarische Weite. Nur das Festliche und Ernste, das ohne erborgten Schein war, wollte noch die rechte Geltung finden. Man täuschte nicht mehr vor; man begann die Materialien als das zu verwenden, was sie waren. Man triumphierte und krönte nicht mehr verschwenderisch mit Kartuschen und Trophäen, wo es nur zu halten und zu tragen galt. Auch Friese, Säulen und Arkaden mußten für die eigene Erde neu begriffen werden. Mehr und mehr sollte dem Herrn etwas Eigenes, Preußisches erstehen, losgelöst vom alten französischen Vorbild, losgelöst aber auch von der holländischen Schule, jedoch erwachsen aus jeder würdigen Überlieferung, die etwas seinem Lande Zugehöriges zu werden vermochte aus den Steinen, dem Lehm, dem Sand, dem Holz, dem Himmel und der Erde seiner Mark Brandenburg.

Vielleicht trug nun ein Haus einen Helmfries als neuen Dekor; und klargeschnittenen Wandfeldern zwischen schlanken, steilen Pilastern war das ernste Relief eines Waffenbündels eingemeißelt: Lanze und Pfeil, aber auch herbstliche Früchte. Ein Hauch von Weite, Kühle und Reinheit umwehte und erfüllte alles, was der König, alternd weit vor der Zeit, nun noch schuf. Ein Schein von schwerem, bleichem Silber lag über dem Schlosse des Königs und über den Sälen seiner Reichen. Verschwenderisch war der König allein in der Fülle der Spiegel, die zu dem fahlen Silberglanz der Innenbauten wundersam abgestimmt waren. Die Spiegel erhöhten, beglänzten, vermehrten – ohne Schein und ohne Lüge und aus größeren Tiefen her, denn vortäuschende Malereien einen Reichtum zu erlügen vermochten. Der Fürst, der die Spielereien und Vorspiegelungen im Geschmack seiner Epoche derart haßte, zeigte ein immer ergriffeneres Verständnis für alles Widerspiel und alle Spiegelung in Gleichnis und Bild. All sein leidenschaftliches Philosophieren zu der Zeit, da er nur noch wie ein Rector magnificus der Alma mater militaris zu Potsdam gewesen war, mußte letztlich doch wieder nur in den Glauben münden, und alle Logik erkannte doch nur immer wieder das Bild.

Jenes Königswerk aber, das mit den Webereien begonnen hatte, die einst gutbezahltes blaues Königstuch in dichten Ballen liefern sollten anstatt der Weinelaken, von Tränen der Not bedeckt, gipfelte in ungemein betriebsamen und äußerst einträglichen Spiegelglasfabriken, wälderverzehrenden Glashütten für Ziergläser zu Gastgeschenken, märkischen Tapetenwerkstätten und soliden Gold- und Silbermanufakturen. Und der Landedelmann, der auf dem alten Jagdkastell von Wusterhausen im Türkischen Zelte unter den Linden des Schloßhofes ein jagdliches Mahl hielt; der Oberst, der in seiner Garnisonsstadt, unter Landkarten und bei Zeitungen diskutierend, ein einfaches kaltes Abendbrot einnahm, tafelte nun in Berlin am liebsten in dem feierlichen, strahlenden Pfeilersaal der vierundzwanzig ionischen Säulen, der hochgewölbt und sehr kühl war und in dem er ehedem in seinem Königsschlosse nur an sehr heißen Tagen zu speisen pflegte.

Angesichts solcher Wandlungen begann sich der Kronprinz in Rheinsberg seltsame, ungewohnte Gedanken über die Königsstadt Berlin zu machen, die mit so viel Glanz beschenkt ward, als gelte es, in sehr später Stunde sehr viel Versäumtes nachzuholen. »Man darf darauf gefaßt sein«, meinte er, »daß eines Tages hier die Künste in den Palästen und vornehmen Häusern wohnen. Berlin namentlich birgt, wenn ich mich so ausdrücken darf, den Funken aller Künste. Überall sieht man das Genie leuchten.« –

So galt dem Herrn nur noch Berlin? So schuf er nun nur noch eine prächtige Stadt für den Hof? Am meisten befremdete, daß er sich im Bau von Berlin immer mehr von der holländischen Schule entfernte und daß er Potsdam an all dem Prunk nicht teilhaben ließ. Seine Stadt hatte nur noch – an einer schönen, schattigen Allee; denn die Bäume waren voll und hoch geworden – ein Jägertor erhalten mit steinernen Hirschen und Hunden, dem Schmuck, den er einmal an Stelle des antikischen am liebsten gesehen hatte. Waren die Wünsche des Plusmachers nun befriedigt, da der arme Fischerflecken Potsdam von einst gar eine Mammonstraße besaß, in der die Bankiers sich niedergelassen hatten mit reichen Häusern inmitten üppiger Gärten?

Aber da berief der Herr die Baukapitäne von Potsdam nach Berlin und legte ihnen Entwürfe für die nochmalige Erweiterung der Stadt vor, für die er vordem erflehte, »Gott möge sie mit seinem väterlichen Segen überschütten und in beständigem Flor und Aufnahme bis an das Ende der Welt erhalten«. Und unberechenbar und überraschend wie eh und je, baute nun der Herr altholländisch im neuen Potsdam und neupreußisch im alten Berlin. Baumeister und Bauhandwerker wurden eigens wieder aus Holland hergeholt. Und Hoenslardyck, das Bild des Alterssitzes, den er sich versagte, begann in engen Grenzen, eben so weit, als das Bild sie verlangte, um diese Zeit in Potsdam zu erstehen. Die Reihe holländischer Häuser am Kanal war dem König nur ein Teil seiner Völkerstadt. Sie war noch nicht sein Hoenslardyck, das letzte Bild, das er sich in seiner lieben Stadt noch ersehnte. Und eben: das schönste von all dem neuen, starken Bau sollte dies sein Hoenslardyck in Potsdam sein. Der Sumpf des Widam war trockengelegt, das Bassin ausgemauert, eine Insel in der Mitte aufgeschüttet und bereits bepflanzt. Von der Insel her grüßte die kleine Gloriette, ein holländisches Lusthäuschen zum Kaffeetrinken, die freundlichste aller Bauhütten. Am Ufer lag ein schmuckes Boot schon heute bereit. Der Bauherr gedachte manchmal zur Insel hinüberzufahren, um ihre sprossenden, kleinen Hänge zu gehen und Umschau zu halten.

Ringsum, im Karree, würden die roten Backsteinhäuser stehen mit dem Muschelgiebel und den blanken, breiten, von schmalen, weißen Leisten klar und heiter kassettierten Fenstern. So malte Mijnheer es sich aus. Die dünnen Stämmchen am stützenden Pfahl würden einmal als schattige Bäume rauschen, wie mancher Baum im Garten Marly heute schon. Ein grüner, stiller Weg sollte zwischen dem Bassin und den Häusern entlangführen; Kinder würden in den sauberen, schön gekachelten Hausfluren oder bei den Laternen an den Ufermauern Mijnheer und Mijnfrouw spielen.

Nur würde dies alles ihm nicht mehr gehören. –

Das Leben war zu schwer, zu jäh, zu rasch. Nichts blieb dem Lebendigen als das Begnügen mit dem Bilde. Wohl dem jungen Fürsten, der ein Rheinsberg hatte! Um einen König gab es keine Muße, keine Stille mehr – auch jene flüchtige Täuschung der Schuldlosigkeit nicht, die anderen Menschen manchmal für eine kleine Zeit gewährt sein mochte. –

Ein König mußte mehr leiden können als andere Menschen. Er mußte es auch ertragen, entgegen allem Willen und Begehren, schwerer zu sündigen. Und wo er leichtfertig sündigte, wurde er Beispiel für viele, und seine Sünde wuchs ins Unermeßliche. –

Der Vater hatte dem Sohne sein Rheinsberg gegeben.

Als letztes bereitete er ihm Hoenslardyck, das er sich selbst versagte.

Die Städte waren ihm beglänzt von der Gewalt der Bilder, die durch seine Seele fluteten und, weil sie vollkommen waren, der deutenden Worte und klärenden Gedanken nicht bedurften, sondern allein, wie alles Irdische, die Bestätigung durch das Himmlische verlangten. Die Bilder strömten dem König im Blute und wurden, weil die Macht des Herrschers auch noch in dem Leidenden war, Wirklichkeit im Stein. So wahr er König war, forderte er Berlin. So wahr er Christ war, beschied er sich mit Potsdam. Berlin war Gedanke der Macht; Potsdam blieb Erflehen des Segens. Berlin war Gesetz, das über ihm wirkte, und Erbe, das er verwaltete; Potsdam ein Vermächtnis, das er hinterließ. Berlin war Form, der er sich fügte; Potsdam die Schöpfung, die er als ein Gleichnis setzte. Berlin war die Stadt des Fürstengeschlechtes; Potsdam des Mannes Friedrich Wilhelm frommes Bild.

In tormentis et in jubilo pinxit.

Und aus den Wolken, die über den beiden Städten hinzogen, glänzten die Zinnen der ewigen Stadt, von der gesagt ist: »Stadt meines Gottes, die vom Himmel herniederkommt von meinem Gott!«

Über den Häusern der beiden Städte, die vergehen mußten, baute der Herr das unsichtbare Gotteshaus, das bleibt: die Kirche.

Für die Königsstädte wie für die abgelegensten Dörfer galt der Befehl: die Kirchen sollten »gebaut werden, daß man sie von weitem sehen und kennen kann«.

Auch in Berlin war die Fülle der Kirchen gewachsen. Zwölf waren es gewesen, als der neue, harte, arme König kam. Nun war das Viertelhundert voll, und der König hatte darüber gewacht, daß es gute Predigtkirchen wären, rund um die Kanzel der Verkündigung und Lehre gebaut. Ja, noch die Predigergärten ließ der Herr mit Tulpenbeeten bepflanzen. In je zwei Kirchen zu Berlin und Potsdam war abwechselnd lutherischer und reformierter Gottesdienst abzuhalten. Und in der Wahl der Prediger aus den gespaltenen Bekenntnissen suchte der König, der Oberste Bischof des Landes, den Bund der Evangelisten, die nicht Calvinisten und nicht Lutheraner waren, sondern »Stille im Lande«.

Er baute die Kirchen und schuf dem Geiste Raum, der in ihnen walten sollte. Der Heilige Geist zwar weht, wo er will. Aber die Tempelreinigung war gewährt und aufgetragen. So erging an die Geistlichen der beiden evangelischen Konfessionen das strenge Verbot, noch weiter gegeneinander zu predigen. Es durfte nicht mehr weiter so bleiben wie in aller seiner Königszeit zuvor, daß ein Geschlecht von Pastoren regierte, das von dem Gnadenbedürfnis einer schmerz- und schuldbeladenen Menschheit nicht wußte und die Leere und Verlorenheit im Volk nicht sah!

Für die Verkündigung des Gotteswortes in seinem Lande verbat er sich die »hohen, oratorischen Redensarten und künstlichen, allegorischen und verblümten Worte, die kein tätiges Christentum befördern und ohne Kraft sind«. Das galt allen Predigern, »welche noch nicht das vierzigste Jahr passiert haben. Die älteren, die ihre Gewohnheit schwerlich noch ändern werden, soll man gewähren lassen«.

Bis in den Dienst an der einzelnen Predigt löste der König von Preußen das Versprechen ein, das einst in Worten ausgesprochen lag, wie er sie an den Rand eines Hinweises setzte, »daß der Gottesdienst die Hauptsäule eines wohleingerichteten Regimentes ist«.

»Freillig müssen mehr Kirchen und Prediger sein«, hatte der König danebengeschrieben.

Wo der große Befehler verstummen mußte, mahnte der gehorsame Beter. Zu den Einweihungsfeiern seiner neuen Kirchen erschien der Bischof von Preußen selbst und brachte zwei Silberkelche mit Patenen, Kanne und Oblatenbüchse, die beiden Bekenntnissen für die heilige Handlung dienen sollten. Die reformierten Pastoren hatten die lutherischen, die lutherischen wiederum die reformierten einzuführen, und beiden Feiern wohnte er bei.

Wenn er von solchem Gottesdienst kam, machte der König oft noch vor dem Gerüst des neuen Turmbaues von Sankt Peter halt: hoch wuchs es über alle vollendeten Türme hinaus, dem Himmel entgegen. Und vergessen war bei allem Volk der Königsstadt, daß der Blitz den Turm zerschmetterte, als der König mit dem Sohn auf jene Reise ging, auf der die Prinzenflucht geschah! Aber der Herr war dessen eingedenk.

Die Vollendung solch gewaltigen Bauwerkes, das alle Türme Europas überragen sollte, glaubte er nicht mehr zu erleben. Die ersten Konstruktionen hatten versagt, und der König ließ neue errechnen, mit großer Geduld für eine weite Zeit die Bilder und Zeichen des Glaubens bedenkend, wo Lehre, Zeugnis und Verkündigung versagten.

Sie meinten alle, daß er etwas kühn von seiner Gesundheit dächte; es würde wohl trotz all des mächtigen Auftriebes nicht mehr viel mit ihm und seinen Städten werden. Sie verstanden alle nicht den Sinn und das Sinnbild: Die Vollendung des Begonnenen in der Stadt der Macht und Würde, in der er vornehmlich die Erde und den irdischen Auftrag meinte; den immer wieder erneuerten Versuch des ungeheuerlichen Turmbaues, der über seine Zeit hinaus noch in den Himmel wachsen sollte in Erwartung der Gnade, die über dem Willen ist, und als Mahnung für die, welche nach ihm kommen sollten; endlich auch das Hoenslardyck in Potsdam, die letzte Erweiterung seines Gottesstaates und seiner Völkerstadt: Erweiterung, die das Wirkliche schon nicht mehr meinte und in Traum verwehte und in Elegie verhauchte – obwohl das Instrument der müden Königsklage Steine und Baumstämme waren, rastlos gehämmert und dröhnend gefügt! So groß war die Gewalt des Lebendigen in ihm!

Als der Herr nach Potsdam kam, die Stadt das drittemal zu erweitern, war es noch einmal wie ein Fest. So ungeheure Bewegung erfüllte noch einmal die Stadt! Der König hatte das dritte und letzte Bataillon seines Riesenregimentes von Brandenburg nach Potsdam übernommen, und siebzig der Schönsten, Heldenhaftesten unter den zweieinhalbtausend Göttersöhnen mußten nach dem Einzug vor den Altar der Soldatenkirche treten, wo die Bräute mit dem Brautschatz ihres Königs ihrer Freier harrten. Noch einmal war Potsdam in die Stadt des hochzeitlichen Überschwanges verwandelt – bevor die männlichste und strengste aller kriegerischen Feiern begann! Der Oberst, der ein Mijnheer hatte werden wollen, war wieder in die Soldatenstadt eingekehrt. Unablässig wechselten die Lichter des Vorfrühlingstages, an dem er kam. – Weiches, dichtes Schneegestöber jagte über die Stadt hin, und wenn die zerrissenen Wolken verwehten, von einer starken Sonne durchbrochen, trat der Himmel licht und blau hervor, über alle Maßen leuchtend! Über der tiefen Stille schwebte erster Vogelgesang auf, bis wieder jähe, graue Schatten niedersanken und der Sturm in fauchenden Stößen über die Havelwälder heranbrauste. Aber den ganzen Tag hindurch glänzten die Stämme und die noch knospenlosen Äste von innerer Feuchtigkeit, dem Lebenswasser, das aus ihren Wurzeln warm emporquoll.

Für diesen Tag hatte König Friedrich Wilhelm befohlen, dem Regiment, das nun endlich von Brandenburg und Havelberg her in Potsdam vereint war, solle kompanienweise zur Ader gelassen werden. Er selber trat als erster vor die Reihen, entblößte den Arm und ließ sich vor den Kriegern allen die Ader schlagen, im Schneegestöber unter freiem Himmel und so feierlich, als stieße nicht der Arzt, sondern der Priester das Messer in seine Adern.

Alles war Bild, und dies war das Bild eines Opfers und Bundes; weil es unter freiem Himmel und nach einem Kriege ohne Tote dargebracht wurde, meinte es im Letzten wieder Gottes Reich noch mehr als das Land seiner Erde.

An dem gleichen Tage ging der König mit dem Kronprinzen gemeinsam zum Abendmahl, zum erstenmal seit acht Jahren. Nur zu dem Gang zum Tische des Herrn hatte er Friedrich von Rheinsberg herüberkommen lassen, um sich danach auch gleich wieder von ihm zu trennen. Es hatte noch dieses einen, größten Bildes bedurft, daß er mit dem Sohn allein das Abendmahl nahm, den Anblick des Gottes von Geldern in einem Herzen, das nicht mehr wund war bis in den Tod.

Seit er aus Rheinsberg gekommen war, hatte der Vater sich mit dem Gedanken an die gemeinsame Kommunikation mit dem Sohne getragen. Sie waren sich ja erst als Wirte und Soldaten – und beim Betrachten der kleinen Bildergalerie von Rheinsberg begegnet. –

Friedrich entsann sich jenes Morgens in dem Hirschsaal von Wusterhausen, an dem der Pastor Freylinghausen ihn vor den Jagdgefährten seinen Glauben abhören mußte und der Vater den Grafen Seckendorff an beiden Armen packte und, bis ins Innerste erregt, fragte: »Es ist eine hohe Speise, doch mit dem Munde empfangt Ihr sie nicht! Herr General, ich frage Ihn, ob Er nicht mit Furcht und Zittern zum Abendmahl geht?« Und dennoch schritt der Sohn mit dem Vater zum Tische des Herrn. Denn sie waren sich ja nur als Wirte und Soldaten – und vor einer Wand mit Bildern begegnet; und nun war er bereit, den Vater zu suchen: seit Jahren bereit.

In der Abendmahlsfeier aber leuchtete noch einmal das Blutsopfer der Krieger auf; denn der König ließ den Waffenspruch des Neuen Testamentes verlesen, in dem sein Heer zur Streitmacht eines anderen Reiches wurde und sich vollendete: »Ziehet an den Harnisch Gottes, daß ihr bestehen könnet gegen die listigen Anläufe des Teufels. Denn wir haben nicht mit Fleisch und Blut zu kämpfen, sondern mit Fürsten und Gewaltigen, nämlich mit den Herren der Welt, die in der Finsternis dieser Welt herrschen, mit den bösen Geistern unter dem Himmel. Um deswillen ergreifet den Harnisch Gottes, auf daß ihr an dem bösen Tage Widerstand tun und alles wohl ausrichten und das Feld behalten möget. So stehet nun, umgürtet an euren Lenden mit Wahrheit und angezogen mit dem Panzer der Gerechtigkeit und an den Beinen gestiefelt, als fertig, zu treiben das Evangelium des Friedens. Vor allen Dingen aber ergreifet den Schild des Glaubens, mit welchem ihr auslöschen könnt alle feurigen Pfeile des Bösewichtes; und nehmet den Helm des Heils und das Schwert des Geistes, welches ist das Wort Gottes.«

Als sie aus der Soldatenkirche traten, war es um die Stunde, zu der sie in der neuen Kirche, die der König dem anderen Glauben baute – weil Gott ja zweierlei christlichen Glauben zuließ, sein heiliges Geheimnis zu verbergen –, Messe hielten. Der König hatte der Kirche das Bild des heiligen Dominikus und silbernes Gerät geschenkt und brachte nun die dritte Gabe: Rosenkränze, die wie eine Garbe seine Arme füllten. Der Ketzerkönig stellte sich ins Kirchtor und teilte Rosenkränze an die Grenadiere aus, die zu ihren lieben Heiligen beten kamen. Aber da die Grenadiere nun, den Rosenkranz empfangend, dem frommen König gar zu irdische Wünsche zuflüsterten, trat der Pater Bruns – ein Mann, so groß wie des Soldatenkönigs Götterhelden; so klug, wie des Professorenkönigs helläugigste Gelehrte; so unverdorben wie des Waisenkönigs seligste Kinder der Seligkeit – dem Herrscher zur Seite, nahm ihm die schönen, edelgeschnittenen Ketten der Rosenkränze ab und waltete des gütigen Amtes.

Es war eine gute, eine ernste Freundschaft zwischen dem Pater und dem Monarchen; und niemand konnte sie sich ganz erklären. Vielleicht war sie, weil der Pater dem König einst ein großes Komplott aufdeckte, ohne auch nur den Namen eines seiner Beichtkinder zu verraten; er tat es, indem er einfach die Vollmacht erbat, die Post aller Grenadiere, die in fremder Sprache schrieben, überwachen zu dürfen. Es war zu König Ragotins bittersten Zeiten gewesen. –

Vielleicht war die Freundschaft des Priesters mit dem König aber auch allein darin begründet, daß einer die Frömmigkeit des anderen in ihrer ganzen Tiefe ahnte und daß sie nun gemeinsam bauten an der Gottesstadt in der Mark Brandenburg, auf daß Friede würde zwischen Rom und Wittenberg und Potsdam, weil der Friede zwischen Wien, Madrid, London, Warschau, Paris und Berlin für keine Erdenzeit mehr erreichbar schien.

Der Pater war ein Dominikaner, und der König förderte, wo er nur konnte, die missionarische Tätigkeit seines Ordens unter seinen Grenadieren, damit jeder von ihnen die rechte und getreue Unterweisung in dem Glauben seiner Väter erhalten könne. Dem Pater Bruns war die Generalfürsorge für alle katholischen Soldaten anvertraut; er hatte dafür zu sorgen, daß katholische Geistliche die Garnisonen des Königs bereisten, um wenigstens monatlich einmal die Katholiken in seinen Regimentern zum Gottesdienst zu versammeln. Der Pater mußte sich bemühen, alle Sprachen soweit zu erlernen, daß es ihm möglich war, Franzosen, Italienern, Spaniern, Portugiesen, Ungarn, Slawen, Kroaten, Polen, Böhmen, aber auch getauften Afrikanern und Asiaten in der Beichte beizustehen. In den Gemächern des Königs hatte er ungehinderten Zugang.

In der Bibliothek Corsini zu Rom lag ein Manuskript, aus den Berichten gezogen, die bei dem Nuntius in Köln eingegangen waren. Das rühmte die Gewissensfreiheit in Brandenburg unter einem Titel, der auch jetzt noch nicht von einem König von Preußen wissen wollte: »Relatione delle mizzione negli stato del marchese di Brandenburg – «

»Mein Pater, ich empfehle Ihm meine Person wie einem Vater«, hatte der König einmal zu dem Priester gesagt und der Stunde gedacht, da eines Paters Wort den Gottesstaat, die Völkerstadt des Marchese di Brandenburg vor Brand und Aufruhr bewahrte.

Seit er im Kirchtor stand, war sein Leib wieder mit all seinen schweren Leiden geschlagen. Aber obgleich er wieder in den Krücken hing, sollte auch das Irdische für den Büßerkönig noch einmal voller Freude sein. Wenn die gichtigen Hände selbst zum Malen gar zu sehr schmerzten, kroch er an seinen Krücken nach der Tafel in den Oranischen Saal, der dem Prunkraum im urgroßmütterlichen Hujs ten Bosch bei Den Haag gar so sehr glich. Auf der Fahrt nach Hoenslardyck hatte es der Herr ja nun selber gesehen.

Im Oranischen Saal probten sie zweimal in der Woche die Musik zur Assemblee. Der König hatte jetzt ein großes Orchester und lud die Offiziere häufig zu Konzerten. Kriegstrompeten und Geigen spielten ihm zu platonischen Gastmahlen auf. Seit er das kleine Abschiedskonzert auf Rheinsberg hörte, hatte er beschlossen, sich Musik, diese große Linderung für seine Leiden, noch zu gönnen. Denn milde, freundlich und besänftigend war noch einmal alles aufgeklungen, das ihm am Hof der Mutter jemals freundlich dünkte. Er hatte ja bis heute die Schlüssel zu ihrem Notenschrank selber verwahrt.

Sydow, der Kapellmeister des Waisenhauses, mußte bei ihm konzertieren; er lehrte nicht mehr nur die Kinder der Seligkeit

Choräle singen. Auch wurde jetzt immer häufiger das Musik-korps der drei Bataillone der Riesengarde hinzugezogen; und das hatte einen noch vorzüglicheren Dirigenten, den baumlangen Pepusch, den sie in Oxford zum Ehrendoktor gemacht hatten. Es war ein mächtiges Orchester und kam den König recht billig. Aber da es noch an vollendeten Solisten fehlte, machte der König gelegentlich eine Anleihe am Hofe seines Sohnes und ließ die Rheinsberger Musikanten zu seinen Potsdamer Konzerten her-überkommen. Da gab der König nun selber die Noten aus, die italienischen der Mutter oder die englischen, die ihm – wie die Bettleroper – der lange Doktor Pepusch aus Oxford mitgebracht hatte. Aber kein Gabrielle, kein Scarlatti war ihm wie Händel. Der Gesang der Psalmen und Händels heroische Musiken began-nen ihn tiefer und tiefer zu erschüttern. Überall lauschte er dem Lobgesang Gottes nach.

Er hatte Händels Musiken schon einmal vernommen: auf der Insel Cythere, als Meister Händels Harfenklänge noch die Feste des Römers Augustus verklärten. Damals hatte er den Bruder Augustus um seinen großen Flötenspieler Quantz für Friedrich gebeten. – Nun zogen die Bilder vorüber, die Klänge trugen sie; sie schwebten wie die Wolken übers Meer – die Bahn, die auch der Segler zog, der Händel mit seiner Harfe von der Insel Cy-there ins Inselreich zur Königin von England brachte. –

Jetzt war es ja milde, an die einst geliebte Königin des Inselrei-ches zu denken, deren Gemahl die drei Kronen trug, die einst ihm selbst zugedacht waren. Warum es milde war? Er selber hatte nun die Ehen der englischen Königskinder gestiftet, als müsse er auch in England dieses Werk durchaus zum Abschluß bringen, weil er in seine Anfänge zu tief verstrickt gewesen war. Alles Begonnene mußte er zu Ende führen! Und so hatte er die englische Königstochter zur Prinzessin von Oranien und die Prinzessin von Sachsen-Gotha zur Princess of Wales gemacht! Ja, er hatte das junge oranische Paar – den einstigen Partner in all den bitteren Erbschaftsstreitigkeiten und die Königstochter, um derentwillen sein Heer und Haus durchaus den »Krebsgang« hatten gehen sollen – auf seiner holländischen Reise auf Schloß Loo besucht. Seht, das waren nun die Menschen, vor denen sich die Briefe und Traktate aufschichteten, daß man sie niemals erblicken durfte. »Fiekchen«, hatte der König unlängst einmal gescherzt, »wenn ich einmal Witwer werde, so heirate ich wieder, und zwar in der Familie – deines Bruders Tochter. Denn sie hat gar nichts vom Vater, ist auch nicht hübsch, doch hat sie von der Mutter das einnehmende Wesen.« Sie müßte sich dann für ihn scheiden lassen –; so konnte er spaßen: er, mit den tiefen Malen des Todes gezeichnet, würde nicht Witwer sein.

Der König hörte Händels Wasser- und Feuermusiken, die er der seligen Frau Königin von England zu ihren Wasserfahrten auf der Themse und zu dem Feuerwerk am Ufer schrieb: für die wenigen Stunden, in denen sie ihres Leides vergaß. Aber auch des Meisters große Trauerode auf den Tod der Königin von England rauschte vor dem König auf. Eine Arie, »Otto und Theophanu« entnommen, ließ der Herr sich immer wieder spielen: »Gott, gib mir meinen Sohn!« Die redete die Sprache seiner glühenden und wogenden Seele. In ihren Worten, ihren Melodien klagte all das selbst durchlittene Leid, und alle seine Liebe zu Händel hatte in ihr wohl den Ursprung. Aber wenn er diese Arie hörte, war er gern allein.

Manchmal ließ er sich jetzt abends überhaupt nur für sich selber spielen und hörte Hunderte von Malen dieselben Lieblingsweisen. Er wollte durch keinerlei Begleiter, keinerlei Anrede gestört sein. Die Musiker standen mit ihren Pulten und Lichtern am Ende des Saales – in Berlin auf einem hohen, silbernen Chor, den sich der König für seine Bläser, Geiger und Harfenisten erdachte –; am anderen Ende des Saales saß der König ganz allein im Dunkeln, regungslos, zwei Stunden lang, in einem hohen Armstuhl. Meist schien er tief zu schlafen. Da wagten seine Dirigenten manchmal einen Sprung in ihrer Partitur; aber da erhob sich der Stock des Königs – die Kerzen von den Notenpulten warfen seinen Schatten groß und vielfach auf die Wand – und der König begann die ausgelassenen Stellen zu singen: kräftig, sicher und hell und gar nicht wie ein Kranker; und sprach doch stets so rauh und leise und oft so gequält. –

Manchmal wieder – namentlich wenn er des Tages zu den Proben kam – schien er gar nicht zuzuhören.

Und wenn sie Lœillet und Ariosti spielten, las er gern in Briefen: den wenigen, die ihn erfreuen wollten. Und nun war gar einer eingetroffen, der ein freundliches Geheimnis umschloß: sein Spizerle, Philippine Charlotte Sanssouci, dankte ihm für Opern, die er ihr nach Braunschweig schickte; dafür sandte sie ihm Porporas »Didone« und verglich ihm den Stil dieser Oper mit Händel. Die Fagottarie lag gesondert, »da mein lieber Papa doch die Adagios so sehr liebt«. Er liebte sie – wie Friedrich sie liebte. Da waren nun aber auch noch die verräterischen Zeilen beigefügt, sie bedaure unendlich, daß, wenn sie ihre Lieder und Arietten singe, sie ihr lieber Papa nun nicht mehr auf der Flöte begleite; und sie glaube, daß die Musik, wenn sie es noch jemals wiederholen könnten, noch einmal so schön für sie wäre.

Seinem einzigen Kinde, das ihm immer wieder leicht und lind gewesen war, hatte er heimlich Flöte gespielt, wenn es seine kleinen Lieder sang! Wann war es geschehen? Wenn die anderen in Monbijou die Gesandten der fremden Höfe empfingen? Wenn Frau und Sohn in ihren Zimmern Briefe schrieben, die den Gatten und Vater an England preisgaben? Wann?

Lächelnd bedachte der Herr sein freundliches Geheimnis. Alles Wunde, das einst über diesen Stunden lag, auch über diesen, war vernarbt. Aus seiner zarten, »dullen Lotte« Zeilen umwoben ihn Glück und Güte mit sanfter Wärme. Sie, die das an Höfen noch nicht dagewesene Wunder vollbracht hatte, heiter neben einer Herzogin und einer Frau Herzogin-Großmama zu residieren – die zudem noch die Mutter der Kaiserin war – und es »reizend, sauber und behaglich fand«, in einem kleinen Haus am Wolfenbüttler Kornmarkt zu wohnen, war jung und soviel früher als die älteren Schwestern regierende Fürstin geworden. Und die gnädige Frau Herzogin Sanssouci versprach dem Vater König, mit dem geliebten Manne sehr gut hauszuhalten und keine Schulden zu machen.

Auch ihre Freuden brauchten keinen fürstlichen Etat. Da war allenfalls eine Reise nach Rheinsberg, dessen liebster Gast sie war: Petite Colombe und Petite Ame. »Ich unterhalte mich ausgezeichnet und tue alles, was ich will«, schrieb Sanssouci, »und verfertige nun auch so schöne Porträts, wie sie mein lieber Papa zu malen weiß.« Und sie schickte dem Papa, weil er nun nicht mehr soviel rauchen durfte, eine kleine Pfeife, die ihm nicht schaden werde.

Und in hundert Freundlichkeiten, mit denen sie den Vater überschüttete, weil sie, sie allein, den tiefen Sinn und Plan seiner Tochterheiraten mit selig-liebendem Herzen begriff, verbarg sie ihm den tiefen Kummer um die schwache Gesundheit ihres kleinen Görge. Der kranke Vater sollte nicht erfahren, daß er nach dem Ansbacher Enkelsohn nun auch den Braunschweigischen verlieren und das glückliche Braunschweig nur zu bald Trauer um seinen Erbprinzen tragen würde. –

Über solchen Briefen, seinem Texte zur Musik, schien der König dann trotz aller seiner Schmerzen sehr glücklich. Er weilte wohl in noch weiteren Fernen als in den Gärten und dem stillen Haus von Hoenslardyck.

Man begann jetzt allgemein von einer großen Versöhnlichkeit des Königs zu sprechen. Sie enthüllte sich auch noch darin, daß der Herr für Grumbkows hinterlassene vernachlässigte Familie und Dienerschaft sorgte, obwohl ihm ungeheuerliche Umtriebe des Greises noch aus dessen letzten Lebensmonaten bekannt geworden waren. Der Herr erwähnte seiner nicht mehr. Auch besetzte er Grumbkows Posten nicht. In solchem Beschluß lag die tiefste Bitterkeit des Königs ausgesprochen; in solcher Entscheidung war aber auch die Größe Grumbkows unüberbietbar anerkannt. Hart war der Strich, den der König unter dieses Leben zog.

Grumbkows Zeiteinteilung ließ der Herr von dem Kammerdiener des Ministers aufzeichnen und legte diesen Tagesplan seinen Ministern zur weisen Nachahmung vor. Aber ein Kuvert mit geheimen Ratschlägen, das Grumbkow ihm hinterließ, legte er uneröffnet beiseite, so wie er einst den Umschlag mit dem in London gegen Grumbkow gesammelten Material auf dem Kaminsims ablegte – für immer.

Einmal jedoch sah der Herr sich jetzt in seinem Kreise lächelnd um und sprach: »Wenn nun alles fortgeht wie bisher, wird dann die Welt dabei bleiben, daß alles durch Grumbkows Hände gegangen ist, oder wird sie glauben, der Mann, der alles getan hat, sei doch noch am Leben?«

Und die Welt begann es zu glauben: eine so eigentümliche Festigkeit und Bestimmtheit, wie man sie früher an dem gehetzten, zerquälten König noch nicht wahrnahm, lag in der versöhnlichen, artigen Haltung des Alternden. Gesandten ließ der König jetzt »fest, aber sehr obligeant antworten«; und Diplomaten, die mit verletzenden Argumenten bei ihm verstoßen hatten, entließ er mit der huldvollen Anregung, sie möchten über ihre Anträge ein Memorial einreichen. Kündigten sie ihm aber eine nochmalige Aussprache an, so erklärte er ihnen, fern von aller Politik, wie gern er allein sei. Für Ratschläge, die fremde Herren ihm zu übermitteln suchten, dankte er nur noch mit einem Kompliment.

Seinen Residenten in London berief er ab; wenn er in England unbeliebt sei, so sei er auch unnütz daselbst und müsse durch einen anderen ersetzt werden. Allgemein mußte man die Feinheit und Gemessenheit der preußischen Antworten würdigen. Man kenne jetzt die neue Sprache schon und wisse, daß der Berliner Hof vollkommen die Kunst besitze, wohl zu reden und zu schreiben. Früher hatte König Friedrich Wilhelm mißliebige Diplomaten binnen zehn Stunden ausgewiesen. –

Suchte man den Herrn für neue Projekte zu erwärmen – etwa als ein schwedischer Diplomat nun als letztes, einziges, noch nicht angewandtes Arkanum ein türkisch-preußisches Bündnis vorschlug! – sagte er nur: »Europa zu regulieren und balancieren, wie England tut, kommt mir nicht zu. Dazu bin ich zu klein. Meine Maxime ist, niemand zu verletzen, aber mir auch nicht auf die Füße treten zu lassen. Dazu bin ich zu alt, um mich zum Hundsfott machen zu lassen.«

Von »proportionierten Convenienzen, Dedommagements und anderen Chipoterien«, wie Hof von Hof sie forderte, wollte er nicht mehr wissen.

Waren aber Verhandlungen unumgänglich, so bestand er darauf: »Es muß so deutlich und förmlich gesetzt werden, als es eine Feder deutsch geben kann. In Hoffnung lebe ich nicht.«

Unmittelbar und allein verhandelte er nicht mehr mit den Gesandten. Bei den entscheidenden Besprechungen hatte er seine Minister, meist zu viert, um einen Tisch und bildete bei ihrer Wahl sehr bedacht zwei Parteien. Einer der Minister hatte immer eine Feder in der Hand zu halten, und außerdem nahm noch ein Sekretär die geringsten Äußerungen sofort zu Protokoll. Auch die eigenen Minister, die dem König opponierten, mußten jetzt immer wieder erklären: »Wir müssen nach unserer Pflicht und unserem Gewissen nun gern bekennen, daß uns nie etwas Solideres, noch auf so festen Gründen Beruhendes in einer so wichtigen Sache vorgekommen.«

Begegneten dem Herrn aber noch einmal gewisse Übelstände, wie sie König Ragotin einst auf der Diebsburg am Styx widerfuhren, so schrieb er nur an den Rand solcher Ministerberichte: »Ihr liebt die Louisdors zu sehr.«

Der heftigen Bewegung, welche die östliche und westliche Politik Europas in diesen Spätsommermonaten hin und her warf, hielt sich der König völlig fern. Er überreichte nur einen Entwurf zu einer allgemeinen Pazifikation, in dem er für sein eigenes Land die denkbar bescheidensten Bedingungen stellte und die Situation des Reichs und jedes europäischen Landes aufs sorgsamste durchdachte. Er schrieb mit dem herzlichen Eifer eines alten Reichsfürsten; aber die Welt ging über den Befriedungsplan, den der Kriegsherr des begehrtesten Heeres vorlegte, hochmütig hinweg. Da wollte er bei den Schauspielen, die nun vor Europa sich abspielen sollten, fortan »ein Zuschauer bleiben, der vorerst mehr dabei zu gewinnen hätte als die Akteurs«. Sein neues Theater hatte ihn eine neue Sprache gelehrt.

Der König kehrte sich ab. Und noch vor der gewohnten Zeit gedachte er Berlin und Potsdam zu verlassen, diesmal aber, ohne noch Minister auf sein altes Jagdschloß zu bitten. Die, mit denen der König nun aufbrach, waren die gleichen, mit denen er einst, für immer, nach Hoenslardyck zu reisen gedachte: die Königin; Ulrike und Anna Amalia, die Töchter, die ihm noch geblieben waren; August Wilhelm, Heinrich und Ferdinand, die jungen Söhne.

Den wenigen Jagden seiner Offiziere beizuwohnen, war dem Herrn nicht mehr möglich. In der Tabagie trank und rauchte er nicht mehr mit. Bald fuhr er auch nicht einmal mehr den Jägern nach – sondern saß – indes eine Rampe für seinen Rollstuhl gemauert wurde – ganz still in der Fensternische im Hirschsaal und diktierte dem Kabinettssekretär. Er sorgte für die Kinder. Er zog die große Bilanz. Er verteilte das Ersparte. Er bestellte das Haus und den Staat. Der da saß im braunen Bürgerrock und mit gichtigen Händen die Schriftstücke und Rechnungsbelege sortierte, indes er durch tiefes, schweres Atemholen die Schmerzensseufzer zu unterdrücken suchte, war ein reicher, reicher Mann: reich an Mühlen, Gärten, Waffen, Magazinen, Silber, Gold und Menschen. Allmonatlich, seit der Begleichung aller väterlichen Schulden, hatte er zweihunderttausend Taler gespart. Der König ließ sein Silber wiegen und zählen; er bewertete seine Erde. Alle Quellen seiner Haupteinnahmen bezeichnete er im einzelnen. Und nun errichtete der Herr auf Wusterhausen eine prinzliche Gesamtkammer, in der er das Einkommen aus den

Gütern und Herrschaften deponierte, die er für die jüngeren Söhne kaufte. Bereits bevor er für den Herbst nach Wusterhausen ging, hatte er im Berliner Residenzschloß zwischen der Generalfinanz- und der Generalkriegskasse einen neuen Tresor für die drei jungen Prinzen eingerichtet, und es wurden an dem Tage vor der Abfahrt im Beisein des Kronprinzen sechshunderttausend Taler eingelegt. Und wie der Herr des öfteren erklärt hat, »ist dazu kein Groschen vom Vermögen des Staates gekommen, sondern alles von dem Gelde nach und nach angeschafft worden, was nach anderer Höfe Herkommen und Sitte jedem zur Unterhaltung eines eigenen Hofstaates gebührt, er aber erspart und an Güter angewendet und selbige dagegen wie Subalternoffiziere erzogen hätte«. Auch mußte jeder der Söhne obendrein noch ein Handwerk erlernen, um sich bei jeder Wendung ihres Lebens selbst erhalten und in jedem Falle das Leben ihres Volkes recht verstehen zu können.

Da aber keiner der Prinzen, außer dem kleinsten, sonderliches Interesse an Pferden zeigte, ordnete der König ziemlich überraschend an, daß sein ganzer Reitstall, »der geringste Klepper nicht ausgenommen, versilbert werden solle«.

Der Entschluß mochte ihm wohl nicht ganz leicht geworden sein, denn vor dem Aufbruch nach Wusterhausen hatte er nach dem Exerzieren jeden Tag den Marstall besucht, der zwar nicht mehr den Überfluß von früher, aus des Königs Midas Zeiten, aufwies, aber doch eine stattliche Anzahl von edelsten Reitpferden, dreihundert englische Pferde und mehrere Züge Postpferde enthielt.

Die Hunde mußte sich der Dessauer holen lassen, denn der König meinte, auf dieser Welt werde er nun nicht mehr jagen. Im Schloßhof von Wusterhausen hallte kein Hundegebell mehr! Nur Perdo, Verfilgo und Pimpone, die drei alten, umwedelten den kranken Herrn.

Noch an jedem Tage hielt Mijnheer auf Wusterhausen seinen Rundgang durch Ställe, Kammern, Keller und Küche. Noch immer wollte niemand begreifen, daß der Herr auch in Küche und Keller und Kammer die Bilder blühenden Lebens erblickte und daß es nicht die Augen eines lächerlichen Töpfeguckers waren, die allmorgendlich auch den geringsten Besitz mit einem hellen, warmen Blick umschlossen. Nach wie vor wählte der

Herr die Speisen aus einer Vorschlagsliste aus, bestimmte die Köche, die sie ihm bereiten sollten, und erteilte selber Ratschläge. Täglich ließ er sich die Küchenrechnung vom Vortage und den Küchenzettel des laufenden Tages, acht Speisen umfassend, vorlegen. Teure Gerichte strich er aus wie eh und je. Doch blieben die »aparten Schüßlein und etwas Gebackenes« für die Königin und seine beiden Töchter, wie überhaupt die Abendtafel für die Königin, ihre Damen und die Kinder immer mit »lauter niedlichen und auserlesenen Gerichten«, wie Taubenpastete, aufwarten sollte; »auch kann die Königin des Mittags wohl eine halbe Bouteille Sekt, doch nur für sich und ihre Kinder haben«. Der Herr aß abends meist nichts. Es mußte aber bei Gattin und Kindern immer ein Gedeck für ihn freigehalten werden. Für sich selbst wollte er bei Tische vor allem keine Aufläufe mit »Wind«, besonders gern aber Spreekarpfen mit Kirschmus. Laufende Geschenke, die er für die Tafel erhielt, wie Fische und Austern und Kaviar, frischen Spargel aus den Treibhäusern des Dessauers, Elblachse vom Freunde oder ein besonderes Mastvieh, wurden in den Küchenetat mit einkalkuliert, ebenso geschenkte Schlachtschüsseln von »besonders reinlichen Leuten«.

Für seinen Weinkeller gab Mijnheer bedeutende Summen aus. Seit er dem Hofe Feste gab, mußte ein Kellermeister im Reiche umherreisen und Einkäufe machen an altem Rheinwein, Ungarwein und Pontak. Die guten Jahre und Gewächse kannte Mijnheer genau. Champagner war »Wind« und »Schaum« und wurde für den persönlichen Bedarf nur wenig geachtet.

Als Mijnheer nun wieder einmal Wein- und Speisekarte aufgesetzt hatte, saß er eine Zeitlang in Gedanken versunken, aus denen er plötzlich mit der Frage auffuhr: »Sophie, was kostet die Mandel Eier?«

Die Königin hatte keine Ahnung. Der König machte ihr bange, wie sie wohl nach seinem Tode ihr großes Vermögen zusammenhalten wolle, wo sie sich um gar nichts kümmere; denn der freie Gebrauch aller ihrer Erbschaften, die er ihr zum Teil erkämpfen mußte, blieb ihr überlassen. Und mit diesen ihren Erbschaften hatte er für sie ungemein glücklich operiert, ganz zu schweigen von der Sicherung ihres Etats als Königinwitwe. Dies alles erörterte er mit ihr, um endlich – für einen Augenblick, in dem der Lebensüberschwang und die Ungebrochenheit der Königin ihren Höhepunkt erreichten – die Bitte an sie zu richten, daß, wenn sie noch einmal heirate, sie ihren zweiten Gatten nicht unter dem Stande wähle: nämlich nicht unter einem Obersten.

Es war die wunderlichste Abrechnung, die der alte Rechenmeister je gehalten hatte. Die Königin war von diesen Worten mehr getroffen als von der aller Welt geklagten Grausamkeit, daß der König aus dem Rheinkrieg mit dem Sarge für sich und für sie selbst heimgekehrt war –.

So wie es stets gewesen war, hatte auch diesmal die Gattin nur schweren Herzens den Herrn nach Wusterhausen begleitet. Obwohl das neue Berlin ihren Beifall nicht fand und ihr altes Monbijou so still geworden war, hatte sie mit müdem Blicke aufgesehen, als sie ihre Reisekutsche vorfahren hörte. Noch einmal, als flehe sie um die letzten Augenblicke in ihrem Schlosse von Gold und Porzellan, besprengte sie mit eigener Hand ihre kostbaren Ziergewächse mit der goldenen Gießkanne, die ihr der König einst zum Weihnachtsfest schenkte, und fütterte ihren lieben, alten, bunten, immer voller aufgeplusterten Papagei, der aus vergangenen Zeiten von Monbijou noch immer seine englischen Brocken schwatzte: »Queen? Prince of Wales, Princess of Wales! How beautiful Your Majesty, letters from England!« – all die Worte, die einst jahrelang sein goldenes Bauer umschwirrten und auf menschlichen Lippen schon lange erstarben.

Sie, die dem Unköniglichen verfiel, in Herrschsucht zu handeln und in Hochmut zu fühlen, hatte das Geschlecht sowenig verstanden wie den Thron, das eigene Frauengeschick sowenig wie ihr Los als Fürstin, den Sohn nicht besser als den Gatten. Sie lebte von den Worten, die man ihr vom Kronprinzen hinterbrachte, er wolle sie mit Ehrenbezeigungen sättigen; sie solle einmal alle erdenkliche Achtung genießen. Und es blieb ihr erspart, zu erfahren, daß er danach noch sagte: »Allein in die Geschäfte darf sie sich nicht mengen; und tut sie es, so wird sie ihren Mann finden.«

Die Königin begriff nicht das Gericht, das ohne Kläger und Richter über sie verhängt war. Schon lange hatte während ihrer Anwesenheit auf Wusterhausen kein geheimer Rat mehr stattfinden dürfen. Und wenn der Hof sich nun auf dem Jagdschloß des Königs aufhielt, war es für andere Gäste nur noch erlaubt, höchstens zwei Stunden auf Wusterhausen zu bleiben.

Sollte nicht aber der Schaffner von Hoenslardyck viele Leute, die gut und viel zu reden wüßten, von weither bringen?!

Der König redete die Gattin jetzt oft mit ihrem Titel und nicht mehr mit dem Namen Fiekchen an. Daß er das Du vermied, war ihr nur angenehm. Sie liebte solche Vertraulichkeit, selbst vor der engsten Umgebung, auch nach einer mehr als dreißigjährigen Ehe nicht.

Weil sie von König und Kronprinz in ihren politischen Neigungen, die ihr ein und alles waren, nicht mehr beachtet und von den einstigen Verbündeten verschmäht wurde, fuhr ihr in dem kleinen Kreise von Wusterhausen manchmal der eine und der andere respektlos über den Mund; ah, sie hatte ihre Mitverschworenen gar zu oft zur Verzweiflung gebracht, wenn sie in ihrer großen Ungeduld ihre Geständnisse und Vertraulichkeiten immer zur falschen Zeit und am falschen Orte anbrachte! Es war wie zu Seckendorffs und Grumbkows Zeiten. Aber genau wie damals erinnerte der König, wenn man sich über die Gemahlin hinweg unterhielt, dann immer etwas schnarrend und näselnd: »Meine Frau bemerkte soeben . . .« Oder als eine Hofdame etwas ungezogen von ihr redete, lehnte sich der König in seinen Armstuhl zurück und sagte mit einem Blick, der jene Delinquentin erstarren ließ: »Die Frau spricht ja von meiner Frau, als ob es ein Lappen wäre.«

Ehedem, wenn die Gattin, Seckendorff und Grumbkow sich erbittert stritten, war der Herr vom Tische aufgestanden. Heute suchte er solch peinliche Augenblicke durch besondere Artigkeiten der Gattin gegenüber zu überwinden. Dazwischen, weil er ja so fein denken gelernt hatte, grübelte er über der Erwägung, ob nicht vielleicht die Liebe der Gatten untereinander mehr bedeute als die Liebe der Eltern zum Kinde. Vielleicht mochte es bei dem »Privatmann« so sein – nicht aber bei einem König und seinem Sohn. –

Er stand am Ende seiner Ehe: er, der fast noch lieber, als er neue Ehen stiftete, zerstörte Ehen heilte, ganz gleich, ob es sich um die schmählich hintergangene Frau Herzogin von Württemberg oder die schuldig verstoßene Frau des Geheimrats von Katsch handeln mochte. Ja, auch in alle Bürgerhäuser, in denen er – als er noch seinen Rundgang halten konnte – Streit und Zank hörte, war er getreten und hatte gerichtet, geschlichtet und versöhnt.

Wenn der König seinen Mittagsschlaf hielt, saß die Königin noch manchmal bei ihm. Und weil sie sehr stark geworden war, hatte man ihr neue Stühle bauen müssen mit besonders weitgeschwungenen Lehnen; die Herrin begründete es mit einem Rheumatismus, den sie sich im kühlen Jagdschloß holte. Wenn sie dann auf den Schlafenden in seinem hohen Armstuhl sah, lag in dem schweren Blick der starken, klaren Augen, die nicht altern wollten, ein Übermaß an bitterer Erfahrung, um das sie selbst nicht wußte; dann war sie wie das Weib eines Ehebrechers, versunken in die Unverzeihlichkeit seiner Untat. Und einmal, als sie aus des Königs Kammer kam, sagte sie völlig unvermittelt zu der Hofmeisterin: »Ich weiß wohl, daß Rachsucht mein größter Fehler ist und daß ich nie verzeihen kann.«

Nun hatte der König den engsten Ring um sein und der Seinen Leben geschlossen. Nun hatte er es zu der Friedlichkeit und Beschränkung geführt, die ihm nach dem Verzicht auf Hoenslardyck allein noch gewährt war. Noch einmal hatte er einen kleinen Kreis seiner Familie in dem Türkischen Zelt unter den welkenden Linden des Schloßhofes um den Tisch, zu Brot und Wein, Honig, Wild und Fisch. Diese enge Runde war ihm geblieben, daß er in ihrem Anblick den Traum und das Bild von Hoenslardyck zu durchleben vermöchte. Hier, wo sie ihm so nahe waren, in dem jagd- und gästelosen Herbst von Wusterhausen, dachte der König viel über die jüngeren Kinder nach. Es genügte ihm nicht, ihre Finanzen zu bestellen. Jede Rechnung und jeder Kauf, die er für sie abschloß; jeder liebende Gedanke, mit dem er Leben und Wesen seiner jungen Kinder noch einmal umfaßte, war ihm ein Abschied. Ehe er für sie zu rechnen begann, vor dem Frühstück, das er allein und zwar beim Ankleiden einnahm, las er einen Abschnitt in Amadeus Creuzbergs »Täglicher Andacht«. Aber auch noch dann, wenn er die Spalten der Kassenbücher durchging, sprach Mijnheer doch nur mit Gott, wie er es einst vom Leben auf Wusterhausen ersehnte, und hörte auch in den Zahlen und Werten allein seine Stimme. Unter den Kontofolianten lag die Bibel aufgeschlagen; aufgeschlagen an der Stelle: »Die Zeit ist kurz. Weiter ist das die Meinung: Die da Weiber haben, daß sie seien, als hätten sie keine; und die da weinen, als weinten sie nicht; und die sich freuen, als freuten sie sich nicht; und die kaufen, als besäßen sie es nicht; und die diese

Welt gebrauchen, daß sie dieselbe nicht mißbrauchen; denn das Wesen dieser Welt vergeht.«

Der König ging nicht nach Verona. Er bezog auch nicht das Haus, das in Hoenslardyck und im Haag schon für ihn angekauft war. Er hielt sich an Berlin, Potsdam und Wusterhausen gebunden. Er dankte nicht ab. Er löste sich aus Liebe und Besitz und waltete des Amtes und Dienstes – getragen von der Hoffnung: Die Zeit ist kurz. –

Zwei seiner Vorfahren hatten abgedankt: der eine, Kurfürst Friedrich II., hatte lange und gut regiert; und floh dann doch.

Die Liebe konnte dem König nicht den Sinn des Lebens bedeuten. Aber sie durfte ihm auch nicht einmal zu der Zuflucht vor aller Sinnlosigkeit werden, wie es manchen Menschen, doch nur selten einem Fürsten vergönnt ist.

Er löste sich aus der Liebe. Aber die er liebte, waren ihm schon abgewandt und kehrten sich, ohne es zu wissen und zu wollen, dem Kommenden zu, von dem alle Welt nur noch sprach. Der Brauch der Höfe war zu stark. Die Erschütterungen, die zwischen dem König und dem ältesten Sohn sich abgespielt hatten, bebten immer noch nach. Unter ihrem Eindruck – darin betrog der Vater sich nicht und war scharfsichtig und hellhörig – gab es mit den jüngeren Kindern niemals ein Zerwürfnis. Dessen freute sich der König nicht. Etwas daran lähmte ihn. Die Beziehung zu all seinen jüngeren Kindern war davon entstellt, entwertet, verwirrt. Es war wie eine späte, unabwendbare Strafe. Die Menschen vergaben und vergaßen nicht, wie Gott vergab und vergaß. Sie berichteten seinen jüngeren Kindern alles vergangene Unheil. Litt er aber nicht schon genug darunter, daß er dem harten, bitteren Geschick nicht zu entgehen vermochte, alle Gedanken seines zermarterten Hirnes und alle Sehnsucht seines wunden Herzens nur auf den einen, Erstgeborenen zu richten? Mehr als sieben Jahre lang hatte er, nach Gericht und Gnade über Friedrich, seiner anderen Kinder sich freuen wollen. Aber immer wieder dem alten Banne verfallend, kam er nur dazu, die Brüder einander ein wenig zu nähern in vielen sorgsam bedachten Äußerlichkeiten. Auch zwischen ihnen stand der Schatten. Der zweite Prinz wußte zuviel von dem Thronfolger, und selbst seine warme, tiefe Ergebenheit gegen den ältesten Bruder mußte im geheimen noch dessen Argwohn gegen ein demütigendes Mitleid erwecken. August Wilhelm hatte König werden sollen »an jenes Statt«. Der Vater aber hatte den Zarten, den Liebsten, den Überschwenglichen in aller Güte und Wärme seines Herzens, hatte seinen Hulla verloren. Er hatte den Siebzehnjährigen der zweiten Bevernschen Prinzeß, der Schwester der lieben Frau Tochter, zugesprochen: beglückt von der Freundschaft mit Braunschweig, von der so viele heißersehnte Rechtfertigung kam, Rechtfertigung von Ansbach und Baireuth und Schwedt.

Jeder Zwang aber war angetan, August Wilhelm zu zerbrechen. Er fügte sich dem Vater – aber der König nahm unendlich bitter wahr, wie er sich fügte und daß er nur deshalb nicht kämpfte, weil er das Ende des Vaters zu nahe sah. Er schonte ihn und wurde so durch seine Zartheit, seine Sanftheit, von der sein Vater einst jahrelang lebte als dem einzigen Glück seines Herzens, grausamer als Friedrich je war. Er trug den Kampf, den ersten, der ihm auferlegt war, mit dem Bruder, dem kommenden König aus. Friedrichs Haltung und Meinung blieben dem Vater unbekannt. Er war zu verwundet, um zu fragen, was zwischen den Söhnen geschah. Der sanfte Hulla aber stand vor dem Schwersten, das er bisher erlebte: der kommende König, der bewunderte, geliebte, umworbene, bemitleidete, gefürchtete Bruder gab immer nur den kühlen Rat, August Wilhelm müsse sich fügen. Diese Heirat müsse sein wie seine eigene. Die Verbindung mit Braunschweig legitimiere eine im übrigen gescheiterte Heiratspolitik des Königs. Solche Worte vermochte der Braungelockte, Großäugige, Schmalwangige nicht zu ertragen. Sein junges Leben begann sich mit Trauer zu umhüllen; seine Zartheit war der wachsenden, unabwendbaren Wehmut nicht gewachsen – und schwelgte dennoch in ihr!

Kein Lob, das die Umwelt dem jungen Prinzen versagte; aber es war das Lob, wie man es für einen verwöhnten, schönen Knaben bereit hatte. Sie nannten ihn glänzend begabt, bezwingend liebenswürdig, ungemein bescheiden; sie bewunderten seine noch immer knabenhafte Schönheit, die vollendete Verfeinerung seines Anstandes, die angeborene Würde, den jugendlichen Zauber, die zärtliche Heiterkeit in unbelasteten Stunden und seine edle und anmutige Weise, das Leben zu genießen. Zudem fand man ihn trotz seines Hanges zu Klage und Eifersucht voller Zuvorkommenheit und Sanftmut und besonders der rührendsten Aufmerksamkeiten fähig. Man pries die Andacht und Frömmigkeit, mit der er den Vater weit mehr als hundertmal im Jahr in den Gottesdienst begleitete, und rühmte die stürmische Begeisterung, mit der er sich den modernen Philosophen von Rheinsberg erschloß. Noch seine Unvorsichtigkeit und seine Unfähigkeit, seine Gefühle vor der Welt zu verbergen, schienen den Reiz dieses antiken Epheben zu erhöhen. Man entzückte sich an seiner Liebe zu Frankreich und nahm seinen Haß gegen Österreich und England als knabenhafte Unart.

Der Vater verschwieg diesem Sohn, daß er einst – in einer für die Königin großen Stunde – mit der Anwartschaft auf Polens Krone belastet werden sollte. In der Angst, durch Stanislaus Leszczynski die Armee des roi sergeant an Bourbon zu verlieren, hatten die frankreichfeindlichen Mächte auch solchen Vorschlag gemacht. Aber der König von Preußen war der Meinung geblieben, in einem jeden Lande in der Lage Polens müsse dieses Landes eingesessener, bester und ältester Fürst der König sein, kein Fremder. Wieweit sein sanfter Hulla zum Träger einer fremden Krone tauge, erörterte er mit niemand.

Der Vater hat wenig von ihm gefordert. Es war, als danke er ihm zeitlebens dafür, daß er ihn hatte lieben dürfen, wie jedem Manne erlaubt ist, seinen Sohn zu lieben, und daß ihre Liebe enthoben war dem Gesetz ›Des Königs von Preußen‹. Und der Vater war doppelt milde zu ihm, weil der Zarte immer von neuem über Brustschmerzen klagte. Der König begnügte sich damit, daß August Wilhelm Umsicht im Militärisch-Theoretischen zeigte und daß in seiner Bibliothek viele mathematische und kriegswissenschaftliche Werke sich fanden. Die Bibliothek des Prinzen war vorzüglich; an ihrer Ordnung lag ihm viel.

Das einstige Kronprinzenregiment war ihm als Regiment »Prinz Wilhelm zu Pferde« geblieben. Zum Regimentschef bildete der König ihn heran, wie ein Oberst einen Pagen für die Armee erzog – ohne Härte des obersten Kriegsherrn. In diesem Jahre, im Mai, hatte der König zum erstenmal beim Oberstleutnant August Wilhelm von Hohenzollern Revue gehalten, nachher auch bei ihm gespeist, ihm jedoch kein Tafelgeschenk gemacht und ihn nicht, wie den Bruder, geküßt. Aber nun im Herbst vermachte er ihm Amt und Herrschaft Wusterhausen. In diesem Schloßhof, unter diesen Linden hatte der Knabe auf seinen Knien gesessen, ihn mit beiden Armen umschlungen, jeden Tag nach der Mahlzeit. – Friedrich aber sollte König Ragotins Schloß nicht zum Erbe erhalten.

Der König hat seinen Hulla auch zum Statthalter von Pommern erhoben, ihn in die Ämter eingeführt und dafür vorbereitet, sich die stattlichen Revenuen auch wirklich zu verdienen. Aber der Sanfte, Schwache begriff das Übermaß der Gnade nicht, daß er nur dies zu sein brauchte: der Sohn des Offiziers, des Landjunkers, des Generaldirektors. Er verstand nicht, daß er einmal dazu ausersehen war, der König von Preußen zu werden. Gericht und Gnade seines jungen Lebens gingen unerkannt über ihn hin.

Manchmal, nach Tische, lauschte der König nur auf Heinrich. War der Dreizehnjährige das klügste unter seinen Kindern? Welche Verbissenheit, sich zu bilden – weit über den umfangreichen Unterrichtsplan hinaus! Welche Leidenschaft für die Wissenschaften, strenge Musik und alte Malerei! Welche Beobachtungsgabe, welche Überlegtheit, welcher Scharfsinn im Gespräch! Welch kühle Beharrlichkeit, wenn er Kriege mit der Feder entwarf! Aber in nichts, was der Knabe Heinrich tat, leuchtete Freude auf: in allem lag Prüfen und Warten ohne Hoffnung und Lust. Seine Klugheit, sein Eifer, seine Gründlichkeit – alles war ohne jeden Schimmer frischer Jugend. Welk, klein und schmal war der Knabe, und die großen Augen hatten nur das Feuer eines harten Willens. Über seinen strategischen Skizzen aber hatte der Knabe das müde und frühreife Wort gesprochen, das den König aufhorchen ließ und lange bewegte: er erkenne den Krieg nur als grausame Notwendigkeit an, als eine harte Wissenschaft, die Fürstenkinder aber lernen müßten. Hört diese düsteren Worte, dachte der Vater König und stellte sich schwerhöriger, als er war; denn er entsann sich, daß der Knabe Friedrich einmal nicht minder bitter sagte: »Man darf nichts zu sehr lieben.« Heinrichs Worte trafen den Vater ebenso tief. Der Vater hatte nur vermocht, diesen Sohn mit den Lehrern und Ärzten zu umgeben, deren seine besondere Kränklichkeit und besondere Klugheit bedurfte – und bange zu warnen vor der Schärfe seiner Gedanken, die zugleich durchdrangen und verletzten. In einem Hause, dessen Gemächer und Kammern von Mißtrauen überwacht und von Angst erfüllt waren, war der Knabe Heinrich aufgewachsen. Unter vielem bedrohlichen und verwegenen Flüstern zwischen der Mutter, den älteren Geschwistern und den Gästen und unter den zornigen, wunden Schreien des Vaters hatte er seine ersten Bücher in seiner Kammer lesen gelernt. – Seltsam war, wie hart, ja hilflos das Deutsch des klugen Knaben war; außerhalb des Französischen verlor er all seine behende Gewandtheit und beinahe schon überspitzte Ausdrucksfähigkeit.

Der König wußte, daß sein Ältester viel von diesem seinem zweiten Bruder hielt; ja, als wäre der Zarte, der Schwärmer nicht zwischen ihnen, hatte er auch für diesen zweiten Bruder einen Prinzenspiegel geschrieben. Und der Knabe verstand ihn Zeile um Zeile und hielt jetzt noch häufiger denn zuvor den harten, heißen Blick auf den Bruder, der ein König sein würde, geheftet. Auch August Wilhelms werbende, freundliche, zärtliche Reden vermochten ihn dann nicht aus der Versunkenheit zu reißen, die nicht die Versunkenheit des Träumers, sondern des Grüblers war. Worte der Liebe berührten ihn nicht. Und niemand vermochte eine Stunde, einen Umstand, eine Äußerung zu nennen, in denen Heinrich nach dem Vater fragte. Es schien sie nichts, auch kein ursprüngliches, natürliches Gefühl zu verbinden. Daraus zog die Königin gewisse Hoffnungen für Heinrichs welfische Art. Aber der Sohn entwand sich auch ihr. Er liebte ja auch nicht den Bruder: er sah auf den kommenden König – kühl, prüfend, in verhaltenem Leiden.

Der König warb um diesen seinen Sohn, indem er ihm Kupferstiche als Malvorlage aus Paris bestellte. Diesem Sohn in seinem unbestechlichen Wertgefühl, seiner Gründlichkeit und Zweifelsucht ließ er nicht nur den üblichen Zeichenunterricht geben, weil er ja diese Beschäftigung überhaupt für eine sehr nützliche Ausfüllung der Mußestunden seiner Kinder hielt. Er gab genau an, daß die Kupferstiche für Heinrich historische Gegenstände darstellen sollten, gleichviel ob aus der Geschichte, der Bibel oder der Fabel; nur sollten nicht zu viele Personen auf ihnen abgebildet sein; und sie durften nur von den besten Meistern stammen.

Dem ältesten Sohn hatte der König den eigenen Gouverneur und die eigene Gouvernante gegeben. Den jüngeren Söhnen teilte er die Erzieher und Lehrer August Wilhelms zu. Es war eine unwandelbare Überzeugung des Königs, daß es ein schweres, hohes Ding sei um die Wahl von Fürstenerziehern; und wenn man sie gefunden und herangebildet habe, so dürfe man sie ohne Zwang nicht wechseln. Und auch das Erbe der Montbail war wieder von einer Hugenottin angetreten worden.

Die eigentliche Ausbildung Ferdinands hatte eben erst begonnen. So spielend wie die schmalen, schlanken Brüder lernte das rundliche Männlein nun doch nicht. Der Unterricht war ihm sogar zuwider. Aber eben er war nun der einzige der Königssöhne mit runden, roten Wangen und kräftigen Schultern; der einzige, der bei den Jägern hockte, wenn sie die Flinten putzten; der bei den Kutschern stand, wenn sie die Pferde striegelten, und wie einst der Vater in dem gleichen Schloßhof ihre rauhen Sitten nachzuahmen suchte. Ferdinand allein scherzte auch mit den Bären und suchte sie zu verkleiden; und was dem Vater am wunderlichsten schien: er spielte Koch in dem nämlichen Türkischen Zelt, in dem er selbst den Gästen das Fischmahl bereitete! Ferdinand war es, der in Potsdam am Fenster stand, wenn die Grenadiere exerzierten; und bei der Jahresrevue begehrte er im Regiment des Bruders mitzumarschieren: Das Kind der Schmerzen unter den Soldaten, die Des Königs Sohn Friedrich führte! Und Friedrich nahm sich seiner sorgsam an. Meist trug Ferdinand eine kleine Husarenuniform, genau der Montur der Regimenter angepaßt, die nach der weißen nun die rote Uniform erhalten hatten. Und wie sicher schoß doch der Husar mit seinen Spielkanonen, die zur Husarenmontur nicht recht paßten, nach der Scheibe! Wie liebte er die Marschmusik! Nur diesem Sohne durfte der Vater aus der eigenen Knabenzeit erzählen, wie die Städte ihm, dem Thronfolger und künftigen Herrn zu gefallen, ihre stattlichsten Mitbürger für seine Knabenmiliz überwiesen.

Wenn er mit dem Vater in der Halbchaise ausfahren durfte, sang der Kleine manchmal, ohne daß der Papa es ihm verwies, unbefangen und falsch vor sich hin. Und dem König – er erzählte dem Sohn wohl doch nicht nur von der Knabenmiliz – wollte es manchmal scheinen, als besitze Ferdinand in der Familie »am meisten Religion«, obwohl ihn doch angeblich nur Jagd und Krieg beschäftigten. –

Wenn die schwachen, schmerzenden Knie den wankenden, gedunsenen Leib des Kolosses noch einmal trugen, hockte sich der König zu diesem Söhnlein auf die Diele, ihm eine regelrechte, streng dessauische Jagd aus seinen Zinnfiguren aufzubauen.

Schwermütig sah der König zu den beiden Generalen auf, die

ihn bei seinem jüngsten Kinde auf dem Fußboden spielend fanden.

»Ihr seid auch Väter –« sagte er.

Mit diesem einen Kinde hätte er neu beginnen dürfen; es war nicht mehr gezeichnet von dem, was um seine Geburt auf dem Hause und dem Land gelastet hatte und ihm um des Vaters willen den bitteren Namen gab: Das Kind der Schmerzen. Er hätte beginnen können, wäre die eigene Zeit nicht so weit vorgerückt – und hätte er nicht selbst ersehnen müssen, daß sie ende!

Dem Gedächtnis der Königin schien es entfallen zu sein, daß man dieses letzte, späte Kind vor seiner Geburt Das Kind der Schmerzen nannte, und so nahm sie es nicht wahr, daß gerade dieser Sohn nun das munterste Bürschlein war, das je in der vergessenen Kammer eines jüngsten Prinzen spielte, der doch noch mehr als alle anderen von dem Odium des künftigen Apanagierten belastet war. Sie tat den kleinen Ferdinand so leichthin ab, wie sie eh und je und heute noch die Schwedter Tochter abtat, die ihren Namen trug. Diese ihre beiden Kinder schienen ihr unfürstlicher als die anderen. In Sophie Dorothea Maria fand sie das Holländische, Bürgerliche des Gatten wieder; in Ferdinand entdeckte sie nicht ohne Groll den Korporal und Büchsenspanner.

Oh, auch Ulrica – wie sie Ulrike meist nannte – hatte jene väterliche Leidenschaft für Trommeln und Fanfaren geerbt und wurde wohl deshalb vom kleinen Bruder Ferdinand gar so heftig geliebt. Auch Ulrica hätte ihre ersten zehn Reifröcke für eine Montur und alle Kopfputze der Welt für einen hohen, silberschimmernden Helm hingegeben! Aber in solch kriegerischer Narretei hatte sie doch noch immer den Adel einer Amazonenfürstin bewiesen. Nun, da Ulrica schmaler, schlanker und längst kein Kind mehr war; nun, da ihre Begeisterung für Waffen und Krieger veredelte, ohne sich zu verringern, schien der Mutter alles an ihr auf eine künftige Königin hinzudeuten, und die Krone, die dieser Tochter zugedacht war, würde ihr kein Vater Korporal mehr rauben können! Wie sollte der König noch einen Winter überleben! Die Hoffnungen der Königin wachten noch einmal auf; noch war ein Kind, an das der Traum von neuen Thronen und Kronen sich knüpfen ließ! Die stillen, stillen Stunden dieses Wusterhausener Herbstes, den der König nur über Andachtsbuch und Kassenbuch hinbrachte, waren in dem Zimmer der Königin für flüchtige Stunden wieder von Hoffnung, kampfloser Hoffnung, durchflutet; die Gegnerschaft des Gatten galt nicht mehr. Niemals war die Königin blühender, stärker und ungebrochener gewesen, obwohl die Welt von ihr und um sie schwieg. Voll unbewußten Triumphes schonte sie den hinsiechenden Gegner, so ungeheuerlich im Anspruch der Macht er auch noch immer das Geschick dieser ihrer einzigen, letzten königlichen Tochter in seine unglücksschwangeren Hände zu nehmen suchte. Denn es war noch einmal eine wunderschöne Heirat übers Kreuz geplant gewesen, und zwar zwischen Ulrica und dem Erbprinzen von Hessen-Darmstadt und Kronprinzen von Dänemark einerseits und August Wilhelm und der hessisch-dänischen Prinzessin andrerseits. Aber der König hatte bezüglich des vorgeschlagenen Schwiegersohnes nur erklärt, daß man am Berliner Hofe ohnehin schon arme Schwiegersöhne in genügender Anzahl besitze; und über die ihm angetragene Schwiegertochter fand er nur das bittere Wort, er möchte keine Zwergin in seinem Hause. Projekte erörterte er mit der Königin nicht mehr. Er schwieg vor ihr auch von dem Unglück der Baireuther, der Ansbacher und der Schwedter Tochter und von dem Glück Frau Sanssoucis in Braunschweig.

Es war aus jeder Handlung, jeder flüchtigen Redewendung offensichtlich, daß er mit dem Gedanken an die Ehen seiner beiden jüngsten Töchter keine blühenden, trügerischen Pläne mehr zu verbinden vermochte. Ja, hartnäckig, wenn nicht für Außenstehende sogar hartherzig, schien er die Ehelosigkeit der letzten Töchter vorzubereiten, obwohl einmal ein klarer Wille und ein heißer Wunsch der Wahl des Namens Ulrike für sein Kind zugrunde lag. Nach dem Tode seines großen Gegners Karls XII. bat er dessen Schwester zur Patin. Über dem Untergang des Schwedenkönigs und der Feindschaft ihrer Völker sollte der Bund der Zukunft sich erheben, seine Tochter von Geburt an den Namen einer Schwedenkönigin tragen.

Als zu den großen finanziellen und testamentarischen Erledigungen des Königs der Geheime Finanzrat von Eckart auf Wusterhausen erschien – der Kapaunenmäster und Waldhüter, der wie im Märchen der große Schatzkämmerer des Königs geworden war –, schüttelte der König zu allen kühnen Spekulationsplänen des Neuen, die seine Töchter betrafen, beharrlich den Kopf. Nein, nein, meinte er, er wolle die vier Töchter, die nun schon verheiratet und ausgestattet seien, nicht benachteiligen. Er lehne es ab, die jüngeren Töchter reicher zu machen. Er wolle sie so versorgen, als ob sie immer ledig blieben. Und so legte er eine große Summe an, um die spätere Wahl Ulrikes und Anna Amaliens zur Äbtissin und Koadjutorin des Stiftes Quedlinburg zu ermöglichen, obwohl das Gerücht von der außergewöhnlichen Schönheit seiner Tochter Ulrike zu allen Fürstenhöfen Europas gedrungen war und ihr schon den dritten Heiratsantrag eingebracht hatte.

Es war ihm bitter, wenn er die Schönheit der Silberblonden mit den langen, dunklen Wimpern rühmen hörte. Denn auch im neunzehnten Jahre ihres Lebens schien es, als wolle sie das Lachen nicht lernen. Er litt besonders darunter, weil Ulrike ihm das zu werden begann, was dem Freund in Dessau seine Frau Tochter von Anhalt-Bernburg bedeutete, die sterbend den Vater noch einmal vor ihren Fenstern an der Spitze seines Regimentes sehen wollte und die Krieger und die Schlachtmusik im Schloßhof lobte, indes Fürst Leopold unter Weinen und Stöhnen seine Kommandos gab. Denn dem Herrn war zu Ohren gekommen, daß Ulrike vor anderen von ihm als dem »unvergleichlichen König« gesprochen hatte; daß sie Wusterhausen »das liebe, verzauberte Schloß« nannte, vor Zweiflern den Glauben ihres »unwandelbar brandenburgischen Herzens« an die große Zukunft Preußens verteidigte, in allen Streitigkeiten der Familie mit starkem, klarem Gefühl für die Würde seines Hauses schlichtete und vermittelte, die Geschwister nur mit liebevollen Beinamen bedachte und die Mutter mit hundert nichtigen Freundlichkeiten darüber hinwegtäuschte, daß sie ihr innerlich völlig abgewandt war – und ihr Wesen und Geschick begriff.

Der König war aus dem Rheinkrieg heimgekehrt und hatte den Sarg für sich und die Gattin mitgebracht: nie verwand es die Königin. Der König hatte nach der Rückkehr aus Rheinsberg die Gemahlin im Nonnenschleier über vollem, braunem Haar gemalt: nie erfuhr sie es.

Wie seinen Bildern schien aber auch eine starke Macht den Worten innezuwohnen, die er nach Anna Amaliens Geburt einst sprach: »Gestern ist eine auf die Welt gekommen. Ich werde ein Kloster anlegen. Männer kriegen sie nicht alle.« Ulrike und Anna Amalia sollten Äbtissinnen werden: Nonnen im Luthertum, Kirchenfürstinnen – Stiftsfräulein. Und es lag etwas Unheimliches darin, wenn ihnen ihr tägliches Lichtdeputat auf Wusterhausen ausgehändigt wurde: ein Altarlicht für jede Prinzessin. Ach, sollte sich so der heitere und leichthin gesprochene Name Anna Amalias erfüllen: Die heilige Cäcilie?

Einmal nahm der König das Gesicht dieser seiner jüngsten Tochter, seiner »dicken Lilly«, in seine Hände. Es war mit blutigen Narben bedeckt, und um die Augen waren brandige Flecken. So pflege sie oft im Zorn zu tun, so furchtsam sie auch sei, wurde dem König bedeutet, als die Tochter in Schweigen verharrte. Sie wüte mit ihren eigenen Händen gegen ihr Antlitz. Sie gieße sich Säuren ins Gesicht. Sie rase gegen sich, als wolle sie sich selbst zerstören – und sei nach wenigen Augenblicken versunken in alte Kirchenmusik. Bei dem Hofe und der Bevölkerung sei Anna Amalia unbeliebt; sie gelte als hämisch und zänkisch; von den Geschwistern werde sie bald verspottet, bald zurückgestoßen, bald schwärmerisch geliebt. Die Wogen des Meeres wären nicht aufgeregter als ihr Gebaren. Gut und böse, Philosophin, Weltkind und Betschwester – alles das sei sie nach- und nebeneinander; zehnmal in der Woche sei sie zufrieden, zehnmal unzufrieden; und am wohlsten fühle sich die Wetterwendische, wenn alles drunter und drüber ginge. Aber nichts an ihr sei mittelmäßig. Entweder sei sie teuflisch oder himmlisch.

So verklagten und verteidigten die Königin, die Hofmeisterin und Ulrike, die wenigen Frauen des Jagdkastells, die jüngste Königstochter vor dem Vater; und noch einmal hielt er Gericht über eines seiner Kinder – stummes, undurchdringliches Gericht.

Lange hielt der Herr das Gesicht Amaliens zu sich emporgehoben. Ein Paar Augen von hinreißender Schönheit war zu ihm aufgeschlagen. Er sah die frühen, müden Falten ihrer vollen, schweren Wangen, den Schmerz und Zorn, die Aufgewühltheit ihres abgrundtiefen Blickes – und las aus allem nur die Klage gegen sich selbst. Sieben Jahre waren hingegangen, seit er das große Gericht hielt, mehr denn sieben Jahre, die sein Herz so oft, so jäh als die sieben fetten Jahre des biblischen Königs pries. Aber das Gericht über ihn selbst nahm kein Ende.

Auch verstand er nun, warum die Gattin einmal maßlos bitter zu ihm sagte, sie liebe keine Kinder, die zornig, dick und düsteren Gemütes seien. Sie sagte es von jenem Kinde, das der Vater einst mit eigenen Händen vom Schoß der Mutter in das Leben trug.

In dieser Stunde noch wollte er dem wundenbedeckten Mädchen den Orgelspieler, Violoncellisten und Singemeister der Domschule, Hayne, für den Rest des Herbstes hinaus auf die alte Jagdburg kommen und auf einem Kastenwagen ein Klavizimbel mitbringen lassen, für Wusterhausen etwas Ungeheuerliches. Der Herr entsann sich, früher einmal im Vorbeireiten die Übungen im Domschulhause belauscht und etwas Besonderes an ihnen wahrgenommen zu haben: das war Musik gewesen von Amélies herber, strenger, alter Art.

Während er dies bedachte und die Königin in ihren Anklagen fortfahren wollte, geschah es nun, daß er sich mit seiner Taubheit entschuldigte, nicht mehr recht zu verstehen vorgab, seine Krücken an den Lehnstuhl heranzog und nun in den Hirschsaal stapfte. Und jeder Herbst von Wusterhausen zog an seinen völlig versunkenen Blicken vorüber: jeder Herbst, der seine silberblonde Ulrike das Lachen nicht lernen ließ und eines seiner Kinder manchmal »teuflisch« machte. Hört, die jüngste Tochter des Königs von Preußen wird teuflisch und himmlisch genannt! Auf Wusterhausen wird von Engeln und Teufeln geredet! Der Tod muß nahe sein!

Die Königin in ihrem hübschen, heiteren Zimmer mit der »Toilette der Venus«, dem einzigen von solcher Art auf Wusterhausen, hörte das Stapfen des Königs und das Schurren und Ächzen seiner Krücken vom Hirschsaal her. Einen Augenblick war ein Anflug von Gequältheit über ihren Zügen. Dies Scharren, Ächzen, Stapfen war ärger, als einst das Dröhnen der Kugeln an den Fängen der Adler und das Geklirr der Bärenketten gewesen war. Plötzlich entsann sie sich wieder. Doch dieses Mal schwieg sie von ihren Gedanken. Es war keine behende, sanfte Kammerfrau mehr um sie. Zur stündlichen Gesellschaft hatte die Königin nur noch ihre dicke, alte holländische Kaffeekocherin. Und nun hatte der König in seiner alten Lust, Ehen zu stiften, ihr gar noch die Mamsell mit seinem neuen Kastellan, einem Landsmann der Kaffeekocherin und Tulpenzüchterin, verheiratet. Freilich, der Anlaß war zwingend, und die Königin hätte sie sonst entlassen müssen, oder alle Begriffe von Treue und Ehrbarkeit wären ins Wanken geraten. Es war auch so noch entwürdigend genug, daß der König eine solche Sünderin in ihren Diensten halten wollte! Zwei Stunden lang war ihre Kaffeemamsell neulich nicht bei ihr erschienen. Dann rief sie eine Küchenmagd und eine Jägerfrau in ihre Kammer: »Mars Döbels, eck hebbe en Jungen gekregen, dort in de Bette ligt de Banquart!« Und schon hatte Mijnheer van Wusterhausen die Hochzeit bestellt. Noch vor der Taufe fand sie statt.

Doch war sie diesmal vom Herrn als heitere Strafe erdacht? Denn der Bräutigam und Kindsvater, sein holländischer Kastellan, hatte von des Königs selbstgemalten Bildern gesagt, sie wären in der Art des niederländischen Malers Bas Clas, der seine Figuren auf dem Bilde zum besseren Verständnis mit Buchstaben versah und darunter schrieb:

Dat is gemalen von Bas Clas;
a) is de Hund und b) is de Has.

Der Dominikanerpater Bruns war von Potsdam nach Wusterhausen bestellt. Unter allen seinen Priestern jeglichen Glaubens stand er seit Roloffs Tode dem König am nächsten. Doch um des Ärgernisses der schwachen Seelen willen mußten sie häufige Zusammenkünfte meiden. Heute aber sollte der Pater dem Herrn Worte aus der Bibel suchen, wie der Pastor Roloff sie stets wußte: in jeder schweren Stunde seines Lebens fand er Worte in der Heiligen Schrift, die ein Prophet einem König in einer völlig gleichen Stunde sagte, oder die der König der Könige, Christus, den armen Erdenherrschern als Trost im Heiligen Geiste zurückließ. So sprach der König und malte an dem Bilde – eines Kardinals. Und der Dominikanerpater schlug dem Herrn in Luthers Bibel nach und las ihm vom priesterlichen Königtum, »von Jesu Christo, welcher ist der treue Zeuge und Erstgeborene von den Toten und der Fürst der Könige auf Erden! Der uns geliebt hat und gewaschen von den Sünden mit seinem Blut und hat uns zu Königen und Priestern gemacht vor Gott und seinem Vater.«

Dann begann der König gar seltsame Reden, und der Dominikanerpater meinte zunächst, der König wäre nun doch wieder von Schmerzen und Arzneien benommen.

Es sei keine Sünde, hob der König an, daß ein Pater ihm aus Luthers Bibel lese. Es sei auch nicht Sünde, wenn er, an Kaiser und an Königen gescheitert, nun am Ende seines Lebens als der Herr und Oberste Bischof seines Landes einen Bund mit einem Kardinal abschließe. Denn dieser große Kardinal weine bittere Tränen über die Heillosigkeit und den Untergang Europas – und

Plan zum ewigen Frieden der Christenheit, die Föderation sämtlicher Staaten als völkerrechtliches Tribunal, das alle Differenzen, Ansprüche, Erbstreitigkeiten endgültig entscheiden und die vereinte Macht aller zur Exekution seiner Urteile zur Verfügung haben und alle Kriege zwischen den Staaten, alle Revolutionen in ihrem Innern unmöglich machen sollte. Weise Kongresse sollten die wilden Schlachten ablösen.

Seit diesem Herbste aber lag, den Schlachten mehr vertrauend als den Kongressen, England mit der Krone Spaniens, dem Erbfeind, im Kriege und fuhr nach Westindien aus mit siebenundzwanzig Schlachtschiffen nebst zahlreichen Fregatten, Brandern und Transportschiffen: der größten Kriegsflotte, die Britannien jemals hatte auslaufen lassen. Und drei andere englische Flotten kreuzten im Mittelmeer, im Golf von Biskaya und im Stillen Ozean. Auf Herrenhausen und Hannover drängten sich die französischen, spanischen, sardinischen Gesandten. An allen Höfen pochte England an die Tür, um Freunde zu gewinnen und die große Koalition gegen die Bourbonen von Madrid und Paris zustande zu bringen. Europa trieb der gefürchteten Weltkatastrophe zu. In gewaltigem Bündnis sollten noch einmal alle Mächte genau so gruppiert sein wie im Spanischen Erbfolgekrieg, in dessen Wirren und Lähmungen Herr Friedrich Wilhelm seinen Thron bestieg. Alles sollte so sein wie damals – so als wäre das Königsleben des Mijnheer van Hoenslardyck niemals gelebt worden. – Der Hof von London wollte ausgelöscht wissen, was dieses Leben errang. Und an diesem grellen Bilde der Vergeblichkeit litt der König am schwersten.

Nun am Ende aller seiner Wege und Hoffnungen lag noch das Furchtbare vor ihm als eine unentrinnbare Notwendigkeit: daß er den Krieg heraufbeschwören mußte um des Anspruches und Gebotes willen, die Jülich-Bergische Erbschaft dem Hause Brandenburg zu sichern. Was waren alle Testamente, die er auf Wusterhausen aufsetzte, wenn dieses eine nicht galt? Welches Erbe unterließ er denn mit all dem Golde, wenn er das Haus um das größte Erbteil betrog?

Da kam einer, der den Erdteil vor dem »Generalkrieg« bewahren wollte wie er; einer, der die Gerechtigkeit des brandenburgischen Anspruchs und die Notwendigkeit seiner Erfüllung erkannte – einer, der noch Macht besaß: der einzige Mächtige neben dem roi sergeant – ein ungekrönter Greis!

habe doch allein noch die Macht des Gebetes und die Gewalt vollendeter Staatskunst!

So war der erste, der von dem König etwas von dem preußisch-französischen Geheimvertrag erfuhr, der Beichtvater seiner katholischen Grenadiere. Und nun mußte der Pater Bruns dem evangelischen Landesbischof von Preußen erzählen, was er als Priester von dem greisen Kardinal Fleury aus Frankreich hörte.

Als Schwerleidender hatte der König von Preußen den schwierigsten und weisesten politischen Vertrag seines Lebens eingeleitet, durchgeführt und abgeschlossen. Immer wieder hatte er an die Welt die bange und doch so stolze Frage gestellt: »Worin habe ich nicht die rechte Prätension?« Über den Antworten hatte er gelernt, Verträge zu entwerfen mit »mehr als sechzig Einschränkungen und Zweideutigkeiten«. Aber dann war ihm der Preis des Seelenheils für solch weise Verträge zu hoch. Und die Leiden seines Weges waren zu schwer gewesen, als daß er ihnen nun durch – Kunststücke zu entrinnen gesucht hätte. –

Er hatte sich von Reich und Kaiser lösen wollen um des »Guten Kampfes der Reformation« willen, als der Anspruch der habsburgischen Universalmonarchie Europa in Kriege ohne Maß und Ende zu stürzen drohte. Er hatte sich von England gerissen um des Heiligen Römischen Reiches willen, als der König vo[n] England den Kurfürsten von Hannover und den Kurfürsten v[on] Brandenburg zu Rebellen gegen ihren Kaiser machen wollt[e.]

Er hatte es erlebt, daß seine Armee die Braut war, darum[…] tanzte. Er hatte aber auch Jahre gekannt, in denen das He[…] roi sergeant vor dem Inquisitionstribunal der europäisch[en Di-] plomatie und der katholischen Dynastien zum Ketzer [gestem-] pelt wurde, der verbrannt werden mußte. Selbst sein Ge[…] zum Türkenkriege bot, weil es hier um mehr ging als [Habs-] burg, war verschmäht und von dem bitterarmen Ka[…] schlagen worden, der ihm von nun an »Karl der [...] werden mußte im Angesichte ›Des Kaisers‹. Keine [...] Friedrich Wilhelm erspart geblieben, ihm, der die [...] »Ich gehe nicht ab vom Kaiser oder der Kaiser [...] Füßen fortstoßen.«

Er hatte den herrlichen Plan des Abbé Sain[t …] delsobjekt einer reichen und verderbten [...] schwachen und sinkenden Staaten herabb[...]

In der Stunde allertiefster Bitterkeit war dem König ein Wort des Kardinals Fleury zu Ohren gekommen, Preußen verdiene wegen seiner guten Ordnung eine ausgezeichnete Rolle in Europa zu spielen, und Frankreich werde gern dazu beitragen.

Ja, in Sachen der künftigen Kaiserwahl, wenn das Haus Österreich erlosch, hatte Frankreich von der Notwendigkeit gesprochen, die Wahl auf den mächtigsten, wenn auch nicht katholischen Fürsten im Reiche zu lenken. Aber der König gab nur entsetzt zur Antwort, wenn ihm auch von Kaiser und Reich solche Ehren angeboten würden, so wolle er lieber tot sein als Kaiser werden. So hoch stand ihm das Amt des Kaisers, als die größte Möglichkeit seines Geschlechtes nur für einen Augenblick vor ihm erschien. –

Vor solch ungewohnte Sprache gestellt – zudem in einer Zeit, in der er vom Kaiser mit französischen Waffen bedroht wurde –, wollte der König nun nicht Glauben schenken, bis er Wunderzeichen sähe. Aber er sah Wunderzeichen. Die Geschicke Deutschlands, Frankreichs, Europas lagen in der Hand des alten Kardinals Fleury; nur er hielt noch den Ausbruch des allgemeinen Krieges auf. Mit seiner Friedenspolitik übte und gewann Frankreich größeren Einfluß, als es selbst in den Tagen des Sonnenkönigs gehabt hatte.

Oft hatte der greise Kardinal – zum Weinen geneigt, wie der König von Preußen – seine Tränen vergossen, wenn die einen seinen weisen Rat nicht hören, die anderen seiner Zurückhaltung nicht trauen wollten, wieder andere die Einmischung Frankreichs an allen Ecken und Enden zweideutig fanden. Der Kardinal betete und schrieb weiter; betend und schreibend verstand er, alle Fäden der europäischen Politik allmählich in seine Hand zu bringen, als Priester Roms das Land des Allerchristlichsten Königs beherrschend, wo der König von Frankreich versagte. Wie eine Art europäischer Vorsehung schaltete der Kardinal; selbst Richelieus und Mazarins Macht schien vor der sanften Gewalt, die er übte, in den Schatten zu treten.

Er sah, auf der Höhe seiner Weisheit und Stärke angelangt, das Heil Europas in Frankreichs Bunde mit dem König von Preußen.

Der Kardinal von Frankreich wußte, was die Armee, der Schatz und der geordnete Staat des im Herzen gebrochenen und gescheiterten Königs für den Frieden des Erdteils zu bedeuten hatten. Welcher Sieger war in diesem verwirrten Jahrhundert aus seinen Kämpfen so hervorgegangen wie dieser Gescheiterte? Nun mußten die Völker Europas innewerden, wie dieses neu geschaffene, noch nicht anerkannte Preußen – an Größe des Landes der zehnte, an Zahl der Menschen der dreizehnte unter den Staaten des Erdteils – wie dieses Land des Bettelkönigs ohne Krieg und Kriegstaten, ohne Sitz und Stimme im Rat der großen Mächte, eine Geltung erlangte, daß allein im Bunde mit ihm das Gleichgewicht Europas zu halten und dem unabwendbaren Losbrechen ungeheurer Ereignisse zu begegnen war!

»Was Frankreich betrifft«, so schrieb der Bischof von Preußen für den künftigen König nieder, »so fange ich an zu glauben, daß es im Ernst ein Accomodement will.«

Mijnheer, der den braunen Bürgerrock trug, war der klügsten Diplomaten einer geworden, von einer Klugheit, die mit Tränen bezahlt war, wie nur der männlichste Mann sie zu weinen vermag; über die Verlorenheit der Welt: über die ewige Niederlage des Herzens; und über die Unerreichbarkeit und Unerfüllbarkeit, aber auch Unentrinnbarkeit der Vater-Unser-Bitte: »Dein Wille geschehe, wie im Himmel, also auch auf Erden.«

Denn nur um dieses Wortes willen schienen ihm die Könige auf Erden eingesetzt.

Wichtiger noch als der braune Bürgerhabit, den er trug, war jenes priesterliche schwarze Kleid, in dem er sich als Mijnheer malte. –

Die Stunden, die er, rechnend für die jüngeren Kinder, im Hirschsaal von Wusterhausen verbrachte, waren zu oft nur ein Vorwand gewesen. Das geheime Schriftstück, das er für seinen ältesten Sohn in einer Kapsel verschloß: das war das wahre Werk des Herbstes. Und deshalb war er allein nach Wusterhausen gegangen, seine »Hinterlassenschaft« zu ordnen. Mijnheer hatte gelernt, seine Krankheit diplomatisch auszunützen.

Mehr als zwanzig Jahre lang hatte der Hexentanz um die entscheidende europäische Allianz getost! Als nun der Bund geschlossen war, hielten der Bischof von Preußen und der Kardinal von Frankreich, die beiden großen Weinenden über Europa, ihn geheim. Die Welt vermochte ja doch nur die List darin zu sehen und die Gebote nicht zu ahnen, die über diesem schwierigen, politischen Elaborat ernst, groß und über allen Zweifeln unverrückbar standen.

War es der greise Kardinal Fleury, an den der König von Preußen dachte, als in diesem Herbst das Bild eines alten Kirchenfürsten auf der Staffelei im Wusterhausener Hirschsaal entstand? War es der Kardinal Fleury auch schon gewesen, als der Herr das Bild der Weisheit malte: einen Greis, über einem Globus grübelnd, und die Erdkugel vom Kreuz überragt?

Blinde Welt, die nach solchem Bild von eines Königs Hand nicht fragte und seine Bilder mit dem Spottverse seines holländischen Schloßkastellans abtat! Und da in diesem Herbst so gar keine Gerüchte von Wusterhausen in die Hauptstadt kamen, belachten sie die neue Narrheit des Königs, daß er, der auf der Welt nur noch ein reiches Erbe auszuteilen hatte, sich nun gar mit der Frage quälte, ob er wohl, wenn er nicht mehr König sein wollte und sich allen Besitzes entäußerte, sein Dasein als Maler zu fristen und – bei fünftägiger Arbeitszeit für jedes Bild – den Tag einen Taler zu verdienen vermöchte? War dies die geheimste Sehnsucht des Mijnheer: ein Maler zu sein?

Ach, auch Mijnheer van Hoenslardyck war für sein Land noch immer König Ragotin im alten Diebskastell am Styx geblieben! Denn nun hatte der König ja wirklich und wahrhaftig einem Bilderhändler, dem lange Zeit der Zutritt zu der Tabagie gewährt worden, eines seiner Gemälde verkauft! Er hielt eines seiner Bilder den Werken anderer Maler für ebenbürtig! Der Bilder- und Schildereihändler stellte es aus, mit hohem Preise, hundert Talern, ausgezeichnet; aber der hohe Preis galt nur dem Kuriosum.

Da kaufte der König, der sich darum grämte, ob er wohl vom Malen leben könne, sein eigenes Gemälde für hundertundfünfzig Taler zurück. Und seine Scham war so groß, daß er es nicht nach Wusterhausen holen ließ. Doch vernichtete er es nicht.

Es wurde heimlich nach dem Gutshaus Cossenblath gebracht, jener Herrschaft, die der König kaufte, ehe er dem Schaffner gebot, ihm das alte Haus in Hoenslardyck zu erwerben. Dort hing nun das Bild, behütet von dem neuen Kastellan von Cossenblath, Ewersmann; denn der wußte ein Geheimnis wohl zu wahren; mit Lebenden sprach er nicht mehr. Da war das Bild nun vor der Welt verborgen in dem kleinen Herrenhaus der Mark, jenem dürftigen Schlößchen, darin nur ein einziger Zierat war, nämlich in goldenen Lettern die Namen der Königskinder August Wilhelm, Heinrich, Ferdinand, Ulrike und Anna Amalia auf schmale, weiße Türen gemalt – auf Türen, die sich ihnen niemals öffnen sollten, weil Mijnheer ein König blieb.

Hinter den weißen, goldenen Türen des einsamen Schlosses hing das einzige Bild, das der Herr des Verkaufes für würdig erachtet hatte; begonnen als die Kopie eines Spaniers und doch zu etwas völlig Eigenem geworden: der Kopf eines Mannes, dem Bart und Haar noch dunkel waren; doch sein Gesicht war mit allen Runen des Welkens bedeckt und von allen Rissen des Verfalls durchfurcht – und war doch nicht das Antlitz eines Greises! Die Haare lösten sich in Schatten und Gewölk. Die Züge verdämmerten in Lichtlosigkeit. Das Antlitz des Mannes verwehte, war Verflüchtigung und Vergänglichkeit und nicht mehr wie das Angesicht eines Menschen.

In tormentis pinxit.

Der Spiegel

Es ist Gottes Ehre, eine Sache verbergen;
aber der Könige Ehre ist's, eine Sache erforschen.
Der Himmel ist hoch und die Erde tief;
aber der Könige Herz ist unerforschlich.

Die Bibel

Wo waren noch milde Feiern des Abschieds? Wo blieb dem
König noch die Rundung des Werkes gewährt? Die Leidensfur-
chen seines zerquälten Gesichtes gaben kaum noch ein Lächeln
her, als der König, gedunsenen und gebrochenen Leibes, gezeichnet mit allen Leidensmalen der Königspsalmen, aber sorgsam gekleidet wie je, auf den letzten Festen und Paraden seiner
wenigen Getreuen erschien, denen beizuwohnen er versprochen
hatte. Denen, die ihn sahen, war es erschreckend und gespen-
stisch, daß er noch immer wieder einmal sich unter den Menschen zeigte: ein Gichtbrüchiger und Wassersüchtiger. Vier seiner Riesen hoben ihn aufs Pferd; acht Jägerburschen fuhren
seinen Rollstuhl oder trugen den leidenden Koloß in seiner
Sänfte. Die Türen der Portechaise mußten offenbleiben, um den
geschwollenen Füßen Raum zu geben. Da drängte sich, zu seinem Zorn, sehr viel Volk herbei, sein hilfloses Leiden zu sehen.
Man sagte dem König: Aus Freude! Aus Liebe! Aber er haßte die
erbarmungslose Neugier und wußte, daß man ihn nicht liebte.
Sie hatten seinen Festen und seiner Milde nicht geglaubt. Er war
ihnen der Menschenquäler geblieben; er war es wieder geworden darüber, daß er die tiefste Ferne des Geschöpfes vom Schöpfer, den Zerfall des Leibes, durchlitt. Von diesem König mußte
ganz erfahren werden, was der Mensch ist, bis tief ins Kreatürli-
che hinab. Es mußte durchlitten sein bis ins letzte, bis in Verwesung und Erniedrigung, daß Gott sich seinen Knechten nur zu
offenbaren vermag, indem er ihnen weist, was der Mensch ist
ohne das göttliche Leben in ihm. So tief ist der Fall des Geschöpfes.

In diesem Hinsterben des Leibes kehrten unsägliche Qualen

immer gedrängter, immer gehäufter wieder und mit ihnen die Hilflosigkeit, die Überreiztheit, die wehrlose Verwundbarkeit! Er, der rasend vor Schmerzen von Winkel zu Winkel hätte fliehen mögen, lag in den Rollstuhl gepfercht, ein Haufen schwammigen, brennenden Fleisches. Hier galt nicht mehr Gewöhnung. Hier hatte Ergebung keine Macht mehr. Fünf Jahre, seit er aus dem Rheinkrieg kam, litt der König entsetzlich. Er, der Lebendige, starb viele Tode. Er, der Fruchtbare, erlebte an seinem reingehaltenen Leibe die Schauder der Verwesung. Er brach Blut und Eiter aus. Die Berliner Chirurgie hatte trotz ihres hohen Standes die Geschwulst seiner Beine in ohnmächtigen Operationen nicht öffnen können: nun aber waren sie aufgeplatzt, so daß man sie immer wieder in kleine Zuber stellen mußte, damit das Wasser aus ihnen abfloß. Aber die unheimliche, grauenvolle Schwellung des Leibes nahm dennoch nicht ab. Die Haut an den inneren Schenkeln löste sich und hing in Fetzen herunter. Der König konnte nur noch sitzend schlafen; er hatte einen Stuhl als Stütze im Bett. Die vielen Kissen genügten ihm noch nicht. Die furchtbaren, stechenden Stöße jeden Hustenanfalls bedeuteten Erstickungsgefahr. Das Gesicht war blaurot gesprenkelt. Die Schläfenadern wirkten brüchig und geschwollen. Die Finger wurden krumm, und er konnte dem Freund in Dessau nicht mehr schreiben. Was er aber befahl, war manchmal nur noch ein stöhnendes Brüllen. Was half es, daß er in der Züchtigung durch seine Leiden eine Gnade Gottes erkannte: Gott wollte ihm seine Schwäche und Sterblichkeit erinnerlich machen und ihm Zeit lassen, sich für die ewigen Wohnungen zu bereiten!? Solches rang der Herr sich ab – doch dann waren die Diener ungeschickt in der Bedienung des Rollstuhls; oft hatten sie auch heimliche Gegenorder, den König nicht dorthin zu fahren, wohin er gefahren sein wollte; die Ärzte verwehrten es. Manche Diener waren aber auch von den Gesandten bestochen, den König zu reizen, damit man brauchbares Material über seinen despotischen Wahnsinn für die Gesandtschaftsberichte erhielte. Der Wehrlose sah in einem wie dem anderen nur die Quälerei, die Unbotmäßigkeit, die Verschwörung, das Mißtrauen, die sein verlöschendes, sich hinquälendes Leben bedrohten. Das Furchtbarste seines Wesens war wieder in ihm aufgebrochen. Acht Jahre lang, seit er ohne den Sohn von ihrer großen Reise zurückkam, hatte er niemand angerührt, den widerspenstigsten Stallburschen nicht, geschweige denn eines seiner Kinder! Jetzt ließ er sich teuflisch an den Ständer fahren, in dem seine Stöcke standen; er riß den ersten heraus; er schlug auf den Diener ein. Auch hatte er Pistolen neben sich. Er lud sie mit Salz und schoß das Salz einem Pikeur in den prallen, kerngesunden Schenkel, damit der Ungeschickte, Unbedachte, der durchaus nicht lernen wollte, ihn zu heben und zu fahren, ein einziges Mal in seinem festen, unversehrten Fleische etwas von dem glühenden, stechenden, reißenden Fieber verspürte, das seinem Herrn den ganzen Leib zermarterte.

Dem Jäger Wachs, dem solches geschah, trug es eine gute Försterstelle ein. – Aber mancher seiner Diener begann jetzt dem Herrn gegenüber eine geradezu ungeheuerliche Sprache zu reden. »Das also«, hob einer an, »ist jetzt der Lohn meiner langen Dienste. Wenn wir den Strick verdient haben – wie es nach der Behandlung, die Sie uns angedeihen lassen, scheint – warum lassen Eure Majestät uns nicht vor Ihrem Tode hängen? Sie hätten dann das Vergnügen, es zu sehen, und wir wären befreit von dem härtesten und undankbarsten Herrn, der auf Erden lebt.«

»Ich bin in der Welt zu nichts mehr nütze«, stöhnte der König in seinen Martern und Erniedrigungen, »ich bin nur noch meinen Domestiken zur Last.« So nannte er sich eine Last der Domestiken: und war doch immer darum gefürchtet gewesen, daß man niemals einem seiner Bedienten auch nur mit einem hochfahrenden Worte zu nahe treten durfte! So klagte jener König sich an, der mit Vorliebe seine Domestiken malte, forschend, ob ihm unter ihnen die treueren seiner Diener begegneten, weil die Treue noch rarer war als das Menschenfleisch. –

Er war so zerquält und überreizt, daß er die vom Ersten Leibarzt verordneten Pulver nicht nehmen wollte, weil er fürchtete, man wolle ihn vergiften. Der Diener, der sie auf den Löffel schüttete, mußte sie vor seinen Augen erst kosten. –

Aber die letzten Abgründe der Erniedrigung waren noch immer nicht durchmessen. Wurden sie es in jener Stunde, da er auch nach seinem Leibarzt schlug und die Königin an sein Bett trat, die Lippen für alle verschwiegenen Worte des Hasses zu lösen, nun, da der Anlaß gefunden war und es im Namen der Gerechtigkeit geschah? Bleich und bebend vor Empörung, aber in der ganzen Sicherheit, die ihre üppige Gesundheit ihr gegenüber dem Siechen verlieh, trat sie zu Füßen seines Bettes. Böse und schnell redete sie die vergiftenden Worte in ihrem gläsernen Französisch hin: «Tout le monde l'abandonnerait pour le laisser mourir dans ses ordures ou qu'on le mettait à la chaine comme un enragé –». Wenn er sich nicht zu mäßigen verstände, so werde alle Welt ihn verlassen, um ihn in seinem Unrat verfaulen zu lassen; oder man werde ihn an die Kette legen wie einen Wahnsinnigen. –

Darüber fing der Kranke an zu weinen, ward kleinlaut und lag ruhig: von Zornesausbrüchen erschöpft und von Reue gepeinigt! Er wußte, daß er nun abermals als wahnsinnig galt. Er hielt die Menschen jetzt so ängstlich von sich fern, daß ungerufen überhaupt niemand mehr zu ihm kommen durfte; beim Anblick bestimmter Personen hatten sich seine Schmerzen endlich gar verschlimmert. Nun hatten sich, seit die Leidener Zeitung immer wieder vom Tode des Königs und dem unmittelbar bevorstehenden Regierungswechsel schrieb, wieder viele Diplomaten in die gelehrte Tabaksrunde des Königs gedrängt. Da begrenzte der Herr die Zahl der Mitglieder auf drei oder vier. Er brachte seine Abende damit zu, mit einem Bürgermeister, der früher ein Bedienter gewesen war, und einem Glaser, der ein närrischer Kauz war, sowie seinem Herrn Astralikus zu sprechen, der ihm Horoskope zuleitete: in ihnen wurde zu Berlin der Tod des Königs auf die Stunde errechnet, und es war vorausgesagt, wie an dem Abend seines Todes auf den Straßen seiner Hauptstadt fremde Menschen einander küssen und umarmen würden.

Einmal noch hatte der Herr Tabagie gehalten, weil Friedrich von Rheinsberg gemeldet war; und gerade diese Stunde sollte ihn so hart ankommen wie keine andere zuvor. Den höfischeren und anspruchsvolleren Gepflogenheiten des Thronfolgers Rechnung tragend, erhoben sich bei Friedrichs Ankunft die, welche aus jeder »letzten Begegnung« zwischen Vater und Sohn Gewinn für sich selbst zu erpressen gedachten. Und aufzustehen war in der Tabagie bei dem Eintritt des Herrn noch niemals Sitte gewesen. Der König ließ sich auf der Stelle in sein Zimmer fahren. Er sagte nur: »Ich lebe noch. Betet die aufgehende Sonne nicht zu frühe an.« So furchtbar war er getroffen. Die Heiducken vor den Königszimmern hatten den Besuchern nur zu sagen: »Kein Zutritt.«

So hatte über den Idyllen und Eremitagen von Wusterhausen und Rheinsberg doch nur unermeßliches Leiden gelastet?

Vater und Sohn litten unsäglich darunter, daß ihre Würde zum Gespött zu werden begann. Der König, der nun König Griesgram hieß, verwand es nicht, weil er nur noch ein Siecher war und vielen als irrsinnig galt. Der Kronprinz, der zum »Leuchteprinz« erhoben war, ertrug es nicht, dauernd den Fuß auf die Stufen des Thrones setzen und wieder herabnehmen zu müssen, gehöhnt als »Sire« und »Majestät« und »Bürgermeister von Berlin«, der zu frühe zu kommen geruhte. Hundertmal, angesichts eines Erdteiles, war der gewaltige, schwere Augenblick der Thronbesteigung schon durchlebt. Und der Thron stand zu lange bereit, wie Gruft und Sarg des Vaters zu lange schon des Vaters harrten. Der Gefangene von Küstrin, der von seinem Vater einmal mit dem Großen Kurfürsten verglichen worden war, hatte anders als andere Königssöhne um seine Würde zu kämpfen, und es war angesichts des Erlittenen zu wenig, daß der Vater ihm Bezirk um Bezirk seiner Herrschaft wies, angefangen damit, daß Friedrich als künftiges Familienoberhaupt die vom Vater für die Brüder erworbenen Güter besichtigen und über die Ehe der Schwester von Brandenburg-Schwedt wachen mußte an des Vaters Statt.

Es waren auch weiterhin keine Briefe von Rheinsberg in die Welt gegangen – doch wurden zu viele Briefe nach Rheinsberg gerichtet und vor allem immer wieder jener eine, gleiche: Der König liegt im Sterben. Der Kronprinz soll kommen. – Fünf Jahre hindurch, in immer kürzeren Abständen, traf dieser Brief auf Rheinsberg ein und war dem jungen Fürsten angesichts des Siechtums seines Vaters zum besonderen Schicksal geworden. Es kann nicht sein, daß einer sich immer wieder auf die Reise macht, um König zu werden und stets noch einmal in die Eremitage zurückgewiesen wird, nur, um des neuen Rufes, König zu werden, zu harren. Am wenigsten vermochte es der zu ertragen, dem von Kindheit an das Königsamt in seiner ganzen Schwere gepredigt, wahrhaft gepredigt worden war! Was war nun noch Flucht vor der Größe des Amtes, was ungeduldige Bereitschaft? Immer wieder geschah das »Wunder der Genesung« – und immer wieder waren Erben Grumbkowschen Geistes da, die ihre Zukunft auf die Reizbarkeit des nur zu immer größeren Leiden Genesenden bauten. Wie einst König Ragotins Diebsburg am Styx, das

alte Jagdkastell von Wusterhausen mit seinen dicken, moosbe-
wachsenen Mauern, durch die Briefe zerstört worden war, die
aus seiner Königinnenstube und Prinzenkammer in die Welt
ausgingen, so zerbarsten nun die attisch heiteren Säulengänge
und Pfeilersäle von San Ildefonso durch Briefe, die in seine
umhegten Gartenmauern eindrangen. Es war wie eine völlige
Vergeltung, obwohl der Vater sie nicht übte! Und wie der Vater
es aufs qualvollste durchlitt, daß Könige vermögen müssen, mehr
zu sündigen als andere Menschen, so erfuhr der Sohn aufs härteste, daß Könige auch völliger sühnen müssen als andere Schuldbeladene. »Könige müssen mehr leiden können als andere Menschen«, hatte der Vater gesagt, Könige leiden aber auch rascher,
verwundbarer als andere Menschen, leiden und fehlen am ehesten und schwersten aneinander. Auf Rheinsberg, dem um den
Preis von Hoenslardyck erkauften San Ildefonso, war das gleiche
Maß unerträglicher Pein noch einmal durchlebt, durch das einst
Wusterhausen für König Ragotin zur Hölle wurde.

Wie aber, wenn in alledem noch einem anderen Gesetze Genüge zu tun war als dem Gesetz ›Des Königs von Preußen‹?
Konnten die Könige nicht zu der Vollendung ihrer Würde gelangen, ehe nicht auch der – verletzten Majestät des Vaterherzens
genügt war und der Sohn nun Stück um Stück das Herz wieder
heilte, das er einst zerstörte; genauso Stück um Stück, wie der
Vater ihm Bezirk um Bezirk die Bereiche seiner künftigen Herrschaft wies? Mußte die Seele des Sohnes sich erst so völlig mit
dem Vater erfüllen, wie einst dem Herzen des Vaters alle Welten
versanken und nur noch der eine war: das ganze Schicksal und
alle Leere und Fülle des Lebens umschließend!? Mußte der Sohn
erst um den Vater werben und leiden, wie einst der Vater um den
Sohn geworben und gelitten hatte? Mußte es geschehen, Jahr um
Jahr, und blieb nicht eines davon erlassen? War dieses alles erst
zu vollbringen, bis endlich der Sohn den Vater in die Arme
schließen durfte, so wie ihn der Vater an jenem Geburtstagsmor-
gen zu Küstrin umfing – in einer Umarmung, die der zu Küstrin
an Tiefe und an Schwere völlig gleichkam? Waren auf San Ildefonso noch alle Leiden der Sohnschaft zu Ende zu tragen wie
vordem die Leiden des Vatertums auf der Diebsburg am Styx?
Friedrich hat den ihm auferlegten Kampf um und nicht gegen
den Vater geführt, fünf Jahre lang.

Endlich war der Kronprinz schwer erkrankt. Die Krankheit

war von solcher Art, wie in jungen Jahren auch des Vaters Krankheiten gewesen waren: jäh, erschreckend, verzehrend und unbenennbar, wenn sie wie ein Sturm verflogen waren! Aller Fleiß, der nicht unmittelbar dem Königswerk galt, war ihm nun zum Müßiggang geworden, der endlich fast zur tödlichen Krankheit führte. Ach, über die Seligkeit des Augenblicks, mit dem Leuchteprinz zu geizen gedachte! Ach, über das glückliche Dasein im Dunkel, dessen drohenden Verlust er einst so beklagte! Ach, über die liebliche Zuflucht, an die er sich immer wieder klammerte! San Ildefonso, Remusberg, Sanssouci war zur ärgeren Gefangenschaft geworden, als das Exil des fleißigen Auskultators von Küstrin jemals gewesen war! Bitter, angstvoll, friedlos hatte der Kronprinz es wie ein ferner Dritter verfolgt, wie der König auf Wusterhausen malte und er, der Thronfolger, auf Rheinsberg Gärten pflanzte, meditierte und studierte – wenn auch preußische Politik der Zukunft! Die Soldaten lebten wie die Musensöhne an der Alma mater. Und die Beamten wurden getragen, gehalten und bewegt von der restlos durchdachten und lückenlos ineinandergefügten Maschinerie ihres Dienstes. Aber das Land erzitterte von dem Zerfall und der Verwirrung des Heiligen Römischen Reiches, und über dem Erdteil bebte die Drohung des unabwendbaren Krieges aller seiner Völker. Stand der Thron ›Des Königs von Preußen‹ verlassen? Mußte der Sohn darüber noch einmal den Vater verlieren? Sollten die Leiden all der Jahre durchgestrichen sein: ohne ein Ergebnis, ohne Frucht, ohne Sinn?! Es war, als sollte er es lernen bis zum Äußersten, des Königseins müde zu werden noch vor dem Beginn. Der tödlichen Lähmung zu entgehen, gab es nur das eine: den völligen Verzicht, die gänzliche Abkehr vom Throne, den Abschied selbst als Offizier. Vielleicht, wenn er nur noch der Sohn war, vielleicht war dann alles erfüllt. –

Als er zu Ruppin genesen war und nach Rheinsberg hinüberfuhr, verlangte der Kronprinz leidenschaftlicher denn je danach, für immer in Rheinsberg bleiben zu dürfen. Er trieb ungewöhnlich ungeduldig zur Eile an: Nach Rheinsberg! Nach Rheinsberg – auch wenn es nicht mehr Sanssouci, Remusberg, San Ildefonso war, sondern eben nur ein all seines Zaubers beraubtes märkisches Landgut – wie Cossenblath vielleicht. – So völlig war die Flucht: vergleichbar nur jener, mit der sein Vater einst vor den sieben Kirchen Brandenburgs floh.

Aber Gott findet, den er sucht.

Der Wagen des Kronprinzen wurde aufgehalten. An der Poststation wußten sie es schon. Auch hatten sich Bauernburschen aus dem Dorf mehrere Leiterwagen mit Neugierigen aus dem Dorfe vollgeladen und sich nach Rheinsberg aufgemacht; und Einsichtigere, Umsichtigere waren mit Tonnen und Pferdeeimern hinübergefahren. Rheinsberg brannte!

Die ganze Ortschaft sollte schon in Flammen stehen. Kaum vermochte die kronprinzliche Kutsche durch den Marktflecken zum Schlosse vorzudringen. Ängstlich brüllendes Vieh, aus brennenden Ställen getrieben, und Karren mit geretteter Habe versperrten den Weg. Was mit dem Schlosse war, ließ sich auch dicht davor noch nicht erkennen. Selbst aus dem See schien roter Qualm aufzusteigen. Wie Brandfackeln wogten das Schilf und die Binsen. Die aufgeregten Leute rings vermochten nicht Auskunft zu geben. Sie wischten sich den rußigen Schweiß vom Gesicht, wenn ihr Eimer in den Brand gegossen war, und hetzten gleich wieder hinunter zum See, neues Wasser herbeizuschleppen. Und weil nun die Pferde zu scheuen drohten und wieder zurückgeführt werden mußten, lief der Kronprinz, dem Wagen voraus, über den Triangelplatz zum Schloß hin. Die Gesellschaft stürzte ihm schon entgegen. Sie warteten schon alle in der Halle. Sämtlich waren sie wie zur Reise angekleidet. Im Hof war ein riesiger Berg von Kisten, Säcken, Koffern, Truhen, Beuteln aufgestapelt und mit nassen Wagenplanen überdeckt. Alles war zum Aufbruch fertig. So lange toste der Brand schon um das Schloß, daß man alles vorbereiten konnte. Der Park war der Vernichtung preisgegeben. Zwischen erfrorenen Weinstöcken und Taxusbäumen hatten sie die Wagen aus den Remisen aufgefahren und spannten nun die Pferde ein. Durch das Flammenmeer der Ortschaft war keine Ausfahrt mehr möglich. Der goldgelbe Pfingstvogel, von dem Brande aufgescheucht, stieß mit hellem, scharfem, streitendem Ruf durch die grell beleuchteten Kronen der Bäume, die im Mai noch winterlich kahl standen.

Später holte man dann die Kasten und Bündel wieder in das Schloß zurück. Das war gewiß: auf das Schloß würde das Feuer nun nicht mehr übergreifen. Die Ortschaft war freilich verloren. Der Kronprinz hielt sich noch an zwei Stunden bei den Brandplätzen auf, er hatte nur die Begleitung einiger weniger geduldet.

Die übrigen traf er dann in der Bibliothek. Dort nahm man nun nach all dem Schreck und der Hast noch spät am Abend einen Kaffee. In Reisekleidern saßen sie alle auf goldenen Sesseln umher. Auf Angst, Verwirrung und erregte Spannung war übernächtige Heiterkeit gefolgt. Sie plapperten und lachten unverständlich durcheinander. Einige fanden jedoch schon wieder die passendsten antikischen Vergleiche. Dem einzigen Gotte, dem man auf dem Remusberg noch nicht geopfert habe, Vulkanus, werde nun das größte Freudenfest gefeiert. Und wie der Vogel Phönix aus der Asche, werde Remusberg in dem nahen goldenen Zeitalter des neuen Königs herrlicher erstehen denn je zuvor: Königsstadt der lichten Zukunft!

Die Kronprinzessin blieb still inmitten der Lärmenden. Einen Augenblick in all dem Schwatzen, all dem Scherzen sahen Friedrich und Elisabeth Christine einander an, und es war, als begegneten sich ihre Blicke in ihrer Ehe zum ersten Male. Auch wenn das lichte Schloß, von Ruß geschwärzt, inmitten der rauchenden Trümmer und glimmenden Balken und stürzenden Mauern noch unversehrt stand – zerstört war Sanssouci, Remusberg, San Ildefonso, das dem Kronprinzen einmal die bergende Flucht, der Kronprinzessin die sanfte, wärmende Nähe vorgetäuscht hatte und ihr im Orden von Remusberg den milden Trug gemeinsamen Namens vergönnte: Constanz und Constanze.

So hatten sich doch nur Höflinge statt der Ritter und Damen vom Wahren Ritter- und Menschenorden um sie geschart? So war den Gefährten ihrer Studien Rheinsberg doch nur – Monbijou gewesen? Elisabeth Christine aber hatte auf Rheinsberg nun Wusterhausen verstehen gelernt und war in ungeahnter Schwere und Tiefe des Herrn Vaters Frau Tochter geworden; sie hatte begriffen, daß die in den Leiden von Wusterhausen und San Ildefonso Geprüften einsam bleiben mußten. Der Tag, der sie Königin nannte, würde den Untergang ihres Reiches besiegeln.

Schweren Blickes, als wäre sie Herrn Friedrich Wilhelms Kind, ließ sie die Augen über den mondbeglänzten See unter den hohen Fenstern der Bibliothek hinschweifen. Verkohlte Balken schwammen darin, und der Ruß war wie ein giftiger Tau ins Schilf und den letzten Schnee der Uferränder geweht. Noch ehe der Schutt, die Asche, das ausgebrannte Dachgebälk weggeräumt und neue Hölzer, neue Ziegel angefahren werden konnten, mußte unabwendbar gewiß der letzte Bote sein Pferd durch die niedergetretenen Gärten an das Schloßtor führen und nach dem König und der Königin von Preußen verlangen.

Am Himmelfahrtstage hatte der König von dem Brand von Rheinsberg erfahren. Er erwähnte aber in dem Schreiben, das er nun an seinen Sohn aufsetzen ließ, merkwürdigerweise nichts davon. Der Sohn sollte nun nach Potsdam kommen und in Potsdam bleiben: das war alles.

Gott hatte im Zeichen geredet. Gott duldete das Bild. Gleich dem Zeiger der Sonnenuhr, der vom Himmel selbst bewegt wird, wies es die Stunde. Stand nicht das Pfingstfest vor der Tür? Zum Feste des Heiligen Geistes sollte Friedrich kommen, wie er längst schon versprach!

Aber inzwischen war der Sohn sehr krank gewesen; und die Gedanken des Königs hatten sich in einem Kreise des Grauens gefangen und bis zur Erschöpfung ihr Gefängnis durchrast; die Arzneien aber taten seit der Krankheitsbotschaft aus Ruppin beim König keine Wirkung mehr. Wenn die Nachtwache ging, arbeitete er gleich mit seinen Sekretären und nahm von den Meldungen, die von Friedrichs Genesung sprachen, mit keinem Worte Kenntnis. Doch mußte er nun König sein bis zum Ende, so wollte er sich vergönnen, sein Amt in Potsdam zu Ende zu tragen, der Stadt, darin das Bild von Hoenslardyck entstand. –

Die Nächte bis zu jenem Morgen, da der Sohn – genesen, wirklich genesen – kommen würde, waren noch schwerer als all die anderen langen Nächte der vergangenen Jahre. Drei seiner ältesten, klügsten, gebildetsten Offiziere – kleine, graue Männer, von denen einer gar ein Akademiker war und großen Anteil an den Universitätsreformen des Königs nahm – mußten nun wieder von der Dämmerung an bei ihm sitzen, obwohl zwei von ihnen ihre Regimenter droben im Ostlande hatten. Er gab sie nicht her. Es war, als nähme er sich für dieses eine Mal in seinem Leben das Recht heraus, zwei seiner Offiziere dem Dienst für ›Den König von Preußen‹ fernzuhalten. Es würde ja nicht mehr für lange Zeit sein. Der dritte, Buddenbrock, war jener General, der einst Des Königs Sohn Friedrich vom Orte der Gefangennahme zu der Stätte des Gerichtes eskortierte.

Auch am späten Abend hielten sich die drei alten Offiziere im Vorzimmer weiter für den Herrn bereit. Aber er dankte ihnen artig. Doch sagte er danach fast leidenschaftlich erregt: »Nein, nein, nein, sie sollen nicht bleiben.« Denn kämen sie noch auf den Abend – er würde sie die ganze Nacht nicht von sich lassen. Er konnte gar nicht mehr allein sein. Es mußte immerzu an seinem Bett gesprochen werden, wenn er überhaupt ein wenig schlafen sollte; schwieg man, wachte er sogleich beängstigt auf. Aber zu solchem Nachtgespräch wollte der Herr die drei Getreuen und ihre frommen, klugen, tapferen Gedanken nicht mißbrauchen. Sobald die Kerzen angesteckt waren, ließ er die Jägerburschen rufen. Die waren jung und gesund, munter und vergnügt, und mochten sich wohl auch sonst einmal eine Nacht um die Ohren schlagen. Die Jägerburschen sollten ihm aus den Forsten, Gehegen und der Flintenkammer erzählen. Da machte dem Herrn auch die Antwort keine Mühe. Er spielte im Bett sein Solitärspiel, wie er jetzt manchmal tat, hörte zu, warf eine Frage, ein Lob, einen Tadel in ihre Berichte. Aber weil der Schlummer überhaupt nicht kommen wollte, verlangte der König nun sein altes Handwerkzeug vom Zaren Peter und begann noch einmal ein Kästchen zu zimmern.

Die letzten Menschen, die sehr spät die Straße zwischen dem Marstall und dem Neuen Markt am Schloß entlangkamen, hätten schon daran erkannt, daß der König wieder in seine Stadt heimgekehrt war. Sie hörten wieder sein Hämmern aus der Stube, in der das Licht nicht mehr erlosch. Gegen Morgen schlief der Herr, Holz und Feile und Hammer zwischen den gichtigen Fingern, ein. Draußen polterten schon die Wagen mit den Ziegeln und Brettern zu den Baustellen. Die übernächtigen Jägerburschen stürzten erschreckt ans Fenster und riefen den Fuhrleuten hinunter, sie möchten eine Umfahrt machen. Der König winkte vom Bette her. Er war aufgewacht. Er hatte alles gehört. Sie sollten die Leiter- und Kastenwagen ungehindert auf dem kürzesten Wege zu den Bauten fahren lassen. Das war sehr gut so, daß die Ziegelwagen am Schloß vorüberpolterten. Da konnte er schlafen. Das war sehr gut so.

Jede Frist schien ihm von ungeheurer Bedeutung; so Gewaltiges war noch hinausgeschoben. Als reise er dem Sohn entgegen, ließ er sich im Rollstuhl aus dem Schlosse fahren, Schritt für Schritt, den allen Leiden preisgegebenen Leib einer letzten Königsfahrt opfernd. Einst war der Herr zwanzig Meilen am Tage, am Ende aller seiner Landfahrt noch knapp vier Meilen gereist. Nun schoben sie ihn Fuß um Fuß.

Nach dem harten, langen Winter hatten erst so spät im Jahr, am Ende des Maies, nach einem ersten Frühlingsregen die Knospen kaum zu sprießen begonnen, und der Sand des Exerzierplatzes war von den Wasserfluten des Himmels so dunkel, als wäre er in schwere Ackererde verwandelt.

Die Jägerburschen sollten den Herrn auf dem Paradeplatz auf und ab fahren, zwischen den Schilderhäuschen und den jungen Bäumen am Rande, dem einzigen Schmuck des Exerzierfeldes. Die Ungeduld war wohl sehr groß und die Frage sehr bange, ob er den Sohn noch sehen werde. Pfingsten war noch zu weit: neun Tage!

Bitter nötig war, den Herrn zu beschäftigen. Und da ihn das Fahren nun wohl doch zu sehr erschütterte, stellte man den Rollstuhl auf der Schloßfreitreppe auf, so daß der Herr zum Marstall hinüberzusehen vermochte. Denn neben dem Marstall legten sie heute den Grundstein für ein neues Haus. Es wurde für einen Kurschmied gebaut, den sich der Herr für seine Garnison aus England verschrieb.

Wie er den letzten Bau anblickte: so fand der Kronprinz den König. Leise trat Friedrich aus der Tür. Er war im inneren Schloßhof am alten Fortunaportal vorgefahren, nicht an der Treppe, damit er den Kranken nicht störe. Sie hatten ihn durch die Königszimmer zu der Freitreppe geführt und gesagt: »Der König sieht dem Neubau zu. Die Lebensgeister flackern wieder auf – «, nachdem der Kronprinz gestern eine heimliche Stafette über das Verlöschen des Königs erhielt.

Den Prinzen durchzuckte es qualvoll. So sollte er sich abermals abwenden müssen, einem zerstörten Rheinsberg zu!

Einen Augenblick hielt er den Atem an.

Der dort saß und auf die Maurer blickte, war ein Hundertjähriger: unfaßlich, daß der sieche Greis erst zweiundfünfzig Jahre alt sein sollte! Ein Hundertjähriger war der Vater geworden. Seine Augen waren übergroß und überschwer von dem Ausdruck eines, der alles erlitten und vollbracht hat, was Menschen leiden und vollbringen können. Und noch mehr lag in der schweren Tiefe seiner Augen; jener fremde Blick, der sich an einen hielt, den keiner sah, als sähe er ihn. Der Hundertjährige dort schaute nicht mehr auf die Balken, die sie zusammentrugen zum neuen Gerüst, und auf die Ziegel, die sie zu schichten begannen. Der dort starb.

Erst allmählich wandte sich der König seinem Sohne zu. Seine Blicke füllten sich mit letztem Leben, letzter Nähe. Er streckte die Arme weit aus, hilflose, abgemagerte, zitternde Arme im zu weiten Rock: der Sohn war noch so fern! Friedrich stürzte auf den Vater zu, und das Gesicht des Vaters begann von aufsteigendem Weinen zu zucken. Er mühte sich sehr, sich zu dem Sohn zu erheben. Der neigte sich tief zu ihm herab. Sie hielten sich ganz nahe umschlungen, Herz an Herz, nur noch Liebende, nur noch Leidende: der verletzten Majestät des Vaterherzens war genügt. Sie sprachen nicht. Die Tränen des Sohnes fielen auf die Hände des Vaters, und er vermochte noch immer keine Worte zu finden; der dann das Schweigen brach, war der König. Denn auch die Ärzte und die Offiziere um den Rollstuhl waren verstummt.

»Es ist ein solcher Trost«, hauchte der König, und seine Stimme zitterte noch von verhaltenem Weinen, »nun bist du doch nicht erst zum Pfingstfest gekommen. Ich freue mich.«

Schon wieder mußte er nach Atem schöpfen. Solange er nicht weitersprechen konnte, tastete er immer wieder über die Hände des Sohnes. Und als ihm die Sprache nun wiederkehrte, nannte er ihn nur noch Fritzchen. Sie wollten ihn in seine Zimmer zurückfahren. Auf der Schwelle winkte er den anderen zu, sie möchten nun gehen. Er sah sich nach dem Sohne um, ob der auch noch an seiner Seite sei. Der Kronprinz spürte deutlich, daß der Kranke zögerte und überlegte. Er war sich unschlüssig, wen er, falls noch etwas zu recherchieren wäre, zu dieser letzten Unterredung hinzuziehen sollte. Er äußerte es dann vor dem Sohn. Es sollte einer sein, dem der Sohn nach seinem Tode das Vertrauen auch in den geheimsten Angelegenheiten schenken zu können glaubte. Sie wechselten nur wenige Worte. Das tat dem König wohl, daß nur so wenige Worte nötig waren. So fand der Kabinettsminister von Podewils auf den Wunsch des Königs und des Thronfolgers sich ein. Schweigend stand er neben ihnen, zwei Stunden lang. Es war beinahe unfaßbar, wie der König, von erstickenden Hustenanfällen geschüttelt, in solcher Anstrengung durchzuhalten vermochte. Noch gar niemals in seinem Leben hatte er eine so lange Rede gehalten, wie nun diese große politische Rechenschaftsablegung es wurde. Er nahm das Schwerste voraus, als dränge die Zeit; er erwähnte als erstes den Geheimvertrag mit dem Kardinal von Frankreich; er verteidigte den Traktat nicht; er begründete ihn und warnte vor den Gefahren, die auch aus diesem Bunde sich unabwendbar ergeben mußten. Jeder wichtige Umstand aus den letzten anderthalb Jahrzehnten, die seine Politik so von Grund aus verändert hatten, war ihm gegenwärtig. Er vergaß und übersah nicht einen. Er schärfte und weckte das Mißtrauen des Sohnes selbst noch gegen die letzte Lösung, die er fand, die ultima ratio des Hauses Brandenburg. Dreimal wiederholte er die hundertfach durchlittenen Worte: »Die Hände freihalten!«

Der Gichtbrüchige, der Wassersüchtige, der Taube, der Lahme, der Hundertjährige ging nun, rasselnden Atems, die einzelnen Mächte durch. Er hatte ein in ungezählten Demütigungen, Enttäuschungen, Verzweiflungen, Wagnissen und Gebeten geläutertes Programm der Staatskunst für den Sohn bereit, das alle umfaßte: das Land und das Reich, Frankreich, England, Rußland, Schweden, die Niederlande, Spanien; die Völker, die Fürsten, die Heerführer, die Staatsmänner. Als er von den Generalstaaten sprach, tat er es mit holländischen Worten; als guter Freund und Nachbar solle Preußen mit ihnen leben.

Mit keiner Silbe gedachte er aber des unleugbaren Triumphes, der ihm doch zuteil geworden war: denn er sah den stolzen Wiener Hof aufs tiefste gedemütigt, Rußland mit Polen zerfallen und von Schweden gefährdet, England ohne Bundesgenossen mit Spanien und Frankreich im Kriege, die einst so hochfahrenden Niederlande in ratloser Neutralität. All dieses erwähnte er vor dem Sohne nicht. Nur verhieß er ihm, was er sich selbst stets versagte: »Ihr werdet in Europa die Balance halten können. Von Euch hängt es ab. Betet zu Gott. Denn in geweihter Sache wird Gott Euch gewiß segnen.«

Immer, wenn er den Blick verzehrend und beschwörend auf den Thronfolger heftete, war nichts mehr in seinen Augen als die bange Frage nach den ersten Worten des Sohnes. Die Stunde des irdischen Urteilsspruches hatte geschlagen. Welche Zukunft mußten ihm die ersten Worte des Sohnes erschließen! Keine Schmerzen, kein Verfall nahmen dem Kranken auch nur für einen Augenblick das Bewußtsein für die Bedeutung jener Antwort des künftigen Königs.

In Friedrich war nur ein Gefühl der Verachtung und Bitterkeit über seine Sorge, Preußen erlahme und erstarre, der Vater gelte der Welt als unschlüssig, unzuverlässig und ungefährlich. Heimlich und sorgenvoll hatte er, indes der Vater im geheimen die diplomatischen Fronten veränderte, seine eigenen politischen Entwürfe ausgearbeitet, um keine Stunde des Handelns zu verlieren, sobald er selber König wäre. Aber so brach nun in diesen schweren Augenblicken dennoch eine ungeheure Freudigkeit in ihm durch. Eben weil er sich heimlich mit den Fragen des Staates so leidenschaftlich befaßte; eben weil er dauernd all die Zusammenhänge durchdachte, mit deren Zergliederung der Vater seine jagdlosen Herbstmonate hinbrachte, vermochte er ihm nun so knapp, so rasch, so gründlich, so bestätigend, so beruhigend zu antworten, ohne daß auch nur der Schatten einer Lüge darin war. Die Klugheit des Prinzen war nicht mehr stolz, war nicht mehr kühl: die festen, harten Worte wurden durchwärmt von seiner inneren Bewegung darüber, daß die Politik des Vaters unablässig lebendig geblieben war in all seinem Siechtum und die Stunde seiner Thronbesteigung für ihn vorbereitet hatte statt des stillen, abgekehrten Endes, nach dem der Vater sich sehnte. Über dem Fegefeuer und den Wandlungen von Rheinsberg war es seinem Herzen aufgegangen, wie entsetzlich schwer der Vater daran trug, daß ihm das Amt des Königs, das Amt »von Gottes Gnaden«, bereitet war vor der Geburt und keine Stunde vor dem gottgesetzten Ende wieder von ihm genommen werden konnte!

Sie hatten gelitten, was Könige an Königen und Väter und Söhne aneinander und füreinander leiden können; sie waren vollkommen Vater, Sohn und König geworden um den Preis so schweren Leidens. – So hat der Sohn nur wenige Worte zum Vater gesprochen; da endete der die lange Konferenz und entließ den Minister von Podewils, den »neuen Ilgen« des Hauses Brandenburg. Aber den Sohn hielt er zurück.

»Eins muß ich dir noch ganz allein anvertrauen«, flüsterte er.

Friedrich trat nahe zu dem Krankenstuhl des Vaters. Er gab sich die erdenklichste Mühe, dem Siechen in all diesen Anstrengungen eine erträglichere Lage zu bereiten. Bald strich er ihm eine Falte im Kopfkissen glatt, die den Kranken drückte; bald holte er neue Kissen herbei, den schwer um Atem Ringenden zu stützen. Aber das konnte der König noch gar nicht ertragen, daß sich der Sohn so zu ihm niederbeugte, so ihn ansah, so zu ihm sprach. Es regte ihn namenlos auf. Er konnte solche Liebe noch nicht fassen!

Aber in all seiner Bewegtheit begann er ihm nun doch sofort zu nennen, was noch auf ihm lastete. Er habe, sagte er, heute schon in aller Morgenfrühe die alten Werberechnungen und sämtliche Belege über den starken Bau von Potsdam ins Feuer werfen lassen. Ihm als dem künftigen König möchte er es anvertrauen, was nicht zu den Akten sollte, nämlich, daß es sich in seinem Leibregiment um einen Gesamtbetrag von zwölf Millionen Talern gehandelt habe, den Friedrich nun als das Menu plaisir seines Vorgängers betrachten müsse: eine Marotte, die der Unterhaltungskosten wegen ein Unglück sei. Der Bau werde ihm, dem neuen König, während seiner Regierungszeit immer wieder Kosten verursachen; das Leibregiment nicht mehr. Und damit sprach der König die Bestimmung aus, es sofort nach seinem Tode aufzulösen. Unter den ersten Maßnahmen eines neuen Königs werde dies aufsehenerregende Ereignis der Entlassung seiner Riesengarde ohne schädliche Nachwirkungen vor sich gehen können. Ein verständlicher point d'honneur habe ihn bis heute davor zurückgehalten, selbst zur Auflösung zu schreiten. Für den bürgerlichen Unterhalt der Grenadiere sei ja durch ihre Häuser, Handlungen, Schenken, Brauereien, durch ihre Posten als Torschreiber, Güterbeschauer, Steuerbeamte, Bürgermeister vollauf gesorgt. Unnachgiebig gegen seine eigene Schuld und seine Leiden fuhr der König fort, seit dem Rheinkrieg, seit er sich die Situation eines unmittelbar bevorstehenden Weltkampfes immer wieder mit aller Dringlichkeit und Deutlichkeit vorgestellt habe, wisse er, daß diese Riesentruppe die erforderliche Beweglichkeit nicht besitze. Auch hätten die Ergebnisse der an seine Professoren erteilten Forschungsaufträge zu dem einheitlichen Resultat geführt, daß die allgemein verbreitete Auffassung, ein besonders großer Mensch verfüge über außerordentliche Fähigkeiten, jeder Begründung in der Wirklichkeit ermangle. Der Sohn solle ihm mit keinerlei Beschönigungs- und Rechtfertigungsversuchen widersprechen, so wohlmeinend sie auch gedacht seien. Es sei alles zu genau geprüft und überlegt; auch werde der Sohn wohl schon längst diese seine Überzeugungen teilen. Der König sprach noch einmal ungeheuer lebhaft und gewandt, als helfe ihm diese Sicherheit am besten über die Schwere des Geständnisses und Verzichtes hinweg. Endlich schloß er: »Im übrigen hat es Zeiten gegeben, in denen es nicht unklug war, mich hinter der Narretei zu verbergen, daß ich in der

Welt an nichts anderem Pläsier fände. Ich weiß sogar von Zeiten, in denen ein fremder Gesandter von mir sagte, daß meine Sucht nur durch künftige Anatomie erklärt werden könnte. Und ich habe solcher Zeiten, der Welt als irre zu gelten, bedurft: So schwer war der Weg.«

Danach berührte er diesen Punkt mit keinem Worte mehr. Er hatte sich dem irdischen Urteil in dem kommenden König unterworfen. Jahr um Jahr war es geschehen, daß er ihm Bezirk um Bezirk seiner künftigen Herrschaft zeigte: nun bat er ihn, den geliebtesten Bereich zu vernichten. Der König war dem König untertan.

Herr Friedrich Wilhelm schellte mit seiner kleinen Glocke einem Diener. Er ließ die Tür zum Vorzimmer öffnen, wo seine Herren nun schon die dritte Stunde warteten. Die sahen nun, indes die Flügeltüren aufgeschlagen wurden, wie der Kronprinz sich erhob, die Hand des Vaters küßte und mit Tränen bedeckte, so als hätten sie sich nicht diesen Morgen erst begrüßt und weinend umarmt. Aber nun bemerkte der König die Generale, die Minister, die Ärzte. Nun rief er es ihnen schon entgegen: »Mein Gott, ich sterbe zufrieden, da ich einen so würdigen Sohn und Nachfolger habe! Ach, tut mir Gott nicht große Gnade an, daß er mir einen solchen Sohn gegeben hat, der alle Gaben besitzt, um gut zu regieren? Gott hat mich zu einem glücklichen Herrscher gemacht. Über alle meine Vorfahren hat er mich an Macht und Vermögen erhoben, von Kindheit an mit nicht verdienten, unermeßlichen Wohltaten überschüttet – bis zu dieser Stunde! Nun habe ich mit meinem Sohn gesprochen! Nun habe ich auf dieser Welt gar nichts mehr zu tun.«

Die Nacht gehörte den Pastoren. Der Tag des irdischen Urteilsspruches verlangte nach der Nacht des himmlischen Gerichtes. Die Prediger der Garnisonkirche und des Leibregimentes, Cochius und Oesfeld, waren zum König entboten; und von allen Häusern, die an ihrem Wege lagen, hatte man den Geistlichen nachgeblickt, die auf die Nacht ans Krankenbett des Königs treten sollten.

Seines Propheten, der ihm einst gewährt war, beraubt und genötigt, den Dominikanerpater um des Ärgernisses der schwachen Seelen willen zu meiden, hatte der König nun diese beiden gerufen, ihm vorzubeten. Er hatte alle seine Gebete vergessen.

Aber die neuen Pastoren, so sorgsam er sie auch wählte, waren ihm fremd.

Der dort vor den Geistlichen lag, begehrte nur noch ein Sünder zu sein. Die Prediger schwiegen über dem Büßer. Das quälte den König namenlos. Es war, als schwiege Gott. Er nahm das Schweigen für Gericht. Er begann alle Vergehungen seines Lebens laut zu beichten; aber sie verwiesen es ihm; die reformierte Kirche kenne keine Ohrenbeichte, vor allem nicht vor so viel Zeugen. Denn die drei alten, kleinen, klugen Offiziere weilten wieder bei dem König. Die Pastoren redeten nun kurze Ermahnungen, fromme Erhebungen des Herzens, Sprüche und Verse ihrer Trostbücher über den König hin und gemahnten ihn noch an die vergessenen Verfehlungen und Leidenschaften: die Bedrückung beim Bau; die Liebe zu Armee und Geld; die Verschärfung von Todesurteilen im Kriegsrat. Seine Sinnesänderung sei noch nicht geschehen.

Der König faßte Oesfelds Hand. Den kannte er ein wenig länger als Cochius. »Er schont meiner nicht!« sprach er. »Er spricht als ein guter Christ und ehrlicher Mann.«

Er begann sich bitter anzuklagen, daß er sich nicht mit seinem englischen Schwager versöhnen könne. Wenn er »recht tot« wäre, sollten sie den König von England seiner Versöhnlichkeit versichern. Er weile ja schon nahe, auf Schloß Herrenhausen, des Regierungswechsels in Preußen gewärtig. –

Aber noch in diesem bitteren Groll stöhnte König Friedrich Wilhelm auf, daß es den Königen verwehrt sei, umzukehren wie andere Sünder. Zermartert von dem alten, peinigenden Zwiespalt zwischen Privatmann und König, drang er in die Pastoren, sie sollten ihm sagen, was die Sünde sei, und ihn nicht mit einzelnen Vorhaltungen abfinden, vor denen er sich ebenso rechtfertigen wie ihnen zustimmen könne. Dies alles sei die Sünde nicht!

Sie nannten ihm nun viele theologische Deutungen, endlich auch diese: »Die Sünde besteht in der Unordnung.«

Der König schien ruhiger. Er nickte, obwohl es ihm sehr schwer fiel, seinen Kopf zu bewegen.

»Es ist wahr. Darin besteht die Verkehrtheit der Menschen. Ich danke Ihnen. Ich erkenne mehr und mehr, welch großer Sünder ich bin.«

Und seit langer Zeit wollte er für den Rest der Nacht wieder einmal allein sein. Am Morgen verbat er sich den Hausgottesdienst, den man ihm für diesen Tag, den Sonntag, vorschlug. An jedem Sonntag, an dem sein Zustand ihm den Kirchgang verwehrte, hatte er sich sonst abwechselnd von Lutheranern und Reformierten an seinem Bette eine Predigt halten lassen. Aber heute, an dem Sonntag vor Pfingsten, Exaudi – und das heißt: Erhöre mich! – ließ der König sich zum allgemeinen Entsetzen wieder in die Kirche bringen. Noch einmal sollte alles wie in früherer Zeit sein, nur daß er nicht auf selbstgezimmertem Schemel, sondern im Rollstuhl saß und daß er sich nicht mehr wie einst während des Gesanges erhob und stehenblieb bis zum Gebet, seinen Hut sehr lange vor die Augen haltend. Aber die Familie war doch wieder um ihn – nur Ferdinand lag an Masern erkrankt –, der Hof, die Dienerschaft, die Garnison. Doch mied er den Anblick der Töchter, wie sie ja auch im Schloß schon lange von ihm ferngehalten werden mußten. Er entzog sich ihnen; denn es blieb ihm nicht verborgen, wie von seiner Kirchenloge ein Grauen auf die Menschen im Gotteshause ausging.

Furchtbar war schon der Anblick des schleppenden Zuges zur Kirche gewesen. Die Kalesche fuhr im Schritt der Leichenwagen den kurzen, kurzen Weg vom Schloß zur Kirche. Aber dies war noch schlimmer: wie er nun im Rollstuhl lag, mühsam gestützt, das Gesicht sehr gelb, mit dunklen Flecken durchsetzt; die Schultern, die Brust, die Arme so elend, so abgezehrt, den Unterleib grauenhaft aufgetrieben – wie abgestorben, abgetrennt.

Der König blieb ganz regungslos. Nur die mageren Schultern bebten etwas. Aber in den Augen war noch der Nachglanz aller seiner Schöpfungen, Verzichte und Entäußerungen. Es war, als wache er nur noch immer wieder zum Leben auf, um Gottes Wort zu hören, nachdem er das Wort des kommenden Königs vernahm.

Die Blicke hielt er fest auf Altar und Kanzel gerichtet. Auch mußte er ja die Worte von den Lippen des Predigers lesen. Er hörte immer schwerer – und verlangte doch so sehnlich nach der Lektion, dem Evangelium und der Epistel seines letzten Sonntags! Mehr als hundertundfünfzigmal im Jahr, jeden Sonntag, jeden Feiertag der Kirchenfeste, war er vormittags und nachmittags in Gottes Haus gekommen, ihnen zu lauschen. Die Predigt war leer an Gehalt. Sie suchte sich der Stunde zu entziehen, in der ein König sterbend unter der Kanzel saß. Die Liturgie am Altar aber war aller Willkür und allem Ausweichen der Menschen entnommen. Die Kirche, die Gemeinschaft der Heiligen, der Lebenden und der Toten, hatte von Jahrhunderten her noch ihr Wort für den König bereit, der noch den Lebendigen und schon den Toten angehörte. Nun waren dem Tauben die Ohren geöffnet, daß er »hörte wie ein Jünger«.

Ein König, kein »Privatmann« sprach die Worte der Schrift: »Siehe, um Trost war mir sehr bange. Du aber hast dich meiner Seele herzlich angenommen, daß sie nicht verdürbe. Denn du wirfst alle meine Sünde hinter dich zurück.«

Hindämmernd grübelte er über den Rätseln der Sohnschaft. Es war so unfaßlich. Er konnte, was er Gott zurückgab und wessen er sich entäußerte, nur in die Hände seines eigenen Sohnes legen! Er konnte vor Gott nur treten, indem er sich berief auf Gottes Sohn, in dem allein alles Gesetz und alle heilige Ordnung des Königs der Könige erfüllt war! Das war sehr schwer zu denken, sehr schwer. Der Leib war so geplagt, daß die Gedanken sich verwirrten. Aber nun war alles ausgebreitet und dahingegeben vor seinem Sohn und Gottes Sohn. Und jeder Schlag des ermattenden Herzens pries die Dornenkrone, die Gottes Sohn für ihn trug. Nun war nicht mehr das Gericht. Der himmlischen und der irdischen Ordnung war genügt. Nun war nur noch die Gnade des Todes. Hinter der Kanzel wußte der König seine Gruft gemauert. Von Gruft und Altar kam der große Trost zu ihm.

Er war völlig in sich gekehrt, als sie ihn aus der Kirche fuhren. Er gedachte nicht einmal des Korsos, den er sonst um diese Stunde nach dem Gottesdienst im Kirchtor hier abnahm unter dem Geläut all seiner Kirchen jeden Glaubens und unter dem Lobgesang des Glockenspiels.

Auch bedrückte es ihn nicht mehr, wie sie alle nach ihm sahen. Manche meinten, er wäre schon gestorben, und flüsterten erregt. Aber da winkte der König noch einmal seinen Grenadieren zu, und sein Auge war ganz klar, nur fern.

»Flou, flou, la véri dou dai ne – « sangen seine Grenadiere im Abmarschieren ihr kleines Lied, so wie sie es auch neulich, als sie den kranken Herrn vom Wagen ins Schloß getragen und seinen Leib betastet hatten, sangen.

Als mahne ihn das Lied der Riesen an etwas, wünschte der Herr mit einem Male, man möge nun den Freund aus Dessau herrufen. Und dem Briefe fügte er danach mit seiner gichtigen Rechten noch selber hinzu: »Ich komme so gewiß als die Sonne am Himmel ist bei Gott.«

Er hatte die Bilder und Gleichnisse seines Lebens in Gericht und Gnade verstanden: er, der König, der Richter, der Vater war Gottes Kind.

Der Herr, der tausendfach das Leben bereitet hatte, begann nun seinen Tod zu bestellen. Sein Eichensarg mußte in die Schlafkammer geholt werden, jener hölzerne Totenschrein, der in dem glatten, schwarzen Marmorsarkophag aus Amsterdam verschlossen werden sollte. Der Herr betrachtete die schönen Kupfergriffe mit großer Anerkennung. Nur das klang schwer von Müdigkeit und Sehnsucht, als er sprach: »In diesem Bette werde ich recht ruhig schlafen.«

Über diesem Worte veränderte sich das Leben im Schlosse, obwohl der König wünschte, daß der Tageslauf wie gewöhnlich seinen Fortgang nehme. Nur den jüngeren Prinzen hatte er bedeuten lassen, sie möchten, wie die Schwestern, nun nicht mehr kommen. Bis dahin war es ihnen noch erlaubt gewesen, den Vater täglich zu besuchen, wobei August Wilhelm sehr erregt war und der vierzehnjährige Heinrich sich sehr gemessen verhielt. Die Königin, Ulrike und Anna Amalia sahen einander auch in diesen Tagen kaum. Die Königin schrieb von allem Künftigen nach Hannover und London: welch reiche Ehren ihrer harrten und daß sie wohl in ungewöhnlich gesicherten Verhältnissen zurückbleiben werde. Amélie malte ihre Noten; ihr Cembalo blieb ungeöffnet. Ulrike las in den Büchern, die sich allmählich auch in Potsdam in großen Schränken angesammelt hatten, obwohl doch dieses Schloß einen Bibliotheksraum einst nicht vorgesehen hatte. Sie wählte die geschichtlichen Werke aus. Sie las sie im Hinblick auf Vater und Bruder.

Nachts blieben alle lange wach. Überall in den Verbindungszimmern und Durchgangskabinetten sowie in dem verlassenen Tabakssaal konferierten Ärzte, Minister, Offiziere und Pastoren; der Kronprinz hielt sich meist bei ihnen auf; August Wilhelm wanderte ruhelos von den einen zu den anderen; Heinrich setzte auch in solchen späten Stunden seine Studien fort.

Auch in den Nischen der Gänge standen überall die Herren und Damen des Hofes, und selbst das Gesinde in den Wirtschaftsstuben des Erdgeschosses, dort, wo die Wache der Husaren war, ging nicht voneinander und sprach bis tief in die Nacht hinein von dem Unheimlichen, daß ein König bei seinem offenen Sarge schlief. Da wollten sie es nun auch nicht glauben, daß der kleinste Prinz nur an den Masern erkrankt wäre. Der alte Name des Knaben war wieder in aller Munde: Das Kind der Schmerzen. Der König, der wie ein Hundertjähriger war weit vor der Zeit, nahm das Kind der Schmerzen mit sich. Die Jägerburschen erzählten aus dem Krankenzimmer schon den zweiten Tag, vom Spätnachmittag an habe der König Fieber wie ein Pferd. Aber er werde es schon noch einmal »ermachen«: der Fürst von Anhalt-Dessau hatte ja eine Stafette vorausgeschickt, daß er mit dem Tagesanbruch eintreffen werde. Das half dem König gewiß auf die Beine.

Gegen Morgen begann der König zu frösteln. Sein Atem pfiff. Schauer überflogen seinen Leib. Er reckte den Kopf hoch auf. Es war gegen fünf Uhr, und die Dienerschaft wechselte. Der König wollte aus dem Bett gehoben werden.

»Macht meinen Mantel, macht meinen Rollstuhl fertig«, befahl der König, aber in seinem Röcheln klang es nur flehentlich.

Sein Bett sollte man ihm frisch beziehen; denn später, meinte er, werde es wohl nicht mehr möglich sein. Mit Bettleinen und Hemden trieb er schon seit langem eine wahre Verschwendung. Es sollte keinen Krankengeruch um ihn geben. Auch hatte er seine Schlafkammer neu herrichten lassen. Frische Gardinen aus den besten preußischen Kattunen waren aufgemacht worden, und das Feldbett und Taburett des Königs hatten neue Matratzen von rot und weiß gestreiftem Camelot erhalten, weil es ja Polster, die man hätte erneuern können, in den drei Königsstuben nicht gab. Sonst fand sich nichts Neues darin als eine Uhr auf dem Kamin und in schwarzem Rahmen ein Spiegel.

Die Ärzte wurden beordert. Die morgendliche Untersuchung ergab die ganze Schwere seiner Unterleibs- und Lungenentzündung. Der König hatte zu häufig und rege mit seinem Sanitäts-Rat konferiert, um nicht zu wissen, was auch sonst noch in seinem Leibe wütete. Da wunschgemäß immer in seiner Gegenwart verhandelt werden mußte, vernahm er, daß man ihm durch Punktieren keine Linderung mehr verschaffen konnte; er entließ die Ärzte mit Dank.

Ein Pikeur mußte den König nun waschen, ihm die dünnen, wirren Haare kämmen und eine neue, weiße Nachtmütze über sie streifen. Und da es nicht mehr möglich war, ihn anzuziehen, ließ er sich den Obristenmantel nur umhängen: nun doch immer wieder den Obristenrock. Nach Potsdam hatte der Herr den braunen Bürgerhabit nicht mehr mitgenommen; er hatte ihn in Potsdam niemals getragen.

Während des Wäschewechsels nahm der Herr einen Schluck Kaffee und ein kleines Stück Gebäck. Bis vor kurzem hatte er noch immer wieder einmal nach kräftigen Speisen verlangt und die schwersten Dinge gefordert. Die zarte Krankenkost, die unerläßlich war, widerte ihn an.

Das Aufräumen des Krankenzimmers beobachtete er, wie immer, mit einem gewissen Argwohn. Auch die neuen Kästen – er hatte jetzt viele Kassetten unter seinem Bett – mußten feucht abgewischt werden. Er schien beschäftigt wie an den arbeitsreichen Tagen seines Lebens, etwa vor dem Aufbruch zur Landfahrt. Er verlangte, in dem Tabakssaal und in der Totenkammer, dem Zimmer mit den Bildern seiner toten Generale, umhergefahren zu werden. Er fragte nach der Zeit; inzwischen war es in der siebenten Stunde. Da war er erleichtert: nun würden die anderen bald erwachen; er konnte sie wecken; der Abschied war da. Am ersten wollte er zur Vorkammer der Königin gefahren sein; er klopfte vom Rollstuhl aus selbst an die Tür.

»Stehen Sie auf«, so sprach er durch die Tür, »ich habe nur noch wenige Stunden zu leben!«

Aber es kam keine Antwort. Der Morgenschlaf der Königin war fest. Sie hatte bis spät in die Nacht ihre Korrespondenz erledigt.

»Es ist gut«, sagte der Herr. Niemand sollte die Herrin nun stören. Er konnte noch warten, ein wenig noch warten. Sie rollten seinen Stuhl schon wieder hinweg; er blickte noch auf die Tür. Er flüsterte: »Ich will doch in ihren Armen sterben.« Dann sah der König zu den Jägern auf, die seinen Rollstuhl stießen. »Die Prinzen werden wach sein.«

Erst wollte er zu Heinrich, dann zum kranken, kleinen Ferdinand. Heinrich lag noch im Schlummer; er sah welk und grau aus, als sei ihm der Schlaf der Jugend versagt. Bücher bedeckten seinen Stuhl und seinen Nachttisch. Der König legte die Hand auf den Mund. Er gab den Jägern ein Zeichen, sie sollten nicht so hart auftreten und den Wagen gleich wieder rückwärts über die Schwelle hinausziehen. Er sandte nur noch einen Blick zu dem

Bett des Knaben hinüber, und ihm schien, Heinrich werde einmal wie er selbst erst in der Morgendämmerung einzuschlafen vermögen.

Ferdinand war wach. Der Vater wollte ganz nahe an sein Bett. Er legte dem Kind die Hand auf die Stirn. Nein, Fieber hatte der Kleine nun nicht mehr. In all den Leidenstagen hatte sich der König über Ferdinands Zustand genau berichten und sich beruhigen lassen. Aber auch angesichts dieser leichten Krankheit hatte es eine Stunde gegeben, in der ihn der Gedanke ängstigte, das Sterben der Söhne könne wieder beginnen. So tief war es dem Herzen eingegraben, daß die Kunde aus Ruppin kam, Friedrich sei dem Tode nahe. Ach, und die Enkel von Ansbach und Braunschweig waren tot!

»Mein Kleiner wird morgen gesund sein«, sprach der Vater freundlich. Ferdinand freute sich. Am Morgen war es immer so langweilig, bis sie ihn wuschen, ihm das Frühstück brachten und den Arzt einließen. Papas Besuch zu dieser frühen Stunde war eine schöne Abwechslung. Der Papa war so lange nicht bei ihm gewesen. Ob der Papa nun wieder gesund wäre, fragte er dringlich; und ob er selbst auch bald wieder aufstehen dürfe.

»Morgen wird es – uns beiden besser gehen«, versicherte der Vater und neigte sich mühsam zu dem Bett hinüber. Der Kleine sollte ihm noch einmal den Morgenkuß geben. Der Knabe küßte ihn behutsam, ja scheu, als fürchte er nun doch die dunklen Flecken im Gesicht des Vaters.

»Ich habe eben auch die Masern wie du«, sagte der Papa, winkte wieder den Jägern und deutete zur Tür.

Wo der Prinzenflügel an den breiten Absatz der neuen, stufenlosen Treppe stieß, gebot er schnell Halt, als erschöpfe es ihn, noch weitergefahren zu werden. Plötzlich verließ ihn alle Kraft. Auf seiner Stirn, unter dem Rande der frischen Nachtmütze, standen Schweißtropfen.

»Das ist vollbracht«, sprach der Herr, und sein Leidensausdruck war so erschütternd, daß ein Kammerherr der Königin, der den Gang überquerte, mit einem Male nicht über sich brachte, die Höflichkeitsformel über das Befinden Seiner Majestät dahinzuparlieren. Er grüßte den Herrn mit stummer Verneigung, und der König ließ ihm sehr artig den Rollstuhl aus dem Wege fahren. Und nun wollte er in seine Zimmer zurückgebracht werden. Erst befahl er, sie sollten nun die beiden ältesten Prinzen, die Minister und die Offiziere rufen. Dann fügte er, wie er es längst schon bedacht hatte, hinzu: »Bis zu den Hauptleuten. Und die drei Kabinettssekretäre auch.« Die Offiziere nannte er alle einzeln bei Namen. Dazwischen horchte er auf. Vom Schloß-hof drang das Geräusch einer langsam einfahrenden Kutsche herauf. Alles ging sehr leise zu. Kaum vernahm man eine Stimme.

»Vielleicht ist der Doktor Leopoldus aus Dessau gekommen«, sagte der König sofort, als erwarte er noch einen letzten, hochbe-rühmten Arzt. Als er sich dann in den Tabakssaal zu den dorthin beorderten Herren fahren ließ, stand der Generalissimus in ihrer Mitte. Der König verlangte gleich, auf ihn zugeschoben zu wer-den; der alte Fürst stürzte aber schon auf ihn zu. Der Herr sprach mit dem Freund, als käme er wie immer von seiner Reise; er erkundigte sich nach seiner Fahrt und meinte, es reise sich wohl am besten in der Morgenkühle, wie Seine Liebden es heute hielten.

Aber auch in dieser großen Freude, den Fürsten noch einmal zu sehen, vergaß der Herr der anderen nicht, die bei ihm erschie-nen waren. Er sprach mit jedem, nur nicht mit den beiden Söh-nen. Nur einmal sah er ganz flüchtig zu ihnen hinüber, die in dem Kreis der jüngeren Offiziere standen. Die drei Sekretäre sollten nun an dem langen Tische Platz nehmen, von dem alles holländische Rauchgerät seit langem schon weggeräumt war. Der König bat die Herren Minister und Offiziere, den Raum um den Tisch freizugeben, und ließ nun die Begräbnisordnung ver-lesen. Er selber strengte seine tauben Ohren mit Zuhören nicht mehr an. Das Reglement war gar zu wohl überlegt. An Feierlich-keit war nur geduldet, was die Würde seines Amtes unbedingt verlangte. Die Diener sollten aber nicht einmal Trauerröcke, sondern nur Flor für die Hüte erhalten. Die übliche Leichen-schaustellung im Totenprunk durch viele Wochen hindurch war untersagt. Die Offiziere hatten ihn schon nach dem Pfingstfest, dem Fest des Heiligen Geistes, in seine Gruft zur Soldatenkirche hinüberzutragen, und die Hoboisten mußten dabei blasen:

>»O Haupt voll Blut und Wunden,
voll Schmerz und voller Hohn,
o Haupt, zum Spott gebunden
mit einer Dornenkron – «

Die Leichenpredigt war im ganzen Lande am Sonntag Trinitatis, dem Feste der Dreieinigkeit, zu halten, und zwar über den Text: »Ich habe einen guten Kampf gekämpft, ich habe den Lauf vollendet, ich habe Glauben gehalten; hinfort ist mir beigelegt die Krone der Gerechtigkeit, welche mir der Herr an jenem Tage, der gerechte Richter geben wird.«

Allen war es in Vergessenheit geraten, daß einst der Abenteurer Clement jenes Bibelwort von seinem Galgen herab verkündete und daß der Herr es damals schon, als er davon erfuhr, zum Texte seiner Leichenpredigt wählte. Der Herr erinnerte keinen daran.

Die letzten Worte des Beerdigungsreglements bestimmten: »Von meinem Leben und Wandel, auch Factis und Personalien soll nicht ein Wort gedacht, dem Volke aber gesagt werden, daß ich solches expresse verboten hätte, mit dem Beifügen, daß ich als ein großer und armer Sünder stürbe, der aber Gnade bei Gott und seinem Heiland gesuchet.«

Sie sollten ihn nirgends beschimpfen oder loben.

Die Offiziere, die den Sarg zur Kirche tragen würden, weilten alle um ihn. Sie standen sämtlich hier bei ihm und dem Sarge.

Während die Kabinettssekretäre auf ein Zeichen des Königs ihre Schreibzeuge auspackten, erklärte der Herr ohne jeden Übergang, er möchte nun den so lange gehegten Lieblingsplan ausführen, die Regierung niederzulegen. Mehr sagte König Friedrich Wilhelm nicht davon; auch ließ er keinerlei Gegenäußerungen oder Redensarten aufkommen und begann sofort die Urkunde der Regierungsübergabe zu diktieren – in jenem Übermaß der Beherrschung aller Worte und Gedanken, das schon seit Tagen die Umgebung im Anblick seiner Auflösung erschütterte, selbst die Kühlen und Stumpfen.

»Seine Königliche Majestät«, ließ er zum letztenmal von sich schreiben, »haben sich also ernstlich resolviert, Dero bisherige Regierungslast niederzulegen und übergeben demnach hiermit Dero aeltestem Sohn als legitimem Erben Dero ganzes Land, Domänen, Städte und alles Uebrige, nichts ausgenommen als blos diejenigen Güter, so sie für die drei übrigen Prinzen August Wilhelm, Heinrich und Ferdinand acquiriert haben, welche der Kronprinz ihnen lassen soll, selbiges auch bereits Seiner Königlichen Majestät versprochen haben. Sie wünschen ihm also dazu und zu Seiner Regierung alles ersinnliche Glück, Heil, Segen und gloire. Sie befehlen auch allen und jeden, so gegenwärtig sind, nunmehr dem Kronprinzen alle untertänige Submission, Pflicht und Parition, auch Treue zu erweisen, eben als wenn der König bereits gestorben wäre.«

Dabei erging, noch einmal in der Form eines Ediktes, des letzten, die Mahnung an die Minister, »nicht wie die Schauspieler aufzutreten und zu reden, sondern an die Schlichtheit Christi und seiner Jünger zu denken«.

Aber nun wurde der Atem des Königs so schwach und seine Stimme so leise, daß sein Adjutant sich über ihn beugen und dem Sekretär alle seine Worte laut wiederholen mußte. Doch der Herr ließ nicht ab, bis auch das letzte Wort in die Feder gegeben war. Friedrich war indes von der Gruppe der jüngeren Offiziere zu den Generalen und Ministern getreten, die eine feierliche Haltung eingenommen hatten, so daß er nun totenbleich und allein in ihrer Mitte stand. Zärtlich war der Vater zu dem Sohn jetzt nicht mehr. Er sagte nicht mehr Fritzchen zu ihm. Feierlich nannte er ihn Friedrich. Und in der Art, mit der er den Namen seines Sohnes aussprach, lag ein tiefes Ausruhen.

Nun brauchte er sich nicht mehr so mühevoll zusammenzuraffen. Er suchte eine leichtere Lage in seinem Rollstuhl. Sein Blick gewann noch einmal wärmeres Leben, seine flüsternde Sprache eine unendlich ergreifende, zaghafte Heiterkeit. Er habe seinen Offiziers- und Beamteneid gehalten, habe das Kriegsjahr und das Verwaltungsjahr 1739/1740 bis zum letzten Tage ausgedient. Der 31. Mai sei nun da! Bis zu dieser Stunde sei jeder laufende Erlaß und Bescheid in sein »Minutenbuch« eingetragen. Nun könne er Abschied nehmen ohne Tadel, ohne Vorwurf; und ganz nach der Ordnung des Jahresplanes schließe sich nun die große Reise an. –

Jetzt sollten sie sich alle um ihn setzen. Aber Friedrich stand sofort wieder auf, ging zum Rollstuhl, beugte sich über die Hand des Königs, suchte seinen verschleierten Blick zu verbergen und die Stimme klar zu erhalten und beschwor den Vater, ihm, solange er noch lebe, die Übernahme der Regierung zu erlassen. Er könne vor dem Tode des Vaters nicht herrschen.

Aber König Friedrich Wilhelm wollte es schon öffentlich bekannt gemacht haben. Alle Fragen der Minister wies er ab. Er zeigte auf den Sohn. »Dieser ist von nun an euer Herr. Ich habe

nichts mehr zu befehlen.« Er ließ die Türflügel seines Arbeits-
kabinetts aufschlagen.

»Gehen Sie in Ihr Arbeitszimmer«, sagte er zu dem Sohn. Der
Minister von Boden – einst ein Domänenpächter in Calbe; nun
hieß ein ganzer Stadtteil von Potsdam »Bodenstadt« nach seinen
Siedlungen – war an der Reihe; er ließ sich seine Arbeitsmappe
reichen und begab sich zu Friedrich.

Der Vater sah den König von Preußen an seinen Schreibtisch
gehen, das neue Dienstjahr zu eröffnen. Alle Ämter wußte er um
diese Stunde die laufenden Geschäfte erledigen. Die Lakaien
schlossen die Tür.

»Fahrt mich ans Fenster«, wünschte der Kranke. Fürst Leopold
sollte neben ihm bleiben.

»Ich muß doch von meinem Rechte als ausscheidender Oberst
Gebrauch machen«, sprach Herr Friedrich Wilhelm weiter, »ich
darf mir nun das allerbeste Pferd auswählen.«

Schon schickte er auch nach dem Marstall hinüber, und die
Stallknechte führten Rappen, Füchse und seinen herrlichen
Schimmel am Fenster vorüber: die letzten Pferde, die er nach
dem großen Verkauf noch zurückbehalten hatte.

»Lebte Gundling noch« – der Kranke bemühte sich, recht
verständlich zu dem alten Fürsten zu reden –, »er würde eine
Parallele wissen. ›Dies ist das Totenpferd von alters her‹, würde
er mir aus der Historie erzählen, ›das schenkt man dem Treuesten.‹ Da nehmen Sie mein Totenpferd, alter Kriegsmechanikus,
wählen Sie es selber aus.«

Der Dessauer deutete nur von ungefähr hinaus. Sein Blick war
von Tränen getrübt. »Da – dies – das vor dem Fenster«, würgte er
hervor.

Herr Friedrich Wilhelm schalt. »Sie nehmen ja gerade das
schlechteste. Behalten Sie doch den Schimmel. Der ist gut. Ich
stehe dafür.«

Der Dessauer starrte wortlos vor sich hin.

»Nicht doch, alter Freund«, sagte der Herr, der eben noch so
grollte, sehr sanft, »das ist des Menschen Zoll.«

Groß und gebeugt, doch immer hagerer von Jahr zu Jahr;
einer, der in tausend Wettern des Ackers und vor langer Zeit
einmal des Schlachtfeldes zäh und braun geworden war, stand
der Alte bei dem jüngeren Freund König. Er war dem Rollstuhl
gefolgt, wie er einst dem Reisewagen des Herrn ins Ostland

nachzujagen pflegte. Kühl, ein wenig zusammengekniffen waren seine grauen Augen, in denen kein Alter und keine Müdigkeit war: nur spähende Ausschau – freilich, vielleicht auch die Ausschau nach dem Tode, in den ihm der liebste Sohn vorangegangen war.

Sein Bubainen und Norkütten, hob er an, trügen ihm nun dreißig Prozent Zinsen ein.

»Aber für mich«, unterbrach ihn der Freund, »liegt auf Bubainen und Norkütten eine – uneingestandene Schuld.« Im Grunde, bekannte er nun nicht ohne Leidenschaft, habe er den Dessauer um Sinn und Ruhm seines Lebens betrogen. Der größte deutsche Feldherr neben Prinz Eugen sei einst in die Dienste des jungen König-Korporals getreten, um sich als Züchter, Pflanzer, Roder, Gärtner auf Bubainen und Norkütten zu bescheiden. Statt des großen Feldherrn von Europa sei er der Gutsherr von Bubainen geworden, er, dem unter allen Feldern das Schlachtfeld als der fruchtbarste Acker erschien.

Unbewegten Antlitzes hörte der alte Fürst die Confessio seines sterbenden Herrn an, die nur ihm allein galt. Er, der freie Reichsfürst, hatte sich diesen König erwählt, weil keiner sonst den Schimmer der Waffen und das Rauschen der Fahnen mehr verstand und nur die Federkiele in beringten Händen galten.

Er begehrte den Anteil am Wachstum des jungen Königreichs Preußen. Dort allein war Tat im allgemeinen Stillstand und Niedergang. Er hatte den Anteil am Wachstum auf eine ungeahnte Weise erhalten: der elendeste Flecken der preußischen Erde ward sein, in ihm aber auch die wahre, die ganze Freundschaft des Königs!

»Ich habe es unternommen«, sprach der kranke Herr zum alten Kriegsmechanikus, »mich nach dem Tode Eugens für Ihre Ernennung zum kaiserlichen Generalissimus einzusetzen, obwohl es mir nicht leicht wurde. Aber ich war es Ihnen schuldig.«

»Ich werde keine Zeit haben, auf die Wiener Antwort zu warten«, stammelte der Alte.

Der Kranke sah auf. »Warum, Eure Liebden?« Er beharrte bei der feierlichen Anrede. Dann gab er selbst die Antwort.

»Eure Liebden müssen den dritten König von Preußen an die Stufen seines Thrones geleiten. Sie waren von Anfang an dabei. Sonst ist keiner mehr da.«

Draußen marschierte das Leibregiment zur Wachtparade auf. Doch war den Grenadieren untersagt, die Anwesenheit des Herrn am Fenster zu beachten. Das Soldatenjahr war um, das Rechnungsjahr des Generaldirektoriums abgeschlossen. Die Grenadiere trugen die Montur des neuen Kriegsjahres. Seltsamerweise hatte der Herr sein Leibregiment noch einmal mit eingekleidet, obwohl der Sohn doch schon den Befehl zur Auflösung hatte. Wollte er vermeiden, daß Unberufene vorzeitige Schlüsse zogen? Oder sollte die Heerschar der Göttersöhne im höchsten Glanze scheiden? Gönnte er sich, Abschied nehmend, noch einmal das strahlende Bild? – Ahnte der alte Bildermacher, daß Preußens Heer nicht geworden wäre, hätte er nicht Tag um Tag dieses Bild vor seinen Augen gehabt, unmittelbar vor den Stufen seines Schlosses?

Wie die Regimenter hatte auch die königliche Dienerschaft heute ihre neue Livree erhalten. Das hatte der Herr seit langem so bestimmt, daß am gleichen Tag, im gleichen Jahr Soldaten, Heiducken und Lakaien ihr neuer Rock gegeben würde.

Die Livreen wollte er ebenfalls vorgeführt haben. Während die Grenadiere exerzierten, besichtigte der Herr geflissentlich die Dienerschaft. Lakaien, Diener und Jäger füllten das Zimmer. Die Livreen waren ganz vorzüglich ausgefallen. Aber auf die Stirn des Herrn trat eine Falte tiefen Unwillens.

»Eitelkeit, Eitelkeit«, sprach er verächtlich, »wenn nur der Wind drein bläst, so zerstäubt alles. Ich habe auch Eitelkeit an mir gehabt. Aber, gottlob, das ist nun alles weg. Doch ich fühle, ich könnte, wenn ich genese, wieder in meine früheren Fehler verfallen. Darum bitte ich Gott, mich von der Welt zu nehmen.«

So müde war er es, mehr sündigen zu müssen als andere Menschen. Zu der Besichtigung der neuen Livreen war auch die Königin erschienen. Sie hatte die Zimmer des Gatten gemieden, seit der offene Sarg darin aufgestellt war: der gleiche Sarg, der auch ihrer schon harrte. Aber nun hatte sie nur auf einen Vorwand gewartet, kommen zu dürfen. Sie wollte sich nicht mehr gedulden, bis man sie rief. Seit die Minister und die Offiziere aus der großen Abschiedsaudienz entlassen waren, hatte es sich im ganzen Schloß herumgesprochen, der König habe abgedankt. Friedrich war König! Sie mußte wissen, ob die Urkunde der Regierungsübergabe schon unterzeichnet wäre. Aber die wurde nun nach dem Diktat erst aufgesetzt und abgeschrieben. Die Königin hörte es jedoch mit eigenen Ohren, wie der Gatte um Beschleunigung ersuchte.

Plötzlich war er unruhig. Er sah die Königin. Er winkte ihr von seinem Fensterplatz aus zu. Er wollte in seine Schlafkammer gebracht sein. Sein Gesichtsausdruck war gequält. Nicht alles war geordnet – abgeschlossen wohl. –

Man fuhr ihn an der Königin vorüber, die ihn zu seinem großen Entschluß beglückwünschte, ihm baldige Genesung und einen langen, friedevollen Lebensabend wünschte. Wortlos winkte der Gemahl ihr ein zweites Mal zu. Da folgte sie seinem Rollstuhl. Aber er kam nicht mehr dazu, mit ihr zu sprechen. Aufs Bett gelegt, fiel er in Ohnmacht. Der Mund schien verzogen. Ein fremder Ausdruck lag über den Zügen des Königs.

Die große Geschäftigkeit, die Sterbehäuser in seltsamem Widerspiel mit so ungeheurer Lebendigkeit erfüllt, setzte ein. Alles hielt sich bereit. Man sah nach der Uhr, die Stunde genau bestimmen zu können. Die Prediger Cochius und Oesfeld wurden noch einmal eiligst gerufen; aber sie erklärten, »bei so großer Sinnlosigkeit des Patienten« nicht mit ihm sprechen zu können. Sie beteten dem Tauben mit lauter, sehr lauter Stimme vor. Der Herr, nun wieder zu sich kommend, flüsterte gequält: »Redet jetzt nicht so laut.« Aber er schien ihnen noch etwas sagen zu wollen. »Ich bin müde, zu leben«, röchelte er, kaum noch verständlich, »ich will gern sterben. Ich habe mich von allem losgemacht.« Seine Worte wurden immer unhörbarer. Sie mußten ihn fragen. Plötzlich war es dem König wieder wie in seiner Knabenzeit. Er dachte, er wäre am Hofe seines Vaters und man wolle ihn nicht verstehen, weil er Deutsch sprach wie mit den Stallknechten. Man sah ihm an, mit welcher Schmerzhaftigkeit er sich sammelte. Er wollte übersetzen, was sie deutsch nicht verstehen zu können vorgaben, die Höflinge des Vaters.

«Je suis las de vivre.» Er zerlegte jedes Wort. «Je mourrais volontiers.» Mit der Rechten, sehr zitternd, zog er einen Strich und verfiel wieder ins Deutsche, als er dabei sagte: »Ich habe mich von allem losgemacht – du monde entier – «

Der Feldprediger des Leibregimentes fiel ein: «Sire, c'est la marque du fidèle.»

Und er wollte von dem König, daß er als ein gläubiger Christ die Welt verlasse, wie ein mäßiger und tugendhafter Mann von der Tafel aufsteht: nicht aus Ekel oder Langeweile, sondern nur vollkommen gesättigt.

Der gemarterte König, auch in diesen Qualen noch voller Ehrerbietung gegen die Priester, lobte den Gedanken sehr. Aber dann schüttelte er sein wundes Haupt und widersprach hilflos und ängstlich: »– nicht wie von der Tafel! Ich habe mein Herz von allen Gegenständen meiner Liebe losgerissen – von meiner Frau – meinen Kindern – meinem Königreich – der ganzen Welt – « Das letzte erstickte schon wieder in Röcheln. Der Kranke schrak auf. Er vernahm kein Wort mehr. Er konnte gar nichts mehr hören. Vor Angst sprach er ganz laut.

Er hielt dem Oberchirurgen des Leibregimentes den Puls hin. »Wie lange habe ich nun noch zu leben?«

Gemäß dem früheren Befehl gab der Arzt unumwundene und offene Antwort: »Der Puls geht sehr schwach. Es wird wohl leider nicht mehr lange dauern.«

»Nicht leider! Nicht leider!« rief der Herr mit immer schwächerer Stimme. In einem Berg von Kissen aufrecht im Bett hockend, blickte er starr vor sich hin. Er sah, daß Friedrich und August Wilhelm zu Füßen seines Bettes getreten waren. Friedrich war sehr bleich. August Wilhelm würgte an den Tränen; seine Wangen hatten fieberhafte Flecken. Die Königin saß in einem aus ihren Räumen eigens hergebrachten goldenen Sessel, die Hände gefaltet und maßlos erregt, vor dem Kamin, unter der Standuhr, die jene letzten Augenblicke ihres Königintumes zählte und alle ihre vertane Zeit an den langsam kreisenden Zeigern schleppte. Das Zimmer hatte sich gefüllt. Aber der Vater sah jetzt nur noch die Söhne: Friedrich, den König, und Hulla, den er hatte lieben dürfen, wie jeder Vater seinen Sohn liebt. Er zerrte den Oberchirurgen am Ärmel. »Wenn sie weinen«, flüsterte er, »fürchte ich, ich bleibe nicht mehr fest.«

Der Oberchirurg umfaßte noch einmal seinen Puls. Einst hatte er die Ader des Königs vor der Heerschar der Krieger, Brüder, Söhne unter freiem Himmel im Frühlingsschneegestöber geöffnet.

»Das Ende ist nahe, Majestät. Der Puls bleibt zurück.«

Der Herr seufzte auf. »Um so besser. Dann kehre ich in mein Nichts zurück.« Plötzlich fügte er mit ganz veränderter, klarer Stimme hinzu: »Aber der Puls bleibt ja gar nicht zurück. Dann könnte ich die Finger nicht so bewegen.«

Das klang bedrückt. Es sollte nicht mehr beginnen, das Leben: die Ferne von Gott. Er blickte nach der kleinen Standuhr über dem Haupte der Königin. Es war nach drei Uhr.

Dann war es, als wolle er die knappe Frist, die ihm verblieb, noch nützen, um sich für den Tod in Ordnung zu bringen. Er bat um seinen neuen Spiegel in dem schwarzen Rahmen. Mit sehr kräftiger Gebärde nahm er ihn dem Diener ab und schaute hinein.

»Ich werde beim Sterben ein garstiges Gesicht machen«, sagte er langsam. Er sah die Höhlen, die Schatten, die Gruben, die Furchen seines Antlitzes: die Landschaft des Todes dämmerte auf. Bald würde sie verwehen wie die Wolken. Bald würde kein irdisches Bild und Gleichnis mehr sein: nur noch Wirklichkeit und Ewigkeit.

Er sprach darüber hinweg. Er sehe nicht so abgemattet aus, wie er sich eingebildet habe. Er zeigte auf die hart abgesetzten, dunklen Ringe unter seinen fahl und trüb gewordenen Augen.

»Bis hierher bin ich schon tot.«

Der Prediger fiel ein: »Wenn aber dieses anfängt zu geschehen, so sehet auf und erhebet eure Häupter, darum daß sich eure Erlösung naht.«

Der Herr, den Spiegel noch immer ohne Zittern vor sich haltend, horchte merklich auf. Dies eine Wort, dies eine endlich unter all den falschen Sprüchen der Erbauungsbücher, war noch von Gott! Die Pastoren bat er, sie möchten nun gehen. Er danke ihnen. Nun wisse er alles, was sie ihm noch sagen könnten. Und da durchströmten ihn die Worte der Schrift, um die er sich in all den harten Nächten mühte, in denen er seine Gebete vergaß: er, der die Bücher der Könige und Propheten, der Evangelisten und Apostel hatte auswendig lernen wollen, um danach vielleicht predigen zu können.

Nun standen all die Worte vor ihm:

»Es spiegelt sich in uns allen des Herrn Klarheit mit aufgedecktem Angesicht, und wir werden verklärt in dasselbe Bild von einer Klarheit zu der anderen, als vom Herrn, der der Geist ist.

Wir sehen jetzt durch einen Spiegel in einem dunklen Wort, dann aber von Angesicht zu Angesicht. Jetzt erkenne ich stückweise. Dann aber werde ich erkennen, gleichwie ich erkannt bin.

Ich will schauen dein Antlitz in Gerechtigkeit. Ich will satt werden, wenn ich erwache, an deinem Bilde.«

Der König hielt den Spiegel vor geschlossene Augen. Sie glaubten, er schlafe ein – entschlafe. Sie sangen leise mit, was die Pastoren, schon jenseits der Schwelle, angestimmt hatten:

> »Warum sollt' ich mich denn grämen?
> Hab' ich doch
> Christum noch –
> wer will mir den nehmen?
> Wer will mir den Himmel rauben,
> den mir schon
> Gottes Sohn
> beigelegt im Glauben?
>
> Nackend lag ich auf dem Boden,
> da ich kam,
> da ich nahm
> meinen ersten Odem.
> Nackend werd' ich auch hinziehen –«

»Nein, das stimmt nicht«, unterbrach der Sterbende die Singenden, »das ist nicht wahr. Ich werde in meiner Montur begraben.«

Dann bedeutete er den Erschreckten mit einer freundlichen Geste, sie möchten nur fortfahren im Choral –. Und sie sangen mit der nächsten Zeile weiter:

> »– wann ich werd'
> von der Erd'
> als ein Schatten fliehen.«

Er hatte jetzt ganz wach zugehört. Die Worte, die Klänge taten ihm wohl. Die Worte waren gut zum Sterben. Nun blieb ja nur noch ein kleiner Schritt zu tun: aus dem wunden, schwammigen, feuernden Leibe »als ein Schatten fliehen«; mehr war es nicht – ein kleiner Schritt, viel näher, als es gewesen war vom Königsschloß zum Gotteshaus, vom Gotteshaus zum Königsschloß. Dann würde kein Bild mehr sein: nur Gottes Angesicht. Als sie geendet hatten, legte er den Spiegel weg. Die Schläfen waren ihm eingesunken. Seine Hände gingen auf der Decke hin und her, auch die fast gelähmte: ganz leichthin. Noch einmal war ein Schimmer ihrer einstigen Schönheit über ihnen, obwohl die Gicht sie so entstellte. Dem Leibarzt bedeutete der Verlöschende

– und die riesigen Augen waren in diesem Augenblick noch einmal ungeheuer beredt –, man möge die Königin hinausführen; es war nur, daß er flüchtig zu ihr und zu dem Arzt hinsah; mehr war es nicht.

Der Leibarzt gab dem Kronprinzen ein Zeichen, die Königin wegzubringen: ein Geringerer war dazu in solchem Augenblicke nicht befugt.

Friedrich reichte der Mutter den Arm, doch blickte er nach dem Vater. Es sei soweit, flüsterte er der Zögernden zu und redete ihr in der Sprache von Monbijou zu, sie müsse sich schonen. Im Vorzimmer übergab der Kronprinz die Königin einem Kammerherrn. Er selbst ging ins Sterbezimmer zurück. Und die Mutter wußte nicht, daß sie mit diesem Augenblick gerichtet war, mit feurigem Schwerte ausgetrieben aus dem Garten Eden der Liebe, welche Ehren ihrer auch noch harren mochten.

Friedrich stürzte ans Bett des Vaters zurück. Der Sterbende hauchte nur noch Worte von dem Sohne Gottes. Auch Friedrich war nicht mehr für ihn da.

»Herr Jesus, dir leb' ich; Herr Jesus, dir sterb' ich; Herr Jesus, du bist mein Gewinn im Leben und im Sterben – mein Herr Jesus!«

Wie der Vater jetzt geröchelt hatte – Friedrich horchte auf; – wie der Vater jetzt Atem holte: das war es. Es war wie ein Geräusch des Herzens, kein Hämmern mehr. Das Räderwerk einer Uhr zerbrach an der ewigen Stunde. Der Leibarzt flüsterte dem neuen König zu: »Er ist erstickt.«

Friedrich verneigte sich kurz vor den Herren, die in schweigender Verbeugung verharrten. Unverzüglich begab er sich, an dem weinenden August Wilhelm vorüberschreitend, zu der Königinwitwe. Er verweilte nur einen Augenblick bei ihr und bat ihre Damen, sich ihrer anzunehmen. Im Zimmer der Königinwitwe – man rief nun die Töchter – wurden viele Tränen vergossen. Ulrike und Anna Amalia zweifelten am meisten an der Echtheit dieser Tränen. Beide Töchter weinten nicht. Sie sahen einander nicht an. Ulrike vermied es. Sie ersparte der Mutter das Urteil, das in dem Blick der Töchter ausgesprochen worden wäre. Sie küßte der Fürstin, in der Stunde, da sie aufgehört hatte, Königin zu sein, die Hand. Der junge König ging ins Arbeitskabinett des Vaters. Die Sekretäre wies er ab, es handle sich um Handschreiben. Er blieb allein.

Die erste Stunde nach dem Tode des Vaters verbrachte er am Schreibtisch. Er schrieb an die Nächsten: an die Schwester von Braunschweig; an den Dichter von Frankreich; er gedachte unter den ersten auch der Schwester von Baireuth als der ältesten Königstochter. Aber die Briefe waren nur wie ein Vorwand, der großen Erschütterung Herr zu werden. In jeder Zeile bebte sie nach, als er niederschrieb: »Mein Los hat sich geändert. Ich bin bei den letzten Stunden, dem Todeskampfe und dem Sterben eines Königs zugegen gewesen. In der Tat brauchte ich bei meinem Regierungsantritt diese Lektion, um Ekel vor der Eitelkeit und der menschlichen Größe zu bekommen. Wir sahen den König in seinen Qualen den Stoizismus eines Cato zeigen. Er starb mit der Neugier eines Naturforschers, der zu wissen wünscht, was in dem Augenblick des Todes in ihm vorgeht, und mit dem Heroismus eines großen Mannes. Er starb mit der Festigkeit eines Philosophen und mit der Ergebung eines Christen und über den Tod triumphierend als ein Held.

Wenn es wahr ist, daß wir den Schatten der Eiche, die uns umfängt, der Kraft der Eichel verdanken, die den Baum sprossen ließ, so wird der Erdkreis darin übereinstimmen, daß in dieses Fürsten Leben und in der Weisheit seines Waltens die Urquellen der Wohlfahrt zu erkennen sind, deren das Königshaus nach seinem Tode sich erfreut.«

Und sich selbst demütig als den schwachen Sprößling einer ungeheuren Eiche bezeichnend, schloß er dann: »Die unendliche Arbeit, die mir nach seinem Tode zugefallen ist, erlaubt mir kaum, mich meinem gerechten Schmerze zu überlassen. Seit dem Tode meines Vaters glaube ich ganz meinem Lande zu gehören.«

Dann schlug der Herr die von den Kabinettssekretären wie alltäglich bereitgelegten Mappen mit den Briefen und Resolutionen, Dekreten, Etatsbewilligungen und -verweigerungen, Edikten, Zirkularen und Rückfragen des Vaters auf. Er las; und tat nicht einen Federzug davon ab oder dazu, ob sie nun die Menschen oder das Land, das Heer, den Schatz oder die Kirche, den Jahres- oder den Stundenplan des Vaters betrafen. Er setzte seinen Königsnamen unter jedes Schreiben. Und seine erste Königstat war, daß er sich dem Vater übergab, wie es dessen letzte Königstat gewesen war, sich dem Sohne zu übergeben.

Im ersten eigenen Erlaß verbat er sich alle Aufzüge, Einholungen, Empfangsfeierlichkeiten; nur eben das, was bei dem letzten Regierungsantritt geschehen sei, solle wiederholt und auch derselbe Betrag auf die nämlichen Kassen angewiesen werden. In zwei sehr wichtigen Punkten trat König Friedrich II. in offenen Widerspruch zu den Wünschen König Friedrich Wilhelms I. Er ordnete eine sehr feierliche Beisetzung an, damit es keinen Zweifel geben könne, wie es um ihn und den Vater bestellt war. Allerdings organisierte er die Beerdigung rein militärisch.

Sodann vermochte Friedrich sich nicht dazu entschließen, das Leibregiment des Vaters aufzulösen. Er plante nur, es nicht mehr zu ergänzen. Er wollte die Göttersöhne alt werden lassen im reichen Erbteil des Vaters.

Im Schlafkabinett, im Sterbezimmer nebenan hörte er rücken und räumen. Er wußte, daß die Jäger des Vaters dort schalteten. In dem lichten Gang, dem sandgestreuten mit den hohen Bildern all der Grenadiere, war er ihnen eben erst begegnet. Schweigend standen die Jäger des Vaters in den Fensternischen. Soeben hatten sie den Leichnam zur Sektion geschafft. Nun räumten sie die Königsstuben leer. Unter dem Sterbebett zogen sie zwei Tresore hervor, einen großen und einen kleinen. Die lieferten sie sofort dem neuen König ab, und er ließ sie gleich öffnen.

Der große war dem König vermacht. Davon sollte er aber nichts angreifen; nur schwere Not durfte ihn veranlassen, diesen besonderen Schatz auszustreuen; etwa Mißernte in großen Landesteilen. Das Letzte, was der tote König seinem Volke gab, war, künftige Not schon in der Zeit der Fülle bedenkend, goldenes Korn. Als sollte in seinem Leben die Bibel immer wieder unmittelbare Gegenwart werden, hatte der König sieben große Hungersnöte und Teuerungen seines Landes erlebt und siebenmal so überreiche Ernten eingebracht, daß jeder Halm, wie im biblischen Traum, sieben Ähren zu tragen schien. Davon war der große Tresor des verstorbenen Königs nun ein letztes, frommes Zeugnis: auch noch sein im Kasten eingeschlossenes Gold lobte Gott!

Der kleine Tresor war für die anderen Söhne bestimmt. Er war in vier Schatullen verteilt: in einen für die Königin bestimmten kleinen Koffer; eine mit rotem Leder beschlagene Reiseschatulle; einen mit braunem Leder überzogenen Kasten; eine grüne, eiserne Truhe. Auf der Eisentruhe war ein Zettel festgebunden:

»nach mein toht soll mein lieb ferdinand haben im Eisernen kast die zwey silbernen schaustücke in Numero 3 und das geldt ist mein letz wille.«

Und in jeder der drei Schatullen, deren Inhalt je einem der drei jüngeren Prinzen durch die dabeiliegenden eigenhändigen Verfügungen des Vaters bestimmt war, fanden sich auch Beutel mit Medaillen, Ringen, Petschaften, Geld. Die Geldbeutel waren mit Postzetteln versehen. Auf denen standen die Angaben über die darin befindlichen Summen, mühsam mit gichtiger Hand aufgemalt. Und jeder dieser Postzettel enthielt nun – Rechenfehler. Es waren zweihundertneunundneunzigeinhalb Louisdors mehr in den Beuteln, als die Rechnung besagte, ein nicht unerhebliches, doch ungezähltes Plus. So hatte der Plusmacher, als es zum Sterben kam, nur noch Gold in die Beutel gefüllt und die Beträge nicht mehr notiert – Gold für die Söhne.

König Friedrich verteilte das Erbe der Brüder, das ungezählte Plus, zu gleichen Teilen unter sie. Den kleinen Überschuß, der sich ergab, erhielt Ferdinand. Die Kassetten befahl der Herr in der kleinen, hellgetünchten Kammer, dem Vorraum zu den Königsstuben, abzustellen, darin nur ein holländischer Stuhl stand: gegenüber der Wand mit den Bildern aller Königssöhne, der toten und der lebenden, inmitten das »Fritzchen«.

Wo unterdessen die Ärzte den Leichnam des Vaters sezierten, war König Friedrich unbekannt. Er hatte für Ort und Stunde der Sektion weder eine Anweisung gegeben noch eine Frage danach gestellt.

Bis zu der Sektion, so hatte der Vater befohlen, sollte man ihn waschen, mit einem weißen Hemde bekleiden und auf einem hölzernen Tische aufbahren. Er, dem sie es so bitter verargten, als er die Leichname seiner in Frieden gestorbenen Grenadiere für die neue Anatomie bestimmte, hatte über den eigenen Körper nicht anders verfügt. Die Ärzte mußten lernen an ihm, der so unermeßlich litt und viele Tode starb.

»Mein Leib soll aufgemacht werden«, war von König Friedrich Wilhelm dekretiert, »zu sehen, wovon ich eigentlich gestorben bin, man soll mir aber keine specerey mach, mein eingeweide herausser nehmen, sondern mir alles lassen, so wie ich aus Mutterleibe gekommen.

Der Leib soll geöffnet und gründlich examiniert werden, wie

es in meinem Leibe aussieht. Wasser und Schleim soll so viel möglich ist aus dem Leibe geschaffet werden. Alsdann mein Leib überall recht sauber gewaschen und mir darauf die beste Mundirung, so ich habe, ordentlich angezogen werden soll.«

Alles war von ihm festgelegt, die Reinlichkeit noch vorgesorgt bis in die Verwesung.

Er war, als er noch lebte, schon wie ein Verwesender erschienen. Die Ärzte kannten seinen zerstörten Leib und seine Leiden. Als sie ihn nun öffneten, erwies das Herz sich als sehr groß, von starken Fibern und sehr muskulös. Die Doktoren hatten dergleichen noch nicht gesehen, auch bei sehr großen und robusten Naturen nicht.

Die Ärzte standen über das Haupt des toten Königs geneigt. Die Gruben, die Furchen, die Hügel, die Ebenen und Täler, die harte Landschaft des Todes war vor ihnen ausgebreitet. Flüsternd berieten sie miteinander, flüsternd, obwohl das Witwenhaus der Lakaienfrauen, in dem sie die Sektion vornahmen, für jedes Menschen Zutritt gesperrt war. Sie wuschen sich und gingen in die Nebenkammer. Auf dem Schreibpult lag der Sektionsbericht in seinen einzelnen Etappen schon ausgefertigt. Der Oberchirurg des Leibregimentes, von den anderen Ärzten umstanden, war ans Pult getreten und nahm ein neues Blatt. Bald war der Wortlaut vereinbart.

»Da man nun nach allen Umständen dieses königlichen Körpers mehr als zu viele Ursachen des Todes entdecket, auch niemals, von Anfang der Krankheit bis zum Tod, die geringste Anzeigung eines verletzten Gehirnes bemerket worden, der Höchstselige auch bloß ex suffocatione und nicht apoplexia sein Leben geendigt, so hat man nicht nötig erachtet, den Kopf zu eröffnen und unseres teuersten Königs Haupt zu verletzen.« Darunter setzten sie feierlich das Datum des 31. Mai 1740 samt ihren sieben Namen. Dann schickten sie das Schriftstück zu dem jungen König ins Schloß.

Der König billigte es, daß die Ärzte gegen den Willen des toten Herrschers handelten.

Der Sohn widersetzte sich dem Willen des Vaters.

Sie hatten das Herz des Vaters zerschnitten. Aber sie sollten ihm sein Hirn nicht öffnen.

Gottes Vaterhände ruhten über seinem Haupt.

1688   Friedrich Wilhelm I. wird am 14. August in Cölln (Berlin) geboren. Sein Vater ist Friedrich I. (1657–1713), der sich am 18. Januar 1701 selbst zum König in Preußen gekrönt hatte.

1701   Berlin wird Hauptstadt des Königreiches Preußen.

1709   Am 18. Januar faßt Friedrich I. durch königlichen Verwaltungsakt die Städte Berlin, Cölln, Friedrichswerder, Dorotheenstadt und Friedrichstadt zu einer einzigen Residenzstadt zusammen: Berlin.

1710   Der korrupte Premierminister (seit 1699) Johann Kasimir von Kolb, Reichsgraf von Wartenberg, wird auf Drängen des Kronprinzen von Friedrich I. zum Rücktritt gezwungen und setzt sich mit zwei Millionen ergaunerter Taler ins Ausland ab, nach Frankfurt am Main.

1712   Friedrich, später: Friedrich der Große, wird am 24. Januar geboren.

1713   Nach dem Tode Friedrichs I. am 25. Februar übernimmt sein Sohn Friedrich Wilhelm I. die Herrschaft in Preußen.

       Im Frieden von Utrecht (11. April) wird Preußen der Königstitel zuerkannt. Es erhält die Bestätigung von Neuenburg und Valengin sowie das Oberquartier Obergeldern. Preußen überläßt Frankreich seine Ansprüche auf das Fürstentum Orange.

       Am 21. Juni wird die ›Allgemeine Ordnung und Verbesserung das Justizwesen betreffend‹ veröffentlicht und allen preußischen Justizbehörden mitgeteilt.

1717   Edikt zur Hebung des Volksschulwesens.

1720   Im Frieden von Stockholm (21. Januar) tritt Schweden die Stadt Stettin an Preußen ab, ebenso das Gebiet zwischen Oder und Peene, die Inseln Usedom und Wollin. Preußen zahlt an Schweden eine Kriegsentschädigung.

1723   Friedrich Wilhelm I. schafft das Generaldirektorium als oberste Verwaltungsbehörde für Inneres, Finanzen und Militär.

1730   Der lebensfrohe Kronprinz Friedrich war schon früh in schärfsten Gegensatz zu seinem Vater geraten, für den Aufbau und Erhalt des preußischen Staates das wichtigste Lebensziel waren. Friedrich Wilhelm I. meinte, die ihm unverständlichen Neigungen seines Sohnes (Philosophie, Literatur, Musik und eine ungezwungene Lebensweise) durch Härte bekämpfen zu müssen. Als dann auch noch eine von der aus dem Hause Hannover stammenden Mutter eingefädelte Heirat mit einer englischen Prinzessin an Friedrich-Wilhelms Weigerung scheiterte, war das Zerwürfnis endgültig. Während einer Reise mit seinem Vater nach Süddeutschland unternimmt Friedrich einen Fluchtversuch, der mißlingt. In Küstrin gefangengesetzt, muß er der Hinrichtung seines Vertrauten Katte zusehen (6. November). Hans Hermann von Katte, ein Jugendfreund Friedrichs des Großen, wußte von dessen Fluchtplänen. Das Kriegsgericht hatte ihn zu lebenslanger Festungshaft verurteilt, der König jedoch kassierte das Urteil und befahl die Exekution.

1732   2. Februar: Friedrich Wilhelm I. diktiert sein Einwanderungspatent. Es regelt die Ausreise, die neue Staatsbürgerschaft, den freien Durchzug durch fremde Territorien, Geleitschutz, Reisespesen für 50 bis 75 Tage, Erneuerung der Garantien vom 6. Juni 1721 (drei Jahre keine Steuern, langfristige Befreiung vom Militärdienst – bei den Böhmischen Brüdern für immer, Bauplätze in den Städten, freies Bauholz und Übernahme von 12,5 Prozent der Baukosten sowie Staatskredite für Gewerbetreibende), und wer in Ostpreußen siedelt, erhält Vieh, Ackergerät und Saatgetreide, außerdem werden allen Einwanderern Kirchen und protestantische Geistliche versprochen.

Am 10. März verlobt sich Friedrich auf Befehl seines Vaters mit Prinzessin Elisabeth Christine von Braunschweig-Bevern.

Am 30. April treffen die ersten Salzburger Einwanderer in Berlin ein: 843 Menschen. Ende September sind bereits 16848 Salzburger in Berlin angekommen. Bis zum Frühjahr 1733 erreichen ungefähr 30000 Flüchtlinge Preußen.

Das Berufsheer wird auf 83000 Mann (bei 2,5 Mill. Einwohnern) gesteigert.

1733 Kantonsreglement: Die Dienstpflicht der bäuerlichen Bevölkerung wird eingeführt (1. Mai).

Am 12. Juni findet die Hochzeit Friedrichs mit Elisabeth-Christine von Braunschweig-Bevern auf Schloß Salzdalum bei Wolfenbüttel statt.

1740 Am 31. Mai stirbt Friedrich Wilhelm I. Sein Sohn, Friedrich II., der Große, tritt die Nachfolge an.